道辉 主编

八闽
现代诗
大展

上

海峡出版发行集团 | 海峡文艺出版社

目　录

16

莆田卷

厦门卷

24

1690　陈元顺

1691　陈庆妃

1693　陈诗琳

1696　张灿隆

1699　张　威

1700　沈育汝

1701　卓十八

1702　英　子

1704　林水火

1707　林丹娅

1708　林艺辉

1709　林进强

1710　练暑生

1712　秋　水

1713　赵艺惠

1716　洪　玲

1718　胡碧福

1720　徐小泓

1722　徐晓红

1723　素　白

1724　郭志杰

1726　夏　敏

1728　高　翔

1730　谢华章

1731　道　德

1732　曾镇南

1735　简清枝

1737　蔡　润

1739　管富红

1800　陈小虾

1801　陈　秀

1802　陈迎东

1803　陈祥细

1804　张小明

1805　张加土

1806　张　坚

1807　张惠妹

1808　李龙年

1810　连玉基

1812　阿　金

1814　杨金云

1815　杨雪帆

1817　宋建伟

1818　沈国徐

1819　何若渔

1820　何毅强

1821　肖海英

1822　苏振相

1824　苏　静

1825　郑一健

1825　郑平忠

1827　郑丽霞

1828　郑桂云

1829　郑朝阳

1830　林巧容

1831　林华春

1832　林　英

1833　林　娜

1834　林维珠

1835　林辉煌

1836　林登豪

1837　雨　花

1838　青　黄

1839　蚂小回

1839　修　竹

1841　施勇猛

1842　秋　容

1843　笔　尖

1844　高　捷

1845　高　琼

1846　郭淑明

1847　郭培明

1848　黄秀惠

1850　黄丽蓉

1851　黄种酷

1852　黄家芳

1854　黄　晨

1855　斯　平

1857　谢世明

1858　谢怀德

1859　韩孝勇

1860　蒋明河

1861　傅建卿

1862　曾建梅

1863　曾佳赋

1864　曾美旋

1865　詹龙坤

1866　蓝　光

1867　简华良

1868　简　梅

1869　雷贵优

1870　赖清淡

1871　蔡长兴

1873　蔡英明

1874　颜长江

1875　颜良重

1876　潘云贵

1877　瓔　洛

1878　魏　冶

1879　戴泽阳

浮草诗社/1880

1880　王珏丁

1882　成　业

1884　沈璐容

1886　郑艺斌

1888　洪艺松

1889　姜成禹

1891　赵如添

1893　蒋荆轲

1894　蒋德烽

1895　蔡丽洁

望他山/1897

1897　云垛垛

1899　米　拉

1901　麦　芒

1904　李　群

1906　何　颖

1907　林典铙

1909　黄鹤权

铜鱼诗刊／1911

1911　三　芊

1913　子　进

1914　木隶南

1915　王逸杰

1917　平　心

1918　叶玉环

1920　叶雪青

1921　江月影

1923　纪宏毅

1925　陆十一

1927　沧　浪

1928　陈黑牛

1930　林建祝

1932　郑　洁

1933　柯月霞

1934　南　瓜

1937　涂　燃

1939　夏　天

1941　康永情

1942　谢阿贞

1944　魏逢端

厦门诗人／1946

1946　小　河

1947　小　柯

1948　上官灿亮

1949　方智群

1951　白　木

1952　宁　芙

1953　田荔琴

1954　石瞒芋

1956　庄永庆

1957　阮陈金

1959　西　流

1960　连　山

1962　陈小三

1963　陈彦舟

1964　张广福

1965　张建耀

1967　张勇敢

1969　张　淳

1971　苏少隆

1972　吴　季

1974　吴临安

1975　李建明

1977　李智强

1978　李新旺

1980　阿　点

1982　何隆昌

1983　但　影

1985　夜　子

1986　青　中

1987　佳　佳

1989　周　鱼

1990　周钰淇

1991　林宗龙

1992　郑泽鸿

1994　郑　重

1995　非　莪

1996　孤　翎

1997　舢　人

1999　茗　兰

2000　闽北阿秀

2002　胡红平

2003　费　思

2004　离　开

2005　继　辉

2007　晓寒深处

2008　浦　溪

2009　高　漳

2011　黄丽嘉

2012　黄明泉

2013　黄国清

2015　黄静芬

2017　乾　坤

2018　谢木森

2020　舒　城

2021　然　墨

2023　稻　菽

楠竹诗词文艺/2025

2025　双　鱼

2027　东　城

2028　李观助

2030　弧　度

史　卷

诗事卷

三明卷

马兆印

　　祖籍山东梁山，1965 年 4 月出生于沙县。中国铁路文学艺术界联合会常务理事，中国铁路作家协会会员，福建省作家协会会员，三明诗群成员，三明市文学艺术界联合会签约诗人，出版 5 部诗集、1 部随笔集。

▪ **代表作**

再用轨

　　我是一根再用轨

　　和新的钢轨堆码整齐

　　蹲在铁路边

　　我守候的时间很久了

　　飞驰的列车刮起的尘埃

　　将我和同类污染

　　我怀揣的品格更加高尚

　　因为无人问津的缘故

　　我心甘情愿地立在铁路边

　　这是我一生中最黑暗的部分

　　我等待工人手中的工具

　　把我抬上铁路

　　我多想承受列车的重压

　　和好钢轨一起接受一次洗礼

　　车轮滚过锈蚀的部位

　　焕然一新

　　和新轨并排而立

　　我努力散发金属的朝气

　　我可以默默等待笛声的呼唤

唯独不能接受的

是很多眼光不屑一顾

把我当成一根废轨

■ 短　诗

外公手记之一

软如羊脂，外公抱你

为你抵御尘世冰凉

中骏花园的烈酒

只是外公唇边江南轶闻

此时厦门灯火通明

经过北站的动车鸣笛敬礼

这是我们的幸运

远在上海的徐公掐指捻须

仅凭八字箴言

缺火之女柔骨牵肠

江湖虽远，远不及外公杯中酒

端日月，藏阳刚

以善念护身

外公给你的加速度

千里无恙

且待亲人挥鞭，心驰神往

绝他人尘

外公手记之六

你哭的声音，揪心

扑面而来，但我知道你传递的快乐

是在给我拥抱的信号

你的手舞足蹈，甚至歇斯底里

在外公的呢喃声中安静

世界是喧嚣的

就连中骏花园楼下的装修

都在侵犯你的梦

心驰，外公用一生的能量

与你分享相聚之缘

我身上散发的烟酒之味

没有母乳香甜

但外公有一身诗意等你聆听

作为传颂者

你可以用哭声朗读

也可以字正腔圆地禅意表述

外公雨夜饮酒的姿态

正等着你的黎明

抚慰日出

外公手记之三十八

八个月，心驰看见外公

清脆的笑声就扑怀，像夏日的风

从废弃的老车站

吹来四季桂香，她的花运

正在弥补外公的老命

大风能吹走很多旧事物

也能吹落心驰眼里的一些花

饱和的青涩

外婆教她站立，这些年

能够迎风挺直的亲人正被风摇晃

像成熟的庄稼，一茬茬

走在粮仓的路上

看不出风吹过的痕迹

外公已被风吹得鬓发霜白

倒伏的草木下

有新生的铭文愈加深刻

这是盛夏，七月如火的风

又吹散更多植物的充盈

心驰，你看见高架桥上的动车

呼啸而过

它们卷起的风

正在考验你站立的硬度

▪ 长　诗

九张机

——在后花园，美是流动的瘟疫

一张机

请撤离我的果园，粉色的花骨朵

聚集了世间的疾病，我有难言之隐

像果实不交出内心丰收的籽核，采摘的玉手

停在保温的绿荫间，仿佛有刺

总被热爱的地名深入三分，我必须走出后花园

让小城的阳光有充足的流水，浇灌酒桌旁

失魂落魄的故人，阻挡盗贼的篱笆

虚设，通往村庄的路口，埋藏歧途，你们可以不信

我只是将一小截的喜悦呈现枝头，关注美的流失

二张机

在我的果园，陌生美人带来异乡明月

她们擅长乐器，几根丝弦，就能编织圆圆的

图案，江南有无限好的良辰美景，包括旧时光

还有贴在灰墙上的指南针，如果要顺水东流

巷子深处，肯定有春江荡漾

蚱蜢舟徐徐靠岸，有吟唱之士，披发赤足的浪子

一事无成，他口中念念有词，胸怀辽阔

有收复旧山河的孤单，像果园枝头漏摘的水果

贮存秋天之美，等霜雪卸妆

三张机

后花园的台阶，三两滴露水，争着挤进青苔

果树上，月光睡着，白净，木椅藏身枝叶

迟迟不肯晾晒远去的体温，翻墙出走的风声

只留下一身夜行衣，柳永的慢词，患有心脏病

美被歌女弹唱，像瘟疫，流动街邻井坊

遍地都是致命的快乐，如果一棵苹果树产下橘子

一地月光衍生火焰，那就将岁月慢慢熬煮

后花园里有的是枯草败枝，有人取走了虫声

有人取走了闷酒，还有人取走蛊毒，遁入后山

四张机

这些年，有诗歌的地方，渐渐成了是非之地

麦子和大豆，眼睁睁看着转基因绿肥红瘦

"你可以保持沉默，你说的话将作为呈堂证供"

诗歌的表情瞬间乌云压顶，美作为逃匿的证据

散落民间，在后花园，果实仍贮存出世之心

她们将蓝天白云收回胭脂盒，将传播人间的瘟疫

送回玉箫，诗歌啊，作为美的代价

怀中积攒的尘埃太轻，众多口水能托起腐朽

你越是奔波，身后的红尘隔着京都，愈加忍辱偷生

五张机

当美来到后花园，蜷缩的草木都伸直细腰

多么好的身材，因为爱，禁锢内心汹涌

如果漩涡能助推异乡瘟疫，迎风扑面，后花园的美

就是绝望，果树咬紧满腹花白，手提灯笼的园主

学夜莺啼鸣，身边的孤独，饱满结实，仿若播放

旋转的老式唱片，声音依旧，没有人能窃走字正腔圆

唯有美，越转越消瘦，空荡荡的后花园，美人穷得

只剩一盏黄灯、两卷诗书、半粒红痣

敞开的扉页，旧光阴，俯贴茅草，作安眠状

六张机

作为后花园主人，有义务把美迁徙繁华的

大街小巷，洗净黑夜浓雾，雇请郎中，隔帐诊脉

先取出身体里的镇痛片，那些失哑的方言

会阻碍喜新厌旧，被时光嵌进肉体的贱骨头，必须剔除

人间烟花，变异诡秘，纵有狐媚之宠，也要练习健忘

从身边离去的果实，没有无缘无故，更多的舞蹈

爱上青石板，可以以泪洗面，捶足伤秋

将一生的金黄隐于市井，在后花园，醉饮过的女儿红

解脱身世，美是红的，美是后花园放生池的偈语，美无邪

七张机

美是隐藏不住的，即使素面淡颜，山中闲人仍荷锄

刨根挖底，这年头，闲居山野居士，手脚生疏

闭口不谈隆中战事，一柄羽扇，轻轻摇落画中仙境

多情自古迷本性，听棋盘飞云险渡，三两菊花酒

谈笑风生，枕头边的书籍，空白，不著一字，山顶积雪

有平躺的冷艳，无人丈量美的平方，在红尘居住

守着美，适合乱点鸳鸯谱，适合乱性，适合黑白颠倒

适合毒瘾发作时，指挥一堆堆的瘟疫，奴役众生

美啊，当横眉冷对美人腰，索性抛弃终南山，在后花园闭关修身

八张机

人们都在逃避，唯独我爱上美的瘟疫，流动的曲线

使我迷醉，古琴丝弦镀上金属音质，山头朽木

怀抱春风暖阳，该流淌的都将从眼眶涌出

流动的美，越来越像身边的城市，山冈，河流，后花园

把忧伤填满丝弦，只需撩拨几个音符，尘世的眷恋就跌入深谷

我知道，美至死都在捍卫美的权力，她们用一生的实践

治愈良心，道德，穿行于盛宴，媒体，巧妙窃取民间词汇

梳洗，描腥色膏药，借画眉之唇，唱田垄上的炊烟

美啊，当美裹藏瘟疫之恨，请把这份鲜艳的推荐书，递交法庭

九张机

城市规划书像雪花纷飞，空心的后花园，开始紧张

没有不散的筵席，土墙上大红的拆字，冷若冰霜，像法官

轻笔一挥红勾，善恶就地成佛，立秋之后，后花园的果实

在美人怀里自刎，我的红颜和知己，吟诵警世恒言，面壁祭秋

至死不肯过江东，她们收集民沸，用薄薄的灰烬标榜自由

土地是祖国的，身后的辽阔，只供闪电一次挥霍

昨晚与相敬如宾的人谈美色变，后花园埋藏的雄兵百万

集体出逃，刀斧手信誓旦旦，命丧酒瓮，我率领酒话起义

"美是可靠的，她流动的瘟疫，比后花园崛起的慈善大楼更贪欢"

▪ 创作年谱

1987 年　在《飞天》发表处女作。

2000 年　加入"三明诗群"。

2005 年　出版第一本诗集《在铁路上写作》（时代文艺出版社）。

2015 年　4 月中旬，接受中央电视台采访；劳动节前夕，代表作《有一种铁，绵延千里（组诗）》被中央电视台《新闻联播》"工人诗篇"作专题报道，由央视主播郎永淳朗诵的诗歌《再用轨》在中央人民广播电台同时播出。5 月中旬，马兆印诗歌创作研讨会在南昌铁路局进行，同年被聘为三明文学艺术界联合会特约诗人。7 月，接受中国铁路电视台采访。

2017 年　6 月，在北京中国铁路文学艺术工作者第三次代表大会上当选中国铁路文学艺术界联合会常务理事。

2018 年　"三明诗群创作基地丛书"《马兆印诗选》出版（现代出版社）。

大 畜

本名刘建朝，1984 年生，大田人。高校学报编辑，副编审。中国诗歌学会会员，福建省文艺评论家协会会员，三明诗群成员，三元区作家协会会员。曾创办文学网站"闽文网"，共出《闽文》民刊 8 期。有部分诗歌、评论发表于报刊。出版诗文集《闽文》，文学研究专著《传统与现代：三明诗歌、文学与文化研究》。

▪ **代表作**

一湖的乡愁

均溪河跌入一片湖
你一定惊奇闽中的山
怎样藏住一个海

我们用整个村子的历史
才把一条河喂养成湖
然后，我们撤退水位之上
像山顶新生的树苗

但记忆不经风吹
有关一条河流经的村子
已碎成满眼波光
乡愁，这么近又这么深
都是湿漉漉的湖水

▪ **短　诗**

落　日

落日时分，夕阳罩红了我
把我黑色的影打落下来
因夕阳我看见我的阴暗

我是凡夫，不能像夕阳
身和影一样鲜红，也不能
把影子舞成河面的红带

当落日不再表演
撤走对世界的伪饰与光明
黑夜从我的影子扩散开
仿佛是我包容了人间万象

父　亲

父亲总在四点多醒来
劈柴，烧火
悄悄点燃黎明

半生不熟的饭
菜，太淡或者太咸
粗糙如织上皱纹的容颜

当邻家的烟囱伸展懒姿

父亲已在瓜地挥锄

挥汗，挖出一枚沾血的太阳

梦的视线之外

梦的视线之外

一只，两只，三只

无数的鸟鸣

弹，一树琴弦

当封存一夜的眸子

追赶晨鸟的空影

一片落叶搅动空气

无声地写着秋

▪长　诗

北区 306 宿舍

一

晨雨如网

笼罩四野

捞住天下多少游客心情

把伞挂在墙壁的人

五一节不过是

懒卧小床

更放肆地听雨

二

306 宿舍在管理中心三楼
管理中心在学院北区
学院北区自然在学院里

而学院在市郊外
市郊紧依一座热闹
又寂寞的小城

306 宿舍像一个鸟巢
挂在地球表层
总担心地球旋转过快而被甩出

三

306 宿舍有一个门
有一个窗户对着天空
我常把蓝天白云剪为窗帘

没有阳台的宿舍
我喜欢横尸床上
瞪着天花板
宿舍宽度比两根灯管长一点

四

在春天的清晨
窗外处处闻啼鸟
推窗一望
那棵肥叶子的枇杷树
递来点点黄果

五

我没想到

这十来平方米的宿舍

会迎来我的老婆和孩子

对不起，孩子

我们的家太小

你没法玩捉迷藏

六

没有阳台

没晾干的衣服就吊在

床前的铁线

夜风入室撩动衣裳

不眠的衣服

成了我们的守护神

七

宿舍虽小

春天的鸟声没有忽视我们

这动人天籁

总在黎明时就来拍打小窗

八

如果宿舍是家

一脚踏入便是床前

我们说

床前饭菜香

卧室到餐厅的距离

能容下一把椅子

而餐厅到厨房

只要一个转身

九

我们也可以是土豪

假如不还原为电脑桌

因为我们的饭桌上

摆着台电脑

十

梦想着买套房子

不要很大

二三十平方米就够了

与这 306 宿舍比

那一定很宽敞很舒坦吧

▪ **创作年谱**

2006 年　以"俗家弟子"为笔名在《杂文月刊》第 1 期发表文章《应当辞了"引咎
　　　　辞职"》。

2009 年　诗歌《山寺》发表于《金立·诗林》总 77 期。

2011 年　诗歌《我有万千化身》发表于《秀谷春》第 3 期；诗歌《任性》发表于
　　　　《三明日报》6 月 21 日副刊"怡园"。

2012 年　诗歌《雪梅之恋》发表于《三明日报》2 月 7 日副刊"怡园"；诗歌《新
　　　　家的白墙》发表于《三明日报》9 月 23 日副刊"怡园"；诗歌《微博江
　　　　湖》发表于《三明日报》12 月 18 日副刊"怡园"。

2013 年　诗歌《玩沙》《复活》《落日》《朱熹伸出一根手指》发表于《三明文艺》
　　　　春之卷；诗歌《泪》发表于《白天鹅》第 1 期；《探析诗是生命符号化的

艺术》发表于《渭南师范学院学报》第 5 期。

2014 年　诗歌《山寺》《雪》发表于《世界现代禅诗选》（上海社会科学院出版社）；

以"智朝"为笔名的散文《爱人，成了过客》发表于《时代三明》第 7 期。

2015 年　《网络出版与传播：福建省文学网站发展现状》发表于《传播与版权》第

3 期。

2017 年　《纪念"新诗百年"活动探析——以首届刘邦诗歌奖为例》发表于《黄冈

职业技术学院学报》第 5 期。

2018 年　诗文集《闽文》出版（上海文艺出版社）。

2019 年　《诗中的"禅境"与"禅理"——读〈昌政诗选〉》发表于《福建文学》

第 9 期。

2020 年　《落日（组诗）》入选《大田当代文学作品选》（宁夏人民出版社）。

2021 年　《出版视域下"三明诗群"的建构》发表于《三明学院学报》第 1 期。

2022 年　文学研究专著《传统与现代：三明诗歌、文学与文化研究》出版（海峡文

艺出版社）。

卢　辉

　　诗人，诗评家，高级编辑。中国诗歌学会理事，中国作家协会会员，中国文艺评论家协会会员，三明学院特聘教授。20 世纪 80 年代创立"福建三家巷"，参与《诗歌报》举办的全国诗歌群体大展。诗歌、诗论散见国内外各大报刊和年度选本。获得福建省百花文艺奖、第三届"诗探索·中国诗歌发现奖"、《现代青年》年度十佳诗人、第五届（2017—2018）当代诗歌奖·批评奖、第三届中国天津诗歌奖、徐志摩微诗歌奖、中国广播影视大奖等奖项。主要著作有《中国好诗歌》《卢辉诗选》《红色的碎片》《七层纱》《纸上的月亮》《看得见的宽》《诗歌的见证与辩解》。

▪ **代表作**

关于战争以及它的后遗症

　　题记：如果战争注定有正义与非正义之分，那么请原谅一个极为普通的死里逃生的参战者，这种宽容适用于全球。

　　活着的已经三三两两地
　　度过秋天
　　光秃的老树黄瘦得那么悠然
　　在影子与风景之间
　　寻寻觅觅，我
　　终于口渴了
　　弯进细长透亮的小曲
　　敲打梦里的酸梅

　　一种声音落下
　　击中远远近近的硝烟
　　战争突然从横七竖八的尸体上
　　寻找墓碑和无法商量的弹口

血色的秋天被白玻璃折腾得好亮
所有的独步把纸钱拖得很累
苦难者应该有权力跪倒
看黄土滔滔
一辈子就知道日月行走如风
任苍白的肉体翻来覆去

当然有郊野
远远地把我们拍卖
供养千秋铭定的碑文和格言
人不走　水也要走的
纵然你笔直地站着
充当那一阵哗啦啦的战旗
可知道　四面角声里
会有逼人的血渍
忽然从你的脸容上掘出战壕

麦地已经永远无法拯救秋天
沉甸甸的已经不是麦穗和金黄
恐慌对于战争实在太廉价了
而勇敢又能诠释哪一回的太阳
每当西风再起
吹乱了那个老母亲的泪痕
挎篮里的祭品却默默地死去
死是很容易的
秋天以后　还有谁
扯破漫漫来世
命运　有时一触即破

天呀　红得让人疼痛
结局往往是鸦阵死去活来地散步

并且聊天　说了整整一个下午
也许看惯了
木头不也常常钉在黄昏
流出殷红的血吗

不要责备什么了
谁都有为自己寻找忽明忽暗的时候
岁月飘转
人事无常
心境之外的白栅栏
也在狠狠地变瘦

血在腐烂
火在腐烂
我该听谁　最后的嘱咐

▪ 组　诗

回　家

有时，雨也会想家
因为它的伙伴多
到了春天，屋顶的雨
抱着瓦片哭

哭够了，就有自己的窝
不是水库，就是池塘
即便携儿带女
拐个弯

就是我家的
水龙头

古典之尘

听说很多尘埃来自月亮
我扫了三遍月亮
酒壶擦了，酒杯洗了，月亮
还是没爬上吴刚的
酒杯

静观酒杯，比如纤手
先从琵琶弹起，有人把扇子打开
端起一杯酒，帮忙月亮
爬上
桂花树

那么大的死

我经常爱拿死做比较，你说说看
那么大的死，那么远的彼岸
你能用哪块布轻轻覆盖
死是盖不住，你可以是鬼
你可以是灰，你可以上穷碧落
也下黄泉，你可以
销声匿迹
双双殉情，就是不能
死了
也要爱

一个人说故乡

一个人说故乡
是否奢侈
一群人喊故乡是否荒凉
我看见一株株麦子
扛着太阳

麦秆是直的
心是空的
天长日久
麦粒
也饿

饿了，割断头
渴了，叫故乡

▪ 创作年谱

1986 年　处女作《不死的冬天》发表于《诗歌报》。

1987 年　创办"福建三家巷"诗社；作品《网》发表于 1989 年《诗歌报》"中国实
　　　　验诗集团显示专号"。

1988 年　诗作陆续在港台地区的《诗》《葡萄园》《薪火》《曼陀罗》《笠》《创世
　　　　纪》等报刊发表；凭借《四月：交给亡者的答卷（组诗）》《西藏拾遗
　　　　（组诗）》两度获香港诗网络诗歌奖。

1989 年　探索长诗《关于战争以及它的后遗症》发表于《北京青年报》，后入选
　　　　《葡萄园三十年选》。

1990 年　长诗《再过泸定桥》发表于《江南》，并获《江南》杂志"奔马奖"。

1991 年　诗作《白色的栅栏（三首）》入选《最新诗歌对话》（南京文化编辑部）。

1998 年　首部诗集《卢辉诗选》出版（作家出版社），并获十三届福建省优秀文学

作品奖。

1999年　诗作《牧场（外一首）》入选《福建文学创作50年选·诗歌卷》（海峡文艺出版社）。

2002年　"触网"，先后在《诗选刊》《绿风》《新诗代》等国内知名网站担任总版主、版主，开办"卢辉点诗"栏目，深受诗界好评。

2004年　第二部诗集《红色的碎片》出版（重庆出版社），并获第十九届福建省优秀文学作品奖。

2006年　《卢辉组诗》发表于《诗选刊》，并获第二十一届福建省优秀文学作品奖；《轻的一种叙述（组诗）》发表于《中国诗人》，并荣获福建省第五届百花文艺奖。

2008年　《时光之砂（组诗）》发表于《诗刊》，并获得二十三届福建省优秀文学作品奖；诗作《矿难》等3首入选《中国当代汉诗年鉴》（中国戏剧出版社）。

2009年　《七层纱（组诗）》、创作谈《诗歌，终极的诱惑》发表于《星星诗刊》诗刊"重点关注"栏目；《卢辉的诗（二十首）》入选《海峡两岸诗人诗选》（海风出版社）；《卢辉诗歌及诗观》发表于《诗选刊》"2009年度年代大展"；《时光之砂（组诗）》入选《福建文艺创作60年选·诗歌》（海峡文艺出版社）；诗集《七层纱》出版（银河出版社）。

2010年　《请把幸福放低一点（组诗）》发表于《诗刊》"最阅读"。

2011年　诗作《除夕，我刚好写到"爱"（外一首）》入选《〈福建文学〉六十年作品典藏：风的齿轮》（海峡文艺出版社）；第四本诗集《看得见的宽》出版（中国戏剧出版社）。

2012年　加入中国作家协会；《卢辉诗十五首》发表于《诗江南》；应邀参加第二届中国·宁夏黄河金岸诗歌节。

2013年　《卢辉的诗》发表于《诗潮》"好诗经典"。

2014年　编著《中国好诗歌》（九州出版社）；《鸽子，上过几回尖尖塔》入选《2014年中国诗歌排行榜》。

2015年　应《诗潮》杂志刘川主编之邀，先后主持该刊"中国诗歌龙虎榜""中国诗人作品赏读""中国诗歌地理关注"等多个栏目；《旧火车》入选《2015年中国诗歌精选》（长江文艺出版社）；《抽屉里的母亲》入选"2015年中国诗歌排行榜"；应邀担任"中国诗歌网"首批"每日好诗"点评专家；由"中国诗歌网"举办个人"线上诗歌访谈"。

2016年　《八字桥》入选《2016年中国诗歌精选》（长江文艺出版社）；《一个人说故乡》入选《2016中国诗歌年选》（花城出版社）；应福建省作家协会、福建省图书馆"八闽讲坛"邀请在福建省图书馆举办《诗歌的公众表达与诗意呈现》讲座；在集美大学进行同题诗歌讲座；诗论集《诗歌的见证与辩解》出版（现代出版社）。

2017年　诗论《对时光的紧迫性与觉醒性的一次透视》发表于《文艺报》。

2018年　加入中国文艺评论家协会；应贵州省社科联、贵州省诗人协会邀请前往贵州社科联、贵州大学作题为《大诗歌：助力贵州文化建设》《诗歌的公众表达与诗意呈现》等的学术报告；获得第三届"诗探索：中国诗歌发现奖"；《再远的星星都会回家（组诗）》发表于《海燕》"中国诗歌万里行"头条，并于2000年获得第九届福建省百花文艺奖；《大桑田（组诗）》发表于《文学港》"诗歌首推"，并于2000年入选福建省优秀文学诗歌榜单；《贵州民族报》副刊"民族文学"以《诗歌可以擦亮现实与心灵的"图景"》为题专版访谈卢辉。

2019年　应邀担任《广西文学》"新发现"特约评论员；诗论《"海洋诗"的历史自觉与主体自觉》发表于《文艺报》。

2020年　诗论《内在时间与内心秘境——从贾浅浅的〈椰子里的内陆湖〉诗集想到的》发表于《文艺争鸣》。

关　子

居永安。三明诗群研创基地签约诗人，福建省作家协会会员。著有诗集《陌上花》《无声绿》。

▪ **代表作**

大风吹

正在晾晒的衣服的冰凉
有夏天的肉体感
一件蓝衬衫
一条红色裙子
光线的穿透力
它们尽情享用但不过分渲染
热情。像两个人面对面
不说话

一场大风，说变就变的天
开始震颤的身体
试图靠近
拥抱，撕扯，一起在天上飞
被大风吹落
从衣架走下，在橱子里静坐
也许，有另外的方式。大风停止
或者一双手的出现。天知道

▪ 短 诗

1992，绿皮火车

记忆里跑出的火车，咔咔咔

带着 1992 年的色彩与气味，咔咔咔

玻璃窗上的一张笑脸，咔咔咔

甜美，无邪。人群被贴成熙攘的样子。咔。咔咔

闪躲的眼神在窗玻璃上下着雨，咔咔咔

关于：姓名、身份、年龄、目的。咔咔咔

不可触摸的真实感，像虚幻的镜头

火车向远方跑着。咔咔咔。咔咔咔

向远方，向远方。咔咔咔。咔咔咔

咔咔。咔咔。咔。咔。咔

石 堡

石头是原住民

说鲜艳和干枯的问候语

它们也唱歌

银蜘蛛在石堡里

甩不掉的银丝线晃来荡去

它们熟知石堡里的一切

最小的一块石头在说：你记得吗

最大的一块石头在说：我们会再见面吗

它们肩并肩跳着舞

踩着节奏齐声问：你会回来吗
它们话题的弧线
像银丝线落在视线无法出现的地方

它们已经说出
我们没有说出的话
我们永远不会再见面

在村庄，进入空荡荡的情绪

木栅栏敞开
院子以空荡荡的洁净呈现

确定无人的院落
确定有人穿过在场的无形

在木栅栏上晒芥菜，关上木栅门
阻止一切可能的未知的进入

一直都在改变，但又一直都是
我是以这样的面目出现吧

好似进入自己空荡荡的情绪
一种奇异的安静。是的，我认得

这是借来的另一处生活
在此处续存记忆所感知的一切

看看这落日，听听这鸟鸣
再抚摸着这空荡荡无人的轮廓

而在一株植物静默的微距里
我是那个被慢慢放大模糊的影子

▪ 长　诗

草木约

题记：给八月，给途经的草、木以及一切的蓝。

好久了
竟然梦见：你在那儿

你一直都在
我不停歇地向你追问

在时光涌动之处
在可能经过的他处

你因何而在
我因何而来

是不是停止发问，快乐，就成为快乐
简单，就成为简单

我站在你的面前
你就在我的眼前

在白云之上，在月色之下
蓝天、云影、霞光、飞机、沙滩、长椅

草香、树色、沙陷、潮声，以及空无一人
以及它们拥有的时光

以及四叶草缓缓舒展的样子
它们啊，都是你

蓝。我只这样称呼你
我来到你的面前

是为了让你看见我内心的沙砾
出口和抵达

而你，看见我体内逸出的影子
触须和温度。其实，这一切，都只是

为了更好地靠近你
拥有你的时光

清心，清澈
以及安心入眠

你说：安静。你说：快乐
在细雨迷离的景致里

在飞鸟拍打的翅膀中
在窗纱笼罩的城市之后

我只望见你
蓝。我就这样来到你的面前

让萤火虫照见的夜
内心更为飞翔，星空更为辽阔

关于生，关于死，关于爱
在微光里隐现

以内在的核碰触不可企及
以泰然自若攫住突然的绝美

潮水涌上来，涌上来，涌上来
沙砾挤破指尖，向你奔去

天地暗下来，醒过来
草木纷沓而至

潮水哗哗
这简单而忘形的快乐

蓝。你是它们，你不是它们
你是我乐见的下一个环节与情景

现在，我想象你，在诗歌里
想象：你在拥挤的人群里出现

想象：你在喧嚣的时光里出现
而我，一眼看见你，在你的时光里

草木愉悦
四叶草在指尖跳舞

苍穹压低树木
澄静滤出

而你酷爱的孤寂

在我的骨头里轻轻地敲打

这一切，不可名状
这一切，无从查证

古老的月光啊，升起。
在海面上，在树梢上，在层层的台阶上

照见空无一人
你在这空无一人之中，我在你之中

有迎面吹拂之物
在你身后，开启将启而未启之门

在我身后，关闭
过去还未过的焦虑和渴求

只是，沙砾，空无一人
寻找曾经的未来的草香、树色，以及沙滩上的脚印

寻找一切可关联的事物
以证明：你是存在的，我是存在的

而宗祠
光线穿过平静，哑寂的时光

穿过玻璃瓶里的清水
穿过所有的一切

游离在时间之外，发出慵懒的气息
然后，慢下来

倾听
我向你询问的一切

星空漫布
漫过眼前，像一面晶莹的薄纱

透出隐忍、流年、菲薄，以及
半是欣喜，半是难以言喻的悲伤

事实上，你只在我想象的时光里出现
我只在你出现的时光里想象

行走。呼吸。拥抱。蓝，我仰望你，俯视你
安静地看着你

想象我用左手触摸你的可能
想象我用右手与你告别的可能

可能远。可能近。可能有。可能无
可能从未存在

可能悲伤，或者快乐
可能过去，或者未来

在凌晨醒来，
错过月亮最圆的时刻

事实上，我从未安睡过啊
事实上，我一直都是醒着

蓝，拥有你拥有的夜的蓝
像天成的诗句有隐隐流动的气息

带出滋生的一些延续和想象
黑黑地、暗暗地发酵

情不自禁。夸大你的一切
夸大四叶草弥漫的气味：清淡或浓烈

夸大途经的草香、树色、潮声、沙陷
夸大飞鸟经过的痕迹

夸大星空之后的寂静、辽阔
以及潮水奔涌而来的气势

我不断地走向你
省略所有的一切，包括自己

月色纯白，树色如骨
世间通透

这就是我对你所有的记忆
这就是我对你可能的回忆

滞留与穿越
在过往的时光里，在以后

在慢慢可能丢失的时光里
你会在那里

你一直都会在那里
等着我

你总会

停留在距离的视线里

我总会
漂移在深蓝的边缘里

成为一叶草、一株树、一片潮声
成为一切存在的凭借

在时光之外
在时光之内

四叶草的气味在空中飘浮
时光就那样波光粼粼地恍惚着

走在昨天的街道上
回到从前所是

回到经过，离去，想象。不可避免
回到七月的月末

像潮水返回来时的浪梯
像沙砾重新回到你的眼中

像树色空置山谷
飞机穿越暮色，轰鸣而来

天地再次醒过来，暗下去
而草木，就在我的眼前

蓝。我们总是这样
我们一直都会是这样

以诗歌的名义相遇
却不在诗歌里相见

我们不说永远
我们不说再见

▪ 创作年谱

2010 年　创作《靠近》10 首。

2012 年　创作《靠近》33 首。

2014 年　作品入选《〈安徽文学〉诗歌年选》；作品 10 首入选《诗歌蓝本》；1 月，诗集《陌上花》出版（团结出版社）。

2015 年　作品发表于《福建文学》第 4 期；作品入选《〈安徽文学〉诗歌年选》；作品 1 首入选《中国好诗歌》（九州出版社）。

2016 年　作品发表于《中国诗歌》第 8 期；作品 5 首发表于《诗潮》2 月号；作品 1 首发表于《诗潮》3 月号；作品发表于《福建文学》第 10 期；作品入选《〈安徽文学〉诗歌年选》；作品发表于《丰泽文学》春之卷。

2017 年　作品 8 首发表于《长江文艺》10 月号总 720 期；作品发表于《三明日报》9 月 12 日；作品 5 首发表于《客家诗人》第 3 期；作品入选《诗同仁年度诗选》（百花文艺出版社）。

2018 年　诗集《无声绿》出版（现代出版社）；作品入选《三明诗群作品选》（现代出版社）；作品 10 首发表于《诗刊》3 月号。

2019 年　作品 4 首发表于《海峡诗人》第 4 期。

2020 年　作品 1 首发表于《中国新诗年鉴 2018—2019》；作品 6 首发表于《福建文学》第 10 期；作品 10 首入选《诗》总 27 卷"三个'十'特大卷"；作品 1 首发表于《反克》；作品入选《海内外华语诗人自选诗 2020》；作品入选《闽浙诗人作品大展》；作品 4 首发表于《净峰诗歌》2020 年卷。

2021 年　作品 6 首发表于《台港文学选刊》；作品 2 首入选《福建优秀文学 70 年精选·诗歌卷》（海峡文艺出版社）。

辛 也

本名姜元华，永安人，20世纪60年代中期出生，毕业于原三明师专美术系。福建省作家协会会员，永安市作家协会副主席，三明诗群成员，中国伞诗歌文艺群群主，三明市书法家协会会员。有诗歌入选《2010—2011福建优秀诗歌选》《福建诗歌精选》，2017年获"百城百刊"福建读者最喜爱诗人奖。著有诗集《半梦半醒》。

▪ **代表作**

和月亮一起裸奔

我对着最后一瓶啤酒发呆
我想用酒精点燃黑夜，而黑夜却劫掠了我
哐当当，精心堆积的酒瓶轰然倒地，我从菠萝杯里晃起
星星那么近，我要和月亮一起裸奔

夜晚空空荡荡，我的躯壳有玻璃的质感
拾起一个空瓶，我发现可以用它来盛满明天的阳光
幸福是那么的奢侈
末路穷途，我们应该呵护每一次新的死亡

▪ 短 · 诗

命运图腾

种种迹象表明，世事如此诡异
我们无法揣测

不像简单的一条河流，拐过了那么多的弯
还在追寻远方

时涨时沉的江河，也把持不住自己
就像一根桅杆在此折断，一颗石头或许知道全部的真相

我在岸边小试深浅
结果显示：江河日下，石头凸显

一个人占山为王

一个人占山为王，和草木对视
和兽中之王对话

你听山谷撕裂的嚎叫，看呼啸而过的山风
你一转身，斗篷便覆盖着天下

草木有情，禽兽有知
你用一世的耐心倾听知了的诉说

你上山不为狩猎，下山无非烟火

你划地为营，天马行空

一个人，纵横四海
一个人，守口如瓶

也许我一开口，就石破天惊

我可以默默地坐在这吗
就像这块石头

我不是无话可说
而是，有话却说不出来

我的孤独就像天边那颗星星
无依无靠，形单影只

这块石头比我还安静
它再也不关心潮起潮落

而我表面和水一样平静
内心却暗潮涌动

如果，明天我忽然惊醒，
也许一开口，就石破天惊

▪ 长　诗

冬天，被一轮月覆盖

一

一闪而过的
不仅是一个虚幻的念头
还有那个
紧张而结实的季节

二

那个秋季
一些细节
几乎被人忽略
我马不停蹄

三

日历算计得如此精准
一些日子却漏洞百出
冬天的脚步有板有眼
有人措手不及

四

忙乱的一个转身
冬天
就从北方的雾霾开始漫延
南方，日渐阴冷

五

明天就是冬至

大雪的节气早已过去

持续三天的冬雨

终究没能迎来传说中的那一场雪

六

南方的冬日

看不到雪花漫舞

看不到大灰狼

更无法奇遇那个卖火柴的小女孩

七

冬天，被一轮月覆盖

大地无垠

所有的事物都投放出一些光影

所有的往事都历历在目

八

永安，一座山城

我从不远的乡村

走进钢筋水泥丛林

身陷其中

九

腊八节刚过

读大四的女儿放假回来

我的新居

住进了一位白雪公主

十

午后的阳台

太阳暖暖的

显得格外热情

我无法拒绝在这样的光阴里练练字

十一

春节就要到了

今年除夕不放假

一个传统节日的通道被封闭

我盘算着如何回家和父母过年

十二

冬天，被一轮月覆盖

月光里有嫦娥

月光里有玉兔

月光里有人间万象

▪ 创作年谱

2007 年　重新开始诗写。7 月，重启处女作《拓荒者》等 2 首发表于《永安文艺》总 6 期；12 月，成名作《冬祭》发表于全国各大诗歌论坛，在福建省内引起广泛好评和关注。

2008 年　1 月，加入永安市作家协会；4 月，诗歌《拓荒者》等 20 首入选《燕城诗歌印象》。

2009 年　1 月，加入三明市作家协会；8 月，《冬雨》等 3 首入选《诗三明 2007—2008 年度诗选》；8 月，《求》等 2 首发表于《刺桐文艺》第 2 期；10 月，参加首届八闽民间诗会盛典，诗歌 3 首和随笔 1 篇入选《首届八闽民间诗会典藏》；代表作《和月亮一起裸奔》创作于 11 月初；10 月，《飞翔不需要理由》等 2 首发表于"三明诗群作品专号"。

2010 年　11 月，诗集《半梦半醒》出版（大众文艺出版社）；12 月，《想象大海》等 3 首发表于《杭川文艺》"福建诗歌专号"。

2011 年　3 月，参加三明市作协、永安市文学艺术界联合会主办《燕江文集》作家作品研讨发布会；5 月，加入福建省作家协会。

2012 年　1 月，参加"第二届八闽民间诗会暨第四届张坚诗歌颁奖典礼"；2 月，

《和月亮一起裸奔》入选《福建优秀诗歌选》；6月，《与潘多拉无关或者其他》等3首发表于《天津诗人》夏之卷；9月，《春天逼我交出体内多余的水分》等2首发表于《海峡诗人》秋之卷。

2013年　3月，举办"三月三岭头诗会"，浙江、福建各地的诗人近30人参加，《绿色永安》、永安电视台《永安新闻》等多家媒体分别做了报道；7月，《失忆》发表于《新诗》第6期。

2014年　6月，《我被安装在春天的枝头》发表于《安徽文学》"2013诗歌年选专号"。

2015年　2月，《回归，有一条线索》发表于《生活·创造》第2期；6月，《和月亮一起裸奔》发表于《安徽文学》"2014诗歌年专号"；11月，《我的内心遭遇了一场暴雨》等5首发表于《0596诗刊》总8期。

2016年　9月，《我瘦弱成一道干瘪的河床》发表于《天津诗人》秋之卷。

2017年　6月，获"百城百刊福建赛区读者喜欢诗人奖"；8月，参加在福州三坊七巷举办的"书香如兰诗歌朗诵会"。

2018年　1月，《命运图腾》入选《福建诗歌精选》；4月，牵头组织、策划的"福建集美学村名邦阁读书诗友会"在集美举行，厦门、漳州等地诗人30多人到会。

2019年　7月，参加为期4天的"新时代中国突围开封研讨会"，三明诗群在会上获得"中国十大诗歌论坛奖"。

2020年　12月，被省作协录取为"重点文学创作"高研班学员，并在永安五洲大酒店进行为期5天的研讨学习。

2022年　2月，参加"妈祖大爱、莆阳有福"第六届突围"湄洲岛之春"诗会；4月，在世界读书日牵头组织举办"全民共阅读，书香飘燕城"诗歌沙龙活动。

连占斗

1964 年生，笔名占斗、南秋，大田人。中国作家协会会员，福建省作家协会会员，大田县作家协会主席。1990 年以"福建三家巷"参加《诗歌报月刊》第二届全国现代诗歌群体大展，曾获"诗的世界，诗的鼓浪屿"鼓浪屿诗歌节国际诗歌奖等。著有诗歌集《太阳的语言》《田野的钥匙》《光与影的阶梯》《天地之吻》《大地的心跳》《天象》《天空之物》《一湖之水》等。

▪ **代表作**

神的视角

当我举起双手时
上天以为我要向上攀爬
敌人以为我要投降
只有神认为我在祈祷

当我蹲在大地上时
上天以为我在积蓄力量
敌人以为我在哭泣
只有神认为我有了一颗顺服之心

当我双手平摊开来时
上天以为我学会了放弃
敌人以为我是平庸之辈
只有神认为我找到了天与地的平衡点

▪ 组　诗

世界需要言说的地方很少

从栏杆、花草、湖水、水车
到铁塔，到高山，到天边
依次把我拉开距离
或者说，我依次推开了它们
或者说，这些丰腴饱满之物
我无从获取，也无须获取
或者说，我与它们相看两不厌
又相互保持着君子的距离
或者说，一物喜欢一物
一物也喜欢一人
或者说，它们受天地所钟情
我受它们所溺爱
或者说，这世界大大方方地站在那儿
说也白说
越说越没有边界
或者说，世界需要言说的地方很少
我要用词的地方更少

上山与下山

我每天都要上一回山
到山中放松自己
有时有放虎归山的感觉
因此竟然纵情起来

也有东西每天都要与我一起下山

到山下去找归宿

从山上跑下来全身充满了快感

你说它是不是泉水呢

当然，我更佩服那些既不上山

也不下山的人

行走在平地里却有上山的畅快

坚守在山上的庙里

却在人间里落脚生根

我与时间的承诺是一样的

今晨一看

昨夜，我与时间的承诺是一样的

把世界鲜活地交还出来

不失一丝一物

把万物的鲜美交还出来

不损一丝一厘

把清风交还出来

轻柔处还轻柔

把流水的喧哗交还出来

该取悦还去取悦

我与时间英雄所见略同

把残存之物隐匿于私处

便于消解

把埋怨之物交给朝阳

便于消毒

把污垢之物深埋起来

便于发酵

把我们的一点私心交付出来

便于化解

今日之世界

源自我与时间在昨夜的承诺

如果稍有差异

那是凡事皆有发后之顺序

有时候白云把人间漂白

有时候白云把人间漂白

漂白之后黑夜就消失

有时候人间把云朵漂白

漂白之后天空就亮丽

有时候白云也想把我漂白

漂白之后

我可能会弃恶从善

可能会弃粗从精

可能会弃俗从雅

也可能把黑发漂成白发

有时候我也想把乌云漂白

虽然多么不自量力

但漂白之后

天空也会从高压变成悠然

人间也会从压抑变成明快

还可能将光阴都漂成如絮

甚至如箭

一条河的语气

一条河总要流走几代人的光华
帮助了结他们的恩怨
一条河躺在大地上
听它的语气吧
它每天都在变换着
每天都在感叹着
真像一位时间老人

哦，不对
它有时在讴歌着
激情而欢畅
有时在发泄着
愤怒而激扬
它有时在沉思着
舒缓而深沉
它有时在悔悟着
低泣而内敛

一条河的语气
你我是听不懂的
如果听得懂了
那是礁石，而不是人间

大风总是把上天催下几滴眼泪下来

天空上的云朵是无法避免的
也是驱赶不掉的

大风一吹仿佛世界就深刻了许多

流动预示着生命的蠕动

预告着将有事物滑入深渊

或者越上高处

或者远赴他乡

大风一吹仿佛故人就来了

仿佛鬼神就出没了

仿佛一切的开关都开启了

谁也无法阻止时间的前行

我们行走于天空下

被大风催促着

被大风激励着

而天空总是被催下几滴眼泪下来

我以为是上天感动了

以为是神仙也噙不住泪花了

面对汹涌的世间

面对诡异的时光

面对暗地里的消涨

眼泪总是第一个抵达

就是上帝也无法俗免

犹　　豫

两座山峰被捆绑在土地上

它们怎么交流呢

噢，我看到两条光纤把它们连在一起

噢，就这样牵起两座山峰的心

每当黄昏降临之前

一群大鸟伏在光纤上

要么监听大山的交流

要么传递上天的指示吧

当我抬头与它们的目光相遇时

它们在犹豫是否将从人间收集的秘密告诉山峰

噢，其实

我也在犹豫是否将看到的这一切告诉上天

噢，其实

山峰也在犹豫是否在黄昏降临之前

与上天再通一次话

▪ 创作年谱

1985 年　9 月，考入福建师范大学中文系，开始诗歌创作。

1988 年　秋，参加三明诗群现代诗大展。

1990 年　1 月，与卢辉、潘宁光组建"福建三家巷"，参加诗歌报月刊第二届全国诗歌大展。

1994　在集美财专校报发表诗歌多首。

————

1995 年

1999 年　8 月，第一本诗集《太阳的语言》出版（中国文联出版社）。

2000 年　加入福建省作家协会。

2001 年　5 月，赴杭州参加文学颁奖活动，诗歌《春节前的一次谈话》获《诗界2000》全国二等奖。

2003 年　1 月，第二本诗集《田野的钥匙》出版（中国文联出版社），并入选 2002年"星星诗文库"。

2005 年　获三明市政府文艺百花奖三等奖。

2009 年　与卢辉、叶建穗、潘宁光组建"福建四合院"诗歌团体。

2010 年　5 月，赴台湾参加福建省经济文化交流团活动，后创作长诗《台湾行》；10月，第三本诗集《光与影的阶梯》出版（团结出版社）；12 月，诗歌《光与影的阶梯（组诗）》发表于《星星诗刊》增刊。

2012年　5月，第四本诗集《天地之吻》出版；9月，赴漳浦县参加"新死亡诗派20年暨中国先锋诗歌十大流派研讨会。"

2013年　4月，诗歌《今天我看见了蓝》发表于《诗选刊》；7月，诗歌《今天我看见了蓝》发表于《诗歌报月刊》。

2014年　1月，第五本诗集《大地的心跳》出版（团结出版社）；7月，《七夕的玫瑰（组诗）》入选《爱情宣言——情诗经典1314卷》，并获"十大情诗王子"荣誉；3月，参加世界诗歌协会主办的"中国作家诗人采风行——走进绍兴"活动；5月，参加第四届漳浦诗人节暨后壁山诗会；5月起，每天至少创作一首诗歌。

2015年　5月，参加在北京鲁迅文学院举行的"三明诗群晋京研讨会"；6月，参加在福清市举行的"福清市首届诗歌节暨第二届海子诗歌奖颁奖典礼"；7月，参加在厦门鼓浪屿举行的"厦门鼓浪屿诗歌朗诵节暨第二十三届柔刚诗歌奖颁奖典礼"。

2016年　2月，诗歌《我一生在调试适应的速度》发表于《诗潮》；8月，诗歌《寻找1929年的天空》在三明市"忆长征，跟党走，奔小康"主题诗歌创作征集活动中获二等奖，并于10月12日到三明参加颁奖晚会。

2017年　2月，诗歌《删除》发表于《诗选刊》；5月，诗集《天象》获得由福建省图书馆、福建省作协举办的"读吧！首届福建文学好书榜评选及阅读推广活动"推荐图书奖；5月，到光泽县参加省作家协会举办的文学采风，《光泽之光（组诗）》获由福建省作协、光泽县宣传部、光泽文学艺术界联合会举办的纪念建军90周年"信用社杯"全国征文大赛优秀奖；7月，到龙岩参加福建师大文学院、龙岩文学艺术界联合会举办的"重走中央红色交通线"文学采风；11月，诗歌《闽西行（组诗）》发表于《福建文学》；11月，由第六本诗集《天象》出版（团结出版社），该诗集得到福建省文艺基金资助。

2018年　3月，参加福建省作协、福建省文学院在八闽书院举办的"2018世界诗歌日·诗集会"活动；3月，第七本诗集《天空之物》出版（团结出版社）；7—8月，到西安参加工作培训，其间创作诗歌20余首；11月，诗歌《雷声，或者语意》获《中国诗歌网》"中国好诗歌"，并获得《中国诗歌网》"每日好诗"。

2019年　1月，《我在大田，为祖国写首诗》获福建省文学艺术界联合会、福建省作家协会、福建省文学院、冰心文学馆组织的"我为祖国写首诗"诗歌征集活动优秀作品奖；1 月，诗歌《雷声，或者语意》发表于《诗刊》；1 月，诗歌《好时光》在新浪网"博客首页"发表；获得"诗的世界，诗的鼓浪屿"厦门鼓浪屿诗歌节国际诗歌三等奖（2016 年）；3 月，诗歌《夕阳布下了棋局》入选《诗屋 2018 年度诗选》；4 月，诗集《天空之物》获得由福建省图书馆、福建省作协举办的"读吧！第二届福建文学好书榜评选及阅读推广活动"推荐图书奖；6 月，诗歌《一棵树就是一尊菩萨》发表于《诗歌周刊》第 361 期；8 月，诗歌《我在大田，为祖国写首诗》被中宣部"学习强国"学习平台采用。

2020 年　　3 月，《横幅》入选《中国当代诗人诗选》；6 月，《我一生在调试适应的速度》收入《百年新汉诗典藏》（百花洲文艺出版社）；9 月，参加厦门第六届鼓浪屿阳桃诗会，并创作系列诗歌；12 月，诗歌《点赞，我的祖国》，入选《祖国万岁》；12 月，第八本诗集《一湖之水》出版（团结出版社）。

张传海

现居三明。中国散文诗学会会员，现代禅诗研究会探索成员，福建省作家协会会员，三明市梅列区作家协会原主席，三明诗群成员。20 世纪 80 年代末与友人创办"九个太阳"诗社及民刊《晚祷》《九个太阳》。

▪ **代表作**

7 月 25 日山中听禅

寺院外一群松树听一群蝉在鸣
寺院经堂内一群居士听一位师父讲经
寺庙屋子上的青瓦，听一阵风
传动着一炷香的过程
我在细长的经廊中
听风听禅听山的呼吸

佛说
听一地的阳光或一地的阴影
拾去可
拾不去也可

▪ **短　诗**

水　滴

秋风秋水中夹着什么
屋檐和雨滴一夜未歇

它盯酸了檐下那只老旧的水缸
水珠一滴二滴三滴……一连串地
追了下去
让一夜的空满了出来

更　替

夏天过了，就进入秋天
没过多久，冰凉的星星
一串串挂在深秋的脖子上
如尘如露似玉珠
更像城市中屋顶高高在上的那架葡萄
葡萄熟了
有人伸手　有人垫脚　有人搬动梯子　有人挥动利器……
然后一一坠落

星星闪亮后会消逝
它们爆裂成一丝微笑的光
在看不到的深处
温暖着这冰凉的宇宙

秋日落

秋的傍晚，太阳累了
说要下山
我坐在山道冰冷的石阶上，看秋日落
看，一群小蚂蚁
在脚下搬运着落叶和过冬的食物
快，把脚挪开

蚂蚁们挺着胸抬着头回家

下山，在城里在人间
在谁的脚下

▪ 长　诗

故事不在白昼

一
夜市里
灯火燃得发狂，这夜色的空间
吆喝声拉着城市之手在奔跑
夜摊诱惑着归家的人
用酒打包饥饿的胃
排好酒菜打通关的汉子
喝光了钱，直愣愣地憨笑
醉颠的，裹着黑色的夜衫离去
路朝前延伸
又长又暗，这夜
学走路前可没人引教
说要到西山找那汉子

城市街头的灯疲倦地躺下
醉汉已没有了倦意，在争吵着
闹钟没闹已无法读秒
那墙悄悄地慢移而来
他们全然不知，更夫轻敲
海风吹时，他们被带进疯人院

把脉刺成夜里的路灯

从污秽的管道照来

可人没出来

清晨，枫叶飘洒在城市的街头

清道夫无奈清扫，因为渗透的深刻

惊叹昨夜热闹争吵的醉汉

故事，就这样被传得很远很远的他们

又很久很久

二

夜路下

前方的河岸看上去很近

其实很遥远

路　一条窄小的乡村小道

要去城里的人很多

没有月光没有桥

岸边的人拥挤着　有人掉进水里

场面极其混乱

河水披着黑衣颤抖着

风幸灾乐祸地奏着狂想曲

所有的船和水手都已沉默

那天想到对岸

奥林匹斯山传来消息

老鹰叼肉的悬崖染成了赤壁

盗火者死了

刀斧手终将会被审判

历史的天空不仅有太阳和白云

风雷电雨击打着生命

才造就出这丰满的历史

想过河岸

夜路一条水中游动的蛇

要么掉进水里

要么泅渡一生

三

友人，我熟悉而又陌生

那天夜色里，星星和月亮私奔

燥热、蚊子和臭虫

被赶出屋外的我

卷进黑色夜幕去友人家的路

夜踏着我，我徜徉着黑夜的小路

脚在距离之外

心在友人家的路

一路青石板

杂草、臭沟、蛤蟆

演奏着黑色的交响曲

演出的节目真叫精彩

狗在门庭狂叫连主人都咬

小巷深处难抵

无数狐狸的目光和嘲讽

把小巷啐成了垢河

浑浑噩噩，路上发生的事太多

友人家门重重，不知谁设

敲门，没人

回头一路忘川

只有向前，那友人家有闪闪灯火

今夜

握紧贝多芬的手

敲　敲　敲

▪ 创作年谱

20 世纪   开始文学创作；和同事创办《建筑群》（刻蜡纸油印本）。
80 年代

1986 年   7 月 30 日处女作哲理诗《电火花絮（四首）》发表于《建设报》第 56 期；
         从此用原名和笔名梦海、松子、我为风歌等先后在各地报刊（含网刊）发
         表文学作品。

1987 年   2 月，第一首散文诗《夏日的晌午》发表于《三明日报》"杜鹃园版"；5
         月，在三明电大学习时，与同学创办文学油印刊《彩色雨》。

1988 年   5 月，加入广西壮族自治区作家协会南方诗会。

1989 年   5 月，与诗友应秀标等组创"九个太阳"诗社，油印诗歌民刊《九个太阳》
         《晚祷》，后与诗人晓殷组稿"九个太阳"诗社成员作品，参加《东方诗
         报》诗歌展；7 月，散文诗《昨天的故事》获中国首届微型文学作品编辑
         出版大展二等奖；7 月，散文诗《有一天，那树……》获《山西青年》全
         国青年散文大赛奖。

1990 年   7 月，散文诗《昨天的故事》入选《夏日的梦》（甘肃人民出版社）。

1991 年   11 月，加入中国散文诗学会。

1993 年   5 月，加入三明市作家协会。

2002 年   与昌政、叶来、沈河、广福、阿满、贵优等诗友，参与见证了"诗三明"
         诗歌论坛和《诗三明》的建设发展，历任论坛版主。

2006 年   5 月，参加福建省文学界和艺术界联合会、三明市委宣传部在三明宾馆举
         办的海峡两岸（福建三明）《还魂草——范方诗存》首发式暨作品研讨会；
         5 月 17 日应邀参加在泰宁举行的海峡两岸范方作品研讨会。

2006   任三明市梅列区文学学会副会长、会长等。
———
2011 年

2006   任《瑞云文艺》编辑、编委等。
———
2017 年

2007 年   加入现代禅诗研究会。

2008 年   10 月，参加厦门第三届鼓浪屿诗歌节暨第二届福建青年诗人交流会。

2009 年   诗歌《沉默的石头》《一床春天的被子》入选《中国诗选刊》（华语文化
         出版社）。

2012　任三明市梅列区作家协会主席。

————

2021 年

2013 年　诗歌《水滴》《阅读》《更替》入选《〈安徽文学〉2013 诗歌年选》；散文诗《音乐之间（组章）》入选《中国散文诗 2013 卷》（线装书局）；9 月，诗论《从"八风吹不动，一屁过江来"想起》入选《大时空，大心境，大技巧——三明诗群理论与评说选粹》；诗歌《春天，一列幸福的火车》入选《〈安徽文学〉2013 年最佳爱情诗选》；散文诗《风月与酒》《音乐之间》《湘西赶尸》入选《福建百年散文诗选》（海峡文艺出版社）。

2014 年　诗歌《7 月 25 日山中听禅》《水滴》《大佛寺》《乌丘，一棵鸟树》《和平》《雷峰塔》入选《三明诗群》（团结出版社）；12 月，加入福建省作家协会；诗歌《7 月 25 日山中听禅（外二首）》入选《〈安徽文学〉2014 年度诗选》。

2015 年　诗歌《端午》发表于《福建文学》第 4 期"福建诗群巡展·三明诗群作品选登"。

2016 年　诗歌《瓜洲古渡》《下午茶》入选《〈安徽文学〉2016 诗歌年选》。

2017 年　散文诗《在灿烂的雨中》入选《世界华文散文诗年选 2017》；10 月，散文诗《苇岸》入选《闽派诗歌·散文诗卷》（海峡文艺出版社）。

2018 年　1 月，诗歌《7 月 25 日山中听禅》入选《三明诗群作品选（第一卷）》（现代出版社）；散文诗《苇岸》入选《2017 年中国散文诗精选》（长江文艺出版社）；诗歌《下午茶》入选《中国民间好诗 2017》（团结出版社）；5 月，散文诗《吴越拾零》入选《中国百年诗人新诗精选：现代诗歌精品选粹》（团结出版社）；诗歌《水滴》入选《中国好诗歌（选本二）》。

2020 年　《立冬前夕》发表于《民族文汇》第 1 期"三明诗群方阵"；5 月，《行走的慢板（组章）》入选《中国散文诗研究中心》。

昌　政

本名詹昌政，1963 年 7 月出生于泰宁，祖籍尤溪。2019 年 12 月 24 日因病去世。中国文艺评论家协会会员，福建省作家协会会员。2002 年与友人创建"诗三明"诗歌论坛。有诗获省级奖、入多种选本。主编《诗三明年度诗选》（5 部）、《三明诗群》、《三明诗选》，著有《昌政说诗》《昌政诗选》。

▪ 组　诗

满溪的石头

满溪的石头
聚在一起仍是
孤独

仍是敲一下响当当的
或者激起火花
甚至碎成一群尖刃

离城太远
没人约它爬上岸去刻成碑
或在案头摆设

至于石头里
是否有城的轮廓或玉的光芒
且听风吟

那　人

走过而不留鞋印的那人
走在自己的影子里
或也许走在自己的脚步声中
类似时钟的滴答

那人的脸蒙着雾　眼睛留给了远方
类似于落日的背影
类似风

脖子以上是行星
腹部却难舍小小的坟
花香的投影岂是镜子所能看见的
坠毁的云朵满地奔走
追过去的都是杂音
陷于渊底而赶造防弹列车的那人
在追赶自己

作为插图而却不知属于哪一本书
那人的双脚起落
类似键盘上的指尖
类似扑腾
类似官场的点头以及蹲在墙角的
打瞌睡

观　光

按了电钮
突然响起低沉的虎啸
脚下的人工土地腾空而起
悬浮在
众人的仰望里

俯瞰众生
类似群蚁、繁虫以及人类的性冲动
停电时幻象消失
遥远的星空又在楼缝闪现

弈　者

撬开罐头之前
弈者袖中的飞刀争论不休
也许折断一生的锋芒
也许传说的金牙陷于美味而不可自拔

弈者追随一粒棋子安于角落
看不见梯上的足音
岁暮时才记起把花忘在了春天
家具折进背包
轮椅推走了枪林弹雨
空出的广场
让风去为一朵云安放雕像

若用尺子去量弈者的坐姿

蜷缩的部分势必长于一束光芒

假如岁月可以压缩

势必制成唱片

罐头撬开了，冲出满天的黄豆

指尖与刀尖追逐

而弈者转身隐入了字典

谁能查出

孤　独

脚是孤独的。一前。一后。都在

追赶远方。总是

前后脚，总是交替着迈出去的孤单

总是各穿各的鞋

而却总在同一条路上争先

总是前脚才落地

后脚又抬起：总在闹别离

有时也并立，甚至绞在了一起

类似镜子内外的对视：深情。成双

然后模样相反

各自的疼痛各自承担

这只脚进不了那只脚的袜子

冷暖也是各自的

一生孤独，却有幸左脚总与右脚在一起

一起过了一辈子

渗　入

一个人会像一滴水
渗入虚空

先是身体的某一部分
渗入音乐
接着渗入风声直到整个身子
渗入风

一个人渗入另一个人
涌现一派水系

空　白

一棵树只生长一个影子
至于迟归的翅膀寄宿在摇晃之间
是一朵不雨的云

一棵树在荒野抓捕自己的影子
摇落繁花密叶
亮出比冬天更锋锐的手势

一片空白
飞鸟留下的天空
让一棵树仰望多年

罗唐生

祖籍浙江庆元，1962 年出生于将乐文曲村。福建省作家协会会员，福建省文艺评论家协会会员，"丛林七子"之一，"丛林诗"倡导推广者，创建"诗歌回归丛林""生态艺术村""诗书画公益讲座"等品牌。著有长篇纪实文学《琥珀之恋》，长篇评论《闽派艺术的崛起与困惑》《闽籍书画名家访谈》等 12 部作品，共计百万字。

▪ **代表作**

泮洋石帆

贴着起伏的波涛，向你靠近，我发现

为了那些久已失却的往事：山崩地裂，海平面升起

你扫清了历史的尘埃、瓦砾。居住在风暴中心

依然保持得如此镇定

我知道，我能以树的形状向你走近

但我不能像你与大海保持如此默契

身处沧海你以恒定的姿势凝视着惊涛骇浪

缄默千年而不语。即使所有的悲痛让你承受

你仍然逾越无数的人间高地

我知道，我只能以卑微的姿态敬仰你

崇高的圣洁之躯

你以无字之碑震撼世人的传说栖落于此

你终年与海鸥为伍。战胜风浪与雷鸣

操守的秘境是永远无法揭示的真实

我知道，即使穿越时空向你飞去

我只能是你的瞬间，却不能成为你的永远

你的精神之邦有雨雪交加、水火交融

但你以巨人坚硬的内心

紧紧地融入大海的血脉

你因此幸福而丰盈

面对大海终日的喧嚣

你总是那么平静、那么高远

我不能高攀，只能翻越记忆山峰的那一页

或沧海桑田的五十年

才能抵达你的脚下向你朝拜

你或许是天上的一块石头或一颗星星

带着神曲飞抵人间

让我感觉到飞翔的过程

此刻，我应感激你博大精深的静

因为你的静，让我看到了如此深刻的孤独

从接近岛屿的那一天

我的梦想也接近了无声的词语

在四季轮回中，我渐渐完整地修炼了自己

如果我还是一片火烧云

从万家灯火或阑珊之处向你飘近或在你的身旁

衬托你威仪。或在茫茫云海，点燃遥远的火焰

让你随着日月升落成为一道奇景

斗转星移，潮涨潮落

在我眼里，你就是一个年轻的帝国

你的身份证明了一个奇迹的诞生

如果让你扬帆远航，你仍能宠辱不惊、果敢而坚强

泮泮石帆

在云海那边，你是真实的存在，让人永远遥不可及

▪ 组　诗

夸张的夜晚

是的，并非掌声错过了汛期，只等笑声抚平撕裂暮色的伤口
夕阳落入内心的黑暗之前，洪峰之水提高了悬崖的心境
有时凛冽的秋风抱紧我的身体扫荡，它的魅影
扫过溪源暮色，扫过蔚蓝，把我的心事掏空

四周早已万籁俱寂，抑或是，只有一片轻轻的孤云
神已睡下，示意我陪其左右，我只得承受秋日的成熟
并听从命运的安排。我就这样为了寻找一片绿色叶子
沿闽江探索溪源的秘密。在我眼前一片秋水苍茫的夜晚，有点儿夸张
这个有些夸张的夜晚，像今年炎热的夏夜少女的黑裙
乌鸦固执地飞，风中染黑了漆黑的夜
我的心绪总是难以平静———一朵花难以倾诉的夜，还有谁有如此闲心

羊已走出了羊圈，夕阳也合上了双眼

海风吹走了许多海花，太阳照常从空城升起
风雨侵袭着百年老街和古厝洋房
华侨村上百座古厝沉睡已久
正在等待新的生机。这里是石井奎霞
曾经因岑兜高甲戏发源地而闻名
如今只能留在美丽的风光中
离奎霞村不远就是郑成功雕像
他傲视群雄地望着空的城
"他住在哪里，哪里就是空的城。一城的风雨，是空的"

也许空着的树林下。羊已走出了羊圈，夕阳也合上了双眼

鸟鸣在瓷与词之间

鸟鸣在瓷与词之间落在纸上空间
折叠好戴云山，折叠好石牛山，折叠好德化窑址
将河道的宽度和瓷的密度，连上"海上丝绸之路"
德化、景德镇、醴陵这三大瓷都
都在大师手中拿捏成时代精神
成为"中国白""鹅绒白""象牙白"
白白的观音、达摩、弥勒佛、关公
这个清新的雨后，将你的鸣叫声轻轻送入我的耳中

芦柑与我烧一炷香

芦柑翻过气势雄伟的天柱山
芦柑跨过月光和怪石嶙峋之间，与我烧一炷香，进贡菩萨
在紫云峰，有一座桥横在天柱山
一缕缕烟岚，折叠完半月山的温泉，绕过万石山，万岩坡，花岗岩
最后，烟雾缭绕，坐在奇峰之上，我品着芦柑的甜
想想这一切，与饥饿无关，与月光和石头有关

将铿锵有力的经典句子举过头顶

从内陆邻海张开两翼，我们对接两洲、拓展腹地
我们与闽江、九龙江、汀江结拜兄弟
我们从发源地出发到"龙岩洞"

在翠屏山麓有一处喀斯特溶洞，洞的周周生活着许许多多村民

有一天，他们将稻谷和红色的记忆，与历史的细节和碎片连成一片

"二十年红旗不倒"在闽西，红旗跃过汀江直抵新罗

他们将铿锵有力的经典句子举过头顶

▪ 创作年谱

2002 年　《乡村：1968—1978》出版（重庆出版社）；上榜《星星诗刊》青年诗人榜；《峰岩与山鹰驮来的闽西北村庄》发表于《福建乡土》第 2 期；《温暖十七行（外三首）》发表于《福建文学》第 6 期。

2003 年　《在江南》出版（重庆出版社）；《被鹧鸪声收藏的》发表于《诗选刊》第 7 期；长诗《琥珀之恋》及创作谈发表于《星星诗刊》8 月号下半月刊"诗人"；《困惑与行程》发表于《福建文学》第 9 期；《琥珀之恋（节选）——与西楚对话》发表于《诗歌月刊》第 6 期。

2004 年　作品入选《星星诗刊》3 月号上、下半月合刊"星星诗刊甲申风暴·21 世纪诗歌大展"；作品入选《2004 中国诗歌年选》（漓江出版社）；《罗唐生的诗》发表于《诗歌月刊》第 5 期；《南方啊南方》发表于《福建乡土》第 2 期。

2005 年　《露天吧文丛》（7 人合著）出版（银河出版社）。《一个城里人梦中的乡村雪夜（外一首）》发表于《福建文学》第 11 期；诗作 2 首发表于《诗选刊》。

2006 年　《音乐、花之影及其六重奏（组诗）》和随笔《音乐扑打着高蹈的诗心》发表于《星星诗刊》1 月号"文本内外"；《社会主义新农村——中国桃花诗村诗歌教材》出版（中国文联出版社）；《天堂的患者》发表于《福建文学》第 8 期；诗作 2 首入选《世界汉诗年鉴 2005—2006 年》。

2007 年　《天堂的患者（外一首）》发表于《星星诗刊》2 月号上半月刊，入选《星星诗刊五十年选》；《触摸爱情（外二首）》发表于《福建文学》第 6 期；《叙述（外一首）》发表于《福建文学》第 12 期；诗作 6 首发表于《诗选刊》。

2008 年　《音乐、花之影及其六重奏》发表于《文学港》第 1 期；《出发（三首）》发表于《星星诗刊》6 月号上半月刊；《以树的形式，承接这个神秘的黑暗

（外一首）》发表于《福建文学》第 7 期"福建诗歌特大号"；中篇小说《审计报告》在《川渝都市报》连载。

2009 年　《月光奏鸣曲（外一首）》发表于《星星诗刊》7 月号上半月刊；《从贝壳线到寡妇村（外二首）》发表于《福建文学》第 2 期；《罗唐生小说选》出版（四川美术出版社）；作品入选《福建文艺创作 60 年选》（海峡文艺出版社）。

2010 年　《祖父与砚石（外一首）》发表于《福建文学》第 5 期。

2011 年　作品入选《〈福建文学〉六十年作品典藏》（海峡文艺出版社）；入选《诗歌榕城》（海峡文艺出版社）；《冬妮娅，冬妮娅》发表于《福建文学》第 7 期。

2012 年　作品发表于《福建文学》第 1 期"闽地作家剪影"；《在九寨沟》发表于第 10 期。

2013 年　《午夜臆想（外二首）》发表于《福建文学》第 7 期；诗作 1 首发表于《绿风》第 1 期；作品入选《中国诗歌 2013 年度诗选》（中国文联出版社）；《丛林七子诗集》（合著）出版（中国戏剧出版社）；《被雕刻的幸福（组诗）》和随笔《罗唐生与诗同行，回归丛林》发表于《星星诗刊》第 11 期"文本内外"。

2014 年　《春天的重量（外三首）》发表于《绿风》第 1 期；作品发表于《国家诗歌地理》。

2015 年　诗作 2 首发表于《诗刊》1 月号。

2018 年　诗作 2 首发表于《作品》第 6 期。

2019 年　诗作 3 首发表于《港台文学选刊》第 12 期；作品入选《诗画闽东》（海峡文艺出版社）；作品入选《诗意平潭》（海峡文艺出版社）。

2020 年　作品入选《石帆 13》（海峡文艺出版社）；《在莆田（外三首）》发表于《莆田文学》第 4 期；《岚岛之恋（外一首）》发表于《厦门文学》第 9 期；诗作 2 首发表于《港台文学选刊》第 12 期。

枫 笛

本名李燕萍，明溪人。中国诗歌学会会员，福建省作家协会会员，三明诗群·滴水村落成员。曾在《三明日报》《特区文学·诗歌专号》《诗歌月刊》等报刊及网媒平台发表散文数十篇，诗歌（含微型诗、散文诗）200余首。

▪ **代表作**

松 果

同样是母亲的宝贝
花朵结出的精华
别人长得美丽可爱
我却是颜色暗淡　满身长刺
一溜神被踢下山坡

遇上一撮泥
或是绝壁危石
就在那儿安家

多年以后也生下和我一样丑的孩子
和一群鸟儿散居天涯

▪ **短　诗**

萤火虫穿过的那个夏天

小小灯笼一闪一闪

那是少年晶亮的眼睛

童年的乡村影影绰绰

希冀明明灭灭

一声犬吠划过寂静

一把蒲扇

摇出爷爷旱烟袋里的故事

小巷悠悠

吹过额头的一缕风

能否捎上炊烟

将梦里故乡亲密缠绵

母亲站在老屋前

手搭在额头眺望

哗哗溪水呼唤着我的小名

能否唤回一群天南地北的青葱少年

依然不知愁滋味

沉浸在诗歌故事

一点风花雪月却也泪奔

激昂文字抒写青春

能否带回一个童年

张扬展翅的快乐

飞奔在希冀的田野上

可以白日做梦

可以夜晚追星

蝴蝶的江湖

偶然路过你的窗口

轻踮起脚尖凝望

风和日丽　花瓣徐徐开放

深山竹影疏斜

曲水流觞　飘若云烟

嘘！静，静

别怕我偷了你的文字

我是一只写字的蝶

轻盈的翅膀沾满灵魂的香气

在诗意的王国里翩跹

▪ 长　诗

睡　莲

一

一泓绿

从平湖里探出了头

慵懒的

像刚睡醒的萌娃

看，外面早已春光明媚

山花绚烂　鸟儿啁啾

细雨催熟了季节

春，渐行渐远

那小小的娇嫩脸蛋

晓风轻拂

她就会慢慢长大

长出一湖清静

二

悄倚平湖一隅

几棵杂草缭乱

掩饰了一冬的残荷

细了身枝　瘦了秋词

一朵朵绿伞漂出

撑向暮春

浅叶连连　欲说还休

一帘幽梦向谁诉

小荷才露尖尖角

忍了寒冬，不与群芳争妍

踏着初夏的脚步

打开一扇扇安静的心窗

三

迎着晨曦

微微睁开双眼

吐露暗香，醉了一湖碧水

身姿娇小　娉婷袅娜
风儿轻轻握住了她的小蛮腰
俏丽面容　点点淡妆

独守一颗清心
不羡群芳　不恋红尘
将四季轮回修炼成禅

▪ **创作年谱**

2016年　12月遇见明溪归侨曾春根创设的滴水村落诗群，加入诗群尝试学习现代诗歌创作，写出处女作《山野古厝》；《盲人按摩师吕秀兰的故事》获福建省残疾人联合会主办的"我身边的最美残疾人家庭"主题读书征文三等奖。

2017年　加入三明市作家协会；首次公开发展诗作，在《三明侨报》发表诗歌《宁静》。

2018年　诗歌《电力人之歌》获2018年"闽电巾帼·拥抱新时代"主题征文活动"三等奖"；诗歌《秋天的思念》参加"相约碧桂园·侨乡月正圆"明溪县首届中秋诗会；《BP机，那个时代的记忆》获得由中共三明市委宣传部、三明市文学艺术界联合会、三明日报社联合开展的纪念改革开放40周年"讴歌40年"文艺作品征集佳作奖。

2019年　加入福建省作家协会；加入中国诗歌学会；《初春》《过年》《母亲·粽子》等30余首诗歌收录于诗歌合集《滴水村落》（九州出版社）；《早春二月》《秋月吟》《玉兰花》发表于《诗歌月刊》第12期；《乡村小路》等4首参加2019年11月24日福建省全民阅读示范基地"书香八闽"阅读会主办的第六期"悦读时光"诵读会。

2020年　《二月》等10首诗歌入选《已作丰熟》；10月，参加第一届诗歌行走海西新侨乡暨苏区明溪县采风活动。

2021年　诗歌《一江秋水》参加第五届华语诗歌春晚朗诵（海峡分会场）；《苦楝花开》发表于《特区文学·诗歌专号》。

2022年　诗歌《又见枫叶红》参加第六届华语诗歌春晚朗诵（海峡分会场）；《秋天里行走》入选《每日一诗2022年卷》（中国文史出版社）；《通风报信的蚂蚁》《萤火虫穿过的夏天》发表于《渤海风》；《月台往事》等10首发表于《天采》。

惭 江

1970 年生，宁化人。中国作家协会会员，福建省作家协会会员，《客家诗人》副主编。获福建省第三十三届优秀文学作品奖、深圳作家协会第三届红棉文学奖诗歌首奖、第七届中国突围诗歌奖、第五届上海市民诗歌节奖、首届闻捷诗歌奖以及第二届"新疆是个好地方"诗歌节奖等。著有诗集《大云过境》等。

▪ **代表作**

我喜欢铁路桥上有一些星星

火车从桥上隆隆驶过
它是时间的叙事部分

由此岸到彼岸，一块铁横在那里
屏住呼吸
好看的弧形的栅栏镂空深处
是钢铁的抒情部分

一块铁在另一块铁上飞奔
总得留下什么，比如将溅起的火花焊接在天幕

这里是郊外。一切又将陷入沉寂
仿佛火车从未到来
一块铁屏住岁月的痛楚
因此它的沉默比一块夜色更黑暗

▪组　诗

成群的鸟雀是撒出的种子

如果香樟树多了许多片叶子

那一定是鸟雀落在上面

那个翔集的过程

多像父亲撒出了一串种子

如果洪水泛滥，这些种子颗粒无收

我想有一颗会藏在鸟雀的胃里

在它隐隐作痛的角落

我们不忍心揭开

它们飞翔了世上的许多地方，许多棵树

它们发出哗哗哗的声响

感觉是种子在萌动

而树叶发出的

是叽叽喳喳的叫声

他们有着相互磨损的生命

长根婶婆的饧糖饼机子，被磨弯的把手

像一条变形的肋骨

坏过好几茬了，都扔在

旯旮里

长根婶婆走的时候，生前的物品都一一烧在村口

包含饧糖饼机子
有人算了算，总共有六辆

其中一辆没有完全烧毁，僵立在那
重新黑成了一块木头

那些一寸寸死去的

经过身体的事物，向下，向下
却在头顶倔强地长出杂草

我在丝路理发店，踩着这些无用的顶上之物
坐下来，削去多余的部分

理发师吴小璐一寸寸地把它剪下来
纷纷扬扬委地的
像走在人生的另一条路上，替我们先行死去

那些黑色的灰色的白色的焗成五光十色的头发混在地板上
那些油腻的粉尘的汗腥的香水味的头发混在地板上
因无用而平等

吴小璐在这里转来转去，等到碍步的时候
她就会一大把一大把扫起来，倒出门口

我们有和小鹿村一样隐秘的一生

小鹿村最响亮的声音，莫过于午夜的狗吠
爬着爬着，声音就被坡顶的黑树林没收了

岁月的创伤，偶尔让妇女撕心裂肺的哭喊

可能就被几围篱笆过滤，截回

即使一代一代人垒起来的坟墓，蜿蜒着

也没有，也没有爬出去

▪ **创作年谱**

1989 年　10 月，担任福建林学院南峰诗社第七届社长。

1990 年　6 月，获得南平市大中专院校诗歌大赛特等奖。

2004 年　9 月，《三明日报》专版推介散文作品《经过一片栀子林》等 5 篇，并由该报副总编、著名诗人昌政作评。

2015 年　10 月 1 日，在《三明日报》副总编昌政倡议下，与离开创办客家诗群。

2016 年　在《诗选刊》《解放军文艺》《扬子江诗刊》《诗潮》《散文诗》《中国诗歌》《安徽文学》《延河》《西部》《天津诗人》《山东诗人》《三明日报》《平潭时报》《时代三明》《汀州客家》《常青藤》等报刊发表作品；《红军街（组诗）》获中共三明市委宣传部等举办的全国"忆长征，跟党走，奔小康"主题诗赛二等奖；加入中国诗歌学会；担任《客家诗人》（第一卷）副主编。

2017 年　在《诗刊》《星星诗刊》《诗潮》《中国诗歌》《三明日报》《汀州客家》《新大陆》等报刊发表作品；获得中国作协桃花潭国际诗歌周入围奖；加入福建省作家协会；担任《客家诗人》（第二卷）副主编。

2018 年　在《星星诗刊》《福建日报》《中国诗歌》《散文诗》《嘉应文学》《海峡诗人》《诗歌世界》《三明日报》《汀州客家》《世界日报》等发表作品；诗集《大云过境》出版（中国文联出版社）；担任《客家诗人》（第三卷）副主编。

2019 年　在《星星诗刊》《诗潮》《绿风》《中国诗歌》《山东文学》《星火》《散文诗》《散文诗世界》《青年文学家》《上海诗人》《浙江诗人》《天津诗人》《关东诗人》《三明日报》等报刊发表作品；获得第三届红棉文学奖诗歌首奖、第五届上海市民诗歌节三等奖、首届浪漫海岸杯国际爱情诗大赛三等奖、首届闻捷诗歌奖三等奖、中国文学艺术界联合会第二届全国乡土诗歌大赛优秀奖等；担任《客家诗人》（第四卷）副主编。

2020年 在《诗歌月刊》《福建日报》《散文诗世界》《青年文学家》《回族文学》《泉州文学》《客家文学》《平潭时报》《三明日报》等报刊发表作品；获得第三十三届福建省优秀文学作品奖提名奖、第七届中国突围诗歌奖，第二届"新疆是个好地方"诗歌节诗赛三等奖、第二届桐花诗歌奖，第二届中国长淮诗歌奖十大优秀诗人入围奖等；担任《客家诗人》（第五卷）副主编。

2021年 在《星星诗刊》《诗林》《散文诗》《散文诗世界》《厦门文学》《金田》《辽源日报》《三明日报》《川江都市报》等报刊发表作品；诗集《半人间》出版（团结出版社）。

黄莱笙

福建省作家协会副主席，福建省文艺评论家协会副主席，第六届、第七届福建省文学艺术界联合会委员，中国作家协会会员，中国文艺评论家协会会员，第十次、第十一次全国文代会代表，第二次全国文艺评论家代表大会代表。出版个人专著7部，主编文丛著作80多部，作品多次获省级以上奖项，入选重要选本及中学语文教材。

▪ **代表作**

峦　佛

群山皆佛
尊尊打坐
裹一袭野林织就的绿袈裟
腆一肚浑圆鼓鼓的莽山坡
峰面上总露一弯岩崖有如笑窝

君若进山
莫忘先在山外的湖海沐浴更衣
然后沿山径走进经文
当身旁香飘众佛气息
便知大肚能容容天下难容之事

君若出山
莫忘牵一涧佛前圣水奔流红尘
净地何须扫　空门不必关
看天涯海角鹬蚌相争
还当开口便笑笑世间可笑之人

长风习习
那是遍山诵经的梵音
一万座山峰便是一万尊佛形
群峦无边
众佛无边

▪ 短　诗

群　山

多少起伏的心事
积蓄了万古秋冬
而说出来的
只是细细的风声

背负着千年沉积的故事
相互间渴望着走近一步
而能够缠绵相依的
只有那缓缓蒸腾的缥缈云雾

岁月崇尚

早先　崇尚草
那草会在飓风路过时侧身行礼
我可以久久地趴在它面前练习安详

后来呢　崇尚树
那树怀着神秘的年轮分娩枝梢

我从树根的姿势学会了使用脚趾

再后来呢　崇尚山
那山庞然着从不折弯的身躯
使我遥望的时候总会不知不觉地伸伸腰

现在　崇尚云
那云悠着大鹏撕过的表情无边漂泊
我看见窗前走过了一朵人　又一朵人

盎然阔禅

一片蓝天　裹住青山红楼
一只星星盏　却盛进了
流云苍穹

是和风摸暖了阳光
还是阳光吻颤了和风
旷野竟迷糊得如此透彻

曲径幽　花木深
怎比峦佛叠嶂来得过瘾
发呆如我　无际无边

▪ **长　诗**

我就是雪域

一、岁月历练

岁月的历练

就是使自己静默成一座终年不化的雪山

顶着蓝天

裹着流云

莽莽苍苍

绵亘到天边

生生灭灭的爱情是雪

来来去去的挫折是雪

停停走走的灿烂是雪

日积月累的思念是雪

那雪罩在心头

冷得发烫

冰得灼热

当目光如阳光般寻觅而来

这心头总会折射

折射七彩斑斓

折射光阴荏苒

折射是对世事的牵挂

折射是对人间的关注

正因为折射

再动情的阳光

再炽热的目光

雪都不会融化

我就是雪域

二、纯净

纯净其实是一种明朗

白雪罩着黑山尖

蓝天滚着白云朵

红色的袈裟

金色的屋顶

回肠荡气的歌声

射出天际的雁群

说高兴

就是笑脸

不用按捺

开怀大笑不必控制成谦卑微笑

说悲伤

就是眼泪

不必压抑

痛快的大哭不用躲藏作悄然的抽泣

愤怒就是大骂

一吐为快

何须遮掩

哪能缩作呢喃诅咒

明快的色调

明晰的剪影

明亮的旋律

明确的性情

心机用不上

委婉用不着

一切都那么明明朗朗

这就是纯净
善良的纯净　快意的纯净　雪域的纯净

我就是雪域

三、苍茫
苍茫来自心胸豁达
苍茫是开阔的视野
苍茫是起伏的视野
苍茫是令人遐思的视野

风雨用过才有苍茫
坎坷走过才有苍茫
思想痛过才有苍茫

那是怎样的一种苍茫呀
弥合了的心灵创伤
云里雾里的默默挺拔
对世态炎凉的宽容
对世道沧桑的包容
对世间冷暖的兼容

如此苍茫的雪域呀
一道歌声翻翻滚滚
一只大鹏扶扶摇摇
一种力量舒舒展展
风在耳边
云在天边

心思越是辽阔

雪域越发苍茫

我就是雪域

四、雄浑

雄浑是成就叠加的效果
一组组作为再加上又一组组作为
时光不息　作为不止
重重叠叠
无边无际
于是人生就有了雄浑

雄浑的雪域
是繁衍成就的山川
是容纳作为的原野

在雪域
所有的成就都被天地认同
所有的作为都不被妒忌，不受中伤

在雪域
成就以山峰的形状存贮
用白雪呵护
用长风除尘
饮天水
吸天光
滋养得一身厚重

在雪域
成就不过是自然风光
成就不过是高原生态
成就不过是与生俱来的理所应当

无所事事不是雪域

看啦
众多成就荟集雪域
腆着身躯
挺着腰杆
站着是雄浑
卧着也是雄浑

雄浑是雪域的天生气质
雄浑是雪域的生活气派
雄浑是雪域的处世气度

我就是雪域

五、深奥

深奥来自太多的凝重
雪域的思想盘盘旋旋
无边的人生轮回呀
何方可觅百年之后的转世灵童
哪处能寻千年之后的相同掌纹
等身长头磕亮了朝圣的天路
神湖的显影浮现企盼的灵验
一杆经幡足够深奥

雪域的历史蜿蜿蜒蜒
且看茶马古道
飞雪淹没了成串足迹
足迹复沓着积雪
飞雪再度覆盖足迹
如此反复
足迹成了深奥

飞雪也成了深奥

平坦就已经足够深奥

雪域的深奥

最是那虔诚的眼神

眉宇弥漫雪峰的云团

瞳仁映射天际的星光

每眨动一次睫毛

天地就有一阵明暗

深奥遍布雪域

深奥不仅仅是耳闻目睹

深奥不单单是道听途说

深奥是雪域的历史钟情

深奥是雪域的未来会意

深奥是雪域的灵魂共鸣

我就是雪域

曾春根

笔名寒江雪，明溪人，归侨。欧洲福建侨团联合总会副主席，匈牙利明溪商会顾问，巴西巴中贸易促进会顾问。中国诗歌学会会员，中国金融作家协会会员，中国纪实文学学会会员，福建省作家协会会员，美国夏威夷国际作家艺术家联合会会员，诗刊社·新时代福建诗歌创作高研班学员，当代新诗三明诗群·滴水村落创研基地主任，三明诗群·滴水村落村长，明溪县文学艺术界联合会名誉主席、作家协会主席、新的社会阶层人士联谊会会长、归国华侨联合会副主席、客家文化联谊会副会长、杨时文化研究会副会长，政协明溪县第九届委员会委员、政协三明市第十届委员会委员，明溪县监察委员会第一届、第二届特约监察员，明溪县人民陪审员，三明市第十四届人大代表。主编《滴水村落》诗歌合集等，出版诗集《曾经路过你的风景》《春的诗画》《根之心语》《在第三极的边缘守望》，游记《风雪南极情》《风雪北极情》，散文集《故园·他乡·远方》等。

▪ **代表作**

出门的人

他是一位极少出门的人
一旦出门，就有许多遇见
比如遇见美丽的姑娘
比如在路上捡到了银两
他生来既怕风又怕雨
风推着他从月夜走向黎明
雨逼迫他躲在别人的屋檐下
只好偷偷拧干一身泥泞
近日，他出了趟远门
从龟山书院走到武夷山
又从武夷山返回了龟山书院
他带回了一摞又一摞诗刊

涌起一阵又一阵诗潮

摘回了沿途的满天星星

还领回九曲水浇灌诗江南

衣兜里，塞满失散多年的灵魂

尚未归家，他又准备出门

▪ **短　诗**

闲人趣事

挑上楼顶平台的那几担土

不种开花的小草

也不种花开富贵的牡丹

以及收买爱情的玫瑰

待到适合的季节

种上一株苦瓜、几株番茄

或是空心菜、小豆角

阳光充足，露珠丰盈

只需添加些许寡淡的水

它们便会疯长雀跃

孤单时，又懒得上街

登高望远，极目小城

顺手摘下慢慢老去的菜蔬

下楼煮起一些不着边际

津津有味

国道上，与雨夜聊聊

雨夜，深不见底

伴随我十一年的老车

又在国道上抛锚了

在车内静下心，等待救援

坐下来，与无边的雨夜

聊聊吧，聊聊

见过太多太多的风雨了

我喜欢在风雨中闯荡

从来无视这从天而降的怪物

我却欣赏这怪物汇聚成的沟渠

山溪，江河，湖泊，海洋

它们可以流走一切事物

淹没任何不平　而我

暴露于脸面的千年坎坷

隐约内心的无数不平

花甲已过，却无人问津

此刻，我与自己和解

与人间的万事万物和解

与一只小麻雀对视

都说早起的鸟儿有虫吃

晨起，推开小窗

窗外树尖上的小麻雀

并未急于寻找食物

我和它对视着

就像和一位老友的眼睛对视

和一张历尽沧桑的脸对视

就像黑夜与白昼对视

高贵与卑微对视

就像自己的内心与孤独对视

如一次久别或一场欢聚的拥抱

我们对视了很久很久

直到万物苏醒、晨曦炽热

直到我呆若木鸡、陷入沉寂

小麻雀却轻轻地飞离了树尖

如同一个人一声不吭

在站台，忍住眼泪

踏上远行的火车，再也没回头

渐渐远去，消失在

不可预知的前方

等待·品味插曲

那只自行孤立的鸟儿

嬉笑怒骂被诗人写了又写

稚嫩的翅膀飞越过苦海

受伤的翅膀飞越过河流山川

携带无数插曲飞翔过远方

在乌鸦与金丝雀的交响乐中

他准备放弃拥挤而灰暗的天空

让别的鸟儿去飞翔

他在南方之南，等待一场雪

等待这场白覆盖天下所有的黑

奢侈的妄想困扰了不少季节

似乎这道无解的难题

被几场薄霜破解

北风噤声，野草寒战

一切事物都抵达了冰点

他衔一滴几近凝成冰的水

伫立高高的枝头细数

遗落在稻田的谷粒

原野疯结的草籽

以及数不尽的苍茫

他正梳理着羽毛，不再思量

饥饿与饱腹的日夜

上半生是首不完整的歌谣

截取一段优美的插曲

在下半生细心品味

▪长　诗

北极点破冰航行纪实十节

一

神秘的不冻军港摩尔曼斯克

俄罗斯最北的边城

庞大的核动力破冰船

坚实的外壳包裹着核的力量

酷似故乡巍峨神秘的山

静静等候远方来客

港湾里，航空母舰与核潜艇

还有体型各异的数艘军舰

似乎也要为我们护航

军警持枪挺立哨岗

威武　帅气　目视着远方

夏季的夜，不会黑

此刻我确认不了方向

二

三声汽笛鸣响

鸥鸟惊飞，鱼虾逃散

震醒了肃穆庄严的军港

破冰船徐徐启航

没有初闯南极的慌张

巴伦支海的港湾连接着北冰洋

夏的季节却吹着冬的风寒

这里的世界不是我想象的模样

海面安静，波光荡漾

时有油轮与渔船过往

不见燕雀飞翔

正北，我们的远方

三

巴伦支海上空有几架战斗机掠过

天空矮处挂着乌黑的云朵

夹岸黛色绵延着山峦

穿山的洋流上漂浮着支离破碎的冰山

那样的冷静也会发生着冲撞

一群赛贝尼海鸥栖伏在浮冰之上

究竟它们要将这冰冷的船驶向何方

我侧耳闻北风呼啸，扶栏望浪花翻滚

正北 70 度已显示在俄罗斯船长的罗盘

四

俄罗斯人在甲板上咬着雪茄

犹在自己的院内信步闲庭

无数的鸥雀争先恐后悬在崖缝筑巢产卵

它们将带领后代飞往我的南方

几只象海豹在海面上沉浮

大海是它们的家乡

我的故乡在北极之南

五

雷鸣般的声响惊醒我万里之外的梦乡

破冰船遇到了冰山。舱外，蓝天白云

远方，冰雪与天际相望

北冰洋的冰盖向千里之外伸长

汹涌的海浪盖在了冰城之下

耀眼的星光在冰面上飞溅

我点燃了一支中华烟

小女儿高考是否如愿以偿

我们已经远隔重洋

六

如镜的北冰洋雪脊起伏跌宕

清纯的容颜却显老太的皱褶

我们的船以暴力的方式

对抗着如磐的坚冰

撕裂开的那条蓝色水路

鱼虾跳跃　鸥鹭冒险

破碎的冰盖分分合合

顷刻间，水路消失，破镜重圆

远处，雪雾氤氲朦胧了视线

我默立十六层湿滑的甲板

故乡，已经离我很遥远

我依然不会迷航

七

北极熊在冰面上假寐伺机

在此已经静默了好些天

寒冷和饥饿逼迫它必须恒心坚守

机会在我们到来时出现

它疾速跃入冰洞拽起了象海豹

洁白的冰面顿时被鲜红浸染

貌似温柔笨拙的北极霸主

却在光天化日之下露出了凶残

所谓的生存法则令我万分震撼

八

北极点越来越近

左右舷翻卷起坚冰的蓝

摩擦　挤压　撞击

船与冰正在激烈对抗

荒凉的世界竟然没有安宁

船长轻声细语发出讯号

雷达显示前方有一对北极熊母子蹒跚

破冰船关闭动力停止前行

身着大红外衣的访客悄悄涌出了舱

静候北极霸主的光临

世界一片寂静，鹅毛大雪飘扬

九

北风停止了呼啸

只有小雪花你追我赶

北极熊钻出雪雾

一前一后紧紧相随不时张望

翻越冰脊，跃过冰沟

时而低头疾步，时而驻足昂首

揣摩着眼前的庞然大物

以及一群红色的不速之客

这片天寒地冻本是它们的领地

它们不必学着人类的恐惧

都是不同世界里的过客

我们和它们没有两样

十

十个极昼的破冰往返

始终没有落下的是太阳

在没有黑暗的天地间

我们踏进了北极之北、地球之巅

围着极点那一圈红色的圆

这个智慧创意来自俄罗斯船长

即便伸长手臂踮着脚尖

依然触摸不到上帝的脸

渺小抑或伟大，你我不必内敛

也无须夸张

▪ **创作年谱**

1991 年　开始尝试现代诗歌创作，处女作为《破茧之痛》。

1992　　零星创作数十首现代诗歌，未发表。

————

2012 年

2012 年　3 月，在《三明文艺》首次发表诗歌作品《布达佩斯的五月》《疏芬山金矿》《神仙小企鹅》《非洲马拉河》。

2014 年　2 月，加入三明市作家协会；3 月，在《三明侨报》发表处女作《破茧之痛》；至《三明侨报》2019 年停刊，在其"故乡明月"等版面发表诗歌作品数十首；3 月，在《三明日报》发表诗歌作品《船舱里露出的那点光》《倒下的大树》，《倒下的大树》又入选《三明诗群作品选》（现代出版社）；后至 2022 年 5 月在《三明日报》发表诗歌作品近百首；12 月，诗集

《春的诗画》出版（现代出版社）、游记《风雪南极情》出版（现代出版社）；12月，加入福建省作家协会。

2015年　再版诗集《春的诗画》、游记《风雪南极情》；获明溪县"最美家庭"称号。

2016年　获三明市"五好标兵家庭"称号；获第一届"海上邮轮诗歌大赛"二等奖。

2017年　获福建省"最美家庭"称号，同年获"全国最美家庭"称号，并受邀晋京领奖；获第二届"海上邮轮诗歌大赛"一等奖。

2018年　11月，加入中华文学作家协会；获中华文学诗歌凤凰榜三等奖。

2019年　7月，加入中国诗歌学会，8月，诗歌散文集《故园·他乡·远方》出版（九州出版社），主编的诗歌合集《滴水村落》同时出版（九州出版社）；12月起，至2022年9月诗歌作品在《诗林》《星星诗刊》《绿风》《诗歌月刊》《江南诗》《辽河》《渤海风》《中国诗人》《作家报》《香港文艺报》《西部散文选刊》《特区文学·诗》《鸭绿江·华夏诗歌》《速读》《家庭周刊》《文化之窗》《当代文学》《文学家》等国家级、省级重要文学报刊上发表600多首（篇）、30多万字。

2020年　获首届"杭阿同心杯"水韵阿克苏全国诗歌大赛优秀奖；获第三届博鳌国际诗歌奖入围奖。

2021年　4月，加入中国金融作家协会；获福建省2018年至2020年全省"文明家庭"称号；获第四届博鳌国际诗歌奖入围奖；获"2020年度十佳华语诗人、十佳华语诗集"之"十佳华语诗人"入围奖；5月，获金延安杯"百年辉煌，回望延安"全国征文大赛原创诗歌二等奖，并受邀参加"百年辉煌，百名诗人回望延安"大型颁奖与采风活动；5月，获延川全国诗人采风原创诗歌金奖与朗诵金奖；7月，在CCTV第二十一届世纪大采风活动中被授予"当代德艺双馨艺术家"荣誉称号，并受邀晋京领奖、接受央视专访；9月，在"走进西藏，谱写新时代奋进征程"全国征文大奖中获原创诗歌二等奖并受邀进藏领奖；10月，获第二届紫荆花（香港）"诗与远方"华语诗歌大奖赛三等奖；12月，加入四川省散文诗学会。

2022年　2月，获2021年第二届杨万里全国诗歌奖征文三等奖；3月，获2021年度中国诗歌学会百名优秀会员称号；《曾经经过你的风景》（中国书籍出版社）、《根之心语》（九州出版社）、《在第三极的边缘守望》（世界图书出版公司）出版；9月，入选《名人辞典》中国名人大数据库，获中国当代正能量文艺工作者"时代标杆"称号；9月，加入中国纪实文学学会。

曾旗平

明溪人。中国诗歌学会会员，青年文学家杂志社（临汾分社）理事，三明市作协会员，三明诗群·滴水村落成员。诗歌发表于《诗歌月刊》《特区文学·诗歌专号》《青年文学家》《鸭绿江·华夏诗歌》《三明日报》等报刊和网络平台。

▪ 代表作

父　亲

我记得
你拉二胡，吹笛子，吹口琴，吹拉弹唱信手拈来
编簸箕，编菜篮，编竹篓，还能编故事
你会说闽南话、仙游话、长汀话，无话不说
不管是邻里乡亲，还是五湖四海
都是朋友

那时，你不会疲倦
骑着友谊牌自行车，载着一家人的憧憬
多卖点肉，多种几亩地
你要把错过的光阴攒回来

那时啊
朝霞还未探脸，你就赶集去了
夕阳收起余晖时，你收了工又出门

直到有一天，团圆节就要来了
你说要和我们过个团团圆圆的团圆节
然而，你食言了

或许是你超载了吧
把全家人的梦都载走了

▪ 组　诗

风

把身心交给风
从此就无暇停歇了

大多时候她深受欢迎
并与小草亲密，还不厌其烦

一年四季
她在乎的是与火的距离

水

在你的世界徜徉
我们如此亲密，甚至以母亲相称

母仪天下是你的诺言
不论时间和地点，也不管山高和路远
或者，就一丁点的缝隙

就像人们常说：
有生命的地方，就有你的影子

涉世陶罐

喜欢陶罐的洒脱
像圣水岩流出的清流
沿着蜿蜒小道
心怀慈念
规规矩矩地行走

纵然有命运不同
在时光的熔炉
也要淬成想要的模样

摸得着的疼

他耕耘一个梦
誓把荒野译成沃土
挥舞臂膀，挥汗如雨
晨起迈步，黄昏大步
时节转换，渐渐冷却的是空气
比空气更冷的是黑夜
苍白的挣扎，与时代无关
但却有一些人，即使站着也说腰疼

▪ 创作年谱

2016 年　10 月，参加作家、诗人到家乡明溪县盖洋镇常坪村开展的采风活动，在寒江雪老师的鼓励指导下，开始了习诗写作；11 月，第一首处女作《盼君回》在《三明侨报》发表。

2017 年　1 月，加入三明市作家协会。

2018 年　9 月，作品《父亲》参加明溪县举办"相约碧桂园·侨乡月正圆"中秋诗会。

2019 年　3 月，描写家乡的作品《白水漈》《西牛望月》入选《明溪地名故事》；8 月，作品《初学者》等 20 多首入选《滴水村落》（九州出版社）；9 月，加入中国诗歌学会；9 月，作品《听风数雨这百年》参加明溪县举办第二届"侨乡月正圆·情牵千万家"中秋诗会。

2020 年　1 月，作品《盼君回》等参加三明诗群·滴水村落作品分享会；7 月，被政协明溪县委员会聘请为文史通讯员；10 月，参加首届诗歌行走海西新侨乡暨苏区明溪县采风活动。

2021 年　2 月，作品《如画常坪》参加第五届华语诗歌春晚（海峡分会场）朗诵会；4 月，作品《挺直的脊梁》参加明溪县举办"学党史·忆风华"清明诗会；4 月，参加由中国金融作家协会福建创联组与明溪县文学艺术界联合会联合举办"纪念建党 100 周年明溪采风暨 2021 新会员培训班"活动；6 月，作品《用初心点亮一个家庭的温暖》获得"永远跟党走·献礼建党 100 周年"残疾人故事征文比赛二等奖；7 月，任青年文学家杂志社（临汾分社）理事；11 月，《你是我的一世情愁》参加 2021 第二届紫荆花诗歌奖（香港）"诗与远方"全球华语诗歌大赛获入围奖；12 月，作品《一个共产党员的名字》入选《留在村庄的名字——献给时代楷模孙丽美》（海峡文艺出版社）。

2022 年　1 月，作品《初夏，我怀念起旧时光》入选《每日一诗 2022 年卷》（中国文史出版社）；2 月，作品《一个共产党人的名字》参加 2022 年第六届华语诗歌春晚（海峡分会场）朗诵会。

赖　微

本名赖世禹，永安人。中国作家协会会员。作品散见《诗刊》《星星诗刊》《诗歌报月刊》《诗选刊》《福建文学》等报刊，入选《福建文艺创作 60 年选·诗歌》《〈福建文学〉六十年作品典藏·风的齿轮》《福建优秀文学 70 年精选·诗歌卷》《福建诗歌精选》《闽派诗歌》等选本及年鉴。获福建省第八届优秀文学作品奖、福建省第三十一届优秀文学作品榜年度上榜作品奖、中国作家协会中国作家杂志社中国作家金秋笔会全国征文评比一等奖等奖项。出版诗集《飞越黄昏》《守望家园》《随风飘过》。

▪ **代表作**

一只在云中奔跑的猫

他梦见自己在云中奔跑
他让季风为他插上蓝色的翅膀
为了意志飞临更远的高度
他将四肢尽量伸直
连路过的鼾声也被编成节奏分明的指令

他跨过了预想中辽阔的海疆。在天黑之前
他看见了漂流瓶里藏着的那句箴言
他相信有一个童声已在远处朝他呼喊
让每一根毛发都醒着奔走的未来

他将炙热的那些光环擦亮
将身后的一些传说隐藏
为了抵达这目光终要企及的远方

将一场风暴送走之后，奔跑的方向开始清晰
借彤云的余光，他将腕上的尺码用力拉紧
他将周围的空气压缩成一个个单词
他将双手打开，说：在闪电熄灭之前
他要让天空看到他真实的飞翔

终于，他飞过了曾经梦想过的承许的高度
似曾相识的种种臆测被他一根根折弯
今天，他坦然地将剩余的天空全部掀开
认真地接受一节一节麦芒欢乐的舞祷
喜悦的青烟轻轻穿过白云昨日的双肩
一群鱼儿在时光的倒影里，终于看见自己
曾经死去的模样

▪ 组　诗

让谛听留住季节行走的声响

在看不见的那些低矮的屋檐下走动
我在用心谛听季节行走时发出的声响
我深信每一片落叶都是有声音的
在暮春，我听见麻雀归巢时的喜悦
在仲夏，我听见乌鸫飞来飞去的匆忙
那些翅膀，在晨昏中，一次次
穿过我生命的绿叶和语言的阳光

"一棵树到另一棵树从来没有距离"
我听见夜色把月光擦亮时发出了叹息
一只壁虎蹑手蹑脚爬过了那层浅浅的窗户

一种古老的声音掠过清尘翻身起床

隔着一层落叶，我看见

薄薄的泥土有再次被翻动的痕迹

盛夏来了，盛夏去了

我没有再听见那些麻雀叽叽喳喳的声响

多雨的这个秋季就要过去了

虚拟的雪花把我带进即将到来的冬天

我的一些朋友跟我谈起了明清家具

他们的描述时断时续

我看他们飘忽不定的眼神

总是停留在一丛石菖蒲的迟疑上

在一抹光的背后悠游

麇集的云朵，在一抹光的背后

我把那枚梨子打开

果汁没有滴落

牙签落了一地，我瞥见那柄刀子

斜躺在一抹光的背后

在削下的果皮之上

一尾三角鲷鱼的游动

在之后的一个瓷质的午后醒来

它不紧不慢的姿态

让我深感为人的惭愧

我们都在路上行走

我们时常忘记自己的方向

当我们撅着屁股和风景调情的时候

那尾鱼的生死，与当下的悠游
只隔了一层案板

喜鹊，遥远的风

在苍灰的天空下，喜鹊。你这大众的情人
衔着北方遥远的风
为筑一场美丽的邂逅，一场
温暖心头的旧梦
我在鄂豫高速上望你
望一段由来已久的飞来飞去的记忆

曾经爱过的那些白杨，显然
已经落尽了言语。把整个冬天抽走
也晴朗不了此刻的天空。只有你和你们
依然穿行在豫东平原的天穹下
为着抵达的快乐而飞翔

我试图用目光的余温
把板结的田野掘开
北方的天空
用几片薄薄的雪花，将我轻轻落下

在昨日的水中养一个词

把一个词，养在水中
任那些根须，在透明的
空间穿行。那个青花瓷的托盘知道

它拼尽全力

挤出的一点绿，只为打湿那一点诉说

在一片安静的沉睡里

听沉默的冷寂和隐忍的涌流

在水中，膨胀一次表达

为了曾经忘却的昨日，和

也曾葳蕤的那些生长

一缕光打在墙上，檐下

雨声喧哗。几行草书，在密不透风

或疏可奔马的尘世中

说着

咸咸淡淡的话题

▪ 创作年谱

1986 年　开始文学创作及组织文学社团活动，作品主要散见全国各地民刊。

1993 年　7 月，诗集《飞越黄昏》出版（香港新天出版社）；12 月，在《星星诗刊》第 12 期"青年诗人 15 家"发表《城市以及那朵幻云（外一首）》。次年，该诗获福建省第八届优秀文学作品奖暨第四届施学概诗歌奖。

1997 年　5 月，诗歌《时光的心跳（外三首）》发表于《星星诗刊》第 5 期"祝福与凝视"头题；12 月，诗集《守望家园》出版（作家出版社）。

1998 年　3 月，诗歌《八月之风·鸟音（外一首）》发表于《星星诗刊》第 3 期"青年诗人 15 家"；5 月，诗歌《深入一枚梨子（外一首）》发表于《星星诗刊》第 5 期"青年诗人 15 家"。

2009 年　6 月，诗集《随风飘过》出版（大众文艺出版社）；9 月，诗歌《方向与位置》等 21 首入选《海峡两岸诗人诗选》（海风出版社）；9 月，《屏南诗草（组诗）》入选《福建文艺创作 60 年选·诗歌》（海峡文艺出版社）。

2010 年　10 月，诗歌《无边的弥漫（外二首）》参加中国作家金秋笔会全国征文，获中国作家协会、中国作家杂志社"中国作家金秋笔会全国征文评比"一等奖。

2016年 2月，诗歌《一只云中奔跑的猫（外三首）》发表于《诗潮》第2期，2017年获福建省第三十一届优秀文学作品榜暨第十三届陈明玉文学榜年度上榜作品奖。

2017年 12月，诗歌《一株被误读的植物》入选《福建诗歌精选》（海峡文艺出版社）。

2018年 2月，诗歌《用温情注视你的那一回眸》入选《新诗百年爱情诗选粹》（团结出版社）；3月，诗歌《鹅肠草的春天》等2首入选《闽派诗歌》（海峡文艺出版社）；6月，诗歌《内河的水，流过淡淡的凉》入选《中国诗歌·2018年度网络诗选》（人民文学出版社）。

2020年 1月，诗歌《一只在云中奔跑的猫》等2首入选《福建优秀文学70年精选·诗歌卷》（海峡文艺出版社）；诗歌《屋檐下的麻雀》等5首发表于《诗刊》1月号下半月刊"银河"；5月，《用一生的守望擦亮黎明（组诗）》等5首发表于《福建文学》第5期。

2021年 5月，《一切都是散漫的（组诗）》等11首发表于《文学港》第5期；12月，诗歌《转着复眼的红蜻蜓（外三首）》发表于《台港文学选刊》第6期。

2022年 1月，诗歌《推开那片乌云出去走走（外一首）》发表于《延河》第1期上半月刊"诗歌专号"；4月，《喜鹊，遥远的风（组诗）》发表于《特区文学·诗》第4期。

潘宁光

1966 年生，1985 年开始诗歌创作，早期"三家巷"成员。诗歌作品发表于《诗歌月刊》《福建文学》《三明日报》等报刊，入选《福建优秀文学 70 年精选·诗歌卷》等选本。获三明市政府文艺百花奖二等奖等奖项。

▪ **代表作**

坚　持

月霜刷白了榕城的红楼

数着钟表

听药水滴到天明

翻身的姿势有了坚持

黄色的灯光

洗亮阴冷的走廊

一日三餐

我们心甘情愿

饭菜的温暖

让蹲下的姿势有了依靠

因为菊花的坚持

百年的红楼

撑住绝望的目光

紧赶慢赶

只为清贫地生存

因为闽江的坚持

于山堂的毛主席
他举了几十年的手
从来都没有放下

▪组　诗

稿子上的突围

火的边缘是水
被土注定了某种状态
眉目传情了很久
某一刻　枪响了
肉体回来
你说那不是我
楼梯很低
扶手没有用

有人在祷告
有人中途失事
重重的黄
在麦地异常柔软
咖啡的颜色淡了
妈妈的目光远了

脚印到了站台
就显得很干净
仅仅是某一种祝福
在圣诞
我想在冰凉的稿子突围

告诉所有的汉字
今夜将开始无眠

让你的一生有如大地

真的需要一场雨
来让心软下来

软得能听见大海
从天边从大地的边沿
从灵魂的深处奔涌而来
它们让生死有如一道闪电
穿透芸芸的众生
你必须站成大树
张开毛孔让骨血
长成向上的树叶
你必须要抬起头来
用耳朵接住海水的声音
透过目光让它们成为
通向天空的道路
其实再烦你都得吞下
煮熟的粮食
都得让你的一生有如大地
如大地上古老的诗经
接住世间的悲喜

守着汉字
日出而作，日落而息

生死茫茫

母亲的病床前
夏雨绵绵

我让目光
爬过了玻璃窗
去看窗下的
车来车往
各奔东西
它们就像
从这里的妇产科
走到太平间的距离

它们近在咫尺
但生死茫茫

午后时光

午后的阳光
从头顶落下
让许多人的脚步
愿意慢下来

在午后的阳光下
煮茶
应该要有对水的敬畏

应该感觉仿佛有谁又回到了深圳

仿佛还在那里追赶

蛋黄一样鲜嫩的夕阳

窗外的厂房已废弃多年

斑驳的墙影颜色淡黄

它们在午后的时光里

散发出青苔的颜色

让一个人的脚步

愿意慢下来

▪ 创作年谱

1983 年　开始学习写朦胧诗。

1986 年　参加诗刊社函授班，写出第一首有较成熟风格的诗歌《落日·我》，发表
　　　　于《草原》。

1987 年　与卢辉、连占斗、叶建穗等诗友成立"夏雨诗社"，编辑刊物《苍茫时刻》。

1989 年　参加全国诗群大展。

2014 年　《坚持（组诗）》发表于《诗歌月刊》。

2015 年　《坚持（组诗）》获三明市政府文艺百花奖二等奖。

2018 年　《就是要把抗战的你找回来》发表于《福建文学》。

龙岩卷

风轻扬

本名陈良，永定人。福建省作家协会会员，福建公安文学艺术界联合会会员，入选 2020 年鲁迅文学院公安培训班学员名单。诗文 1000 多首（篇）发表于《世界日报》《福建文学》《北方作家》《福建法治报》等报刊，有作品被翻译成英语、西班牙语、法语、菲律宾语等语种。2009 年度玛宁宁·明克兰特国际青年诗大奖中文组冠军。

▪ **代表作**

白鹭林的晚上

朦胧　轻纱
把我的影子拉成一条线
飘浮在空中

此刻还是深夜
灯光从不留意路人
我只是一个过客
匆匆地在林荫道
种下了孤独

月光下
我汇成了一个点
被风吹乱
想找回自己
还是向往黎明

▪ **短 诗**

晨 曦

牵头蚊子去赶集

途经菜园

犁过的木瓜地

整个地跑到雪山上唱歌

我跟了过去

麦地在收割

彩虹和雷雨在惜别

还有一个种萝卜的诗人

我看不下去了

狠狠地折断一根树枝。回家

躲在被窝里

想我逝去的童年

然后不再理会外面娆人的阳光

一滴水

清水滴石

细柔绵长

洞穿了坚硬的传说

一滴水

滴到心里

那是纯洁的泪

洞穿坚强

车　祸

用烈日去分解

我的眼睛

一个小女子在背一个大男人

看见喝醉了的人行道

插朵白莲花

然后

躲着葫芦里唱歌

一颗殷红的尘

沸腾在

公交车的尸体上

▪ 长　诗

遗忘在第六晚的诗

一、初来第六晚

漂泊

不过是一出戏

滴在心底

流出真谛

我们不过是古道上的路人
舞台上
表演的
是一场演不完的戏

二、中山公园到第六晚
夜幕拖着古巷的魂
时间还早
从第六晚出来
游离在公园的一角

古老不过是为了
祭奠
第六晚的诗

丛林，有人在那里号叫
一阵，一阵
是对第五晚的徜徉
还是对第七晚的彷徨
我不知道
诗人写诗，因为他不说话
诗人不说话，但他写诗

三、小巷子
路过小巷子
小吃很多
我们路上吃过了
一份饭
友人饱了，我没有

买了两个包子
我填的是肚皮

友人吃的是滋味

四、诗人来了

开卷的单

飞舞的琴弦

一个个音符

诉说着第六晚的诗

诗人来了

刚下飞机

拖着疲倦

黑咖啡上的白

留下了

诗人的殇

五、遗忘在第六晚的诗

诗人走了

风去了

友人说

遗忘在第六晚的

不是诗

▪ 创作年谱

2006年　获龙津文学院聘任作家证书。

2007年　任《闽西校园文学》副主编、闽西大中专学校文学总社副主席；与友人创办发源于集美大学的九月诗派文学社，任首任社长兼主编；师从福建省知名诗人、评论家夏敏教授。

2008年　作品入选《2008年度诗歌精选》（中国文联出版社）、《2008年度散文精选》（中国文联出版社）；创办《凤凰木下》，历任主编、总编；获《今日文摘》杂志首席特约编辑证书；参与创办土楼作家联谊会，任编辑部副主任；获福建龙舟诗会之福建厦门高校龙舟诗赛第一名；诗集《白鹭集》出版（北京汉诗馆）。

2009年　年初担任九月诗群名誉社长，9月辞去一切职务；《记忆》入选《2008中国打工诗歌精选》（上海文艺出版社）；创办《诗风雨》诗刊（网刊），历任主编、总编；小说《湖山逍遥子》《木芙蓉》发表；入选"中国海舟"年度诗人；获玛宁宁·明克兰特国际诗赛冠军，在《世界日报》刊诗15首，并被译成英文、菲律宾文；被聘为客家土楼文学院副院长；获文学学士学位。

2010年　诗15首入选《万家诗选》；诗10多首入选《"诗歌地图"华语大展2010—2011》。

2011年　《世界日报》"辞旧版"压轴诗人。

2015年　诗作3首发表于《福建文学》"福建80、90后诗人大展专号"；作品入选《中国公安文选年度精选》。

2016年　加入福建省作家协会。

2017年　加入福建省公安文学艺术界联合会。

2019年　再次应邀参加集美诗歌节。

卢如昌

中国散文学会会员，中国诗歌学会会员，中国楹联学会会员，中华诗词学会会员，福建省作家协会会员，福建省诗词学会会员，福建省楹联学会会员，漳平市作家协会常务副主席，漳平市诗词楹联学会常务副会长兼秘书长，九龙江文学院院长。发表散文、诗歌 1000 多篇（首），诗歌入选《中国当代网络年度优秀诗选 2008 卷》《中国网络诗歌史编 2009 卷》等选本。获各级文学奖 20 多次，2 次获漳平市委、漳平市政府颁发的"优秀文艺工作者"称号。著有纪实文学《狂飙》，诗集《心泉诗韵》《心香一瓣》，散文集《心灵故园》。

▪ **代表作**

青花瓷

青花，别在岁月枝头

你轻轻地诵读着

那飘动的一串串花絮，仿佛

蓝色海涛中飞溅的浪花

再轻声念出"瓷"来

如水一样的月光下

那跳跃而出的隽永诗句

怎能忘记：笔走千年的诗篇

经历每一次蜕变

都曼妙成一曲轻歌

从"青花瓷"里伸展的花朵

相信会驱走流水般的叹息

停落在光阴的门前

等你来幡然醒悟

▪ **短　诗**

致敬一棵树

一棵树，在春天

生长出生命绿叶

鸟声打开了树的想象

叶子蹁跹，驮着春天的灵魂翅膀

一粒春光，根植在血脉里

饱含着生命的信仰

树干拔节，向往辽远天堂

根须茁壮，扎根深厚土壤

站立大地，挺拔伟岸

春　花

春阳和春雨滋润后

那些花蕊，打开心门

露出羞涩的脸庞

绽开稚嫩的微笑

蜂蝶翩跹传唱

告诉它不要错过花期

要赶在春天里

开出真实的色彩

开出春天的绚烂

这昭示了

它内心的独白

雨 朵

夏雨还在淅沥

撑一把折叠伞

惬意漫步街路

看车水马龙，匆匆过客

赏龙江浪花，听夏风倾诉

雨是垂直落下的身影

风是弧线划过的情缘

让风儿驱散心中尘雾

做一缕轻拂和畅的凉风

让雨儿留在仲夏光阴

做一帘自由行走雨朵

▪ 长 诗

时光的渡口

柔波粼粼九龙江

唯有木舟一叶

夕阳揉碎水波

岸边老渔翁数着冬日的黄昏

旧梦像游着一尾悲伤的鱼

那憔悴的泪啊

波纹浪起伏低回

表面的飘逸

难掩一腔伤悲的幽影

一尾悲伤的鱼

躲避水鸟追逐

彼岸此岸亦不在梦里

时光漫无边际

划着舟楫老渔翁难舍旧情人

躺在如他心胸一般辽阔的江面

轻轻安眠

与吹向渡口的缕缕晚风

互不打扰

在时光的渡口

停住了脚步

回眸走过的旅程

在时光的渡口

印记了我的梦

回首浏览逝去的岁月

遥远的风

携着醉人的古韵

灼热我深情的水眸

摇落了一缕诗心哀愁

轻拈手中一瓣花香

一条悲伤的鱼

漫游于泥土沙石

虽览不尽岸边虚幻的海市蜃楼

还有江中绝美风景

可那凝重悲凄的心灵

能否找到寄存的驿站

一条悲伤的鱼

在你遗下的柔波里

回味那褪色的梦

是你掩饰沧桑的笑容

今生无法走出你的温柔

愿温柔的微波

慰我那累累伤痛、揪心寂寞

望着你离去的幽影

嵌入我缥缈的光明

在时光的渡口

一条悲伤的鱼

唯留浅印，刻成时光的条纹

▪ 创作年谱

1992年　报告文学《漳平活跃禁赌娘子军》由中央人民广播电台播出。

1993年　报告文学《憨老二抓计生》发表于《闽西日报》第3版；报告文学《山城
　　　　酱油王》发表于《农民日报》。

1994年　报告文学《他用生命构筑希望工程》《闯荡去》发表于《闽西日报》。

1995年　报告文学《喜听农民唱新歌》发表于《福建经济报》第2版。

1997年　诗歌《故乡》发表于《太阳诗刊》第3期。

1998年　《乡村纪事》发表于《现代汉诗》夏之卷。

1999年　诗歌《桐花开》发表于《诗神》第1期。

2000年　诗歌《父亲》发表于《诗歌报月刊》第9期。

2001年　诗歌《莲花》发表于《诗选刊》第10期。

2002年　诗歌《桃花》发表于《诗潮》第4期。

2003年　诗歌《乡村月夜（组诗）》发表于《绿风》第6期。

2004年　诗歌《生活城市边缘人（外三首）》发表于《东方诗人》春夏季合刊。

2005年　诗歌《寄母亲》发表于《中国文学》第6期。

2006年　加入福建省作家协会。

2007年　《卢如昌的诗》发表于《星诗界》。

2008年　诗歌《季语（组诗）》发表于《北极光》。

2009年　诗歌《静夜山村（外三首）》发表于《大风诗刊》。

2010年　诗歌《秋绪》发表于《厦门文学》第1期；散文诗《古镇情思》荣获2010年全国华夏情诗书画征文大赛一等奖；《卢如昌的诗》发表于《中华文学》2010特刊；诗歌《品读宁洋古镇》发表于《诗文》第5期；诗歌《多彩漳平》《古镇抒怀》《老屋人家》《秋的守望》等发表于《星星诗刊》第12期。

2011年　纪实文学《从红土地走出的华侨商贾》发表于《炎黄纵横》第6期；散文《绿意浸染的山水》发表于《泉州文学》第8期；散文《小城夜色》发表于《散文选刊》第3期；诗歌《春天的元素》发表于《厦门文学》诗歌专号。

2012年　诗歌《春天元素（组诗）》、散文《古镇印象》发表于《中外文艺》；纪实文学《情系祖国故土——李志仁、李志鸿加强两岸交流二三事》发表于《炎黄纵横》第3期；散文诗《夏季的邀约》发表于《中国散文家》第3期；诗歌《春天的诗行》发表于《新国风》。

2013年　诗歌《雅安，你要坚强》、纪实文学《漳平来霞客》发表于《中外文艺》；诗歌《雅安，你要坚强》发表于《中国文学》；散文诗《夏之夜话》发表于《中国散文诗刊》；散文《醉游玉华洞》发表于《中国散文家》第3期；获中作家协会六周年庆典诗文好作品优秀征文奖；《卢如昌诗词14首》发表于《北方诗刊》第4期；诗歌《母亲的眼睛》获2013年华夏情全国诗歌散文邀请赛一等奖；诗歌《九龙江颂》获2013年第十一届"中华颂"全国艺术大赛二等奖。

2014年　散文诗《三乡礼赞》发表于《中外文艺》第5期；加入中华诗词学会；加入中国楹联学会。

2015年　散文随笔《香寮百姓村：浓浓的年味，别样的风景》《双洋镇城内、东洋村：多彩民俗文化，浓郁家乡年味》发表于《环球客家》第1期。

2016年　诗歌《冬之恋歌》入围中华文学首届诗电影节；获《凤凰诗刊》紫云杯诗歌大赛优秀诗人；诗歌《茶乡》发表于《福建日报》副刊"武夷山下"；散文《茶香永福》发表于《中外文艺》第5期；诗歌《父亲的背影》获第五届炎黄杯国家诗书画艺术奖；加入中国诗歌学会。

2017年　纪实文学《搏击商海写风流》发表于《中国散文家》；诗歌《夏之短章》、散文《拱桥荷乡》发表于《福建日报》副刊"武夷山下"。

2018年　加入中国民间文艺家协会；纪实文学《记著名爱国侨领陈性初》《两岸同胞情深，岳山茶事兴旺》发表于《炎黄纵横》；散文《春到九鹏溪》发表于《福建日报》副刊"武夷山下";散文《北寮茶村·水仙茶韵》发表于《作家世界》第4期;诗集《心泉诗韵》出版(团结出版社)。

2019年　诗歌《走读春天(外三首)》发表于《福建日报》副刊"武夷山下";诗歌《乡愁泡成茶的味道(外四首)》发表于《作家世界》;散文《景弘故里,香寮远航》发表于《炎黄纵横》;散文《风雨廊桥话沧桑》发表于《华夏散文》。

2020年　诗歌《立春》《不老的九龙江》《距离》发表于《齐鲁文学》;散文《醉美步云》发表于《客家文学》夏之卷;散文《九仙峰游记》《三月,我与洋畲有个约会》入选《钱塘晓月·半轮秋》(中国华侨出版社);诗集《心香一瓣》出版(团结出版社)。

2021年　6月,诗歌《诗意端午》发表于《福建日报》副刊"武夷山下"。

江小鱼

又名江熙，客家人，现居北京。南京大学中文系毕业，鲁迅文学院和北京电影学院导演系进修。电影导演、影评人、编剧、文化评论家、作家、诗人、脱口秀主持人，中国摇滚诗第一人，中国诗电影运动和闽派电影运动的领军人物。创作诗歌、散文、评论、小说、影视剧本、歌词、报告文学、人物传记等各类作品 1000 多万字，出版著作 40 多部，其中诗集 5 部、长篇小说 8 部、电影评论著作 6 部，著有《江小鱼文集》（10 卷）。导演及编剧的电影 30 多部，获国内外电影节奖项几十种。少年时代评为"中国十大校园诗人"之一，诗歌代表作《我不想改掉自己的坏习惯》入选《百年中国文学经典》。现为美国迈阿密美洲电影节暨金灯塔电影节中方主席、华语中小成本电影节执行主席、闽西电影艺术学院院长、中国诗歌学会诗电影工作委员会主任、中国百部经典新诗诗电影总导演。

▪ **代表作**

我不想改掉自己的坏习惯

心既已疲惫就让它疲惫

为什么老要找人诉说，找人安慰

目前不是末日来临，也并没有问题成堆

我们没有权利让别人跟着自己活活受罪

我们不识好歹只是因为不想活得太累

常说我们吃苦太少，不过是你们拾人牙慧

想想那些曾饥肠辘辘的老前辈

如今一个个饱食终日、脑满肠肥

请你们走开，别在我们面前苦脸愁眉

我们要去挥霍青春，没有时间为你们铺张浪费

可现实如此尖锐

爱情如今也苛捐杂税

没有厚实的胄甲如何面对

岁月只是空空的酒杯

理想是个孤儿正愁不知该托付谁

我不想做个出色的家伙，也不想分辨是非

我不想记住爷爷奶奶的生日，不想让亲戚包围

我不想改掉自己的坏习惯，只因为害怕沦为你们的同类

只想扔下所有的一切，让生命不再虚伪

只想口渴了能喝上一碗清清的水

得失成败，我们全无所谓

最幸福的事情还是蒙头大睡

站在银行门口，偶尔也想图谋不轨

说我们垮掉　说我们混蛋　说我们颓废

不过是你们混得不好，喝得也不太醉

邪恶是一种光辉

照亮我们生命的本质一去不回

无论是绝望，无论是欢乐，我们已不再悄然落泪

黑夜里我吻着亲爱的姑娘小小的嘴

才发现爱情已是我最后的堡垒

▪ **短　诗**

杂货店的水果

杂货店的水果

在黄昏的电台西门

越过时间的灰烬

悄然落入一个陌生人的塑料袋

然后像子弹一样

迅速消失在人群的阴影里

它将在这个没有月光的夜晚

途经一双女人的手

和一阵清凉的自来水相遇

女人的手抚遍了它全身

但那是它和世界告别的时刻

它的所有亚热带记忆

被一个陌生人的牙齿

轻盈地分割

在肠胃的深渊中无限下沉

而它的灵魂

被当成果核的残骸

遗弃在暗夜的下水道边

它多么想歌唱

却注定只能趴在一只流亡的耗子肩头

无声地哭泣

静雪喧哗

一切都是寂静而幽闭的

大雪如封印，深渊的出口无影无踪

这冬日的薄雾是虚掩的天堂之门

雪花仿佛命运的片尾曲

在早祷的钟声中倾斜

开启灵魂巡视万物的时刻

两旁的树木是神的仪仗队

苍穹之下的喧哗早已遥不可及

那些缓缓经过的车辆和路人

仿佛亡灵节的群演、遗弃的麦穗

任凭雪的鹰俯冲而下

在一无所知中一无所踪

又听德彪西《牧神午后》

这个牧神的午后

永远是最后的午后

你从竖琴的滑音边滑过

羊肠弦用月色交换往返的双手

敲钟人在门外无声地站立

长笛像暖黄的日光

斜映在橄榄叶的露天游廊

一颗管弦乐的定时炸弹

埋在六月的躺椅下面

潘的时刻，牧神的午后
那个可以听到
泛音列前几个音的山灵之神
在饱含树脂的蔓草
和滴着乳汁的果实间
在浮着黄褐色叶子的水面上
身体因你饱满而疼痛

心神荡漾的高低音管
仿佛贾公子神游的太虚幻境
半梦的庄子和半醒的波德莱尔
路过天堂超市的一夜狂欢
才知道午觉是一场甜美的死亡
深不见底的天空之下
白色的房子在火焰中燃烧
而我，在深蓝色的悬崖
终于知道了关于你的一切

但这还不够，还远远不够
只有坚信你还爱着，还没走远
才能如此奋不顾身地
把自由的我献给孤独的你

▪ 长 诗

麦克风之死

麦克风是一种突如其来的晚风

吹动所有被速度抛弃的意外

岩石的时间取决于坚硬的激情

把时间凝固成固体是一门新鲜的技术

通过暮色苍茫传递到归鸦的高度

而我行将踏上的舞台其实早已坍塌

幸好崩溃的只是信息时代引发的代沟

中国大妈的群撕模式震惊中外

寒冷的屋顶之下燕子们在刷屏

保安所团购的秘密销售一空

谁在软件缤纷的街头散发传单

而你想说的早已淹没在沉默之中

透过鲜花和钢铁绽放的孤儿

寡妇早已欲哭无泪，整容者迷失他乡

戴面纱的人在酒馆听见一声尖叫

磨骨病患者身边没有任何人

无法入眠的早上你所看到的镜子

不是你被抢回来的那场从未发生的梦

新闻永远重蹈覆辙，苍凉之下老生常谈

小桥流水不在话下，枯藤老树互诉衷肠

美学在阴天的陷阱中遍体鳞伤

多年以后你所撑过的雨伞

依然遗忘在午夜的公交汽车上

三个小偷在站台上守望了整个夏天

他们对爱情的理解胜过他们所偷窃的一切

尽管在时光中逃窜，被闲置的命运追杀

只有一张过期的月票不离不弃

追随者在风雨交加里如影潜行

风险犹如广场积水，溅在陌生人的雨衣上

擦身而过的一枚硬币掷地无声

大地无法表态，它轻微的疼痛

在地层暗流的神经末梢缓缓扩散

流水线的尽头群殴一片

低头玩手机的人伫立在大水中浑然不觉

骨灰级的美男子在狂风里奔波

他所遭遇的天雷滚过大神的肩膀

裸露的铁皮屋在月光下滑落

车灯掀翻了黑夜最隐秘的裙角

心理医生的楼下徘徊的猫

以寂静的猫步越过栅栏的影子

它的退路是唯一的出路

只有它的喘息依然如一叶扁舟

疾走在长河般浩渺的深邃里

在下水道的高跟鞋旁

躺着一只渴望腐烂的橘子

它有过秋天的记忆，而今生命正在风化

遥远的车厢里永远有一个空座

无论多么拥挤，乘客都熟视无睹

它所等待的，正是无法等待的

而今风调雨顺，万物却还是无处安放悲秋

低眉俯首之地是废墟的虚空

数字宛如深渊，幻灭人类迄今为止的呼告

而普遍沦丧的正是颗粒无收的沉默

规则和救赎是一对绝配的孪生姐妹

专注改变心灵，伪春如期而至

职业绑架者痛心疾首，他所撕票的

恰是失散多年的呐喊，他所撕心裂肺的

不过是一部早已失声的麦克风

▪ 创作年谱

1981 —— 1983 年	江西南昌中学学习时期。15 岁开始诗歌创作，处女作《鸽子·太阳》发表于《南苑》；参加南昌市诗歌讲习班，发起创办立交桥诗社。
1984 —— 1992 年	福建龙岩工作时期。创办三角帆诗社会和蓝鸽子诗社，创办闽西第一个先锋诗刊《蓝鸽子》，任诗社社长兼诗刊主编，主持发起闽西第一次现代派青年诗歌展览和闽西第一次当代艺术展览，创立福建省第一支摇滚乐队"打击侵略者"乐队，作词并任主唱；先后担任团市委《龙岩青年报》和市文化馆《龙岩文艺》编辑，刊发全国各地现代派诗歌，并举办"空间与人"全国现代派诗歌大展；诗集《最好的苹果树》《我不想改掉自己的坏习惯》出版；被《中学生校园诗歌报》评选为"中国十大校园诗人"，排名第二；创作的《我不想改掉自己的坏习惯》，是中国第一首摇滚诗，并发表《中国摇滚诗宣言》；到北京参加鲁迅文学院文学创作进修班；龙岩市文学艺术界联合会举办"江熙（江小鱼）诗歌创作研讨会"。
1992 —— 1995 年	南京大学学习时期。考入南京大学中文系本科作家班，大学期间举办多次现代派诗歌朗诵会和摇滚诗演唱会；赴香港学习交流三个月，在香港举办多次诗歌朗诵会和交流活动；在《诗刊》（1993 年第 9 期）发表摇滚诗组诗 5 首，获福建省施学概诗歌奖一等奖第一名；《校园文学报》出版"江熙（江小鱼）摇滚诗专号"，发表摇滚诗 40 首；诗集《屋顶上的摇滚》（南京出版社）、诗集《诗歌上帝》（南京大学出版社）、合集《世纪末起航》（南京大学出版社）出版；长篇传记小说《灵魂之路：顾城传》（中国人事出版社）出版，这是国内首部正式出版的顾城传记。

1996
——
2006 年　北京媒体工作时期。兼任中国人民大学文艺思潮研究所《新诗界》丛刊副社长、作家出版社"新生代诗人文库"主编；诗集《用你的背叛拯救我》出版（作家出版社），崔健题写书名，蔡其矫、李宗盛分别作序；出版长篇小说《秦淮八艳》（现代出版社）、文艺评论《中国明星大洗牌》（工人出版社）出版；诗歌《我不想改掉自己坏习惯》入选《百年中国文学经典（第八卷）》（北京大学出版社）；《马思聪十年祭》获中国文化部文化新闻奖、个人获国务院国家版权局版权保护特别贡献奖；歌词《水上花》获CCTV中国音乐电视大赛歌曲金奖、中央人民广播电台评委特别奖、中国歌曲总评榜最佳词作奖、入选中国百首经典爱情歌曲；应北岛之约为《一行》摇滚诗专号组稿；与摇滚艺术家崔健共同发起"真唱运动"。

2007 年
——
至今　在北京从事电影导演工作时期。出版电影评论《电影思想者》（人民出版社）、《他们就是电影》（人民出版社）、传记《天堂里的太空步》（现代出版社）、《江小鱼文集》十卷（团结出版社）等；诗集《洪尚秀的电影世界》（中、英、法、韩文），《江小鱼俄语诗集》（赵立群翻译）即将出版。

刘友和

武平人，龙岩市作家协会会员，作品散见《江河文学》《扬子晚报》《江苏经济报》《大渡河》等报刊。

▪ **代表作**

水边的石头

水渠经屋后半山腰
再从屋旁而过
有如生活，历经曲折
仍要给人安慰

水池边，年迈的祖母常蹲着
睁着患白内障的左眼
择猪食，扔掉杂物
扔掉祖父早逝与谷粒刺瞎右眼的痛苦
用干稻草沾上沙粒或草木灰
擦洗木器或瓷器

分田到户不久，新增了许多水渠
原水渠断流
被祖母一并擦亮的伯父也早流进了北京城
只是水池仍在，露出几块石头
像水流冲不散的影子

▪ 组　诗

影　子

借助电灯或手电

他变换手势

把狗猫鸡等投影到蚊帐上

配合口技，让其动起来

虽然无法上色

但栩栩如生的影子

就像从早年的农村里捉过来一样

女儿开心极了

显然不知道家里的拮据

显然不知道她做这个游戏时

需要时不时侧身

让开自己

草　坡

野草疯长，蔓延了几座山

很少见灌木和石头

是黄牛山羊的天堂

也是野营的好去处

不知什么时候，一条盘山公路

直通到山顶

风力发电机带着人们在旋转

大家有点晕乎

草坡有一段下滑弧度

在路上

开荒时
父亲爱当开路先锋
清除荆棘树枝
也清除绊脚石等路障
低洼易滑处，垫上碎石
在带领全家糊口的路上
他就像一个停不下来的马达
沿途惊飞的小鸟
一头又投入另一片树林
不知有没有理解父亲的
执着与莽撞

笊 篱

米粒，在沸水中不停地翻滚
铁锅上，热气不断蒸腾
有如受教育的孩子，备受折腾

你冷眼旁观，掌握火候
恰似宽严相济的教师
有时，原本想煮出香喷喷的干饭
却意外煮成夹生饭或粥，深感内疚

一次次托举，过滤
一次次被晾在一边
你却习以为常，从不介意

铁匠铺

无视附近下坝集市的热闹
两个铁匠专心地打铁
叮叮当当的撞击声
像鞭子抽打在路人的身上

只有买铁器或卖炭的人
还有好奇心重的少年
才走进低矮、破旧、杂乱的铁匠铺
烟灰、火星、烧焦味、汗臭味弥漫
目之所及都是黑色
除了炉火与牙齿
经过多次的锻炼淬火
刀斧等才有了所向披靡的魔力

风中的狗尾巴草

她忙里忙外
是种田的一把好手
刮风下雨也得上工
她恨那个"死鬼"
恨两个儿子太小帮不了什么忙
恨一些荆棘丛、芒丛
镰刀砍不了
就用锄头挖掉
但遇到狗尾巴草
看不得它温驯的样子
总会犹豫

▪ **创作年谱**

2020年　发表诗歌5首。

2021年　发表诗歌80首。

2022年　1—5月在省级刊物发表诗歌15首。

刘秀梅

永定人。中国民间文艺家协会会员，中国文艺评论家协会会员，福建省作家协会会员，福建省美术家协会会员，龙岩文艺评论家协会副秘书长，漳平市民间文艺家协会副主席，漳平市作家协会理事。

■ **代表作**

给耕地一片绿洲

与人类一样
耕地也有生命
需要善待
请不要过度开发
那累累伤痕
如同布满痛苦的皱纹

与人类一样
耕地需要温暖
熟悉的山冈和田野
才能有蓬勃的力量
开出花香

与人类一样
耕地需要呵护
绿油油的青菜
金灿灿的稻谷
就是耕地的绽放
一张张笑脸

我要把耕地珍藏

就像母亲带着孩子

■ **短　诗**

在　乎

没有谁会去在乎任何一个人

他只在乎别人身上他自己喜欢的东西

没人在乎你

也不要难过

你本来就是个陌生人

你身上有着他们需要的东西

他们就会对你好

你一无所有

就获得自由

粽　子

一把绿箬叶

一箕白糯米

一丝棕叶绳

一张八仙桌

一条长木凳

粽子的故事由此展开

连同浓浓的节气

连同母亲慈爱的目光

在外婆手上穿梭联串

一个个粽子

串起一代又一代的记忆

还有母性的光辉

化作诗行

游　泳

今日

泳池

碧蓝的温泉

扑通一声

儿时记忆

思绪打开

水中的我

独喜宁静

仰望天空的星星

踏着水花

抒情我的人生

追逐梦想

用诗意拧捏

过往

绽放绚烂的笑容

▪ 长　诗

咏农民漆画

放下锄头

锅铲

提起画笔

传承漳平百年画种

那是一群墨彩的智者

豪笔诠释传统自然的生活

红黄蓝绿青紫黑

用心调色

编织着田园的美景

四季的轮转

青绿的草

嫣红的花

庄稼金秋的硕果

湛蓝的天

白色的云

画技

大胆想象

时空感情的遥阔

比例透视

在九霄云外

这里

写实夸张

变形意化

拙朴大气

抽象现实

酣畅淋漓着

淡淡的乡土情愫

浓浓的时代欢歌

调色，落笔

在画纸上描你一遍又一遍

描出心中的寒凉暑热

绘出

春夏秋冬

多彩民俗

革命圣地

璀璨明珠

田野村落

绘出

山清水秀

高铁高速四通八达

拔地而起的高楼

安居的人们　欢畅的快乐

绘出

盛开的莲荷

一朵朵

洁白无瑕

如

廉政清风

吹暖百姓的心

点燃廉政的熊熊之火

绘出

农民最自然的捕捉

唤醒最朴素的祥和

这里

每一位旅游者

连同自己

都是画中客

▪ 创作年谱

2015 年　《女儿饼》发表于《闽西日报》。

2017 年　《端午记忆》《粽子》《记忆》发表于《闽西日报》；《清新龙岩》《漳平水
　　　　仙》《清明的思念》《思父》《思念母亲》发表于中国诗歌网。

2018 年　《这一刻》《游泳》《春曲秋歌》发表于中国诗歌网；《野花》发表于《龙
　　　　岩周刊》；《树之恋》发表于《闽西日报》；《游泳》发表于中国诗歌网，
　　　　《春曲秋歌》发表于中国作家网。

2019 年　《漳平老年大学我的家》发表于《福建老年报》；《回家过年》发表于
　　　　《闽西日报》并入围参赛；《漳平农民画》《湖源乡农协旧址的灯火》《驻
　　　　足梁明山水画院》发表于中国作家网。

2020 年　《生命天使》《坚守》发表于中国诗歌网、中国民间文艺家协会网、福建
　　　　省作家协会网；《吟诵溁岩瀑布》发表于中国作家网；《给耕地温暖》发表
　　　　于《闽西日报》。

朱佳发

1970 年生于武平，曾任公务员、电视编导、报纸编辑，现为资深媒体评论员。诗人，评论家。著有诗集《人们都干什么去了》《寮子背》，诗评集《在若无其事中抵达美好》，长篇纪实文学《奇奇的世界》，与康城、黄礼孩、老皮合编《70 后诗集》。

▪ 代表作

没有冬天的城市

没有冬天的城市，人们惯于晾晒
一些发霉物，一年中最隐秘的部分
雪花照样飘在大街小巷
只是迟迟不落下
仅仅作为想象的雪花
就像这座城市的外衣，时遮时露
人们不再冬眠
夜晚醒着，白天睡去
远山懒洋洋地打量着
季节之外的城市
阳光无法传递的气息
在村庄最后的枯井中生根，发芽
没有冬天的城市，人们遥远地活在
伸手可摘的秋天
在没有落叶的秋天，慷慨激昂
只论收获，不谈收割

▪ 短　诗

庞大的出没

把我剥离，就像天空把雨水剥离
一步一步趋近。鞭打的快感
地面之下的秘密。掩埋的惨烈
什么人一直躲在雨中，喊叫代替了声响

不明身份的下午，悄然逼近的无奈
许多人开始注视一场谋杀。完美的风暴
我不知道这个下午，和千年前的那个
有没有私通。空气没有任何恐怖成分

在已经没有什么遮掩的台上台下
必定有人会突然出现。纤弱的角儿
狰狞和巨大刻在面具上，毛孔严严实实

眼前。看到了吗？就在眼前
有人手提血淋淋的心，渐渐远去
但你看不到，我也看不到
决绝的退场，庞大的出没
一曲绝唱，就这样离我们而去

明枪。暗箭。延伸千年的内伤
体内的花朵，完美的花朵
就像血，就像肉，旷古的大餐
把自己摆上桌面，依然驱逐不了
日渐瘦小的出没，以及庞大的阴影

谁是最后

谁彻夜歌唱，谁的嗓子咯血
在沼泽，在水域，笨拙的舞姿只会激怒水草
而我还是看到了鹤——为舞而生
为情而舞的情种
谁天天演习打斗，谁暗练内功
我撕碎一张张日历，为的是逼近一块石头
被水淹没或当众裸露的隐秘，坚硬的内伤
我怀揣空白，走向一棵树，或一座雪山
却始终没人阻拦。我真怕自己会走丢
山是绕不过去的，水再深也得进入
我知道你一直注视我，怜悯着我
以我为荣，以我为耻，就是接近不了我
我无能为力，我只有天天面朝亲人
吸进垃圾，呼出清气。我知道
你一定触摸得到，我的失败的气息
你也一定会以此为傲，以此为幸福

风来了又走了

整整一个下午，我都被电脑所困
五笔敲打出的文字，始终朝我抛媚眼
像过分热情的夏天，像蚊子，令我无处藏身
而风还是来了，像一把扇子驱赶我
我认为它不是故意的。山峰也不是故意的
搬动不了它，我就和它纠缠不休
这个夏天会发生很多事，但结局早已设定

我知道夏天的陷阱藏得比语词还深

因此，当好心的风来时，我不为所动

因此，陪了我一个下午的风

看我决心已定，看我不理它，来了又走了

一个人的城市

胃口太大，我得定量喂食

而且这厮功力太强，我得专门设定一个程序

用计算机的如来神掌，限制他飞离城市

要草莽一点，荒芜一点，天险一点

要愚笨一点，迟钝一点，羞涩一点

让他野生，让他空无一人

让他归零，让他无处可遁

向死而生的，不能只是人

▪ 长　诗

在天台

一

晚上八九点钟的天台

像被这个城市遗忘的一张小嘴

月色的口罩罩住了这个世界

我家屋顶的这个天台

是被遗漏的一个缺口

一轮弯月冷冷地高高在上

像一只走失的眉毛，倒挂在
农历大年初三的夜空
猛吸一口烟，我恍然发现
这个灰蒙蒙的天台
多么像一个巨大的烟灰缸
来回踱步的我，又多么像
一根香烟，在这个世界
脆弱的肺部，游移不定

明明灭灭的小区，灯火
并没有全部回家
有人在阳台上弯腰踢腿
有人像我一样，若有所思
或百无聊赖地吞吐夜色
多么安静的夜晚啊
静得让人怀疑阴晴圆缺

相连的另一栋楼顶的天台上
一位老兄可能已经跑了七八圈了
踩灭一根烟，甩几下臂膀
我猛然起跳，一下，两下，三下
不知道到第五跳还是第六跳时
棉睡衣左口兜那包烟轻快地跳了出来
我沉重的跳跃心安理得地停下
一摸右口兜，打火机和口罩
相安无事地紧贴在一起

二
我一有空就会上天台
我一上天台，天台便不再孤零零
而这个原本闹哄哄的世界，一上天台
便会像天台一样孤单与矜持

当然，我只是这么想，在天台
我只能想，什么也做不了
阳光偶尔光顾，大部分时间
我和天台处于阴冷之中

其实我应该看得更高更远
想得更深更透，在天台
比如，谁一直在坚守
比如，谁无能为力
比如，天灾还是人祸
比如，谁是罪魁祸首
街道从未如此地空
就像我苍白的思考

宅在楼房顶部的天台，此刻
像被初春抛弃的一块石头
坚硬地空落着，如我

三

这个春天迟迟未到
有人已经按捺不住了
谣言与谎言，冷嘲与热讽
丑恶与龌龊……有形的飞沫
比疫魔更可怕的沉渣泛起
在天台，我看不到刺向惶恐的明枪
在天台，我看不到射向无助的暗箭
而我可以想见，更高的高处
无土的种子正在发芽
无树的菩提正在开花

白天的天台四四方方，规整地
承接着天空投下的光芒
处于光芒之中的我，通体透亮

远遁的飞鸟收敛翅膀，如天台
收拢一个又一个未知的黄昏
若能绽放，我的天台必定舔亮伤口
若能奔跑，我的天台必定传递希望

这个春天迟迟未到
与灾难有关的善恶与轮回
与春天有关的淡定与温暖
冷暖交替，春暖花开

四

立春。小雨。阴冷
阴沉的天空像被戴上了一层口罩
那飘飞的雨丝，被阻隔在口罩之外
我那日渐活络的天台
像一只独睁的大眼，早早醒来

此刻，太阳还躲在某个角落
上班之前的陪伴是天台的造化
一夜未睡的天台，应该比我更清楚
这个城市的桃花，正开成一种默契
那遥远的樱花，是否能感应这种召唤
立春没有回答，天台默不作声

那么，该等待的就是惊蛰那场惊雷了
冬天已经过去，春天就在眼前
"没有一个冬天不可逾越
没有一个春天不会到来"
遥远的坚守，无声无息地守望着
普天之下，多灾多难的天堑

我像握别天台一样，紧紧抓住
天台上方一闪而过的一缕烟

早已没有炊烟的城市

生命就是人间烟火

正在偏离轨道的人们

退居才是最后的田园

耕耘荒芜，重植饥饿，封锁贪婪

那天台般洞开的，才是这个世界

可以正常呼吸，可以正常接触

没有病毒，无须隔离的唯一天井

我轻轻地下楼，就像雨轻轻地落下

季节的台阶，不紧不慢地上升

就像这个春天，不紧不慢地延缓心情

不需戴口罩的，是眼睛和心

▪ **创作年谱**

1992年　《乡村教师》发表于《教师报》第385期。

1994年　《红色流程》发表于《中流》第11期。

1996年　《石门湖》《寿星岩》发表于《福建文学》第12期。

1996年　《暗示》《地铁有没有出口》发表于《诗歌月刊》第11期。

2003年　《暗示》发表于《新大陆》总74期；《春天早就开始了》发表于《诗刊》4月号下半月刊；《武夷行（组诗）》发表于《厦门诗歌报》11月12日"福建诗会特刊"；《2002这个坎》《之间》发表于《诗刊》12月号下半月刊；诗集《人们都干什么去了》出版［（岩）新出（2003）内书第106号］。

2004年　《我的城堡》《我的白天从中午开始》发表于《中国当代诗歌》第2期；《庞大的出没》《2002这个坎》《谁是最后》发表于《福建文学》第3期；《谁是最后》发表于《诗选刊》第5期；合编《70后诗集》出版（海风出版社），并入选诗歌12首；《屋顶上的破轮胎》《风来了又走了》入选《诗歌在网络》（中国文联出版社）；《风来了又走了》发表于《诗选刊》第11期；《塔》《洞》发表于《厦门文学》第12期；《峡谷》发表于《新汉诗》2004年卷。

2005 年　《硬伤与软肋（组诗）》发表于《顶点诗刊》第 2 期；《悬崖》《峡谷》发表于《诗歌蓝本》第 1 期；《岛》《熬》发表于《中西诗歌》总 9/10 合刊"广东诗人诗歌专号"。

2006 年　《裂谷》《整个晚上我只看到一颗星星》发表于《诗歌月刊》2 月号下半月刊；《一个人就这样走过广场》《黑暗的亮很坏地亮着》《我的白天从中午开始》《岛》《滩》发表于《诗歌杂志》第 4 期；《听风的歌》发表于《中西诗歌》总 16/17 期；《巴伦》发表于《新大陆》总 94 期；《正面遭遇一场雨》发表于《诗三明 2005 年度诗选》。

2007 年　《岛》《风来了又走了》《谁是最后》入选《中国诗歌选 2004—2006》（海风出版社）；《杜甫草堂》《大渡河》《花瓶裂了》《蜡染古镇》发表于《陆》创刊号"福建诗歌专号"；《我跑得比暴风雨还快》《没有一盆花的阳台》发表于《福建文学》第 5 期；《滩》《塔》《与海对饮》发表于《中西诗歌》总 22/23 期"广东诗人作品专号"。

2008 年　《悬崖》《崩冈》《声音》发表于《诗歌月刊》1 月号下半月刊；长诗《殇》发表于《丑石》总 47 期；《寒流》《蹲下》发表于《福建文学》第 7 期"诗歌专号"；长诗《火》入选《诗》总 13 卷（中国文联出版社）；诗评《失败主义时代的颓废斗士》发表于《文锋》第 3 期。

2009 年　《与海对饮》《塔》《滩》入选《中国诗歌选 2007—2008》（海风出版社）；《庞大的出没》《谁是最后》《岛》《风来了又走了》入选《福建文艺创作 60 年选·诗歌》（海峡文艺出版社）；《祖国，我的村庄》入选《献诗我的祖国——福建百名诗人心灵之歌》（海峡文艺出版社）。

2010 年　文学评论《对新时期"发财下广东"的文学拷问——读董春水的长篇小说〈下广东〉》发表于《西部·新世纪文学》第 1 期。

2011 年　《红泪》《黑血》《一堵低矮的墙》《人满为患的城市空无一人》《花瓶裂了》《大渡河》发表于《原现代主义冷调结构诗选》。

2012 年　《岸》《劫》发表于《诗》总 18 卷"新死亡诗派 20 年纪念专号"。

2015 年　《没有冬天的城市》发表于《福建文学》第 12 期；长篇纪实文学《奇奇的世界》出版（南方日报出版社）。

2016 年　《秘密》发表于《西部》第 11 期。

2017 年　诗集《寮子背》出版（新世纪出版社）。

2019 年　《田野的呼喊（组诗）》入选"佛山韵律文学艺术丛书"《2018 年散文诗歌卷》（花城出版社）；《听众》《让我回到一粒词》入选《春江水暖·佛

山文艺 40 年作品选粹·诗歌卷》（岭南美术出版社）；《秘密》入选《中国诗歌·2019 年度民刊诗选》（人民文学出版社）；《一个人的新雨》《2020 天天诗历》（中国青年出版社）；诗评集《在若无其事中抵达美好》出版（广西师范大学出版社）。

2020 年　《风来了又走了》《秋》入选《福建优秀文学 70 年精选·诗歌卷》（海峡文艺出版社）；《一个人的河流》发表于《中西诗歌》总 79 期；《最美江义（外一首）》发表于《河南文学》第 5 期；《一个人的新雨》《一条叫海的河》《逢简水乡》入选"佛山韵律文学艺术丛书"《2019 年散文诗歌卷》（花城出版社）；《词语的合金与历史的接骨术》入选"佛山韵律文学艺术丛书"《2019 年文艺评论卷》（花城出版社）；《秋天之上》《青海湖》入选《客家百人诗选》（长江文艺出版社）；《奇奇的世界（节选）》入选《福建当代客家散文选》（海峡文艺出版社）；《从第三说论坛到第三说诗群》发表于《独立》"中国诗歌民刊研究专号"（天鹰图书出版社）。

2021 年　《一个人的古道》发表于《诗林》第 2 期。

华俊锋

"70 后"，连城客家人。三明诗群、客家诗群成员，龙岩作家协会成员，连城作家协会副主席。诗歌发表于《客家诗人》《中国诗歌》《世界诗歌》等报刊。

▪ **代表作**

三月二十一日

这是一个再普通不过的日子
像三百六十五天里每一日
有人离去，有人来到这世间
这世间，有几家欢乐、几家忧愁
白天交替而过黑夜
我平静地磨着一把镰刀
不为收割，只为刀锋不会平静地
锈着钝去

▪ **短　诗**

杜　仲

藕断丝连的又岂止红酥手
蝴蝶们纷纷破茧而出
沿着树丛花影蝶舞
村庄退后，历史浮出
应接不暇的沧桑，被文明包衣裹着

雾起于没有宽度的母亲河

在河边，风筝们飞过去

这无风的三月三，抑或清明

河水尚清洌，它们绕过数座青山

这碧水，曾煮沸

那横卧青山的一列

壮腰的杜仲树，高数丈

半边树皮被剥过

治愈了一位客家汉子多年来的腰痛

在河边，他换上白衣，欲飞

"华兄"，身后女子

恭身一个万福，瞬间

他泪如泉涌，瞬间，漫过数座青山

鸢 尾

被一只金铃子带去散步

春风暧昧，到底虫带人走

还是人带虫飞呢？远山沉在水中不语

云行得很慢，我们腾在上面

手掌蓝色的灯盏，与照面的鱼儿相问路

鱼儿寻找刚丢失的波纹

而我找寻经年的指纹，只有小虫漫不经心

拿出手机，偶尔拍我，偶尔拍云，偶尔自拍

地 龙

一年来，我的平静

与土中的父亲差不多

还是雨则先出，晴则夜鸣

依旧相信有龙的存在

只是不必像先前，跃入海中去

更相信它们蛰结于土中

爱土的咸，爱土的寒

感恩青草的博爱

仰望绵羊的自由

那些复古的韵调，是死亡的平等

▪长　诗

金樱子

壬辰年闰四月，于恰入古稀的父亲

此月大吉，二十二日于他是三合日

鬼使支开父亲身边所有人

神差令劳累过度的他脑内溢出一朵鲜红的花

短短半个时辰，它们不顾悲痛欲绝的我

强收父亲人间阳寿。在此前一日

从事襄礼的父亲还宣祭送走一八十多岁老妇

此时一大片金樱花蠢蠢欲动，眨眼间

开出满山满岭的白。那白呀

压住我对这人世间所有依恋

取而代之的是一大片一大片空白

空白之外除了悲恸一无是物

父亲的手余温退尽，我握住一整个冰凉世界

申时父亲被装进水晶棺

我们被一层水晶玻璃隔开

我恸哭却已失声。父亲躺在水晶棺里
面容安静祥和。劳累一辈子的老父亲
现在终于放下一切休息，深深地睡着了
雾水眨眼间漫上眼前，我仿佛漂浮在一个
虚实不定的球体上。洁白的金樱花
铺天盖地，满山满岭地开
我踏向荆棘，只为撷洁白的花朵
赤裸的脚丫，流血与流泪一样不知疼痛
白烛静静淌泪，父亲一辈子，现在春蚕到死
我的鲜红把洁白尽染。人们，你们看见的
依然是洁白的金樱花。它们
铺天盖地，满山满岭地，开呀，开呀

记忆中，慈祥的老父亲从来没有如此静过
他操劳操心，为家、为儿女挖心剔骨
我伸手采摘朵朵金樱花，欲为父亲
编个洁白的花环，花刺不断划破我的手指
没有疼痛，已不知疼痛
金樱花多么白，多么多么洁白，这父亲知道
父亲戴着花环，背影慢慢消失在洁白花丛
他要到另一个世界继续活下去，人生下来
再活下去，叫人生，也叫生活，这父亲知道
人生一辈子充满债务，欠的都是生活的债
任何钱财债务都可偿还
唯有欠睡在水晶棺里父亲的债不可偿
这父亲更知道。我现在这么想
可在此前，却怎么都不知道这样呢

站在熟睡的父亲身边，我再也牵不到他的手
父亲，你醒醒，再牵着我的手
带我蹦蹦跳跳地走向幼儿园去吧
到我的启蒙老师江老师那去报名

让我重新从好孩子做起，把曾经坏孩子
做过的坏事，全部改为好孩子做的好事
让我成为你的完完全全的好孩子
直到把前两天我的一次顶嘴改为场亲切谈话
父亲醒醒，起来再牵我的手

铜唢呐吹响客家山歌挽调，西洋乐队也来了
乐队的小李在父亲身前深深鞠了一躬
他说：平常华老先生介绍我们做事
想不到今天为他做事了
长号低音奏响那首《老黑奴》
是啊，人生一辈子，谁不是做了个老黑奴
山河沉浸在一片低音中，泪海在我内心翻滚
我身着白色素衣，走向一片洁白的金樱花海

火葬场其实是并不可怕的地方
这里是每个人最终的归宿
父亲被推进火化炉那刻，我冲他喊
父亲快跑，火烧身了！我看见父亲灵魂飘起来
飘向天上去。一个几日前还大活的男人
一会儿就变成一抔灰和几片灰白的灰片
洁白洁白的金樱花丛，淹没父亲最后的身影
生活呀，你就是生下来活下去
并且是好好地活下去
我相信父亲正是到另一个世界去生活了
他一定会好好活下去
我在这个世界也要好好活下去
金樱花风中摇曳，它们多么白，多么多么白
每一朵花儿都在尝试着结成一枚青果

父亲的灵屋安在厅堂里，我静静望着遗像
身边的一切如瓷器，一碰就落地碎了

父亲生我养我四十二年，我仿佛

一下就跨越自己的中年到达老年

因为我再也牵不到父亲的手了

金樱子的青果啊，青涩涩。二楼的厅堂上

父亲择日写请帖、对联和祭文的八仙桌和藤椅

整整齐齐，书籍和笔墨也整整齐齐

它们无比亲切，当年姑父去世时

表姐把从事襄礼的姑父的遗物

也都整理得那么整整齐齐

我一进他家就觉得姑父还在

父亲传承了姑父的为人和职业，在姑田小镇

姑父和父亲吃千家饭做千家事

如果问起姑父和父亲的名字，人们会告诉你

他们是周声浩和华贤辰，他们都是好人

我相信父亲也还在

我时常看见他还坐藤椅上看书写字，夜深

我还听见他因熬夜发出的一阵剧烈咳嗽声

每一颗金樱子的青果都结在阳光和雨中

它们攫取日月精华和天地灵气

秋季，每一颗果子都会黄红或棕红

那时，它们成熟了

采药人，戴着手套，把它们一颗颗摘下

▪ 创作年谱

2007 年　在福建厦门，开始诗歌创作。

2009 年　开始以中草药名为题写中草药诗歌，至 2022 年完成此系列诗歌 400 多首，
　　　　零散发表于报刊上。

余亿明

1978 年生于永定下洋。中国诗歌学会会员，福建省作家协会会员，龙岩市大众文学社社长。初中开始诗歌创作，1998 年结业于中国作家协会鲁迅文学院少年作家班，陆续在《中国青年报》《中国青年作家报》《语文月刊》《西部》《福建日报》《福建文学》等报刊发表诗歌散文 100 多篇（首）。2002 年至 2021 年 5 月，历任龙岩市作家协会副秘书长、秘书长、副主席。著有诗歌散文集《乡土情思》、旅游散文集《福建土楼》、诗歌集《土楼诗语》。

▪ 代表作

理性的天堂

晚风爬在一张破纸上

震惊所有的顽童

灯光结成的白手巾

系在艺术的头上

在没有文明喝彩的天堂　居住

文字和声响

失去贞洁的理想

遗失被岁月蹂躏的时光

从史册里走出来的呐喊

是一首透明的诗行

轻轻散发陈旧的回忆

有人绝望的情歌

再一次遁入夜空的悠长

文字与泪　蹦出

苦涩和灯光

于是
一位绝色才女的出现
擦伤羞涩的手掌

告诉种子
告诉秋收
千万别告诉痴情的诗人
七根手指切割的黄昏
装满沉重的词语
唯有海水般流浪的心情
推不动昏睡的人流
黑夜来了
细雨覆盖我的梦乡
覆盖我亲切的呓语
我咬破这个季节的嘴唇
百般讨好喝醉的枪膛

我睡了又睡
醒了又醒
却始终看不清
理性的天堂

▪ 组　诗

三月·父亲

桃花唱红的三月

生长在父亲的锄头里

散着

泥土的清香

三月，父亲的一锄

流淌生命的真谛

父亲蹲着抽烟的姿势

含蓄地表述着他古老的心事

将额头的沧桑

埋藏在三月那一束

深情的目光中

老　屋

清风孵化的狗尾草

守望最后一粒谷种

倦鸟轻叩的屋梁

遗落粉末般发黄的故事

圆滑的古井是岁月的脸

模仿着祖祖辈辈的历程

细雨轻舞的黑夜

是谁的一支短笛搂着

村庄的鼾声　入睡

土楼听雨

山风像一群顽皮的孩童

绕着天井上蹿下跳

炊烟静静地趴在窗台上

漫不经心　四处张望

雨水如同一串串珍珠

垂挂在土楼的胸前

那或方或圆的天空

洒满纷飞的思绪

欢快的雨滴轻轻地

拍打着每一片青瓦

拍打着每一个鹅卵石

她们彼此深情的问候

循着泥土清香流进心底

在土楼听雨

来一场浪漫的不期而遇

聆听千百年历史的呼吸

感受梦幻般的土楼神奇

故乡肩膀上的那只鸟

在这秋风萧瑟的季节

落叶纷飞

铺满一地的乡愁

山路的尽头

我看见一只疲倦的鸟

栖落于故乡的肩膀

闭着眼睛

寻找曾经失落的日头

一阵风叨来一阵细雨

慢慢淋湿所有的山口

蒙眬　欲醒的离愁

我依旧站在水淋淋的街头

唯一寻不见

故乡肩膀上的那只鸟

肖中良

20 世纪 60 年代生于永定，笔名萧萧。福建省作家协会会员，龙岩市永定区政协委员，永定区作家协会主席，《永定文史》主编，文学期刊《土楼》主编。先后在《萌芽》《西部文学》《福建文学》《福建日报》等报刊发表文学作品几百篇，诗歌入选《中外当代诗歌散文精品集》等选本，获 2015 年度第二届中外诗歌散文大奖赛一等奖。有个人诗集《至尊方圆》，诗文集《诗梦王寿山》，散文集《土楼客家》《土楼酒歌》等作品。

▪ **代表作**

相见，168 岁的太爷

掀开墓门
一条民国的大河横亘眼前
划着《族谱》这条船
上岸清朝
相见，168 岁的太爷

一股灰黑色的风
吹干一条血脉
种植一株由香火栽培的思念
墓碑上
一个念叨了四代人的名字
突然站立起来

要不是
高速公路迁坟
无论如何，今年已去世整整 100 年的太爷

不能相见，即使
我 80 多岁的老父也无缘认识

没有眼泪，没有悲伤
那些只属于 100 年前的专利
其实，棺椁里没有尸骸
只见一尊图腾
瞬间，一道熟悉的温暖的闪电
照亮一个家族

墓前的玄孙们
高矮胖瘦
站成一条毫无表情的冰凉的蛇
此刻
100 年的悲欢离合
密密麻麻　五颜六色
搓编成
一条蓬松凌乱的长辫子

环拱坟茔的一块块青砖
琴键一般
弹奏一曲家族的歌

▪ 组　诗

不染白发的人

一个不染白发的年轻人
怀抱一个不大的孩子
在拥挤的公交车上
被叫声"大爷"
他乐呵呵

邂逅一个全然不顾的裸奔者
拾起地上的脚印，他紧随其后
包起一路嘲笑

与心爱的人一起打滚
在一望无垠的草原
他毫不介意
旁边一头牦牛
正在发呆

在人的最高处
向别人公示真实

他不需要任何一本证书

教师的最大对手

小时候，教师像座很高很高的山
若干年后

偶然回首
这不过是座小土墩

不是山变小了
而是学生长成了更高的山

讲台上，你滔滔不绝
目空一切
下课后，一道难题刺破额头
顿时冒出
冷冷的难堪

今天，你对他大呼小叫
明天，学生对你说这一切仿佛就在昨天
你会很轻松地笑

假如，学生对你说这一切都不记得了
你会睡不着

母亲病了

好狠，乌黑的蜘蛛一脸横肉
在母亲的藤椅上
筑起八卦
母亲的梦想被拧成一根拐杖
吱呀的房门　几声
却无法粘贴母亲的咳嗽
小花猫团团打转
用尾巴摇动它的哀愁
嗷叫断断续续
仿佛母亲的蹒跚

那双瘦得可怜的布鞋
只能容下她的一根白发
她佝偻的身躯
一如灶膛般沉寂

绿色　悄悄逃离她的菜园
一绺灰白的牵挂
缠绕在她额头
把母亲的心事密封

老气横秋的阳光
在紧闭的窗帘前匍匐
残喘着粗气

母亲起不来了
家在发抖

一个素食者的箴言

一个素食的朋友
告别肉食十几年
我不敢正眼看他们夫妻的面色
不过，他们快飞起来了
自己素食也罢
上大学的儿子也不思肉物
"你就不怕别人说你不孝吗"
他们九十多岁的父母　十年
也不奉酒肉
只剩下
几瓣粗老的茶叶　在杯中
跳广场舞

接下来
妇人计划撤掉家中的米缸

最有活力的
只剩下水蒸气　细尖
如缺乏营养的草
除了人
没有其他动物　哪怕一丝
天籁
说话走路
生怕引来门口的风和太阳
整座楼瘦了一圈
与主人同步

一些秘密被亵渎
所有动物要生长　都在下沉
被人享用
难以下蹲的繁重
如家禽鸟兽
我们竟拿弱智补充能量
生长猪一般的聪明

越来越可怕呀
我们和这个世界一起沉重
惯性地拒绝
与绿色植物交媾

▪ 创作年谱

1998 年　散文《自行车趣事》获闽西改革开放二十年回眸征文二等奖。

2003 年　《东山纪行（组诗）》发表于《福建日报》副刊"武夷山下"。

2005 年　诗文集《诗梦王寿山》出版（作家出版社）。

2009 年　诗集《土楼酒歌》出版。

2010 年　《诗意客家》等几首诗入选《龙岩青年诗人诗选》。

2012 年　《一首歌见证时代奇迹》获《闽西文学》"颂歌献给十八大"征文一等奖。

2014 年　诗歌《太阳，走进端午》入选《当代千人诗歌》（中国戏剧出版社）。

2015 年　诗歌《我们何尝安全过》获第二届中外诗歌散文大奖赛一等奖，在北京钓鱼台国宾馆领奖；多首诗歌入选《中外当代诗歌散文精品集》（中国广播影视出版社）。

2016 年　主编诗集《龙湖韵·土楼风》出版。

2017 年　诗歌《母亲病了》发表于《西部》第 1 期。

2018 年　诗歌《妈祖庙》《不染白发的人》发表于《创世纪》9 月号。

2019 年　个人诗集《至尊方圆》出版（团结出版社）。

2020 年　《酒味客家》等多篇散文诗歌发表于香港《文汇报》。

2021 年　诗歌《都江堰》发表于《中国审计报》副刊"沃野"；诗歌《竹林馆，没有修辞》发表于《福建文学》，并获福建省百名诗人致敬中国共产党百年华诞作品奖；《无悔的选择》等多首诗歌发表于《福建日报》副刊"武夷山下"；合作诗集《瓦上月光》出版。

李迎春

中国作家协会会员，福建省作家协会全委会委员、省作家协会青委会副主任。自 20 世纪 90 年代初开始诗歌写作。获福建省百花文艺奖、福建省优秀文学作品奖、福建文学好书榜优秀图书等 10 多项省级以上奖项。长诗《生命的高度》入选 2005 年度中国作家协会重点作品扶持项目，是福建省第一部入选该项目的作品。

▪ **代表作**

一棵苍老的树
——献给某个抗战老兵

我几乎忘记去看过他，听他说那些故事
这有什么关系呢？仅仅是一个故事而已
那些暗淡的光影，那些布满血红的阳光
你看过多少抗日神剧，就能知晓有多少
推土机将往事掩埋。你不用生气，不用
而我分明在那个冬天的上午，看见历史
长在苍老的大树上，洞洞有刀伤有血痕

在他的秘密里，我是一个偶然的偷窥者
其实也谈不上偷窥，既然身体不再年轻
脱光又有什么关系呢？我看见那个身体
在日光下呼呼作响，像座遗弃的破房子
我想高喊口号，徒然增添着内心的悲伤
一个人的晚年总是比老树来得寂寞，他
把往事说得很轻，把现实看得如此之重

他在等待下一场大雨将房子吹垮，连同
不堪的身体。年纪越大他越矛盾和自卑

为什么记忆会在某一刻停留，就像杀戮
一眼望不到边，甚至摸不到自己的尸骨
我每年找他一次，写上一篇激情澎湃的
时文，在装模作样的人们面前放声朗诵
一棵树终将飘零，而世人需要心灵鸡汤

▪组　诗

家或者梦

一切的动物在游戏之后
找不到家园
便把若干年后的尸体沉入海底
鸟儿折翅
不再痛苦
呼唤着一次次嬗变

这月儿圆圆
山浪宁静
故乡
你在梦中睡了吗
不要醒来
醒来便是多年后的今天
依旧青山
依旧流水

只有找梦的人
断奶之后
不再流泪
不再欢笑

蝴蝶睡了

走过田坎
眼前的禾苗睡成一个婴儿
静静地
不哭 不闹

已经想不起什么理由
让燕子飞回家园
孩子捕捉蝴蝶的叫声
敲响
世纪末最后的天空
妇人用同一种方式
纳鞋

木锥锈了
只有黄昏
执意不肯让蝴蝶带去
一丝流泪的粉脸
光明因黑暗而光明
蝙蝠独自横飞

听见头发私语

下午 一只马儿在跑
小鸟湿漉的尾巴
沉重得使你沉重

昨天刚过
　　今天又将来临

静坐时　听见一种声音
寄生树枝叶繁茂
大树憔悴　头发仗着
热气拧成一团
屈原　打着手势走来

没有了
除却拥有的
我走进的教室比校门更矮
向学生讲授语法与古诗
毛毛虫出神地从瓦楞上
掉下来

自动打铃敲打着时间
敲打着路面
车门打开
走出一群变质的蚊子
人们用欢迎的姿态
拍打

赶圩那天
看见有一种人浮了起来
和炸药一起构造
组合家具
西瓜的价格两毛钱一斤

人多
头发更多
我们白天不说人话

晚上不说鬼话

因此头发常常

听见种子发芽的声音

半夜，一个人醒了

我于天亮前离开　黑夜

唯一的旅伴

太阳依托着太阳

上升为耳边的肿瘤

房间空着

母亲的叫唤响应

村前的田野

一个女子向我走来

抱一只熟睡的猫

我碰见一只馋嘴的老虎

想着：兄弟，咬我吧

老虎死去

迎面的风刮进心头

比老虎的牙齿还利

一个女子向我走来

抱一只熟睡的猫

我走进一堆坟墓

死人的骨头铮铮作响

倾听一场举世无双的音乐

一个女子向我走来

抱一只熟睡的猫

我听见灵魂在歌唱

电脑的操作失灵　机房中间

肉体同晶体管一起爆炸

遥远的村庄

陷入一场大水

破烂的水车涉过彼岸

一根朽木串起我的灵魂

在那爿店前

列车飞驰

劫走一个轮回

一个女子向我走来

抱一只熟睡的猫

▪ 创作年谱

1989年　接触现代诗，并开始写诗。

1992年　有《风铃》等少量诗歌入选刊物或诗歌选集；开始接触，学习不同风格的诗歌。

1994年　参加诗刊社组织的诗歌艺术讲习活动，之后诗歌《汉宫秋月》等发于《闽西日报》副刊；诗歌《守候》发表于《诗刊·青年诗人》第12期。

2003年　诗歌《脉》发表于《福建文学》第8期；诗歌《才溪采风》发表于《福建日报》副刊"武夷山下"。

2004年　诗歌《失语（外一首）》发表于《厦门文学》第12期，后入选《〈厦门文学〉60年作品选》。

2005年　长诗《生命的高度》被列为中国作家协会2005年重点作品扶持项目，为福建省第一部入选该项目的作品。

2006年　长诗《生命的高度》出版（文化艺术出版社）。

2007年　诗歌《不老的故事》发表于《海峡》第6期，后入选《福建文学创作60

年选·诗歌》（海峡文艺出版社）。

2009年　诗歌《一场春雨一场梦》发表于《福建文学》第5期，后入选《2009年中国诗歌年选》（花城出版社）。

2010年　牵头组织策划编辑《杭川文艺》"福建诗歌专号"，年底编辑出版；与谢春池、林华春、熊永富等人提出"上杭诗群"概念，并有意识地进行组织策划，提高上杭诗人的辨识度与知名度。

2011年　诗歌《记忆中的迎春花（组诗）》入选《龙岩青年诗人诗选》；诗歌《乌镇》入选《2010中国诗歌民刊年选》。

2012年　诗歌《光芒》入选《2010—2011福建优秀诗歌选》（海峡文艺出版社）。

2015年　诗歌《抵达》发表于《厦门文学》第5期；诗歌《拱桥的夏天》发表于《福建日报》副刊"武夷山下"；诗歌《上杭新诗30年：天空微蓝，而江水已绿》发表于《福建当代文学评论》公众号，后发表于《福建文艺界》第12期；主编的《上杭文学报》出版"上杭诗歌专号"；诗歌《在冯地》发表于《福建文学》第12期。

2016年　诗歌《我和父亲（外一首）》发表于《厦门文学》第4期；诗歌《这片霜红的土地》入选诗集《寄杭城》（鹭江出版社）；诗歌《李迎春的诗》发表于《台港文学选刊》第4期；诗歌《生命中的红色畅想》获福建文学征文优秀奖；诗歌《被一江春水惊醒》发表于《西部》第11期；《地与断奶（组诗）》入选《桐花客韵：海峡两岸客家诗选》（海风出版社）；诗歌《下一秒（外一首）》发表于《福建文学》第12期；《福建文学》第12期推出"上杭诗群"小辑，谢冕、谢春池等人论述上杭诗群文章刊出。

2017年　《李迎春的诗》发表于《海峡诗人》夏季刊；诗评《先锋性的沦丧与平庸下的推进——论网络时代的诗歌"真相"》入选《闽派诗论》（海峡文艺出版社）。

2018年　诗歌《窗外》入选《福建诗歌精选》（海峡文艺出版社）。

2019年　应海峡文艺出版社邀约，创作一部反映古田会议的长诗；后长诗《落雪的和声——古田，1929》出版（海峡文艺出版社），作为中宣部、中央军委政治部、中共福建省委等主办的古田会议90周年大会献礼图书赠送嘉宾；此后，该书获得第三届福建文学好书榜优秀图书、第三十届华东六省一市文艺图书奖一等奖等荣誉。

2020年　由福建省作家协会、海峡文艺出版社、福建省文学院、福建省文艺评论家协会主办的长诗《落雪的和声——古田，1929》研讨会在福建省文学院举行；4月8日，《光明日报》文艺评论版刊时任发海峡文艺出版社副社长、副总编辑林滨的评论《以长诗仰望古田会议——评〈落雪的和声——古田，1929〉》；长诗《落雪的和声——古田，1929》由海峡文艺出版社第二次印刷，入选2021年福建省中小学寒假"读一本好书"推荐书目。

2021年　诗歌《一场春雨一场梦》《我和父亲》入选《福建优秀文学70年精选·诗歌卷》（海峡文艺出版社）。

邱德昌

　　1968 年生，上杭人。福建省作家协会全委会委员，中国民间文艺家协会会员，中国楹联学会会员。近 300 篇诗歌、散文发表于《诗刊》《星星诗刊》《福建文学》《福建日报》等海内外报刊，30 多篇作品入选各类文学选本，书画评论数 10 篇刊发表于《福建艺术》《台港文学选刊》《福建文化报》《开放潮》《书画报》等报刊，近 2000 篇新闻作品由人民日报社、新华社、中新社、福建日报社、闽西日报社等刊发。小说、音乐文学作品、新闻作品多次获奖。主编文学作品集 12 部，著有诗集《过去的好时光》《山水性灵》《淬火龙岩》，诗文集《渡口》，散文作品集《遇见新罗》，评论集《山水知音》，长篇小说《采茶灯传奇》《郭公传奇》《秘密》。

▪ **代表作**

登天宫山

　　　远观，你安详如卧佛

　　　抵达，才知道岁月的艰辛

　　　两千九百级天梯

　　　每登一级，便抖落一层欲望和浮尘

　　　与云相遇

　　　云是一次心灵的窗

　　　低头，观照至脚下凡尘里的自己

　　　抬头，是无限的澄明

　　　和雨相逢

　　　雨是法眼宗的布施

　　　云与雨，一切现存

　　　缘这个果实，何必求人

总以为登峰便是造极

极目小天下

但竭尽全力攀上山尖

还是在风的边沿，神的足下

神的目光

是阴阳分割线

远观是你的未来

回头有你的过去

哦，天宫的法眼

没有终点，没有最高，也没有最低

只有缘起

▪ 组　诗

通往童年的小径

最能触动我童年时光的

是村口的雷区

一旦踏上

就炸得我们喜笑颜开

是的，炸乱我的白天黑夜

是当年的《地雷战》

通往我童年秘密的

是《地道战》

如今，英雄儿女们都成了远山的呼唤

消息树倒了，鸡毛信再也不见

平原上枪声不闻

岸边急浪不现怒潮

乡村的伙伴亦已北上广深南征北战

空空荡荡的晒谷场

挂银幕的小树已是满树麻雀

唯有通往晒谷场的小巷子犹在

小路边的炊烟还在

是啊，只要这条小路还在

只要通往乡村的炊烟还在

我就能找到回家的方向

通往童年的道路，永远畅达

准　星

目标、枪口、准星

三点连成一线才能中靶

射击的规律其实很简单

从井冈山下来的红军

到了古田，才明白这个道理

一支军队，掌握了三点一线

就掌握了自己的命运

党指挥枪，党是准星

枪杆子里出政权，枪是准星

军民一家亲，百姓是准星

这样的三点一线

不仅可以击出一个星星之火

还燎原出一个熊熊军魂

我只求洋畲一隅

山下，山中

恍若隔世

才坐，云即起

这一笔，冲淡了宿墨尘世

让一山、一村、一人

晕成水墨江南

我不要占尽江南

只求洋畲一隅

做竹尖上的一滴水珠

闪烁岁月静美

一枕到老

要经过多少回砍伐、抛弃

要经历过多少次碾压、打磨

你才能成为铁轨的恋人

从一根枕木到另一根枕木之间

要跨越过无数个渡口

要迎送无数回日出日落

这相拥的结果

是让人世纷扰

静如枕木，永不出轨

现在的你，就如现在的我

你驮不动列车了，因为高铁擦肩而过
我也走不动了，因为白发封堵了青春
但行走枕木，我仍能感受到您的体温
岁月喘着粗气，如老铁皮车无所畏惧狂奔

风过枕木，芦花一地，远方不远
我想说，好好牵着她的手
一枕到老

▪ 创作年谱

1987年　在现龙岩学院中文系开始诗歌创作，作品发表于校刊及当地文艺刊物《龙
　　　　岩文艺》。

1990　　诗歌作品发表于《闽西日报》《闽西广播电视报》《生活创造》《福建作家
——　　企业家报》《军工报》《散文诗刊》《星星诗刊》《福建日报》《福建文学》

2003年　等报刊；诗歌作品集《过去的好时光》出版；担任闽西作家协会理事；参加
　　　　红土地蓝海洋笔会。

2004年　诗文集《渡口》出版（海峡文艺出版社）；加入福建省作家协会。

2008年　主编福州、厦门、龙岩三地作家诗歌散文作品集《山海文丛》出版（海风
　　　　出版社）；评论作家写新罗的诗歌散文作品的文集《山水知音》出版（海
　　　　风出版社）。

2009年　担任龙岩市作家协会副主席，新罗区作家协会副主席兼秘书长。

2010年　主编新罗区中心城区作家中华人民共和国成立60年优秀作品集《岩声今
　　　　韵》出版（海峡文艺出版社）；担任新罗区作家协会主席。

2012年　主编《江山多娇：新罗区旅游风情录》出版（福建美术出版社）。

2013年　长篇小说《采茶灯传奇》出版（鹭江出版社）。

2014年　主编《乡愁集萃：2014年新罗区优秀作品选》出版（香港天马出版公司）。

2015年　诗集《山水性灵》出版（海峡书局）；主编闽西散文作家作品《闽西乡恋
　　　　文丛》出版（海风出版社）；主编《寻找香格里拉：作家笔下的新罗万安》
　　　　出版（海风出版社）；主编《时光不老：2015年新罗区优秀作品选》出版
　　　　（香港天行健出版社）；网络长篇小说《郭公传奇》在中文书刊网连载，阅

读量达到 12 万人次，获国家新闻出版广电总局 2015 年优秀网络原创作品推介榜第 10 名。

2016 年　参加中国作家协会，福建省文学艺术界联合会、作家协会组织的"重走长征路"文学采风活动；诗歌《石榴花开》发表于《诗刊》；长诗《一位客家女的长征》发表于《闽西红色文化》；《准星（组诗）》在《福建文学》头条推出；作品获福建省文学院、《福建文学》纪念红军长征胜利 80 周年全国诗歌散文大赛优秀奖，河南《长鸣》文学季刊纪念红军长征胜利 80 周年诗歌大赛优秀奖，《福建日报》纪念中华人民共和国成立 60 周年散文诗歌征文三等奖，中红网、太行山纪念馆联合举办的纪念抗战胜利 70 年征文优秀作品，《厦门文学》纪念红军长征胜利 80 周年优秀作品等奖项；诗集《山水性灵》获龙岩市人民政府文学奖首届山茶花文学奖二等奖；主编《雁声梵韵：作家笔下的新罗雁石》出版（中国文史出版社）；诗歌《古基村》荣获首届李辉选文学奖。

2017 年　长篇小说《秘密》出版（福建少年儿童出版社），入选 2017 年 10 月"百道"全国好书榜、中国图书评论学会推荐好书月榜单、福建省和浙江省全民阅读图书，2020 年荣获影响福建文艺力量二等奖，2020 年入选教育部中小学图书馆馆藏用书；加入中国民间文艺家协会。

2018 年　武术专著《上杭女子五枚拳》出版（中州古籍出版社）；长篇小说《郭公传奇》出版（福建文艺出版社），为福建省作家协会重点扶持作品；主编《水岸风雅：作家笔下的新罗白沙》和《初心永恒：2016 年新罗区优秀文学作品选》出版（海峡书局）；《准星（组诗）》获龙岩市双拥杯征文一等奖。

2019 年　长篇小说《郭公传奇》获福建省作家协会、福建省图书馆联合评选的福建优秀文学图书；当选福建省作家协会全委会委员；加入福建省文艺评论家协会。

2020 年　主编《新罗区优秀文学作品选（2009-2018）》出版（海峡书局）；参加鼓浪屿诗歌节；散文作品集《遇见新罗：龙岩城的前世今生》出版（海峡文艺出版社）；国画作品《君子之风》（合集）出版。

2021 年　诗歌集《淬火龙岩：红色朗诵诗 100 首》出版（福建少年儿童出版社），作品被列为龙岩市委宣传部、龙岩市委党史研究室、龙岩市文学艺术界联合会 2021 年建党百年重点文艺创作项目，是福建省首部红色朗诵诗作品集，福建省作家协会、福建年儿童出版社举办作品首发式暨作品研讨会。

吴德祥

1969 年生，连城人。福建省作家协会会员。著有小说散文集《故里秋声》，诗集《花开的声音》。

▪ **代表作**

四堡雪落，姐姐，陪你看春风

看这十里春风、千山艳醉

看这一弯碧水、满野花飞

姐姐，看那阡陌柳烟春色丽

谁家公子正踌躇呢

姐姐，陪你看四堡雪落

看春风情思可伤了

谁个飞花情绽云追月

看春风一片晴云

姐姐你脸胜桃花柔红醉呢

嫩黄碧叶雪花轻

正一点羞色，满院春光

姐姐，你步态轻盈

可是湖岸柳风拂翠莺

那一声轻唤

已醉了溪边晕桃路边李杏

看西厢扑蝶轻萝扇

姐姐素衣褴小花

去田边看绿芽探春

菜花鹅黄

青蛙跳水

蜂舞鸢飞

姐姐，看春风吹过了小溪草

看春风吹过了东墙柳

看春风吹过了西窗月

看春风吹过了南山李花雪

看春风吹过了北岭桃花云

姐姐，陪你看春风

吹着我们一起长大

慢慢变老呢

▪ 组　诗

春天的喊叫

众草欢腾。在天地之间

花香铺满了广阔的田园

十点十分。桃花笑过

谁的院子春光乍泄

鸟声啼满蓝天

洁白透亮的阳光里

我是暂时长在田埂上的梦

抽一支烟。和一片紫云英各安天命

蛇芯子添着春天的喊叫

脚边春水奔驰

远处的广告牌

红得像经年的喜庆
嘹亮了春天的歌喉
春天！春天
众草欢腾。春天的喊叫
传遍大地柔情
灿烂了人间

清晨，听说台风登陆

未来城工地，传来打桩的声音
还有其他的建筑嘈杂声，响在寂静的清晨

晨光已经占满了翡翠城小区
而每一座楼的方窗，依然没有醒来的迹象

绿树上湿润的，是昨晚的梦
有一个园丁，正在一剪一剪，剪去昨天

买早点的人，要早点出门办事的人
在小区门进进出出。有的各怀心事

这是一个平常的早晨。打开手机
一个胖女人高喊"台风来了！老公，抓紧呀"
屏幕上的老公，紧抱老婆粗壮的手臂
身体已被大风吹横了

说是超强台风"利奇马"，已在浙江登陆

好像村里就要来秋天了

这几天
村里好像要来秋天了
虽然不很明显
有的光阴还迟迟不肯露面

河上的芦荻摇响了左岸的风铃
篱笆边的丝瓜花开出最后的风华
福稳叔把咳嗽声压了好几次
小斗家的暑假作业催他好几回了
英娥婆婆的秋芋子从地里回家爬上了餐桌
福根爷爷家门口的鸡爪梨扯紧变黄的树叶
我随手甩打树枝好像不小心打痛了一阵秋风
秋天真的好像来到了村里

这几天雨下得特别多
好像是为秋天来打前站来了
店子门口聚集的老人不再抱怨天热了
他们看到一辆崭新的小车开进了村里
车上走出来一对新人
他们确信秋天真的要来村里了

伸手触及你的疼痛

伸手触及你的疼痛
那是青春留下的不愈伤痕

十里桃花开满的山冈

哪一处风景是你幸福的容颜

向左是一首唐人的诗

向右是一阕宋人的词

离开十步　芳草萋萋

快马扬鞭卷走千秋思恋

伸手触及你的疼痛

十万红颜吴宫烟冷

落日残红掩盖英雄传奇

姜女的哭声推倒坚固的长城

东篱陶潜西院竹林

唤不回红颜易老、江山易帜

云横秦岭家山阻隔

空留了十万桃花、红颜命薄

伸手触及你的伤痛

一溪涧水照亮秀发千丝

清照遗风相如好梦

依然是街头一声卖豆腐的大婶吆喝

▪ 创作年谱

1991 年　诗歌《你的心》《网》发表于《南国诗报》。

1992 年　《致沈仔珍同学》发表于《南国诗报》。

1993 年　诗歌《如果能够》发表于《南国诗报》；诗歌《茶》《农人》《井》发表于
　　　　《闽西日报》。

1994 年　诗歌《邂逅（外二首）》发表于《南国诗报》。

1996 年　散文《战地黄花》发表于《闽西日报》。

1997年　小小说《三篇报道》发表于《福建地质矿产报》；散文《养在深闺人未识》发表于《福建工商时报》。

1999年　散文《春联缘》发表于《闽西日报》。

2002年　散文《文化四堡》《四堡古书坊——辉煌的见证》发表于《厦门航空》；散文《文化汀州》发表于《福建信访》。

2005年　诗歌《生活过的村庄》发表于《闽西通讯》；诗歌《井》《村庄里的喊声》发表于《闽西日报》。

2006年　《李花盛开的地方》发表于《农村青年》；诗歌《被一头老牛反刍的中午》《夏日的一场雷雨》《坐在广告牌下的民工》发表于《闽西日报》。

2007年　《小村》《夏至》《秋天在高处》发表于《福建日报》；诗歌《奶奶》《二叔》《母亲染绿了那片天空》发表于《闽西日报》；诗歌《我听见花开的声音》《岁月的木门》发表于《福建文学》。

2008年　诗歌《春天的第一场雨》《那是我的村庄》《荷花》发表于《闽西日报》。

2009年　诗歌《小小的花开在春天的唇上》《清明》《此刻，我祈祷……》，散文《家乡的秋天》《远去的老街》《怀念两棵橘树》《乡村晨曲》发表于《闽西日报》；散文《铭刻》发表于《福建日报》。

2010年　诗歌《那年的雪》《一首清歌》《在田间喷药的母亲》《月亮照见村里的许多事情》《楼背》发表于《福建日报》；散文《绿色的她》，诗歌《我爱……》《芙蓉花》发表于《闽西日报》；散文《风吹在村子里》发表于《福建文学》。

2011年　散文《山亭》《六月花雪》《老井》发表于《闽西日报》；散文《小村》发表于《福建日报》。

2012年　散文《英，愿天国安妥你静美纯洁的芳魂》《女贞之香》《过年》《春天的家访》《窗外》，诗歌《春天》，小小说《乡村之恋》发表于《闽西日报》。

2013年　散文《山野偶记》《思念》《又见"小芳"》发表于《闽西日报》；《传统里走来的喜庆年节》发表于《福建日报》。

2014年　诗歌《春天到四堡来看雪》《蕉芋花》，散文《两个人的村庄》《书乡古韵》《窗外的秋天》发表于《闽西日报》；诗歌《坐在广告牌下的民工》《车站所见》发表于《生活创造》；诗歌《桃花三月（外一首）》，散文《窗外的秋天》发表于《福建日报》。

2015年　诗歌《枧头》、散文《时光深处》发表于《闽西日报》；诗歌《枧头》发表于《福建日报》。

2016年　诗歌《在春天》发表于《闽西日报》。

2017年　诗歌《四堡镇》《鸟声中的美好时光》《一望百年》《陪你看春风》《宁静》《清明，想起母亲》《水样瑜伽》发表于《闽西日报》；散文《素味山房》发表于《福建日报》。

2018年　诗歌《小莲》《一树花开》《清明》《我的春天来临》《敬仰》《军号》发表于《闽西日报》；诗歌《好像村里要来秋天了》《想起一个村庄》《我的秋天（外一首）》《今日大雪（外一首）》《住在乡村的日子（外一首）》发表于《福建日报》。

2019年　诗歌《一九二九，新泉》《年画》《冬（外三首）》《古田（外一首）》发表于《闽西日报》；诗歌《春天都在那里》《秋天的遐想》《古田（外三首）》发表于《福建日报》。

2020年　诗歌《阳光》《立秋》《想起父亲和自己》《叶把叶落下来（外一首）》《霜降（外三首）》发表于《福建日报》；诗歌《四堡，遇见李白》《耕耘》《立秋》《清明，想起父亲》《莲韵》《中秋节（外一首）》《冬日（外二首）》，散文《紫阳书院记》《诗画赖源》发表于《闽西日报》。

2021年　诗歌《岁岁年年（外二首）》发表于《福建日报》；诗歌《新年写诗（外三首）》发表于《闽西日报》。

林　妹

1986 年生于龙岩，笔名希梦。福建省作家协会会员。诗歌作品散见《诗选刊》《海峡诗人》《中国文学》《福建日报》《福建文学》等报刊，入选多个选本并多次获奖。出版个人诗集《遇见·时光不晚》。

▪ **代表作**

有一片月光掉下来

喜欢墨一样的夜
喜欢这样坐着
等头上结满露珠

等月圆之夜
一起趁着月色出逃
找一个地方，数星星

不说年华
听，风又吹过了
有一片月光就掉了下来

▪ 组　诗

把月亮还给黑夜

夕阳红着脸
说不出一句再见
就沉了下去

街灯初亮
仰望城市上的天空
早已看不见星星点点

夜里和大批的思绪飞舞
抱紧自己
把月亮还给黑夜

有时候是雨

有时会心生悲凉
望着春雨出神

撑着小伞
自己踩着自己的影子

雨落在地上晕开的圈圈
是我走不出的圆

有时候是雨
透明也冰冷或者其他

关于死亡

不懂会以何种方式逝去
唯一可以确定
等我停止呼吸
就把我燃为灰烬
是不是在小小的盒子里
就可以躺成如初

如果我化为灰烬
请帮我回归大海
可以想象
撒向大海
我就变得更加轻盈
唯一的响声
也许就是那一颗结石的心

转身或者邂逅

又一次踏进这里
这是小小的城
锦鲤　芭蕉　铜钱草
有些换了一批
有些是之前见过的

那些记住的或者记不住的
人或者事物

来一次就重新认识

每个店铺都好听的名字
"缘"或者"逸"或者其他
在这个院子里
显得很安静

把一切收在眼里
不说，看看就好

看每一朵花开的幸福

路过花店总会忍不住
这季是哪些花开
喜欢顽强的花
这样就可以把它们留着更长些

简单的清雅的
它们就像我的小姐妹一样
开得十分认真
它们不在意是否多晒了太阳还是多喝了水
一切命运，只能安然接受
努力绽放，不问结果

紫色的睡莲
白色的茉莉
那些红红粉粉的小花儿
它们都如此可爱
悄悄开放，偷偷凋零

▪ **创作年谱**

2015年　《油菜花开》发表于《长江诗歌》第7期；《在淡淡的季节里（组诗）》发表于《中国文学》第8期。

2016年　《春天里的一场场花事（外二首）》入选《齐鲁文学2016精品选集》；《乌镇，梦中的天堂》入选《2016年中国网络诗歌精选》（花山文艺出版社）；《喜欢这样的村庄（外一首）》入选《海峡诗人》春之卷；《雨落青荷（外三首）》发表于"福建五月新人"；《即将逝去的日子（外二首）》发表于《诗选刊》。

2018年　《柿子熟了（外二首）》入选《中国青年作家年鉴2017—2018·诗歌卷》（吉林文史出版社）。

2019年　《白沙行（组诗）》入选《水岸风雅：作家笔下的新罗白沙》（海峡书局）。

2021年　诗集《遇见，时光不晚》出版（现代出版社）；《有一片月光掉下来（外二首）》发表于《福建文学》第4期。

钟卫军

武平人。《南海文苑》诗歌、散文编辑，武平诗词学会秘书长，龙岩市作家协会会员。作品散见《福建日报》《闽西日报》《文学百花苑》《流派》《湖南诗歌》《西南散文选刊》《山东诗歌》《诗路》《长江诗歌》《中国民间短诗》《当代诗歌地理》《齐鲁文学》《当代诗歌地理》《南粤诗刊》《诗渡》《生死真情》等报刊、书籍。曾获福建省艺术馆主办的"党在我心中"庆祝建党 100 周年主题征文二等奖和龙岩市"红土新歌——奋进中的革命基点村"诗词歌赋征文一等奖。

▪组　诗

夜　晚

我喜欢夜晚
像所有渴求庇护的事物
只有星星在天上闪烁
而我不是，只是作为
被照耀的事物存在
在不为人知的角落
一条河流进宽广的寂静
它的快乐不仅是你
而是你作为仁慈的象征
有着夜的胸怀和深度
足以让一个迷途的人
得到爱的枝条，像一只鸟
而不辨别高低
在短暂的震颤后
睡眠开始轻稳地呼吸

偶然事件

走过路灯的时候

碰见鸟飞向拍着粉翅的飞虫

在接近时骤然折返而去

小鸟飞离的愿望大于捕食的饥渴

我们闯入它们的世界

并暂时改变了它们的命运

飞虫依然在灯光里缓缓飞行

不知将要发生的危险

小鸟却在我的心里

小心脏怦怦直跳

我漆黑的身体，如同它漫长的夜

树　桩

多少年过去，树桩还在

风吹过

它显得更加安稳

身体不再完整

失去的、不再重返的空缺

时间踩出的道路经过

也给它新的礼物

那些菌类，密密挨着的清苦气息

仿佛是给它的安慰

然而安慰并不能长久
很快就会干枯
但我们需要它
在树桩似的大地上
因为容易失去而拥有的短暂柔软

骤 雨

眼前被浓重的白雾否定
耳蜗塞满狂乱的杂弹声
谁在猛烈地撕扯揉碎自己
并把碎片从高处抛下

这星球内部的剧动
仿佛一个人强烈的爱恨
没有雷声，没有闪电
心在寂寞的大地承受捶打和叩问

眼 睛

在一株草上
寻找自然的眼睛

纤细的身形
呈现，也是遮蔽

弯曲
像是绿色的隐喻

深陷虚空的日子

我渴望瞬息抵达你

神秘之源

正如你一下看清

我的悲喜

山村记忆

屋后的那些山丘，带来的

童年乐趣像野果一样多

带给大人的苦难像岩石一样硬

野果那么甜，隐藏草叶间

总被机灵的阳光发现

我们也攀上山岩，这些

久远的石头，饱含深海的气息

孔洞里曾住着水母、丁香鱼

如今，它托举着我

像父亲有力的双手

一座座山林环抱着我的村庄

起伏的山脊，流线型的马背

拖着流水的马尾巴

驰向地平线，触及云彩时

屏住呼吸，像我一手握着藤蔓

一手探向崖边的奇花异草

当松鼠把最后一枚松果搬向洞穴

暮色降临，我们呼喊着

奔下山谷的涧水，流进村庄

小路上荷担归来的母亲

生起炊烟，在微弱的灯光下

掰开红薯，热气升腾

淹没了母亲脸上的倦容

仿佛高原的野花

浓郁的芬芳

从不问及土地的贫瘠

顾君熠

1964 年生。福建省作家协会会员，龙岩市作家协会理事，20 世纪 80 年代开始写作至今，诗作在多家文学刊物与网络平台发表。

▪ **代表作**

丝路咏叹

狂烈的西部之飓风
粗野地把我的思绪
抛进爱因斯坦的超光速飞船
瞬时　历史神奇地后倒如流
神游在汉唐宋元
我的思绪睁大着眼睛
繁荣千年的古丝路哦
如一幅斑斓的长卷展现

古长安的钟声　古长安的闹市　古长安的城墙
我走进你　我抚摸你　我亲吻着你啊
古渭城的丝竹管弦　古灞陵的垂杨娇柳
我听见了哦　我看见了
《阳关三叠》惜别多少西去故人
博望侯的驼队　班超的旗车
玄奘的瘦马　文姬的笳声
西出兮阳关　西进兮大漠　狂飙兮塞外
迎着李白几万里的长风
沿着岑参走马川的平沙雪海
露宿在李颀万里无城郭的苍野之营

羌笛悠悠　胡笳声声　斜阳脉脉　黄沙荡荡
我仿佛与古驼队一路逶迤西去
为一种高贵肤色的壮举写满汗青

汉唐的战鼓锦帛　宋元的精瓷铁骑
陆放翁的晚梦长歌　陆放翁的平安火
在交河上，我仿佛看到凉州女儿梳着京都样
酒泉的春风　酒泉的清冽　酒泉的故事
给多少人带去出塞的情想
秦时的明月　汉时的关
有多少故人天涯共此时
缕缕的思恋、百结的情肠如望不断的胡杨林

巍巍昆仑　绵亘天山　雄奇的帕米尔高原
挡不住古华夏昌盛的远播
疏勒河的朝阳有多少水囊装你西征
孔雀河的夕阳有多少旅人驻马渴饮
高昌古城下云集碧眼胡儿、黑发唐人
楼兰古国披绸为贵　龟兹歌妓俱装汉帛
莫高窟的神秘　克孜尔窟的莫测
篝火中商旅相继顶礼膜拜　虔诚中融多少祝愿
伊斯兰世界的名城、西部边城喀什
独特的风情　激越的琴声　万头攒动的巴扎
像一颗璀璨的和田玉石在历史的长河闪烁
多少杯的水酒　多少滴的泪珠　多少次的欣喜
辉煌的古华夏文明　赫赫的古华夏天威
都洒向黄褐色的西部，洒向千城百国

瀚海狂涛漫展世世代代的开拓
戈壁惊沙淹没一段缤纷之路
喧哗逝于寂寞　先辈逝于岁月
苍凉大漠唯有驼铃依旧叮当着激昂

我们在激昂中走向未来

在朔漠之风中　在绿洲之绿中

无论是痛苦　无论是艰难　无论是幸福　无论是欢乐

都以流至千年的龙之血液写着

"丝　绸　之　路"

▪组　诗

龙池书院

目光

在岁月的斑驳中

徘徊

心的蜘蛛

在历史的天空

编织一张巨大的网

五月的暖阳，先圣的精魄

映衬在你生命的天幕

一线灵光，闪熠如虹

雕窗楼阁，骨色相和

飞檐翘角，神采互发

龙吟中

山峦层叠学子的壮怀

虎啸里

林风回荡士子的激烈

喧哗并未逝于岁月

青溪依旧，松篁苍苍

东阁犹闻先贤的华章

庭院回廊，舍宇俨俨

西窗剪烛依稀闪忽青青子衿

龙池夕照

你儒雅的身影

百年书院

延续着民族永恒的主题

龙隐廊桥

你默默地矗立

在波光龙隐之上

栉风沐雨，等待千年

林深苔滑的古道

叙述一幕幕的传奇

崇山中闻干戈寥落

峻岭里看剑气未央

从莽莽之野的筚路蓝缕

到孔孟之乡的薪火相传

山风浩然

正气之歌犹绕檐展

溪水跌宕

依稀映现零丁喟叹

一代英相文山公

剑胆文心题两柱

"圣世中和龙隐复兴天地位

皇图巩固鸿号永祚国家基"

喧哗并不逝于寂寞

此时正午的阳光

如火焰般在你琉璃屋脊

跳跃

煌煌昭示一个民族永恒的精神

天地在庄严地朗诵

西域狂想曲

乘着阿波罗的金车

驾驭起穆王的八骏

腾翔于连天接地的旋风

遨游在香妃的故里

天山是我小憩的座椅

昆仑是我放歌的高台

天池是我畅饮的玉杯

塔里木河是我遗落的白绸带

万顷沙海是我馈赠西王母的黄金

翡翠般的伊犁河畔

徐悲鸿的奔马

驰骋在辽阔的草原

陀螺形的毡房　棉絮般的羊群

一条流金淌玉的河

印象派画匠绝妙的作品

针阔叶混交林的涛声

牵着我飞进贝多芬的交响曲

读着一首远古神秘的诗

我看见无数欢翔的歌灵

帕米尔高原的白雪公主
在思恋心中的王子
我听见一曲温婉的情歌
花儿为什么这样红

方格子的绿洲是神仙的围棋盘
邀来南极仙翁共弈
棋子不慎地撒落
幻化成万千璀璨的明珠

我分明看见夸父疾追长河落日
后羿金箭的光彩再次掠过眼前
他们在提示着
一种神圣的宇宙精神
世界在庄严地朗诵

▪ **创作年谱**

2006 年　《丝路咏叹》《钓鱼岛》等诗作入选《中华诗歌年选 2005》《中华诗歌年选
　　　　　2006》（中国文联出版社），并被《中国当代作家代表作陈列馆》收藏。

2010 年　诗作《西域狂想曲》获得"大地杯"全国首届诗歌大奖赛银奖；《顾君熠
　　　　　诗词选集》出版（中国文化出版社）。

2016 年　作品《丝路咏叹》获中国朗诵作品十月特刊一等奖。

涂雅丽

笔名涂丫，福建省作家协会会员，龙岩市作家协会副秘书长，龙岩市散文学会理事。有诗歌、散文发表于《福建日报》《福州晚报》《海峡》《客家文学》等。

▪ **代表作**

路　上

一直行走在路上
是想证明在场

阳光在蓄谋一场猛烈的燃烧
多次逃离未遂

生活经常打结
能不能把它顺下去
是一个不凡的命题

油盐柴米　质地严密
当我平静下来
发现　上路是一场直觉
我只有不停赶场

▪组 诗

子 夜

把黑夜交给我
把黎明交给地平线

一次斩钉截铁的抵达
微笑没有偏差
把叹息　丢在苍茫暮色里

一盏灯想把光明
递给远方

一个虚构的世界
模糊的色彩毛片

当辽远抵达旷野
当呼吸抵达河流
当时间坠落　滑向透明的往昔

语言黯淡　黎明升起
溅起内心的闪电

狼的剑气

剑气　狼　呼啸

一个人的战场就是一座城池
你要做自己的王

有月光和流水
战场也是一片柔情

你要做王的人

静脉使河流凝滞
动脉是剑气偾张

狼呼啸
在血液里奔涌

肺与脾从一个鼻腔里呼出
任督二脉从此打通

铜铁和浓眉一起横卧
像刀一样
立于马前

在呼吸里空旷
在呼吸里宁静

浓和烈　　无法分辨
纵马驰横
惊世骇俗的语言
在江边滚滚流淌

邮寄廊桥

静静躺在河流的心脏
廊桥带着目光
将故乡　眺望成远方
短短长长的思念
折叠　装进信封

回眸　沿河而望
左岸是叮咛　右岸是行走
母亲总用目光
摆渡那艘思念的船
父亲在岸边
垂钓　深深浅浅的脚印

桨是水的翅膀
奋力一生
也划不出那条河的缠绕

失眠　是无边无际的等待
清晨能否顺利靠岸

云朵击起的那片涟漪

日子走过
走过山川　走过河流
走过那关于时间的奏响

夕阳遗落了爱
一颗放浪的心
找寻相同的气息

白鹭翩翩　流短了时长
是谁把阳光
揉进我的眼窝里
悄悄等待你的造访

渔歌和乡音肥了瘦了
时间和日子绿了白了
风说　对你的思念已成习惯

昼夜流长
温暖了杨柳两岸
看每一滴水流和生命的起源
我和你和水的距离
像极了鱼儿的爱情　平静安详

云朵击起那片涟漪
开在心上
捂住心口　它能汇聚每一滴水流
它能唤醒明日的浩瀚之海

山河纵横
日子的飞絮流长
繁华三千
你只在我心上眉间

▪ 创作年谱

1997 年 《时令》发表于《闽西日报》。

2006 年 《走过时间、走过山河》发表于喜马拉雅。

2015 年 《邮寄廊桥（组诗）》发表于《闽西日报》；《菊殇（组诗）》入选《新罗区 2015 优秀作品选》。

2016 年 《花开等你来》入选《丰韵》。

2017 年 《松果（组诗）》发表于《莆田作家》。

2018 年 《喊出一个春天》发表于《福建作家》；《梅·爱恋》发表于《龙岩作家》；《一匹烈马（组诗）》等发表于《客家文学》春之卷。

2021 年 《风吹大地》发表于《福建日报》；《推开那扇门》发表于《福建师范大学报》。

2022 年 《一条鱼的籍贯》发表于《莆田作家》。

梁德荣

　　祖籍武平，客家人，1983 年 10 月加入原南京军区空军航空兵部队，2000 年转业到广东省佛山市三水区检察院工作。常用笔名刘一念。曾任佛山市作家协会副主席、三水区作家协会主席，现为广东省作家协会杂文创作委员会委员、三水区文学艺术界联合会副主席、广东省岭南诗社常务理事、佛山诗社副社长。在《诗刊》《解放军文艺》《北京文学》《星星诗刊》《草堂》《诗潮》《青年作家》《作品》等发表作品，曾获佛山文学奖、首届草明杯工业文学奖等文学奖项。出版《岁月》《人们为什么要说假话》《北江故事》等多部著作。

▪ **代表作**

乌　鸦

日子在黄昏中变色
眼前的草垛和树冠
守着越走越近的月亮

一只乌鸦
像一滴墨，粘在树枝上
裹紧自己的阴影
不发出一声哀鸣

此刻，有谁举着灯笼走过
照亮比夜还深的孤独

▪组 诗

夜半听雷

憋了多久的绝望

才能在刹那间

爆出这样剽悍的电光与石火

没有投石问路的含蓄

深藏的黑暗　撕开天边一道伤口

倾泻的激情夺路狂奔

撞坏了你的肉　弄痛了我的肝

在遥远的地方去向不明

没人知道你最终的行踪

万物以拔节生长的方式

温柔回应　发生在春夜的这场暴动

七　里

从我家到外婆家，要走七里山路吗

我只记得那些年母亲温暖的背

小时候不懂　老吵着去外婆家

母亲叹气：七里哦

长大才知道，七里，就在山那头

那里有外公舅舅，有好多表弟表妹

当兵时，外婆送了我不止七里

如今去七里，七十多岁的老舅妈
还在念叨我儿时穿吊带裤的模样

七里哦，那是我母亲出生的地方
在我心中她是另一个故乡

一枚硬币

一枚硬币，它最初的颜色
停留在生活的某个角落
不动声色。普通得
就像孩子手中发光的弹子
易遭人们忽视
被锃亮的皮鞋踩进泥沼
是常有的事情

现在，一枚硬币
就静静地躺在我的手心
因为握久了的原因
它已具备了些许人类的温度
尘土、唾液、香水之类
在它的表面渐渐消失
我一遍一遍地凝视它
一遍一遍地抚摸它
犹如面对失而复得的爱情

一枚硬币。一枚硬币
这美丽的闪光的物质

轻易地楔入我们的骨髓
却又那么容易遗失
远离我们，成为
皮肤之外的一道伤口

羊

羊，站在冬天的边缘
秋水在身后落下最后一滴

羊，弯角抵住冰冷的天空
温情在眼中依然闪烁

羊，只有我才能牵走
我是唯一的阳光，将她温暖

羊，如今还站在冬天的道口
风把她的呻唤带向远方

来年春天的路上
我含着泪，和青草一起奔跑

▪ 创作年谱

1985 年　《偶得集》发表于《空军报》副刊"长空"。

1986 年　《书签》《飞行师长》《古栈道思绪》发表于《空军报》。

1987 年　《无名野花》《我们的天空》发表于《空军报》。

1988 年　《火柴的颂歌》发表于《空军报》；《致女友（外一首）》发表于《满族文
　　　　学》第 6 期；因创作成绩突出，立三等功一次。

1989 年　《幻》发表于《厦门文学》；《今夜星光灿烂》发表于《空军报》；《圆明
　　　　　园》发表于《解放军文艺》；《电话》发表于《诗人》。

1990 年　《站着，接受人民的检阅》《中国，十月的太阳》发表于《空军报》。

1991 年　《我们的队伍向太阳（组诗）》《读〈中国革命史〉》发表于《空军报》；
　　　　　《门》发表于《南国诗报》总 29 期；《大山》发表于《人民前线》；《中国
　　　　　河流（组诗）》获漳州市文学艺术界联合会、《芝山》杂志优秀文艺作品
　　　　　征文二等奖。

1992 年　《旗帜下》发表于《人民前线》。

1993 年　《一线天》发表于《福建文学》第 7 期；报告文学《戒酒》获空军政治部、
　　　　　空军报社举办的征文大赛一等奖。

1994 年　《月亮》发表于《厦门文学》第 3 期；《我是机械师》发表于《中国空军》
　　　　　第 8 期；《战机在我身边异常安静》发表于《空军报》。

1995 年　在《未来文学》杂志举办的全国"莲花杯"征文中获三等奖；因创作成绩
　　　　　突出，立三等功一次。

1996 年　《与战友同在》发表于《解放军文艺》第 7 期；《听老奶奶唱过去的歌谣》
　　　　　发表于《人民前线》；《秋收起义》发表于《福建日报》。

1997 年　《山歌、山女、山情》（五章）发表于《福建日报》。

1998 年　《新兵岁月（外一首）》《在兵营行走（外三章）》《1998，长江大水》《天
　　　　　安门广场》发表于《福建日报》；《中国，一九九七（外一首）》发表于
　　　　　《宣传半月刊》第 3、4 期。

1999 年　《旗帜》发表于《空军报》；《聆听钟声》发表于《福建日报》。

2000 年　《在兵营行走》发表于《解放军文艺》第 3 期。

2001 年　诗集《岁月》出版（长征出版社）。

2002 年　诗集《闪耀的星群》出版（太白文艺出版社）。

2003 年　《一部旧电影的某个片段》发表于《诗刊》7 月号下半月刊。

2004 年　《音乐》发表于《诗刊》11 月号下半月刊。

2005 年　在《珠江时报》举办的"弘扬南海精神"有奖征文比赛中获三等奖。

2006 年　《藏羚羊》发表于《北京青年报》；《乌鸦》发表于《北京文学》第 3 期；文艺
　　　　　评论《诗歌：物质时代的精神栖居》获佛山市群众文艺"百花奖"二等奖。

2007 年　《火车站广场》发表于《西安日报》；《火车：向北，向南（组诗）》发表
　　　　　于《北京青年报》；《回乡之夜》发表于《检察日报》；《喝酒的父亲》发
　　　　　表于《宁夏日报》；《建筑工地上的兄弟》获广东省委宣传部、《打工族》

杂志举办的"广东省农民工征文"大赛二等奖；《父老乡亲（组诗）》获广东省检察机关诗歌书法作品大赛诗歌类二等奖；在中国移动佛山公司、安文江文化艺术传播公司举办的"佛山人看佛山征文大赛"中获三等奖；在《广州日报》举办的"广购书业杯"阅读成长征文活动中获优秀奖。

2008年　《等车的民工》发表于《时文博览》2月号上半月刊；《中国，春天的太阳》发表于《西藏日报》；《家园》发表于《检察日报》；获广东岭南诗社2009年度诗词类优秀奖。

2009年　《村头，那棵古榕》发表于《浙江工人日报》；《祖国，我是一个打工者》获佛山日报社、佛山期刊总社、广佛都市网举办的安利杯"我与新中国"征文大赛一等奖；获"佛山文学60年优秀作家"称号；杂文集《人们为什么要说话》出版（大众文艺出版社）。

2010年　《中秋月》发表于《西藏日报》；《岭南，岭南》获《作品》杂志、广东省文化馆举办的广东省第三届"珠江情"征文大赛三等奖；诗歌《无名烈士墓》获广东岭南诗社2009年度诗词类三等奖。

2012年　《六月的童话》《梁德荣的诗（四首）》发表于《小拇指诗刊》；获"佛山市新世纪十佳诗人"称号；《红色河流（组诗）》获浙江省首届"南湖红色"讲坛组委会举办的"传承廉政文化"征文活动优秀奖。

2013年　《走过南海大湿地》获佛山诗社"大湿地征文"优秀奖；《阳光飞遍这片热土》获广东省第四届"珠江情"征文大赛优秀奖。

2015年　《春节素描（组诗）》发表于《南方日报》；《夏夜虫鸣》《芦苇荡的火焰照亮中国》发表于《检察日报》；《延安，又见纺车》发表于《诗刊》7月号上半月刊；《走进抗战纪念馆》发表于《中国国防报》；散文《水上人家珠江情》获广东省第五届"珠江情"征文大赛优秀奖。

2017年　《春节素描（组诗）》《长长旅途通向故乡》《通向故乡的旅程（组诗）》《瞻仰孙中山塑像》《龙舟夺锦》《北京的风》发表于《检察日报》；《羚羊》发表于《诗词》；《千年九江（组诗）》发表于《作品》11月号下半月刊；《铁》获首届草明工业文学奖；《千年九江（组诗）》获《作品》杂志等组织的"儒乡韵，九江情"征文大赛优秀奖；《致敬，大城工匠》获"科普精神，筑梦未来"创作大赛铜奖。

2018年　《狮舞》《清晨辞》《夜半事件（外二首）》发表于《诗词》；《雪夜的微笑》《农家饭》发表于《检察日报》；《写在故乡的春天（五首）》发表于《辽宁日报》；《阳光正绿，雨水正浓（组诗）》发表于《文化龙岩》7月号;《早上五点半的时光》发表于《中华文学》第 9 期;《走过八月的珠江街(外一首)》入选《情满珠江》(团结出版社);《陈家祠:岭南经典建筑的文学记录》获第五届佛山文学奖评论奖银奖;《天河风情(二首)》获广州天河诗词创作大赛铜奖。

2019 年 《我所寄居的尘世(组诗)》《柴火照亮远方(组诗)》发表于《宝安日报》;《光的歌唱(组章)》发表于《星星诗刊》7 月号下旬刊;《星辰之下,大地之上(组诗)》发表于《夜郎文学》第 2 期;《闽西以西(组诗)》发表于《文化龙岩》7 月号;《小寒(外一首)》发表于《诗潮》第 10 期;《新兵岁月》发表于《中国国防报》;《尧山》《腌面店的常客(外一首)》发表于《文化参考报》;《石头与士兵》发表于《组织人事报》;《红色河流(二首)》发表于《广西工人报》;《在顺德作一次酒的旅行》获全国酒文化诗歌散文大赛优秀奖;获邳州市全国"健康杯"征文大赛三等奖。

2020 年 《松塘古村(外一首)》发表于《青年作家》第 2 期;《题纪念碑》发表于《中国国防报》;《腊八粥(外一首)》《过大年(组诗)》发表于《福建法治报》;《飞翔的花朵(组诗)》发表于《岁月》4 月号;《家园的温度(组诗)》发表于《文化龙岩》;《民间节气(组诗选四)》发表于《佛山文艺》;《在黄遵宪故居》发表于《南方日报》副刊"海风";《生活在高处:为建筑女工群体塑像》获第六届佛山文学奖评论奖铜奖;《艾灸馆》获"珑迈灸杯"全国征文三等奖;《抗疫诗纪(组诗)》获山东济宁市"济蜂堂杯"全国征文二等奖;散文集《北江故事》出版(四川民族出版社)。

2021 年 《生灵(组诗)》发表于《宝安日报》副刊"宝安文学";《五月辞(外一首)》《想念母亲(外一首)》发表于《中国审计报》;《走过铁军公园(外一首)》发表于《草堂》第 6 期;《在水口公园遇见春天》入选《美丽乡村入画来》(中国农业出版社);《信仰(组诗)》发表于《岁月》第 7 期;《蜡烛灼伤暗夜(组诗)》发表于《辽河》;《绿岛湖,鲜花抱团的春天》发表于《佛山文艺》;《访康有为旧居(外一首)》发表于《岭南文学》第 3 期;《替父亲去一趟阴那山》发表于《天津诗人》冬之卷;《行走在东涌的土地上(组诗)》获广东散文诗学会"全国名镇,醉美东涌"全国征文二等奖。

2022 年 《新年的祝福(组诗)》《春联(外二首)》发表于《福建法治报》副刊;《沿途(组诗)》发表于《岁月》第 2 期;《在读书台遇见韩愈》发表于《南方日报》副刊"海风"。

平潭卷

卢芳香

福清人，现工作于平潭，笔名汐水，中华诗词学会会员暨福建诗词学会会员，中国诗歌学会会员，福建老年艺术协会会员，平潭作家协会会员，诗词海棠社格律评审，平潭立雪诗社副社长兼主编。作品散见《齐鲁文学》《大西北诗人》《文心诗苑》《作家导刊》《诗博刊》《山东诗歌》《小诗届》等报刊和网络平台，并多次获奖。

▪ **代表作**

遇 见

这些年，我鱼篓空空
但囊中鼓鼓

有时空着肚子哼小曲、编海风
有时一边剔牙，一边修补船只
有时赤着脚不停地追光、追浪

昨天去淘海，我陪着自己泪流不止

在台风驱赶下，有只石斑鱼
一次又一次
尝试着跳上我的鱼钩

▪ 短　诗

家具的侧面

西边那朵霞落下来，在风的侧面
父亲催快手中的刨子，他说
在我出嫁之前，送我个梳妆台

少女时光即将落下锁
父亲掰开流水，在拐角处
埋一枚新种子

"好了！"父亲长长欣叹
仿佛1980年，见到我时第一声惊喜

消失的色彩

又过了一个邮筒。从石竹山的步道开始
又捏了捏蓝色信封。从那把朴刀开始
龙华叶在风中旋转，落不到地上
蓝色的火焰揣在兜里。从二十三岁开始
走过第十八个邮筒，她开始哭泣

——贩卖未来的人在不断抵达，不断失去

投信口黑黝黝，挤满蓝色的沉默
阳光天鹅绒般照进去
长着刀锋的娑婆路，狭长又柔软

第六千五百七十天。没有光
贴上邮票，她挤进第十九个邮筒

为你忧伤过

他选了更深的角落卸下自己
灰色的悲伤挤着空气，挤出小兽低号

没有星光的拐角。我捂住最软的肋骨

他唤我作妈妈时
我屏住呼吸，子宫空空

▪ 长　诗

在北坝

一
拨亮记忆，艾香零碎上涌
一万棵绿蔓从眼角排到北坝村头的红墙根

白绒毛齐刷刷上仰。图腾般耀眼

日子发炎时，白头祖母便说
"熬盆艾草汁，包治皮肤百病"
那时，身体总升起雪白雪白的太阳

二

走在北坝的东山，蕨藜会挂满裤管
我会低头窃取它们的会议纪要
经分析，蕨藜是最调皮的演说家

扯一大家子。从鞋面到照面
关于随遇流浪，它从不觉得难堪

后来，每困于深山野道。我便低下头

三

我一直相信，落在北坝芦苇荡的符号
即使摇摆，腰杆也是直
可以收割苍茫，对饮秋声
可以剪几束阳光
编一床的暖，要很暖

风掀开水面。听
无根的符号在指间穿梭

四

你若见到北坝的桔梗花
隔着穿肠而过的风
你须以白、以小、以凉
回应二十年的跋涉和等待

天涯无论多远，张开双臂
万物便急剧后退

毫无保留。花开，叶落

五

喜欢北坝的雨，矫情又单纯

打在窗玻璃上，风摇一摇
窗台的晾衣绳便摇一摇

我摇不动。碎花衬衫脱下我
我喜欢听见它迎风沐浴时
哼起小调

有的时候，下着下着，天就亮了
悄悄赶往西山的太阳被曝光
同时曝光的还有，稻田里，蛙声一片

六
北坝的秋天是稻花香的，和青蛙一样
稻穗在稻田里数着白云
只不过，青蛙数一次叫一声
它数一次，大地便清脆一次

白云相信，无论稻浪还是北坝
都是母亲的胸膛。供它安眠
稻浪不断翻滚
天空不断复制、粘贴

不过，稻子绿成行时
父亲却还是黑的。黑胳膊黑腿
站成稻田的一座杆
只有禾芒知道，黑眼睛晒出的喜悦
也成行成行地绿

七
北坝的风会数数
起初我以为，风在数碎花衬衫
每抬一次镰刀，碎花儿便舒展一次

后来发现，风在数
落在稻田的一颗颗盐晶

这也许就是人生。稻田、泥鳅、青蛙
以及父辈们，共同书写。我在这里等你

八
我写北坝时，写一句北坝便金黄一次
阳光推挤着阳光，跌入水稻田里

现在，我要蹚过许多黄绿条纹的蛙鸣
才能遇见那时的北坝
大地是怎样的丰满，天空是怎样的简约

这个季节，我盼着自己快速老去
然后，返老还童

九
毫不夸张地认为，如果流浪
我会在北坝以外
种满同款小绿菊、满天星

天气晴朗，我一定会穿上碎花裙
捧着插满花的鱼篓、鱼竿
放养异乡的鱼。我的钩一定是直的
饵料越来越少，我会把最好的最后挂上
不挂小碎虾，只挂小绿菊、满天星

如果有只鱼因此游上来
那一定，也是北坝来的

十
可是，归乡的念头刚刚萌生

西风便带着脚印踏上石灰路
即便是梦，即便我畏寒、畏黑

雁阵捎去的消息
是我心口的痣、目光的尽头
恍惚有祖母，以及她蹒跚的脚步

北坝很小，拨浪鼓的尺寸
北坝很大，塞满我的余生

背着行囊，我绕地球无数圈
怎么也绕不出村口那条路

十一

今天回北坝。我把别在襟前的风尘解下
溶入骨血的呼唤，哽在喉根

额间有田垄，聚了又散
有泪水肆意交错
一声乳名，刺痛我全身的经络

掏出异乡故事。穷尽语言
在命运的裂缝中
我生如蒲草，又生如金石
哦，北坝。你便是那道光

十二

这次以后，可以停留得久一点。拎来发光的酒壶
一两桃花酿，二两光阴，三两春风
在黄昏垂下去童年与对饮

分量刚好，我听见暮春的呼吸

桃树卸下胭脂、鸟鸣

柳枝穿上青青底裙，扑腾翅膀

劲道也刚好。我路过七岁的北坝

路过矮凳上的阿婆，以及

住满蝴蝶的童谣

▪ 创作年谱

2018 年　《发糕》发表于《平潭时报》；《面包》等发表于《齐鲁文学》冬之卷；12
　　　　　月，获诗刊社全国首届长江文学奖"最出彩诗人奖"。

2019 年　《少年游·油菜花开》《杏花天·遇莱花黄》发表于《平潭时报》；《雨从
　　　　　更高的天上下来》《家具的侧面》《备课》《日光》发表于《山东诗歌》；
　　　　　《母爱（组诗）》发表于《大西北诗人》第 1 期；《渔笼》发表于《西部
　　　　　散文选刊》第 1 期；《长情的告白（组诗）》发表于《齐鲁文学》夏之卷；
　　　　　《卢芳香诗词八首》发表于《中国好诗》（总 8 期）；《咏泉》等 8 首发表于
　　　　　《天籁之音》第 11 期；《吟怀》等 10 首入选《颂新中华人民共和国成立 70
　　　　　华诞》；获《齐鲁文学》2018 年度最佳女诗人奖三等奖；《掬一捧燃烧的
　　　　　雪》获诗海岸全国春季诗歌大赛优秀奖；获诗颂中华人民共和国 70 华诞征
　　　　　文比赛金奖，并授予"新时代爱国诗人"荣誉；《麒麟骨（组诗）》获平
　　　　　潭综合实验区教育局"喜迎中华人民共和国成立 70 周年"教职工征文二等
　　　　　奖；《画卷（组诗）》获平潭综合实验区教育局"喜迎中华人民共和国成
　　　　　立 70 周年"教职工征文三等奖；《麒麟骨（组诗）》在平潭综合实验区庆
　　　　　祝中华人民共和国成立 70 周年征文大赛获入选作品；《渔笼》获西散南国
　　　　　文学社 2019"我和我的祖国"主题征文优秀奖；荣获第十六届天籁杯中华
　　　　　诗词大赛金奖。

2020 年　《咏平潭公铁两用大桥》发表于《平潭时报》；《我是丢了什么》发表于
　　　　　《小诗界》总 9 期；《如履心尖（组诗）》发表于《齐鲁文学》春之卷；
　　　　　获《齐鲁文学》2019 年度最佳女诗人奖三等奖；《木麻黄（组诗）》获平
　　　　　潭综合实验区"礼赞木麻黄"征文大赛优秀作品奖。

2021 年　《你还相信光吗（组诗）》《春之小令（组诗）》《永远的 602（组诗）》

发表于《齐鲁文学》；《看云》发表于《小诗界》第三季；《莺啼序·学百年党史有怀》入选《尽情高歌跟党走》；《咏木麻黄（组诗）》《我和平潭时报的故事》发表于《平潭时报》；《人月圆·百年华诞》入选《闽侯诗词》；获《齐鲁文学》2020年度最佳女诗人奖二等奖；《人月圆·庆祖国华诞》获福建闽侯诗词学会端午诗赛优秀奖；《行走在红色的记忆中（组诗）》获平潭综合实验区事业局建党百年征文大赛三等奖；《我和平潭时报的故事》获《平潭时报》征文比赛二等奖。

2022年　《长相思慢·春声》获墨冉诗社诗词大赛优秀奖。

郑 攀

福建省作家协会会员，福州市检察文学艺术界联合会文学分会理事。出版诗集《牧风而去》《自由穿行》《情怀中出没的幽灵》。

▪ **代表作**

我相信我曾经死去

我相信我曾经死去

在坚硬的冰下，看着天空在独自呼吸

我相信我或者因为饥饿、贫病

一次风暴或者一场冤屈，死去

我也相信我因为胸腔里沸腾的热血

曾经战死沙场

在一片寒云下的山冈

斜插着疮痍累累

又猎猎作响的旌旗旁

我兀自倚滴血残剑，眺望远方，目光安详

我相信我经历过无数次的犹豫和坚定

在死亡与重生之间

在徘徊与决绝之间

但没有选择。一个我替代或者重叠着

另一个我，无论葬身何处

都攥着手心的一缕心灵的微光

然后我在等我

在某处山谷、低地

忘不去的逝川和割不断的原乡

呢喃着被标示成符号的名字

所以我似乎一直都在
在自己的触觉里
抚摸自己。是的，也许是在
你的触觉里
抚摸着你
像尘埃一样
在相互的寒冷里、温暖里，以及
音乐和颜色、光与影子，爱或者不爱
漫长和瞬间，从未离开。至少是
在彼此没有边界和篱墙的思念里

▪ 组　诗

微风穿过我的鳞片

月将圆
蓝色的天幕
被挂上无边宽广的穹弯
穹弯有河流
有穿着翅膀的鱼
在列队慢慢地飞过

今夜没有不安
灵魂陆续打开各自的栅栏
远处的战火没有飘过来
哭泣没有飘过来
蓝色的天幕下

只有唱着情歌的落日朗

夜晚如果足够安详
就可以愈合白天所有的苦难
无边的蓝色里，月正圆
微风穿过我的鳞片
带上了我的体温
落在了你的唇间

皱　纹

思想和情绪随同那枚微弱的烛火
被一点一点移动的时针带走
没有景物的黑在子夜缄默
没有距离的黑在子夜缄默
没有差别的黑在子夜缄默
我累了，和黑相互环抱
缄默着。我知道我已睡去
对人间不再有丝毫防备

而此时皱纹正在醒来
爬行着
负载着无数的故事
它的爪痕里还有白天的琐碎
包括愤怒、愉悦、怀念以及
哭泣和歌声、感激与憎恶
没有洗刷干净的欲望和牵扯交织的爱恋
被深刻在灵魂的磁牒上一遍遍重复播放
它们不知我已睡去，在单纯的黑中一无所知

草原上一匹浅白色的狼

那匹浅白色的孤狼，在灰绿的
额尔古纳河的早晨游荡
从逐渐稀疏的水草间望去
鹿只偶尔跑过，羊群也已远了
天边有些大雁，落下了
练习南飞时的影子

入秋的第一场雨从呼和塔拉一直向西
萧萧索索的迷蒙着双眼
像江南把心揉碎的三月
有些泥泞，和空空荡荡的潮湿
泛滥着秋凉
泛滥着拥别的气味

狼抖了抖脖颈上的雨水
回头看了看继续远去的河流
看了看，参差的白杨林外
慢慢空旷的草原，它决定
放弃翅膀，放弃家园以外的所有远方
在这里，独自等候暴风雪的到来

只有黑暗不会被偷盗

每一个深夜都会令我感动
这时分，哪怕疼痛、孤寂，也可以

弥合所有无须挽留的疤痕

白天匆忙而焦躁的脚步声

被一只夜蛾带走

焚尽在那枚渴望挣脱寒冷的烛光中

生命各自包裹，独自漫游

这时分可以回放，可以

倾听那些早在夜幕来临之前

被切割成无数碎片的光明的声音

此刻安心着，区分破灭与眷恋

呐喊与倾诉

它们不同的音符与节律

安心着，知道我的手心有你的手

知道只有黑暗不会再被偷盗

在没有星星的屋檐上

我抖落情感蓬勃的羽毛

用不被窥探的勇敢

裸露出思想所有的皱纹

检视依然在内心喘息的

每一份柔弱的坚守

我将雕琢一个夜晚

我将雕琢一个夜晚

雕琢出星点、明月，平静的

宽阔的水面，刻出窗

守窗的灯，平静的

温婉的目光，滑过遥远的渔火

渡口横斜，驿马入梦

整个画面宛如最初约定的爱情

但是那些深刻的刀痕
会剥去容颜里几处脆弱的皮屑
思想的边框也会由刀背磕出褶皱
额上的朱砂一定会愈加鲜艳
以便在孤独中时时端详
所有令人难忘的
都从锋刀割开的疼痛中蜿蜒生长

我将抚摸这件作品
直到黎明像一面镜子
照见自己

▪ 创作年谱

1981 年　初中时期，加入平潭县政协"岚涛诗社"。

1983 年　高中时期，参与创办海坛青年文化社、拓荒青年文学社、《海峡风》诗刊；参与编辑平潭文艺期刊《浪花》；诗作散见《浪花》《海峡风》等报刊。

1985 年　服兵役期间，获青岛市青年诗歌赛（现场创作）二等奖；诗作散见《飞天》《青年诗报》《当代诗歌》《星星诗刊》等报刊。

1990 年　在澳大利亚悉尼《雪梨快讯报》任散文、杂文专栏作家；诗作散见《雪梨快讯报》《满江红》等报刊。

2012 年　诗集《牧风而去》《自由穿行》《情怀中出没的幽灵》出版（复旦大学出版社）。

2013 年　诗作散见《平潭时报》《羊城晚报》等报刊。

――――

至今

高 云

中国作家协会会员，福建省作家协会全委会委员，中国诗歌学会会员，中国民间文艺家协会会员，福建省民间文艺家协会理事，福建省文艺评论家协会会员。在《诗刊》《福建文学》《台港文学选刊》《福建日报》等报刊上发表过大量的诗歌、散文、报告文学、小说和文艺理论等作品，获福建省优秀文学作品奖（榜）等10余件奖项。创作成果分别收录《福建省文艺家辞典》《闽派诗歌》《中华名人格言》《中外哲理名言》等。主编平潭文化丛书《平潭民俗文化概览》《平潭文物概览》《平潭闽剧经典作品概览》一套三卷。著有散文集《记忆深处的风景》，诗集《生命方程》《花开的日子》《走读山水》《一路走来》等。

▪ 组 诗

山西四题之一：雁门关

雁 门

开门就是见山
太阳在右方
悬崖在左方
背负大山去爬山

前方形同塔影
林荫恰如虚掩的经卷
手捧阳光
仰望苍天

一路的群山
流淌着血脉的芬芳
时空的缝隙

随风悠扬着诗笺

无常的拐角
偶有心悸的漩涡
或当雨天的诵读
或作邂逅的私语

沿着血性纷扬的驿道
涉过一群雏鹰的笑声
不论悬崖与丛林
奔向义无反顾的方向

趵突泉

沿着小道行走
这是世事沧桑的另一个场景
不见滔滔泉涌
却与诗意的传说媲美

有一对时尚男女
却在叽喳着生活的别处
仿佛早已亲历世代不变的民风
又似乎在考证历史

时光在这里慢了半拍
涓涓细流已走出了山脉
但这泉水终归是一种乡愁
可以让嘈杂多疑不断地神圣起来

心灵的静谧
距离精神的高度不远
但愿弯曲的线路
遇上正直的陡峭

总有一束光亮
可以洞穿人的内心
让不明朗的可以澄明
让被愚弄的得到启示

边贸街
饲养季节的那拨女人
站在墙角尽情地吆喝
落满汗水的衣袖
与风景无关

像戏剧的旦角与段子
保持着如此丰富的形态
一边招人喜爱
一边让人生怨

瓜果　饮料与特产
反复杜撰一种鲜美
透露着香甜
不舍离去

这是一片落叶的树林
散落着时尚与风情
脑海浮现旅途的遇见
冷漠如冰

抵达圣地太难
让些许残缺不全的表情
独自风光
以另一双翅膀飞翔

通南江

鸟翅在山顶划过

不去寻找什么寂寞

隆起的一道道山梁

尽是先祖的一段段传说

上苍的构思

充满力量与痛苦

你我属于意外的

山外之山

走入寥落的阳光与花朵

与岁月相搀

攀缘而上

却停留在高渺之间

所有的路都用来回家

人生大凡如此

穿越过千年黑夜

不说疼痛

历尽了一种深重的苦难

无须排遣孤独

站在重新出发的地方

呈现最初的风神骨相

关帝庙

有庙的地方

就有幽微的蓝光

悠长的石径

分辨不出这是怎样的世界

矗立的时刻四下张望

斑驳的柔软与锦绣

或有来去

也有清辉抚摸双肩

交叉地带

宽阔的是神灵

独自心中信仰的微笑

不解的是时光

不说荣光

只说豪迈

一幅罕见的图腾

沿着走过的路再走一遍

愿天真不再伤痕累累

拥有云霞一般的年华

重获神思与高贵

由远及近

瓷　城

翻越无数腐朽的日子

窄窄的城

各怀心思

一枝红杏出墙来

那些震裂的光阴

恍若隐匿的灵魂

一次次的践踏

一次次的重构

在小巷行走

期盼着天高地远的出口

在屋檐下

撞见一盏在半空摇晃的水烛

一段失而复得的传奇

不遮阳

不避雨

却成为边关优雅的册页

辽阔而多彩的江山

荒草萋萋有着飞翔的声音

向着万物

让光芒有了烟火的味道

地利门

一种战术的眼界

居高临下

或是便于攻防的思虑

没有许多琐碎的沉重

无非就是一道固若金汤的门

无非就是峥嵘岁月

由此出入的那些灵魂

在一条古道上蜿蜒

利刃相握

荒野杀戮

一滴滴热血在斑驳的山头

落下一湾江河

一个从不消遁的门

天时的天在阳光之上

地利的利
却散落在心愿之间

原始的黑暗中
以渺小的泪水逃离起雨的瞬间
或有更多的生存姿态
或与山花一起绽放

天险门
山的身躯
蟠龙的石柱
威武光鲜
熠熠生辉

工事或是火焰
战事或是海水
只要发出咆哮
所有的柔和变得无比刚强

尽管空气混浊
依然拂动身边的花香
穿过寂寥的风声
不动声色地逼近苦厄

穿戴铠甲的兵勇
不知与你争霸
人若犯我
我必犯人

落日皓月
言辞无须隽永有味
游走的风霜雪雨

滑过了沉默的山口

偎公堂

这是一如悬空的温暖

进入千家万户

陆续褪去的色彩

化作泥土里的长情告白

在人世间

镶嵌一枚前世的遗珠

那次的静止与沉思

闪耀着今生夺目的光芒

所有的起伏

彻底击碎了另类的曲高和寡

云朵和湖泊

启上承下

季节已过

恰逢那份疼痛的纯粹

沙漏与时刻

记忆那段岁月的啼笑皆非

镇边祠

倾斜的落日

腾空的楼与一树落花

一边有星光

一边有月色

不去试问

依旧的山河

不去日夜镇守

内心哪有一片清明与凝香

卸下负累的瞬间
一步步抬高尘世
古钟哑然
旷野更加荒芜

此前的记忆在复苏
一地枯荣
蓦然落在断崖
如山川奔流

云雾层层漫卷
又消散
有一只蝴蝶飞过
愿意用一生去流浪

雁　楼

盛夏如同一壶的浊酒
悄然爬上倚楼
青色的墙边
站在远古的圣人

身形愈加清瘦
已仰望不到落叶归根的路径
凌乱的景象
刺痛了迷离的目光

忍辱负重的跋涉
开始放缓脚步
波涛汹涌的往事之间
等待靠岸

高山峡谷的迂回

一壶心事一句牵挂

偶尔打开天窗

便是一个海晏河清的世界

雁 池

池畔缀满阳光

鸟在枝头歌唱

一圈涟漪

荡漾着岁月的记忆与远方

一道水纹

照耀远去的背影

连接着天与地

尘封泛黄的日历

仰首滴水穿石的世界

拂去一片浮萍

这是暮色之尾

这是夜色之初

世间的哀痛与欣喜

捋起轻柔的日子

化作飘然的弧线

千姿百态

一如此刻的池水

满溢着和婉的心事

不明说

却在阳光的厚度里转身

碑 林

想与世间言说什么

却落入山间的高处

公然于世

不争雨露与春光

一枚石乳

纵横捭阖

留存想象一隅之中

却见浩大乾坤

肆意的诗文

雄踞天地之间

洒脱不羁

激荡了亘古不变的山峦

巨石之下的青梅煮酒

任由时光而过

举杯的一瞬

品味着一生不朽的叹息

找寻一个吟哦者

一个朝代的替身

悠悠古意

又让人心旷神怡

雁 塔

凝聚了多少春色

多少夏雨

多少秋色

多少寒冬的细节

在低入尘埃的头顶
收藏灵气
续写一缕清魂的戏份
孕育生动的景象

在平平仄仄的人间
飘荡芳香
沉睡的意境
对冲着不容躲闪的黑暗

漫步在生活的断面
一枕山河的香火
沧桑的历史
依稀听见万物静默的神情

一幅凝固在某一时刻的版图
开满鲜花的经纬
阳光沐浴
婀娜多姿

漠北达

所有寂静与安宁
走近一个偏离的轨道
一条艳红的唇线
错置了艰难的布局

一如狂欢的幻觉
比死神更为恐怖
一路而过
近乎昏厥

而这只是一次路过

一次无辜的触动

和煦的春风

也只向远方飞翔

那些草木也要呼啸而过

譬如年华老去

要么临渊而立

要么负重前行

一边是起伏的身体

一边却有倔强之美

那些少年

恰是无法复制的青春

▪ 创作年谱

2001 年　诗集《生命方程》出版（海风出版社）。

2002 年　加入福建省作家协会。

2007 年　诗集《花开的日子》出版（海风出版社）。

2008 年　诗集《花开的日子》获福建省第二十二届优秀文学奖暨第三届陈明玉文学奖。

2009 年　诗集《走读山水》出版（海风出版社）。

2012 年　散文集《记忆深处的风景》出版（海风出版社）；诗集《花开的日子》《走读山水》，散文集《记忆深处的风景》被福建省图书馆收藏 30 册；当选福建省版权协会理事；主编平潭文化丛书《平潭民俗文化概览》《平潭文物概览》《平潭闽剧经典作品概览》（一套三卷）。

2013 年　获福建省首届"书香之家"称号；当选福建省民间文艺家协会理事。

2014 年　参加福建省文学艺术界联合会第七次代表大会；获全国首届"书香之家"称号。

2015 年　诗集《一路走来》出版（中国文联出版社）。

2017 年　诗歌《探春》获福建省第三十一届优秀文学作品榜暨第十三届陈明玉文学

榜年度诗歌提名作品。

2018年　文艺评论《品格·文本与精神》获福建省新闻奖报纸副刊作品复评暨福建省报纸副刊作品年赛二等奖。

2019年　诗歌《我在平潭为改革开放点个赞》在全国"我为改革开放点个赞"纪念改革开放40周年征文活动中被评为提名作品。

2020年　文艺评论《翰墨丹青抒逸气》荣获第二十六届福建省新闻奖报纸副刊作品复评暨2019年度福建报纸副刊作品年赛二等奖。

2021年　当选为福建省作家协会全委会委员；加入中国民间文艺家协会；《为戍边英雄而歌（组诗）》入选福建《心中的歌——福建省百名诗人庆祝建党百年诗选》（中国言实出版社）；9月，诗歌《七月：孕育我信仰的灵魂》在全省庆祝中国共产党成立100周年诗文征集活动中被评为提名作品；11月，《平潭春色（组诗）》荣获第三届"祖国颂"世界华语文学作品征文上榜提名作品奖。

2022年　5月，参加福建省文学艺术界联合会第八次代表大会；7月，加入中国诗歌学会。

宁德卷

韦廷信

1990 年生于霞浦。中国作家协会会员。参加诗刊社第三十六届青春诗会，选题《山海经》入选中国作家协会 2022 年度定点深入生活项目。诗歌散见《诗刊》《星星诗刊》《诗选刊》《诗歌月刊》《民族文学》等，著有诗集《土方法》。

▪ 代表作

炼化天上的云朵

在炼化完手上的钢铁和石油后

他开始往山顶走

山顶有一亭子曰修仙亭

他静坐亭中

任凭云朵进出身体

他把身体里的雄狮、猛虎

难啃的骨头、坚硬的兽壳

把那脊梁之上的血与泪

通通炼化。让身体对外部的敌意有更清晰的警觉

让难以言状的状变得掷地有声

冬雷夏雨后，在那些美好的清晨与夜晚

他掏出一只只云兽

去找那些已是陌路的人

曾有多少至爱

此刻就有多少只云兽下山

▪组 诗

量子纠缠

牛羊被关在圈里，鲨鱼被关在海里

雄鹰被关在天上。它们都想着从这个世界

突围。张不三和李不四也想着突围

像是认定了有另一个自己会在某处接引

这种情况并不少见

人们在做某一件事的时候

总觉得似曾相识

仿佛存在一个平行世界的自己

已把这事情做过一遍

他们活在不同的世界

却能在同一时刻因为花的枯萎而悲伤

因为干涸的小溪恢复细流而欢喜

这个世界的张不三在宁川路撞到了南墙

平行世界的那个张不三扭头就走

这个世界的李不四刚摸到身体中的某处隐痛

平行世界那匹叫李不四的老马便流下泪来

柴 刀

人老到一定程度的时候

会怕忘记身边的人

也怕子女忘记他们

他们会用一些奇怪的方式

来提醒自己的子女

我隔壁家的老李

听他女儿说

他常常一个人在客厅挥舞着柴刀

一开始以为他疯了

时间久了

发现这只是他常年作为一个伐木工

养成的习惯性动作

老李是靠一把柴刀养活了子女

如今退休了

仍继续挥刀

他多想让手中的刀也能开口说话

哭丧人

他是闻名十里八乡的哭丧人

能让山河陷入悲鸣，草木摇落

他未接受过专业训练

哭丧的时候没有任何仪式

只是埋头痛哭

有一次我问他，你是怎么哭得那么真切

他微笑着说，其实也没有什么技巧

就是一看到那棺材

一穿上那麻衣

就想起自己过世的母亲

围炉夜话

借着木炭上的火
与父亲
抽同一支烟

从口袋掏出两个硬币
与父亲
拔下巴上的须

儿子也做了父亲之后
像后山的松树
年轻粗壮的枝丫靠着老树干
它开始懂得如何对父亲好

而父亲
在炉火下的眼神
如一只受伤的猫
每讲一句话都要停三秒
那不再是威严
似乎只是在等待儿子的
一个肯定的
表达，或许就是一声咳嗽

火苗蹿上吊木，噼里啪啦
那不是新年的祝福，是岁月的
叹息，来自一个男人真正权势的丧失
于是父亲开始钟爱起孙子

搬运工

年关将近，他把一座城市搬到另一座城市
细数下来已经十个年头，他俨然成为中国大地上
最出色的一名搬运工。在整个春运大潮中
他把北京、太原、郑州、武汉、长沙
西宁、兰州、西安、合肥、杭州搬到了宁德
他背起行囊跳上火车，带着孩子的玩具
老人的棉袄、妻子的嘱托
他的天生神力足以令人信服能挪动乾坤
唯有故乡他搬不动，故乡有根，得连根拔起

火柴盒

它将一根火柴交给乡下的干草垛
一根交给都市里的香烟
一根交给城郊接合部的黑暗虚空
并告诉她们，为了你们的男人
你们的理想，用力去爱
当火柴盒把体内的第 37 根火柴交出来时
它的爱已经走到了尽头
它空空的身体
不足以再让她像年轻时遇到一个人就能擦出火花

背山面海

当我还在村里等一天只有一个班次的中巴
火车替我去了远方
当我犹豫不决是否出门赶海
鹬蚌替我争出了输赢
夜色和夜色们
在月光下悄然滑入大海
我正在等，已经有人爬上高高的山冈
替我喊出了黎明

日出时的雁洋城，是那一道海棠红
海滩描上的釉色正十分好看
一只小苏眉蹿出海鲜池
往深海游去
一心赶往家乡的人
我从不担心她会在半路迷失方向
这座小城背山面海
有底气，有胸怀
适合吃茶攀讲，也适合打拼远行
执着，咬定世间万物的一种身体力行

不懂去问墙壁

当我困惑时，老家的人就跟我说
不懂去问墙壁。墙壁里什么都有
天地玄黄、宇宙洪荒
有无尽的秘密，也有我要的任何答案
我们当中的谁已经在墙壁里看到

烽火三月，兵临城下

看到了一将功成万骨枯

我去问墙壁，是为了找一个答案，找自己

有几次，我在墙壁里看到了银河星光

那么清晰，花花绿绿的星球飞来飞去

它们隔着无尽星空朝我撞过来

墙壁里传出来我肋骨碎裂的声音

▪ 创作年谱

2012年　3月，《沉在水里的诗》《江南小镇》发表于《厦门文学》。

2015年　6月，《旧钥匙》《晚熟》发表于《福建文学》；获2015年度宁德市优秀文艺作品、优秀新人奖。

2016年　加入福建省作家协会。

2017年　5月，《某些字有幸》等发表于《民族文学》；12月，《妈勒访天边》发表于《诗刊》；选题《土方法》入选中国作家协会2018年度少数民族文学重点作品扶持项目；获2017年度宁德市优秀文艺作品、优秀新人奖。

2018年　获公安部主办的第二届中国公安诗歌·新锐诗人奖。

2019年　参加中国作家协会第六届全国少数民族文学创作大会；4月，《土方法》等发表于《诗歌月刊》。

2020年　参加诗刊社第三十六届青春诗会；诗集《土方法》出版（长江文艺出版社）；12月，《量子纠缠》等发表于《诗刊》。

2021年　加入中国作家协会；5月，《观景台》发表于《诗刊》；6月，《我们的名字》发表于《星星诗刊》；《我怀念收信的日子》发表于《诗刊》；获福建省文学艺术界联合会主办的庆祝中国共产党成立100周年诗文征集优秀作品奖（最高奖）；入围由《诗探索》主办的第十九届华文青年诗人奖；获第六届中国诗歌发现奖；获第十一届中国红高粱诗歌奖；选题《山海经》入选中国作家协会2022年度定点深入生活项目。

2022年　诗集《土方法》经福建省作家协会推荐参评第八届鲁迅文学奖。

王祥康

1964 年生于太姥山下。现供职于福鼎市文学艺术界联合会，兼任文学杂志《太姥山》主编。福建省作家协会会员，宁德市作家协会副主席，福鼎市作家协会主席。1984 年开始文学创作，曾创办《绿雪芽》《太姥诗报》等报刊，在《诗刊》《星星诗刊》及《新大陆》、《世界日报》等海内外数百家报刊发表诗歌近千首，作品入选 70 多种选本，获第二届"诗探索·春泥诗歌奖"提名奖、福建省第二十九届优秀文学作品奖暨第十一届陈明玉文学奖、福建省作家协会等单位主办的"寻韵·中国茶都"全国有奖征文大赛一等奖等奖项。出版诗集《夜风铃》《纸上家园》。

▪ 代表作

立春的下午和一场雨交谈

本来是寂寞的午后　一杯茶
越来越淡　因为一场雨
不远千里的奔跑
我的杯里又起了波澜

阳台拦不住若有若无的声音
它像一枚针　春天的消息
被刺痛了一下
湿湿的风把这个三点钟的下午
吹得有点倾斜　有点抖

远道而来的人还在路上
他的步伐和表情　对我已是陌生
我只想着风的空阔

和路途的险　　雨斜斜的

正打在我说出的话上

天越来越暗　　记忆空出来

我没有能力拦住一场雨　　拦住

这个下午的不安和痛

立春了　　立春了

我在不断冷去的茶杯中

看见一个人亮起来

▪组　诗

雕刻师

凿子和锤子在左右手间不断更换

一块棱角分明的石头

让我不知如何下手

如果雕出一位美女　　她的沉默

让人难受　　如果雕出一只野兽

怕它嘴里暗含血腥

要雕刻什么　　这是令人纠结的事

左思右想　　再看自己的手

瘦弱　　青筋暴突　　无能为力的人

只能用尖利的凿子对准自己

却不敢下手　　僵持中

我用空空的双手按住自己的心脏

似乎这颗心脏也是别人的

一块棱角分明的石头

大自然的精灵早已有了自己的生命

所有铁质都是软的　炉火之上

需要继续炼　继续淬火

粗粒的石头硌痛世俗

一个被职业绑架的人质

从现在开始与这个世界达成和解

放弃自以为是　归隐土地

收集黑暗的人

走在黄昏里　脚板被烫

才知道石头的热　心的冷

撕碎的旧报纸被晚风撕得更碎

每一粒文字的灰尘都住着逃命的亡灵

一颗星在遥远的天空

像是命运中走失的贵人

他拽不住这种亮

黑暗越积越厚　从抬头纹溢出

他听到祭坛上的歌声穿过白日梦

"你的眼睛是自己的

闭上或睁开　请听从上苍的指令"

上苍不发声　也不去打探人间的事

他只得闭起眼睛

从身体的暗中不断地摸出黑

敲醒黄河的女人

花棉袄是大朵花的那种

黄河滩被艳丽映得更加宽阔

她敲着腰鼓　动作夸张

尖尖的歌声刺进河面

我看见　黄河一个激灵

像是打开了胸膛上的一粒纽扣

可以证明　是女人先怒放了自己

她用歌声推开两岸

用身体解冻暗藏的灵魂

一个女人的"痛快"属于大地

我壮着胆与她合影时

黄河水溅湿后背　风依然是凉的

她的热烈依着悬崖

和陕西一边的壶口瀑布

一位牵着毛驴打盹的老人

突然睁开眼睛

似乎心里的黄河缓缓苏醒

不像那女人锋利　粗野　不管不顾

仿佛要把黄河敲得花枝乱颤

要把我敲得　支离破碎

内心积尘的人

山前村那个白天关门

夜里漫山游走的人

总把头低到自己的裤裆里

那是我六十好几的三叔

山顶寺庙一位小和尚

站得高　望得远　是我侄儿

他凌晨的诵经声

会飞成子夜的萤火虫

一支小小的蜡烛

要经过风　他手里的开关

控制着一些人的梦境

控制石头内部的荆棘和影子

我时不时捂住家谱

生怕纸虫走漏墨迹的消息

家门外尘土飞扬

有人在辨认着脚下的路

往往　侄儿被一层云罩着

我常常忘了抬头

有时还跟在三叔身后

一路恍惚　赶往苍茫的夜色

第一次看到父亲拄着拐杖

我甚至忘记喊他一声"爸爸"

这种老是我一直担心的

仅仅五个月不见　父亲就要依靠

一根拐杖走今后的路吗

全身压上这根木头　腰弯得厉害

他的病他自己总不承认

我靠上前去　想用肩膀替代冰冷的木头

父亲却固执地避开了

我的肩膀在哭泣

一根木头替我承担了最后的一点点责任

拐杖触地的声音沉闷

紧接着是轻飘飘的脚步声

好像一问一答的两位老人

面对土地　父亲永远也不肯服输

"你去忙你的事"　　沙哑的声音

撞得我肩膀重重一颤

我的肩胛骨与父亲手中的拐杖

隔着一道尘土　岁月和温情的距离

而父亲还在颤巍巍向前移去

▪ 创作年谱

1985 年　《我的初恋哟》发表于《福建日报》。

1987 年　《约会》发表于《福建文学》第 3 期。

1988 年　《演出》发表于《福建日报》；《寄给工地的小夜曲》发表于《中国水利电力报》。

1990 年　《九龙漈瀑布》发表于《福建文学》第 12 期。

1991 年　《送别》发表于《福建文学》第 4 期；《石船》《九鲤朝天》发表于《福建文学》第 8 期。

1993 年　诗集《夜风铃》出版。

1997 年　《思念一匹马》发表于《福建文学》第 1 期。

2002 年　《一只鸽子飞临我的病榻》发表于《诗刊》5 月号下半月刊。

2004 年　《夜半想起母亲》发表于《星星诗刊》10 月号上半月刊。

2006 年　《父亲》发表于《北京文学》第 11 期。

2007 年　《一只蝴蝶栖在林老汉的脸》《春天让我弯下腰（二首）》《大地站起身来（二首）》《呼唤一群麻雀》发表于《福建日报》；《火车》发表于《星星诗刊》第 8 期；《王祥康诗四首》发表于《诗歌月刊》第 11 期。

2008 年　《春光淋在头上（二首）》发表于《福建日报》；《两只麻雀（外三首）》发表于《福建文学》第 7 期；《露宿迎仙台》《发际上的菊花》发表于《诗刊》9 月号下半月刊。

2009 年　《王祥康诗八首》发表于《青春潮》第 1 期；《站在春天的门边（二首）》

《太姥诗草（二首）》发表于《福建日报》；《身体里的祖国》发表于《绿风》第 5 期；《遇见陌生的鹰》发表于《诗天空》上半年刊。

2010 年　诗集《纸上家园》出版（海峡文艺出版社）；《最后一片树叶》发表于《诗刊》8 月号下半月刊；《穿过我生命的妈祖》发表于《海峡》第 7—8 期合刊；《乡下姐姐的电话》发表于《中国诗歌》总 9 期；《醒悟》发表于《中华文学》年度诗会特刊；《父亲坐在门槛上》《大风吹过》发表《安徽文学》秋冬卷。

2011 年　《风越来越近》发表于《中国纪检监察报》；《前方》《时光的背面》发表于《新大陆》第 122 期；《亲人茶（二首）》发表于《中华合作时报》；《远去的故乡（组诗）》发表于《曲流诗刊》春夏季合刊；《风刻意停下她的脚步（二首）》发表于《大风》夏卷；《王祥康诗歌》发表于《当代诗人》第 2 期；《第一次看到父亲拄着拐杖》发表于《中国诗歌在线》7 月号；《半空中的鹰（组诗）》发表于《青年文学》第 10 期；《福建六十年代诗群个展：王祥康诗九首》发表于《创世纪》冬季号。

2012 年　《春天（外三首）》发表于《福建日报》；《我的身上揣着前世的弹孔》《美人痣》发表于《诗刊》5 月号下半月刊；《路上》等 6 首发表于《诗探索》作品卷第 3 辑；《风吹低了荒草》发表于《中国诗歌》第 6 卷"2012年网络诗选"。

2013 年　《仙蒲：我前世的家园》《心灵深处的新疆（二首）》发表于《福建日报》；《春风越来越近（组诗）》发表于《曲流诗刊》春季号"迎春诗会"头条；《桃花劫》发表于《关雎爱情诗刊》第 1 期"桃花诗会·情诗八骏"；《一只鸟飞过……（外三首）》发表于《新诗》总 8 期；《两只燕子》《睡莲》发表于《安徽文学》增刊"年度最佳爱情诗选"。

2014 年　《人间密码（组诗）》发表于《星星诗刊》1 月号上旬刊；《一个人的世界（组诗）》和创作谈发表于《福建文学》第 1 期；《你也是一只有翅膀的鸟（组诗）》发表于《鹿鸣》第 1 期；《大地的声音多么微弱（组诗）》发表于《诗潮》第 2 期；《春光悄悄发芽（外三首）》发表于《福建日报》；《剥茶针的母亲》发表于《中国电影报》；《王祥康的诗（四首）》发表于《福建文学》第 9 期；《王祥康诗六首》发表于《诗探索》作品卷第 3 辑；《立春的下午和一场雨交谈》发表于《中国诗歌》第 6 期"2014 年网络诗选"；《一个人越走越远》发表于美国《休斯敦诗苑》创刊号；《沙尘暴》《照镜子的女人》发表于《世界日报》；《浪花开放的爱（二首）》发表于

《中国边防警察报》。

2015年 《嫁给你》发表于《中国边防警察报》;《锯木头（外一首）》发表于《人民日报》（海外版）;《夏天的秘密》发表于《华语诗刊》;《八女投江》发表于《北京文学》第9期;《照见（组诗）》发表于《鸭绿江》第11期;《没有积雪的新年（外三首）》发表于《福建日报》;《健忘者》《影子》发表于《诗天空》2015年刊。

2016年 《我一直在确认自己（二首）》发表于《福建文学》第4期;《敲醒黄河的女人（四首）》发表于《天津诗人》秋之卷;《雕刻师（外三首）》发表于《〈安徽文学〉2016诗歌年选》，并被授予"《安徽文学》2014—2016实力诗人"称号;《我的脚印刻下深深的埋怨（二首）》发表于《山东诗人》冬季号;《想象一场雪向南方说出爱（外三首）》发表于《福建日报》。

2017年 《静物》发表于《中学生报·青年文艺》;《春天的路径》发表于《山东诗人》夏季号;《寻魂》发表于《诗探索》作品卷第3辑;《我的体内藏着一只麻雀（二首）》发表于《群岛》第4期;《在世俗中活着（组诗）》发表于《火花》增刊;《佩剑者》发表于《山东诗人》冬季号。

2018年 《澜沧江的水》发表于《中国江海诗歌》第2卷;《灵魂不会沉睡（组诗）》发表于《诗东北》上半年卷;《新疆（组诗）》发表于《新丝路》第11期;《理发师早已作古》入选《黎明前：群岛2018诗年卷》（文汇出版社）。

2019年 《初夏》发表于《浙江诗人》第3期;《油菜花是一座村庄的精神》发表于《福建日报》;《看见一个人在雨中奔跑（外三首）》发表于《浙江诗人》第4期;《高原的野花》发表于《中国诗歌》"2019年度网络诗选";《手持火把的人（外三首）》发表于《创世纪》冬季号。

2020年 《大地忽明忽暗地叫醒我的亲人（组诗）》《风吹低了荒草（组诗）》《第一杯茶（二首）》发表于《神州乡土诗人》;《磨刀的人》《黑夜》发表于《中国诗歌》"2020年度网络诗选"。

2021年 《磨刀的人》发表于《世界诗歌》第3期;《在百丈岩上看香水海》发表于《福建文学》第8期;《一个会开花的名字》发表于《福建日报》;《在祠堂门前》发表于《速读》第9期。

2022年 《大地之灯》发表于《火花》第2期。

艾 茜

本名袁玲燕，1982 年生于柘荣，现定居上海。曾任报社记者、时尚杂志主编、诗歌刊物执行主编。2015 年受聘任宁波大学春潮文学社名誉导师。作品散见《中西诗歌》《中国女诗人》《鹿鸣》《圆桌》《华语诗刊》等报刊，入选《中国诗歌的脸（第二辑）》《中国当代诗人代表作名录》《新诗百年》等。获首届莫干山国际诗歌节优秀奖，微信版—中国最具影响力诗人（2008—2016），首届国际城市文学学会现代诗诗歌新人奖、古体诗诗歌新人奖等。出版诗集《无以慰藉》。

▪ **代表作**

一出剧本

一面镜子
年轻的医者被风
吹坏了身体
猫头鹰彻夜啼鸣

饥肠辘辘的演说家
把一条鱼
塞入嘴巴

观众脱帽致敬。事物
转向其反面

疾苦纷纷掩面

▪ 组　诗

清明草

野生藤蔓向清明走去
被拖进惊蛰，拖入旷野
紧拽着死者

楠木樱花窗
拐角处透出一些光来
回头，大地已变暖

一朵樱花穿过清晨
如薄雾飘进画框
战斗需要重新定义

清明与你的
关系：一扇窗
被打开

无以慰藉
反复地
把自己装扮成一只麻雀

"古老的东方
正处于数字裂变
带来的惊厄"

恐惧像越滚越大的雪球
嘴微微张开
话一句也说不出来

生命之水

只是幻象

但是，你看见自由鸽在广场散步
深吻着坠落与死亡

生命之水脱离了肉身，向上，沸腾
成为时间的钟摆

833 号门前的消防栓

能说出的外国书籍作者名字
不会超过三个

对于渊博的人来说
你我无疑都是另类生物

差别在于，知识的小昆虫
闪着微光回落地面

可以毫无愧疚，长久静默
你的沉默就是你的智慧

但我不如你
在妥协与挣扎之间
只能二选一

近期事件

在一片虚构的赞美声中
她转向空虚的高潮

看客们采用了常见的隐喻方式
把话题包装成一个伪命题

没有人指认出，我们需要撕下面具
以哲学的思索来保持平衡

就像捣毁甜品般诱人的承诺
从那位年轻女子光洁的身躯上取火

毕竟舞台不同于一截车厢

失　眠

为了找到灌木丛里
搁浅的蓝鲸，我不得不
顺着所有可疑的声线
彻底地搜刮空气中裸露的
每一寸肌肤

此时，我看见
那个偷走我半壁河山的人
裹着昨夜的露水

正被黑暗缓缓吐出

他说，他的愿望依旧那么瘦
仅一步之遥
却始终没有一扇窗
敢于接纳他的眼睛

自画像

白日里，自我克制十次
才能免于睡眠时
周身长出鳞甲

再自我宽恕十次
才能在，应为骆驼时
不于众人面前，显露尖牙

我以草叶为生
却辨不清慈悲的模样

我阻止银环蛇，爬进蚁穴
却怀着一颗杀人犯的心，亲吻了羔羊

午后咖啡馆

坐在自己描绘的世界中
窗外长椅上，一对情侣
低吻用旧的光

隔壁桌，一粒金黄的杏子刚刚
失去了它的果肉
在场的都是目击证人

你伸出右手，又插回到上衣口袋中
始终没有鼓起勇气给它一个拥抱，也没
向它致以最深切的哀悼

六月的雨

老街灯火又暗了几许

在缎面绣花的雨伞下
一个冷峻的回眸
相比白天，增添了不少潮湿

高跟鞋、雨水都与路面发生过摩擦
并发出有节奏的声响

看似不经意间，夏夜已经被撕开
又重新缝合了无数次

好像不知道自己要走到哪里去
在一开一合之际，那莹白的双脚
失去了目的地

▪ 创作年谱

2009年　《月光下》《问夜》发表于《无界诗歌》。

2014年　《无界之春》获首届"无界之春"诗歌大赛创作奖；《我梦见八月十五圆圆的月亮》《晚霞中的吟唱》发表于《北京诗人》第4期；《晚娘》《短歌行》发表于《无界诗刊》总18期；《像细瓷花瓶中的白玉兰一样美丽》获第八届上海市民诗歌创作大赛二等奖，《聆听上海的脚步》获第七届上海市民诗歌创作大赛优秀作品选。

2015年　《钗头凤·秋寂》发表于《珠海特区报》；《钗头凤·秋寂》《鸢》《如梦令·少年志》《鹧鸪天·赋江语》《长命女·中秋思乡赋》《祭鲁甸》《如约》《山林唱晚》《鸳鸯头操场》发表于《地下》第五卷；《鸢》发表于《珠海特区报》；《存在》发表于《雪山文学》；《别样的孤独（组诗）》发表于《四川经济日报》；《劫渡（外二首）》发表于《福建文学》"福建80·90后诗人大展专号"；《不语的村庄》入选《中国当代诗人代表作名录》（白山出版社）；《引路人》《我们》《健忘症》《等你，在雨中》《有时》《桂花酿》发表于《地下》新诗卷；《把黑夜叠起来》《不语的村庄》发表于《湛江文学》第5期；《失落的优雅》《老屋》《负轭》《友谊之歌》《蝴蝶飞》《接近一只羊》发表于《太姥山》第12期；《鸢》获2015年度中国城市文学（古体诗）诗歌新人奖；《半句誓言》获2015年度中国城市文学（现代诗）诗歌新人奖；《黑色闪电》入选《2015年中国微信诗歌年鉴》；《一只秀在屏风上的鸟》入选《诗同仁年度诗选2015—2016》（百花洲文艺出版社）。

2016年　《倾斜的秋日》入选《中国当下诗歌现场2016年卷》（现代出版社）；《降临》入选《新锐诗歌选2015—2016年度》（百花洲文艺出版社）；《一剪梅·七夕》《卜算子·上元节》发表于《崇明诗书画》第2期；《存在》《缺口》《歧义》《劫渡》《钢筋丛林里只播种泥土混合物》入选《〈地下〉2016短诗卷》；《梅花日记》发表于《四川经济日报》；《论羞耻》《小小的石头》《挂号信》《从今天起》发表于《中西诗歌》第4期；《见诗如面》入选《见诗如面》（四川民族出版社）；《自画像》《叛变》《羞愧》入选《第二届女子诗歌大展作品选集》（成都时代出版社）。

2017年　《世间物象（组诗）》发表于《诗歌风赏》第二卷；《小镇（外三首）》获首届莫干山国际诗歌节优秀诗歌奖；《村庄谣》入选《中国诗歌的脸

（第二辑）》（中国文化出版社）；《半句誓言》发表于《中国好诗歌（第二集·赏析集）》；《太阳花》入选《2017年中国诗歌年选》（花城出版社）；《草叶脉络》入选《通缉令——中国优秀诗歌抽样读本（第1辑）》。

2018年　《羞愧》《雪的灵魂》《半句誓言》《论羞耻》发表于《中国汉诗》第一卷；《陈年雪》《下雨了》《明天再说》发表于《鹿鸣》第1期；《四月生》发表于《圆桌诗刊》第60期；《故乡的痛》《修行日》发表于《核桃源》第3期；《梅花日记》发表于《诗歌地理》第4期；《白色鸢尾》入选《2018中国诗歌年选》（花城出版社）。

2019年　《上访》入选《呦呦鹿鸣——108家精品诗辞典》；《寂静的回响》入选《中国诗瞭望2019》（团结出版社）；《纪念日》《给自己的生日礼物》《孤独症患者》《生之意义》《屈原》《清真寺》《春野》《须弥山》《白色鸢尾》《压抑》《写在情人节》《愿望树》《演员》《生命之水》《巨型风向车》《银杏树》《果实》发表于《太姥山》总20期。

2020年　《一出好戏》发表于《中西诗歌》第1期。

2021年　《心如野马》发表于《喀什文艺》第3期；《六月的雨》发表于《神州文学》总7期。

石 城

本名陆林松，1968 年生，屏南人。中国作家协会会员，福建省文艺评论家协会会员。写诗歌、散文、小说及评论，作品入选近百种选集，散文获"孙犁文学奖"等。出版诗集《乌鸦是一点一点变黑的》。

▪ **代表作**

鹰

鹰把自己从大地的皮肤上剥下来
成为飘浮在天空里的一块坚硬的石头

整个世界都在那双锐利的爪子下，
那么低，一座村庄就好比一只噩运当头的小鸡

一个人也只是地面的一棵枯木
一半埋在地下，另一半没有枝条可以停息

鹰从地面起飞，然后就把大地抛弃了
同时抛弃树林、草地、岩石，以及简单的巢穴

它困倦的时候另外选一处眠床
它饥饿的时候随便逮一只兔子，像过路的人

弯腰捡起一枚硬币。鹰从不携带身外之物
孤独和飞翔成就了一只鹰的好口碑

一只鹰在天空会成为猎人的目标，但鹰
不会死在枪口下，它决定埋葬在自己的绝望里

▪短　诗

失而复得

洪水那年，父亲在溪里丢了一根木头

原先是八十一根，后来剩八十根

其中一根像会自己变魔术，忽然不见了

整条溪从上到下都找不着它

我的猜测有两种可能：一是它自个流走了

二是它沉入哪处最深的水底了

现在，溪水荡然见底，一摊摊石头

如同满地爬来爬去的乌龟，和一两只骆驼

父亲已经故去多年，我突然想告诉他

当年丢失的那根木头，如今找到了

那就是我。瞧，一个徘徊在溪边的中年汉子

他，没头脑，死心眼，身体某处已经开始速朽

鸟声要洗过多少回才会这么干净

差一点就接住一句：明亮的，剔透的，闪着

鲜绿的光，一触耳廓便转瞬即逝

我看见了它穿过密林留下的痕迹，沿途躲开

风沙、烟尘、落羽、蚊足，和可能的雪片

在一条枯枝处凌空拐了个小弯

迅疾如电，且与世界保持适当距离

鸟声要洗过多少回才会这么干净

人的灵魂要锻打到多么稀薄，才会一弹即响

有什么东西从脚底举起我们

我一直在想，一定有什么东西从脚底举起我们

像举到水面的一段木材。我想它一定有硬度

能使我们的锤击发出沉闷的声响

它有体积，能蓬勃出一个如此广袤的春天

还有深度，即使千年的树根，也到达不了它的底部

翻过一座山

我终于谛听到一只蟋蟀的声音

这深夜里的秘密歌唱者

躲在大山最偏僻的角落

我想这时，地狱里一定点着一盏明亮的灯

▪长　诗

在医院

一

我已经听到了落叶飘零的声音

听到叶脉中涌动的春天，它们使大地明眸皓齿

现在已到了荒凉的时候

秋天来了，大雪

在半空中恢复了秩序

围墙外蚯蚓的歌声使暗中的道路趋于明亮

二

空气中拧不出一滴水，隔着玻璃

窗外的花朵一脸憔悴

三只蝴蝶绕着花朵左右为难

只剩下一个夏天了

只剩下这小小的美

那轻盈的飞翔，秘密牵动我体内的某根神经

三

风来了，整座医院大楼都摇摇晃晃起来

只有一条小溪在静静流淌

那么冰凉，沿着左臂的静脉

一直流入到内心的深渊

这天国的雪水使一只鸟

从云头折断翅膀。呵，时针呵时针可曾走远

四

在清晨梦见大海，浑身充满了海水味

我想着海面上茫茫的雾气

远方海岛上载来的，满满一船鲜花

护士说："先生您醒醒

瞧，这不是您的女儿来了"

她的声音在路经我的耳朵时，被海草绊了一下

五

一只老鼠，一只老鼠爬上我的床头

这个讨厌的家伙

那贼一样的目光，难看的吃相

几根触丝划亮午后的阳光

我乐意献上水果和面包

那些身外之物，昨天被我弃置在柜子上面

六

雷声在深夜滚过我光秃秃的额头

亲人的手指比牙膏还软

一个人身陷于众生的围堵中

身不由己,高处的神明

昙花一现。我双足冰凉

河水沿着十个脚趾上涨,转眼就爬到了膝盖

七

医院门口乱成一团

乌云大面积降临在人们的脸上

记忆中的蚂蚁走过山坡

一些举起硕大的谷壳

另一些抬着同类的尸体

暴雨还没到来,半棵枯树已沾满星星的唾沫

八

灯火熄灭,记忆再一次复活

祖母在一个晌午被自己的梦吵醒

她的梦比生命还长出一寸

到了必须表态的时候了

阴湿的墙壁上渗出鲜血

我拨开眼皮,看见老家的瓦楞上尘埃散去

九

少女的白瓷碗摔在水泥地上

天空砰的一声就碎了

月亮把单薄的光亲手递过来

我没有看见那光

只看见月亮毫无血色的手

阴影从深处一只只爬出来,像神色惊慌的蝙蝠

十

妻的眼里降下秋后的第一场霜

我们刚刚估算过收成

掰着指头清点日子

隔壁是产房，一句婴儿的哭声像巴掌

热辣辣地打过来。我躲闪不及

妻低声说："随便吃一点不好吗？饭菜都凉了"

▪ 创作年谱

1993年 《触摸石头》发表于《新大陆》第4期；《故国明月》入选《中国当代最新诗潮》。

1994年 《与太白同歌》入选《世界华文诗选》。

1996年 《乡村诗页》发表于《诗歌报月刊》第4期"乡土诗辑"头条；《教堂向黄昏逼近的豹》发表于《诗歌报月刊》第5期。

1997年 《祖父》《祖母》《颂诗给井及母亲》等发表于《福建文学》第8期，《我把手伸入这座城市的心脏》发表于《诗歌报月刊》第2期"青年诗人十二家"

1999年 《祖父》《祖母》《颂诗给井及母亲》等入选《福建文学创作50年选·诗歌卷》（海峡文艺出版社）。

2001年 《在医院》发表于《三都潮》第11期；《头风（组诗）》发表于《诗歌月刊》第12期。

2002年 《大风（组诗）》发表于《福建文学》第2期、《诗刊》9月号上半月刊、《诗选刊》第11期；《呼唤雪》发表于《诗选刊》第4期头条；《石驴山，石驴山》发表于《诗歌月刊》第10期。

2003年 《鹰》《蚂蚁》发表于《星星诗刊》第10期；《有什么东西从脚底举起我们》等发表于《诗选刊》；《回乡偶书：散步·思考及其他》发表于《星星诗刊》第4期。

2004年 《有什么东西从脚底举起我们》等发表于《诗选刊》第1期、第5期；《回乡偶书：散步·思考及其他》发表于《星星诗刊》第4期。

2007年 《在酒里飞》发表于《福建文学》第11期。

2009年 《回乡偶书：散步·思考及其他》入选《福建文艺创作60年选·诗歌》

（海峡文艺出版社）。

2010 年　《石驴山，石驴山》入选《陆》总 4 卷长诗专号。

2015 年　《森林三章》《洪水记忆》发表于《福建文学》第 1 期。

2016 年　诗集《乌鸦是一点一点变黑的》出版（现代出版社）。

2019 年　《失而复得》《无意叫醒》入选《福建优秀文学 70 年精选·诗歌卷》（海峡文艺出版社）。

2021 年　《鸟声要洗过多少回才会这么干净》《无意叫醒》等发表于《台港文学选刊》第 2 期。

后后井

本名郑颂，故乡白水洋，故乡鸳鸯溪，居屏南。20 世纪 80 年代末开始写诗，诗作入选《新世纪诗典》《中国口语诗年鉴》《汉语先锋：2019 年度最佳诗歌 100 首》等。

▪ 代表作

入殓师

初学的时候
要画千百种脸
学会后
师傅只让画一种
众生平等
闭上眼都一样的
没全听师傅的
只按亲属要求去画脸和上妆
画来画去觉得确实都一样
仍然自作主张地划分出两种
男人一种
女人一种
极少会有第三种
但要碰见死不瞑目的
安抚到瞑目后
她会细致地
再描一条线
让逝者微微张开眼睛

▪ 组　诗

枕头里的梦

那时候枕头

是舅妈用面粉袋做的

表弟说一睡着

就会梦着白面馒头

另一个表弟似乎更有出息

他梦见的是肉包子

还有一个表弟

说做枕头的面粉袋子

都是从别人那里要来的

所以他什么都不想

想了也是帮助别人想

但睡着睡着

饿醒时

就会去撕开枕头

临街的窗

窗外是窗

窗外的窗待在窗里

只能看到几扇

想看到更多

要去拓宽外面的马路

拆迁队已经有了这种想法

现在外面看不到窗

相信很快就能看到

一面墙上

甚至更多的墙上

挤满了窗户

刀

买了把砍骨刀

没用几天就生锈了

妻说应该不是钢打的

我宁愿相信是

会生锈的钢打的

要不卖家说的

百分之九十五的钢

到哪儿去了

最大可能

是跑到另一把刀身上

现在它正朝一根骨头砍去

那奋不顾身的样子

不是为了砍断骨头

而是为了抖落身上

百分之九十五

不属于它的钢

醉

拿着茶杯

一次次跟茶壶干杯

最后一次

把它碰得

疼得咧开嘴

哭出泪来

第二天醒来

看到茶壶

躺在我边上

还是咧着嘴

像哭了一晚上

一间民宿

院子里

住满了南瓜

一队蚂蚁顺着藤蔓

来到窗台上

像要住进来似的

我说这么多

长着翅膀的蚂蚁

她说这里没长翅膀的

她还没见过

说着拿起一只蚂蚁

折掉翅膀

说

就是这样子的蚂蚁

▪ 创作年谱

20世纪　开始写诗；与友人创办彗星诗社等诗社、诗歌沙龙；诗歌作品见诸《淮
80年代　风》《南方诗人》等报刊。

2007
——
2016 年

在停笔十多年后，重新触网写诗；在诗先锋论坛等网络诗歌论坛及《汉诗》《中国诗歌》等报刊，发表大量先锋诗歌作品和诗歌评论，并参与诗先锋论坛管理。

2017 年　写作大量先锋诗歌作品；多次入选磨铁读诗会、新世纪诗典、中国现代诗巡展、口语诗周刊等重要先锋诗歌平台；部分诗歌作品入选《福建优秀文学 70 年精选·诗歌卷》（海峡文艺出版社）、《闽派诗歌》（海峡文艺出版社）、《21 世纪两岸诗歌鉴藏》（东方出版中心）、《舌尖上的诗：2019 中国口语诗年鉴》（青海人民出版社）、《新世纪诗典》（浙江人民出版社）、《新世纪闽东诗群：作品卷》（海峡文艺出版社）等。

汤养宗

现任中国诗歌学会副会长，福建省作家协会副主席。作品入选《中国新诗总系1917—2017》《中国新诗百年大典》《中国新诗百年志》等选本，文论方面针对诗歌生态及文本问题写有部分诗学随笔，部分作品被翻译成多种语言文字。先后获得鲁迅文学奖、丁玲文学奖诗歌成就奖、福建省政府首届百花文艺奖、储吉旺文学奖、人民文学奖、中国年度最佳诗歌奖、诗刊年度诗人奖、新时代诗论奖等奖项。代表性诗集有《水上吉普赛》《去人间》《制秤者说》《一个人大摆宴席——汤养宗集1984—2015》《三人颂》，以及散文集《书生的王位》等。

▪ **代表作**

一个人大摆宴席

一个人无事，就一个人大摆宴席，一个人举杯
对着门前上上下下的电梯，对着圣明的谁与倨傲的谁
向四面空气，自言，自语
不让明月，也决不让东风
头顶星光灿烂，那是多么遥远的一地鸡毛
我无群无党，长有第十一只指头
能随手从身体中摸出一个王，要他在对面空椅上坐下
要他喝下我让出的这一杯

▪ 短　诗

洗炭书

我一生都在一条河流里洗炭
十指黑黑。怎么洗，怎么黑。

我一生都在一条河流里洗炭
怎么黑，怎么洗。十指黑黑。

父亲与草

我父亲说草是除不完的
他在地里锄了一辈子草
他死后，草又在他坟头长了出来

放在门框附近的那把钥匙

有点来路不明的那把钥匙，不知道
是谁放的，但我能琢磨到
在一扇门框的左边或右边，常常就有人
暗地里存放着一把。促成了
道路闭塞与道路畅通的天下事
柳暗花明的又一例
那人满头大汗，就是打不开这扇门
类似于被神示
用手一摸，便发现早就有人

在那里做下了手脚

"知道你要用的。也不是所有人

都可以取到它"

摸索的手，触到了

空气中看不见的另只手，像是触到

一句叮嘱。什么叫我对你的感应

有时是一声咒语、一个眼神

有时，我就知道

你会在门框的附近，为我留下这把钥匙

▪ 长　诗

九绝或者哀歌

谨以此诗献给母亲。

一、母亲的病房

27 床不住着母亲，27 床是个生下婴孩就患病

的少妇，她的病也许早就欠那孩子

吃药，喂奶；灰色，红色；我带母亲进来后

就感到这地方不对，这是个

神秘地带；仿佛我作为一个儿子

已经不够，发现大地对于母亲们有太多危险

28 床不住着母亲，28 床开头是个姑娘，接着

来了个刚从婚姻上败下阵的女士。前一个

一天可以吃进五碗面条，让人感到巨大的

进取心，感到有什么还没有开始

后一个有时哭有时笑，身上明显

有东西多出来。是的，她正在等待一次手术

30 床是我想象出来的，它并不在这间病房
但它一定就在周围，我找不到它
却对此保留悬念；也许这张床并不用于
病人，但它一定有许多变数
我的猜测给我带来恍惚，难道还有
别的什么需要摆设？这让我心跳

29 床才是母亲的。你是老来得病
你不得这样那样的怪病，但你患下了
我不能告诉你的病；医生安慰我说
"一个人到了最后，总要被一种病
带走。"我听了很悲痛，也生疑
难道她们得了病都正常，我母亲反而应该

二、"我感到到处都在疼，但不知疼在哪里"

"我感到到处都在疼，但不知疼在哪里"
母亲，我知道你疼在哪里，但我知道
你一定说不出疼的位置；你说不出

为什么会这样疼痛：你往左躺疼
往右躺也疼；坐着疼，站起来还是疼
仿佛你过去的不疼都是假的，今天

它们一下子都来了；一下子
要满出来；一个哑巴在你身体里
终于说话；你成了一座疼痛的仓库

我的母亲不知道自己疼在哪里。它很深
我用手伸近时就走开。它很模糊
模糊得令这具身体是问题而不是身体

母亲，我的手已经摸不到你疼的位置
我现在的手不知道是二十岁的还是四十岁的
但你终于疼了，像一棵树终于长出了果实

是所有的母亲，都注定说不出自己疼痛的
位置？它的左与右、深与浅；我母亲
的疼，太多；它，它们，已变得有点零乱

母亲的疼一直在走动着，这令我的手
无处安放；是什么在她身体中奔跑呢
蓝色的？红色的？还是去年对我的一次嘱咐

三、在母亲病房，有人向我祝贺生日
在母亲的病房，有人通过手机向我祝贺生日
可我的母亲这一刻正躺在临死的病床
这个生我的人，五天后终于撒手人间

在母亲的病房，有人通过手机向我祝贺生日
一个四十多岁的儿子，正对着八十岁的母亲
偷偷哭泣，他哭泣今天遇上了这个日子

在母亲的病房，我被提醒今天是生日
一个面容酷似母亲的人对于自己的容颜
突然有了为难，有了深深的触犯

生我的人，你把什么藏在了左手与右手之间
我是你生出来的仇敌，我威胁你
追赶你。这追赶，从我懂事后就开始

我是有欢乐的，我已积攒下四十多年的欢乐
我一直在增加，你却一年年在减少

我是用欢乐在追赶你靠近死亡的日期

在我生日的时候，我的母亲要死了
她曾经在这个世界上把我生下来
她曾经指望我，快快成长

在我生日的时候，我的母亲就要死了
这当中，有一个谁不容我商量、争辩、转移
这个生我的人就要死在生我的日子里

四、"快来揉揉我，再过几天你就没有母亲啦"
"快来揉揉我，再过几天
你就没有母亲啦"
哦，母亲，血一样言语的母亲

我揉着你的脚板，这我不能放弃的脚板
它在变小，变暗，变成不真实
我再也不想去崇尚什么，它正在
躲开我走向一条看不见的路
并对我，构成了最后的不信任

我揉着你的腰身，这已经变成了谁的
腰身？它曾经像一条甘蔗
所有的风吹来时，都珍惜它
世界把甜水保留的那部分，被什么拿去了
我不能加盐，加防腐剂，加香料

我揉着你的胸脯，哦，这阳光的
故乡，七岁时我还没有断开你的奶水
在我后来所见过的乳房中它是最美的
我记得它的形状、它的香，现在
病菌在里头建立了自己的粮仓

我揉着你的前额，这人世与生命的屋顶
摸着它我快乐、自足。与你的智慧接通
不是什么人都可以的事。我要在你
死后，剪下一绺你的白发，这束白的
我摸着它，这件事死神已经无法与我争夺

五、深夜，与值班护士的交谈

"请告诉我，我母亲还能够活多长时间"
"你需要她还能够活多少时间"
"我不知道。但她能停下来吗
比如，像一场疲倦自己拐了一个弯"
"这已经不可能。不过，除了死亡"
"请不要对我使用这两个字"
"这应该算是选择，生命会自己收场
死亡也从来不需要药物来医治"
"但我已经把她送到了你们这里"
"是的，她已经来到我们这里了
许多将死的老人都到过我们这里"
"这么说，我为母亲所做的事
根本没有意义""你说得奇怪
好像是，我们的职业首先没有意义"
"也许我把什么说错了，但在我母亲
与你们之间，谁离开得了谁"
"你说出个关系到我们饭碗的问题"
"我是说拯救一条生命""是呀，
许多儿子，最终都没有把母亲救回
但最后，却把自己的病给治愈了"
"一个母亲病了，她的儿子一定也病了"
"往往是母亲将死的时候，她儿子
才明白在人世间什么叫病"
"难道只有母亲的死，才能够换回

一个儿子应该得到的秘密"

"这个秘密早已捏在你母亲手里

只是她，还没有到放手的时候"

"那么，这儿子的病是什么病"

"是呀，是什么病呢"

六、120 车厢内，坐着五个儿子

120 车厢内，坐着五个儿子

在他们中间，躺着一个半昏迷的母亲

也许死亡的路途总是往回走着

他们守着对你的诺言：要让你

死在自己的家中

120 车厢内，坐着五个儿子

他们多么残忍，看着大恩大德的母亲

竟然像看着一尊将要处理的废墟

这是母亲在最后的路上，这是五个儿子

要把自己的母亲，从谁手中，争夺回家

事实上，这是一次没有温情的回家

临别时，却被医生说成是爱心行动

半昏迷的母亲已经知道自己将

驶向那里；但是，五个儿子

一点也没有办法叫这心疼的轮子减缓下来

只有车窗外黄昏的阴雨，在敲打着

这样的时刻，五个儿子共同承担了

自己的无言；五个儿子

现在成了五个哑巴，他们像五个陌生人

对所有的语言失去了信心

120 车厢内，坐着五个儿子

他们要把将死的母亲送回到自己家中

这条路上，有人正在赶送鲜花，也有人

往市场运送食粮，但五个儿子

咬碎了牙齿也要把母亲送回家中

七、当母亲终于闭上双眼……

当母亲终于闭上双眼，我觉得

她只是从守着她的儿女们中抽身后退了几步

然后还站在那附近；像一所

安静的农舍，天黑，闭门，就寝；但里头

灯，依然亮着

只有我们一群兄弟姐妹，顿时

进入黑暗！抚着母亲的尸体哭成一片

悲痛的我们比碎裂的玻璃更加破碎

尖锐、不成形状、难以收拾；而身后有一个声音

这样说："我多么不愿意让你们变成这样"

八、表列式：关于母亲的几段履历

19 岁时你就染上了霍乱，并传给了

身壮如牛的生父和长兄；一帖

救命的草药，来不及拉回邻居的少年

却奇迹般把你给救活。也是这时

你无法赶到自己红色的婚场

乡村从此留下了一句流行的话

"有隔夜的豆腐，没有隔夜的媳妇"

还有一句话许多人不敢公开说

"那小子福气，娶上了天仙般的美女"

20 岁，你生下了第一个男孩

到 38 岁止一共生出五男四女（在我

前面的一个姐姐，据说一生下就夭折）

八个孩子给了你生活的思维与能力
也使你信上了基督教；我听过
你为我缝补衣服时所唱的歌谣
也看到在暴风夜，你为出海的父亲
念出的祷告；50 年后你成了这个半岛
最有福气的母亲，这一点没有人怀疑

34 岁你生下了最后一个男孩，为了
答应这个男孩的要求，四年后
你又为他生出一个妹妹；可见这孩子
从小就有点怪异，你对他这样说
"你才是我心头的一枚针" 因为
你会这么说他后来就爱上了诗歌
你不知他在这条路上已经走多远，但你会
捡起他扔在地上的诗稿，像小时候
你在他的旧衣服上打上补丁

在许多夜晚，你一般只数了数露在
被窝外的脚丫，就知道哪一个孩子
还没有回家；你生下的孩子实在有点多
这让人想到亲爱的祖国……在我出生时
国家闹饥荒了，我吃的是你的奶水
你和全家人吃的是野菜，你说
"再破的一条船，也要撑到岸。" 就是
这句话，八个孩子一个个都走了过来
一个家或一条船，没有下沉

46 岁时你因胆结石住院开刀，大哥对你说
小弟好像开始懂事啦；79 岁时你又为这病
动了手术；80 岁寿诞上满面春风
不到一年，你又在这家医院向我交代了
后事："不要卖掉那座老屋，你们八个

都从那里走出来。"好像我们很缺钱
好像我们会干傻事；但你把我们给你的钱
剩下那么多，其中一笔留给了教堂；而后
死于一剂强心针，面目非常安详

九、这部电话我再不敢把它拨响
在这个深夜，我不敢再把这部电话
拨响——8776653 它还在老家那边
母亲的枕边安放着，也许这一刻
你还在守候着我的问候
听我说"今天都吃了些什么"

你的声音还能从那一边传过来吗
以天堂的突然来信，让我再一次握到
自己的闪电；我会再一次听你这样说
"少喝一点酒——我知道再喝时
你又会忘记了我这句话"

现在你永远关闭了，不，是劫持
是突然的空和突然的漆黑
一条河流已被谁搬到另一条河流上
那里留下了河床，寻水的小鸟
在河边发出凄凉的叫声

一次，你突然来电话说："你没事吧"
"我没事。""可是我
为什么觉得这样心慌"
今夜，我也是这样心慌！"母亲
你也没事吧？今天，你都吃了些什么"

我曾在云南的一座大山上跟你说话
说那里有我小时候见过的白云，你说每个人

的身后，都有一块白云；这是真的

你在今夜哪一块星云上？8776653

仍然是你的电话号码吗？如果，我也能接通

在这个深夜，我不敢再把这部电话拨进

可是，它竟然响了！母亲

这是你的声音吗？"喂，儿子，我在听着"

▪ 创作年谱

1976 年	10 月，第一次在《福建日报》发表一首四行的小诗，那年 17 岁。
1981 年	部队回来后被安排在霞浦闽剧团从事长达 8 年的剧本写作；与诗友杜星、王世平等组建麦笛文学社，主编的《麦笛》共出 9 期；开始自学哲学。
1985 —— 1986 年	连续在《福建文学》发表以海洋为题材的系列组诗《船眼睛》《水上吉普赛》《哭滩》等，引起著名诗人公刘的注意，其连续在《文艺报》和《文学报》发表评论予以激赏，他发表于《文艺报》的评论文章题为《他是一颗海王星》。
20 世纪 80 年代 末—— 90 年代 初	继续以海洋题材在《诗刊》《星星诗刊》《诗歌报月刊》《诗神》发表大量诗作，其中以 1992 年《人民文学》1 月号发表 12 首组诗《家住海边》为标志。
1988 年	《父性的天空（组诗）》发表于《福建文学》。
90 年代 初	开始意识到不能老在一种题材上重复写作，开始了相对自觉的现代诗歌认识与实践，留有相对稳固的诗篇有《雁队》《伟大的蓝色》《山坡上的石头》《琴十行》《弧形上的众多尖端》《星光追想曲》等。
1991 年	5 月，参加在北京举行的全国青年作家代表大会。
1992 年	9 月，参加诗刊社第十届青春诗会，地点在北京卧佛寺。
1993 年	8 月，在著名诗人蔡其矫先生推荐下，第一本诗集《水上吉普赛》出版（海峡文艺出版社）。
1994 年	《家住海边（组诗）》获福建省政府首届百花文艺奖。
2000 年	5 月，第二本诗集《黑得无比的白》出版（作家出版社）。

2002年　10月，开始接触诗歌网络，第一次到诗歌论坛"流放地"贴出第一首诗歌，后应邀在"流放地"担任版主。

2003年　11月，写下以复调见长的长诗《危险的家》，后发表于《诗歌月刊》。

2004年　7月，长诗《一场对称的雪（节选）》获《星星诗刊》与《诗歌月刊》联合举办的"2003·中国年度诗歌奖"；9月，第三本诗集《尤物》出版（重庆出版社）；8月，母亲生病；意识到母亲将不久于人世，9月2日至10月6日含着巨大的悲痛写下长诗《九绝或者哀歌》；母亲逝世后至今，陆续写下《停尸房》《我是人间的一件遗物》《平安夜》《有些词对我已没有威胁》《空气中的母亲》《抬棺材》等；母亲周年祭之际，又写下长诗《寄往天堂的11封家书》。

2006年　上半年，应陈先发邀请，发起"若缺"文学社诗歌网，并与陈先发等一起担任版主；10月，组诗《在汉诗中国》获第四届"人民文学奖"。

2007　　形成一个写作小高潮，写出了一批好作品，包括《劈木》《断字碑》《人
——　　有其土》《一个人大摆宴席》《盐》等作品。
2008年

2009年　2月，获《诗选刊》评选的2008中国年度最佳诗歌奖；在《诗选刊》发表《断字碑》《食牛耳说》《劈木》《这一年，我又一直在犯错》《我已经替许多人活过一遍》《致青年诗人》等15首诗作。

2010年　1月，诗集《寄往天堂的11封家书》出版；这部诗集是诗人道辉出资的第四届新死亡诗派年度奖暨2009年中国诗人免费诗集奖的获奖作品之一，遴选了2005年到2009年年底共150首诗歌作品，分"一百二十六句话"和"寄往天堂的11封家书"两辑，这些诗歌基本上体现了自己近年来诗歌写作中倡导多元、复杂，直抵生命本相的艺术特色及诗歌见解。

2012年　获《诗刊》年度诗歌奖。

2013年　获文学港储吉旺文学奖。

2014年　初稿长诗《举人》，2015年初修改定稿；短诗《父亲与草》入选《凤凰》上半年卷，后被《新华文摘》2015年第8期选载。

2015年　获滇池文学奖及诗刊"首届茅台杯全球诗歌征文"一等奖；8月，《举人》获诗刊社首届茅台杯全球手稿征文大赛一等奖；8月，诗集《去人间》出版（中国青年出版社），并获得凤凰读书推荐的"2015年度10种诗集"；短诗《雕花的身体》发表于《扬子江诗刊》第1期，后被《新华文摘》2016年第8期选载；组诗17首《致所有的陌生者》发表于《人民文学》第1期；组诗12首《养虎》发表于《解放军文艺》第10期；组诗13首《汤

养宗的诗》发表于《扬子江诗刊》第 1 期。

2016 年　11 月，作品《孤愤书》获第四届扬子江诗学奖；12 月，诗集《制秤者说》出版（长江文艺出版社），后来该诗集被出版社推荐参评第七届鲁迅文学奖；组诗 11 首《春天里我有另一个安排》发表于《诗刊》第 3 期；组诗 45 首《孤愤书》发表于《中国诗歌》第 3 期。

2017 年　诗集《一个人大摆宴席——汤养宗集 1984—2015》出版（作家出版社）；组诗 13 首《寻虎记》发表于《人民文学》第 2 期；9 月，作品《鱼目混珠》获福建省政府第八届百花文艺奖。

2018 年　8 月，诗集《去人间》获第七届（2014—2017）鲁迅文学奖，授奖词为"汤养宗持续探索写作的难度，在《去人间》中，对精神的持续砥砺，对生活的智性勘问，对事物隐秘结构打开方式的综合运用，对字词的反复掂量，都证明他的诗歌在修辞技艺、精神内质上的不断更新"；组诗 13 首《长声吟》发表于《诗刊》第 5 期；组诗 22 首《纸上生活》发表于《鸭绿江》第 4 期；组诗 28 首《汤养宗自选诗》发表于《诗潮》第 7 期；组诗 11 首《汤养宗近作十一首》发表于《福建文学》第 10 期；组诗 13 首《人间旧句》发表于《草堂》第 10 期。

2019 年　当选为福建省作家协会副主席；当选为中国诗歌学会副会长；西里尔文版《中国第七届鲁迅文学奖获奖作品集》（5 人合集）8 月于蒙古国出版，翻译：乌兰图雅；汉英双语版《十三片叶子：中国当代优秀诗人选集》（13 人合集）11 月于美国出版，翻译：谢炯、白金沙；8 月，作品《对新时代诗歌的创新、建设与发展的几点思考》获文艺报社、《光明日报》文艺部、诗刊社"新时代诗论奖"；9 月，诗作《纸张》《父亲与草》《一个人大摆宴席》等 3 首入选《中华人民共和国成立 70 周年优秀文学作品精选》（北京十月文艺出版社）；组诗 12 首《有的地方，只有诗歌能去》发表于《人民文学》第 7 期；组诗 12 首《东吾洋》发表于《诗刊》第 1 期；组诗 18 首《汤养宗诗选》发表于《诗选刊》第 6 期；组诗 14 首《断字碑》发表于《大家》第 5 期；组诗 10 首《诗十首》发表于《作品》第 11 期。

2020 年　获得丁玲文学奖诗歌成就奖；被授予宁德市"弱鸟先飞，滴水穿石 30 周年"突出贡献人物称号；被授予第二批宁德特支人才"百人计划"（文化名家）称号；长诗"开卷"《太姥山》发表于《诗选刊》第 2 期。

2021 年　8 月，诗集《三人颂》出版（太白文艺出版社）。

2022 年　3 月，当选中国作家协会诗歌委员会委员；3 月，散文集《书生的王位》出版（花山文艺出版社）。

伊　路

诗人，一级舞台美术设计师。在《诗刊》《人民文学》等报刊发表诗歌作品，有诗作入编中学语文课本，部分作品译作在美国、英国、德国等国家的诗歌刊物发表。获福建省第七届、第九届、第二十四届优秀文学作品奖一等奖，福建省政府百花文艺奖，首届"扬子江诗刊"诗学奖，中国话剧舞美设计"振兴奖"，中国舞台美术展览会优秀创作奖等奖项。已出版诗集《青春边缘》《看见》《永远意犹未尽》，以及《海中的山峰》等6部。《海中的山峰》入围美国2016年最佳图书翻译奖。

▪**代表作**

早　春

忽然发现整片原野唯一在动的是
四只牛的尾巴
庄重如凝着风暴
一撩一拨都似叮咛
牛低沉的头仿佛和身后的尾巴无关
牛也仿佛与自己无关
被它啃进的青草是否也和肠胃无关
四条拂天拍地的尾巴间
多了一只翻山越谷的蝴蝶
这蝴蝶也仿佛与它自己无关

▪ 短　诗

自己的海

海就在旁边
坐在石头上晒太阳的老渔妇
整半天没看海一眼
她的房子在不远处
知道天黑了海还在那里
过年了海还在那里

而我从别处来
坐了很长时间的车
我是要把海看回去的
一整天地看
使劲地看
一寸一寸地往下看
一丈一丈地往远看
有意无意的海
城府很深的海
什么也没被我看见的海

就在我的脑神经旁边
在返城的车的旁边
在书桌旁边
在床的旁边
像一个装着沸水的大锅

有一个属于自己的海真好
去哪里就能带到哪里
——去菜市场，去会议室，去医院

在陪伴年迈母亲的日子里
我就把它放在那古旧的藤椅旁边
看着它波涛翻滚

大　锅

那挑着两个大锅的人
走上高高的岭
要到哪座山的背后去呢

不知从何时起
这样的大锅已经不见了
换成各式各样玲珑的小锅

但那些山的背后
还有这样的大锅

这朝天像谷、伏地似山的大锅
有那些小锅装不下的东西

那些山的背后，还有无数的山
我童年的白米饭
还在那锅底

你没爱过一辆挖土机

它从拾掇平整的工地拐弯出去，弄出的动静很大
全身的机械都在磕碰，像非常开心，为自己奏乐
一辆载重卡车放下斜坡在路口等它

那斜坡没有隆重地铺上红地毯，迎接凯旋的将军

而它更像只狂野的大马蜂，摇摇晃晃地爬上去，落坐下来

那样子真是舒坦极了，我的心也舒坦极了

你没认真看过它劳动，不知道它的功绩有多么大

是不可能有如此的分享的

昨晚散步时，我还看见它跪在废墟旁一座保留下来的老屋前

像两个沉默的朋友，我真想和它们跪在一起

大地也深深沉默在之下，天庭有一轮圆月

世界心明如镜

你没爱过一辆挖土机，是你生命的缺陷

▪长　诗

愿你的心灵能代替我保护你

一、送女儿到北京

那么多人走过来走过去，没有看一眼我的女儿

车辆啊那样着急，不理会我初来乍到的女儿

交代不完的话语在空中一截截断

北京，你可曾听见

从此每天我会想你许多遍

想你的水果摊、药店、公交车的站牌

你柜台上的食品是否纯正，厨房里的菜是否太咸

你街口巷弯的路况，夜晚的黑暗

我会想到你的骨头里去，血管里去，心脏里去

你会在忽然的时候感到疼

北京

你该会有所改变，因为

多了一个女孩的单纯，多了一个母亲的牵挂

二、乱糟糟的小窝

像一只小动物刚折腾过

气息和体温还能嗅到

我是其中一棵落尽叶的树

你筑在上面的一个个鸟巢

此刻全在叫唤

"空"和"拥挤"成了同义词

你在这，在那

每一物都因突然离了你

而长出更茂盛的联系

都是你的眼睛，你的声音

你的"没关系，来不及，真讨厌，等一会儿"

你的永无法扔掉的垃圾到处都是

女儿，女儿

这乱糟糟的小窝妈妈替你珍藏

这乱糟糟的小窝人世间只有一个

从今往后

烦恼会从整个天地里找来

你不能用一个网兜装起来，交给妈妈

三、晚安

每晚都有一架飞机或一只大鸟

驮着那"晚安"两个字，轰响着穿过夜空

我接过后，就关紧窗户，拉上厚实的帘子

你该也收到妈妈的了

今夜它是两只眯眼的小袋鼠，躲在柔软的肚兜里

女儿

让我们把这两个字说得更温暖幸福点，像一盏盏

蜜黄的小灯

越过冰冷的疆界

安慰那无边无际的黑暗和悲伤

四、短消息

"妈妈我的胃难受"

"我的卡丢了"

"树都没有叶子了"

"很多鸟儿在雪地上玩"

世界要空出多少空间

让这些长翅膀的女儿飞行

手机啊，你是亿万倍缩小下来的吧

为了把女儿的时时刻刻压缩在我的手心里

可再压缩也会满出来

我该删除去哪一条

哪一条都重要，都可爱，都揪心，都舍不得

朋友的，亲戚的

你们先让出来吧

我的女儿又在天空里飞了

我握着手机，像握着一窝

喳喳叫的女儿

五、电话

好像你的嘴唇就在我的耳边

热乎乎的呼吸烘着脸颊

"妈妈，再说一会，再说一会儿吧"

一个巨大的空间，从中插来

那最后一句是否被挤丢了，那是最重要的

怅怅地放下话筒，又摁出一串号码

角色已经换了

"妈妈，妈妈，是我呀"

妈妈苍老的声音开始摩擦我内心的绝壁

"孩子你要担心身体"

世上仅有一人可以把我叫成孩子了，妈妈

那汹涌的云正和我争夺你的每一个字

又怅怅地放下话筒
海是不能打电话的，山是不能打电话的
那条思念中的溪流是不能打电话的
女儿是不能打电话的

如果有一个电话，使你厌烦了妈妈的电话
我就祈求上苍和大地
像养育春天的嫩枝一样，养育那根嗡嗡响的话线
那是我女儿的幸福在连接

六、不愿

曾经，我多么不愿你长大
你六岁的样子，八岁的样子，十岁的样子
花朵儿嘟着嘴开，蓝蝴蝶、紫蝴蝶更换，小天使的
舞裙不够漂亮
这些怎能只被我一人看见
灿烂的阳光下你不知道自己有多么美丽
多么令妈妈伤心叹息
谁也挡不住
草木—山冈—山冈变色
溪水撞上石头就分开流
我的女儿依照沧海桑田的秩序成长，离开妈妈
不相信这几个月
没有人帮你掖被子，煮鸡蛋，劝你喝下牛奶
你竟然好好地在那里
归家的日期一天天临近
我的女儿会用什么样子拥抱妈妈

七、到机场接女儿

树木、缤纷的田野
都加入我的创作

我的心此刻是多棱的镜子

每一个镜面都是女儿的不同样子

每一个不同样子的女儿都有不同样子的理由

每一个不同样子的理由都似繁花盛开

机场是什么

机场就是被我拧紧发条的八音盒

不停地变化出好听的音乐。瞧

八音盒里的五彩灯柱亮起来了

灿烂的宫殿旋转起来了

女儿出来了

星光般慢慢聚拢的女儿

镜头般逐渐变实的女儿

是可以让我不拘任何形式揽在怀里的女儿

背包、箱子都让我抓在手里

兴奋和幸福推着我，我的脚不用着地

问一句答一句仍是大学的女儿、北京的女儿

还没变回妈妈的女儿

没关系，我不计较

我的爱有了宽广的延伸

你这负责开车的父亲来时可受了不少委屈

一会儿被嫌车速太慢，一会儿又被怀疑开错方向

现在我向你道歉，现在你随便开到哪里都无所谓

我和世界亲密无间

八、女儿归家

安静了几个月的小房间

感觉着前所未有的动荡

主人却镇定自若

耳机插着，网页打开，书打开，笔记本打开

QQ 打开，巧克力罐打开，酸奶瓶打开

额头里的一小盒子风浪多么快乐

凌乱的被子，仙女散花般的梳子、镜子、袜子

仍是妈妈的事情，我们最好把门关起不让她进来

小布娃，我还是要抱着你睡觉的

等我在博客里种一个梦

再去拜访一些星星

我知道我的爱不够大，有时再大的爱也无能为力

当我看到你在一小块一小块的文章里

凿出的层层叠叠的新窗户

我就悄悄地离你远点，再远点

上帝给每个人设置了心灵

愿你的心灵能代替我保护你

▪ **创作年谱**

1985 年 《活泼的春天（七首）》发表于《福建文学》第 3 期，《诗选刊》第 6 期选
载 5 首，获《福建文学》1985 年至 1986 年佳作奖。

1986 年 《夏天、虹及其他》《春天的灵魂（六首）》发表于《福建文学》。

1987 年 《看不见的诗（五首）》发表于《女作家》第 2 期；《坚韧的温柔（八
首）》发表于《福建文学》第 3 期，《诗选刊》第 5 期选载 3 首，获《福
建文学》1986 年至 1987 年佳作奖；《我层层叠叠包裹自己》发表于《诗
刊》第 10 期。

1988 年 《爱是柔软柔软的水》《遗憾这有得必有失的人生》发表于《诗刊》第 3
期；《母爱》（长诗《圣使》一、二乐章）发表于《福建文学》第 3 期。

1989 年 《女人面前是一座情感的险峰》《女人忘不了那一刻疼痛》发表于《诗刊》
第 6 期。

1990 年 《爱是柔软柔软的水》《你从拐角处走来》入选《女性爱情诗抄》（作家出

版社）；《艺术上帝（四首）》《自然之爱（五首）》发表于《福建文学》；《女人沉默成一尊脊柱》《在男人辽阔的胸脯上》发表于《秋水诗刊》总65期；《动荡不宁的满月》《叮咚回声》发表于《葡萄园》总106、107期合刊；《即使永远找不到绿洲》《请相信这温柔的坚韧》《你说，跟着我……》入选《福建文学四十年·诗歌卷》（海峡文艺出版社）。

1991 年　《善良的心愿（五首）》发表于《福建文学》第9期；《放弃的时刻》发表于《世界华文诗刊》第3/4期；诗集《青春边缘》出版（海峡文艺出版社）。

1992 年　《圣使》发表于《福建文学》第3期；《海·白花……》发表于《星星诗刊》第4期，附蔡其矫先生评论《女性的海》。

1993 年　《与钢琴演奏共处一个时刻》发表于《星星诗刊》第6期；《人生》《自然之爱》入选《悠悠秋水·秋水20周年诗选》；诗集《青春边缘》获福建省第七届优秀文学作品奖、第三届黄长咸文学作品奖一等奖；《女人面前是一座情感的险峰》由 Gong Zhengming 先生和美国孟菲斯大学英语系程观廉先生合作翻译发表于《Collages & Bricolage》春季版。

1994 年　《先有海，后有人（三首）》发表于《诗刊》第7期；《德国草》发表于《福建文学》第1期，获第二届全国散文征文佳作奖。

1995 年　《母亲的云（外三首）》发表于《诗刊》第3期；《动荡不宁的满月》《叮咚回声》入选《当代爱情诗精选》。

1996 年　《地球日——灵魂的漫游》《海·悲哀的大神（四首）》发表于《诗神》；《空了花篮》发表于《诗歌报月刊》第5期；《母亲的云（外三首）》获福建省第六届施学概诗歌奖二等奖。

1997 年　《悲怆桃花（四首）》发表于《诗歌报月刊》第5期；《升高的眼泪（组诗三首）》发表于《福建文学》第7期；《眼泪的判决（四首）》发表于《诗歌报月刊》第8期，获《诗歌报月刊》第二届爱情诗大赛三等奖；《12个时空里的诗（十二首）》发表于《厦门文学》第9期"走向新世纪中国诗歌大展（福建专辑）"；《地球日——灵魂的漫游》发表于日本《火锅子》第34号，后获得福建省第七届施学概诗歌奖二等奖；诗集《行程》出版（作家出版社）。

1998 年　《观看少先队篝火晚会》《风来了，风走了》发表于《诗神》第5期；《诗五首》发表于《人民文学》第8期；《升高的眼泪（外三首）》发表于日本《火锅子》第38号；《行程》发表于《厦门文学》第11期"百行诗三人行"。

1999 年　《观涛（组诗）》发表于《福建文学》第 1 期；《真正的春天（组诗）》发表于日本《火锅子》第 42 号；《大雪》《空了花篮》《残墙》入选《福建文学创作 50 年选·诗歌卷》（海峡文艺出版社）；《残墙》《一只鸟儿》《更深的疼痛》入选《施学概诗歌奖获奖作品选粹 1989—1999》；《在原野上》入选《中国诗歌选 1999 年版》；《残墙》入选《中华人民共和国五十年文学名作文库·新诗卷》（作家出版社）；《诗五首》获福建省政府第三届百花文艺奖、第九届施学概诗歌奖一等奖。

2000 年　《伊路的诗》发表于《诗刊》第 3 期"新世纪诗坛——女诗人新作专辑"；《随时会大笑起来（四首）》发表于《福建文学》第 3 期；《随时会大笑起来》入选《2000 年中国诗歌年鉴》《2000 年中国年度最佳诗歌》，发表于《诗选刊》第 2 期；《在峡谷里》入选《2000 年中国年度最佳诗歌》，发表于《诗选刊》第 2 期；《阳光下的女孩》《雪花的生命》入选《浩浩秋水·秋水 25 周年诗选》；《山冈上的芙蓉树》入选《中国诗歌选 2000 年版》。

2001 年　《世界的风（三首）》发表于《诗刊》第 3 期"中国新诗选刊·关注：世纪之交的女性姿态——青年女诗人诗选"；《诗五首》发表于《诗歌月刊》第 6 期；《看见（三首）》发表于《诗刊》第 11 期；《看见》入选《2001 年中国年度最佳诗歌》；《春天的茶花》入选《2001 年中国诗歌精选》《2001 年中国诗歌年鉴》。

2002 年　《风的手（六首）》《看不见的限制（组诗选三）》发表于《诗选刊》；《看不见的限制（五首）》发表于《福建文学》第 2 期"诗歌特大号"，附孙绍振先生评论《从冷静到宁静》；《干净的纱布（四首）》发表于《诗刊》3 月号上半月刊；《伊路诗选（五首）》发表于《诗歌月刊》第 3 期；《蓝色亚当》发表于《福建艺术》第 4 期；《看不见的限制》发表于《诗刊》第 9 期"中国新诗选刊"；《行程》等 9 首发表于《诗歌与人——2002 中国女性诗歌大扫描》；《麻布袋已经空了》入选《中国诗选 2000—2002》；《诗八首》获福建省第十六届优秀文学作品奖暨第十二届黄长咸文学奖佳作奖。

2003 年　《遥远的祠堂》《寒假的校园（七首）》《一树的鸟鸣（六首）》发表于《诗刊》，《一树的鸟鸣（六首）》获《诗刊》2003 年度优秀作品提名奖；《伊路诗四首》发表于《诗歌月刊》第 4 期；《伊路诗九首》发表于《诗选刊》第 7 期；《磨溪的寂静（四首）》发表于《福建文学》第 8 期；《不要飞走》发表于《诗歌与人——中国女诗人访谈录》；《一树的鸟鸣》《呼喊》

入选《2003 年中国诗歌精选》（长江文艺出版社）。

2004 年　《观望瀑布》《将逝之物（五首）》发表于《扬子江诗刊》第 1 期；《观望瀑布》入编初三语文课本；《不要飞走（一、三章）》发表于《星星诗刊》1 月号上半月刊，附《一个移动的柜子》；《在杨家溪看见两只鸳鸯（四首）》发表于《福建文学》第 7 期；《将逝之物》入选《2004 年中国诗歌精选》（长江文艺出版社）；《有没有这样的一只鹰》入选《创世纪》"创刊五十年纪念特大号"；诗集《看见》出版（中国文联出版社）。

2005 年　《荒凉的春暖花开（六首）》《我走进你的内部（六首）》发表于《扬子江诗刊》；《海中的山峰（外二首）》发表于《福建文学》第 3 期；《世界的匆匆过客（外一首）》《在春天的溪流上（六首）》《遇见晒在舢板上的大花被面》《遥远的祠堂（随笔二章）》发表于《诗刊》；《野蛇草般的荒凉随风飘荡（外三首）》发表于《星星诗刊》11 月号上半月刊；《伊路诗歌及评论》发表于《诗选刊》第 11、12 期合刊"2005 中国诗歌年代大展特别专号"；《一株菜花》《春临》入选《2005 年中国诗歌年选》（长江文艺出版社）；诗集《看见》获得福建省第十九届优秀文学作品奖暨首届陈明玉文学奖二等奖。

2006 年　《伊路诗歌（五首）》发表于《诗选刊》第 4 期；《那一蓬蓬白花的苦香（四首）》发表于《星星诗刊》第 6 期；《上清溪的流水（外二首）》发表于《福建文学》第 6 期；《一箱子空气（七首）》发表于《诗歌月刊》第 10 期；《一树的鸟鸣（十五首）》入选《中国新诗金碟回放》；《鸟叫》《对面墙上的三角梅》《春天》入选《2006 年中国年度诗选》（长江文艺出版社）；《对面墙上的三角梅》入选《中国〈星星〉五十年诗选》；《海中的山峰》获福建省第二十届优秀文学作品奖暨第二届陈明玉文学奖三等奖。

2007 年　《伊路作品（八首）》发表于《诗选刊》第 2 期"女诗人专号"；《一定有什么在帮忙记住（外三首）》发表于《星星诗刊》第 3 期；《想念荒凉（外二首）》发表于《福建文学》第 3 期；《人间工地（七首）》发表于《诗刊》5 月号上半月刊第 5 期；《世界有多疼（九首）》发表于《诗歌月刊》第 7 期；《早春》发表于《世界诗人》（中英双语由张子清先生翻译）第 8 期；《不变的红（组诗）》发表于《诗刊》8 月号上半月刊；《人间工地》（"序列一"选五）发表于《中西诗歌》第 4 期；《傍晚的工地》入选《2007 中国年度诗歌》（漓江出版社），发表于《诗探索》第二辑"名家新作"；《想起你这个故乡》入选《2007中国诗歌年选》（花城出版社）；《一树的鸟鸣》入选《当代世界华人诗文精选》；《对面墙上的三角梅》入选《中国〈星星〉五十年诗选》；《观看少先队篝火晚会》《忘不了的事件1996.9.6》入选《中国当代诗库2007》（中国文联出版社）。

2008年　《或许一声悲唤就能提走整座海（八首）》《向前和向上（二首）》发表于《诗刊》；《独奏（四首）》发表于《星星诗刊》第3期；《气象万千的琥珀（五首）》发表于《福建文学》第6期；《从霍童溪畔捡来的诗》（六首）发表于《采贝》第3期；《想起你这个故乡》入选《2007中国诗歌年选》（花城出版社）、《2007中国诗歌年鉴》；《世界有多疼》《一个胸腔的力量太小》《在黑夜里看见》入选《中国当代汉诗年鉴》（中国戏剧出版社）；《人间工地（组诗）》获福建省政府百花文艺奖、福建省第二十二届优秀文学作品奖。

2009年　《山青山诗意（四首）》发表于《诗刊》3月号上半月刊；《愿你的心灵能代替我保护你》发表于《诗歌月刊》3月号上半月刊；《根源（外二首）》《遥远的祠堂（三章）》发表于《星星诗刊》；《近作六首》发表于《创世纪》总158期；《伊路的诗（七首）》发表于《诗选刊》3月号下半月刊；《不尽的源头（七首）》发表于《诗潮》第5期；《曾经的雪（九首）》发表于《中国诗人》第二卷；《伊路的诗（六首）》（张子清先生译）发表于《诗天空》第18期；《早春》入选《2008—2009年中国最佳诗歌选》；《世界只捧着一个鸟巢（四首）》入选《献诗我的祖国——福建百名诗人心灵之歌》（海峡文艺出版社）；《诗六首》入选《福建文艺创作60年选·诗歌》（海峡文艺出版社）；《诗三首》入选《福建文艺60年选·儿童文学》（海峡文艺出版社）。

2010年　《观退潮的海（八首）》发表于《诗潮》第3期；《滴水穿石》《以剪的形式》《诗八首》发表于《创世纪》；《一轮明月在天宇飘》发表于《海峡》第7期；《据说》入选《中国诗歌·2010年度诗歌精选》（人民文学出版社）；《滴水穿石》《以剪的形式》入选《2010中国诗歌年选》（花城出版社）；诗集《用了两个海》获福建省第二十四届优秀文学作品奖暨陈明玉文学奖一等奖。

2011年　《用了两个海（十一首）》发表于《诗刊》3月号上半月刊，附孙绍振先生评论《从冷静到宁静，从形而上到草根》，附作者随笔《世界让诗人不得不存在》；《在春天的原野上（四首）》《青头与红尾·黑花·派（散文三篇）》发表于《福建文学》；《火苗（十四首）》发表于《中国诗歌》第4期，附作者随笔《复合的空间》；《鸟之歌（六首）》发表于《扬子江诗刊》；《其实什么也没有（八首）》发表于《新疆文学》第8期；《风暴永远存在（七首）》发表于《星河》；《雨越下越大（七首）》发表于《创世纪》秋季号；《刻在墓石上的名字》入选《2010—2011中国网络诗歌精选》（花山文艺出版社）；《新世纪第一天的太阳》《注视河流》入选《〈福建文学〉六十年作品典藏·风的齿轮》（海峡文艺出版社）；《在火车上》入选《2011年中国诗歌年选》（花城出版社）；《运货车》《母亲的电话》入选《中国年度优秀诗歌2011年卷》（新华出版社）；《情商低下之一》入选《2011中国年度诗歌》（漓江出版社）；《火苗》《鸟儿怎么以为呢》入选《2011年中国诗歌精选》（长江文艺出版社）；《两个瓷瓶》入选《2010—2011福建诗歌精选》（海峡文艺出版社）；《花朵》《永恒》（中英双语）发表于 The Bitter Oleander 第17卷第2期（translated by Fiona Sze-Lorrain）；《父亲当年修钟》《海中的山峰》（中英双语）发表于 Vallum 秋季刊 Issue 8:2（translated by Fiona Sze-Lorrain）；《春临》《沙雕》《一棵老的树》发表于 Poetry Salzburg Review 秋季刊第20期（translated by Fiona Sze-Lorrain）；《自己的海》发表于 Salamander 冬季刊12月 Vol.17, No. 1（translated by Fiona Sze-Lorrain）。

2012年　《早春》发表于《诗歌月刊》"E网读诗"，推介：道辉，简评：孙绍振、郭志杰、宋瑜、游刃、杨雪帆；《人间工地（八首）》发表于《诗刊》3月号上半月刊；《无名的山谷》《晨光》发表于《厦门文学》；散文《大雨、那遥远的初夏（二篇）》《原野（五首）》发表于《福建文学》；《伊路的诗（八首）》发表于《扬子江诗刊》第4期；《伊路的诗（九首）》发表于《星河》；《早春》入选《2012年中国诗歌精选》（花山文艺出版社）；《你没爱过一辆挖土机》入选《2012年中国诗歌年选》（花城出版社）；《篮子里的父亲》《据说》（中英双语）发表于 The Los Angeles Review 春季刊 Volume 11（translated by Fiona Sze-Lorrain）；《火山石》（中英双语）出版（translated by Fiona Sze-Lorrain）；《在峡谷里》《桂花的清香》（中英双语）发表于 Cerise Press Summer Vol.4 Issue 10（translated by Fiona Sze-Lorrain）；《两个瓷瓶》《一棵老的树》《早春》《一挂飘忽的楼梯》《有没有这样的一只鹰》《想起你的出身》（中英双语）发表于 Skylanterns Manoa Summer（translated by Fiona Sze-Lorrain）。

2013年 《伊路的诗（九首）》发表于《扬子江诗刊》第3期；《你的远在指导着我——致我的母亲》发表于《诗刊》5月号上半月刊；《诗三首》发表于《海峡诗人》春季号；《伊路的诗（八首）》发表于《福建文学》第11期，附创作谈《被宠幸的人》，附游刃评论《寻找梦境按钮的诗人——"伊路的诗"读后》；《人间工地（七首）》发表于《诗歌月刊》第11期，附邱景华先生评论《谈伊路现代诗的原创性》；《伊路自选新世纪以来短诗十首》及创作简况发于《诗探索》第4期；《在原野上》发表于 Upstairs at Duroc Issue 14（translated by Fiona Sze-Lorrain）；《繁星呈现》（中英双语）发表于 The Antigonish Review 春季 Number 173（translated by Fiona Sze-Lorrain）；《用了两个海（组诗）》获福州市茉莉花文艺奖、福建省政府百花文艺奖；《伊路的诗》获得首届"扬子江"诗学奖年度优秀诗作奖。

2014年 《伊路的诗（八首）》发表于《诗选刊》第1期；《一百岁生日》入选《中国·大风十年诗选》（青海人民出版社）；《飞不去的鸟》发表于《大风诗歌》春品诗；《无数炉子烧出的灰》《我们都得格外小心》发表于《中国诗歌》第4期"中国诗选"；《埋在井下的矿工（九首）》发表于《中西诗歌》第2期；《伊路的诗（外三首）》发表于《福建文学》9期；《山中诗志（十二首）》发表于《诗歌月刊》6月号下半月刊，《诗选刊》第11—12期选8首；《一条管道将要代替这些石头》《独舞》《康乃馨》发表于 Poetry London Summer No. 78（translated by Fiona Sze-Lorrain）；《呼喊》《荒岛上的羊》《将逝之物》《红土》《傍晚的工地》《弧线》发表于 Modern Poetry In Translation No. 3（translated by Fiona Sze-Lorrain）；《去看铺管钻机》《挖土机》（中英双语）发表于 The Antigonish Review 179 Autumn（translated by Fiona Sze-Lorrain）；《伊路的诗（七首）》发表于《星河》。

2015年 《伊路的诗（十一首）》发表于《中国诗歌》第一卷；《奖品（外九首）》发表于《福建文学》第5期；《伊路的诗（五首）》《仿佛爱（八首）》入选《读出禅意的诗》；《鹰的黑影涂暗了风暴》《让你看人间的繁星灿烂》发表于 May Issue of World Literature Today（translated by Fiona Sze-Lorrain）；《一个瞬间》《它们还是没有出来》《绿色的山谷》《金盏菊》《大雨》《有一天会彻底停顿下来》发表于 Ccppernickel Number. 21 Fall（translated by Fiona Sze-Lorrain）。

2016年 《诗十首》发表于《福建文学》第5期；《鹰的黑影涂暗了风暴》《观望瀑

布》《一个胸腔的力量太小》入选《闽派诗歌百年百人作品选》（海峡文艺出版社）；诗集《海中的山峰》出版（中英双语），入围美国 2016 年最佳图书翻译奖。

2017 年　《为生出一朵最白的云（组诗）》发表于《福建文学》第 3 期；《那坡上的桃花》《异常的方向》发表于《扬子江诗刊》3 期；《难道宁静要耗掉所有（四首）》发表于《星星诗刊》第 4 期；《伊路的诗（十二首）》发表于《中国诗歌》第 10 卷；《被宠幸的人》（创作谈）入选《闽派诗论》；《伊路诗选（七首）》入选《新世纪闽东诗群：作品卷》（长江文艺出版社）；《一个孩子》《为生出一朵最白的云》入选《中国年度优秀诗歌 2017 年卷》（新华出版社）。

2018 年　《至亲的关系（组诗）》发表于《福建文学》第 2 期；《台风将临》（外二首）发表于《诗刊》3 月号上半月刊；《乌云》《至亲的关系》入选《中国年度优秀诗歌 2018 年卷》（新华出版社）。

2019 年　《元旦日（外二首）》发表于《扬子江诗刊》第 1 期；《黄灿灿的抽屉（组诗）》发表于《福建文学》第 3 期；《午睡的树》《鸟叫》《佳境》入选《21 世纪两岸诗歌鉴藏·戊戌卷》（东方出版社）。

2020 年　《那大身上的珍物（组诗）》发表于《福建文学》第 8 期；《伊路作品（四首）》入选《福建优秀文学 70 年精选·诗歌卷》（海峡文艺出版社）。

2021 年　《伊路作品》发表于《特区文学·诗》第 4 期；《一再重生（组诗）》发表于《诗探索》第 2 期。

何兴水

1951 年出生，霞浦人。曾任全国、省、市、县多家媒体特约记者。宁德市作家协会会员，中国摄影家协会会员，福建十大杰出摄影师，《大众摄影》群英会十佳摄影师，霞浦摄影家协会顾问，霞浦滩涂摄影创始人，2012 年创办霞浦摄影文化网。20 世纪 80 年代开始进行文学创作。作品散见《福建文学》《福建日报》《中国民航》《中国教育》《国家地理》等报刊。

▪ 代表作

野　藤

甩一道绿色的响鞭
于无路处拓展向上的路
行程就挂在绝壁的前额
意念却探向云外的星空

驭一帘叠翠的牵挂
枯也无语　荣也无语
委身于脚下的清泉
用你入浴的飘带
静静牵动水中的诗心明月

谁有你这般任性
谁有你这般温存
仰俯间　我的心壁爬满
长　青　藤

▪ **短 诗**

中国海上秋收

任风吹雨打
依然让微笑照亮阳光
以亚热带灿烂的温度
种海人君临海天
坐镇曲折蜿蜒的霞浦海域

种海人挥挥手
紫菜闪着亮光安居乐业
一座座天然水上牧场
延绵到天际
沧海一夜桑田

舟楫穿梭
点　线　面
秋　冬　春
编织一幅幅劳动的杰作
迸溅一列列大海的诗行
农耕的简书翻开新的篇章
舒展海上秋收画幅
故乡成了
流传世界的
舌尖上的中国传奇

种海人哺育紫菜
也被紫菜哺育

声　音

网的高墙

鱼的眼泪

波涛盛怒之下

翻脸的表情

雨水投奔大海的

报到声

牧童劝说牛与青草

言归于好的

细语低声

薄雾中

一个凌晨的

呼吸声

以及大海上

人鱼的娓娓交谈声

……

滩涂脉相

滩涂是各种贝类、虾蟹

小鱼虾的乐园

为了获取大海留下的馈赠

渔夫天未亮就赶滩去了

骑上"泥牛"穿梭自如

留下一道雪白的划痕

不时俯首把猎物装进鱼篓

那些划痕

鬼斧神工纵横交错

在阳光下熠熠闪光

不正是大海袒露的脉相吗

▪长　诗

流动的姿色

龙亭瀑布在杨家溪上游

恰似空中舞练

声宏如扬鬃奔腾的群马

乘坐竹排

从龙亭村蓝兜

顺流而下

杨家溪向我们敞开透亮的胸襟

那青山在碧镜般溪水中的倒影

丰富的色彩与层次

让人陶醉

稍远与山相接的水面

呈黛绿、鲜绿、黄绿

一阵微风吹拂

那绿色便荡漾开来

渐渐不断地

融入一片白色的水光

时有白鹭掠过水面

那碧绿中

便流下一条银练般的水痕

那五色杜鹃

竹外桃花

新松绿樟在水中的倒影

更是让人叫绝

我们乘排漂流

绕青山傍峡谷

峰回水转

劈山而下

时历一个半小时

来到杨家溪村

黄昏逆光

正是拍照的黄金时段

那溪中绿洲

三两牛儿悠闲情态

自然成了我捕捉的焦点

镜头拉近再拉近

让万绿丛中一点红的浣衣女

定格在取景框

忙得不亦乐乎

"冲滩啦!"排工喊道

我回过神来

撑开两脚站稳

"咔咔咔"

竹排急擦滩中砾石

一阵声响传来

听起来像松动骨节的声音

很是舒心

水花爬上竹排

用它的舌舔着脚丫

"啪!"竹排进入平缓水面的刹那

溅起很高的水花

有几朵还酥酥地钻入怀里

漂流历时两个多小时

我们在下游的渡头村古渡口

这里是溪海的水流交汇处

临水生长着数千株枫杨树

形成长达数千米的带状树林

汛期时节

溪中出现一种独特的奇观

往下流动的溪水

和上涨的海水

交汇而两不相混

像有一条不可逾越的防线

溪的西边水浊呈黄色

东边水清呈绿色

泾渭分明

大自然书写的哲理让我感叹不已

噢,杨家溪

你流动的姿色已在窗外渐逝

然而你的纤纤玉手

始终牵动我的心扉

▪ 创作年谱

1978 年　《青松与浮萍》《姹紫嫣红迎春到》发表于《福建日报》。

1991 年　7 月，《野藤（外一首）》发表于《福建文学》。

1993 年　1 月，《对孩子要用良好的心理暗示》发表于《小学德育》。

1994 年　1 月，《海平线》发表于《福建文学》。

1999 年　8 月，《做孩子的玩友》发表于《德育报》。

2008 年　9 月，《福建霞浦：中国最美丽的滩涂》发表于《电脑报》。

2009 年　3 月，《南汀河欢乐的雨花》发表于《中国民航》；11 月，《谁的眼泪挂在东海之上》发表于《中国民航》。

2013 年　《依旧是桃源》发表于《中国国家地理》。

2017 年　12 月，《陈峭：佛光沐桃源》发表于《中国民航》。

阿　角

本名叶竹仁，1970 年生，寿宁人。20 世纪 80 年代末开始接触诗歌。诗作散见《诗歌月刊》《诗选刊》《西湖》《中国诗歌》《散文诗》《上海诗人》《诗参考》《大陆》等报刊，入选《2012 诗生活年选》《2017 上海新诗选》《2018—2019 中国新诗年鉴》《新世纪闽东诗群作品卷》《上海现代诗歌选》《中外名家现代诗技法鉴赏》等选本。

▪代表作

街心公园

无落日。无余晖。仿古的灯笼
准时亮起现代主义的灯光
只有假山上，删去源头和终途的流水
不舍昼夜：流向高处，落回低处
假山下，那群黑猫白猫
早已安家落户。它们躯体臃肿
拖着慵懒和空寂
没人知道，它们从何处而来
而我坐的这条长椅背后
几丛低矮的老枝干，盘结交错
搂抱着一个个空荡荡的秘密
乍暖还寒，刚开春
枝条还没抽出叶芽
借助灯影和暮色，现在，还可以看清
地面上，那块斜插着的木质标牌上
写着：石榴，落叶乔木或灌木
栽培历史可上溯至汉代，原产地伊朗
我想，这应该是一位老园丁的杰作

▪ 短　诗

蚯　蚓

写到蚯蚓时，我感觉到

关于动物的文字

该到结束的时候了

你看它们，即使被拦腰截成两段

还能活命

这么卑贱的生命

有什么值得记述呢

你看它们，活在黑暗的泥土中

吃的是泥土

拉出来也是泥土

这么廉价的生命

有什么值得一提呢

写到蚯蚓时，窗外

淅淅沥沥下着冷雨

时节又到了

蚯蚓把自己埋得更深的时候了

天空才是笼子

垃圾场上的破鸟笼

屋檐底下的空鸟笼

见多了，你就会明了

它们关不住什么

算不上笼子

天空才是

天空这个笼子

挂得高

关得严

一丝风也跑不出去

因此，飞出笼子的鸟

总高兴得太早

直到死，它们

也不会明白

为何飞了一辈子

依旧像一群拉磨的驴

都是在转圈圈

天高云淡

天高云淡，天堂的路不好走

他们都陆续聚集到这块向阳的坡地上

我这么想的时候

父亲扛着锄头已先我一步踏进坟地

扛锄头出门是他的老习惯

很多时候，他走路不扛锄头就别扭

两肩歪斜，腰板不直，头抬不高

我这么想的时候

他已趴在坟上拔一棵棵青草

拿起锄头，我想挖些新土

把青草覆盖，把坟头增高

他说不要用锄头

我点燃一炷香

记得母亲说过

香烟袅袅进天堂

她爱烧香，在家里烧，在寺庙烧，在坟地上烧
我想对的，天堂一直在回收人间的烟雾

▪长　诗

阿堂的地球工作

30 年前，阿堂从高考的独木桥上掉下来
落在硬实的田地上。后来他调侃
也算是平稳落地，没疼痛，只是麻木
躬耕之余，他说自己干的
是修理地球的工作，只是：损有余而补不足
多年后，我才知道，这是老子所言的天之道
这让我对他另眼相看：毕竟是个读过书的人

20 年前，他扔下锄头，撇下妻儿
跑到省城，进了一个疏通地下管道的施工队
让他始料不及的，是城里的阴暗处太过肮脏
他终日弯腰低头，在黑暗中
清污除垢，干着疗理地球的工作

8 年前，他辗转到上海，在一地下停车场当保安
防火防匪防盗之余，防暴雨防台风
他说没想到自己干起了保护地球的工作
昨天夜里，在微信朋友圈，我看到
他发了一张自拍照：身着制服，站在车库门口
藏蓝色大盖帽，盖住了他大半个地球般浑圆的脑袋

电话里，他絮叨个没完。他说他一个人在喝闷酒

他说他干的每一项地球工作都令他沮丧
田地抛荒了，如报废的拖拉机成了一堆烂铁
城里的下水道，网状密布，通向四面八方
他说，他疏通了十几年，越通越堵，越通越长
没个尽头，这有啥好干头呢
他说保安这碗饭也不好吃，保护地球
应是联合国维和部队干的事
他说他连自己都保护不了
大白天，一醉汉手持铁棍闯进停车库
脑门上那条疤，就是那酒鬼随手赠送的纪念品

他说他已是年过半百的人了
儿子不成事，二十好几了还没个着落，四处晃荡
跟着他跑到城里来，在车站码头地铁口
兜售城市交通图。常有人向他问路
以为他熟悉地图上每一条大街小巷的方位和走向
最后，阿堂大着嗓子喊
他懂个球呀，依我看，他就是个瞎子

阿堂说，他是不是得了暗疾了
夜里睡不着，白天浑身没劲，全身往下滑
是不是要瘫成一堆烂泥呢
因此，回老家的念头常在他心里盘桓
他问我，回，还是不回
我能说什么呢，谁能替他做出抉择呢
可阿堂是个明白人，他说地球是够大的了
五大洋四大洲的，可一回去，地球就小了
就是一块被野草荆棘掩埋的土疙瘩了
就没啥地球工作可干了

时近年关，我问他春节回不回老家
他说，要回的，要给快要崩塌的老屋支些柱子

估计还能撑几年。如果塌了，没了那块立锥之地

有没有地球，或者说，地球再大，加上月球

还有啥鸟用？他重复着说，要回的

要到西岗上，给父母的坟头培些新土

长久的沉默之后，我们互相祝贺：新年快乐

▪ **创作年谱**

2003 年　10 月，诗集《水流四方》出版（青海人民出版社）。

2005 年　11 月，诗集《阿角的诗》出版（加拿大当代艺术长廊出版社）。

2006 年　3 月，创办并主编《金三角》。

2010 年　7 月，诗集《皮影戏》出版。

2011 年　6 月，《阿角诗十五首》发表于《江南》。

2012 年　11 月，《雪花飞舞（十一首）》发表于《诗潮》"实力诗人方阵"。

2013 年　10 月，《短歌行（六首）》发表于《星星诗刊》"青年诗人十二家"。

2020 年　9 月，《阿角的诗（九首）》发表于《诗潮》"百家经纬"。

陈 述

霞浦三沙人。福建省作家协会会员，中国散文学会会员，福建省现代文学研究会会员。在《海峡诗人》《闽东日报》《莆田文学》《山东诗歌》《山东散文》等报刊发表诗文。《试论杨骚的文艺思想》入选《杨骚的文学创作道路》，《致阿美书记》入选《留在村庄的名字》。《七六届的回忆》获福建省"青春·校园·社会"征文比赛佳作奖，《父亲的锤声（外一篇）》获中国当代散文奖。

▪ **代表作**

冬 思

因为你不在身边
我才发现，人世间所有的相思都值得珍惜
因为用笔画你
这些线条才有春天的芳香

因为梦中见你
这个冬夜才变得如此温暖

而你是一株罂粟
却永远毒在我的命里

▪ 组　诗

北　澳

青山还在

迎接我的是一只山羊

寂静了整个北澳

芦苇整齐地黄在山路上

我听见

它们一次次吹响，留住夕阳

沙滩还在

鸥鸟在滑翔

礁石的空旷裸晒着尼龙的渔网

浪溅入内心

一只走南闯北的白海豚

一下子就蔚蓝了全岛上的眼睛

给父亲

在清明料峭的雾里

鲜花怀着祭奠的感情

父亲，在你墓碑前

手机播放宁静的《安魂曲》

我从儿时的目光

仰望你伟岸的身影

沿走父亲的脚印

我尝遍苦难和艰辛

三沙的海刮来风雨
成长的道路充满泥泞
我变成你的孩子
你也成了我的父亲

手拿微薄的工资
养活八个幼小的生命
在父亲的竹鞭下
我们茁壮挺立

老家房子由石头筑成
钢钎，叮咚一敲
木梯从二楼翻滚一楼石地
砸断了你的背脊

生活像魔鬼入场
医院为你点滴疗伤
回家体征停止
儿孙的泪水滚滚流淌

那辆灵车将你载向
一条夏天死亡的小路
圣山的花草满山开放
海水荡漾浪的伤感

你的相片挂在墙上
这个家庭儿孙遍布各地
父亲转身进入天堂
留下母亲独自悲伤

西山小令

下决心，我又来到了迷蒙的西山
把树当书，以草为诗
飞逝着，白衣在浓荫越飘越幻

也许我早已六神无主
当春燕显示错杂彷徨
当音乐把我留在毕业的那晚

银鸽的呼哨，在叶片上
在时光飞逝的无边思念里
被受伤，回荡

还有那天上的云
在神秘浮隐，已被点燃和燃烧的
情随灵感消亡
现在，我独自一人
寻找在明媚的西山。抬眼望去
就看见一朵芳馨的昙花绽放

电　梯

在偌大的城市
共同的小区家园
电梯的上下升降
你我
奔向各自的方向

经常在相同的时间

狭窄的熟悉空间

你我

又不时见面

却只有相对无言

▪ 创作年谱

1990 年　散文《话雨》发表于《闽东日报》。

1992 年　散文《温馨的月光》发表于《闽东日报》。

1993 年　评论《试论杨骚的文艺思想》入选《杨骚的文学创作道路》（厦门大学出版社）；小说《麦笛》、散文《父亲的锤声》、散文《红绿蓝情调》发表于《闽东日报》。

1994 年　散文《蜡烛塔》发表于《闽东日报》。

1996 年　散文《又见清明》发表于《闽东日报》。

2010 年　散文《父亲的锤声》（作家出版社）。

2014 年　《无梦的月夜（组诗）》发表于《海峡诗人》。

2019 年　《陈述的诗（十首）》发表于《莆田文学》；诗歌《借奶奶》发表于《山东诗歌》；诗歌《致蕉岚（外一首）》发表于《闽东日报》；诗歌 9 首发表于《山东诗歌》第 11 期"诗主推"；诗歌 10 首附创作谈《诗歌是一种精神》发表于《山东诗歌》第 12 期"2019 年度诗歌选"。

2020 年　诗歌《我看见的光影小镇（外一首）》《亲情组诗（四首）》发表于《闽东日报》；诗歌《七月》《树》《秋》《存在》发表于《山东诗歌》；散文《平夫暖意》发表于《山东散文》第 7 期。

2021 年　诗歌《错觉》《我也有海鸟一样的翅膀》《幸福生活》《二嫂》《消失的避风港》发表于《山东诗歌》；《北澳》《给二哥》《别离》《致阿美书记》发表于《诗传播》；《糖塔艺人》《南太姥夜行》《月下的妈妈》发表于中国诗歌网；《童年》发表于《宁川诗刊》；《山东纪实》发表于《今日老区》；《入冬辞》发表于《宁川诗刊》。

2022 年　《老虎岗的黄昏》《失去故乡的人》《电梯》《三沙栈道遥望》《母亲》《我所失去的》《真相》发表于《诗传播》。

苏盛蔚

1989 年生于霞浦，曾用笔名暮然。2011 年开始写作，2014 年创办海岸诗社，2016 年创办半岛公益书屋，开设现代诗歌儿童培训机构"小作家之约"。诗作入选《福建文学》"福建 80·90 后诗人大展专号"、《福建优秀文学 70 年精选·诗歌卷》等。

▪ **代表作**

孤　岛

我的孤岛有鱼

没有美人

我的性别是迷雾，有时哭

也很委屈

人们说的事业是墙，只有壁虎的尾巴

是现实的触角

没有口袋被赏赐分币

口中的糖嚼着别人的甜

酸着年少的楚

明明是绝境，天空是密封的玻璃

我飞出了孤岛

停在刀尖上，一抹番茄酱

异味的酸

割裂的疼是水泥裂开了缝

墙依旧是墙

我靠着

孤岛是孤岛

■ 短　诗

黑凤凰

一些夜燃烧成凤凰

黑色的死鸟

死有魔力，人们再次说：

沉静是力

你万万不可和自己说谜语

但是空也有城

留白谁来填补

春天会遇见一个女人，会飞翔

当然，意思是

把它和自己绑起来，仍然会跑

证明书已盖印

没有其他鱼，在路上的只有孤独

凤凰啊

假如黑色代表死，你会永远

住在太阳岛吗？你说

要有光

麻雀的一生

麻雀也有完整的一生

不会突然撞向火车头

不会从瘟病中翻出白眼

一样有或丑陋或美丽的伴侣

会生孩子

教会它飞翔

甚至学会穿越太平洋

一棵树成为家，森林成为领土

鸟聚拢在一起，叽叽喳喳

再纷飞，羽毛落地

猎手将它们带往钢锅大小的城市

脱掉衣服，露出脏器

如今，村庄和平

无人死磕在工作上

所有想去天堂的人都是孩子

想一念就可以企及天堂。他们不懂

天堂和此刻心里微亮的烛光。天堂

是一座挺高的房子，房门不是上帝来

把守。上帝也是一个孩子，打着灯笼

找失心的蛐蛐，蛐蛐也是一个孩子

唱着高歌找失聪的哑巴。哑巴也是孩子

嘶吼着找窑子里的男人。男人也是

一个孩子，他以当一个孩子感到单纯

的快乐，想去天堂的人都是孩子

▪ 长　诗

作家的爱情

钟声响起，冥顽不化的璧人

遁入永恒的不醒中，错过最后的黎明

那些真理瞬间暗无天日

半夜一点毫无意义，肝脏

点燃香烟，拼命吸食过瘾的颓废

直到星群只剩下一颗

含在她嘴里，咬破。命运迎来新的纪元

宇宙之大，选择怎样的物种

继续这份痴情。我们相信，只有雷同的

讲着这段故事的物种，语言存在

掐灭烟蒂，这最后的光芒

被纷纷燃起，星群得以发挥它的余光

我崇拜虚无，如今书写虚无的人

已入土，文中提到消亡中的符号

代表着气绝的落寞，纸上也有烟

请相信悲伤的夜，这封长长的信

是真诚的，关于告别，关于原谅，关于

与世界从此绝缘。请为爱情做到

秘不发丧，苦等的夜晚，回头的人

已削顶，那些在记忆里存留的物件

在脑中苦苦挣扎，作家的笔记本

有了去向，梦里的流萤有了用武之地

它们照亮了作家们的前程

一口口米饭下肚，无人再为爱情发愁

那里有炊烟，多么幸福的事啊

坐上去往远方的列车吧，规划好

归程，长久的消失。请别相信

可以活着且销声匿迹，文明史酷爱记录

那箱底压着的秘密花园，把它

还给天堂，而执笔者，请留存在世上

活着，见证另一箱宝藏的开启

更不要相信一片赤诚可以昭雪

把心思用在雪人身上，北方的雪

或许也不领情，白桦林一直很遥远

后退着，害怕森林的人崇尚冰冷

纵使心已结痂，悲伤仍然在纸上起舞

寻找着真理，终点等着的是谁

不会是人类中的一员吧？或许是新的一种

那不含情的，眼泪无非是雨

从眼眶滑落，从来没有人动了心

物理的，空间的，化学的，属于一项工程

研究者正编撰，论文确定了作家的地位

而作家，却在心头上打针，药水

是一次失望，永恒的失望。天堂里的人

问我，何时远航。不如此刻吧

夜航的人找到方向，船长是那张帆

从来不是人类，物理的一切都有了方向

站在风中相互嬉戏的两个人

找到了风的爱好，说它钟爱长成台风

并无确定行踪，烧杀抢夺，心和心

已阵亡。在风中发笑的，仍然是物理的

风和空气，和树，和房子

它们谈笑着风生。船长，我的船长！航行吧

时间在前行，船长只有药片

安睡可以延长寿命。而作家正在布道

船员们宣读了他的誓言。船员和船长

共有一艘船，船物理性的存在

船员在船上也只是行尸走肉，肉体

在乘客眼中，是一道夺目的风景

那传递着尸身的，都是风。这弥漫着的

气味本应该令人作呕，无奈迎来一句赞美

尸体终于被下葬，墓地华丽

那些开掘矿藏的，结局都完美。黄金

贬值，人们用纸币点燃那根烟

消费着有用价值。熏烟的快感，在风中

继续传递，那呼啸，广厦万千轰然倾覆

船员一帆风顺，无人提及船长与船

他蓄积着记忆，关于夜航的日子。那童真的眼

似乎含情，真诚的倾听。船长的爱情

是一段美谈，孩童在另一艘船上成为船长

他们抒情，写实。在取舍中

历史翻开它的页码，那风吹得缓慢

页页都饱含疼痛。快意恩仇，指头疲软

头脑嗡嗡，那物理的，摧毁了作家

这船长将尸体运往虚无之地

或许是座岛，那里有人翻译船长的语言

在岛上，船长的另一张口被打开

他开始宣讲尸体的活性，比如化作土壤后

滋生的嫩芽，根植在土地上

抓住稻草，鲜花五彩斑斓。周边

满是罂粟花，他渴望气候变冷。让罂粟

不再输送到风中，那阵阵恶风

化为了泪雨，温热地下在人间。寒凉的心

留住了冰山，白桦林在他的周身环伺

船长的爱情过程美好，一次远行

记忆被铭刻，她的笔记本压在箱底

这箱子的质地被人熟知，那模样

里头必定有人间的珍馐。请告知原乡的人

这岛上气候刚好，昼夜温差合适

有冰冷的悲伤，同样有疯狂的热情

请陆续登陆吧，船长在这迎接街坊邻居

让那些活物莫要活成物理的

请他们呼吸，看完船长的结局

与人白头偕老，他等待良久。答应着

邻里的问询，作家！我们的船长

倒着翻开一张张页码，谁在黎明前写信

告慰了风尘，把懈怠安放。懒散的

过上幸福的生活。敲打着一切物理性

催生出良辰，与人共饮交杯酒

喝彩吧，为了船长。所有能企及的树

站着，摇动着树叶，树征服了风

这纷纷的掌声，剧情到此为止。请所有

观望的人，都散了。就让凉风

吹开扉页吧，看看谁是作者？消遣

这部剧，如此让人开怀大笑

▪ 创作年谱

2011 年　决心通过写作来宣传家乡。

2014 年　创立海岸诗社 QQ 群，海岸诗歌网、《诗萌》、《海岸诗歌报》等平台先后成立。海岸诗歌网坚持 2 年有余，《海岸诗歌报》坚持 3 年有余，后因经费问题暂停。

2015 年　创办乡村文化工作室，村公众号；作品发表于《福建文学》"福建 80·90 后诗人大展专号"。

2016 年　众筹创建半岛公益书屋，为留守儿童提供阅读空间，且守在乡村 3 年，为乡村教育服务。

2017 年　被推荐为《福建日报》副刊"武夷山下"1 月新人；小说《村姑阿离》发表于《海岸线》。

2019 年　《娇娇（外一首）》发表于《福建文学》。

2020 年　入选《福建优秀文学 70 周年精选·诗歌卷》（海峡文艺出版社）。

宋　琳

1959 年生于厦门，祖籍宁德，1983 年毕业于华东师范大学中文系，1991 年移居法国，2003 年以来受聘于国内几所大学执教，目前居住大理，文学杂志《今天》诗歌编辑。获鹿特丹国际诗歌节奖、《上海文学》奖、东荡子诗歌奖、昌耀诗歌奖、2020 南方文学盛典年度诗人奖、美国北加州图书奖等。编有当代诗选《空白练习曲》（合作）。著有诗集《城市人》（合集）、《门厅》、《断片与骊歌》（中法）、《城墙与落日》（中法）、《雪夜访戴》、《口信》、《宋琳诗选》、《星期天的麻雀》（中英）、《兀鹰飞过城市》、《〈山海经〉传》、《采撷者之诗》（中英），随笔集《对移动冰川的不断接近》、《俄尔甫斯回头》等。

▪ **代表作**

广陵散

我曾像神仙一样生活，在幽静的竹林
我采药，钻研音乐与长生不老术
我和朋友之间关于玄学的辩难
影响了一个时代的风尚

僭越者既不读书又不激赏手艺
整日里只在对手的噩梦里厮杀
随时准备踩着人肉的台阶登基
究竟是什么蛇蝎盘踞在他的心底

没有人对行将就木的事物说不
昔日英才与弄臣共舞
就如同在石崇的华宴上云集
看美人被斩，以酒的名义

我知道谣言将激怒一顶王冠
我的辩护不为自己而是给了无辜者
当着钟会的面，我自打铁，又能怎样
让告密的领赏去，祝他逃得比灾星还快

是的，我给吕巽写了绝交书
死后仍将继续绝交
如果他终生没有一次悔悟的话
至于山涛，我与他对道的理解有所不同

太学生，请告诉阮籍，来生我还要与他一道
饮酒，长啸，醉了像一座玉山倾颓
醒来将养生进行到底，谈玄时
叫二流人物中的一流也插不上嘴

孙登，似乎为了验证你预言的精确
我被带到东市。三千人的请愿
也改变不了他们杀戮的决心
我，嵇康，唯欠一死，又能怎样

洛水湛湛，日影中的乌鸦嚷嚷
冒充卜疑的贞父，落满了城楼
死亡那最美的、莫须有的音乐
把我的骨头像花烛一样越烧越旺了

仰头饮尽——从刽子手手中接过的酒
现在，就是现在，拿我的琴来
我要弹奏一曲《广陵散》
我要为千古之后制造一个绝响

目送归鸿，手挥五弦
今日我果真要远游南溟了吗

袁孝尼啊，昭氏也不能让五音同时

我没有教给你的，命运终将启示予你

▪ 短　诗

书简片段

——致长兄

我继续着日常性的出神

我的体内仿佛有十二个水手在操桨

但我看不见岸

猫踩着柔软的步子

它无意识的鼻子比夜更冰凉

你白昼的巢穴是否仍是风雨飘摇

我想着你的肾，你的宝藏

它是否经得住又一轮台风的袭击

今天，我预感到有你的信

打开信箱前，我想你该猜得到

那是我的特洛伊木马

果然，你没让我失望

《养育时光》，厚厚的一叠

油墨闻起来是橄榄的味道

啊，今天我将快乐一整天

我推着婴儿车穿街走巷

在公园一角的长椅上坐下来

读。在诗句的循环之流的花底听你的呼吸

那呼吸伴着你在病床上的呻吟

多奢侈！你那虚弱的肾养育的珍珠

捧在我的手上，像渗出你
额头的汗滴一样闪亮

孩子们在玩沙。一颗橡实
不知哪个秋天扔下的漂流瓶，
从沙堆里被挖了出来

口　信

如果明天，黑色舰队从我的眼睛登陆
请在梦中为鸽子铺好床
并嘱咐它把眼睛转向东方

如果我化身犰狳，从侏罗纪赶来救火
请赞美用拨火棍款待它的人

如果我结结巴巴像石头
在寒冷的流放地睡去
你要灵巧如流水，用一支歌把我淹没

如果地球的聋耳朵在闪电的神经末梢
听不见情人们悲伤的低语
请对他们说：要么守着银河示众
要么像海蛞蝓，自由地卷曲

如果绿衣人按响了门铃，你要祝福他
数到七，我就从彩虹里面出来

内在的人

光，盲如瞎子
直刺我们的器官
灵魂在曝光前被恐惧绑架了
这奴隶，蹲在暗哑的身体的
某个栅栏后面

船从雾中驶来，没有艄公

我们的肋骨
撑起一座座人字形
与星空接壤
摇撼渐渐弱了下去
结石，在胆囊里
亮如珍珠，已被痛苦养成

摇撼！摇撼
他要出去，回到
冥界大记忆
一个非辖区
这怪客，假借的我
复活节岛上的星光之刺
撬开被锁住的，剔除了
多肉的和不洁的
吸盘

像深海采珠人回到
消了磁的海面

指南针再也不来

扫描他的夜

我们，回声采集者

听见了第二次死亡

▪ 长　诗

断片与骊歌（选章）

愿有一席之地，留给远方来客。

——博纳富瓦

群山宁静的诱惑

风景中的人物

如在魏晋。枯坐着缅怀

酒、农事和诗歌

眺望与地平线的

苦涩融为一体

在深涧的鸟鸣之上

乡村教堂的尖顶之上

林薄初霏，异地的奇峰

像屏风罗列；高处是衰草

和去年冬天的雪

攀登，像徒劳的夸父

追赶着季节的飞轮

日落前不得不

原路返回。彩虹

这肉色的、云和光的

饕餮者，探入高脚杯

湖上那隐身人的琴声

摧折了归鸿。葡萄

消损的植物美人皮肤上的

薄霜，这些泪水在把谁迎迓

此处没有东篱

耽留就是喝汤

笔直且感激地坐在餐桌前

说吧，长啸吧

你刚清了清嗓子

沙子立刻就打断了你

引诗为占如何

——同人于野

驱车松软的河谷地带

恍惚中又见到那座

古老而巨大的避难城

* * *

那个被记忆压垮的生者是你，心情沉重。有雾腾起，红色的雾，在海上。护照像失去土地者的地契，被你徒然攥着。行李箱是你的独木舟，在人群中吱吱作响，额头冒着汗，嘴角尝到盐的滋味。铁丝网的黑灌木开花了，你这侥幸的人，认识其中的一朵。边界可疑的光晃在你脸上。一种对质。当手从小窗口收回，印戳那制度化的烫伤就烙在皮肤上。你要走了吗？你这像囚徒的人，行李箱里有几页残破的手稿，浮云的遗嘱，家传的护身符

一个早年山谷尽头的驿亭，正幻变成远方的一座海市蜃楼。你记得那个戴红色袖标的少年，嘴唇上有茸毛，站在山冈上，把秘密朝圣的计划透露给了你（那年你九岁，你记下了那个地名）。在深圳，在被害者和未降世者之间，有一座桥，像电影中用于交换驱逐者的那类铁桥，你拖着行李箱走过了中线

* * *

在不同纬度的城市里走着

在古生物化石前

辨认着鱼骨和叶脉

把词语当作斯多葛柱廊派

或托钵僧的救生筏

从悬崖上眺望

港口街巷和海上城堡

参观博物馆，学习当地的语言

当地的习俗，吃奶酪

在生蚝上挤柠檬

跟同一条街上的流浪汉闲聊

穿过星期天的集市

去听非洲打击乐，研究

老式煤气灯、石碑上的字符

比较花园独角兽与

皇宫饕餮兽，从不滑雪

但喜欢"滑下去"这个词

在旺多姆的丁香树下

读完半首猜谜诗

反复默念的一句是

井边的人最渴

乘最后一班地铁回到

莱阿尔，或深夜走下

灯红酒绿的蒙马特

向妓女问路

结果在圣马丁门附近遇见

歌剧《帕西法尔》的演出广告

戴面具的荒原人骑在马上

现在，你来到你的位置

——词语漂泊物

像海上的泡沫

看对于你是奢侈的

而摆弄天平更超出了期待

觚：礼器，广口细腰

孔子叹曰：觚哉！觚哉

一群中国人，你的同族

在乌麦尔街殴打一个醉汉

你路过那里

你记下了那张扭曲的脸

你不是制器者，只知道

要推翻一条注释

是多么难。关于痛

你没有更好的回答

它将会在意想不到时

自行消失。这是可能的

雕像流出了泪水

* * *

橡实、沙、旋转木马

秋天仿佛一场缓慢的失血

约会只好推迟到明年

老人们玩着掷铁球游戏

沉甸甸的铁球闪烁着

如意时就撞开另一个

像词语在表达的途中

排除了莽撞的东西、妨碍

接近诗意目标的东西

儿子坐在高高的大象背上

向这边招手，开始吧！升起

降下，升起，放牧着快乐

和眼睛里全世界的晕眩

群象齐鸣

音乐在旋转中升高

变成一棵大树

向心力和离心力

在同一个平面

把流动图像映入童稚之心

——那里可能已长出

星际旅行的期盼

稍远些，另一个你

从红色山冈跑到月亮的高度

带着自制的木轮车

抓紧！滑下去。像那位

寓意大师诗中的喊叫

从合拢的松枝的拱门

沿着混合粪便气味

与野菊香的乡野小径

心跳犹如来到悬崖边的獐子

在那种加速度中

停下是不可能的

最终是摔出，翻滚

膝盖流血，冒险付出

慷慨的代价，然后再度

兴致勃勃地走向

山冈上的伙伴

* * *

　　打滑的路面抗议轮子的疯狂，飓风又加上大雪。这是世纪的最后一个圣诞节，布列塔尼的海面上，一艘开往埃及的油轮断成了两截。本地人说，比墨鱼的血更黑的撒旦的血，正一滴滴改变着大海，使沙滩变成水鸟的停尸房。年轻人杜拿哈从那

边回来，撕下油污的手套，站在客厅诅咒着；他的两个姐姐躲在闺房里，酒杯迟迟未动

白天你看见人们三两走过史前的神秘石阵，似乎从中吸收了新的勇气，人们看海，谈笑，有足够的耐心。海鸥的叫声令人愉快，使你相信在欧洲的这个滨海小城，睡前的椴花茶与亚特兰蒂斯帝国的传说一样都将留存下去（孩子们总是百听不厌）。活下去，依赖的是自古形成的习惯

九十岁的祖母坐着，肘搁在桌布上。窗外，海暗下来，比铅还重。光逃散，巨浪几乎压住屋顶。这时你想，诗，终不可取代面包，或在垃圾堆上面重建游乐场。油污只能一点点排除。你出去，走向一截旧城墙

* * *

厨房里飘出火腿烘饼的香味，壁炉上方，莫迪格里阿尼的红色裸女被织进挂毯。星期天，总有人站在运河的小拱桥上观看下面的水闸。乐声放大了一点。她解下围裙，你们共同的萨福走在橄榄林中。桌布让你想到从海上回来的欣伯达。家，你这笨拙的人，还不太习惯那久已生疏的仪式。乐声再次放大了一点。墙上那只中国古琴如剑匣，飘落桐木香。现在，她在你对面坐下来，你把鼻子伸向盘子，嗅着，像一只北极熊（从前在外祖母的餐桌上你也这么嗅着）。单词跳起舞蹈，腌菜和瓮变成苹果酒、餐刀、面颊上的吻

* * *

在风景与目光的频频交接中
你有所发现。例如，两滴雨珠之间
火车像口琴，吹响新的一年

向后退去的瞬间的大地
要求成为一个句子，隐匿于一个句子
要求你带上这个句子继续旅行

像蜗牛背上的祖国

你带着它直到完全依赖于它

并相信那符咒对别人也是灵验的

为此朋友们从不同的地方上路了

我们中有的已经死于途中

* * *

除了旅程的终点

没有别的终点

把你等待。寒冷磨成

闪光的盐柱

在火地岛，"五月一日"号邮船

给囚徒们带来了信、报纸

嫩绿的蔬菜。正当他们

脚踩在沼泽地里

艰难地开路，伐木丁丁

大雁的影子像钢琴家的手指

触摸到密林中流水的心跳

直到冰覆盖住最后一个

雅干人点燃的篝火

世界尽头的这座章鱼形状的

监狱，牢牢地

嵌入岩石的肌肉。海

被时间锈住的、未曾渡过的海

侏罗纪的涂料填满

空贝壳的眼眶——回家

他可能想过，但每次

一这么想头发就会像脆弱的灯丝

痉挛起来。我漫步在廊道里

细细观看。活板铅字、大帆船模型

饭盒，以及囚服上的老虎条纹

照片上的人物，那个罪人

目光强有力得足以熔化兽笼

当海象挤作一团

昂着头，把月亮高高顶起

我在他的眼睛里仿佛看见

那条沉没的邮船还在缓缓抵近

载着死亡国度的必需品

被冰碴咬得伤痕累累

信天翁从海面惊起，贴水低飞

金属的拍击声一下一下

巨大的翅膀连缀成一道

变幻的、雾状的浮桥

要一直铺过

但丁回到地面的缝隙

▪ **创作年谱**

1982年　5月，参与创办华东师范大学夏雨诗社并任第一任社长；6月，在《萌芽》发表处女作《捏泥团的盲姑娘》；11月，《创造生活的人们（组诗）》发表于《飞天》。

1983年　2月，《中国门牌：1983》发表于《青年诗坛》发表；7月，《太阳城里的故事》发表于《飞天（组诗）》。

1984年　写作《第一场雪》《旭日旅店》等。

1985年　《致埃舍尔》发表于《中国》。

1986年　写作《水上的吉相（组诗）》；参加诗刊社第六届"青春诗会"；《站在窗前的一分钟》参加"现代诗群体大展"并撰写短文《城市诗：实验与主张》；《空白》《城市之一：热岛》等发表于《诗刊》11月号；年底，参加北京大学首届艺术节，并获诗歌探索奖。

1987年　诗集《城市人》（四人集）出版（上海学林出版社）；《凡界（组诗）》获《上海文学》奖；《流水》等5首入选《中国当代实验诗选》（春风文艺出版社）。

1988年　主编《盲流》创刊号；写作《身体的废墟（组诗）》；有诗作发表于《关东文学》与《现代诗》。

1989年　写作《漫步玫瑰长堤的午后》。

1990年　获荷兰鹿特丹国际诗歌节奖；随笔《下狱书》在《今天》发表。

1991年　完成《死亡与赞美（组诗）》；11月移居法国巴黎。

1992年　《写作狂》等4首发表于《今天》春季号，同年应北岛之邀成为《今天》诗歌编辑；5月，在伦敦大学朗诵诗作；6月，参加鹿特丹国际诗歌节，首次翻译俄国诗人艾基的诗（与贺麦晓合作）。

1993年　夏天，在布拉格参加《今天》与《手枪评论》联合活动。

1994年　4月，赴纽约参加《今天》编辑会议；12月1日，在巴黎蓬皮杜文化中心作关于艾基诗歌的发言。

1995年　10月21日，在法兰西文化广播电台朗诵诗作《夜读》；《空白》《怀念》由是永骏译成日文发表于日本《新潮》；诗35首入选《后朦胧诗全集》（四川教育出版社）。

1996年　夏天在瑞士阿尔卑斯山写作《水壶》《致小村庄阿尔唐卡》等；《蒙巴那斯的模特儿》等2首的英译入选《今天》双年选；11月，参加美国迈阿密国际书展并朗诵诗作《布拉格的漫游者》。

1997年　11月，参加法国瓦尔德马尔国际诗歌节；前往新加坡。

1998年　6月，在巴黎第八大学朗诵诗作。

1999年　写作《博登湖》《外滩之吻》等；完成《多棱镜，巴黎（组诗）》。

2000年　5月，诗集《门厅》出版（北岳文艺出版社）；《明信片上的雪》《透过鹰眼看见的风景》《火车站哀歌》由Chantal Chen-Andro译成法文在法国《欧罗巴》发表。

2001年　写作《脉水歌——重读水经注》《答问》等；9月，前往阿根廷；《在嘎呐克人的部落里》《闽江归客》等的法文版发表于法国Poésie 2001；任第二届安高诗歌奖评委。

2002年　写作《在拉普拉塔河渡船上对另一次旅行的回忆》《阿根廷的忧郁》等；与张枣合编《今天》十年诗选《空白练习曲》出版（香港牛津大学出版社），并作序。

2003年　上半年在北京教书，下半年返回布宜诺斯艾利斯；写作《博尔赫斯对中国的想象》。

2004年　10月至11月，在法国圣纳泽尔市"外国作家与翻译家之家"驻留，写作《断片与骊歌》；诗9首入选 Chantal Chen-Andro 编译中国当代诗选《天空飞逝》"Le Ciel en fuite"（法国版）。

2005年　夏天参加帕米尔文化艺术研究院活动去新疆南疆，写作《去帕米尔之路（组诗）》。

2006年　诗集《断片与骊歌》出版（法国 MEET 出版社）。

2007年　诗集《城墙与落日》出版（法国 Caractères 出版社）；7月，拙译艾基诗32首及诗学笔记《诗歌—作为—沉默》发表于《诗歌与人》第16期。

2008年　4月，参加苏州同里"三月三"诗人雅集；8月，写作《同里与暮年》；10月，参加帕米尔文化艺术研究院活动去黄山。

2009年　写作《蕉城：1970年》《父亲最后的日子》等；《空地》发表于法国《21世纪》春季号；6月，《域外写作的精神分析》发表于《新诗评论》第9辑；10月，完成诗学随笔《诗与现实的对称》；《采撷者之诗》入选《六十首诗丛》；《答问》及李点英译入选《中国当代诗歌前浪》（Point Editions）。

2010年　9月，与柏桦合编纪念诗文集《亲爱的张枣》出版（江苏文艺出版社），作序与诗评《精灵的名字——论张枣》；参与创办《读诗》；写作《秋声赋》《在白桦林边——纪念艾基》《雪夜访戴》等；《在拉普拉塔渡船上对另一次旅行的回忆》等5首由 Miguel Angel Petrecca 译成西班牙语，并入选由他编选的《100首中国当代诗》"Un país mental"（阿根廷版）。

2011年　6月，写作《致米沃什》并在北京参加米沃什百年诞辰纪念活动。

2012年　6月，《用诗占卜》等27首发表于《诗歌 EMS 周刊》；诗9首发表于《诗建设》第4期；《扛着儿子登山》等2首的英译入选中国当代诗选《玉梯》（英国版）。

2013年　《长得像夸父的人》等8首发表于《诗建设》第9期；《书札片段》等3首及英译入选《新华夏集：当代中国诗选》（美国版）。

2014年　1月，随笔集《对移动冰川的不断接近》出版（北京邮电大学出版社）；春天，写作《忆故人》《读南诏野史》等；8月，随笔集《俄尔甫斯回头》出版（北京大学出版社）；10月，获首届东荡子诗歌奖；11月，在美国 OMI 国际艺术中心驻留，写作《在纽约上州乡间的一次散步》；29日，在上海参加"诗歌来到美术馆——宋琳诗歌朗诵交流会"。

2015年 10月，诗集《告诉云彩》出版（台湾秀威资讯科技）；11月，应邀参加斯洛伐克 Ars Poetica 国际诗歌节和香港国际诗歌之夜；12月，诗集《雪夜访戴》出版（作家出版社）。

2016年 3月，诗集《口信》出版（江苏凤凰文艺出版社）；5月，在美国佛蒙特国际写作营驻留，写作《双行体》《截句》等；12月，《来自基弗的画》被评为深圳读书月 2016 年度十大好诗。

2017年 开始写作《〈山海经〉传》；《蓝花楹之蓝》等9首发表于《读诗》第1卷；《阮籍来信》等7首发表于《扬子江诗刊》第4期；《当万物都走向衰败》《对一个地区的演绎》等诗发表于《诗建设》第1卷；诗论《新诗的百年孤独——民国时期诗学观念的变化》发表于《读诗》第4卷。

2018年 3月，在南京和长沙参加张枣纪念活动；6月，获第二届昌耀诗歌奖；《命运与谶》等8首发表于《诗书画》第2期；12月，在香港参加"《今天》40年"纪念活动和诗人孟浪追思会；完成《〈山海经〉传》40首。

2019年 1月，诗集《宋琳诗选》出版（太白文艺出版社）；8月，长诗《迎神曲》发表于《青春》。

2020年 1月，《湘灵》等6首发表于《上海文学》；《山居杂诗》等7首发表于《山花》；6月，英译诗集《星期天的麻雀》获第39届美国北加州图书奖翻译诗集奖（译者 Jami Proctor Xu）；9月，获 2020 南方文学盛典年度诗人奖。

2021年 1月，诗集《兀鹰飞过城市》出版（北京联合出版公司）；《曲园说诗》等7首发表于《诗建设》夏季号；7月，《给隐形伴侣——读弗罗斯特·甘德的诗集〈相伴〉》发表于《上海文化》；8月，诗集《〈山海经〉传》出版（华东师范大学出版社）；11月，《少昊》等7首发表于《草堂》总63卷；诗11首发表于《诗潮》。

2022年 1月，诗集《兀鹰飞过城市》获"2021《新京报》年度阅读推荐"；《解谜是另一种叙述——兼谈陈东东的〈地方诗〉》发表于《草堂》总65卷。

林小耳

　　本名林芳，蕉城人。诗人，编剧，福建省作家协会会员，宁德市蕉城区作家协会副主席。已见刊百余万字，诗作发表于《人民文学》《作品》《诗选刊》《星星诗刊》《青年文学》《福建文学》等，入选多种年度选本。入围 2015 华文青年诗人奖。出版诗集《小半生》。近年多为舞台艺术编剧、撰稿，代表作有大型音舞诗画《祥瑞湄洲》《仙韵仙游》《山海的交响》等，其中《山海的交响》获得第七届福建艺术节·第四届音乐舞蹈杂技曲艺优秀剧（节）目展演编剧奖三等奖，编剧的小品《幸福路》参加第十五届华东六省一市戏剧小品大赛荣获银奖。

▪ **代表作**

小半生

　　就这样，已经过了小半生
　　一个开始怀旧的女人
　　再不能从镜中唤出青春

　　面对又一根生出的白发
　　她不再惊慌，而是对着镜子拨弄了很久
　　然后拔掉它。然后施薄薄的妆
　　描细细的眉，褪色的画
　　最后她打着伞，在微雨的午后
　　走成街市上一朵湿漉漉的桃花

　　她走着，走过自己的小半生
　　风牵扯住裙摆，雨滴飘在脸上
　　有点冷，但是她微笑
　　多么好啊，她庆幸自己
　　仍是一个可以被春风吹痛的人

▪ **组　诗**

小美妇

她知道自己美的时候
已经不年轻了
偶尔素颜，偶尔淡妆
挤公车，逛商场
接住男人抛来的各种目光
她学会了适度暧昧，但不再对谁
交付身体。她眼里有火
轻轻溅出一点，就点着了路边少年的
慌。但她心如止水
再没有哪种温柔，可以把她刺伤
她在第十一根白发的末端
扼紧了自己有限的欢

往生者

当他只剩 21 克
不再需要一个躯壳
寄居。他终于停下来
把影子收拢，连同暮色

一生都在奔跑
他追逐。风声里系着
钱币，和女人的笑
欲望是永不疲惫的马匹

现在，他试图捡拾起那些
散落的足印。被圈划过的土地
依旧卑微，依旧敞着伤口
吞食雨水和汗滴，再种植一些

坚硬的墓碑和柔软的
墓志铭。他看见自己的一生
挤入一块石头，扭扭捏捏
像生前被曲解的幸福

窗外的鸟鸣

它有利刃，将流水截断
每一寸都是一个音阶
它甩水袖，勾、挑、抖、掸
演一出自己的悲欢

这窗外的鸟鸣亘古如斯
从不理会窗内的人
它只把自己，像风铃一样
悬挂。它叮当

它在一个又一个窗口辗转
最后，停泊在一个孩子的梦乡
看他用双手，捧起
它不小心滴落的翠绿

每一口井都缄默不语

每一口井都张着嘴

但它们总是缄默不语

它们忘记了自己的年岁

多少年，始终保持仰望的姿势

无论云朵是否带来甘霖

它们已经习惯于给予

甚至将内部的纯净一再透支

直至干涸，直至被废弃

直至它们只是成为一个路障

它们并不索取，但它们接受

接受日光，也接受暴雨

它们张着嘴，却从不说出疼痛

竭力容纳着这尘世抛向它们的污秽

它们见证过投毒者的阴鄙

它们更不止一次浮出过

那些苦难者的身体和他们的冤屈

每一口井都有相似的经历

但它们总是缄默不语

这世上有多少口井，就会

有多少秘而不宣的故事

而它们的卑微，同我们何其相似

代号+5 床

这几天，我的代号是+5 床

病房过道拐弯口处的一张加床

这位置和疾病的性质有些相似

如果没有拐过那个弯儿

你看不见我，我看不见病

小耳的墓志铭

她有小耳，爱听天籁

小心眼，爱与自己计较

小聪明，却总爱犯糊涂

她美过爱过也痛过，贪生怕死

但终于躺在这里生闷气

还有那么多爱，没有来得及用完

▪ 创作年谱

2011 年　《秋天，怀念一条溪流》等 3 首发表于《天津诗人》秋之卷；《苏醒的雨滴》《窗外的鸟鸣》发表于《绿风》；《小美妇》发表于《青年文学》10 月号中旬刊；《水城》发表于《西北军事文学》第 6 期。

2012 年　《后来》发表于《福建文学》第 3 期；《让爱情一起慢慢老去》发表于《杯水》秋季号；《小耳的墓志铭》发表于《九月诗刊》总 23 期；《小美妇》发表于《中国诗歌》第 6 卷；《耳夫的答案》发表于《中国网络诗歌》创刊号；诗歌 14 首入选《诗歌蓝本——福建女诗人诗选》。

2013 年　《我遇见过像你的人（外二首）》发表于《中国诗歌》第 1 卷；《雅安，一个忽然变得疼痛的名字》发表于《山东诗人》第 2 期；《我们》发表于《中国文学》第 6 期；《小半生（外二首）》发表于《福建文学》第 6 期；《时光的味道》被《青年文摘》第 21 期转载；《秋天挺对我的脾气》等发表于《扬子江诗刊》第 6 期；《一匹马（外二首）》发表于《当春》第 8 期；《小美妇》入选《2012 年中国诗歌精选》（长江文艺出版社）、《21 世纪诗歌精选（第四辑）》（长江文艺出版社）、《中国诗歌地理：女诗人诗选》（海风出版社）；《你的江湖，红尘半卷（外二首）》入选《中国当代酒文化诗歌集》（中国文联出版社）；《你总是偷偷来看我》入选《2011—2012 中国新诗年鉴》。

2014 年　《代号＋5 床（外二首）》发表于《人民文学》第 12 期；《秘境（外三首）》发表于《中国诗歌》第 1 卷；诗歌 9 首发表于《海外诗刊》总 4 期；《你的江湖，红尘半卷》发表于《台湾好报》4 月 4 日；《这些爱过我的光芒（组诗）》发表于《延安文学》第 4 期；《小半生（外一首）》发表于《星星诗刊》第 11 期；《当我叫作林小耳》发表于《中国诗歌》第 6 卷；《画中人》《小耳的墓志铭》入选《2013 中国年度诗歌》（漓江出版社）；《你必须是海水，或是火焰》入选《新世纪好诗选 2000—2014》（黄河出版社）；《鲤鱼溪畔（组诗）》获首届"鲤鱼溪杯"全国情诗大赛三等奖。

2015 年　《小女子说》等 4 首、《有些时光是用来浪费的》发表于《扬子江诗刊》第 1 期；《渡口》《那些爱过的人去了哪里》《立春谣》发表于《鄂尔多斯》第 3 期；《睡莲是一种女子（组诗）》发表于《关东诗人》春季号；《小半生》发表于《诗选刊》第 5 期；《这些爱过我的光芒》《清明谣》《好时光》发表于《中文诗刊》2015 年刊；《时光纪（组诗）》发表于《鹿鸣》第 5 期；《天山绿》发表于《新诗》第 2 期；《安吉，山青水净好家园（组诗）》发表于《诗歌地理》第 8 期；《三都澳（组诗）》发表于《福建文学》第 9 期；《代号＋5 床》入选《新诗》"2014 好诗榜"；《小美妇》及赏析入选《当代诗歌精品赏析》（山东画报出版社）；《鲤鱼溪畔（组诗）》入选《2014 年度〈安徽文学〉年度诗选》；《我必须交出火焰》入选《2015 中国年度诗歌》（漓江出版社）；《谁在绿荫深处喊出我的名字》及评论入选《中国当代诗歌赏析》；《代号＋5 床》《天性》入选《2015 华文青年诗人奖获奖作品》。

2016年　　《今生你是赶来与我赴约的人（组诗）》发表于《赤水源》"2015中国好诗歌专号"；诗《心里深埋的那个春天（组诗）》发表于《泉州文学》第3期；《小美妇》等发表于《意文》第10期；《小半生》入选《中国当下诗歌现场2016年卷》；《如意书》入选《诗探索2016年度诗选》；《秘境》等4首入选《〈安徽文学〉2016诗歌年选》。

2017年　　《老时光》等3首发表于《扬子江诗刊》第3期；《妈妈的少女时代》发表于《厦门文学》第5期；《时光书（组诗）》发表于《延安文学》第5期；《万物可以静默，唯有美不可屈折（组诗）》发表于《福建文学》第12期；《爱莲说》等发表于《赤水源》第6期；《小半生》入选《2017天天诗历》；《小耳的墓志铭》入选《通缉令——中国优秀诗歌抽样读本》。

2018年　　《春水》入选《中国朦胧诗2018卷》（海峡文艺出版社）；《寻梅记》入选《2018年中国新诗日历》（江西高校出版社）；《春水》入选《福建诗歌精选》（海峡文艺出版社）；《与一个秋日的黄昏邂逅》《小美妇》及赏读入选《中国当代诗歌赏读》。

2019年　　《世界很小，约略等同于我们（组诗）》发表于《品位·浙江诗人》第6期；《重阳》等3首发表于《创世纪》冬季号；《他们全都是我的》（外二首）发表于《北斗诗刊》上半年刊；《小半生》《代号+5床》《小美妇》入选《闽派诗歌》（海峡文艺出版社）。

2020年　　《请赐予我等同于春天的名字（组诗）》发表于《中国诗影响》第3期；《春分》等3首入选《净峰诗歌》"2019—2020福建年度精选"；《时光纪（组诗）》入选《耕读物语》（团结出版社）；《我曾悬挂在春天的枝头》入选《2020天天诗历》。

2021年　　《顽石》发表于《都市》第12期；《小美妇》《小耳的墓志铭》入选《福建优秀文学70年精选·诗歌卷》（海峡文艺出版社）；《春节又至》入选《2021天天诗历》。

2022年　　《光》发表于《火花》第2期；《镜子》等6首发表于《作品》第4期。

姚世英

祖籍莆田，1972 年生于福安，现居宁德。福建省作家协会会员。作品散见《诗潮》《绿风》《诗选刊》《中国诗歌》《散文诗世界》等，并入选多种诗歌选本。获中国"宁龙岗"杯丝绸之路诗歌大赛优秀奖、中国新写实主义诗歌 2019 年度十佳作品等奖项。出版诗文集《没有土壤与血缘的故乡》。

▪ 代表作

桂花飘香的日子

一股清香潜入迟钝的日子
窗外，母亲手种的桂树凝聚秋的精气神
枝叶摇曳，鸟儿低语
我内心却有一种撕裂的疼
清甜里，带着酸楚和一种幸福的滋味

月色和抒情从我的生命流逝
掀开诗歌的一页，我看见自己还在文字里坚持
宁静致远
却不能抵达秋天的神明

加速变异的世界
记住一块遮护我的花荫
她让我飞翔的灵魂慢下来
根茎叶脉沿着一片爱的磁场
完成一次完美皈依

▪组　诗

向上，向下

花朵一般的欲望
向我嘟着嘴
尘世的幸福躺在绿色的床上

太阳味的被子真好
被爱，被诗歌指引
不穿衣服的天使，在身边穿梭

两种声调不再打架
仿佛梦幻与现实，堕落与飞翔
已经找到平衡支点

某个地方，我不再失魂落魄
埋头播种
抬头望天，笑容憨厚洁净

蝉　海

蝉鸣一浪接着一浪起伏汹涌
阳光掌控高潮
舍我其谁的气势，不遗余力的激情
砸在暗礁上
浮沫，金色碎片，看不见的涡旋
直抵神冥

海，平静下来

一只红嘴鸟划着长羽

云团阴影从空明之网散落

生命里所有的浮躁被挤出，是一张秋叶的静美

叶　落

一片黄叶

在枝头摇曳

下面是她的朋友、伴侣

都说叶落归根

老死

是福

她在飘零之际想什么

在等待腐烂的黑暗时刻有过怎样的煎熬

有谁知道

缺席者

阳光下推着轮椅，我就预感

这是凄美的回忆

然后在车水马龙中

我每每对着一家锅边糊店发呆

生与死之间隔着无常

我们总是对人生各种规划

遵循理念，按照规则行事

我们把无常变成有常

以为扼住命运的咽喉

以为实现梦想光环

然而上天只用一个简单仪式

轻易带走一个人

我们竭尽所能

只能眼睁睁看着亲人离去

我们看不见灵魂

看不清真我

因为我们生下来，就是缺席者

▪ 创作年谱

2010 年　处女作《秋章（外一首）》发表于《草地》第 6 期；《苹果》发表于《诗潮》第 11 期；《今天是母亲生日》发表于《江门文艺》第 12 期；《杭白菊》发表于《蒲阳花》第 4 期。

2012 年　《镜子》《春日午后》发表于《诗潮》第 9 期。

2013 年　《溪柄狮峰寺》《母校》发表于《诗潮》第 6 期；《桂花飘香的日子》《向上，向下》发表于《绿风》第 4 期；《如意塔的霞光（外二章）》发表于《散文诗世界》第 10 期；《无花果》《正月初一北岸观白鹭》《合欢树》发表于《海峡诗人》。

2014 年　《三都澳》发表于《宁德文艺》第 1 期；《苍鹭本色（外一章）》发表于《散文诗世界》第 1 期；《向海边》发表于《海峡诗人》；《西海的诗》发表于《新诗》第 6 期"特别推荐"；《落梅及其他（组诗）》发表于《诗潮》第 6 期"实力诗人方阵"；《夜宿赤溪（外三首）》发表于《中国诗歌》第 5 期；《溪柄狮峰寺（组诗）》发表于《三都澳》创刊号；《福建日报》副刊"武夷山下"刊发《六月新人姚世英作品系列》，获得第八届新人新作征文活动优秀新人奖。

2015 年　《一夜子规啼（组诗）》发表于《渝水》第 1 期；《贵村》《金轮禅寺》发表于《海峡诗人》；《雨中苏堤（外一首）》《寿山人家（外三首）》评

论《阅尽沧桑后的豁然开朗——读周宗飞诗集〈在低处〉》发表于《福建日报》；《黄山之行（组诗）》发表于《兰坪》第5期；《月夜（外四首）》发表于《星河》夏季卷；《雨中苏堤（七首）》发表于《大风》；《在辟支寺（外二首）》发表于《瑞云文艺》第11期。

2016年 《白玉（组诗）》发表于《星河》春季卷；《一棵开花的树》《神父住所》发表于《北斗诗刊》第1期；《佛缘（组诗）》发表于《香山诗刊》春夏合卷；《山水写意（外三首）》《白凌，最高的人家（外四首）》，散文《寿山古道》发表于《闽东日报》；《组诗八首》发表于《三都澳》第3期；散文《茗园寻古》发表于《宁德文艺》第3期。

2017年 《猴研岛（五首）》发表于《闽东日报》7月4日；《天空可以这么蓝（外三首）》发表于《闽东报》9月3日；《乌镇东栅（外二首）》《坛南湾海滩（外二首）》《在上海博物馆（外二首）》发表于《诗选刊》9月号上半月刊；散文《高山云海里的神秘古村落》发表于《玉融文学》总3期；《龙潭之春》发表于《山东诗人》第4期；获得"中国新诗百年"全球华语诗人诗作评选·新诗百年百位网络最给力诗人奖。

2018年 《油菜花谷（外一首）》发表于《鼓楼文艺》第1期；散文《路下祠堂里的祖先神灵信仰》、散文《从花开五枝说碗窑习俗信仰》、散文《降龙村的古民居文化与信仰习俗》发表于《宁德方志》；《诗二首》发表于《湖北诗刊》第1期；散文《书乡凤林》《前坪行》，《人面桃花（外三首）》发表于《闽东日报》；散文诗《小岭开遍油菜花》发表于《山东诗人》第2期；《长桥是一列缓慢的动车（外二首）》发表《四川人文》第2期；散文诗三章发表于《天马诗刊》夏之卷；《洒水车的歌声》发表于《渤海风》第4期；11月，获得中国"宁龙岗"杯丝绸之路诗歌大赛优秀奖；12月，诗歌6首发表于《金三角》。

2019年 《白鹭的栖声（外二首）》发表于《闽东日报》3月30日；《蝉海（外四首）》发表于《星河》春季卷；《映山红（外一首）》发表于《鼓楼文艺》第1期；《杭州灵隐寺（组诗）》发表于《兰坪》第3期；《风声刻下名字（六首）》发表于《风雅》；《北岸公园（外一首）》发表于《核桃源》第5期；《寿山诗章（组诗）》发表于《香稻诗报》；《四月的故乡》《榕树》发表于《海子诗刊》秋季号；《人淡如菊（九首）》发表于《莆田文学》第4期。

2020年 《在光影明暗中得浮生片刻宁谧（组诗）》发表于《浙江诗人》冬季号；

散文《甘棠大车，醇风长流》发表于《宁德史志》第 3 期；《给燕窝戴斗笠的人家（组诗）》发表于《三都澳》第 4 期。

2021 年　《带着母亲买衣服（外四首）》《行走俄罗斯（组诗）》发表于《闽东日报》；《豆腐》《蚊子的血》《玫瑰》发表于《大湾》第 2 期；《一眼把万里浮云看开（组诗）》发表于《诗东北》；《九都诗章（组诗）》发表于《三都澳》第 4 期；《海上布达拉宫（五首）》发表于《三都澳侨报》。

2022 年　《境界（九首）》《绿意葱茏的廉村之夜（外七首）》发表于《三都澳侨报》；《北壁，身怀绝世琴谱的石头》发表于《诗选刊》第 1 期；《桃花溪村（外四首）》发表于《三都澳》第 1 期。

哈 雷

中国作家协会会员，中文书刊网编审。20 世纪 80 年代初在福建师范大学中文系开始文学创作，参与编辑大学校园刊物《闽江》，毕业后创办"闽东青年诗歌协会"和《三角帆》杂志，加入"城市诗"创作流派。曾任《福建文学》杂志编辑及省内其他一些报刊主编。作品散见海内外报刊，入选多种年选，在省级以上报刊获奖数十次。1990 年至今出版《都市彩色风》《平常心》《零点过后》《花蕊的光亮》《纯粹阅读》《寻美的履痕》《寻美人生》《寻美山水》等。

▪ 代表作

零点过后

这个瘦长的夜晚
我把手臂搭在肩上
这时才想起那上面还有一张脸
白天它朝向牲口的大街
我兀自甩动的手从来不理会
面上的表情
我们只是连在一起的两个
不同的肢体

而现在，零点过后
它可以低下头来和我交谈
可以支起眼神
放出光芒把夜色逼退
它说出这辈子最慌乱的话
——刻苦爱我
而我却像一个偷窥者
发现裸露出的谎言

▪ 组　诗

旧报纸

时间贴在墙上，已经斑驳
密密麻麻的文字，像掩护着历史的人群
逐渐撤退。一个年代的印记
在剥脱的碎片中，漏出冷风

老父亲在病中，又将报纸糊上一遍
是今早新鲜发行的晨报
大小合适，内容也不尽相同
这堵墙比任何时候都严丝合缝

椅子背后的阳光，挪了过来
检视着他，一个群众的
真实程度

波涛代替了我汹涌

家边上的海岸空着一片草地、一棵贝壳杉
独自成长一分，流泪十分

鸟会来，但很快就飞走
落日总在最惆怅的时候带走它的白天

有时傍晚，我会过来陪着它
帮它查寻月光中的海、星光里点滴的温热

在高大的树冠上，落下故乡亲切的河流和寄语
我想在树下设置一长椅，倚靠我的余生

我这么渺小，大海代替了我的寥廓
我这么安静，波涛代替了我的汹涌

解剖城市

一条河流，剖开
城市的腹部。几段地铁
剖开城市的胸膛

飞鸟衔着青涩的种子飞往远方
归来时
城市已长满了高楼

在省立医院十二层病房里
一把手术刀
正剖开一个切口

用最短途径以最佳视野显露病变
城市的
过度肿胀的皮肤

没有深深的鸟鸣
去剖开
锈蚀的人心

白天的稻谷照在夜晚的米浆上

终于来了一团乌云
挡住
月光作乱的夜晚

我陷入深沉的睡眠中
那里，野菊花开了
稻谷熟了

一场秋雨带跑了乌云
村庄，在稻谷上面
白米浆，在老石磨的下面

羊　驼

我的到来惊动了它。开始用左眼
又转为右眼，与我对视，思忖着我是谁
是否沾亲带故？如我多年失落的眼神
带着顾盼，还带着某种药性
消解了我对大山之外亲人的思念

林木蜿蜒，落入深处
一户遁世的人家，给寒枫取火，给羊驼戴花
有大把的春色供山风驱使
乳羊跪哺时，坡谷静谧
它们奔跑起来，闲云也跟着走动

它是我邻家小兽，身上有我童年的味道

和我有相同的毛色，血亲，对草地的态度

喜欢走一条人迹罕至的道路

它抬起头，哀伤的样子

像个流亡者，对着故乡，轻轻叫唤

灯　泡

玻璃是一件透明的袈裟

有沁凉的皮肤

光明的心

时间，一直寻找那里的经文

它裹紧自己，不让尖锐

与黑暗，划出伤痕

一个苦修者

打坐在钨丝上，只是轻微摁住良知

温暖和明亮，便洒满人间

一只鱼鹰，看着一条河流衰败

这是它的栖息地，周围有繁茂的树木

河水清澈，它一眼见到游鱼

在石缝和水草间雀跃

像一个个美味词，带着喝醉的眼神

它目睹这片修复过的土地

也读懂自然的馈赠

——只攫取时间留给它的那一部分

冬天还没过去，芦苇还抬着头

河流如此谦卑，相信春天的诺言

而春天，却义正词严发布战书

爆发山洪，倾泻泥石，裹挟沙土

这是缺氧的春天，万物沉寂

只有春天在独自咆哮

鱼成化石的那一天，鱼鹰悲伤地望着远方

陌生的河流，刮起大风，飞沙走石

那座被冲垮的山河，渐渐干涸

像一道人形的疤痕，瘫在大地上

▪ 创作年谱

2007 年　重返文坛，提出"打造福州诗歌城"主张，策划大量的诗歌朗诵活动，举办
　　　　2 次"哈雷诗歌作品朗诵会"；创办《东南快报》和《海峡诗人》。

2015 年　策划组织诗刊社举办的龙岩"青春诗会"。

2017 年　参加第九届中国作家全国代表大会；参加诗刊社第六届"青春回眸"
　　　　诗会。

2019 年　被第五届突围诗会评奖委员会授予"新世纪十大影响力诗人"荣誉称号。

2021 年　《我就着这么短斤少两地活着》出版（海峡文艺出版社），并获得新西兰华
　　　　文创作一等奖。

2022 年　《黑沙滩》出版。

董欣潘

福鼎人，本名董新潘，曾用笔名白鹭。福建省作家协会会员，中国诗歌学会会员。诗作见于《诗刊》《草堂》《诗潮》《诗歌月刊》《福建文学》《北方文学》等，入选多种选本，偶尔获奖。出版诗集《闲笔》。

▪ **代表作**

傍　晚

弹出去的琴音已回不到琴弦之上
但它可能流入一个人的心里
有时叮当作响，如泉音
有时悦耳动听，似鸟鸣

那是一个暮光耀眼的傍晚
我路过一个小区，但不知
它从哪个窗口飘出来
伴随着晚风，带来舒心和惬意

像那些闪亮的事物，即使化为乌有
仍然被我所爱

▪组　诗

秘　药

将海水反复地在太阳下翻晒

蒸发，淬炼和提纯

成为一粒粒肉眼看得见的晶体

它像大海的种子

种在舌尖上，让人得以识别

世间的苦与涩

它仿佛是神化的大海

以其精华供养生命

塑造一个人博大的胸襟和坦荡的灵魂

它既不是白的，也不是灰的，更不是蔚蓝色的

它只是大海的本色，归还于人

有时，它也化作一种盐水

专治人间疾病

寄生蟹匆匆爬行而过

海边的礁岩，表层粗粝

有几处风刮浪击后留下的沟壑

里面居然蛰居着一只寄生蟹

它并不起眼，穿一身铠甲

斑驳又沧桑，我独爱这斑驳与沧桑

爱它起伏不平的身世与坚韧的个性

面对大海，终年的风暴并不停息

它有生的无声无息

也有死的安宁与孤寂

豹　子

山林死一般沉寂

可以听出豹子粗粝的喘息声

它敏锐、机警，像一个孤独的战士

独自逡巡守护自己的领地

仿佛只有猎枪，才能

与豹子匹配

子弹有多快

豹子跑动得就有多快

但一只豹子常常跑不过一排子弹

饮弹倒下的豹子

是一个未知数

令刺杀它的猎人畏惧三分

冬天的边上

时间丢失了的一切没有谁

可以找回，也没有什么

可以留下并且记住

那天路过一处荒丘

北风过处，芒草满山乱跑

顺着风一路倒伏下去

在某个凹陷的稀疏的芒草里
隐现一座坟头，和一块孤零零的石碑
远望像一个风烛残年的老人
瑟缩在风中，一身斑驳的灰色
透出已有年份

尚不知坟主为谁
也不懂碑石上镌刻什么文字
但它孤独、隐忍，坚强地替一个人
活在冬天的边上

排　斥

一个人走在自己的阴影里
走着走着，太阳出来了
另一个我就会现身
一路跟随、匍匐
仿佛在向大地顶礼膜拜

我深知，隐藏在身上的影子
无法排斥，它会突然在某个时刻闪现
即使阴霾天气，影子消失
也只是肉眼看不见而已

多数时，我并不喜欢黑夜
但对潜藏暗处的事物，总喜欢
想入非非，并保持足够的警觉

▪ 创作年谱

1987年　《小草颂》获全国税务系统首届诗词作品大赛三等奖。

1990年　《四月》入选《短诗大观》（中国人民大学出版社）。

1991年　散文诗《海之梦》入选《封面写意精品》（海潮摄影艺术出版社）。

1999年　《蔚蓝色的海（五首）》入选《蓝色风景线》（海峡文艺出版社）。

2000
——
2006年　《唐塔》《梦台》入选《奇哉太姥山》（海潮摄影艺术出版社）；散文诗《英雄的歌乐山》《渣滓洞凭吊》，诗歌《让和平之鸽飞翔》等发表于《闽东日报》副刊"太姥山下"；《鸟的故事》《花儿为什么开放》《敦煌寻梦》《鸣沙山》《月牙泉》等发表于《三都潮》。

2007年　《白鹭的诗（组诗）》发表于《诗歌月刊》。

2010年　《在那遥远的雪乡》发表于《安徽文学》秋冬卷。

2012年　《仙蒲》《和阳光一起歌唱》《花湖》发表于《福建日报》副刊"武夷山下"；《记忆》发表于《宁德文艺》第3期。

2013年　《老宅》发表于《闽东日报》副刊"太姥山下"；《蓝色赞歌》获宁德市地税局、宁德市作家协会举办的"清风税苑"征文一等奖。

2014年　《在异乡的土地上忧伤（组诗）》发表于《诗潮》，入选《2014宁德市文学作品精选：诗歌卷》。

2015年　《十月东侨（组诗）》发表于《闽东日报》"深度报道"；《秋光的指向（组诗）》发表于《闽东文艺》，入选《诗晶：诗网络作品精选》山东画报出版社。

2016年　《在自己的时光里（组诗）》发表于《福建文学》第4期；《山羊》《在自己的时光里》入选《2016中国年度诗歌》（漓江出版社），获宁德市文艺百花奖三等奖；《霍童溪·双溪（组诗）》发表于《闽东文艺》第3期。

2017年　5月，《共赴一场白茶之爱（组诗）》发表于《闽东日报》副刊"太姥山下"；《有生之年（组诗）》入选《世界诗歌文学》（香江出版社）；《青海湖畔》《小草》入选《中国诗歌2017实力选本网络卷》（团结出版社）；《光泽之光（组诗）》获得"信用杯"全国征文比赛入围奖；《落地垂铃》《生命》《对酌》《生命的灯》《你看，你看月亮的脸》《一朵花》《和一只蚂蚁共进午餐》《半坡村之神》《山羊》《在自己的时光里》《记忆》《湄洲岛》等入选《新时期福鼎文学作品选：诗歌卷》（海峡文艺出版社）；《我的爱微不足道又不堪一击（三十首）》发表于《太姥山》春夏卷；《十月东侨（组诗）》入选《我有幸生活在这里》（海峡文艺出版社）。

2018年　1月，《草尖上的光芒（十一首）》发表于《北方文学》；《刀记》发于中国诗歌网"中国好诗"第60期；《向这个尘世妥协和投降》获第四届上海市民诗歌节原创诗歌作品一等奖。

2019年　《火的礼赞（组诗）》入选《安·宁》（海峡文艺出版社）；《将进酒》《刀、磨石和父亲》发表于《山东诗歌》；《董欣潘的诗（四首）》发表于《福建文学》第6期；《时间不是一个虚词》获第二届"平乡好人杯"全国新诗大奖赛优秀奖；《衡水湖散记（组诗）》获首届衡水湖诗歌文化节原创诗歌优秀奖。

2020年　《豹子（组诗）》和随笔《从摄影到诗歌写作——艺术之路相通》发表于《诗刊》3月号下半月刊"双子星座"；《如果大海可以再蔚蓝一些（组诗）》入选《蔚蓝闽东——作家笔下的宁德海洋》（海峡文艺出版社）。

2021年　《柑橘林旁》《第一天》《稻禾与稗子》《立春日》《春分日记》发表于《山东诗歌》；《生锈是一种生活的技艺》发表于中国诗歌网"中国好诗"第101期；《白鹭》《一坛酒》《金光寺》发表于《浙江诗人》第2期"浙诗选粹"；《绣花》发表于《草堂》第4卷；《一米之距》发表于《诗传播》；《傍晚》评为中国诗歌网第281期"每日好诗"，发表于《诗刊》11月号下半月刊"中国诗歌网诗选"；7月，《星火点燃的地方》入选《心中的歌——福建百名诗人建党百年诗选》（中国言实出版社），后发表于《福建文学》第9期；《那时酒是人间最好的药（组诗）》获第五届国际诗酒文化大会全球征文活动入围奖；诗集《闲笔》出版（团结出版社）；《秘药（组诗）》入选中国作家网第46期"每周之星"，被评为年度"文学之星"优秀奖。

2022年　《慢下来的时光》发表于《梧桐雨诗报》第1期；《春烟弥漫》《风水人间》《河堤之上》发表于《浙江诗人》第1期；《世间辽阔，唯爱最美》入选《留在村庄的名字——献给时代楷模孙丽美》（海峡文艺出版社）；《冬天的边上》入选中国诗歌网第40期"每日精选"；《春天的来信（组诗）》发表于《闽东日报》副刊"太姥山下"；《白露溪流向大海》发表于《天津文学》第4期"诗歌广场"；《田上的空城计（组诗）》发表于《诗中国》第46期；《傍晚》入选2021年度第十届"中国好诗歌"福建榜。

南平卷

张　平

中国作家协会会员，曾任邵武市作家协会常务副主席，参加十六届全国散文诗笔会。诗歌、散文散见《散文》《福建文学》《山东文学》《散文选刊》《诗歌月刊》《星星诗刊》《诗刊》《西湖》等报刊，入选多种年度选本。获福建省百花文艺奖、《山东文学》年度散文奖、福建省作家协会优秀文学作品奖、《福建日报》最佳新人新作奖等。著有诗集《遥想》《在低处》《打更谣》，《打更谣》入选福建省第二届好书榜。2022 年 1 月，因病去世。

▪ **代表作**

哑　巴

哑巴用手势说了更多话

他指着青菜
手势向上
青菜就长高了

他指着水稻
指向天边
金黄的水稻铺展

他指着幼儿哭泣
哭泣表达的词语
省去了岁月的诠释

哑巴用手势扣紧身体

▪ 组　诗

下大雨了

旷野零星的乡亲移动

有的给薄膜盖上土块

压实一点，大雨弹不开内部的结构

有的赶一群鸭子

天还未黑，提早回家

怕它们走散

再聚拢不容易

有的在地里一样弓着身子

仿佛一场雨与他无关

有的挑着担子，从那边往另一处挪开

担子里盛着什么呢

下大雨了，零星的乡亲

雨显得庞大

仿佛他们都可以抹去

旷野不存在移动的事物

弯下腰

草是弯下腰的，从未高过身体

瓜叶上的昆虫是弯下腰的

贴近的秘境是弯下腰的

阔嘴锄一直弯下腰

面向大地，翻动的泥土从未高过星辰

向上仰望是弯下腰的

母亲指点什么，刚绽放的雪豆花是弯下腰的
并不招摇
即使微风荡漾
很沉的竹篮也是弯下腰的
向下，大地才有清晰的倒影
才珍藏，轻轻抚摸

那面河滩展开

听一个人讲故事，她会说起芦苇
她是一个人自言自语
那面河滩展开
有时我听见唉叹，很短暂
倏地擦去泪水的眼神
像芦苇在隐藏，在消逝
河滩似乎要埋入
宽阔之处，地底下的事物
磷火闪现
很多事物消逝了就消逝了
风的骨头嘎嘎作响
那不是芦苇的，却更像它留下的
骚乱
她像我的祖母，不爱装扮
也没有一面镜子
河滩与芦苇的再生
相互松开
此起彼伏到底又是什么
芦苇，很轻的名字，没有人记得

坡顶读诗

有一次坡顶牧羊

我大声读着四个四重奏

大声的寂静

山谷没有回应

远方没有回音

忽然我发现一只

睁大眼睛的山羊

瞅着我

一动不动的眼珠子

仿佛就要涌动泪水

关心人类

▪ 创作年谱

2002年　《萤火虫》发表于《福建文学》第7期。

2006年　《越写越暗，月光……》发表于《诗刊》8月号上半月刊。

2008年　《纪念：动身（组章）》发表于《散文诗》第1期；《怅望》发表于《诗
刊》2月号上半月。

2009年　《轻轻地梦着（组诗）》发表于《诗刊》1月号上半月刊；《迎春花（外五
首）》发表于《福建文学》第4期；《叶片的光芒（三章）》发表于《散
文诗·校园文学选刊》。

2010年　《遥想（十三首）》发表于《诗选刊》1月号上半月刊；《张平的诗（二
首）》发表于《诗选刊》6月号；《在这儿爱，在另一面受孕》发表于
《诗歌月刊》4月号；《八月十五，我和亲人们相聚（外三首）》《五月，
瓜叶上的想象（外二首）》发表于《福建文学》。

2011年　《辽阔的耕地（组章）》《篝火之野及其他（七章）》发表于《散文·

校园文学选刊》；《临潼：秦兵马俑（组章）》《河岸（外二章）》发表于《散文诗世界》；散文《宜坊村的记忆》发表于《福建文学》第4期；诗两首发表于《中国诗人》第5卷；散文《铁匠铺》入选《2011年中国精短美文精选》（长江文艺出版社），获2011年度《山东文学》散文奖。

2012年　《点亮大海的灯（组诗）》发表于《阳光》第10期；《最小的春天（外一首）》发表于《扬子江诗刊》第2期；《微风漾开（外三首）》发表于《福建文学》第9期；《三月，我想到邮差（外二首）》，散文《一个人的瓦屋》《理发店的旧日时光》发表于《厦门文学》；《铁匠铺（组章）》发表于《散文诗·校园文学选刊》第9期；《铜钵：寡妇村的洞箫与忧伤（组章）》发表于《散文诗世界》第8期；散文《在村完小，一个被时光遗忘的人》《在村完小（外一篇）》发表于《散文》；《孩提时（外一首）》发表于《中国艺术报》2012年8月6日；散文诗《一个人的瓦屋》入选《中国年度优秀散文诗2012卷》。

2013年　《森林之巅（组章）》《故乡：在菖蒲的脉络寻找（组章）》《村庄中秋（节选）》发表于《星星·散文诗》；《每一次瓦刀的敲击像是微漾的幸福》发表于《时代文学》第10期；《信手涂鸦（外三首）》、散文《穿越》发表于《福建文学》；《怀揣火车票的农民工（外一首）》发表于《厦门文学》第6期；《坡旁的村庄（四章）》《纪念：爱（组章）》发表于《散文诗·校园文学选刊》；《时光回答：我所知的，我所不知的（组章）》发表于《散文诗世界》第9期；散文《少年的秘密与蜘蛛》发表于《山东文学》第9期；《旁边的工地（外二首）》发表于《诗探索·作品卷》第4辑。

2014年　《水的微光（外一首）》《弹吉他的人》发表于《星星·诗歌原创》；《那些羊群在夏天又奔跑起来（组章）》发表于《星星·散文诗》第9期；《浆果》《一年时光里难得和父亲说上几句话》发表于《厦门文学》；《武夷：歌谣悠悠（组章）》发表于《散文诗》第2期；散文《虚构的草屋（三篇）》发表《山东文学》第7期；《为什么有的泪水擦拭不去》入选《天津诗人》秋季卷；散文《耕地梦（四篇）》发表《福建文学》第10期。

2015年　《信手涂鸦（外三首）》《回家的河流》发表于《福建文学》；《歌唱月亮》发表于《厦门文学》第10期；《歌唱的纸页（七章）》发表于《散文诗世界》第1期；《我在春风里惦念的（外一首）》发表于《泉州文学》第12

期；《散页（外三章）》、散文诗《玉米（组章）》发表于《散文诗·校园文学选刊》；散文《野焰（三篇）》发表于《山东文学》第7期；《野焰》获福建省第三十届优秀文学作品榜暨第十二届陈明玉文学榜年度散文榜提名。

2016年　《割草》发表于《星星·诗歌原创》第12期；《一张白纸的下午（组章）》发表于《星星·散文诗》第11期；《收获节（外一首）》发表于《鹿鸣》第10期；《喊羊，父亲喊出了自己的身体（十二章）》发表于《散文诗》第12期；《寻禹河图的下午（组章）》《瓶子里的光（外三章）》发表于《散文诗·校园文学选刊》；《月光册页（五章）》发表于《散文诗世界》第10期；散文《高处的炊烟》发表于《福建文学》第5期。

2017年　《张平的诗（八首）》发表于《西湖》第11期；《玉米地谣曲（组诗）》发表于《台港文学选刊》第3期；《酿酒的暮晚（组章）》发表于《山东文学》第5期；《全镇最小的人发表》发表于《福建文学》第7期；《众草卑微（组诗）》发表于《大观·诗歌》第4期；《手指（外四章）》发表于《散文诗》8月号上半月刊；《猛然意识到岁月的重量（外一首）》发表于《厦门文学》第8期；《万物闪烁、比喻过的村庄》发表于《诗选刊》10月号上半月刊；《远方就是你一无所有的地方（外一章）》发表于《散文诗世界》第12期；散文《那畦雪花豆是留给小鸟吃的》发表于《散文百家》第8期；散文《叙述角色：村完小（外二篇）》发表于《泉州文学》第7期；《张平的诗》获福建省第三十二届优秀文学作品榜暨第十四届陈明玉文学榜年度诗歌榜提名。

2018年　《浅蓝色的手帕》《词语：土地（二首）》发表于《星星·诗歌原创》；《体内的奔跑（组诗）》发表于《泉州文学》第6期；《盐是大海很淡的一滴水（外三首）》发表于《椰城》第8期；散文诗《很快山川又是肖像》发表于《散文诗》第10期；散文诗《成群的麻雀在地里与母亲交谈》发表于《星星·散文诗》第10期；《小木船（外一首）》发表于《江南诗》第1期；《大海谣（外二首）》发表于《诗选刊》1月号上半月刊；散文诗《翻阅的风还未来临（组章）》发表于《上海诗人》第4期；《远方就是你一无所有的地方（外一章）》入选《2018中国年度散文诗》（漓江出版社）。

2019年　《树才是大地孤傲的鹰（组诗）》发表于《台港文学选刊》第2期；《茑萝延伸（组诗）》发表于《福建文学》第5期；《麻雀在清早练习呼吸（二

首）》发表于《绿风》第3期；《切换胶带：夜鸟光影》《致水稻，或是祖国的茂密（组章）》发表于《散文诗》；《另一面追寻的寂静（组章）》发表于《星星·散文诗》第8期；《十月》、散文《村庄谣》发表于《厦门文学》；《柿子灯笼》发表于《扬子江诗刊》第6期；散文诗《十二月，向日葵地的马匹》《村庄水稻，或致敬祖国的茂密》入选《2019中国年度作品散文诗》（漓江出版社）。

2020年　散文诗《碰响的事物（组章）》发表于《诗潮》第2期；《把那些美好的诗句献给戴口罩的天使》发表于《星星·诗歌原创》第4期；《吹着口琴适合一个人坐在溪旁》发表于《江南诗》第2期；散文诗《坡地返青，我还在越着冬天的界线》发表于《散文诗世界》第5期；《秋葵花（组诗）》发表于《福建文学》第9期；散文诗《窑火（组章）》发表于《星星·散文诗》第5期；散文诗《爬上坡顶的羊》（组章）发表于《散文诗》第10期；《建盏之火（三章）》入选《2020中国年度优秀诗歌》（漓江出版社）。

2021年　《窑，以及火（组诗）》发表于《山东文学》第1期。

陈全德

1963 年生，松溪人。笔名老道士、樵夫，福建省作家协会会员，中国诗歌学会会员。20 世纪 80 年代开始文学创作，与同学成立大山文学社，至今有 3000 多首诗歌发表于百余家报刊和网络平台，有诗作入选近 50 种诗歌选本、书籍。获"中外华语百杰诗人""一线诗人样本 2018 年度诗人""中国诗歌学会 2021 年度优秀会员"等荣誉称号。出版诗集《老道士诗选三百首》。

▪ **代表作**

黄河，我来了

多少次
你从我的梦中流过
多少次
你奔涌鼓荡于我的血脉胸腔
今天
我来了

来到你的身旁
这么近
看你的流
是血
是泪
是乳汁
这么亲
听你的歌
是愤怒的咆哮
是不平的鸣响

是慈爱的摇篮曲的哼唱

你源远
发源于巴颜喀拉山
你流长
横贯东西九地
东入渤海湾

你源远
不知从哪个远古走来
你流长
你是华夏的根脉
生生不息奔向远方

你宽容
宽泛无边
包容一切平静流淌
你慈祥
慈爱无垠
两岸儿女生活安详
你疾恶如仇
面对狭隘阻滞
你摧枯拉朽
爆发出无穷力量
你侠肝义胆
面对不平和反动
你愤怒咆哮
邪恶在你的怒吼中抖颤

▪组 诗

我默立河边

和河里的月色　灯光
及河岸的芦花一起安静
神忽然问

这河边走过多少人
这河里有多少艄公　渔翁
我说

神啊　你可否记得
谁第一个站在这河边
这河边还站过何人

谁又是最后站在这河边的人
谁曾询
而今我要问

这河　映照过几朝灯月
这河岸的芦花几度枯荣
哪里是这河的源

她有多少道弯
闯荡过什么江湖
哪里是她的归宿终点

此刻　神静静地看着我
我　默默地望着
灯月泛散的河面

我跟别人不一样

别人笼中养鸟

我在院中种树

晨昏都有鸟儿在树上啁啾

他人缸中饲鱼

我到湖边筑屋

出门就看见鱼儿在水里悠游

冬去春来

杨树卸去往日的遮蔽

在冬日暖阳的光明中磊落着

桑芽绿点　萌在正融的雪枝干

枇杷花穿冬携果而来

桃花迅跑在路上　北风薄了

再没有厚重的寒

百年蔗

什么都变了又变

按人的物欲功利改变

变得不知道自己是谁

也不知道谁是祖先

而你固执　固守脚下土

执拗着老样子

砍了再长　烧也不死

快三个世纪不灭

别的蔗要年年种　而你

每年随春风一呼

欣欣然又出世

有人说你是芦

开花呢　花

芦花的样子

一看你就是原种野生

原种野生就是坚守根本

▪ 创作年谱

2016年　《人》《乡愁悠远》《听水有声》发表于《海峡诗人》第 7 期；《美啊，她的眸光迎面一闪》《溪畔》入选《华语诗歌》（现代出版社）。

2017年　《水墨画之雪梅》《春天（组诗）》先后发表《雪魂》第 5 期、第 6 期；《山中亭记》发表于《闽北日报》12 月 4 日副刊"武夷山下"；《母亲节写给母亲的心里话》入选《中国亲情诗典》（团结出版社）；《一孔之见》《月升时分》《悄然山茶花》《一瞥间》《夜莺》《初心不忘》《母亲》《水墨画》入选《当代传世经典诗文》（中国文联出版社）；《我若拥有你》入选《世纪诗典·中国优秀诗歌精品集》；作品入选《中国 2017 年度诗歌精选》（四川人民出版社），被编委会授予"2017 年度中国十佳诗人"。

2018年　《母亲（外二首）》发表于《闽北日报》1 月 8 日副刊"武夷山下"；《看海》发表于《集美风》第 4 期；《一孔之见（外三首）》入选《中国百年诗人新诗精选·现代诗歌精品选粹（下卷）》；《有种美是我含泪看落雨的夕阳》入选《中国诗歌·最美爱情诗经》（团结出版社）；《我的自在》《惊悚》《高度》《真正的战士和将军》《写给爱人》《答问》《中国百年诗

歌精选》（团结出版社）；《回家（外一首）》获《作家世界》微刊首届"新天地杯"征文大赛一等奖。

2019年　《水墨乡村》发表于《集美风》第2期；《相约春天》发表于《闽北日报》1月30日副刊"武夷山"；《河南科技报》5月8日"诗歌园地"专版刊载《陈全德诗选》；《凤凰城，你令我今夜难以入眠》发表于《传世诗刊》创刊号；《黑夜公鸡不能打鸣》《泪祭蚯蚓》《为什么小猫咪我都抓不住》《虎扯心滴血》《致于欢》《又有跳河》《天一直哭个不停》《专业水平的男性兼职哭丧人》《白话人生》《忽然很想念》《登山见闻》《乡愁挂了》《黄河我来了》发表于《中国现代诗歌》创刊号；《悟》《黑猫》《想见并非危言耸听》《小人》《特别》《花开阴雨天》《人间蓝天白云下的葱绿草原响着牧歌放着羊群》《雪里蕻》《今天看见一只腹白背黑的猫》《感触》《立场》入选《新时代诗词百家》（吉林文史出版社）；

2020年　《窗对窗》《盼》《你是我的诗和远方》入选《上海滩诗叶》；《把明月还给清风让鸟儿飞回蓝天》入选《伫望云起时——2020网络诗歌年度精选》；被"中国当代作家联盟""英特华（北京）国际文化交流中心"授予"当代诗歌名家"，作品入选《飞鸟的天空》（四川民族出版社），被聘为五年期"签约作家"。

2021年　诗集《老道士诗选三百首》出版；《雪啊，飞舞的精灵》发表于《现代诗美学》总46期；《陈全德诗歌（五首）》发表于《河南诗歌》第4期；《冬野寻花（外二首）》发表于《烈焰诗刊》创刊号；《湛卢雪》《游文秀湖》《九曲巷怀古》《春天来到祖墩美乡村》《龙源茶庄》入选《诗意松溪——松溪"湛卢诗歌村"成员诗歌选集》（海峡文艺出版社）；被"2020网络诗歌年度精选组委会"等授予"中国网络诗歌优秀诗人"，作品入选《2020网络诗歌年度精选》；参加厦门"闽风文学品读会"，《老道士诗选三百首》签名赠书活动。

咏　樱

本名黄勇英。福建师范大学南方诗社原副主编，福建省作家协会会员。诗歌发表于《福建文学》《作家报》等报刊。出版散文集《带爱上路》。

▪ 代表作

鸢尾花

请保持安静
一粒尘土的飞落，都将打破
凝固的波纹。这柔媚的紫
仿佛睡去的蝴蝶，等待一次唤醒

时间的锯齿被一一磨平
如老去的疤痕，呈现不规则的边缘
风和日丽的日子，需要精心策划一次出逃
从花蕊到花瓣，指尖到嘴唇，春天到爱情
需要秘不可言的抚慰和动心

需要尖锐的声音，刺入流水的心脏
需要无休止的钟情正如鸢尾花钟情
于四月的春风
正如我钟情于你，死钟情于生

▪组　诗

两根孤独的麦穗

母亲，我们是两根孤独的麦穗
有时我们相爱
彼此问候，满怀善意
更多的时候，我们沉默
被洗过的绝望，透明、纯粹

母亲，我复制你的眉眼和执拗
复制你藏在身体下的隐疾
命运之镰挥舞
我成为惊弓之鸟，无处藏身

母亲，一切似乎都不属于我们
我渴望你怀抱的温度
然而，热爱已然死去
尖锐的芒刺，扎得我们体无完肤

倘若能够，我想锯开身体
取出被血泪滋养的芒刺
以花的姿态，拥抱你

车　站

车站，人群移动
每个人走向未知的终点
明亮的、黑暗的、欢喜的、悲伤的

结局难以预料

有些人顺利抵达终点

有些人被迫中途下车

有些被抛在某处荒郊野外

像一些曲折的故事，带着可疑的气息

一个冬天的早晨

细雨飘落，山顶不知名的高树

黄叶飘落，它们打着滚

停在我的脚边。生命的消失

像长笛悠远的尾音，有着

不易察觉的脆弱。这个冬天

我的血压升高，它提示我

生活中潜藏的琐碎和危险

有时，处在高处并非好事

它必将走向，爆裂和下跌

如升高的气球，撒下细小的碎片

这个冬天，我不会过多地倾诉痛苦

那沉默的山野、河流，远去的时间

将引导我，踏过现实的世界

走向深邃、安静的蔚蓝

我们终将下落不明

我们都漂浮在世界的流水之中

像一片脱离树的叶

一只丢失翅膀的蝶

漂浮，带着跌落的晕眩

一些光浮现，又消失

我需要一个抓手，有人却递来一朵玫瑰

不真实的幻觉，席卷肉身

散落的坟茔在暮色中沉默

在流水的尽头，我们终将下落不明

▪ 创作年谱

2017 年　《这个清晨（五首）》入选《诗想长安》（海峡文艺出版社）。

2018 年　《一个人的独白（外三首）》发表于《海峡诗人》春季刊；《鸢尾花》获得 2018 年"华语诗歌奖"优秀奖。

2019 年　《我在邵武，我为祖国写首诗》获得福建省文学艺术界联合会、福建省作家协会举办的"我为祖国写首诗"诗歌征集活动优秀作品奖；《我不过是一个百无一用的人》发表于福建作家微信公众号"我们朗读吧"。

2020 年　《前方和后方（外一首）》发表于福建作家"众志成城，共克时疫"抗疫作品（十三）；《母亲，这是你的五月（外一首）》发表于《泉州文学》第 2 期；《致敬为苍生说过话的人》发表于《泉州文学》第 3 期；《渡》《每一段静止的时间》《鸢尾花》入选《闽浙诗人作品大展》；《苦夏》发表于《西南当代作家》第 8 期；《小满（外一首）》发表于《诗渡》创刊号。

2021 年　《两根孤独的麦穗》等 3 首发表于《福建文学》第 3 期。

南　野

1963 年生，本名杨上和。福建省作家协会会员，福建省诗词学会会员，政和县作家协会副主席，诗刊社、福建省作家协会主办的"新时代诗歌创作高研班"学员，曾任中国网络诗歌学会理事、网站现代诗主编，现任中文诗歌网执行总编，创建福建楠竹诗社并任社长。获第四届全国百诗百联作品奖，组诗获天津市第二十八届东丽杯诗歌奖，诗歌作品多次在省级征文评选中被评为优秀作品和提名作品，入选《心中的歌——福建百名诗人庆祝建党百年诗选》。

▪ 代表作

我自豪，我拥有骄傲的坐标

> 笛卡尔和蜘蛛的结缘
> 代数和几何就成为一家人
> 那里有 X 轴和 Y 轴的不离不弃
> 那里有时间和空间的生死相依
> ——题　记

一

我的坐标　必须以
北纬 39 度 54 分 19.97 秒
东经 116 度 23 分 29.34 秒
作为 X 轴和 Y 轴的中心点
这是天安门国旗基座的位置
这是 56 个民族信念的凝聚
这是 960 万平方公里土地仰望的地方

二

我的坐标　必须以

1949 年作为 X 轴的 0 点

我不是公元 0 年

我从五千多年前蹒跚而来

烽火台上的狼烟

在长城一次又一次升起

那是历史里的一批批顽皮的孩童们

玩的一次又一次游戏

这些游戏　被我封存在 0 点的左边

你可以一页一页打开

看国门的少年　不小心打了一个盹

那些陌生人就一群群进来了

那场圆明园的烈焰

在 0 点的左边烧得太深太深

几个孩子　也划给了他们

岳飞住在《满江红》里听潇潇雨歇

陶公去了桃花源就不见了

刘备和曹操随江水东去

贾宝玉回到《石头记》里

就算孙悟空本事大了　可以与天齐名

而那曲《离骚》却没有停下来

在我 0 点的左边还陈列《本草纲目》

《清明上河图》也在那里展出

如果你有兴趣　还可以

慢慢点数李白的酒杯

在我 0 点的左边

我笑过　我哭过

三

从 0 点以后

我的 X 轴就不再出现负数

香港回家了　澳门回家了

这离散多年的孩子

北京的奥运圣火点起来了

我必须用这一火炬　烧去

陈列在 0 点左边的耻辱

在 0 点的右边　你可以观赏到

神九和天宫一号在太空的演出

神十一和天宫二号在太空的约会

中国北斗卫星导航

在太空对美国的 GPS 说：再见

嫦娥五号登月飞船

在月亮上面寻找吴刚的酒坊

让全世界闻到　中国

在遥远的星空带回来的酒香

在 0 点的右边　你还可以看到

"中国制造"这响亮的名字

在世界各地开出亮丽的花朵

在 0 点的右边　你还可以看到

"一带一路"的车轮　从国门出发

轰轰烈烈走向世界

在 0 点的右边　你还可以听到

13 亿人民高唱强国梦的旋律

在 21 世纪的路上　浩浩荡荡前行

四

在我坐标的第一象限

是一块藏宝的地方　在那里

你可以购买到独特的人参　貂皮　鹿茸

在我坐标的第二象限
是一个辽阔的地方　在那里
你可以拍摄到风吹草低见牛羊
你可以品尝到葡萄美酒夜光杯
你还可以观赏到两条巨龙的舞蹈
那是长江和黄河理直气壮的出发
酒泉里　神舟载人飞船
就在这个象限上　发射了我的尊严

在我坐标的第三象限
是一个深沉厚重的地方　在那里
你可以看到世界屋脊的威武
你要研磨武学就来嵩山少林
你要探寻佛学足迹就来峨眉山
西昌卫星发射基地　太原卫星发射基地
缩短了天空和地球的交流距离

在我坐标的第四象限
是一个伟岸灵秀的地方　在那里
水乡的乌篷船会让你流连忘返
还有江南雨巷摇动的红雨伞
49.968 千米的港珠澳大桥
架起 13 亿人民的骄傲
你要考核我的深情有多广
台湾　钓鱼岛　还有三沙都在这个象限上

高铁线在我的四个象限上
穿山越水　让世界惊叹
高速线在我的四个象限上
纵横成网　连接城市与乡村

五

我自豪　我的先人把我投放在这个坐标上

我自豪　因为我的坐标

是以 1949 年作为 X 轴的 O 点

我自豪　因为我的坐标中心点

在北纬 39 度 54 分 19.97 秒

在东经 116 度 23 分 29.34 秒

这是天安门国旗基座的位置

这是强国梦引领的地方

这是全世界仰望的地方

▪ **组　诗**

往事误入没有月光的夜

尘封的故事

在午夜又一次复活

熟悉的气息　不小心

误入没有月光的夜

春天的雨水　若即若离

那棵桃花　开了很多次

每一次　你都会把忧伤

粘贴在花瓣上

你漂移在　遥远的岁月

在远山之外的远山

你是否记起那年梅子黄时雨
是否收藏我邮寄的叶子

在这个午夜　往事越来越近
跟随你　又一次
误入　没有月光的夜晚

雨也落在父亲的墓地上

瓦片上有顽童燃鞭炮的声音
路面被炸出许多水花
看不见河流后面的山
所有的峰峦都躲在云烟里捉迷藏

已经用了一千次的想象方法
我再用了一次

此刻　父亲的家门口
也会有顽童在燃鞭炮　炸水花
因为　雨也落在父亲的墓地上

竹烟斗上的暮年

靠在凉亭里
凹成一条线的眼睛
还可以听到经过的脚步
还可以细数珍珠一样的日子

坐在晒谷坪上

被太阳折叠的脸

还可以用皱纹慢慢点数蜻蜓的只数

那截拿捏一辈子的竹烟斗

还可以慢慢抵达没有牙的唇

一缕细烟　蹒跚到他的洞房

洞房的她

在山那边等他许多年

▪ 创作年谱

2000 年　《不死的数》发表于《青春诗歌》第 12 期。

2001 年　《思念是一生的藤》发表于《青春诗歌》第 5 期；《生命在暮色中律动（组
　　　　　诗）》发表于《闽北日报》。

2013 年　《家乡的井》发表于《闽北日报》；《河卵石（外三首）》《河湾》《冬至的
　　　　　声音》分别发表于《中国诗》；获中国网络诗歌网 2013 年月度诗星奖。

2014 年　《暮年》《最后一朵紫薇（外二首）》发表于《中国诗》；《临水宫》《临江
　　　　　仙·铁坑殿》等 6 篇散文和诗歌入选《李三娘与铁坑殿》（福建少年儿童
　　　　　出版社）；获中国网络诗歌网 2014 年度优秀编辑奖。

2015 年　《多年以后（组诗）》《距离》分别发表于《中国诗》；《青玉案》《临江
　　　　　仙》获得 2015 年政和县诗词楹联征文一等奖。

2016 年　《对联》获得 2016 年南平市诗词"光明行"二等奖。

2018 年　《鹊桥仙·浦源鲤鱼溪》获第四届中国百诗百联大赛入围奖，并入选《第
　　　　　四届中国百诗百联大赛作品集》（天津教育出版社）；《风头楠木林》《中国
　　　　　龙》《村落》《念山》等 16 首入选《云根诗联》（海峡文艺出版社）；《七
　　　　　彩峡谷》《古银矿洞》《富美吟》等 15 首入选《南平诗联》；《鲤鱼溪》入
　　　　　选《大武夷风景名胜诗联选》（河海大学出版社）；《沧海月夜》《韶山》
　　　　　发表于《武夷文学》。

2019 年　《桐花掉下来（外三首）》发表于《福建文学》；《皱纹》《母亲的距离》

发表于《山东诗歌》；《秋天在政和垂下来的怀念（外一首）》发表于《福建日报》；《我与影子》发表于《辽源日报》"作家周刊"；《村庄又瘦了》发表于《黄河报》；《我自豪，我拥有骄傲的坐标》入选福建省文学艺术界联合会、福建省作家协会、福建文学杂志社、福建省文学院、冰心文学馆主办的"点赞，我的祖国"庆祝中华人民共和国成立70周年征文作品选，并被评为优秀作品；《读我的家园》收录福建省文学艺术界联合会、福建省作家协会、福建文学杂志社、福建省文学院、冰心文学馆主办的"我为祖国写首诗"庆祝中华人民共和国成立70周年诗歌征集作品选，并被评为提名作品；《九曲溪》《寄一份快递给月亮》《最真诚的问候》《采撷一份冬天的静美》等30多首发表于《闽北日报》；《诗六首》发展在《武夷》第4期"重点推送"；《重阳回家》发表于《湛卢文学》；《掉落在东山里的旋律（组诗）》获得天津市第二十八届"东丽杯"诗歌优秀奖；《流淌在浦源鲤鱼溪上的音乐》获中共周宁县委宣传部"大美周年"诗歌评选入围作品奖。

2020年　《走进冬天的路口》发表于《海峡诗人》；《冬天的故乡（外一首）》《新年红是中国红》《时光在春天里打了一个趔趄》等28首发表于《闽北日报》；《祖国在向花期移动》发表于《武夷》；《这个春天你还是主演》《时光穿越的路口（组诗）》发表于《湛卢文学》；《出征（组诗）》《小径下面我听到草根的呼吸（外二首）》《火车票上终于刻上政和二字（外一首）》等发表《佛子山》；《祖国的春天正在向花开的时节移动》在南平市文化艺术馆"战疫情，我们在行动"文艺作品征集中被评为优秀作品；《爱生命不吸毒》获政和县禁毒主题征文一等奖。

2021年　诗歌《春天，一座城的怀念》入选《心中的歌——福建百名诗人庆祝建党百年诗选》（中国言实出版社），并发表于《福建文学》第10期；《你用初心定格了美》入选《留在村庄的名字》（海峡文艺出版社），并且有两句经典句子被编者提在封页上；《秋天的弧度（外一首）》发表于《散文诗世界》；《红旗街的意象（组诗）》入选《诗意松溪》（海峡文艺出版社）；《秋在远处》发表于《民主协商报》；《回归的风景》《时间的钟摆》《村庄的中国年》等30多首发表于《闽北日报》；《母亲的皱纹（外一首）》《政和白茶》发表于《武夷》；《一片叶子从我的发际掉下来（外一首）》《金秋》发表于《湛卢文学》；《舒展在红土地的诗句（组诗）》《秋天的一幅画》等7首发表于《佛子山》；《镌刻在共和国版图上的太阳》在福建省文学艺术界联合会、福建省作家协会、福建文学杂志社、福建省文学院、冰心文学馆联合主办的"庆祝中国共产党成立100周年诗文征集"中被评为优秀作品；《旗帜（二首）》获得福建省艺术馆"党在我心中"征文评选三等奖；《南湖红船，你是党的母亲船》获得闽北日报社"武夷南麓"杯建党百年征文优秀奖。

黄文忠

1947 年生，南平人。曾任福建省作家协会全委委员，南平市文学艺术界联合会副主席，南平市作家协会主席。20 世纪 70 年代起发表文学作品，以诗歌为主，已发表诗作 600 多首，组诗《我心中的画》曾被《新华文摘》转载，诗歌《万木林》入选《闽派诗歌百年百人作品选》，组诗《线之舞》获 1991—1992 年度福建省优秀文学作品奖。出版诗集《山的足音》《万木林》《淙淙集》。诗集《万木林》获 1995年度福建省优秀文学作品奖。

▪ 组　诗

把诗味含在嘴里

把诗味含在嘴里
不要轻易把它变作文字的泡沫
把诗味含在嘴里
不要轻易把它变作语言的云雾

把诗味含在嘴里
让感情的酶多几回化合
把诗味含在嘴里
让思想的闪电再藏入混沌

把诗味含在嘴里
让所有忘却重新苏醒
把诗味含在嘴里
让所有的记忆变作一片薄冰

把诗味含在嘴里

让胸中的丘壑溶作细浪

把诗味含在嘴里

让百年孤独找到万里回声

人　际

我听不见你的声音

你也听不到我的声音

尽管我们不全是

低声说话的人

这个世界太大太大

每个人面前都有一片海洋

这个世界又太小太小

人与人靠近了，又透不过气来

没有意思往往就是没必要

给自己浇冷水

是一个基本功

最热闹的时刻

往往是最寂寞的时刻

心与心在寻找

就像所有的元素

都在寻找组合

不是在碰撞中擦肩而过

就是在碰撞中

融成一起高歌的波浪

恍

好像地球的自转陡然加快

生活旋转起来

许多人被甩落

许多人被抛在命运的半空

像蒲公英一样扬起又落下

天空忽然变大

脚底忽然变窄

像在拥挤的人潮中

突然松开妈妈的手

回家的路在哪里

碰呀，撞呀

新痕条条，旧痕斑斑

终于认清了自己认清了别人

终于稳住了重心

定住了眼神

抹一把泪，走

花朵的护神

你的眼细眯着

听诊器里响起

轻微的脉搏

就像是静穆的山谷

让小溪流的歌

在心头撞着，撞着

眼角的鱼尾纹

微蹙，又舒展
思维在把病因捕捉

年轻的妈妈的眼里
有多少话装着
你听得见，那感情的波浪
你平稳的神色
不仅表达自信
更是荫凉，抚慰焦灼

笔尖在处方笺上
谨慎地行走
像诗人把每个字眼斟酌

多少次你把病婴
从死神的手里夺回
使破碎的心，融为明月

一页页病历卡
像一张张树叶
写着你的年华
写着你的心血

你穿着白大褂
你的头发似雪
而你是燃着的火

太姥山

仿佛是巨型卵石垒成
无边的弧形波浪

在一瞬间凝作雕塑群
生命的万千形态
都以最简洁的写意
溶入这石头的交响
想象的潮水从悠远奔涌而至
在不同层次的视角里
激溅悲喜的回音

没有一处奇境拒绝人的登临
但要获得鹰的潇洒
却须付出蚁的坚韧
这就是路——巨岩间的一线裂隙
这就是路——洞串着洞
让你如冲浪般螺旋而上
细泉于不知处淙淙流响
像在计数人湿漉漉的步子
野雀在极高处啄着亮光

焦渴中欲罢不能
闪过身已踩着云层
巅顶的风多情得使人丢魂

与山脚下的远跳不一样
梦中九鲤就在跟前呼啦蹦跳
看得清时间面颊上最动人的表情

最难行的路往往隐藏不露
最深刻的美用眼睛难以发现
云中太姥与你相视而笑

梵　君

从事诗歌写作、文学翻译和研究。译作有《尼采随笔》《女诗人现代禅意诗赏读 60 首》。

▪ 组　诗

数　据

万物在崩溃中被重申
你不得不再次捂紧你脱轨的嘴

尽管你知道一切
又将在虚实相济中被重构、刷新
——在喧闹与恐惧中碎裂

阿多尼斯

是谁的叹吁？忘了
多少个夜晚——纷争、血腥、溃逃
它们周而复始，此消彼长
漫过历史，席卷我短暂的一生

此刻，它正陷入魅影的深渊
伴着巨大的咆哮声
狂袭岩卵最柔软的部分，迸发出悠长的哀鸣

父 亲

空间如何能治愈
——我儿少时所罹患的病症

近来，你频频入梦
是何故？诗篇中的语言暴力跟不上时间的步伐
我忘了什么时候起已释怀
已开始接受——我是你遗产的一部分

母 亲

今晨
醒来去湖边读书
给悠远的记忆写长长的信

我发现，儿时母亲所哼的那些歌谣
在泛白的记忆碎屑里上下翻飞
沉寂铺开湖面
母亲轻微的咳嗽声
做梦似的，一遍遍，将这个季节点燃

风

风
驶出站台

……回声中，稀释人间的大咸大苦

此刻，远山那水因为风的缘故

掀开一城涟漪

一枚星辰

滴血的眸替它们决定了命运的走向

守在深夜的灯盏

白昼溺毙于黑夜？喧嚣

慢下来

守在深夜的灯盏

——它存在的意义无须向谁证明

生命的意义也不在此

深海之中。每一块风雨拍打的礁石

回荡着无声的爱

有一个声音在远方回响

依旧是恒定的信念

海洋的深邃

由无数个倔强的动词构成

许多年了，我依旧习惯在一首歌谣里

打捞你的住址

那些滚烫的声音藏着万水千山

以及某种潜伏的冲动

白纸黑字

依旧是，找不到适合的称呼
幽香的戏法，受因果之累
腾挪、翻转、爆破
十八般武艺层出不穷
诗歌里一个接一个的心跳
仿佛谁的前世今生，饱受风化之苦——望梅止渴，供人浮想
最终，归顺于内心的白纸黑字

灾难日

额间渗出层层细密的汗珠
身体里的河流
崩裂，疼痛一寸一寸醒来
我搬出诗句中的某个铆钉试图缝合
疼痛的入口处
此刻，再没有比五台山普寿寺的袈裟更令人神往
一念闪过，万念俱灰
我的骄傲消磨四散
一盏故乡的渔灯是最有效的一剂良药
牵引我戒除对尘世的痴与迷

在夜晚

黑一点点升起
万物不再那么急功近利

我仿佛看见门把转动你向我走近

此刻的我，感受到了那久违的男性气息

你手掌的温度刚刚好

刚刚好够捂暖两颗潮湿的心

可是，正当我伸出自己要将你紧抱

梦却在梦里醒了，你幻作

一团白影，掩饰着夜的支离破碎

▪ 创作年谱

2017年　在大理巍山彝族回族自治县支教，尝试诗歌创作。

2018年　返回昆明；5月，应诗友之邀为辽宁一位渐冻症患者主编出版《光语》；8月，创办《洞见》诗歌平台。

2019年　受邀翻译《女诗人现代禅意诗赏读60首》。

2020年　6月，受重庆"日日新文化有限公司"之邀，翻译《尼采随笔》；年底受诗人曹东之邀翻译《曹东短诗》。

2022年　译作《尼采随笔》出版（重庆出版社）。

落　地

"80 后"，武夷山人，辟方寸洞于厦门。2002 年写诗至今。

▪ **代表作**

天空再远

悬崖淌出冷汗
树木着苔藓毛衣
原始森林里
树木向上生长
向上老去
横七竖八躺下
静静腐烂

白雪保鲜野果
小鸟藏在叶间
它们不懂你哪路货色
不吃你的馒头和饼干

森林原始
栈道很新
而天空再远
我们也弄脏了

▪组 诗

面孔在镜中取经归来

找我有事吗

清晨，有人在镜中读取自己的面孔数据
继而对镜化妆
定妆后，二次读取

路上，她想，妆前那人是谁
妆后又是谁
一旦质疑就随时补妆
即便，是通往法场或太平间的路

本来有事

一条鱼为河流所控制
一个人为化妆品和镜子所控制
最美好的力量是妆前的手无缚鸡之力
及困境鼓舞后的劫法场之力

现在没事了

她在人世的破绽处反复验明正身
暮晚卸妆，有日落西山的轻松与辉煌
从法场冲向人间
面孔在镜中取经归来

方寸洞

梧村山上
有个好地方
巨石之下
方寸洞

冷冷清清的
方寸洞
往那一坐
便有干净的绝望

没什么
要下决断
每下判断
就是对事物的
摧毁

山中事
什么都不知道
也不挑战

巨石之下
方寸洞
在岩缝中
一发呆
就会浮现登机口

梧村山翻过去

是东坪山

那里有块空地

接受测量

和砖块

方寸洞

拒绝测量员

它仅有方寸

诗人早已测量

用水流招待你

在九龙江边的小渔船上坐多久

望着水流就有多久

望着望着就有点意思

见清影水流中漾动

敢大大方方活成空壳

异于十字路口看人流之惶惶

车流之茫茫

在九龙江边的小渔船上坐多久

望着水流就有多久

望着望着就有点意思

学会用水流招待朋友

这江水，时清时浊时涨落

水流有常也拒一刀切

生命无常为奴无意义

有趣的事很多

比如睡大街

无趣的事也多

黑色之上抹黑色

大大方方活成空壳

我以水流招待你

望着望着就有点意思

石　凳

金榜公园

有一条长长的石凳

我经常

慢悠悠走过去

坐下

抬头随意看看树

如果已经有人坐着

我不会靠近

如果我坐着

其他人走来

轻轻坐下

我就表现出

已经久坐的样子

伸伸懒腰

悄然离去

椅子让给

更需要的人

面对自然的时候我很不自然

你有急事找我
而我偏偏跑掉

群山万壑将鸟语虫鸣送入我耳
清新空气涤荡浊肺
山壑庄严
翠绿的松涛波动我跳闸的心脏

你有急事找我
急得心脏跳闸

我正单枪匹马走在群山万壑之间
蜿蜒婉转的山路
没有什么比我自己的事更急
面对自然的时候我很不自然

赖丹萍

笔名雪漫天，福建省作家协会会员，作品见于《诗刊》《星星诗刊》《诗潮》《绿风》《福建文学》等 20 多种刊物，入选《中国诗歌年鉴》2007 卷，出版诗集 2 部。

■ **代表作**

春天，废弃的鸟巢

也许是鸟巢太旧，也许是雨水太多
春天，废弃的鸟巢有些倾斜
倒出一些时光

人间漏洞百出，包括鸟巢
经不住风吹雨淋
开始泄漏
掉下的雨水，依依不舍
从鸟巢滴落，有一滴无一滴的
仿佛想挽留一些什么

漏与滴之间隔着时间缝隙
它怀揣迟疑，甚至不安
以至于整个上午，天都不下雨了
它还在有一滴，没一滴

光阴慢慢地流失。飞出去的鸟，不再回来
这雨水有太多的不舍
这尘世有太多眷恋

雨水滴完了。一只鸟巢忽然轻松了
阳光照在上面。那只鸟巢
张开口，空巴巴
望向天空

▪ **组　诗**

稠　岭

稠岭离天三尺三，海拔 1100 米
脚下的山，皆是修行的道场

道路柔软，它有弯曲的理由
它必须揽着晨昏、阴阳，和人间草木

溪水有纵身一跃的勇气，喊出瀑布
隐在深处的佛，见它
松开了石头

云是向上走的，从一幅画里脱出，消散了自己

另一些云雾迟疑，停在山腰
人间需要遮蔽的它们都
掩盖了下来

黄坑的水

有了坝，黄坑的水安静了下来

告别了浅流与湍急，黄坑水比以往沉稳
收起了浪，不再喧哗

似乎是人到中年。有了宽容，波澜不惊
似乎是雍容自在。有了睿智，看淡风声

就这样一生步入平静。山水相伴，小舟相依
就这样淡泊清澈。安放过往的鱼和水草

黄坑之水与世无争。它的清，是天空的蓝
它的静，道家的无为

一切顺其自然。一只水鸟，啄破了清幽
瞬间，又还原了镜面

老检尺工

二十年。杉木成材
风中的岩石，雨中的鸟鸣
不复是当年模样

二十年。承包山林的检尺工，也老了
他的皱眉，让黄昏之后的山路弯了弯

树木伐倒了
二十厘米以下的放左，二十厘米以上的在右

右边的木材装上车，拉走
他抽着烟，不说话

搬　运

祭出闪电的，释放出惊雷的
皆有一颗普世之心

需要借助天空，这巨大的法场，不断卸下
阴暗的，沉重的

浓墨重彩的部分，被风不断吹散
又慢慢弥合

浑浊的洪水，搬运完恐惧、惊慌、哭声之后
又来搬运水上的余物

站在树梢的人。趴在屋顶的家畜
通身上下，有一样的潮湿

我所描述的悲凉

温暖一退再退。柴扉收容了所有的风声
也有一声欸乃

叹息也会有的。你看枝丫

在没有折断之前
反复练习着死亡
左右摇摆

这并不等于隐忍的事物
有更多的选择
风声交出了瘦弱
河流也交出了石头

拐　角

母亲走后的二十天，父亲跟着走了
天空幕帘拉得很密，一颗星星努力挣脱黑暗
闪了闪

我在守夜。在闪的只是山顶的电视差转台的灯
后来我看清了，我手上的烟也在闪
那些灰已长了一截
在我叹气的时候落下
落成灰

我被劝回早歇。进入一个巷子
拐角处，我看见一盏灯亮着灯光只照亮三五米远
黎明前的黑暗，正被浓雾锁着
我的门也锁着

那段日子，在泪水和香烟中交替
我每天必须走过巷子的拐角
才能见到人间

梨花又开

扎着白巾的梨花，又沿河岸一直走
走远，变小

天依旧阴沉。父亲在镜框里皱着眉
窗外轻雾，有隔世的风

送葬队伍细细长长
那年的倒春寒里一路滑脚
梨花散着的香，那么细碎，那么乱

每一片叶子都藏着风声

风声过后，树林更加隐忍
藏起了喧嚣与荣华

此时草木回春，大地安静
也是母亲的安静

雾的深处
有鸟鸣滴落

这来自人间的细语，在清明时节
的山间，忽高忽低

更高的山峦，春天新鲜
每一株茶树，怀藏一册含香的典籍

世事纷纭，人间多有疾

风声穿过枝丫，抵达低处的命运

▪ 创作年谱

1991 年　第一首诗《秘密》在《光泽文艺》发表。

1992 年　在《福建文学》发表一组哲理短诗；之后，在《闽北日报》《三明日报》《福州晚报》《武夷》《石狮文艺》《福建日报》《黄河诗报》《海峡诗人》《诗神》《中国校园文学》等报刊发表作品。

2002 年　诗集《生命的漂流》出版（海风出版社）。

2004 年　参加《闽北日报》副刊主办的青春笔会，发表《打伞的人》散文诗组章。

2007 年　《上升的飞翔》出版。

2008 年　参加福建省第二届青年诗人暨第三届鼓浪屿诗歌节；《诗十首》发表于《福建文学》第 5 期；《诗五首》发表于《绿风》第 5 期。

2009 年　加入福建省作家协会；《镜像》发表于《诗刊》9 月号下半月刊；《岁月有逆光（组诗）》发表于《星星诗刊》第 7 期；《大雪》发表于《诗潮》第 12 期；《诗二首》发表于《扬子江诗刊》。

泉州卷

飞 雪

本名林志红，福建省作家协会会员。诗作散见《诗刊》《福建文学》《天津诗人》《泉州文学》等报刊，入选《中国诗歌·2019年度诗歌精选》。

▪ **代表作**

盲人摄影师

他捕捉蔺草摇曳的十四种韵律
他看到废弃城堡中枭鸟的虚空和阴影

被光所弃，向光追索
岸边人回望着港口的船舷

黄金的照耀落于心头
他神赐般拥有了心视力

没有想象，世界就毫无意义
借着镜子般的手艺
他雕砌着七彩宫殿

在那里，漆黑的彩虹闪烁着神秘之光
所有的完美存在着空洞

世界不是黑白的空气
不是诗，也不是画

——它来历不明

像个寓言

根据灵魂的感知　呼应

不停地变换色彩和轮廓

▪ **短　诗**

他在黑夜的街头拉琴

他在黑夜的街头拉琴

缓缓地

一节黑夜的抽屉也被拉开

他继续拉

倒春寒般的往事

随着音符

尘埃一样地涌出　漫天飞舞

眼睑下的真相是夜的空洞与苍茫

人声　车声　喧嚣声

雾一般地渐渐隐退

慢慢地

树木低眉

灯的泪　落进夜的街头

风　扛起了整个黑夜

慢慢地走　慢慢地走

五月的河流

它鼓胀、丰沛
像一个盛年的意象和记忆

岸边草木疯长，野心日见繁茂
目之所及是波光、清浅处的砂石、水草、野花

我很久未与一条河流互相照见了

只有侧身，静听这自然的乐器

开　篇

为迎接春天，季节动用了磅礴的光
滂沱的花海

在文庙广场上空，无人机轻轻飞过
测试着云朵，捕捉着镜头

一些蛰伏已久的句子也要动身了
它们暗暗使劲，欲在这春天拱出土，冒出绿芽

▪ 长　诗

崙山岛

一、崙山岛抒怀
绿草起伏　伸长了脖颈
我们和它一样有着青翠的呼吸

白云如诉　深陷蓝天　碧草
欲与他们深深融汇

人间仿若虚幻的理想国

我饮海濯身
饮绿濯身　饮云濯身

多么好　没有轻功
也可腾云驾雾

将万丈绿光披在身上

二、美与光
美，和光同尘
胜过所有热烈修辞

阳光有着完美的斜角
肉身和灵魂　自由地舒展

明晃晃的词从喉间不断
奔涌　奔涌

阳光之下　嵛山岛

充满新鲜之事

三、行走的花

绿光中一蓬燃烧的火焰

在舞蹈

简洁　深刻

妖娆　又思想

越过所有美的经验和傲慢

它开成了富有独立意识的艺术品

凝视　打动

取景框的焦距对着她

这绿野仙女

是草原的娇俏女儿

真正的诗人

四、雾锁星湖

上神没有忍住的一滴泪

落在了嵛山岛的心口

你来自古老歌谣

前世坎坷　今生安宁

你谙熟神秘玄学

深陷若即若离的万顷白纱

从我的凝眸里

你知道我的驻足吗

我必不是那多情的诗人
却是好奇　执着的旅人

无法推开重重帷幔

你与迷雾住进我的眼帘
我用留白的画面

想象　虚构
如诗如梦的你

五、美玉传奇
芳草漫衍　丝绸般延展
几乎触到了盛夏的穹顶

雾迈着优雅猫步
与你挽袖相依

风吹草低
云是那来影无踪的羊群

而湖呢？是涌动的诗集
撷映无边景致

嵛山岛无意成为抒情高地
我写下的分行
不能确定"最美""最好"

但我可以确定心动
确定美的原生态方式

确定它

是美玉　是传奇

▪ 创作年谱

2016 年　开始习诗，在 QQ 空间写诗，笔名飞雪。

2017 年　《他在黑夜的街头拉琴（外四首）》发表于《福建文学》第 8 期。

2018 年　在中国诗歌网、新浪博客注册会员；《石头记（外二首）》发表于《天津诗人》第 1 期。

2019 年　《在泉州（外二首）》发表于《泉州文学》第 3 期；《希望（外三首）》发表于《丰泽文学》第 3 期；《盲人摄影师》发表于《诗刊》7 月号下半月刊，入选《中国 2019 年度诗歌精选》（四川人民出版社）。

2020 年　《小寒（外一首）》发表于《嘉应文学》第 6 期。

王家铭

1989 年生于福建。本科毕业于武汉大学，博士就读于清华大学人文学院中文系。参加第三十六届青春诗会。作品发表于《人民文学》《十月》《诗刊》等。曾获十月诗歌奖、三月三诗会新人奖、东荡子诗歌高校奖、樱花诗赛一等奖。著有诗集《神像的刨花》。

▪ **代表作**

在嵩北公园

请跟随我，在前寒武纪时代

一点儿油迹洒到的衣袂里，在岩层进化为煤炭

野獾出没在积雪的奇迹中，那新踏进的领地

山韭和嵩刺蒙住了邝岭的眼。上坡的路

那是我们的虚荣，像一曲挽歌被琵琶弹奏

她呵气的动作，仿佛在河床里摸到了鹅卵

提醒山顶微寒，耐心要被消耗掉

于是松果滚落我们的脑海，快步向前

追上想象中的

自己。剜开来白石流淌的路径，在摇摇

欲坠的嵩顶北坡，危险的高点

梦的止境，和峰杪一道克服恐惧

然而我的一生不是第一次

登临，今天终于被懊悔侵占。相机败坏了

我们的痛苦。至少是我的，体内的草垛

残茬围成的盛宴，对命运的揣测无声息

无可望尽的远山包围了村落。下山经过道观

藜棘勾在裤脚，奔涌的琴弦，早已回到人间

返程的列车呢？我跟随你。何处停靠，梦无声奔驰
等小雨初下，有多少变幻，远远超出了
我们知道的世界

▪组 诗

思
—— 依旧献给你

所以你还好吗
是否仍对量子物理
和那些永恒的天体
充满兴趣

你还是不忍心弃置
某些不美的事物
为了它们拥有过的
被命名的一瞬

如果你向我提问
我将在隐怯中无言
除非你问我
如何在诗中认识自己

我几乎记下来
你的每一句话
不要疑虑，生命中
没有更深的失望了

曾经面对你，感到
一切理所当然
那信以为真的时刻
俨然我全部的能力

疏　漏

窗外依稀可见延绵的西山，像一条平线
但被几座高楼打断，阳光投在那些豁口
近处有赭红色的屋顶，阴影照在下面
骑车的人身上。他们正穿过紫荆路
消失于河的两边。附中操场传来
运动会的声音，连水汽也变得激越
起重机沉重地抬头，在看不见的某处
侧柏微微摇晃，试图搅扰到这一切
室内踱步的你我，终于坐下来
翻读了几页文字。如果把手拊在台上
几乎能辨认肉骨的黏结。万般踪影
仿若家乡的咸橄榄，补愈茶后的干涩

山　羊

河滩的气息，夏风轻快地吹散
到花圃中，到野扶桑晃动的影子里
一群小山羊沿着缓坡走来
我不是第一次见到这大地上的珍珠
黝黑，俊美，似乎都不用抬起脚
就移动到了河岸。小镇上它们拥有这天地
毫不羞怯，好像世界天然的安全

好像没有别的声音会从这里发出

不需要什么努力，它们就获得了

无垠的一天，把过去和未来

取消了的一天，浸透在松弛的风里的

一天。它们吃草，但不停留

走得比以往更快。听不到叫唤声

但我感觉有一些漫不经心的词语

被它们说了出来。其中的两只

不时抵住犄角，马上又轻捷地

跃开，这是它们之间神秘的

通话吗？它们是如何把彼此

置身于那瘦削的淡影，不用投去

任何修长的一瞥？围墙隔开河岸

与江滨路，我没有试着离它们更近

去摸摸美丽的脑袋，或者沾一沾

湿湿的唾液。我看到最后面的

小羔羊摆了摆尾巴，扭着臀部

快快地向前，消失在河水尽头

好像在一个闪念里，这些画面变得

不真实——我处在善良、空虚的愿望中

雾中风景

篱笆上结起了柿子，红色的

在晚风中获得她的形状

一种内向的纯粹

和绝望的本能。因为目光

是从高处凝聚，像辨认异性面容

多少理解了，这窗外的灰霾

这风暴的翻越

夜 雪

应该预感到，车辆和行人稀少
归程被阻隔成一个秘密
公园外，湿漉的地面漂浮着犹豫
只剩下杉树，自身的寒气被针对
像野兔子钻进了公寓

应该分辨不同颜色的时期
今天是灰白，如腹部的思想
凝视我，把我引入男学生
女学生的旧途。说话时
枝上落下来我们敌意的世界

水滴周旋在银杏果，又加强了
身处此地的彷惑。应该不应该
都是深情的面孔作祟。我让自己
坠入内衣绷紧的虚空。那秘密的
白点，涣散着我们肉体的初衷

归 来

起重机在窗外掘出种子
地上有缺口像是火苗投进去
我转身
听她们用低语
漫过餐桌上的荒野

把银针

刺在奔涌的提琴

那些瓷器，灰色家具

长途旅行的期望，深秋的颜色

在舞会中相互交换

催熟我们成长的原料

我问情人啊

谁将学会这苦涩的魔法

▪ 创作年谱

2008 年　本科就读武汉大学期间，开始在《诗刊》《诗林》《诗潮》等刊物上发表作品。

2011 年　获全国大学生樱花诗赛一等奖。

2012 年　诗集《时辰乐音》出版。

2018 年　获三月三诗会新人奖。

2019 年　博士就读于清华大学中文系；作品发表于《人民文学》《十月》等；获"东荡子诗歌奖·高校奖"；获"十月诗歌奖"。

2020 年　参加第三十六届"青春诗会"；诗集《神像的刨花》出版（长江文艺出版社）。

2021 年　译作《安妮·塞克斯顿的诗》发表于《诗歌月刊》。

2022 年　获"柔刚诗歌奖·校园诗歌奖"；主编《那无限飞奔的人——清华校园诗选》出版（中央编译出版社）。

毛 翰

1955 年生于汉口，祖籍湖北应山，1994 年调任西南师范大学中国新诗研究所副教授、教授，2001 年底转任华侨大学中文系教授。主编《中国诗歌年鉴》，出版有《20 世纪中国新诗分类鉴赏大系》《诗美创造学》《中国周边国家汉诗概览》《辛亥革命踏歌行》《毛翰诗论选》《歌词创作学》等，有诗集《诗蝶》《陪你走过这个季节》，多媒体诗集《天籁如斯》，后期偏重歌词创作，部分谱曲成歌，包括"中外名曲填词 40 首""唱响统一新歌 12 首"。

▪ **代表作**

二泉映月

二泉映月
一城知音半城苦
一根苦竹
替我探问人间的路
泉水悠悠寒与暑
月光淡淡有与无

春夏秋冬
人生百年能几度
东西南北
不知何处是归宿

我来到这个世上
啊，啊，啊，啊
谁知我心中的苦
长夜漫漫何所梦

梦见那山中泉依旧
梦见水中月如初

命运弃我
弃我秋风茅屋
只有那天边一弯月
翻过芦墙来看我
看我比孤独更孤独
看我比无助更无助

可恨苍天不公
做贼的眼贼亮
偏叫乐师去做瞽
瞎子阿炳已死掉
没有死的只是那一把二胡

阿炳一生穷
阿炳一世苦
弦歌三百首
首首不果腹
天生我才有何用
天妒我才我何辜
谁为我一哭

▪ 短　诗

塔里木河

海河奔天津去了

长江奔上海去了

珠江奔广州去了

为追寻海市的仙境

为向往不夜的霓虹

为眷恋花城的春色

只有你哟塔里木河

独自走着自己的路

默默地注入了浩瀚的沙漠

久违了，明月的顾盼

惊鸿的倩影，你却不悔

不悔一个执拗的选择

你相信大漠需要你

正如你也需要守着大漠

在百川归海的喧嚣中个性独特

空山鸟语

清晨在空山听鸟语

仿佛听到了神谕

神说大地要有诗情
大地便有了一派新绿

黄昏在空山听鸟语
仿佛听到了神曲
神说天空要有安宁
天空便呈现一盘棋局

人间有太多的浮躁
人心有太多的空虚
误读了人生多少年
今日在空山听鸟语

抱陶罐的女孩

天边有一条小河
日夜在流淌
有一个女孩朝河边走来
一路走呀一路歌唱

她用陶罐去舀水
舀起了波浪
波浪里有一条快乐的小鱼
还有一片快乐的月亮

女孩捧出了鱼儿
送回水中央
只把那月儿轻轻地抱起
回到她那天边的村庄

▪ 长 诗

二十四座奈何桥

跳 车

我无力扭转命运的列车
但决不能继续这
与目的地背道而驰的
旅行

自 焚

五内俱焚之后
火势
便不可遏止地
蔓延出来

沉 湖

我别无所求
只想在这片死水里
激起一叠美丽的波澜
尽管这一切
很快又会归于平静

手 枪

洞穿这花岗岩的禁锢
让灵魂出来
放放风

饮 鸩

谢主隆恩

饮下这壶御赐的美酒

我便永远陶醉

在幸福中了

自　刎

沉甸甸的思想

该收割了

吞　金

不是说一寸光阴一寸金吗

把今生剩余的所有光阴

折算成这方寸之金

一次性消费

果然受用多了

上　吊

让一个圈套如愿以偿

让其他所有的圈套

永远落空

安眠药

我就是一粒安眠药

让大地服了

好安眠

割　腕

你这个没血性的世界

让我来给你输点血

服　毒

我心底早已是毒草丛生

就让其毒性

来得更剧烈些吧

跳　楼

一脚蹬开这伪崇高
让青春与大地
撞个满怀

跳　窗

把空虚留给空虚
把无聊留给无聊
我且破窗而出
夺路而逃

卧　轨

结局正呼啸而来
结局已不可更改
意志不能被本能出卖
快哉快哉

撞　墙

就算撞不开那堵墙
我也要用刺眼的血色
破坏那墙面的
粉饰

投　江

逝者如斯
我且做个如斯逝者
看川上
年年诗云子曰
鹤舞婵娟

投　井

悄悄地我投入

不惊起一丝叹惋

这世界依旧

秩序井然

绝　食

悲哀难以下咽

痛苦难以下咽

希望又不能果腹

我听命于天

触　电

与其触怒天庭

被雷电劈死

还不如主动伸出手

接受和谐

撞　车

你按你的规则行车

我照我的牌理出牌

手不要发抖

脚不要乱来

请让我打出这最后的

精彩

瓦　斯

受尽天下难受之气

恨遍世间可恨之人

跳　崖

日暮飞瀑

夜半流星

溅起思想透辟的风

咬　舌

一世辛苦备尝

什么也不必再说

天地无言

神仙无语

泰山沉默

切　腹

诗书苦我

经纶累我

牢骚误我

我今与你们各自天涯

就此别过

▪ **创作年谱**

1980 年　写出第一首较为成熟的作品《塔里木河》，首发大学生油印刊物《草庐》。

1983 年　写作一首咏物诗《梅》，后于 1987 年发表于上海《文学报》，入选《中国
　　　　当代歌词选》（南京大学出版社），由此有意习作歌词；习作有的亦诗亦
　　　　词，发于各类报刊。

1993　　五卷《中国诗歌年鉴》，编于西南师大中国新诗研究所。

——

1997 年

1999 年　《陈年皇历看不得——再谈语文教科书的新诗篇目》发在《星星诗刊》4 月
　　　　号；批评贺敬之《桂林山水歌》招致围攻，《文艺报》《文艺理论与批评》
　　　　《诗刊》等也载文批我，其文 30 篇入选《改革还是改向》一书（大众文艺
　　　　出版社），我则有长文《关于陈年皇历，答陈年诸公》刊于《书屋》2001
　　　　年第 1 期，《中国社会科学文摘》2001 年第 2 期摘发过半。

2000 年　应约草成的一首朗诵诗《老有老的骄傲》，意外走红于民间，其中一个网
　　　　络版的浏览量竟达 4.3 亿，抄袭者视如己出，署上自己的大名重发报刊，

查实的就有 20 多人。

2002 年　《词刊》主编约我写歌词创作论，此后几年，该刊连载拙文 44 篇，修订结集为《歌词创作学》(社会科学文献出版社)。

2006 年　尝试网络时代的多媒体诗歌，习作《天籁如斯》等在网上流传，《诗探索》2007 年第 2 期发表了陆正兰、李诠林对此的两篇评论。

2013 年　写了《胡适，胡适，白话诗胡适》和《永远的少年石匠——再评石天河先生的诗》，后者由《重庆评论》发表，《作家通讯》2016 年第 1 期转载。

2018 年　以文学语言翻译音乐语言，为中外名曲填词 40 多首，如贝多芬的《献给爱丽丝》等。

叶逢平

惠安人，现为惠安县文学艺术界联合会副主席、泉州市作家协会诗歌创委会副主任，《泉州文学》编委。入围华文青年诗人奖，荣获福建省政府百花文艺奖、福建省优秀文学作品奖、星星·中国散文诗大奖赛奖等 40 多个奖项。

■ **代表作**

冷铁尚未是凶器时

给白加上黑，冷铁
怎么也无法看清锻痕
在火焰中交出自己的体温
就足够回答所经历的风暴

每一步，铁都会那么冷
它将藏着一个人的贱命
在弯刀上谈堕落
我何尝不是手无寸铁

如果无端的风雨
很冷的闪电，走到了前面
冷铁尚未是凶器时
英雄或平庸就是冷铁的思索

铁喊了声"我背叛凶器"
它就像货摊上的乐器
藏不住它锈迹斑斑的动作
给白给黑加不上罪孽

还有什么比这更为鲜明

冷，和它锻的痕

携带犀利的性格

冷铁插入戕害：我愧对热血

▪组　诗

空瓶子在倒立

倒立。靠在墙脚

这一个小空瓶子

过于单薄、透明，不小心倒地

就会被这块土地轻易打碎

空瓶子，它要冒多大破碎的危险

它是被怎样的时光抽掉了

比如酸甜、苦辣

整个心脏和胸怀，至大海漂流

瓶子空了，空就空了

——像是一个人走了，走就走了

靠在墙脚，低调地数着空虚里的裂纹

人们不相信，空瓶子小心翼翼地

能倒出一条出路

或许，已经用尽了自己的生活

靠着墙脚换个倒立姿态，回答这个尘世

薯　花

请原谅，海风将大地的忧伤，吹了几遍

薯花……从翠绿开成艳红

甚至延伸到寂寞后，欲罢不能

嫁给这个海风吹打的小镇

薯花在海水中受孕，皱褶裤一样的身影

比桑叶还青。一条薯藤编成了海岸线

薯花，也是一群有船的异性

扭动鳗鱼的腰肢，裸露光洁的小肚

在看不到边的心里，装几支橹呢

我曾说过：经过春天，我会看望它们

无论从哪个方向

我将铺垫我的彻底的爱恋

——它们想开到哪里就开到哪里

我有决心把自己种成薯花边的石头

在半月湾，我对着布满大海的薯花

吼上，三声咸水腔

"惠安呵——这是，谁的女人"

时间绿了，天一定很亮

把一块手表挂在树枝上

时间就绿了

正如和青草一起醒来的

少女，把太阳

那只烧红的玛瑙

放进清晨

鹰叫开树枝，把树枝劈成时间

每一叫开的树枝

都将叫开一张熟睡的脸

把一块手表挂在树枝上

时间就绿了

一秒钟，三秒钟

仿佛针哒嗒地插入身体

拂去我肩头的霜

一场风滑倒在树枝上

风吹绿了我的光和影

吹醒了我身后的女人

"我并没有伤害过时间

路太漫长，而爱如何延续"

缓缓起身。时间绿了

会滴落，而不会枯萎

把时间放在我幸福的嘴唇

让一天短，让一生再长

天，一定很亮

日出的数学图

醒了，大海试图站起来，与人们

一起看日出。因此，你得出世上才有浪花

捕鱼人垂直站在岸上，撒下网

大海，一直没有站好呢
世界都在喧哗……你乘以浪花
你减去垃圾，等于锐角的光芒

看不见一条鱼
捕鱼人抱紧等号的手臂
认为向下是双桨，向上是双桅

将潮水整齐地叠放在多边形的梦里
大海一条线，睡在地球上
波浪有了约等于的起伏，认真地呼吸

每个人相等的生活，捕鱼方式一样
可大可小，可自有主张的计算
日出，给世界点燃了一堆蜂窝煤

在岸上看着岸上的人

唧唧，不想再飞翔了。也许
看惯了大海的作为
鸥鸟正在好奇地看着岸上的人
——也许为了看到自己的未来
鸥鸟站在礁石上，看清岸上的人
如何生活的样子

鸥鸟站着，仿佛一盏灯紧贴水面
我舍不得为它描述未来的小镇
辛勤的人如何将黄金和鱼声带回家
唧唧，鸥鸟，不想飞成天空的一个点
它愿意像一粒有活力的沙子
生活在岸上。不过，家应当放置在哪里

年　华

因为光芒，灯塔是月亮的长子
捐一片沙滩，洋洋洒洒任你写

不是天空，暗下来
而是潮水划出一道又一道波光
拍打着我的年华

抓螃蟹的小孩

刚好没有海浪上涌，可以把每一片沙滩
当作追逐自由的颗粒。小孩抓螃蟹

放下另一侧的藤筐，挖几个沙洞
远远望去，螃蟹像流动的油漆
生锈的铁锚，迅捷地爬行
到处有跑不尽的路途

沙滩上，小孩也像几块石头，飘飞
在海面上，制造快乐
仿佛借用波浪
清洗幼稚。未曾看到无知

小孩唯有一种浪花的性格
抓紧内心无瑕的绳子
大海，宽容他们无意制造的伤害
不管挖几个沙洞，抓都是笨拙的游戏

▪ **创作年谱**

1988 年　开始文学创作。

1991 年　11 月,《台湾》在《诗歌报月刊》第 11 期发表,引起关注。

1995 年　3 月,就读于福建文学院第十一期文学创作班。

1997 年　7 月,《月亮琴》获得《福建文学》佳作奖。

1998 年　10 月,《蓝色古城》在《诗刊》10 月号发表;11 月,泉州市文学艺术界联合会、市作家协会举办"叶逢平文学作品讨论会"。

2000 年　4 月,参加诗刊社"青田笔会"。

2003 年　5 月,参加福建省青年诗歌讨论会。

2004 年　12 月,《时间绿了,天一定很亮》(原载于《诗选刊》5 月号),入选《2004 年中国诗歌精选》(长江文艺出版社)。

2005 年　10 月,《在春天左右(组诗)》在《诗刊》10 月号下半月刊头条推出。

2006 年　8 月,《叶逢平的诗(七首)》发表于《诗歌月刊》,《冷铁》入选《2007 年中国诗歌精选》(长江文艺出版社)。

2007 年　1 月,《乡下来的草(组诗)》在《诗潮》1—2 月号头条推出,《诗歌月刊》转载,《流逝》入选《2007 年中国诗歌精选》(长江文艺出版社);9 月,《彼岸(三首)》在《星星诗刊》"每月推荐"推出,入选《2009 中国诗歌年选》(花城出版社)。

2008 年　10 月,第三届鼓浪屿诗歌节暨福建省第二届青年诗人交流会第三场举办"叶逢平诗歌文本研讨"。

2009 年　6 月,《薯花之魂(组诗)》于《诗潮》6 月号头条推出,《诗选刊》转载,《薯花》入选《2009 中国年度诗歌》(漓江出版社);10 月,参加福建漳州首届八闽民间诗会。

2010 年　4 月,"诗雅黎园·叶逢平作品交流会"在黎明大学举行;9 月,入围 2010 年华文青年诗人奖,《叶逢平诗歌及诗观》获得第六届泉州市刺桐文艺奖诗歌一等奖。

2011 年　5 月,《薯花之魂(组诗)》获得福建省第六届百花文艺奖三等奖;10 月,泉州电视台四套大型文化纪实栏目《咱厝人》播出《十年花开:叶逢平》。

2014 年　3 月,在鲁迅文学院福建中青年作家班进修;8 月,创办泉州诗歌在线微信公众平台。

2015 年　10 月,参加中国·温州第三届金秋诗歌节。

2016年　10月，参加凤凰·鼓浪屿诗歌节；《薯花（外二首）》入选《闽派诗歌百年百人作品选》（海峡文艺出版社）。

2017年　6月，《叶逢平诗歌（十三首）》获得福建省第三十届优秀文学作品榜暨第十二届陈明玉文学榜年度诗歌榜作品。

2018年　12月，参加浙江诸暨诗歌笔会。

2020年　7月，成为中国诗歌之岛——洞头第三十五位"文艺岛民"；10月，参加浙江"文成秋韵，诗画同行"采风活动。

2021年　5月，《叶逢平作品（外三首）》入选《福建优秀文学70年精选·诗歌卷》（海峡文艺出版社）。

2022年　7月，散文诗《招魂》入选《新中国诗歌史料整理与研究·作品卷·散文诗2000—2018》（江西美术出版社）。

叶燕兰

2016 年开始诗歌创作，参加诗刊社第三十七届青春诗会。作品散见《诗刊》《星星诗刊》《江南诗》《诗林》《诗选刊》《福建文学》《泉州文学》等，曾获福建省"优秀文学作品"诗歌组提名奖、陈子昂诗歌奖年度青年诗人奖等奖项。出版诗集《爱与愧疚》。

▪ **代表作**

记江滨公园一次漫长的散步

晚风轻拂，江水静静流淌

一开始我是别人的女儿
像眼前哭闹追逐的孩子，那么天真

接着我是别人的恋人
比草丛中陷入了盲目爱情的野花
更加深情

后来我是别人的母亲
听见某处枝叶间传来的召唤性蝉鸣
也能引发内心的交响，与轻微震颤

到最后……渐渐再无人和我擦肩而过
茫茫夜色中
我感到自己微凉、赤裸。羞愧得近乎
还未拥有任何故事的少年
一瞬间

几乎就要放弃所有形容词，低促地喊出
——我爱你

夏日晚风一遍遍吹拂，仿佛在替你
江中流水静静地涌动，仿佛是为我

▪组　诗

相　遇

在崇武海边，一面古城墙隔开了
大海。而把小而轻的生活
留给浪花翻卷的土地

老人们在门口打盹
孩童在石巷子间飞速长成
一个雕艺师，分别从他们身上
捕捉到了时间，这变幻的光影
他凝视着
如同大海某一时刻屏住呼吸，露出
午后深刻的蔚蓝

一种巨大的天真
与野心
摇晃着我。让我几乎看到了我自己
一座又小又孤独的岛屿
正从海水的隐身术中，湿漉漉地醒来
看到的每只低头俯冲的鸟类
都像你

瓷

只在极少数时刻，我才感到微微
遗憾。像某些夜里彻底无眠
拥有整晚冰凉光滑的时间，却无法由内
而外，裂开一个小的豁口
亲自对他
说晚安

我情愿自己一直是布满裂纹的
宋代或清朝的一件被
眼前人的想象力，反复用旧
的古瓷

因不可追忆的时光
和天生的不完美
符合他对人世的预判、自身的审美
而被选中，等价置换
收藏在一个人的书房
常常受冷落。偶尔获得
足以修复一生的
细细打量

有时他打开射灯。光线亮如极昼
把某一刻闪耀
成一个巨大的幻觉
为他短暂的凝视，我才稳住我摇摇
欲坠的一生
迟迟不从身体幽暗处交出

这仅剩的
轻薄易碎的情爱，和着真实命运的空响

夜里睡不着，想到父亲

其实不算太晚，星星挨着
星星，大眼瞪着小眼
毫无困意，月亮也一样
一会儿钻进云层
一会儿就从被窝
伸出凉凉的
脑袋

这时我想到父亲。他要是睡不着
一定会从床头，暗中摸出那个
白日买酒附赠的孤独廉价的
打火机，把整个宝贵的夜晚
一滴不剩地，吸入胸腔

与五个月大的女儿对视

我看见了整座大海，在翻涌
但只溢出了一点点
刚好打湿，她的小睫毛

黑色的蜷曲的睫毛
极细微的扑闪的浪花
在我就要游向漩涡之际
轻轻地，把我托举出水面

那"咿咿呀呀"，小手小脚挥动
如同海鸟扑打嫩翅
向新生者，发出肺腑之言

微颤的生活

我常戏谑你，傻瓜
其实你是天生的聪明人
与街上的大多数相似
温和、寡言、不深究
危险的关系
像远处的纷争，近处的爱情
每当我这个真正的傻瓜向你
抛出一连串的质疑、诘问
季节向我们抛下冰霜雨雪
你总以沉默之刃抵住
这左右手互搏的矛盾
末了，拿起案上久置的苹果
用笨拙的刀削去无用的皮
削弱共同抚触过的温度
一分为二，一半递给我
一半递给微颤的生活

流水的悲伤

那个水龙头一直开着
水一直流着

水一直流着，水下一双枯瘦的手
攥着一个奶瓶，十指通红
裸露的奶嘴渗着白色的奶液
像无辜的婴儿，涎着口水

我就站在老人身后，也握着
将给女儿带去安抚的奶瓶
我们每天都会这样在开水房相遇
清洁，流泪，把滚烫的开水调到
适宜的温度

水一直流着。柔弱的水不停地
叩击着金属槽面
一些不小心的水花喷溅出来，我不忍上前
提醒，也不敢无声催促
我只知道，只有让她把心里的水慢慢放掉了
眼前的流淌才能继续，洗刷一个又一个疼痛的奶瓶

▪ 创作年谱

2016 年　正式开始现代诗写作；在《泉州文学》第 3 期发表处女作。

2018 年　《瓷花（组诗）》获《泉州文学》特别推荐；写下"孕期"组诗。

2019 年　《瓷花（组诗）》获福建省优秀文学作品诗歌组提名奖；写下"求医陪护"
　　　　组诗。

2021 年　参加诗刊社第三十七届"青春诗会"；诗集《爱与愧疚》出版（长江文艺
　　　　出版社）。

2022 年　获《诗刊》2021 年度陈子昂诗歌奖年度青年诗人奖。

合 一

本名陈红燕。作品发表于《人民日报》（海外版）、《诗歌月刊》、《散文诗世界》、《泉州文学》、《海峡诗人》、《福建日报》等报刊，获第二届"惠艺·匠心"全国诗歌大赛入围奖。

▪ **代表作**

凿光取月的我，捡拾他乡霜花取暖

霜降，深秋的落叶纷纷

隐匿的光，沉默如石的月亮之上
鸟鸣划出归巢的弧线

褪去清冽，群山寂静
浮云淡出，带着故乡的体温
爱上柴烧后起伏跌宕的未知，只为
釉面粗糙的断口，有记忆，锋利

火苗噼啦闪烁
烤焦的过往，被时光捧出
散落在十字路口那些野蛮的表达，不及
守夜人出窑的呐喊，空气炸裂
雀跃的硬骨，回响在每次飞鸟划过的月圆之夜

凿光取月的我，捡拾他乡霜花取暖

▪ 组　诗

一直游到海水变蓝

我开始喜欢企鹅，冬天冰雪开始融化
成群结队出门，走路，拥抱
在相拥中摩擦出火花，怒放的小脚丫
张扬活力，也曾在天空留下痕迹的翅膀
结伴，觅食，喃喃自语

是的，我在这个春天突然喜欢企鹅
喜欢他们一起，笨拙，小心翼翼
穿过融化的冰川，人世，许多
用摇摆的姿态，端坐白昼与黑夜跷跷板
放下寒冷，与月色和解
穿透，冷眼旁观的镜子

快速滑行时光的温暖，折射阳光
一直游到海水变蓝

穿过落日的寒鸦

昨晚的小雨和中午的太阳
都是乌鸦飞过黑夜的前奏

凛冽，沾满年末的忧伤
回家的人，不敢敲响
将雪未雪的江南
渡口石头夹缝的野草

爱着旧时光

恨也是波浪的一种表达，乌鸦
凭借白天白云，以白的姿态
渲染耀眼的群星
不高，不低
喊出几声自由的空旷

无数弧线

车轮划出一道弧线，流星的倒影
摇晃着初冬的鸟鸣和呼吸
俯在耳边，要相信
有人爱，我欣喜地获得了平衡

等待，唯一的附加条件
带走荆棘鸟的天空
初升的太阳被淹没
车声，开始和时间无言以对

在人群中等待，时远时近
我活在自身的矛盾里动荡，无数弧线
网住成茧，何时所有弧线
圆成，投影，在生命得失之间

五店市，看见一片旧月光

姓氏的人间烟火，推向
那一年南洋的初春。眼泪重叠山水

藏在身体里的鱼骨，如完整的山脉
晚蝉在老榕树下落，在脚步声里如织

等待是汉字里最遥远的距离
寺庙瓷像，有了家乡龙眼树的味道
我几乎不再读云了。曾经
我认为她是诗的放牧者

五店市红墙，让我把余生靠一靠
让月光在屋檐上不再飘雪，挡住泪光

▪ 创作年谱

1980年　开始文学创作，在《泉州晚报》《东南早报》发表《江南可采莲》《一轮
　　　　明月》等。

1987　　写作新闻作品、陶瓷调研文章等，在《福建日报》《福建广播电视报》
——　　《泉州晚报》等发表文章。

1989年

1998　　在《中国民政》《中国审计》等报刊发表新闻报道。
——

2021年

2019年　《老百姓的暖心茶》获泉州市"我们的初心使命"主题征文活动一等奖；
　　　　《遇见（外四首）》发表于《泉州文学》第9期。

2020年　《惠安，有一群赶石入海的女儿（组诗）》获全国第二届"惠艺·匠心"
　　　　诗歌大赛获入围奖；《寄无书（组诗）》发表于《泉州文学》第9期；诗
　　　　歌发表于《中国诗影响》春季刊；《金井甘泉》发表于《之江诗刊》；《无
　　　　数弧线》发表于《海峡诗人》第3期；《失去·归来》发表于《神州乡土
　　　　诗人专刊》第3期；《七月，月色以瓷的素面朝天》发表于《人民日报》
　　　　（海外版）。

2021年　《九月的镜子（外一首）》发表于《诗歌月刊》第1期；《凿光取月（组
　　　　诗）》发表于《泉州文学》第3期；《簪缨（外一首）》发表于《散文诗
　　　　世界》第5期。

安　安

本名吴远安，1969 年生，晋江内坑人。中国作家协会会员，晋江市作家协会副主席。诗作散见《诗刊》《十月》《诗神》《文艺报》《中国青年报》《星星诗刊》《散文》《福建日报》《福建文学》等报刊，入选《名作欣赏》《读者》《福建文学创作 50 年选·诗歌卷》《1949—1999 泉州文学作品选·诗歌卷》《晋江青年文学作品选》《中国诗歌选》等多种文集。获泉州市文学奖、泉州市青年文学奖、晋江星光文艺奖等奖项。作品曾被《名作欣赏》等报刊评介，传略入载《中国作家协会会员辞典》《福建省文艺家辞典·作家卷》《晋江当代著述录》等。出版有《沙海遗珠》《梦江南》《登上高山》《从春天出发》等。

▪ **代表作**

祈祷词

让我的爱大于恨

让我的假小于真

让我的所欲渐化虚无

让我的付出渐近无倦

让我习惯于淡饭粗茶

不再追逐什么食美室雅

让我习惯于明月清风的围绕

而生厌于酒绿灯红的燃烧

让我宁愿涉足市井的粗野

而不从流于虚伪的高贵

让我死在卑微者的战场

而不在野蛮或怯弱里

做一个不可一世的屠夫
或是乐不思蜀的傀儡

让我习惯于白日的徒步
让我习惯于暗夜的思考
让我习惯于生命的感动
受骗千回也不养成铁石心肠
让我习惯于歌声与微笑
纵使历尽磨难也永记梦想的崇高

虽然我的所思已日益狭小
我的所愿已日渐枯萎
我已不能再剥皮为纸
折骨为笔　刺血为墨
好书写一生的承诺
化为动地惊天的誓词
（在此物欲横流的世界
也许我的存在
亦将会是一个美丽的谎言）

唯愿临终时
当一切种种即将远离
心中有此一念　念念相随
我于生死大海　秽恶中游
曾对至上真善　有所企求

▪ 短　诗

母　亲

当我用人世间
所有温馨的语言
回忆母亲
童年时代的母亲

月的光芒骤然间暴涨
因为月
映见了天下母亲的华发
与她贫血的
因思念而苍白的脸

群星之外

花朵开放在大地之外
月色弥漫在花朵之外
比月亮还高的是太阳
星星更在太阳之外

我寻你
寻自青山被白雪覆盖
岁月将乌丝染白
想想
你当在群星之外

海有多宽

小时候

在寻找父亲的路上

夜半醒来

窗外一晃而过的是阿婆的小船

和一盏灯

闽江真大呀

两岸茫茫皆不见

那时候我以为海

就是这个模样

再过一些年

我走在大连到上海的水上

汪洋浩瀚无边

人晕得不知东南西北

可血气方刚的我却认为

这不过是庄周的鱼

绕着湖中石在游戏

许多的岁月过去

我已善于把心化为日月双轮

在宇宙苍生之间流动

不经意中却又梦起

闽江上的那一盏孤灯了

▪ 长　诗

晋江梧林

一

徜徉在百亩花海

牧歌田园

我的雨中梧林

一颦一笑都是那么清新

从背井离乡到衣锦还乡

我们忽略了奋斗者当年

下南洋经历的血泪心酸

过番到吕宋的唐山人啊

一代又一代闽南番客

一路筚路蓝缕

每一栋古厝洋楼

一砖一瓦一石

都承载着游子落叶归根

魂牵梦绕的故土情怀

他们始终以摇篮血迹

以父母以祖辈

居住过的土地为骄傲

愿后来者的我们

能追随先辈印痕

为了共同的愿景

努力打拼

让子孙后裔

有一天也会以我们为自豪

传承历史文脉

留住记忆乡愁

我的梧林晋江

我们的晋江梧林

二

那些生动活泼的人儿啊

哪里去了

都哪里去了

在时光相册里留下影像

在光阴长河烙下不老的印痕

那些端正慈祥的长辈啊

都哪里去了

哪里去了

含辛茹苦呵护养育

为了一个族群的繁衍生息

从怀胎守护到临产受苦

生子忘忧咽苦吐甘

不辞饥不求安

只为怜男女　慈母改颜容

子出关山外　母忆在他乡

日夜心相随　流泪数千行

如猿泣爱子　寸寸断肝肠

父母恩情重　恩深实难报

闻道远行去　长使母心酸

母年一百岁　常忧八十儿

欲知恩爱断　命尽始分离

怀中的幼子长大了

长成白发苍苍的过客

每一个背影终将远去

只愿老屋不老

古井依旧甘甜如初

那些个华屋落成时

合影留念的人儿啊

又已在世界哪个角落

开花结果了啊

其实每一个仲夏梦之夜

每一个深秋

每一个寒冬

每一个春天

都有人念念不忘

映照在池塘会有涟漪

映照在庭院树叶露珠上

会有一片星空

故乡屋檐下

闪闪发光

混杂着桂花或者杧果的香浓

三

黄帝亲植的柏树

至今已五千春秋

老子手植的银杏

树龄该有两千六百多岁了吧

懵懵懂懂行走于人世

历经一场场生老病死

也许依旧执迷不悟

也许一梦千年

一生大部分时间

皆流浪于赶考

或者还乡的路上

或为商贾

或为家乡的过客

沿着前人的足迹

去海外打拼

或寄人于篱下

或食不果腹

举目无亲

其中种种

唯有他乡的沟渠知悉

他乡的明月记取

一生要穿破多少双草鞋

才能功成名就荣归故里

石板大埕走出光泽

高高的门槛磨低了

还是没有人找到答案

当所有的心心念念

一一成为前尘往事

只有村庄还是那个村庄

水井还是那口水井

不小心走出门外

月色会随身影一圈圈荡漾

如镜中繁花

如水中明月

波澜不惊

自在清明

▪ 创作年谱

1982
——
1987 年
中学年代，读大量书籍，诗歌创作热情萌芽、爆发，特别是在南安五星中学高中就读时期，诗歌创作得到大量有益的练习。

1988 年 参加中国作家协会鲁迅文学院函授班、普及班；到南京参加鲁迅文学院举办的为期 3 天的面授。

1989 年 5—7 月，参加鲁迅文学院首届文学创作短训班；9 月，至 1992 年 7 月，参加鲁迅文学院与北京师范学院（毕业时升格改名为首都师范大学）联合举办的中国语言文学函授大专班学习；得笔名安安，写诗，投稿，《世界日报》初发小诗，后在《诗刊》《散文》《名作欣赏》等刊物发表习作若干。

1992 年 10 月，诗与散文诗合集《沙海遗珠》出版（香港文学报社出版公司）。

1996 年 10 月，诗与散文诗合集《梦江南》出版（中国广播出版社）。

1997 年 夏天，晋江市文化馆与泉州市作家协会为安安和另一位作者举办作品研讨会。

1998 年 6 月，加入福建省作家协会，厦门大学教授林兴宅在《名作欣赏》1998 年第 3 期发表《精神的回归与舒展》，对笔者的写作进行了评论；诗歌代表作《祈祷词》发表于《读者》第 10 期；受邀前往香港参加金龙奖颁奖活动。

1999 年 6 月，诗与散文诗合集《登上高山》出版（作家出版社），蔡其矫作序。

2007 年 12 月，诗与散文诗合集《从春天出发》出版（青海人民出版社）。

2009 年 6 月，加入中国作家协会；获泉州青年文学奖、刺桐文艺奖等。

冰 夏

本名黄添银，1983 年生于安溪。中国诗歌学会会员，福建省作家协会会员。诗作发表于《诗刊》《星星诗刊》《时代文学》《诗潮》《大理文化》等，获泉州市年度文学奖等奖项。出版有《冰夏诗集》。

▪ **代表作**

小户人家院后有麻雀

这些小雨点，云朵拍下，在傻笑
这些泥点，藤叶间搬动广袤的土地
小户人家倚门不出——声
庭院会搬到天空
这些污点，哐啷一响，消失
只有空气的晨院是小户人家的脸色
这些，房瓦上播下岁月黝黑的种子
开出了光，开出了露，开出了白天
这些，我最先醒来的细胞
正在分娩

▪ 短　诗

升　迁

初识，我为诗中镜，镜中人

百章诗里，你用心捉摸

风里有软肢，雨里有清脉，日里有淡眸

祖国金色，我只是这张

草席上梳光阴的女人

雀声如丝，抚平辞海的女人也在街头

拌点糊酱，烟火的余声一口口嚼着

你说，风雨的时日也有短的时候

如果不哭，鸿志能轻附历史

我们已经走过了烟柳巷秋雁门

贫穷多么辽阔

最后，卸下一副骨架前卸下

一片辽阔

青枣树已能风中捕飞鸟

白蝼蚁高处走，枝端挂的巢

不停招呼低处流水

树下的人躲避天光一线的刺杀

除了阴暗，空无一物

风中能捕飞鸟，亦可

捕光环，一个个像印章像金币像戒指

树下的人向阴暗上交

纸和笔，她压压十根指骨

闪光的鳞片一点点外泄

这，不知能否燎原一瞬

像长久的贫穷那么辽阔

女　儿

女儿应该是一个美好的词

走在山间，我就用她形容

一颗露珠或者一只飞燕

如果隐匿城市啊，我一定形容她是

狗尾巴草从故乡散出了淡香

女儿还应该像一支短笛

随她的音符颤动一生

她也能摸准每一个音孔

轻拍着一位母亲蓄满的担忧

女儿有时猫在我的腿上

棉花的样子、云的样子、鹅毛的样子

轻轻小小的愿望的样子

我怎么也不忍心抖落

▪长 诗

诗人微事记

一 月

河边的波光可以唤春
风吹了吹他的衣角
醒了

二 月

他给女邻居扛大米一袋，拍雪花一树
他给诗友车票千元加汉诗一首，暖身

三 月

三月三，雨大欢
他的新娘子有喜，他有欢
青菜几棵，鸡蛋半斤，锅里素面
白墙，暗屋檐，蜘蛛缠丝，人世缠绵

四 月

公园的草绿。这草，这绿
他在微风中微抖几下
蝴蝶掀翻了一夜露珠，露出
半个故乡。一半风沙，一半花鱼

五 月

五月无事。地上搬砖，网上搬砖，人间搬砖
兄弟砸诗出书，他为此

六　月

大地繁花盛，是他打不完的补丁

补了月光，补了海水，补了歪斜的文字

他的诗说

都是在悲怆女人流落的异乡

都是伸张正义的沧桑

七　月

他收了一个女人三张相片，三张相片的女人

赠画：调皮山兰、浅痕墨竹、陀石危立

神性的小恩慈，他的大富有

八　月

菖蒲绿盆沿，狼尾蕨潦草

于是，刻篆，上香，与菩萨对望

相惺相惜

门外，乞丐掏布袋，他置米一碗，犹怜久叹

九　月

"行至穷水处，坐看云起时"

红如血，他的红血。白如雪，他的白雪

江山无事，他无事

画江山，错落间搁一点，一美人

十　月

故乡大雪压枝，他呷酒

收拾了潮白河的垃圾

收拾不起残荷入冰

十一月

婚喜门前站的都是兄弟，门前满树红山楂如兄弟

风吹它们时相互推搡，嬉笑怒骂
风不吹，一树都是他的，挂自己的火焰

十二月

枯叶落尽
他想起了千年前的女子，种起了百合
耐寒，喜凉爽，唯有七言绝句可对应

病人众筹，先分享，赠小钱，温暖被窝
故乡，母亲一定离灶拍灰，倚门

▪ 创作年谱

2014 年　《冰夏诗集》出版，（中国文联出版社）；《冰夏的诗歌》发表于《文学月刊》；《回首》《思念（外一章）》《路摊子》发表于《东南早报》；《刺绣（外一首）》发表于《泉州文学》；《湖边闲散》发表于《香港泉州报》；《那些隔在天堂口的纷扰（组诗）》发表于《星星诗人档案 2014 年卷》（四川民族出版社）；《捕捉》发表于《南安商报》。

2015 年　《你去的不远》发表于《南方诗人》；《你还没在夜里消散（组诗）》发表于《诗刊》4 月号下半月刊；《日缺时》发表于《诗潮》第 5 期；《冰夏的诗（组诗）》发表于《时代文学》第 8 期；《冰夏的诗（九首）》发表于《黔中文化》；《冰夏的诗歌》发表于《刺桐》；《冰夏诗歌》发表于《新民文化》；《冰夏诗歌三首》发表于《杉乡文学》；《有翅的茶乡（组诗）》获"海丝茶·观音韵"全国征文大赛优秀奖；《你还没在夜里消散（组诗）》获 2015 年度泉州文学奖。

2016 年　《妥协（外二首）》发表于《五女山》；《我们背着汉字跋山涉水》发表于《地铁时报》；《你还没在夜里消散》获安溪县铁观音文艺奖一等奖。

2017 年　《已是阔斧扛肩年纪，竟不曾向往远方（组诗）》发表于《星星诗刊》第 9 期；《独饮歌（外二首）》发表于《杉乡文学》第 3 期；《凡事要发生在好地方（组诗）》发表于《人民文艺家》；《回家种麦（外二首）》发表于《泉州文学》；《冰夏的诗（组诗）》发表于《湖南诗人》；《倾诉》发表于《长江诗歌》第 4 期；《已是阔斧扛肩年纪，竟不曾向往远方（组诗）》获 2017 年度泉州文学奖。

2018 年　《我们一起读首诗吧（外二首）》发表于《泉州文学》；《女儿（外一首）》发表于《春泥》；《冰夏的诗词》发表于《长白诗世界》第三辑；《一朵花如此盛开（九首）》发表于《作家报》12 月 7 日第七版；《担心（外二首）》发表于《兰州日报》；《女儿》入选《青年诗歌年鉴 2017 年卷》（人民日报出版社）；《喜春》发表于《九江日报》；获 2013—2018 年"安溪县文艺志愿服务先锋"称号；《我们一起赏花吧》获"五女山杯·相约桓仁"全国旅游诗歌大赛优秀奖；《雨中行》由泉州作家手稿展览馆收藏。

2019 年　《冰夏的诗》发表于《惠安文化》；《踏春》发表于《德州晚报》；《迟暮（外三首）》发表于《泉州文学》；《祖国，我把您的名字抱了起来》发表于《大理文化》；《一个人内心有暴雨》入选《2019 天天诗历》；《点赞，我的祖国（组诗）》发表于《我爱这土地》；《我在祖国的怀抱里呢喃》获"我和我的祖国"征文二等奖。

2020 年　《一枚绿叶高于我》发表于《秋水》；《我好奇每一棵植物（组诗）》发表于《海峡诗人》；《纽扣》发表于《世界乡愁诗精选》；诗三首入选《同安文艺优秀作品选》（厦门大学出版社）。

许燕影

晋江人，现居海南海口。中国作家协会会员，海南省作家协会理事。作品发表于《诗刊》《人民日报》《文艺报》《诗歌月刊》《诗林》《福建文学》等报刊，入选多种选集。曾获"《现代青年》十佳诗人"称号。出版诗集《轻握的温柔》《我怎能说出我的热烈》，散文随笔集《燕影的天空》《踏花拾锦年》《那些漫过脚踝的水》等。

▪ **代表作**

湍　急

迷恋水域的人
必定爱着空旷和流动
是的，她有暗藏的羽和禅定的心

她在水边书写情书
逼出内心的空，倾听
她听到湍急，高于云朵，低于水域

而夜退回深陷的黑
她未曾临近，最终疮痍满目
她在秋风里追赶着秋

一扇门就这样不经意打开
一扇门又被刻意关上
半生缺席，半生误读
半生都在错过

风起，临水
她总是错爱误读的苍茫

▪ 组 诗

我怎能说出我的热烈

你是包容是胸怀
是波澜是广袤
你是蓝是色彩
是流动的云和追逐

你是天空是想象
是永不停歇的彼岸
你是念想是牵挂
是搁浅的沙粒和遗忘

你是珠贝蓄积的所有的泪啊
是我纠结的前世和今生
平息时温婉柔情
汹涌时澎湃激昂

但我还是不能把你称作海
未经一次彻底的覆没
我怎能说出我的热烈

故乡晋江

风中浮萍写满苍凉
跨时空溢出最多的
还是飘的情绪

一次比一次飘得虚浮

雾中山水应是一段虚拟
乡音、石桥
水边疯长的芦苇
我说，应该还有一条江
溢满相思的
一个回不去的地方
一个不存在的地方
一次比一次更沉湎于泪水的地方

"出生或长期居住之地"
百度的故乡只是一个符号
冷漠不带一丝情感
是的，这些年
心已筑起篱墙硬如磐石
可是为什么
每一次不经意说起
说起这个回不去的地方
我结痂的心总会在刹那温婉柔软

很多年了
居住在另一个异乡人聚集的海岛
只要有人问起故乡
我都会骄傲地说出一个省份
一个以江字命名的城市
再悄转回身
掩饰我渐渐雾起的双眼

假　象

花蕾醒来在二月的刀口

被春风蛊惑，紧攀着枝脉温习吐纳

隐匿的私语惊飞第一声鸟鸣

感知被蒙蔽，她们并不知道发生了什么

刀上舞蹈，倾尽全力绽放

是的，既定的春天从不辜负时令

唯有明月的冷光窥破暗海的恣意

潘多拉盒子被夜的手悄然打开

星子惊乱了水波，镜像瞬息间破碎

原谅我过早染上了春疾

做了桃花梦，二月

一直说着花的痴语

季节蓄意了一场春疾

谁也无法阻止它的漫延

而我，不经意患上轻度风寒

紧抱着自己的冷

我习惯在纸上练兵

画舒展的枝脉

画下这满页桃红

当画落一树花雨
我止住微微的咳
怕惊扰了早春的花梦

可他们还是说：早着呢
花期还很遥远，春寒依然料峭
我却从一枚桃核
看到花海嗅到了芬芳

如果说花劫难逃
那么，原谅我吧
原谅我过早染上了春疾
让蓄满泪水的视线
始终止于这个二月

自画像

她习惯把头仰起
沐着光，眼睛眯成小弯月
所有迎向他的都是明媚
日光、海水，一些微笑和呼吸

偶尔，也把背影给他
微裸着肩一点小性感
有时俏皮地抬起脚
躲闪浪花的亲吻
其实，她多么深爱
海潮退却时
沉沙在脚底缓缓地流

这时候

她把弯月悄藏，迎向岸

满目盈光

她终于忍不住

忍不住说出了空

一颗飘落的草籽

没来由的欢喜

一点小疼惜

贴着夜

她和时光拉锯

无法梳理的分行

一些不曾说出的忧伤

这流火七月

城市和城市的距离

演绎着云端的心情

她多么欢喜

欢喜这越来越多的小记忆

▪ 创作年谱

1984 年　开始写诗，在《天涯》《海南日报》《人民海军》等报刊发表。

1994 年　4 月，诗集《轻握的温柔》出版（海南出版社）。

2008 年　1 月，诗文集《燕影的天空》出版（国际华文出版社）。

2011 年　11 月，随笔集《踏花拾锦年》出版（南方出版社）。

2013 年　11 月，诗集《我怎能说出我的热烈》出版（南方出版社）。

2021 年　7 月，散文集《那些漫过脚踝的水》出版（海南出版社）。

吴小猛

　　1967 年生，安溪人，国家一级评茶师。笔名二闲斋主。现为《中华文学》签约作家，泉州市作家协会会员，安溪县作家协会副主席。作品散见《星星诗刊》《中华文学》《泉州文学》《泉州晚报》等报刊，入选《中国诗歌·2020 年度民刊诗选》《中国乡村诗选编》等多种诗歌选本。获 2018 年度泉州文学奖、第五届"诗探索·中国诗歌发现奖"提名奖（2020 年）等奖项。

▪ **代表作**

酒　话

　　一、之醉
　　十一个空酒瓶子歪倒在地
　　有的清仓归零，有的
　　心有余悸
　　有的碰了兄弟一把
　　没扶住自己

　　箱子里挺立的第十二瓶
　　在十字路口，看
　　红绿灯猜拳

　　二、之闲
　　第十二瓶被放了鸽子，心一下子空了

　　独自行走在收割后的田园边上
　　有些稻茬冒出新绿
　　如昨天

稻草人还守着与风签订的盟约
季节已先行一步

三、之愁

还会有鸟儿飞来吗？鸟儿飞来
还会有风吹来吗？风吹来
不如小酌一杯

第十二瓶嘴巴严得无法倒抽一口凉气
干瞪着眼

四、之浅

挤满星星的天空依然无边。一滴水
给出更美的弧线

遥远、深邃一再缩小之后
一眼望穿

第十二瓶计算着瓶内空间的度数
约等于透明的薄雾

五、之暖

那就坚守吧。十年，二十年或更久
和岁月一样旁观、缄默
一样老去

百态阅尽。日升日落之间
那么多风雨

晴空安静、纯粹。令人惦记

▪组 诗

秋之蓝

它不为我所动。它朝我投来一枚石子

事实是，十六两的蓝又回来了
在某个清晨
在我出门时照例看了北边的天空一眼

这习惯始于写下"天真蓝啊，蓝得像五十岁的人"
现在，我说它蓝得像泉水
纯净并活着

倾听者

一阵风吹过，每片叶子都开口
一棵树，每年更新它的语言

树下那块大石头，似乎
年年在变矮
年年在更深的荫凉里
沉默

常常在石头上闲坐。像石头一样乘凉
听风，听叶子落下
时光过处，我们裸露着
相似的粗粝

晚　安

椅子休息了。它的主人抚摸着光滑的睡意
默默地，再次说声晚安。说与
小猫咪，一个人的茶事
和未掩的诗卷

窗还开着一扇。尚有星点俗念没合眼
白天卖铁观音的人
正在回收汗水、回甘
回收茶市乱象

弯月钩着寂静和微凉
是李白，是苏东坡
是空空如也的白瓷盖碗
泛出淡淡光泽
是谁的一句"吃茶去"

▪ 创作年谱

1986 年　散文诗《叶冠》（处女作）发表于《泉州晚报》。

1987 年　童谣赏析文章《月儿月光光》、散文诗《汗珠》发表于《泉州晚报》；散文
　　　　诗《枝枝朝北树》发表于《泉州文学》第 3—4 期合刊。

1988　　若干诗歌、散文发表于《名城诗报》《泉州政协报》《福建政协通讯》《上
—— 　　海经济时报》《中国食品报》等报刊。

1999 年

1990 年　诗歌《乡村道上》发表于《泉州文学》第 1 期；诗歌《秋果》发表于《泉
　　　　州晚报》；诗歌《给老父》发表于福建《生活·创造》第 12 期。

1991年　报告文学《电之魅》发表于《泉州文学》第1期；诗歌《无题》发表于《泉州晚报》。

1992年　报告文学《飘香的乐章》发表于《泉州文学》第1期。

1995年　散文《随笔二则》、散文诗《无题》、诗歌《静夜思》发表于《泉州晚报》；诗歌《爱情故事（外三首）》发表于《泉州文学》第3期。

2000年　散文《凤麓探幽》、散文诗《茶艺意象（六则）》发表于《泉州晚报》。

2016年　诗歌《赶坡》发表于内蒙古自治区《纳税人报》副刊；诗歌《世界这么大，我想去看看》等24首入选诗歌合集《诗草本》（四川民族出版社）。

2018年　诗歌《冬至》等5首入选《2017华语诗人年选》（团结出版社）；《酒话（组诗）》发表于《中华文学》第6期；《对内黄一棵树的虚拟解读（组诗）》获第一届"内黄杯"全国现代诗大赛一等奖。

2019年　《春天（组诗）》发表于《中华文学》第2期；《酒话（组诗）》获2018年度泉州文学奖。

2020年　诗歌《新的，旧的》发表于《流派》；诗歌《天边，落日如滴》《夜》入选《中国诗歌·民刊诗选》；诗歌评论《落日里的悲悯情怀——评梁小兰组诗〈旷野上吹过风〉》获得第五届诗探索·中国诗歌发现奖提名奖；《风一转身，成为雕塑家（组诗）》发表于《泉州文学》；诗歌《我从山中来》等5首入选《中国乡村诗选编》。

2021年　诗歌《天籁之音》《山居图》发表于《雨露风》；诗歌《大雪落定之后（外二首）》发表于《星星诗刊》增刊第1期。

吴文建

祖籍安溪，1985 年生。福建省作家协会会员，泉州市青年作家协会副主席，泉州市作家协会常务理事，福建省佛教文化研究会秘书长，中国诗歌学会会员。作品散见《星星诗刊》《福建文学》《中国诗歌》《诗林》《山东文学》《厦门文学》《泉州文学》等刊物，入选《中国当下诗歌现场·2016 年卷》《中国 2019 年度诗歌精选》等选本。

▪ **代表作**

给你的蹩诗：低树

我是在后来遇见你，为此
必须放下所有欢愉
也放下整晚的光

安静地，重写一座村庄
炊烟为你升起
院子里的木棉，谢了又开

站在诗里，隔着句子唤你
我要扶了隐喻
怕一种硬伤，突然卷土重来

倒下去的句子，要继续躺着
就像南方的低树
仰望北方的雪，和炉火

▪ 组　诗

能不能为今夜让路

能不能为今夜让路
收起你放牧的灯，只留一盏
过路的月光

请告诉传递消息的风
经过树林和田野，一定要
轻点，再轻点

我准备和雪花打个电话
说起我的想念
我一提到冬天，就容易失眠

今夜，北方的天空有雪
雪花不会背井离乡
月光盗了雪白，已经南下

称　夜

被举高的和被放下的
我说，叫"夜"
夜的重量，得用诗称

你问我，到底多重
我打开灯，写了
两个字：想你

给夜截肢

因为，夜残疾了
她到我的诗里疗伤
已经十年

十年前，她跛着脚
十年后，脚无法动了

我不是合格的医生
我的手术器械，是笔
并生锈了

醒来，房子在田野边上

醒来，房子在田野边上
八点半，比庄稼多睡了一会儿

听见鸡鸣犬吠，隔着雾
土坯房漏风，没守住山的秘密

远的是出山的路，那些年
他们放下锄禾，怀揣希望出门

秋天了，有人望眼欲穿
后来不知不觉，春天也已过去

老树还在村口站着
我醒的时候，它隐约摇了摇头

他们说，不要提到死亡

他们说，不要提到死亡
在一个人的诗里
那些湿重和暗调的情绪
不要嫁接给"明天"
一路上走着，别回头
去听你还不确定的坏消息
别给自己的伤口写信
别对逝去的爱说疼

他们说，今年和往后
冬天可能会有些长
枯木逢春，也很难活
年少时，提到的那匹鹰
早已饿昏在洞中
他们说，不要提到死亡
要用力放下修辞
要让灯在黑夜里，咬住光

我们的跌倒并非无依无靠
他们说，起码扶着诗

犁

一个动词。蓄积了春天的力量
加在牛的身上

山风从高处来，先是穿过山谷
河流，然后是树林、鸟鸣和阳光
接着才是一望无际的
田野

这时候，父亲那些挂在
牛尾巴上甩来甩去的吆喝
一阵阵响亮
一阵阵，被吹远

天幽幽地蓝
牛犁了一袋烟的工夫，突然停下来
它仰着头，远望——

前面，是一群低飞悠闲的鸟
还有一大片葱翠的草

▪ **创作年谱**

2001 年　高中时期，创作早期的诗歌作品。

2002 年　在明溪一中的校报上发表处女作《在路上》《奔跑》。

2005
——　结识了一批不错的诗人，加入"西海岸文学论坛"，开始参与文学采风活
　　　动，创作水平得到提升，诗歌作品《妹妹的脸》《荒春》发表于《诗歌月
2006 年　刊》《中国诗歌》等刊物上。

2007 —— 2010 年	诗歌创作的发展期，诗歌作品开始屡见报端，入选多个年度诗歌选本，并接受部分校内外报刊的采访，期间发起创立《先锋诗刊》，并主编《桐江潮》《砥砺》等文学刊物。
2015 年	个人诗歌创作的高产期，这一年诗歌作品多次获得国内诗歌赛事的奖项，先后创作《能不能为今夜让路》《给你的蹩诗：低树》《我一闭上眼，就能想到你美好的样子》等重要作品，并发表和转载在各类报刊，国内多个电台也进行朗诵播放。
2018 —— 2020 年	诗歌作品《暖》入选年度诗歌选本，《春天的动词（二首）》发表于《星星诗刊》；履职福建省佛教文化研究会秘书长、泉州市青年作家协会副主席；策划多场文学采风、诗歌大赛等活动，并出版相应的文集；加入福建省作家协会。

吴晓川

中国散文诗协会会员，福建省作家协会全委会委员，泉州市作家协会散文诗创作委员会副主任，鲤城区作家协会主席。曾参加全国第九、十届散文诗笔会。作品散见国内多种报刊，入选《中国散文诗年选》等 50 多部文集，获全国、全省文学奖项多次。出版散文诗集《与山对坐》。

▪ **代表作**

一截断指

站在轰鸣的冲床旁
一双手不断地重复着一个动作
一个又一个模坯不断地在手下成型

当你的手指也成为一个未成型的模坯
一滴又一滴汗水顺着苍白的脸庞滑落
一个又一个旖旎的梦在血水中模糊

一截断指是留给尘土的礼物
一个流浪的打工者
对着一线刺眼的阳光
用残缺的手拍打着身上的钢屑

你在一杯水里看着自己的未来
水的倒影里流出酸楚的泪
暗蓝的工作服上油渍已盖过血渍
在另一台机器边
踩着自己的影子踱着昨天的步

▪组　诗

空　房

一壶热茶号叫了一声

惨惨地倒下

而房顶的凸眼蜘蛛

忙着在天花板上写易经八卦

桌　溢流着茶色玻璃的音响

一滴一滴溅到猩红地毯

且旖旎且袅袅喘息

白瓷杯恐怖之后

很快保持优雅的气度

蛊惑门后面的风衣

如楼下的老姑娘

模拟一种广告式的绸缪

老照片

从一张照片走向另一张照片

不断地定格那些场景　那些人

时间是质变或者抽象的标记

而人物和背景获得永生

就像通过黑夜与白昼

简单的笑容　复杂的面具

我们容颜易老　斯人远逝

聚焦的依然是同样的位置

像是一种固执而又深切的缅怀

又像是山谷里的一棵树
只有潜行的树叶悄悄歌唱
树奇异地存在于两种空间
光和影彼此分割着
多年以后透过发黄的相片
仿佛她正恬静地和我们话语

野　渡

战栗的雾霭掀动
空茫的河面
搁浅的三角帆双桅船
沉默栖息

猝然
一篙撑去
拎起一支男低音
和弦的骚动
分明泪流其中

遥祭我的矿工兄弟

若干年前
你们被白云记载浮游悠悠
飞越大山高楼　飞越乡村湖泊
你们一脸憔悴四顾茫然

化为山里长满鳞甲的鲮鲤

嘉阳的山在雾中隐而不露

一只鹰从山顶倏然飞下

仿佛某种昭示　仿佛窥见你的心事

我必须绕过芭石生锈的铁轨

另辟蹊径掀开尘封的记忆

草莓　藤蔓　熟悉而平凡

铁镐　风钻　一阵阵地深入

谁在高高的悬崖上呼唤

谁在幽深的矿井下呼唤

我应和着自己的回声

这里每一粒煤都生长着柔软的唇

应该有一杯酒用叠加的嘴唇盛满

应该有一出戏

主角都是你们漆黑的模样

▪ 创作年谱

2008年　散文诗《炮弹·菜刀》发表于《福建文学》第7期；散文诗《英雄的围头湾》发表于《福建文学》第8期（增刊）；散文诗《圈》发表于《福建文学》第9期。

2009年　诗歌《露天电影》发表于《星星诗刊》第1期；散文诗《万应茶·灵源寺》发表于《福建文学》第3期；诗歌《照镜》发表于《星星诗刊》第4期；散文诗《茶之韵》发表于《散文诗》第7—8期；散文诗《惊艳无声》发表于《散文诗》第11期；散文诗《寻梦青海》发表于《散文诗》第11期；散文诗《有许多人搓着麻将（外一章）》发表于《新世纪文学选刊》第12期。

2010年　散文诗《中华武功（五章）》发表于《散文诗世界》第10期；诗歌《火

焰熄灭了（组诗）》发表于《星星诗刊》增刊。

2011年 诗歌《七月的记忆》发表于《福建文学》第7期；散文诗《写意泉港》发表于《散文诗》第12期。

2012年 诗歌《一截断指（外一首）》发表于《星星诗刊》第7期。

2013年 散文诗《站在古城墙上看海》发表于《散文诗》第1期；散文诗《燕城飞歌（二章）》发表于《星星·散文诗》第5期；散文诗《时光的独吟》发表于《星星·散文诗》第6期；散文诗《吴晓川的散文诗》发表于《星星·散文诗》第11期"银河谱系·散文诗群落——福建散文诗人作品选"。

2014年 散文诗《蟳埔素描》发表于《散文诗》第5期；诗歌《一截断指（外一首）》发表于《福建文学》第5期；散文诗《罗溪乡村掠影（三章）》发表于《星星·散文诗》第6期。

2015年 散文诗《中国结（五章）》发表于《散文诗世界》第4期；散文诗《古韵五店市（组章）》发表于《星星·散文诗》第4期；散文诗《月光下的小村》发表于《散文诗》第7期扉页；散文诗《寻梦海丝（十二章）》发表于《诗歌月刊》第10期；散文诗《罗溪乡村掠影》发表于《散文诗》第11期。

2016年 散文诗《献给春天的诗章（三章）》发表于《星星·散文诗》第3期；散文诗《紫禁城的回响（五章）》发表于《散文诗世界》第6期。

2017年 散文诗《古韵五店市》发表于《散文诗》第3期；散文诗《有多少朵浪花开满崇武（二章）》发表于《星星·散文诗》第12期。

2018年 散文诗《蔚蓝的海丝梦（三章）》发表于《星星·散文诗》第7期。

2019年 散文诗《雕刻时光（三章）》发表于《星星·散文诗》第11期；散文诗《雕刻时光（五章）》发表于《散文诗世界》第12期；散文诗《蔚蓝的海丝梦（四章）》发表于《中国诗人》第1期。

2020年 诗歌《石雕厂》发表于《鸭绿江·华夏诗歌》第8期；散文《锡兰侨民旧居的"海丝"密码》发表于《福建文学》第11期。

吴素明

惠安人。笔名吴撇、横折折撇、树上有一。中国作家协会会员，中国诗歌学会会员，中国文艺评论家协会会员，泉州市文艺评论家协会秘书长，泉州市演讲与口才学会副会长，泉州市鲤城区作家协会副主席。小树林教育创始人，对木诗社社长，《撇》诗刊主编。作品散见《诗刊》《星星诗刊》《诗选刊》《诗歌月刊》《诗潮》《诗林》《小镇的诗》《福建文学》等刊。主编《给孩子们的诗》，著有诗集《有风的房间》《要给小河缝被子》，以及散文诗集《风吹草低》《风就要掉下来》。

▪ **代表作**

天上有光
—— 纪念余光中先生

先生去了天上
乡愁却没有缝好
不能给先生披上
不能御心寒

洋上村那株老榕
就要展开春天
就要舔一湾
窄窄的海峡水
给您写一封
长长的家书
邮票就贴
一朵刺桐花吧
若邮资不够
再贴一对东西塔

天上或许没有船

可以回到故乡

天上哪几朵乡愁

才是故乡的云

天上就算有石桥

也没有天下那么长

也没法让先生

鹤发童颜地

走上 1060 步

▪ 短　诗

二人土上坐

坐在他对面，直视一次空洞、一个零

一座羊圈、一篇谎言的生动处

涂掉他脸上的丘陵、盆地、高原

一个模糊的轮廓，才具备概括性

细节是巨大虚构，我目光里的低温

删减了瞬息万变

"日子悠悠过，而我在方格里"

"穿过万物的影子，就穿上了万物"

我回忆他的那些诗句，空洞里衍生出

更小的空洞，被自我意识蚀蛀的人

看上去更像一只果子、一口深潭

一个向上滚动的巨石

每个山头必须有一个女王

落日下，蝴蝶敛翅，在背上分开东西方
它身体的隧道里，余晖洪流无声
稻穗在凿秋风，与邻近的稻穗互为汗珠
直到天上的火星子溅出
直到月亮在錾刀下呼之欲出

蝴蝶敛翅，白昼收起烟尘
水果摊略有磕伤的苹果和梨，也被收起
我收起你，你该回到我的心上
一个山头没有一个女王
该是多么的荒凉

手扶拖拉机手

我无数次忆起，手扶拖拉机喘气
黄牛和山羊在窄道两侧，最茂盛的草
纷纷披开，纷纷围观柴油在自我内部
晕头转向，吼出灰蓝色的河
把蓝天唱得又低又呛人
蜜蜂坚持在虚构的花瓣上采蜜
就像小学生用蓝字扩词
好多括号，只有被生活重压的拖拉机手
才能将扶手弯成法令纹
拖拉机取代马群，就不会让幸福一闪而过
蓝天从一根铁制的小烟囱里

像一朵花，往最高处踮起脚尖

慢慢够到自己，慢慢用自己亲自己一下

在铁皮厨房，做番茄派的男人

黄昏刚过，在四周充满浪花的

铁皮厨房，另一个我，埋头做番茄派

由于葡萄拿去榨汁，给一只

受伤的海龟喝，因此做不成葡萄派

我也没有做苹果派、香蕉派、咸鱼派

我在使用小麦的精魂时

头顶的琉璃灯，闪了一下

奇怪，我并没有扯下任何一块光明

用以包裹番茄，灯光为何缺了

一角灿烂。但很快，它自我修复了

是我的心，突然运行到

想象的坎坷处吧

我低头细察，番茄恰当的红

我不能经由想象的崎岖，要通过

心绪的百转千回

才能重新抵达，那不谙世事的绿

因弧面而获得广角

看露珠复制我，字字珠玑

湿润，倒映着蓝天，因弧面而获得广角

目睹自己在草叶上接连诞生

然后走失，项链般的情节

挂在秋分，环绕于虚空的脖颈

秋天落地的孩子，被麦田、葵花、蜜蜂

与芦苇的金色喂养

用丰收和光明的眼光，对待低矮事物

收割卑微、失败、沮丧

这是上帝的粮食，粗糙、温润、微妙

请埋头吃饭，请用眼中的露珠

复制星辰

蓝天之下，放牧大海的人

不必频频献出浪花

白云不是蓝天的一口白牙

蓝天有牙齿，不是风云，不是星球

也并非一匹白驹、雷电夹角

或者，望向蓝天的困惑

蓝天嚼食不够柔软的事物，比如悬崖

比如攀岩的男人，把命举过头顶

忘掉蓝图

谁说唇亡齿寒，谁引冬天入瓮

嚼食冰块，埋伏笔

为了引出春天。春天的蓝天之下

白驹哦哦，带走蒙羞的时间

弯曲的树枝

有人用树枝

戳弯曲的镜子

好久，我才疼起来

仿佛镜子是我糙厚的皮肤

树枝在自己的影像里

寻求果实

或者提前观看

下一季的压枝低

不想静止的树枝

像无人认领的一条血脉

向时光里探延

疑惑 追溯 求证

我抚摸陌生的皮肤

多少经验自河面流过

有根树枝，照镜子

像一条血脉敲了敲门

门朝里弯曲，里面的事件

大多都已沉睡

孩子和秋老虎

运粮车在路上，晒谷场，孩子绕着稻子跑

江河湖海轻轻漾啊轻轻漾

去建造天上宫阙，俯瞰人间

枣树渐黄，指甲盖大的小叶们

在秋阳里咳嗽又咳嗽

老虎追着汗珠跑，摔进地里蚯蚓追

运粮车路边歇，辘轳辘轳，笑岔了气

孩子目也不转睛，不转睛，脸上一片疑云

谁烧黑了天上宫阙乌魆魆

大雨忽来塌塌塌，宫阙眨眼夷平地

彩虹拉纤，渔舟唱晚，太阳遁入山沟沟

天边有个句子

谁会去撵一个句子，把它赶向天边

不必再见它，努力形同陌路

这相濡以沫的表达

我曾顾不及鉴别

江湖气、市井气、脂粉气、腐朽气

窒息了大多数语词

极个别，免疫力源于

未浸染烟火或未出入灯火

我身边的一句毒药，穿肠于

日复一日的诗意

此时，我坐在天边，纤尘不染

帆船在写诗，鸥鸟抢着朗读

几乎所有的波浪线

都愿意，为此前那个句子

做出闪亮的标记

苜蓿、紫云英和泽漆的斜度

一整晚，有人深陷于某件细小之事

——从啤酒泡沫里提取麦穗

于每颗瘪壳的雨水里，目睹自己次第破灭

直至麦穗消失于情绪的农田

直至风从苜蓿、紫云英和泽漆的斜度上

滑入一只多边形琉璃杯

他退到麦穗背后，为自己将自己

五花大绑的太阳松绑

一整晚，白昼为何一直存在

鸟儿揽镜

那只对着窗玻璃照镜子的鸟

昨天，刚在枯竭的河床上照过

水都流这里了，在这里安家

要过宁静的日子

一只鸟不能发出的感慨

影子发出了

一种河床的巨大，兜不住的向往

木质的精美小窗，兜住了

我说灰色

我说灰色，乌鸦也降低不了它的黑

白昼尚未疲倦，也不会沉下脸
衣物上的灰色，移进一个句子、词语
或者精神、灵魂，就会很高级
人间有那么多灰色需要拯救
我说一次它们就明亮一次
我就得失声，我声音里的明亮
因为热衷于照彻，而变得有麻雀的灰
和喜鹊的枝头黑

与一场大水互诉衷肠

在一只空空回响的唐冠螺面前
我以沉默的方式，呼唤海洋的良善
海洋压低嗓音，一个渺小的人
正在和一场大水互诉衷肠

海洋自愿把凶险化作静止的
图层、概念、雕塑、隐喻、传说
而浪漫、宏阔、彼岸与乡愁
坐进了一条舢板。轻舟是纤弱和
坚韧的方向
设若我也在船上，我必须是海洋的
一根动脉。我无限延伸，无限远
我是浪花一朵，于蛎石内部
以盛开覆盖凋谢，周而复始的壮举
所以我是千重浪
是上述动脉的一个个跳动

假如海洋的沉默振聋发聩
那是你语言里有海，致以风平浪静

的呼应。我的眼神多澎湃
语义未定的鸥鸟翔集，栖息在
一个废弃的文本里，现在
它得以复活。用修辞大口呼吸的人
远离了对海洋的深沉叙事

谁会坐在糖果后面，点亮苦瓜脸

他并未把向内凝视的风景
有半点透露
眼睛的银屏空无一物，戏班子
藏在心的地下室

谁会坐在糖果后面，点亮苦瓜脸
心里有疙瘩，令生存像一段河滩
撒糖果
酷似水落石出

互为河床，互为河水，互证
有人吞食风景，有人腹有锦绣
移山愚公或搬山道人
并非百舸争流之辈

用成语观察眼前物，眼前物消失
向内凝视，去拆除语言包袱
重拾简陋、单调、浅显
重组词语的伙伴关系，使风景真相大白

在秋天，蓊郁是一记响亮的耳光

轮到我对秋风不予理睬，如今
我的心上没有落叶
一个子也不给。我的那颗与自然法则
背道而驰的心
是这世上最好的强力胶

青草以嫩绿散步

河岸上，青草以嫩绿散步
我们又见面，真激动
青草搓露珠，我搓汗珠
彼此的脸，微微摇晃又摇晃
风筝轻曳啊
青草狭路似的脸
牵动虚无的脸，在早晨

晒布人，跨坐于骏马

院子前面有一匹黑，要么是布
要么是马。晒布的人，静静跨坐于骏马
一点点被吹响，一点点被奔跑
我伤害黑，上一次畏惧和下一次畏惧
擦亮了火花，马的眼睛被布蒙住
黑暗是嗅觉，发出马蹄声

从前你来找我，我就在院子里

我们失去了院子，或许也有别人
先后失去院子。我们用目光
在事物上做的记号，也要失去
鸟儿回不到你的清晨，青蛙的叫声
找不到永不闭门的耳朵
脱落的树皮背后，藏着树和我合作的诗
有时我也学落水狗咳嗽，池塘里的鱼
它一条也没抓住，它的笨，也是你
人生的黯淡时刻
就连雨后的积水，也曾经荡漾着
我们的倒影，不是每个倒影都要
驶向彼岸，不是每个倒影都有压舱石
摇摇晃晃、慌慌张张，不也是
一种生命活力吗

现在我们失去了院子
早上，我隔着篱笆望向院内
枯叶遍地，泥疤四处，这些泪痕无人擦拭
我够不着我的难过，今后的窄路
每一段都湿漉漉的，那绝不是
院子的露珠打湿的

树枝后面的小女孩

"我要把你冰冻在瀑布里"
小女孩小声说。她躲在树枝后面
像一座微型的花园。一块蜻蜓蓝的石头
同时交到我手心。石头里

真的有一条瀑布，被花纹冻住了
我垂直朝上抛掷石头
它翻了个身，晴山蓝的背部
有另一条瀑布
一个事物的倒影，在另一个事物上
同时显示多次。我有多温暖
在任意一条瀑布里
就有多坚固

绿叶上最凉快的绿

绿树长到了我的窗前，这令我惊恐
泰戈尔驾驶一只飞鸟，"这是喑哑的大地
发出的渴望的声音"
声音在寻求语言的血缘关系
我辨认我的诗歌，它们眼睛深处的云朵
它们的嗓音和侧脸
回溯了近五年的个人诗歌运动
我的诗歌史，在荒原的慌张处比画手语

绿树的密叶里有陌生的鹊

只要我尚未打开玻璃窗，只要它们

不能从垂直于房间的玻璃中

看见我，它们就不会到来

它们刚刚捉住的早起的语词

那是诗歌后来删掉的部分

绿叶上最凉快的绿

终究要被啼啭表达出来

仿佛经过了博喻、借代和象征

又犹如简朴的叙述被评论家

过度解读之后，产生了空谷回音

看山是山

我看山，先后放下割麦的镰刀

浇茄子地和葱田的鼓形水桶

山沿着自身的曲线往返，嚼食太阳和月亮

视星光为咖啡，风为时辰

坎坷的人，被逐个写在山道上

他们的语言内部，直线已被砍伐

偶尔会出神，心魂走在清泉的喘息

瀑布的决定和鸟的转身里

在桃林的边缘，我以目光裁剪山

去掉雷电，去掉呼啸、滂沱

包含崩塌、滑移、坠落等动词

我不喜欢白云这样的阳桃，水分太足

胆敢对一座山唾沫横飞

自食其果的人，窃取了江海

我在山下的潭面照见自己

是一个绝壁变作了肉身

我飞檐走壁，游走于险峻的自我

每日嚼食太阳和月亮，饮用一杯杯星星

很多人在看山，假如看到山的侧面

就会看到我，放牧着自我的光辉

台风里的细节

桑树正在落叶，台风以它们为摩天轮

桑叶之心扑扑跳，构成真正的风声

一个月前，有的桑葚降下枝头

对着土壤扑哧一笑

地上一片紫气，过路蚂蚁

如堕五里雾中

这就是幸福啊，突如其来，毫发无损

桑树正在落叶，台风亦是其中一叶

向墙外飘去，愈来愈小，小到人类一员

小到蚂蚁转身，小到句号合拢

小到我从不对任何事物，泛起思念

草叶的盘子小而盛大

看草叶上的泪珠，一点一点缩小它的体积

像是有一根比心思还细的针

抽去里边的云

就连可能的伤心，也没有啦

我亲眼看见泪珠，变成一个个干果

草叶的盘子小而盛大

足够盛下我，足够盛下心灵的边疆

我从肺腑里发射阳光，并和朝阳发生混淆

我的语气太晒，阴影又多

一人发一朵云

下露珠而不下雨，露珠滚滚，凉风滔天

我坐在草叶浮动的窗口，从筐箩里

挑出一只快要不能被发现的干果

我用诗歌朝它吹气，直到它淌出泪滴

直到它复活为一枚

可食用的清晨。你听太阳咕噜一声

像太阳刚刚咽下了一滴露珠

▪长　诗

鱼放猫风筝

一

深夜的竹篱倦了，先用一根影子躺下

觉得不够再用一根，后来用完了所有影子

月见草在花上涂满月亮的颜色

张嘴吃下剩余的星星

让它们到内心里掌灯，把灯存起来

你不知道的地方，会有很多黑

鱼潜在水底，回顾今天的行程

哪片云牙齿松动，哪只鸟起了歪心思

哪片树叶巧舌如簧，哪个孩子看了它们很久

都要记下来。这生动的日子

要载入鱼的发展史

在桑树下，每天都要扭动身子

要把多余的水分挤出去

梦里的河只留一条，其他的也拧干

可能的话，把自己捏回小时候的样子

老实巴交地重新长大

把采过的蒲公英和苍耳都还给荒野

猫徘徊岸边放鱼风筝，鱼闲坐石上放猫风筝

放一只鱼风筝比吃一只鱼难多了

放一只猫风筝比躲一只猫难多了

如果是下雨天，猫就在心头放风筝

鱼也在心上放风筝

门闩拉开的声音，使木头活了过来

那对铁门环是它迫不及待的芽

它们正发出睡醒的嘤咛

遥远的森林之歌每天都要在清晨重复一次

在野外烧树枝，烧树的旧日历

看果实和鸟数过的日子化作今天的烟云

空气被烧得波光粼粼，好似山那边的湖水竖起来

一页一页地在我面前翻开。转眼在火的上端

有冬季的玻璃，被隐藏的孩子一起哈了气

正蜿蜒地流下忍了很久的话

有人用烟花在天上种树，果子结了一天空

被飞快抢光，我猜风肯定把每个果子都尝了一遍
果子的味道降临在院子里
并没有一棵地上的树愿意和它们靠近
转瞬即逝的果子，不可以挂在人间的枝头

我在薄雾上的轻描淡写，被太阳看穿
阳光挑出陌生的词语四碟、天真的段落一碗
这四菜一汤，献给今天的土地

二

蕨作为历史的裂缝
带来了你无法破译的时光
这样的时光是一种传染病
在天赋异禀的人的眼睛里
你在刹那间见到的那种复杂是多么遥远的黑洞

我并非在吃甘蔗
我在咀嚼雨水的道路、昆虫的冥想、农夫的姿势
这些地里的炊烟，是农耕文明亿万年前的熬煮

鸟的孤独通过鸟叫来叙事
人的孤独通过人影来抒情。鸟的孤独明澈
人的孤独阴郁，鸟早起的唯一理由是做大扫除

铁锈是铁的自言自语，我打断了它的谈话
带它去见草木，去见稻菽，去见侠客
你看它眼里的光如今却一言不发

月亮如果从树上爬下来就是我的了
这是我的树，树下也只有我一人
看到月亮害怕的样子，星星把刺全伸了出来

那天书院跑进一只黄鼠狼，这是第二次了
它隔着玻璃偷听了一节语文课
幸好这次讲的不是歇后语
幸好没有在黑板上写下
黄鼠狼给鸡拜年——没安好心

我在深夜独自拆开音乐
仔细察看卸下来的每个零件
它们的形状、颜色、气味、质地、重量
跟《诗经》里的草木有点相似
又跟我灵魂里的某些词语接近

在乡下我和羊群挨得很近
它们的心跳在我的小憩里打字
打几朵白云，打几根野草，打羊咩咩
打它们没见过的羊蹄甲

见不到蜜蜂的日子里，我把花都搬到空地上
我之所以和花盆一起站在天空下
是因为我的心里也有一批花
它们络绎不绝，挤满了我一望无际的心房

三
风咀嚼树叶的声音落进我的眼睛
我每看一个人或一个事物，就会响起这个声音
树的命运经由这样的方式
被搬进每个人的意识和每个事物的内部

加斌夜半从被窝里摸出一只蜈蚣
到底是谁变的，加斌讳莫如深
那只蜈蚣当时位于太子沟白杨林的南边
离桥不足七十米

海鸥在为大海刷牙时，浪花并非唯一的泡沫
那些写在沙滩上的誓言亦是

在院子里沏茶，沏锹形虫的神气
沏南天竹的呼吸，沏喜鹊的消息
沏月亮的睡意，沏上天的襟抱
我是一个古人，门口歇着我的马车
马要吃一天的草，车夫要饮一天的茶

水沸腾时就过完了它的一生
然后继续在我们的体内过着它的来生
每个人也在被人类文明煮沸的进程中
到时我们会进入何处，以怎样的方式重获苏醒

天空其实是个杯子，杯底有各种颗粒
天帝搅拌时黑夜来临，浑浊沉淀后
换来白昼。雨水源于天帝读书时漫不经心的一次搅拌
雷电则是他后悔不迭的喊声和歉意的眼神

鸟兽虫鱼写下的文字，要花朵去签章
树叶去摁手印。如果是地契
往后可以一起住宫殿。如果是请假条
那就一起逃课，一起躲在春天里不出来

每朵花你们给我听着，我要例行检查了
检查你们是否怂恿蝴蝶为你们扇灶火煮露珠饭
检查你们是否偷偷折下今天的阳光夹在书里
检查你们是否都伸出了胳膊让蜜蜂护士抽血化验
还有最后一项，检查你们是否去讨好人类
而可能招致背井离乡的命运

花生绝不是土地的泪珠

它们是憋着的一口又一口气，直到我打开

它们才大口喘气。问题是

它们到底分别代替了谁，到这个世上呼吸

▪ 创作年谱

1990 年　开始文艺创作。

1998 年　7 月，诗集《有风的房间》出版。

2003 年　4 月，创建"撇诗歌论坛"并担任版主，兼任诗生活网诗歌论坛版主。

2004 年　3 月，创办《撇》诗刊，任主编。

2005 年　3 月，加入中国诗歌学会。

2009 年　9 月，散文诗集《风吹草低》出版。

2013 年　12 月，《怀旧的人》入选《诗生活年选 2012 年卷》（长江文艺出版社）。

2014 年　4 月，《吴素明的散文诗》（原载《星星·散文诗》2013 年第 11 期）获"逢时杯"2013 年度泉州文学奖。

2016 年　《码头的风（外二章）》发表于《福建文学》第 8 期；《吴素明的散文诗（三章）》入选《2016 中国年度散文诗》（漓江出版社）；"中国散文诗新人文丛"《风就要掉下来》（吴素明卷）出版；获"福田杯"2016 年度泉州文学奖。

2017 年　3 月，散文诗《音乐之树穿过耳朵》发表于《福建乡土》总 155 期。

2017 年　6 月，成立小树林儿童诗社，并创办《小树林儿童诗报》。

2018 年　10 月，散文诗集《风就要掉下来》出版。

2020 年　5 月，《要给小河缝被子——吴素明的儿童诗》出版；9 月，创办对木诗社。

2021 年　3 月，加入中国文艺评论家协会；6 月，主编的《好玩的儿童诗 100 首》出版；9 月，主编的《教每一片树叶说话——小树林的儿童诗》出版。

2022 年　4 月，《吊脚楼看春雨》发表于《诗刊》；10 月，主编《给孩子的诗》。

2023 年　6 月，指导学生曾渤航《跑到光里（组诗）》发表于《诗刊》；10 月，加入中国作家协会。

吴谨程

泉州海洋职业学院特聘教授，中国诗歌民刊收藏馆馆长。中国作家协会会员，中国诗歌学会会员，福建省文艺评论家协会会员，福建省作家协会第七届全委会委员，泉州市作家协会副主席，晋江市作家协会主席。作品散见《诗刊》《星星诗刊》《诗选刊》《诗歌月刊》《文艺报》《人民日报》等，入选《中国诗歌精选》《闽派诗歌百年百人作品选》《福建百年散文诗选》《闽派诗歌》等多种选本，获全国期刊奖、福建省优秀文学作品奖、福建省新闻奖等奖项，部分作品被译为英文。主编《中国诗歌民刊年选》《蓝鲸诗刊》，著有《诗想档案》《认证词》等诗歌、散文、评论集 10 部。

▪代表作

认证词

把这些根、茎、叶、花随意拆散
一场游戏于是变得惊心动魄
我只是想证实：它曾经与风密谋
占有一大片的黑暗。一棵树的数据是繁复的
无聊时，我要将之蹂躏千遍，让鸟鸣
幻化为落叶，铺满时光的通道
一棵完整的树是可爱的，年轮层层荡开
像是随意的波浪。忧伤时，我会将之重新组合
将香气嫁接上花蕾，将伤口嫁接上落日
我想我多么想认证自己
像波浪认证梦呓，像浮云认证大海

▪短 诗

江湖令

说到江湖，不得不提具体的粮食，和风雨

恩怨像一贴膏药，当然，它是必不可少的装备

命中注定，我是练不成金刚不坏之身

更不想称雄一世。我只是将一扇虚构的门打开

滔滔不绝的水，便要舞成剑气。今生的江湖

那些兴风作浪之辈，有着不一样的胎记

他们穿金戴银，熟稔门派和禁忌

具体到这一场争斗，细节隐去，当我大声说出

"我是空洞派掌门"，像现在

我在键盘上种植微醉的手指

他们已溃不成军，四散而去

祠堂吟

外部的装饰，可以是一部书

也可以是一条河。书是线装的，手工誊写

河是流动的，可以觅到从前的流水

牌匾是横着看的，比如"三让传芳"

至高无上的道德，用荣誉喂养孩子

对联是竖着排的，像挂着的内心，等风等雨

至于雕刻，无非是些时间的痕迹

几乎可以忽略不计。内部的空间

于是相对隐秘。木雕的神主是我的

供桌上的高香是我的，甚至明月，甚至清风

比流水更远的，都是我的
不信，可以问问门前的石碑
我无数次走过的路，它都刻下：今生花开

五店市的墙

红砖墙，白石砖，彩绘或涂鸦
也高不过乡愁。一堵官宦的锦衣
一堵远去的帆影，洞箫的音符
逼开琵琶的滑音，都是些阳光的碎片
向外开一扇雕花的窗
好听南洋的风雨，向内
收藏五谷和四季。白玉兰高高在上
疏影横斜。俯仰再三
也擦不亮石板路的灰

▪ 长　诗

与春天书

一
立春借风传讯，借刀还魂
将凌乱的霜雪，重又唤回秩序的
烤箱。我在解冻的书卷里
目测春天的体温、水的形态
开始趋于平等。无法测量的是
风的流量，竟是因为蛰虫频频地振翅

对于鱼陟负冰，我一直将信将疑
负冰的鱼游，像不像
我在暗夜里的独行。册页上的夜
有写实的饥肠，想读透它
反倒被它读透。颜如玉，字黄金
"你要的优则仕呢？你要的白昼"

花信风还有刺骨的冷，因冷燃烧
它体内的樱桃。允许它与冬天持续地
交谈，或者与某一红萼，生发暖昧

二

这时候阳光、雨水和情感的波澜
以弧线的形式强行切入，它们曾经密谋
沙沙的暗语，对命运构成硬伤
也在此刻，我置身局外
仿佛一场雨雪，来自纬度以外
旋风所到之处，尽是些想象的芳华

允我仿效前朝的放翁，"骑马客京华"
听尽一夜春雨，将薄纱听成世味
雨中想家的人，将他乡酿成茶
设问一缕茶香的前生，有着雷同的蹬足
像赴试的学子，他们怀揣的功名
因为敬畏，步履略显蹒跚

体验之深，恐怕无出易安
她说过乍暖还寒。我确信她喝过
三杯两盏淡酒，在细雨，在黄昏

三

从雷声炸裂的那一刻开始，雨朝着北方

又拉长了一尺。离别的人
最早感到寒意，昨夜桃花饮酒
它有起起落落的心事。我是那个
始终走不出村庄的学子，前脚笃定
后脚投出了反对票。这显然有点滑稽

其实这不能怪我，农耕还在喘息
村庄加速撤离，我留着的理由
缘于一群忙碌的蜜蜂。它们卑微
猥琐，嘤嘤而无所事事
如果我远游，我会从身体内部掏空欲望
搭乘一支桨，向海迁移

想到此生，淡中有味，"总把余年
载松长竹，种兰培桂"。我钟爱的村庄
刚好有这地缘的优势

四

太阳不会抛弃飞翔的翅膀，但雷会
我见过绝色的飞翔：汹涌而至的激雷中
有玄鸟疾飞，仿佛惊魂未定
又仿佛凛然于归。它忽略了我的诧异
背负自己的掌纹，和深长的意味
直到闪电加入：确认一种象征

对此，我绞尽脑汁。"许是今生
误将前生草踏遍"，红砖白石的小巷
早已长满青草，在午夜，我还耽身于
雷阳、电阴和好高骛远的关系
雨声渐起，"才子霏谈更五鼓
剩看走笔挥风雨"

太阳在高处，将阴晴切为两半
昼夜也是。这是我毕生追寻的终极
我在低处，经受了尘世的寒暑

五

这节令受潮，指针仿佛慢了半拍
纸钱孤立无援。细数人影
仿佛婆娑的泪影，隐入青山
青山由此入目，适合踏在脚下
纵使朗朗白昼，竟也恍恍惚惚
消失它内部的支撑，在水中飘零

有雾也好。它折断视野，只显杯酒
灌地，泣饮，或者摆成规整的祭品
都与时令契合。像山水入画
题旨已然成竹，剩下挥洒的动作
风吹纸钱，也醒了一地魂魄
哪怕心颤，可以说成泼墨：雨浇清明

后来又清明。"燕子重来
往事东流去。征衫贮，旧寒一缕"
我仍在村庄：泪湿风帘絮

六

我在向海的村庄作赋吟诗
与大海构成对弈的态势。整个春天
它未能说服我：放弃一片田畴
归顺它的统治。胜负自有多种诠释
掩瓜点豆，我在雨中撬开板结的心脏
播种一个人的秘密

偶尔，我煮的茶会串起鱼的腥

桑的酸以及诗的醇香。待客的酒

有着盐的营养。"几枝新叶萧萧竹

数笔横皴淡淡山",画风不变

刻意练习的酒量无功而返

雨生百谷，时令不愠不火

通常是，我要饮尽一树鸟鸣

"正好清明连谷雨，一杯香茗坐其中"

并将这些好动的翅膀，一一安顿

▪ 创作年谱

1988年　12月，《蝴蝶的回忆》发表于《诗歌报》。

1998年　1月1日，泉州市作家协会、晋江市文艺工作者协会共同主办"安安、吴谨程诗歌创作研讨会"。

1999年　《蓝色探戈》发表于《福建文学》第11期；10月，诗集《缅怀爱情》出版（海南出版社）。

2000年　《开元寺》发表于《海内外文学家企业家报》8月10日；《五月杧果青》发表于《福建文学》第10期。

2001年　2月，《解读古典》获福建文学第三届"永安杯"初出茅庐征文大奖赛暨新世纪晋江市"永安杯"文学作品大奖赛二等奖；《真诚是美——读蔡芳本散文随笔集〈过简单生活〉》发表于《海内外文学家企业家报》7月30日；10月，《读〈恭陈台湾弃留疏〉》获"施琅杯"海内外华文诗词大奖赛二等奖；《读〈恭陈台湾弃留疏〉》发表于《福建文学》第12期。

2002年　5月，诗集《哪一片水草丰美》出版（国际文化出版公司）；《七月乡下》发表于《海内外文学家企业家报》5月31日；《聆听大海的波涛（外三首）》发表于《福建文学》第9期。

2003年　《相思树》发表于《福建日报》12月3日。

2004年　《草庵摩尼光佛》发表于《海内外文学家企业家报》3月30日。

2005年　《打开一片陌生的海域（外一首）》发表于《福建文学》第1期；《冬韵·春光》发表于《海内外文学家企业家报》4月25日；《七月乡下》发表于

《诗刊》7月号下半月刊；《花在屋檐下盛开》发表于《福建文学》第8期；《编年自传：2002》《编年自传：2003》发表于《福建文学》第9期；《大海，我永生永世的爱情》发表于《福建日报》10月29日；11月，散文诗集《蝴蝶花园》出版（北方文艺出版社）；《野渡无人舟自横》发表于《福建文学》第11期。

2006年　《晋江之歌》《吴谨程的诗（外三首）》发表于《福建文学》年第1期；《诗歌或者春天（外一首）》发表于《文艺报》4月27日；《春天的回声》发表于《福建文学》第5期；《习惯（外二首）》发表于《福建日报》5月20日；《像春天（二首）》发表于《福建日报》8月13日；《向往大海》发表于《福建文学》第9期；诗歌《打开一扇如常的生活》《守望一条街》《阳光抚爱的溪流》，评论《诗歌蓝鲸》发表于《星星诗刊》第10期；10月，《小桥流水人家》获福建省第二十届优秀文学作品奖暨第二届陈明玉文学奖二等奖。

2007年　《一只蝶泊入秋的窗口》发表于《文艺报》6月25日；《约会一杯咖啡（外二首）》发表于《福建文学》第7期，同期封二"闽籍作家剪影"配发吴谨程肖像及简介；12月，诗集《仰望大海》出版（青海人民出版社）。

2008年　《鸟巢》发表于《北京文学》第6期；《流水的印记（外一首）》发表于《福建文学》第7期；《中国印》发表于《福建日报》8月14日；《中国印》发表于《福建文学》第10期。

2009年　《约会一杯咖啡》发表于《诗选刊》第6期；《晋江，激情的土地》发表于《福建文学》第8期；《脊梁》发表于《福建日报》8月26日；9月，《桃花含泪（外二首）》入选《福建文学创作60年选·诗歌》（海峡文艺出版社）；9月，《角度·情感·文采》发表于《福建文学》增刊；《开国大典》发表于《诗刊》10月号上半月刊；9月，《吴谨程的诗（十首）》入选《海峡两岸诗人诗选》（海风出版社）。

2010年　11月，散文集《边缘文字》出版（风雅图书出版有限公司）。

2011年　5月，主编《2010中国诗歌民刊年选》出版。

2012年　1月，《梦蝶的诗（外三首）》入选《中国当代爱情诗选》（团结出版社）；2月，《编年自传：2007》入选《诗探索2011年度诗选》；4月，《编年自传：2007》入选《2010—2011福建省优秀诗歌选》；5月，评论集《思想档案》出版（中国文艺出版社）。

2013年　1月，《黑色圣地亚哥城堡》入选《2012年中国最佳诗歌》（辽宁人民出版

社）；12月，诗集《正午阳光的表情》出版（中国经典文化出版社）；12
月，《春江花月夜（六首）》入选《福建百年散文诗选》（海峡文艺出
版社）。

2014年　《阳明山映象》《日月潭映象》发表于《福建文学》第5期；《水上漂起的
周庄》《苏州盘门》发表于《诗歌月刊》第6期。

2015年　1月，诗集《两个人的时光》出版（中国经典文化出版社）；2月，《马尼
拉传说（组诗）》发表于《新大陆》；《赤崁楼映像》《高雄港映像》发表
于《乾坤诗刊》2月13日；《映象台湾（组诗）》发表于《葡萄园诗刊》
春季号。

2016年　《梧林读楼》发表于《福建日报》9月23日；10月，《编年自传：2007》
《南京总统府》《再次写到月华如水》入选《闽派诗歌百年百人作品选》
（海峡文艺出版社）。

2017年　3月11日，报告文学《寻梦南浔》获福建省副刊年赛一等奖；5月，《南京
总统府》入选《双年诗经——中国当代诗歌导读暨中国当代诗歌奖获得者
作品集》（四川人民出版社）；《寻梦南浔》、散文《走笔福林村》发表于
《福建乡土》第2期；10月，《春江花月夜》《雨霖铃·寒蝉凄切》《蝶恋
花·庭院深深》《山坡羊·潼关怀古》《念奴娇·大江东去》等5首入选
《闽派诗歌·散文诗卷》（海峡文艺出版社）；12月《花港观鱼（外一
首）》入选《福建诗歌精选》。

2018年　2月，《在紫阳楼，做一回朱子的门徒》入选《中国新诗百年·民进百名诗
人诗选》（开明出版社）；3月，《雨中张家界（外三首）》入选《闽派诗
歌·诗歌卷》（海峡文艺出版社）；9月，朗诵诗集《向大海呈现》出版
（中国经典文化出版社）；《吴宫弄》发表于《人民日报》（海外版）10月
31日；11月，诗集《认证词》出版（海峡文艺出版社）。

2019年　《晃动的情节（十首）》发表于《绿洲》第4期。

2020年　《戴口罩的年》《从今年开始，关心生命》发表于《福建日报》2月16日；
《秋日的诗语（组诗）》发表于《绿风》第2期；8月，《春日宴：与江湖对
饮》《寻青楼韵语，不遇》《高于灶台的清明》入选《闽浙诗人作品大展》。

陈 功

原名陈景南，1969 年生于惠安。福建省作家协会会员，《净峰诗歌》负责人，净峰新诗社社长。诗歌发表于《人民文学》《诗刊》《星星诗刊》《诗歌月刊》《诗潮》《文学港》《福建文学》《厦门文学》《休斯敦诗苑》《艺术时代》等刊物，入选《中国年度诗歌精选》《年度中国最佳诗歌》《新世纪中国诗典 2001—2010》《〈福建文学〉六十年典藏·风的齿轮》《福建优秀文学 70 年精选·诗歌卷》《新世纪好诗选》等选本。部分作品被译为外文。曾获得黄鹤楼诗歌奖、井秋峰短诗奖、金迪诗歌奖、嘉兴月河爱情诗奖等奖项。

▪ **代表作**

我的秦时明月

一人一骑
草场只在想象中
那就喂它眼前的苍茫吧
请把露出来的马脚
收回，眼前版图太小
小到容不得别人插足
信不信马，缰绳说的不算
没有哪一盏灯能够拴住
四处飞溅的马蹄声
一城一池得失
不应该是陶俑考虑的事
我的秦朝，只在乎
深夜驰道
一个人的烽火

▪组　诗

假　寐

眼睛关门　耳朵放假

生命是不是可以暂时停止

毫无疑问，我更欣赏

一条河流死在一个瓶子里

一个具有现代美学意义的下午

耐心等待

一壶烧不开的水

走　眼

2月7日并不远，至少算是　个去处

一介唐朝书生深爱内心的玉器

他左手提着月亮四处打听夜晚的下落

一个扛梯子的人说：刚才看见从梯子爬上去，就不见了

书生折下一树枝喃喃自语

看，他们都不懂我。只有在你的脉络上

或许才能看到来生

在纸上饲养故土夜色

白发是根据需要长出来的

喷嚏是兽医开的方子

南风吹过凤莲路

北风搜过崇贤街

圆盘广告牌上有一个字是假的

学校大门一出来

左拐就是官衙，满大街都是从前海头

游上岸的咸水鱼

或许是时间让凤山口越来越无足轻重

成为兜售记忆那一点腥咸

我时常走在

自己手掌上那一条机耕路

如同在纸上饲养

故土夜色，不是闲暇是疗伤

废弃的时间

跳崖的树

样子是很美，企图也很美

生死，有时是一种想象

生于凶险，何必在乎身后

心存恶念的石头

活在自己身体上，就能从体内

抽出尺子，每一个刻度

都有自己的迷茫和赞美

我暗自练习一个翘趄

改变脚趾的修辞

胆怯长了新芽，刀斧也长了新芽

画饼充饥的人

急于与麻雀一起修剪月亮的体毛

去大势，随小庸

阻止云朵善于攀亲的坏习惯

怀揣铁钉痛定思痛

刻　章

到锋刃上走走的想法由来已久

去年夏天，请求过一位朋友捉刀

让名字倒着走入石头

现在想想没有必要，理由有三

其一，可以确认始终保有负面情怀的人

缺乏的不仅是安全感；其次

无论是歇脚店还是盖棺定论

都可能是白纸黑字的维度

其三，对于这个名字来说

没有人比我更了解，哪一刀应该深

哪一刀浅些

我有自己的反正，自己的方寸

江山社稷草木谁说都不算

腰　伤

腰板挺直更像是对谁的冒犯

考量这种问题时

我正缩膝侧身侧起

小心翼翼避开那些正面的

看不见的遇见

这个偶发性损伤的暮春

石头陷进泥沼

坐卧不是

唯站立稍好，稍好是

不可多得的好

形同无师自通的绝学

靠不住的不仅此是疼痛

骨科医生的瞬间复位

他强硬地纠正母体里的我

也包括对母语的呼唤

反弹琵琶

怀疑过墙上的吉他

以及那些来自墙上的声音

关系到另一个人的镜像生活

但卷轴不这样看

它认为巍峨浅藏于腹部

潺流始终不会枯竭

而我热衷于钟摆里谋一张皮

那是想想都后怕的事

唯一值得庆幸的是

我躬身低抚鼓励自己

在钉子上打盹

并试图想象自己的裸身

是一道不二法门

▪ 创作年谱

1986年　秋，跟随诗人陈作二练习诗歌写作，笔名"陈竟然"。

1987年　参加《诗刊》函授学习，部分作品发表于《未名诗人》，入选《一首好诗是怎样诞生的》（学苑出版社）。

1989年　《季节之外》《狼或者别的》入选《永远的歌手》（四川人民出版社）。《第一次印象》发表于《世界日报》。

2003年　11月，参加首届福建青年诗人交流会；12月，恢复诗歌写作并使用笔名
　　　　"陈功"。

2004年　8月14日，创作《椅子是木头做的》；8月24日，创作《一朵花的爆发力》。

2005年　5月，《净峰净峰（二首）》发表于《厦门文学》；《第九匹马（组诗）》
　　　　发表于《星星诗刊》；《有关崇武（外一首）》发表于《福建文学》；9月，
　　　　第一部诗集《第九匹马》出版（贵州人民出版社）；10月，与颜非等5人
　　　　在厦门集美小聚，一起创建"陆诗歌论坛"。

2006年　6月12日，在新浪博客注册；8月，《陈功的诗（七首）》发表于《诗歌
　　　　月刊》，附汤养宗对惠安诗人评论；《椅子是木头做的》《一朵花的爆发力》
　　　　入选《2006年度中国诗歌精选》（长江文艺出版社）。

2007年　春，与颜非、江浩、高盖、南方等人创办《陆诗歌》，创刊号以"福建诗
　　　　歌版图"概貌出现；11月，《桃花途经我的前额（外二首）》发表于《厦
　　　　门文学》。

2008年　2月，《风从哪里来（组诗）》发表于《诗刊》；7月，《一只鸟睡了（外
　　　　二首）》发表于《福建文学》；7月，《国画（外一首）》发表于《厦门文
　　　　学》；《浅笑》入选《2008年度中国诗歌》（漓江出版社）。

2009年　9月，《陈功的诗（八首）》发表于《诗歌月刊》"现代诗经"。

2010年　4月，《在不断发酵的四月（组诗）》发表《星星诗刊》"探索"；3月，
　　　　《带走一把刻有你花纹的空气（二首）》发表于《艺术时代》。

2011年　3月，《椅子是木头做的》入选《新世纪中国诗典2001—2010》（群众出版
　　　　社）；5月，《风从哪里来》入选《〈福建文学〉六十年典藏·风的齿轮》
　　　　（海峡文艺出版社）；11月，《似乎还有救》《法桐》发表于《诗刊》。

2012年　4月，《牌局（八首）》发表于《诗刊》"银河"。

2013年　诗歌发表于《福建文学》；12月，《药方子》《不确定的痛》发表于《人民
　　　　文学》"短章·凤冈诗会"。

2014年　8月，《月光癌症》入选《新世纪好诗选2000—2014》（黄河出版社）；12
　　　　月，《我一直和大海过不去》发表于《休斯敦诗苑》。

2015年　4月，《安然（十四首）》发表于《文学港》"首推"；8月，因诗人陈作
　　　　二谢世，正式接手《净峰诗歌》，并进行全面改版；10月，《灵通山雾气
　　　　（外一首）》发表于《福建文学》"厦门诗群"；《安然桥》入选《中国现
　　　　代诗歌精选》（四川人民出版社）；《灵通山雾气》入选《2015年中国诗歌
　　　　精选》（长江文艺出版社）。

2017年　5月，《水调》入选《泛粤东·短诗经典》（团结出版社）。

2018年　5月，《人生在世》发表于《诗潮》"中国诗歌地理·福建净峰新诗社小辑"。

2019年　3月，《我是雨夜的朝圣者（八首）》发表于《台港文学选刊》"海峡诗会"；4月，《闽南话（组诗）》发表于《绿洲》"新丝绸之路城市诗群展·泉州诗群"；6月，《我的秦时明月》发表于《诗刊》；9月，《危险之美》入选《中国现代千家诗》（四川民族出版社）；10月，《接骨木（组诗）》发表于《福建文学》。

2020年　1月，《看不见的梅花一开再开》《己亥年仲夏陪顾北兄蹚过洛阳江暮色》发表于《诗潮》"天下短诗"；1月，《一朵花的爆发力》《安然桥》《我的秦时明月》入选《福建优秀文学70年精选·诗歌卷》（海峡文艺出版社）；4月，《凤莲路》《渔村境主谢枋得》发表于《中国诗人》"惠安诗群专辑"；7月24日，《假寐》入选《百度文库·现代诗大全100首》。

2021年　4月，《假寐》入选《诗潮》"福建诗人关注"；9月，《相对的陈辞（二十首）》发表于《文学港》；《刻章》入选《2021年中国年度诗歌》（漓江出版社）。

2022年　6月，《假寐》入选《诗选刊》"现代诗歌二十四品"。

陈 客

本名陈伟泉，曾用笔名刺桐飞花，泉州人。福建省作家协会会员，泉州市作家协会青年创作委员会副主任，泉州旅游协会文学创作专委会副会长，泉州市校园文学研究会常务理事，浮桥诗团成员。西海岸文学平台、诗客平台发起人兼运营执行。曾主编《西海岸文学报》《越界》等。有诗文散见《诗刊》《诗歌月刊》《中国诗歌》《星星诗刊》《北京文学》《天津文学》《福建文学》等，入选少量诗歌选本，获奖项若干。

▪ 代表作

刺绣的姐姐

她在故乡刺绣，一年年
她把飘落的槐花绣上，她喜欢精灵
把不谙世事的蜻蜓与蝴蝶绣上。她饿了
就把大片大片金黄的玉米绣上
她轻轻地呼吸一口空气，而后把瘦瘦的
炊烟绣了上去。天亮了
稻田里的秧苗长了三寸
她也绣了上去
她想起远足的弟弟就心酸，她把思念绣下
坐在季节的过道上，她把故乡绣了又绣
她就这样绣着、绣着，年复一年地绣着
直到每一个远足的乡人都患上思乡的病

▪组　诗

早安花园

早安，亲爱的！早安

第一滴躲进灌木丛里的露珠儿；早安

时不时从花丛里探出头来的暗香；早安

那唤醒童年的一声声啁啾；哦，早安

我这昨夜又晚归的慵懒的小甲虫儿

早安，又安全守护了一夜、略显疲倦的栅栏

早安，昨天刚与老墙斗着气的藤条；早安

五位为爱站岗的忠诚的棕榈树，早安

又偷偷亲吻花园的晨光族……哦早安

这一座

属于谁或者不属于谁

流连在时光之外的越界咖啡花园

故事花园

那个叫阿美的姑娘，并不美

点了一杯卡布奇诺

又躲进阁楼一处靠窗的位置

这是半年里的第二十六回了。一本书

在她手上躺着，翻来覆去

没人知道她有没有看完或是看了多少遍

阿美经常会冷不防地望着窗外发呆

有时还会莫名地滑下几滴泪
泪水浇开了她内心的花朵
——哦，阿美。其实她本身
就是花园里
一朵不为人所熟识的花

半杯花色

花开了一半，剩下的被你迅速截走
阳光、雨露以及情人间含羞的私语
这些你从来都吝啬于自己爱人的小小关心
此刻都倾注于这半杯花色之中

春天来了，你渴望着更多的蝴蝶翩飞
于是开始学着在清晨颂诗
直到花开出了果，果又开出了花
而那些陪着你黑须泛白的花色
却依然只有半杯

内心的光

天黑了，一些光亮游出
由浅入深。我相信
这是一个忧伤者，向着内心祷告
花园里还会有另一些光，它们或
躲在草丛里倾耳，或爬在高处
与另一些光私语。还有些性情温和的光
会冷不防地伏在一些冰冷的脸颊上

抚摸或者亲吻。更多的光
栖在阴影的背后，当一片叶子落下
或一阵微风吹起
都像是自己的心，被轻轻动了一下

生如草芥

谁在这暗黑的夜里吹我
吹我羞涩的花、喑哑的树
吹我人生如草芥、逆行如蝼蚁

我不知风从哪个方向吹来
来得这般急促又生猛
我甚至不知什么时候
我的鬓角开始泛起白发
腰膀向下
这风，这不知名的风
这看不见摸不着的风
一次次吹我，也吹我朝暮相依的同伴
直到把我们直立的身姿
吹成漫山遍野的荒草

西街·风

风吹得越远，越让人产生怀想
本初，或者是最后的归宿
都像是一根骨刺，隐匿在灵魂的深处
刺桐花听着梵音睡了又醒
守岁的蝴蝶一代代更替

坐在街角的钟楼，把一个个少年

敲成迟暮的老者

没有人爱过这样的风

也没有人能够抵住

这被吹得满目苍茫

又极富萧瑟之美的西街

源和堂·时间

源和堂，其实我想说的是光阴

那些尘封在蜜缸里的故事

是在林中狂野的另一匹马

一个赶马的少年

越想接近天堂

就必须越靠近虚无

源和堂，其实只是回忆的一种代词

就像在 20 世纪饮下的酒

直到今天，才开始隐隐作痛

▪ **创作年谱**

1999 年　在《泉港文艺》发表文学作品处女作。

2000 年　参与创办泉港区作家协会官方网络平台笔架斑文学论坛。

2005 年　联合创办海峡西岸大型青年文学论坛西海岸文学论坛。

2006 年　跟随惠安著名诗人叶逢平老师学习诗歌创作。

2007 年　创办并主编《西海岸文学报》；参与策划主持在永春北溪举行的西海岸文友首场大型线下采风活动。

2009 年　泉州市作家协会成立首个专委会泉州作家协会青年创作委员会，当选青创会副秘书长，后升任副主任；获首届泉州市青年文学创作奖。

2010 年 参加由福建文学杂志社和福建省文学艺术界联合会文艺理论室等单位联合在厦门举办的第五届福建省文学艺术高级讲习班；主持西海岸文学论坛成立五周年活动并主编《西海岸5周年》纪念特刊。

2011 年 诗集《108 朵玫瑰与 108 首诗》出版。

2013 年 改版并主持泉州本土大型文化生活类杂志《越界》。

2014 年 花园系列组诗首发于《福建文学》《星星诗刊》，并入选《诗选刊》年度大展；获泉州文学奖；加入福建省作家协会。

2015 年 创办诗客微平台；创办诗客文化传媒有限公司。

2016 年 受邀参加在漳州漳浦举行的第六届漳浦诗人节和在福州举行的 2016 闽派诗歌春节联欢会。

2017 年 参与发起福建浮桥诗团。

2018 年 参与策划主持"经验的融合与剔除——首届福泉青年诗会"；策划并主持"西海岸文学平台 2017—2018 年度（首届）十佳校园文学创作之星"颁奖仪式；在南安官桥御仙庄举办的泉州旅游协会旅游文学专业委员会成立大会并当选副会长；创办"诗行游学"品牌，并策划举办诗行游学启动仪式暨首场—元城市生存挑战赛。

2019 年 参与策划"语言的觉醒——第二届福泉青年诗会"；浮桥诗团首本诗歌合集《我们的好时光》出版；诗歌《走向海的深入》获得由福建省文学艺术界联合会、福建省作家协会、福建省文学院、福建文学杂志社、冰心文学馆等单位联合主办的"我为祖国写首诗"优秀作品奖；受邀参加浙江洞头"中国诗歌之岛·海岸线青年诗会"和在厦门举办的 2019 鼓浪屿诗歌节。

2020 年 主编《为青春纵情放歌——西海岸文学十五周年纪念专刊》；创办《西海岸校园文学》；策划举办西海岸文学十五周年庆典晚宴；诗歌入选《中国新诗年鉴 2018—2019 卷》。

2021 年 诗歌入选《福建优秀文学 70 年精选·诗歌卷》（海峡文艺出版社）等。

张玉芬

笔名油纸伞，福建省作家协会会员，德化县作家协会副主席。散文、诗歌作品散见《星星诗刊》《散文诗》《福建文学》《辽河》《安徽文学》《泉州文学》等百余家报刊，入选《中国诗歌精选》《中国诗歌选》等年度选本，获泉州市文学奖，"我为祖国写首诗"福建省优秀作品奖，泉州市"情寄御仙庄"情诗大赛、"激扬诗篇颂党恩"诗歌大赛、"中华人民共和国成立七十周年"散文大赛一等奖。出版《德化当下的可能》。

▪ **代表作**

影子跟着我

我往前走，小心翼翼
自以为练就一身平衡的本领

有两个影子紧跟着我
一个在前边跑
一个在后面穷追
而我夹在中间
既抓不住前面
也甩不掉后面

我一直朝前走去

▪ **短　诗**

水滴没有留下影子

草木不动。悬崖顶上
有一滴水即将降落

水滴，向下
她有一处心脏，有一所心灵

犹如光芒漏下，抟起大地的陶罐
为溪河贮水。此时，湖是一片纯净的蓝

水滴巨大，留下影子了吗
每一滴水的降落有它的轨迹

他和一把锁站在一起

蓝灰的门漆斑驳成锈色
在阳光的对面，锁扣早已不再发亮
落寞相对，无言集结成
过往的生活，是一天天碰触的痕迹
气息和带盐的手渍似乎仍在上面
今天覆盖住昨天，昨天覆盖住以前
他来了，只是偶尔路过
可是他却停下来，选择
和一把锁站在一起
和它一起空落落地，又涨满期待

表示对它的支援，锁住了什么
即将打开的又是什么

被阳光画过的人

这里是截面，罩在斑驳的光里
好像这面墙怎么也抚摸不完
他紧贴墙面，遗世而独立

他的脸，一半在明亮中
一半在暗影里。他不知道这暗影
来自哪里，上面？左边还是右边
坐北朝南，或者偏15°
月盈月亏，潮汐相伴
熄掉的追光灯被遗忘在角落

葵花园里的花开了
整座花田，默默支撑着所有脖子
一齐扭转方向时发出的
咔咔作响

▪ 长　诗

窑神赋

一

方形窑，条形窑，窑窑相望

如风中摇曳的红灯笼，挂在瓷城的山头

为人们照夜路，走向凌晨，走向家门口

熏黑的窑壁上，釉光隐约，泛出窑火的秘密

往窑火口投下星子，窑花欢笑着

往上赶。添柴，加火，一次次探取温度

霎时火焰倾斜、开裂，忽而像变形的台风

席卷没柱的屋，窑在烈焰中轰然倒下，倒下

看不见窑师傅喊圆的嘴，也看不见窑工眼眸里

高了一下又熄灭的火焰。欢腾的宴会砸出个天坑

残存四角，狰狞如兽，与窑工对视

二

拱大窑，拱——大——窑

窑工靠在坍塌的窑墙，解读炭火余温的密码

"大"字伸长四腿，如脱缰的四不像在作坊间奔走

撞翻高叠的钵匣，撞倒摆满粉盒的瓷架、釉彩

当山峰颠倒了，重新站立起来

当搅浑的泥浆，再次沉淀下来

兽，又来到窑工身边，放出长绳，拉他起身

倚靠毁塌的窑墙，沮丧埋藏在灰烬的钙里

宋朝皇上的旨意：金银缂线铅杂色帛……帛锦瓷漆之属

刺桐港的海水一次次上涨，窑工的心思

在他磨起的手茧里一次次坚硬

三

二天，三天……窑床收集的光
足以将瓷城的夜色抬高，窑基储存的温度
足以给窑工的寒衣加一层棉。当疲倦进入昏睡
思想仍在爬高，他只是想歇一下，歇一下

鼾声沉重而不安，在无规则之间左冲右突
仿佛鬼打墙的传说回到了人间，却与火打上赌
窑工与败窑相依，彼此安慰
劳累从不辩解，思念乘虚而入，合上眼睑
尽头似乎有萤火的亮，光在黑暗中引渡

四

玄女衣袂飘羽，祥云作筏，探望年青窑工
窑灰聚拢护驾，有意泄露天机
乳圆似苍穹，窑工在梦里，白茫茫中
他在太阳给出的隧道里描绘瓷国

半圆，靠近人间，在身体之上升腾雾气
半圆是隆起，有着美妙的弧度，和无尽的想象
半圆是能伸能屈，在半俯的胸前生动
有宝石的色泽、月的神采和光晕

望玄女神情庄严，口吐烟雾，指自己又指败窑
指点窑烧。窑工惊觉，梦中坐起
玄女亦坦然，双乳白如瓷，釉彩生辉
她轻解罗衫，指挥道具，窑烧改革勇献计

是谁叫醒窑工？撑一支长篙，上溯
梦幻已化作露水，融在瑶台的水井深处

恰似员外独生女金兰。昨日金员外家请教
金兰听说窑烧又失败，绘图讨论不计嫌

五
鼾声从高崖返回，改革者忘记孤独与饥渴
召集作坊汉子，绘图，设计，乃弃方取圆
父亲有鸡笼久立院子，祖母煮饭柴火灶火苗蹿
日常事物交叠，圆的线条正在创造

将倒塌的推倒，将疲乏砌进窑墙燃烧
灰烬拌上窑工的愿望，火红映照朝廷朱砂印
作坊里风干的粉盒军持，悄声讨论未来
东家西家的地碓抬起头，往大窑张望

看窑砖扶上乳的弧度，有乳的外表和美好
这是从梦中走出来的神圣，将泥坯哺育

听南音的箫管对着瑶台的父老乡亲
二胡拉起出嫁的喜乐，悠扬中轿子起航
青白瓷将去往谁家，将在谁的手上过完一生
漂洋过海的风险暂且不提，波涛万顷的海面不提

窑工昼夜奋战，拱大窑
宝美山巅枫叶转，好消息随风飘
众人联手烧窑新创举，拱出大窑共分享
林氏苏氏张氏……陶瓷人是一家

装窑，隔板和支钉正在层层加高
众人堆柴火焰高，宋朝的海潮之外是贸易边陲

六
封窑门，添柴，加火

喝酒，守窑
窑工提着胆在窑火口之间奔走
三天三夜，酒香在火苗上发酵

当忠实与勤劳携手，失败小兽样遁逃
压不塌的脊梁在冬天与火相遇，瞬间点亮
瓷的天堂！窑炉蓬勃，在瓷乡里追赶夏天
一个时代的语言，在劳动之后脆响

瓷泥在烈焰中，在火里蜕变——青白瓷
在代替与交换中延伸，在驿站奔走
常常用以解渴，描绘鱼纹、人脸，或青花
有时也作为交谈的道具，或是传递爱情的信物

开窑
亮闪闪的瓷碗，从窑口吐出革新成功的信号
闪光的水壶、粉盒，还有军持，源源不断
为人群增添喜悦，为期待添加砝码，高过了准星
在亲眼所见中有秩序地，一趟趟明确起来

七
窑，用圆的手法调动火，均匀四面八方的走向
烧过的瓷有了意志，响铮铮、亮闪闪
雨后蘑菇纷纷从土地上冒出，一茬茬
窑炉改造，唱响村南村北的歌谣

一定是有窑神在火里进出！衣袍拂过的地方
五六天，长出一座圆穹鸡笼窑
就开出红色的花朵，三天便结出瓷的果实
等待河水涨高，水碓车"哐哐"的节奏
与码头的青石板，海潮奏成丝绸之路的和弦

烧出瓷器多又好，千帆回港，以物易物货满舱
国库充盈。海上贸易往来，不谈海涛下惊险隐藏
帆板上挂出好消息，海鸟传诵玄女大义
得利不忘义，塑神像，烟火长续

八

领头的雁啊，飞过瓷城山冈，飞过群群山峦
应邀江西道台教授拱窑。星月兼程，日夜赶工
无奈暑热攻心严重，病倒窑旁
心系家乡未婚金氏女，竟无缘再相见

水碓车停止了转动
窑烟呜咽
生难双飞，神坐同位
窑坊公在左，玄女神居右

祭窑神，拜玄女
供奉窑烧艺品表敬意，告知获奖喜讯
也为新开发的产品赴广交会讨个好彩头
创作与革新，瓷事与计划，窑神热衷瓷言瓷语

梅岭窑，屈斗宫，月记窑——千年薪火相传
玄女一直在祥云高处，与窑烟相接的地方

▪ **创作年谱**

2015年　2月，诗歌《从第一个字符开始》获泉州市"情寄御仙庄"情诗大赛第
　　　　一名。

2016年　2月，散文诗《雾染佛手瓜》发表于《散文诗》；6月，诗歌《一次窑烧就
　　　　是一场洗礼》获泉州市"激扬诗篇颂党恩"诗歌大赛一等奖；9月，散文
　　　　诗《一个村庄的线条（外二章）》发表于《散文诗世界》；9月，散文诗

《传说养在大海的缸里》发表于《星星·散文诗》；10 月，诗歌《长征，像走向一场热烈的窑烧》获福建省"伟大的出发，伟大的胜利"纪念长征胜利 80 周年征文优秀奖。

2018 年　1 月，诗歌《他和一把锁站在一起（外二首）》入选《中国诗歌年选》（花城出版社）；12 月，诗歌《坐在白瓷面前，我与祖国对饮》获福建省"我为祖国写首诗"优秀作品奖。

2019 年　1 月，诗歌《厦沙高速穿过我家（组诗）》发表于《福建文学》第 1 期；4 月，诗歌《影子跟着我》发表于《人民日报》（海外版）；9 月，散文《"解放菜"》获泉州市"中华人民共和国成立七十周年"散文大赛一等奖。

2020 年　诗歌《影子跟着我》入选《中国诗歌·中国 2019 年度诗歌精选》（人民文学出版社）；2 月，诗歌《失眠》发表于《散文诗世界》"抗疫专辑"；6 月，《厦沙高速穿过我家》获 2019 年度泉州市文学奖。

2021 年　合著《德化当下的可能》出版（九州出版社）；4 月，散文《鱼房子》发表于《辽河》；7 月，散文《竹海深深》发表于《福建文学》。

张志忠

"90 后"，惠安人。笔名故人入梦，福建省作家协会会员，参加第二届福建文学新人研修班。作品发表于《十月》《诗潮》《中国诗人》《福建文学》《泉州文学》等刊物，入选《2019 年中国诗歌精选》《华语诗歌双年展》等，曾获 2018 年度泉州文学奖。

▪ **代表作**

在海边

在海边，下雨
七月份的海鸥紧贴我现实主义的脸盘
充满着面巾的经验

感觉像是真的，等你来验证
你在经验之中

嗯，大海适时的汹涌
海浪会带来森林般的泡沫
当海浪没有了退路，礁石也没有了禁忌
喝光所有泡沫，醉成沙滩
碰了碰那光滑的灵性的贝类

▪组 诗

掌 纹

想得深和想得浅，是两条河流
或者说一条河流，分成上中下游
你突然说，你要去摇桨渡河
那么，最近的河流就是我的掌纹
你左手伸过来，试探我掌纹的深浅
你跳过去，没有横渡，紧扣我的手指
那陌生的熟悉人，陌生的动物
要你计算我掌纹，长多少宽多少
我掌纹，是在你对的时间里
还是在你错的时间里
他们把你问得，直接退缩回来
你毫无做，再次跳过去的准备

在形容

用湖泊来形容嘴，湖泊笑了
牙齿是鱼群，舌头是岛屿
说的话，有时高贵地静默
有时卑贱地忙碌
有船只驶入
有人喜欢对经验指指点点
并不知道，自己也是经验的一部分

用树叶来形容眼睛
树叶会多情，流泪，失眠，近视

视力的衰弱不等于树叶就此枯黄

在晴朗的日子，配一副眼镜

依然可以看清

那枯萎的旅馆混着流逝的情人，瞬间击中我们

用隧道来形容鼻子

流出来的火车，不像火车

我擦掉，重新酝酿

火车应该是一股浓烈的海水

里面乘坐含有孤独的贝类

轰隆的泡沫让人窒息

不得不打碎固有的沙滩，然后重建

用村庄来形容耳朵

住在村庄里的爸爸妈妈，你们听到了吗

我感冒啦

愿你们的身体还是我原来熟悉的地形

愿你们的婚姻好到野蛮

我真的感冒啦

头发已经好几天没洗

用衣服来形容头发

冬天的衣服，又厚又长

纹　身

水泥染了铁锈，与故乡接壤

天空连绵不绝的火烧云，像故乡夏天的黄昏

他们，流逝；我们，两眼空流泪

全都累了，倦了，等明天再进另一家工厂。做流水线上的活

十月，南方小镇

十月，南方小镇

雨水不达，秋天未满

尚无兵荒马乱，命如草芥

在短暂的和平里

青石路适合打开埋在岁月中的台阶

红花绿叶擦拭了蒙尘的姓名

闻香的人是一群回乡的人

此时，户籍被晚风翻阅

炊烟袅袅

有天真的幼年、慈祥的老年

天暗下来，灯亮了

那一年母亲解开衣扣

我吸吮着连绵不绝的乳汁

三月的一天

昨夜的雨水被今晨的风拉扯至虚无

小镇里

一只白色蝴蝶穿过鸡鸣和狗吠，来到我的窗前

人们醒来，途经我性格中的绿

阳光洒在河面上

鸟儿会叼走一些经验，洒向人们的脸

人们终于笑了

与一条条皱纹达成和解

人们拐进一段偏僻的路

像那只鸟飞去另外一个地方

带去某种经验

▪ 创作年谱

2016 年　4 月，《近视（外三首）》发表于《泉州文学》。

2017 年　5 月，《在五月（外三首）》发表于《泉州文学》。

2018 年　6 月，《一首的摇滚乐的蓝（组诗）》发表于《福建文学》；12 月，《观后感（组诗）》发表于《泉州文学》；《一首摇滚乐的蓝（组诗）》获 2018 年度泉州文学奖。诗歌《十月，南方小镇》入选《华语诗歌双年展（2015—2016）》（江苏凤凰文艺出版社）。

2019 年　10 月，《在海边（外一首）》发表于《诗潮》。

2020 年　6 月，《张志忠的诗（二首）》发表于《中国诗人》；诗歌《在海边》入选《中国 2019 年度诗歌精选》（四川人民出版社）；诗歌《在黄昏》《在海边》入选《福建优秀文学 70 年精选·诗歌卷》（海峡文艺出版社）。

2021 年　4 月，《在崇武》发表于《十月·长篇小说》第 2 期；5 月，《在鼓浪屿（外一首）》发表于《福建文学》。

张端端

1994 年生，惠安人。笔名张不知，福建省作家协会会员。作品散见《诗刊》《中国诗人》《泉州晚报》《泉州文学》等报刊。出版诗集《不知诗欢》。

▪ **代表作**

雪夜和壁炉

前调佛手柑、苦橙。中调
鼠尾草、桉树。木质香扶好
每片下定决心飘落的雪花
壁炉围聚。雪松、琥珀
安住半截诗行。桃花心木的味道
引来雪夜以外。我的呼吸
踩在交错浮现的香线之上
平稳、熟稔。大雪前
深夜的壁炉适合忏悔
万物都揽上一桩深以为遗憾的过错
我们暂且跟跳跃的影子和解
再去寻每片雪的下落。那些
我踩在雪地的印迹，我作为人
带给雪地的疼痛，雪作为寒冷
落在我头顶的薄凉。我们
还未深入展开谈论。桉树味
融化在浑厚的木质香调，若隐若现
被积雪压坏翅膀的鸟儿终于回巢
柴火闪现舞姿，给孤独献去悼词
我们在雪夜交出忏悔，壁炉在呻吟

▪ 组　诗

早秋时刻

一颗胖松果，在初秋显示出
步伐轻松。我们摆放好餐具
白瓷盘置留雏菊香，序列
每个清晨所想。
昨日逃遁如偷走的信
照片上高女人和她的矮丈夫
在涂抹黄油面包。"社会纪实"
夹在沾有咖啡渍的《每日晨报》
我们重复使用，推倒前山之后
落叶还是新鲜。时间指认
任何时刻的过失
唯独它自己

风物志

一条白狗和主人走散后
尾随于其他行色匆忙的脚步
番仔楼上，白猫在黑夜的肚皮上踱步
门户后，难以想象是家宠物店
紧挨隔壁铁皮广告语写有：售卖家禽
从这条巷子深入，前往小海酒馆
青年们喝酒、唱歌。他们使用方言
杜甫、鲁迅、加缪、博尔赫斯被带入
闽南的音韵。两只瓦斯灯泡强忍昏厥

撑开眼皮，像是陷入漫长倦怠期

紫云屏后，旧书屋多出一架钢琴

琴师总是在找他的琴谱，游客们

则是踩点三口古井及以往

午夜风骚，老树决意不再受理

祈福飘带，酒杯和石敢当

相互碰撞，试验夜的布鲁斯

铜币之愿

我尝试挤兑欲念的果汁

方可为深重的罪己，多出供词

下达审判之时，如鹅毛那般洁白

轻盈拂去：伤口、枯荷的残式

以及一支歌谣。投入爱河池中

铜币发出亮片，所有的愿望

扭成一团油火：于水中点燃

哀矜，多虑，焦灼之花在此间

盛放，多么璀璨，切割时间的轴线

散布河池。而欲念之果，亦饱尝

倔强的顽疾。我们却不能

亲自撇开病症之痛

哪怕，已收回铜币

水　蛇

今晚都是腥味

河水黏稠，搬出鱼群

石头。流动的水滑过岸边的
奇花异草，摩擦情节。这岸边
没有曲折。当一条水蛇在女人的身体
游动。河床轻轻摇晃了几声
水底一天比一天新鲜

当寂静被摊放在偌大的广场

偌大的广场
走过一两个人
寂静袒露羞涩
轻掩眉目，又在夜色中
仓促收了河山
偌大的广场
肆意蜷起一个陌生女人的发丝
也肆意，在庆祝声突然响起时
一片叶在枝头纠结许久
一撮烟头被弹掉，进而
我被迫成为这些时刻的证人
然后，俯下腰
现在，有个灵魂说要与我并肩
可事实上，我们
仿佛永远都在路上相认

■ **创作年谱**

2006 年　接受中国古典诗歌启蒙。

2011 年　诗歌《你的身边一定有我》荣获全国中学生作文大赛一等奖。

2019 年　3 月，诗集《不知诗欢》出版；散文《将心比心，用心教心》，诗歌《归

途，有一条银白色的小路》《水波》发表于《泉州晚报》；9月，教育随笔
《将心比心，用心教心》获泉州市"教育随笔师道"征文大赛三等奖；10
月，《渔夫（外二首）》发表于《海峡诗人》；10月，加入福建省作家协
会；作品入选《青年诗歌年鉴2018年卷》（人民日报出版社）。

2020年　4月，诗歌《新门街（外一首）》发表于《中国诗人》第4期；5月，诗
歌《渡口》发表于《泉州文学》第5期；8月，散文《乡村理发，理出脱
贫路》发表于《泉州晚报》；9月，诗歌《雪夜和壁炉》发表于中国诗歌
网"每日好诗"；11月，诗歌《雪夜和壁炉》发表于《诗刊》。

2021年　5月，《微时代写意（组诗）》发表于《泉州文学》"特别推荐"。

张鞍荭

"80后"。中外散文诗研究会会员，福建省作家协会会员。诗歌发表于《诗刊》《诗选刊》《星星诗刊》《诗歌月刊》《中国诗人》等报刊，入选《中国散文诗精选》《福建百年散文诗选》《中国年度诗歌》等书。出版诗集《告别春天》《往南走》《空白书》。

▪ 代表作

流年·春山

一

夜静的时候，春山利索地
将自己掏空了，她卸下妆
巴巴地把一轮明月给
沟渠，清风给鸣鸟，暗香给
推开她的人，夜来香收起小花盏
掉下来，掉下来，掉不完

春山是大的，无当，空
一尾鱼正来咬钩，只是要很久
很久，它游过来，碧绿的水
就破了。芒草很高，月光微黄
眼观鼻鼻又观心，你和谁
在一起？在一起。在一起

春山不懂得适可而止，她说绿
就绿，有人说黄她还拧着
就暗自伤心，就爱恨交加

春山果然是傻的

天光已暗，一个词与另一人

在暗处说无，她听见了，绿溢出来

二

你还叫春山，或者别的什么

我梦见你，揪自己的绿叶

默默掉下满树花，在一条道的拐角

你长了一株木瓜，又黄又大

你谁也不认识，流潺潺水，养两只

小龙虾，张牙舞爪。几朵正经的蒲公英

伸着细长的毛绒小球

等风，风爱万物

春山，我来看你，但不能让你看

我的伤口。你盖住我的阴影

说坡。说树。说娇。说是

果子汁液丰盛，又苦又甜

三

春漏了，一把旧红尘

良辰美景，如花，倦意沉

齐眉相对坐，看两鬓渐染

春山，物有虚实，并不由人

你听戏品茶，吞云吐雾，甩水袖

消耗自己是必须的，抓紧的未必

真在手中。胸中有飞鸟

便有天空，有空，便有万物

有时你开着，有时关着

春山，这一次是彻底解开自己了

花一朵一朵落下，美不为你

不美亦不为你，如果你来

▪组　诗

不能一个人独自在海滩散步

不能独自一人在海滩散步，海滩上满是小生物

它常常吐出躲躲闪闪的小螃蟹，一露头就急急忙忙

挖个小洞再钻回去，海滩上到处都是小洞

有一回它吐出死掉的鱼，肚皮翻着，眼睛也翻着

一点声音也没有，浪一点颜色也没有改变

只有海鸟探索地在一旁守着

海浪会笑，会吐出馈赠品，海滩上满是珠贝

有一回浪吞掉了我的左拖鞋，我提着右拖鞋

看了它好一会儿，把右拖鞋也送给了它

果不其然，当我交出我仅有的右拖鞋

海浪又吐回了我的左拖鞋

我只能再次提着左拖鞋，看着它好一会儿

海风光明正大地把盐塞给你

这么咸，这么苦，迎着风走的人，自然得到了霜

海浪吐出活着的小章鱼，我去看它，它一下缠住了我

手臂有点疼，甩也甩不掉

它还吐出了相拥而行的情侣、欢快的母子、一群晨练的人

在海滩上走来走去，身上越来越重

有一回它吐出我曾经写下的字

风猎猎作响，裙裾一直拍打我脚，要很用力地说话

自己才能听得清

有一回它甚至吐出你说过的话

夏天有炙人的热浪，冬天有冰冷的风

海浪会笑也会哭，所有吐出的，它还会再次吞下去

迎着海走的人，自然地越走越轻

一场雨路过的清明

每年风都是胡乱吹，草也胡乱长的

再也没有办法安好了，雨水渗入大地

草从许多意料之外的地方长出来

人们脚边闪过匆匆忙忙的小虫蚁

我要积攒一年的人间烟火

才能这个时候在你身边坐下来，说

春光正好，花儿都开了

金属的夏日

记忆像是假的，而风是真的

风里传来的气味是真的

甜甜的橘子汽水、酸酸的墨汁

加上空中浮荡的轻快的英文歌曲

这个夏天一半雨一半烈日

我的妈妈一边发火，一边把细泉熬成米粥

我练习十种面条的做法

十指纤纤，音乐在汤里游来游去

红砖、绿荫、小黄人

知了有金属的腹部，一按就跳出一个炎夏

▪ 创作年谱

2000年　《九月》发表于《诗刊》青年版《新诗人》；《回乡路上》发表于《诗刊》；
《秋天的歌谣》入选《中国城市诗丛·派》（中国国际广播出版社）；《日
记》入选《新诗人2000年度最佳诗选》。

2001年　《七夕》《意愿》发表于《中国诗萃》（中国文联出版社）；《雨》发表于
《诗刊》青年版《新诗人》；《玻璃杯里的水鸟》入选《情爱一百年》。

2002年　《玻璃杯里的水鸟》《爱你》《栀子花》发表于《九头鸟》；《坚持》《希
望》《秋夜》《告别春天》发表于《诗刊》。

2003年　《关于东施的记忆（外二首）》发表于《泉州文学》；《钥匙》发表于《福
建日报》；《小诗一组》发表于《诗刊》；《五分钟》发表于《厦门诗歌
报》；《鞍菪诗三首》发表于《星光》。

2004年　《四处漂流（组诗）》发表于《福建文学》；《十月，路过》《水怪》入选
《诗歌在网络》；《即将丢失》入选《鲁迅文学院No.27文学创作进修班学
员作品纪念集》；《葡萄》发表于《泉州文学》；《诗三首》入选《惠安当
代文化丛书·当代文学》（福建人民出版社）。

2005年　《石房子、砖房子（外五首）》入选《闪烁的星群》（时代出版社）；《下
雨天，姐姐》《梅》《荷》入选《2004年度中国网络诗歌选》；《雾，雾
（外三首）》发表于《星星诗刊》；《影子（外二首）》发表于《福建文
学》。

2006年　散文诗《老屋（外三首）》发表于《散文诗精品》；《张鞍菪的诗（四首）》
发表于《中国诗人》；《张鞍菪的诗（七首）》发表于《诗歌月刊》。

2007年　《张鞍菪的诗（二首）》发表于《福建文学》；诗作5首、随笔1篇入选
《坚韧的创造——惠安诗群二十年》（北方文艺出版社）；《张鞍菪的诗》发

表于《泉州文学》。

2008 年　散文诗《老屋·影子·哑语》发表于《泉州文学》;《秋天，给小桃（外一首）》发表于《福建文学》;《鞍茁的诗》发表于《诗选刊》;散文诗《老屋（外一篇）》发表于《散文诗》;《鞍茁的诗及诗观》发表于《诗选刊》;《玉镯子（外一首）》发表于《翠微文艺》。

2009 年　《老屋（外一篇）》入选《2008 年中国散文诗精选》（长江文艺出版社）;《黑（外二首）》发表于《星星诗刊》;《鞍茁诗歌》入选《武夷诗歌 08 年年选》;《事物（外一首）》发表于《福建文学》;《桃花溪》发表于《诗刊》;《春节》《立春》入选《献诗我的祖国——福建百名诗人心灵之歌》（海峡文艺出版社）;《秋思》发表于《泉州晚报》;《风中的玉米（外四首）》入选《福建文艺创作 60 年选·诗歌》（海峡文艺出版社）。

2010 年　《张鞍茁作品》发表于《诗选刊》;《张鞍茁的诗》发表于《泉州文学》;《鞍茁的诗》发表于《诗歌杂志》;《事物》《冬至》发表于《泉州晚报》;《江山多娇》发表于《诗刊》;《我们酿造啤酒，我们酿造生活》发表于《杭川文艺》。

2011 年　散文诗《桃花溪》发表于《中国散文诗》;《落（外一首）》发表于《惠安文化》。

2012 年　《乌鸦》发表于《泉州晚报》;《鞍茁的诗》发表于《泉州文学》;《路上的鸟（十四首）》入选《福建女诗人诗选》;《关于东施的记忆》入选《情满泉州湾》（九州出版社）。

2013 年　《鞍茁诗歌及诗观》发表于《诗选刊》;《流年（组诗）》发表于《泉州文学》;《鞍茁的诗》发表于《生活·创造》;《流年·三个女人》发表于《天津诗人》;《上元节（八首）》发表于《诗刊》;《素描清源》发表于《泉州文学》。

2014 年　《鞍茁诗歌作品选》发表于《诗书画》;《素描清源》《什么》《空白书》发表于《海峡诗人》;《老屋》《影子》《哑语》《桃花溪》入选《福建百年散文诗选》（海峡文艺出版社）;《上元节（外一首）》发表于《福建文学》;《春山》入选《放飞梦想——福建省职工诗文选》（海峡文艺出版社）。

2015 年　《流年·春山》发表于《星星诗刊》;《泉州青年作家文学创作访谈录》发表于《泉州文学》;《流年（组诗）》发表于《福建文学》;《大雨不能持久（外二首）》发表于《泉州文学》;《路上的鸟（组诗）》入选《丝路花开——泉州文学奖获奖作品选》（海峡文艺出版社）;《上元节》入选《福建

当代诗人》;《大雨不能持久》《一场雨路过的清明》发表于《海峡诗人》。

2016 年　《流年·春山》入选《2015 中国年度诗歌》（漓江出版社）;《张鞍荘的诗》发表于《山东诗人》;《烟火令（外五首）》发表于《福建文学》;《平凡的人生多么奢侈》发表于《泉州晚报》;散文诗一组发表于《湖州晚报》。

2017 年　《念趣趣》发表于《泉州晚报》;《张鞍荘的诗》发表于《丰泽文学》。

2018 年　《张鞍荘的诗》发表于《泉州文学》;《轻轻》入选《福建诗歌精选》（海峡文艺出版社）;《影子》《即将丢失》《给老虎的信》《风》《雨》《含沙之螺》《年复一年》《桃花溪》入选《闽派诗歌》（海峡文艺出版社）;《等秋凉（外二首）》发表于《泉州文学》;《桃花溪》入选《中国散文诗一百年大系·闲情逸趣》（青岛出版社）;《盛夏》发表于《泉州晚报》。

2019 年　《张鞍荘作品选》入选《中国朦胧诗 2018 卷》（海峡文艺出版社）;《在惠安，雕刻日记》入选《惠艺·匠心》。

2020 年　《一轮高兴的月亮在故乡》发表于《泉州晚报》;《清水之信》发表于《海峡诗人》;《张鞍荘的诗》入选《涛声石语》（海峡文艺出版社）;《空白书》发表于《泉州文学》;《张鞍荘的诗》发表于《中国诗人》。

2021 年　《张鞍荘的诗》入选《惠风薯韵》（海峡文艺出版社）;《张鞍荘作品》入选《福建优秀文学 70 年精选·诗歌卷》（海峡文艺出版社）。

2022 年　《行板》发表于《泉州文学》。

杨金中

泉州人。福建省作家协会会员，诗作散见《诗刊》《星星诗刊》《诗探索》《诗潮》《福建文学》《安徽文学》《厦门文学》《散文诗》《散文诗世界》等报刊，入选《2019 年中国诗歌精选》《2018—2019 中国新诗年鉴》《青年诗歌年鉴·2018 年卷》《2021 天天诗历》《福建诗歌精选》等选本。

▪代表作

悬崖之美

我爱这悬崖，于危险中蹈立之美
我爱这小心翼翼的虚空
像一粒、无所依托的尘埃
在人间落定
我爱这高楼，电梯垂直运输
使我无限接近天际
我爱这头顶的事物，远胜于
地面的一切
我爱这湛蓝、易碎的玻璃星球
更爱浩瀚无边
所有，近乎真理的未知

▪ 短 诗

春光志

河与河的交汇、分流，预示了
一个家族的走向。我的先人自中原而来
凭借回眸间
匆忙的一个照面，缔结了秦晋之好

群山因了他的不争
显露出隐逸之象。随意摘走的一缕晨光
被镌入，家族堂号

露水一再眷顾大地，他的瘦
并非来历不明

当叙述被一再转述，一颗种子
在流水中淘沥，孕育出诸多可能
我的家乡，开成了春光里摇曳的并蒂莲

一支唤作三洋，一支唤作朝阳

田头垇的茶色

田头垇山顶的圆月，多么像人间
触手可及的珍珠
白天的时候妈妈要走上五里路
才能抵达它的下方

有时候是采茶，有的时候去锄草

山脚下的茶园是十几户人家一年的口粮

草木葳蕤，人间浩荡

多么渺小啊，妈妈的身影

仿佛一眨眼就要被荒草淹没

只有高高举起的锄头

闪耀着铸铁的生辉

那是一个人，用双手分开天地

向草木索取春色

兄　弟

"他先于你死去，并替你成为，时间的殉难者"

——写下这个诗句时，仿佛前情犹在

落日的余温，仍在。时钟针脚定格的秋天

一面镜子从此，失去了另一面镜子

这阙如的对照之物，让余生的我倍感孤独

三十年了，头顶的白霜一点点蔓延

不可见的命运之重，正在悄然压顶。神谕到来之刻

每个人都要陷入这地底。仿佛为造物者

锋利之刀，拦腰斫断，却留下了身后线索

世间所有的仁慈，不过是草木将死，借籽还魂

我未成年的兄弟，你独独等不及瓜熟蒂落

银瓶山，或者一部移民史

城市向西，脉络由粗及细，根须深入贫瘠
毫末里长出——银瓶山
这最后的果，营养不良，带着命运的黄

银瓶山其实空有其名
现实里地瓜的命
绵薄之藤，勉强延续了一个姓氏血脉
并且默认了，兄弟失散的事实

银瓶山，向东望
历史，等同了先民们的移民史
水是他们流经身躯的每一条支细血管
过蓝溪而达清溪，融入城市大流

银瓶山，向东走
脉络由细及粗
花开城市，香不足十里
却足以概括一颗种子的幸运
功盖三春，一生温饱，并且荫及子孙

▪长 诗

春雨之歌

子时，第一滴春雨滴落

苦竹新生。旧岁的刀伤覆以新绿

泥土下，骨节涌动的脚，又拔高了一寸

丑时，掘穴之鼠啃噬墙角，祖屋年老

一点点消耗着，矮下来的时光

雨点如念珠，串联起消散的往事

寅时三刻，离殇之剧启动循环之键

祖父想起他年轻的亡妻

记忆的碎屑，不断从瓦缝间迸溅而下

卯时初刻，笼中鸡耸动羽翅

用晨曦的先声，唤醒沉睡中的母亲

地面泥湿，她还要忍受，一个雨季的漫长

那是八十年代初的清晨

辰时的旭日，深陷季节迷雾

时代列车正加速穿过隧道

人群像候鸟，向南

巳时暴雨，父亲劳作在小镇农场

铁器的微光，照彻整个荒芜的原野

我患有轻微的牙疼，被牙虫啃噬神经

拒绝午时馈赠的糖果

他们从久隔的对岸归来，跨过浅浅的海峡

带上香烟、零食和黑白电视

恪守未时午休的习惯

反衬族人的贫穷，与匮乏

申时，我的叔叔们即将出远门

他们要翻越十几座大山

去往众口相传的城里。那里有宽阔的平原

潮汐的引力，足够安顿

迷茫的青春与躁动的荷尔蒙

亲人们去了宝峰岩，为他们莫测的前程

卜问了笃定的答案

孩子们囫囵吃过晚饭，在酉时二刻

冒着细雨，走过三里小路

去往众望所归的居所、嘈杂的人群中

挤坐在闪烁着雪花的镜像面前

等待遥远电路的回音

有人转动高高的天线，校准着天空的信号

戌时，母亲对着昏黄的煤油灯

为素未谋面的人，织就锦绣的冠盖

在散发着竹子清香的篾笠脉络里

梳理着清苦的生活

亥时的时钟有两种刻度

少年沉溺于江湖、侠义，快意恩仇

时间的陀螺转动飞快

他们在回程的路上谈论明天，因变声期

略显夸张的语调，擦亮眼前的暗夜

仿佛未来的剧情

已经在前方预设好淬火的轨道

经历了杀伐、离散，彷徨苦闷的中年与

苍凉暮色。祖父在时光缓慢的滴漏里

推演着一生。如同一尊

为造物主笨拙之刀反复雕刻的暗影

他察觉到自己身体里，微微酸痛的坐骨

已经像山河一样老旧

▪ **创作年谱**

2013年　11月,《茶味山事(组诗)》发表于《泉州文学》第12期。

2014年　《浦口散章(组诗)》发表于《泉州文学》第5期;9月,诗作1首入选《新世纪诗选》(重庆大学出版社理工分社)。

2015年　《菜刀脊(组诗)》发表于《泉州文学》第4期;诗作1首发表于《福建文学》第5期;6月,诗作2首入选《福建文学》"福建80·90后诗人大展专号";诗作1首发表于《新诗》第2期;诗作2首发表于《厦门文学》第11期。

2016年　1月,诗二首发表于《天津诗人》春之卷;6月,诗作3首入选《〈安徽文学〉2016诗歌年选》;12月,《我是故乡,散落四方的字句(组诗)》、创作谈、评论《人与故乡的相互寻找》发表于《泉州文学》第12期"特别推荐"。

2017年　4月,获《泉州文学》优秀作品奖;5月,诗作1首入选《中国微信诗歌选2016》;8月,诗一首入选《福建诗歌精选》。

2018年　2月,诗作3首发表于《福建日报》副刊"武夷山下"。

2019年　诗作1首发表于《星星诗刊》第9期理论版"读者推荐";诗作2首发表于《诗潮》第10期;《旧事物一遍遍催促着新生(组诗)》发表于《散文诗世界》第12期。

2020年　1月,《群山谱(组诗)》发表于《牡丹》第1期;1月,诗作1首入选《青年诗歌年鉴2018卷》(人民日报出版社);《悬崖之美(组诗)》发表于《散文诗》第1期;2月,诗作1首入选《中国2019年度诗歌精选》(四川人民出版社);《世间所有的仁慈(组诗)》发表于《海峡诗人》第4期;5月,诗作3首入选《闽浙诗人作品大展》;6月,获诗刊社"弘扬与传承新时代愚公移山精神"全国诗歌征集活动优秀奖;7月,诗作1首入选《2018—2019中国新诗年鉴》(四川民族出版社);9月,诗作1首入选《2021天天诗历》;9月,获2019年度泉州文学奖;12月,《人间苍茫的峰岭(组诗)》发表于《浙江诗人》第4期。

2021年　《遥远的回声(组诗)》发表于《台港文学选刊》第2期;诗作1首入选《诗探索》第4辑;《山中雾事(组诗)》发表于《散文诗世界》第4期;诗歌入选《福建优秀文学70年精选·诗歌卷》(海峡文艺出版社);《人间茶色(组诗)》发表于《诗潮》第9期"百家经纬";《响动(组诗)》

发表于《星星·诗歌原创》第 11 期"星青年";作品入选《2022 天天诗历》；11 月，《土地的意象（组诗）》获第五届黄龙府杯"三农"主题原创诗词（诗歌）大赛二等奖；11 月，参加福建青年作家高研班；12 月，获 2021 鼓浪诗歌奖"十佳诗歌"奖。

李相华

中国作家协会会员，晋江市作家协会副主席，《泉州文学》编辑。小说入选《小说选刊》等选本，并被改编演出。获福建省第二十七届优秀文学作品奖、第七届百花文艺奖、首届福建省中长篇小说双年榜提名作品等。出版小说集《黑白桐》，诗集《淡泊的岁月》《死亡照亮的眼睛》等。

▪ **代表作**

梅花易数

其一

数易其象
数易我不可知的命脉
而今到你
那根指点未来的手指
将你装扮成诗成画
成我的易数和永远

而我，或遁于闺中
为你描眉
或以梅的精魄
点你绛唇
成开放的大花

其二

那时，我早已飞身入夜
而你将在溟色之外
尽管天示易象：我遵命而作

我早已习惯有话不说

也许，无风的夜晚
夜影也会婆娑
也许，未说的言辞
才能昭示，那条
忽明忽暗的河流

其三
也许，我会去恒河数沙
或去黄河团泥
面对生活，我不得不
低下高贵的头颅
不得不从事
最卑微的劳作
（无休无止的劳作
甚至没有结果）

尽管天示易象
我奉命而生
遵命而死

其四
梅花易数，其实我早已算尽
南山梅数
而今到你，甜蜜和辛酸
都将结束
现在，生存或死去
相爱或相守
你必须抉择
你必须自食其心
自食其艳丽或老丑

其五

我甚至怀疑

我早已寂灭

我早已葬我高山之上

天设期门：我独自观照

那千年的预约

是否有人来过

我深知在四季之外

不再有风雨

而梅在此时

更不会开花结果

其六

其实我早已以心作马

驰骋在沙漠

我早已以身作牛

躬耕在垄上

当你垄上行来，采摘花朵

厄运已勒住我的命脉

这真是天大误会：我生而为人

当我苍然大老，而你正年轻

这真是天大误会

牛肝马肺，获得深情

其七

一切心中神圣的

我都将隐讳

一切能够说出的

或许微不足道

当我阻滞于细枝末节
而美好郁积于心
我展示给你的
是我的憎恶与强横

一切已经说出的
你或许早已忘记
一切为你隐讳的
你终将明白

其八

数易其诗
数易我赤诚的心魄
而今到你
那根指点江山的手指
毅然飞去

断指嘀血，成梅数点点
和我心痕斑斑
而你，独处梅中
正摇旗成幄
摇花成屋
将我收匿其间

▪ 组　诗

冬天的病者

冬天的病者，春天醒来
这一睡时间太长，花期已到
冬天的病者，还没备好摘花的身体

还得洁净其手，敲打膏肓
那里是否清寂，经过雪的漂泊
心中还有残雪

还得写一封信札，交给远来的使者
地址虽然遗忘，心中还有幻想
冬天的病者，春天仍然苍白

……花期将逝了，冬天的病者
还没办好摘花的手续
打不开的小院，仍然深锁着
我的名字，早写在
那场最终的落雪

冬天的病者啊，春天且莫夭折

埋　葬

埋葬一个人
就像埋葬一粒种

埋葬你自己

就像农民

种庄稼

埋葬可能就是

一个发芽

战地公园里的石头

这里有很多搬来的石头

搬来的石头好刻字

刻上姓名后

石头就有了身份

刻上时间后

石头就从此不朽

■ **创作年谱**

1986年　创作诗歌《落叶》《题赠 G 姑娘》《远村》《古箫》《山地》。

1987年　创作诗歌《月夜》《核》《月亮船》《和歌》《太阳鸟》《古墓》《古寺》《轩辕柏》《题画》《天边的云》《中秋月》《啜茗》《吸烟》《饮酒》《石雕》《致》《相逢》《告别》《纪念》《影子》《如果》《无题》《梅》《素》《山歌》《我的小山村》《夕照》《山行》《奥尔菲斯》。

1988年　创作诗歌《无题散章》《沧浪古意》《坐观》；开始在《新星》《东风》《武当文学》等报刊发表作品；创作小说《野山情薹》，后发表于《泉州文学》。

1989年　创作诗歌《蒙娜》《题》《无题》；创作长诗《风月谈酒》之《色，或犬马》；创作小说《一无所有》《猎人与熊》。

1990年　创作诗歌《潇湘》；创作小说《白狼》；小说处女作《猎人来得》发表于《武当文学》第 1 期。

1991 年　创作诗歌《无题》《采菊》《柴》。

1992 年　创作诗歌《酒当》，后收进长诗《酒，或自传》；小说《烟》发表于《武当文学》第 1 期。

1993 年　创作诗歌《船过城市》。

1994 年　创作诗歌《无题（四首）》《冬天的病者》《养土》等；创作长诗《风月谈酒》之《光，或羽化》；小说《白狼》发表于《长江文艺》。

1995 年　创作诗歌《梅花易数》；创作长诗《风月谈酒》之《且，或图腾》。

1996 年　诗歌《冬天的病者》发表于《武当风》。

1997 年　诗歌《无题散章》发表于《武当风》。

1998 年　诗歌《时间逃进水里》；诗集《淡泊的岁月》出版（北京燕山出版社）。

2000 年　创作小说《字石》。

2001 年　创作诗歌《寄可弟》；创作小说《黑白桐》（初稿）。

2002 年　创作诗歌《羊》；小说《黑白桐》发表于《武当风》。

2003 年　创作长诗《风月谈酒》之《离，或冰火》；创作诗歌《填空》《埋葬》《风》《盐》；创作小说《装羊》《字石》。

2004 年　创作诗歌《行走》；创作小说《东边的风》。

2005 年　创作长诗《风月谈酒》之《风，或碎片》；创作诗歌《反正或虚构的情节》。

2006 年　创作长诗《风月谈酒》之《酒，或自传》；创作诗歌《风中的鸟》；创作小说《李老西的今天》。

2007 年　诗集《死亡照亮的眼睛》出版（青海人民出版社）；小说《装羊》发表于《福建文学》第 2 期；《李相华的诗（五首）》发表于《武当文学》第 5 期。

2008 年　创作小说《孤山道士》《王鸟的早晨》；小说《李老西的今天》发表于《福建文学》第 1 期；小说《日雨》发表于《武当文学》。

2009 年　创作小说《那个》《乌鸦乌鸦飞回来》；小说《装羊》入选《福建省文艺创作 60 年选》《〈福建文学〉六十年作品典藏》。

2010 年　创作小说《伯考的棋谱叔如的棋》《新叶》；小说《黑白桐》发表。

2011 年　创作小说《死活人》，后改为《王固本的活人证明》。

2012 年　小说《伯考的棋谱叔如的棋》发表于《福建文学》第 2 期、第 3 期；小说集《黑白桐》出版（海峡文艺出版社），后获第二十七届福建省优秀文学作品奖、第七届百花文艺奖三等奖。

2013 年　创作诗歌《题灵源山赠友人》；《东边的风》发表于《福建文学》第 8 期

"重点推介";小说《乌鸦乌鸦飞回来》发表于《泉州文学》第 4 期。

2014 年　小说《嫁巫娘》发表于《福建文学》第 7 期;《孤山道士》发表于《福建文学》"鲁迅文学院福建省中青年作家班专号";发表小说《被死亡的活人》发表于《泉州文学》第 7 期。

2015 年　创作诗歌《我在自己的边上等你》《我是你的镜子》《两棵树》;小说《青蛙》发表于《福建文学》第 7 期;小说《王鸟的早晨》发表于《泉州文学》第 7 期。

2016 年　创作诗歌《蓝鲸》《内坑红》《内坑动车站》;《乌鸦乌鸦飞回来》入选《晋江流域小说作品选》(海峡文艺出版社);《王固本的活人证明》发表于《福建文学》第 7 期"重点推介";小说《王鸟的早晨》发表于《北京文学》第 4 期;小说《路上》发表于《泉州文学》第 4 期;《王固本的活人证明》发表于《小说选刊》第 8 期。

2017 年　创作诗歌《天下好商量》《安海星塔三题》;创作小说《迁坟记》;小说《杀猪》发表于《泉州文学》第 8 期;《王固本的活人证明》获福建省首届中长篇小说双年榜提名作品;长诗《离,或冰火》入选《福建诗歌精选》(海峡文艺出版社)。

2018 年　创作诗歌《梧桐赋》《深沪蓝》《会吃鱼的女人》《磁灶采风行》;创作小说《中毒记》;小说《卫仔玉的死亡证明》发表于《福建文学》第 8 期"重点推介";小说《渡春》发表于《泉州文学》第 2 期;小说《灵山字石》发表于《泉州文学》第 10 期;《王固本的活人证明》被上海戏剧学院改编演出。

2019 年　创作诗歌《紫帽三弄》《梦菜家声赋》;创作小说《宋公民的无罪证明》;小说《路上》发表于《武当文学》;《王固本的活人证明》入选《福建优秀文学 70 年精选·中篇小说卷》(海峡文艺出版社)。

2020 年　创作诗歌《战地公园印象》《新店寻古三题》《金井印象》;创作小说《朱向前的皮卡车》。

2021 年　创作诗歌《时光里的塔》;小说《朱向前的皮卡车》发表于《福建文学》第 11 期。

2022 年　创作诗歌《纪念碑》《登崎山有感》;创作小说《东西》;小说《宋公民的无罪证明》发表于《武当文学》第 2 期。

周永强

德化人。福建省作家协会全委会委员，泉州市区作家协会副主席。曾任德化县广电局局长，中共德化县委宣传部副部长，德化县文学艺术界联合会主席，《德化报》总编。作品入选《福建文艺创作 60 年·诗歌卷》《〈福建文学〉六十年作品典藏·风的齿轮》《2010—2011 福建优秀诗歌选》等。出版诗集《夜海白帆》《山溪漂流》《深山秋水》。

▪ 代表作

白瓷与我不仅是同乡

白瓷与我　不仅仅

是同乡

世世代代不断的窑烟

是我们共同的祖先　叩问

苍天的咏叹

也是我们亲切的方言

我们都是白土养育的儿子

历史的风　一次

又一次地吹过山巅

只有我们能听懂松枝的手语

也只有我们知道　林涛是

谁的鼾声

此时　能喊出我们的乳名

只有戴云潺潺的清泉

能给我们笑脸　还是

九仙满坡的杜鹃

浐溪与涌溪

是戴云山暗送给我们

多愁善感的百转柔肠

我们有浴火的共同记忆

前程再难

也宁碎不弯

风尘万里

水就能证明清白如前

▪ 短　诗

深山秋水

流入深秋

波息浪平

流来几页落叶

不问是谁家　飘逝的

旧事情

水清澈透明

如我心一样宁静

无须麻烦流水　打探

远方消息　这里

已有空谷鸟音

谁说水至清无鱼

你看　两岸风景

天上白云　还有
一种禅意　都
化为鱼儿
在水里自由穿行

三坊七巷

穿过三坊七巷的脚印
如鱼　前人的
已随夕阳　游进
西山的烟波里

古屋的砖　沉浸在
历史的悲欣中
屋顶的瓦片　似乎在回忆
那场骤来的暴雨
壁上的几处斑驳
有意让我辨认历史的沧桑
一眨眼　似乎
换了一个朝代
猛回首　不知何时
越过了万水千山

还乡的衣锦
早归还给尘与土
只有穿过岁月的风
摇曳着几棵古榕树
依然传来阵阵的书香

站在抛荒的田野

轻风拂面　依然
亲密无间

白云　却装作不相识
悠闲在天
不肯告诉我
禾浪涌向何方

青青禾浪　是当年
我与春天合写的诗行
有遇雨的惊喜
有干渴的咏叹
有拔节的希望
蛙声　总是不停
帮我们断句　标点　分行

思乡时
禾浪涌进心田间
回乡时
禾浪不知逃往何方

■ 长　诗

塔兜掠影

一

冬日的山溪

瘦得清澈见底

竹排只好退居岸边

我的竹排　却

一直在时间的河流里漂流

往事如不断后退的两岸风景

一些是无奈的流逝

一些是主动的放弃

二

深山的温泉

无意间　泄露了谁的

内心的热度

恍然大悟　寒风

为什么　从来

就没有吹冷过森林

对春天的期待

三

那棵树　飘下的

落叶　在冷风中

着地又想飘起

看来　并非所有
像翅膀的东西
就能飞翔

寻寻觅觅　最终的
归宿还是大地

四

山溪瘦了
这潭反而澄明

深山的眼睛
阅读天空的空

天有多高
潭就有多深

五

绿色山峰　与
天上白云
究竟有什么过节

两只山鹰
一直在空中斡旋

六

这几棵枫树
是寒风点燃的火把
还是森林　举起的
红色旗帜

奔走的山脉　又要

领众生出发了

七

塔兜 仅是
青山绿水中的村庄
许多摄影者却趋之若鹜

难道真的像那位诗人所说
快门如空门 一旦遁入
万物皆有神性
我想是万物的神性 偷按了
心灵的快门

- **创作年谱**

1981 年 开始关注文学，并喜欢上诗歌。

1983 年 开始诗歌习作。

1984 年 诗歌处女作发表于《晋江》。

1987 年 诗作第一次走出省外，发表于《诗刊》"未名诗人"。

1988 年 诗作入选《爱的风景线》（作家出版社）、《诗之希望集》（光明日报出版社）。

1991 年 诗集《夜海白帆》出版。

2001 年 诗集《山溪漂流》出版。

2008 年 诗作入选《福建文学》诗歌专辑。

2009 年 诗作入选《福建文艺创作 60 年·诗歌卷》（海峡文艺出版社）、《〈福建文学〉六十年作品典藏·风的齿轮》（海峡文艺出版社）。

2011 年 诗作入选《2010—2011 福建优秀诗歌选》（海峡文艺出版社）。

2013 年 诗集《深山秋水》出版。

2013 年 创作细水长流，不波不浪，无新话可说。

——

至今

林传凯

泉州人。泉州市鲤城区作家协会副主席，作品散见《诗刊》《草堂》《诗歌月刊》《诗潮》等报刊，入选《2019 年中国诗歌精选》《中国诗歌·2019 年度诗歌精选》等年度选本。曾获福建省优秀文学奖、第五届全国打工文学征文大赛诗歌组金奖等奖项。

▪ **代表作**

管理者

像待阅的军队
被磨出老茧的手排列，并鉴验识别卡
马上有身份和秩序

窃窃私语，偶尔
大声喊话
秉承搬运它们的人的习性

下班时，才发现
摸铁的手和铁是同一种颜色
刚放下的工具游离着人思考的气息

可是，就一小会儿
这样的恍惚，像错觉归于平静

▪ 短　诗

手　套

污渍，已变形
证明
一个人干过许多粗活
摸过黑暗
接过烫手山芋

时间的肌理

二十几年的胶棍，产生过许多想法
印痕坑坑洼洼

换上计划外衣
一枚殚精竭虑、浅尝辄止、妄自菲薄的
反面派
忽然卸下天色和负荷
失去摩擦力，命运像网带停止前行
这不是犹豫
是暂停动了维修心思

胶面吸收无数噪音，释放动力
扛它
裸出细枝末节的战栗，和毫不退让
舍身见义的事物
外表总伤痕累累，内心坚韧

那天，趴在胶棍下拆螺栓

听见锈迹的心跳。有闪电的凌厉，也有

谦卑的一生

维　修

只想继续安稳工作，在从容与紧迫

找到未知的认同

而这次，它隐藏很深

使双手沾满污渍。连写的字，都晦涩

多么脆的一声"咣当"

使轰鸣的车间一片沉寂

扳手悬空，意念也悬空

这样的错误和诱因，像闷哼或长啸

自心底炸开，从暗哑蔓延，于困顿挣脱

省去猜测、疑虑、化疗。机器多幸运

换了个器官，马上就生龙活虎

刚接到医院确诊通知

如果，他

是一束光，只是一束迷蒙的光

会不会忍心凿向隐蔽的下料托盘口

发现齿轮磨损得绝望。命运，不甘心

不作声

多出来的螺钉

最后的步骤：上紧单向轴承端盖

发现剩出一枚螺钉。到底哪个环节出现纰漏

季加莱，这个倒霉蛋费九牛之力，把导轮
嵌反
这位粗心大意、劳民伤财的钳工
像颗浑身长牙、不痛快、找不到螺丝孔的家伙
对着残疾机台愁眉苦脸

这种命运，与厂区门口的那条新路，很相像
经常挖来挖去

当钢铁与锤子相撞

一句结巴用词
掷进车间的火炉，会迸溅出怎样烈性火花
会像雪遇见春
毫不费力地融入火内部，成为即将爆破的颤抖

一个人劳作，低头，往高处思考

烟雾中，辨认不出黑黢黢的钢铁铿锵
淬炼，淬炼发出锃光瓦亮的铮鸣
犹如宝剑出鞘，往天空消散

在这样的地方一待就是二十年
今天，终于听懂它不同寻常的尖叫
这样亲切，甚至流出泪，溅出核心的星火

朴素，精准，轰鸣。形变，一口恶气如缕游出
酣畅淋漓

继承的仪式

技艺娴熟，其实是幌子
认真生活才是轻车熟路的秘籍
曾经那么年轻
以为潦草掬起火焰和长钳
就能驯服红火的纯青与炙热，以为
翻越一座座质疑大山，就能概括
肤浅的一生

殷红炉火让他注视了一辈子
从无路可走，到风风光光地撑起一片基业
从学徒工
到改革开放，成为第一批弄潮儿
完成资本积累
纵身实业。他反反复复地追问
朝夕相处、荣辱与共的钢铁以及旧时光的
锈色，应有怎样的担当
才配得上时代绽出的火色

父亲，眉目渐淡
从善如流的细纹于笃诚表情荡开
岁月原本打算取走他的拥有，因为趔趄
遗漏坚守
当我端起他的工具，往淬火液
倾倒，不是烧红的铁拍岸，而是一次次获得
红日浸入大海的涛声

父亲，走了

像苏醒又睡着了一样，把淬炼手艺
传给我。每每新进一次设备
我朝日出的方向大声地朗读说明书，我知道
其中有他的葱茏和期待

车间的闪电

稍纵即逝，比雷鸣更具威慑力
过程惊心动魄，令人铭心
强光刺穿视网膜，抵达灵魂
电流"嗞嗞"。手握一寸闪电

把钢铁，裂痕缝合。一团衰变成绿色的
火焰
控制下，两根本该相互支撑
因受力不均而拆散的铁架，再次胶融一起

焊过各种材质不同的零件
通过各档电流的输出，修复
桥梁、公路、屋脊，钻入地底
补过水管。掌握了人间
各种使用闪电的技巧

一切，似乎已在掌控中
把癫痫媳妇的脑部神经焊牢，该多好
渴望的心一颤，电弧击中平原
尖锐物，有了加持，闪电觉得无所不能

走进石材加工厂

一车车，石料堆垒完毕
没有浪涛咆哮，没有回眸童年
也没有匍匐前进的军魂号角
只有一串整齐编号，暂时认领远方而来的
精彩，游弋在订单

走在石材厂，听见
沉默深浅不一
正如，雕琢石头的人
在内心一遍又一遍筹划着未来与希望

车间，我们看见
生逢其时的目眩神驰，往日依旧的心照不宣
用钢錾凿，用老茧的手修，用讨海人"爱拼才会赢"
吃苦耐劳的精神拓
一块块石头正显露出沧桑的初睨

太多乱石峥嵘。嘈杂、扬尘
身上挨过无数次伤痕

火　色

从小父亲就教我看火色
炉温要均匀，不能夹杂暗斑
烧透，还要保温几分钟，有利转变体充分转变

这样，淬炼的钢才有韧性

父亲的手艺与他的年纪一样渐渐老了
退休后，经常到车间溜达。流水线的自动化
让他觉得自己过时了
当年学一门手艺是那么不易，又是那么可贵
现在，只要肯干就行，像台机器搬来搬去
一点也不讲究火候

卓烨公司载来退火的螺杆，我与父亲
讨教工艺。他娓娓道来：40 铬这种材料不能退得太软
太软反而不好深加工，要有一定机械强度，易削切
总而言之，要多为客户着想
加工后，每一袋用 40 公斤包装……这样方便统计

加工过程很顺利
但重量与贵司开来的随货单不符，相差几百斤
经过交涉，对方承认工作的失误。父亲放心地点了一支烟
作为得过真传的我，向所有客户保证
我们做的是品质
尽管设备更新换代，但认真、诚信、专业不变

打开炉门，有烧透的错觉
像从心里捧出一块炙热的钢，往水里冷却

那块钢与我们何其相像（出自我们的手）
有忍耐要有担当，不然它的综合强度不会优良

愉悦的导体

皲裂的软铜线，表露无辜与徽械的决心
唇角渗出云絮和血丝

这次，早有投诚之意
手上的电缆经过打结、包扎
恢复了联想

通电的磁场天空，弥散着驱动系统的幽光
超级指示灯回到圆润无瑕
月亮的身体开始温热。没想到
血脉里的一道光
拯救了今晚误打误撞的契机与回路

向上又向下的姿势

攀上天花板，把恍惚又隐晦的光芒
换下
借助照明灯的梦想，车间
还有工作服汗渍
镀上了一层波澜不惊又顺眼的光晕

这盏拒绝夜晚拒绝沦陷的灯
多么暧昧地
劳作、歇息、抽烟，常常聊起过去与未来

车间的突围

那些深谙章法的风驰电掣，在一次
回眸间，停了下来
恰好与朝自己望来的愕然之色，四目相对
心中不由泛起涟漪。短暂的

失神，让守在流水线上的观察者
纡尊降贵、唏嘘

这场专业的雨声听起来，恍惚、虚实难辨
平仄有度，像手上这把游标卡尺
可以测量许多高标零件的精度
却无法解释形变的缘由
这一点点力量简直微弱得不可察觉
就是这种冷热骤变，这种蕴藏瞪眼娇叱的转变
让阅历和眼界不够看

往日一直微微佝偻的老钱，今日不知为何
在一堆质问面前
竟然，身形笔直。仿佛无数年来，一直
压在身上的重担忽然不翼而飞了

老钳工

搁置多年的螺母，终于松动
拆卸的感觉真像砸向地里的雨
这执拗的孩子
又可以纵身江湖，行侠仗义

这些年，弯曲的关节，一直抱着隐忍
和至死不渝的暗疾
也许，一场车祸或事故的教训
足以锈住不慎的一生
你停下来。用一支香烟的时间，享受
束缚与自由冲突所产生的隐隐的痛

每逢气温骤变

体内会发出螺杆受挫的嘎吱声，它们像一对情侣

吵得咬牙切齿，却谁也离不开谁

而今，螺母松开，能否

换回安逸又提心吊胆的岁月，能否还原

一段奔跑与追逐的老时光

面对守旧的设备

你也只能装上另一颗崭新的螺母

工　伤

叉车的轮子像命运一次松懈

的惯性

刹也刹不住。轮子从高处冲向低洼

像一群没人阻止的念头，翻转着扑腾着

倚着

沉闷的滚动声

有打雷和脚指头被碾的刻骨铭心

难以忘怀，猝不及防

用淬炼谋生

在热处理车间，钢铁是苦行僧

烈焰、沸油、火候、时间，还有内在的金相蜕变

缺一不可

倒入流水线，就已决定了

忍耐的一生

有时，怀疑更像一种赞美

一路坚持的家伙

真的是五金厂运来的弹簧夹

他们被冲床挤压扭曲，被各种固执的模具

伤害成形，被轰鸣的断切力苦难

雕琢。一颗多么强大的心

当然，不是在描摹某人的经历

当然，手中滑落的钢铁与地板撞击

发出聩耳的回音

那么，恰如其分又惊心动魄

当然，每一块钢铁无一例外

灼灼发光的精彩，需要淬炼谋生

启动开关，扳动活钎，往熊熊烈火的炉膛

狠狠地一戳。啊

生活的火花果然与众不同

▪ 长　诗

在工业区写的诗

一

领来若干阳光，洒在初秋

遇见树

便点点头

遇人，便往窗户或心里泼

恍如隔世的同时

几分义无反顾

这擅长抒情的家伙，拐杖一样

歪着脖子往玉兰树钻

翻开几页 "哗哗" 诗意

由此止住脚步，弥散，幻化爽约

多次的阵雨

深处的根系

"咕噜咕噜" 大声喝水

听起来，像一个人

带着燥热的夏季走进休息室，要把

大汗淋漓逼出体外

二

一次消化不良的掏瓢

让门前，有了瑟瑟发抖的老绿

几串瘦瓜摇摇欲坠。此时

被时代扬尘与拆迁抻得无处可藏

钉子户

捂住胸口，乱咳乱颤

除了意外的藤蔓须瓜，还有

无法掩埋的执念

为了保证收成

每次动员工作

他拒绝，在合同画上金灿灿的花蕾

哦！开在工业区的阳光

总有些事被隐蔽，总有些人被孤立，总有些愿望

缺水断电

三

它缓慢、警觉

又克制，保持礼貌地走走停停

它的到来

让一群下班的张望尾随

侧身避让
货柜车学蚯蚓蠕动，犁入厂区
行人
如同秋风落叶，各自分散

在岔口栖落，在渐暗天色
落一子而破全局

四

总有善良又醒目的口号
沉默地插在甘愿老去的地方
总有收摊打烊的人
托起月色，打扫拂晓
灯光在高处，把空洞缥缈的示语
照得安然若素
既已妥协，也不节外生枝

五

二娃的婆娘端着一碗饭
带着愠色，进了车间
哇哇哦啊地斥了他一通贵州话
我们都听不懂
但假装听懂，跟他开玩笑：
"你是让她不要光吃饭，要夹点肉"
他们忍不住笑了
像灯，开关被摁了下
特别敞亮。大伙特别友善
不知道为什么

六

事故冲击挑战的踉跄、受挫

游离组织持有的斑纹和咆哮

被切片、研磨

轻酸腐蚀，剥去外壳

放进显微镜观察

有另一种身份：安静的窥豹

七

送料工原谅塑料篮子

耳机原谅礼拜天

维修工与传动轮蹲在一起

究竟，谁的妥协

最终成为命中的担当

八

对一块模糊石头的揣摩

无法停止

与它的故事挨得这么近，你想去

大海搏斗的深处

或戈壁狂风漫漫的呜咽，一窥究竟

是怎样的甚嚣尘上让镂雕

成为可能

浸出比阳光温润的石头

应该有双迷茫的眼睛，还有一个

内敛的名字。在雕艺博物馆

我的好奇

趁饰灯蒙蒙，开着一辆老爷车

绊倒

在展架上，鲜血殷红，像葡萄

美酒从高脚杯溢出，又像大地留下果实

九

疫情复工那天
接到一个诧异电话
儿子的
不是要补习费
也不是
看上哪款刺激游戏

令人欣慰又意外：有些成长
慢慢地
有些成长就一夜间

十

面目全非的钢筋，剩下犟脾气
惶恐被农用车驮着
等待它们的是另一场力学角逐、再利用
钢花溅飞，它们
将再次熔入烈焰的拷问

早市的熙攘，夷为了平地
黄昏打烊的书店，早已搬迁
歪斜的广告灯，躲进水渠
借助新建灯火，在波澜里颤动；蛐蛐曲调
与过去哀怨，惺惺相惜

高高举起，怪手
伸进水泥的筋骨被剥脱，被推翻，被否定
这片拆迁旧城
这片建设中的新区
每每推倒一座旧楼，都会腾出
几群远远观望的故人

剩下的，酿酒厂大烟囱
不久将来，华丽转身成为被人围观或回忆的
网红打卡点，再也不能冒烟发火打鼾

十一
并不喜欢小恋。它摇晃的
白尾巴
向每位见过的人讨好、投降

工业区围栏，它觅得一处窝
每次，去窥探
它总手舞足蹈，有久逢亲人的冲动
这种行为博得许多放学小朋友的零食
和爱抚

一次半夜，有个裹着睡袍的女子
坐在花圃号啕
小恋浅吠，音调拉得很长
像峡谷的狼鸣，准备疗伤的私奔

十二
刃需要多辽阔，才能容纳想象中的景致
和激昂
应该有一种材质
不伤手，变薄，变轻，变得虚无且弥散
光芒

这种材料，曾是田间镰刀，曾
削铁如泥地砍向侵略者
曾轻而易举锯断多余钢条和仇恨

在砂轮正弦波的摩擦下

微微颤抖，发出坚韧而不失体面的呼啸
它体内蕴藏着无穷光辉
一定照耀过
天边云霞以及生活在云霞下的人

握在手中，我的祖国
将用它裁下一幅幅心中的蔚然
一个世纪过去了，它的历程正与刀锋上的
浩瀚，轻嘶低吟

吞吐着，掩饰着，保持着
唯有忠诚和无畏固有的锋利与尖锐
承载了百折不挠的全部秘密

十三
卑微地抵达
或深入
在涌动洞悉中变化
在无意间
一语成谶
微积分，鏖战不休
驾驭着颠簸与震荡，兔起
鹘落，去芜存菁
那时，俯身
望见炉内火色与温控指数
作为整数背后的一个态度
光芒如何耀眼
也难掩作为一点的风姿，也难掩
事实与雄辩的不确定
它的无往不利
正为一块好钢，费尽心思

十四

轻轻地按钮，举过沉甸甸深夜

嗡嗡马达发出科技的吟哦

像挖矿，沿着薄薄轨道画出线条

一点

一点，在修正中落脚

有颗红色按钮

被雷声按下，天黑了

劫数在上，万物如累卵

朝着暗夜掘去

电流找到路径和隧洞

虽悲切，身心却极为舒坦

十五

正好，接听一个咨询电话

一心两用

一只鸟，飞进来

动作娴熟，落在车间电线上，斜首张望

眼神飘忽，动机不得而知

而距离更远的那头

语气小心礼貌，给人好印象

忽然有错觉

电话是群误打误撞的鸟塞进来的

十六

厂里逛进一只流浪猫

步姿腼腆

身手敏捷

无声的脚印，掠过铁皮屋脊

在金黄而平凡的秋风里

保持着对人类的警戒，用曾经穿透黑夜的

双眸，使劲与你对视

仿佛你已侵入它的领地

它宝石般的瞳仁，深藏火焰

跳跃，渴望

抵御着一次次未知凛冽

小心翼翼的猫，心怀恐惧，蹒跚人间

为了表明友善

院中，树开出最香的花，结出铅华的籽

而我为它端来解饥的狗粮

十七

绝地反击的 2020 年

会浴火重生，还是一蹶不振

面对扑朔迷离

制衣厂的老板捂着口罩

用力

喊，宿舍里来自各省的员工下来

隔离观察十四天

他将领着大伙去解禁

十八

上班的人，谈论好玩趣事

使得眼前平静的白粥有了国际时事的波澜

只要一张嘴，人间的战争

就会决堤，就会虚无得唾沫横飞，剩下一桌残局

肚里的菜马上会有启迪，上班的人

真心实意地掏出江水一样滔滔不绝的爱国情怀

直至上班路上

还盘旋着恨铁不成钢的喇叭声和疫情的

战栗
上班的人，怀抱着堂食的自豪
在本月一次知足账单，在讳莫如渊的五月
打了个尘埃落定的饱嗝

十九
车间噪声

与轻飘音乐，搓成一股诡谲气息

遇见一杯香浓而苦涩的

咖啡，在心如止水，烦冗复杂的账单

面前

才显现各自忧郁的原形

二十
从云堆里挣扎出来，侧过脸

又囹圄得满脸银光的月亮

如今，心里有几分怯意和委蛇

像夜班的车间，有只瘸腿的轮子，不时地

巡逻。抚过周而复始

抚过哭过、笑过又略懂疲乏的皱纹

失手

把夜幕的篝火打翻，撒满人间

它们以为，我是动作娴熟的操作工

其实，我是卧薪尝胆的壮士

二十一
当一袋零件

以失衡的方式崩塌。大意，跌落

在磅秤上，各种况味

和情绪不屑而惘然，已然失重

在一份辞职报告签字："同意"

应该挽留，还是义愤填膺

没想到

曾经归顺于一袋子的零件

就这样，各散天涯

▪ 创作年谱

2015年　开始写诗；6月，处女作《晨风（外一首）》发表于《泉州文学》。

2016年　《垃圾》入选《诗探索2015年度诗选》；4月，《速写十首》发表于《鸭绿江》；10月，《我的以为（外一首）》发表于《泉州文学》；11月，《重阳节这天》获"南风杯"原创诗歌大赛二等奖；12月，《夜把灯想起（外二首）》入选《2015中国诗歌精选》（长江文艺出版社）。

2017年　1月，《我的以为》入选《〈泉州文学〉2016年度诗歌选》；8月，参加"突围诗社11周年庆"；11月，《夜游》入选《福建诗歌精选》；12月，《车间里的发现（组诗）》发表于《泉州文学》"特别推荐"；12月，参加由中国作家协会诗歌创作委员会、福建省作家协会、天读民居书院等单位共同举办的"闽南百年新诗座谈会"。

2018年　8月，参加"诗的城市计划·福泉青年诗会"；8月，《车间里的发现（组诗）》获福建省第三十二届优秀文学作品榜暨十四届陈明玉文学榜上榜提名奖；9月，《一次故障》发表于《玉融文学》；10月，《法雨（外一首）》发表于《山东诗人》。

2019年　1月，《松懈的紧固件（外三首）》发表于《天津诗人》春之卷；1月，《噪音变换（组诗）》发表于《泉州文学》；2月，《林传凯的诗》发表于《垄上诗荟》；3月，加入福建省作家协会；3月，参加"我和我的祖国"庆祝中华人民共和国成立70周年系列活动；5月，参加第十四届集美端午诗歌节；8月，参加第五届突围全国诗人代表大会；8月，获首届"惠艺·匠心"全国诗文大赛二等奖；9月，《车间的闪电（组诗）》获《星星诗刊》"爱祖国爱家乡爱岗位·我自爱桐乡"全国职工诗歌大赛优秀奖；11月，《管理者（外一首）》发表于《诗潮》；12月，福建浮桥诗团五人合集《我们的好时光》出版；12月，参加第二届福泉青年诗会。

2020年　1月，《维修》入选《2019中国诗歌年选》（花城出版社）；2月，《管理者》

入选《2019 中国年度诗歌精选》（四川人民出版社）；6 月，《写给父亲的诗（组诗）》发表于《丰泽文学》；7 月，《林传凯的诗（组诗）》发表于《净峰诗歌》；8 月，《在崇武，遇见惠女石雕》获第二届"惠艺·匠心"全国诗文大赛入围奖；9 月，《管理者（外一首）》获"福田杯"泉州文学奖；9 月，《车间的突围（外一首）》获第八届中国白天鹅诗歌实力诗人奖；10 月，入围第七届中国·突围诗歌奖年度新锐奖；10 月，参加福建省作家协会举办的福建文学新人研修班；11 月，诗歌发表于《泉州文学》"第二届'惠艺·匠心'诗歌大赛专辑"。

2021 年　1 月，《时间的肌理（外一首）》发表于《诗歌月刊》；《把恍惚又隐晦的光芒换下（组诗）》发表于《浙江诗人》；3 月，随笔《有方净土，叫〈泉州文学〉》发表于《泉州文学》；诗歌入选《福建优秀文学 70 年精选·诗歌卷》（海峡文艺出版社）；《把恍惚又隐晦的光芒换下（组诗）》获第五届全国打工文学征文大赛诗歌组金奖，10 月，到深圳市光明区参加颁奖大会；10 月，获第三届"惠艺·匠心"诗歌大赛入围奖；11 月，《擦亮晨星的担当》发表于《泉州文学》；12 月，《一个人劳作：低头，往高处思考（组诗）》发表于《诗》总 28 卷；诗歌入选《2021 中国精短诗歌年选》；入围 2021 第二届（香港）紫荆花诗歌奖暨"诗与远方"全球华语诗歌大赛；入围第八届中国诗歌·突围年度奖年度新锐前十名单。

2022 年　1 月，《走进一所学校的遐想》发表于《丰泽文学》春之卷；2 月，诗歌发表《浙江诗人》；8 月，《生辉》发表于《草堂诗刊》；10 月，《雕艺文创园断想》发表于《诗刊》上半月刊。

林轩鹤

1963 年出生于惠安崇武古城。中国作家协会会员，福建省作家协会全委会委员，泉州市作家协会副主席兼秘书长，泉州市作家协会诗歌创作委员会主任，泉州晚报首席评论员，仰恩大学客座教授，惠安诗群主要创始人之一。2016 年被国家新闻出版广电总局授予全国书香之家。在《诗刊》《星星诗刊》《诗歌月刊》《诗神》《散文》《美文》等海内外报刊发表作品 1000 多篇（首），入选《世界华文现代诗提纲》《中国散文诗大系》《中国精短美文 100 篇》《全国中学生最喜欢的散文诗》《福建文学创作 50 年选》《福建省文艺创作 60 年选》《闽派诗歌百年百人作品选》《闽派诗歌》《闽派诗论》等书，获《诗刊》主办的全国诗歌大奖赛一等奖，主编《坚韧的创造——惠安诗群 20 年》，出版诗集《沧海为镜》等专著 6 部。

▪ **代表作**

石，大海的根

选择了棱角
风餐露宿的岩石
渔夫血汗的晶体　　他
独守海岬　　不露声色
栉风沐雨　　冷眼沧桑

我从城市踏浪而来
船桨搅疼怀乡的愁肠
海　　偌大的一颗泪
潸然流淌着先人的悲壮
面对岁月的漂流
于太阳骤冷的一瞬
成为漂泊的诗句美丽而凄楚

石　同志或者兄弟
他敲醒我生命的痛处
我开始伫立辽远的秋水之上
把自己想象成大喜大悲的英雄
并且为这朴素的理想泪流满面
被海水溅湿的心情
开始蒸发蔚蓝的梦想

亲近石　我别无选择
石的锋芒削去我的懦弱
其强身壮骨的精神
作为音符的影子
在我体内铿锵
石　不卑不亢的生活方式
成为我一生的标本
石的嶙峋
戳穿水的柔情和天空的虚无
石　把坚强的事物团结起来

只因石的磨砺
大海才百折不回
表情凝重而铁骨铮铮的石
使终生流浪的大海
不再随波逐流

先辈的血切入石的内部
石把力量给了我
其实，没有石就没有港湾没有岸

大海是我的家
石是大海的根

▪ 短　诗

断弦的小提琴

剪贴墙上
四条淙淙小河
流不出水声潺潺
流不出云的飘逸、海的抑扬

奔突已冰结
灵魂历经磨难后
美丽一段段断裂
在黄昏返老还童羞涩后
守望西风吹落那受伤的音符
一个季节从音节上跌落下来
旋律如转瞬即逝的流星

只有那弓依然
脊背佝偻地翘首盼望
那段闪亮的日子

冬天，就冷吧

南方的这个冬天
轻易被一米阳光
打动
此刻，我行走在刺桐路上
翘望满街放飞的快活

没有风，没有雨
一首热辣的歌
点燃时间的碎片

这个冬天
悬在空中的日头有点奢侈
弯曲的树杈
凋零的叶子
斑驳的创痕
时隐时现
在阳光的笑语中被人遗忘

冬天就应该是冷的
母亲堆放在灶屋里的柴禾
唤醒冻疮的痛感
冬天就应该是冷的
梅花才不会在蝴蝶的舞姿下
恹恹欲睡
草木枯黄，人们才记得
挽留时间的影子

冬天，就冷吧
让懒洋洋的思想
打个激灵

闰四月

2020 年 5 月 24 日，农历闰四月初二。生日。下一个闰四月要等到 2058 年。

打开四月的窗
舒展心中的莺飞草长
走向另一个四月
从春走到夏
回望生命的起锚地

没有归途的日子
就像刀锋下的流水
我是一只被闰过的蝉
在默不作语的天空下
用沧桑顶住时光的胸膛

在闰月里，可以读书
可以休息，可以独自出行
但人生，无法抄袭一遍
我对这个闰月肃然起敬

▪ 长　诗

把春天画在海丝路上

我拿着春天的彩笔

站在泉州湾上

把蓝天与碧海连成无边的丝绸画卷

我要在上面画上可爱的家乡

我要在上面画上美丽的梦想

画卷一头连接千年海丝的漫长

上面画着一座历史文化名城

东西塔檐角的风铃被春风摇响

上面画着东亚文化之都

老君造像在清源山麓熠熠闪光

上面画着古代东方第一大港

有一条宋代古船，怀念起一片海洋

上面画着炫丽的舞台

舞台上木偶灵动、南音悠扬

上面还画着出砖入石的闽南古厝

有一只妙音鸟在窗棂上轻声歌唱

画卷另一头伸向了美丽的远方

站在海丝起点上，看春日暖阳

我要在海边画上宽阔的马路、美丽的广场

画上小树苗，能够长成大树参天

画上小雏鹰，能够变成雄鹰翱翔

画上一大片草地让美丽的蝴蝶跳舞

再写上五彩缤纷的诗句

让大地充盈鸟语花香

我要在上面画上繁忙的海港
闽台小朋友坐着船儿远航
将《两岸一家亲》唱响
一起同那蓝色的精灵们对话
一起看那海鸥自由自在飞翔
我还要画上大海的耳朵
让他听到远方梦想花开的声响

我要捡一个响螺、一些贝壳
串成满满的美好愿望
放在窗台前，放在书桌上
将一个蔚蓝色的梦想送给家乡
我画上高高的桅杆
从上面冉冉升起一轮太阳
我把自己画成振翅穿行的海燕
靠近大海博大宽厚的胸膛

我爱涛声如歌的海上丝路
是潮汐的执着让我学会了坚强
我爱浩瀚无边的海上丝路
是大海的柔情让我学会了善良
我爱千帆竞发的海上丝路
是浪花的呼唤给了我无穷的力量

我要把春天画在海丝路上
我要跟美好的未来一起
一起展翅飞翔

▪ 创作年谱

1983 年　诗歌发表于《崇武文艺》（后改为《崇武文学》）创刊号。

1987 年　崇武文化中心成立青年文学沙龙，参与主编并出版《青屿》。

1988 年　《中国砖》在《诗刊》等单位主办的"工源杯"全国诗歌大奖赛中获一
　　　　等奖。

1989 年　《厦门文学》"闽南作家专号"推出"崇武三人集"，集中介绍林轩鹤、林
　　　　凌鹤、哨宇的诗作，这个时期逐渐形成"惠安诗群"。

1992 年　发表诗歌评论《惠安青年诗坛：接力与冲刺的行程》，对 20 世纪 80 初以来
　　　　的 20 多位惠安青年诗人进行梳理和点评。

1998 年　文学评论《是沉沦，还是崛起——对崇武青年文坛的反思》，对惠安诗群
　　　　再度集结和崛起进行反思。

2000 年　诗歌《苏州二题》《永远的祖国（组诗）》发表于《福建日报》。

2001 年　文学评论《携着哲理翔舞——蔡芳本现代诗的一种倾向》发表于《福建文
　　　　学》第 12 期；诗集《沧海为镜》出版（作家出版社）。

2003 年　诗歌《收藏悠悠岁月》发表于《散文诗》第 2 期封底。

2006 年　《林轩鹤诗六首》发表于《中国诗人》第 5 期；文学评论《在大潮中挺立
　　　　诗歌的脊梁——带着思考解读晋江诗群》发表于《大众阅读报》，并获得
　　　　首届泉州文学奖；应邀参加在厦门举行的首届闽南诗群年会，在会上做专
　　　　题发言。

2007 年　主编《坚韧的创造——惠安诗群 20 年》出版（北方文艺出版社）；文学评
　　　　论《崛起，并且超越——在回眸与展望中扫描惠安诗群》入选《坚韧的创
　　　　造——惠安诗群 20 年》。

2008 年　《并非神话寓言（组诗）》发表于《福建文学》第 7 期诗歌专号。

2009 年　9 月，诗歌《大海之根》入选《福建文艺创作 60 年选·诗歌卷》（海峡文
　　　　艺出版社）；诗歌《渔村女教师》《阅读渔火》入选《福建文艺创作 60 年
　　　　选·儿童文学卷》（海峡文艺出版社）；诗歌《二胡曲：长城随想》《钢琴
　　　　曲：保卫黄河》《打击乐：欢庆锣鼓》入选《献诗我的祖国——福建百名
　　　　诗人心灵之歌》（海峡文艺出版社）。

2011
——　为泉州市委宣传、组织部、统战部、文学艺术界联合会等主办的文艺演出
　　　　撰写朗诵诗 80 多首，组织诗歌朗诵会 50 多场，到大学、中学、洛江区周
2021 年　五晚讲堂等，上诗歌讲座 20 多场。

2014年　诗歌《茶叶》发表于《福建文学》第5期。

2015年　诗歌《2014年最后的阳光》《清明，他老了》入选《星星·诗人档案2015年卷》（四川民族出版社）。

2016年　《那块叫作青春的门牌》在2016年福建诗歌春节联欢会上朗诵；诗歌《守株待兔》入选《中国当代诗人代表作名录》（白山出版社）；诗歌《石，大海的根》《缘木求鱼》《茶叶》入选《闽派诗歌百年百人作品选》（海峡文艺出版社）。

2017年　3月，文学评论《崛起，并且超越》入选《闽派诗论》（海峡文艺出版社）；诗歌《一场雨，让春天失去抒情》入选"八闽古城古镇古村"丛书《福建历史文化街区》（海峡文艺出版社）；朗诵诗《把春天画在海丝路上》参加第三届"曹灿杯"福建青少年朗诵大赛获得唯一特等奖，获得全国金奖并参加颁奖典礼演出；诗歌《爱的重量》入选《福建诗歌精选》（海峡文艺出版社）。

2018年　诗作《海丝，摘一片月光让你鲜亮》在福建省文学艺术界联合会庆祝改革开放40周年诗词朗诵音乐会上朗诵；诗歌《清明，他老了》《一场雨，让春天失去了抒情》入选《闽派诗歌》（海峡文艺出版社）；诗歌《不是说好要开花吗》入选《2019年中国新诗日历》（江西高校出版社）。

2019年　诗歌《小尤溪，像瓷一样守护你》入选《悠悠闽水情——福建河湖长制文学作品集》（海峡文艺出版社）。

郑红艳

石狮人，"80后"。福建省作家协会会员，石狮市摄影协会副秘书长，石狮市作家协会理事。文学作品发表于《小说月刊》《读者文摘》《牡丹》《国家诗人地理》《当代先锋文学》《青年文学家》《散文诗世界》《泉州文学》等报刊。

▪ **代表作**

寒夜吹过竹林的尺八声

像寒夜里吹过
一阵竹林的风
孤寂，扫荡了一夜枯叶
又像一场没结果的爱
不忍舍，不得不舍，最终
割爱，决绝后撕心裂肺般
的声音，从躯体的缝隙钻入
凄凉、肃杀，拒绝尘世
仅从一尺八寸的竹管，还魂

末端，苍老的竹根
像流离的人生，硬生生
长出胡须，倔强的根须
牢牢抓住竹管。新月的切口
贴着你新月般的微凉，缝合了
尘世的裂缝，孤傲

宋亡崖山后，绝迹华夏
只在故纸堆里，搬弄你的名词：尺八

那一晚，雪夜，古庙前
雪花被树枝握住，而
一支凄凉而苍老的竹管
被一双颤抖的手握住，古乐幽幽
指间牵动了乡愁，归来

尺八，魂归故里
然而，走丢的 又何止尺八
穿林之风又是何影
指下之曲又是何音
旷然而忘忧者，又是何人

想必，蓬头散发应无人识
不知来路，怎知归途？愿
终不负，此声，此生。愿
此音连同自己，绝地，重生

▪ 短　诗

吞下月光的异乡人

吞下月光的人
成为月光的一部分

行走在青石板上
行成青石的一部分

人生地不熟的城市，异乡人
像一只勤快的蜘蛛四处结网

奋力拥抱生活

一双看不见的巨手
却把异乡人的豪气磨成了暮色

趁辗转的愁肠　还未
结成心灵深处最后幽深的那一部分

吞下月光　化成温柔如水
牵着一缕月色　回家

九月阳台的喇叭花

人间的九月
在小城。秋风里的缤纷与繁华
正在经过我的小街

阳台的喇叭花
慵懒地张开紫红色的眼睛
三两丝紫红的花蕊　悄悄窥探着

从小城的九月远远望去
落叶一地，花儿七零八落
凋零的后面连接着是一季萧索的漫漫长冬

九月的喇叭花，枯黄里高贵的紫红
只是人间一抹
最后的艳丽。从不挣扎，也不害怕

寻　茶

晨雾

山间一天的开始

你提锄头，我背竹篮

寻茶

茶叶和青苔一样

生长在春天里

青苔抱住茶树，千百年

我眼里的余光 紧紧抱住你

我和青苔一样

清明

是眼前山间的唯一

我们一起寻茶

我还寻你

▪ 长　诗

平分秋色

一、秋风近

时维八月

秋便陆续粉墨登场

奉上一场金黄的清秋盛宴

因情深而绚烂
因短暂而迷人

悄悄地
你走入了一幅水墨古画
习习凉风，远山近树
天上一轮未央的明月
慢慢捧出
明月照松间，茶烟几缕色
白云一片去悠悠
秋暝山居，闲闲桂花落

秋风与清露，清涟与轻柔
日夜分而寒暑平
秋色，平分各半
天地进入圆融之境

二、秋山浓
风之彩，山之色
姹紫嫣红开遍满山坡
在死亡的肃穆来临之前
竭力绽放，给大地以浓烈的回响

秋山，恰如人的中年
高高的脊背
撑起生命的全部力量
走过了春的华美
经一夏长的时光沉淀
终结成满树的硕果累累
坠落了一地枯叶的疲惫

方有，饱经风雨后的惊喜

光阴里，一粥一饭的温暖

而后
秋山气定神闲地，回归一身素净
静静地踏进冬的门槛
山间回荡一曲壮美与成熟的慷慨长歌

三、秋水淡

四时不同，四时的水色亦不同
春水初生活泼，夏水荡漾盈润
冬水萧瑟凝滞，唯有秋波频频
眼里写满对大地的深情
唯有秋水清澈　怀里深藏对天空的深邃

秋水时至，百川灌河
调子虽起得高
秋水却丝毫不怯场与长天共一色
落霞涂抹着天空，也涂染在秋雁的身上

秋光清浅，把秋水滤成净透
一时间，天地万物与湖光山色
都融合在秋的清澈
隐隐透出，空旷深远的微光

时光恰似一支神奇的画笔
工笔绘了如油画般夏的繁华
又素描了水墨写意画秋的寂寥
让我们在人间赶赴一场姹紫嫣红的相遇
为这耀眼而短暂的瞬间，交汇在心上
留下一个风轻云淡的背影
渐渐，淡出剧场

▪ 创作年谱

2016 年　散文《走近浣花溪》发表于《石狮日报》。

2017 年　散文《漳州散记》、读书随笔《生命在书中成长》发表于《石狮日报》；杂文《美的曙光》《寻找儿时的石狮古早味儿》发表于《石狮文艺》；获石狮市"中国梦·劳动情"征文比赛三等奖。

2018 年　《亲子共读——和孩子一起成长》《清明，凭吊一个湖》发表于《石狮日报》；诗歌《如果有如果》《珍爱生命，无毒最美》，散文《海丝寻梦》发表于《石狮文艺》；散文《爱情的 AB 面》《生命的赞歌》发表于《泉州文学》第 5 期。

2019 年　读书随笔《另一种生活》、散文《石狮的冬天》、散文《春未归，夏未至》、评论《无法回头的人生列车》发表于《石狮日报》；《〈奥斯威辛没有什么新闻〉教学设计方案》发表于《读者文摘》第 2 期；散文《汀江悠悠向南流》、诗歌《汀江廊桥遗梦》发表于《石狮文艺界》春之卷、《大美长汀：长汀映像》（社会科学文献出版社）；散文《烈士李子芳的故事》《石狮古早味儿——牛肉羹的故事》发表于《民间故事》；散文《漳州赵家堡的伤痛》《浣溪草堂暂安魂》，诗歌《平分秋色》《有一条路，通向学府》《卖鱼街顶的紫烟》《电话亭哭泣的女人》《愿我的心永远对花儿敞开》《吞下月光的异乡人》《流浪在时光的巷子口》发表于《菲律宾商报》；《浅谈语文学科核心素养之审美教育》发表于《中学生导报教学研究》第 8 期；《浅谈几种个性化的阅读教学方法》发表于《中学生导报教学研究》第 9 期；《清秋问渡》《童年的飘水花》《踏歌缓缓归》《廊桥遗梦》发表于《上杭文学》第 10 期；在泉州西海岸文化交流平台开设个人写作专栏，并发表《纪念恩师李逢元》《读高寒女士〈今夜动车不返程〉》《生命在书中成长》等；散文《岚谷梅翁》发表于《晋江文评》第 2 卷；诗歌《吞下月光的异乡人》《流浪在时光的巷子口》发表于《海丝商报》；《逃不掉的孤独，挨不过的夜——读高寒女士小说〈今夜动车不返程〉》《亲子共读——让孩子陪你再次成长》发表于《小说月刊》；《遇见政和》发表于《佛子山》第 3 期；《汀江悠悠向南流》发表于《牡丹》第 12 期；散文《岚谷梅翁》发表于《武夷》第 6 期。

2020 年　《努力做一名卓越的教师》《师者，点燃学生的心灯》发表于《小说月刊》；论文《小说中的"我"——小说阅读人物微专题》发表于《中学生作文指导》；诗歌《莲的小小心事》《翻阅了一生》发表于《海丝商报》；散文《那一碗牛肉羹飘香》《剪一段闽南红，留百年古韵》，诗歌《姑嫂塔的秋韵》发表于《石狮侨报》；散文《漳州赵家堡的伤痛》发表于《漳州广播电视报》；散文《樟脚村的黄昏》、读书随笔《科学之光照亮城市未来》发表于《石狮日报》；诗歌《被迫分离的骨肉依然相连》发表于《惠安诗群》；诗歌《爱在狮城的清秋》、散文《晋江水上舞丝带》发表于《当代先锋文学》；诗歌《爱在狮城的清秋》、散文《剪一段闽南红，留百年古韵》发表于《青年文学家》；散文《那一碗飘香的牛肉羹》发表于《散文诗世界》第12期；散文《稻花香里听蛙声》发表于《乡土作家》；散文《佛岭稻香》发表于《瓷都德化》"瓷都文艺"；散文《国宝之宝》入选《遇见国宝》（西北大学出版社）；散文《剪一段闽南红，留百年古韵》发表于《丰泽文学》第12期；诗歌《在五店市的门前》《牧云踏秋发表于《国家诗人地理》；散文《在五店市凤凰树下凝眸》发表于《邵武文艺》第4期。

2021年　成为福建省作家协会会员；散文《晋江水上舞丝带》入选《晋江城市新地标巡礼》（海峡文艺出版社）；《剪一段闽南红，留百年古韵》发表于《石狮侨报》；《别在领口的冬天》《冬日篝火等春来》发表于《晋江经济报》；《临风马江，文化寻根》发表于《石狮日报》；散文《龙游沧海》《剪一段闽南红，留百年古韵》《稻花香里听蛙声》，诗歌《姑嫂塔的秋韵》《清秋问渡》入选《石狮文艺2020》（海峡文艺出版社）；诗歌《寒夜吹过竹林的尺八声》发表于《泉州文学》第2期。

郑智得

"90后"，天马诗社发起人之一，福建省作家协会会员。作品发表于《诗歌月刊》《星星诗刊》《福建文学》《山东文学》《泉州文学》等报刊，入选《华语诗歌双年展》《中国诗歌精选300首》《中国首部90后诗选》等多种选本。获2015年度泉州文学奖等30多个奖项。

▪ **代表作**

这一切，我无力改变

这荒凉的秋
飘落的色彩以及沉郁的天空
这打战的寒
摇曳的枝，秋风里行走的人
骨子里流淌着先祖的血
背地里操暗箱，搞阴谋
吐露的乡音，熟悉深处暗藏利剑
众人发指说
在千万亩被变卖的森林
挖上几千个坑
就如拿把锄头在祖坟上挖坑
祖基的动荡，分叉的冷漠
我横眉冷对，除此之外
这一切，我无力改变

▪组 诗

刀子与石头

尖锐的语言还未出鞘

石头仍是石头

安睡在最初柔和的月光里

这些年，落魄的生活压榨灵魂

眼睛的锋芒随日月崭露

这不全是好兆头，刀子能敲击石头

石头未必开花；月光能唤醒石头

石头未必拥有点石成金的毅力

刀子开始出鞘，反复敲击石头

眼光犀利，口若悬河

刀子挥过去，石头冒出几丝火花

握刀的手不断颤抖反弹

日复一日，刀子变得越来越钝了

被挂在古墙上，寒风袭来，岿然不动

它不想剥开锈迹斑斑的躯体

回首一生，它败给了一块石头

从此，变得越来越沉默

铁 石

这是冷血的、凄寒的石头

被丢失良知的人挖走，放到心和肠道里

在无数个寒冷无比的冬天

它不愿醒来，不愿说话，固守冰冷的光

打破时间的宁静之后

它不愿长苔藓

也不愿开花

这个夏天，我的父亲在厂里

这个夏天

从小溪的渴里露出来

从知了的嘴里唱出来

磨石的父亲，扛起石板

在半封闭的厂里日夜操练

炎炎的烈日，似一堆篝火

不断加柴加温，燃烧父亲的身影

我的父亲，一个临近半百的人

在清晨，在夜深的晚上

借着一盏灯的亮度

磨亮一家人的生活

进城的麦子

她不去想人间荒芜，旷野无边

提一篮子土鸡蛋，掏出几声鸟鸣

不去想天空明朗、野鹤闲云

舀一大瓶自酿酒，自醉绵长小路

无论雷鸣，还是闪电

都无法阻挡她进城的决心

她不去想蚂蚁绊倒的草垛、闲置的房间

和无人耕种的土地

不去想渐失的乡音，被风吹乱的发髻

和无人搀扶的麦子

所有一切，月亮都看在眼里

她走在城市的边缘，越长越矮

微灯下，她在精心拿捏一抔泥土

我的内心开始炙热，在瓷片上为她

题写墓志铭

一个农村妇女不可名状的形象

霎时跃然纸上

她要说的话始终没有说出

像浪一样的爱情

波涛赋予一朵浪花短暂的生命

一只海鸥在天空上盘旋、巡视

锁定两个人的脚印与风景

我承认这么些年，心淡如止水

内心从没有如此的浓烈过

浪是认真的，擦拭掉岁月踩过的痕迹

仿佛尘世的一切，都可以化整为零

就像爱情，即使一贫如洗

金色沙滩，也是天然而广阔的领地

一浪高过一浪的抒情

浪把爱藏进礁石，把呢喃装进空贝壳

酥软的沙质，虏获了我的真心

哪怕一朵浪花绚烂得如此短暂

浪是认真的，一次高过一次的拍击
力挽狂澜，只为提炼出一朵浪花

只为提取一滴泪水的盐。而浪
急着与大海交流，如果一朵浪花被春风撞破
内心仅剩泡沫和半杯残酒

▪ 创作年谱

2012年　10月，开始诗歌创作。

2013年　《游子谣（外一首）》发表于《参花》第4期；《坟墓与村庄（外一首）》发表于《参花》第6期；《这个夏天，我的父亲在厂里》发表于《深圳特区报》"90后诗展"；《这一切，我无力改变》发表于《诗歌月刊》第7期；作品入选《中国微诗体年鉴2013卷》。

2014年　《城》发表于《诗歌月刊》第1期；《进城的麦子（外二首）》发表于《山东文学》第8期；《这个夏天，我的父亲在厂里（外三首）》发表于《泉州文学》第10期；《故乡》发表于《生活·创造》第11期；《摸鱼记（外一章）》发表于《星星·散文诗》第12期；作品入选《华语诗歌年鉴2013—2014》《当代诗卷2014卷》《中国散文诗2014年度选本》；获2014年度星星散文诗大奖赛优秀奖。

2015年　《捞萍的老人（外二首）》发表于《厦门文学》第11期；诗作7首及创作谈、评论发表于《泉州文学》第8期"特别推荐"；诗作8首发表于《福建日报》"九月新人"；作品入选《福建文学》"福建80·90后大展专号"；4月16日，参加福建文学创作基地、读者俱乐部揭牌仪式及其创作培训会；5月29日，参加泉州文学奖、泉州文学优秀作品奖及新会员培训会；获2015年度泉州文学奖。

2016年　《桃花岛（外一首）》发表于《福建日报》8月2日；入选《华语诗歌双年展2015—2016》、《2016年中国民间好诗》（团结出版社）、《2016年〈安徽文学〉年选》。

2017年　作品入选《2017年中国民间好诗》（团结出版社）。

2018年　5月，参加泉州市作家协会第五次代表大会；6月，参加泉州市文学艺术界联合会第三次代表大会；8月，参加首届福建文学新人培训班。

2019年　参与《青山为证》（福建人民出版社）、《瓷路》（海峡文艺出版社）和《戴云》编辑；9月，应石牛山景区邀请，为石龙溪漂流撰写导游词；获泉州市文学艺术界联合会扶持青年文艺人才专项资金。

2020年　1月，为"百年一中丛书"《桃李芬芳》（三联书店）撰写杰出校友的人物专访文章。

柯芬莹

晋江人，福建省作家协会会员，中国金融作家协会会员。作品发表于《诗刊》《星星诗刊》《福建文学》《世界日报》《泉州文学》等刊物，曾获省级文学奖项，出版诗集一部。

▪ 代表作

地　域

中国。福建。晋江
诸如此类
被喊住，被定义

出生在南方，北半球的南方
闽南语，普通话，一点英文

大米，日常的海鲜，偶尔面食
出砖入石，燕尾脊，红砖房的童年

穿梭在不规则的格子
祖上的根似乎翻越长江
无迹可寻
几个风月同天的亲友，偶有联络

皮肤里的黄，眼珠的黑
无法改变

自己唤一声自己的名字

被夹杂的姓，来源于父

再者或一个男子

你的身体，另一场血源的开始

▪短　诗

曾祖母的抽屉

称为阿太的曾祖母

其实，和我们

没有直接血缘关系的小脚民国女子

称为曾叔祖父的那个人

自从新婚后，下了南洋

便没能回返

只留给阿太一生落寞的背影

在流离中共同养育了祖父、父亲和我辈

升学，离开家乡

阿太是我牵绊的挂念

学余骑车回去

家中雕花彩漆的抽屉

是阿太给我的百宝箱

珍藏一周的蒜蓉枝、莲子糖

是阿太翘首六天的期盼

唯一不让我翻动的

是仅有的一封侨批，来自南洋

侨批，这是阿太一生的牵绊

享寿近百年

阿太念着旧事安详离去

手中紧攥的
是那封发黄的侨批
闽南番客婶半个多世纪的时光印记

蓝眼泪

与你挥舞过的天空，是忧郁的
与你追逐过的浪花，也是蓝色的

春暖花开
对你的思念，缓缓爬上岸线
仅在夜晚，闪现短暂的光亮

这一世的相逢
海水拍打着礁石
触感是真实的
离开也如此真切

思念有毒
一旦附着
便难以释怀

无法阻止黎明
正如无法阻止你的到来

隐逝的红

只因是冬天
不能播撒春萌的种子

小小的天使

拍打红色的翅膀

绕梁三次

一些繁花烂漫的记忆

以及众多四处奔跑的影子

一次再次隐逝

归结为某些线索

锁住生命的痕迹

于是专心培养一株植物

让她长成参天大树

或是森林里快乐的小水滴

▪长　诗

不是什么白

之一·白酒

因为透明，看不出是什么样的白

指间的热，和心头的热

如出一辙

吮吸着黑，是为了长成金色

磨搓掉几个时节

把一些风雨翻腾，发酵，蒸馏出年岁

它在身体里盲目奔走

有时，失控成一枚枚定时炸弹

有时深深潜伏，针尖刺痛麦芒

这样的白，你看不出它的对立面

之二·白绸
一些白
并不能止住所有疼痛
渗透出红，提醒一些伤口
或者干脆沉默

一些白，会带走其他一些颜色
遮盖许多峥嵘，仿佛从未到来

之三·白瓷
凭借色泽、纹路，和造型
他们在自报家门
一些温热和抚摸，尚未被承认

披上缎衣，卸下浓妆
焚心
在炉窑里，回归夜色

之四·白梅
不是什么白
甚至季节也随遇而安
瘦弱的一朵朵
倚靠一段黛瓦灰墙，或隐迹雪中

你的去向，托付给山风清冷
隐没在冬日的一粒甜

之五·月壤

是这样一种白

几千年凝望，你从海上来

洄游，爬上沙滩

生起火焰，寂寂相伴

心中崩裂出词，句，诗篇

遥遥抵达，覆盖旋转

表取，钻取……光速同步

宇宙航行的追寻，为你铺陈

下一次斗转星移的浪漫

之六·自白

它们飘忽眼前，无甚相关

仿佛不着一丝色彩

不是什么样的白

白酒，是桂露摇曳、丰收饱满

白绸，长袖弄月，滑过百孔千疮

白梅，亲吻着冬夜漫长，

吐露笑靥，落入白瓷的怀抱

月壤，跳脱重力环游，遐想烂漫

它们都是拥有的美好

终将归零，重升日月

焰火璀璨，足音炽热

漂净体内所有颜色，留出空白

▪ 创作年谱

1993 年	大学期间开始学习诗歌散文写作。
1999 —— 2008 年	在《诗刊》《星星诗刊》《福建文学》《海内外文学家企业家报》《泉州文学》《泉州晚报》等报刊发表作品，作品入选多个选本。
2001 年	获《福建文学》初出茅庐优秀作品奖。
2002 年	诗集《星雨》出版；加入福建省作家协会。
2013 —— 2018 年	写作有停顿；在《人民日报》（海外版）、《世界日报》、《泉州文学》、《菲律宾商报》等报刊，及福建作家、金融作家协会、长江诗歌等网络平台发表作品。
2019 年	作品入选《当代金融文学精选》（湖南文艺出版社）。
2020 年	获海峡两岸（晋江）诗歌大赛新诗成人组一等奖、《青年文学家》杂志社首届青年文学家大奖赛诗歌组优秀奖；被推选为晋江作家协会副秘书长。
2021 年	加入中国金融作家协会。

浪行天下

本名陈志传，1971 年生，惠安人。中国作家协会会员，福建省作家协会会员，惠安县作家协会主席。入选《中国诗歌精选》《中国诗歌年选》《中国散文诗精选》《闽派诗歌百年百人作品选》《闽派诗歌》《福建文学创作 60 年选·诗歌》《福建优秀文学 70 年精选·诗歌卷》等选本。著有诗集《高处的秘密》《情海泅渡》。

▪ **代表作**

南音：绣成孤鸾

把二胡弄瘸，让一根针说
把洞箫戳瞎，让一根针唱
一根针成了主心骨
为她当家做主
帮她缴交出，心中的缠绵丝线

让一根针走得踉跄、迟疑
走出丛竹样的脚印
让一根针突然飞出孤鸾
让一根针，累了，就夜宿牡丹花房

——嘘！现在，都轻声点
不要吵醒它，不要弄断它梦的脉络

等那孤鸾追上凤凰
结伴而行，等那南宋的天空
擦净尘埃和风暴。让她们飞，慢慢飞
直至飞出

恣肆的歌声模样

赶快把针叫醒！让它快马加鞭
让它风驰电掣
赶在那根
叫作丘比特的神箭之前，把她们
射落在团扇中
细细地描，细细地绣
绣成传奇

▪ 短　诗

台风临近

在那渐渐聚拢的云团中，我肯定
是抢先跳下去的，那一滴

乌云压城，松果敲地
这苍茫的东海，好比一座寺院
香烟袅袅，木鱼声声
古城的墙垛，是已凝固的浪花

细听涛声，我有被遗弃之感
登上城墙远望，却顿生喧嚣之心
人到中年，好比时令到秋分
有许多诡异的天象、奇怪的感触

独处时，周围都是圣人的眼睛
明明那是浪打危礁，为什么

我看到的，却是泪流满面的你

那渐渐聚拢的云团，让天色
越来越暗。人到中年
需要一场暴雨，才能让天空恢复亮色
我相信：那些阳光灿烂的人们
都曾经，在独处的深夜里痛哭过

海不知疲倦地运送着盐

海不知疲倦地运送着
盐，沙滩一次次
劝海浪别这么累，这分明是
一个儿子，对母亲的口吻

大海仍不肯罢休
一直，在帮我们运送着盐
她继续她的劳作
沙滩继续着，他的喋喋不休

我们在岸上，日复一日
耗费着盐。大海继续喧嚣
我继续着我的寂静。与海相关的
是盐的流失

唯有大海的爱，生生不息
像一架永动机。她
含糊着说出，我们反复倾听
像海浪一样，从不悔改

幸　福

那时春风在山冈上数羊群，也数你的睫毛

春天托腮蹲在我必经的路口，村庄被芦花洗白

贫寒是件礼服，裹住你的风姿绰约

我的女神，你端坐在一首简单的诗中

让我跪拜，轻咬你的衣角，把滴血的虔诚举过头顶

把你轻洒的幸福，死死攥紧

如今，松开回忆的掌心，才发现是

一些松散的笔画、横七竖八的骸骨

▪长　诗

祈祷关键词：泉州

我终将从安溪葳蕤的茶林中

拨开一条崭新的道路，把清香四溢的炊烟

做成大海美丽的花边；我终将在海岸线

弯折的纠缠中，梳理出你刺桐花般

红硕的语言，缀上你

满是皱纹与传说的鬓角；我终将从蜿蜒的

海丝之路中，辨认出远古的足迹与跫音

汇聚成大地的心跳；我终将从

德化古瓷窑的热焰中，捧出你

涅槃后的舍利与灵魂，凝成朝霞

晨晖；我还将从开元寺的雕梁中，从
晋江的洪流中，从湄洲湾的怒涛中
是的！我终将从你身上的任一角落，突然
唱响人所未知的嘹亮歌曲
让所有的颂歌与祷词，水银泻地般
汩汩流进你丰腴的躯体里

我曾是你塬上，一粒丢失季节的种子
清晨用弥漫的茶香，清洗着干瘪的梦想
夜晚在薯酒的荡涤中，暗自发芽
让笔底的歌谣，绽出收获愉悦的秋色
我曾是你海面上，一朵纠缠于泡沫的浪花
在鼓荡的世纪风中，茫然自足于
稍纵即逝的美丽，让晨昏更替的呼吸
淹没掉关于春天最美好的梦想
我还曾是你身上流淌着的一滴血
或是一滴泪，一步一跪、三步一叩地
从你苍茫的胸中，蜿蜒出道路
像那条上古的
洛阳江，跌跌撞撞地
踉跄着流向，却始终不曾偏离
大海故乡的方向

是你温暖的炊烟，寒冷时将我拥紧
是我隔世的亲人，痴迷时将我唤醒
辽阔无垠的海岸线上，密密麻麻地生长着
关于木麻黄的传说。劲风
擦净回忆，鹅卵石垒起的伤痛
只剩下些残垣断壁，苔藓从暗红到翠绿
几度变换，我仍是你皱纹中
一朵不凋的浪花，我仍是你童年时
那声风干的鸟鸣，清脆而黯淡

当新世纪的钟声再次响彻，当新时代的号角

再次嘹亮；我沉溺的灵魂

在你的庇护下再次醒来

睁开老君岩上低垂千年的眼睑，转身

踩碎自己的影子。当洛江水滔滔

时光切碎曾经的辉煌，也切碎不堪回首的

足迹，我挥挥手告别伤痛，在你

曾经瘦骨嶙峋的身上烫下

新时代的宣言！此时，我的身影

是屹立千年的东西塔，是衣袂飘飘的

飞天乐伎，也是央视上神采飞扬的

惠安女英姿；我的肋骨

是一片沉海的铁锚，是古老的洛阳桥墩

也是跨海凌空的后渚大桥新虹霓

我的血液，是开元寺檐前的雨滴

是永春芦柑

的甜蜜汁液，也是奔腾澎湃的南海巨浪

我的声音，是悠悠南音

是嘹亮的《爱拼才会赢》

也是"光明之城、魅力名城"的时代最强音

我终将在你的身上，站起大写的人字

甘甜的粳米和热性的薯酒，早已养成了

我的善良与剽悍；我终将从匍匐一地的藤蔓中

抬起身来，托起你闪亮的微笑和自信

——展现给一望无际的莽野与苍穹

"站着东西塔，躺下洛阳桥"，两句古训

是我扇响猎猎风声的双翅；我终将打马起程

穿越四季的霜雪，用葱绿的歌声，擦净你

露水中的尘埃，尘埃中的历史。在通往

歌喉的道路上，我终将是你视野中

走得最远、走得最急的音符

▪ 创作年谱

1991 年　《据守家园》《面对纪念碑（外一首）》《汲水的人》发表于《泉州晚报》
　　　　副刊"清源"。

1992 年　《空城》发表于《飞天》第 2 期"未敢遗珠"；《舟魂与茶壶》发表于《厦
　　　　门文学》第 9 期。

1993 年　《墓志铭》发表于《厦门文学》第 8 期。

1994 年　《瞬间》发表于《厦门文学》第 1 期。

2002 年　《女儿的天空（组诗）》发表于《星星诗刊》2 月号下半月刊。

2003 年　《春天的肺部》发表于《扬子江诗刊》第 1 期；《怀念两章》《惠女风情
　　　　（组诗）》《情诗三首》《伐（外一首）》发表于《福建日报》副刊"武
　　　　夷山下"；《一个日子（外三首）》发表于《福建文学》第 6 期；《木炭
　　　　（外一首）》发表于《星星诗刊》10 月号下半月刊。

2004 年　《浪行天下诗歌》发表于《诗歌月刊》第 4 期；《搬迁（外一首）》《姓英
　　　　名雄》《戴黄斗笠的母亲（外一首）》发表于《福建日报》副刊"武夷山
　　　　下"；《番薯腔（外一首）》发表于《福建文学》第 11 期；《浪行天下的
　　　　诗》发表于《诗选刊》第 11 期。

2005 年　《川上（外六首）》发表于《诗潮》第 1 期；《灯芯（外一首）》《亦儒亦
　　　　禅观自在》《有裂痕的镜子》《惠安，惠安》发表于《福建日报》副刊
　　　　"武夷山下"。

2006 年　《女儿红（组诗）》发表于《中国诗人》第 2 期；《川上（外五首）》发
　　　　表于《大众阅读报》；《对彩陶的描述》发表于《星星诗刊》第 4 期；《鸟
　　　　因鸣叫而变轻（外一首）》发表于《诗歌月刊》第 4 期；《清新剂或锄草
　　　　剂（外二首）》发表于《诗歌月刊》9 月号下半月刊；《浪行天下的诗
　　　　（七首）》发表于《诗歌月刊》第 8 期；《浪行天下的诗（四首）》发表
　　　　于《青春潮》第 8 期；《在周庄》发表于《星星诗刊》8 月号；《被风吹远
　　　　的南音（组诗）》《秋处露秋寒霜降（组诗）》发表于《福建日报》副刊
　　　　"武夷山下"；《暗夜飞翔（外一首）》发表于《福建文学》第 12 期。

2007 年　《高处的秘密（组诗）》发表于《星星诗刊》第 2 期；散文诗《被风吹远
　　　　的南音（八章）》发表于《散文诗》第 7 期。

2008 年　《藏匿》发表于《诗歌月刊》第 4 期"民刊专号"；《诗行里的哲思（组
　　　　诗）》发表于《泉州文学》第 5 期；《浪行天下近作（十五首）》发表于

《诗选刊》第 6 期"原创力作";《诗四首》发表于《星星诗刊》第 7 期
"青年诗人";《大风吹走我的方向（外二首）》发表于《福建文学》第 7
期"诗歌专号";《说好不见面（二首）》发表于《诗选刊》8 月号下半月
刊;《花盆栽菜》发表于《福建日报》4 月 24 日副刊"武夷山下"。

2009 年　《被风吹远的南音（组诗）》发表于《星星诗刊》第 2 期。

2011 年　《浪行天下的诗（组诗）》发表于《泉州文学》第 1 期。

2012 年　《被风吹远的南音（组诗）》、创作谈《我为什么要写南音》发表于《中
国诗人》第 2 期;《南音：为伊割吊（外一首）》发表于《星星诗刊》第
3 期"实力诗人";《被风吹远的南音（组诗）》发表于《诗潮》第 12 期
"好诗经典";长诗《祈祷关键词：泉州》发表于《福建日报》12 月 4 日;
散文诗《被风吹远的南音（七章）》发表于《散文诗》第 12 期，并参加
全国第十二届散文诗笔会。

2013 年　散文诗《掌心濒危的秋水（三章）》发表于《星星·散文诗》第 1 期创刊
号;《多情唯有南音最（组诗）》、创作谈《挽着一缕南音回家》、评论
《像南音一样地生活》发表于《中国诗人》第 1 卷;《被风吹远的南音（十
一首）》、创作谈、评论发表于《泉州文学》第 1 期"特别推荐";《南音：
人声鸟声（外二首）》发表于《福建文学》第 4 期;《被风吹远的南音
（组诗）》、创作谈《请随我一曲南音中做客》发表于《星星诗刊》第 4 期
"文本内外";《南音：杯酒劝君》发表于《中国诗歌》第 6 期"网络诗选
专号";《黑陶之夜（五章）》发表于《星星·散文诗》第 9 期;《南音：
人声鸟声》并评论发表于《诗歌月刊》第 11 期"读诗";《云上南音月中
听》（散文诗组章）发表于《星星·散文诗》第 11 期。

2014 年　《浪行天下的诗》发表于《中国诗歌》第 6 期;《被风吹远的南音（组诗）》
发表于《天津诗人》秋之卷;《请随我到一曲南音中过年（外一首）》发表
于《福建文学》第 5 期;《云上南音倚月听（组诗）》发表于《星星诗刊》
第 6 期;《被风吹远的南音（组章）》发表于《山东文学》第 9 期。

2015 年　《惠女风情：一座城的标识（组诗）》发表于《泉州文学》第 2 期。

2017 年　《与屈子书》发表于《福建日报》5 月 31 日副刊"武夷山下"。

2021 年　6 月，加入中国作家协会。

夏 涛

本名王东雄。中国民间文艺家协会会员，中国诗歌学会会员，中华灯谜学术委员会会员，晋江市文艺评论协会副主席。诗作散见《中国文艺家》《作家新视野》《世界日报》《长江诗歌》《西南商报》等报刊及各网络平台，曾获首届（香港）紫荆花诗歌奖暨全球抗疫诗歌公益大赛优秀奖。

▪ **代表作**

往昔焰火

升腾而起的，不全是欢欣
还有回忆，重整曾经的笑靥
每个不眠之夜都在积攒
点燃，思念的导火线

昙花为夜空绽放，欢乐时光是
花季，一生只为一瞬惊艳
稍纵即逝，是肉眼所见
短暂，也能成为永恒

寄往天堂的彩色信笺
无法恢复，所有美丽片段
今夜的星空便是
往昔焰火的背景墙

年轮又添了一圈
天，总会亮，总会把绚烂
消磨得平平淡淡

▪ 短　诗

这座灯塔，不照自己

这座灯塔，不照自己
全世界是夜晚，白天也是
自由也是

患者不多，反正我没病
口罩不够，检测免了
一个质问，一个忽悠，一台戏
啥病
自由

如何擦去尘埃

那盆清水，恍惚呆滞
日子用旧了，浮生若梦
镜框后的笑靥，模糊
浑浊了彼此的视线

翻不动的日历，蜷缩一隅
时针与分针，淘气地追逐嬉闹
木门吱啦如故，只有光影
推门而入，轮回的期盼跌跌撞撞

每一簇欲望化为余烬
每一粒思念碾磨成粉
面对生命不能承受的轻
谁能擦去

危险的事情

跃出水面，并非偶发事件
也不是预兆性的恐慌
要改变，只能冒险

或许，摆脱死亡般的宁静
是最好的理由。仅有
七秒的记忆，也要尝试

脱离母体，接受生存法则
离开水，只是缩短过程
期待天火烧尾的洗礼

有时，一份漂亮的成绩单
潜伏着一场灭顶的灾难

▪ 长　诗

你的泪，冻结了我的夏季

一
懒，是生存的一种形式
睡多于醒，是常态或是蓄能
懒得解释。许多的好奇和吸引
美丽只为那温馨时刻

微启的唇间，或能窥见
欲言又止的花语，以及爱的包容
隐忍、顾忌撑起一隅
和谐平静的花房

一如孔雀开屏，八小时的精神抖擞
偃旗息鼓后，谁能懂
遁入夜色时那缕哭红的血丝
天亮，花开依旧

二

含苞待放，可以产生无限可能
而绽放丰盈，最终只有一个结局
任忐忑与纠结滋长
即便相思泛滥成灾

青春不动声色地埋藏水里
只为印证无邪的心、圣洁的情
看夕阳西下，梦境重临
才发现，清晨许下的心愿
如鲠在喉

海潮拉锯地牵扯记忆
依旧叩不开礁石冷峻的面具
浪花再俏丽，也抢不到纯洁的根据地
蝉蜕用余音证实了夏季
"相忘于江湖"，或许才是成熟的祝语

三

多情是你的眼睛，可我看不见
黑白分明。世界呼吸着冷漠
你紧闭着眼

温柔是你的语言，可我听不到
声音。奉承与献媚无非
一池淤泥。你努力探出水面
只为远离

你相信水，有家的温暖、爱的温馨
以及你破壳，冒芽，含苞，凌波摇曳
的每一个生活痕迹

当你忘情地流连于水的怀抱
水沸腾了，升腾的雾气抹不去
你眼角的眼滴

泪溅我心
瞬间把我砸入冰窟
冻结了整个夏季

▪ 创作年谱

2020 年　重新拾笔写作。4 月 2 日，《这座灯塔，不照自己》发表于《世界日报》；7 月，《一块石头的距离》《品茶》发表于《西南商报》副刊；8 月，《你的泪，冻结了我的夏季（组诗）》入选"湖北诗歌"第二届全国参赛作品展；10 月，《一块石头的距离（外三首）》发表于《作家新视野》第 2 期；10 月，《以不堪和不甘，品味人生（六首）》发表于《中国文艺家·专刊》10 月号；11 月 17 日，《夏雨》发表于《世界日报》；12 月 1 日，《风来的时候》发表于《长江诗歌》第 12 期；12 月 28 日，《听春》获首届（香港）紫荆花诗歌奖暨全球抗疫诗歌公益大赛优秀奖。

2021 年　1 月 22 日，《独坐草间》被翻译为英语，刊发于《都市头条·海外诗译》；《往昔焰火》获"魔梨杯"首届中文同题诗大赛周佳作奖；4 月，《天空下》发表于《长江诗歌》第 4 期；6 月 9 日，《往昔焰火（十一首）》发表于《西南商报》副刊。

褚　立

现居泉州。福建浮桥诗团成员。作品散见《诗歌报月刊》《厦门文学》《泉州文学》等报刊。

▪ **代表作**

夜不语

夜扼住呼吸
山野安静。天空有了
哲学的幽深。林木无风
叶子微拢，虫豸匿行
一声鸟鸣
惊落满天繁星

▪ **短　诗**

如何成为一条鱼

我一直在想，如何成为一条鱼
而不是人世间的一条咸鱼。我梦到过
真的，而且长过翅膀，不能确定
那一夜是做了鸟还是鱼。翻了翻书
发现志向远大，北冥有鱼，可由鲲化鹏
我比了比自己，顿觉自己的渺小

小鱼有小鱼的活法，如何度过鱼生

而不是被做成鱼生，需要学习

我是鱼不是猪，猪不上肉架是有病

鱼不上砧板是有命。游来游去不是

为了觅食，是为了做自在的样子

给人看，引诱他们下水，换一种活法

在水吃水，也不吃嗟来之食

被圈养和上钓钩，都不是好归宿

江水滔滔，水向东，鱼向西

可以和水对着干，但别老想着化龙

和上砧板一样，不是谁都有份

深水宜静，浅水宜动，老想着翻身的

白白的鱼肚亮出来，很不吉利

就像我现在，不想做人，想做一条鱼

却大腹便便地躺在床上，亮出

白白的肚皮

白露已过，你该藏起粮食和锋芒

白露起。荷花尽。热情锐减

鸿雁向南。夜长梦多。一场寒雨

一重凉。秋风凌厉。一觉醒来

满阶落叶。看见的

薄情和凄惶

白露已过。你该藏起粮食和锋芒

夏天远走。你抱怨的炎热不来了

往后的道路上。你要把余温包裹

不然，散了也就散了

到了秋天。你不能再空谈爱情
茶泡了很久。没人愿意来聊聊灵魂
没有足够的粮草。连麻雀都不会
飞进来。也好，你若守得住孤独
还能一个人对弈。一个人咏唱

四 月

四月。草长莺飞芳菲尽，人间烟雨是清明
众鸟的喧哗，让树木和山野不能宁静
惊蛰唤醒的虫兽们，开始朝云暮雨
这个世界，好的和坏的一起茂盛起来
我们还没有看到果实，只看见
一片又一片的花朵，和杂草泥泞为伍
而我，行走在潮湿的四月
和落英一样

▪长 诗

倾 诉

一

我是衣衫单薄的人。肉体轻盈，心事沉重
翘首期待云端的你，顾及我的痴迷，允许
我在雨中穿行。环顾左右，哪里有与我一样的
蝼蚁？银质的水，铁质的水，玉质的水，木质的水
在花蕊和叶脉中，在屋后背阳的檐下，一滴水

我的琥珀！我的珍珠！我的泪

我生命中的分子，从灵魂跌落，从肉体涌出

模糊无奈的现实，使我眼前一片晶亮

在未抵达海洋之前，这含盐的水

我至爱的。别人无知无畏，而我心存敬惧

如同面对神明

别让风掀起我的衣袂！来吧，把我浇透

你无所不在，你孤单独处。你看着是好的

我便是快乐。一尾搁浅在岸上的鱼

怎样的梦想？企图淹没一日三餐的人，在雨水中

饥饿着。喃喃自语：雨如诉兮风如潮，面如黄土发如蒿

妄想在沐浴里发芽。长成菠菜或芹菜，清清爽爽

歌吟散漫无力浸入水中，埋藏了我的童话

淋湿了羽毛的麻雀，依旧可以飞翔

翅膀真好。你把我连根拔起，看吧

那两腿浊重的泥！我屏住呼吸，敛目侧耳

树叶嘈嘈切切，室内冷冷清清。我迈步出门

幻成远古的一个刀客，步履蹒跚，落魄江湖

草鞋湿透，钢刀锈蚀

二

努力找寻一些闪烁的词，供我咀嚼和品味

坐下来，很容易就回到童年。过去的消息

依据发黄的纸片和淡漠的字迹，恍惚得让人头痛

夕阳就要西沉，荷在污浊的水面上收敛笑意

我吃遍村外所有的青草，变成旋转的陀螺或者木马

在旧日的阳光下，几只乌鸦扮成喜鹊的样子

告诉我那年的女孩依旧豆蔻，露着一对洁白的虎牙

在学校后面的白杨树下，等我娶她回家

我如同梦魇，变成一趟穿越回忆的列车
在轰鸣的鼾声里，我像一块巨大的石头躺在床上

是谁在一块空旷的地上告诉我，要想找到真实
必须抛弃真实。事件是黑白的，对话是彩色的
像翩翩起舞的粉蝶，让人无法轻信，却常常
被迷惑。穿透一场风雨，就是穿过细碎的玻璃
难免要遍体鳞伤

我以为自己勇敢。面对现实，如同面对
疾病。拒绝一切外来的治疗，吃药或者打针
我可以坚强地撑住生活。那些侃侃而谈的人
说及我的故事，好像寓言里愚蠢的君主
眼看就要病入骨髓和膏肓

请你不要提醒我的年龄。四十岁的男人
我已经厌恶镜子和别人的评判。是的，一切
都会过去。满树的楝花已经结出坚硬的
果实。你不要去品尝，和我一样，我们都认为它是甜的

三
我总是会梦见你。涂着比戏妆还要厚的脂粉
有没有表情谁也不知道。我只看到你的眼睛
还是那一双，简单而且神圣

我感觉自己爱上了一只鸟。在黑夜里上升
五颜六色的羽毛变成黑色的灰烬，只有鸟
的轮廓和精神。你会飞，这很重要

混乱的梦想井然有序，因为随心所欲，所以
比现实稳定。在七月，有梦的时刻不多
后院的巨大桑树，它的头颅替我遮蔽骄阳

关上门窗，把汗水从身体里逼尽，铺纸提笔

也是画梦的环境。写吧，写吧

如果梦可以充饥，你就长眠。母亲说

可我以为这是一个悖论。如果长眠

梦可不可以充饥并没有太大关系

人生何其短。一滴眼泪掉落的时间

我们便衰老了。我却忙着选择城市生活与乡间生活

上班或者做生意，甚至离婚之后孩子归谁

你躲在石头后面偷窥和窃笑。黄昏把你的影子

投在我面前。我真的有些惊愕

你劝我吻一吻你的唇，那油腻猩红的入口和出口

正藏着一条尖利的舌头。你说，来吧，靠近些

这一切都不是真的，不是真的

卷起我简陋的行李。我想，在没有船只靠岸的

码头，我会把你和自己一起，投入水中

四

在传说中我扛着冷兵器时代的枪。真的

我喜欢当一个兵，没有盔甲和战马。赤膊上阵

取寨攻城。我想象着那样的刺激，便忍不住

笑出声来

或者，你让我当一个书生。不中状元，甚至连秀才

也不是。就是一个书生，满腹经纶，羽扇纶巾，但不指点

江山。偶尔题诗宫墙，画兰于石壁，优哉游哉

岂不快哉！我想象那样的逍遥，便忍不住

笑出声来

更多的时候，我用传说和想象度日。渐渐地

面目模糊，四肢退化。马上要长出毛来

我说，如果这样，千万别变成猴子或牛羊
也不要成为虎豹和狮王类的猛兽。我注定
是不可驯服也不高高在上的动物。比如
一只狼。一只在黑夜里闪烁蓝眼睛和呐喊的狼

狼是我最喜欢的动物。包括这个名词所涵盖的
所有贬义。你不相信不行，我是靠本能和生命存在
我害怕衣冠楚楚的人，乃至憎恨。那一天我曾与狐狸
交谈，她唠叨着自己的愚钝，简直是亘古未有，在如今
要活下去的确很难。那曾经教坏人类的蛇
它要褪下去的已经不是皮，而是连肉带骨。蛇说
我只要剩下一个虚空的名字

在传说中，在寓言中，我的身体很微不足道
和现在一样，都是一场游戏的道具

五

你可以忽略，谁都可以。我的倾诉
像一个怨妇的唠叨，多半是自慰的一种方式

多么难得的年份
我活着，人近中年，横在
两个世纪之间。背后是一个世纪，面前是一个世纪
我们骄傲和庆祝的时候，石头和河流都不说话
这多让我们惭愧！可我们不惭愧

我们就这样坚持着。面色红润
拒绝着不该拒绝的，比如倾诉和聆听
我们因此活得有滋有味、有声有色。日子如此美好
我是"我们"的一员。这渐渐会令我痛苦和不安
我忍不住要说话了。只求"我们"不要
把我打入另类。这是很矛盾的请求

我说这些话的时候，仿佛正是夏季。一场大雨
沉寂了人声，鼓噪着蛙鸣。我努力想弄懂它们的
语言。这么简单的话，我竟然始终无法破译
聆听比倾诉的困难显而易见。显而易见的东西
一旦被视而不见，伪装便成了习惯。团团围坐的
人们，深情地注视着一个歌者，心里却打量着她
的脸蛋和华衣里面的肉体，想着可耻的事
有谁听到她的歌声呢

我想说，如果你们不爱，就当我是一个怨妇
神志不清的絮语。你可以忽略，谁都可以

▪ 创作年谱

1987年　发表第一首诗歌；后陆续在《诗歌报》《厦门文学》和各类报刊发表作品。

1999年　退役后即中断写作。

2020年　加入泉州浮桥诗团，再次开始创作；先后在《泉州文学》《散文诗世界》
　　　　《中华文学》《参花》等报刊发表诗歌作品。

蔡芳本

泉州人。中国作家协会会员。作品发表于《诗刊》《文学青年》《文汇月刊》《诗人》《春风》《文学港》《中原》《辽河》《福建文学》《四川文学》《雨花》《山东文学》《飞天》《上海诗人》《天津文学》《厦门文学》《泉州文学》《人民文学》《诗选刊》《芒种》《散文诗》《散文天地》《文艺报》等报刊，数次入选漓江版、长江文艺版散文、散文诗年选。十几次获全国性诗赛奖。作品结集出版 9 部。

▪ 组　诗

那个谁又走了

现在回到乡下老家
最常听到的一句话是
那个谁已经走了
那个谁已经走了
那个谁已经走了

说那个谁走了的人
没过多久，也已经走了

走了走了，都走了
树叶早就走了很多了
流水早就走了很多了
田野早就走了很多了
天下到处埋着伤口
灵魂早已找不到落脚的地方
说话间，那个谁谁又走了

真该将所有的门窗关闭

真该将所有的门窗关闭
总有一些门窗开了再也不关
苍蝇进来了，带了血色的蝇蛆
蚊子进来了，吸你的血
还带着讨厌的歌曲
老鼠在房间里做窝
还带来兄弟，每晚啃布袋演戏
风也很肆意，将房子撒成一块沙地

真该将所有的门窗封闭
让所有人不得随意关闭
让风也进不来，水也进不来
睡梦也进不来，蜜蜂也进不来留蜜
我被关死了，我怎么也出不了门去
也无法从窗子口跳出去
我都无法跟外面的世界同归于尽

挠痒痒的老人

当人变老
一切都无所谓
这一些老人
蜷缩在城市的一角
等待时间的袭击

他们毫无还手之力
只有在痒痒时，互相

在后背上挠挠
让松弛的皮肤得到慰藉

喝咖啡的时候

喝咖啡的时候
最好去看看幸福这孩子
这孩子在咸菜缸里
泡了二十四小时
他现在正注射生理盐水
（听说医院正缺针
我们可以买一些花针去送礼）

妇产科我们不去
最好不要生育
你要生就在家里
小黑猫的脚趾很柔软的
你要是生一把野果子
我就将日子一个个
放进嘴里嚼碎

喝咖啡时
我们就不放糖了
家里缺的还有
牛奶知己

妻子的梦

跟妻子常常怒目逼视
妻子好像也常常不怀好意

天空与大地布满阳光
我家小屋常常连日阴雨

有一天早晨起来
窗帘染上橘色晨曦
妻子平静地对我说
昨晚做了个梦很风趣
我们的战争已经升级
你准备随时牺牲捍卫你的正义
我也想豁出生命扭转我的战局
远方的同学忽然来了信
信上写着：我第六感官得知
你们俩已做好死的充分准备
我觉得我也无脸在世上行尸
已于昨日凌晨在空中做了游戏
爱妻将我的身躯归还给土地
我们来时，请帮我向我妻子说
你丈夫想要一束鲜花和奶粉
和他生前爱吃的咖喱

妻子讲完这个梦
又很平静地说
以后我们别吵了
说完给我剥了一粒橘子
像是剥着太阳的金衣

海　祭

被海螺吹沉的风暴
被唢呐吹沉的风暴

船帆在深水里涌呼吸

呼儿唤夫的声音

在悬崖上摔碎

月光蔚为一种风景

金箔漂在海面上

礁石是最沉重的孝子

彤云将哀悼压弯

鞭炮陷在香烛里

波浪降下旗幡

成群的黑蝴蝶缠住小岛

呼儿的睡着

唤夫的睡着

黎明唤走了海祭

夜晚睁开哭干的双眼

月亮这帧遗像

永远别在海的胸膛

又有船帆高挂浪尖

又有深水呼吸船帆

卢梭的黄昏

秋天的落叶

穿过葡萄园和草地小径

教堂的尖塔

在巴黎郊外寂寥的林中

被黄昏慢慢吞噬

悲鸣着的夜莺

发出低低的奏唱

鱼儿们的遐想
在无风的世界上窒息
蝙蝠似的忏悔
冲破朦胧的四壁
蜡烛正在两头燃烧
看不见半点可以指路的光亮
绝望的深渊里
仅有华伦夫人和绿色植物

▪ 创作年谱

1980 年 《青阳》发表于《新光》。

1982 年 《轮船集装箱》发表于《晋江》。

1987 年 《维纳斯》发表于《诗人》；散文诗组诗《微笑》发表于《文学青年》，同
    年被《诗选刊》选载。

1988 年 《缪斯》发表于《文汇月刊》。

1989 年 《西方圣哲（组诗）》获舟山全国诗文大赛诗歌一等奖，后被《厦门文学》
    发表；《石匠之死（组诗）》发表于《春风》；《欧菲莉亚（二首）》发表
    于《文学港》。

1990 年 《爱斯基摩狗拖着雪橇子》发表于《诗歌月刊》；《探险世界（组诗）》发
    表于《春风》。

1991 年 《天上的爱与人间的爱》出版（南洋出版社）。

1992 年 《皇帝轶事（组诗）》发表于《福州晚报》。

1995 年 《厦门文学》诗歌大展专栏介绍。

1996 年 《逆飞的荆棘鸟》出版（内蒙古文化出版社）；12 月，《紫丁花香》出版
    （国际文化出版社）。

1999 年 《故乡屋檐下》出版（海风出版社）。

2000 年 入选《福建文学创作 50 年选·诗歌卷》（海峡文艺出版社）。

2001 年 《福建文学》福建诗人专栏介绍。

2002年 《只有你的声音》出版（海风出版社）。

2004年 《西方圣哲（组诗）》《白天与黑夜（组诗）》发表于《诗刊》。

2009年 《邵武人物（组诗）》发表于《福建文学》第2期。

2011年 《晋江灵源诗情（组诗）》发表于《福建乡土》第4期；《在茶的结构里旅行（组诗）》发表于《福建乡土》第6期。

2012年 《它们要到海上赶集（外二首）》发表于《飞天》8月号。

2013年 《黄山写意（组诗）》发表于《福建文学》第1期；《蔡芳本的诗》发表于《天津文学》第3期；《深山茶园（二首）》发表于《飞天》10月号。

2014年 《古道往事（外一首）》发表于《福建文学》第5期。

2017年 《什么都赶在一起（组诗）》入选《福建诗歌精选》（海峡文艺出版社）。

2018年 《时空浓缩（组诗）》发表于《上海诗人》第4期；《月是故乡明（组诗）》发表于《秋水》第10期。

2019年 《美好如斯（组诗）》发表于《天津文学》第4期。

2020年 作品入选《福建优秀文学70年精选·诗歌卷》（海峡文艺出版社）；《春天为我们买单（组诗）》发表于《芒种》第10期。

蔡晓芳

本名蔡雪芳，"70后"。福建省作家协会会员，中国诗歌学会会员，凤凰诗社亚洲总社常务副社长。作品散见《诗选刊》、《星星诗刊》、《读者报》、《山东诗人》、《北方文学》、《泉州文学》、《人民日报》（海外版）、《中国日报》（美国版）等国内外报刊，入选多种选本。多次获奖。作品被翻译成英文、韩文、西班牙文等。著有诗集《等一场雪》。

▪ 代表作

龙母三章

第一章

在德庆悦城镇水口，我目睹的不是雕像的高度，而是龙母矮下的肉身

有时，炊烟比香火更接近神祇

那些虔诚朝拜的人们，借一方图腾返回自己的初心

龙母摘下头冠，母亲解下围裙

她们眼眶里面的泪水都源自同一条河流

远方收回背景，我收回远方

暮色轻浅，母亲与雕像在光影里合二为一

——凡是内心祈祷的声音，无论多远都能抵达

智者。喜欢在水边淘洗思想的颗粒

也许在最低处，更容易遇见自己的内心

跪下，也是一种高度

在龙母庙阅读母亲的章节，需要一场清霜

虚构故乡的月光

一支蜡烛的亮度，在老屋的概念里会高过头顶的星星

轻轻地喊一声娘，阳坡上的草叶就绿了

一种叫作知母的被子植物伸出枝枝蔓蔓倾听

所有的事物，都拥有一个命运的原乡

他们本来的样子，一定很朴素

如果需要返回一封家书的手迹，最好以母亲的名义

落款写上我的乳名，并摁上指纹

第二章

土坡被神话加冕之后，就成了山

能在纸上铺展多大的辽阔，内心就能容纳多么大的宽恕

在德庆，我以龙的传人身份去寻根问祖

似乎暗合了一枚卵孵化的深意

龙母庙。更接近坊间的屋檐

世上有女人的地方，一定有童谣

此时，肯定有一个人在故乡扳着手指

数着数着，星星就多了

夜幕框进一窗烟火，只要在母亲的怀里就是摇篮

世上总有那么一支曲子，是用母语清唱的

听着听着，整个世界开始睡熟

当灯火深入，我更倾向于夜的平静

更倾向于龙母庙上空的祥和

那些看似遥远的事物，被一炷香喊醒

时间折叠成一把椅子

转过身，另一个母亲缓缓地坐下

那些行走的路，用黑陶的土语喊出瓷质的回声

鸟巢安静，羽毛落下一身的轻

琉璃瓦上匍匐的尘埃，不停拍打着偈语

仿佛在暗示朝圣者，每一位母亲都是龙母的化身

第三章

黑夜，火苗借了佛的点化

石牌坊站成一个背影，月光撒下满地经文

龙母庙。以母亲的名义轻轻地捻亮体内的灯盏

内心临摹的脸谱，一再修正

有些偏离轨道的人，在途中与自己走散

土地，反反复复地接纳根须的叩问

画面拉近。有一个人用骨头把铁锈擦亮

在迷途中，我意外地遇到了自己

没人在意一粒沙的始末

如果把它放进沙漠，或者放进眼眶

两种不同的空间

总是和思想者对峙极夜的长度

除去倒影池里的水，时间只剩下一具骸骨

寂静更加寂静。这巨大的宣纸

却无法写下母爱这两个字

静下来，让所有的喧嚣都静下来

掌心朝上，如一片片叶子接受阳光的奶汁

有风吹弯浮世三千意象

远方落下布景，谁从寒冷的月光里抽出针线，把夜缝补成一件旧棉衣

▪ **组　诗**

许多石头把痛憋在心里

高高低低的墓碑，躺在万石山里
如草芥一样握住泥土
几棵树把自己放在山坡上
姿势很像守墓人

风一吹，漫天风沙像一场法事
草叶尖的露珠，风吹几下
它就颤几下，像阿怡怯怯的眼眸
令人不忍直视

许多石头把痛憋在心里
不露痕迹地躺着
我担心我喊着阿怡的名字
就有一块石头，随着沙粒
轰然砸下来

秋叶是指尖上的火焰

所以眷恋这尘世的美
开始学着记忆一个人的名字
或者放进一片脉络上
让它，缓缓地流淌

风成了弦外之音，它使劲儿一吹

一幅画卷里的秋叶

在念想之下，为谁一拨黄点燃另一拨黄

如指尖上的火焰，高举着无限的宠爱

鸟鸣，成了多余的暧昧

安放在野菊花上的爱

不再青涩

劫风者

在五叔擦了一层粉和胭脂后

他蜡白的脸重新有了血色

嘴角漾出一丝返回尘世的微笑

如果菩萨再发一次慈悲

如果给五叔再戴上助听器

他就会听见有人喊他

墙上也不用再挂着他的黑白照片

玻璃棺像一个劫持者

不但劫走了五叔，也把他最喜欢听的风

劫走了

他再也不用担心

一阵风有一阵风的疼痛

▪ 创作年谱

2019年 《等一场雪》发表于《人民日报》（海外版）；《炊烟尽处》《晋江有麦田饱满的声音》《这般忧伤》《轻轻地喊一声江北，雪就飘来了》发表于《中国当代诗歌》；《金交椅窑址》发表于《泉州晚报》；《陶》发表于《诗选刊》第2期；《其实这没有什么》《蒲公英》《还有多少月光可以重来》发表于《星星诗刊》增刊第1期；《失眠（外一首）》入选"诗悦读丛书"《陪孩子读好诗2017—2018双年卷》（北岳文艺出版社）；《母亲》发表于《新大陆》第170期；《许多石头把痛憋在心里》发表于《泉州文学》第3期；《炊烟尽处》发表于美国《海华都市报》；诗歌《许多石头把痛憋在心里（组诗）》发表于《海诗刊》总1067期；《在五店市的月河厮守》《塘东海岸》发表于《石狮日报》；《回眸唐朝，以一曲笙歌作为信物》发表于《海口日报》；《五店市》发表于在美国《海华都市报》；《水边女子》入选《中国朦胧诗2018卷》（海峡文艺出版社）；《塘东海岸》发表于《人民日报》；《晋江有稻田饱满的声音》发表于《晋江乡讯》；《水边女子》入选《丰硕——诗歌精选2018》；《许多石头把痛憋在心里》发表于《世界日报》；《诗歌爱人》发表于美国《海华都市报》；《水边女子》《活得像没有疼痛的样子》《许多石头把痛憋在心里》《让一切的轻，卸下所有的重》《失眠》发表于《读者报》副刊；《回眸唐朝——以一首笙歌作为信物》发表于美国《洛城诗刊》第25期；《塘东旧事》发表于《世界日报》；《从石头里长出来的众生》获2019"惠艺·匠心"全国诗文征集大赛三等奖；诗歌《塘东海岸》发表于《诗选刊》；《许多石头把痛憋在心里》发表于《世界日报》；《龙母三章》获首届南方诗歌节全国大赛一等奖；《乡村素描：倒叙一坛坛窖藏百年的时光》获得中国文学艺术界联合会和四川省人民政府举办的第七届全国新农村文化艺术展演第二届全国乡土诗歌大奖赛三等奖；《老榕树下，留下相互指认的痕迹》发表于《泉州文学》第10期；应《晋江经济报》编辑部邀请与小记者分享"诗与远方"；美国著名作家海伦在美国《海华都市报》报道了作品《龙母三章》在广东获奖；《卸下》发表于《文化参考报·大美术周刊》总1222期"文苑"；《从石头里长出来的肉身》发表于《惠安乡讯》。

2020年 《用半个回眸瘸我一生的人》发表于《香港文艺报》总67期；《老街》发表于《现代青年》总456期；作家陈泽亮以《龙母三章（组诗）》为例撰

写的论文《诗歌创作中的难度呈现》发表于《诗路》总4期；《五店市大写意（组诗）》在福建省作家协会、晋江市文学艺术界联合会、晋江市台湾同胞联谊会、晋江市金门同胞联谊会、致公党晋江市委员会、晋江市文化馆、晋江五店市传统街区运营有限公司联合主办"同心筑梦红砖里，携手远航共乡情"海峡两岸（晋江）诗歌大赛中获新诗成人组优秀奖；《泅渡》发表于《凤凰诗社·海外诗社》第52期；《塘东旧事》发表于《海外文学·中外诗人诗选》总123期；《许多石头把痛憋在心里》发表于《海峡诗人》第4期；《月亮湾》发表于《启明星·校园文学》秋冬合刊；《明溪古村》发表于《凤凰诗刊》"总社团队2020年度诗歌大展"。

2021年　《许多石头把痛憋在心里》发表于《探索诗歌》微信公众号、《中国诗友》第41期"福建诗人优秀作品合辑"；《只有母亲，才能与它相提并论》发表于中诗网"现代诗选"；4月，《父亲》《陶》入选《福建优秀文学70年精选·诗歌卷》（海峡文艺出版社）。

道辉 主编

八闽现代诗大展

中

海峡出版发行集团 | 海峡文艺出版社

莆田卷

公子剑

本名郑建华，莆田人。天马诗社发起人之一，《新诗歌》编委，福建省作家协会会员。作品散见《福建文学》《诗刊》《诗林》《福建日报》《散文诗》《诗潮》《星光》等。

▪ **代表作**

惊　蛰

一个人的身体有多少的混沌
就有多少炸雷等待引爆
但凡有点火星，我都能准确捕捉
当中的火药味和蛰伏的风暴
一声雷，说是毫无寓意
无缘无故地响，谁都不信
我也是。常常是摆弄好闭塞的七窍
等一声雷，从内部炸开
贯通身体的寸寸山河。多年未消的酒色
将顺流而下，成为一股清流
这种奢侈的念头，一直为我秘密所用
我在纸上画江山，又给江山
捻引信，造火种，驾轻就熟，信手拈来
现在，我安插自己在人间
我就是那个给自己埋雷的人，走火的人
我行走在人间，像个老手，行不改名，坐不改姓
只为自己改运，只为自己续命
无所不用其极，无极不用其所

▪ 短　诗

深呼吸

请把浮起的心，按下
请让人间，太平

抽掉时间的楔子

一生都在把万物用旧，无边的
风月，并非是常用常新、常想常有
跟谁签下契约都不管用
钟表还在一圈圈打转，白云
来来去去，每一个缄默的物件

都不是上一刻的物件。每一具
光鲜的肉体，都走在老去的路上
我不说这些人尽皆知的事。但我
确实知道，只有少量事物越陈越新
比如，今日要见某人，不满一岁
就发奋学习语言，揣摩表情；今日要
自证清白，多年前我就开始
日日清洗身子。无非是
摸准时间的软肋，抽掉时间的楔子
并美其名曰：改头换面，以新换旧

在沙滩上，与一条旧船坐在一起

一条船旧了，跌坐在沙滩上，我也是
一条船不去海里制造动荡，我也是

一条船老了，我也是
我们相见恨晚

我们紧挨着，坐在一起
多么沉静，多么美

我们各自握住一粒沙
再也不用，去翻起什么浪花

看，就是一根鸟毛

有时白鸟在飞
（不一定是鸽子）
有时黑鸟在飞
（不一定是乌鸦）

什么鸟不重要
当它们从空中掉落羽毛
陌生人捡起了它
还大声嚷嚷
"看，就是一根鸟毛
生活——也是"

▪ 长　诗

谁的生命里没有这些水流过

一
水是永恒的潜伏者
在每个人的生命里

水不说话，也不表达什么
只用惊人的力度，贯穿一切
惊人的速度，席卷一切
水牢牢地，把大地和天空锁在一起
把飞鸟和游鱼系在一起
至于人类，大抵就是
水撒泼冲刷的沙砾

我常盯着水看，看它
起伏，汹涌，打转
看它涨涨落落，看它
满世界兜圈绕圈，跟人类打哑谜
盯得久了，我的眼里
也生出了水，像花朵
也像镜子。我从水里走出来
仿若水吐出的一根骨头、一朵云

一身潮湿，但我总是轻易
原谅水，如同原谅自己
我用双手捧着水，两腿抖动
撒开了，就跑
像狮子，像猎豹

奔跑呵。跑得越快，水就
消失得越快。但空气中
一定到处弥漫水的气息
水的尖叫

二

我的生命之初，就是一片
浩瀚的汪洋。我独自
待在那里，有无限的
静谧，无边的
惬意

我倒立着，蜷缩着
偶尔伸展，偶尔
睁一下眼
或是嘴角一翘
微微一笑

我在汪洋里
感知外面
陌生、新奇的世界
——有光吗
——有风吗
——有……鸟鸣吗

当暮色四合，作为
唯一的闯入者，我一次次
把这片汪洋视为领地

温暖如春，律动如诗

三

众神喧嚣。但我等

众神入睡之后，才开始
和一条河，进行秘密交谈

我独自走向那里，走向
那些水

在上一刻与下一刻之间
河水，夹带走一千万粒星子

也不只是星子，还有
一盏灯，暗黑的风
或者我压低的一声咳嗽

瞬间的凉意来到我身体里
——我坐下来，又一次

目送着，一条河在上一刻
与下一刻之间，夹带走
一千万粒星子、一盏灯和一些
暗黑的风
——我反复见证这一切，但不是
作为消失的见证者

我因此写下了许多诗。我写下
"一条河流走之后，众神
尚在梦中"

四

我的生活看似一成不变，这不过
是表象，以不变掩盖万变
从清晨出发，到夜晚归来
多年来，我时常

徒步经过

一条细长细长的溪

早晨和黄昏，我有不同的方向

和不同的心事。我坚信，溪水

都看见了，听见了

它只是一次次呈给我看我的一张脸

它只是洗净我的十指

人生如梦啊，十年一梦

二十年……三十年

还是一梦，足够沧桑

足够在梦里哭，梦里笑

足够在醒来之后，忍受

死去活来——现在夜幕降临

我在经过它，我是匆匆过客

像我今天早晨看见的一片落叶

被溪水载远——我们

不曾说再见

也从未原路返回

五

一场雨接着一场雨，中间

有难得的空隙。而你知道

我整宿未眠，数着雨点

这些豪雨过后，我就会

拿出一整天的时间

去整理满眼狼藉的世界

真是杂乱无章

但我打着赤脚，想要

寻到一条长长的出路

看看呵，我像只笨拙而孤独的

老鸭子，并没滋生出

一颗抱怨之心，只有

两只脚在噗噗噗往前探
——每往前一步，水便退三分
所以我不能停下来，反而
发出嘎嘎嘎的笑声——请不要怀疑
这笑声自带的神秘力量

六

我一生都在低处。而从高处
落下的，除了雨水，还有
漫无边际的露水
露水落下来，会落在
我身上。作为独行者
我有莫大的伤悲，也有
莫大的荣幸——显然，露水
把我当成了一根草，而我
从此沾了一点露。在我的家乡
我反复走在田埂上，从未担心
露水从高处，落到身上
我想起童年时，在一根根
草尖上收集露水
饮下，也看见过露水里自己的脸
——这让我相信，一个人可以藏身
在一滴露水里，而露水
从不会拒绝收留
低处的灵魂

七

双眼很深，说落下就落下的
必是泪水。我相信一定
是有一只看不见的手
在不停地往眼睛里丢石头
而我无法阻止它

有鉴于此，我常常是
睁一只眼，闭一只眼
白一只眼，红一只眼

欣慰的是，再大的石头
也只能撞出数滴泪水，并不能
让双眼干涸、皲裂
或致人盲目

八
身体里有三千流水。所以
在身体里养蛙种莲
在身体里挖河泛舟
在身体里浑水摸鱼
是寻常的事
天黑以后，三千流水奔涌而来
像三千只骄傲的狮子攻城略地
——我决定大开城门
摆琴，拨弦，以轰鸣，以寂静
直抵它们的灵魂

▪ 创作年谱

1990 年　开始创作，发表作品。

2000　　辍笔。
————

2015 年

2016 年　回归诗歌，《起手式》《第 99 个月亮》出版。

元　然

1969 年出生于莆田市秀屿区东峤镇。长期在乡村从事初高中语文教学，两度赴新疆玛纳斯县援疆支教。喜欢文学，爱好诗歌。

▪ **代表作**

玛纳斯夏天

所有的植物
花　草　树木　庄稼
所有的动物
马　狗　牛羊　飞禽走兽
用全部的热情
融化了冰雪
叩开大地坚硬的心
尽情地宣示
生命力
让季节惊悸

阳光
终于像火一样
再次暂时消退
清凉重新轻抚
每个人的皮肤
街上有烤肉飘香
院里有瓜果鲜甜
歌声唱响了
阿肯的冬不拉弹唱

可是十二木卡姆的格尔王

舞影飘动　手鼓敲起的

可是胡旋舞还是刀郎舞

葡萄酒斟满了夜光杯

一样的

关山万里　瀚海阑干

依旧是

长河落日　古道驿站

只是　不见了

孤城烽燧　戍卒苦旅

今夜

我醉卧的

不是沙场

▪组　诗

深秋，最后一场雨

喝杯酒吧

这一场清冷

将带走所有的热情

接下来的日子

就是等待第一场雪

淅淅沥沥像是在江南

只是少了石板路、小巷、纸油伞

和丁香般忧愁的女子

多了点早到的雪

摧落枯黄的树叶

有簌簌的声响

沾满鬓角双肩

我在这里站立

像一棵蒹葭

前面是立冬　后面是霜降

桃　花

还是寒风料峭的时候

我含苞枝头

有人说

这

暗合了某些人的命理运数

到了细雨纷飞时节

我灿然盛开　灼然怒放

有人幻想世外另有的田园

却不舍尘俗的喧嚣

蜂蝶也罢　流水也罢

我自沉恋我自己的因果轮回

如果可以

我愿意

化身为剑　化魂为符

在一场场法事中

舞蹈　吟唱

为你除祛

人间的　污秽　邪恶

共佑清平

寒　夜

2015.12.18，是夜为莆田入冬来最低温

风停了

是不是被冻住了脚步

树静静地站立

让鸟儿深深地藏匿

寒蛩的声鸣消失

猫儿也不敢再叫春

只有星星伴随半个月亮

一边颤抖

一边用冷眼看

人间冷清寒暖、繁华喧嚣

5月21日，暴雨

2020年的5月21日，暴雨

从天空冲刷整个世界

冲走污秽，留下的还是污秽

送葬的队伍弯弯曲曲、断断续续

哭声压不住雷声泪水，淹不过雨水

一个人死了

他把人间的病痛疾苦带走了

留下的还是病痛疾苦

▪ 创作年谱

2012　　两度赴新疆玛纳斯县援疆支教，创作"北疆诗抄"《玛纳斯夏天》等8首。

2019 年

2015 年　暑假，结识南夫，有感于他的诗歌成就与生活状况，写了《屋檐下》。其后，听他说"南夫新乐府"，遂创作《假想》《求神拜佛》《百花巷》等。

2016 年　3 月，莆阳诗群活动发起"桃花"诗题，创作《桃花》；6 月 1 日，《玛纳斯夏天》发表于《湄洲日报》副刊"文苑"；7 月 20 日，《玛纳斯男人（外一首）》发表于《湄洲日报》副刊"文苑"；12 月 9 日，《桃花（外六首）》发表于《莆田作家·诗歌桃花坞》。

2017 年　4 月 2 日，《清明》入选《莆田作家·周末诗苑》"莆阳诗群清明诗专辑"。

2019 年　《北疆诗抄（八首）》发表于《莆田文学》2019 年第 1 期。

2020 年　6 月 28 日，《仲尼山麓陋室诗抄十五首》发表于《莆田作家·周末诗苑》。

回　眸

莆田人。诗作入选《诗》《闽浙诗人作品大展》《水仙花》等。

▪ **代表作**

一朵花

行走尘世
竟未沾染尘埃
一朵花以不绽放命名
获得众花的朝拜
一朵花在喧嚣中静默
在阴霾中向阳
一朵花坚强地活着

▪ **组　诗**

离　殇
——看新闻《冰葬》有感

莫名的悲哀
属于我们的时间
一点一点在消亡
这繁华的人间充斥着空
谁也没能抓住些什么

哪怕一点星芒

亲爱的挚爱的

来　一起把灵魂洗刷干净

这是唯一指向永恒国度的通道

爱吧　请深爱

也唯有深爱　才能驮着神圣的光阴

让你在空荡荡的人间里

有了方向

在将来卸下翅膀远行的某天

不至于那么寒冷

"我的诗集就是我的坦白"

里尔克　我深以为然

归与弃

冬日的暮色苍茫

站在光芒之外

时间被掏空

晃动的影子

如同黑白影像在快进

叶子黄了　草儿枯了

语言覆盖着语言

尘世凌乱

将军的马嘶鸣

感召源于某种精神图腾

曰　当归则归

当弃则弃

单程列车

我所见的石头没有棱角

隐蔽处布满青苔

我对一棵参天大树充满敬畏

你看他皲裂的皮肤

依然不能阻止他向上的志向

我对着一条柏油路感叹

他每天承载多少使命

以致压弯脊梁也不敢轻易断裂

我对着空中的雨陷入思考

是谁让他伤心落泪

我对着老人混浊的眼

顿觉生命如一趟单程列车

岁月无痕

只是繁星依旧

一个人

一个人　有多少光

便发多少光

一个人醒了

他的世界就明亮了

一个人走了

天上就有一颗星陨落

一个人是尘　一个人是王

一个人是自己的堡垒

一个人是另一个人的一半

一个人是另一个人的天长地久

背　离

当语言越来越多、越来越杂

生命开始出现背离

一些形而上的被绞碎

人间有赤裸裸的悲

黑夜的尽头

有人精心准备了灯

双脚走路的人

走出不同的人生

影　子

影子潜在暗处

左右光的情绪

一些疼痛入袭

骨与肉有轻微的分离

入秋之后

枫叶开始抒怀

用火红宣告

从前或往后的不同

爱　人

他开车喜欢牵我的手

喜欢在异乡的街道背我行走

夕阳　把我们的影子

映照得很长很长

仿佛两棵高高的树依偎着

枝丫一起朝向远方

兴安路旁的唱片店

飘出久违的"城南花已开"

爱人　请放缓你的脚步

向一种遗失的声音找寻

如果生命的过程是不断消逝

那么就在沿途留下佳美的脚踪

一朵小花

起初　我并不知道博尔赫斯

尼采　里尔克

直到后来

他们的名字　经常在各大刊物出现

我才汗颜

在那段疗伤的日子里

我才有仰望他们的机会

文学的海洋

我还在练习游泳

我深感不安

而这些小心思

早已被弗洛伊德

戴尔·卡耐基写成了著作

在多少个不眠的夜里

幻化成了雨滴

在那个阴沉沉的天

盛开出一朵小花

月光下的风

你的眼眸盛产月光

你的语言盛产春风

春风来临的时候

月光也泛着春

我在春天里苏醒

拾掇语言的碎片

把所有合理的

裱在风的翅膀上

让月光照亮他飞翔的方向

告　别

没有一种生命

愿意接二连三地被挥霍

前方的路

不管是否曲折

始终先踏出的是你的脚步

亲爱的

今夜请举起酒杯

以成人的仪式告别虚妄

以对生命的敬畏告别荒唐

六　月

六月的风在季节里沉默

聒噪的蝉鸣送走了上世纪的阴郁

海在地球的鼻孔里欢腾

太阳仍不知疲倦地热恋着大地

我们席地而坐

目光深远

侧脸对视的一刹那

有百合花开放的声音

布　局

若可以重来

我一定避开那道炽热且深邃的眸光

多年来

我陷在他布的局里

复活死亡　死亡复活

如果可以重来

我绝不在清晨的窗口歌唱

你说　有多少回

你在清晨的柳树下

踯躅　痴迷

走不出我的影子

那时　风儿停止了舞蹈

我抬眸望天

看见天空的澄澈

屈　服

请慢慢放下你紧握的双拳

他　不是最坚韧的

就像那风

没手没脚

可以摧断大树

摧毁房屋

请你　呵呵请你

轻轻地打开案头尘封已久的书

泰戈尔向你微笑

于是　你知道了

她　原来只屈服于真理

黄昏小憩

庭院　长椅　斜阳

纷飞的梧桐落叶

静坐一隅

闲看黄昏如何把初秋绚丽

来去匆匆的少年人

你一定忘了秋天的美丽

出　卖

把那可以燎原的星火

借一场雨浇灭

南方的冬风

今年特别无力

我无处可逃

悄然易容

掬一捧清水洗净前尘

洗净一些词语

这个夜晚

红酒出卖了　我的一些秘密

而收买者竟是有备而来的光

我倒在光的怀里

自此　酒醒梦断

秋叶飘落

没有一种理由可以不让秋叶飘落

秋叶飘落是树对大地的一种情怀

于风起的那一刻

她看到整个秋天的壮美

生命的斑斓

或风儿停止之时的凄凉

伴有某种伟大的宽容与哀愁

于秋的深处

翩然抵达

还　原

真相总是慢慢还原

天空不会下不明不白的雨

事物的悄然变换

或许　源于某个深夜

一棵绿植轻轻地醒来

小小的心脏

能承载风起云涌

空空的天空

承载日月星辰

可怜的人

不必有太多的想法

且用一双蒙眬的眼

去看一场花事的更迭

门

分不清是雨水还是泪水

分不清是梦里还是梦外

那扇即将悄悄关闭的门

又轻轻打开了

亲爱的

我想起了里尔克

"我的一生就是一场漫长的康复"

空

你感觉到空

感觉到声音越来越远

你想依靠在一棵树旁

看落日渐渐隐没在双眼之外

一杯茶的热气在空中凝固

英格玛与神秘园之声接踵而来

空灵的惬意

让风一点一点高过树梢

风　掩饰着空

因为　她有太多未完的使命

与一株植物对话

亦真亦假皆为过往

而今　我愿意靠近一株植物

彼此倾听

摸一摸对方脉搏的跳动

她于风中独舞

她在雨中空灵

她纯真坦然

皆为博取你欢愉

我听到她的声音

"世界锈迹斑斑

来吧　来我怀里

或让我住进你的心里"

嘴唇的独白

嘴是一把利器

需小心使用

用好了可出精品

没用好只是废品

严重地伤及他人

致使落下终身残疾

两片薄薄的唇

可颠覆世界

亦可让世界璀璨无比

此刻

嘴唇已产生倦意

它像不愿盛开的花瓣

曰　别妄图撬开我

我所言的大半皆为废话

你

惊觉你已变了模样

是在月圆时

你说月亮只是月亮

朦胧只在十六岁之时

说这话的时候

你心里没有涟漪

眼神平淡得出奇

你说前尘往事

如那片落叶

在飘落的那一刻

也预示尘封的开始

说完你轻轻地笑了

如奥黛丽·赫本般迷人

黑暗者

黑暗者　目光如炬

她穿越谎言

穿越虚浮的人世

有声　噢

那是歇斯底里的低吼

怎么了　怎么了

十二月的寒风摇摇晃晃

不远处的车马喧嚣

见证一个诡异纷杂的尘世

放下吧　有声音从暗中传来

"一切都是最好的安排"

今夜　有茫然的眸光

在星星的陨落里睿智

不屈的骨骼

在山塬的倒塌中壮实

我喜欢

我喜欢静静地思考

我喜欢舒缓的乐曲

我喜欢厚道的人

我喜欢自爱上进的女子

我喜欢这黑夜与白昼

更喜欢这缱绻于星空下的花与叶

这些曾经滋养过我的

是我生命中的挚爱

我喜欢那些温暖的回忆

这样让我更懂得珍惜与感恩

我喜欢仰望天空

仰视他的浩瀚无边

他深沉的凝眸

仿若告诉　我自己的渺小

这一切

已然是上帝的恩赐

活着　已是一种幸福

飞　鸟

从远方来

到远方去

载着祖辈的希冀

翅膀是祖辈的光芒

飞越万水千山

逆风是最美的飞翔

如果追寻是一生的信仰

那么真理永不灭亡

秋天里的一棵树

她裹挟了满身的夕阳

灿然的霞光

令她更显人畜无害

从日出到日落

永恒地守望

她无畏荒凉

只要有莱茵河做养分

旅人的脸

她阅过无数

有些爱只是挂在树梢

风一吹　支离破碎

遗落在五月

这细细的雨丝天

适合放空自己

适合迷离的眼神

拉长五月的诗意

空荡荡的街

隐约传来肖邦的忧伤

那缓慢的步履

是为了散落

漫天不堪的记忆

记忆中

总有双眼神

忧郁且深邃

那不轻易触碰的某段时光

在光阴的转角

在五月的雨中

慢慢

慢慢遗落

淡然回眸

在雨中蔷薇盛开的时刻

看星星

白天　我在太阳底下穿梭

夜晚　我在阳台上读诗　看星星

我跟星星已经是几十年的老朋友了

她常笑话我老天真

人间　时而安宁　时而闹腾

唯有星星

总是那么从容　波澜不惊

雨中花

鲜花是泪水浇灌的

远征的铠甲是民族的图腾

飞鹰的勇猛不全是与生俱来的

天堂与地狱之间

必有某种信仰在维系

别在最后一片雪花落尽时消亡

别在伤口愈合后再一次撕裂

雨中花
只为回归的将军盛开

手捧蝴蝶花的女子

收获一片辽阔
种植一些春色
圈养明月清风
风中有琴声入耳
手捧蝴蝶花的女子
眼里有星光在闪烁
不屈乃是本色
"干吧"
趁着月光
把梦想涂满酒醉的月色

镜　子

镜子安静无声地倚在墙上
映照人间的形形色色
人间就像一幅彩画
只有镜子可还原他的本色
镜中物逐渐清晰
镜中人逐渐美丽或丑陋
洒一滴水
镜中的自己竟满是哀愁

黎明驾着马车来了

暗黑中　有人揭开了面纱

泛出幽幽的光

这一刻思想回归原始

用一种极致的扭曲

弑杀仁义与博爱

又用好看的皮囊描摹出瑰丽

让星辰为他灿烂　给予光明

只是盛夏的风有些残喘

在黎明驾着马车来的时候

惊醒了美丽的梦

未知之门

当你仰望天空的时候

天空是一种高度

当你用语言描绘高度的时候

行为便是他飞向天空的翅膀

一把钥匙打开了未知之门

发现真理朴实的面容

真理是秋天田野里的金子

你捧着她　告诉她

自己一路的披荆斩棘

尔后

你带上她勇闯天涯

刷牙记

新买的牙刷发挥出极致的功效

我左刷刷　右刷刷

刷出了一个清凉的秋天

从今起

我口齿清新　口齿伶俐

还有望　口吐珠玑

绝不　口是心非　口若悬河

甚至口蜜腹剑

一枚落叶飘落到我的车里

多么奇妙

一枚落叶　竟然飘落到我的车里

这是多么深的缘分

或许　我的前世也是一枚叶子

他寻找我有多少年了

我跟他是什么关系

他希望我带他走

他想告诉我什么

告诉我这些年他的经历

以及生命终结那一刻绽放的光芒

镶着金边的标签

他睡着了

我轻轻握住他的手

仿佛握住了一整个世界

我不能让他知道

我还有柔软的时候

柔软

是黑夜散发出的魔性

那些在白日里坚强的人

那是几番风雨洗礼后的一种品性

那是天使授予他们的

镶着金边的标签

一个世纪的明媚

亲爱的　你可以忧伤

但只限今天

今天后

请把免费的阳光

填满体内的各个角落

以最虔诚最敬畏的心

和他签约

签一个世纪的明媚

和五百年的握手言欢

▪ 创作年谱

2016 年　首次参加天读民居书院举办的中秋诗会，朗读诗歌《心殇》。

2017 年　5 月，参加福建省作家协会、《福建文学》杂志社、中共漳浦县委宣传部、漳州市作家协会、漳浦县文学艺术界联合会、天读民居书院等单位共同举办的第七届漳浦诗人节，在"行进的节奏——在漳浦大地上"大型诗歌朗诵会朗读《遗落在五月》；11 月，参加突围诗社 11 周年诗会；12 月，参加在天读民居书院举办的"闽南百年新诗座谈会"。

2018 年　6 月，参加由中国作家协会诗歌委员会作为学术指导单位，福建省作家协会、漳州市作家协会、天读民居书院等单位共同举办的第八届漳浦诗人节，在朗诵会上朗读诗歌《似梦非梦》。

2019 年　6 月，参加中国作家协会诗歌委员会作为学术指导单位，福建省作家协会、《作品》杂志社、天读民居书院等单位共同举办的第九届漳浦诗人节，在朗诵会上朗读诗歌《寂静欢喜》。

2020 年　在"莆田作家"公众号首次推出个人组诗；有部分诗歌在《漳州广播电视报》发表；5 月，《回眸的诗》入选《闽浙诗人作品大展》；8 月，《渐行渐远（组诗）》发表于《诗》总 27 卷。12 月，《布局》入选《水仙花》"2020 年度诗选"。

2021 年　参加《半岛诗刊》首届年度诗人奖颁奖典礼；12 月，《一朵花以不绽放命名（组诗）》发表于《诗》总 28 卷。

2022 年　1 月，参加道辉哲学随笔集《性情的个人与国家》解读分享会与诗歌朗诵会；短诗《爱人》及诗评入选《诗》"精选 100 首鉴赏"，并在"天读民居书院"公众号推出之后获得好评；参加第六届突围诗会；7 月，《单程列车（组诗）》发表于《诗》总 29 卷；8 月，参加第十届漳浦诗人节首场活动鱼嘴山采风；10 月，在厦门同安军营村参加首届高山红乡村诗歌艺术节；11 月，在厦门纸的时代书店参加何如诗集《生活》分享座谈会。

阿　养

莆田人，1976 年生。2000 年开始习诗。作品多见于《莆田文学》，少量见于《星星诗刊》《诗歌月刊》《边疆文学》等。

▪ **代表作**

又是中秋月圆时

天上的问题，人间有无答案
人间的问题，天上又有无回复

今夜，广阔天幕上
只留下一只一千瓦的圆月
它变成了一切问题和答案的聚合体

今夜，无论时光过去了多久
那亿万年的陨石坑、环形山，在我
仰望的脸上，冰凉了多久

还有我意识里的一切断崖
和峡谷，耸立在天上
凝视沉默的我们自己，又升落了多久

今夜，往事里都有了一轮圆月
而我只想
站在中年突显的年轮上细细
思索，即便年轮早已是人间的
一丛最朦胧的月色

▪ 短　诗

饮　酒

一杯美酒，一朵粮食里的焰火
照亮了胸膛

我看见人间
就在胸口，上下起伏。后来

一股热血窜上了头，又把我的人间
带到梦中去
我的人间真轻啊

多希望
一阵一阵的风吹，把这纸上的字迹
都吹散了

多希望
人间，就在一阵一阵的风中

想到草

草长在田边地角，四季的
草芒上还长了
一些草青色的放牛娃，一些
暮霭里的村庄，一些从汗水里
浮现又熄灭的灯火

和生涯

草就是这样一丛
或开或闭的记忆，使我的肤色
总是隐约显露
一种草青或枯黄

现在开始，我要用草的语言说话
草就是我民族的源头

现在开始，我要有一个草的姓氏
这个姓氏的
所有人都该是我的兄弟姐妹

开车横穿夜村，想象自己在驭牛犁地

一只光的蝴蝶飞过去了
一只暗的蜻蜓飞过来了
而我
就在它们的风中，就在它们的草尖
一起一落，一摇一晃

长也长不完的春天的风、春天的草
拉也拉不住的灯火的泥浆、星辰的牛哞
也都在马路的牵绳上甩打着

一缕缕炊烟也长出来了
那么模糊
却又那么清晰

我看见自己仍是一口铁犁
钝了，锈了
又被磨亮了

▪ 长　诗

起风了

一

起风了，从一棵赶到另一棵
草叶在飞扬
驮着它最美的记忆
一片村庄的影子，像火焰

异乡的人也在风中走着
背影，灰暗的石头
从一座山坡，翻向另一座
他们故乡的影子
早已是针尖般大小的火星

起风了，他们首先需要的是
翻过眼前的火焰
从一棵，赶到另一棵

二

起风了，草叶在飞扬
从一棵长到另一棵

我多像是其中一棵

从一条小径，长到另一条
从一个季节里的村庄
长到另一个季节的

我多像是其中一棵
枯了，黄了
瘦瘦身子里就会
跑出最后一道雨水，或闪电

三
草叶轻轻摇晃，从一棵
挪向另一棵
无论是草在风中，还是风
在草上
它们都有各自的一场散步

牛和羊的足迹也在挪，从一棵
挪到另一棵，它们都走在
一座村庄的额头，也走在
低垂的脚心

走在风中，直到风背走了村庄
我还走在
一只只牛羊的蹄印里

■ **创作年谱**

2000 年　创作《垂钓》。
2009 年　创作《偷电线的夜贼》。
2015 年　创作《雨季里的春天》。
2016 年　创作《此刻的明月》。

2017 年　创作《春天的马蹄声》《北方有雪》。

2018 年　创作《手捧着米饭》《漫步星光下》。

2020 年　创作《又是中秋月圆时》。

2021 年　创作《饮酒》。

杨健民

毕业于厦门大学中文系。中国作家协会会员，福建省美学学会会长。研究员，享受国务院政府特殊津贴。著有《艺术感觉论》《批评的批评》《中国古代梦文化史》《健民短语》《一个人的风》《拐弯的光》《傍晚的和声》《江湖不急》等。

▪ 组　诗

暮色苍茫时，长笛倏忽一过

长笛是暗飞的，像水之外的暗影
但它始终清澈，尽管杯底有盐
唇的法则隐匿着一种形式
被语言的重量托起，不需要支点

原野目光深深，仿若岸边不眠的溪石
有一道胭脂比一轮日出更加娇艳
没有诘问，只有虞姬打开镜中之门
扔下一束寄居多年的罂粟
笛声倏然饱满而强烈，像杯子的呼喊
然后重临日落，可是谁想到过鼓掌

生出羽翼的下颌是一束被照亮的地标
狼毒花开败了，青铜依然低鸣
依然经过那段星群般绽放的路途

制造声音的人一定会捕捉到一组词
有酒杯在逗留，在紧张的夜色里凿击荒野
声音的意志性其实是隐忍的

是面朝断崖的一场聚合和裂变
波伏娃无论怎样失眠，都会让额头悸动
都会在一口枯井里挖掘回声

窗外，无法摁住声音的情绪
笛声悠扬，不过是抛向空气的符号
如同雨天的花蕊那样清脆，然而
果实总是疼痛在时间的暗门
缓慢生长。花农说：花开是有声音的
是彼此幽密的倾听，尽管倏忽一过

长笛的耐心总想触及人的精神废墟
就像搅动云层般持久的泥泞
暮晚的灯盏悠悠，但不会引燃阴稠
修辞再喧闹，也无法翻越声音的尖锐
在时间里不要轻易去掠过什么
保持一种合适的亮，就不会耀眼

长笛最终还是要自己飞的
飞在暮色苍茫之际，看花开花落
看晃动的人心，以及酒杯中奔腾的泡沫
它飞过你，飞过我，飞过深远的世间
当喷香的醍醐向着下界飞翔时
那个酩酊而锦绣的下午，就会被蘖出

暮色苍茫时，长笛只是倏忽一过
便有一道摄魄的虹，从深潭里浮起

对视雨的眼睛

雨还在下，我该向谁讨教
每一滴我都能听见，好像夏天不远

为什么一滴雨就能让河水依旧流淌
要退回春天，就得认识一下往事
就像人活在红尘里，一半救赎，一半清算
雨水是良心和无辜的，是垂钓者的聆听
我在一条眼镜腿上看到湿漉漉的光
那是我的词语的鹤身，比风还轻

在和雨的对视中，我听到了教诲
听到湿漉漉的飘零的意义
这就够了，我的童话已经归来

一闪而过的荒芜

每个早晨，我都在抱紧阳光的缝隙
太阳那么美，却长出一堆漂亮的情绪
也许若干年后，我也会如此幽深

再美的阳光也是一闪而过的荒芜
我不在意，更不在意尘埃一丝丝的缓慢

尘埃其实是相同的，只是各飞各的
世间所有的幸福都来自各自的神秘和美
所以，不必再去怀疑草叶上的露珠

你的就是你的，每个季节都有欢娱和颓废
那座看不到门的房间，窗户有灯亮着

一路长海

春光里，一声召唤响在邃然之处
时间是一路长海，拍遍十万叠栏杆
贝壳幽冥，蜕变的蚌握住一种疼
伸出盐粒般的头，打探海的消息

那时花开，四处寻找一把年轻的桨
临海的飘窗已经被语词遮蔽
来不及融化的薄暮，渐次吞噬潮汐
落日之网捞起一千座远方，以及蹉跎

耳边有树、飞鸟和白云的回声
像协奏曲涨满，奢谈明天的旋律
那弑神之歌裹挟着岸的葱茏
风原来是可以被腰封的，等待坐忘

无论选择浮尘还是落叶，它们都是
钢琴的黑白键，为起伏的音符擦亮名字
在肖邦的笺谱上印入长海最后的快板
不落雪泥，留下指尖敲出一路鸿蒙

疯狂的纸牌

没有什么纸牌屋，那些安静的纸牌
在我手里肆意地疯狂地出走
像一场私奔，雕琢出无数的脚步

太阳落山以前我必须潜伏自己

让自己的面貌精致一些

如同纸牌那样严谨，逐渐趋于热烈

如果血液能够长出剧情

一定会有风的羽毛在手里析出

想起了贵妃醉酒，但我回不到唐朝

只有纸牌被染成酡红的时光

不可触摸，也不可被盛开解释

那就让它饮下秋天的第一滴寂寞

然后告诉掌心，那个鼠标有神迹

牧风堂读风记

牧风堂是王毅霖的风

他像爱乱世一样爱着危崖和乱石

一刀下去，不是斩楼兰就是斩朱砂

断裂在空中的力，是他的伤痕和星辰

我捕获一条风，在深渊里让群山惶恐

王毅霖说，风也是可以用来斩的

刻刀很疼，闪过弯曲和倔强的弧

风像一张陌生人的脸，挂住青铜钺

力量其实是无法被触摸的世界

所有的温润，都浸透在眼睛深处

毅霖的鼻翼上，沉默的王已经伫立

仿佛一壶烈酒，所有的绳纹鬃毛披拂

写给两个外孙女

她们都是维多利亚笔记里晃动的草叶
能在一架钢琴上撩拨我的思念
演练恸哭的那一刻，梦的方程式开启
她们的语言无所顾忌，那是女儿的经验
我为她们命名，在南太平洋续上一笔
回旋的藤蔓已经抓住盘根错节的我
我明白亲情终归是拿来仰望的

我的生命是一些泛黄的纸片
她们推着玩具车嬉戏，看到我的年轮
思念总是一片暧昧的陷阱
就像在混沌的霾中突围
我也许可以将黄昏倒过来阅读
月光里漂浮的，除了夜，除了镂空
还有我手里的文字，挂在窗外的树影

人类的地图走过我希冀的魏晋
一夜一夜，我在远方遥望着远方
如果振翅能够飞入云端，我一定
要去看看她们，解除我辽阔的忧伤
夜的牧场变得消瘦起来，充满庸常
当云朵把地面上所有的事物压低
也许只有天空能够稀释我的后半生
去看看吧，也许明年，也许后年

张　旗

1972 年出生于莆田南日岛。在《西部》《北方文学》《春风》《福建文学》等刊物发表短篇小说，诗作散见《诗歌月刊》《黄河诗报》《长线》等物。2017 年获云里风·森昌文学奖一等奖。

▪ **代表作**

早　春

冰被水融化，这就是早春
山坡上，石头醒来
宛如彗星遗弃的孩子
万物熬过严冬，仿佛雪越过
危险的边境。现在，该我们了
枯枝上有我们演奏的乐器

▪ **组　诗**

2013 年 12 月雨

邮差送来微雨
信中说：大雪正在翻越武夷山脉
哦，快到家了。昨夜
后山森列的苍松
早已昂首迎向

发光的北极。而我
又梦见那座荒岛
无数只海鸟低空盘旋
拍打羽翼，把新生的波浪
一批批，驱赶到彼岸去

我们在空中

有一种办法可以摆脱
肉体的禁锢
缠住浮云
骑上它，像一只天鹅

我们在空中
愤怒，转化为雷电
我们在空中
悲伤，转化为雨水

而现在，我们
既不生气
也不伤心，
是不是世界变得和平

哦，人们抬头
睥睨着我们
嘴里叨唠：危险啊
他们蜡做的翅膀
好像要熔化了

机翼划过弦月

这弦月仿佛从王府井大街退出来
退到一个清平的地方
没有灿烂的灯光，只有流云
没有诱人的橱窗，只有风

这弦月
义无反顾地在天空飘荡
也许只是飘荡，对于我
却是一面旗帜

谁理解这样的处境
它倾听，大地一直沉默
它呼喊，大地充耳不闻
它燃烧，大地仍然黑暗

绝望者

我允许绝望的死者醒来
向我索要暖身的酒
我们像老朋友那样拥抱
然后，一起听听音乐
我指着挂历上的珠峰，说那雪
曾经灼伤过我的心。他不语
我说我曾经爱过油画上的一个女人
有一次她从墙上下来，深吻我

他笑了笑。我打开窗户
告诉他：我的灵魂总是安放在飞鸟翅膀上
他突然热泪盈眶，低头啜泣起来
我继续给他添酒，让他观看
我怎样探手镜中抓握火焰
我想说，如果有足够的勇气
高铁撞过来，我们都能变成隧道

在我的臂弯他沉沉醉去。我想说
幻想永远大于创伤。我抚摸他
我想说：我领你进入星期八

关于雾的闲谈

我们仿佛在晴朗的日子里
待腻了，现在要
过一过雾中的生活
哦，不用大惊小怪
接下来的三个世纪也许
都是浓雾弥漫的天气
有些司机知道让车速慢下来
对，如毛毛虫般缓缓爬行
像我们这些迷惘、焦虑
无力改变现状的老家伙
现在可以出去走走
像青草那般呼吸一下
春天的气息

有时，我们

遗憾的是，我们开口
就像风在林间说话
我们沉默，好像流水
充满了倦意。对人世
我们试图充耳不闻
却听见了星辰的低语

▪ 创作年谱

2004年　出版小说集《杜嫩的可疑生活》（与他人合著，上海辞书出版社），《在明
　　　　朝读书》（与他人合著，上海辞书出版社）。

2006年　诗歌《乌鸦的 N 种生活方式》获第十三届云里风文学奖三等奖。

2017年　短诗《早春（外二首）》获云里风·森昌文学奖一等奖。

林何曾

笔名本少爷。与友人创办突围诗社，主编《突围》诗刊，系突围诗群发起人、第一任社长。2013 年参加《人民文学》第二届"新浪潮"诗会。作品散见各大刊物，获第二十届云里风文学奖。

▪ 代表作

离

深夜看见自己乘火车，像是为了另一个人而来
有人远远地来了，为了在此和你离散
有人从天而降，为与你相识再离散

▪ 组　诗

多情人小安

阴天
晴转阴
适合穿风衣
栽杜鹃花或赌钱

走在青石板上
拄拐杖
寻思

担心

会遇上旧时朝我嫣然一笑

眼神多情的某人

我心里忐忑不安

如果她

问起我

有关贝宁路十三号

那些凤仙花

开与不开的问题

同路人

在福建，仙游，西城区

燕子低飞

坟茔东移

有些骸骨在消失

三个人走路

两个人骑车

以八二五大街为轴心

定义西门兜

孩子在发育

去年戴花冠

县城正在改造，谁能回到

去年途中

少年游

十二岁那年

我梦见自己到了一个很远的地方

在那里有一条河流
我想让它往哪流它就往哪流
我打个呼哨就有鸽子飞来
我一招手鱼就飞出水面自动献身
这些事情父亲是知道的
我正在发育
那些年它们不得不顺从我

夏 天

人死如灯灭，为什么黑暗带来人间
永久的别离？亲爱的
我酷爱这样跟你说话，仿佛你就是黑暗本身

鄂温克女子

我是在绍兴被车门夹住手指头的
所谓十指连心
疼到底

昨天第三次换纱布了
伤口快好了

我想我会忘掉她
就像忘掉夹手的车门
和车中人伤心的样子

在尘世

很多时候

我不确定自己

是走在唐朝

还是宋朝的都市中

有时候驾车从市政府经过

尘世令人昏昏欲睡

不知元明

无论大清

唯有眼前的道路标语

常常令我眼前一亮

那也不过是恍惚的时刻

把"禁行二轮"

恍惚看成了"替天行道"

瞬间有下车"反上梁山"的冲动

但眼前不是汴梁

而是莆阳

没有梁山

只有壶公山

但若真到了那宋朝

假若可以选择

在宋江和宋徽宗之间

我还是愿意选择

当一个宋徽宗

毕竟宋徽宗有李师师

而宋江

只有阎婆惜

万紫千红

去年的树，但愿长青

去年的人，但愿长久

当世界还小的时候，日月握在手中

情感真挚，海市蜃楼都能成真

什么都不会失去

人到中年，当我们秉烛夜谈，车水马龙

指天发誓，仿佛游太虚幻境。

▪ 创作年谱

1998 年　开始诗歌创作。

1999 年　在榕树下、腾讯等网站发表作品。

2000　　在诗三明、或者、诗江湖、诗生活等论坛发表作品。

——

2003 年

2003 年　作品发表于《星星诗刊》"诗人十二家"；作品发表于《或者》《诗选刊》
　　　　《采纳》等；作品入选《诗三明年度诗选 2003 卷》。

2004 年　作品发表于《诗歌月刊》"先锋时刻"；作品入选《2004 中国网络诗选》
　　　　《诗三明年度诗选 2004 卷》等。

2005 年　作品发表于《诗选刊》"2005 诗歌年代大展·70 年代卷"；参与主编《龙鳞
　　　　诗刊》创刊号；作品入选《诗三明年度诗选 2005 卷》《葵 2005 卷》。

2006 年　作品发表于《芳草》《扬子江诗刊》《诗歌月刊》；作品入选《天涯》"21
　　　　世纪诗歌精选"、《2004—2006 中国诗歌选》（海风出版社）等；与友人组建突围诗社，担任第一届社长，主编《突围》诗刊创刊号。

2007年　作品发表于《诗林》《星星》等；作品入选《葵2007卷》。

2008年　作品发表于《诗林》等；作品入选《中国当代汉诗年鉴》、《2007—2008中国诗歌选》（海风出版社）、《诗三明年度诗选2007—2008卷》等。

2009年　作品入选《2008—2009中国诗歌双年巡礼》（浙江文艺出版社）、《2009中国诗歌选》、《葵2009卷》、《汉诗》第4季等。

2010年　作品入选《21世纪诗歌精选·第三辑》（长江文艺出版社）等。

2011年　作品入选《葵2011卷》。

2012年　作品发表于《诗潮》；作品入选《2011—2012中国诗歌选》（海风出版社）、《新世纪诗典·第二季》（浙江人民出版社）、《靠近》等。

2013年　作品发表于《诗刊》《星星诗刊》《诗潮》《中国诗歌》等发表；作品入选《中国诗歌排行榜》（百花洲文艺出版社）、《中国当代诗歌选本》（中国文联出版社）、《21世纪诗歌精选·第四辑》（长江文艺出版社）、《2013中国诗歌选》（海风出版社）等。

2014年　作品发表于《人民文学》《绿风》等；作品入选《中国口语诗选》（长江文艺出版社）、《新世纪诗选》（重庆大学出版社理工分社）、《天津诗人》"中国诗选·新青年档案"、《新世纪诗典·第三季》（浙江人民出版社）等。

2015年　作品发表于《诗潮》《福建文学》《坡度》；作品入选《1991年以来的中国诗歌》（天津社会科学院出版社）、《读诗》、《2105中国年度诗歌》（漓江出版社）等。

2016年　作品发表于《诗潮》；作品入选《2016中国诗歌年选》（花城出版社）、《当代诗经》（青海人民出版社）、《中国当下诗歌现场》（现代出版社）等。

2017年　作品发表于《福建文学》等；作品入选《汉诗·十年灯》（长江文艺出版社）。

2019年　作品发表于《草堂》《星星》；作品入选《福建优秀文学70年精选·诗歌卷》（海峡文艺出版社）、《2019中国年度诗歌》（漓江出版社）等；应邀担任《2018—2019中国新诗年鉴》（四川民族出版社）编委。

2020年　作品发表于《诗刊》《诗潮》；作品入选《2020中国年度诗歌》（漓江出版社）、《闽浙诗人作品大展》、《2018—2019中国新诗年鉴》（四川民族出版社）、《汉诗·风月同天》（长江文艺出版社）等。

林春荣

1967 年生。中国作家协会会员，莆田市作家协会副主席。1986 年起在全国、省、市 100 多种报刊发表数千首（篇）诗歌散文作品，长篇抒情诗《中国季节》2001 年于《人民文学》上连载。获 27 次省级以上文学奖或诗歌奖，包括 7 次获福建省优秀文学奖、第四届福建省人民政府百花文艺奖一等奖、第五届福建省人民政府百花文艺奖二等奖、第六届福建省人民政府百花文艺奖一等奖，第十一、十二届中国人口文化奖，第二届中华优秀出版物奖。出版有《中国季节》《中国以生命的名义》《性格莆田》《穿越莆田》等。

▪ **代表作**

农历三月二十三

是一缕凉爽的海风　叫醒了
我虔诚的向往
是一朵开花的阳光　灿烂了
我匍匐的姿势
是昨天连绵不断的暴雨
洗净了生活的污垢
去除了灵魂的阴影
把整个春天的芳华还给眺望的远方

如此热情的唢呐　吹响了
心中千回百转的感动
如此抒情的音乐　一节又一节
返回了青春绽放的现场
万千美妙的舞步　旋转着
人间纯粹而又至臻的高蹈

打开的油纸伞　撑起了一片
尘世间五彩缤纷的天空

谁一声绵长的宣告　打开了
农历三月二十三辽阔的天与海
谁一段深情的祷告　温暖了
每一颗立德行善的心灵
谁一声惊天动地的礼炮　呼啸着
大鼓久久不息的回音
悠扬的古筝与琵琶　直入
我内心最柔软的地方

当古老的铜钟　呼唤着一座
蔚蓝色的天空
匍匐在大地的近处
是千千万万大爱的横溢
岁月安静得像一片停顿的云朵
亮在心头的暗处
悬在每个未来一往无前的远方

我愿意是一炷未燃尽的香
透明的烟雾　氤氲每一张
泪流满面的感恩
些许的灰烬　埋藏每一面
妄自菲薄的委屈
此时此刻　我更愿意是一滴
年轻而又干净的泪水
为所有坎坷的心路抹去不平

湛蓝的天空依然白云漫漫
广阔的大海依然波澜不惊
我的耳边唱起了妈祖熟稔的祈愿

我的眼里看见了妈祖慈祥的祝福

默念的唇语　轻声地

轻声地启开了天与地的平安

我的年华一片静谧　一片安然

我们的世界是阳光　是星辰与大海

▪ **短　诗**

春　天

从一缕长长久久的风中

拾掇好一生所爱的声音

错落成半阕心中萦绕的挚爱

从夜晚到早晨

从秋天至春天

沉淀在字里行间的呼唤

就是你纯粹而又华丽的名字

风剥去了肤色上的风光无限

雨洗去了笑声里的无忧无虑

当我长满皱褶的掌心上

只听到你浅浅的低吟浅唱

每一句响彻心底的落落大方　飞翔

在默默守望的天空

春天的万物生辉　又茂盛着

郁郁葱葱的梦想

故　乡

不　不是这一声撕心裂肺的雷声

从我磅礴的心底

喊出来的

一望无际的田野　飞翔的

稻花　缤纷的春天

日夜奔腾的河流里

节节褪色的往事

一直在梦里梦外徘徊的童谣

辗转千里的花雨

铺满了乡村每一束含苞待放的爱情

节前的一幕幕缠绵的场景

装下了一生平安的回望

盛大的乡事绵延不断

每一声乡情四溢的呼唤

叫醒了我纵横捭阖的心海

割裂不了的故乡

时　间

尽管千年的时间匆匆而过

斑驳的　不仅仅是我的年轮

青藤与岩石共同织成了

人世间一往无前的深情

一撇一捺

镌刻着抹不去的风花雪月

只有一缕深情的海风
在字里行间　千回百转
一层又一层剥开了
时间的苔藓
直至看到深深的伤口
那颗心形的血红

▪ 长　诗

中国风

一

一定有勤劳的身影　匍匐在创业的
崎岖的夜晚
每一只苏醒的灯笼
亮丽了苍茫的前路　一行行梦幻的
砥砺
一定有美好的向往　萦绕在创新的
坎坷的早晨
每一点无眠的晨光
暗淡了不动声色的探索
遍地的草叶上的露珠　闪亮着年轻
的中国
波澜壮阔的崛起

每一朵春天的鲜花　变幻着封面
多姿多彩的中国印象

从千百双充满汗渍的手掌上

递上了时代丰富的表情

每一次惊心动魄的下载

都在试探着充满汗水的密码

一次诡异的扫描　永远确认着

遥远而又亲近的地缘

支付宝上的风云际会

定是前生春风荡漾的相欠

千百次承诺　情感的银行取不尽的

余额

风　吹过我的中国

人生只是一场盛大的遇见

隔着冰冷的屏幕　我的爱情

像牢房里疯狂的囚徒

删除或叙写的个性留言

是否打动过你藏在深山密林里的感动

通向远方的呼唤　只是陌生的

千万次的网购

每一天密集的繁荣印象着灿烂的中国节日

席卷平原　山坳

甚至岛屿　甚至雪花纷飞的寒冬

一场场物质坚挺的狂欢

其实只是渐次露脸的淘宝村

又一次成功的下单

每一座城市的内心　所有流动的脉络

交错着绿树掩映的背影

显山露水　一直抒情着

绿意盎然的早晨

双手交织的黄昏

穿行在小巷深处的单车

缓慢地书写着生命与速度的相思

停一停飞奔的身体

让忐忑的灵魂赶上

人生的每一个停顿　应有一次

美丽的邂逅

风　吹过我的中国

谁把一海奔涌的乡愁

放在一杯浓浓的酒中

在一首诗欢愉的结尾　长吁短叹

谁把海峡比喻成天险

相视无言　任口音像一只候鸟

东来西去

仿佛隔着一座山　我的思念

一直在翻山越岭

谁允许这遍地的海水　泪水和中秋月光

泛滥成灾

一字一字把故乡读成异乡

只是一道浅浅的水路

春也去过

秋也来过

只是一扇宽宽的木门

每一面背影　来去自由

每一夜梦想　早出晚归

只把中间的那座叫平潭的岛屿

描绘成菊篱梅墙的共同老家

任何的风暴　挡不住

人心和乡愁一起回家

风　吹过我的中国

二

当西子湖畔的浓妆淡抹　惊艳

五湖四海水湿湿的目光

从临安赶来的大气磅礴

蜿蜒着一朝古都的宽阔与雅量

温柔的江南水乡　一节节打开了古老国度的

开放　繁华和万紫千红的秋天

谁在如此辽阔的夜幕上

轻盈地高蹈着茶叶的醇香

丝绸的柔情万千

今夜的杭州　热烈地传唱着

抑扬顿挫的中国民谣

谁也不能挡住遥远的足音　叩响

北京盛大的夏天

草原　沙漠　戈壁一同绵延着千里万里

的丝绸之路

扬帆启航的中国　收集着一朵朵

岁月的惊涛骇浪

千年缜密的往事积淀着汉唐的丝绸

宋元的瓷器

一盏浓淡相宜的茶

醉了雁栖湖的满天落霞　牵动了

一路山水相连的繁华

风　从中国吹过

提着初秋盛开的木棉花

鹭岛抒情的琴声　一曲未了

不约而同的愿望

一砖一瓦筑起了海纳百川的厦门

一唱一白讲着美好的中国故事

不同肤色的双手搭建着一座崛起的金砖

耸立着通向繁荣的路标

九月的风暴

从和谐的中国方案上吹动

酝酿着人声鼎沸的新兴市场

带走了历史的蛛网　落叶　灰尘

面向未来的构思　花开成

灿烂的笑容

古老的白帆上只停留浪花　白云

和悦耳的鸽声

逝去的硝烟不会为每一天的风平浪静

留下可耻的悬念

从唐诗中渗出的月光

暗淡了西域苍茫无边的残垣断壁

青岛　举起了青翠的春天

每一声都在呼唤着万木葱茏

合作与和平

如同山脉　河流和天空

一直在孕育着风和日丽的万里疆土

构成了辽阔的生命场景

安放着我日夜祈祷的梦想

风　从中国吹过

不论早春二月　一望无际的南海

所打开的岛屿

暗礁　航标灯上永不止息的光芒

日夜指引着四面八方的旗帜

平安而又自由的来来往往

还是暮秋十月　碧波荡漾的东海

所绽放的浪花

一节节随风飘扬的波涛

年复一年不停地低吟浅唱

古老长安五千年咆哮的大风歌　串起了

曾母暗沙的渔歌唱晚

开放的中国　又敞开了壮阔如三江平原的胸怀

吟唱着一阙又一阙的唐诗宋词

千年不死的胡杨树　复活

着一条丝绸之路的岁月静好

每一座生机蓬勃的城市

张开了透明的肌理　热情的血脉

还有暖人心怀的微笑

正用文明运算着友谊的密度

从满洲里满天的星光　点亮了

瑞丽口岸的四季如春

种植在我峻峭的诗行中是一年又一年的春天

风　从中国吹过

三

这是滔滔不绝的珠江　正用辽阔的肺活量

喊出崭新的中国

这么密集而又亲切的水声

干净　轻盈而又壮观

叫醒了前海重重叠叠的心事

又一页创新的草图　交织着

现代物流转瞬即逝的速度

难以放下的坚持　秒杀了比光速更快的

信息服务

以秒计算的时间平台

只不过筑起了更开放的金融世界

还是千年流淌的珠江　用四季壮美的江面

打亮中国日愈扩大的窗口

这宽敞而又明亮的阳光

纯粹　温暖而又激越

照亮了横琴岛上的丘陵　滩涂

一堵长长的春天

栖息在北回归线以南的候鸟

不动声色地穿行

在无形的世界　一声喊着繁荣

一声喊着富裕

穿梭在苍茫的珠江口　是中国不断放飞的

又一个起跑的季节

风　从中国吹过

络绎不绝的江水　潮湿了岛屿与海岸线

日夜奔跑的中国

提着西江　北江　东江充沛的流量

和整个春天的明媚阳光

南沙岸边的垂钓　妩媚着整条珠江

广阔的意境

渗透进无边辽远的流域

每一座风生水起的城市

谁用国际化壮美的胸襟　一口认定了

智慧纷纷扬扬的光芒

江面上的万家灯火

是宋词中一阕万里江山的气象

时间是天空下最美的大手笔　一横一竖

画出了气势恢宏的大湾区

星光璀璨的粤港澳　正用同一种方言
亲切地呼唤着内心绵延不断的城市群
用一条中国的珠江　万千的水声
滋润着万马奔腾的生活
那一朵久久不肯消失的浪花　定格
在桥岛波涛汹涌的中央
绽放成华丽的中国
永不止步的前进速度

风　从中国吹过

赶在台风抵达之前
海南　举起了自由与贸易的旗幡
呼唤着万木争荣的中国
再次从春天出发
每一面缠绵的天涯海角　从来不是
固定的心灵边界
只有中国　大度而又热情地铺开
以岛为港
一笔写出了大开放的豪气
从博鳌传出的　气势磅礴的宣言
那是壮丽的中国声音

把每一个日子　当作春天的百花盛开
中国的春天辽阔无边
覆盖了每一座城市的每一条小巷
每一座乡村的每一处山川
一页又一页阳光灿烂的负面清单
正在大幅度缩减所有纷繁的数量与价格
打通山重水复的最后一千米的国家行动
日新月异
中国每一个明天　将是简约而又透明

从心灵上铺开的每一张繁花似锦的生活
充满生机蓬勃

风　从中国吹过

林素梅

笔名湛蓝。中华诗词协会会员,莆田市诗词学会理事,仙游作家协会理事,飞山诗社成员。作品发表于《世界汉诗》《中国·诗影响》《中国短诗精选》《诗谱》《仙游文学》《莆田文学》《莆田晚报》《中国风》等报刊。

▪ **代表作**

春天,煨一枚桃花暖怀

千呼万唤。桃花落在我的唇齿之间
一片片花瓣,是一串串钥匙
玲玲珑珑握在我的手中
我在静谧的拐角处
贴上了一个惊喜的合欢
那是往昔的痴情

人面桃花。崔护曾为了你
点墨成殇,挥袖成痴
成就一个人的悲情独角戏
灼灼芳华。迷恋忘返的陆放翁
在民间拾掇流传的故事和散佚的诗句
桃花走出《诗经》,游走于四季
经脉纬络,承载了多少诗人的生息
于是,在季节的落款处
陶渊明先生盖上了一枚桃花章

记忆里那朵永不凋零的桃花
早就葬在了息夫人的坟前

我用一生默念

天上人间，何处，有期许的温暖如初

陌舞流沙的年华，在指尖倾泻

熟悉的岸边，默默寻找催发的兰舟

桃花，一朵结痂在你前世的伤疤

在三月的缝隙处回过头来

花儿启唇解裙的声音绕过梦境

敲响六朝乐府的驿道

在这个春天里，我只想

煨一枚桃花暖怀

▪ 组　诗

今夜，给自己泡一盏茶

也会喜欢这样的夏天

简单，缓慢。行随心性

一个人，一卷书，再

泡一盏茶

日子或薄凉，或寡淡

平凡即至雅

一种欲语还休的芳息

一种欲笑还颦的忧伤

在茶的光阴里，徘徊

记忆里的点滴，如茶

气定神闲

今夜，给自己泡一盏茶
喝自己的故事，饮一盏寂寞
浓淡的心事在人生的茶盏里
淌着一杯无味的水
却，喝出岁月沉浮的味道

局外人

在友善和秘语覆盖的路上
游离。不需要粉饰
一些痕迹隐藏在
朋友圈

细节打开虚无的本质
揣着清愁和别离
从尘世的纷争出走，赶赴
一场约会

沉默，被词语的舌尖覆盖
蛰伏在宁静的风暴里
为内心寻找一条秘密通道
思绪在遗漏的空间怀想

蛙声越来越沸，大风扬起
在断裂的城市边缘
以局外人的姿势，倾听
蛙鸣

我在都市放牧

站在都市的楼顶，放牧
牛很快
啃完我诗歌的意象

用笔，赶着自己的灵魂
暮色中，我四处张望
寻找回家的路

烽火不眠
灼痛漂泊的心绪

错过雨的伞

一颗心在雨中站立
一把伞在雨中忘记
往事裹挟着风雨
你不必重复来读

掀开雨丝织成的帘
碎成满地的忧伤
把片段掩藏在紫色的雨里
心事未了，灯火阑珊处
折一段不能言
轻轻把你写进暗香浮动的篇章
掬一捧相思的雨
一帘的碎片，模糊了视线

一杯浅酒，两份思念

香陨残存的花瓣在雨的哀曲里辗转

如若已呈现，文不再言情

我只是一把，错过雨的伞

转身。明日

明日，亦是天涯

百花巷

金戈铁马尘封于史册

刀光剑影消遁于江湖

这里只有百花盛开、晨曲不朽

车水马龙的市井繁华被关在巷外

细雨轻烟留在心底

临水而筑的黛瓦粉墙

成了梦里回不去的原乡

会清宫，西岩寺，沉默不语

如喑哑的琴弦，寻找散落的过往

谁倚在那个颤音上，紧锁眉结

旗袍下的睫毛绣着沉重的心事

戏子的琵琶弹响了又一个秋天的序曲

滑落的韵，在拐角处演绎一段千古绝唱

巷子深处尘封着词章和故事

青石板弥漫着潮湿的气息

风撩开长河一角，我看见

一支歌站在百花深处，抒情

▪ 创作年谱

2015 年　加入仙游县作家协会，拿过几个小奖。

2016 年　加入飞山诗社，并尝试古体诗创作；偶有作品发表。

林落木

本名林立新，1970 年生。福建省作家协会会员，福建省文艺评论家协会会员。作品散见《福建文学》《诗歌月刊》《星星诗刊》《西部》《台港文学选刊》等刊物，入选《中国诗歌选》《福建诗歌精选》《福建文艺论坛论文集 2014》等选本，获第六届中国·突围诗歌奖年度诗人奖（2019）。出版诗集《致水边的村庄》、短篇小说集《行道迟迟》。

▪ **代表作**

村庄的位置

我看见河水多么枯瘦
它一生的泪水，从灰蒙蒙的天空
渗透下来。那个人
饮马河边，遇见一生的爱人

那个人只会用一座村庄
去理解另一座村庄
而那座村庄，他的父亲
很久以前就已建成

那个人只会用庄稼
去理解自己，以及爱人
秋天到来，举目向田野望去
庄稼已经成熟

没有名字的人多么幸福
没有河水的村庄多么不幸

我看见那个人，用河水的流向
测量村庄的位置

▪ 短　诗

烟　花

一群开放了一个世纪的烟花
打开迷幻的星空
涂抹着缓缓流动的油彩
在钟声轰鸣的广场上
它们把我带到你眼前，一生中
几个艰难时刻中的一个
你的面孔，如消隐的落日
带给我黄昏中的黄昏
梦想中的梦想。这是一个奢望
一封致未来之我的信
我不能破坏这瑰丽的虚构
如夜色中身现神迹的人影
我只能从远处察看
这个夜色中旋涡般隧洞的出口
我只能从里面出来，看见
一个上世纪的夜，羊皮书卷般的繁复
它终将笼罩一切柔弱的灯火
一如今夜的灯火熄灭我所有的已知

它依旧繁忙

跟你一样，所有的所有
都是从一个混沌的内部长出来的
夜长出煤，货运列车
长出了一串长长的汽笛声
残月长出暗黑的引力
弧形的天际长出了漫无边际的潮水

此时，缓慢运行的巨大钟表
长出了时间，裹着泡沫，长出
越来越浓重的雾霾
而在一个岔道口，一张紧盯着你的脸
长出光亮。它形容粗粝
却掌握着光亮的秘密

这一切都不可能为你所明白
在今夜，造物者不经意间
将所有的所有，为你一一打开
却很快就闭合上了。你只能重新变回
一块冥顽不灵的石头
看着它依旧沉默、依旧繁忙

低沉而古老的呼吸

黑夜的花瓣
在村庄的上空开放

一缕缕香烟
在村庄的上空弥漫

我像二胡所养育的
一个音符
深谙一颗喑哑的心
我愿意生活在
这低沉而古老的呼吸里

▪ 长　诗

雨雾里有另一个家春秋

一

雨雾越来越大
与你的年龄一起愈加繁复
逐一弥补缝隙，淹没存在的事实
如果你看见打开一个隧洞
那就是你模糊的眼睛
它通往另一个地方
澄明，荒谬，你一样在场

二

谁也阻止不了雾雨电
从竹篮里侧漏出来
你拎着自己云山雾罩的身子
走在巨大的镜子里
面孔愈是模糊，内心就愈湿润
那个镂花的旧边框

就愈显得遥远。你就在里面

三

一加一等于多少，这是一道旧题
意外的答案
都是一种重新回归
千变万化，不离不弃
一个人来到这里
只是贴身，与另一个人合二为一

四

告诉自己，别忙着醒来
旧唱片依然旋转着旧歌词
只有感受到新的心跳
醒来时熟悉的房间
才会弥漫起新的气息
历旧而弥新

五

雨来自上边，雾来自底层
无数个方向聚集于此
如约而来的预感尚未完整

声音从四面八方抵达
鲜艳的花骨朵蒙上面纱
流水安静，浅可见底

六

水声只在夜里响起来
哗啦啦的声音
让我怀疑它们终将点亮暗夜

犹如一位盲人琴师
无师自通地弹响
心里被黑暗吞噬的琴声

七

雨越下越大，大到它
终于迷失了自己
我想看清楚
雨是如何冲锋陷阵，并且
搭进自己的身家性命

面对着广大的迷惘
它仿佛面对着
羞于言语的爱情

八

河床有看不见的事物
地底的惊蛰声里有另一个家春秋
浓雾在播撒雨
雨中有你看不见亲切的人
她从未离去
在烦恼的日子里你只是暂时忘记

九

还是有雾的日子好
什么都是逆向的、轮回的
最原始的喜悦
停栖在肩膀上叫个不停
像河水远去后，在刚醒来的时候
从你的脚踵边重新流过

十

别说雾中花开花

即便是雨在水上也会开花
小石块在水上开出一串水花

它们都被你在夜间收走
变成了消逝的花
你把一个春天变成了一个落花时节

十一

黎明时分的人在故乡
异乡人在烟波江上
他们将在风生水起的浓雾中相遇

天上的人在修行
地上的行者寻水逐草
他们将在烟尘落定的经卷中相逢

十二

如我所愿，阳光分清雨雾
河水的下游辽阔无垠
一无所知的地方最令人怀念
去过的地方要重新回顾
尚未涉足的地方
天使带来意外的喜悦，不多也不少

十三

做不了披星戴月的同路人
做不了洞察世象的旁观者
那就做一个
一无所知的局中人

十四

就这样坐着，坐在石像边

跟石头里一脸倦意的人
一起坐在台阶上，坐在雨中
从外部看，我们一直并排坐着

当雨下来，我们似是被世外
苍茫的纷扰惊动，一个起身离开
一个往里缩进一个身位

缩进曾经那个世间
我们听不见他们叫唤
犹如你，如今经常面对石头
叫天天不应，叫地地不灵

你听到石头里喑哑的声音
跟雨一起显现

十五
你忘记自己用手写出什么
只相信连着手的足
穿着鞋，沾染一些新泥
却不知它在哪里脱落
只有脚步逐渐沉重
才会感受到大地的物质自带的分量

你也相信连着肉的骨头
文字终将消失
让作者形销骨立

十六
如果不是一条河水流经身旁
怎么能够知道
岁月正在流逝

岁月带来的光芒

正在淹没我，也带来

富氧的水泡

以至于误以为自己

在阳光中奔跑

以至于让我庆幸

作为岁月里的浮游动物

这真是一种幸运

▪ 创作年谱

1998 年　短篇小说《呼喊》发表于《莆田文学》第 1 期，并获莆田市第二届云里风
　　　　短篇小说创作奖三等奖。

1999 年　短篇小说《消息》发表于《莆田文学》第 1 期，并获莆田市第三届云里风
　　　　短篇小说创作奖三等奖。

2002 年　短篇小说《图画》发表于《莆田文学》第 4 期；短篇小说《飞起沙鸥一
　　　　片》发表于《莆田文学》第 4 期。

2003 年　短篇小说《幻想》发表于《莆田文学》第 4 期。

2004 年　短篇小说《幻想》发表于《福建文学》第 4 期，并获福建文学"初出茅
　　　　庐"征文最佳作品奖及莆田市人民政府首届百花文艺奖二等奖。

2005 年　散文《美丽的白塘湖》入选《涵江印象》。

2006 年　《生活如斯（组诗）》发表于《莆田文学》2006 年第 3 期。

2008 年　《村庄之事（组诗）》发表于《福建文学》第 11 期，并获莆田市第十五届
　　　　云里风文学奖三等奖；《尘世中的北京（组诗）》获莆田市人民政府第二
　　　　届百花文艺奖二等奖。

2009 年　《诗三首》入选《献诗我的祖国——福建百名诗人心灵之歌》。

2010 年　《春天松开了手（组诗）》发表于《诗歌月刊》第 2 期；《致水边的村庄
　　　　（组诗）》发表于《黄河诗报》总 12 期；《清明（组诗）》发表于《福建
　　　　文学》第 6 期。

2011 年　《四月的山坡（组诗）》发表于《黄河诗报》第 11 期；散文《大蚶山的眼神》发表于《福建文学》第 3 期；短篇小说《满月酒》发表于《福建文学》第 10 期；文学评论《他要说》获莆田市第十八届云里风文学奖二等奖。

2012 年　散文《1995 年的边城》发表于《妈祖故里》第 10 期；短篇小说《行道迟迟》发表于《福建文学》第 10 期。

2013 年　《烟花（组诗）》发表于《海峡诗人》秋季号；诗歌《春天的气息寸步不离》入选《2011—2012 年中国诗歌选》（海风出版社）。

2014 年　短篇小说《香玉》发表于《莆田文学》第 2 期；散文《沙之书》发表于《妈祖故里》第 10 期；《村庄的位置（组诗）》发表于《西部》第 10 期；文学评论《小说的气息》入选《福建文艺论坛论文集 2014》（海峡文艺出版社）。

2015 年　短篇小说《涛声依旧》《婚礼》发表于《莆田文学》第 1 期。

2016 年　诗集《致水边的村庄》出版（漓江出版社）。

2017 年　诗歌《回应》入选《福建诗歌精选》；诗歌《那时（三首）》获中国诗歌学会首届"万年浦江·千年月泉"全球华语诗歌大赛铜奖。

2018 年　《十月十九日（组诗）》发表于《莆田文学》第 3—4 期；《孪生的爱（组诗）》发表于《台港文学选刊》第 3 期，并获莆田市第二十四届云里风文学奖三等奖。

2020 年　《石像一样的人（组诗）》发表于《莆田文学》第 2 期；作品入选《2018—2019 中国新诗年鉴》（四川民族出版社）；作品获第六届中国·突围诗歌奖年度诗人奖（2019）。

2021 年　诗歌发表于《星星诗刊》第 2 期。

2022 年　短篇小说集《行道迟迟》出版（海峡文艺出版社）。

黄清水

1990 年生，莆田人。福建省作家协会会员，天马诗社发起人之一。作品散见《福建文学》《星星·散文诗》《延河》《散文诗世界》《散文诗》等报刊。

▪ **代表作**

未名的泪

我有白色的墙
和红色的瓦
我有一所房子
长在春天的湖上

我爱开在人间的花
日夜不分黑白
醒来。枯萎

我有一双向南的手
燕子舔着我的伤口
那里会响起蟋蟀声，和
婴儿的啼哭

我要从房里走出
去南盘江深处的森林
我要在那里微笑，或
落下一滴未名的泪

▪组 诗

夜行钱四娘庙

月色撕开的口子，用月色填埋
今夜我不想成为谁的女人

我终于还是要把美丽留在堤坝上
夏慕阳光，冬听霜降

灾难是我心里的疾，一到雨天
就能听见拔节的疼

今夜，我又在木兰溪边
提着薄薄的灯笼，奔走在雨中

这么多年了，我早已习惯了潮声
在无处败退的季节，我是唯一的固守

大地的海上

傍晚，月亮升起的地方
海风贴着潮落带走我的时间

日复一日，来来去去之间
我像是丢了什么，又
像是找到了什么
在夜幕凝重的海堤旁
我应该是我，不是我们

我睡在大地的海上
就像和所有人拥眠
海水升起了湄洲岛的帷帐
今夜我还在等待
一只鸥鸟，携信告知我
我终将老去，或宽恕自己的罪过

傍晚下起了细雨

是否该思考些什么
没有星星的夜里，我们爱着谁
又该怎么收敛自己的不安
这样的天气里，邻居家的音乐
和细雨一样孤独

比细雨更加孤独的
是枯枝上被淋湿的乌鸦
它的叫声深不见底
比乌鸦叫声还孤独的
是一棵树
又长出了新芽

不信，我们坐在这里五十年

像一场追逐

我想用一颗松子
敲开寺庙的大门，拾起
一片渐黄的树叶

用这片树叶抄一卷经书

把经书悬在房梁，日夜焚香

让一颗世俗的心

蒙上一层烟，蒙上

一层不深不浅的灰

最好把眼泪也熏干，把手中的笔

一并放下

放下，去看看月亮

装饰了湖，还是装饰了山

这么些年，抑或

只装饰了父母的头发

不然，一根根碎发

怎么那么像一场追逐

渐渐剥夺了他们

照镜子的权利

▪ 创作年谱

2020 年 《去丽江（外二首）》入围《十月》杂志举办的第二届"爱在丽江·中国
七夕情诗会"爱情诗接力赛；《月下的村庄（组诗）》获得咸宁市文联举
办的第二届"美丽中国·乡村振兴"全国农民诗歌邀请赛优秀奖；散文诗
《比记忆更为古老的记忆（组章）》获得《星星诗刊》举办的"放歌新时
代，诗润石嘴山"全国散文诗大奖赛三等奖；《凤凰古城的黄昏》获得
"张家界第四届国际旅游诗歌奖"优秀奖；《山河故人》获得"首届汨罗江
文学奖"佳作奖；散文诗《大地破晓后的叙述》获得《星星诗刊》举办的
"圆梦小康·幸福广安"全国散文诗大赛优秀奖；《答问》发表于《诗草
堂》公众号；《蛇》发表于"剑南文学"公众号；《背向我（外三首）》
发表于《延河》第 3 期；小说《滤镜》发表于《福建文学》第 4 期；散文
诗《流年里的剪影日渐老化（组章）》发表于《湖州晚报·散文诗月刊》
第 5 期；《听风的岁月（外五首）》发表于《莆田晚报》5 月 29 日；散文
诗《春潮（四章）》发表于《散文诗世界》第 6 期；散文诗《月亮的一面
是阳光（组章）》发表于《散文诗》第 7 期；《居家日记（外五首）》发

表于《莆田文学》第 1 期；《纽扣的故事》发表于《流派》第 17 期；散文诗《比记忆更为古老的记忆》发表于《星星·散文诗》第 10 期；《月在海上（外四首）》发表于《莆田文学》第 4 期。

萧　然

本名茅林洪。莆田市作家协会副主席，1992 年加入福建省作家协会。在国内外发表文学作品 600 多篇（首），出版诗集两部。

▪ **代表作**

一条河流，我只爱眼前的这一段

一条河流，我只爱眼前的这一段
它狭窄、细小，被两岸的野花，越挤越紧
天空，我只爱落在水里的这一片
白鹭，我也只爱，飞过河面的这一只
它从远处飞来，在水里，换下一件
旧衣裳，飞向了其他河面
我只爱它的旧衣裳

女子，我只爱走在河边的，那一位
我爱流水一样的她，野花一样的她
我更爱白鹭一样的她——我爱
她崭新的面容、细小的体香
我更爱
她的旧衣裳

▪ 组　诗

菊花之空

菊花之空，就是流水之空，流水之空
就是，坟墓之空

菊花之空，就是姐姐之空。这一生
苦痛过于真实
我虚构了流水一样、菊花一样的
姐姐，和我——相拥取暖
人间过于庞大，我虚构了更多
空空如也的事物，让它开花，让它发光
来对应更大的虚空

父母已老，妹妹已嫁。姐姐
在这虚构的人间
我是你虚构的弟弟，跟着
空空如也的你
——边走边唱

空　山

琴声在空山和大海之间
来回奔赴，像一个卸下行装的人，沿着
涛声和鸟鸣的坡度
来回更换身份
某个下午，当我被比喻成一面大海

胸怀里装满了船只

我就一个人，越过琴曲的高音区

逃向空山

无论你怎样呼唤，我都不会让

任何一朵野花答应，也不会

让空山把我，当作回声

抛出

镜　子

蝴蝶松开翅膀，风暴成形

大海，借用各种比喻，反复描述灾难

巨浪拍断桅杆

暗礁撞击船体

而我，刚刚从一次生离死别中

转过身来，迎头又撞见了大海

这面镜子

我一再按下胸中的波涛，努力修正

脸部移位的表情，借此修复

一面支离破碎的镜子

悼妹歌

早上我又哭了一次。亲爱的妹妹

直到十个月后，我才敢写到了你

我还需要更长的时间，才能学会一次
生离死别。需要更长的时间
才能让你的新坟，在美丽的山坡上
像一座真正的坟墓。墓碑上，你的名字
那么好看，像春天 ·样好看

亲爱的妹妹，我需要更长的时间
才能让你身体里，那些镇静剂也按不住的
疼痛，慢慢平息下去
需要更长的时间，才能让我身体中
那些被挖空的部分，一点一点
重新填上和你坟头一样的
新土

亲爱的妹妹呵，原谅我像一个
掩耳盗铃的哥哥，像你做错作业的弟弟
总是要把多年来，霸占着你身体的病痛
用橡皮轻轻擦掉
再一遍一遍重写

亲爱的妹妹呵，我每重写一遍
就像你回了一次家

我和一块铁终身互相折磨

我试图像一个铁匠，把一块铁
打造成我想要的样子
它们应该是刀，是剑，是盾，是一切
可以和这个世界保持适当距离的物件
也可能是，一朵

钢铁绽放的玫瑰

我和一块铁终身互相折磨
最后无非是
铁节节败退，屈服于我的想法
或者是，我顺从了命运
成为一块永远无法成形
半途而废的铁

陌生人

如果坚固的坟墓，才是
一个人再也不会
漂移的故乡

我们一生不断归来，不停
离开的，一定
都是异乡

我们不断擦拭，又不停抛弃的
美好事物，一定
都是躯壳

我们一生苦苦相爱，最终
——告别的，一定都是
一些陌生人

养　刀

养一把刀，就是养一群敌人，养一个江湖
让自己成为一个可能受到攻击的人，成为一个
随时会被手刃的目标。以此逼出角落里的隐形对手
让新仇旧恨，纷纷以真面目现身，制造一次
又一次，明枪明刀的较量

养一把刀，就是养另一个钢质的自己
把他从黑暗的刀鞘拔出，擦去生锈的部分
迟疑的部分、假寐的部分
要用精妙的刀法喂养他，让他的刀性
比闪电更快醒来，人刀合一，削铁如泥
让他时刻铭记一把刀的祖训
刀背厚重，刀刃锋利，刀柄
永远在自己手里

养一把刀，就是要成为一个
和刀心意相通的人。不借酒浇愁
借花抒情，不舞昨夜月光，不砍今日流水
只回身拔刀，劈断最后一条退路
让自己成为一个
一生向前的人

岛

说到了美好，就要说到鲜花
说到了苦痛，就要借助整个夜晚的黑

说到愤怒——我们使用了火

使用了卷口的刀。生活过于庞杂，每个侧面

都有扭曲的倒影，我们必须

依靠尖锐的比喻，才能还原各种事物

真实的形状

路人的行人，内心怀着不同的方向，却又彼此

互为比喻，使彼此更加像同一个人

大海已被用旧，山被掏空

我生活的城市——像一座被海水倒灌的

孤岛。使用完这最后一个比喻

我不断往心里，堆垒巨大的石头

仍然无法垫高，脚下正在

快速陷落的海拔

▪ 创作年谱

1983 年　开始学习诗歌创作，并在县市级刊物发表诗歌、散文作品。

1987 年　开始在《福建文学》《青年作家》《散文天地》《福建日报》《台港文学选刊》《福建青年》《散文选刊》等多家省级刊物发表诗歌、散文作品。

1992 年　进入省文学院学习，同年获福建省第七届优秀文学奖暨施学概诗歌奖（获奖作品为组诗《永远的情结》）；加入福建省作家协会。

1993 年　诗集《静夜无痕》出版（书海出版社）。

1994 年　就职莆田市文学院，进行专业文学创作，以小说、诗歌、散文创作为主。

1998 年　离职辍笔，在广东、北京等地创办文化传媒等公司。

2013 年　重新开始诗歌、散文创作。后在《诗刊》《星星诗刊》《绿风》《人民日报》《诗潮》《诗林》《福建文学》《山东文学》《香港文学》等数十个海内外报刊发表诗歌、散文 300 多篇（首），作品入选数十个权威文学选本。

2014 年　诗集《不是去向是归途》出版（海峡文艺出版社）。

2019 年　主编莆田市首部全景式诗人作品合集《莆风新籁》（海峡文艺出版社）。

2020 年　当选为莆田作家协会副主席。

程沧海

1973 年生。福建省作家协会会员，莆田市作家协会理事，天马诗社发起人之一。作品散见《诗刊》《绿风》《福建文学》《福建日报》《海峡诗人》等。

▪ **代表作**

乌衣巷

我不是在傍晚来到巷子

所以别问我夕阳的事

不要问及时光流逝

谢家，李家，陈家，黄家

姓氏一变再变，这都城有时年轻

有时年迈，有些还未来得及落款

被掏空的年月，逃离巷子的妇孺

这些不过是上苍的安排

建了又毁，毁了又建

都是新楼压着旧址

这天你侬我侬，明天各分东西

雪花飘过乌衣巷，燕子南飞

我从巷口走到巷尾

这不过都是一个小小的轮回

▪ **短　诗**

观海记

浮沉，对于海来说，就是一天的潮汐

草于岸上涕零，想与风一样勇敢

向往鸥鸟的自由

堤坝挡住更远的丘壑

这没什么不好，停止奔跑

停止俯瞰一片海

我们要习惯于自己的渺小

一只鱼，在竭力搅动某处浪花

虽然无用，却希望让我看见

捆绑稻草的是稻草自己

秋天的雨不能叫茂盛，凉意容易让人忌恨

每条路上都有一个躲雨的路人

他们都会让你想起，曾有的某一刻

你在，一场雨里

狼狈的奔跑

头顶上的雨点，开始放大

成倍数长大，我应该不会想起稻草

它们在秋天里的样子

像极一场庆祝丰收的场景

互相拥抱，互相奉承

捆绑稻草的是稻草自己

风一定从瓦上吹过

可以停留一会儿

有上个月留下的一点青苔

猫爪不停地追着风，抓紧，放松

重复这一个动作

在这一分钟，没有什么事物能让我想起

我只是把自己想象成风

从瓦上吹过

也从锋利的猫爪中经过

做一只被生活盯上的鼠

▪ **长　诗**

兴化记

一

第一年，雷雨闪电、台风地震潮水都来了

没有物体是逃脱的

礁石，远远看过去是浮出水面的

像牛的背脊

蝴蝶往左，蒲草往右，沿岸的荔枝还未开花

低于壶山的大地，看不到你来，看不到盖世的云彩

落于半山的云，有多少人衣锦还乡，就有多少人流落他乡

乡民举着石器，山里的孩子开始退缩

冬眠过后的松鼠，开始冥想，苦思
有打坐的样子，在湿滑处，做着标示

水漫过原始的堤坝，往粮食的谷底
这时老虎还在对岸，石塔还未盖起，只是你，来了就来了
还带着一面镜子、一粒谷子、一只铃铛
你不是来看望我的
海水留下一地的盐，而后退却
类似龙脊的山从此安宁，落日和风开始分清界限

打磨刀具，收割黑暗的丛生
边缘的棱角，刺痛了万物
泉水从山上下来，口中念念有词
还流经你的村庄，你还在与同伴嬉戏，浑然不知
谁也看不见这飞溅的水花，往海而去

梅花与鹿开始结合，摩崖上开始有了石刻
没有留名
还未曾想过远方的芦苇，有了思想
开始摇晃，可是谁也没读懂预言
罗盘还被压在礁石下，木质的渔船比屋子精致

第一朵花交给野蜂
想象有第一个客人
在雪后出现，脚步清晰地印在雪地里

这时候的男子和女子，仅靠一把火活着
名字比春日短

二
有早安这个词的时候，已近盛世，山歌已可到达平原
水路与稻谷和平共处，水果开始沿山路生长

陷阱开始多于口语，野猪和老虎开始为了地盘争斗
铁器开始锻造，有明显的锈斑，用来割麦、砍柴

一个人开始想着每次出走的路线
一个最著名的出逃，必须和爱情有关
花开始满山遍野，姓氏开始重要

多好，河变成了母亲
女人开始哺育，男子开始打猎
开始分享收获，交换野兔和贝壳。你开始打扮
你开始留意，平原的雨季、山谷里的洪水
猛兽开始稀少，南湖边的老虎，被倒影吸引

这时候还没人分辨出他乡和故乡
一截矮矮的土墙，隔开了家和远方
富足的炊烟，渐渐的哀怨

梅花开的山，还未叫梅山
智者走过的泉还未叫智泉
南北还未叫朝
马还未被驯服

三
你终于起身，离开栖息之地
站在山顶和站在山腰，看到的远方不同
瓷器开始烧制，还有各类形制
圆的、方的、高的、低的
你看到的我也一样，小时候矮，长大了高
一年又一年

你读到了轻狂，开始敬慕，久仰斗山
粮食开始承载越来越多的未来，开始出现假象

有人开始听猛兽的使唤，有人开始学着鸟鸣
每个清晨都同样地到来
来时你还未醒起，去时辉煌和落寞同样乐趣

东山有了晨钟，妈祖开始保佑
樵夫和农夫开始相遇
共享寓言

我准备好了，清水和花朵
溪水的泛滥让你不能来，留在对岸
我开始学唱曲调，瓦钵里盛满了酒气
只是不该自饮，这初酿的酒
醉了还不懂，乡愁和情愁

夜晚来了，白昼来了
节气来了，节日来了
丰收来了，你也来了

四

云与月，琴瑟与爱人，赋与春天
茶叶开始和酒一样重要，开始分辨春夏秋冬
蕨草和桃花
你第一次看见的花朵，还挂在树上
还鲜艳得让你忘记了粮食
甚至你开始懂得泡一壶热茶
讲十里八乡的见闻
还有说起那对蝴蝶飞来飞去
再后来，就有人开始关心你
说到你已经窈窕

开始判断知音，流水潺潺，总能听得到离别
马匹的影子，与远处的海，就像光阴里的孩子

必然存在

粮仓开始屯粮，有次第建起的牌坊

有御赐的命名

神话和道士一起出现，蒲草退却成了田

转角处开始有了石敢当

庙宇之后，毁了又建，建了又毁

毛笔开始精致，留最后一窍

五

开始有了叫山亭的村落，而后有了居仁巷

我见过的大雁，都是人字形飞翔

他们都说，我见到大雁往南飞的时候

你就会来

这秋天，已天晴数日

你稍等几天

牲口已经准备完毕

平原和海岸线有了兵戈，有血色的界限

倭寇越来越近，腥气来自异域

石碑上刻着冷冰冰的警告

这楼阁修得越高，看得越远

看得越远，无法抵达

烟雨里，藏着多少离别和相遇的人

你也在其中，我也在

这爱只要不被装入画中，都不孤独

六

南山开始有梵语，菩提树高大而且俊俏

溪水被收容在湖里，荷花格外清香

晨曦和落日周而复始，庙前的庙每逢节日就演一出戏

戏里的人生比周遭精彩

我们可以是薄情寡义的男人

也可以是远嫁他乡、以泪洗面的女子

幕布转换场景，曲调夹杂着俚语

悲伤的通常是牺牲

锣鼓处，出将入相。一曲唱罢，一出各自的黄粱梦

余生就是一个词，比一封信重不了几分

而后的繁茂，凋零，重生

龙穿城有几声呼喝，不是逃避

适合假想的琵琶，天马行空的弹唱

你像桂花越来越香，之后

有了蒲公英，有了远方和灯塔

修行的人开始成仙

七

多好，巫傩不在，谁也不能判定我和你的去处

上身的童子经过庙宇就成了替身

村寨，踏火摇着棕轿，热闹

人间里，看不到你乖巧的样子

是呀，这在春天里的一部分肉身

相遇是要经过梅雨，春耕，虫鸣

中举的老朽刚刚还乡

毛驴代表归隐，倒骑的背影远去

雨天和雪天，一样的冷

元气消散，药物还未行遍全身

躺在床榻里的真身，毫无节制地生长

白塘的月光开始惹人关注，它本来可以无声无息地来
无声无息地去

八

表象就像黄花梨一样，纹理让你看到了光阴
读懂需要时间
花儿终于开放了一半
别让人看见它最初的样子
最终有了城墙，有了护城河
墙上的通缉令的画像，通常凶狠
而且不像你的邻居

开始向往西域的胡笛声
高山到高原还有很长的路
木兰陂开始隔开慌乱与安逸
一首唐诗从京城来，到了绥溪就老了
用水洗一洗面，岸边的荔枝死去活来
回魂的是几首李杜的诗

在京城的乡亲，也开始
从市井到朝堂，再回乡野
一把老骨，最后的不甘，都是归来
灰烬不分忠与奸

九

河流经木兰陂，河流经我心里
山坐落在南边，山在我心里

布满古河道的兴化
和在我心里
充满迷宫，走也走不出的兴化

有些人你原本叫不出她的名

唤不出她的姓

可是你爱上就爱上了

途经落寞与繁荣，享受青春和暮年

没有人可以原路返回

▪ **创作年谱**

2012 年　诗集《亲爱的，我把诗写成了情诗》出版（中国戏剧出版社）。

潘黎明

湄洲岛"我的艺术馆"馆主。笔名云楼七狼。"后语言主义写作"成员,《湍流》编委。获首届"祖庙杯"妈祖诗歌大奖赛一等奖等荣誉。2015 年荣膺中国诗歌流派网"中国好诗榜"榜首;2015 年入围《诗歌周刊》年度诗人,入围北京文艺网第三届国际诗歌奖终评诗人;2016 年 5 月应邀参与由杨炼主编的《北京文艺网纪念新诗百年当代诗人名家近作》展读。出版诗集《镜里文身》。

▪ **代表作**

闽越王城

问尔等招魂何处　　我们血液流动的遗址在何处
那时兰花的图形　　披戴崇溪的人
问它环绕着谁

谁的王城被谁夷为废墟
永诀的落日　　永诀的金鼓
问尔等看见那一口水井了吗　　看见伴着王城而生的
炊烟了吗

农耕　商贸　制陶　冶炼　武备　衣食住行
宗教祭祀　捕猎狩猎　墓葬文化
城址新月　问兰花若此　无诸为何被削去王号
为何反秦　铁铤　铜镞　弩箭　万岁瓦
落日在古原弥合血食　问兰花若此
城墙里为何烽烟四起　踏鞍吗　策马吗　拔剑吗
问古城为何振动鳞甲　谁听到命运在盲目播送
焦土一样的水波　谁在日午记载

汉五年　复立无诸为闽越王　王闽中故地　都东冶

付之一炬之后　问尔等亡命之拼搏

问稻耕与鱼捞　肥羊的膏脂　宫殿里的天鹅

猛士啊　尔等呼叫的国　尔等乘坐的树叶

开闽者使百越清冽　问兰花若此

谁会看不到　静谧吗　凛冽吗

马脊背簇上奏着烈阳的王　鞭笞天下制动四海的

王

问尔等去哪里攫取胜利与织物　去哪里收纳天空与

内廷

凭借城山险要　夯土为墙　屯兵困守　问兰花若此

是谁在描写啸傲　谁在用黄金驱驰篝灯

谁在为落日引路　悬挂新月吗　升起海流吗

王的归宿在哪　古城如卧榻啊

永在的海瞬刻化为灰烬

一叶苞衣　收割人头的　永在操琴司鼓

午夜奉香的　永在朝拜与咏歌

命运如小径之人　生命如饰物　听到崇溪的水流了吗

梳理过母亲细细的发丝了吗

粉白的衣襟下　泉水软化了王的铜矢了吗

酒徒皆是壮士啊　壮士为遗址沉哀了吗

古人的眼泪　考古者呈示了吗

一切尚在昨日　王的遗址枕山抱水

弦月如虚壳　炕头巫祝娱神

城堡重历　向空向火的极尽留宿白骨

我们的窗扇仍凭陵搭帐

王的香案修讫了吗　狮子的枕席漂洗了吗

远人如兰花　齿贝出土之后

是谁指明了他的门牌　是谁

在火炉边举着残稿狂走

城墙　茅草　陆门　水门

自设陷阱的　永在期待水渡

远人的手帕纯白　兰花若此

遁逃与奋战都是游戏啊

感谢拒食的战马　感谢苍茫群山

感谢兰花若此　王的播送永不知钩沉

天渐寒　而南部有大岗头　北部有马道岗

中部有下寺岗　下寺坪和高胡坪

沃壤良畴　问尔等看见那一口水井了吗　看见

伴着王城而生的

炊烟了吗

兰花的图形探试大地　秋气里

苦索踏向苦索　杆栏重又复现

我们的将军仍在行辕

请记得多保重

兰花若此　请记起秋风

尔等请多保重

▪ 短　诗

秘　密

每个人都有内心的秘密

咬紧牙齿

还是想说出剩余的火焰

严守与泄露。我的心灵引出

许多歌唱着的脸孔

细切地接近，并

倾听它们

雨　点

一包夏天的花籽，它们轻撒

这让我想起我爱的女人。她曾经用火

咬住我的黑夜

"我需要一个陶罐。"她用于盛放的一张嘴

在雨中

发出这样的呼声

净瓶里的圣水

在灯火赤裸的托举中

流向谷地

被花籽取走秘密的男人，今夜，将涌出疼痛

埋进墙里的手提箱

我不能在民间消失。当我行走，我

所能依靠的，那带露的端午插在艾草里的

那比雄黄酒更雄壮的旅行

那比远方更远的旅行箱

那只叫黑子的狗

它目光明亮，它狂吠不止

而我仿佛母亲眼里旧了的少年

仿佛一颗红枣的心跳

仿佛一朵五色花，缓缓地

在民间走失

▪长　诗

北京奥运会开幕式

童年的水体　立方的北京　换乘了古香的

林妙可

缶　缶　缶　运动的诗人　墨水上小鹿的倒影　贝壳

海燕的履历此刻都写在大地的表格上　怀揣海洋的

装修工走了　他们对着东方微笑

在女儿面前做出神

的样子　此刻的北京　煎饼果子　烤肠　麻辣烫　臭豆腐

运动的人民

在家乐福　在翠微百货　在百安居　在油腻的铁板

滋啦啦的绯红中　因各自的经历相似而唱起

国歌

北京　BEIJING　北京 Beijing　曲折的人总有青春之河

和　和　和　此刻　破落的中东路 阴影中的高架 5 号线

马路上空　此刻　夜吸收着灯火的养分

而生长

自然而顽皮的姚明　懂得了在诗中反驳自我的艺谋

拾穗者俯身拾穗　仿佛灯光也出自天籁　沙晓岚

当黑夜带来一个黄金时代　他就开始流荡

在现代汉语的河床

雅克·罗格　萨马兰奇　在北京　姓名也近乎神赐

卖冰糖葫芦的　卖烤鸭的　卖水珠的　马文　卖焰火的　蔡国强

2008　"我画下的心都是圆的"　"北京　不仅仅是一个地名"

"它是一个意味深长的动作"　"只有飞行让人怦然心动"

——鸟巢　漂泊者高贵而坚强的心　8月8日　城铁　金水桥

地安门　天安门　古老的日暑正跨上青马　人民　在此时

占有对数字的崇拜

19时50分　秒针开始涌出花朵　2008尊打击乐器

神奇的火光

神奇的数字　2008名演员击缶而歌　时间的光波

推开层层波浪

10 9 8 7 6 5 4 3 2 1　有朋自远方来　不亦乐乎

老槐树　梧桐

庞德"发明"了古诗　此刻　植物们发明了雪

与雪的抒情

友谊　也在此刻转换成另一种语言

东方　西方　古老和现代

中国格律诗　自由体英诗　相迎不道远　直至长风沙

此时　东风夜放花千树　更吹落　星如雨

287个燃放点　1462个顶部红　8428发焰火

镜子里出山的河流

流动而奔腾的河流　此刻　沿着北京中轴线

沿着生活的海底　穿过天安门广场　一路向北

29个巨大的脚印聚拢成光

满天星星像倾倒的酒杯里冲开的泡沫　在纸张上

溯源的五环　在天空救渡的

仙女

在时空的流转中　一个全世界瞩目的伟大时刻正在到来

玉书　语法　年轻的小伙　趴活的小货　出租车　摩的　天通苑的商业区

刘欢的波浪　在此时　人民的焰火

读数着酸泪故事　人民的大妈在这黑夜里

从八大处看着北京　北京　BEIJING　北京　北京

河流的瑰丽在于它的渴望

它海洋一般的流淌　北京词儿　热浪中醒来的

持旗于　8名持旗手　此刻

灯光之城抬高了

黑暗　花朵隔墙相连　电子广告牌在西山之上透出了

自身的光辉

7岁的杨沛宜唱响《歌唱祖国》　第一道光

抵达无限

在孩子们的鼻翼里吹出　而现在

每一盏灯都在歌唱　林妙可上台演出

56个身着民族服装的儿童簇拥着国旗走来　和　和　和

升旗手

并不回避生活和自我的不解之谜　但此刻

他们的雄心一路通明

224名民族合唱队也拥有了知识和声音　56个民族演员组成的

国歌合唱队　在此刻

每一盏灯都是这个黑夜的器官

笔墨纸砚文房四宝

当卷轴慢慢拉开

"太古遗音"　四大发明　汉字和戏曲　2000多年前的丝绸之路

上千名水手

黄色的巨桨　音乐声中

海天一色

两条船队如巨龙般飞舞

此刻　天地之间　丹青流淌　水墨晕化　天地氤氲　万物化醇

一幅画

带离我们

跑道上的三千弟子　四海之内　皆兄弟也

竹的森林　光的家　897块活字印刷字盘变换出不同字体的

"和"　　"和"　　"和"

朵朵桃花　朵朵爱国的心　光的盛事

到达了顶点

从安慧桥到仰山桥　车停暗处　人停浪花之上

897 位演员　每一个人的动态程序

都不一样啊　全凭熟记和苦练

凡音之起

由人心生也　兵俑　方言戏剧

移动的戏台上　京胡　锣鼓

吾师心　心师目　目师华山

唐　宋　元　明　清　商队　指南针

山重水复疑无路　柳暗花明又一村

昆曲照耀着的礼乐之邦　抱紧星光的绿衣人　他们的

周身亮起银光

一支振翼欲飞的和平鸽

发光的北京　城轨上高音的发条　此刻

流浪的孩子在阿炳的嘴边被明星追捧

一条路还在向北延伸　暗影之上　更多的建设者

将魔法施予自己

他们　身形一变　翠绿如初　瞬间的巨大的

鸟巢

闪烁着绿银交织的光芒　此刻

北京　BEIJING　居民楼里的钢琴家和天真的孩子　不再流浪的

孩子　不再愤怒地

　　　摇滚

不再沙哑的

士狼　大海的激流

宛如一只可爱的风筝　此刻

郎朗和 5 岁的女孩　从黑白到彩色的跳跃

那些灰棉背心　那些光芒之屋

2 号楼上萦绕着的蜂群　中东路上没有买到票的

醉翁

星光中延展的　夜　夜　夜啊

柔和而凝重的人民

天地与我并生　　万物与我为一

在地球的自转中也飞转起来的运动员

天地雷风水火山泽　　2008 名太极演员

蓝花瓷碗里楼裙水泥的反光　　每一个人　　东方那清晰的

山影

蓝色星球上穿过的风　　立汤路里世间的变化　　此刻

被孩子们染成绿色的古代山川　　坐在 4 米高广告牌上

似乎脱离了地心引力的

年轻人

同一个梦想　　同一个世界　　莎拉布莱曼　　刘欢　　《我和你》

虚弱之处少年的家乡　　最亮的几颗星照耀着的家乡

不同肤色的儿童的笑脸　　首都啊

提收音机的人高悬于听雨的黄昏

人类的家园里 9 岁的林浩　　1099 名中国体育代表团

大雪　　地震　　引见之物更合适敲击演奏

我和你　　寄于肉身　　又寄语运动　　你给了我出口　　我给了你上空

郑国荣　　穆祥雄　　张燮林　　潘多　　李林蔚　　杨凌　　熊倪　　杨扬 80 名

儿童　　唱起会歌　　山峦和星空醉进湖底

我们在这里相逢　　语言不同　　一样的笑容　　此刻

梦幻五环褪着坚硬的鳞甲

从奥运村到永定门　　从居庸关长城到花团锦簇的天安门广场

孙晋芳　　高台上的梦魂　　像我携来的钥匙　　此刻

风物摇响一线曙光　　高举火炬的李宁飞行着进入云的心脏

全球传递的圣火啊

像一群好孩子

一瞬间就手拉着手连成了一体

电线与鸟类随之波动　　真理也在此刻

觉醒

蓝眼睛的外国人写下 "此刻的鸟巢犹如白昼"

——圣火点燃了

————圣火点燃了

————————圣火点燃了

同一个时间　北京各地 4 万余发焰火齐放

戴着飞行镜的女士裸身跳水　一万朵口红　一千万顶风帽

朝着水花的蓝

朝着庄严的腹鸣　朝着

红褐色的男人们飞游

刘备和曹操此刻也许也比起武来　他们

也许就在金山寺外　他们也在

英国广播公司　美国全国广播公司的高清传播中

成了风神　成了互勉的爱人啊

32 根龙柱上的琵琶手　以及龙柱下的男舞者　从长安出发的丝绸

多少声音在此刻

安抚着城中的沟壑　冷热大西洋　歌声中

一醉

世界　就呢喃成美酒　玫瑰就在灯影中

溢出碱

我们的赞叹就成了颤音

你再撒一盘晨曦　后来的博尔赫斯　墨镜里进了水

也还是在水里出神

"去温习一个动作"

"去构架一个米罗"

"去把一个音符带回家"

北京　北京　北京

北京　北京　北京

▪ 创作年谱

2015 年　荣膺中国诗歌流派网"中国好诗榜"榜首；入围《诗歌周刊》年度诗人；
　　　　入围北京文艺网第三届国际诗歌奖终评诗人。

2016 年　5 月，应邀参与由杨炼主编的《北京文艺网纪念新诗百年当代诗人名家近
　　　　作》展读。

2020 年　10 月，诗集《镜里文身》出版（先驱出版社）。

厦门卷

马振霖

媒体人，高级编辑。笔名雨林，福建省作家协会会员。在杂志、新媒体发表诗作。出版诗集《一扇窗》。

▪ **代表作**

他终于应了一声

枯叶知秋落到他的身上
花朵点缀白发
坐在红鸡蛋树下
红鸡蛋花花期很长

只有风吹过，空旷的湖畔
吹过不动的嘴角
不知道是他忘了时光
还是时光铁锈了他

夕阳坠下山崖时叫了一声
他喃喃应了一句话
答对没答对，他自己都不知道
风一下子立了起来

▪ 组　诗

往复的陀螺

再过一会儿
就要滴落浪尖上
那夕阳，圆润、饱满
沙滩上的脚印，一串串音符
不会是西沙湾
黄昏的孤单

静静的洋面
停泊着一排回港渔船
多像走失的岁月
坚毅而苍凉
明天，请别忘了，带上我
一起扬帆，远航

这样的欲望，是否有点荒唐
我曾对杏林湾起过誓
永远不会背上行囊
如今，为什么见到海燕飞翔
就忘了，白鹭翅膀

西沙湾的海滩，尽是波涛
久久，拍打岸礁
那四处飞溅的浪花
谁能体验出失败者的无奈

人的一生，很短

值得像往复的陀螺，兜兜转转
面对起伏不定的大海
我内心彷徨

小小酒馆

寒风拍打着木格窗
窗内，灯火昏黄
小小的酒馆
酒一般，菜也粗糙，喧嚣中
季节更换

没有踌躇满志
不用阿谀奉承的客套
尽是小事，说那
受宠物"小白"，欺负的无奈

喝着，喝着，不知不觉
把一弯月牙挂上
忘了年龄，没了性别
拍着肩膀"兄弟，我没喝高"

散了场面的宴席
还能剩下酒友几盏
常常聚聚，地北天南
没白费，时光照亮

黄昏里的一只海鸥

不知身在哪里
喧闹一天
折叠于黄昏。对岸，山崖深处

冷落了
眼前，偌大湖泊
冷落了，孤独

一只海鸥，从岸边的草丛
飞起。翅膀寂寞
能否找到回家的路

我，不忍直视
内心，飞出一只
可与它，陪伴否

湖　祭

低着头，头落寞湖面
湖水把它，抬起
抬着天一样高
无法接近，故乡的亲情

每年的今天
我坐祖墓坟茔

与年迈的父母交心
才知道岁月老了
才明白，自己为什么年轻

车票，买了又退
找不到理由的决定
一整天呆滞湖畔
天，阴阴。为谁怜悯
时不时，飘着雨的清明

我知道
如水的时光很远
父母，很近

朦胧的距离

谁，荒废。山的一角
让岁月修复
谁用一棵大树
挡住小楼视线，去路

谁的孤独，还挂在
树梢的空气中
摇曳着风雨
不敢离去。离去
去，哪里

树枝树根的呼吸
风一吹，感受彼此的距离
没有，一点点加持
一点点修饰

也许，只有这样
似近非近
才能看清，每片树叶
不同。花香差异
才知道枝头撑不住
世俗

激流岛。天空
湛蓝湛蓝的孤寂
谁忍心追问，那顶
白色牛仔帽子含义，去处

叶　来

20 世纪 70 年代生于三明。三明诗群成员。编有《诗三明》《靠近》。

▪ **代表作**

与县后书

其一

我想，现在，我大多数的时间，都是活在尘土和喧嚣中

一位近中年男人，赤膊短裤，抬头便看见

对面的工地，假象的小桥、流水、人家，隔着一堵墙，暮色

掺着泥巴，等着秋天那些物是人非的景物

被暮光一点点地剥落，包括他含烟的发梢

旧货旁的垃圾，背小孩的妇女，小儿已酣睡

稀落的翅膀，垂下，像极了秋日的长叹

这里的一切，就是县后

噢，县后，有些绝望，有些不为人知的泪滴，洒在尘世

其二

县后社，坐落在这个岛屿东北部的一个小村落

已没有闽地古民居的厝屋风采了

杂陈，无序

秋阳把它煮得，像一锅毛血旺，沸腾的便是

那下了班后，从厂门鱼贯而出的女工

在马路旁

肆无忌惮地，往肚子里填塞食品和热量

我总是经过她们，可以感觉到

她们的内心，像湖水敞得相当开

无论卡车经过，尘土扬起

秋风来了，秋风一吹，把她们最为寂寞的

青春吹走，像偈语一般，缓慢，无限。正如她们缺乏营养的乳房

落日之下，渗透着荒凉，这已是悄然发生的事了

其三

今日秋分，我眼中有雨水，有魏晋以来的浓墨

这便是那古厝顶上的浮云，其实是三千的恍惚

是啊，通往县后菜市场的巷道，躺着一座墓，碑已无言

但我确信，它每日都看着众多的打工者

匆匆行走，步子比身子重许多

还好啊。墓地里的人，身子很轻，有轻薄之美

看浮世之人

口含夜色，吞吐月光，交响总带着浊气

我也经过这块墓地，拎着鱼头，打数斤酒回来

独自斟饮。眼中蒙着一层灰

眉头卷起，秋日怀伤，像大病似的

有时候，连鱼骨头都吐不干净

其四

县后街，我走了千遍的狭小街市

天空下最为透亮的淤泥

演出着人间的五味杂陈

路边的坟茔蒙上层层的灰，杂草梳理着秋风

看来许久不曾有人过来点香

然而大量的人民

从它们身旁经过，包括我

包括秋雨

我默默踩着泥水

它们溅上我的裤管，无法躲开

我听到裤管的怨气，一直走到更深的街道里

噢，这街道

像又黑又深的胡同

小贩们吆喝着叫卖琳琅的廉价商品

我看着她们

她们打量着我

彼此都有些疲惫

像杂乱的民居上空，灰云无法躲开我的眼睛

隐约在浮世。在县后

其五

在县后，我的发染上了刺绣般的景物

这含霜的景致

欠黄土一次掩埋的机会

啊，这人世

怀着戒律般的秋风，咏叹着，一直走得很远

有时在我的脸上，却有着不一般的寂静

其实，在我的内心，很不愿意

让这尘土，这秋风

把具后的颓伤送走

那位母亲又一次经过我

胸前安放着一副皮囊，垂到肚皮，它们在秋风中战栗和不安

我目送她，默默饮完这杯酒

在矮墙旁，站了一会，仿佛听到暮色中的

梵音，有如河水。我欲纵身一跃

其六

理发师在做他的文章，在我的头顶，搅动他

忧伤的剪刀。镜子里，发夹、木梳、刀片、染发水挤在一起

就像秋日下的县后，稠密得让人双眼发酸

他不说话，三五平方米的地方，咔嚓咔嚓

弄出的声音，让人不安、紧张

我应该是每月来理一次发，每一次都是孤独地坐着

很陌生地看几眼年轻的他，他老样子

依旧无精打采，就像那位逝去多年的人，对门外世俗的喧嚣

有着太多的偏见。他挽着袖子，不断冲洗

我的头颅，沉稳，打少量的皂

镜前的椅，空空荡荡

唯有门外贴着"本店转让"的字样，像前朝的月光

印在县后，秋风如何吹，都揭不走

其七

经枋湖东路，仙岳路，在东渡路左拐往湖滨西路

进鹭江道，在兴鸿大厦完成一次县后

过来的俗事。之后，坐公交，看一张张

冷漠的脸，经西堤，抬头再看海景高楼，它们坚硬，像群山

在近处，一动不动，笔直得让我心情难覆

哦，这是一张秋风，明月抵达唐朝

三千繁华，一事难了：回县后

一个多钟头的时间，外加行路两里半，膝痛难当

还是要走的话，那么就到世间混沌的民国

叫上一辆黄包车，不敢大声，说：到县后

其八

其实，这都是乱景。尘土、民居、厂房、租铺

通向县后社的台阶，更多的是

这里的人民

衣着没有鲍鱼的光鲜，他们来自祖国各地

说我听不懂的方言。可能会说

唐和尚，袈裟留下

案前，他卷起袖子，操刀一剁，鱼头鱼身分为两半，污浊之水

天上地下

而我，赶紧掏出银两：师傅，不用找了

是啊，秋分时节，鱼头肥大

云层辛苦

我拎着鱼头，一路走回，女工的眼神暗淡，困于一点点的物质

其九

夕光平静，云层慵懒，像极了县后辉煌旧货市场里的

妇女们，她们在轻缓的秋风中

唠叨着家事，她们不谈雨水，不谈风月，杀鱼煮虾，携小敬老

这些来自农村的妇女们

不施粉黛，有云一样淡然的心

我总会看她们一眼，不说话，偶尔点头

像对秋日下的杂草

向她们致敬

除了生计

有些个，为了多生个娃，在市场里，单调地生活

是啊，她们像秋风一样，或平静，或暗淡

就像她们的眼神，而她们的眼神

让这世间醒悟得太慢了，像风，吹不干我眼里的浮云

噢，浮云，对的，囤积在县后的上空

让她们家中的祠堂，香火得以延续。其他另作打算吧

其十

大致每年，我都会写下中秋诗，而今年

我写道：色易近，情难防，三千酒量，你们洞房

哎，我限于情色酒肉，乱章杂字

不如你们点灯粗茶淡饭

秋风人间，在县后，一位书生吐着烟圈，双眼浑浊，满脸淤泥

没有世间的清凉，犹豫得像路边的枯草

正接受秋风无限的

缓慢的惩罚

是啊，我坐立不安，仿佛内心的幽暗

在县后，被月色剥得干净

这种凛冽，像枯木，在县后，在路旁

我没有山水的坦荡

天气渐凉，我的身子有些薄。薄得像墓地里的人

▪ 短 诗

火车有一截伤心的往事

秋日的火车
在河岸走
出没之时，像旅人一样安静

暮色中，紧挨着公路
打来一束光亮
香樟树雪白的光影，如星光急泻

一部分落在急驰的卡车上
卡车裹着军绿
追赶着火车

火车有孤绝的快，一意前行
在夜里，赶伤心的往事
属于绝美

我不敢多看
移去目光，抬头
看星斗大如艳照
雪藏在天空

晨 暮

在莲花北路，车子碾过
刚刚铺上薄薄一层的沥青的路基
凤凰木的细叶去与天空的流云衔接
前方的路灯如此暗淡

唯我太过于放肆，去赶那场寂寥，那旷野

那失去喧闹面容的决斗

在晨光中，在徒然虚拟的货币当中

一辆卡车从我身边经过

光亮足以使我迷茫，伤怀

晨风吹过，光线进入阳台，衣物破碎

一张家徒四壁的脸

一张酗酒、荒野的皮具

在和光里的树影中，斑驳

▪ 创作年谱

20世纪 80年代 末	开始学习文学创作。
2002年	与友人创立《诗三明》论坛及诗刊。
2003 —— 2006年	创作《母亲》《影像》《在小酒馆》等作品。
2007 —— 2009年	创作县后及莲花系列作品《与县后书》《莲花二村纪事》等。
2010年	创作《初夏》《祈祷诗》《纯棉》等系列作品；创办《靠近》诗刊。
2011 —— 2015年	创作《兰若寺》《刺客前传》等系列；创作《出租屋》《老板抽支烟吧》《睡觉青年》等；进行实验性写作，创作《裤管之诗》系列；2012年获"张坚诗歌奖"年度奖主奖。
2016 —— 2017年	创作《雾镇》系列，《山顶的雪》《照耀》等书写亲人系列，及部分岛屿题材创作。
2018 —— 2019年	创作《文成山行》《在丹岩山庄》《湖里下雨了》等系列作品。
2021 —— 2022年	创作《中秋诗·落袋为安的月亮》等。

阡　陌

本名王艺串，"70后"，同安人。从事小学语文教学。诗写纯属爱好，无过多交流和发表，认为自己更合格的角色是"诗爱者"。

▪ **代表作**

诗爱者

树影走进山谷，听
果实发出金属般的回声

麋鹿在河边构思着旷野的结构
石头假如碰撞，会有话语的闪电

是的，处处传递神的手谕
植物的根倒长在天空，一朵花
都可以开成梦想的样子

那个怀揣着风中茭草
踽踽而行的人
有着山谷的体温

一片黄叶无声地落在地上
唯那人听到了

▪ 组　诗

花在睡雨滴醒了

雨滴醒了，叶子在水里
尽情地燃烧。没有人知道它
在对谁微笑——没有人
而我准备继续打着赤脚奔跑
告诉你那些一无所有的方式
像鱼儿。像荒芜的田野
长满夏风，对着天暗下来的方向
看天空慢慢升起
看那些灰蓝色泽
在自由的伤感里流连，不肯退场

阅　读

旅行应该这样：
流动的寂静。看似普通的
打包工坐上虚席。他们身上
蹭满了生活的悲伤，而他们
实际上个个身怀绝技

顿挫的声音里，一列列车厢
被突起的情节缝合。在他们排练
间隙我并没有被排拒，且
偷偷调换了作为观众的位置

抬头刹那，我给了他们一句敬语
他们递给我一张相对完整的版图

窗外的风景已然熟稔
轻轨高过原野，孤独低于喧哗
车水马龙快闪成一次次逃亡

而属于我的月色依然低挂
在山冈：途经的隐喻是
坡上碉堡，更是我身体打开的窗户
我看到许多驼背小人在林中潜伏

我想起我已很久没有返乡

校园的小钢琴手

一踏上台阶，风拂着清露便吹了过来
多么欢乐的洗涤
你垂着马尾辫端坐舞台
双手轻盈起落：你在拨弄
拨弄秋天，拨弄晨日
拨弄秘密，拨弄童话
你在世界中心，她们臣服你手
化为快要灭绝的情语：涓涓细流
那时候，我看见这个园子的
植物之神，伸出手在你头上
拱出一道绿色的门，对
神往亦趋的我，说不

惊悸症

一个层层包裹的女人。园中静坐
许久。还没跨出之意
继续以侧影推开与周围的距离

过冬的塔树站着，枝干丢弃
成段祷词，神经流动黑色影子

黄昏暗沉。绕行三十三周的鸽子
渐渐消失。穿行在她体内的声音
逆风，绕行后又回归阴冷的角落

天空还倒着影子。草在空气中
微微抖动了一下。一阵惊悸被沉默觉察

对她来说，这个春天得的病
她一无所知

多么平常的一天

阳光遍布。空气有
三月（二月二十八）早春特有的潮湿
就这样稀疏吧。珍爱的
包括所有的慵懒无常
这散落的物品，这无为的酒杯
庸人自扰的困兽

我已把这一切收藏

无数次被吻醒的花朵、被模仿的植被

还有那不知疲倦鸟鸣

你多少次跃越的人群

哦，不，还有那潜伏其中的

来自世界的恶意（那么深，最近我已品尝）

我要一并儿拥抱你

是你让我在无数的忧惧中

逐渐达到完整

听她读诗

空气中一定

弥漫了颤抖的气息。为她

阳光下俯身的温柔

为苍老咽喉发出

夜莺般的性感

为字节在她眼里发出的闪电

为贫困胸腔长出的忧郁森林

为破损嘶鸣的马车发出尊贵爱意

为她一生愚忠却跟着骑士私奔

为她明明身陷乱朝泥潭偏偏走向太平盛世

假如你爱她，你一定为在死灰

春天萌生的爱恋而颤抖

同时又在瞬间光芒里

看见万丈孤独

▪ 创作年谱

1989 年　开始练习写诗，第一首诗为《无题》。

2005　　部分作品存于 1+1 教育论坛（未曾发表）。

——

2008 年

2019 年　《给十月的第一天（三首）》发表于《台港文学选刊》。

2020 年　部分作品入选《同安文艺优秀作品选·诗歌卷》（厦门大学出版社）。

2021 年　个人诗集《阁楼上的夏天》出版。

禾青子

"70后"，同安莲花镇人。厦门铜鱼诗社创始人、社长，中国作家协会会员，福建省作家协会会员。作品发表于《诗刊》《星星诗刊》《诗潮》《青春》《诗林》《散文诗》《散文诗世界》《厦门文学》《海峡诗人》等报刊，入选《中国百年诗人新诗精选》《2019中国诗歌年选》《福建诗歌精选》等选本。出版诗集《稻草人的魔法》《为脚下的溪流命名》《一澍一蔷》。

▪ **代表作**

为脚下的溪流命名

从今天开始，右边的这条小溪
要唤作青莲溪
永远不要长大，也不许干涸
好让我们留住村庄里
白发苍苍的父母

左侧的流水，应该命名为恋石溪
每当我把水中的石头搂入怀里
就能感知到
彼此的温度，彼此间
那不可言喻的柔软

它们融合，向远方飘去
应该被称为美云溪
只有最好的云彩
才配得上这一江春水
从我的土地流出的光泽

我不会送它最后一个名字
因为我最终将被葬在家族的坟地
而它会找到大海
它的国，会收下
那些无名无姓、不曾衣锦还乡的孩子

▪ **短　诗**

在我的莲花镇磨损此生

在远处，还是穷极一生攀越不尽的山峦
还是云雾重叠、青碧漫延
像一幅神奇的画挂在那儿
拦住已经变得视物模糊的双眼

沿着屋角，黑衣服的燕子仍在盘旋
偶尔俯冲下来，落雨之前
它们不带一丝惊慌
就轻巧地掠过眼底永恒的景色

多么亲切，群山彼此环抱，如伸展的莲花
那些开过向日葵的田埂
其实就是一个人童年的词根
我必须回到此处，在我的村庄

渐渐忘记多年的努力
日复一日，辜负着身上朴素的布衣
直到与周围晦暗的屋瓦，相互悄悄磨损
直到将身后事，托付给一个容貌相近的人

醒来之后

布谷鸟神秘的咕咕声响了一阵
附近的草地显得情绪饱满
之后，经过短暂的沉寂
一只渴望被爱抚的小狗
开始吠叫，向女主人恳求
太阳最先照见了我的苏醒

这些都很好，事物之间仍然联系着
小鸡的棚屋，丝瓜朴素的花朵
几只蜜蜂在金黄色舞台倏忽
而台风要等一段时间才会吹袭这里
我不想知道任何新闻
从晴朗中怀念一个人我已沉浸于快乐

溪水在流逝着

富饶的城市
进入冬天以后，景象没有任何变化
鹅卵石铺垫着溪水的清澈
高耸的建筑物，倒影还能照顾到划船者的感受

眺望中，我不是孤立的
命运一直在和我说话
将别人的语调也渗入其中
往日的爱恨既能催眠我也能唤醒我

肯定还有一条小街会辨认出

那嘎吱响的三轮车轨

缘自我那辛苦的蹬踏

溪水从未变道。记忆从未卸下难以摆脱的重负

父亲的背影

某个黄昏

在摇摇晃晃的板车上

我躺着，像一棵安静的小树

从乡村去往城郊，去海军医院

不用担忧的皮肤疾病

送去屠宰前的猪咬伤的右手

一对年轻的眼睫毛

沾着黎明薄薄的雾气

一整天我向上仰望

蓝天很高

大气层和晨曦腾开明朗的道路

我们经过桥，牌坊，老集市

我极力回想半个世纪前你蹬踏的姿势

但现在，是另外一个早晨

从你松垮的肩膀和豆浆机的轰鸣

我无从辨认我们共同生活过那些痕迹

为什么会由这种梦来诠释空缺呢

昨晚。你在另外一个密闭的房间里

任我如何使劲地拍打门

都仿佛击中一团松软的棉花

古老的水井

当人们不再靠它延续生命

谁还会费力掀开沉睡的井盖

以结实的双臂上下晃动

一只铁皮空桶

我记得那取水的节拍

不像跳舞也不像对神灵的祈祷

倒是更像专注于

古老的技艺

有些熟悉的影子消失了

——但很奇怪，大约今天早晨六点钟

他们又在井沿附近洗濯衣物

交谈的笑声多么轻盈

一种仪式感忽然回归生活

我要谢谢晨雾将往昔的温情重新描述

湖　畔

雾已飘散。水位最浅的地方

一尾鱼，湿漉漉，摇摆着钻出浮草，它们的小森林

绿色和深绿色无穷无尽

又一尾鱼游入视线，鳞片一闪一闪

像另一种未来反射的光

寂静的水纹，沉默的时间，河床被蚀损的

一处处无言的记号

我一日比一日喜欢这里

很多内心的叫喊也风平浪止

记忆、生命亦属他物。神的故事中我愿独守空白之页

▪长　诗

三十年河东，三十年河西

一

那三十年，每一次潮汐

都如胸口沸腾的热血

我的快乐，是踏月光

是逐浪，是和所有人争天下

每一块金光闪闪的领地都是诱饵

我不懂爱，却不得不爱

二

三十年我在河东，也有大好江山

总认为最好的一段光阴

还够长，遥遥对岸算什么

我有足够的启航灯

有足够的时间，摆渡

可以让枯枝复活，凭一苇渡江

山神、河神，都要闪避我的锋芒

三

我从不说疼痛

也不让河流开口

我一直想扳倒

生活的波涛

哪怕河西青瓦覆霜

河东乌衣噤声

四

原本该有复活的花瓣

原本该有流泪的马头

原本该有人给未来指点迷津

有人一遍又一遍地唱和

"我就是愚昧的人民

我就是厌弃的炼金术

我就是禁锢的河流，疲惫的火把"

五

多少旋涡不可卷入

多少险礁不可触及

多少深渊不可逾越

我指认了我的身体

那是拦河坝一样的肋骨

那是锈迹斑斑的铁索，我的血管

我指认了，自由的缺口

六

原来，河西也是河东

是两撮土相互为敌

用于发芽，也用于腐烂

先给你鲜花迷离，再给你断碣残碑

我看过挣扎下沉的太多人

用浪花割着肉身

却没有灵魂喊疼

七

现在，河西就是河东了

我只是漏网之鱼

你也是过江之鲫

死亡的鱼骨在身后漂浮

只能自己掌好那盏船灯

还有河西，还有三十年

有三十年，也足矣

▪ **创作年谱**

2012年　1月，开始旧体诗创作。

2013年　3月，开始新诗创作。

2014年　2月，参加厦门青竹社组织的新春诗会，第一次接触厦门诗人圈；5月，《温岭无名寺》《蝶梦》《两只白瓷花瓶》发表于《海星诗刊》；《扑克牌》《景观》《我们将如红枣老去》发表于《海峡诗人》2014春之卷；获中国诗歌流派网五月诗赛亚军；12月，《评余笑忠〈正月初六，春光明媚，独坐偶成〉》入选《诗日历》；作品发表于《南方诗人》2014年第2期。

2015年　1月，入围第七届张坚诗歌奖；《英子》发表于《天津诗人》；《评渭波〈磨刀〉》入选《诗日历》；6月，《我死之日》获突围诗夜第五晚最佳诗人奖；12月，《虎头山记》入选《实验经典诗选》。

2016年　1月，参加福、漳、厦三城诗会；4月，《有植物的人是幸福的》《灵芝》《望海潮》发表于《0596诗刊》；8月，《落日诡异（五首）》入选《奔腾诗歌年鉴》；9月，《在我的莲花镇磨损此生》发表于《诗刊》；《为脚下的溪流命名》入选中国诗歌网《中国好诗》第2期；10月，参加凤凰·鼓浪屿诗歌节。

2017年　2月，《深深的用意》发表于《青春》；4月，《春日》发表于《厦门日报》；5月，《稻草人的魔法》出版（线装书局）；6月，《外滩》入选《泛粤东短诗精典》（团结出版社）；7月，参加突围诗社11周年庆；8月：加入福建省作家协会；12月，到天读民居书院参加闽南百年新诗座谈会。

2018年　2月，评论发表于《诗》总25卷；5月，《五月》发表于《厦门日报》；6

月，《地下河》发表于《厦门文学》；参加第6期"闽风文学品读会"，主讲新诗；受邀参加第八届漳浦诗人节；12月，受邀参加第一届宁化客家农事诗歌节；《败笔》入选《2018中国微信诗歌年鉴》（银河出版社）。

2019年　3月，以笔名"叶金"获中国诗歌网年度十佳诗人之3月月度诗人评选提名；4月，诗集《为脚下的溪流命名》出版；《去爱弱小的动物（组诗）》发表于《新诗大观》"特别推荐"；5月，创办铜鱼诗社；6月，《去往灵通寺途中兼怀母亲》入选中国诗歌网《中国好诗》第83期；7月，"铜鱼诗社"微信号创刊；参加"最美中国，相约珍珠湾"文学专场沙龙；参加厦门文联文艺创作培训班；8月，获国务院地名办主办、诗刊协办的"美丽中国，诗意地名——中国地名诗词创作征集活动"比赛优秀奖；9月，作品入选《奔腾诗歌年鉴》；10月，参加鼓浪屿国际诗歌节，主持"厦门本土诗歌的写作自觉与他觉"讨论会。

2020年　1月，作品发表于《诗》总26卷；2月，《去爱那弱小的动物（组诗）》发表于《厦门文艺》；4月，《湖畔（二首）》发表于《海峡诗人》；5月，获首届"原罪体验室"年度诗歌奖入围奖；7月，《广州小印象》《去往灵通寺途中忆及母亲》发表于《星星诗刊》；《有植物的人是幸福的（组诗）》发表于《散文诗世界》；作品入选《2019中国年度优秀诗歌选》；作品入选《诗》总27卷；作品发表于《净峰诗刊》；8月，《着迷于特德休斯》发表于《诗刊》；获第三届博鳌国际诗歌奖提名奖；在厦门十点书店主讲"与谢默斯希尼有约"；9月，获中国诗歌擂台赛9月10日冠军；《蚯蚓》《模仿》发表于《诗潮》总291期；参加厦门"90后"诗人创作交流会，做嘉宾讲话；参加阳桃院子诗歌雅集；作品入选《海内外华语诗人自选诗》；获第八届中国白天鹅诗歌奖二等奖；10月，参加诗刊社主办、福建省作家协会协办的新时代诗歌创作高研班；入围第七届突围诗歌奖年度诗人奖前10名；作品入选《2021天天诗历》；11月，《漂浮在时间之上（组诗）》发表于《散文诗》；获中国诗歌擂台赛11月16日冠军；在漳州参加世界诗歌网福建频道成立庆典，正式出任频道版主；成立禾青子工作室；12月，《小坪森林公园》发表于《启明星校园文学》；《海边的抒情（六首）》发表于《台港文学选刊》。

2021年　1月，《飞行伞（四首）》发表于《诗林》。

江　浩

1968 年生，福建省作家协会会员。1990 年起在全国多种报刊发表诗歌、散文、小说等。作品入选多种选本。出版有诗集《生命如水》、长诗集《土楼三部曲》。

▪ **代表作**

一整个冬天

一

冬天的树叶
树叶在树上在冬天的树上
互相撞击
吧哒吧哒不需隐藏

奔跑的树叶
跳跃的树叶
如惊弓之鸟躲着冬天的追杀

荒凉的呼吸可以停一下的
树叶在铺开
豪华奢侈

雨声也可以停一下的
在风中与树叶碰撞
化作点点光
听心跳是如何加速的

可是种子不可以停下

生长，树叶的脚步踉跄
没人告诉我
冬天的格局哪里去了
白雪太遥远了，月亮很高

我不在意云朵
但我在意万物复苏
不管是冬天还是春天

二
寻找冬天
我一直在找一个冬天
把你找回来
把天空上的云朵找回来

但是没找到
黑夜像传说中的故乡
河流靠近村庄，河水
也在寻找前世之旅

我要找的那个冬天
还会回来吗
我相信我的冬天不在这个冬天里

三
过冬
安静是这个冬天
寒冷是这个冬天
我的手皲裂
也是这个冬天

抱着一阵风

抱着记忆的冰花

抱着老婆寻找翅膀

抱着我的抱着

过冬

四

大海之上

海边的长廊是拿来散步的

运动器材是拿来休闲的

我们走

穿过一座廊桥

穿过一个小亭

流水就在身边平平淡淡

青苔的气息

划开冬天的秘密

我一下就滑进了冬天

说不清露水一样的梦

在哪里开花

人类和大海没有可比性

大海在冬天结冰

人类在大海之上

滑行

五

隔着冬天

恍惚是冬夜里长出来的睡眠

寂静而安然

灵魂打开天窗

透露出一丝光亮

仿佛隔着一个世纪

那么慢

那么遥远

然后隔着我和你

隔着开花

隔着结果

隔着大海

隔着月亮

隔着冬天

和春天

六

泡茶

你说

还是

我说

其实不重要

茶是唯一的

见证者

七

日子

有点乏味的日子

在冬天完成飞跃

灵魂的约会

让沉默的人

握住更多的早晨

和阳光

穿过街道

和与梦相遇

都能心平气和

像朋友一样

交谈，像

亲人一样

关爱

日子就是你手边的温暖

有遗憾

但更能见证我们的

呼吸

八

等待春天

如果春天是穿过一整个

冬天而来

如果春天的藤蔓

缠绕着冬天的枝丫

那我就等你来

我要看看冬天的秘密

在春天的翅膀里

藏得多深

等冬天完全过去了

等河流重新流淌

等冰雪融进春意之中

我就回到村庄里去

把春天的诗句

告诉我的亲人

九

冬天的石头

冬天的石头在雪地里

掩藏，旁边一棵瘦弱的植物
乘着夜晚的光
蹒跚着，似乎忘记了
冬天的寒冷

积雪和泥土是无声的
夜晚是无声的
而石头的回忆
也是无声的

大地的力量给了石头
雪在退缩
从山顶到平地
温暖在前进
万物的复苏经过冬天
出现在这里

多好，太阳出来了
奇迹发生了

▪ 组　诗

我要把他放在致命的地方

我要把他放在致命的地方
一座豪华的君王之墓
旁边充满敌意的芒刺
在这座城里，夜晚伸出白色的手指
撕你的衣服、皮肤

掏你的心肝和肺

我闻到腐尸的味道从餐桌发出

他失去了形体，大幅度贬值

在致命的地方漂泊、霉变

成为报纸的头条新闻

风光却一败涂地

你的死亡在你的生活之上

你沉重地坐在生活中

就像你坐在轮椅上

死亡必将摧毁怀疑

你的死亡在你的生活之上

用死亡威胁自己

在春天，我用死亡威胁自己

我故意听不到沙沙的雨声

也没有人会听得见我的私语

我把自己置于世界末日之中

血液汩汩流了一地

脸色苍白

我这凡人的气息

要还给大地

我要在春天拥有死亡的意识

哪怕有人不适应

哪怕是你说出了我的名字

▪ 创作年谱

1990 年　开始诗歌、小说创作，并开始在《闽西日报》发表诗歌作品。

1990 年　先后在《诗刊》《星星诗刊》《中国诗人》《诗选刊》《诗歌月刊》《文学

——　　　港》《扬子江》《福建文学》《厦门文学》《佛山文艺》《客家文学》《中西

至今　　诗歌》《新大陆》《国际华文诗人》发表诗歌、散文和小说；作品入选

　　　　《厦门优秀文学作品选1994—2003》（昆仑出版社）、《厦门优秀文学作品选

　　　　2004—2013》（厦门大学出版社）、《百年厦门新诗选》等多种选本。

2002 年　12 月，出版诗集《生命如水》。

2003 年　加入福建省作家协会。

2009 年　8 月，出版诗集《土楼三部曲》。

杨学全

1965 年出生，2017 年移居厦门。江西省作家协会会员，铜鱼诗社公众号《铜鱼诗刊》主编。

▪组　诗

5 月 29 日上午，在莲河古街

古街的长度也就一百来米

沿着石板路走下去

无须多长时间

四米左右的街面

两旁是石块建筑，厚重庄严

偶有几扇木门在石墙里

站着，唐突却也不乏生机

古街热闹、拥挤

各种买卖充斥其中

我一路闲逛，东张西望

一些几十年或者上百年的文字

清晰依旧，它们被书写者

遗留在这里，又被风尘突显出来

与那些雕花、纹路一同

用不多的光泽

表现被遗忘的某些场景

五月的阳光从云朵间抖落下来

古街和大地

逐渐明朗，我已走到另一条路上

隐约能看见远处的海滩

曾几何时，古街见过许多
从海上走下来的人
今天，一位来自
赣东西宁河边的外乡人
与之谋面，又匆匆离开

暴雨中，那些低头的青草

头颅已触到了大地
像根茎一样
紧紧地贴着泥土，暴雨
从天而降
唯有这样它们才听得清
落在身上的雨水在说什么
这些逆来顺受的青草
阳光下，也曾绿意盎然
安静如初
也许它们见过太多的暴雨
无须像我一样感叹
并且习惯让整个身体
交还大地，在噼啪的雨声里
回想起春天某个雨夜
第一次露出牙尖时的喜悦
世间，原来如此美好

一群鸟在黄昏飞向大海

一群鸟在黄昏飞向大海
如同偶然出现的风

吹起树枝间的一些树叶

风不知道自己会吹向哪里

因为还有尘土与阳光

在树叶前面飞舞

这群刚从湿地起飞的鸟

之前，还在水面嬉戏，觅食

眺望远方那片更宽阔水域

它们看到了落日

下沉，那片猩红色云霞

也在它们眼里一点点黯淡，消散

这群突然回到天空的鸟

让黄昏清晰

望着它们，我不由得想起

好像有什么东西被它们带走

沿河而上

并不知道是在逆着流水

而上，去某一处地方

门只顾往前走着

、顾三三两两地交谈，或者

低头抚摸着手机

路旁偶有些花朵挤在草丛里

也低着头，她们在躲避

与风一起过来的尘土

我们走在人行道上

身旁汽车来来往往

大街从不缺失繁华和喧嚣

我们没有留意另一侧的河面

已泛起深秋的波澜

我们熟悉的流淌

早已被其他的响声淹没

我们像一群蚂蚁在众生的世界

从一个路口转到另一个路口

与此同时，我们却与一条河流

或一段时光，擦肩而过

对一簇长在房顶上的草的描述

它们是一群随意生长的野草

寂静地坚守草的本分

从嫩黄，青翠到如今渐渐枯萎

一直站在风的高处

守着这栋房子

替主人保守某些秘密

它们知道烟火从哪里升起

知道尘土落向哪个角落

寒冬，还知道月光下的白霜

是怎样来到人间

我是在黄昏无意间看到它们

像记忆中祖父的头发

稀疏、散乱。暗黄的光芒

落入它们的世界，黑夜将临

我看到它们在摇晃

好像比我提前看见了黑暗中

如期而至的一场寒风

▪ 创作年谱

1987 年　开始新诗写作。

1988 年　与弟杨志海合著诗集《南方的种子》。

1989 年　与朋友一起创办山茶文学社，并编辑刊物《山茶》。

秋——

1995 年

1996 年　第一次在《诗刊》发表 3 首诗歌，后入选《赣东文学作品选》。

1996　　先后在《福建文学》《星火》《创作评谭》等刊物发表诗歌作品；其后中

——　　断诗歌写作。

2004 年

2012 年　重新阅读和写作，后多次获抚州市各种诗歌比赛奖项。

2017 年　移居厦门，后加入铜鱼诗社，并被聘为诗社公众号《铜鱼诗刊》主编。

金小刀

本名刘俊峰，经济学硕士。曾用笔名俊峰，福建省作家协会会员，厦门市作家协会会员，厦门海关文学艺术界联合会副主席。1985 年开始发表作品，作品散见《诗刊》《丑小鸭》《福建文学》《厦门文学》等。作品入选《厦门优秀文学作品选》《百年厦门新诗选》《世界因你而美丽——作家眼中的厦门》《鹭岛清风》等。出版长篇小说《困局》，诗集《迷城》《苍天的眼泪》，诗歌散文集《夜的颜色》等。长篇小说《困局》获首届中国海关金钥匙文学奖（2012 年）。

▪ 代表作

一个人来到西藏

一个人悬挂在知与不知之间
寄蜉蝣于天地
一个人来到西藏
寻找信仰和风景
在知与未知之间
把影子踩在脚下
与未来对赌
未来，或是触手可及的泡沫

天幕张开露出时间黑洞
四野洪荒如大地的子宫
圣经在内心深锁
生命属于尘土
一个人行走在孤独的江湖
渺沧海于一粟
提着头颅风餐露宿

谜底越藏越深

一个人来到西藏

期待解密的法螺吹响

非法非非法无非因果

珠穆朗玛圣洁如神迹

羊卓雍错碧蓝到极致

一个人来到西藏

回首颠覆假象

真相云卷云舒

从眼里蔓延到天空

死亡时时刻刻重新定义

生命在飞沙走石间浮沉

神鬼的路标并肩比邻

看不见的眼睛无处不在

经幡是佑护的图腾

把守灵魂游走的关卡

一个人来到西藏

困惑与缺氧无关

一个人来到西藏

注定与另一个人相遇

与另一个人擦肩而过

与另一个人互相思念

在玛尼堆旁

在天葬台上

在灵塔里

在时光的灰烬中

信仰是一间间空空的房子

风景是一张张微笑着的脸

一个人来到西藏

转神山转圣湖

终点又是起点

一个人不停地行走

走不出前生画下的牢笼

▪ **短　诗**

时间是一根绳索

时间是一根绳索

连接河的两端

彼岸的曼珠沙华

如在眼前

一刻与永恒

常在一念间

时间是一根绳索

连接真实虚幻

阳光之下的朝露

缘起缘灭

如一张笑脸

时而失去时而重现

时间是一根绳索

连接距离思念

绽放中的生命之花

无论长久短暂

世上最珍贵的礼物

是一次又一次相见

时间是一根绳索

连接注定偶然

梳洗明日

回望悲欢

三十年一握手

永植心田

所有人都是夜空里的一闪

我听见午夜的雨在喘息

花蕾分娩的呻吟

有人在用灵感酿酒

一瞬的灵感

一世的牵绊

所有人都是夜空里的一闪

我看见城堡和银币

在那里做自己的王

星星的玩伴儿

月亮的酒友

把玩童话

所有人都是夜空里的一闪

只有眼泪知道真假

时间知道远近

人间不再美好的时候

谜底水落石出

我只希望看到意外

所有人都是夜空里的一闪

我的眼睛是一座监狱

到了一定的时候
我会端起酒杯
星火熄灭，花树点燃
我的眼睛是一座监狱
只囚禁泪水

泪水几次越狱
不为自由
只因悲从中来

未来的那个时候
我看着你端起酒杯
再次回到过去
人已远，水流云散
酒入愁肠

我的眼睛是一座监狱
只囚禁泪水

▪长　诗

雪域边关，我心中有颗扣子为你解开

每个人心中或许都有一些扣子
扣住自己的心事

扣住情感、名利以及一切有关的东西

有的人一辈子也解不开某一颗扣子

而我，只知道从那天开始

心中有颗扣子已经解开

迅速毫无预警地解开

本能中没有一丝拒绝地解开

那是我第一次来到雪域边关的日子

谁说天堂地狱都在人的心里

谁说高海拔是人类生存的极限

谁说存在决定意识才是哲学

谁说缺氧是不可克服的困难

谁说活在高原是对生命的挑战

雪域边关啊，自从我第一次与你相见

我心中的那颗扣子就为你解开

虽然，我呼吸急促

虽然，我头疼难忍

虽然，我夜不能寐

虽然，我步履蹒跚

虽然，我辗转反侧

但是，我亲爱的边关人

你们说，坚持坚守就是最好的妙药灵丹

我一时羞愧难当

一时幡然醒悟

幸亏啊，我在丢失自己的刹那

第一时间找回自己

第一时间告别遗憾

而那些把困难当成生存基础的人们

可曾意识到，肉体的存在是最简单的存在

是最低级的本能的存在

呼吸急促不可怕

头疼难忍不可怕

夜不能寐不可怕

步履蹒跚不可怕

辗转反侧不可怕

可怕的是啊，灵魂散去时

你同样找不到自己的肉体

雪域边关，我心中有颗扣子为你解开

因为啊，我的脊梁骨与你一样支撑着肉体

我脉管里的律动与你脉管里的律动处于相同节奏

我血液里的热度与你血液里的热度没有丝毫温差

因为啊，我的信仰没有和你拉开距离

而那些把困难当成生存基础的人们

你可曾生活于只剩下一半的氧气里

你可曾在天寒地冻中果敢砥砺前行

你可曾喝着金属超标的水无怨无悔

你可曾在没有信号的夜晚寂寞洒泪

你可曾对着漫天星辰诅咒命运不佳

但是啊，你的同类正在同样的条件下

享受着生命里那更高层次的洗礼

每个人心中或许都有一些扣子

扣住自己的心事

扣住情感、名利以及一切有关的东西

一颗扣子就是一道考题

一颗扣子就是一道门槛

一颗扣子就是一道难以逾越的高度

一旦越过你就不再是原来的你

雪域边关，当我心中的那颗扣子为你解开时

我就获得了全新的生命

获得了与母体同在的欣喜

▪ 创作年谱

1983	《三月的雨》等多首诗作发表于对外经济贸易大学校刊《晨曦》。
1986 年	
1986 年	4 月，诗作《历史不能忘记》发表于《丑小鸭》。
1990 年	加入厦门市作家协会。
1990 —— 1995 年	《码头》《东京，秋之物语》《广岛散记》等数十首（篇）诗歌、散文诗、散文作品分别发表于《厦门文学》、《厦门日报》副刊"海燕"、《闽南日报》副刊"九龙江"等报刊。
1994 年	9 月，诗集《迷城》出版（香港亚洲出版有限公司）；诗歌《永远的恋歌》入选《厦门优秀文学作品选 1980—1993·诗歌卷》（鹭江出版社）。
2003 年	散文诗《与茶对话》获厦门人民广播电台《空中茶轩》征文二等奖。
2004 年	开始创作长篇小说《困局》。
2006 年	诗歌《码头》入选《百年厦门新诗选》。
2008 年	散文《梦一般的西海湾》入选散文集《世界因你而美丽——作家眼中的厦门》（鹭江出版社）。
2009 年	6 月，诗歌、散文集《夜的颜色》出版（解放军文艺出版社）；11 月，诗作《你是地球之巅的一滴泪》发表于《诗刊》11 月号下半月刊。
2012 年	1 月，长篇小说《困局》出版（作家出版社）；12 月，长篇小说《困局》获中国海关首届金钥匙文学奖。
2015 年	7 月，诗作《藏香》发表于《厦门文学》第 7 期；10 月，诗作《冈仁波齐》发表于《福建文学》第 10 期。
2016 年	诗作《旅藏四篇》发表于《海关文学》上半年刊；4 月，诗作《你是地球之巅的一滴泪》《马勒》和长篇小说《困局》分别入选《厦门优秀文学作品选 2004—2013》（厦门大学出版社）；7 月，散文《书房情节与读书境界》发表于《厦门日报》；9 月，诗作《二十年：彩色与黑白》《鼓浪屿旅情》

入选《惠园诗选》（对外经济贸易大学出版社）。

2017年　加入福建省作家协会。

2018年　4月，诗集《苍天的眼泪》出版（现代出版社）；4月14日，参加厦门作家协会、厦门海关文学艺术界联合会、外图厦门书城主办的"金小刀诗选集《苍天的眼泪》分享会暨首发式"；7月1日，参加厦门市作家协会举办的"金小刀作品座谈会"；同日，《厦门日报·文化周刊》刊发作家访谈《厦门作家金小刀：高原上的深沉思考转变为诗的意象符号》；8月，诗作《九月的喀纳斯》《秋日偶感》发表于《厦门文学》第8期；12月，历史散文《叶成章：持之以慎，积之以勤》入选《鹭岛清风：厦门历史名人勤廉故事读本》（中国方正出版社），并被改编为视频作品，分别在"学习强国"、人民日报（海外版）网站、福建省纪委监委网站、厦门电视台等媒体和平台播出；散文《心灵之湖》发表于《民俗报》。

2019年　2月，短篇小说《第四种真相》发表于《厦门文学》第2期；6月，参加第九届漳浦诗人节；7月，散文《梦一般的西海湾》获选参加"迎中华人民共和国成立70周年，厦门市府办和新浪网、微博特别策划：志合者不以山海为远——城市告白·厦门情书"活动，并在微博、新浪网、新浪新闻客户端平台刊发；10月，参加2019鼓浪屿诗歌节，提交和发表诗作《无人区》；诗作《十月的风》发表于《厦门文学》第10期。

2020年　1月，入围第六届中国诗歌·突围年度奖（2019）提名名单；9月，参加闽地九月诗会暨第六届阳桃院子诗歌雅集，提交诗作《九月》《今夜，把自己从记忆深处扒出》入选诗会诗集《古堡赋格》（闽地第六届阳桃院子诗歌雅集·首册）。

林 祁

20 世纪 50 年代出生于厦门，90 年代赴日留学并任教于东京，2010 年受聘任华侨大学华文学院副院长、教授，现为厦门大学嘉庚学院教授，暨南大学、集美大学兼职教授。北京大学文学博士，中国作家协会会员，日本华文笔会副会长。出版诗集《唇边》《情结》《裸诗》，散文集《心灵的回声》《归来的陌生人》《彷徨日本》《踏过樱花》，《莫名祁妙——林祁诗文集》，《纪实长篇：莎莎物语》（获日本新风舍非虚构文学奖第一名），论著《风骨与物哀：20 世纪中日女性叙述比较》等。

▪ **代表作**

海 问

终于完成一次小小的移动，向海
把诗和过去都撕毁，扔进浪丛
留着那条河的石子
垒成这座灯塔
为什么选择悬崖
这是一座美丽的小城
有故事没有春秋，涛声低沉

我在海岸问天
把身体站成一个惊叹号
问号的弯钩早已落水
能钓到鱼吗
风使劲地吹，看不清方向

只为不坠入万丈深渊
摸过石头的食指

翻不动史页

举灯，为远方传播光的热情

光线在黑暗的缝隙间穿行

黑夜如此沉重

黑与黑摩擦，迸发闪电

▪ **短　诗**

海边的风筝

接地气的周末，沙滩

让阳光的鼻息轻舔染黑的鬓毛

夕阳，该怎么面对老师

还有老诗人这件事

一个人可以做一辈子好事

但不能入诗

诗是海边那只放飞的彩鸢

它总要乘风追云

春天捡到一片秋的黄叶

你把这心形的树叶递给我

焦急地喊：不要相信

这是春天，怎么能有落叶

偏偏门口的小路你天天走过
明明是你亲手捡起黄叶
这是什么树
叶子为什么长成心脏的形状
为什么死在春天
让人想起那片日本电影
我要吃了你的胰脏变成你

一叶可以知秋也就可以知春
但一叶不能预示老去
且将它夹在日记里枯萎
日记证明我还活着

阴　谋

突然想起当年的那个阴谋
真可惜
我们回不去了

那座破烂的小楼
一动就摇晃
什么也不敢做

现在知道你的好
年代已经久远
笑也可以是大声的
泪轻轻落到心底

激　活

悲伤太重
直接沉入水底
不见涟漪
尽管赛龙舟企图唤醒历史
以热闹掩盖空虚
庆幸这个夜晚只剩你的声音
穿岁月而来

被激活可以是云
才华横溢不拘一格
蒸腾
再回归湖水
享受微风半咸半淡的抚摸
听时间呻吟

我听声音，你的
语言蜕变成水珠上升
即便什么话都不说或不能说
风儿依旧轻轻走过
远方的你
能读到我眼角晶莹的早晨吗

庆幸没有人关心
水和风的关系

▪长 诗

鼓浪屿

海上只有一种悲哀
那就是没有帆船
　　　　——题　记

一

你原本是座巨轮
即便沉吟月色
千年约定的梦也鼓着浪
或者是双桨船
摇着闽南乡音
诗的想象卓越就能越出海洋
围裹的母语又咸又涩
生下我这朵浪
于礁石的黑白键扑腾
风送来云的琴声

身体的曲线　驮着
月亮的救生圈横渡童年
划水的手需要坐标
才不会被浊浪淹灭
才可以划出天海风涛
日光岩晒着诱惑
看起来很近
游起来很远

阳光睡在石头缝里

因而每天都是新的
升高，风吹动郑成功的雄襟
还有我黑色的长发
连凤凰花也憋红了脸
鼓动羽翅
钢琴声从悲鸣到宁静

二
我是一朵浪
即便上陆也是三角梅
自由不羁必然放浪形骸

创伤记忆从呛海水开始
当星星坠落红砖厝
闽南语摇着外婆的童话

海上总有人讲中华传奇
日光岩其实也是望夫石
望断南洋路
八卦楼八卦漂流的命运

永恒　　是潮起潮落
永恒　　是死死生生

三
博饼博着圆月沉沦
谁是那枚骰子
我和小木屋睡在悬崖
风赶来叙说恋爱之事
喇叭花醉成酒杯
憋紫面颊也吹不成调
茶室与咖啡屋一夜疯长

教堂的琴声嘶哑

昨日夹在十字拖鞋
台风过后　大浪无声
白鹭携来一抹夕阳

停泊。乡愁。再鼓浪
回到海上你将成为史诗

▪ 创作年谱

1980年　福建师范大学毕业后任《福建日报》副刊"武夷山下"编辑，试图发舒婷诗稿"未遂"，又因宣扬孙绍振老师的"崛起"理论而挨批；除了采访报道，亦写诗及散文，曾有《又见榕树》发表于《人民日报》副刊"大地"。

1984年　奔赴北京中国文学讲习所，与赵本夫、邓刚等同学，受伊蕾诗歌震撼，后作《浴后》《十八岁那年》等发表于《诗刊》。

1985年　继续于鲁迅文学院研修，与林丹娅等同学。

1988年　第一本诗集《唇边》出版，孙绍振先生作序（中国文联出版社）；第二本诗集《情结》出版，蔡其矫先生作序（湖南文艺出版社）。

1989年　赴日留学；与孙立川、王中忱等创办第一本留学生纯文学杂志《荒岛》，发表组诗《空船》等；时有诗歌随笔发表于日本《新华侨》《中文导报》等。

1994年　考取北京大学中国现当代文学博士研究生，师从谢冕教授。

1995年　《归来的陌生人》出版（百花文艺出版社）。

1998年　任教于日本城西国际大学等。

2010年　"海归"厦门，受聘华侨大学，任华文学院副院长、教授。

2013年　出版《莫名祁妙——林祁诗文集》（九州出版社）。

2019年　任教于厦门大学嘉庚学院，除了论文、论著等，有诗集《海问》出版（团
———　结出版社）。

至今

林间新地

1956 年生，祖籍霞浦三沙，居住厦门，拥有化妆品研发生产全资企业。热爱诗歌，书法篆刻及甲骨文。福建省作家协会会员，中国诗歌学会会员。铜鱼诗社创始人之一，首任铜鱼诗社社长。诗歌发表于《诗刊》《同安文艺》《丑石》《诗》等。作品入选《同安文艺优秀作品选》等多种选本。诗歌选本《攥尘土者：献诗 101 首》副主编。出版诗集《深蓝与雪线》。

▪ **代表作**

深蓝与雪线

大雪已将冬天嵌入土地
冷冽的锋线切开
深蓝的天空和孤单树枝
我也想到了
泥土的表层里一些脆弱的生命

曾经在梦里
一条比眼前更加寂静的路通往天堂
多少个夜晚我仰望着星空
寻找，并为信仰的永恒而祈祷

现在，我也许该像它一样平静下来
依靠一滴最清凉的露珠
闪耀太阳的光芒

▪ **短　诗**

城市的荣耀

在山腰间的路旁

蒙眬的围墙圈下家的轮廓

四季眷顾的时光里，拥有了温暖

大自然将给予它永久居住权

地球纬度在此停下脚步

城市的喧嚣在尊严的上空消失

与这片土地热恋的三角梅

把爱的触角伸向朴实无华的园丁

一只被贫瘠包裹着的家犬

用主人给予的错误信号

无力摆动着身体的末端

似乎我听到生灵的情感在远古的描述

听障者是否更适合在这里成长

花，以无语的姿态

书写着色彩斑斓的篇章

在荒野的世界里，开拓城市的荣耀

浪尖的水

一滴浪尖的水，苦涩的

活着。我远离大海和大海的召唤

找到了平淡赋予的一切

苦涩地活着，我是一滴浪尖的水
大海不能告诉我人生的意义
但我却不肯远离
服从着命运的召唤

这绝非平淡能够赋予的
只因无我的生命在蓬勃生长
捕捞者的歌声却传遍了九霄云外
那倾听的人早已心灵成灰

葵　花

我喜欢暮色降临前那一刻
被涂抹成满脸通红的铁勺
灼热而又疼痛
葵花奔跑着挥动它的金币
去追赶炎热的夏天的马车
而冬眠的蛇类却躲进了另外一个世界

潮水之影

潮水离去了
避风港仍然孤独守候。碎贝壳
还迷恋着大海的滋味
沙滩却成为它们永久的墓园

夜色开始下降到我的高度
沙蟹没有恐慌，走出家门
寻觅着藻类小鱼小虾

黑暗逐渐浸润大地，我们又将拥有什么
黑的面纱，黎明的
到来，是给予还是索取

潮声里我听到了远方的呼唤
时间没有放慢脚步
港湾的长堤，依稀是
父亲那清瘦的身影

相思树与犁

它还在为一生的疲惫而哀怨吗
只剩下一个空寂的旷野
阳光俯视着大地和贫瘠的垄沟

那棵相思树，那只老黄牛和它拽动的
沉重的犁。在我的梦里时隐时现
仿佛一片枯黄的叶子在寻找它的落脚点

当余晖涂抹着牛背的疤痕
黄昏再次将深沉的颜色
反射出悬崖边望不见底的深渊

墓志铭

去年疯狂的叶子
盛夏已将它烤成一枚标本的模样

涂抹着墨绿色的冷酷
粗糙的皮肤已是秋末的街景

词语也许能酿造出碑文的美酒
饥渴便是诗人的墓志铭

冬天将剔骨刀再次靠近灵魂的墓园
一具荒凉的尸骨何须重新定义

是的，谁还在意
荒野中白色花蔓延的沉默

告别了夜晚的我

依然徘徊在这座城市的边缘
潮水在脚下涌来
神的世界陷入了一片漆黑

命运选择了坎坷。它们都已步入
彼此不相协调的空间
无论是否被遗弃
我都能够有足够的忍耐去揭开其中的秘密

珍藏四十年的歌德诗歌集

歌德先生，四十年了
我才第一次发现
我们的内心是相通的

青年的灵魂仍然在游泳
落花撒在流水里闪耀
而她的歌声又在唱着爱情

船儿张着帆再次归来
这问题我要思虑分明
因缪斯借着你的纸页闪现

嘱咐我苦难会结出甜蜜的果实
在另外一个地方萌芽着阳光，白发与激情

失意的农场

是的，事情刚刚开始
麦子昨晚就成熟了。绵羊正追赶着
伙伴，进入梦乡
月亮躲入被窝，而农场主
正在急忙寻找，最后的一根蜡烛

收割机将摘下它跳动的心脏
疲惫的输送带蜷缩身影

农场的伙计和帮手们，正在寻找
回家的路，荒唐的离去

现在又能怎样？河流
顺着眼前秋末的季节，悄悄走了
失眠的老狗，朝着黑暗
叫个不停，而此时的主人
正在哭泣

在公园的草地上看到几只白兔

洁白的仙女们传递着蘑菇状的火炬奔跑
这些天堂的使者
受命装点南国的寒冬带来的缺陷
在生命葱茏的草坪上
她们焦虑等待的双眼
被晚霞点亮
似乎正追赶最后的季节
试图温暖临近的脚步

金榜山公园

昨晚的雨
已迈出了通往初夏的步伐
金榜山的清晨
还没来得及卸下蒙眬的面纱
雨水给予树木更多恩赐
大地也获得浸透的滋润

叶子将雨珠拥进怀里

似乎担心夏季的热浪

会泯灭生命对夏天的怀念

蟋蟀们彻夜未眠，在祈祷

当今天第一轮阳光到来

树荫下，晨练的老人

演绎着熟悉而缓慢的动作

是否正在将时间的脚步

拉长

我把血隐藏在血液里

不想沾着它，带着

血的腥味。让嗅觉找到我

哪怕我沦落一万年

我也不可能用嗅觉去寻找

人类。也包括我自己

这也许是：这个世界的差异吧

孤独的太阳

你曾经说过

岁月如断断续续的句子

我寻找诗歌。将快乐与悲伤

酿成孤独。在西方诗人们那里

太阳是孤独的

那我就隐藏在诗人的眼里

让世人嘲笑。等待

夕阳与孤独为伴，去迎接

又一个黎明

看到爬上楼宇的圣诞老人

圣诞即将来临

大厦的顶层，有人制造了一个圣诞老人

趴在中国的楼盘上

仿佛已经囊中羞涩

只有灵魂依然不甘溺水，他

选择了大厦的顶层

以便顺利前往天堂寻找

富有的上帝

鸡　毛

它们不属于它们自己

正如尘埃也不属于

这片土地。是附着物

它不判别风向。也不需要

知道。灵魂将飘向何处

它们想留名千古，或许

更急切变成一只大鹏

当秋风来临，落叶满地

你还会拥抱那如血残阳

追求瞬间的满足吗

重　阳

一年一度，秋风总有吹到尽头的日子
断线风筝在寻找着它的主人
野鸭的翎毛还在浅浅的溪水中漂浮

接骨草在听自然的训诫
坟前的菊花思念着
一些远去的人

我们的居所

阴影和高度陡然增加
超过路面与丧失方向的人
钢筋、水泥地，抑郁症和恐惧感
故事中走丢的主人翁

露天电梯帮助黑暗向上
石头台阶让人感到艰辛
哦，老妇人，请一直将硅胶奶嘴
含在孩子的口中

如此长久的安慰
我们的居所
将开始靠近
并告诉我们它所做过的错事

错失樱花烂漫的季节

一

富士山还没有降雪。只有苍翠
和山脚下涌动的各种肤色的人

二

白云自由飘动
仿佛另一些没有国籍的游客

三

错失樱花烂漫的季节
我没有带上太多行囊

四

同住东边的地平线上
我们之间的交流依靠哑语

五

土地，我并不能爱你
我的祖国也种植着
与你一样素雅的花朵

六

短暂的旅程即将画上句号
异乡怎么能比故土更美好呢

七

一个革命家曾这样写道
"樱花红陌上，柳叶绿池边。燕子声声里，相思又一年"

迷　失

高度上浮。阴影蔓延

人们失去风向。挣扎的路面

钢筋和水泥也在生病，抑郁和恐惧

曾经的主人已症入膏肓

冰冷的悬梯，倾斜露天

黑暗挟持着真理进入地狱。石头台阶

上升生活的艰辛与无奈。我和我

的眼神，深深凝固的泪水

拧开水壶。"我的妈妈刚烧的开水"

这里。期待着年老的妇人

将下垂的乳房，含在孩子们的口中

万物凋零的季节，你我还欢笑吗

冰冷的土地。丢失的爱

遮遮掩掩的风景线，断断续续后退

城市还在上映着，属于

它的故事。血液与空气继续凝固

我的生命之书

再回望我的命运

没有文学的针芒

可以刺入寒冷的世界

我不说自己爱的是人间的宝物
像一个从不进商店的人
因为那里买不到
我的生命之书

微醉中我找到一首新诗
谁也不相信我其实爱着天上的云
爱着流水中的一颗星
一缕一缕荡漾着恋人的等候

而在我的身边，花朵从不等待
春天的到来
却以喜悦的气息吐露着季节的芬芳

一只蛀虫

一只蛀虫只能吞食掉诗歌的载体
却无法获得诗歌的灵魂

为这个自然的婴儿按时哺乳
所有自由都是自然慷慨的赋予

喜欢孩子们稚气的图画
太阳收敛了光与热，开始在山上执笔

我知道清晨草上的露珠
是母亲留给我的时代的眼泪

我内心的世界

春天能写出清波
它却抛弃这个世界上的一切
流水此去，是一片荒地
还是沸腾的大海

檐角冰冷的水滴下来做什么
随着最近的一片风声
悲吟着人生几何

我内心的世界若长满荒草
在没有舵的日子
即使有了航向，最终
也将淹没于阴沟残潭之中

疑问录

一
日子是岁月的排列和组合
却代表不了岁月

二
时钟停止摆动
但没有星星的夜晚仍然在流淌

三
炮仗花开得如此艳丽
春天不应该是冷清的

四

玩偶们还活在自己的梦里
主人的希望却将要熄灭

五

难眠的松枝
可能感到自己要写一些分行了

六

假如这个世界消失
就不用永恒这个词

七

蓝色的天空
白云也有爱的时光吗

八

噬咬书本的蛀虫
难道是为了获得诗歌的灵魂

九

朽木和烂泥
是无法雕刻出伟大人生的

十

露珠和落日，一个冰冷，一个还有温度
但你看到感伤还是看到遗憾

十一

行走在阳光下的影子
难道就毫无快乐可言

十二

黄昏中的荔枝

还没有品尝夕阳的感伤

眼　睛

——写给瞎子阿炳

缝上明亮的眼睛

失败，或许是外科医生的天职

别再遗憾了，因失败而留下的缝隙

光线，能穿透你的心灵

假如没有痛苦，泪水将会失去泉眼

寒春风，不再沿着凄凉的街巷

断弦的二胡，还能唤醒干枯的泪水吗

何须浸润一颗远离尘世的心

黄昏般的清晨

太阳拖着它的身影

追赶着清凉的月亮

秋风刮走它往日的炽热

工业园区里的人们，似乎还在沉睡

时钟，停不下无休止的脚步

孤独从梦中醒来，屋内

的灯光，伴随着主人的伤感
树木与小草都在抖落身上多余的叶片

冬天里的春天

命运如同一场遭遇
春天的门闩将你拒绝门外

仙人掌的力量
还紧紧抓住，失去乳汁的土地

冷月寒光里
橄榄绿的情怀，依然轻描着
春天永恒的边缘

晚安，我的亲爱
——写给爱人陈秋菊的诗

"又一次地球自转轻妙地完成"

晚安，我的亲爱
夜晚是你的摇篮
我洒向花儿的露珠也睡了

星星在辽阔的天空闪耀
它也能感受到快乐

明天地球还将围绕着自己转动
我的思念永远在太阳照耀下变成暖黄色调

一切都将完美

小提灯唤醒沉梦，松果的暮年
在这里度过
我生命里有一个不可能的色彩

她的美丽迷惘而又梦幻
光阴涂抹在少年的墙上
身世与故事，都是自然的模样

走回来了的时候却到了天涯海角
我生命里有一个不可能
认识的人

时间在
流水淙淙的溪水里流着

麦　浪

麦浪翻滚着，去迎接一生的成熟
而我自己却带着来年的希望
与夕阳相伴

它们都被染成了生命的色彩
在阴沉的天空下面
在刮着黄沙的马路边

大地腾起多少晨光

时钟遗忘了死亡的脚步

还在缝补着破碎的人生

被这些植物的波澜送来的温暖

也在此时，见到窗隙外的天空

我的世界也随它们微笑了

清晨太阳的照耀

太阳的光是如何

撕开我们所在世界的帷幕呢

当我们拥抱着的时候

忽然草木开始了伸展

这是麻雀的清晨

在叽叽喳喳的叫声中

新的一天开始啦

在我的世界你不必张皇

那清澈的海水环绕着我们的岛屿

在太阳的照耀中

有时候时光是温暖迂回的

兰　花

当我发现，一只大虫子在

啃噬着绿叶

痛恨与怜惜搅动着我的情感

我用心力去张开剪刀的小口
为憔悴而无助的生命倾注心血

它活下来了。修剪过后的痕迹
它的臂膀轻柔地挥动

一群不知去向的羊

那是八月
房子里的空气被染上大红色
我不知道这里也有周末。四处一片寂静
一个六十开外的温情女人
还在二楼教室的通道徘徊。手上的
白毛巾拧成一团，浸透冷水
仿佛擦拭过眼泪。倾盆大雨
正在忏悔它犯下的过错
无法洗刷干净的那个时代
尊严也屏住呼吸
避开太阳强光的枫叶
在秋风萧瑟的地面上翻卷
我瘦小的身影随着歪歪斜斜
我的启蒙老师苏先生，刚酿造完
春节团圆酒。之后，我记得
他从此再也没能重返家乡
变质的酒后来也成了别人贬低他的外号
——臭老九……臭老九
知识被深埋在贫瘠土壤
黑板代表夜晚的漫长

他的头低得像垂死的葵花。接近折断

而校园的上空

没有人听得见 45 分钟间隔的铃声

只剩下隐约的哭泣和狗叫声

小草枯黄，教室荒芜

操场不再是篮球跳跃的地方

原本就不是

棋盘的空格子，边缘长满野草

牧民们又将圈养的羊群

放牧到一个空旷的苍白的世界

我不忍心轮子再次碾过

太阳啃着乌云。一天

又将开始。园区传来错误的消息吗

最初我不相信有人坠楼

急促交错的脚步声。花岗岩路面苍白

我们似乎想去挽救

一朵即将越冬却被踩踏的花朵

警戒线挡住脚步

只有十米或二十米远的距离

我们把目光投向了她

此时，只有她的亲人才能深深体会痛苦

是的，她的确是个女孩

粉色上衣还在向着人们展示，她是

一朵含苞的花蕾。傍晚的秋风

送走了白昼。灯光隐约

我只能再次站在花台前，靠近一枝

盛开的三角梅，送走

一个弱小的心灵。一辆豪华轿车又奔向

虚伪与空无的尘世

牵挂的小盆景

这就是昨天留下的印象

一切都将美好

落地式台灯点亮着柿子般成熟的光

悬挂在夜空中，犹如

放飞的孔明灯，行走在祈祷路上

没来得及清理的茶具

似乎还在继续着周末悠闲的时光

我背后的灯光明亮

是否还需要为明天的生活打点什么

是的，人世间又有多少目光投向

一盆牵挂的小盆景

"金心"葡萄酒

安蒂切·特蕾·维纳特

新鲜葡萄散发浓郁芬芳

流淌着你

明亮生动的黄金般色泽

异国酿造的琼浆玉液

意大利深沉的爱，醉意朦胧

爱情故事进入
第三乐章
安提奇玛瑙在低空翘首
罗莎爱茉莉土著血统
地球纬度赐予它淡红色外套
被遗忘的家园啊！我感恩
在你的写生中
荒野与人类如此完美
我轻眯着眼帘
在落日余晖下，细品
红莓果香中渗出的微酸
顺滑口感将瞬间拥抱你
玫瑰，从玫瑰的人生开始

就像被淘汰了一样
逃避在现实的，拉里亚夏季山坡上
午轻阳光照耀哈连斯森林
孤独的贝图恩·科因和福丽特
余韵悠长，如同它的灵魂

愿无奈的夜晚，平静祥和

我多么渴望黑夜庞大的身躯
均衡的营养，养育着非洲那
贫瘠的土地。夜幕下佣人们
在寻找蜡烛，点亮心中光芒
我们不喜欢白昼，光所带来的阴影
我们不喜欢白昼，光所带来的歧视

我们不喜欢白昼，光所带来的血腥

白昼掩盖万物

如狰狞的面孔

愿无奈的夜晚，平静祥和

阴郁的冬天

果然是个阴天。没有

风的作怪。冬天就不那么寒冷

沿途失去往日的阳光

天空在哆嗦。树木戴着深绿色帽子

在马路两边发呆。像是在迎接

一个来历不明的使者

或许，在等待下一个耻辱的到来

洞　房

一个漆黑的冬天夜晚

我们终于相遇

从属于共同的瓜棚，拨开死藤和枯叶

摘下各自的一条苦瓜

迈入坎坷崎岖的山路

在遥远的一盏灯影中

携手走向一幢连体低矮的老房子

结婚日子临近了

我们选择在另外一个冬天里结婚
在一九八一年，农历十三
择日先生说：今天是个好日子
春天就要来了。我自己设计

装饰柜、大衣橱、书柜和刚刚新兴的
高低床。这一切都没有像
父亲结婚时那样，家具满是镂空的
花格子。我不想像他那样

被时代的尘埃过早淹没
我还花了一年半的薪水
买了一台上海产"海燕"牌收音机
配上留声机。将两者进行

完美组合，也成了日后优雅的音符
良辰之时，我为父亲的缺席
而痛哭。关于命运的不幸
我亲自画了一幅两米多长的雪原风景

粗壮的松枝上
压着厚厚积雪。贴在床头墙上
像我们曾经相伴而行时的合影
画面清晰而生动。床的内侧墙面

我试图用热烈的色彩，描绘
新生活的起点。傲雪的梅花，横空怒放
似乎还在与命运抗争？就这样
婚礼高潮来临了。宴席圆满落幕

我的心跳似乎也在加快，因为
随之而来的一场"革命"就要开始

闹洞房——在那个年代是人们唯一的专利
和值得纪念的时光与回忆

围绕着恋爱与爱恋。甚至是
我们就这样对峙着，直至晨曦抹去
鱼肚白阴冷的光线。这也许
就是一场婚礼，我们的洞房花烛夜

过　年

小区的灯笼
因为过年才被高高挂起
夜晚点亮了红灯笼
像乡下农户留住洋葱的种子
一串串，一排排
被吊在尘世的屋檐下
没有表情，没有四季分明的装扮

此时，忽然想起我已故的母亲
每逢过年总要买些洋葱，炒几道家常菜
她一边切着洋葱，一边私下流着泪

那时我还小
"妈妈您怎么哭了"
"不，孩子
过年了。妈妈这是高兴"

年复一年，日子一天天过去
仿佛正月初一，吃完妈妈煮的长寿面
带着我们去"留云洞"，行跪拜之礼

祈祷来年全家平安。然后
我们又将原路返回，朝古镇港方向
边玩边走。似乎每年如此

潮水再次淹没岸礁，也淹没人世沧桑
我站在码头上，远远望去

除夕夜

今夜依旧是除夕
岁月在我身上已烙下
第六十五个印记。站在六楼阳台上
远离尘世，浮华与喧嚣
小区灯火通明。璀璨星空下
长寿果切成瓜条形状
草莓年味浓浓，樱桃红得发紫
珍藏二十六年的"西汉古酒"
没有忘记"马王堆古汉墓"两千多年
沉睡的历史。还有亲切的
龙岩沉缸酒，经济体制改革了
它的命运。从此不再向世人露面
而我却有幸获得一份
特别的惊喜
我的处女作《深蓝与雪线》即将问世

▪ 长 诗

印在热敏纸上的故乡

一

是您把我推向未知的尘世

低矮的汉式瓦房
黑夜协调着生活的不易与艰辛
岁月侵蚀的木板外墙露出贫穷的骨骼
寒风侵袭着一盏煤油灯
仅有的希望
持续不断的乌烟熏黑着防风玻璃灯罩里
漫长的岁月

这是我第一次遇见黄昏
跳跃的灯芯边上
朦胧着年轻而疲惫的微笑

二

在我的家乡生长着乔木与灌木
茂密的森林覆盖着
耸立在大海面前的山峰
桃城遗址，野草也能长成

一个朝代的高度
它们给了本该不冷的南方冬天
一扇植被编织的天然屏障
而流动在低处的生活，经受着冷和热

"我们把朴素的姓氏种在风雨里"
在荫翳的河岸对面唤回的
不仅仅是自己，还有那苍茫的树木
贫瘠的土地和裸露在外的骨骼

与你有着相同的心事
"这么多年了
你还在这里等我，用相似的痛
总是相拥于背阴，贴近更高的山坡"

三
"留云洞"本该是这样
清晨的光，寂静而宽恕

一只灰色的中年松鼠
小心翼翼地走在那段悬空的枝丫
我跪下祷告，这是多合时宜

让它偷走那供桌上的水果吧
一轮红日浮出海面
照在我当年赠予的方形石柱上

人心浮躁，佛法慈悲
缭绕的浮云前，三炷香轻松走完
它的一生。太阳在不断攀升
清晨的寺庙安静。烛光照在我的身上
如当初

四
家乡是印在热敏纸上的照片

儿时素描，中年涂鸦

在最初那张洁白的纸上
渐渐褪去。碎石和沙土埋没了避风港

风平浪静的景象。潮水
不再顺着沙滩的坡度，抚平渔民们
赶海时艰辛的脚步

我也常在这里来回走着
似乎是在寻找生活。捡拾那些
被潮水漂来，可以生火做饭的漂流物

父亲还在码头的店铺
鱼汛的季节使得他更加疲惫
幼年的我，哭闹着跟随父亲来到码头
那时天色已暗了

五

浪涛和海风不停呼唤着自己的名字
岁月远去
东吾洋隐没于大海
小黄鱼音讯渺茫

人类的繁衍，圈养的鱼群呵
我们仅有的家园在哪里
不，我还拥有一个花竹村
我的姑姑住在那儿

人生滑向低谷时
我品尝过她亲手煮出的地瓜米饭
那蒸腾的热气弥漫夏天的余温

蝉鸣之后是蛙鸣

喧嚣的白昼将我送入寂静的夜晚
而过了今夜
晨曦将绕过几处暗礁浮出水面

六

已无须再求了
东壁山山崖陡峭，海水远离菩提树
怪石嶙峋。一片巨石延续着千年香火
停留在庙宇上空的祥云啊

"仿佛三十年前的那个黄昏"
我一个人坐在无弦石琴面前
看着夕阳照在斑驳的摩崖石刻上
木鱼石在喜欢的树下打坐

晚风微凉，海水苦涩
"来时的路隐入空茫的峰峦"
我看见夜幕降临的港湾
满载而归的渔船桅灯通明

七

被风褶皱的海面，像无数死鱼的鳞片
附着着他们的灵魂。太阳
将冷漠的目光对视着远离的大海

天海的门户又在哪里？这里
像古代君王的水牢
赐予他们不愿屈服的子民。这里
寂静而不孤独

"扭体王字块"重新扶起被风暴
摧毁的花岗岩长堤、苦难与不幸的弱者

还有桃城遗址被岁月冷落的草木

我朝着尚未完工的疏港公路走去
没来得及卸下铁甲的工程机械，还躺在
空旷的虚无的未知世界里

八

浓雾弥漫的大海，是
我的家乡。初春的寒气依然逼人

一个怀抱港湾的上空
变得更加阴沉和寒冷。几撮枯死的荒草
在辽阔的世界里审时度势

前景是多么的明亮啊！这也许不是
你的赞美。我仿佛看到它
桃红色的嘴唇还在你的怀抱里
不停地哆嗦。像奠基仪式上的彩旗
在风中漫无节奏地飘舞

我的祖辈啊！在你贫瘠的土地
和裸露在外的骨骼上
人类贪婪的欲望吞没了一个时代和
一群人的念想

九

当夕阳，在花岗岩避风港长堤沉落
桅灯与炊烟同时升起
铁锚与脚印同时抵达

那时初春也该是如此寒冷
刺痛着讨海人的骨髓

流逝的岁月啊！是谁
辜负了港湾七十年的浸润与滋养

黄土与沙石掩埋我苦难的身影
沟渠纵横的"暖流"将"幸福"涌入大海

我站在宽广而荒芜的土地边缘
面对"扭体王字块"的"神圣"与"尊严"

潮湿的海风夹着细雨，追赶着
异乡的游子

十
在异乡，我仍然坚持活着
你的"疾风与劲草，使我在旷野上"
活得更加有股野性

为什么一定要沿着老路前行
为什么要拥有许多
我需要的已不再需要

"还有如梦的睡眠"
生活啊就是手中的美酒，一切
都是易碎的杯盏

江河所有的美好，都指向
道路的尽头
"水又怎样，我就这样蹚过河去"

▪ 创作年谱

2018 年　8 月，开始练习写诗，第一首诗为《溪流》。

2019 年　6 月，部分作品首次发表于《同安文艺》第 2 期；《想念》《归宿》《被框进格子里的世界》《大海的儿女》发表于《世界日报》华文副刊；陆续有作品发表于家乡的《丑石》诗刊、宁川诗刊等。

2020 年　6 月，部分作品发表于《诗》总 27 卷；9 月，参加《十月的天空》同题诗，作品发表于《同安文艺》第 3 期；《写给阳桃院子》入选《闽地第六届阳桃院子诗歌雅集·首册》；10 月，部分作品入选《同安文艺优秀作品选诗歌卷》（厦门大学出版社）；《古堡赋格》发表于《新诗大观》；12 月，《想念》入选《水仙花》"2022 年度诗选"；诗集《深蓝与雪线》出版（团结出版社）。

2021 年　3 月，部分作品发表于《同安文艺》第 1 期；7 月，加入同安区作家协会；11 月，《想念》发表于《诗刊》11 月号下半月刊；12 月，《潮水之影（组诗）》发表于《诗》总 28 卷。

2022 年　5 月，加入厦门市作家协会；7 月，《我们的居所（组诗）》发表于《诗》总 29 卷；9 月，加入中国诗歌学会；《林间新地诗歌（十首）》发表于《太阳阁》第 11 期；12 月，加入福建省作家协会。

周　丽

居厦门。集美区作家协会副主席。

▪ **组　诗**

雪在下着……

我站得如此之近，又深深注视着
雪下着，下着
模仿一个人的激情
从那时到现在疯狂无尽地
慢慢吞下你

寒冷，被死亡所剩下
比想象更逼真地死亡着
如雪花，隐入水
从自己到自己到透明才记起

花香为什么不变，互相幻想着
因为无处，当我伸出手去
我能不能说：让这个谎言中的女人在我思想中死去
让石头梦见的都是雪
让我们绝缘自己的怕
让黑暗狂暴地扑向阳光
让无所不在的目光和无不燃烧的咒语
被这雪崩的背叛而感动

我站得如此之近，又深深注视着

这一年，仅有的一年，有你
仅仅是无痛，从雪到血的距离
一场大雪，下着

大概如此

你睡着了，你不知道

迎面而来的云
介于鸟和飞翔之间，另一个
时间送达之间，花和仰颈张望之间
一片灼痕，想必想不起来了
如失掉魔法的巫婆，将属于某日的
咒语像文身的黑袍张贴起来

空气乳房里的，时间额头上的啼声
唤不醒的，我与我期盼之颈项，越过
越过……失足的那些
朝北，偏南的风中

栖息在伤口里的鸟，缓慢地落下
缓慢地，类似某年某某冬季里的
第一个早晨，穿过肢体之紧张的寂静
鸟儿的羽毛纷纷飞落
有如从一个开端并从近处，蝴蝶溢出
睡成一个美人的姿势，继续着一个意志
陷入一个不完整的魇梦

黑暗是你玲珑的闺房，一如你里面
熟悉的一张脸，梦到做梦的人

他们看不见的，我不知道的

千山千水之外，除此之外

万水的柔情，也就大概如此

你睡着了，你不知道

邻家的女孩

我们在摇篮的旅途中，
发现自己身在坟墓的边缘……
——梅特林克

邻家的女孩

很白……很白

她躺着，眼睛半开半闭

很宽地露出发青的眼白

细而晶亮的涎水迟缓地

流下来　濡湿

或花或素的手帕

邻家的女孩

很白……很白

她能够做的与经常做的同一件事

睡觉　二十年

足够的时间做梦

她没有别的心事

她始终不会走出自己的梦境

邻家的女孩

很白……很白
她没有天空没有疼痛
很多很多年了
她持续一场冗长的葬礼
活着的人在她身边忙活
而她睡着　不动声色

我想坐在一个人的身旁

最近的潮水把浅滩上的路抹掉
四面八方变得一模一样

她是那风
她望着他，祈求一个手势

转过身，又跑回来，远远
听觉倒留在后面如一种嗅觉

对于漂来的、目光所接触到的所有
于一次睡眠中，在里面不声不响

他们坐着如梦
他的左手伸给了——她，后面是寂静

存在的记忆
——他疑惑是否需要一个替代品

一下又一下地
比电影里的罗拉跑得快

每个人都知道又装着不知

他们不知道丢失了什么

而我想起了他

"我们吃饱了，我们需要流泪

我们不相信这块土地，我们学会了写诗"

那样的快乐适合在五月

泪水、诗句和韵律

我需要一个温暖的身体

以及被遗忘的味道

就这样漂浮着

并且紧闭双眼，忽明忽暗

我可以忘记哭

风语：与你只有风的距离

他说，给我一支烟，我告诉你怎么走

我给了……我时常会迷路的

每条巷子白灰黑色调

门关着，瓦灰着

安静着，你也看不到什么

往春天，没有地铁，天上没有云

有油菜花，有撕碎的雨声，有草绿马鸣

我去了，另一列火车的目的地

在另一种黑里奔跑……我时常会迷路的

他，一直不语，那匹马一直扬蹄

旅程汗漫，那时我在风里

与你只有落叶的距离

不规则主义

那个亲吻的部分，像一幅旧画
有些情节你不说，衣服上系满了扣子
该失去的都已失去了，不同的时间
你随时可以同时出现，彼此冷漠
离你最近的是体温
气味是唯一的言论自由

更多的人行色匆匆
你走入，就失去了选择

究　竟

静静地坐着，试着延长呼吸长度
将自己想象成那颗在沙地里休憩的鹅卵石
直到宁静安详，直到心灵清安
化为微笑
成为这不可思议存在的一部分
凝立在这儿
不朽地活在树林与草丛中
在其他人身上，在鸟兽间
在空中，也在尘缘之间

那微笑正如你在佛陀脸上看到的一样

它们无家可归，只好在空中飘来荡去

隔着三月

跟着雨水

有些日子便一去不复返了

她没有说完的话都被

挂在树枝上　等泛青　等开花

她没有别的心事

那些话吐出一圈圈烟雾

它们无家可归　只好在空中飘来荡去

不确定

4月23日。前些日子

那个傍晚，她坐在列车最后面的软垫座椅上

保持警惕。不安或一脸茫然

她想起一句话：风雨欲来

如同夜夜失眠的火车进入黑

她想在众多的旅客中消失，

因为怕遇到他，从最后一节车厢下来，

两个人首次相遇，她就有这种担心

如同感受彼此身受轻伤

站在人行道的边上

她感到他的嘴唇在吻她，如释重负

最后的夏天

——所谓最后，无非是之前的记忆

最让人伤感的其实不是夏天
也不是最后
喊不出声

岑东路　集源路　下一场暴雨
人群中的小碎步

这纷乱
这散漫
这狂热
这短暂

空气里有你的味道
我的身边空荡荡

未　及

——未及之地是我无语的渴望

这是不可预言的
夜深了

试一试风速，屏住呼吸
心里在想着另外一件事情

痛如梦的幽语——今生就是你了
在下一个水晶般的夜里

一切的一切，都在身体、名字和时间之前
为你复活

意　外

让一切为你发生：没有彼岸
只有渴望

很深了，深得看不见黑夜的降临
而谁也无法闭上眼睛

一条船陷入极地
仿佛坠入水晶般的陷阱

形　象

悸动的阴影
没有面孔的我在那里
有一些就是多余
那纯粹的部分
模糊的——纯粹

另一个身体的本真
于是我们相逢，于是清白无辜的
我跟自己跟你在一起

艺术形式或是喜剧演出

从梦中醒来

先是闭上眼睛

然后

又立即把眼睛睁开

瞪得很大很大

接着张开嘴

像痉挛的呼吸一样

向前蹒跚了几步

然后退几步

最后

僵硬地

倒在舞台上死去了

钓 者

本名王少新，1961 年生，厦门刘五店人。翔安区作家协会会员。作品散见《世界日报》《厦门晚报》《厦门文艺》《业翔民安》等报刊。获"乐海杯"2020 厦门诗歌进步奖。出版诗集《只钓时光的人》。

▪ 代表作

往昔焰火

一把爆米花，几颗劣质水果糖
甜蜜鹅卵石街道童年嬉笑
似乎胜过闽海关的钟声悠扬

二踢脚炸响，却踢不开屋脊苔藓
丝毫没有影响避风港那小木船
摇曳每一年难得的悠闲

往昔焰火，照亮古渡
避风港的破船，仿佛重获生机
似乎只要升起风帆，即可驰骋海洋

老渔民脸颊的皱纹，写满咸腥味沧桑
恰如鹅卵石的纹理，记忆浔江波澜
一艘巨轮夜航，载满银河星灿

▪组 诗

夜观浔江

跋涉过海峡的咸涩海风

挟来玉山白雪般冰凉

断成两截的沉船

咀嚼着昔日挺直的脊梁

石板路上跑来红衣少年

燃起寒冬篝火

浔江潮水洗刷着

鹅卵石的铅华

泥泞滩涂筑起水族的囚笼

种植着老渔夫的希望

巨轮敲响天籁的梵音

远航的旧锦帆在胸中升起

麻 雀

青砖记录着古街往事

燕尾脊已残破，传说着曾经的璀璨

橱窗敞开，接纳来自溜江的鱼腥

虫蛀的屋檐，成了麻雀的斗鸡场

你来我往

风中

狗尾草频频摇头，叽叽喳喳一辈子的麻雀

终归成就不了春天

橱窗与隘门石

木制橱窗，油漆已被岁月剥离

百岁老人，眉头沟壑般的条纹清晰

也许一条流水线的刻痕

就是一个古街的故事

一场腥风血雨，潮起潮落的传奇

南来北往的脚步践踏，打磨

橱窗下的隘门石，光滑而圆润

浏江五桅木船的帆影

轻轻地，飘入历史的长河

闽海关的钟声，在睡梦中闷响

大的、小的鹅卵石闪烁辉光

顺着狭窄的古街，蜿蜒前行

也许转过那个街角

前途，一片开阔与光明

老旧的文昌鱼锄头

老渔民嘴巴干瘪

缺口的文昌鱼锄头

古铜色的脸，褐色的锈迹

那是百年古渡的原色

或是汕头尾沙滩的浸染

樟木锄柄，早已腐朽
恰如破船的梦魇
弯曲的藤条，陪伴古街苍老
岁月打磨鹅卵石街道
数只萤火虫，发出微弱之光

呜呜咽咽的箫声
渐渐，没入浔江的晚潮之中

即将失去的古渡

黄昏，沉积的淤泥尽染深褐色
破船板的缝隙，探出一只小螃蟹
潮水退去，不再隐藏那串细微的足迹
我知道它改不了，千年横行的习惯
直行也好，横行也罢
只求瞄准目标，都能到达彼岸

槁橹声，船工号子
落日归帆，带着咸味的古铜色笑脸
还有那青花瓷碎片，折射古街模样
一起淹没，在机器的轰鸣声里
打桩船上，铁臂直指苍穹
即将吊起古渡尘封的沉浮与兴衰
浔江上空，两只白鹭追逐盘旋
但愿她们，能拍摄到渡口的晚霞
珍藏到那本，粉红色记忆的相册里
海风掠过浪涛，如约而来
堤岸上的狗尾巴草，频频点头

▪ **创作年谱**

2019 年　5 月，加入铜鱼诗社，开始习作新诗，并陆续在该诗社公众号上发表诗作多首；6 月，创作的第一首诗《您离去了——写给母亲的诗》发表于《世界日报》。

2020 年　5 月，《父亲》《母亲》发表于《业翔民安》；6 月，参与创建鲁黎诗社，并陆续在该诗社公众号发表诗作多首；11 月，加入世界诗歌网福建频道，现为金牌会员，获同题诗周佳作奖 1 次，先后有 17 首诗作在《每日诗选（诗日历）》上展播；12 月，《刘五店古街（组诗）》发表于《厦门文艺》第 4 期。

2021 年　3 月，获"乐海杯"2020 厦门诗歌进步奖；4 月，个人诗集《只钓时光的人》出版。

孟姝礼

本名陈秋彬，同安人。铜鱼诗社成员。诗歌作品散见《同安文艺》《新诗大观》等处。

▪ **代表作**

把整个冬天穿在身上的人

冬天大张旗鼓地降临
你兴许会以为他如此害怕寒冷
一件厚重而宽松的军大衣
塞进已不辨底色的夹克衫
再往里，从立冬到腊月
看不太真切的分层

风的冰碴子在我身上融化
警觉竖起了汗毛
那成片僵硬的头发
灰黑的脸庞、龟裂的双唇
可判断是行走在城市边缘的人
那地方，温度总要更低一些

一股神秘在人群中流浪
关于他的身世和颠沛
是在风的冷眼中抵达一个桥洞
以人类最原始的方式过夜
用手将捡来的食杂往嘴里送
像还不会拿汤匙的婴孩

一把年纪里
盛着多少滚烫的道德和窘迫

突然，他将一块硬骨头一扔
像掐掉冬天的花蕊
无论何时，他都有不要的权利
比如还可以把寒冬一扔
把行走的棉被一扔
而这不会让他变得一无所有

▪组　诗

红　芍

感觉丢失，这静寂时刻
或是长久反复的密谋
或是匆匆的花蕊
红芍，你还可以唤她：将离

河畔的芦苇渐渐高过了头
我在这尘世，不如它们热烈
茂密的聚集扔入一片激荡
你会听到有如枪响
也是向着空气狠狠甩了一巴掌

桥头的转角，你还听着多年前的歌
离开之时，生活在肩上
有许多忍住
不能掉下

悲伤与咳嗽

悲伤对咳嗽说
"你怎么像风吹起的河面
又像上了发条的闹钟
整宿整宿让我无法安眠"

咳嗽摸着疼痛的喉咙
发出低沉的声音
"你还真是奇怪的引力
在夜里涨潮
浸没我两片沙滩
我呛得慌"

那些想起的且淹没我

我听见流经他梦里的泉水
滴透深渊的空廖
发出酸和咸

我捂住耳朵
只剩体内的波涛汹涌
生活被淹，停止喧闹

就在胀痛的夜晚
硕大的石榴
如血的果实在皮肉之内

一粒一粒相继腐烂
表象不明

他说我，是一只青蟹
在心里行走多年
每次想起，便离深水区
又近了一些

深夜玻璃

白昼垂下眼帘，仅剩几星灯火
冷冷作为卧底
仿佛正瞄准着我的明亮
那些细微无处躲逃
而明亮兴许很没有安全感

灰绿的玻璃
迷宫抗拒着窥视的眼睛
我行走，似乎没有着陆
我伸手，抓不灭潜伏的光斑
一个游走的幽灵，和我同处

在共同的时空
无论节奏和轮廓都如孪生
在这深夜里
玻璃门却将我们隔开

▪ 创作年谱

2019 年　12 月，诗作发布在"铜鱼诗刊"公众号，并多次参加专题诗雅集。

2020 年　4 月，诗作发表于《同安文艺》第 4 期；8 月，《失声》发表于《新诗大观》；11 月起，《意外》《凌晨的街道》《羊脂玉》《把冬天穿在身上的人》《快速街道》《时间引发的遐思》等诗作相继入选"世界诗歌网国内频道作品展"。

2021 年　4 月，诗作发表于"同安作家"公众号"诗歌现场"。

皇 阳

本名黄文考，1967 年生于广东丰顺，现居厦门。1986 年开始诗歌写作。作品发表于《诗歌报月刊》《诗歌月刊》《安徽文学》《海峡诗人》《厦门文学》《笠》《诗双月刊》等处，入选多种选本。

▪ 代表作

异乡人

自从家园成为永恒的话题
你就一直坐成这样的姿势
无法拒绝家园
犹如无法拒绝阳光和水

酒已经没有了
只有月色
这引人怀旧的钟声
穿过每一个空壳的日子
那扇若隐若现的门
已是无法抗拒的引诱
朋友们都来信说
那谷浪已迎风招展
若能回家走走
随同金黄的谷浪
浸入诗歌
可以长出一串串灿然的果实
会是如何引人欣慰的春天
我也想家园的四周

一定长满许多诗歌植物

于是归乡路上

溪水潺潺炊烟袅袅

多年以后可以看见

一匹瘦驴和驴背上的瘦人

蹒跚千年古道

直指家园

异乡人

总是以一种无法言喻的心情

穿越皑皑白雪

穿越友人们的视线

在寂静的夜里

努力做登陆的姿势

▪组　诗

浮华终将逝去

竟以这种方式

伫立于岸上

驻足你的前生

和后世

前朝的风云

没入安静的荷塘

一条鱼

驮着千张的瓷片

消失在流年里

浮华终将逝去

滚滚的红尘

抵不住岁月的幽歌

谨以鸥鹭的白

回归宁静

从容地怀念

大欢喜

和我们的帝王生活

酒　境

李白在深渊里牵着你

步履维艰地蹚过酒河

酒旗迎风招展

酒气如远古歌音叮咚而至

你在黑夜里狂舞

月光如追光灯追踪你

你以轻盈的滑步

流连于一种雪白的情绪

黑色的欲望如同垃圾招引苍蝇

你在那里痉挛

抽搐难以使你获得快感

最终　你逃入酒海

结局是一盏酒海的塔灯

橘红的灯光永远在叠风破浪

任其风雨

任其流岚

村　庄

我的眼睛在不同寻常的劫难中

红肿起来

变形的世界变得分外精彩

那日雪地里植下的枯树

始终身长莫名茂盛的叶子

一年四季

都分娩着艰涩的果实

我难以置信

眼睛里的日子

竟旋转得如此风姿绰约

四周有一种声音

在艰难地呼唤

生存回归到原始村庄

我感觉很温暖

一种从未有过的欢娱

从孤寂的森林里

滑

　　出

远　啼

一声鸟啼

从体内传来

我端坐如壳的麦芒中

五指切入土地

顿觉暖流奔涌指间

我忽然想起自己的善良和微笑

将在如歌的墓文中

刻出激动过后的真实

远啼

我真切地听见

一朵水莲袅袅旋出水面

草虫在秋季里的喧哗

从田野的四周

重重地击伤我的呼吸

秋天

是一只飞翔的鸟

许多厚望如纷扬的鸟羽

一声远啼

细细犁过贫瘠的土地

出落成

一群滴血的玫瑰

一个下雪的日子

一个下雪的日子

我的粮仓里装满爱情

妻子温柔地在厨房里

煎着充满饥饿欲望的食物

孩子及其小小的世界

在一个十分平常的日子里

如纷纷扬扬的雪花

泊满宁静和安详

下雪的日子

我在千里以外

仍然体味日常生活的恬淡

黑夜里我拿起笔

想起诗歌

那生命欢乐与苦难的吟唱

在最温和的冬季里

涉水而来

想起妻子和孩子

栖息在柔情深处

不断沿着诗情的脉络

在雪封归路的季节

潜入心底

妻子与孩子

在生命最苦痛的时候

与绵绵不息的诗歌

伴我度过无星无月的生涯

妻子　孩子　诗歌

集结成为唯一的取暖手势

倾听手掌的声音

独坐秋风

十指的声音

串成密密匝匝的呼唤

我躺在柔软的草丛里

倾听生命的热望穿过胴体

那叶疲惫的舟

缓缓驶来

一船的疲倦流成河

漂泊着祖辈的希望

我时常在草垛的后面

辛酸地啃着记忆

然后，在春季里播下谷种

像牛一样耕种

秋收时悠闲地挥刀

稻浪淹没你

你可以体味其中的喜悦

倾听手掌的声音

时常翻开布满老茧的掌心

将布谷鸟的叫唤在屋檐晾干

等待生命的年轮

缝补沧桑而又真实的岁月

每个夜晚

我只要触摸十指

就心静如水

短　章

我是鱼

在水下

我听见你快乐的声音

你一直飞奔在春天的芒上

南山谣

年年的空山

像是一直在等我们

池塘里的草鱼

在水中潜出

送上飘满旋涡的问候

寂静而温暖

年关

总会有一群人

从四面八方来

聚集到母亲的身边

像是失散多年的风筝

从未在岁月中断开

而父亲

就是那个养鱼的人

也养着儿女们

心心念念的南山

背　景

夜潮

在一杯苦酒里

浸得通体透明

远处的狂犬声

从前一世纪席卷而来

星们在黑夜里伴随天籁之音

作原始之蹈

有一双眼睛

踟蹰在小提琴的呜咽里

在音乐的背景后面

你难逃如来掌心

在一种别无选择里

种植一朵朵期待

和一番番精彩的徒劳

萨克斯的颤动

穿过你温润的精魂

在杂草丛生的荒野

春天正导演一幕幕荒诞剧

尽管那里掩埋许多流浪的苦难

属于你的一切

在那幅发霉的现代油画中

雕刻得淋漓尽致

你如窗口的剑麻

只有在夜深人静时

吹奏令人晕眩的极光

水手之死

他们的远行没有回航

静如死寂

那艘锈迹疮痍的船

穿越生和死

我们热泪盈眶

孤独地与自己的影子狂舞

雨季

港口无风

渔灯颤动幽怨的影子

凭吊他们永恒的旅程

水

水水

水水水

一望无际

他们在劫难逃水的诱惑

其实我们也一样

在浮泛幽光的帆上

永蹈一种别人无法了解的姿势

他们安逸地走了
始终有片片笛音
在收割我们的灵魂
我们始终无法
超越他们的目光

走出温暖的房间

只要一步
你便可以走出温暖的房间
到黑夜流浪
蓦然回首
房间里的情景成为记忆
你孤独地坐在门前
看黑鸟们筑巢

远处
不时地传来狗吠
走出温暖的房间
一切如你所料
你惨遭飓风袭击
成为骷髅
倒下
成为一幅温暖房间的衬景

欲望之门

某种欲望

潜藏在夜的门后

等待出击

温柔的骚动

以虔诚的目光

注视世界

飓风已从北国启程

我们已别无选择

没有松明火把照明

没有拐杖

支撑渗血的空间

一切意念

爬行在坠满黑葡萄的

门与门之间

走进这扇门

坐成一尊佛像

看你优美地转过身去

面对冬天的雪

总是肆意掠夺你的情感

让你在一片高粱地里

把日子握在手头

惊回南巡的褐鸟

我不会走进误区

只在一个优美的领地

读你，山一样的男人

总用自己的精血

孕育一角角沙漠曼舞的藤萝

习惯看你优美地转过身去

尽管那只叠得很精美的青鸟

已离你远去

而你用荷叶细心地裹起你的灵魂

沿血河飞奔

向冬天的深处疾走

紧握水声

青苔如皱纹攀缠青石

水声在宁静之后

秋天纷沓而至

没有萤火的年轮

时间与青藤疯长

当我在山路蹒跚时

我拾得你的声音

从黑林中

横亘千山万水

秋季

所有寂然不动的日子

盘坐指尖

偶然

沉睡的蚱蜢

从水中猛醒

切开灵魂如同切开金苹果

切开灵魂

如同切开一只金苹果

夜里总有这样的印象

灵魂坚硬如铁

在黑夜里闪闪发光

我打开袖珍多年的歌喉

尽情地吟唱

那把多年前磨得锋利的刀

径直切向我的灵魂

顿时鲜红的血

漂满整个房间

还有一面旗帜

在腥风血雨里猎猎作响

切开灵魂

已是多年前一直想做的事

灵魂阴暗的角落

会驻足多少苍蝇和毒蛇

在吞噬你善良的心

吸尽你精良的血

而你在一丝丝看似美好的声音里

缓缓下沉

乌血浸至眼睛

而你浑然不觉

这将多么危险

切开灵魂

如同切开金苹果

让它在绚烂的阳光中

尽情地与健康翩然起舞

一定会有更多的人

朝你张望

▪ 创作年谱

1986 年　任集美财经/财专文学社社长、《浔江潮》副主编，开始诗歌写作。

1988 年　任福建省三明钢铁厂青年文学社社长、《热流》诗报副主编。

1989 年　参与编辑《三明诗群》，《酒境》《背景》参加三明现代诗群体大展。

1991 年　《倾听手掌的声音》发表于《诗歌报月刊》第 10 期，入选全国诗歌民刊作品大展。

1992 年　《家园》发表于《笠》总 170 期。

1994 年　《死亡裂痕——致凡·高》发表于《诗双月刊》第五卷第 5、6 期。

2005 年　《切开灵魂如同切开金苹果》发表于《厦门文学》第 5 期。

2006 年　《心的倒影》《魔笛之音》入选《厦门百年新诗选》；《怀念》发表于《诗歌月刊》第 7 期；《远啼》《家园》《一个下雪的日子》《死亡裂痕——致凡·高》入选《厦门青年诗人诗选》。

2012 年　12 月，《秋日纪事》《浮华终将逝去》发表于《海峡诗人》第 3 期。

2013 年　《浮华终将逝去》发表于《安徽文学》"2013 诗歌年选专号"。

2016 年　《切开灵魂如同切开金苹果》《浮华终将逝去》入选《厦门优秀文学作品选

2004—2013·诗歌卷》（厦门大学出版社）。

2018年 《异乡人》入选《三明诗群作品选（第一卷）》（现代出版社）。

2019年 《浮华终将逝去》入选《中国好诗歌》（九州出版社）。

2021年 《欲望之门（组诗）》发表于《诗》总27卷。

皇闻晖

"80后"，本名黄文辉，另有笔名黄棘，漳州人，现居厦门。在一些刊物发表过作品。著有诗集《与春天无关》。

▪ **代表作**

创可贴

我该如何去描述
一块小小的
创可贴
它为什么存在

每天有太多的伤口
大的、小的、新的、旧的
被俗世割开的
被红尘咬破的

不是所有人
都像埃尔·迪克森那样贴心

没有什么伤口不会愈合
你的存在
栖息于爱情之上

完整的你
继续那些尚未完成的事务
不让活着的人再受伤

封住血流
谁都可以是一块创可贴

■短　诗

发动机

生活坚硬如齿轮的叫声
一台机器，足以承受所有压力
机械磨损的残留物，终被机油吞噬
铁锈的快乐只有那些铁看见

多少轰鸣可以抚慰
我一时的颤抖，蓄在身体里的能量
始终在呐喊，推动活塞做功
无力抵抗的尾气，灰溜溜地逃窜

高压下的运动，在熄火的那一刻
让一个人的奔波戛然而止
此时的发动机多像我
依然保持着内心的热血沸腾

一闪而过的念头

像一枚钉子，楔入墙壁，摸不着的黑暗，在体内
没有什么比它更坚硬，抡起的锤子只管敲打

像一树昙花，刹那的美，推动一场花事，在夜晚
比夜色还盛大，打个盹就完成了绽放与凋谢

这些念头，都是一闪而过
如头顶悄然盛开的烟花，一下就点亮了夜空

乡　音

耳朵向着一首慢慢铺开来的
闽南语歌曲竖起
谁正唱响久违的乡音
反反复复，扣动着我的心弦
循声望去
整个鹭岛飘荡着相同的方言
我寻觅多年的乡愁
终于有了落脚之处，我终于找到了
乡音最纯粹的部位
它正把我引向故乡深处
在闽南风吹拂到的地方
我看见了
一圈圈乡音泛起的涟漪

▪ 长　诗

浮生若梦

一、新的开始

冬天里的冰封的记忆慢慢地

就淡出了我的念想，寒流

没日没夜地侵扰着这座城市

我毅然辞去那份工作，我有了新的想法

在残酷的优胜劣汰的今天

我怎能满足于现状，我怎能

任有限的时间被无限地挥霍，无限地糟蹋

干冷的空气再次将我囚禁

记忆里

这是我的第几次新的开始

我不敢吱声，我沉默着

身体跟着寒风间歇地摇摆、哆嗦

我打开不属于我的电脑

打开熟悉又陌生的网页

在那些茫然的日子里，诗歌

是我最忠实的伴侣

但此时，我没有写诗或读诗的欲望

我浏览着各式各样的招聘信息

我只想尽快结束这段荒凉

重新开始

二、心有梦想天地宽

我终于看清了这个世界

过于理想的生活有时只能是累赘

即使再远大、再宽广

现实依然残酷，就像昨夜的梦

睡着的时候非常美好，醒来

却是一场空

但我不能没有梦想

我呱呱坠地来到人间

为了生存、发展、成长，或者幸福

为了圆满地结束这一生

在一个或熟悉或陌生的城市，像所有人一样
追逐梦想，我要有天地宽的境界
这期间我有过泪水，有过欢颜，有过坎坷与不安
像天空有阴沉也有湛蓝
梦想的种子，在心间
祈祷着春天到来的那一刻，突破冰封，爆出新芽

三、靠近

然而，我的身边布满了荆棘
越靠近人生的终点，我越害怕
未来逐渐在缩短
像一条路，虽也漫长，但曲折
已经把我绊倒
爬起来已是近黄昏，我被靠近了黑暗
群山在模糊中开始清晰
流水在清晰中开始模糊
我试图靠近繁华，靠近那软绵绵的光晕
但所有的凄凉都在我的眼皮底下
我没有多余的体力去排斥
在夕阳坠落的山头
我的身体躺倒在土地上，俨然成了一座坟墓

四、我的生活

我常常在做一些不着边际的梦
我的生活应该有更多的欢声笑语
像一部精彩纷呈的悲喜剧
没有过多的荒诞，过多的无厘头
要么给我泪水，要么给我笑声

我想这就够了。一个凡夫俗子
不需要太多的光环。生活
只有简单化才呈现出幸福和美满
像妙龄少女

原生态的美丽总胜过浓妆艳抹

于是，我开始享受生活

我抛开所有的烦恼

在为时不多的日子里

我试图顺着既定的方向

努力航行

在每一个夜深人静的晚上，掌灯

读书、画画、写作，然后想想同村的姑娘

五、浮生若梦

从我诞生之日起，一切都是梦

逝去的、尚未来到的都是时间的傀儡

在黑夜与白昼的交替中

我们都在缩短生命，放大死亡

而这令我恐惧，我开始害怕做梦

害怕一闭上眼睛就不知道天亮

心头郁积着的愁绪，千丝万缕、万缕千丝

我不甘心一生就这么碌碌无为，我不甘心

梦就这么醒来

爱情虽然不一定都是天长地久，也不一定

都是海誓山盟、海枯石烂

但在这有生之年，我多么希望

上天可以赐我一段幸福美满的姻缘

让梦魇占据了大半的人生不再有遗憾

让我的那些无知、惆怅、孤独、寂寞

通通消失在浮生之外

▪ **创作年谱**

2005 年　开始学习诗歌创作，第一首诗歌《星空》获小天鹅杯全国中小学生征文比
　　　　赛三等奖，并发表于《快速作文》。

2008 年　散文诗《故乡情》获"蔡丽双杯"故乡情散文诗大奖赛优秀奖，并发表于《福建文学》诗歌专号发表；诗歌《海西颂歌》发表于《青春潮》第 3 期。

2009
——
2011 年　诗歌《错误的十四行诗》入选《中国诗歌鉴赏》；散文随笔《闽南哭调》《谈人生》《他乡絮语》《感恩》《教师礼赞》《午后诗情》等陆续发表于《东南早报》"功夫早茶"。

2010 年　作品先后发表于《中国诗选刊》、《诗印象》第 6 期、《三江源诗刊》第六期、《中国诗歌》总 25 期"情系舟曲专刊"、《西部诗刊》创刊号、《飞鸟诗刊》创刊号、《曲流诗刊》秋季号，入选《当代微型诗 500 首点评》（华夏出版社）、《2010 年度中国先锋诗人作品选粹》、《当代诗卷 2010 年卷》、《中国微型诗萃·第三卷》。

2011 年　作品先后发表于《中国微型散文诗》、《中国微型诗》、《新诗大观》总 68 期、《大风诗歌》夏季号、《净峰诗歌》第 4 期、《曲流诗刊》秋季号，入选《长白山诗报 2009—2010 年度诗歌精选》、《中国诗歌二十一世纪十年精品选编》（大众文艺出版社）、《抒情中国》、《2011 楚天精品文萃诗歌卷》、《当代诗卷 2011 卷》、《中国诗歌年编 2010 卷》；《南京遐想》获"诗意·名城"微型诗歌大赛优秀奖，并入选《"诗意·名城"获奖作品集》（江苏文艺出版社）。

2012 年　作品发表于《中国小诗苑》创刊号、《潮》总十辑 B 卷，入选《诗的又一行脚印——百家微型诗选》（大众文艺出版社）、《中国当代短诗选》（团结出版社）、《现代诗人诗选Ⅱ》。

2013 年　作品发表于《净峰诗歌》第 1 期、《中国微型诗》、《海峡诗人》第 6 期"闽域专号"；《阵雨过后》入选《中国·大风十年诗选》（青海人民出版社）；9 月，个人第一部微型诗诗集《与春天无关》出版（由海豚出版社）。

2014 年　作品发表于《海峡诗人》第 8 期"闽域 80 后专号"；散文诗 2 首入选《诗海拾贝——华文微型散文诗精品 300 首》。

2018 年
——
至今　作品主要散见"中国诗歌报""星月诗社""作家诗文""福建作家""诗日历""安徽诗歌""望他山""厦门诗人""铜鱼诗刊"等微信公众号平台。

2020 年　作品发表于《中国诗歌报》、《中国微型诗》、《漳州广播电视报》、《海峡诗人》第 4 期，入选《2021 年中国微型诗年历》、《水仙花》"2020 年度诗选"。

语 铃

本名王亚玲，翔安珩厝人。翔安区作家协会会员。晋江文学城网络作者。曾在各网络平台发表诗歌、散文、小说等文学作品。

▪ **代表作**

睡在海边的叙利亚男童

你为何来到这茫茫大海边
孤独得像一枚空贝壳
你的脸紧贴着沙滩
仿佛想埋进母亲的怀抱中
尽管乳汁浸润的岁月已远去
大海的摇篮曲，也被狂风扯碎

母亲在哪里
父亲又去了哪里
一群又一群羔羊
将被钢鞭驱赶向哪里

狂风不止，浪涛咆哮
礁石如搁浅的军舰
背后城堡上空乌云密集
飞机轰鸣声淹没了一切
黑色食人花肆意啃噬
鸦群趁机占领屋舍
拙劣学唱着安魂曲

落入凡尘的天使，你已折翼
明眸与嫩颊将被海风侵蚀
浪花一朵朵，白玫瑰呜咽
此时的你，却安静得如同深睡

谁的手将伸进屏幕里，抱走你
像抱自己进入梦乡的孩子，鼾声轻微

可是，别睡，别睡，孩子
夜深时，有人轻声低语

另一个时空，怕你醒来会悲泣
星星们相约，将点亮所有的灯

▪ 短　诗

龙眼花

龙眼花魂素雅
它们不曾欺骗蜜蜂
在季节召唤中
花簇如云，落于树梢
为何不见枝叶因承重，腰身佝偻
兴许，花的梦轻盈而纯美
一夜春风里，丝毫不敢逾矩
它们要的并非禁果
而是无上尊贵的龙种
凝脂的骨肉，玛瑙的眼睛
为治疗彻夜难眠的相思而生

老树与修院子的父亲

三十年龙眼树

树皮皴裂，如斧凿般

那些日复一日褪色的枯叶

堆积如字迹模糊的书页

怎么读，才能看出富有内涵

父亲额头，有时写上"川"字

老树根须扩张，院子地砖拱起

它们为沸腾的青春，留下咬痕

父亲又在修我们的院子了

龙眼树一次次袖手旁观

房子如老酒，树却年年炫耀新果

满院花朵涂脂抹粉，彩色石墙

斑驳得像零碎的记忆

龙眼树冠，一年比一年

浓密过父亲的满头白发

香山迎夏

满目盈翠，如染了茶汤的秀色

阳光透过岁月芬芳

蝶翼般呼扇，轻盈掠过林间草丛

我怀疑自己上了年纪

直到拿到一束浅金色玫瑰
依然孩童般雀跃

山风自北如玉簟铺展
琴音铮铮淙淙在南，流瀑般回响
字里行间清泉潺潺，涤荡了热浪

清风动情地翻阅着书页
这善解人意的知音
也喜欢收集人世间的秘密

▪ 长　诗

在大海面前失语

海在前面，浪起千层雪，足迹隐去
转身两袖清风，文字留下，时光倒流
　　　　　　　　　　——题　记

回想起见过别处的海
一处幽蓝如巨型宝石
另一处湛蓝与碧绿拼接成镜面

在那样蓝的海边踩着细沙
看海里人群，如彩虹糖撒落
稍远处，人们叠罗汉、骑浪欢呼

侧耳倾听海浪人浪阵阵哗然，声声交织
欢乐的海洋，无须多余的语言

在那样蓝与绿的海里
农家渔船随浪颠簸
水在我们脚边潺潺汩汩

如此亲近，深不可测的海
内心的怯懦，毕露无遗
不敢久久凝望，不敢大声喘息

仿佛水底潜伏着巨兽，力大无穷
别扰它美梦，它会伸出巨擘、翻卷海浪

最近见到的这片海，说不清何种颜色
米黄、灰绿、微微泛红
混浊的海水漫延至天边
漫长的弧线，被远处的岛屿切割
如一颗颗巨人的头颅，悬浮水面

这样的海会为人诟病
所幸地势富于变化，挽救它的残缺美
人工铺砌的鹅卵石步道
因地制宜，起伏成不规则形状
有一处像天鹅脖颈处的凹陷

到此一游，脚印在沙滩烙下证据
又被层层海浪抚平、销毁
浪花清纯洁白、活泼好动
它们在海面来回自由奔跑
沿海岸线披散开蕾丝边头纱，随风飘摇

一对准新人迎着习习海风，走向海边
新娘的婚纱和白浪一起，被风撩拨
前方是辽阔海面，黢黑的礁石一一散落

那里无鲸落之悲伤，只有磐石神情坚毅

风的絮语阵阵，与海浪声亲密和鸣
被风浪侵袭的脑海顿时一片空白
仿佛霸气的海，阻止你，口不择言

隔了两天，禁言才突然被取消
仿佛一个失智的耄耋老人
经点化，重拾起过往记忆

关于海的记忆
需要不安分的心和激情来搅动
没有如此情绪，海会劝你继续失语

要么反其道，足够深沉，诱使海怜惜
默默看海，一眼千年、万年
愈发情深似海，这是海传授的恋爱经

暂且忘掉海底巨兽，让它安然沉睡
水深处，太多公开的秘密
闭口不提，让它们一直假装神秘

▪ 创作年谱

1999 年　参加全国青年文学作品大赛，散文作品获纪念奖；参加校内举办的"祖国颂"征文比赛，诗歌作品获二等奖。

2016 年　在晋江文学城开始连载小说。

2019 年　注册个人公众号，发表散文，偶有诗歌、小说作品展示。

2020 年　在世界诗歌网、中国诗歌网、华人头条等各网络平台发表诗歌作品。

2021 年　参加世界诗歌网"十二背后杯"中国诗歌擂台赛，2 次获日冠军。

海　约

本名彭志约，1982 年生，翔安人。厦门诗群成员。作品发表于多家报刊，入选多种诗歌年度选本。

▪ **代表作**

阴　天

生活并非布满了荆棘
还有蔷薇、蘑菇、覆盆子，和大白菜
更多的是，空旷而繁密的林木
在通往内心理想地的路上
叶片遮蔽我们的眼睛
如同乌云。只有足够宽阔的人
抬头能看见
天上结满了待放的花苞
不是悲伤或欢喜
也不需要爱，或者恨
时间到了
人间便落满了花瓣

▪ **短　诗**

笼子 · 投降书

你准备用笼子收容我
我已把黑夜备好，瓶子一切就绪

汤水、枸杞、野菊花、鞭子

伺机而动。我轻轻把头颅安放在你的胸脯

听见火车开进隧道口戛然而止

我们坐在空屋子里

以苍茫喂养苍茫

飞不起来的街道

在一个人的图腾里

你看见四条腿的马被吹了起来

不跑，不转弯

你搬来四条腿的凳子坐下

在繁华的闹区

你多么与众不同

你望向远处，白云飘飘

仿若有多少悲伤

都是软的

在一个不差的天气下

你天马行空

你腾起的两条腿是无力的两条腿

你看见四条腿的马

是拥有着四条病腿的马

而有着四条腿的凳子从来不具备飞翔的本领

你看见一条街车如水，马如龙

你看见一个人坐在街上

一片苍茫

深夜班车

夜 11 时

风吹得并不算太大

树叶抖落的声音

就像肺叶

与好友去煸豆干顺便小喝数瓶

折路而返

发现一条马路

在僻静的深夜藏得很深

发现一个肺

狠狠地

拽着鼓起的肚皮

仿佛列车

抓住那些铁轨

一个人去赶赴深夜班车

风驰电掣

这些年，孤独而慌张

这些年，草坡上的草

越长越矮。河两岸，春风也吹不起

往下生长的孤独

而水泥地的影子越来越高

现在，我需要仰起脸才能看清

那一茬茬的胡子

潦草，并粗犷。现在

我需要借一面镜子

才能够完整地安放一生的不安

那些不与命争的话

如今听来，它们如此准确地

命中了我的罩门

那些因孤独而来的慌张

叹出的气息

在镜中，像雾一样，那么苍白

▪ 长　诗

小优，小忧

一

灯火昏黄，像小优的眼

眨得我眼有些酸

抬头看了下头顶那一枚月亮，竟有些恍惚

低走的云

慢得我心慌

走过楼下烧烤摊旁，要了几串肉串

顺便要了几瓶冰的啤酒

一个人饮

至夜深。风一吹，身子更显单薄

夜色已经迷糊

小优并没有按约前来

我有些尿急，到路边撒了泡尿

竟感觉舒服多了

二

那年过后，再无小优的讯息

小优的消失

与小 A 竟如此的相似

以至多年后的今天，我常常行走在迅疾中

却总想慢下来

坐在茅坑去回想小优的模样

而现实是：我坐在茅坑，只顾着想快点解决掉腹中的大便

很少特意想起小优

三

2007 年就像那些散落一地的玻璃碎片

灯光下，晃得我头晕

于是我找来风油精，把它们涂在鼻尖上

用食指往鼻子两边使劲地抽

此时，窗对面的楼梯口站着一个女子

喊着楼下阿姨

我轻微偏了下头，看了那个女子的模样像小优

她清瘦、瓜子脸，略显轻薄

当我站起、走到窗边想看清楚时

她却倏地爬上了楼

四

这些，再无从考据

我学着小优的姿势卧趴在床上

看了一部碟片。一个哑巴

敲开一个聋子的门

哑巴是男的。聋子是女的。哑巴与聋子安静地坐在椅子上

最后，哑巴从身后掏出一根长笛

为聋子吹了一支曲子

五

同样，无从考据的

还有我们魂灵与身体的关系

每天我准时起床刷牙洗漱换装吃早餐然后开始一本正经的工作
这么些连成一条密密麻麻的线
数载如一日
就像我对小优的怀念
乱得很
祖国大好河山，我独守一个躯体
浑浑噩噩不成模样

六
小优，小优
小小的，小小的像那些忧伤
困于体魄。困住体魄
有时我也像怀疑神的存在一样的怀疑小优的存在
眼前，常有
旗袍像子弹一样的飞过
恍如隔世的空洞
而我却一摸一把鼻涕

七
至今，我依然相信小优还活着
我每天混迹于巷口
身后的灯火隐没在十万顷的黑暗中
而那些女子
多美好
却没有一个是我的小优
她们也不可能是
我狠狠吸了一口烟
吞了下去，狠狠咳了半天
小优还是没有出来

八
此时，门窗紧闭

风，簌簌地吹。镜片里

再无情节可回放。我漱口到一半以为酒咽了下去

一切就这样

都无从考据了

▪ **创作年谱**

2001 年　首次在《语文报》发表诗歌作品；

2001 年　诗歌作品发表于《诗刊》《汉诗》《诗歌月刊》《福建文学》《中国诗歌》

——　　《海峡诗人》《语文报》《厦门文学》等多家报刊，并入选《2015 中国诗歌

迄今　　年选》（花城出版社）、《2017 年中国诗歌民刊年选》、《2018—2019 中国新

　　　　诗年鉴》、《中国百年诗人新诗精选：现代诗歌精品选粹》（团结出版社）、

　　　　《福建诗歌精选》、《厦门优秀文学作品选·诗歌卷》（厦门大学出版社）

　　　　等多种选本。

夏 炜

作家、诗人、画家。祖籍江苏南京，因父母支边生于甘肃兰州，童年和少年时代分别在黄土高原和江南水乡度过。毕业于厦门大学经济系，现居厦门，鬻文鬻画为生。中国作家协会会员，厦门市作家协会副主席。著有长篇小说《赝品》《铁观音》《那些花儿》，中短篇小说《小雪》《高尚》《都市猎人》，散文集《等茶》等。获中国最美图书奖、全国青年文学作品大赛优秀奖、福建省百花奖、福建省优秀文学作品奖、厦门市文学艺术奖等。

▪ **代表作**

二四六厂区
——纪念远离的三线厂和童年

一

当荒凉的草
引着路延伸到荒凉的厂区
厂，让皮夹克裹身的人
在记忆里搜寻不存在的记忆
在 2008 晚秋

二

1958 与五湖四海的人
一起热闹地来
旗帜竖起，竹竿戳入黄土
风沙在空中盘旋
看红旗在半空里刷刷

三

纸飞机，起落起落

一阵急雨，泥地里一堆残乱尸体

那个雕像依然高大

四

1968 与雨露滋润禾苗壮

似泰山如鸿毛的我

独睁一目，展示着湿黏与丑陋

这二四六的一员和未来

听，喇叭在半空里合唱

五

二四六厂门宽阔

两只 AK-47

左右在左右两个人肩上

头上，没有我们稀罕的绿军帽

枪上，刺刀青冷

六

枪，我们都想扛上一扛

撸一梭子，爽

七

机床会停止转动吗

螺丝钉会不生锈吗

沙尘在该来的时节不再来吗

一串槐花凋萎

在那本找不到的书中

八

吃饭啦

妈妈们的嗓音永远嘹亮高亢

九

云徜徉

纸飞机从窗户里飞出

黄沙尘从春天里飞进

远方

癫痫头北山沉默

十

黄河之水和黄土高原融成一色

一列火车，摇摇晃荡奔向运河

未来的电波，消失

在看似平静的江南

消失，二四六厂区

十一

吃饭

十二

喜剧和悲剧，在我们分别时

轮番上演

一块红布

一片蓝海

南风薰暖少年心

鲜衣东南和二四六距离更远

十三

十九栋号建筑就要坍塌

俱乐部是一块铲平记忆的土地

挖掘机打算重起高楼

风中，墙上的标语

草中蝗虫

都躲进时光深洞

十四

未来，识字之后

还知道字里的历史

总会被下一个当代遗忘

十五

风裹着沙

皮衣裹着我

二四六老旧厂区裹着过去

轰隆轰隆的巨响

忘记了一切

身体里

裹着的胃就开始疼痛

十六

掩埋的记忆分成多行

这个春节，我几乎度过了我的一生

这个春节，二四六的喇叭依然响亮

网络上

一张明信片

勾起许多湮灭的记忆

▪ 组　诗

金陵随笔

北方的雪还没飘至金陵

风先把绿叶抚黄

石头城外的镜子

倒映出老墙满脸的沧桑

印在我心里的

不是秦淮河水波上旖旎的风光

地铁，在城市的腹内游走

人和人，裹紧大衣沉默的脸

语言拼凑出文字游戏

集中在手指延伸的屏幕上

下了车，随着屏幕，都忙着找寻各自的出路

鸡鸣寺里的豁蒙楼

已然挂起百味斋的牌子

远处的大厦是陌生人的坐标

梧桐在下面依然高举理论的旗帜

在笔直或弯曲的道路上，指引

车辆　你　我　他

湖　玄武

楼门上一耀出装扮的光

星星就藏在浓密幕布里沉睡

眨眼的

是尘埃里昏黄的灯光

一盏茶，旅居

在寒夜降临的二十一楼上

是没有了故乡的原乡人

时间像剃刀一样锋利

瞬间抹去了岁月的胡须

许多人，都穿上了羊的外套

一部老电影

一部老电影
留声机旋转，鹅毛笔跳舞
艺术的优雅与慵懒
在那个远逝的黄金时代
在那个钟表停摆的午时酣眠

小提琴奏鸣起水面涟漪
咖啡壶在银盘上落落起起
蕾丝边连衣裙
掩盖一起爱情凶杀案
绅士，抽烟和不抽烟
夫人，跳舞和不跳舞
说谎，是人才有的特权

钱，除了钱
人活着没有了什么其他意义
因为如此，所以如此
动机，总是和爱一起浮出水面

有些友情牢固，它在过去
有些道义动人，它在往昔
不必在意与失望
天堂太远，而且不再显示神迹
高傲和爱情都指向了一个条件

我费尽心力从中获得愉悦
因为梦，越来越像个梦
而电影，真实不虚

古宅村原野

似乎已经遗忘

远山沉淀着千百年来神秘的力量

静，一个字里逸出多重魅力

双脚插入泥土

感觉敦厚和沉默温和的善良

心翔于原野之上

美就在眼里印下爱的记忆

那芝麻一节一节向上拔出白花

那水稻孕育着它的孩子

风轻拐着它们柔顺的身子

黄花红瓣

小小世界就这样摊成一本大书

淡青色的云下

我和你静立

没有任何赞叹的言语

想五百年前美好的童话

■ **创作年谱**

1985年　中学作文《金有何贵》在辅导老师推荐下发表，获稿费20元。

1987年　就读于厦门大学经济系，开始学习现代诗歌写作并绘画。

1990年　6月，国画《万古青山敬英雄》获厦门大学经济系首届书画展特等奖；岁末，在厦门大学学生活动中心举办个人画展。

1991年　7月，大学毕业，开始进行散文创作，发表《孤独与高贵的动物》《西北的山》。

1991　散文散见《厦门日报》《厦门晚报》《鹭风报》《厦门商报》《香港商报》等。

————

1993 年

1994 年　5 月，在厦门工人文化宫举办个人画展。

2000 年　5 月，辞职，正式成为自由撰稿人、职业画家。

2001 年　1 月，参加北京笔会；短篇小说《高尚》获第三届全国青年文学作品大赛优秀奖；6 月，首部长篇小说《赝品》完成；8 月，参加西安笔会；创作诗歌《相见欢》，散文《城色月影》。

2002 年　4 月，长篇小说《赝品》发表于《中国作家》；8 月，赴安溪县蹲点采风，构思长篇小说《铁观音》，创作诗歌《采茶人》《铁观音》。

2003 年　12 月，《赝品》获福建省第十七届优秀文学作品奖；参加《福建文学》改稿会。

2005 年　5 月，出版长篇小说《铁观音》（昆仑出版社）；9 月，赴北京，进行《铁观音》电视连续剧分级大纲与剧本创作；

2005　编撰《魅力厦门》《奔向大海的韵律》《魅力思明》等图书，创作的散文

————　组诗《奔向大海的韵律》并发表。

2008 年

2006 年　4 月，《铁观音》一版二次印刷，同年 12 月获第二届陈明玉文学奖；5 月，《赝品》获第三届厦门文学艺术奖；参加第一届鼓浪屿诗歌节，并重新开始诗歌创作，2 首诗歌发表于《厦门日报》"2006 鼓浪屿诗歌节专号"；之后，第二、三届鼓浪屿诗歌节等活动均参加。

2007 年　4 月，根据《铁观音》改编的电视连续剧《铁观音传奇》在横店开机；11 月，《铁观音》入选中国最美图书第三名。

2008 年　5 月，《铁观音》获福建省第五届百花文艺奖；10 月，中央电视台《地标·物语》节目专访人物，为北京杂志写茶专栏。

2009 年　10 月，散文《鼓浪天堂》获厦门市人居散文奖二等奖；国画《渺云横渡》获福建省统战部纪念中华人民共和国成立 60 年展三等奖。

2009　《炎黄源流》杂志执行主编；编著《杏林书院》。

————

2010 年

2009　获聘厦门文学院签约作家，创作长篇小说《花影风踪》。

————

2012 年

2009 —— 2017 年	发表中篇小说、短篇小说、散文《小雪》《城市猎人》《佐茶话道》《闽茶漫谈》，诗歌《我的孤独来自他人》等近百篇；《走进福建》系列丛书撰稿人之一。
2011 年	11 月，福建茶地图调研采风，发表《人在草木中》系列茶文化散文。
2014 —— 2017 年	获聘厦门市文联首届艺委会委员，创作中篇小说《满地黄花》。
2015 年	8 月，长篇小说《那些花儿》出版（鹭江出版社）；创作《花影》《良姜花开》等植物系列诗歌 16 首。
2017 年	8 月，在厦门时代美学馆举办《如思美人——那些花儿》主题画展；11 月，在厦门文博会分会场举办《鼓浪烟云》主题画展；创作《鼓浪屿》《沙坡尾》系列诗歌。
2018 年	8 月，根据《那些花儿》改编的同名电视连续剧获国家广电总局备案。
2019 年	9 月，散文集《等茶》出版（北京联合出版公司），入选第三届福建文学好书榜优秀图书；10 月，参加个人图书大梦书屋活动，赴嵩口古镇采风；创作诗歌《古水今照》等；参加鼓浪屿诗歌节，创作诗歌《草木诗经咖啡馆》《在书店》；11 月，同安银城诗社创作基地挂牌，创作诗歌《古宅村原野》等；赴德化采风，创作诗歌《云溪谣》《丁荣的银杏》；12 月，参加南京作家高峰会，创作诗歌《金陵随笔》《玄武湖》等。
2020 年	1 月，发表散文《茶事三则》，绘制国画《花园里的椅子》，创作诗歌《花园里的椅子》《燕子落了下来》；3 月，义拍国画 12 幅捐助医院抗疫，创作诗歌《病毒》《无眠之夜》；4 月，长篇小说《那些花儿》获第六届厦门文学艺术奖；创作《梦里渔港》；11 月，参加中国作家协会福建海洋文化采风团，创作诗歌《长乐》《泉州湾里的古船》等。
2021 年	2 月，赴鼓浪屿写生，创作诗歌《去再生海看花》等 5 首；3 月，参加第二届厦门新春诗会，创作诗歌《城里的风》《长街》《病毒》等；4 月，参加中国作家协会广州文学会议，创作诗歌《羊城夜雨》；5 月，创作长诗《二四六厂区》，绘制《日光岩下的三角梅》《鼓浪天堂》，并创作同题诗 3 首。

高　盖

1968 年生，原籍泉州南安诗山镇，现居于厦门。福建省作家协会会员，鲁迅文学院福建中青年作家班学员。诗歌散见《人民文学》《福建文学》《诗歌月刊》《厦门文学》《泉州文学》《天津诗人》《绍兴诗刊》等报刊，入选《百年厦门新诗选》、《厦门青年诗人诗选》、《〈厦门文学〉60 年作品选》（厦门大学出版社）等。

▪ 代表作

见山之杳然

八字形的山峰
等候一只孤鸟巡弋

云色洁净
小调轻柔
哦　好听的方言
以一杯水的方式　叙事

桌角的黑框眼镜
营建高岗或悬崖
它也有洁白的双瞳
它放大孤鸟飞行的路线图
它解释什么是一掠而过

它试图劝说
以存在的空无
描述一座高山
并与生命交欢

▪ 短　诗

冬雨初来

有时候

我循着雨声

阅读着匆匆而过的人群，甚至

爬上木麻黄的尖顶演讲，之后

毫无保留地

如散发街头广告般

交出我对这场冬雨的评论

在南方的冬天

这样的经历弥足珍贵

也许我的言辞依旧干燥，但

仅这些雨声

就足以令我，与木麻黄，与过往

共叙一晚

万事各苍茫

马背上的鲜花不舍季节

胀裂之声规范起落

僵卧于野餐垫的虬木

与蝴蝶比邻而眠

（连安静也是一种声音）

紫色是空间的偏爱

它紧张而胆小
甚至张开不易觉察的孤体　像
倒扣的歇山顶
主张精细与从容

我躬借你的水
灌溉垦殖经年的玻璃田畴
愿　这些衷心
将搬回你的风云变幻

过城中村

铁狮子是此时的别称
它的唇语与阵雨计较
喷出的语词　与
垂直的雨丝　恰好构建
声色犬马的帷幕

城中村的夜色略有破损
小店挨着小店　它们
不正是你寻找中的小兽
也许　就是你感怀久远的
铁狮子　它们
与你形影相视

春米立于水云间

春事几多
你独与我谈起家乡的好米

我好似行走于水田之埂

春天的小草并无章法

它们倒映水的秩序

你与我落下的几句话

如同插下的禾秧

入泥的怀间　与浊水相拥

与春书　与春欢

是一粒米的初心

我们大抵如此

访春归　须空手回

仅需收藏一声春米的离愁

城市悬于半空

殖民主义的橱窗

广场上灌木奇异

有多少人和魔鬼交谈

每一个脚印

都像可以追溯的乱石

在城市的客厅

筑塔人忙于整形

河流也试图比拟彩虹

敲钟人在声音的间隙

以轰鸣驱赶迷雾

城市悬于半空
一团团的热闹
一团团的归寂

壁虎的意义

壁虎化了淡妆　而
墙上铺满白色的试卷
它　爬爬停停
汲取一些梦的汁液

它默不作声
我想它需要
一点敲门的声音
像久违的阳光
星星点点地
唤醒逃离的冲动

门

"只要多次进出"
门就存在

反向的指示
克制路径肆意扩展

这图腾的市集
如云层
艰难搬移所有的暗示

要知悉

在晨光中　时间忙于奠基

它需要挖掘机　机器人　VR

也在回返的虚拟实境里

种下门的边界

也请你站上台阶

"你的名字是一部小说"

我们相识于

树叶枯黄之前

前世今生尽是虚拟的说辞

路人提脚而行

我们用搏斗般的眼神

交谈　所谈之事

均如箭矢一般

极力射中你的"为什么"

恰是如此的滑行　我们

才有关于一部小说的共识

时光正在陈列

跌入 2020 年的时序

这窗外的五月之雨

如同浩劫

艰难的旅行刚刚开始

是谁或该谁检阅天穹之伞

几无欢呼　几无抗议

相对于平直的声波

无明之明　无妄之妄

连时光也不辨

解脱正在见证搏斗

雨水正在描绘告别

时光正在陈列

何事来时嘀嗒嘀嗒

唯有夜晚不谨慎

唯有夜晚不谨慎

它是夜行者的仆役

当你的愿望得以满足

苦思便下楼

在电梯的列队里

一声就是一节不便透露的忧

想见见父亲

爸爸躲在泉州殡仪馆的方格子

那是一座浩大的图书馆

书架一排又一排

而父亲就是我典藏的一本书

每年清明

我总会来翻一翻

拂去书面上的灰尘

你留给我的每一行文字

带着我一天又一天往前走

现在你回到故乡

躺在地下

你不再是我的书

是我的泥土

每一年清明

我都要回来跪倒在泥土边

在泥土里慢慢变成种子

你将滋养我的生命

再次发芽，开花，结果

想见我的时候你要带着钥匙

我已经第八次指着半圆的月亮

向你描摹你的钥匙的样子

银光爬上悬崖，或者爬上齿孔

（但我们从未发现长短不一的齿牙）

这是练习打开门窗

你的钥匙要别在裙的左侧

我不能轻易地看见

但它应该有如你一般的声音

即使　你的裙是蜡染的江山

我们会用尽一夜的月光　讨论

甚至争辩是叫钥匙　还是牙齿

最后，我们以十指相扣　模仿

门窗紧闭的样子　但谁也

无法指证月光　钥匙与牙齿的关系

▪ 长　诗

秋风的比兴

一

秋风渐起

青衫依旧

白床紫窗各安其位

记忆肥厚

唯有光

随秋风摇曳

它洒在你的身上

像蜷曲的歌符

时见时隐　因此

就有了波光　有了变奏

秋风起令我自怜

什么不负一片秋意　是该

紧紧地紧紧地　与你

声声慢

二

秋风摇动的航海图兴味盎然

水手（或者是厨师）正切开浪花（或菜花）

而陆上的人　一直
误认床就是路　梦就是海

梦更像罗盘　而
某些不常用的工具　却
依附于时间的陀螺降临
它们众口一词：不再说起苦难

三
酒后的秋风微醺

我赶往云形集结地
开门的是一块平板玻璃
她让我的眼神打滑　这

并不需要太多演示
在人间　每天都在滑翔
在你的玻璃上
在我的玻璃上

有时候　玻璃和玻璃也在滑翔
那些响声
更像是亲吻或者对骂
是呵　我总在酒后
与时光接吻
与世界对骂

四
秋风扶我上楼台
我还秋风一个抱

而你说　推开就进来了
也像是秋风的说辞
我们也确实聊了秋事
你总在猎猎处强调
"脾气是好，惹了就不好"
是啊　这飒飒的秋风
不惹　不惹

五
河面敞亮
借助你的肌肤
比照并以此临摹溪山秋色
江崖上声音坠落
你在游弋
我在鼓满陡峭的风帆
它将以船的形状
比拟我们的黑夜

六
船驶入秋江
水波纹集结又散开

船驶入秋江
你留下昨天的时光结

船驶入秋江
你们荷光攀过声音谷

船驶入秋江
是
是秋江驶入船

船驶入天空

七

在秋天
适合脱下一件衣服
再穿上一件衣服

就像秋枫
从你的眼神里
重回自己的身躯
在秋风里
完成一次献祭

八

窗帘令屋子如森林般黝黑
鄂伦春人披上月光
隐约可见　秋色苍茫
却有复调般的步履
盘旋开始
箭矢向世纪初飞奔
以此　回溯涉世的谦恭　或
涉世的乖张

九

此时气味是罪恶
它似邪道的符咒持于墙上
而你　装扮成白雪公主
借一些初秋的阳光
驱除存在的迫害

十

记忆并不是书本

只有刻骨铭心　才是

书的中脊线

如果要供今夜重新装订

那么　李白老师

正化为你的豪情

在今晚的风里

一仰而干　而

你要的书本　也

在这风中胡乱地翻成一曲秋风辞

十一

阳台上有光　是白昼

我也是透明的

像是空的一首歌

所有的调调是轻浮的

而你　则像尘世的浮埃

紧紧地附着　以无形或有形

一起堆砌一座

设法阻挡时间的山　恰如

关于你的一场

尽在秋天

十二

夕阳无力地射入渊薮

老枝山茶喟叹

花盛且为花衰唱

怎得了

这秋风剪窗口

更无光

十三

我是这么想的　但

我还没有去做

我确实该为自己点赞了

因为　秋风已经为自己点赞了

她是我的朋友

她从未给我点赞　但

她告诉我方法

"只需要轻抬一根手指"

"如风一般"

我仍然犹豫

适合点赞的是左手还是右手

十四

晌午

秋风似有似无

你的日光尚在床头

这些明亮的箴言　是敲门声

如同断断续续的秋风

声响

或走动的主意

是与你推搡的祈祷

是一致的理想

十五

就如日光下的狗尾巴草

细绒毛也是发光体

它们簇拥着我的秋风

发于情绪　归于凌乱

十六

在秋风中跑步

犹如写一封长信

步未停

言语也就絮絮叨叨

风捻起梅花笺
没有吹乱我的脚步

心跳得快了一些
像一阵疾风
它不带走一片黄叶

它一个字一个字地写
在秋风辞里
落满我来来去去的风尘

▪ 创作年谱

1986 年　参加今集美大学财经学院的浔江潮文学社，开始诗歌创作。

2006 年　诗歌入选《厦门青年诗人诗选》。

2007　　担任《陆》诗歌总监。

——

2009 年

2009 年　参加首届"八闽民间诗会"，即兴发言《可以调适的禁忌——"八闽诗群"浅论》。

2010 年　担任《陆》诗歌编委；担任鬼叔中导演的《老族谱》制片人，影片于中国纪录片交流周上映；主持诗人叶来诗歌交流会。

2011 年　参与并主持厦门诗群与反克诗群联袂之"双城诗会·阳桃院子 24 小时"诗歌活动。

2014 年　加入福建省作家协会；3 月，参加鲁迅文学院福建中青年作家班学习；《第十八页》等诗歌发表于《人民文学》第 6 期；与文友合著《十二个人的十二版纳》出版（长江文艺出版社）。

2019 年　主持 2019 年鼓浪屿诗歌节厦门本土诗歌论坛之"厦门本土诗歌的写作：他觉与自觉"。

黄英灿

1966 年生，翔安人。福建省作家协会会员，厦门市翔安区作家协会副主席。作品散见中国诗歌网、世界诗歌网、《世界日报》、《椰城》、《新诗大观》等。出版诗集《时间收拢疲惫的翅膀》《躺在大地的边缘》。

▪ **代表作**

致但丁

当信仰萌生于佛罗伦萨的悬崖

你迷惑在一片黑色森林

豹、狮、狼围困着孤独

眼前的黑暗层层加重

她责怪你迟迟无法拯救自己

只能开出唯一的药方

让你目睹地狱的九个圈

脚底蹚过魔鬼的焰火

然后从地心爬到地上乐园

维吉尔在前面开路

沿途触摸着衣袍坠落的血沟

在两脚踩过净界的链条之后

你的额头一次次去掉 P 字

向着高处飘移

贝雅特丽齐就在九天之上

伟大的女性引领你上升

到天府里，参加上帝举行的婚宴

无产者导师，杰出艺术家

从你的诗篇里获取

灵感的源泉

夜里，我疼痛的肩膀

也刻下启示录

你部分受伤的文字

再次吐出舌头

是因为太过钟情于

心中的太阳，因此

女神之手伸出永恒的庇佑

直到你见到九种天使

双手攥住幸福的玫瑰

抵达，圣人无法到达的天堂

▪ 组　诗

雨　珠

雨珠从屋顶滑落

细细的，在眼前飞走

不停地汇入墙边的水沟

雨珠接连不断，从上而下

不知源头，不知高度

它向往低处，更低处

此时，冬天正在午睡

只听到雨水落地的声音

透明，活泼的样子振动耳垂

一些雨珠游走在墙上的电线

把快乐的周末汇成电流
用清新洗净了忧郁

雨珠亲吻顶屋，唤醒水泥路
它的纯真引来了公鸡的啼鸣
它向往低处，更低处

倚在窗前看春天

悠闲自在的时候
一些淡淡的忧伤
闯进我的脑海
比如，破陋的祖厝年久失修
听障阿荒赤脚站在老家的公路旁
以及他茫然失色的眼神
亲人躺在春节的病床上
外出的咳嗽声传来
逝去的伤疤重现
雪花一般飘落眼前
快乐蒙上阴郁的雾霾
回复信息的一刹
朋友打来电话
邀请一起去拜访朋友
我因责任失去了赴约
倚在窗前看春天
正月初四的天空阴晴不定

生命以流水的形式

傍晚。通往洋麻山的水泥路
像一条橘红色的彩带
沿着山腰逶迤向上
许多人散步在蛇形的路面
有的跑得大汗淋漓
身姿似山风抛出的曲线

路两旁，草木繁盛
各种不知名的鸟与昆虫联手
演奏一场美声合唱
所有的树木与花草凝神静听
一切生命
以流水的形式运动着

一群又一群的燕子和麻雀
在树林上头来回穿梭
它们没有选择
顶峰坚硬的高压电线与铁塔
作为歇脚点
也许它们将不停地飞旋
直至死在柔嫩的绿树之间

墓地上

墓地上的松树冒出紫岚
树杈编织着新网

松球的晚脸
纷纷坠落荆棘与草丛中

人间盛宴对死者来说
已然多余

掘土机来回分割
绿树和岩石，踩出一条路

它们挖掘无主的坟墓
那些铁臂一定打翻了什么

麒麟山，石头也是偏方

不是巨石与巨石简单的相叠
它们在此已经相爱了亿万年
不吻合的一侧形成
一条鲈鱼张开的大嘴
还能看到一颗残余的牙齿
她与我一起攀登麒麟山
路遇当地老农挥手解读
那块人为塞进去的小石头
可以随时取下来
磐石丝毫不会改变倾斜度
有多少担心就像这块小石头
有它没它一个样
也许因为所处位置很特殊
多余也就成为治愈惶恐的偏方

返　回

十二月。牛卸下重轭

返回出发地

斑鸠在树杈上搭窝

古墙头的绿荫里，没有车辙

它用坏了多少犁

疲惫的尾巴甩出一朵玫瑰

回望背后曲折的沟壑

泥巴裹住飞扬的长蹄

空寂，空寂，空寂

有朋友用语言传播花粉

让生活在此安息吧

山坡上蔓延的油菜花

田洋菜市场

傍晚有一种说不出的获得感

乌云推动蘑菇状帐篷

村庄的烟囱也打算加入其中

番薯的根须裹满泥土的温暖

集市上海蛎已脱下雕花铠甲

一位妇女坐在南瓜与胡萝卜的黄金线之间

多少人跟她一样

将喜悦的生活混搭出

乡村与城镇的彩虹桥

当一只失群的白鹭经过这里

翅膀有节奏地开合

我开始喜爱甘蔗林深处的未知部分

给海鸥及其伙伴们

大海弹奏琵琶，将蔚蓝色忧郁

抛向布满伤疤的海岸

痛苦常年淤积

释放一朵又一朵白色花

它们试图寻找一种方法

摆脱层层扑来的恐惧

眼前的谬论滚动铰链

持续在

涂满口红的嘴巴反复

喷射没人理解的馊味

倾听者在减少

消失在，风景树退却的港湾

躺在大地的边缘

我躺在大地的边缘

感觉呼吸在绿荫下渐渐平静

松针溢着香乳

携带云朵开始浸润周身

我看到天空正以蔚蓝的唇

亲吻墨绿的起伏

褐色的石壁

于天地间长成枝状

随之山岚滚滚而来

银白，蓝绿

大自然的清音

铺开辽阔的寂静

我看到苍穹与峰峦搭建的房子

舒适，宽广。也看到

云朵绵延的归途

▪ 创作年谱

2016年　6月，《在海南（组诗）》发表于《椰城》第238期"社会主义核心价值观"头版头条。

2019年　2月，诗集《时间收拢疲惫的翅膀》出版（团结出版社）；5月，《雨珠》《等待》发表于《世界日报》；6月，《三棵南洋杉》发表于《世界日报》。

2020年　8月，《鸟巢》发表于《新诗大观》总111期；8月，《以流水的形式（组诗）》发表于《诗》总27卷；12月，诗集《躺在大地的边缘》出版（团结出版社）。

舒 婷

中国当代女诗人，朦胧诗派的代表人物。本名龚佩瑜，1952年出生于福建漳州石码镇，从小随父母定居于厦门，1969年下乡插队开始写作，1972年返城当工人，1979年开始发表诗歌作品，1980年到福建省文学艺术界联合会工作，从事专业写作，2016年12月，当选中国作家协会第九届全国委员会委员。主要著作有诗集《双桅船》《会唱歌的鸢尾花》《始祖鸟》《舒婷的诗》等，境外出版5个语种9种个人诗译本，另有《舒婷文集》三卷。

▪ 短 诗

流水线

在时间的流水线里
夜晚和夜晚紧紧相挨
我们从工厂的流水线撤下
又以流水线的队伍回家来
在我们头顶
星星的流水线拉过天穹
在我们身旁
小树在流水线上发呆

星星一定疲倦了
几千年过去
它们的旅行从不更改
小树都病了
烟尘和单调使它们
失去了线条和色彩
一切我都感觉到了

凭着一种共同的节拍

但是奇怪

我唯独不能感觉到

我自己的存在

仿佛丛树与星群

或者由于习惯

或者由于悲哀

对本身已成的定局

再也没有力量关怀

"？。！"

那么这是真的

你将等待我

等我篮里的种子都播撒

等我将迷路的野蜂送回家

等船篷、村舍、厂棚

　　　点起小油灯和火把

等我阅读一扇扇明亮或黯淡的窗口

　　　与明亮或黯淡的灵魂说完话

等大道变成歌曲

等爱情走到阳光下

当宽阔的银河冲开我们

你还要耐心等我

扎一只忠诚的小木筏

那么，这是真的

你再不会变卦

即使我柔软的双手已经皲裂
　　　腮上消褪了青春的红霞
即使我的笛子吹出血来
而冰雪并不提前溶化
即使背后是追鞭，面前是危崖
即使黑暗在黎明之前赶上我
　　　我和大地一起下沉
甚至来不及放出一只相思鸟
但，你的等待和忠诚
就是我
付出牺牲的代价

现在，让他们
向我射击吧
我将从容地穿过开阔地
走向你，走向你
风扬起纷飞的长发
我是你骤雨中的百合花

也　许
——答一位作者的寂寞

也许我们的心事
　　　总是没有读者
也许路开始已错
　　　结果还是错
也许我们点起一个个灯笼
　　　又被大风一个个吹灭
也许燃尽生命烛照黑暗
　　　身边却没有取暖之火

也许泪水流尽
　　土壤更加肥沃
也许我们歌唱太阳
　　也被太阳歌唱着
也许肩上越是沉重
　　信念越是巍峨
也许为一切苦难疾呼
　　对个人的不幸只好沉默

也许
由于不可抗拒的召唤
我们没有其他选择

黄昏星

一

从红马群似的奔云中升起
　　你蔚蓝而且宁静
　　蔚蓝，而且宁静
仿佛为了告别
　　为了嘱托
短暂的顾盼之间
　　倾注无限深情

你解开山楂树
　　一支支
　　挽留的手臂
依次沉入夜的深渊
我还站在你照耀过的地方
思绪随晚归的鸟雀

在霞晕中纷飞
——直至月上松林

让我回答你吧
我答应你：即使没有你作伴
也要摸索着往上攀登
　　永不疲倦
　　永不疲倦
千百次奉献出
与你同样光洁的心

二
这是我的城市
我期待你的来临

烟囱、电缆、鱼骨天线
在残缺不全的空中置网
野天鹅和小云雀都被警告过了
孩子们的画册里只有
麦穗、枪和圆规划成的月亮
于是，他们在晚上做梦

这是我的城市的黄昏
我相信你一定来临

阳光顺着墙根溜走
深黑的钟楼和上漆的新村
都像是临时布景
海傍着礁石沉默着
风傍着棕榈沉默着
这是歌曲里一个小小的停顿

我的城市有无数向你打开的窗户

我的城市有无数瞩望你的眼睛

阳台上的盆花

屋顶上东奔西撞的风筝

甚至小阁楼里

那支不成调的小提琴

在每个人的头上和愿望里

都有一颗属于自己的星

因而我深信你将来临

因而我确信你已来临

▪ 长 诗

最后的挽歌

　　人非有信，就不能得神的喜悦；因为到神面前来的人必须信有神，
且信他赏赐那寻求他的人。

——希伯来书

第一章

眺望

掏空了眼眶

剩下眺望的姿势

钙化在

最后的挽歌里

飞鱼

继续成群结队冲浪

把最低限度的重
用轻盈来表现
它们的鳍
擦燃不同凡响的
磷光

蒿草爬上塑像的肩膀
感慨高处不胜寒
挖鱼饵的老头
把鼻涕
擤在花岗岩衣褶
鸽粪如雨

蚌无法吐露痛苦
等死亡完整地赎出

只有一个波兰女诗人
不经剖腹
产下她的珍珠
其他
与诗沾亲带故的人
同时感到了阵痛

火鹳留下的余烬
将幸存的天空交还

我们把它
顶在头上含在口里
不如抛向股市
买进卖出
更能体现它的价值

枫树沿山地层层登高

谁胸中的波浪尽染

带她卸去盛装

瘦削一炬冲天烽烟

谁为她千里驰援

给她打电话

寄贺卡

亲爱的原谅我

连写信也抽不出时间

你怎能眺望你的背后

从河边对岸传来

不明真相的叠句

影子因之受潮

第二章

美国大都会和英国小乡村

没有什么区别

薯片加啤酒就是

家园

雪花无须签证轻易越过边界

循梅花的香味

拐进老胡同

扣错门环

作为一段前奏

你让他们

眺望到排山倒海的乐章

然后你再蔚蓝些

也不能

比泄洪的大江更汪洋

被异体字母日夜攻歼

你的免疫系统

挂一漏万

弓身护卫怀里

方形的蛹

或者你就是

蛹中使用过度的印色

一粒炭火那么暗红

白蚁伸出楚歌

点点滴滴

蚀食寄居的风景

往事长出霉斑

从译文的哈哈镜里

你捕捞蝌蚪

混声别人的喉管

他们不会眺望你太久

换一个方向

他们遮挡别人的目光

即使脚踩浮冰

也是独自的困境

以个人的定音鼓，他们

坚持亲临现场

如果内心

是倾斜下沉的破船

那些咬噬着肉体

要纷纷逃上岸去的老鼠

是尖叫的诗歌么

名词和形容词

已危及交通

他们自愿选择了

非英雄式流亡

你的帽子

遗忘在旗舰上

第三章

是谁举起城市这盏霓虹酒

试图与世纪末

红肿的落日碰杯

造成划时代的断电

从容凑近夕照

用过时的比喻点燃

旱烟管的农夫

蹲在田垄想心事

老被蛙声打断

谁比黑暗更深

探手地龙的心脏

被挤压得血管偾张

据说他所栖身的二十层楼

建在浮鲸背上

油菜花不知打桩机危险

一味地天真烂漫

养蜂人伛着背

都市无情地顶出

最后一块蜜源

空调机均衡运转
体温和机器相依为命
感到燥热的
是怀念中那一柄葵扇
或者一片薄荷叶
贴在诗歌的脑门上

田野一边涝着
一边旱着
被化肥和农药押上刑场
不忘高呼丰收口号

多余的钱
就在山坳盖房子
乌瓦白墙意大利厕具
门前月季屋后种瓜
雇瘪三照料肥鹅
兼给皇冠车搭防盗棚

剩下的时间
做艺术
打手提电话

都市伸出输血管
网络乡间
留下篱笆、狗和老人
每当大风
掀走打工仔的藤帽
不由自主伸手
扶直
老家瓦顶的炊烟

画家的胡子

越来越长越来越落寞

衣衫破烂

半截身子卡在画框

瘟三抽着主人的万宝路

撕一块画稿抹桌

再揉一团解手

炒鹅蛋下酒

都市和农村凭契约

交换情人

眺望是小心折叠的黄手帕

挥舞给谁看

第四章

迎风守望太久

泪水枯竭

我摘下酸痛的双眼

在一张全盲的唱片上

踮起孤儿的脚尖

对北方最初的向往

缘于

一棵木棉

无论旋转多远

都不能使她的红唇

触到橡树的肩膀

这是梦想的

最后一根羽毛

你可以擎着它飞翔片刻

却不能结庐终身

然而大漠孤烟的精神

永远召唤着

南国矮小的竹针滚滚北上

他们漂流黄河

圆明园挂霜

二锅头浇得浑身冒烟

敞着衣襟

沿风沙的长安街骑车

学会很多卷舌音

他们把丝吐得到处都是

仍然回南方结茧

我的南方比福建还南

比屋后那一丘雨林

稍大些

不那么湿

每年季风打翻

几个热腾腾鸟巢

溅落千变万化的方言

对坚硬土质的渴求

改变不了南方人

用气根思想

北方乔木到了南方

就不再落叶

常绿着

他们痛恨汁液过于饱满

怀念风雪弥漫

烈酒和耸肩大衣的腰身

土豆窖藏在感伤里

靠着被放逐的焦灼

他们在汤水淋漓的语境里

把自己烘干

吮吸长江黄河

北方胸膛乳汁丰沛

盛产玉米、壁画

头盖骨和皇朝的地方，也是

月最明霁风最酷烈

野狼与人共舞

胡笳十八拍的地方

北方一次次清空她的

围腰

把我们四处发放

我们长成稗草进化到谷类

在蜕变为蝗虫

在一张海棠的叶脉上

失散

这就是为什么

当拳头攥紧一声嗥叫

北斗星总在

仰望的头顶上

第五章

放弃高度

巅峰不复存在

忘记祈祷

是否终止了

对上帝的敬畏

在一个早晨醒来

脚触不着地

光把我穿在箭镞上

射向语言之先

一匹风跛足

冉冉走远

日历横贯钟表的子午线

殉葬了一批鸡鸣

三更桫鼓

和一炷香的时辰

渡口自古多次延误

此岸附耳竹筒和锦帛

谛听彼岸脚步声

我终于走到正点居中

秒针长话短说

列车拉响汽笛从未停靠

接站和送站互相错过

持票人没有座位

座位空无一人

黑夜耄耄垂老

白昼刚刚长到齐肩高

往年的三色堇

撩起裙裾

步上今春的绿萼

一个吻可以天长地久

爱情瞬息名称

我要怀着

怎样的心情和速度

才能重返五月

像折回凌乱的卧室

对梦中那人说完再见

并记得请他

留下地址电话

阴影剥离岩层

文字圈定声音

在海水的狂飙里，珊瑚

小心稳定枝形烛光

朱笔和石头相依为命

却不能与风雨并存

每写下一个字

这个字立刻漂走

每启动一轮思想

就闻到破布的味道

我如此再三起死回生

取决于

是否对同一面镜子

练习口形

类似高空自由坠落

恪守知觉

所振动的腋下生风

着陆于零点深处

并返回自身

光的螺旋

再次或者永远

通过体内蛰伏蛇

诗歌火花滋滋发麻

有如静电产生

你问我的位置

我在

上一本书和下一本书之间

第六章

那团墨汁后面

我们什么也看不见

现在是父亲将要离开

他的姿容

越来越稀薄

药物沿半透明的血管

争相竞走

我为他削一只好脾气的梨

小小梨心在我掌中哭泣

其他逝者从迷雾中显现

母亲比我年轻

且不认已届中年的我

父亲预先订好遗像

他常常用目光

同自己商量

茶微温而壶已漏

手迹

继续来往于旧体格律

天冷时略带痰音

影子期待与躯体重合

灵魂从里向外从外向里

窥探

眼看锈迹侵袭父亲

我无法不悲伤

虽然悲伤这一词

已经殉职

与之相关的温情

(如果有的话

这一词也病入膏肓)

现代人羞于诉说

像流通数次已陈旧的纸币

很多词还没捂热

就公开作废

字典凋败

有如深秋菩提树大道

一夜之间落叶无悔

天空因他们集体撤出

而寥廓

而孤寒

而痛定思痛

只有擦边最娇嫩的淡青

被多事的梢芒刮破

每天经历肉体和词汇的双重死亡

灵魂如何避过这些滚石
节节翘望

作为女儿的部分岁月
我将被分段剪辑
封闭在
父亲沉重的大门后
一个诗人的独立生存
必须忍受肢体持续背叛
自地下水
走向至高点

相对生活而言
死亡是更僻静的地方

父亲，我寄身的河面
与你不同流速罢
我们仅是生物界的
一种表达方式
是累累赘赘的根瘤
坠在族谱上
换一个方向生长

记忆摩挲灵魂的容器
多一片叶子
有什么东西正漫了出来

我右手的绿荫
争分夺秒地枯萎
左手还在休眠

第七章

陆沉发生在

大河神秘消失之前

我仅是

最初的目击者

一个铸件经历另一个铸件

绕过别人的拖烟层

超低空飞行

瓦斯俘获管道风格

多快好省

划动蓝色节肢

活泼泼

将生米煮成熟饭

我抱紧柴禾

寻找一只不作声的炉子

逃离

每一既定事实

随时保持

举起前脚的姿势

有谁真正身体力行

当常识把我们

如此锁定

万花筒逆向转动

去冬馁毙的红襟雀

莞尔一笑

穿雪掠地而起

昨天义无反顾暴殄天物
今天面临语言饥荒
眼睛耳朵分别拆散零件
装置错位
唯心跳正常
夹杂些金属之声

只要再翻过这座山
其实山那边什么也没有

如果最后一块石头
还未盖满手印
如果内心
有足够的安静

这个礼拜天开始上路
我在慢慢接近
虽然能见度很低

此事与任何人无关

福州卷

小　山

本名贾秀莉，辽宁盖州人，出生于辽宁省丹东市。毕业于辽宁大学历史系。先后从事教师、记者、编辑工作，后供职于辽宁省作家协会《文学少年》《鸭绿江》编辑岗位6年，2001年南迁福州，供职于福建省文学艺术界联合会《福建文学》至退休。编审。文学创作主要童话、诗歌、散文。作品多次获奖，入选多种权威选本。出版《那拉提诗篇》《圣经中的女人》《紫紫村童话》等15本。

▪ **代表作**

快乐我的爱人

我把内心最庄重的爱给你
最金质的部分
由于你，昏迷的果核绽开

我用什么样的声音说爱你
什么样的祈祷
什么样的成长
当我对你倾诉，像波光
粼粼的大海之水
当我对你沉默，像旷野
无边地蒸腾出泥土之热
我对你总也情不自禁

快乐吧，我的爱人
当你快乐，我的快乐
才合理才勇敢
两个快乐合一

爱情才枝繁叶茂

感恩地结出新的果实
像生命树那样
献出芬芳的和谐

▪ 短　诗

养大我的山村

那山岭巍峨壮丽
那山岭的太阳
　　　光着脚丫顺着山脊跑
那山谷里有洁白的百合花
那山坡上有粉红的苹果树

我曾经是穿旧衣裳的贫穷小姑娘
但是，我挎着的杏条筐里
是安安静静的诗歌鸟
是老老实实的爱情花

这一切，我长大了才知道

沉默寡言是我的天性……

沉默寡言是我的天性
因为我的心总是想说的更多

在童年的山岭上
草木教会我静默
委屈……交付给风声

我看见，早春泥土的汹涌
我看见石头用花朵微笑
火焰上飞走远去的鸟儿

沉默寡言是我的天性
说得更多，是我的心

我们不了解的猫

雏菊做梦的时候
虎斑猫从窗台跳下来
　　离雏菊很近地坐着
一动不动

它眯起眼睛
把中午火辣辣的太阳
收进细长的瞳仁

肯定是雏菊对虎斑猫
暗示了什么
虎斑猫才那么稳当地像个将军
对太阳胸有成竹凝视着

▪长　诗

逆光的孤儿
——献给加缪《西绪弗斯神话》

上　篇

一

一个孤儿，像一粒草籽

在母腹的雨水中

出世。他的父亲在丛林里

草色枯竭

二

一块土壤里积蓄了蓝色的语言

他张开茫然的手

打捞爱。什么样的空荡

面对他。什么样的阴霾

压不碎命运的芽

三

什么样的狂风撕开前胸

"一个微小的十字架"

战栗……床单漂浮着他

床单窒息他。空中楼阁坠毁

"一个微小的十字架"

正午的太阳如血飞溅

一个青年的两臂，空荡地向着虚无的旗

在一面高墙下受伤

四

在哭泣。在冰块上

感到世纪封冻

五

海水的喧哗使他醒来

子夜的庄稼使他醒来

他看见黑暗中发光的船体

他看见鸟儿身体里的人影

朝着一个方向

一枚时间里的果实

在银色的树丫上

一块黑色里的金子

在翻耕中脱离尘埃

六

牢笼里愤怒的鬃

树根上盘结的脚趾

头颅的恒星

母亲的乌云

他把手掌的年轮贴住

岩石的经纬，推啊

七

推啊，推

有一座山叫恶神，有一个高度

叫火焰。有一条道路
仅仅依靠步伐丈量

推啊，推
渔网只打捞上泡沫
鸟儿从空中滚落
皮肉已生长青苔

八
鼙鼓被声响绽开
影子被内外撕裂
他远离人群，远离血缘
一个人的力度，从无到有
寻找生命的材料
再造一片有血有肉的大地

再用橄榄叶建设爱情
再寻找一群人
如同找到奶和蜜的青草

九
去置换没有五官的脸
没有勇敢的血性

鸟和鸟对视，产生天空
电与电摩擦，产生图腾

十
人若吃人
谁还在耳边说琴声的话
谁置身圈套
谁的身体呈环形腐朽

十一

在日晷下站立。站在比人群还低

的地平线上。一种惩罚

让他失去思想。一种降下大任

让他重新开辟道路

让他兀立在永不塌陷的磐石上

点燃痛苦的太阳

重建水、空气、泥土、云彩

下　篇

一

不是所有的悲剧都留下无声的山脉

不是所有的山脉都回旋着呼啸的气流

不是所有的气流都蒸腾出英雄的云朵

不是所有的云朵都承载着永恒的灵魂

二

这时他想起一条虫

土地的凉气，用痛苦扑灭痛苦

这时他想起一个梦

从荆棘上起步，在花朵上展翅

口中的渴望散成线

热情的身体攥紧拳

三

世界上有没有一种动物叫龙

穿行在空中

世界上有没有一片树叶叫煤

燃烧在地层

世界上有没有一个画家叫向日葵

升腾在死后

世界上有没有一个神话叫西绪弗斯

流传在山冈的子夜

什么样的时代什么样的英雄本色

使真理的种子辉煌成林

使山谷的水声澎湃为海

四

一声宗教般的叹息

一道瓦片上的灵光

山顶上，山顶上

他裤脚的布片已沾满血迹

他垂下的双手像倒栽的两棵树

巨石又轰隆隆滚下山坡

从额头到心头

五千年的苍凉

五千年的胸膛

一滴泪溅作惊涛

五

白发千丈。他弯下腰

用被击败的爱情

把锁在深渊中的命运召唤出来

时间仿佛是黄昏

天籁齐鸣

他用生命启开恶魔的封印

一声呼喊

六

什么是巨石沉重生存沉重命运沉重
什么是希望死亡爱情死亡歌曲死亡

土壤里是不是埋葬了液体的春天
心坎上是不是飞飘着不休的白雪

情感中还有没有一句语言贯穿一生
目光中还有没有一个火苗临风不灭

七

黎明响动
海风翻越城市
吹开惰性的被子
鸽子口中的绿树枝
发出呼救
没有人类哪有花园
没有灵魂哪有归宿

八

绷紧肌肉，像隆起运行的火山
咬紧牙关，肝脏被血液照红
当他重新站在山脚下，植物正从他的喉咙里
青枝绿叶，像孩子就要落地啼哭

谁让腐朽的棺木挤满蝼蚁
谁让复活的双手升起繁星

九

一定是个女人。那个死去的人
显现逆光的背影，引导他的方向
以鸟儿的形态吞吐火星

以流星陨落时发亮的部分

他身体可以被捆绑
头脑却迸射雷电
他可以终身劳役
心灵却沐浴自由

十

夜晚的孤儿
火焰中的孤儿，河水中的孤儿

没有藤索，仍然攀登悬崖
没有肉体，仍然梦着爱情
没有床榻，仍然繁衍种族
没有灯火，仍然握紧光明

十一

山顶上，一个时间的光影
未能寂灭
海面上，一只徘徊的小小鸟
犹如水滴落入大海
巨石上，太阳蓬勃通红的胡须
拥抱黑夜
树丫上，一个重生的灵魂
面对人类默然

那个人，那个人
那个孤单人仍然活着
活着，活着
活着

▪ 创作年谱

1986 年　大学三年级时，开始诗歌写作。

1987　开始发表诗歌作品，先后在《当代诗歌》《芒种》《北方文学》《鸭绿江》
——　《诗林》《诗潮》《山东文学》《中国西部文学》《辽宁日报》《黑龙江日
1993 年　报》《星星》等报刊上发表抒情诗。

1993 年　独自赴新疆采访，游历了天山、吐鲁番、阿勒泰、伊犁等地，写作长诗
《那拉提诗篇》；初试儿童文学写作，完成童话《瓶子会走路了》。

1994 年　童话《瓶子会走路了》发表于《儿童文学》第 10 期。

1994　写作儿童文学动物散文《失去野兽的孩子》《鸟儿在天》《狼》《大象疯
——　了》，童话《虎》《我们家的虎崽》，发表于《儿童文学》《文学少年》《新
1997 年　少年》《少年文学报》《儿童文学选刊》。

1995 年　儿童散文《失去野兽的孩子》获辽宁省儿童文学奖；独自赴青海黄河源采
风，游历了青海湖、黄河源等地；童话《虎》获第三届冰心儿童文学新作
奖大奖，《虎》先后入选《中国儿童文学精品集·童话卷》、《中外动物故
事精选》（中国少年儿童出版社）、《青鸟飞过》（中国少年儿童出版社）、
《一路风景》（中国少年儿童出版社）等十多种少儿图书。

1995　1998 年　写作散文《阳光落在遗址上》《生命之大欢喜》《青草不说话》
——　《十月》《回人马应东》《遥远的民歌》等，发表于《辽宁日报》《青海日
1998 年　报》《北方文学》《美文》等报刊。

1998 年　长诗《黑鸟翻飞（节选）》入选《辽宁诗歌大典》；童话《瓶子会走路
了》发表于《民生报》；诗集《逆光的孤儿》出版（团结出版社）。

1999 年　《十月·青草·生命》入选《建国五十周年辽宁省优秀文学作品集·散
文卷》。

2002　写作发表儿童诗若干；《一个男孩的自由自在》《嘿，想一想海洋》《看不
——　够的夜空》《天上的爸爸》等组诗，发表于《儿童文学》《少年文艺》《少
2006 年　年月刊》《文艺报》，入选《春香秋韵：〈儿童文学〉精选 2004》（中国少
年儿童出版社）、《梦里花香》（江苏少年儿童出版社）、《2006 年儿童文
学》（春风文艺出版社）；儿童诗《夜空这本深蓝的书》获"安徒生杯"
全国儿童文学大赛成人组诗歌二等奖。

2003　写作随笔"杰出女性系列"，先后发表于《都市美文》《红豆》《美文》
——　《散文》《光明日报》等报刊；随笔《绝望与柔情》获辽宁省青年散文一
2005 年　等奖。

2005 年　　随笔《光明的芬芳（二篇）》发表于《美文》后，入选《2005 年中国散文精选》（长江文艺出版社）；《小山短诗选（组诗）》发表于香港《当代诗坛》第 42 期；长诗《那拉提诗篇》出版（银河出版社）。

2006 年　　因《十四根可笑的小蜡烛（组诗）》，被《儿童文学》杂志社读者投票评选为"2005 年度魅力诗人"；《火山是怎样爱（组诗）》获福建省优秀文学作品奖；完成随笔集《天香：圣经中的女人》；随笔《女诗人的祈祷（二篇）》入选《2006 年中国散文精选》（长江文艺出版社）。

2007 年　　因《夜空这本深蓝的书》，被《儿童文学》杂志社读者投票评选为"2006 年度魅力诗人"；参加中宣部、中国作家协会举办的鲁迅文学院第六届中青年作家高级研讨班（儿童文学作家班）学习；散文《石头像马铃薯或者花生》获《红豆》杂志社举办的全国精短美文大赛二等奖；随笔《对父王的爱》《歌与爱的红玫瑰》《诗歌捕手》入选《中国当代女诗人随笔集选》（中国华侨出版社）；《紫光》发表于《散文》，入选《2007 年中国散文精选》（长江文艺出版社）、《2007 年中国精短美文 100 篇》（长江文艺出版社），并获福建省优秀文学作品奖；随笔《把目光投向更远的地方》发表于《文艺报》；加入中国作家协会。

2008 年　　《天香：圣经中的女人》出版（北方文艺出版社）；散文《像赛里木湖那样蓝色》《七月的玛多》《光的饼》等发表于《美文》《读者》；《光的饼》入选《中国女性文学 2009》（社会科学文献出版社）。

2009 年　　重启儿童文学创作，创作童话《小补丁》等数十篇，发表于《文艺报》《小火炬》《中国校园文学》《少年文艺》等报刊；儿童散文《小羊并不会迷路》、儿童诗《少年阅读（组诗）》、《天上的爸爸》等发表于《儿童文学》；儿童诗《少年阅读（三首）》获第二十四届福建省优秀文学作品奖二等奖。

2010
——
2022 年　　出版童话集《菜园子童话》（新疆音像出版社），《听话的卡米啦》（清华大学出版社），《燃烧的岩石》（北京出版社），《南瓜车童话系列》（福建少年儿童出版社），《露珠小孩》（山东教育出版社），《云孩子》（福建人民出版社），《羊收到狼的信》（福建教育出版社），《紫紫村童话》（北京少年儿童出版社），绘本《福建正在说》（中国少年儿童出版社），《中国经典神话故事》（福建人民出版社），《好奇的世界》（青岛出版社）；童话作品入选《2010 中国最佳童话》（湖南少年儿童出版社）、《2011 中国最佳童话》（湖南少年儿童出版社）、《2012 年中国儿童文学精选》（长江文艺出版社）、《2013 年中国儿童文学精选》（长江文艺出版社）、《2014 年中国儿童文学精选》（长江文艺出版社）、《2014 中国年度童话》（漓江出版社）、《2015 年中国儿童文学精选》（长江文艺出版社）、《2017 中国年度童话》（漓江出版社）。

2011 年　童话《羊收到狼的信》获福建省政府百花文艺奖一等奖。

2013 年　童话《云孩子》获首届福建省启明儿童文学奖一等奖。

大　衡

本名林熙，现居福州。作品发表于《福建文学》《青春潮》《诗选刊》《海峡诗人》等刊物。

▪ 组　诗

路边狗

无人注意
也无须从主人那儿
再次指认自己。随他们鄙弃
废物、污浊
花色斑块。啃食的欲望
冲突总带着尿骚味
伸了伸脖子
日头抬高一寸。几声吠叫
随山路扬长而去
只有村尾晒谷场
稍显安静。几只苍蝇
飞碟般迫降
打个哈欠
牙齿闪闪发亮

给两只小狗取名

像两只玩具
半个月大，毛茸茸的
来到项目部餐厅

它们饿
而我想得到夸奖
放根骨头如亲近一粒种子
等它们抽芽，摇着童年
兴许能认我当主人

我还要在这里待很久
连理树广场、月老庙、湿地公园
我把施工图纸揉成一团
丢得远远
他们跑啊抢啊又叼着
蹿回我的跟前

好吧。左边那只叫梅西
右边那只叫 C 罗

老罗家的狗

还是那条村道
有时你对我摇摇尾巴
有时没理我
眯着眼趴一块石头上

晒太阳。山侧

大片茅草丛

和你身上的颜色像极了

有时我没看到你

以为你就躲在后面

好多天过去了

我以为你会跟寨子上

那个叫石头的人一样

躲着躲着，某天

就从茅草丛中钻了出来

对我摇着尾巴

或者干脆不理我

眯着眼趴一块石头上

晒太阳

黄昏与狗

钟摆倒置

尾巴随手势欢跃

现在请停止嬉闹

银杏树下。鸟语正迅速聚集

掰扯的方言：祖业、破皮箱

扔几根烟卷，各自点上

饮食和收成

他们尽力而为

用牙齿嗑开啤酒瓶盖子

现在别走来走去

我抿一小口

你嗅了嗅，让自给自足的黄昏

多了些酒意

傻 瓜

一边是买的人
一边是卖的人
店门口的时间容易打发
连续剧结集的地方
也没什么鸟来
只有空转的捉鸡麻将声
呼给另一条道上的人

太阳斜过房顶
太阳穴咕哝两声
你晒着它，看几片枯叶
从树上落了下来
小主人还没放学，我在
对面阴影里等下班
看上去
就像一对傻瓜

巴　客

生于 20 世纪 60 年代，祖籍尤溪，现居福州。反克诗派创始人之一，复旦诗派成员。作品以诗歌、随笔、新闻作品为主，散见国内数十种报刊，入选多种诗歌年选，迄今得诗 3000 多首。已出版《叠影》《蓝色孤独》《随风而逝》《巴客诗选 2008—2010》《宿命之血在冥想中弥漫》《世界比想象的要突然一些》《遁世之城》等。2020 年 12 月成为长春诗歌公园入驻诗人，代表作《白昼提灯者》手稿被诗歌将来馆永久收藏。

▪ 代表作

白昼提灯者

他在喧闹的街市行走，他提着灯盏
他的脊背是赤裸的，没有人
能够看清或者留意他的面目——
在白昼，光亮耀目得
像坚硬的铁轨

他是谁，他欲何为？没有人
在意他来去的踪迹，他所带的灯盏
也照不出他的影子。日复一日
他提着灯盏穿过街市

在白昼，在天空下，提灯的人
莫非是被神遗弃的使者
他从来处来，他往去处去，他的天空下
也许从未有过我们

一天又一天，我们盲目而绷紧的面容

怎能吸干黑色的白昼。提灯的人

也许会在我们的身体里行走

▪ **短　诗**

盐

每一面镜子都很安谧。每一座花园都想着鱼群

每一个她：在每个朝代都损毁一个男人的骨骼

一天，我裸着身，落进她的无尽的想象

我被她眼中的寒光杀死。由于爱情，或者轮回，我成为

镜中的一只虫蛹，或看管花园的一只旱鱼

每一个她，都用赞美豢养着我的疾病

并不出乎意料

天气阴郁，告别者举着头颅，他的风衣

带着传染病的色泽。他喊来一场雨

雨是稀稀疏疏的，与他的情绪毫不对称

雨中游动着一些透明的蝌蚪，风把尘土吹到他的唇上

与此同时，他仿佛在戳打着自己的心脏。一整日

他不停地与遇见的事物告别，他的声音

四处喷溅。"雨似乎对骨头怀有敌意。"在旷野上

遇到的最后一个人对他说："你需要镣铐

如果心跳过快。"这是他的父亲，是死者当中

最沉默的一个。陶罐近了，正好可以安放头颅

陨石击中心脏，暗红的液体张开如花
他在二维空间让空出的双手，伸进黑暗

那个隐形人

那个隐形人，在你的课堂
点着不存在的头
那个隐形人，现在
坐在我的对面
喝着不存在的咖啡

那个隐形人，下午和我互换身份
他去我的办公室上班
我去路口，等待
一场可能的车祸

▪ 长　诗

寒枝雀静

人是万物的尺度。
　　　　——普罗泰戈拉

一
灵魂哪会有尽头
如果有宿主，如果有毒药以及解药
就不必担心一切，那只是一次外科手术

每次都不找好退路
欲望更加密集地瞄准你的子宫
我们不说谎，信任彼此好吗？我说

咖啡只剩下一半，街道只剩下一半
你未意识到我们亲吻里的革命性内涵
观看的人群都在梦中逃逸了

当年我就是不可理喻的物种
我被囚禁在我的身体里，但是并不想
扮演命运劣种

然后以情感漫游者的名义
进入好人的意志，改变情境
夜夜观看《在黑白房间里找到的玛利》

二

有时牺牲是必要的，特别是现在
我想你，你面对我和这个星球
你在任何可以到达的地方

或你在任何不能到达的地方
你要洁静，邻居让所有孩子返回母胎
你的泪珠大颗而且明亮

时时提醒自己，时间挥霍不完
每一天都要从死亡里活着回来
我们的下体与天空雷同

正如此际，有人疯狂地翻修记忆
秘密的生活总是盘根错节
思想涌动，万物呕吐

学会聆听之后命运变得认真起来
人生苦短，你的柔软围裹着我的惊恐
我对身后的风景毫无感知

三
这座城有一半的季节离开引诱
这座城从来没有睡去，它乌鸦体的版本
每一棵杧果树都埋藏一些祷告之美

邪恶之物只在暗处，这不是离开的时节
忧伤的秘密会被纯朴的人识破
巢穴里的夕阳照不出另外的选择

我不害怕失去，我害怕持续的拥有
天气预报泄漏了大众娱乐的无奈
这里毫无选择可言

我未点燃的烟卷成长为纪念碑
海水在我们落座的咖啡馆门外张望
我们的一天，都是漫长的一天

街道上来来去去没有意义的面孔
陌生的安—史蒂文—伯拉斯先生，在我的身体里
中了枪，却还能笑出声来

四
在一首诗里，惊喜有着茂盛的面孔
在另一首诗里，太阳休眠
我度不过命运的小冰河期

不唱哀歌的女神，敞开怀抱

收拢我被苦痛感染的嗓音

和我的饥饿，和我的剩下的世界

活着的必须死去，死去的必须重新活

冰块和沙砾满足着你们

免于受苦，换一种方式受苦

外科手术能否顺利取出灵魂呢？血害怕着

你散发出的香气使桌椅晕眩

赎罪的影子在墙上倒着行走

我说，这只是一间咖啡馆，但不断变化着坐标

我们身边那些毒蓓蕾，挤出地砖

它们列队出门

五

其他人，视而不见

我们放飞的鸟衔回了寒冷的消息

在那个消息里我们默认了死亡的语法

不设时限。夜重新设置

在前一个梦里，与你生火、饮马、筑城

在后一个梦里，与你做爱、听经、废国

海会不会邀我们加入它的歌唱

谁会穿越未来，到远古丈量我们的脚印

谁会用咒语切割石头里的文明

我们成为父亲和母亲

在此刻，所有的色彩都不会反对我们

我们积蓄起温暖，建构新的存在方式

如何处置我们加密过的虚荣
连语言都累了，它已经掩盖不住
我们渐渐光滑的外形

六
唇舌苏醒之后街道隐藏了车流和人群
创制今天的优美，覆盖昨日
新的时间表在光线中伸展

一幅水彩画中出现玫瑰花园
玫瑰花瞬间盛开，涌向我们的虚空
清脆的声响或将日夜不息

依靠你的奇思妙想梳理来临的困境
我身体中的异乡客一次又一次说
我的身体是他思想里最遥远的地方

我没有权利决定他的生死与去路
直到你来，为一体的孤独涂抹清澈的圣水
想象，让我麻醉和清静

是你远行的通关秘诀，你离白色最近
人世暗淡下去的时候扶起失重的马
人世暗淡下去的时候合上前世的手稿

七
而你身体中也有一个过客，他有着金色的面庞
他在你身体的制高点品味死亡
你有的是时间，轻数他倒下的次数

此刻的杯子中到底是咖啡还是梦幻
这变化着的背景，进门或出门

使真实易被折断，使暗处的魔鬼垂头丧气

火焰之剑永久保护着生命之树吗
被放逐的亚当和夏娃怎样回眸消失的伊甸园
我们的宣言有何隐喻

我潮湿的羽毛会想念失传的月光
屋顶无形，我寻找北斗七星
我张望，听从一枚在空气中转动的钥匙

而事物会传递着怎样的眼神，我们是世俗之靶
等待物质不灭定律，它会升级换代
我们放松，我们正在世界的某处

八
那如影随形的风如何处置我们的
经验命题和逻辑命题，真理不在场
哎！心灵美食家，"如今七事都变更"

在累的时候仍有耐心陪你用语词造就天空
有星和初月的天空，有另一个春天
比鸦啼更幽恨的香草黑夜

没有具体的情节，有震颤的大自然
环绕声的冷，谅解鱼类痴情
紧跟所能找到的每一个理由

我虚拟的中枪者在昏暗中注视着我
我的外表加速度，但我独钟断掉的那根弦
它是无弦琴里最有激情的那一根

门外的祖国因而暂时保留，它的悲痛

能孵化新的躁动不安，新的誓约
我们在风中起伏时会收到新的诞生日期和名字

九
喧嚣终会停止，狂喜不再
道途终会消失，构图渐弱
时间终会背叛我们，生命只在此刻

你汇聚在我周围的泪水还是如此滚烫
而我的母语已经睡思昏沉
我的指尖辨认不出阴阳

我是我的反影，踏不过大地的律法
我在水之下，收集吉祥与凶兆
我在谷堆和狼烟之间架接你的身躯

分享我的脉搏，向与冰河相呼应的贝壳
传送我们的呼吸、酒浆，以及闪电
我们安睡的一瞬即是百年

白色追赶你的旷世之美
那些傲慢的杧果树定义着不存在的一天
魔法招形，但它在你脑中迟了一步

十
我来自古代，来自黑暗，来自虚无
这现世的万物挽留不住我的机缘
真理产能过剩，我想我该丢下执拗的盔甲

在抽象中，城市是静止不动的
在心灵战争中，死亡人数是星球的机密
而我曾是女娲的敌人，我使她喘不过气来

我总是在你的背后按住风暴

匿名的岁月，昼夜直透骨髓

人群选择在地平线之下抵抗乌云

金属在上升，悲痛在上升

我们为人类起草的墓志铭在上升

下一个纪元，以沉默的方式到来

在暗物质领域没有什么是不朽的

在万物中与你相拥，万物才能永生

而此刻的风，"只为你把一天隐藏"

▪ 创作年谱

1986 年　参加福州新大陆诗社，编辑《新大陆》诗报、《太阳河》诗刊。

1988 年　个人集《叠影》出版。

1999 年　个人集《蓝色孤独》出版（海峡文艺出版社）。

2001 年　个人集《随风而逝》出版（香港荣誉出版有限公司）。

2008 年　与顾北等福州诗人共同创建反克诗群。

2009 年　与反克诗人出版《反克 26 度》13 卷；在国内公开发行的近 20 家文学刊物
——　　　发表作品，并入选近 10 家诗歌选本。

至今

2010 年　个人集《巴客诗选 2008—2010》出版（中国理想出版公司）。

2014 年　个人集《宿命之血在冥想中弥漫》《世界比想象的要突然一些》出版（海
　　　　峡书局）。

2015 年　个人集《遁世之城》出版。

2016 年　加入三明诗群；加入诗歌微信群"茗友会""异乡人的黄昏"，并参加其诗
　　　　歌活动。

2017 年　首次巴客诗歌作品研讨会暨"锋速诗享"巴客作品主题书画展在福州五四
　　　　北泰禾广场举办；以巴客诗歌观念为内核的"蓝的解析"诗书画艺术联展

（与著名画家汪天亮、著名书法家朱盛柏联袂）在福建省画院举办。

2018年　回归复旦诗派；创建"反克诗歌俱乐部"微信群并开展诗歌活动。

2019年　与反克诗人共同出版作品集《一意孤行》（百花洲文艺出版社）。

2020年　成为长春诗歌公园入驻诗人，代表作《白昼提灯者》手稿被诗歌将来馆永久收藏。

2021年　整理《破碎之城：巴客诗选2016—2020》。

王柏霜

泉州人，现居福州。反克诗派创始成员，中国作家协会会员。诗作在国内外报刊发表，并入选多种选本。著有诗集《不雨之秋》《无所不在》《你的身体是一座仙境》、散文随笔集《影子的盛宴》。

▪ **代表作**

复活的喧嚣

昨天我听到我压抑的声音
在喉咙里翻滚，脸色青紫如神
眼神里充斥着人间熏过的浓重烟火

我穿过未曾打格的宣纸
在唐朝的字迹上加盖箴封的刻章
琵琶在豆瓣的中间低声下气
温润珠玉落在花间，耳闻密语

我附身于后知后觉的黄叶
蟠桃花何时开放
我就何时静寂血液与火焰中的咒语

方格内，我一再装饰四季美景
必然也有死亡的影子
显现在黑白之间那种沉默的无语

我换再多的头像
也仍然是一副受害者的脸色

装入镜框之中

静静守候着复活的喧嚣迟缓到来

▪ 短　诗

谁都有脱去外壳的一天

蛇醒来后又脱去一层皮

我醒来脱去梦的外衣

梦化作晨雨，伴随晨光，熄灭的灯笼

在晨雾里摇曳

我起床，披衣洗脸，而后有了冥想

而后光着脚走到夏天焦虑的部分

我脚底的老茧硬得像铠甲

我蓄养的那池浮萍漂泊的路线恍如迷宫

再生的蝌蚪们生活在迷宫之下

摇动细小的尾巴，它们的母亲不知去向

它们变声长大的那一天

就是脱去核桃般的硬壳，露出真形的一天

我张开双臂却什么也没有拥抱到

剪下阻挡开花的叶片

摘下尚未绽开的白玉兰花朵

试图赶走一直住在水池整夜叫喊的青蛙

在丛生杂草里摘取叶下珠煮成凉茶
时间像围着荷花的蜜蜂
嗡嗡乱叫赶也赶不走。当我放弃
它却在不经意间很快飞走
在这些空荡的日子我可选择的快乐不多
就像我张开双臂
怀里空荡荡什么也没有，什么也没有

烂角色

我的脸是被时间攻陷的舞台
小丑抓不住所扮演角色的要害

在死亡或生存的紧要关头
我总是忍不住笑出声来：戏剧太滑稽

现实要严酷百倍呀
比如六月飞雪，比如杀人者被杀
他们都活生生、不由自主

而在戏里，他们哪怕能说出真相的皮毛
或者真理之冰山一角
也算是没有白白流汗和牺牲

那些不痛不痒的说辞里
苍白的胸怀，若谷的灵魂
一腔热血都在心照不宣的默然里焚烧

尝尽孤独之前，舞台上繁花似锦，一帘幽梦
最后谢幕的是那个拉幕人的一声叹息

▪ 长　诗

涂　炭

一

冬天一再推迟降临

像一个怀胎超过十月的孕妇

我天天往那一小片土地浇水，再浇水

还好水足够，我的耐心足够

但那些绿色植物一直像失魂落魄的猫

蹲在那里，无精打采撑着叶片

晚风吹过也只是略微掀动并不舒展

蓝色的橡胶水管在阳光下变得柔软

像一条长蛇摊开细长的身体

它们的体内只有清水灌满才变得饱满

和坚挺，却不知，在缺水的时候

散发出的味道如此难闻

二

干裂已久的日子。湿润远离

多肉的身上呈现出更多深陷的皱褶

龙吐珠趴在黑色的栅栏上失神

万年青的叶缘卷曲

墨兰枯叶竖立

夜晚老鼠出没啃食细嫩之菜叶

黎明我听到的鸟鸣声一天比一天喑哑

我端起一瓢水喂那只几面之缘的

苏格兰牧羊犬。它隔栏杆围着我转悠

好像见到失散多年的亲人
它的渴是对于这个季节的抗议
我给予它的微不足道
在广袤的大地上有更多干渴的眼神

三

上天滋养生灵，似乎一切都理所当然
因此，偶尔的涂炭也在所难免
我坐在变得柔和的阳光下读书，听音乐，泡茶
架子上花盆里的营养土异常干燥
我似乎听到土块凝结的声音
它们迥异于音乐，与痛苦的喊叫如出一辙

四

闲暇时光也是稀缺的。许多时候
我奔走在各处：像识途的老马进出异地
偶尔也会遇到肝脑涂地的旧友
却总是在酒杯里找不到往昔的东西南北
有时说些南辕北辙的事情
却忽略了时间对于人心的摧残何等无情
聚散徒劳，无功而返
一江的浊水不经过一重重细沙过滤
怎么流也变不清澈
距离与时间的双重隔阂让一切不复重来

五

这天晚上我在一轮圆月
皎洁光亮的照耀下踏上回家的路
许多人在归家之途人困马乏又无计可施
我庆幸偏居于乡隅
得闲看上一眼明净天际的孤月
尽管生命总是像此际天上的星星一样

暗淡无光

六
"冰炭不言，冷热自明"说的是
冷暖无常，我依然单衣单裤，内心堆砌
凡人欲望，时常焦虑不堪
沙滩、椰林、茅草屋、孵育黑暗的夕阳
以及江上流逝的驳船
没有一样能抚慰一颗即将沉下去的心

七
行道上的紫荆绽放紫色的花朵
它们吸纳着城市的废气、嘈杂的人声
却依然开得热烈奔放
公园里的无患子比手掌还大的黄叶
零落于一阵突如其来的轻风
乱子草已经被清理干净
看过的人已经将它遗忘在手机相册里
我走过那个幽暗的隧洞
沉积于此的冰冷像爬上石壁的藤蔓
让我不禁打了一个寒战

我给那缸整个夏天一朵花
也不曾开的残荷灌满水。我即将离开数日
担心它会枯死，我仍然期望
来年它会奉献给我美丽动人的花朵
现在，我闻到暗香浮动
因为不够冷，桂花树上只有零星的花朵

八
我怀抱希冀：不久的一天
我将与寒冷不期而遇。寒冷之日仍在孕育

它分娩的那天

将会得到我的欢呼：我赞美迟到的一切

包括爱，也包括冷，甚至残酷

▪ 创作年谱

1985 年　《潭》《渡》等发表于《世界日报》；《五月》《告别车站》发表于《厦门特区文学报》；《风信子的旗语》发表于《南十字星》。

1986 年　《站牌》发表于《飞天》第 6 期；《海边行》发表于《厦门文学》；《诺言（五首）》《雨季（四首）》发表于《世界日报》。

1987 年　《前奏（四首）》发表于《世界日报》。

1988 年　《记忆时候（二首）》《佛祖（二首）》《海边的弦月》发表于《世界日报》。

1989 年　《爱的四月》发表于《厦门文学》第 6 期。

1991 年　《落暮之船（六首）》发表于《世界日报》8 月 8 日；《某种记忆》发表于《泉州青年报》11 月 5 日。

1992 年　电影剧本《魂系撒哈拉》发表于《中外电视月刊》第 2 期；《另一种记忆》发表于《泉州青年报》3 月 20 日；《极顶（二首）》发表于《世界日报》6 月 2 日。

1993 年　《秋事》《无心之云》发表于《华大青年报》12 月 15 日。

1994 年　电影剧本《绝不手软》发表于《中外电视月刊》第 12 期；《稻草人（四首）》发表于《世界日报》1 月 24 日。

2003 年　散文《秋野的心情守望》发表于《世界日报》12 月 6 日。

2004 年　散文《恐惧黑暗》发表于《世界日报》1 月 3 日；散文《秋野的心情》《生存方式》发表于《厦门文学》第 4、5 期。

2005 年　散文《不雨之秋（三章）》发表于《华侨大学报》3 月 22 日。

2008 年　诗歌《向日葵》等发表于《世界日报》2 月 12 日；《向日葵（二首）》发表于《陌生诗刊》。

2009 年　《紫外线（三首）》发表于《诗歌月刊》第 2 期；《一座山鲤鱼一样搁浅》发表于《世界日报》6 月 2 日；《需要一朵荷花点缀（三首）》发表于《作品》第 10 期；《罗源，像一个人的名字》发表于《海峡文化》；《蚁路》

发表于《黄河诗报》；《在春天安神（十六首）》入选反克诗刊系列创刊
号；《歇脚店思想节》《盐撒在哪里比较不疼及其他》等10首入选反克诗
刊系列冬季号。

2010年　散文《闽南人（三篇）》发表于《厦门文学》第10期；《我在你画地为牢
的地盘上迂回》发表于《陌生诗刊》；随笔《我的九十年代：从0开始》、
诗歌《亚抒情（十二首）》入选反克诗刊系列夏季号《九十年代》。

2011年　《高压线穿过你的指尖、我的黑发》发表于《网络诗选》创刊号；《一些光
在匣子里跳舞（外一首）》发表于《厦门文学》第11期；《锣鼓巷：一个
时辰的流连》《黎明前的黑暗比我想象中的要亮一些》发表于《海峡瞭望》
第4期，《阳朔西街》《所谓杂草是长错了地方的花》发表于《海峡瞭望》
第5期；诗集《无所不在》出版（作家出版社）；《本命年（十首）》入选
反克诗刊春季号《城·双城记》；《以熄灭的方式坐在黑暗的中心（十二
首）》入选反克诗刊系列秋季号《我用一枚曲别针别在昼夜不息的流水上》。

2012年　《宏：形藏于浮魂下》《休克》等十八首入选反克诗刊系列夏季号《合订的
笔记簿》。

2013年　《冬眠》发表于《中西诗歌》第2期；《尖锐的边际（十八首）》入选反
克诗刊系列春季号《加精：反克貌似情诗集》。

2014年　《福州病人7+1及其他》等22首、随笔《鼓岭是我这个夏天的B计划》入
选反克诗刊系列春季号《�》。

2015年　《轻度忧郁症者Y.Y》发表于《福建文学》第2期；诗集《你的身体是一座
仙境》出版（香港中国理想出版社）；诗集《不雨之秋》出版（香港中国理
想出版社）；《海上令色》等13首入选反克诗刊系列秋季号《哈扎拉尔》。

2016年　《到老生这里为止（三首）》发表于《0596诗刊》。

2017年　《逆向而生（组诗）》发表于《泉州文学》第4期；《最好的空白（五
首）》发表于《海峡诗人》夏季号；《复活的喧嚣（组诗）》发表于《福
建文学》第11期；《我的虚无日子》等十八首入选反克诗刊系列秋季号《匪
夷所思》。

2018年　《那只蚂蚁是真的吗（组诗）》发表于《青岛文学》第9期。

2019年　《青铜时代（三首）》发表于《湖南诗人》第1期；《宛如莲花（二首）》
发表于《鼓楼文艺》第1期；散文随笔集《影子的盛宴》出版（湖南文艺
出版社）；《嗓子的中年女人》发表于《台港文学选刊》第2期，诗歌《鼓
岭八章（组诗）》发表于《台港文学选刊》第3期；《南音：我血液里的

唐朝以来（组诗）》发表于《泉州文学》第 6 期；《前往并离开（组诗）》发表于《福建文学》第 10 期；《玫瑰战争》等 18 首入选反克诗刊系列春季号《莫衷一是》。

2020 年　《王柏霜的诗（五首）》发表于《惠安文化》；《我像鸥鸟一样飞向一座岛（组诗）》发表于《太姥山》；《一日之寒》等 10 首、独幕诗剧《庚子年的戈多》入选反克诗刊系列夏季号《去往万有引力之虹的旅程——庚子年反克诗文集》。

2021 年　《福州鼓岭（组诗）》发表于《绿洲》第 1 期；《脑际合唱团（组诗）》发表于《福建文学》第 2 期。

2022 年　加入中国作家协会；

2022 年——至今　《压岁钱》入选《采贝》（九州出版社）；《着色的信笺》入选《南风：朦胧诗抒情诗选》（鹭江出版社）；《手势》入选《五月的殇咏》（湖南电子音像出版社）；《纸人》等入选《诗歌榕城》（海峡文艺出版社）；《玻璃琴》等入选《中国诗歌 2018 年度民刊诗选》（人民文学出版社）；《你飞翔的线路可能是一条虚线》入选《2022 中国诗歌民刊年选》；《我的虚无日子》等入选《中国网络诗歌 20 年大系 1999—2019》；《形容之间》等入选《闽浙诗人作品大展》；《从海边来》等入选《净峰诗歌·2019—2020 福建年度诗选》；《梨园戏》入选《百年厦门新诗选》；《人间画皮》等入选《海内外华语诗人自选诗》；《复活的喧嚣》等入选《一意孤行》（百花洲文艺出版社）。

庄　文

1967 年生，连江人。诗作在《诗刊》《福建文学》《创世纪》等刊物发表。著有诗集《夜里》《那只汉字一样的鸟》等。诗集《那只汉字一样的鸟》获福建省第二十八届优秀文学作品奖暨第十届陈明玉文学奖佳作奖。

▪ 组　诗

漆黑的秘密静静开放了

漆黑的秘密静静开放了
好像提着一盏灯笼
火就要来了
消失的蚂蚁
也冷不防出现
婴儿的啼哭就那么亮起来

我被自己拒之门外
意料中的平静、冷漠

三只脚的椅子

三只脚的椅子
跟着被毁坏的一只脚
到森林里招魂
整个过程无声无息
唯有诗人
伴随前行

闪电追过来了

闪电追过来了
打不开他漆黑的内脏
舌头吐出来了
吐出的只是他被虫蛀的情话
污点被捕获了
停留在他视觉的假象
死亡登陆了
等待一种飘落的安详
日子无限延伸了
好像漫天的鸟群
千姿万态地
穿过他难以琢磨的圈套

黎明像白蚂蚁到来

黎明像白蚂蚁到来
爬上你的脸
你脆弱的空洞
永不转身的方向
坚定得像圣徒的表情
即使流着口水
依然炫目地对着他
你臆造的天堂
这样荒芜又让人顺从

画　室

他是我多年未见的朋友
离婚独身，仪态倨傲
领着我走进四面灰色的房间
阳光的浮尘落在寂静上

一只黑虫怯生生地
爬过门缝，一些细微的声响
在耳边熠熠闪光。拔翅飞起
是画框中墨色老鹰

他坐下如一团树影
或者瞬间化成一片废墟
他赤脚踩着的地毯
有着欲死欲仙的鲜艳狂放

"在所有的忧伤中
唯一的伤害就是荷尔蒙下降"
和他喝着茶，看着窗外的闽江
江水浮动的恍惚，恍惚中望见
时间深处的虚空，忘记了

少年时将画要画的画
那些西洋的楼房、桥墩
孤零零的一只笼中的鹦鹉
忘记了自己其实一直坐在这里

上　班

当我愿意成为一只寂静之犬
严丝合缝地肯定自我存在的合理
穿过大楼的走廊
目光懒散地看着熟悉的同事
或者点头哈腰一下

我是谁就无比清晰
每天半倚坐在专享的座位上
喝一会儿茶，看几则新闻
各花去了半个小时
然后打开文件夹
像端上一根根骨头
进入自己消化系统
虽然发酸但胃感到踏实

"习惯就好"
已经习惯三十年就更好了
窗外天色又晚
作为一只温顺之犬
所能幻想出最大的噩梦
就是眼前一切突然陌生了
这一切存在宣告彻底完蛋

▪ 创作年谱

1983 年　开始写诗。

1984 年　加入闽东青年诗歌协会，同年在协会诗刊《三角帆》发表诗作。

2008 年　诗集《夜里》出版（作家出版社）。

2012 年　诗作入选《2010—2011 福建优秀诗歌选》（海峡文艺出版社）。

2013 年　诗集《那只汉字一样的鸟》出版（南方出版社）。

2015 年　诗集《那只汉字一样的鸟》获福建省第二十八届优秀文学作品奖暨第十届
　　　　陈明玉文学奖佳作奖；诗作《一个黑衣人在漫步》入选《中国当代诗歌赏
　　　　析》（团结出版社）。

2016 年　诗作入选《新世纪闽东诗群：作品卷》（长江文艺出版社）。

2018 年　诗作入选《诗歌榕城：福州诗群联展》（海峡文艺出版社）；诗作入选《闽
　　　　派诗歌·诗歌卷》（海峡文艺出版社）。

2021 年　诗作入选《福建优秀文学 70 年精选·诗歌卷》（海峡文艺出版社）；诗作
　　　　入选《宁德文丛·诗歌卷》（海峡文艺出版社）。

庄梅玲

1979 年生，福清人。福建省作家协会会员。作品散见《散文诗》《诗潮》《厦门文学》《散文诗世界》《福建乡土》《辽河》《福州日报》等。获江西省"林恩杯"茶言茶语诗歌大赛一等奖、第六届全球妈祖征文比赛一等奖、鹤壁第二届全国诗歌大赛提名奖、全国"大湖蝶变"首届巢湖诗歌赛三等奖、全国"风花雪月·乡愁大理"网络征文活动三等奖等。

▪ 代表诗

以茶的名义，拜谒梅岭

茶　山
腊月。梅岭。茶山
清香袅绕，风架起白色翅膀
释放芬芳遮蔽蓝天，率直的枝叶
笑傲，风霜雪雨

掐一枚冬日暖阳，微风轻轻拂过
整座山坳，激灵一个转身
我听见，根须蠢蠢欲动
呼唤，下一个春天

采　茶
趁夜露未晞，沐浴更衣
到达梅岭之前，风儿已将双手揉了又揉
一片初绽的芽儿，羞涩地探出半帘春梦

依次摆开龙门阵，双手在茶垄间欢快飞舞

一掐，一提，一放，每一处运笔
都酣畅淋漓，讲述一片茶叶、一个江湖

茶　歌

梅岭的茶歌，少女指间怀春
孕育的精灵，踏点早春诗行
雨露亲吻过的小嗓，亮开翅膀
一丛丛，一簇簇，一声声啼啭

攀缘，俯冲，山这头到那头
攒动的情感，四目相对时火花四溅
青山与绿水，娓娓相恋
崭新的生命，颤动三月枝头

制　茶

告别梅岭，一枚茶叶从枝头降落坊间
萎凋，作青，摇青……前世恩怨就此了断
几经磨砺的腰身，瘦出风骨

一场清修，依然存留天地灵气
从青涩到成熟，道不尽
人间的回味

煮　茶

寒夜，客来
掬一捧山泉，洒两点月光
三两挚友，就着松涛促膝慢聊

焚一截檀香，半壶清茶炉火中翻滚
曼妙的身躯，渐渐舒展
灵魂，涅槃，纵横驰骋

一席茶事不等浅啜细品，已然千回百转

缱绻一幅，惊雷后的烟雨江南

品　茶

袅袅茶烟，适合安放不羁的灵魂

满室茶香，氤氲梅岭深处一纸阑珊

十年尘梦终了，都融进清浅的杯盏之中

端起茶茗，轻呷一口

没有名川大山，却也听见

小桥、流水、人家

春天，茶盏里欣然复苏

宛若三月的梅岭，饮尽雨雪

一路风尘，一路歌谣

▪组　诗

窗　外

早安。太阳掠过水流，我恰巧苏醒

渔夫的身体漾不起波浪

细长的线，以及手中的鱼竿还在等待

绿茶的香气在房中弥散

不急着喝下，我也在等待

炊烟唤醒第一个亲吻

或许，信封等不到邮寄的方向

虚掩的柴门腐朽成木屑

你有一声早安

我便有秋阳的风清花香

京西十八潭，千古绝句

一万年过去了，东胡林人矍铄的身影依旧忙碌

手中石斧上下飞梭，辟出高山流水

踩出凛冽与甘甜，碰撞京西十八潭

背依清水尖，十八潭风骨天成。银链

从断层急泻而下，飞溅彤日光芒

追清风，追黄蝶，追远去的烈马

潭底小针鱼躺在葱茏光影里

自得悠然，构思

一首意境高远的千古绝句

护士站的走廊

清晨，空腹，抽血

护士微凉的手在我臂弯摸了摸

按压脉搏，反复叮嘱：放松，放松

针头却越扎越深

血终于被放出来，流速缓慢

像一群离家出走的孩子

不舍和疼痛诠释不了此时

复杂的心情

走廊里，播放着《父老乡亲》

白发老者，挂着尿袋

蹒跚踱步，从病房到走廊

又从走廊拐进病房，反复丈量

一个人从病房被推了出来

一个人又被推了进去

光影匆忙，有的人像随时要离去

有的人拽紧时光门楣，久久不放

▪ 创作年谱

2016年　诗歌《楼兰，一声呼唤》获"楼兰居"征文比赛二等奖；诗歌《鹤壁，山水总多情》获鹤壁第二届诗歌大赛提名奖。

2017年　《妈祖，手托甘露来（组诗）》获第四届全球妈祖征文三等奖；《蝶变》获"大湖蝶变"首届巢湖诗歌赛三等奖；散文《五月，康乃馨盛开》发表于《创新作文》第5期；诗歌《千年之恋》获"风花雪月·乡愁大理"网络征文活动三等奖。

2018年　诗歌《从海口古镇开始阅读》获"五个关键词说福清"征文一等奖；《福清山水帖（组诗）》获"奋进40年，福清新画卷"主题征文一等奖；诗歌《一盏茶的心事》《雕刻月光》发表于《福州日报》。

2019年　散文《绿皮火车里的旧时光》发表于《福州日报》；《千年之恋（外一首）》发表于《散文诗》第2期；《楼兰，一声呼唤（外一首）》发表于《泉州文学》第2期；散文《阿姐》、诗歌《福清山水帖》、小小说《偷儿》、散文《窗》发表于《福州日报》；散文《五月，康乃馨盛放》发表于《福建乡土》第2期；《以茶的名义，拜谒梅岭（组诗）》获第六届"林恩杯"茶言茶语诗歌大赛一等奖；诗歌《雕刻月光》《一盏茶的心事》发表于《莆田晚报》9月12日；散文诗《在一缕茶香里安放（外一首）》发表于《厦门文学》第10期。

2020年　《茶歌（外三首）》发表于《辽河》第1期；诗歌《黄河枝头葱茏》、散
　　　　文诗《春风又渡南湖村》、散文《三对排，解开记忆之扣》发表于《福建
　　　　乡土》；散文《偷儿》《三对排，解开记忆之扣》发表于《福州文学》；散
　　　　文诗《石竹绮梦》、诗歌《在松溪的慢时光》发表于《福州日报》；诗歌
　　　　《拉起沱江奔流》发表于《青年文学家》第4期；散文诗《在华威，翻页
　　　　遗落的春天》发表于《散文诗世界》5月；《鹤壁，所有情节悄然打开》
　　　　发表于《诗潮》2020年第12期；

2021年　散文《在妈祖神像前》获第六届全球妈祖文化征文比赛一等奖。

阳 光

本名汪有榕，生于 20 世纪 70 年代，福州人。福建省作家协会会员，参加鲁迅文学院福州研修班、福建青年作家研修班学习。作品散见《诗选刊》《福建文学》《中外论坛》《诗天空》《新大陆》《人民文学》《创世纪》《金门文艺》《文学报》《诗歌周刊》等报刊。

▪ 代表作

亭江炮台

洪水退至江河，悲泣回到亭江

黑白的画面一个接着一个

最后的几枚炮弹

嵌进一座山最无名的部分

我屹立不动

与一门门废炮呼吸同忾

暮色中有人声援。就像消失已久的

悲壮

漆黑黑的眼，是漆黑黑的眼

你看到了

英魂的另一块碎弹片

风猎猎而动

像我从未谋面过的乡亲，生者

替代死者的悲壮，表情肃穆每一格操作

都有炮弹塞入弹膛的干脆

我在自责中始终

臣服于倒叙：缓慢、溃败，连同

亲人在院子里拍打被子

也极具情绪的声响

伤情历历

你看八旗的眼布满大大小小的

弹孔，比乡音还瘦的船只

堆出马江的硬骨。还有什么没说的

这亭头南般的黄昏炮台

义举的炮火轰隆

奋起的抗争勇猛，埋首的忠魂

被江海收紧，伤逝成

一块新挖的弹痕

我已与你一体。同仇共忾

我已与你一体

山墙灰立于身后，风容肃然

万世已去，我犹记得

有一种悲凉

■ 组　诗

映象·闽江

闽江的水应是天上匀来的

船家摇过挽住江面的宽，水如米酿的

青红。让行家有纵身一跃

与之交融的冲动。落日下的江

衬着底桥下撒出的渔网

千家沽酒的巷陌青榕老去

那百货随潮船入市

伬唱与评话的大暑，翻阅清晓的

客愁，一船茉莉呀，带着

夏蝉的独语悠悠搬来。榕荫下

撑伞的姿娘秀竹繁茂、千峰

滴翠，吟唱出一波又三折

让世人倾慕的折枝诗来

闽江的水啊，映着名塔巍峨

江岸，峦峰清秀，看渔礁渚月

清风荡处绿榕白鹭都有携壶结友的人

畅读晚霞占归来。峻美的山河原属

越王台，台下江流去不回

舟船穿梭水接云，那一江的

碧呀像是客雨刚洗过的

垂须的别离

陆庄理发记

徒步留下孤独的气味，不断消耗着

觉察不到的消失有镜子的渺小

这样的角力仅余一把电剪与木梳

二十多年了从来没有过停下来的意思

九块九慕名被一张红纸框住

像古旧的陆庄巷与陆庄桥相互搀扶着

攀谈的老人遗留下桥亭的模样

那桥中的阴马石已然褪色；空气中

有漂染剂的味道。让一朵花在

枯萎前绽开自己，曾经出走的河水

古榕须夹杂着黑白，静观的美从想象中

劝慰出不同的清澈；那些善解人意

的鱼，日落后，趑回我安静的桥

你在一堆中年惯用的词汇中找寻一枚

故作镇定的突破词

一束天光卷起无数帧怀旧的影像
我仍低着尘世的头

傍晚的味道

闲来无事，蜷在暮色里，接近契合
——一茶君染墨的手指
从画布上撤下

门，清冷虚掩着
挨着院墙的比画
那些线条我还没想好，遮蔽的性情
与沉默的颜料
相对暮色中那一个难以细说的达诂
寒暄的人不来
碗盏，在寂静与寂静之间

附着薄薄的霜。我蜷在暮色里
火炉上煮着米粥

总是会运用到一些中年的词

很少有人带自己来这里
在你拨慢的钟表里

我不能开口说第一句话，我一开口就犯难
我们很少聊天，更别说一本正经地劝

水溢满了一口深井。想起曾经有另一个人
他的柔软与心碎

大雾消弭于早醒的鬓白：如果你也在其中
就请安放下我喘息的眼神

此刻仰面而来的风是太平洋的
它正疾步走进中年

有人搬动了伤感，也有人无谓裸身。空空的双手
总会用到一些中年的词

姥姥的手

我以为已将你
藏好
像在春天喝的茉莉
一把旧藤椅
在干净的院子里
按时晒着太阳

阳光甚好
像姥姥的手
那双手曾轻轻拍着我的后背
像一首童谣勾勒出暖的模样

嗳嚅着
像摇桨一样，把自己放进去

闭上眼，当自己依然天真

这人间，我只能送你到水穷处

你续上流水

它最大的悲伤已是过去

■ **创作年谱**

2012 年
———
至今

至今，作品发表、入选、获奖：《鼓岭组诗》发表于《福建文学》春季号；随笔《台湾行：雨中的九份》、诗歌《雨中的九份》发表于《海峡之声》；散文《旅行的意义》发表于《罗源湾》2018 春季号；《入山》《衰老经》《总会运用到一些中年的词》发表于《海峡诗人》春季号；《鄢家花厅》《落满阳桃的后院》发表于《马江视野》2018 年第 3 期；《途经鹅銮鼻灯塔》《雨中的九份》发表于《创世纪》2018 冬季号；《阿婆在打盹》发表于《新大陆》；《左耳听海》《东山吟》《南门湾的茶话》发表于《东山文艺》；《他走了，因为风的缘故》发表于《平潭时报》；《陆庄理发记》《鄢家花厅》发表于《海峡诗人》"福州改革开放四十周年征文专辑"；《仿佛人间的前夜》《蝶谷》入选《闽派诗歌·诗歌卷》（海峡文艺出版社）；《陆庄理发记》《鳝溪》入选《诗歌榕城：福州诗群联展》（海峡文艺出版社）；《印象闽江》《上下杭》《儿时，台江码头的记忆》《在茶亭》《苍霞晚照》入选《诗意台江》（中国华侨出版社）；《晒被子》入选《中国当代诗人代表作名录》（白山出版社）；微诗《寂寞的人坐着看花》《不远的灯火》《温暖过后》入选《国际华文微诗选粹》；《入山（三首）》入选《读出的禅意：2017 中国禅意诗选读》（河海大学出版社）；《阿里山：神木小站》发表于《福建日报》"悦读"版 NO.140；《暮色》发表于《诗歌周刊》第 334 期；《北斗七星》发表于《诗歌周刊》第 307 期；《春风十里》入选《2017 中国微信诗歌年鉴》（银河出版社）；《鳝溪》发表于中国诗歌网"中国好诗"；《傍晚的叙述》发表于《中国好诗》第 53 期；《我的父亲母亲》入选《新时代诗典》；《秋日即景》入选"新浪名博原创推荐"；《总是会运用到一些中年的词》入选《福建诗歌精选》（海峡文艺出版社）；《新鼓楼十景》在获"见证成长，丰盈生命"鼓楼区文联纪念改革开放四十周年征文优秀作品奖；诗文《绿色宝库，生态佳园》获"福州植物园游记"征集活动优秀作品奖。

朱谷忠

本名朱国忠，1973 年调进《福建文学》编辑部，历任散文组组长、诗歌组组长、编委，后任《散文天地》杂志主编，1989 至 2008 年在福建省作家协会工作，任驻会副主席兼秘书长。现为福建省作家协会顾问，一级作家。中国作家协会会员。获《人民日报》副刊"金台"随笔奖、福建省优秀文学作品奖、福建省期刊编辑一等奖、《散文选刊》"全国散文佳作奖"等。著有《乡野情歌》《红草莓的梦》《朱谷忠散文选集》《走八闽》《人与山水的约会》等 10 余部作品。

▪ 代表作

黎明时分

清溪的黎明
只有轻喘的水声
两尾鱼的鳞光
如百丈霞锦
令一切水母
黯然失色
细听
远方有迅雷不及的潮汛
也许早有预告
绿叶却一语不发
湿气淋淋

它们从哪里来
又到哪里去
花一般乱颤
为一个洁白的夙愿

一个永恒的相许

吐出的泡沫

溢满芬芳

荡过卵石般铺开的苦难

把创伤也一一抚平

轻吻已没有意义

痛入骨髓的爱

使岸草敛息屏声

灵魂的交织

比沙滩稠密

斑驳陆离的腾挪

也许渗有一丝感伤

终又化为

亘古未有的呻吟

谁读到谁的第一页呢

谁被谁吸引

也许就这样双双死去

让水的世界

多一道神秘

但还要等待多久呢

这清溪原是梦中故乡

黎明到来

有谁会知道尾声

据说海在前方

天亮后

水仍难以廓清

想走的路无边无沿

一程程

却有揪心的风景

连蛙儿

也唱不出自己的歌谣

鱼啊

两尾相亲的鱼

为什么

流下的泪水也无影无踪

▪组　诗

离　别

当我知悉

你已出发到远处

心便像一只杯子

沉沉地

盛满孤独

走进午夜

沿着你

笑影的纹路

我郁郁啜饮着往日

让思念滴满小屋

远行的人　请告诉我

这一刻　你可感知

我的祝福

在布满心跳的黎明

你的嘴唇是否涩苦

湿润的晨光中

我站成

一棵山楂树

收领所有的风

温存地　为你扫净归途

读　瓷

从泥土到瓷器

从孤寂到沉默

我始终相信

有一种灵魂在闪烁

闪烁幽远的时光

闪烁线装的史册

一切都源自内心的温度

还有未忘的爱的轮廓

何必苛求什么永恒

前世和今生皆是过客

突现晶莹的部分就够了

心湖澄静才是最美的时刻

泥土能燃烧出灵魂

瓷器能显示出品格

在时间的滴答声中

我分明已摸到世间的脉搏

与一只残破的瓷碗交谈

无法搭起宋词的栏杆
只能席地而坐
面对一只残破的瓷碗
在半帧红尘的意境中
默默交谈

窗外　流浪的风
说闯就闯进了房间
它不知我的心事
居然轻薄我的衣衫
连瓷碗也发出一声轻叹

不管啦　我与碗
就这样对视着狭窄的空间
从一团泥巴到一个古窑
从一个故事到一个宿缘
窥出了千里云烟

这时　词语开始拍打
我的内心　一会儿是秦汉
一会儿是长安
感觉一种细致的柔韧
让我梦绕情牵

到底　是谁塑出瓷的梦
犹挥七彩　欲描江山
心　渐渐泛起翠微
不问相见何由
尚慰交谈甚欢

莲花屿

从不说一个爱字
也不曾与谁指心为誓
任千山密雨　潮涨潮落
美丽的眼睛总悬在天际

听惯了虚假的艳羡
更珍视相见无语
哪怕峰倒石坍　化成灰烬
也向往灵魂与灵魂的交织

一年又一年
将自己复制在流水声里
看候鸟占领天空　占领江岸
会心的微笑　交与波浪藏匿

我何如此江　何如此水
愁心醒来人又千里
依船而立　听八面风
又唱春来花开的小曲

秋芦溪

浮蓝漂白　波纹依稀
熟悉的水声把树木喂绿
青山以飞鸟的弧线
在空中勾画着逶迤

一湾一滩　都是乡愁的乳汁
含辛茹苦浸润着土地
曾经的愁苦　曾经的怨恨
都随枇杷飘逸成诗

山和水　水和山
从来就这样纠缠在一起
最终　总是有人含泪说
我深情地爱着这片土地

于是　在白昼和黑夜之间
所有的想象都流动着笑意
即便是日光黯淡的时刻
也有红唇吻动沉静的思绪

雕刻鱼尾的师傅

在仙游一个工艺厂
我看见一位老师傅攥着刻刀
专注地在一扇屏风上
细雕着道道精美的线条

他头发又白又稀　脸上的皱折
几乎可以和他刻出的纹理画上等号
但他的眼神　一闪一瞟的
似又藏着无尽的奥妙

有几次　我看见他粗糙的手
颤了颤　又果断地在画面落刀
木屑飞起　汗珠洒下

有一滴恰好沾在他的嘴角

据说这是第七十二天了
屏风上种子已经破土　麦苗已经拔高
只剩下河里这条鲤鱼　只要它
摇尾一窜　那春天才叫惟妙惟肖

现在　老师傅也屏住呼吸
对准鱼尾　一阵连凿带刨
终于刀头一转　纹饰顿生
一条活蹦乱跳的鱼从刀下游出来了

掌声从他的背后炸响
老师傅这才迟迟地转过身腰
他摘下花镜　抹着嘴角说
谢谢大家啊　这条鱼活了

三天后　我梦见齐白石
他正在那扇屏风前捋须微笑
只听他喃喃自语道　不错
这条鱼　正是从我的笔下溜掉

▪ 创作年谱

1964 年　开始在国内报刊发表作品。
1965 年　出席全国青年文学创作代表大会。
1995　　出席第四、五次全国作家代表大会；个人入选《中国作家大辞典》《中国
——　　散文百家谭》《中国新诗大辞典》《中国当代艺术界名人录》《世界华人艺
2001 年　术界名人录》等辞书。
2018 年　任福建省作家协会顾问。
——

至今

阮宪铣

中国作家协会会员，福建省作家协会会员，中国诗歌学会会员。诗歌散见《诗刊》《星星诗刊》《诗选刊》《诗潮》《诗林》《草堂》《江南诗》《中国诗歌》《福建文学》《星火》等，入选多种全国年度优秀诗歌选本。出版诗集《站在时间的枝头》《时光的草香与虫鸣》。

▪ 短　诗

与友书

若来看我，最好夏天
我会在岭上亭子里等你，我顺便
一边吹风，或者一边想你

你若心血来潮，突访不遇也没关系
那时我房前半亩荷花盛开，你可随便
一边等我，一边赏花

城市在百里之外，你提不动手巾岭遥迢的客套
来吧，我有三坛去年冬至家酿的青红
满山的清风明月，不用钱买

不一定要海阔天空，我们闲聊
或者各自沉默，听风
等到荷花谢了，话都说完了，你便回吧

岭上无别物，我一定送你一岭的白云

若无醉酒，我会像古人一样五里抱拳相送

请你记住白云边上无尽的蓝

风雨夜归人

外面风雨，像大江南北广袤大地

绵延浩大，我淹没在人群之中

四处流淌的雨水替我讲述这一年的奔波

雨衣鞋子和手脚分担着各自的寒冷

十指雨水冰凉，我不知道脸面藏在哪里

各种车灯倒映光怪陆离

直到我摸黑打开家门

明亮温暖的灯光倏然照亮通往内心的道路

我看见妻子和母亲

坐在沙发上看电视，妻子一针一针

织着毛衣，毛线在篮子里滚动

母亲头发花白在打盹

光阴柔软慈爱，我竟忘了人世间

一年又一年的悲伤

与疼痛

咸　鱼

像一只咸鱼

几经漂泊

我被挂在异乡的屋檐下

风干了

我还张着嘴

朝着海的方向

因为，那里有年迈的母亲

那里是家乡

只身走在滂沱的大雨中

我只身走在滂沱的大雨中

手里护着一掌清泉

在风雨交加里

谁也看不出我脸上的泪痕

▪ 长　诗

蓝田书院

一

如果不来蓝田书院，我就对不住它从小如雷贯耳的名气

如果不写蓝田书院，我就放不下父亲读书的学堂和宋时的夫子

我来时，蓝田书院的确很小

像一只栖息的鸟翼然坐落在我的意料之外

还好，学童们齐声诵读回声响亮

桃花般涨红的声音，把我的心读得像春天那么宽敞明亮

还好，那个在地里劳动的父亲告诉我，他之所以在这种田

就是因为一边插秧一边听孩子诵读，那是多么幸福的事呀

他不辞辛苦种的油菜，绵延着一片一片
灿烂的花，像遍地的黄金

我是那么愿意，在这里听着、看着
我也会和他一样喜悦幸福

那种感觉像眼前铺展开的大地，像安静的翅膀
像蓝田书院一样，那种辽阔超乎我的想象

二
书院火毁重建，再火毁再重建
像涅槃的鸟，一直栖息在古镇的北郊

因为有书和夫子，在很远的地方
小小的书院听起来显然大于这个古镇

不管古今，读书或者探访都必须穿过古镇
公然摆放在沿街两旁鳞次栉比的市井繁华生活

我第二次去书院，还是迷失在古镇的
哪一个路口。问路于一个农民模样的老者

他指着跨街悬挂的红条幅，大声数着
"1、2、3，第三红布条，右拐便去蓝田书院"

他声音洪亮不温不火，像极了夫子的领读
朋友惊叹"哇，蓝田人连指路都这么有文化"

我一边开车，一边纠正"这是杉洋啊"
其实我心里也咯噔了一下，仿佛是在宋时城门口上

三

在杉洋，一定要去蓝田书院

这里适合喝茶聊天，从白溪万亩草场白云蓝天
羊肉炖青草，到古镇建筑风物

我们聊大宋江山，说朱子在水口
昨夜扁舟雨一蓑，到闽江依旧青山绿水多

从理学，到思想，到诗歌，到信仰
我们越聊越虚空，越高越形而上

一不小心，还像夫子一样回了一趟宋朝的时光

▪ **创作年谱**

1993年　诗歌《你的名字》《往事二题》等发表于《福建文学》。

1998　　《吉庆中国（组诗）》发表于《福建日报》副刊"武夷山下"；诗歌发表
——　　于《辽宁青年》《福建法制报》《福建工商报》等报刊。

2000年

2000年　被评为《福建法制报》优秀作者。

2008年　诗集《站在时间的枝头》出版；诗歌《独白》等发表于《福建文学》。

2009年　加入福建省作家协会、中国诗歌学会。

2018年　诗歌《云顶寺》发表于《诗刊》；《风雨夜归人》等入选《诗歌榕城：福
　　　　州诗群联展》（海峡文艺出版社）；《云顶寺》入选中国诗歌网"每日好
　　　　诗"；《寺院的早晨如莲打开》入选中国诗歌网"中国好诗"；获"中国诗
　　　　歌网实力诗人"称号。

2019年　《与友书》《白纸黑字》《时光的草香与虫鸣》《白云寺》等发表于《诗刊》
　　　　《诗选刊》《福建文学》《江南诗》《台港文学选刊》《山东诗歌》《宁德文
　　　　艺》；《共和国，以七月的名字命名》获福建省作家协会"点赞，我的祖

国"庆祝中华人民共和国成立70周年征文活动提名作品奖;《云顶寺》等入选《中国诗歌2019年度网络诗选》《中国青年作家年鉴》等;《与友书》《清晨》入选中国诗歌网"中国好诗"。

2020年　《民工悬在大楼的边上》《云上村庄》《庸常事物》《中年辞》《宁德纪事》等发表于《草堂》《诗潮》《小诗界》《星星》《延河诗歌特刊》《诗刊》《诗林》《中国诗人》《诗选刊》《福建文学》《福建日报》《宁德文艺》《海峡诗人》;《中年辞》入选中国诗歌网"每日好诗""中国好诗";《与友书》入选《2019年诗歌选粹》(北岳文艺出版社);《在乡村》入选《中国2019年度诗歌精选》(四川人民出版社);《逆行者语录》获第二届金鸽诗歌奖三等奖。

2021年　《爱像大地一样辽阔》《秋颂》《家在白云边》《天荒地老的寂静》等发表于《诗潮》《特区文学·诗》《福建文学》《星火》《星河》《中华文学》《天津诗人》《作家天地》《文化艺术报》《诗歌地理》《泉州文学》《福州文学》《宁德文艺》;《家在白云边》入选中国诗歌网"中国好诗";《与友书》《白云寺》等入选《福建优秀文学70年精选·诗歌卷》(海峡文艺出版社)、《宁德文丛·诗歌卷》(海峡文艺出版社);《中年辞》《鸟雀多得像树叶一样响亮》《那么爱》等入选《中国年度优秀诗歌2020卷》(新华出版社)、《2021天天诗历》、《双年诗经:中国当代诗歌导读暨中国当代诗歌奖获得者作品集2019—2020》(四川人民出版社)、《〈辽河〉2021中国年度诗歌大展》、《〈江河文学〉2021中国精短诗歌年选》等;《宁德纪事》入选《你的城,我的城》(海峡文艺出版社),《船说》入选《心中的歌——福建百名诗人庆祝建党百年诗选》(中国言实出版社);《宁德纪事(组诗)》获宁德市文艺创作扶持作品征集评选二等奖;《阮》获龙润茶杯"百名诗人写百家姓"优秀作品。

2022年　《海水的喧嚣不及一粒盐咸的深情》《一个叫蓝和远方的地方》《长征》等发表于《散文诗世界》《辽河》《福州日报》《闽东日报》;《秋凉》入选中国诗歌网"诗歌周刊";《中年辞》入选《中国诗歌·2021年度网络诗选》(长江文艺出版社);诗集《时光的草香与虫鸣》出版(云南人民出版社)。

吕德安

1960年出生于福建。诗人,画家。20世纪80年代初期与诗人画家同人创建
"星期五"诗社,并成为南京著名诗社"他们"的成员,自90年代长期游居于纽约
与福建,并诗画齐臻。获首届《他们》文学奖、《十月》文学奖、"天问"诗歌奖、
南方文学盛典诗人奖、袁可嘉诗歌奖等文学奖项。有诗歌作品被翻译成多种外语。
著有个人诗集《纸蛇》《另一半生命》《南方以北》《顽石》《适得其所》《傍晚降
雨——吕德安四十年诗选》,随笔集《在山上写诗画画盖房子》等。

▪ **代表作**

父亲和我

父亲和我
我们并肩走着
秋雨稍歇
和前一阵雨
像隔了多年时光

我们走在雨和雨的
间歇里
肩头清晰地靠在一起
却没有一句要说的话

我们刚从屋子里出来
所以没有一句要说的话
这是长久生活在一起造成的
滴水的声音像折下一枝细枝条

像过冬的梅花

父亲的头发已经全白

但这近似于一种灵魂

会使人不禁肃然起敬

依然是熟悉的街道

熟悉的人要举手致意

父亲和我都怀着难言的恩情

安详地走着

▪ 短　诗

断　木

这根断木脱离树身

猝然落在瓦顶时

洒下了一大片绿叶

声音阴郁而沉闷

它危险地坠下时

宛如一声长叹

老朽的瓦顶

牙床似的为之震颤

记得当时我正在屋里

吓得像门被人踢开

与我独守的寂静，也感到

一阵沙尘使它起了变化

邻居们纷纷出来张望

并且争着议论不休

去年冬天下过一场雪

也唤起同样的好奇

但我不想到外头去说

因为它不比雪的夭折更美丽

我只想等它化为寂静

让我的屋子恢复原样

哟，就让它危险地搁在上头吧

就让它干枯于人的记忆吧

当我又快活地忙起来时

听见风在树中不停地歌唱

部分的黑暗

这部分的黑暗

只是一个比喻

就像你透过酒杯

隐隐地看到

一个男人扭曲

三个男人扭曲

和一个女人的嘴变形

那吃惊的形状

所意味的那样

最后的雪

窗前的雪已不知不觉地

厚出一尺。它堆积到房间

会有膝盖那样高。我这么想

兴许只为了让自己高兴

就像那乌鸦又蹦又跳

今天它独自轻落在那里

仿佛这个世界的白色漫游

来自它夜色的充盈（那黑色的羞涩）

然而倘若它不停地聒噪

只因晓得一天的时间

天黑前还剩下多少，最后

竟唤来其他黑压压的一片

那想必会是另一番光景

我倒宁愿这中间有道帷幕

挡住一些你不想看到的

才好去看清另一些什么

眼睛里只装得下那晶亮的

一点，两点，或屈指可数

再任由它们落下，落下

都落在大地的琴弦上

或者就像换你在房间里

不由得喊出一声：我爱

那乌鸦，一如它爱世界

从此开始我们的全部寓言

或依旧伴着房间的蓝调

叫那温热的欲望，成为

彼此间可凝视之物，叫世界

原来望不到头的那份荒凉
成全一场真实的邂逅
或继续估摸着所希望的
透过那冰窗窟窿，透过乌鸦
无穷的黑，再嗅着它的白
直到这一切变得不可替代

▪长 诗

《适得其所》 第四章·虽不是伊甸园却也是乐园

一
啊，溪水愈来愈浅
水的下沉带来了内部的缺乏

土地龟裂，发出
干燥而没有欢乐的笑声

水的静止
滋长了青苔的镜子的生活

果实尽去，在树枝
虚无的震颤中

财富显示了从未有过的贫乏
天空没有雪，却有雪的脚印

可发现了这些，我们在哪里
一切都暗示了冬天未到尽头

而你必须学会放弃

二

亲爱的，我所知道的神寥如星辰
可是山洪，这个棕色皮肤的神

曾经在它的野猪的时辰
它的庄稼和石头的弓绷紧的时辰

轰隆隆地来临——它那过去世纪
的面孔依然清晰可辨

它那久别重逢的躯体
依然患病似的意外地强壮。诞生在

群山轰响的摇篮里，它的咆哮声
隐藏着一种奇怪的平静，为此

我们看见有人在奔跑，
不是跑得更远，而是回到原地

而另一个却在自家篱笆内
身体摇晃着抓向一棵树

仿佛那是一个人
而他要上去将他击倒

三

并非弄虚作假
空气里确实有一种不满

暮色中确实有一场

看不见的骚乱

而你是确实的
你的来到意味着现实

因为一切都将变好
还有所有的事情都将变好

（正如陶弟所说）正如
那饶恕了陶弟的后来那个陶弟

我们还记得他曾忧心忡忡，一个
上帝打扮的苦涩形象

以及他那滑溜溜的太监声音
那时正值盛夏。而此刻的他

仿佛依旧躲在那预见性的雨幕后面
和夏天的最初几天

几乎整整一个世纪

四
这是冬天的一天，也是仲夏的一天
这是静止的时间和一个还有时间的时间

一个时间给一个不再有过路人的世界
一个时间给一个从未有过表情的脸

一个时间给一个从未有过脸的表情
而你是不一样的，你在我的记忆里

犹如雨的盲点（那是你的舞蹈吧）
你在我有思想里犹如思想的日食

（那是一种去蔽吧）其形状
就像那撕扯它的手

其过程就像你突然不在了
这是冬天的一天，也是仲夏的一天

一个时间给一次空空的膜拜
一个时间给像今天这样的一天

而你是不一样的，你是雨的舞蹈
啊！由于你是你

那几乎没有的雨，便会在雨丝中
获得充盈，在寂静中获得寂静

五
风干燥而骄矜，草丛里燃起一堆火
我诚恳而孤单，日记里记下这一页

一把香，两斤水果，钱纸，米酒，猪肉
一把新月的锄头，几只箩筐，一串鞭炮

这些供品端放在一块石头上
你就有了一个自己的世界

今天是农历十月七号
我等待，发掘，抓起

一把尘土，要求它

施予我生活的能力

而当我把它举在手上
发现它竟然如此的稀少，就像

一个深处的日子不易碰见
而我已近四十，第一次

毕恭毕敬地为自己祈求
祈求一位灰色的家神降临

六

哟，亲爱的，如今我已经能够
把大量时间用在锄头和那些土方上

当我立于风中，高举那形同动物下巴的锄头
每一寸土地就似乎都有开垦的需要

每一寸土地底下，都有一样东西在逃避
试图躲过我的挖掘

那是时间形象吧，那是其形状类似根
却有其逃走的理由的东西吧

如果在雨天，四处静悄悄
它又像不存在似的

水流入了土地，这也使我
想象它的神秘消失

哟！世界上还有多少类似的东西
只是不同的诱惑，在不同的季节

而我一个劲地高举锄头
区别着这一切，为的是最终认识我自己

七
哟，"我熟悉黑暗！"——不过是说
我刚刚熟悉一小段山路和那几块

溪涧的卵石。那一天我到溪边拾干柴
供冬天的壁炉烧烤。我知道你正在

屋里等着，似乎已睡思昏沉
窗口隐隐放光，就在那几棵树的枝条后面

如今我独自一人继续拾着干柴
冷风吹来一束车灯照亮——仍旧

与那天一样，我又不由自主地说
"我熟悉黑暗"，想来还是对你说的

意思仍然是一段山路我刚刚熟悉
只是现在，那远处山峦上盘绕的货车

扫来的车灯，照彻了半截房子
它们都朝圣似的向城里爬去

八
我还记得一块在绞刑架似的辘轳底下
缓缓地升起的石头，像石头的一次日出

我曾目睹了它的整个过程
当它沉闷地升起，铁链

拉紧，止住了它的突然下滑
这是一种预感，也是土地的远方

一声脱离了身体的头颅的叹息
隐隐约约的，在我心里

也有这样一块受缚的石头
悬浮半空，伴随着一朵记忆中变白的云

似一种承诺，又似每日的祈祷
更似一个发光的洞穴，只是洞穴周围

是米开朗琪罗的大脑
和世代的奴隶的寂静

九

而你是不一样的
我记得另一个垂暮时分

在山谷左边，那座凹形的采石场
一块石头悄然升起

这时碰巧你来到溪边取水
弄出点水声

那是你昔日倒映在
水蛇眼睛里的身影吧

只是有点儿恍惚
只是多了一道山墙

啊！那水蛇今夕安在
它是否还会从水里，看你头顶上方

那一个十字架似的轱辘
和一块这样的巨石

像咒语中的一顶静静的王冠
将你完全置入阴影的庆典的完美之中

十
而你是不一样的，亲爱的
我喜欢你来，我喜欢你漂浮

我愿意你像一只鸟惊奇地来
心神不定，却能带来好兆头

一只从鸟儿身上飞来的鸟
和它的嘴巴上的一个 O

毕竟这里是如此的静悄悄
说明你曾经不在这里

不过到了夜里，我来溪边打水
水面波光摇曳，散发出一个和更大的

一个 O，我就依稀感到
你的悄然来临也像一条鱼

因为我曾经也生活在水底

十一
也许你已经忘了——一天

浅水中你捞起一只蝴蝶，又让它

从手上飞走，拇指和食指上
有了翅膀的印迹

那黑色的和金色的粉末
那只蝴蝶也一样，它在阳光下

显得很笨拙，但是它的翅膀
因滴水缘故变得透明

你继续干活，你把衣服晒到岩石上
它们也像蝴蝶，只是相比之下更加朴素和洁净

这是你的选择吧，这也是你的奇迹吧
也难怪，到了夜晚，当你把它们放在火焰上

烘干时，你的手仿佛是剧痛的
啊，你那从未治愈的手掌

五指之间一个凹陷的世界，但它在我眼里
宛若一束完美的光，在缓缓地升起

十二

严肃的公鸡不能引领母鸡报晓
但他带着她穿过重重黑暗

它们一道赢得了一日之始
稻草窝里留下一颗光滑的蛋——它们每天的宿命

和它们一样，如今我每天照例醒来
一早就荷锄出门，半晌也不曾回来

喂！要是你看见一个像我这样的人
歪戴着斗笠，一身过时的军装打扮

裤腿高挽，翻山越岭
篱墙外烧荒，篱笆里种地

身边一个烟雾世界
身后一阵穿堂风穿过

家里，铺着温存桌布的桌上
已摆好三菜一汤、两双筷子、两把汤匙

请不必惊奇

十三
哟，要是你看见我在烧荒，和草一般高
和那套旧军服的草绿色，和长柄镰刀低头

发出"传统"的窸窣声，和一个时远时近的我
一脚踩到草丛，就淹没在那里了

但火焰又很快将我的形象映入天空
哟！我是说，要是没有，没有一个像我

这样灵活的人奋力舞着，让草木瑟瑟发抖
土地就不会显出真实面目，一扇虚构的门就不可能

正确地开向幻想中那间共有的房间
天堂就会更加遥远

十四
哟！这里和那里，要不是我又挥又舞

你就难以想象一个草木世界

里里外外，不慌不忙，要不是我
为你提供一个想象的夏天，让不可见的蜥蜴

在光中恢复，懒洋洋的身上又有了斑斑点点
你就不会体会到它那家园般眨着虚无眼睛的思想

有着大家习以为常的那种顽固和安静
现在我们都在场，堆着草，燃起火

看地面隆起一座滚滚浓烟的殿堂
听蜥蜴的余烬噼啪，听着它们祖先似的

变色龙的脸渐渐消失
且议论着它们严肃而纷乱的天堂

十五
因此，这就是我，空空荡荡地来
如同来到自己的源头

来了，为了能够站远几步
更好地观望自己的房子

也为你带来每一天的憧憬
我看到萤火虫在尽情飞舞

和篱笆的往日情景。我想
当我死了，房子留下来，萤火虫也留下来

那时是否有人还会像我
站在鹅卵石的激流中间

（这些石头曾经滚动，甚至是漂浮的）
他是否也能像我，望着望着，就把自己

推入荒芜的想象，又在忽明忽暗的事物中
说出一番真理：一只萤火虫也是两只萤火虫

都是为了重复我现在说的

十六
啊！就让那些石匠去叫去喊，去找人
帮着把一块石头捆绑，吊起来，不偏

不倚地放入拖拉机，再一路颠簸下去
或把它推入溪里，或装进货车

运往他乡。如今我可以说
我能唤起一把沉睡的砍刀

可以用恰当的祷词，避开草虫
或满不在乎，或念念有词地

回到夜里，埋头写作，在夜里
重复他们白天的活

在他们里面又在他们之外
你说我还能干什么

他们曾试着来说服我
但我已经在用我的词

去照他们说的做

一个个词汇，都落在实处

都像去乡下过节一般
谦逊而又得体

十七
星星如烟斗，吹口气就变亮
月亮表情冷漠，隐含着愤怒

但是风却是一种安慰
听着，不让自己歇着可不是办法

今夜，整个世界似乎
只剩下我们俩还在单独醒着

只是当月亮迅速滑落
星星把烟斗抛弃了

我呢，将它从地上拾起
叼在嘴中，像凡·高

再次为自己
画一幅自画像

十八
当天空完全暗下来，奇异的月亮
就像我藏入密密竹林里的那把砍刀

每次我念叨，或轻声叹息
它便升起，高高横挂天上

篱笆上投下一抹长长的影子

房前房后荡出一道出神的目光

哟！那是在月光的山地野鸡翅膀里
蹲了一宿的雾，它也团团地升起

而只有它升起，那把乌光闪闪
的砍刀，才会重新回到我手中

那白天的天空的刀刃
才会化为更加开阔一片

而我睡意沉沉
心中铭记着誓言

十九

这物质的黑夜
不久后将赋予我们更多

一溜竹子篱笆
三级水泥台阶，以及让你

产生小小的教堂幻觉的两块巨石
上釉的坛子，几方寿山石印，一窝

几乎是可口的光（啊！浑圆的鸡蛋
曾经下到邻居的院墙内）

这些都是我们最初的财富
今夜只有你和我仍旧

孤守着夜，履行着诺言
我们还承担着两个女儿，用不同的爱

但她们更愿意待在城里
她们曾经是两个，现在还是两个

二十
我想这山中的黑暗
也是房邸的黑暗

我想我醒来了，也是你醒来了
——只是看不见

我想你留在枕头上的喃喃声
也是卵石间的溪流

那是你的呼唤吧
要不就是你的头发

一道黑色的水源
我想让你醒，又怕自己睡去

我想你的头发的黑暗
也是我的黑暗——只是太黑了

以至于我们被单独地唤醒
又孤独地分离时

月儿悄悄地偏向西天
黑暗迅速地滑向深渊

二十一
蜜蜂三五成群，从一块岩石深处升起
为了它表面上平凡以致有区别

为了那里一口神秘的凿眼
蓄着水，像上帝的居所

而就在那里，蜜蜂的
螺旋桨式的翅膀刮起

一阵小小的龙卷风
为我们的肉眼所不见

而在更高处，一只蜜蜂忽地拔起
几乎消失了身影

我们知道那是它们的生活
一只蜜蜂正在那里用一种呓语般的力量

稳定了另一只蜜蜂
长眼睛的翅膀交织，身体

朝着不同的方向
我们知道那是夏天的顶点

当它们分开，空气
散发出交欢后的空虚

天空更加的洁净
那也是某种轻盈的充实

当它们再次雨点般降落
石头漂浮，有着事物

在光中所呈现的无穷的形状

二十二

闪电般的镰刀嚓嚓响
草在退避。不远处

一只小鸟噗的一声已腾空
逃窜。到你发现草丛里

躺着一颗蛋，我已喊了起来
草歪向一边，光线涌入

而它几乎还是透明的
现在我们喝酒谈论着这件事

那时你弯腰把它拾进口袋
不加思索地，而你的弓身姿势

又像对那只远遁的鸟
表示了歉意

二十三

今天，我仍然可以拿出一个比喻
把它放入一只猫的老虎形象中

当它终于跳出那些坛坛罐罐
又跳出昨天的一天（那变坏的一天）

今天，一定是日落的缘故
它眼睛里的山脉起伏着退向一片虚无

而肉体却还在厨房里歇息
在桌上，一架搅拌机旁

我伸手攥住了它的尾巴
不让它从此消失在夜里

我擦掉它留在瓷砖上的老虎爪迹
如拭去一则象形文字。顽固而安静

今天，就像寓言中的它
睡觉前总要出门一趟

而我一旦将它提起又放下
心情愉快，它就能如愿以偿

二十四

啊！天空的芦苇花飘浮
和不可言状的蒲公英的种子飞翔

扰乱了房子的视线
挡住了那条通往溪水的道路

可是石蒜就在印着黑色脚印的石板路旁
那一堆堆冷的灰烬里

大火冲天，芦苇花的飘浮消失
群山涌现和蒲公英呛人的种子

继续飞翔，天空因此黯然
而我每天照例来到溪边洗净我的手

啊！每一天，如同一个翻来覆去的日子
每一天都有石蒜的嫩绿冒出

和它的有毒的鲜花开放

二十五

这是决定性的一天
天空飘下几滴鳄鱼的雨

一些石头一样的生命
正在苏醒

远方土地散发出真正的雨季
和当地人占卜后的空虚气息

一堆过剩的石灰坼裂
里面浸泡的水巾早已失去黏性

而房前树上，那些爬着一行行蚂蚁
仿佛记载着编年史的落叶正在继续飘落

可我说，那正是我们的
去向，决定性的……

二十六

这是决定性的一天
这也是房子的歌唱

也是两只长腿蜂
在房梁上嗡嗡作响

但是如果我关上窗门
离开几天，它们就会弯曲着从空中

掉下，无声无息

只留下一缕淡淡的清香

啊！空中的竖琴。啊！这午睡时分
微小而愉快的震颤

但如果我离开，信誓旦旦
它们的往日指环般精致的腰

就会死亡，躺在窗台上
落英似的带来种种不祥

这里原是它们世代的领地
那声音的、颜色的、嗅觉的

这就像家园的梦，常常应验似的
映在天花板上

但如果你捂紧双耳，满心恐惧
或关紧门户执意离开，像命中注定的那样

你就预言了它们的死亡
那声音的、颜色的、嗅觉的

二十七

啊！这冬季的奇异的脸
是如何转向群山无穷尽的寂静

我无法向你转述这张脸
就像我不能向你说出那紧闭着的嘴里的生活

当我说话，仅仅是我的沉默在说话
然而我知道，我们之间是不同的

我试着相信一个当地人说的
"这个偏僻的地方曾经有两个月亮"但愿如此

但我仍然没有更合适的倾诉
因为我知道,在山那边,在黑暗的深谷

那里不断扩大的落叶声音
与我这里的书页的瑟瑟声是不同的

二十八

时间和时间的言辞
身体和身体的深渊

脸庞和地点,依恋和超越
石头和石头凹凸的自我

瞬间和瞬间的一次次坠落
一个某人的上帝和一种

先于我们的生活,那第一个
堕落的陶弟和后来那个陶弟

以及不一样的你——预言
和结果。和白天我们称之为

不可企及的东西,其形状
就像那撕扯它的手

其过程就像你突然不在了
和夜晚未必就是的它们

而你是不一样的，你是雨的舞蹈
远在天边，又近在眼前

在过去曾经是的时间的面目里
在将来可能是的时间的面目里

二十九

愿月光为这块土地洗礼命名
愿月光祝福大大小小的众多石头

愿这隔着一座山仿佛在下雨的
遗忘的山谷，月光重新亲吻它

月光将接受陶弟的全部心愿
并把它载入那一天的契约里

那个村书记，出现过两次
一次为说服陶弟，一次像埃及法老

身边的那个寂静的书记官
愿月光引导他和那个派他来的人

那人有点聋，记忆模糊，却给了我们
一个好去处（无须任何贿赂）

愿那些高高在上的人，他们眼睛里的荒杂地
虽不是伊甸园却也是乐园

愿月光偏爱他们。愿我们就要在上面建立家园
的那两块岩石高耸，一百年仍在它们原来所在

愿它们的恐惧消失

▪ 创作年谱

1960 年 出生于福建马尾港。

1976 年 高中一年级辍学,赴农村插队,成为一名"知青";开始学习写诗。

1978 年 考上位于厦门鼓浪屿的福建工艺美术学校学习装潢专业。

1979 年 写出成名作《沃角的夜和女人》。

1981 年 毕业后分配到省城福州一家外文书店当美工;诗歌题材也落地涉及故乡和日常生活;诗歌吸收民谣元素。

1983 年 与金海曙等诗人画家创建"星期五"诗社;诗学倾向逐渐明晰,主张诗歌对日常生活经验的观照;首部个人诗集《纸蛇》出版;工作和写诗之余偶尔画画。

1984 年 写出《父亲和我》《吉他曲》等早期代表性作品。

1985 年 应韩东邀请成为南京"他们"诗社成员;出版诗集《南方以北》。

1987 年 开始陆续在《新诗潮》《中国当代实验诗选》《中国当代诗歌流派大展》等重要诗歌文本及刊物上发表诗作,在国内诗歌圈被称为家园诗人和"诗人中的诗人"。

1988 年 《南方以北》出版(广西人民出版社)。

1991 年 年初首次赴美国,落脚地是明里苏达的曼凯托镇,后赴纽约,此后 3 年以街头画像谋生;此间创作长诗《曼凯托》,以及《纽约今夜有雪》《鲸鱼》《古琴》等重要作品。

1994 年 回国,在老家山中筑居盖房;获首届《他们》文学奖;写出短诗《诗歌写作》《冒犯》《两个农民》《时光》《群山之中》等;《曼凯托》在云南《大家》全文发表,颇具反响,与于坚在前期问世的长诗《零档案》一起被喻为"这几年来中国诗坛的双子星座"。

1995 年 隐居北峰山居完成长诗《适得其所》初稿;受邀参与牟森的戏剧车间的项目《医院》的创作,写了《或许可称为台词——为牟森的实验话剧〈医院〉而作》,并作为演员随剧组到巴黎、哥本哈根等地巡演;应邀担任刘丽安诗歌奖首届评委(历时 5 年)。

1998 年 再赴纽约作短期逗留。

2000 年 诗集《顽石》出版(中国工人出版社);主要精力用于绘画创作,从而渐疏于写作;被喻为"中国式弗洛斯特"。

2010 年 创作历时几近十年的长诗《适得其所》定稿,次年正式出版(重庆大学出版社）；获高黎贡诗歌主席奖；与严力、宋琳、孙磊、宇向、王艾等诗人画家共同创建"星期五画派"；组织举办画展《一千零一个——星期五画展》。

2013年　出任影响力中国网诗歌主持；赴北京建立绘画工作室，并应邀前往美国弗尔蒙艺术中心驻地创作交流，写出《八大山人》（题记为：赠于坚，之前他来过 JOHNSON，写出长诗《小镇》）。

2014年　随笔集《山上山下》出版（北京邮电大学出版社）；作品入选《百年新诗选——为美而想》（生活·读书·新知三联书店）；长诗《曼凯托》入选《二十世纪中国百年诗歌》；赴首尔参加"第八届中韩作家会议"。

2015年　获《十月》文学奖；获《天问》诗歌奖；应邀参加上海民生美术馆"诗歌来到美术馆"项目，前往上海举行吕德安诗歌朗读交流会。

2016年　应邀与严力等诗人画家参加西雅图《诗画展》；在深圳飞地书局举办《图像与修辞——吕德安、王艾双个展》。

2017年　出版《两块颜色不同的泥土》（长江文艺出版社）；着手修改长诗《不，不是那扇门》；在厦门鼓浪屿红墨古堡酒店举办《安的进行时》诗画雅集。

2018年　出版随笔集《在山上，写诗，画画，盖房子》（中信出版社）。

2019年　获东荡子诗歌奖。

2020年　获大益文学双年度诗歌奖；出版《傍晚降雨：吕德安四十年诗选》（北京联合出版社公司）。

2021年　获南方文学盛典诗人；获袁可嘉诗歌奖。

张　方

本名张昌藩，福州人。福建省作家协会会员。文学作品散见《人民文学》《诗刊》《星星诗刊》《福建文学》《中国文化报》等国内外 70 多家报刊。部分诗作入选《中国诗歌》《中国诗歌年选》《中国诗典》《施学概诗歌获奖作品选萃》《福建优秀诗歌选》等多种选本，获福建省第六届优秀文学奖，第二、八届施学概诗歌奖等全国诗歌征文奖、省级文学奖。出版诗集《心路历程》《面对生活》《深度空间》《乙未羊·回望》《我是你的小苹果》《诗画鼓山》等。文学成果辑入《中国当代艺术界名人录》。

▪ **代表作**

墓志铭

一切都焚烧之后　我的碑
就是遗留的一札诗稿
一块属于我的石头
未经打磨　上面
写着关于我的碑文

我的孩子　你是
我诗歌之外
一生最得意的作品
也许　也是最失败的一笔
你可以终身与诗无缘
但必须承担一个允诺
祭奠的时候
不用烧香　也不用跪下
只要大声朗读我的诗句

好让我一遍遍回忆
每一个写诗日子

烧剩骨灰　一生洁白
孩子　你有权利继承
并为这笔遗产骄傲
这也是我留下的最后遗嘱
请撒向故乡的泥土
让我再一次拥抱家园
肥沃生于斯长于斯的土地
繁衍出一茬又一茬
诗歌一样的分行庄稼

▪ 短　诗

石头屋

石头砌的墙
石头铺的瓦
承担起了一个家的
全部重量

一扇窗在一朵云之上
盛开着永远欲望
炊烟打开所有眼睛
与道路
不会迷失方向

石屋已经很老

但身体壮实

食欲旺盛

就连一颗门牙也没掉

在历史教科书上

可以找到他的姓氏

不过也留下

真正出生地的空白

坚守一方的忠贞与宁静

我们深入石头

在骨子里提取你的

坚强　盐粒　阳光和

金子

读罗立中油画《父亲》

一只土碗

盛下了

自己的一生

卑微又脆弱的生命

随时都可能被破碎

双手紧紧地攫住

这碗大的　安身立命的

一小块贫瘠土地

仿佛一松手

就会失去一切

空空的一只碗

流失的已经很多很多
剩下的只有
看不见的无限憧憬
和满脸的无奈

一生都在土里刨食
额头上的纵横岁月
如皲裂的
黄土地
在阳光下　一览无余

父亲　我的中国父亲
用一双手　神圣地
捧起一只粗糙的碗
养育了一家人
和一个民族

劳碌了一生
最后还是要用碗去告诉
今天　明天与未来
碗可盖地
也可覆天

碗和老父亲现在一起
沉浸在无边无际的遐想中
只有庄稼拔节的声音
再细微　才能把你
重新唤醒

名人巷

悠长悠长的小巷是

一条青青的藤

结出的是一代一代名人

让一辈辈后人夸卖

在纳凉的日子里

那些守着瓜园的老人

准会摘来几颗

用谈锋娓娓切开

一瓣一瓣地

给年轻人品尝

▪ 长　诗

上清溪

漂流最是远古的呼唤

孩子一样　我扑向你的胸怀

倾听山间来的一位

流浪歌手的弹奏吟唱

每朵浪花就是一首歌

每块岩石都是一个故事

故事和歌在风里浪尖

飘荡着山花的芬香

九十九道弯　每一道弯

都有一逶迤人历史故事

因曲折委婉而动人心魄

八十八道滩　每一道滩

都有一双凝视的眼睛

闪着诡谲调皮的光芒

一张张化装舞会上的面具

在群山迭起的沟壑深藏不露

潭深　山高　林密　峡逼

小小竹筏伴我行

跳过龙门　听上世纪金钟长鸣

打湿的翅膀　栖息五松岩

聆听五位老人讲经

山中方一日　世上已千年

醇醇溪水不醉人　人自醉

又在仙家帆船上眠

醒来时　已是阳光三叠

耐读最是次生林

层层叠叠　行行复行行

一部让溪流吟哦的斑斓诗经

探向虚空的丹崖碧岩

一卷书写在天空上楚辞

频频地向我发出天问

我感觉自己变成一只鸟

以一片灿灿鸟音　明媚了

秋天的最后一滴忧郁

从淡淡雾中漂流而下

等你　在夕阳西下的落霞壁

在岩壁光彩夺目的丹霞里

我看见远古的村落　麋鹿

逐水而居的狩猎先民

熊熊篝火　古老的图腾

观赏完九十九个仙女

赶织的巨幅丹青　此时

落霞正斜飞在肩头

距凡尘最远　离心灵最近

大自然原始状态是不能克隆的

不是所有竹筏漂流的地方

都叫上清溪。在溪流平缓的水之湄

撒落星星的金沙滩　上岸乘车

一抹斜阳　西去泰宁

金湖不远

▪ 创作年谱

1973 年　3 月，第一首诗发表于《广西文艺》。

1992 年　4 月，获中国诗歌讲习所优秀创作者奖；10 月，《放风筝、观斗牛及其他（组诗）》发表于《福建文学》，并获福建省第六届优秀文学奖暨第二届施学概诗歌奖金奖。

1997 年　7 月，《心路历程》出版（香港文学报出版社）。

1998 年　12 月，《百年等一回（组诗）》发表于《福建日报》的，获福建省第八届施学概诗歌一等奖。

1999 年　7 月，《历史的风景（组诗）》发表于《福建文学》，获福建省诗歌征文佳作奖。

2001 年　6 月，《南湖·红船（组诗）》发表于《福建文学》，获福建省"纪念建党八十周年"征文佳作奖。

2002 年　2 月，诗歌《方志敏》获中国"长征杯"全国诗歌散文大赛三等奖；12 月，《面对生活》出版（中国文联出版社）。

2003 年　6 月，《深度空间》出版（作家出版社）。

2009年　10月，《我心中女神》获中国全球妈祖文化征文大赛二等奖。

2015年　9月，《我是你的小苹果》出版（四川民族出版社）；12月，《乙未羊·回望》出版（中国人民文化出版社）。

2016年　6月，《祖国颂（组诗）》获第二届全国中外诗歌散文艺大赛一等奖；9月，《徜徉在湄祖岛的传说与现实之间（组诗）》获福建省举办的全国征文大赛二等奖；10月，《我的祖国（组诗）》获"中华情"全国诗歌散文大赛"金奖"。

2018年　原创诗歌300多（篇）首先后发表于《齐鲁文学》《南国诗刊》《黄河文艺
——　　诗刊》《南疆诗刊》《世界诗人》《大家文学》《竹海文艺》《一梓一木》
至今　　《图文之家》等20多家报刊，多次获得各类奖项。

2020年　7月，《诗画鼓山》出版（团结出版社）。

抒 心

本名刘用庆。福建省作家协会会员。20 世纪 80 年代始发表作品。作品入选《福建文学创作 50 年选》《福建文艺创作 60 年选》《〈福建文学〉六十年作品典藏》《放歌六十年》《葡萄园诗刊四十周年诗选》和《葡萄园诗刊三十周年诗选》等选集，获《福建日报》征诗二等奖、施琅杯海内外华文诗歌大赛优秀作品奖、妈祖杯全球诗歌大赛二等奖、全国诗歌散文大赛优秀作品奖等。著有诗集《独轮车》《心弦为家乡拨响》。

▪ 代表作

海的女儿

一

中国文字

是一种有色彩和热度的声音

切入时光层面，是

纵横交错的山脉和江河

是雷鸣电闪后的彩虹

是骤雨的大地，只有这样的文字

才配传诵你

妈祖

中华民族

是一个勤劳、勇敢又智慧的民族

历史以雕刻的形式走进岁月

有一个大海一样浩淼的胸怀

有一个土地一样丰实的思想

是流汗的希望扶直狂长的炊烟

只有这样的民族

才能养育你

妈祖

你是神，是人们的目光扶起

一座巍巍屹立的信仰

你，也是人

是渔家女儿

也是海的女儿

二

在滩头拉网的队列里

你，海的女儿

彩霞叠起笑容

汗串拉动海浪

把一个浩淼的大海

拉进渔家小院

让银色的生活

跳跳跃跃着丰硕

在村前老榕树下补网忙

你，海的女儿

在经线与纬线间

把一个破损的大海

破损的阳光修补

让一个个日子

完整

圆满

在渔村的石板小街上

烟痕斑斑的屋檐下

一串木屐声

拉近遥远的记忆

你，海的女儿

永远和父老乡亲们

生活在一起

劳动在一起

痛苦在一起

欢乐也在一起

三

面对出海的父老乡亲

你黑白的视线，把

一层层海浪、一片片阳光

一缕缕星光，刻进

时光的守望，久久

久久

守望一橹橹挥汗的祈盼

守望一网网腥味的希望

这些呵，都是你对他们

一串串湿漉漉的牵挂

一波波沉甸甸的祝福

当海上掀起暴风雨

一浪浪巨大的惊心

波峰浪谷间，绝望与恐惧

绑架弯弯曲曲的航线

突然，一道光穿过沉沉的风雨

竖立云天，绝望的乡亲

看见希望，恐惧的心灵

找到慰藉，颤抖的双手

点燃一炷香烟袅袅的激动

感恩你
引路的光

四

你黑白的眼睛里
沉着一片蔚蓝色的纯真
掠过浪头的目光，是
金灿灿的阳光
呵，海的女儿，这时候
我看到了你
是真的体现

当蓝色的大海
涌进你的眼睛，升起
一帆帆归来的夕照
久久守望的期待，突然
灿烂起来
呵，海的女儿，这时候
我看见你
是善的象征

面对出海归来的父老乡亲
你的眼睛
是三月的阳光抚摸海浪的温柔
是七月的甘霖润湿炎热的清凉
呵，海的女儿，这时候
我看到了你
是美的化身

▪ 短　诗

接电话

握在手中

一道羽翼无法飞越的空间

远方有海韵隐隐传来

撞落一串串泪水

是一海峡的苦涩

思念生出精卫鸟的翅膀

衔石也不仅仅是传说

四面的墙壁悄悄隐去

为一种情绪啜饮空荡

将自己站成一座孤岛

一万颗太阳的升沉

只注释一种心境

比春日温馨

比春雨甜润

比春风柔和的乡音

自远方

渐渐迫近

也许地上的银河

不会比天上的银河小

有两颗星星

属于你也属于他

只是光芒的许诺

抵达不了七夕

但被迫近的乡音贯穿时

宽宽的海峡

竟缩写成细细的一线

伸手可握

握住哽咽

哽咽是过往的岁月

汇成的海

风掀动一浪浪的感情

扑向海岸

任将自己淹没

妃旨菜

三月三，花的节日

无华地绽着米粒大白花的妃旨菜

蓬勃在燕子的黑翅

剪来温暖的阳光下

三月三，家乡的女人们走出家门

沿着菜地的篱笆寻拔妃旨菜

三月三的妃旨菜最解热平和

于是，家乡的整个夏天

炎热泡在妃旨菜的苦涩里

生长妃旨菜的土地也平和

土地育出的家乡人也平和

孩子喝过妃旨菜变得纯真

女人喝过妃旨菜变得温顺

男人喝过妃旨菜变得憨厚

……

离开家乡的人们

喝过雀巢咖啡，饮过百事可乐

却永远忘不了家乡的妃旨菜

苦涩的畅心

苦涩的顺气……

三月三，花的节日

家乡的人单单忆念着

朴实无华的

绽着米粒大白花的妃旨菜

▪ 创作年谱

1980 年　同潘秋、闽都燕创办《八闽诗圃》。

1981 年　在福州市文学艺术界联合会创办的《榕花》发表作品，之后数年连续在
　　　　《榕花》发表作品。

1982 年　在《闽西文丛》等地级刊物发表作品。

1983 年　在《芳草地》《福建通俗文艺》发表作品。

1984 年　在《华人之声》发表作品。

1985 年　在《福建工人》发表作品。

1986 年　在《福建日报》副刊"武夷山"下发表作品，之后数年连续在《福建日
　　　　报》发表作品。

1987 年　在《福建文学》发表作品，之后多次在《福建文学》发表作品。

1988 年　在《香港文学报》发表作品，之后多次在《香港文学报》发表作品。

1989 年　在《葡萄园》发表作品。

1990 年　多次在《葡萄园》发表作品。

1991 年　参加诗刊社函授，多次在《未名诗人》发表作品。

1993 年　在浙江《鸥海》发表作品。

何　刚

福清人，曾获评首届福建省书香之家。中国作家协会会员，福建省作家协会全委会委员，福州市作家协会常务理事，福清市作家协会常务副主席，兼任民盟福清市委会副秘书长、文化委员会主任。著有诗集《爱情在谁的手心》《青苔漫过的夏季》《寻找桃花源》《海的背影》，散文集《往事如风》。

▪ **代表作**

赞　美

重新审视眼前的世界
我又怎能做到心无旁骛
比如风调雨顺、鸟语花香
赞美河流和茂密的树林
告别黯淡陈旧的日子

青铜器那般质地
记载着陌生、怀念、诱惑
传递古老的光芒
在无所适从的时候
记起一次次想象之中的逃离

想着这些话题
我由衷赞美
芦花摇荡，铺满江滩
秋天又一次碾过平凡的时光

▪ 组　诗

一枚羽毛的光芒

在鳞次栉比的楼宇间
一枚羽毛飞舞，光芒刺眼
隐约指引着我们
通往蛙声和溪流的方向
用毕生精力探寻

曾经，淡忘了抒情的村庄
沦为陌生城市里的候鸟
在这里，无法找到祖籍
我们伸展翅膀，遮盖
心底每一场纷扬的大雪

更多时候，那种光芒
来自乡下褶皱的时间，和内心
往事袭来，时时都有疼痛

有一些时光正在老去

皓月笼罩下的悠远村落
让梦驻足的地方
野枣树、菜地、稻草垛
和沉默的石屋
这是我所理解的家园风景

过滤去浮华、愁怨

真想回到村里祠堂边，倾听

老人重复的感恩

年纪渐渐已大，头上落雪了

有一些时光正在相继老去

村庄不在了，往事还在

老照片

想起古墙雨巷

一个远去的背影

微风拂过一朵花的印痕

记忆愈是发黄

愈显得珍贵

风干的思想

依旧在鸽哨响起的地方

游荡

与时间老人的马车

交臂而过

想起老照片

是夜深人静的时候

骡子站立的姿势

你有没有忽略了

一只骡子站立的姿势

套着车的骡子

车上高耸的玉米秸

使骡子站成一幅画

它后脚支地

腾空的姿势

让时间停止下来

那是北方的乡下

一只骡子站立在旷野

它的身后

暮秋沉重地喘息

骡子在夕阳中站立

画家看到一幅惊世佳作

凄美地诞生

我，一位南方的业余诗人

面对骡子

听见泪水砸在地上的回声

雪，为一段洁白而告白

雪落到地上，最初是没有雪的模样

一下子钻入地里

倏忽之间，就不见踪影

后来渐渐才有了雪的样子

雪并不是羞于见人，她是想安静一些

或者有点清高、忧愁的形象

雪花一片一片，都在不断赶来的路上

像浪花，不，比浪花执着，前仆后继

因此雪是勇敢的

永远满怀激越、坦坦荡荡

雪，落在很远的北方
留下一段洁白印记
已经很久没有那里的消息了

雨告诉我未知的未来

雨来临之前，一切都有条不紊地
进行中。比如晾衣服、拉家常
邻里串门，怀旧那些美好的人和事
这一切也并不因雨的来临
而仓促收尾。雨点从来仪式感十足
滴滴答答，落在屋檐之下
落在旧事里。雨是懂我心事的亲人
雨总会将那些消息
用这种方式，不动声色地
提前告诉我那么多
那么远的、未知的未来

原　谅

在我老了之前，我要原谅
那些旧事和过往的人
要比年轻时更加宽容、智慧
更需要做一个简单的人
让内心更纯净、更趋于完美

已是中年了，我还要跟岁月赛跑

将我生过的气，对别人的误解

曾无端指责或者愤怒

现在都缄默不语

保持绅士，或者优雅转身

从此以后，记住温暖、仁慈和善良

抛却假象、粗鲁、虚伪、年轻

我要原谅过去和自己

味　道

父亲不在，家里客厅就变得空旷了

连烟味、酒味都很少出现

我怀念空气中

氤氲的、铁观音茶叶的味道

哪怕是呛鼻的高粱烈酒

整整七年，父亲的半瓶酒还在

他却成了最遥远的人

父亲钟爱的铁观音茶叶，我偶尔还喝

而少了烟酒味的家中，空旷了许多

也是因为，父亲不在的缘故

一头流泪的黄牛

黄牛跟在农妇身后

左右伸着头，或甩着尾巴

乡村就静止下来
静得只有农妇赤脚踩在地上
的回声，很轻
那时我听见踩在心头上的
疼

如果没有那根绳子
谁也无法说服黄牛回村
回到那间低矮的瓦房
田垄在不断后退，直至
退让出一片片良田
而那些被打磨的时光
毫无察觉
只有黄牛，在无声流泪

等待一道霞光

多么可爱的一群人
就在河畔漫步，此刻
他们在等待
一道久违的霞光

河水向黄昏交出了光阴
是山色，是树影婆娑
将鸟鸣与花香，与无法描摹的
悲伤、懊恼、悔恨全盘托出

大山矮下去了，霞光升起来
像那些岁月，在一群人的注视中
一点点，沉没下去，悄无声息
而只有霞光，点燃他们的快感

深不可测

从青年到中年，竟然这么快
那些房屋、桃树和石板路
都面目全非了
也难怪，找不到回家的路

这样的时间，每天都从我身旁
流过。都没有觉察，是麻木
还是习惯慵懒、健忘、自暴自弃
甚至，连视力都模糊不少

多么可怕，已经活到了
一个无奈的、没有想法的年纪
连以前还没实现的远方和梦想
都不愿意提及，有时还竟然
遗忘得那么彻底

白鹭在光影之上

远远望着白鹭
在江滩站立、飞翔
清澈的时光一闪一闪
耀眼夺目，令我心颤
像我那年远远望着爱情
却卑微，小心翼翼
不敢越雷池一步

白鹭就在光影之上
栖息在过去的时间里
那儿有我的影子
我陪着春风眺望、徘徊
为整个季节的喜而喜，忧而忧
白鹭蹚水而过的那条江
是我青春全部的盲区

一线阳光

在朴素的年华里，迎接
落叶飘零
阳光从树缝间漏下来
多么奇妙。我还在琢磨
这是不是去年的正午

就这么一线阳光啊
执着地触动我敏感的神经
直截了当靠近我的脑际
瞬间的晕眩、恍惚
又极其快速恢复平静

阳光收回了诚意
演出落下帷幕
满地落叶，不断提醒我
一场秋雨就要来临

路过汉家岭

十几年前还是一座村庄
后来成了地铁站名
那些儿时的记忆，都拆走迁走
汉家岭已面目全非

赶路的人，陌生的面孔
我对你们说起
有关小村的宁静、温暖和幸福
我曾梦想在这里
虚度一辈子的光阴
与深爱的人，每天看夕阳
在门口那丛三角梅下
一起数对方的鱼尾纹

路过汉家岭，面对一块站牌
我深陷往事无处可逃
那时，我只想过简单的日子
对命运和前途一无所知

一条河流

沿着河流向南，向南
榕树生长在少年时代的
晒谷场与河岸边
苍翠茂盛，一如既往

河流将时光分割成

此岸与彼岸

在那里，心会平静下来

偶尔发些感慨，譬如古井

岸边一排排浣衣石

村里残旧的祠堂

一条河如此执着地深入我的血脉

进入我的内心深处

我生命中极其重要的一条河流

这么多年来，我始终满怀敬仰

如此坚忍地深爱着

落叶划过眼前

还是以静坐的姿势

迎接一枚落叶

她轻盈地飞舞

像秋天最后的轮廓

似乎与我的思想无关

落叶从我眼前划过

这伸展羽翼的女神

构成秋天深处的隐喻

留下许多空白

在某个黄昏

我与落叶互相揣摩

彼此的心事

静谧的教堂

这是令我有充分理由

想念的场所

让心灵彻底回归

抛弃一切想法

唱诗班在吟唱赞美诗

有点参差不齐

如同那些大树小树

拥挤着一起上路

但，这不妨碍我的沉思

在这里祈祷聆听，终会发现

宽容和安慰的力量

多么伟大

最了解我的往事的

莫过于这座静谧的教堂

冰柠檬茶

在步行街的小铺子前

端起这杯冰茶

一片柠檬在杯中

毫无意识地旋转

拱手交出的光阴里

一些懵懂经历

总是有点酸、有点甜

如同柠檬茶

始终有回味的空间

尽享冰的消融过程

让一杯柠檬茶

留给时光，慢慢回忆

野外，在南方

秋天在收回迷离的目光

南方，连一个冰冷的季节

都来得如此优雅

路边的果实，自带光芒

却柔声细语，和我掏心窝说话

只有落日，像见过世面的老人

让收割过后的田野

过早呈现出阡陌纵横

这一刻，思乡的愁结全部沦陷

南方的冬天，虚构一场雪

都显得多么奢侈

狩猎者

经过的路都不是多余的

锐器和隐匿者的谋略

眼前悬崖，身后绝壁

荆棘丛生的小路
狩猎者为杀戮做好充分预谋

允许可疑的迹象存在
伪装，幻觉，洞察危机四伏
在这片森林里，最大的敌人
是来历不明的罪恶感

村里的女人

在我的村子里
很多女人名字里有"宋"字
在村里生活，像树，更像蚂蚁
一生只认一个地方
她们安分守己，没有初恋
丈夫外出打工
儿女在外地上学
她们不知抱怨为何物
只懂得，用一生的等候
去呵护温暖的家

她们可能一辈子没去过城里
甚至听不懂电视剧普通话
没坐过火车和飞机
对她们而言
城里是很远的远方
而有一种幸福就是
田间地头，屋前屋后
她们心甘情愿画地为牢

漫步海滩

红树林遍植的海滩
黄昏的手牵引我
以旁观者的姿态
走走停停
陈年旧事泡沫般隐退
心情像海鸟飞翔

六月的海
与箫声一起
生动地抵达我的眼
我的头颅
占据我整个心灵
此刻，我就是海

面对宽容的海
愁绪没有存身之地
而我的想法
不会比树杈多

最初的叶子

从树上飘落的
那片叶子
忍受着怎样的疼
不像阳光逃出云层的

囚禁

不像邻家小孩

某次的赌气出走

最初的叶子

不止一次触动我的神经

那震撼的美

惊鸿、箭镞一般

掷地有声

与初秋擦肩而过

面对最初那片叶子

我只留下

阅读者匆匆的脚步

急促的呼吸

倾听秋语

这时的心境最适合

倾听落叶的回声

九月在我的手中

是一只神秘的古瓷

透过一扇虚掩的纸窗

你的明眸顾盼溢彩

江南的一些斜阳

曾与我落荒而逃

花香中，西风乍起

回忆栩栩如生

我的心事被谁洞悉

在一汪秋水中

永远地迷失自己

伫立窗前

空气里游荡着久违的气息

仿佛多年以前

微风将一朵栀子花

送到窗前

仲夏的颜色随着阳光

在窗外宁静地蔓延

和我委婉的抒情有关

而总有一些修饰词语

随着容颜莫名流逝

伫立窗前

眺望里只有童年的古榕

我的思索

被整个午后的蝉鸣

幸福地占领

一棵银杏树

在一棵银杏树下

我与冬天狭路相逢

淡黄的银杏叶

在地上围成一轮满月

我抬头试图拦住叶子

想问一些不合时宜的话题

但我的质问终究没有出口

寒风中的银杏树

不只我所写的这棵

还有很多很多

她们沉默、慈祥、坚忍

尽管自己憔悴

她们对孩子

从来都那么宽容

露珠是初夏清晨的眼睛

那么澄澈的露珠

在初夏清晨的草尖之上

她们纯洁、矜持

时时洞悉着我的心情

在池塘边走一走

怎么会忽略了蛙鸣和

淡淡的花香

你一定惦记着昨日的

一滴滴露珠

那是见证我们往昔的

初夏清晨的眼睛

对于纯粹的时光流逝

我羞于面对那些露珠

我选择沉思

直到她们在晨曦中
缓缓地退隐

落叶心语

一片落叶在窗前飘落
曼妙地舞蹈
完成了最后一幕演出
我知道，冬季已近在咫尺

暮秋的童话都将
被寒风搜集
那么多的落叶都会
让一场雪覆盖
聆听泥土的召唤
我所有的跋涉都显得
微不足道

我只是树叶
注定今生有一场别离

阳桃落在地上

一场大风雨过后
阳桃坠落满地
躺在林间黄叶之上
静美的睡姿
让我想起多年前
母亲在星光下重复的童谣

阳桃在风中落地
选择在成熟之前告别
将单纯的愿望
悬挂在树上
把生命中的一切疼痛带走

我没能坚守到
把阳桃切成五星的日子
请原谅我的不辞而别
望着满地的阳桃
我一瞬间懂得了
离别和宽容的内涵

秋季心情

沿着农事的皱褶
穿过九月鸟鸣啁啾
父老乡亲以虔诚的姿势
在烈日下倾听鱼的呼吸

庄稼一如丰满的正午
长势良好
汗水溅湿整个季节
以及古铜色的皮肤

这伸手可及的秋季，在乡下
犁铧深深梳理着岁月
我的身后是挤挤挨挨的城市
午夜的潮声正在激情回荡

丝瓜藤前

门前的丝瓜藤

在翠绿地闪耀

一片片可以推心置腹的叶子

在瓜藤之上朴素地展露

那是我熟悉的乡下老家

丝瓜藤上黄花朵朵

以慈祥的目光

抚慰我浪迹的创伤

鼓励我为了果实

不言放弃地握紧、攀缘

在丝瓜藤前

我浪迹的困顿和委屈

一瞬间显得

多么脆弱不堪

清明雨

怀想爷爷那辆自行车

载着我欢乐的童年

清明的雨丝

又一次濡湿我的眼睛

亲切地触摸——

草的回忆，雨的飘零
上天总要在特殊的日子
制造一种残酷的分离
像我与爷爷
默默无语背对背的远行

四月的雨纷至沓来
唤醒十九年前
星星点点的呓语
今天，在爷爷长眠的小山
我向三岁的女儿
讲述这个日子的内涵

我想爷爷就在池塘对面
慈祥一如当年
他的手轻轻落在我的肩膀
多么清晰，他的咳嗽
是清明雨中唯一的痛

入冬了

一定是相约了集体出走
遍地的落叶在奔跑
姑娘粉红色的围巾飘舞
在冬天的注视下
为暮秋努力做最后的挽留

鸟儿的出行念头
正在动摇
阳光也变得懒洋洋

仿佛没睡醒的小孩

与菊花梧桐叶筹划着

下一步的抗争或退隐

偶尔一阵细雨

打湿了谁的梦境

途经瓜园

我能感受

夏天柔美的曲线

一个个果实

这调皮的孩子

从我的眼前闪过

忠厚的果实

它们不会说谎

所以我不用担心

自己的目光会被雪冻结

我的热爱，也不会

被各种理由封存

我的红色的秘密

就躲在瓜园少女的身后

她的眼神

让我在偌大的夏天

无处可逃

芦苇滩风起

风铃声拂过芦苇滩
秋天盛纳着满满的幸福
雪一般的芦苇花
摇曳着，此起彼伏

一对拍摄婚纱照的新人
在晚霞中相偎着
让这大片芦苇
为此刻和未来作证
在风雨袭来之时
耸起一道坚强的守护

秋天的颜色
在乐曲中漫过芦苇滩
风起了
像彼此听得见
浪花的跳跃和呼吸
像你和我
默默守护的那种温情

渴望花开的季节

乘坐一叶阳光
抵达你的明眸
心仪的女孩

你能否接受

沾在我衣襟上的鸟鸣

深入五月的南国

思念在渐次舒展

传说中的花朵

绽放在哪一道悬崖

采撷之手已伸出

一种渴望在升腾

从你的泪帘中

是否飘荡出

厮守一生的言辞

路见一片葵花

路见一片葵花

一张张可爱的笑脸

争先恐后挤进我的视野

这时候，煦暖的阳光

倾泻成一片汪洋

没看见葵花以前

我总指着图片

对三岁的女儿说

瞧，这就是葵花

像不像你的脸

有一天，路见一大片

生动的葵花

我激动地在花丛中寻找

哪一朵才像女儿的笑脸

楼　兰

残阳如血

疲惫的驼铃声

跌落在黄沙深处

成了千古之谜

那蒙着轻纱的姑娘

追随哪个故事的结尾呢

我站在千年后大漠边缘

怀想依稀缥缈的琴韵

风在感慨，岁岁年年

诉说楼兰

不仅仅是个梦

而楼兰，在太阳贯穿之下

还是守口如瓶

荒　原

沿着时光的走向

纵入原野深处

感觉生命充实和自然

这首未经雕琢的民谣

粗犷地呈现

男人臂上勃起的青筋

一如舒展的枝蔓

走进荒原

与原始鸟一道飞翔

听幼雏破壳的声响

枝丫上绽露春的信息

阳光洒在北方的冻河上

秋天悄悄地出走

而这个冬天连一场雪

都被省略了

我在北方的冻河上走

午后的阳光轻轻击碎了

我内心积攒的思乡情

在这里我成了从南方来的

外省人

惊奇地体验水的静止

一只苍鹰的掠过和翱翔

风在耳边呼啸而过

必然还有人在谈论

北方的冻河，与一场被遗忘的雪

谈论与幸福最接近的内涵

我已准备就绪

披着一身阳光站在冻河之上

我对着旷野喊

雪，你该来就来吧

▪ 创作年谱

1992年　获福清市文学艺术界联合会、共青团福清市委员会等单位主办的"心中的太阳"福清市征诗大赛二等奖。

1994年　诗作在福建东南广播电台"芳草地"节目播出。

1999年　获湖北省文学院举办的"黄鹤杯"征文大赛二等奖；在《长江文艺》举办的征文大赛中获得优秀奖。

2000年　加入中国诗歌学会；诗集《爱情在谁的手心》出版（中国文联出版社）。

2001年　加入中国散文学会；加入福州市作家协会；创作简历、诗作被《青春潮》"文学新生代"刊载；入选《青春诗歌》"新世纪桂冠青年诗人"命名奖；在中国诗歌学会、人民日报社举办的"申奥有我"征文竞赛中获优秀奖。

2002年　加入福建省作家协会；在《人民文学》《扬子江诗刊》《辽宁青年》等刊物发表诗作；在《中国教育报》编辑部、山东省作家协会主办的全国首届"杏坛杯"校园文学作品大赛中获三等奖。

2003年　在《诗刊》等刊物发表诗作；诗作被中央电视台十套"讲述"栏目选用；获《山东文学》"泰山杯"文艺作品大赛优秀奖；与余亿明共同创办、主编《青少年作家通讯》。

2004年　获中国文化报社主办的"人文中国·文化创新"诗文大赛三等奖；获全国政协科教文卫体委员会、中国新闻社、《纵横》杂志社等单位主办的"中华纵横"文艺作品大赛三等奖；与马蒂尔共同创办、主编《玉融文学报》。

2005年　诗集《青苔漫过的夏季》出版（国际炎黄文化出版社）；在《诗潮》《散文诗》《作家报》等报刊发表诗作；入选《闪烁的诗群——校园同题诗卷》；获《星星诗刊》举办的"乐山杯"文学艺术作品大赛优秀奖。

2006年　在《星星诗刊》《诗潮》等刊物发表诗作。

2007年　在《星星诗刊》《岁月》等刊物发表诗作；获中央人民广播电台、中华全国总工会等单位主办的第七届"新世纪之声"征文大赛银奖。

2008 年　在《诗选刊》《星星诗刊》《岁月》等刊物发表诗作；获中国文化报社、人民政协报等单位主办的"和谐中国"征文大赛二等奖。

2009 年　当选福清市作家协会常务副主席；散文集《往事如风》出版（大众文艺出版社）；加入中国儿童文学研究会；在《青海湖》《北方作家》《岁月》《厦门文学》等刊物发表诗作；作品入选《2009 年度诗歌精选》（大众文艺出版社）等；获江西省南昌市文联等单位主办的首届"八大山人杯"文学艺术大赛一等奖；获中国散文学会等单位主办的华夏情诗文大赛二等奖。

2010 年　诗集《海的背影》出版（大众文艺出版社）；在《诗林》《星星诗刊》《岁月》《厦门文学》《葡萄园》《秋水诗刊》《新大陆》等刊物发表诗作；作品入选《2009 中国诗歌选》《2009—2010 年度诗歌选编》等；获江西省南昌市文联等单位主办的首届"庐山杯"文学艺术大赛一等奖；获《中国作家》杂志社、人民政协报社、中华儿女报刊社等单位主办的征文评选活动二等奖。

2011 年　在《秋水诗刊》《青年与社会》《中华日报》等报刊发表诗作；获辽宁省鞍山市诗人协会、《诗友》编辑部评选的"2010 年度网络诗人奖"。

2012 年　获评为福州市十大读书明星；在《秋水诗刊》《葡萄园》《新大陆》等报刊发表诗作；作品入选《半世纪之歌：葡萄园五十周年诗选》等。

2013 年　获评为首届福建省书香之家；与马蒂尔联袂主编《海内外优秀华文诗歌精选》（线装书局）；作品入选《恋恋秋水：秋水 40 周年诗选》。

2014 年　获福清市第九届读书月"阅读与感悟"征文大赛成人组一等奖。

2016 年　与马勇、吴友财共同主编《中国当下诗歌现场 2016 卷》（现代出版社）。

2017 年　在《诗选刊》《岁月》等刊物发表诗作。

2018 年　当选福建省作家协会全委会委员；当选福州市作家协会常务理事；诗作入选《闽派诗歌·诗歌卷》（海峡文艺出版社）、《诗歌榕城：福州诗群联展》（海峡文艺出版社）。

2019 年　诗集《寻找桃花源》出版（江苏凤凰文艺出版社）；在《福建乡土》《中华文学》等刊物发表诗作；获中华文学杂志社"筑梦徽州"优秀诗歌奖二等奖。

2020 年　在《福建文学》《散文诗世界》《青年文学家》《鸭绿江》《诗潮》《福建日报》《福建乡土》等报刊发表诗作；《鱼的背后（组诗）》入选《诗》总 27 卷；获评《中华文学》杂志社"2020 年度十大诗人"。

2021 年　在《青海湖》、《鸭绿江》、《福建文学》、《诗歌月刊》、《中国文艺家》、《辽河》、《诗》总28卷等发表诗作；诗作入选《福建优秀文学70年卷·诗歌卷》（海峡文艺出版社）、《2020中国年度优秀诗歌选》。

2022 年　诗作在《诗选刊》、《诗歌月刊》、《鸭绿江》、《特区文学·诗》、《农村青年》、《诗》总29卷发表。主编《石竹风起——福清石竹风诗群作品选》（黄海数字出版社）。

何金兴

福清人，现居福州。福建省作家协会会员。作品散见《星星诗刊》《诗探索》《上海诗人》《诗歌月刊》《诗林》《诗潮》《北方文学》《鸭绿江》《福建文学》等文学期刊，入选《福建优秀文学 70 年精选》《〈上海诗人〉十年作品选》《中国2019 年度诗歌精选》等选本。长诗《闽江：洗濯或遥念》获茉莉花文艺奖。进修于鲁迅文学院福州研修班，应邀进行创作分享，走进福建师大福清分校、福州文学院、福建大梦书屋等。著有诗集《击缶之雅》《对着辽阔，喊出雪崩》。

▪ **代表作**

除夕拾荒者

一年到头，没人知道她的籍贯
听过她的口音
甚至衰老成什么样子
像天气，不重要

她只会重复一个动作
用木棍敲响垃圾袋
易拉罐的答应声
恍若木门外的一声"娘"

年夜饭后，孩子们在空地上围个圈
她一跛一跛地走来
仿佛自己就是点燃这枚烟花的
引信

▪ **短 诗**

天涯月色

坐在草叶的弹性上，月亮跟你一起晃动
它的光线，已经被古人用二两酒气、三两惆怅点亮

比青铜的寒光更犀利，比秀才的肩膀更消瘦
上善若水。月色被一曲箫声引得如泣如诉

千万清辉敲响柴门，在文案上铺成
素笺，等你的思念凝成墨

你不是孤客。天涯茫茫
抬头是诗句，低头成悲悯

你看月亮一圆再圆，只有它无私地把碎银
洒在穷人的磨盘和僧侣的禅房上

废弃的铁轨

父亲为儿子点烟
母亲往车窗里塞水果
他们要上山下乡，要入行伍
要求学，要去远方。拥抱，挥手
我听不到任何声音
——这样的画面
此刻，在沙县废弃的铁轨之上，终于清晰

小丁、沈国、希文、仲健，还有将去台湾求学的云贵
谈及未知，面露微光
这些惜字如金的伙伴，愿意和我
浪费脚步，行走于枕木之上
我们排成两队
回家，回到那个相信爱情的年代

走在阡陌间

立春是劳动者的立春。中原冻土苏醒
民歌，散发着植物的青汁味

那时的河流，蜿蜒含蓄
喂养村庄和神明，也喂养了朴素的情爱

那时的植物通人性，采把卷耳
塞你兜里，千山万水都有她的倩影

采桑的指尖啊，摩挲出了细腻
有那么多的春色和顾盼，需要细细消磨

而他们在出征的路上，渴了，捧起溪水
像马儿，在辽阔的大地前，垂下高昂的头

粉刷匠

批刮过腻子的墙面，看不到空心的砖
经他打磨，所有锐物都收起

棱角。以后不会有人看到墙内的暗

去打听背后隐藏着什么

他开始用滚筒上漆

细密的羊毛，轻柔抚摸

为谁疗伤，或在封谁的出口

直到他听不到任何呐喊

这是白血病的父亲，家传的手艺

他已经轻车熟路

把黑变白，粉饰成主人想要的样子

——终于从父亲那学会了

如何让墙体顺从自己

像当年父亲如何顺从这个世道

▪ 长　诗

故园书

之一，燃烧与沉寂

光阴似纸，能燃烧，也会有翻阅后的

沉寂。风吹过故园，安静得像婴儿熟睡时

垂下了手臂

红土里的火焰，跃上木棉的枝头

与火为伍的乡人

从东张土窑里烧出宋瓷

从炉膛中烤出光饼，你所看到的沉寂

是受难后，结上的痂

辽阔的田野，史官般铁青着面

再大的悲伤与喜悦，也只能
推着无垠的稻浪，向前翻了一下

之二，顺从与抗争

红土地，干瘪着乳房
很难想象她接受过斧钺与鞭挞
好比生了九个儿女的外婆
一个从城里逃难到乡下，大户人家的闺女
是怎样度过劫难后的余生

稻浪低头，炊烟低头，甚至连墓碑
也低下头，羞于相认。而群山昂首
天宝陂昂首，那些大地善待过的子民
藏有大明孤臣的骨头

之三，清白与浑浊

世间再浊，也有清白人心
学民间的葱白，学惠于内的兰

秋天漂白了龙江，露出河床高堂白发的
嶙峋。而山水跟着枯瘦
犹如读书人挥袖时露出的一截
筋骨

网状的河流，不论清与浊，都是母亲
想你时，纵横的泪

之四，出走与回归

望着家乡的方向
隔着茫茫大海，后面是正晾晒的渔网
再后面是逶迤的小路，脐带一样
直达汉字般端正的扇厝

那年，爱国侨贤满头银发
步履蹒跚地走在捐资助学的红地毯上
多像，小时候背着书包
小心翼翼地，过河堤

之五，老旧与新生
瑞云塔老了，龙江桥老了
祖母，也成了老屋里，随意摆放的
老物件

五马山换身筋骨，跪于榻前
松开高铁的缰绳，远方和未知如此浩瀚

老旧与新生，玻璃沙漏的两端
怎么翻转
都会有收纳，都会有放手

▪ **创作年谱**

2016 年　诗集《击缶之雅》出版（中国文联出版社）。
2017 年　《对着辽阔，喊出雪崩》入选福州市文艺事业发展专项基金扶持项目。
2019 年　诗集《对着辽阔，喊出雪崩》出版（广西师范大学出版社）。
2020 年　长诗《闽江：洗濯或遥念》获福州市政府第四届茉莉花文艺奖。

陈　幸

罗源人。笔名芙蓉君，中国作家协会会员，作品散见国内外报刊与公众号，入选多种选本。出版诗集《流花为谁》《俟河之清》，《俟河之清》获 2020 年度福建好书榜优秀图书与最受读者欢迎图书。

▪ **代表作**

大江舞动星辰

当我把这一条大江
从我站立的位置
整个儿扶起，它就是一棵
天地间高耸的巨树

这时，我才发现
它真正的源头，不在沱沱河
而在这片广袤的国土下
每一株草木的根部

你看到的是，一股洪荒之力
推着滔滔江水向上奔涌
最后伸出一双臂膀
举起了浩瀚的海洋

现在，我要把夜空拉近
让曾经淘洗岁月的大江
在初秋的清风中，与我一起
舞动漫天的星辰

▪ 组　诗

桐花是雪

想不到时序，竟这样
一乱再乱，乱成讨人嫌的梅雨

春在惨惨戚戚中，被雨水
浪掷殆尽。早已立夏了
再觉得冷，也不敢喊出声来

季节暗含百种荒谬
像一则寓言，无人一语道破
江水依旧不舍昼夜
日子，还见不到尽头

一阵风，轻易就清空一片天
却有人很快忘记了
曾经兴风作浪的乌云

半山腰上，煞白煞白的桐花
是一堆堆不肯退去的雪

等到高山出头的一日

万事开头难。正如这首小诗的
起笔，正如挣揣着镣铐
要逃亡的残月，正如怀抱着

剧痛，可能难产的春

雨，还在铺天盖地地下
不收敛，蛮不讲章法
所谓的春愁，郁结一汪汪潦水
硬成玻璃，风中愣不皱眉

新一年，就这样开启了
雨线一经一纬编织的日子
活像一片厚厚的口罩
堵死哈气的嘴，只容微弱的鼻息

一把把伞，水母一样
在雨中翕动，只顾为自己呼吸
等到高山出头的一日
头顶上，还是不是青天

只有傩人还戴着面具

不可亲近的，愈发疏离
如越来越淡、越来越高的云

繁叶辞树，留下一团
空桕，三两只翠鸟
再怎么努力，都填充不了

那是柿子林，熟透的果儿
像一盏盏小灯笼
点亮了深秋，却点不亮
深秋的夜晚

讳莫如深的天空

已经摘下了面具

还戴着这副劳什子的

只有篝火前跳着傩舞的人

落日与落木一色

田里的庄稼，园中的

龙眼葡萄，一串串一团团

弯垂着，有如俗谚

有如俗谚里未讲完的

故事。丰稔时节，却有人

在累累果实一个个

砸地时，才悔不当初

不是收成，是承受失去

四时因而荒唐

你所看见的落日

也与落木，一样的颜色

别去强留风

不是苔藓，不是藤蔓

不寄生也不攀缘——我说的风

不知来自哪儿去往何方

不落形迹，却又无处不在

自由之身，羡煞了生灵

你说你看见了风。你看见的

摇头的草木、皱眉的池沼

不是品相，是一时表露的心境

脑中早忘了一场苦雨

耳畔却消不掉风的呻吟

风再来，可千万别去强留

把它紧锁球里，会憋成鼓胀的气

让它停驻在枝梢叶尖

将等来一记爆裂的闷雷

空余一片晒不干的盐

再一次面海，海已安澜

只有与湿透的风

缱绻的肌肤之亲

这时，我才知道水

都从善如流，谁若拥有

足够大的心怀

它自会随物赋形

人在礁岸之上

望洋兴叹。水族们

从未这样安之若素

如天上飞鸟，不会给谁

留下雪泥鸿爪

落叶时节，彼岸花

愁对彼岸。被掏空的海

与天，粘连成一体

不想分开，而别的

都还在鸿蒙之中

空余一片晒不干的盐

▪ **创作年谱**

1981 年　11 月，《福建师范大学学报》副刊发表诗歌《是他的》。

1998 年　《山乡雨丝（组诗）》发表于《福建文学》第 11 期。

2005 年　《蝴蝶（组诗）》发表于《福建文学》第 7 期。

2009 年　10 月，诗集《流花为谁》出版（海峡文艺出版社）；《岚岛月夜（组诗）》
　　　　发表于《福建乡土》第 4 期。

2019 年　《风中的人（组诗）》发表于《中国民间短诗》第 3 期；《危崖之下是大
　　　　海》发表于《海峡诗人·圆桌》；诗歌《大江舞动星辰》发表于《福建日
　　　　报》副刊"武夷山下"6 月 2 日。

2020 年　1 月，诗集《俟河之清》出版（海峡文艺出版社）；《在三江口，仅拥有四
　　　　季是不够的（组诗）》发表于《福建日报》副刊"武夷山下"8 月 4 日。

2021 年　4 月，诗集《俟河之清》入选"读吧！福建"第四届福建文学好书榜优秀
　　　　图书、读者最喜爱图书；诗歌《叶坪毛泽东故居》发表于《福建文学》第
　　　　9 期；《去天空放牧白云（组诗）》发表于《台港文学选刊》第 5 期。

苏 忠

1969 年出生于连江。笔名孤苏城，中国作家协会会员，北京市海淀区作家协会副主席，中国传媒大学南广学院客座教授，中国文化管理协会理事，中国散文学会会员，北京城市发展研究院特约研究员，《闽都文化》杂志社理事。诗作发表于《北京文学》《花城》《十月》《人民文学》《诗刊》《民族文学》《作家》《中国作家》《青年文学》《光明日报》《人民日报》等，被《新华文摘》《诗选刊》等转载。作品被翻译成英文、日文、朝鲜文、蒙古文、藏文、维吾尔文、哈萨克文等。出版诗集《醉花僧》《披风》《一个人的击打》《后城市的一种禅》，散文诗集《禅山水》《慢笔》《快意为禅》，随笔集《狐行江湖》《职场江湖》，长篇小说《大时代》。

▪ **代表作**

山有相

山很懂得秩序，一排排
按季节拿号，随聚散离合，不插队不跟风
任人世间的分针和秒针只争朝夕
有什么好着急呢？溪水湍急不过山的俯仰
松涛轰鸣原是风的自证清白
连山顶的几万吨白云都懂得该眯眼时就打盹
天那边有永恒，轮到了闹钟自然会响

▪ **短　诗**

五十，过帕米尔高原

年过五十之后，凡是仰望或俯视的事物

我都不屑，包括曾用过的目光

那天傍晚，我路过帕米尔高原

看见黄昏推着一轮落日上山

那群山啊，在永恒深处

落日被推上山巅又滚落黑暗

清晨再接力，继续往山上推

我路过帕米尔高原，从白昼到黑夜

突然的哽咽，一生的行走啊

也是无休止地推着石头上山

其实每天都是峭壁悬崖

可我依然看成地平线，年过五十之后

能让我仰望的只有尤垠雪山和可俯视的帕米尔高原

万里长城

进入四月，长城是一列高铁

在群山峻岭头顶呼啸而过

沿途的梨花杏花似倔脾气的驴子

莫名其妙就看不惯，哗啦啦高举旗帜

一路紧跟，死磕到底

吓得长城加大马力，还不时燃起烽火

由东到西，这都哪门子的仇啊

连春风也紧张得拧成一股绳

两边都悬崖，你们小心点

在塞班岛

这蓝色像个轻度谣言
让人影微微失真
风也被染色

这太平洋的风
时间只能凉凉尾随
她做不了主

一座岛是谣言的深处
阳光也被染色
才放下的事也在风里

▪ 长　诗

四季楚歌

一、春风疯

春风是个糊涂蛋
那么忙碌，那么八婆
总是捡了芝麻丢了瓜
她卷走一层又一层的青
却漏了一重又一重的绿

有时我也是很难的

因为春风总挡道，我赶不上她
只好她做什么我就补什么
她发疯得万紫千红时
我就得喊前因后果跟紧点

二、上寺早春

天蓝得像个哑巴
或者声响陷落梦中的孤单
青山是有几匹
都被白云骑在背上渐驰渐远

春风吹进湖里
就成了倒影
平原被野花连根拔起
类似上寺的壁画在人间之前

三、三月事

湖水漫过三月，和天空眼对眼
值班的山峦也忙着自拍
风那么着急，落花朵朵
像蜻蜓点水，一路飞奔啦
扯住前头的日子管它农历或新历
别以为年轻就特能跑
载上春光，只许饱满
让血许愿，不可反悔
到时候能看到，每个轻浮的渡口
大白天根本无人愿意离开
晨昏里天边都贴有大红告示不准超载

四、老孩子

这些年来，我认识了春天
万紫千红，动不动就大呼小叫

人家以为他很花心很通俗

其实从寒冬过来，他只是个

需要快活的老孩子，整个春季

冒出了很多竹木新芽，那都是他

一路上扶过的杖藜。倒春寒那阵

我还看见他一来劲就领着群山翻跟斗

用惊雷劈砖头，用闪电照树洞

用穿林狂风满山跺脚拍手甩发

用洪水几百里哈哈大笑

所有的飞虫走兽都瑟瑟发抖

五、乌溪白鹭歌

白鹭折回影中，在三月

是乌溪敲锣打鼓的事

两岸的花都倾巢出动了

被辟谣？反季节的事公开就不说了

反正红和黄和紫在火并中

影中的白鹭确实有背景

它的底子有鹅卵石三千，有白云三千

三三千伏兵啦，本地人历历在目

流水和鱼儿都绕着走，有蓝天罩着

白鹭影子里混不了乌溪的浪花

六、画梨花

夜深的梨花会低低叫唤

一身白衣，画满月光

当你路过，记起了谁

梨花会顺风变成一树想念

你得疾走，不要凝神

当夜空一声怪鸟掠过

是有人摔杯为号

这辈子，你的魂灵就会困在
最近再版的那部志异小说
不信，赶早买一本去
在明年今夜的梨花边读书
那似曾相识的某页
是有人在书里低低喊你
你若垂泪，有人将顺着线索走出
你若失神，就会深陷昨日
画里的月光或梨花因此接连雪崩

七、梅雨天记事

梅雨是一种两面性的叙述
它有和风鹧鸪南窗倦的语境
也有老天爷毫不遮掩的敲竹杠
况且这一敲啊，滴滴哒哒，铺天盖地
不是三两天的事，是个把月的无休止
可大地是个老实人，除了默默无语
难过了就埋头抽泣，还躲闪在蛙鸣后
抑制不了的时候，它也会洪水滔滔
讲理么？谁不是一样熬过寒冬

这个梅雨季节，我在房间里越坐越冷
想出去给它们劝劝和，没想到
门口所有的花红叶绿都肥得凶神恶煞

八、夜归

吱吱叫的星辰
也许太稠密了吧
天空再阔气也兜不住

筛落到草场的很多
悬在半空叫的萤火虫

又大，又凶，皆不作声

栅栏是云垒的
一使劲就撞开了
夜归的马踏响露水

大部分的野花已被疏散
我尾随人类
发现她们哭得比笑好

溪水几里扯不住的
就用银河吧
别担心，很多人间都违章建筑

九、寻花落

山有幼虎发育般清脆
落花满了石阶
不安分的哑语
我轻喘
寻找下脚空隙
斑斓动荡

日光把寂寂一路拉长
无言是张画皮
回头望去
许多空白被覆上了
花依旧落，依旧开
有些还记得

十、草原葱茏，让天空失重

草原葱茏，在七月
让天空失重

牧人骑马在半明半暗里

时间在前方舞起长袖

把流水弯弯曲曲地甩

一轮又一轮的落日被送走

我也不断搬来方块字

在脚下层层垒起

在七月，雪山渐渐融解

我必须不断校对身影

天鹅正在飞过，我不能东歪西倒

十一、雨中，七月那拉提

当我不远千里赶来时，伊犁上空的那拉提草原

用一场雨幕将七月密密包裹

来之则安之，既然不让看那就走近吧

雨中的那拉提草原，花是花，雾是雾

人却迷迷糊糊的，让我想起了当年的隔村少妇

对于一个少年人来说，七月又意味着什么

而我已不再年少，那拉提草原却有着清凉的丰满

有 960 平方千米的七月，有不切实际的堕落幻觉

地球只有孤悬一颗，年少时我成天担心它会掉落

那拉提草原也只有一滴，它悬挂在草尖，草很多

十二、秋风巡

想到秋光明媚

台阶守时

门神诚恳

稻谷粒粒皆辛苦

菩萨从来不卸妆

俺也只好折一枝花

做个新鲜标题党

给风带路

十里八乡

看谁人收获不弯腰

十三、银山塔林
依然踩响从前的齐踝脚印
望着银山塔林在半径里走神红叶

塔尖粼粼，似火苗，似蛇芯
是讲了纸包不住火的大白话

人世间的抬头纹啊，是一头纸老虎
能骑虎上山的人，都自带深秋

说来灵魂投胎世间，是一截肉体
肉体收容过的灵魂，是无数的七情六欲

能同时安置灵与肉的，如是塔林
灵魂走了之后，肉体走了之后

深秋是件落寞的事，一个人的张望
风捉拿了许多老虎，正擦肩而过

十四、美人掉头
银杏初黄，似美人掉头迟暮
蔚蓝，给了自己一个高处说法

于是晴空敞开，玻璃拭净
凡是听不懂风言风语的

都坐在旧曲子里对镜贴花黄
——黄金有了沉溺色彩

许多过路的古画，也放缓脚步，跟上记忆

尽量使背景不失落

十五、点线面的理想

红枫、毛枫、黄栌、花楸、乌桕、爬山虎

还有银杏、鹅掌楸、悬铃木、金黄的稻草

旷野之下，小路深处，蒙古包是秋光荡起的涟漪

它不由自主有以点到线到面的理想

火是诸神的头发，也是灵魂上色的模样

漫山遍野的阳光与阴影将世界明媚得立体

马蹄声声是后来的诗人了，看上去有点急

红黄精灵在相片里明媒正娶

眺望，于是与秋高互为因果

十六、初雪京西

雪纷纷抱住黄叶

等风来，然后就势俯冲

像玩滑板的孩子

整个晚上

路灯埋头亮着

不说话

天晴了

满院子的黄金白银

在喘息

十七、漠河雪

时间

在尽头里消失了

一只灯笼
把雪乡整个儿拎起

雪一直下
几匹马一溜跑远

哒哒声里
雪陆续有了远近

十八、安静可以传染很远
漠北，腊月
雪将世界敲成了单调和音
安静可以传染很远
小木屋在高潮的中央
红灯笼晃摆似原形的心跳
冰碴的线索越来越急促
有篱笆影子拉着犬吠声声
将外村的炊烟一路驱赶
风一吹啊，不行也得行
连群山也点头如捣蒜

▪ **创作年谱**

1996 年　重新开始写作，以短篇小说、散文创作为主，偶尔习写诗歌。

2008 年　转入以新诗写作为主；4 月，《夜坐衡山》发表于《诗选刊》；《苏忠诗四
　　　　首》发表于《中国诗人》总 35 期；12 月，诗集《后城市的一种禅》出版
　　　　（吉林大学出版社）。

2009 年　《职场画传（外五首）》发表于《文艺报》2 月 7 日。

2010 年　《职场画传》入选《2009 中国诗歌年选》（花城出版社）；5 月，诗集《一
　　　　个人的击打》出版（作家出版社）；9 月，《吹剑（组诗）》发表于《诗
　　　　刊》；《诗二首》发表于《人民日报》11 月 29 日。

2011年　6月，《苏忠诗歌（八首）》发表于《诗选刊》；12月26日，《故乡（外一首）》发表于《中国文化报》；《吹剑（外一首）》入选《2010中国诗歌年选》（花城出版社）。

2012年　2月，《禅诗八首》发表于《芒种》；4月，《行走（组诗）》发表于《草原》；6月，《短诗四首》发表于《山东文学》；7月，《诗二首》发表于《诗刊》；《衡阳月》入选《2011中国诗歌年选》（花城出版社）。

2013年　2月，《旅程（组诗）》发表于《延安文学》；3月，《读笺（外二首）》发表于《牡丹》；4月，《苏忠诗六首》发表于《时代文学》；5月，诗集《披风》出版（四川文艺出版社）；8月，《人客（组诗）》发表于《北京文学》；12月13日，《塔苍苍（外一首）》发表于《光明日报》。

2014年　2月17日，《木槿（外一首）》发表于《中国艺术报》；3月，《时日（组诗）》发表于《中国作家》；5月，《禅剑录（组诗）》发表于《北京文学》；7月，诗集《醉花僧》出版（四川文艺出版社）；10月，《诗五首》发表于《十月》。

2015年　1月，中华网刊文《专访苏忠：禅诗注释时空》；5月，《诗五首》发表于《作家》；7月，《走进或走出（组诗）》发表于《福建文学》；7月，《有人在转经（组诗）》发表于《北京文学》；11月，《雨中（外四首）》发表于《山花》；12月，《苏忠的诗（三首）》发表于《花城》。

2016年　1月，《苏忠诗七首》发表于《芒种》；6月，《苏忠诗六首》被《诗选刊》转载。

2017年　4月，《深秋处（组诗）》发表于《青年文学》；《在异乡（组诗）》入选《北漂诗篇》（中国言实出版社）；《悬崖的行走》发表于《作家文摘》5月23日；5月，《荄南观日出（组诗）》发表于《橄榄绿》；《一代镇海楼（外一首）》发表于《中国艺术报》7月24日。

2018年　5月，《大地撕裂的伤口（外三首）》发表于《北京文学》；6月，《苏忠诗五首》，《民族文学》分别译成藏文、维吾尔文、朝鲜文、哈萨克文、蒙古文刊出；《诗两首》入选《诗歌榕城：福州诗群联展》（海峡文艺出版社）（海峡文艺出版社）。

2019年　5月27日，在中国传媒大学南广学院作《诗，在不远处》讲座；《忘了谁递过这把伞（三首）》发表于《福建日报》10月28日；《五十，过帕米尔高原（外二首）》发表于《中国艺术报》12月27日。

2020年　2月，《从来惭愧如故人（组诗）》发表于《北京文学》；3月，《在人间

（组诗）》发表于《鸭绿江·华夏诗歌》；3月，《不着急，安静久了有回甘（组诗）》发表于《福建文学》；《从前牛角梳（外一首）》发表于《福建日报》3月15日；4月，《安静可以传染很远（组诗）》发表于《橄榄绿》；5月8日，《我去远方主要是看油菜花（组诗）》发表于《中国艺术报》；7月，《高高的时间里（组诗）》发表于《青年文学》；7月25日，应致公党福建省委邀约，作"诗在时间上的远方"讲座；12月，《黄金的光芒反复锻打九月（组诗）》发表于《中华英才》。

2021年　《我还在原地没动（组诗）》发表于《中国艺术报》4月12日；《苏忠作品（三首）》入选《福建优秀文学70年精选·诗歌卷》（海峡文艺出版社）；5月，《那是老队伍出场了（组诗）》发表于《北京文学》；5月，《有些玩火的孩子从天上来（组诗）》发表于《福建文学》；7月，《中秋，人间一刻天上百年》入选《中国诗人生日大典2021卷》（中国文化出版社）；7月，《那么多的草木兴衰举手等待拍掌（组诗）》发表于《神州文学》；8月，《灵魂只对自己标价（组诗）》发表于《特区文学·诗》。

2022年　《举杯鼓浪屿（外二首）》发表于《福建日报》1月9日；1月，《福州断桥赋》入选《中国诗人生日大典2022卷》（百花洲文艺出版社）；《黄金的光芒反复锻打九月——泰顺七帖（组诗）》收录《我在廊桥等你来》（中国财富出版社）；《在良户书院（外一首）》入选《北漂诗篇》（中国言实出版社）；《往事的挥霍（组诗）》发表于《中国艺术报》5月23日；4月，《烂柯行》入选《新华文摘》"中国诗歌年选2021"；《蓝色外传（外二首）》发表于《福建日报》5月13日。

余 禺

本名宋瑜，1955 年生于厦门，祖籍闽东，现居福州。中国作家协会会员。作品被收入多种选本，获省内外创作奖、编辑奖多项。已出版诗集《过渡的星光》，散文集《拾箧集》，文学论述《复眼的视界》等。

▪ **代表作**

出 游

一

人间行旅，开始在时日的断层
总有长河等待着，为了你再流一回
景物辨析着生命，壮硕或者脆弱
深处的护佑往往是悄悄的隐退

组构中的元素，有时错位
灵山秀水把更多的缘由藏匿
大气啊，意念制动的狮子，隐形的
狮，风云吐纳间拆洗了谁的筋骨

二

本来我只带上眼睛和双腿
行囊中残存着早年梦的尘灰
相机表明距离，还有水壶的暧昧
药，使恐惧始终站立着不能安睡

溯源而上的道路，把什么提领
再带出一点疯——从远山日晕的照临

江水的幻美不是没有惊觉
只是风，不该从我的皮肤渡向黄昏

三

岩壁的皱褶，峭崖，神女深绿的披纱
行旅之人的想象力多么贫乏
因为得病，风景后退了一步
游兴只有蹚过身体的泥沼抵达

想望来自本来没有的向往
所以古栈道，如何接应今人和戏言
那灵泉、仙洞、佩剑的诗人
是什么填在了彩云和一日凶险之间

四

有时我不知深浅，一意孤行
把自己掏空，又向着下一口枯井
再造的精血得经过漫长的轮回
人在光中，便拖出一道病体的黑影

山转水折如同魔术，抖开——
有谁能够？有谁能玩造物的游戏
在这峡谷中存在着大师，让我把
直溜的心思收起，趑入那蜿蜒的呼吸

五

那么我便滞留此地，假如这是必须
就像船有时需要和激流联手
涣散的气力，让位给命运的拿捏
行程暂寄在清冷的码头

病啊，压倒一切的道理

只有在上的人，暗中把你补缀

援助使得苍白渗出在时间表面，那件

生命的薄衣，也不过缺少空气和水

六

羁旅之中，多少迷恋回到自身

远足竟不慎叩动了生死之门

卫守山城的雾岚举起病榻，且慢

这一身酸臭又如何觐见一方神圣

那天倾的碧水是否在高处叫住我的

灵魂？弱者啊，礁石之上焚烧自己的肋骨

煮酒疗疾只为向死而生？或者成灰

我看到江流是想挽回更多的水土

▪ 短　诗

盛夏的日光

是哪只桶将天上龙的泽水接走了

第三天的雷雨为何不如约而至

又是谁摁住了风的扇子

让炎阳任性不愿回到它的房间

如同雪的覆盖促成绿色大地的一次停歇

酷暑洗净了路上车马和行人

就连爱着天空的田畴也要

拉一片破布般的云来遮脸

此时谁来为一匹离群的狼祈祷

这独行侠正穿越一座砂岩山

那山如同翻滚着的浓浆煨着落单的心情

哦，有谁愿拿支画笔把这幕图景强调

悲伤并非心的伴侣。那匹狼

它不时从石罅和沟壑中穿越自己

从广袤的时空和日夜的间隙串联秉性

它并不满足于跟聪明的乌鸦默契搭档

太阳自己也要变化，雨每次落下

都不同于上一次；需要同类抱团的物种

因各自区分而得以聚集。那风

每次吹过都想看到殊异的风景

而夏季总在必要炎热时就炎热

期待中的凉爽，正是由炽焰刷成梦的底色

游吟诗人的行囊装的是族群的谱系

那雨，假如滴落也在为太阳唱出颂歌

门前的橄榄树

当光线变淡，渐暗，阳光退潮

我知道有什么在离开我的眼睛

当某人的名字缺阵，在散开的人群中

走失，如蚁群溃穴、王者目盲

我知道有什么在离开我的身体

——去向不明

不，是为我预设下一个出生地

像橄榄被一只鸟携带

寻找时光的深井，向着天空的广袤
而树还在那里，在我触摸到的位置
它只是在那里，并不把风捉到面前

秒　针

不能让风吹走一切，不能让
那每天给予我的，又从我身上褫夺
一个老者在树下，仅仅为享受一片绿荫
如我仅仅为迎接晨曦并在适当时
将西天的云送走为自己留下夜的庇佑

我其实愿意多付出一个动作和一个身位
再付出一次腰的拉伸和五指的协作
哪怕他或她啊，并不在意更不言谢

鸟之啼鸣并不取悦于耳朵也不描绘天空
糖的溶解仅仅加速了食用者的吞噬
而漏水的桶能不焦灼，瘦身的雪人能不
乏力？战场上，谁不计较无谓的牺牲

风啊，那琐琐屑屑不停来去的灰尘
那每天剥下我一层皮肤的风
我愿把灵魂搁向更高处，只是底座被
凿洞，身体湿衣一般拧了又拧
谁不惊惧于晾出的衣裤一如自己的象征

得从风中搂住一把螺丝刀
将四下奔走的骨骼旋紧
智者说，飘零的树叶得从远方趑回脚跟

退潮和暴走

当惊恐和防范退潮，就让
畅爽的空气结束你沉重的赋闲
向着温煦的阳光，把心也敞开曝晒
眼前路虽小啊又流水般继续蜿蜒

君不见那伸枝展叶的巨树
让该欢乐的欢乐，该痛苦的痛苦
而你欢乐，因落叶回返枝头再摇曳
你痛苦，为见叶脉写满季节的错误

把眼皮挑高像云层绽开
日子重新列队，又岂是多米诺骨牌
思想漫过山河恰同清理一遍屋子
就连蚱蜢也在草地的清晨眺望未来

因笑那瘸子脚步蹒跚，欲在天地间
暴走！或许倒立如高权
双脚死命蹬向天空

而你老了，丧失了秉性的浓度
能否在稀释的血液里奋力游泳

当断霞如晾晒的衣物回收一日光芒
那白无香的菅芒花并不沾染凄清

人的归处以筋骨铺路
秋风向晚，你带着想要的一切离开

行囊内有目力所及海量的"贪婪"

心中是鸟翅和虫足绵绵的依恋

啄食的鸟

榕树下,我站着

氧气从每一片树叶筛下来

这里是我的氧吧、我的领地

即便树籽沙沙雨珠一般

砸我的秃顶,我要回避的也只是

烦躁的心情

一只鸟在石板地上啄食

啄那树籽,一下,两下

左一颗,右一粒,像敲击日月

这是她的领地,还是我的

我不走,她也不飞;只顾猛啄

啄破我的幻想,好让她捉住里面的

虫子——我脑中的蛀虫,成了

她的食物,所以她当我也是树吗

我就是一棵树吧!所以

我不走,她就不飞

可我不会筛下氧气,也不会

投下树籽!我只有脑虫

而她并不幻想

她只让我长时间、近距离

看着她,利索地啄食

捡起再抛下,那许多的日子

奔跑的孩子

苍鸟群飞，孰使萃之？
　　　　　　——屈原《天问》

一

奔跑的孩子跑啊跑啊飞向天空像只雏鹰

一群衣衫褴褛的人跑着跑着

有的展开了双翼，有的则从半空跌落

然而奔跑者众，天上的飞人也增多

风前来助阵，云开启天门，鸟纷纷

欢叫着加入队伍，海潮汹涌

是被那众多的羽翼所扇动

海天浑然，霞光万道牵起大陆的衣角

并非抢夺，他们把天上的宝石搜罗

还有从太阳化出的远比宝石珍贵的财富

并不相争，只是蚂蚁般步调一致

飞行军为步行者带回他们所属的一份

再从高空投身膻腥的大海提取琼浆

冒险深入，从海怪的血盆大口里逃生

把被暗流明涛冲走的海岛拉住

在齐天高峰套上泊船的缆绳

二

奔跑的孩子跑啊跑啊消失在茫茫高原

褴褛的衣衫跑着跑着跑成坚实的铠甲

他们潜入地层，蚯泳在土石和岩浆之间

叩开土地神惊惧的房门，说明来意，签下

谅解备忘录，在地轴的两极止住大地的晃动
接受馈赠的宝藏就像儿时舍不得吃完的
面包屑，却用自己眼珠烹制的甜粿分给
乡邻，如此驾驭沉重的大山如云车

并不好射，却惟有弓弩手能把猛禽震慑
且在海盗觊觎的近海和沿岸布防，在
沙漠深处安下远射万里的雷电
先帝和番的旌旗依然招展，骑军勒缰于
楚河汉界；一百种退敌之策揣于锦囊
威武之师不怒而威，如冰山直立
渔阳鞞鼓不时在梦中震响；飞弹一颗
其实如擀面杖备下一桌美餐

三

奔跑的孩子跑啊跑啊踩向滚滚浪涛
褴褛的衣衫跑着跑着跑成溯游的群鱼
轮番刺向湍流和岩石，让浅滩把英勇抬向
极限高度，仿佛时间同作悲壮的逆旅
躲过棕熊的利齿，不惜向鹰隼献祭
竭尽全力回到先祖的原乡，刷新
种属的密码，繁衍族群的血性
而后朝发夕至，箭一般融入海天的诗章

并非自闭和自傲，人在屋内最爱打开天窗
只是不免黑暗覆眼、罡风呼啸、雨雹入侵
以天为宇的人也以天作水准；以友
为亲者笑握他人手，也榕树般紧握自己根
在竞技者的营地习得方术，在宇宙的密室
寻得解救众生的法器；善心如玉，如
新月破云，如夸父手持驱邪御魅的魔杖
以渴击退毒日，以死化生桃林

四

奔跑的孩子跑啊跑啊烂衫变作华服
间有匍匐的、隐遁的、掉队的
像风吹落叶
老朽如我，能殿后一如拾荒者，将那
逸散的、蜕化的、变节的肢体和灵魂
——收容

康　复

当阳光如柠檬汁洒向你的嘴唇
你不再想到鹿角被切割时的疼痛
劳作过的人，每天都享假日的从容

当你从病榻起身，心脏复苏
水泵一般重新推动血液的运行
微风又在窗台上，翻检隔夜的激情

想起梦中一句诗的出现
就像朋友女儿的第二场婚礼
你准备像朝暾一般整装，前去赴宴

绿树掩映下的广场，舞蹈深入
生活；你不谙舞步却合着韵律行路
鸟的细爪在地面上描画人的心绪

一对夫妻，经由争吵肯定对方
施工面是以围挡，孕育顺畅的来年
而季节新启，总得矫正乱云的走向

而不听使唤的桨，让船在意识

模糊的江面打转，你惟有将自己稳操

像游离的柠檬回到金黄的本岸

▪ 长　诗

明　朗

两粒安眠药让我渐渐明朗

从辗转反侧和右肩持续的疼痛中

明朗；从纷乱的思绪和烦躁中明朗

周公甚至不在梦乡，那里是无何有之地

我从睡醒后开始摸索，一只鹰在高空

呓语，使山谷空寂，道路格外苍凉

柳和花的变换在行旅中途

又如何做出抵达后的预测

高耸的混凝土森林下远方来客

以手机接收卫星导航安抚泛红的眼睛

我看见明朗在无数窗口内安坐

它有许多化身，一再把晦暝逗弄

一份报告等待落笔，货轮相撞的原因

悬如蛛丝，肇事的根由依然慢跑

人的棋子散置在阳光下

谁能自天宫的典籍改写结局

而挑战于我是拆乱的线球，是金币

滚落于时间背后、于斜塔不确定的身影

哦，当天空一无所有，我不知道引擎轰鸣

是否意味着飞机正在把两地相连

不知道河流的走向和上帝的心情

我又如何明了上司的指令？当话语在

进退之间预设了泥塑般的手艺

工作就在不言中考验智力

一项事业在心物之间摆荡

将决议亵玩，让实施勒马

目标止于分毫

呜呼，日子像拉长的皮筋越拉越长

是否在反弹的那一天击中原点

如炮火炸开的深坑暴露一切

我不知道亚热带低气压如何改变风向

大雨制造的泥泞是否称作明朗

我不知道桫椤在深山丛林衔着露滴

云遮雾锁是否它原本模样

当我徘徊于岔路，止步于坎坷

该斥为暧昧的是路还是我

阳光越过高墙的气窗

囚徒的命运业已明朗

而身心的尖叫企图扯下浮云

另一人在宽敞明亮的办公室打磨职位

有时却需要把声量压低再压低

是门外的推敲把听筒的另一端切换

哦，黑色或白色是幸福的选择

两色的掺和便是烫手的山芋

当我点火烧掉心思，便在无间地狱落户

使不明朗成为明朗的一种

使阴雨成为天气的一种

你不能从季节的底部查抄物候的本质

不能不为误闯饮料瓶的幼鼠寻求解脱

——当你痛恨老鼠，却又背叛自己

妇人用她的谵语发表爱心说辞

恰如无人相信的石钟乳兀自站立

而并不果决地礼让堵住车河

带血的擒拿反教窃贼溜下台阶

一种不为人言的事打开暗中的光明

但在一面督视之窗的盲区

超越薪资的额外动作注定被忽略

是风，劫掠了花香并把它消解

来吧，不要拒绝秕谷的爱情

她原本是为着饱满而生

那么且让我以夜游之身现于江湖

且把我的原形寄存于族人的仓廪

在血还没有被洗净之前

且让我带毒行走，随处变一朵蓝色花

楼房的山谷里阴影笼罩，我用我的

吸管吸收阳光，如情丝一样漫长

密闭的墓穴里珠宝恒久，又缘何开启

——它原本是供给灵魂享用

我愿是一只毛毛虫，在通往蝴蝶的路上

爬行，自当把明朗奉作真神膜拜，但在

完成蜕变之前请别把我的茧破开

而基因恐已在生命中途被改写了

朝向蝴蝶构图的细胞运动这般艰涩

我不知道一滴水是否明朗

它或许是在一抔土中安身

而我没长出翅膀，也且抓住一根

软绳，在恐高中练习飞行

这时代，不仅寻找姓名的人挖掘时间

就连光也需要把光打开，如同

腐朽需要腐朽的能耐

这一切都配装了长路的行脚

而一根螺丝在旋进中只把光让出

赤裸的女体只教猥琐者目盲

——哦，这真理尚可为愚人破解

艺术通常就坐在色情怀中

当蚂蚁从内心爬上了一个新高

混沌又再度出现，再度打捞水下月影

把一个圆形的疑问挂向柳梢

诗人还能否以投身贡献明朗

那如水的世界无比苍凉

▪ 创作年谱

1983 年　与蒋庆丰（哈雷）、马振霖、官春敏（朱山）、陈承茂、阮兆菁、卓黎明等
　　　　人共同发起成立"闽东青年诗歌作者协会"，编发诗刊《三角帆》，接受共青
　　　　团宁德地委指导；9 月，诗作《广场，新的调色板》发表于《福建文学》。

1984 年　诗作《大副·孕妇（二首）》（署名：宋瑜）发表于《福建文学》6 月号，
　　　　并于翌年获福建省第二届优秀文学作品奖。

1985 年　3 月，列席由厦门大学中文系和福建省文联文艺理论研究室共同举办的
　　　　"全国文学评论方法论研讨会"，在会上发放《三角帆》，得到评论家曾镇
　　　　南、张炯的关注；本年度开始同诗人昌耀通信，8 月，完成评析昌耀诗作
　　　　的论文《昌耀——西部中国的游吟者》，得到诗人昌耀的支持和肯定；9
　　　　月，调入福建省文联，在《福建文学》编辑部从事编辑工作。

1986 年　1 月，调入《台港文学选刊》编辑部工作；11 月，诗作《壁虎》发表于
　　　　《关东文学》1 第 6 期"第三代诗会"。

1987 年　1 月，诗作《印象》发表于《城市文学》；6 月，诗作《海和女人》《惠安
　　　　女》发表于《江南》；11 月，撰写论文《台湾现代诗的两极对位》，并提
　　　　交在福州举行的台湾文学研讨会，得到厦门大学教授、台湾文学研究专家
　　　　黄重添先生赏识，会后，该文发表于《台湾研究集刊》，系本人第一篇正
　　　　式发表的诗歌方面的研究性论文。

1988 年　4 月，诗作《圈套》《窗内的人》发表于《黄河》第 2 期；8 月，赴北戴河
　　　　参加由北京大学、北京师范大学、中国社会科学院文学研究所等单位联合
　　　　举办的"全国首届文学夏令营"学习，聆听乐黛云、汤一介、严家炎、谢
　　　　冕、王富仁、钱理群、任洪渊等名家的讲座；11 月，福建省社会科学院、

厦门大学台湾研究所、福建省文学艺术界联合会《台港文学选刊》编辑部、海峡文艺出版社等单位共同举办了福建省台湾文学研讨会暨福建省台港澳、海外华文文学研究会成立大会，本人提交评论台湾诗歌运动的长文《现代主义与中国诗学的再出发》，得到专家刘登翰的赏识，随后入选《台湾文学的走向》（海峡文艺出版社）。

1990年 《大副·孕妇（二首）》入选《福建文学四十年·诗歌卷》（海峡文艺出版社）。

1991年 6月，《两地雨》入选《我已歌唱过爱情——两岸青年诗人情诗选》，（诗之华出版社）；10月，诗作《鹿蹄》发表于《花城》第5期。

1992年 《海和女人》《随想（六首）》入选《蔚蓝色视角——东海诗群诗选》（浙江文艺出版社）；5月，应邀担任首届"柔刚诗歌奖"评委；7月，出席由福建省作家协会、东山县文学艺术界联合会联合举办的"福建诗作者'海洋文学'笔会"，该笔会由著名诗人蔡其矫主持，本省诗人范方、汤养宗、伊路、游刃、江熙（江小鱼）、刘小龙等10多人与会，会后成果"海洋同题诗《贝壳线》"发表于《海内外作家企业家报》12月20日。

1993年 长篇评论《文化解构与诗的重建——两岸诗坛后现代主义倾向比较》发表于《当代作家评论》第4期，中国人民大学复印报刊资料转载；10月，《养育时光（四首）》发表于《今天》秋季号。

1996年 《时光之诗（三首）》发表于《上海文学》第4期"闽风"；《时光之诗（七首）》发表于《作家》第11期"诗人自选诗"。

1997年 《春有晦明（外三首）》发表于《今天》；由福建师范大学、中国社会科学院文学研究所主办，北京大学文学研究所、福建省社会科学联合会、《台港文学选刊》杂志社联办的现代汉诗学术研讨会，于26日至30日在武夷山举行，来自中国、美国、德国、日本、澳大利亚、韩国等国家和地区的汉语诗歌研究领域60位知名学者出席了研讨会，本人受邀与会，被安排为台湾诗人、学者萧萧的论文《论台湾散文诗》做讲评，提交的论文《诗歌在当下重临——关于现代汉诗前行的思考》入选会议论文集《现代汉诗：反思与求索》（作家出版社）。

1999年 9月，《时光之诗（四首）》入选《福建文学创作50年选·诗歌卷》（海峡文艺出版社），并与《福建文学》诗歌编辑郭志杰共同担任该书特邀编辑。

2001年 9月，《皂角树倒在山沟里（外一首）》发表于《诗刊》第9期，系首次在《诗刊》发表诗作。

2002年　2月，长诗《东山吟》发表于《福建文学》第2期诗专号，诗评家邱景华为之撰写评论《余禺的冥想诗》；4月，《过渡的星光（四首）》发表于《诗歌月刊》第4期；6月，诗集《过渡的星光》出版（作家出版社），宋琳作序《接近月亮的另一种方式》，诗集受到台湾著名诗人痖弦的高度评价，并得到诗人、诗评家简政珍援引解析；9月，《诗五首》发表于《今天》秋季号；同月，《古歌》在首届"海峡诗会"上朗诵，由台湾诗人大荒带往台湾，发表于《创世纪》冬季号；12月，应邀参加在南京、江阴、周庄等地举行的"第七届'今世缘'国际诗人笔会"。

2003年　2月，《出游（二首）》发表于《扬子江诗刊》第2期；10月，《杂色（四首）》发表于《福建文学》第10期。

2004年　1月，《清早》发表于《扬子江诗刊》第1期；3月，《城市笛声》《消失》入选《2002—2003中国诗歌年选》（花城出版社）；5月，《余禺的诗（二首）》发表于《诗歌月刊》5月号"诗版图"；10月，《时光的颜色（二首）》发表于《星星诗刊》10月号上半月刊；11月，《余禺诗歌（二首）》为《诗选刊》11月号转载。

2005年　12月，《金水湖》《呼吸》入选《2005中国诗歌年选》（花城出版社）。

2007年　12月，《采桑曲》《父亲的岛》等8首，发表于《创世纪》冬季号，台湾诗人、诗评家张默撰写点评《从<采桑曲>到<车向大海>》，予以充分肯定。

2009年　9月，诗作《一种形态（外三首）》入选《福建文艺创作60年选·诗歌卷》（海峡文艺出版社）；评论《文化解构与诗的重建——两岸诗坛后现代主义倾向比较》入选《福建文艺创作60年选·评论卷》（海峡文艺出版社）；12月，《空出的场地（组诗）》发表于《诗探索》第二辑作品卷，诗论述《关于诗生活的通讯》发表于《诗探索》第二辑理论卷，本卷同时刊发了诗评家伍明春和赖彧煌对本人诗作的评论各一篇；诗作《城市波尔卡》入选《2009中国诗歌年选》（花城出版社）。

2010年　1月，诗作《惊艳》《成贤街》《"天鹅"》发表于《作品》第1期；2月，散文51篇（组）入选散文集《拾篷集》（海风出版社）；11月，《空出的场地（组诗）》发表于《福建文学》；12月，《惊艳》《大风歌》入选《2010中国诗歌年选》（花城出版社）。

2011年　1月，《空出的场地（组诗）》获福建省第二十四届优秀文学作品奖。

2012年　《在无何有之乡》入选《福建优秀诗歌选2010—2011》（海峡文艺出版社）；

11 月，文学论述《复眼的视界》出版（安徽文艺出版社）。

2014 年 6 月，《空出的场地（组诗）》及创作谈《我的诗学态度》发表于《福建文学》第 6 期。

2015 年 9 月，《咏荷三首》发表于《创世纪》秋季号；11 月，应邀担任《福建文艺界》"特约栏""闽派诗歌之我见"学术主持，编辑邱景华、安琪、初为常、黄莱笙、道辉、伍明春、余禺的文章，并撰写《主持人语》；12 月，诗作《尚水》入选《我家门前那条河》（海峡文艺出版社）；同月，《空出的场地（组诗）》获福建省第二十九届优秀文学作品奖。

2016 年 10 月，长诗《东山吟》入选《闽派诗歌百年百人作品选》（海峡文艺出版社）。

2017 年 诗论《关于诗生活的通讯》入选《闽派诗论》（海峡文艺出版社）；散文诗《冷色》《人居》《大化与幻术》入选《闽派诗歌·散文诗卷》（海峡文艺出版社）。

2018 年 诗作《水上》《问路》入选《诗歌榕城：福州诗群联展》（海峡文艺出版社）。

2019 年 8 月，诗作《阳台》《听鸟》发表于《诗刊》8 月号上半月刊。

2020 年 《家住社区（组诗）》发表于《福建文学》2 月号。

2022 年 《歌唱及其他（组诗）》发表于《福建文学》1 月号。

林育辉

20 世纪 60 年代末出生，现居福州。自由写作人。作品散见《草堂》、《延河》、《延河诗歌特刊》、《诗选刊》、《绿风》、《中国诗人》、作家网等，并入选多种选本。

▪ **代表作**

白色小屋

斜靠窗牖边书桌上，睡得太沉
读了米沃什《我睡得太多》，或许
睡得太多。提着一袋水和饼，在旷野里
迷失。捆着禾稼，一路向西，顶着太阳、月亮与
星星。越过喀喇昆仑山脉，加勒万河谷如一条
立约彩虹。河对岸荒草萋萋。忽如一夜

狂风，虫灾蝗灾肆虐四野。继续
一路前行。就像逃离七个荒年
紧紧抱住一颗饱满穗子。无数颗粒
扩散开来，人子模样集聚在圆形
广场周围。有人讨论屋子边上的
磐石，有人默念远处清澈的河水

身穿白大褂的女人们，谈论着米开朗基罗
她们纷纷讨论摩西
在咒语与手杖之间
我看见孤独的灵魂。另一个

灵魂守候在屋檐下

守候着一袋水和饼
守候着奶蜜之地

▪短　诗

我居住在三月漫长的波浪里

我居住在三月漫长的波浪里
寂静的走廊顶着众多佝偻的影子
回家的欲望淹没在天国的旅途中
而你一无所知
桃花都笑了春风也醉了一回

我居住在一封信札开启的封口处
每天幻化出艰涩的词泡沫的语言
我要给死者讲述生者求死前恐怖的欲望
而你却一无所知
杜鹃花开遍了满山坡

我居住在被退回包裹的包裹里
在叫嚣的梦里我敲击石头的嗓子
在失重的云端我停止了歌唱
而你竟然一无所知
樱花时节人们纷纷撑开了油纸伞

守灵夜

天亮一刻，我躲进书房，艰难
托起那台白色雾化器。气体

沉重，唾沫沉重，沉重得如同

征战前胸间冷酷的石头

窒息于咽喉

命丧的烟熏

死死卡住波浪与波浪之间

我想起第一个守灵夜

爷爷的祖厅，走廊的拐角

我蜷缩在那张矮沙发椅

灵柩里，父亲侧漏的气味让我出神

我想起儿时截断一条蟒蛇的样子

（父亲手握蛇的七寸，我狠拽尾巴）

我凝视着模糊的蛇牙渐行渐远

▪ 长　诗

观察鸟的九种智慧

一

高傲的秃兀鹫摔下猎杀的骨头

天空一下子失去了方向

小鸟们纷纷钻进月亮的坛子

二

意志钢铁般嵌入柔韧的肢体

红嘴热带鸟瞬间幻化出第十道无影掌力

军舰鸟在麦城打了个死结后

决定不再模仿人类可怕的搏杀伎俩

三

成功突破深海鲎卵的红腹滨鹬

撤离海岸 3000 千米以外的陆地中心

比司马昭还司马昭

它们需要把戏演足

四

用腐烂泥土及尸体堆积起来的巢穴

火烈鸟们可谓精力充沛

前世精卫们

如何不感伤衣钵的技能

五

从 80 千米以外汹涌波涛胜利回归

再次挑战布满火山灰的陡峭山崖

上帝发明的蛇爬梯子游戏

对于企鹅来说

或许只是第 1001 夜故事的开端

可怜的苍梧之野、汨罗河畔

为何总是脚步匆匆

六

巍峨的 V 形列队如共和国之阅兵典礼

马尔加斯岛上空乌云滚滚

白鹈鹕纵情欢乐如

珍珠港夜夜笙歌的基友们，它们怎料

一场来自角塘鹅精心布置之鸿门盛宴

七

克拉克的雄鹈们，掀起你的盖头来

尽情地跳吧

高潮时刻伴随着预言时刻

哦，希望之歌

哦，天上的火种

八

这一刻，低调却挑剔的松鸡们

按捺不住其超然的美声唱功及

神奇的鹦鹉声模仿秀能力

那收藏的婚姻殿堂

（鹿粪与木炭精心打造的小木屋）

时刻扮演着橙红色的爱情艺术

九

肯尼亚火烈鸟不甘示弱

它们高昂的头颅如双乳间

激荡的红宝石

谱写另一曲鸲鹆的传奇人生

▪ 创作年谱

2015年　完成对诗人鲁亢诗集《冰上的皮娜》的万字长评——《LK 的可以预见的"迷惘"世纪》；文章《不断命名的诗界的外星物种》入选《反克》秋季号《哈扎拉尔》；《蛇镜的断想（九首）》发表于《诗选刊》5月号；《观察鸟的9种智慧》入选《福建优秀文学70年精选》（海峡文艺出版社）；完成创作近30首诗歌作品。

2016年　参与"反克·山海经"共七期反克诗人雷米、朱必圣、刘波、顾北、巴客、张文质、王柏霜的诗歌讨论会，并撰写诗歌简评；为反克年度推荐女诗人颜梅玖撰写简评；为自己撰写《探秘古典意识的两组诗歌》；在反克公众号发表《从现代诗歌的阅读捷径联想到顾北的"我的识别区"》；与诗人樵夫为个人诗作《2015冬日哀歌（十八首）》撰写评论《在宇宙的暗能量里构建生命的坐标》；完成《俄耳甫斯最后的请求（二十首）》；《两人的对白》等10首诗作入选作家网；《灵魂被悄悄复制》《旅途与见闻》《梦的谶语》入选《<处子>茗友会2016诗歌年选》；完成创作62首诗歌作品；参加 2016 年："闽派诗歌"春节联欢晚会。

2017 年 撰写评论《批评之反批评——以鲁亢诗作为例》；完成组诗《歌·凤凰》
与《四月的葬礼》；完成长诗《耳朵里的祖国》；《我居住在三月漫长的波
浪里》《石头历险记》等 13 首短诗入选《反克》秋季号《匪夷所思》；《医
院拐角处的内心独白》等 3 首短诗入选《<处子>茗友会 2017 诗歌年选》；
完成创作 55 首诗歌作品；参加 2017 年 12 月 28 日"闽南百年新诗"座
谈会。

2018 年 《河里站着废弃的桥墩》等 3 首短诗发表于《绿风》第 4 期；《守望者》等
8 首短诗入选茗友会 2018 诗歌年选《处子·四》；从茗友会"呼与吸"共
111 首汇总作品里挑选 30 首好诗撰写简评，含"呼吸"作品《你在听》的
简评入选《处子·四》；《丢失的日记》《医院拐角处的内心独白》《今夜
不会有更好的明天》等 8 首短诗入选《反克 2009—2018·一意孤行》；完成
创作 23 首诗歌作品。

2019 年 为念琪组诗《春天流过身体的铿锵》撰写简评《关于心灵与春天的对话》；
替诗人邹榭撰写简评《一个追梦人的追问空间》；完成散文诗《梦的空间》
（入选茗友会 2019 诗歌年选）与《守灵夜诗语》；完成组诗《雪山，梦的
河流》；《鸡笼之箭》《入戏前后的视觉之差》等 13 首诗歌作品入选"反
克"春季号《执迷不悟》；完成创作 20 首诗歌作品；在福州三盛国际中心
参加反克"梦想家·跨年度诗会"。

2020 年 《欲望的治疗》《凡间的不朽》发表于《中国诗人》第 2 期"诗视野"；
《情圣者哀歌》《飞思农庄》《山顶》发表于《鸭绿江·华夏诗歌》总 831
期；《星辰》发表于《延河》2 月号上半月刊；创作长诗《复活》（其中节
选一首刊登在《草堂》总 53 卷）；创作诗歌代表作《白色小屋》合并组诗
《山顶》等入选 2020 年茗友会诗歌年选；组诗《欲望的治疗》与《凡间的
不朽》入选"反克"夏季号《去往万有引力之虹的旅程》；在《延河诗歌
特刊》总 671 期发表为诗人鲁亢撰写的评论《沉默背后的异域之词》；为诗
人贾浅浅诗集《椰子里的内陆湖》撰写万字长评《内陆湖游动的一条鱼》
并发表于《延河》总 674 期"文学观察"；参加诗人胡茗茗诗集《爆破音》
福州上下杭第三场分享会并书写简评；撰写反克 2020 诗歌年选 2 万多字长
评《凝视深渊——疫期中的反克诗人》；完成创作 36 首诗歌作品。

卓美辉

1965 年出生于福清东壁岛，3 岁随母回故乡福州马尾，除短暂外出游历外，长居马尾至今。曾与诗友在马尾开"星岛书店"，后在后街开"新知书斋"。2003 年应老友邀，在福州白马路参与创办"芍园一号"酒吧空间，数年里组织或促成各种诗会、画展、小现场音乐会。2004 年起在马尾开"从前店"，2021 年因疫情关闭临街实体店，搬迁到二楼空间。20 世纪 80 年代初至今断断续续写作 40 年，有少量诗歌与摄影作品流传、发表。

▪ 代表作

马尾街

一
紧贴湿凉玻璃窗的那张脸
还在爱着——

那是我最小的妹妹
失散于多雾码头

在马尾街，大部分门窗
由幽怨的目光构成

左邻右舍看不清
唯有你，还暗藏着

一小片雕花玻璃
与童年的某次坠楼事件有关

二

几十年了，每天路过
同一条街。听惯了

背负铅皮书包的学童
与围墙的摩擦。供销社

高傲的柜台，甚至连
小镇电影院的门廊

也常年修缮。起初是榉木
云杉、落叶松、不知名木

直到有一天，所有的街巷
都被换成鲜亮的名字

三

又是台风天，哑巴一大早
拖来戏台边刮落的广告牌

他手脚并用，在你屋后
忙活。又锯又钉，哐哐响

"要打开三口窗
有一扇朝南。"可以望见河水

淹过你家门前的台阶
每月初一十五，你会遇见她

穿戴齐整，独自坐在渡口
不知已过去多少年

四

马尾街走一半，右拐
是桶街，百年世利店的掌柜还在

跟炒蚕豆的小伙计交头接耳
过完这个夏天，他就会

瘦成一根鱼骨头
扎入老板娘辛酸的身世里

荒草蔓生墙头街角，阴雨
连天。一个异乡人住进

马江旅馆。掏出这个小镇
前所未见的身份证

五

每隔一段日子，我就会踏上
那段铁路。它紧挨着后街

躬曲在时光的草丛间，如一对
被显赫家族遗弃的亲兄弟

每一座无名小站，每个周末
都会有一个瘦弱的孩子，在等火车

把他们的父亲送回家。每条后街
都会有孩子噩梦中的照相馆

而数年之后，车站动人的斜坡下
就是他们继父的家

六

潮水退去，马尾街袒露
新鲜的胸腹。仔细听

此间鼓乐又奏起
在龙舟旁，男人们是否已淡忘

正月游神的花火，曾照亮
一张仙女的脸庞

那是我最小的妹妹，莫非
她不再离去

且化作每个日子里
一杯清冽的酒水。你喝过

▪ 短　诗

冬日记梦：登高

甲壳虫缓慢
爬过树叶背面。闽江
又出现在眼前

缘径登高
草木漫山遍野
随风，摇荡

而一条长河
就在我远眺指点间
停止了流动

一群人，正忙着
把东边的石头
搬往西边

或试图于
波涛汹涌的屋顶
树一面旗帜

谁说流不尽
这季冬河水
江山如画已褪色

你们还不快
放下手头的活，为它
再上一遍新漆

一棵树下

在一棵树下，你说起过
童年。午后的阳光，蜂群般
萦绕我

不远处，也是青草地
那个孩子，代替我
尖叫，打滚，拒绝怀抱

他哭红的双眼不再
迷蒙。晴空下，涌动
更宽阔的河流

而这棵树下
苦涩的嘴唇，试探着
如枝叶，风中张开

会呼吸的枕头

晨曦微露时，你要
把它推开。落到地面
一团雪白的无辜的
往事。渐渐失去知觉

上个月初
在阳桃院子的露台上
我遇见过它

那时你
在北方。一个人
一团会呼吸的枕头
我们醒于同一场梦

窗外，有更多鸟鸣
加入，似乎在配合
你的来临

当彼此的呼吸

春雨般密集。我要
恳求你，暂且
把它推开

漂流木

躺在时间的河流上　我曾经
以为我愿意　剔除繁杂多变

的枝叶　不再屈从季候安排
我曾经多么希望　一路纵情

漂流　南方六月温润的江面
水源丰沛　沙洲在形成支流

一路弃绝　沿岸的桃红柳绿
矢口隐瞒飞鸟的去向　直至

入海口　深水静流　你把我
捞起　朝我呵气　反复叩击

你觉得我是　一条鱼么？你
忘了自己也曾经是一根木头

没有来源　没有潮汐　到来
将我们一起带走　也许眼前

这片海域　同样是没有出口

▪长 诗

获 救

即使拯救永不到来，我也愿时刻无愧于它！

——佚 名

一

午夜过后，月色迷离
他的肢体随之变得灵巧

一种罕见的夜蝴蝶
无意飞越想象的沧海

他漠视，所有的白昼
在电脑屏幕前，他愿意

成为一颗沉闷的蛹
一动不动的纪律身体

二

借助窗外肉色的夜光
他裸足、离地，以便越过

前厅与卧室之间（没有隔断）
图书影碟旧相册构成的废墟

一只只空酒瓶神情庄严
目光坚定的玻璃卫兵

善变的窗帘。唯有旧铁床情愿等待
一只蝴蝶也拥有这么大的枕头

三
首户入住。这庞大的社区
他身后，时而跟随一位女孩

时而是猫。被"赶工期
保品质"的建筑工地围困着

夜间是寂静的。窗台朝北
可以望见田野，容他独自化蝶

他以为春天适合一个人过
于是就一个人。猫已升天

四
入冬最冷的一夜，他飞速
归巢。忽略沿江的风景

"鼻子都快冻掉了，谁还顾得上
有没有被人看见翅膀"

任何一道强光疾响
都足以将他打回原形

在这个季节，做"删节版的人"
"南瓜不说话，默默生长着"

五
十里开外，白马河畔
时而风，时而雨。代替他往返

眷顾。曾经流连的座椅、吧台
还有小炭炉。被一一搬离

成为奥菲利亚的影子剧院
最意外的道具。窥探着

过气女主角的饮食起居
训诫着第三者的领口衣袖

六

进门仍然废墟。这个房屋的
另一把钥匙，由一位天使掌管

她会引领他，穿越险境
来到床边。一盏银色的书灯

将陪伴他，安度余生
当他伸出冰凉的指头

触摸到，同样冰凉的开关
他会相信，神并没有将他遗弃

▪ **创作年谱**

1980 年　在马尾文化馆读到《兰花圃》上朦胧诗诸人作品，感到共鸣，受到启发，
　　　　开始尝试现代诗写作。

1983 年　创作《清泉的歌》《父亲》；结识同乡诗人吕德安及福州"江南草"文社的
　　　　鲁亢、卢弘等。

1984 年　《海滩上的十九个梦想》《人生之谜》；在马尾创办诗刊《彗星》，参与者肖
　　　　宝平、雷米（当时笔名"苗苗"）等；与鲁亢（当时笔名"原野"）合

出诗集《雨季》；当时笔名为"若冰"。

1985 年　"星岛书店"结束后去武夷山一年，创作《林间空地》《信》《幼儿园的故事》。

1986 年　创作祭诗《哦，父亲，父亲》。

1987 年　在马尾创办"共同语言"诗社，成员包括陈隐、陈圆等。

1988 年　《真相》入选《中国现代主义诗群大观 1986—1988》（同济大学出版社）。

1989 年　与诗友们活动于"美伦书斋"及"孝义巷"，诗作刊登于《新大陆诗刊》；同年 6 月新大陆诗社停止活动。

1991 年　创作《芦苇之歌》《音乐》《南方的星光之夜》《歌唱我的濒死的花朵》《秋天》《汲水的人》《给海子》；《九十年代：向诗歌的本质逼近》发表于《绿色龙》头版；交往马尾"南岸诗社"的苇蠹、笠峰、肖明章等，主编《南岸》第 7 期。

1992 年　与福州曾宏、莆田南日岛杨雪帆联手编辑《状态》，认识游刃、子梵梅。

90 年代　后期　减少诗歌写作。
中

2004 年　"芍园"一年，唯得《夜雨》；此后，创作《2006 冬，在广州》《2007 年春，在广州》等。

2007 年　旧作入选《博+勃》；再识同城诗人荆溪；暮春创作《煤码头》，并未如鲁亢所言"起死回生"。

2008 年　创作《未尝》《不唱中文版的二手国际歌》《荷塘秋色》。

2009 年　创作《八月》《流失》。

2010 年　年初，《春江水暖》获得鼓励；琅岐岛之行后创作《无名岛》；应鲁亢邀请参与策划《反克》第 3 期"九十年代"专题，对福建十几位诗人提出"老卓九问"；初夏，创作《简在圣胡安街区》《"我的情欲沙发"》；夏夜，聚会同城诗人，《反克》第 4 期主题拟为"双城记"，向福州、厦门诗人们提问（虚拟圆桌会议），当晚即兴创作《夜访琴南书院》；创作《漆——致维佳》；结识留法归来艺术家林峰，以其三组摄影作品为灵感创作《断言》《像人》《黑夜如期而至》；应"春台论坛"创办人陈律、木朵、杨典邀请，参与论坛管理；创作《喜欢》《"起风了……"》；回应木朵"当代诗人访谈"的 5 个提问，创作《若有荣耀存在——诗歌与爱情》；鲁亢撰文《读卓美辉的〈煤码头〉》；携外地来访诗人游福州，创作长诗《城：记游——从林公祠到南后街》；"卓美辉的诗 26 首"参加"春台论坛"个人专题讨论会；创作长诗《获救》；参与策划"梦想家 24 小时"——芍园跨年诗会。

2011 年 年初，创作《"我不再试图向你们描述……"（a-f）》；走访艺术家沈也工作室，创作《沈也山庄一日》；创作《一个尊贵的夫人说……》《春咏》《春幻》《春光》；2 月，老友聚饮"红门"，即兴创作《无论你是否相信，这一夜已经过去……》；3 月，创作《来自北太平洋的风》；4 月，创作《当年的河边》；5 月，赴厦门鼓浪屿参与筹办双城诗会，创作《阳桃院子》《漂流木》；6 月，第一届"阳桃院子双城诗会"，创作《会呼吸的枕头》；7 月，拜访了杨典；闻温州动车事故，创作《挽歌》并入选《恸车诗抄》；创作《一扇倒向冬天的门》。

2012 年 年初，诗友草树撰文《简评卓美辉 2011 年诗歌》；1 月，创作《冬日记梦：登高》；2 月，创作《渡口》；3 月，创作《惊蛰》《倒春寒》；6 月，历时 12 天创作《马尾街》；深秋，在杭州与诗人陈律相聚；年底，去崇明岛拜访诗人施茂盛；《当年的河边（十八首）》在网络流传，开始有刊物约稿，诗作陆续发表于《西湖》《江南诗》《当代诗》《诗建设》《诗品》《新诗》《莆田文学》等，入选各种诗歌选本。

2013 年 年初，获第一届北京文艺网"国际华文诗歌奖"百优诗人和"第一部诗集"入围奖；3 月，应影响力中国网委托，历时半年编选《独立选本·世纪诗歌 60s—90s》，举荐 48 位当代诗人的 500 多首佳作；6 月，《会呼吸的枕头》中英文朗读音频，被推荐参加第四十四届鹿特丹国际诗歌节，秦晓宇撰文《共此诗歌时刻》，对本人及一同参会的 20 位诗人的作品做了综述；7 月，参加鼓浪屿第二届"古堡复兴·双城诗会"；初夏，于武夷山创作《游慧苑寺，即兴一首》；8 月，应诗人窦凤晓邀请，参加"日照海洋音乐节"，见诗人夏汉与上官南华，途经青岛见王音，初识"南部生活"创始人唐冠华；入秋，文学网站"今天"首页刊载《卓美辉自选诗 20 首》，刘晓萍《慢调马尾——卓美辉诗歌印象》、鲁亢《在一条河边街上》、木朵对卓美辉的访谈；年底，被推荐参加首届金迪诗歌奖，因《卓美辉自选诗 20 首》获"2013 年度提名诗人奖"。

2014 年 5 月，"飞地"公号"专题人物"刊载卓美辉的诗歌、朗读音频、访谈、创作手稿及 7 幅肖像照。

2015 年 4 月，创作《在鹰潭——失道之诗》；6 月，在广东韶关参加包括本人在内的 18 位写作者的诗歌与小说的《物·体/作品集》的首发诗会；12 月，在鼓浪屿过圣诞节，创作《礼物》。

2016年　5月，收到马唯然的《沈也山庄的四重世界——读卓美辉〈沈也山庄一日〉有感》。

2017年　《走火》刊登代表作12首。

2018年　1月，创作《一件旧毛衣》。

2020年　9月，参加"闽地诗会"暨第六届阳桃院子诗歌雅集。

2021年　3月，创作《轻微摇曳的树》《梅园七章》《荒宇之舞》；4月，创作《在大梦书屋听尺八》；6月，创作《充电器》；9月，创作《卯酉小酒馆幻觉之歌》。

欧逸舟

1985 年生于福州。现供职于《小说选刊》杂志社。鲁迅文学院第十一期高研班学员，中国作家协会会员。小说、诗歌、散文、评论发表于《人民文学》《诗刊》《青年文学》《文艺报》《文学报》《中华读书报》等。获《诗歌月刊》2012 年度青年诗人。出版诗集《橙花村三十八号》。

▪ 组　诗

万物生

我是不是要活得恶贯满盈

以换来万寿无疆

行遍四海

每到一处便放一把火

烧那些思念你的草

比如天山，你说要去就飞去

扔下书签，与在山里拾到的鳌虾

它的双眼眯起，如兰花瓣，如爱你的姑娘

在鱼缸里唱世事无常

又比如天山

雪莲只是它的万分之一

尘埃才是全貌

你微笑点头

送我一张柔软的芭蕉

或在草原

牧草在夜里也想你，我都听见它们生长的声音
一不小心穿过耳朵
到天明，镰刀会随我醒来

又或者在地心，埋一亿根弦
错手剪断一根，其余的爆炸
释放漫天烟火与汩汩流淌的诗句

还是在草原吧
看看火山灰如何锻造真善美的化石
如何把我们留在恶的人间
与兀鹰豺狼默默同行
远的好像这一切不曾发生

万物生长而你死去
这究竟是怎样的一年

橙花村十一号

黄昏鱼贯而过
在雾里，冬天庄严遥远
有人低唱，宣叙调，当火光的咏叹落音
在橙花村，燃烧与掩埋

雷雨夜前的课堂叫人
刹那，跌入漆黑
我们轻轻，随着暗的静谧
摸索钥匙，锁孔，眼眸。我们心平气和
……那么遥远

零时的街灯通明，倒影在路上

像家乡的江水拍岸

暖气管里，水流过弹琴人的手

到明天，树就瘦了

这些天上的骨头

怯生生地站在风里，遮掩我们的颤抖

皱巴巴的蔷薇竟然还开着

陌生的植物从南方走来就不离开

大约都是等雪

乡愁记

从墙根爬上来的青苔的微咸气味

打开晚间新闻

而后是气象预报，我仔细跟读每一个温度

唯独漏掉你

枯萎于楼梯转角惨淡阳光

的绿萝，好久不见

这种昏黄，无论是来自空气抑或树叶

都是我往事中的颜色，好久不见

爷爷家的阳台，我临走时望了

一眼，空了

空如年岁

龙眼树早就是往事，更何况这些莺飞草长

我曾在此地久久徘徊

当未来是一个不可捕捉的悬念

明日我又将远行

迷惘的心留在此地，仍作旧时的徘徊

街景改了云图

人世平常变幻

一切植物，都只有破土远行

才会催生思念

而我大概就似绿萝

轻易生根

也许在你眼前只发一张昏黄小叶

心底却长满盘根错节的，重度乡愁

五　月

空白的诗歌把这天的雨熏得发黄

如你眼眸后的幕布

如我手中的旧籍

我希望这是一个情人节的夜晚

空气中的玫瑰神色不要太迷离

瘦高的仿宋体像水杉顺序立在岸旁

每一日我随着姐姐从湖边挑水回家

她桌下的纸篓里尽是悉心修剪的花枝

一株杂草也不放过

一个句号逗号也不放过

五月半

我的手指想念琴弦

今年的玫瑰很远

比记忆更远

寂寞在温柔而絮叨的生活中一尘不染

五月是一点旧

一点新，姐姐的水杉林模糊了舟

翻开记忆我只找出一行灌木

我们依旧去海边，不取水

木桶写薄了岁月，如我手中发黄的你的眼神

念 琪

中国作家协会会员。作品发表于《星星诗刊》《诗选刊》《福建文学》等。2017 年获反克新锐诗歌奖，著有《芷叶集》《守望吉岚》等。

▪ **短 诗**

奔跑的五节芒

芒尖上排山倒海的汹涌波涛
战争一触即发
荒漠迷彩服在匍匐前进
风声吹响号角

一场人生大戏正在海岸边上演
可以昂扬对天，叩问苍穹
转而亲吻领地，哺乳众生
轻盈时与白鹭振翅搏击蔚蓝大海
深沉时与黄昏争宠风光

植物生命有五段痛苦的拔节
与舞蹈的起承转合谢幕同步
一群人，在奔跑中迎接天边日落

缤纷里

鲜花在这里睡下
建盏在这里栖息
一声别致的呢喃却唤醒了古厝
古茶的情怀在铜壶里翻腾
烤地瓜的香味把人们留在一样的童年

考亭村试图伸长一只手梳理云鬓
太阳落英时候犁开一片蓝天
蛙声从四面八方包围夜色的宁静
一帮人放过了白天的空谈
在这里修炼田亩的青葱
争相与岁月一起坐禅

宋朝的梦像雨丝一样悠长
还没有落地便发芽了
在黑夜中总能遇见知己
还未深交便敞开心扉

在云谷与西山对话

在云谷做一个古人
适宜归隐禅修，与心灵对话
吸引朗朗读书声
寂寞时隔空悬灯
与西山论道

陶笛是一支摄魂的曲子

把思古幽情演绎得毛骨悚然

不得不在暮秋里迎风飘袂

站立成一道风景，与世俗誓不两立

依然是两尊雕像，风里来雨里去

时空戛然而止。任凭流星雨穿肠而过

雕版故事已经被贩卖千年

风筝的线牢牢地攥在主人的手里

星　辰

记不清已经在银河漂泊了多久

寂寞无法用光年来计算

佛说，三生有幸

这一生算什么

应该知道，还有无数的生物仰望你

惊羡黑夜中的闪烁

比起人间，多出那么多无法比拟的浪漫

无法预知的一天，化作流星划破夜空

降落在命运的窠巢

一块奇丑的石头，与众生格格不入

古堡的后院

主人的隐私郁郁葱葱
公开了昔日喧闹的场地
舞台上角色轮流亮相
不起眼的角落墙壁上一个诗人在叹息
他曾经来过，扮演过某个角色
他又离开了，回到他的降虎村

所幸后院没有起火
这一次因为天气燥热，没有人
遮遮掩掩。龙眼树被列入造船计划
树大招风，雨在预测的时间里响起掌声

似乎不同的口音炒成了一道道的菜
风味各异，叫卖声不绝
还有开小灶，爆炒串烧章鱼
回味无穷。偌大的后院时时可以看见
主人在穿针引线

复　活

今天，你换了一件马甲
在新石器时代的一座山上碰瓷
青花瓷、龙泉青瓷，都在杯身
碗壁留下各种虫草鱼鸟花纹斑驳
以优美的胎记接受考古心情的放大

宋朝的炉窑纷纷起身，君临茶界
南湖山茶在杯中浮浮沉沉镜像环生
皇帝南逃的噩梦浇灭过宋窑的炉火
退烧的炭黑沉寂了无数个夜晚

一个书生执笔写下大地苍翠的誓言
绿芽儿冒尖的信息已然在微信刷屏
煎茶的工序东渡而来，复原到宋时权威
茶、器和拉花揭开了千年锁住蛟龙的镣铐

山外山

山外有山，阿里巴巴新密码
翻阅山，打开了门
额头皱纹缝补了岁月咒语
经历过，永远也擦不去痕迹

夜晚，风停在竹林的灯光漫步
呼吸宁静的空气
守望眼前幸福

白天倾听旷野日光的暧昧
徜徉于荒野的对面
诉说过往的无奈和懵懂

只有再按下新的密码
山外有山，有美景在等待
还有智者在招手

▪ 长　诗

蜗牛在攀爬母亲种植的一棵小树

○

数学老师在课堂上拨弄音乐
传唱聂耳和《义勇军进行曲》
操场上升旗仪式把祖国两个字
高高抛起，在我们的注目礼中

一代伟人陨落
国殇的恐惧充盈稚嫩的双眼
童年的一块黑纱圈暗示我，祖国正
笼罩着恸天的悲伤

一

"五讲四美三热爱"在操场刮起春风
吹落一地梧桐叶，有个少年伤春
听张海迪讲故事，努力在脸蛋上抽长出新绿
那一年，团徽在胸口滚烫发红
一首青春勃发的诗歌获奖了

二

记忆中头发梳得光亮的校长
客串到没有老师的政治课演讲
解释说西装上的领带
是洋人用来擦嘴巴的

每天早上校门口总有一两个学长
吸引女同学的喇叭裤被剪了
包裹着稚嫩的时尚长头发也被剪了

校长发动全校师生种花植树

家里的一盆太阳花也无辜受到牵连

三

十八岁开始将梦想照进象牙塔

第一批恢复高考后脱离土地的船老大邀请我们登上船舷

他们用自豪的声调描述五马山下的红黄蓝绿

撩拨青春期敏感的神经区间

那时的柏拉图啊，整天与你勾肩搭背

一条船被洗脑，缓缓开始解缆

四

海口之北，错落有致的山坡上

开始长出毛茸茸的稚髭

鲜花绿草次第绽放

装点春日翻飞的衬衫

一堂音乐课一场篮球赛

彰显伊们的妖娆、球场上的风头

总被忌妒占尽

耿耿于怀挺起窄窄的胸肌

五

总是觊觎老师窗台上的那盆万年青

还有书橱里的世界

陀思妥耶夫斯基、司汤达

《飘》《三个火枪手》

神经兮兮地被骗走了时间

迷失在《绿野仙踪》，莫名其妙地与

外面的世界私语

六

后来，发自内心地组织了一场

关于《落叶》的派对

一门心思地赞美本来与我们无关的秋天

三五成群吟诵不接地气的文字

似乎要气死孔孟

七

及至寄人篱下的感觉

挤入姐姐的落第车辙

陪种土地的恐惧历历在目

又拉起队伍，约一帮文友

吹响《晨笛》

八

经历厉兵秣马、夜夜夜夜

主动拼刺，挑战独木桥

游入一爿鱼塘，陶醉在睡莲下

追逐舞步。扯一杆摇旗呐喊

占领昌檀楼制高点，日夜浇灌《新绿》

在重山之卜搅动《五马潮》

即使战败下山，仍琴瑟悠扬

余音绕梁三日

九

祖国时刻躺在我的耳朵里

动乱的脚步迷糊了许多尖头和孤傲

理智却煮熟了我们的思想

老师与我们情同手足

校长慈悲开示

枪和矛要射向谁？我们

至少不会不知晓乌鸦的隐喻

也不会过高掂量自己的声音

能够怎样动人

耳朵里常常萦绕着奶奶的童谣

▪ 创作年谱

1984　　在福清海口中学发起创办《落叶》。

1985 年

1985　　在福清华侨中学发起创办《晨笛》。

1986 年

1986　　在福建师范大学福清分校学生会刊物《绿叶》任主编，发起创办《五马
　　　　潮》文学刊物。

1989 年

1986　　从事电影评论写作，期间在《中国电影报》《电影评介》发表电影评论，
　　　　电影评论获全国二等奖，加入福建省电影家协会。

1991 年

1991　　从事小说创作。

1994 年

1991　　在福清发起创办《石竹风》。

1995 年

1992 年　小说《明明与大力》发表于《福建日报》副刊"武夷山下"；《五叔阿来》
　　　　发表于《福建文学》。

1994 年　发表《再见日本，再见日本》发表于《海峡》。

2009　　兼任福清市文联主席并担任《福清文学》主编。

2011 年

2014 年　《芷叶集》出版（中国文联出版社）。

2011 年　在《福建日报》副刊"武夷山下"发表诗歌 63 首；在《星星诗刊》发表
　　　　诗歌 17 首；在《福建文学》发表诗歌 14 首；在《诗选刊》发表诗歌 30
至今　　首；在《诗歌月刊》发表诗歌 5 首；在《芒种》发表诗歌 8 首；在《泉州
　　　　文学》发表诗歌 10 首；在《台港文学选刊》发表诗歌 11 首；在《诗林》
　　　　发表诗歌 1 首。

2017 年　《守望吉岚》出版（百花洲文艺出版社）。

郑　镛

本名郑绍标，字少鸣，1988 年生，福清人。福建省作家协会会员，福清市作家协会常务理事。在《星星诗刊》《诗歌月刊》《诗潮》《鸭绿江》《福建乡土》《青年文学家》《新大陆》《葡萄园》等刊物发表诗歌、散文作品。出版个人作品集《花开不在香·木笔集》《花开不在香·银杏集》。

▪ **代表作**

女　儿

桂花树下的小女孩儿
跳着，笑着，闹着
听，那小女孩儿的笑声
像极九月的云、十月的风
也像这一树盛开的桂花
晚秋最美的柔情

桂花香满鼻腔
那是收获的气息
是父亲前世的情花
今生佩挂胸前的宝玉
只要轻轻一碰
便会一直疼到心窝里去

被爱的女孩儿是幸福的
能够这样爱女孩儿
是父亲的幸福

▪ 组　诗

梨云落

往事如雨落梨花
有的，只是念想、顾盼
不能再见的是故人

相遇梨云落
不是似曾相识，是曾离别

暗杀自己

日夜寻思
漫步梦境之地
回到过去的过去
把时光磨成利刃
偷偷地
暗杀那一个
风华正茂的自己
然后，随他
一起消逝蹉跎之中

把心弄丢了

从一个城市游荡到另一个城市
漫不经心地昏睡于昨夜的迷茫

当美丽梦境被好心司机唤醒

匆忙下车时才发现

心丢了

站在陌生城市的车站广场

忘记了自己从哪里来，要到哪里去

当恐惧与无助成了唯一的感知

慌忙逆行于转动的电梯

任凭拼命的奔走

也就只是原地的踏步

只觉得自己是这个城市的异类

不敢开口说话

也不敢四处张望

只得假装赶车的行人

随着流动的人流

再次坐上不知开往哪里的公车

去寻找不知丢在何处的心

拘谨的小孩

那个小孩，一言不发

就像受惊的小羊儿

害羞而又拘谨

甚至不敢坐到椅子上

只是呆立人群边，扯着裤角

我想那椅子定是用荆棘编织的

一坐上去就将刺痛他幼嫩的皮肤

使他惊疑，让他恐慌，让他不安

一个人的独舞

没有观众

只有偶尔停留的路人

也没有舞伴

只是一个人的独舞

伴着音乐的旋律

踏着轻盈的步伐

沉迷自我的舞台

一曲云水谣

一支献给青春的独舞

即便没有灯光与华丽的舞衣

流过的河水

还是忍不住给她哗哗的掌声

避雨的鸽子

冬日雨天

自家的后花园

不打伞的小孩

爱上避雨的鸽子

年少的情怀

多情的人

一时的缘分

忘了注定的离别

噢了一下

鸽子飞上天际

就没见得回过头

只留下小孩

徘徊雨幕中

凄凄冷冷

▪ 创作年谱

2006 年　开始文学创作。

2012 年　1 月，加入福清市作家协会；作品发表于《新大陆》《葡萄园》等。

2013 年　诗作入选《海内外优秀华文诗歌精选》《星星诗人档案 2013 年卷》（四川民族出版社）。

2014 年　散文作品获"更生杯·美丽福清"海内外征文比赛社会组一等奖。

2015 年　诗作入选《诗意玉融——福清诗书画影作品集》。

2016 年　诗作入选《中国当下诗歌现场 2016 卷》（现代出版社）。

2017 年　作品发表于《福清侨乡报》《福清文学》等报刊。

2018 年　12 月，作品集《花开不在香·木笔集》出版（四川民族出版社）；散文作品获福清市"20 个关键词·描绘福清这五年"征文比赛二等奖。

2019 年　5 月，诗集《花开不在香·银杏集》出版（四川民族出版社）；12 月，加入福州市作家协会；作品发表于《星星诗刊》等。

2020 年　作品发表于《诗潮》《福建乡土》《中华文学》《青年文学家》《参花》《嘉应文学》《中国诗人》《当代诗人》等。

2021 年　1 月，加入福建省作家协会；作品发表于《鸭绿江》《辽河》《唐山文学》等；诗作入选《中国新媒体文学诗歌评鉴》（作家出版社）。

2022 年　作品发表于《诗歌月刊》《三角洲》等。

顾　北

1965 年生，祖籍闽侯，曾用笔名"福建老刀"。反克代表诗人，2009 年提出倡议并与友人共同创立"反克诗群"。成名作《假设比想象来得真实》《谁把大海打得口吐白沫》等。诗歌、散文、评论发表于《人民文学》《诗刊》《中国作家》《福建文学》《星星诗刊》《诗歌月刊》《当代诗坛》《诗参考》《北京文学》《诗》《绿风》等。作品入选《最适合中学生阅读诗歌年选》《1991 年以来的中国诗歌》《新世纪中国诗选》《中国网络诗歌 20 年大系》《〈福建文学〉六十年作品典藏》《闽派诗歌百年百人作品选》《21 世纪两岸诗歌鉴藏戊戌卷》等多种选本。获"诗选刊优秀诗人奖"，诗集（作品）获福建省优秀文学作品奖、陈明玉文学奖。连续 3 届担任"海子诗歌奖"初选评委。出版诗集《老刀的诗》《顾北诗选》《纯银》《狂喜之徒》《读狮记》等多部。

▪ **代表作**

一切都在赶来的路上

雨下在铁皮屋
雷声在赶来的路上
紧握着的那遥远的风景
回响在赶来的路上

一切都模糊不清
记得你曾朝着远山挥动着手
一种急切让爱来不及喊出口
但你的眼睛在赶来的路上

世界再大，与我无关
曾经，我冲出去远离了这一切

世界仍旧是你，小小的
梦的酒窝

爱你像生一场大病，像草原宁静的
中心，黄昏正点点滴滴
装扮赶来的婚礼。哦她们从未想过
等待是守候百倍的幸福

今生我要住在国营农场，那沿途见识的事情
那些瘦成皮包骨头的事情，我和你享受这宁静的快乐
你愿意在我心头煎煮草药也罢
等你看清我——头发花白。哦一切都在赶来的路上

▪ 短　诗

在人间

一鞠躬，我道歉了
二鞠躬，我忍住了
三鞠躬，我不想活了

兄啊，我怎么都没想到
这三点都做到了
他们还是不放过我

大象坐地

我们像扔掉一块阴影
扔掉了，那个旧年

我唯一的一次恐惧
是在梦里，似乎背上粘着

布满经咒的湿婆。把所有
艰难的日子过了一遍

只想大声喊出来，喊出来
"都过去啦"，如此而已

庞然大物也能席地而坐
这逃离栅栏的不堪

不确定要不要翻墙。等着
看见某些东西追上我

站在雨水淋漓的空地
再不写忧伤的诗

谁把大海打得口吐白沫

我站在悬崖看风景
海水把起皱的皮肤卷起来

缓缓推向岸边

这时我就想

大海老了

正在做拉皮美容呢

可突然在我脚下

一声轰响

我看见大海被谁打得口吐白沫

直挺挺晕了过去

床上的朗读者

岁数终于成了这样的一些东西

脸盆、牙套、袜子、眼镜，以及"老不死的"

当所有可见物逐渐模糊直至消失不见

当周遭安静如沉闷不响的锣鼓

原本以为不再来的一切可能都回来了

比如年轻的身体、蓬勃的欲望、潮水般的爱情

比如辽远、广阔、难以想象的一切

一只猫用爪子轻轻挠动门帘

隔壁房间里隐约听到的电视声音

楼下等待揽收废品的摩托声响

在床上，一本小说赤裸裸躺着

毛茸茸摆动的树枝上，小鸟大声朗读

夏天各种各样的奇思妙想

最后的玫瑰

我的院子只种三株玫瑰

月光、雨露和静寂

想象那三个女人的名字

像放肆的香

无处不在

你喊一个女人

月光就昏迷过去

你喊另一个女人

雨露在赴宴的路上

你再喊一个女人

世界静寂得瞠目结舌

▪ 长　诗

养山狂笑录

一

那里一座山，对我则不是

点一炷香，香火中老去的脸

那也不是我。我是山

二

半夜起床看山

山没了，谁收走的怎没有说一声

三
山有多高
长尾鸟就飞得多高

四
你可以蔑视一切
但不可蔑视黑夜里的一丝亮光

五
养鹤者
鹤亦养之

六
人老了会矮一点
山老了也会矮一点
情老了，山无语
而人，哭得撕心裂肺

七
没有任何一只长尾鸟
可以飞越眼前的山
除非你亲眼所见
——不过那都是最后的梦境

八
家门口有六棵杉树
我常常忘了她们名字
她们一次都没有走进我的房间

九
宿命主义者在清晨给自己
算了一卦

"哎呀，今春有喜"

十

白总最大的人性光辉
让我看到了它在新旧交替时间的
光线上，在悲悯如此响亮的
夜空，吓得躲在我怀里
簌簌发抖

十一

自家的大白菜自家吃
自家的大饼脸自家爱

十二

用半日拜佛敬香
聆听教诲
还有半日，我要用来搭木屋
沐浴更衣，然后去书中
寻觅白菜仙子
一个手无缚鸡之力的书生
他的固执与柔韧
足以感动暖和的冬日
——在初一元始的屋檐下
茶香犹如幸福的鼾声

十三

你有一条宽阔的眼神
镇住一瓣月光

十四

清醒像一条鱼
大年三十晚上桌面上的

一碗红包

十五

凌寒宋说，在海边失眠

"满满的海水啊"

山里人从不失眠

他们的梦里布满松柏和明月

十六

海上，波涛是海面划痕

山里，田垄是清风的划痕

不不，那些松枝，那些野蛮生长的

酸刺、油桐、乌桕和野苹婆

是整个春天的划痕

十七

我的闹钟真好笑

我每天都早于设定的时间

醒来。之后我再设定

更早的时间

今年的春天也是这样

十八

有没有一种可能

是不可能的

就像亘古的爱情

十九

如果一个人心里有一座山

会有鸟鸣和花香吗

爱情如果死了

就像一座沉寂的森林

但仍留在心里
连樵夫都不愿意砍伐

二十
路走到尽头还有路
爱到尽头
没有爱
了

二十一
给我一支枪吧
我用它杀死知更鸟

二十二
有时爱需要咆哮
白总就那样

二十三
白总，作为知名动物
你阔步向前的姿态是少见的
不知你何来的自信
你的家属，我
感到非常非常荣幸

二十四
像一支枪那样杀死知更鸟

二十五
学会像一支枪
快速杀死知更鸟

二十六
恐怖啊，失眠像黑布蒙住双眼

却像芥末通过了你的鼻孔

二十七

养山即养心

山即心

所以心比山要更沉重

二十八

有没有一只知更鸟

求饶的

二十九

拉金和弗洛斯特

谁更帅些

三十

坚果落下

白马已非马

三十一

一朵桃花是妹妹

千万朵桃花是春天

三十二

我尽量用力

发出大点的声音

想惊动一下这个世界

三十三

什么叫"午后"

松果、茶香与空白

三十四

既然这样

我就养几只鹅吧

痛苦的时候我就拔鹅身上的毛

人间不乏鹅的叫声

三十五

你永远不知道黑暗的森林潜藏着什么

直到你与黑暗融为一体

三十六

鹅迷失在森林可以大声鸣叫

知更鸟认命，它安静等待你的猎枪

三十七

有一天小白被我忘在门口外

没有号叫，没有反抗

它只是冲我狂说了一堆狗语——

你感觉像人类交流简史

三十八

在那棵酸刺树下我悄悄拍了一下

自己的脸

清醒点，兄弟

今夜的月亮需要私语

三十九

上山的路只有一条

下山的路千万条

四十

且停亭檐角半片月光一直无法擦洗干净

抬头望见已是秋天

四十一

这里发生过什么

——杨梅、桃子、李子树

四十二

一切都会消亡

在路上，你看见了万物生长

▪ 创作年谱

1980 年　接触诗歌，阅读《莱蒙托夫诗全集》，渐有习作。

1982 年　在学校创办校刊《葡萄》，并任主编。

1985　在地方刊物发表诗歌、小说、散文等，数量极少。

——

1991 年

2006 年　重新开始诗歌写作；同年底第一本诗集《老刀的诗》出版（惠特曼出版公司，笔名：福建老刀）。

2007　写出成名作《谁把大海打得口吐白沫》《假设比想象来得真实》《先锋十

——　一（组诗）》《献诗：给儿童福利院（组诗）》等。

2019 年

2009 年　本人倡议并与友人共同组建"反克诗群"。

2010 年　第二本诗集《顾北诗选》出版（中国理想出版社）出版；代表作《邮寄》《李白》等问世；同年底第三本诗集《纯银》出版（海峡文艺出版社）。

2013 年　11 月，第四本诗集《狂喜之徒（红本）》出版。

2015 年　6 月，第五本诗集《狂喜之徒（蓝本）》出版；组织并主持福清诗歌节暨第二届海子诗歌奖颁奖典礼；代表作《一切都在赶来的路上》问世。

2018 年　主编反克诗选《一意孤行》（百花洲文艺出版社）。

2020 年　5 月，第六本诗集《读狮记》出版（驿鲸文化公司）。

倪世璧

1939 年生，福州人，笔名闽都燕。省市作家协会会员，市土木工程学会会员，诗作入选《1984 年全国诗选》《福建省文艺创作 60 年选》等选集，多篇作品获奖，诗集《福州风采》2015 年问世。

▪ **代表作**

西湖公园一瞥

荷亭外一片轻波、一片云影
畲家姑娘指点湖山如画如诗
明眸似两洼清潭
荡漾着，省城绿色的夏季

汉族少女一往情深
久久抚弄着女伴的项圈
曾在闽东山野叮当作响
好一道溪流挂在胸前

真像一对亲姐妹
同样俊俏、活泼，同样幸运
一手握着理想
一手握着青春……

桨声，蝉鸣，柳浪汹涌
两个民族沉浸在欢乐里谈些什么
关于采茶，关于团徽，关于课本
关于初恋和太姥山歌……

▪ 组　诗

福州花瓶

——漆器厂见闻

油漆和着四月的虹、云、露

春天的色彩漾开，漾开……

瓶身上茉莉在吐蕊舒瓣

诱引着蜂儿迎窗扑来

曾经赢得全世界惊喜的目光

莱比锡展览会万千陈列品中的一个

五大洲善良的人们选择了它

好像选择了美、和平、快乐

于是在黎明，在窗台上

向湄公河边刚刚醒来的庄稼汉

向华沙工艺家、非洲黑孩子

福州花瓶擎一枝鲜葩，早安

驾壑船

始终停泊在悬崖绝壁

不知道从哪里漂来

只知道，它再也不想漂驶

也许，永远不会沉没

任云浪几千年冲击

是不休的岁月、不朽的谜

今天，天风呼应，开航吧
卸下孤寂，驶向真正的地湾
那里有灯塔、烟火、旗帆

隐屏峰听鸟啼

把一片山呼海啸
排除天外
好一道隐屏，千寻峭壁

风无声，雨也无声
古泉无声，草径无声
所有歌喉都被云雾窒息

不要以为群山是一片死寂
听呀，听那啼鸟一声
啄破封闭

哭　嫁

喜庆时刻
却泪流滔滔
龙凤花烛，照耀着这一天
一半红艳，一半哭叫

嫁出去一朵鲜花

嫁出去一把犁刀

嫁出去一声声鸡啼

嫁出去一曲曲民谣

嫁给一棵大树

一起抵御风狂雨暴

嫁给一条山溪

一起奔流，共泻月夕花朝

出嫁，半是喜悦，半是伤感

只好选择泪花表示心潮

哭一段苗条岁月结束了

哭一段壮实日子开始了

▪ 创作年谱

1957年　诗歌《新社员（二首）》发表于《福建日报》。

1958年　诗歌《橘林》发表于《福建日报》。

1959年　诗歌《星火集（四首）》《星火集（三首）》发表于《厦门日报》；散文《渔村二题》《古刹里的课堂》《丰收季节》发表于《厦门日报》；散文《渔光曲》发表于《中国青年报》。

1960年　诗歌《公社造船厂》《通宵挖水库》《食堂》《街纺厂》《公文箱》《山村四首》《秋收小唱》发表于《厦门日报》；诗歌《欢呼人民公社成立》《友谊四首》《三八号捕鱼船》《在古巴》发表于《热风》；诗歌《采茶歌》发表于《萌芽》8月号；散文《我漫步在闽江岸上》《写在五一路工地上》发表于《福州日报》。

1961年　诗歌《伙伴们，快快耕犁（四首）》《旗（外一首）》《将军的锄头（外一首）》发表于《厦门日报》；诗歌《春耕小唱（五首）》发表于《榕城新歌》；诗歌《夜归》发表于《闽侯报》。

1962年　诗歌《林区诗简（三首）》《植树谣（二首）》《伐木场场长（外一首）》发表于《福建日报》；诗歌《题车峰客店（二首）》《福州风采

（四首）》发表于《热风》；诗歌《侨乡纪行（二首）》诗歌《华侨新村（二首）》《夜巡（外一首）》发表于《侨乡报》；诗歌《滨海集》发表于《榕城新歌》。

1963 年　诗歌《福州二题》发表于《文汇报》；诗歌《建溪牵夫》《不老松》《渡口（二首）》《平和祖代渠》发表于《福建日报》；诗歌《写给古巴甘蔗林》《鲜血灌溉着崭新的中华》《松明——电灯》发表于《热风》；诗歌《记下这些吧》发表于《闽侯报》。

1964 年　诗歌《强盗的"义务"》发表于《热风》9 月号。

1977 年　诗歌《星火集（五首）》发表于《福建日报》。

1978 年　诗歌《艺苑花开（二首）》《建溪歌声（三首）》发表于《福建文艺》。

1979 年　诗歌《难忘的教诲》《松涛》发表于《福建日报》；诗歌《闽山的怀念（二首）》发表于《福建文学》3 月号。

1980 年　诗歌《海滨题咏（四首）》发表于《福建文学》第 4 期；诗歌《金沙寺见闻（三首）》发表于《希望》第 5 期。

1981 年　诗歌《海滨题咏（五首）》发表于《福建日报》；诗歌《蛇口路口（外一首）》发表于《福建文学》第 2 期；诗歌《接笋峰青松》发表于《福建文学》第 4 期；诗歌《海峡这一边》发表于《福建文学》第 10 期。

1982 年　诗歌《海峡这边鸡啼》发表于《福建日报》；诗歌《海峡的歌》发表于《海峡》第 3 期；诗歌《里程碑及其他》发表于《榕花》第 4 期；诗歌《海上喜相逢》发表于《福建文学》第 10 期。

1983 年　诗歌《建溪歌声（二首）》发表于《厦门日报》；诗歌《城市诗情（三首）》发表于《榕花》第 4 期；诗歌《疏浚》发表于《诗刊》5 月号；诗歌《步行街随想》发表于《福建文学》第 5 期；诗歌《醉乡音》发表于《福建日报》；诗歌《城市诗情》发表于《福建文学》第 10 期；散文《逛书店》发表于《福州晚报》。

1984 年　诗歌《晨洗》发表于《榕花》第 1 期；诗歌《鹈鹕与夜鹭》发表于《花鸟世界》第 3 期；诗歌《在那闽江中游（二首）》发表于《福建文学》第 5 期；诗歌《历史的丰碑》发表于《福建文学》第 7 期；诗歌《佘家酒》发表于《福建日报》。

1985 年　诗歌《五虎门默想》发表于《福建日报》；诗歌《闽东二题》发表于《海峡》第 6 期；诗歌《木兰》发表于《花鸟世界》第 6 期。

1986 年　诗歌《渔童》发表于《厦门日报》；诗歌《武夷山写意》发表于《福建文

学》第 6 期；散文《丰碑》发表于《福州晚报》。

1987 年　散文《情暖桑榆》发表于《福州晚报》。

1988 年　散文《人间重晚晴》发表于《福州晚报》；散文《刻苦创业，造福乡土》发表于《福州晚报》；小说《许九英沉浮记》发表于《榕花》第 3 期。

1989 年　散文《三谒昭忠祠》发表于《福州晚报》。

1990 年　散文《侨光》发表于《福州晚报》。

1991 年　散文《罗星塔下展新颜》发表于《福州晚报》；散文《古岭"气候好"》发表于《福州晚报》。

2005 年　诗歌《神圣永远》发表于天下妈祖网。

2013 年　诗歌《逛禽鸟市场》发表于《福建老人报》。

崖 虎

本名胡建雄，号涯风，"60后"，连江人。福建省作家协会会员，马江画院副院长，原"反克"诗人，曾任《海峡诗人》编辑部主任、执行主编。20世纪80年代后期开始文学写作，以新诗、古典诗词、散文为主，兼涉小说、文艺评论。作品发表于国内外报刊，入选多种选本。出版诗集《风的种子》。

▪ **代表作**

致抵达米拉山口的早亘

你站在米拉山口
我从你的眼瞳望去
字粒纷纷上腾
铺满云天
节律在字间抖动，应和风
在幡间沉沉的吟诵

米拉山，遥远的梦
我只能以文字
抵达你冥想的高度
在卑微的身体里点燃一盏灯
让双眼有光的痕迹
让黑暗成为更为永恒的留守

米拉山，今生
也许无法相见
鹰架上厚厚的尘土
已将我埋成

一段独自寂寞的陈迹
不再翻复

幡动米拉山
我，只能遥想

▪ **短　诗**

为我的子弹找一个地址

为我的子弹找一个地址
回去昨天
不在那些拐弯抹角的处所，滋生
话语（包括我的）和泥泞
太阳也可以暗了去
在它的精彩里
太多的热情被抛射，或者遗弃
没有向度的时辰
铺满星光的黄昏，还有
逃遁的月色，简单的实际
被目光度量后语言的逃逸
未及射出的子弹里存留的幻象
笼统发酵，溢过雨季
馏成暗夜的一个角落
承接固有的尘埃，或是
低潮里的足音
回旋我的背影
涌向与光阴绝缘的窗口

那些从木棉花里蒸腾的时间

我想分娩，生出我自己
在夕阳的光辉里，和着草味
还有风——我的影子
记录着所有时光

此时，我只是一粒风的种子
储存风的样子。我想
让风出生，并原谅我
因为珍惜而收藏的那枚灵魂

在远方变得更加遥远的时候
我已经不再肥沃，日子一再
深埋卑微，那些难以呈现的白
向后，一再向后

在过程里，我把底蕴酿了又酿
麦浪在低低吟哦
在呻吟的第二声部里
伸出黑暗的手，取名叫风格

此时，你正醒成一片绝色的风
用惊梦的手，抚摸我的脸庞
读取尚未存储的数据
那些从木棉花里蒸腾的时间

深夜比夜深一寸

把深夜里的光全部点燃
再点一支烟叫醒深夜

走进每一个故事
照个镜子，摇头走出

不认得我
深夜就在故事里

想要学会倒退
退到故事里的深夜

比昨天还要前一些的时候叫作夜
暗与明不深不浅可以看见

看不见
比夜深一点的深夜

无法点燃深夜
夹不住指间浮起的青烟

青烟在冥想里
我在青烟里

▪ 长　诗

存在感，风的样子

四野，莽莽茫茫

峥嵘像春天里所有的勃发

汲取疯狂，在阳光地带，内或外

多年后，才明白

收藏的不是能量

虚伪比强大更强大

雨在落寂，在隔离方向

断裂时间里的福利

雨淋湿时间时，春天被腐蚀

石头伪装成苔藓

装萌或怀揣别的什么目的

并失去存在的目标

视象支离破碎

在斑驳之中

有许多幻象，像风的脸谱

在经行的每一个路口

或停在某处，或扑进胸怀，把我穿透

或许斑驳的不是视象，是自己

一次次穿透，一次次被穿透

日渐剥离存在感和存在的道理

还可以旋入一片水域

激动荡漾，击碎幻象

或天光云影，或星辰月窟，或烟尘迷雾

听水打边岸，共浪染白沙，傍潮涌暗流
也静谧，也磅礴，也徘徊

若入了夜去，更可以无序些
暗香也罢，暗器也罢
都在夜里暗了去
消解于存在的母体——混沌

因为混沌，风没有样子
风是所有的样子
样子不再因谁而存在

有形涅蚀殆尽，欲退入夜色
那里可以不必形体，甚至省却声音
把一切都归纳给思维的角度
并摆脱时空的绑架
让现实与非现实的各种存在平衡起来
如果这是黑夜存在的理由
就不必任何一丝灯光
灯光是一道滤网，粘黏那些本无意义的存留
为了有形的存留，我们耗尽了所有原生的内力

黑暗是奢侈的
即使闭眼睡下，仍有梦光
我们很难摆脱对存在感的追求
就像位置，死了也得有
存在感不仅是现下的追求，它要求永恒
形体之外，现场之外，时间之外
像梦，比梦真实，比梦畸形、荒谬
在我们的行止言谈中
在钱币中，在对事物的占有中
在诗歌或别的什么文字中

风已不成样子

现在，它更愿意消退

沿着进化的反向

落实冥想中的虚妄、存在的虚无

甚至不愿在雾中存形

它要干燥的表里，像一场以空洞为目的虚拟

虚拟早已是一种存在

在不自觉中，把黑暗作为遁形的途径

并一路收拾沿途的假象或真相

然后，放入月光

让心底的水汽蒸腾起来

再呼出风，在氤氲之中定位存在

（该怎样描述自我？在风止云去之后，眼界里的风情漫灭）

我看见风开得袅袅娜娜

那些曾经设计的样板，与被设计的现实

一起飞逸着暗香

也许是暗器，都冲突着存在感

风的样子经不起时光转瞬

暗香带着麻醉灵魂的暗器

存在在不可自控的迷失中

像兀自衰败的风

在雨中削离

在秋天渐行渐深的沉静里

在现实还无法进入黑暗的时候

我的影子，尽管已经很模糊了

却有着清晰的问号

你穿透了什么

又被什么穿透过

斑驳的存在不是风
穿透的存在不是彻底的样子
在黑夜仍然有视线的周遭
可以寻找到的都不是最终的存在

谁给我们承载的力量
在柔软的边缘，镜花之前
黄昏雨中，与烟尘同路
御风穿萍，虚静坐忘，入梦出神
那就穿越存在，淡去风的样子
在形骸之外，在无所在
无所不在

这样的心境应该漂浮起来
不必深沉，像风一样，穿行森林
看阳光碎片，草树之间，摇移斑斓
抚摸腐树菇菌，无关采食，不记片刻图景
轻轻掠过草露，任其闪烁，不必吹干
顺着参天枝干，游戏叶脉，翻阅风情片片

还可以旋入一片水域
激动荡漾，击碎幻象
或天光云影，或星辰月窟，或烟尘迷雾
听水打边岸，共浪染白沙，傍潮涌暗流
也静谧，也磅礴，也徘徊

还是入了夜去
更可以无序些
暗香也罢，暗器也罢
都在夜里暗了去
消解于存在的母体——混沌

因为混沌，风没有样子

风是所有的样子

样子不再因谁而存在

▪ 创作年谱

2012年　诗集《风的种子》出版（海峡文艺出版社）；《如果需要》发表于《文学报》；《修复诗歌的"陶罐"》入选《古都诗歌传承》；《题莆阳延寿溪》《莆阳之绿野仙踪》入选《映像莆阳》（海峡文艺出版社）；《只是个旅客》等20首入选"反克"夏季号《合订的笔记本》。

2013年　《轻烟体：人比黄花瘦》《梦有一张醒着的脸》《相与葡萄，会有些心情，尽管没有事情》发表于《牡丹》；《糟糕，今晚睡不进觉去》《蒸发》入选《中西诗歌》总45期；《如果需要》等13首入选"反克"春季号《加精》；《不是我的罗马假日》发表于《罗源湾文学》第3期。

2014年　《告白》《如秋》《频道》《云河》《一分钟》发表于《九月诗刊》；《茶之缘》《八马茶山之夜》发表于《海峡诗人》秋季号；《聆听瓷语》发表于《海峡诗人》冬季号；《安放》《我最终忽略了我的存在》《2014年难道真是马年》入选《夯：反克诗群五周年（2009—2014）》。

2015年　《严重变形》发表于《福建文学》第2期；《我将在凌晨交出我的村庄》发表于《科普潮》总75期；《黑暗的风》等9首入选"反克"秋季号《哈扎拉尔》；《致铁观音》入选《叶上春秋》。

2017年　入选《诗天空》12周年特刊；《向低层写作致敬——简评袁绍珊诗作》发表于《海峡诗人》春季号：《走进仲夏月光之野》发表于《福建日报》"海丝寻梦"；《浅谈"80后"诗人》入选《闽派诗论》（海峡文艺出版社）；《风景在镜里寻找》等发表于《水仙花》；《我对"新死亡"的理解》《着落》《石头》《雪梅》发表于《浙江科学文化》；《马祖行》发表于《金凤》总104期。

2018年　《行走春天》《石头》发表于《海峡时报》；《如此，这般》发表于《青芝文学》总42期；《台北故宫》《九份有雨》《印象阿里山》发表于《创世纪》夏季号；《春的裸奇点兼致霍金》发表于《诗天空》夏季版；《你，似曾相识》入选《诗歌榕城：福州诗群联展》（海峡文艺出版社）；《幻想就斜靠在那堵墙上》发表于《诗群落》总12期;《切割黑夜》等24首入选《诗》总25卷。

2019年　《啜风白云山》发表于《人民日报》(海外版);《突然间,想起五月》发表于《诗天空》夏季版。

2020年　《凯旋武汉》发表于《长安》总323期;《梦有一张醒着的脸》《严重变形》入选《福建优秀文学70年精选·诗歌卷》(海峡文艺出版社);《路一到深夜就宽大起来》《这个秋天》《这是怎样一方土地》发表于《海峡时报》;《我无法予以命名》《有一种水被称为雾》《把时间储存于记忆》《因为感觉,活成属性》《关于线条》发表于《海峡诗人》总28期。

2021年　《秋幻》《薄》《干燥》《致蔓露庭》发表于《福建日报》。

鲁 亢

生于 20 世纪 60 年代，福州人。获 2016 年鼓浪屿国际诗歌节二等奖、陈明玉文学奖小说提名奖等。出版随笔集《被骨头知道》、诗集《在今夜》、小说集《时间，救我》等。

■ 代表作

亚克斯坦丁的雨

亚克斯坦丁的雨落在

屋顶和鸽子笼上

我记起你就住在这里

火车在这一站出了故障，站台里

挤满了操着各种语言的客人

我记起了二十年前的一群白鸽

在诺娜宗教广场啄食的情景

当我走进一旁的咖啡室

卖花的女人到处都是

我用当地语笨拙地问你的住址

亚克斯坦丁的雨密密地在下

许多人已经搭上便车去找旅舍

我想着去你家的那些街道

一位拉小提琴的中年人走到我的桌子边

他说让他拉一段亚克斯坦丁的雨

我随意点点头，朝一辆小车

招手，我告诉司机亚克斯坦丁的雨

把我载到那儿去

我这才发觉你就坐在我的前面

是你要听。广场上的阳光像流淌的河水

人们都想听亚克斯坦丁的雨

让我这个外乡人不胜其烦

也许是你的美貌，你向我征求意见时

我说亚克斯坦丁的雨

不会是别的，那就开始吧

现在已经结束。车窗外的行人一片湿漉漉

繁华的商店街已让人忘记

古老的亚克斯坦丁的雨是爱情的典故

汽车在街道中忽左忽右

雨声不绝，我感到去找你的心情如同迷宫

我明天就要离开这里

而且永远地离开

亚克斯坦丁的雨使鸽子笼中的白鸽冷得咕咕直叫

我问旅舍的老板干吗不把笼子拿到室内来

它会吵得我一夜睡不着

亚克斯坦丁的雨落在

我与老板的两种语言之间

我看他打着那种复杂的手势

猛然想起你就住在这里

你爱听亚克斯坦丁的雨

你就是用那种手势向我问道

亚克斯坦丁的雨，好不好，亚克斯坦丁的雨

▪组　诗

疯　狂

楼在雨声中分解

被疯狂时，任一时辰都是初始

好在我没事
独留这间屋子，更疯

网络日夜传递城邦的火焰
即将点着某处久积的世纪戾气

我的眼睛如被窃贼撬开的柜子
幻觉与零乱，不眠不休冒着火星，像假景

他们也快到了，近了
举着石头，一路跑着跑过来

造　马

我在我的梦内造马
多余又有歧义的残肢踢着尾巴和蹄影
在水坝边的马场
一度是我，青涩，无忧无虑
牵着拴马绳等某人出来
从背后，雷电轰顶，涉过大溪抵岸时
拔身跳起
抵近我的肌肉时辰
脸上有好看的雀跃的泪痕
在照记忆中的龟裂

上　衣

我是我的梦内一件青绿的上衣
挂在旧门的把手上

寂静中，窗帘卷起

窗户自行打开，超量的白昼涌入

上衣卸下头颅骨

和左手。右手折叠不辍，皱褶如刻

影瘫泻，恐惧开口读写

为未知的幸福凿着世纪的尿遁之道

▪ 创作年谱

1983 年　加入新大陆诗社，当时诗社里主要成员有丘熊熊、柔刚、徐德金、毕晴、
　　　　欧阳晶等；有诗作发表于《新大陆诗报》。

1985 年　完成诗作《缓刑者》，翌年入选《现代主义诗歌大展》。

1988 年　完成长诗《惊喜》，后全诗为厦门的民间诗刊《陆》所收。

1989 年　完成代表作《亚克斯坦丁的雨》；完成 4 首长诗；诗集《十二月》出版。

1990 年　赴日留学，于长崎完成诗作《一个旧日子》。

1990　　生活在东京，完成《雨天：静居与放逐》《走神的孤单和晚祷》；诗集《接

———　　近》出版；间或写了几个短篇小说，发表于《世界日报》等海外报刊上。

1991 年

1996 年　回国。

1996　　偶有诗作，少涉诗事。

———

2009 年

2009 年　加入反克诗群。

2016 年　获鼓浪屿国际诗歌节二等奖。

2018 年　随笔集《被骨头知道》出版（阳光出版社）。

2019 年　诗集《在今夜》和短篇小说集《时间，救我》出版（百花洲文艺出版社）；
　　　　获陈明玉小说奖提名。

2020 年　长诗《异乡人回到异乡》发表于《读诗》第 1 期；诗集《在今夜》中的 9
　　　　首诗作入选《思南文学选刊》；长诗三首《例外状态三部曲》刊登在《中
　　　　西诗歌》第 2 期。

曾　宏

福州人，20 世纪 60 年代生。诗人，艺术工作者。1979 年开始文学创作，获刘丽安诗歌奖等奖项。作品译成多种语言。著有诗集《旅程》《请给我》等，随笔集《挣扎与美》。写作外，近年专注于绘画、雕塑、书法、摄影等领域。

▪代表作

旅　程

闪电在竹林子后面咬了一阵牙齿

于是，喝醉酒的人们

把夜带回这个小小的村落

那时，我刚好坐在河边

听见巨大的岩石一片片剥脱下去

水依附在它们身上

产生了情人的魅力，改变着石头

就在这时，我还亲眼看到

波浪时时昂起头

想溯回上游

那一个个弯曲的浪头

仿佛就是我的手

总想拽住什么，却空无一物

我开始感到雨水在身上的摩擦

意识深处，我已变成鹅卵石和水了

肉体在变形而又想溯回灵魂的源头

当我徒步回到农舍，听见

同行的人在议论某个人的秘事

他们脸上的表情

因水的波纹而突变

把善良、仇视、同情和刻薄

同时流放在我眼中，并使我触到

某个人命运的一阵

剧烈的抖动，我转过身

赶紧去门口透空气，接着看到

闪电将黑夜的寂静咬成两截

我想，该去睡了

明天又得，起早登程

▪ **短　诗**

缅　怀

一只鱼死掉

被遗弃大地上

太阳尚未升起

它还年轻

海在遥远的地方

散发盐巴

看不出一点悲伤

我雕刻的鱼

没有一只死得比它逼真

没有一只能还原它

活时的真相

我用一辈子雕刻

活的事物

成就总是止于死

春天来了，今天太阳很大
我怀着忧伤的愿望
在大街上行走
满目游鱼
生死之间
我心里惦记着那条
英年早逝、意外夭亡的鱼

悬　浮

夜里一条丝瓜往上爬
在黑夜与灯光之间悬浮
止于瓜棚
止于虚空

我一边看夜景一边
模仿着它
在心里独自爬向天空
止于幻象

止于地心引力
它多像我孤苦的努力
在璀璨与暗淡之间
耗尽毕生

斧 头

我在磨一把锈迹斑斑的斧头

它一定劈过许多柴火

甚至剁过

鸡鸭鱼肉

不好说它有没有用来威胁过人

反正我开始磨呀磨

我看见曾经有人抡起过它

血光四溅

它真的可以制造大恨深仇

而我只用它削榫头

用来巩固旧生活

钓 云

一生都在钓一朵白云

从年少到半老

我每天都在钓白云

无论白天黑夜

乐此不疲

有时很紧张

有时很懈怠

冬天穿棉衣在风中钓

夏天裸身在屋里钓

秋天去山上，春天到海边

年复一年我钓白云

世上没人知道

我钓的那朵白云

也没发觉

我心里颤巍巍的鱼竿

乌云压顶的日子

我比你更多地经历

乌云压顶的日子

比黑更黑暗，比灰更惨白

我曾感到生

比死

更顽固、更持久、更窒息

现在，我坐在一张破藤椅上

看沙滩上白鹭觅食

水流清浅

一阵大雨扇过来

它们还在哪儿

被囚禁的树

代表所有树的

隔绝处境

从地面开始

上升到空气中

从坚决的钳制

扩散成口号传播

一棵树被困在

一方泥土里

只呈现薄薄的窒息

其他树看不见

也无从察觉自身的

等量状态

只有树上的鸟看得

清清楚楚

但它们不表态

它们的飞翔与栖息

都与现实

保持必要的距离

送　伞

远方好像要下雨了

或者已经下了

我没看出来

雨点打在路面上

人们纷纷躲雨

只有一个姑娘

顶着风雨

在大街上走

虽然已

过了多年时光

我还是想

送去一把雨伞

另一只鸟

大雨过后，我在

溅满晚霞的阳台上画画

画阴阳两分的世界

画人类本来的样子

一只鸟在我低头间靠近

对我说了很多话

我没听懂

就像从未听懂北方方言

江上洪水退了

紫色天光在鸟声中颤动

那只鸟说累了

把头埋进羽毛

埋进我死寂的心

轻轻地又啄了一遍

▪ 长　诗

回忆二姑母

大清早小区里吹吹打打

扩音器中有个女人哭丧某个人的娘

声音怪异又有点凄惨

送葬队伍穿过我睡觉的楼下

我继续睡

继续做记不起来的梦，一截一段的

九点十分，表哥打来电话说他妈

我的二姑母走了

半夜一点二十三分

那时我也许被某个片段的梦紧拽在睡眠里

后来再想想那会儿我应该没睡觉

在抄写老子的《道德经》

然后又写了其中的两个词

"上善若水"和"众妙之门"

我写的隶体来自汉代

临于墓志石刻

那被颂扬的墓主淹没在斑驳破损的字迹深处

我起床，继续穿厚重的毛裤且绑上更厚实的

护膝，再穿上一条外裤，上身穿得一如往常

不作任何记载了；然后下楼遛狗顺带

回忆起我的二姑母

我意识到这样的情节会对死者不敬

就把回忆的地点搬回室内

比如上卫生间，坐在马桶上

从容地缅怀过往，但是立马感觉这样更不好

所以决定，应该在洗脸刷牙之间

完成对一个人一生的遥望

我想起祖母说起饥荒年代二姑母才十几岁

本应把她嫁到乡下换两担地瓜米

但祖母说饿死就一起死吧

不能让她在乡下受苦；祖母真是个
有决断的女人，她的一生都受我景仰和爱戴

还是回到二姑母吧，她昨天夜里去世了
一个会计，一生一世都干这行当的活
没听说有什么爱好和远游
规规矩矩，坚守着人世的一切德行
可记载的是，她育有男女一双

我的表姐去年先她离世
打电话给我的二表哥早已退休在家
伺候他老母亲也有大几个月了
在我记忆中
我的二姑母的生平几乎可以忽略不计

我刷完牙齿就把这些事给回忆完了
想想也没有什么好回忆的
然后洗脸。今天特殊
洗了好多遍脸，记忆很少但还在流淌
必须一遍又一遍地洗脸以换取时间
洗第三遍时我又记起早年她每周
都回我老屋看望祖父母
有两件事印象深刻

我刚工作时就开始抽烟，然后某一天
她责骂了一句什么话呢？然后我
哼一声转身就走，那时我感觉自己
已长大成人；还有一件
貌似我母亲临终前一阵
她来看望，戴着大口罩
倚在门框边上，后面临街透进来的光线
把她照成一团黑影

这团黑影浓缩在我心里有几十年了

然后，不知洗了第几遍脸
我想起前一阵，也就是春节初二早上
我带着妹妹和妻女去看望她
这时她已皮包骨头，我们一起合了个影
二表哥示范着如何把她挪到床边
如何让她慢慢躺下，如何在她的
脚上系上一枚铃铛
说若是她要起床小解，铃铛就会响起来的

我在镜子前一遍遍地洗脸，然后
发愣，记不清洗了多少遍，就像我
记不清做过多少次梦，它们都包含了
哪些在世的事物；我在镜子里看到自己
也不可避免地走向衰老，就轻轻地叹了口气
结束回忆

有必要说明的是
也许刚才的那些缅怀与回忆
可能都发生在小区的遛狗途中，因为我记得
八号楼拐角那间小画室里
一名穿绿衣的年轻女教师正在
教一个穿红衣的小朋友画画
画什么我没看见
但那一幅景象，令人
印象深刻

▪ 创作年谱

1979 年　写下诗歌处女作，原作已毁。

1979 年　在《海峡》《福建文学》等刊物发表习作。

——

1984 年

1984　在《今天》《现代汉诗》《北回归线》《阿波利奈尔》《非非》《声音》《一
——　　行》等刊物发表作品。

1990 年

1990 年　在《十月》《天涯》《诗刊》《西湖》《诗歌月刊》等刊物发表作品，并入
——　　选诸多选本。

至今

程剑平

生于 20 世纪 60 年代，莆田人，现居福州。1985 年开始发表作品。作品入选《中国朦胧诗纯情诗多解辞典》《中国新诗选》《福建文学创作 50 年选》《2002 年文学精品·诗歌卷》《中国诗歌年选》《最适合中学生阅读诗歌年选》《福建文艺创作 60 年选》《〈福建文学〉六十年作品典藏》《福建优秀诗歌选》《中国当代短诗三百首》《中国新诗年鉴》《闽派诗歌百年百人作品选》《汉语地域诗歌年鉴》《中国网络诗歌 20 年大系》等多种选本，获《诗歌报月刊》征诗奖、《福建文学》优秀作品奖、福建省第十三届优秀文学作品奖暨第九届黄长咸文学奖等奖项。结集出版《一场没有落下的雨》《超度语言》《世纪末·狗叫》《新世纪·问医》。

▪ **代表作**

内与外：世界从针眼悠游而过

〇
老子说了什么
孔子说了什么

一
她拉上高领
又翻卷下来
看我脸色没有洇开
她把月季
从太阳的臂弯里扭过身来
在花蕾的瞳孔里
寻找一个影像

我摇摇头

事情没这么简单

二

一辆轿车从我身旁疾驶而去

车身蓝色，车窗紧闭

我甚至看清了车牌

但我无法告诉你：司机

她看我一眼。或者

他皱一下眉头

而这个司机可以肯定

这家伙，抱一个酒瓶

差点剐到，哦，他是个男的

三

但事情没这么简单

被窝里强烈想念一个人

起床后却追恋掠过窗口的鸟

瓶子躺下来

水只有一个念头：跑

瓶子立起来，想法

多种多样：可以养花

可以戏弄金鱼

常见的理智是待着

总有见底的一天

四

吸烟者被公约逼进洗手间

马桶是他最后的堡垒

排气扇呼呼，嗡嗡，嘤嘤

烟草是怎样被种出来
那片虚幻之地饱含人类思想吗
吸烟者返回公共场所

但事情没这么简单
他只走到烟纸这一层
眉毛就被火石打出焦味

五

不想起床
睡到春暖花开
或者，暂别人世

托梦给你的人
肩背一箩筐漫画
他没有告诉你什么
太阳送来了早餐

但事情没这么简单
有人梦游一趟扶梯
就不想爬回床铺上

六

蛇冬眠的地方
捡不到鸟蛋

水结冰的池塘
稻草看到天空伸出一条
拴着铁链的手臂

抓住人世
抓住草籽

一把童年的歌谣

世界从针眼悠游而过

七
樱花树下
残余几瓣幻想

当婚姻仅剩下一张糖纸
蚂蚁开始逃荒

在每一个波浪上
搭一座廊桥

不要任何礼仪
干杯

但事情没这么简单
老了，得有人搀扶

从秋千上把我们抱下来
从信封里将我们抖搂出来

八
世界从针眼悠游而过
它没有线头

九
天色未明
一张铁皮掠过屋顶
砸出一块空地

水泥浇筑的空地

排除花花草草

迎接这一天大的巨响

我睁开睡眠

还不能看清墙上的挂钟

那就躺着，再等一会儿

或许，还有时间

改正一个错别字

……

尊敬的米兰·昆德拉先生

您和中国女人

喝过茶吗

▪ 组　诗

黑屋子与火柴

我划一根火柴

照亮一些事物

比如方桌、圆凳、屎壳郎

我又划一根火柴

照亮另一些事物

墙上挂着的，蜘蛛网

黏着的，翅膀或灰尘

这是一间黑屋子
纯粹时间的，由火柴照明

一根火柴
只能让我看见一部分
接着是等待。我的等待
也是下一根火柴的等待
我想，所有的火柴划尽了
黑屋子仍无法照遍
事实上：火柴，并无所有的

我的乐趣和信心，来自
我不知道：手上
还有多少根火柴

一块铁飞上了天空

这是工厂里的故事
很多人看见——一块铁
飞上了天空，但都不相信
那是一块铁

恰好有一只鸟飞过
火光映红了它的翅膀
它越飞越高，甚至把影子
也带向天空

在工厂里，总会有一只鸟
从工人的头顶飞过
让人觉得生活在鸣叫

飞翔

但很多人，越来越多的人
看见一块铁飞上了天空
有的说比工厂还要大
也有的说像锅盖

……
不管等多久，是铁
总会砸下来。这一点
大家深信不疑

捡一个黄昏回家

许多时候
我们空手而归

屏息静气拐过一个急转弯道
我扫一眼副驾驶座
许多时候，也不是
完全那样

天黑得越来越早
在我们抵达寿山村
找到那条溪流之前

我动摇了
在今天和明天之间
打开左转向灯，掉头

我们又不是真的为石头而来
熏了太多油烟的眼睛
捡不到那种石头

只能捡一个黄昏回家
啊，这么陡峭的下坡路
停下来不走都难

又看到一块提示连续急弯的路牌
手心提早冒汗

副驾驶座坐着我老伴
一言不发，紧张
使她显得比崖壁更为险要

一个拽着母亲衣角走路的男孩

一个拽着母亲衣角走路的男孩
像小写字母 a
柔软的毛发随步子上下耸动
眼睛左右张望，看不出来
是高兴还是不高兴

他们走的这条街没有表情
汽车较先前多了一些，行道上的
杧果树，不见落叶，长高了一点
戴黑框眼镜的，还是花店里
那个开始显老的女人

这条街的尽头连着另一条街

从树根下钻出地面的蜗牛

算计着男孩成为大写字母 A 的一天

天色暗下来的一刻，男孩跳过一盏灯光

走在前头，手依然拽着母亲的衣角

时光尖利，我不觉得锥痛

犹记得墙头上的芦苇

看我摇摆

追随一阵风长大

犹记得我背诵《石壕吏》

刚刚学会爬墙

芦苇不见了，稗草也不长了

星空插满瓦片和碎瓶子

犹记得铁丝滚笼

在我年老体衰的时候

架上墙头

第一天勾住一片羽毛

第二天刺破一只气球

没有第三天

时光尖利，我不觉得锥痛

下一站，将是至暗的飞程

从灯光看不到的沙发背后，一只蟑螂

呼啸飞出，带着金色的英勇和恐慌

现身吊顶—字画—中国结

虽说每一站飞程只有三五米
却在我头顶，比鲲鹏更让客厅震惊

毋须吾言，蟑螂是地球上最早的记忆芯片
是水、空气、阳光、尘埃的叙事者
远的不说，大慈大悲也不说
仅仅以我为例，说说一个顺应衰老的人
——唉，故事埋进两只拙朴的眼睛里——罢了

切换频道。蟑螂停在一个念头上屏息静气
这一会它可能鄙视白垩，冥想鸟类祖先
它还有下一个站点，还要呼啸飞出

"下一站，将是至暗的飞程"
我起身，关灯，推门，反身退进卧室
——一个遵守作息时间的老人
不懂得该怎样学会给这个世界
道一声："晚安"

▪ 创作年谱

1983   参与永安君子兰文学社活动。

——

1987 年

1987   创办绿色龙文学社，主编《绿色龙》杂志若干期、诗报 5 期；期间加入福
——   建省作家协会。

1992 年

1988   参与福州铁路文学艺术界联合会组织的活动，担任《武夷号》杂志（后期
——   改为《福建铁路文学》）诗歌、散文编辑。

2004 年

1991 年   参加诗刊社函授学院学习。

1989 年　参加诗刊社在山西原平—五台山举办的改稿会。

1990 年　诗集《一场没有落下的雨》出版（与蒋旭艳合著，天马图书有限公司）。

1993 年　参加北京一些诗歌团体举办的笔会。

1997 年　参加福建省青年文艺家创作会议。

1998 年　参加漳州新死亡诗派、《诗歌月刊》举办的"南方诗会"，之后几年间多次参加新死亡诗派举办的创作交流活动；诗集《超度语言》出版（作家出版社）。

2000 年　参加福建青年诗人作品朗诵会，之后几年间多次参加福建文学院、福建诗歌朗诵协会举办的诗歌沙龙、诗歌朗诵等活动。

2003 年　参加福建文学院、厦门文学艺术界联合会举办的首届福建青年诗人创作会议；参加莆田文学节活动。

2004 年　参加霞浦"丑石诗会"活动。

2008 年　参加厦门文学艺术界联合会举办的第三届鼓浪屿诗歌节暨第二届福建青年诗人创作会议，会议安排对省内 5 名诗人作品进行讨论，系其中之一。

2009 年　参加福州反克诗群，系首批成员；参加新死亡诗派承办的首届八闽民间诗会，会上作题为《好玩，莫名其妙》的非主旨发言，含混介绍反克诗群不可理喻的写作气象。

2010 —— 2013 年　先后参加福州文学艺术界联合会组织的"湄洲岛""涵江映像"诗歌采风活动；参加反克诗群在福州、鼓浪屿、常熟等地举办的"24 小时跨年诗会""双城诗会"等活动。

2013 年　诗集《世纪末·狗叫》《新世纪·问医》出版（香港中国理想出版社）。

锜 炜

中国诗歌学会会员，福建省作家协会会员，福清市作家协会副主席，福清市历史名人名家研究会副秘书长。作品散见《中国青年》《星星诗刊》《福建乡土》《新大陆》《葡萄园》《中国教师报》《北京诗人》《诗潮》《青年文学家》等多家刊物，入选《2014年星星诗人档案》《海内外优秀华文诗歌精选》等选本，多次获全国、省、市各类征文奖项。出版诗集《宁无此夏》。

▪ **代表作**

敦 煌

在走进大火熊熊的荒漠
半册燃烧的经书
在沙海的驼铃声中风化
黑成一片砾石
裙裾飘飘的飞天
仰望三千丈火焰
一根根黑发哭成飞沙
捧一把于手心
融化成满掌的血泪寒霜

三千个诗歌的韵脚
自隋唐平平仄仄而来
逶迤成出塞的一曲悲歌
一把绿锈斑斑的断剑
簪在莫高窟的发髻
刺痛漠风的每一根神经

掷一柄长剑

叩问苍天

一弯弯问号自眼泪中泅出

我向上苍祈求

傍着阳光的方向

播种你的万般风情

为你留守最后一片灿烂的笑容

一种企盼游进我的血管

敦煌

请你以定格的耐心等待

大漠孤烟定会因你而飘逸

▪组 诗

吉岚古寨

余晖还在天边燃烧

便开始了一场没有约会的旅程

拾级乡间碎石小道

古朴如初的窗台

还有矮墙和瓦楞上的狗尾草

尽情释放山村的气息

村妇抱禾而归

山民们三五成群

散坐屋檐下拉着家常

山羊在田边悠闲啃草

一位飘飘而至的少女

在石墙边、栅栏旁、花草间

捡拾属于自然的讯息
一举手一投足间
渲染了现代的气息

面对突然的访客
山民们闻讯而来
讲述着古寨的历史典故
有些发黄的情节
经过热情洋溢的描述
一次次被翻新版本

吉岚古寨
你是上苍遗落人间的一块璞玉

父亲的背景

父亲一辈子与农作物对话
他是伺候庄稼的行家
曾经当过村生产队的队长
在我的印象里
父亲像土地一样木讷
老实巴交的父亲
喜欢和庄稼打交道

父亲变着花样经营土地
种稻，种瓜，种菜
土地在父亲的锄头下
服服帖帖
心甘情愿长出粮食和蔬果

父亲在节气里耕耘

春华秋实

每一个季节的交替

父亲都提前打下伏笔

等待收获一粒种子的蜕变

一辈子辛劳的父亲哟

背后是一片绿色的背景

眼前的庄稼

前景广阔

麦　芒

童年的时光

在草垛间晃悠

情节单调而深刻

麦芒被生活充满灵性

喜欢往衣领深处

寻找片刻的安逸

游戏的剧情

匆匆被母亲的吆喝

打断色彩

麦糊的清香

漫过炊烟袅袅

诱惑着远方的过客

绑　架

今夜，我莫名其妙被绑架
绑匪戴着一副文明的面具
在我无聊翻看报纸的瞬间
从彩色插图的背面
突然把我掳获

当时的场面没有证人
警察也找不到视频录像
我就这么悄无声息地
从一张报纸里消失
局促的书房地板上
撒落了几枚无言的铅字

这些残余的墨香
不知能不能透露一些讯息
作为警方破案的依据
今夜，就是在这样夜色里
我在字里行间找寻突围的方向
却也迷失了自己

▪ 创作年谱

1994 年　处女作在《中学生语文报》发表。

1996　　在《福建师大分校报》担任记者团团长，创作一批反映大学生生活
——　　的作品。

1998 年

1998　　深入农村和教学一线，创作体现"三农"元素作品。

————

2010 年

2010　　赴宁夏盐池五中支教，汲取西部养分，创作一批反映西部特色的诗歌作品。

————

2011 年

2013 年　当选福清市作家协会副主席。

2016 年　加入中国诗歌学会。

2017 年　出版诗集《宁无此夏》（现代出版社）。

2019 年　加入福建省作家协会。

蔡立敏

福建省作家协会会员，福清市作家协会常务理事、散文创作委员会主任。作品散见《中华文学》《中国诗人》《中国文艺家》《青年文学家》《诗潮》《福建乡土》《鸭绿江》《泉州文学》《生活创造》等报刊。

▪ **代表作**

过　年

年，一只兽从水中醒来
逃离了先祖们的姿势
甩开空间的距离
时间终结在
一个白胡子老人的出现

桃符、爆竹，灯火万家
坚守秘而不宣的盟约
习俗用一个华丽转身
劫后的笑靥，以虔诚的仪式
定格延续的传统

沧海桑田，年
皈依了，声声火光炸响
红彤彤一片又一片
故乡捧出所有的热情
开始召唤

我踩着离别时的路

携妻带儿装满一年的收成

把父亲的那壶老酒

喝成先祖的模样

▪ 组　诗

在诗里，约一场逼仄的雨

在诗里，约一场逼仄的雨

把小巷下成逼仄，只容一个人

所有的不期而遇，不再擦肩而过

在小巷尽处翻开一页绮窗

人面桃花开在窗外

一顶花轿抬起深深浅浅的牵念

雨中款款而来

在雨中造一虹桥

一轮满月乘着一叶扁舟

一柄油纸伞，迎候在泛黄的桥上

挽起款款而来的牵念

湿漉漉的时光，不再流水悠悠

在时光里搭座古戏台

水袖轻拂，每次偶遇定格在

逼仄的雨中。江南书生一生守候

一张古琴，几行断章

轻抚逼仄的小巷，平平仄仄

一处清幽，与石头对话

你喊我的名字，惊回首
青苔里走出几行汉隶、一块石碑
微微羞红着脸

思绪蘸满宣纸，虔诚囚进石头
寂寂千百年，清幽独守的人呵
你在等我吗？目光与你相接的那一瞬
故人归来，感动和悲悯
一齐涌上心头

遇见你，我就是有缘人
就在今夜，满月握住一管羊毫
燃香，研墨，铺纸
从石头里，请出你
守候和执念，轻轻落下

亲人在野外

穿越鳞次栉比的间隙，山逃离了
打开夜的闸门，海回到梦里流泪
如果没有这个逼仄的隐喻
我早已忘却来处

亲人都在野外。接受过现代文明洗礼的我
徜徉在钢筋混凝土的花园里

开会，醉酒，发呆，一直坠入
五光十色的深渊。只是偶尔挣扎
涂鸦几行文字，试图与虚空对话

梦中醒来，书架上那枝东篱的菊艳若
夭夭桃花，睡意被彻底撩走
无端地想起那年冷雨纷纷
爷爷坟上几粒早起的嫩芽
仿佛在告诉我有关亲人的讯息

亲人都在野外，我对自己说
天明就出发
走向山，走近海，走进丢失的
亲人，还有自己

空　白

每个落叶纷飞，注定要走失
一些人和事，世界趋于空白
忧伤是率先的抚慰

坐在水边，忧伤围着我
沐风，品茶，弹奏起一段枯水
心香丝丝缕缕，升腾，散逸
断断续续，阳光、芦苇、残荷
映照后退的天宇，一扇扇辽远的窗
渐次开启

挥手告别吧，我赠忧伤以金色的羽衣
秋单纯、宁静。西去的晚霞和大雁

留下几行诗，试图填补

此刻的空白

▪ 创作年谱

2020 年　加入福清市作家协会；7 月，补选为福清市作家协会常务理事、散文创作委员会主任；12 月，加入福州市作家协会，被聘为《青年文学家》2021 年度签约作家；《画中紫禁城》发表于《中华文学》第 3 期；5 月 27 日，《蔡立敏现代诗选展（八首）》发表于《福清侨乡报》；6 月 10 日，《冬至，岁月的蒹葭开始泛黄》发表于《河南科技报》；小说《回归》发表于《意文》第 3 期；散文《指月之辨》发表于《生活创造》第 6 期；《小满，最美的姿态》《儿时的故人》发表于《青年文学家》第 7 期；《天上有一颗星在闪烁》发表于《文学百花苑》第 7 期；《顽石的思想》发表于《文学月报》第 8 期；8 月 5 日，《蝉》发表于《营口日报》；8 月 27 日，散文《金石情缘，悲喜自知》发表于《福清侨乡报》；散文《老屋》发表于《泉州文学》第 8 期；《美学意象》《如火人如茶的红》发表于《西南当代作家》秋季号；《过年》发表于《辽河》第 9 期；《老屋的天井》发表于《中国诗人》第 5 期；《原乡（组诗）》发表于《中国文艺家》第 8 期；《太阳和雨有个约定》发表于《雪峰》第 2、3 期合刊；《今日霜降，我漫步龙江桥》发表于《海峡诗人》第 2 期；9 月 16 日，散文《把酒黄昏，华年如花》发表于《福清侨乡报》；散文《寻寻觅觅，此情何寄》发表于《文学月报》第 10 期；散文《夜游秦淮河》、《故宫博物院漫笔（组诗）》发表于《福清文学》第 3 期；《校园里的樱花》发表于《参花》第 10 期；《分别之后》发表于《作家新视野》第 3 期；散文诗《处处皆风景（四章）》发表于《海峡诗人》第 3 期；散文《石竹山的梦》《从南少林说起》发表于《福建乡土》第 4 期；散文《台北心情》发表于《中华文学》第 8 期；散文《营口，以君子之礼与美好相约》发表于《鸭绿江》第 11 期；小小说《您落聘了》发表于《文学月报》第 11 期；11 月 17 日，《在大姆山（组诗）》发表于《福清侨乡报》；《一处清幽，与石头对话》发表于《诗潮》第 12 期；散文《新的起点，从中华文学开始》发表于《中华文学》第 12 期；12 月 2 日，散文诗《读秋，百转千回（六章）》发表于《福清侨乡报》；《雕刻家》发表于《作家新视野》第 4 期；12 月 16 日，散文《千年唐陂，福泽万民》发表于《福清侨乡报》；《我想长成一棵树，或一只鸟（组诗）》发表于《雪峰》第 4 期；12 月，《远古遗落的一粒陶》发表于《中国文艺家》；7 月，诗歌《太平山，一泓洁白千年守候》入选《福清文学创作 70 年大观》（海峡文艺出版社）；12 月，散文《石竹山的梦》获"亲历 30 年"福清撤县建市 30 周年征文优秀作品奖；散文《从福清南少林寺说起》获"亲历 30 年"福清撤县建市 30 周年征文入围作品奖；散文《新的起点，从中华文学开始》获《中华文学》创刊五周年征文二等奖；诗歌《远古遗落的一粒陶》获首届青年文学家文学大奖赛诗歌组特别奖。

2021 年　1 月，加入福建省作家协会；散文诗《先哲、虫子及我的世界（三章）》发表于《塞上散文诗》第 1 期；散文《雨中谒"三孔"》发表于《湛卢文学》第 1 期；3 月 26 日，散文《生命是一条河》发表于《山西日报》；4 月 2 日，散文《遇见》发表于《福清侨乡报》；散文诗《明月诗心（六章）》发表于《福建乡土》第 2 期；《回乡记（三首）》发表于《青海湖》第 5 期；3 月，散文《老屋》、《故宫博物院漫笔（组诗）》入选《当代原创散文诗歌精品选》；散文《指月之辨》等 4 篇入选《与乡书》。

谭 杰

本名谭良杰，生于20世纪60年代，祖籍重庆，现居福州。反克诗人，中国作家协会会员。作品散见《福建文学》《福建日报》《诗选刊》《诗林》等报刊，入选多种选本。著有诗集《行吟大地》《柿子红了》。

▪ **代表作**

故乡的路

二哥从老家打来电话
他说老家的路
杂草丛生，越来越难走了
老屋寂静地立着
老家的人越来越少
只剩下幺叔还在留守，他说
幺叔的身体每况愈下
撑不了多少日子
一听到这里，这颗心就像
儿时打猪草的手
被阎王刺深深扎过一样的痛
故乡父母的坟茔
稻田、水库、麦田与油菜花
顿时在我面前荒凉起来

时光像一条绳索
又像一条河流
绑紧记忆，又放任自流
故乡的路好走时
我不在

外乡的路难走时

它不在

我们的路好走时

父母又不在

▪组　诗

傍晚需要一首诗

傍晚需要一首诗

用清澈的眼睛慢慢地写

一个孩子的初恋

从懵懂，忐忑，热烈地芬芳

初吻，像一场春雨

它珍贵得忘记了，她们都还小

被雨水淋透了

会有轻微咳嗽，心口会疼

好长一段没有路灯的路

黑夜你们不会行走

记得彼此照亮

亲爱的，春雨以后就是春雷了

别忘记了捂紧彼此的耳朵

黑色的眼睛，黑夜一样沉默

夜晚成九十度倾斜

坐在靠背椅上

寂静之地
我和一只猫在同一个地方
猜测这个世界

我清晰地看到
伸手不见五指的壶里
沸水腾腾
金戈铁马
仿若一群受惊的马在狂奔
真相，被一只猫捕捉
我端起一杯茶
只轻轻一弹，惊马停在了原地

夜色混沌如初
我们黑色的眼睛，黑夜一样沉默

雾　都

我们习惯地把自己的心胸
描绘成可以装下一座城
或装下一个世界时
这个城市
近前的江，远处的山
含蓄地用一层灰色的面纱
包裹住它的大

眼看它吞没两条江
三座大桥，无数的大楼
在吞没一列火车时
我的身体跟着一座大楼剧烈地

摇晃

一个虔诚的人
一个放下骄傲的人
行走在它的中心
走着走着就不见了

每天穿过一条江

十年来
我坐在一辆车上
每天穿过同一条江
周而复始
江心高耸的铁塔
很显然
比之前沉默
就像这一江的水
在我的身体里流淌
一缓再缓

我们在阳光照进的梦里摇摇晃晃

花生躺在喜欢的位置
它的世界庞大
学会鸟鸣，学会压低声音唤我
一个园子，都是它的
每一个若有所思
在我看来，都是很美的

我对一只猫入戏太深

仿佛我看到的与它看到的

一样精致、一样美

只是我

用习惯的语言唤它时

它的不以为然

才回过神来，我是我

会煮一壶茶

看一本书

写一首打油诗

斜躺在罗汉床上

在大白天沉沉睡去

醒来又睡去，如此反复

我们一起躺在时光跑道上

在阳光照进的梦里摇摇晃晃

夜晚很轻

直直的长路

黝黑了

城市的胸膛

孩子们却躲在了楼顶

玩起了跳跳棋

铁塔伸出长长的手臂

也没能捕捉到

一只萤火虫的光亮

像传说中

一列绿皮的火车

开了过来

窗口挂着白色的愤懑

夜晚很轻

她的额头上

挂着圆圆的灯笼

夕阳落进山谷

以前的暮色是金色的

有时又是黑色的

今天的暮色

金色中夹杂着乌云

一大片，黑压压的

这就像一月以来

我们心里头压着的石头

有时很轻，风一吹就动

有时很重，引来了雷和闪电

太过沉重的春天

无数的种子仍在生发

半山上

几枝孱弱的迎春花

开出来两朵

别在了大地的胸口

暮色的忧伤

在浮云上蔓延

巴松措的清晨

浮云与湖面

多像一个虚幻的梦境

一个来来去去

匆忙装扮群山

一个寂静，像一面镜子

把一切收入眼底

一个过客，就是一片浮云

自行来去

记录，拍摄，凝视

铺展一切壮美

时光如水，我只能一次

踏入一个湖

摘取一片云

尽我所能。辽阔无垠的大地

巍峨群山，湖泊啊

我就这样行走

终于一朵枯萎的格桑花

把一列火车吓得跑得飞快

把自己拉得长长的

像一列火车

风一样穿过楼群

我晃动得厉害

不知道这栋楼吞下我时

是否会晃动

吐出来一列长长的火车

吐出那么多人

是否会晃动

当我变回人时

看到楼底下那么多人

拿着相机的手

还在不停地晃动

把一列火车吓得跑得飞快

初冬的阳光

太阳移动一步

我跟着挪动一步，我喜欢

时光的阳面

害怕那些

如影随形的梦魇

水仙尽放之后

我们的枯萎随时来到

两粒金黄的橘子

皱巴巴成熟

我们挤挤挨挨蜷缩在里面

岁月静好，轻轻切开

在无尽的爱里

我们抵死活着

远　山

远山压顶而来

由远而近

穿过我

穿过新年最好的下午

我埋头赶路

迎春花开满的山崖

我的头顶

云和雪

交织在一起

雨一直没有下下来

天气阴霾遮蔽之时

把自己抽离出来

往事那么多

我提取温暖那部分

心跳有起伏

一双干净的眼睛里

一场春雨饱含悲悯

今天绕不开一部诗集的

第 78 页了

那里写着："一只空茶杯，寂寞得发白，她却总是滚烫得发红

每次，与她在一起，都会把他的心

烫得生疼"

走了大半天，雨还是没有下下来
我躲在房间里
像是被瓢泼大雨淋透了
呼吸里带着雨滴

一棵树的蜕变就是一个轮回

我在它的对面，与它
经历同样的四季
看着它生长，叶茂，枯黄
落叶。一个轮回后
又看着它
从干枯的枝丫冒出一朵，二朵
三朵……直到第七朵花
我躲在长满嫩绿叶片的树卜
经历它一样的四季
我的身体长不出枝丫
没有花朵冒出来
没有叶片
我的生命光秃秃的
没有轮回
只有白茫茫一片天空
一片沃土
你种下的命运偏执地爱我

打　坐

有时候你盘住双腿

微闭双眼

此刻若有寂静，有神明

仅仅凭你沉默

就能从寂静中穿过

你听，一片叶子落在窗台

你听，尘埃扬起

你听，夜色深处有回声

像我的心跳，咚咚咚……咚咚地响

可怕极了

蜻蜓的翅膀

轻轻的羽翼

不要触碰

怕它飞走了不回来

我也有薄薄的一层

但不是羽翼

一张流浪世间的皮囊

一经触碰

他就想飞，但

碍于沉重的骨头

我们是黄昏的一道风景

我们的手
比以往搂得更紧一些
生怕黄昏
再挤进我们的身体

我们熟透了
比黄昏还沉

一个人的下午茶

这不能界定
我就是孤单的
电扇在奋力搅动。风
吹向我这一边

这么多的风
夹杂时光的碎屑
奔向我
这么多落叶打破静谧
奔向我

孤单盘旋在头顶
落地为霜
她早已为我
备好御寒的衣物

迎春花

开在山谷的迎春花
随了风的脾性
时常抱着一棵树
摇晃乌云
安全感在树的一头
扎进泥土里

月光与尘世
趋于安静
有些无辜的人
被永远留在了冬天
也有一些
是该留在冬天的
他们潜伏下来
月晕
比以往灰暗了许多

又一天

一些清脆的声音
留给床榻
太过柔软的天气
麻木了舌头
忘记了茶
还滚烫着香气

一长串斑鸠的鸣叫
拉长了泛白的发
每梳理一次
警报就拉响一次
大门口
一支枪对准额头
说
"你是谁
从哪里来
要去哪里"

还有多长

苔藓的嘴里
有一架时间机器
记录这个冬天
被白色的院落丢弃
有多长

他的胡须
嘈杂、干枯、泛白
有多长啊
剃刀嫌弃早春的蒿草

正午的光
穿过透明的气溶胶
白色悬浮的芦苇
眼睛轻柔
咳嗽及轻微的低烧
被一一排除

渴　望

阳光从天边

滚落在镶了花边的榻上

潮湿氤氲的水汽

从这里升起

显得温暖急切的样子

你先不要说话

好好躺着吧

每一寸山河的每一寸肌肤

此时，都需要

好好晒晒

二月樱花

一月被过去的十二月

拉入了谷底

步伐越发沉重

二月睁开眼睛的小灯笼

在简朴的后院里摇晃

犹如一串风铃

时而叮铃

时而寂静

风在她眼眸里生长

时而疼痛

时而欢愉

一群鸟向北飞去

云朵长久托付给高天

阳光穿透他的脊梁

任凭风起苍澜

雨水过后

剃刀被囚禁

一颗玻璃心吊到了前额

疯长的青草与长发

谁怜悯

就谁托付去吧

清晨，弯曲的小路

太阳依旧跟随

一群鸟一路向北飞去

龙抬头

剪去蓬乱的发

就像割去旧岁一冬的

枯槁的杂草

堆积一冬的愤懑与忧伤

一堆旧报纸里呈现

真实与谎言，激情与中伤

旧风俗在溃败

锋利的剃刀割去鬼神的舌头

一地的雪，在一段时间

以数字命名的城市里

逐渐融去

这个春天

石破天惊地到来

这颗滚烫的头

仍越剪越白

问西东

相较于对一封信的攻陷

弓箭互伤的刀痕

我更在意

西风劲吹东风微寒时

保住一口真气

能吹热

糊口的粥粮

枪炮射出的字词

会烫嘴

灵魂怯弱

爬不出低矮的城池

在南迦巴马峰山下

南迦巴瓦峰一如过往的神秘

我们千里奔袭，只是想

看到它高耸的"直刺蓝天的战矛"

但它几次，只掀起面纱的一角

在它面前，我们如此渺小

又如此幸运，在它脚下

雅鲁藏布江大峡谷的头顶

彩虹，在我们到来时

伸出双臂迎接我们，久久不去

在南迦巴瓦峰面前

所有的疲惫和疼痛，不值一提

我们只是大地的一滴眼泪

有时在雪山出现

有时在山峰出现

有时在峡谷出现

有时在大江出现

有时，在梦想出现之前

就在心里滴落，摔得稀碎

正要睡去的夜晚突然醒来

看了一半的书，还有一半

写有真理、救赎、贩卖与上帝

我来不及看了

生活太潦草

合上书页，就少了争吵与呵斥

我学会平和，与世无争

真理在那里，不去揭开，就心安理得

在上帝面前，救赎是否真实

无法演进，好一番思量

以及费尽周折，世界仍是浮尘遍野

正要睡去的夜晚突然醒来

昨夜，我一丝不挂

匍匐在大海一样的道路上

没有一丝一毫的羞耻

有别于出生

没有大哭，没有人照看，像鲸鱼的孩子

朝着大海游去

▪ 创作年谱

2016 年　4 月，写下第一首分行诗《乌石山》；后陆续有诗歌作品见于一些诗歌平台。

2019 年　11 月，在《福建文学》发表处女作。

2020 年　在《诗林》《泉州文学》《海峡诗人》等十几家纸媒及各大公众号发表作品。

2021 年　1 月，第一部诗集《行吟大地》出版（海峡文艺出版社）；6 月，加入中国诗歌学会；《给春天委婉的暗示（九首）》发表于《莆田文学》第 1 期；5 月，《每天穿过一条江》《傍晚需要一首诗》发表于《福州日报》"最好的年华，我在福州做什么"征文活动专版；6 月，参加福建省文学艺术界联合会主办的"永远跟党走"福建省"文学两新"作家看三明主题采风活动；《南迦巴瓦峰的清晨》入选《2020 年中国新诗排行榜》（陕西师范大学出版社）；《谭杰的诗》发表于《河北文学》第 3、4 期合刊；《阳光照进身体（组诗）》发表于《台港文学选刊》第 4 期；《故乡的路》《一个人的下午茶》发表于《诗选刊》第 9 期；10 月，《故乡的路》入选《红星照耀，我的福州》（百花洲文艺出版社）；《雨轻轻地下（四首）》发表于《椰城》第 10 期；11 月，《我想》《想到春天》《一片叶子》《远山》发表于《福州日报》"闽江潮"；诗歌入选《反克 13》；12 月，《这是一个惬意的清晨》参加由中共福州市委文明办、福州市文化和旅游局、福州市图书馆等单位共同举办的"书香文化周"之诗歌主题活动"千分之三"诗歌朗诵会；《谭杰的诗》入选《海内外华语诗人自选诗 2021》；《母亲节》《秋天让白更白》《风铃》入选《<处子>2021 年度茗友会诗歌年选》，并担任副主编;《我更加喜欢纷纷扬扬的飘荡》发表于《湖畔》第12期;《午夜出租车》《母亲节》发表于《中西诗歌》第12期;《黑色的眼睛,黑夜一样沉默(组诗)》入选《诗》总28卷。

2022年　1月,诗集《柿子红了》出版(海峡文艺出版社);加入福建省作家协会;加入中国作家协会;诗集《行吟大地》获"2021年度十佳华语诗集"称号;《每天穿过一条江》入选《2021中国诗歌年选》(花城出版社);《我扶不起一面镜子》入选《每日一诗2022年卷》(中国文史出版社);《心生梨花》发表于《香港诗人》;组诗发表于《五台山》第2期;4月,《行吟大地》获福建省文联主办的"第五届福建文学好书榜推荐图书";诗3首发表于《特区文学·诗》第4期;《所有的花都是我的红颜》发表于《中国流派》;《生长的建筑(组诗)》发表于《福建文学》第4期;《总有一根打不完的桩》发表于《诗影响》夏季号;《诗二首》发表于《牡丹文学》第6期;《诗一首》发表于《诗潮》第6期;7月,《回形针》入选《名·文学年选2021年》;《雨知道》《心动(外二首)》发表于《福州日报》;《小蚂蚁》《汇入一条河》《打卡海南》发表于《辽河》第8期。

蕨 弦

1993 年生于连江。诗人，兼事批评。作品见于多种文学刊物和选本。曾获胡适青年诗人奖（2016）、北大未名诗歌奖（2015）、复旦光华诗歌奖（2013）等奖项。有诗集《入戏》。

▪ 组 诗

宿 舍

渐渐地，我怀疑宿舍是一只狡黠的貔貅
在我入睡后，啃噬过期的财经杂志
收缴钥匙、钢镚、交通卡，还有抄满德语的
便笺纸，不规则动词变化着书堆的形态
稍有动静，就为生活制造一场雪崩
甚至抽屉深处，几首未竟之作也被无情地吞咽
徒留新我向旧我索要，逝去的记忆和灵感
他始终不动声色，表现得足够内敛
几乎超越了内外，醉心于曼妙的拓扑学
有时，我在他腹中，与台灯久久对视
二十瓦的眼泪如胃酸，消化着悲伤的赘物
更多时候，我只是他神经网络里的
一抹乌云，一个程序设计上的小小错误
来不及脱身，就被"母体"强劲地扫除
种种迹象表明，他的成长意味着逐步收缩
在床头、桌脚，在两扇柜门之间
我曾读懂家具的不愿妥协，像昨夜打翻的
保温瓶，用满地碎银，控诉时空的逼仄
我则暗暗惊叹彼此相似之处，同样突兀

同样尴尬，同样"热衷于责任而毫无办法"
这向我压迫而来的四壁，耗尽了光阴的弹性
终有一日，我会融入铁屋的呼吸，像所有
曾经呐喊的房客那样，等待新生推门进来

一个不宜读写的午后

屠书馆里杀书头的人老了
他的耐力刚翻过盘点万物的山头
就已跌倒在引论的泥潭里
从昏聩的路由器中传来的信号
时断时续，预示论文减产的季节
更宜退而赋诗。但朝九晚五的邻座们
仍在阅览室内发奋，将女同学
悄悄标点勾画，然后凭细读的目力
揣度书桌下她们初涉批评的玉腿
也有落单的情侣，卧底群众之间
一面密报家书："我在窗边等你"
一面从司考教辅和申论指南后
选拔出几个油脸的搭讪者。更远处
风景更突兀，小散户指点走势图
大盘的笔法太刁钻，轻换了红色江山
不如识时务的留洋党，退回二手词汇书
用走样的花体，抄下烂熟于心的
Abandon：放纵、停止、放弃
仿佛成功的人生总标配失意的开篇
——思考令人老，岁月忽已晚
当饭点，他们从满布朱批的长难句
转向国顺路上众声喧哗的饺子馆
一卷占座的《宏经》能否留住这迟暮

所幸慌乱中，一段十来年前
席卷县城商品街与洗发店的流行乐
挽救了几个小知识分子的诚与真
推开窗，有萧瑟的秋风灌进来
"我要看来看去的看一下"

谷歌里的旅游记者

依旧写字楼的热浪，冲他上键盘
踮一踮脚尖，加勒比海就随十指
瞬逝的足迹解锁。布置着棕榈的
液晶屏，海鸥状的光标穿针引线

泼墨些浮言，犹有疑点显形胶卷
一道帆，轧过两排浪，送来胸衣
广告里的热女郎。看资本膨胀腰
身，有酒店连锁欲望，天上人间

计划单列满答案，从开屏的世界
收束镁光。自助游的旅客太欠缺
彩排，将风景倒逼成妄动的观众
从勃朗峰进站，在东非裂谷推门

出来，世途翻覆赶不上地貌更迭
之快，坐班的羁鸟反而未落尘网
虚实两界不再？舆图前大胆假设
凭栏处小心涂鸦：老夫到此一游

花非花，雾非雾，孑身何妨突忽
新社会的卫星图，何处抛锚？而

迫降的伞兵，扮演我充气的叹号
标点出湄公河的观光艇。殖民的

太殖民了，加载着河图加倍嬉闹
噫，迷雾褪尽，兜不出花花草草
速溶的机缘搅进暗道。此去经年
十方三界，且学分飞的劳燕分别

被否决的山河来入梦，装修尴尬
的影棚，道分南北，偏心作指针
玻利维亚，游击着密林的格瓦拉
拖稿的记者投向你，如林冲夜奔

休道是全息成像，旧账定期付款
黄夜只戳破层窗纸，布谷已播报
早点的航班。朝霞唤醒了徐霞客
情人的胸脯正推舟，行行重行行

魏　淡

"80后"，福清人。福建省作家协会会员，福清市作家协会常务副秘书长。诗歌发表于《诗刊》《十月》《星星诗刊》《诗潮》《草堂》《散文诗》《散文诗世界》《辽河》《中华文学》等。多次入围《十月》杂志诗赛、博鳌国际诗歌奖等奖项。

▪ **代表作**

玛丽的山羊

天空有一半时间是黑的

这时候玛丽都会给她的山羊喂秸秆、果皮、菜叶

有时候也给它时钟里沉静的夜晚

玛丽离开他的城市已过多年

这避世避祸也避面具的农庄

在城市边缘长草、长榛果、长日子的安魂曲

山羊孩子角状的叛逆与阴郁受玛丽抚慰

没有孩子气的时候，如一个紧抱信念的正直者

山羊被当作孩子，却没有孩子的面容

牧场有时候落在夕阳的底部

这是玛丽和她孩子最好的时光

如果你没有亲身经历

你不会相信一只从来不肯顺从的山羊

会是一个中年女人最大的依托

为何不养一只猫呢，或者一只狗

它们明白陪伴的真正意义

为什么如此突兀的农庄，太阳总是依依惜别呢

玛丽有一只山羊，始终在反刍尘世的硬茬

▪ 组　诗

心境的气泡

他陷入心境的多面性

身边的人流依循日落月升，潮涨潮跌

规律而刻板地生活

一个旁人心境的起伏变化

不值得被他们过分留意

他在深谷、河流、火堆的交替折磨里

被谋生的大军集体忽略

而他何尝不是忽略了谋生者的奔波、劳苦与辛酸

像允许世间不断重复，平庸的恒久悲剧

他在人们以身求生的荒原对面

享受甘泉里吐出的几粒美好又矛盾，心境的气泡

他为它们要取不同的名字平添伤感

豁达、平和、幽闭，与局促

最亲近的家人也觉察不到它们的起伏与纠缠

他们只留意事件与情绪本身

深信那就是他幸福的入口

他守着那些矛盾而美好的气泡

在至深的孤独里与上帝欢谈

月亮出差后

那个男人在月亮出差后

一根接一根，已弄熄一地烟头

没有一个火星复原过月亮的光芒

就像心中的小小期待

不能成就伟大计划

而你的计划是什么

生活已无比纯粹而简单

神给出脚步，也给出祝福

索取，依然是不能抑制的索取

轻微搅扰日常的平静

从前，那平静如磐石，也如大河

别打乱它

多好，深至出世的安宁

那个男人点着烟，一根接一根

星辰一颗一颗落下

撒在他的心田

这田地必须被销毁

并有更珍贵的熟悉植物长出来

远在夕阳的好友

生命里出现的一些人

非凿地成宅，或藏身市井

他们以夕阳为居所

以光线、甘露、炊烟为食

我一想起他们呵

灵里不禁光芒涌动

尘世之躯轻盈、温暖

翩翩之态如蝶舞群花

匆促人世，借一短暂之躯

过或咸或淡的寄居生活

能逢三五好友惺惺相惜

体贴关怀，人生之幸已入七分

忠信好友风所携至，带着造物的祝福

他们的夕阳圆而饱满，晚风不断

吹送薰衣草的香气，归雁

驰骋万里的气息

偶尔他们从太阳的宝座上下来

脚步轻盈，笑容迷人

我们或可谈谈属于我们的旅程

除了星辰大海，我们可以驶往彼此的内心

见证是否会有哪块礁石令我们搁浅

呵！成熟后的友情不会翻船

我的自庸会受我们之间远近得当的距离

抚慰，它产生真正、终极的美

一根烟之外

对周遭饱含深情时

去致敬身体里的教堂

感谢它二两黄金、三瓶甘露

润泽平生，抚慰创伤

更博爱时，前往世人体内修筑教堂

或寻找他们自己的

建筑与建筑发生共振

人间清音响动，是伟大而具体的天籁

天籁降下，人心柔软

草木芬芳入眼，走兽飞鸟能言

人所念的前尘旧恨

至少在一根烟的时间里隐身

修行者殷勤，在一根烟之外添砖加瓦

耗尽余生

骄傲的火车

为它献出风车岛、雪山时

火车拥吻铁轨的力度

激烈而沉稳

它的前进仿佛指向乐园

我不怀疑它能从那里获取更多

薰衣草原野，或神秘峡谷

唯此，才可匹配它的深入

与专注

你见过在春光里沉醉的火车吗

揭去旅行者的固化标签

他更像寻找真相的少年

你听过车轮间共鸣共情时的和谐吗

他们是大树的年轮抱在一起

为从未落过地的臻熟之果

献出意念上的联合与升华

1.5秒后风将穿透我的身体……

在陌生之地，做风的俘虏

顺从内心的琴盘

响沉实的音符，契合风的主张

陌生之地，开放的胸怀

海在哗响，你听见了吗

海在逼近我的头骨，试图修饰内部的花园

我不能告诉你更多

比如，1.5 秒后它将穿透我的身体

再过 1.5 秒，我会弯腰拾起地上

风急遽加速时褪下的皮

皮上覆盖的，是我感觉领地上遗留的沉醉之花

它充满善意，像这座陌生的海边小城

风之所过皆呈善意

云梯皈依天空的宗教时，

一个超龄的少年承认自己的虚荣时

天空皆会降下甘霖与光柱

攀云者自此隐缩至冰晶体的子宫

象征成熟的胡须在少年脸庞

又爬行了蚁虫足以翻身的距离

▪ 创作年谱

2017 年　11 月，《黑夜尽头》发表于《中华文学》。

2018 年　2 月，《火随风而舞》发表于《中华文学》。

2019 年　5 月，《慢时光（外一首）》发表于《中华文学》。

2020 年　2 月，《南山上骄傲的一棵树》发表于《福建乡土》；3 月，《慢火车（外一首）》发表于《中华文学》；4 月，《草木之情（外二首）》发表于《散文诗世界》；《米店》发表于《青年文学家》；6 月，《过湖食雪（外一首）》发表于《中华文学》；8 月，《玛丽的山羊》发表于《诗刊》；《丽江的航海家》发表于《十月》；10 月，《秩序》发表于《草堂》；12 月，《风之园（外一首）》发表于《诗潮》；《安全瓶（外二首）》发表于《散文诗》。

道 辉 主编

八闽
现代诗
大展

下

海峡出版发行集团 | 海峡文艺出版社

漳州卷

马 乔

本名赖俊杰，曾用钝斧等笔名，平和人，现居福州。在部队服现役 15 年，担任平和县作家协会主席 14 年。全国知名地理标志专家，被评为中国地理标志十大先锋人物，2018 年 5 月、6 月先后被中国政法大学地理标志研究中心、西南政法大学地理标志研究中心聘为兼职研究员。中国作家协会会员。出版散文集《经典生存》《牧鼠》，地方历史文化随笔集《语堂故里》《平和秘史》《平和秘籍》，报告文学集《九龙江与木垒河交响曲》，杂文集《重用自己》，知识产权工具书《地理标志商标务实与探索》《平和琯溪蜜柚·百亿地理标志产业打造秘籍》等著作，另有其他体裁文章 200 多万字发表于国内外报刊。

▪ 代表作

随便丢个眼神，也是高屋建瓴

在空中堆雪人
过程比意义重要
机翼如锋利的镰
收割蓝天的打赏

游戏规则在这里
只是一种工具
积木刚刚搭起
也可以推倒重新设计

想建长城就放手干吧
用不着回到秦朝
天际的空间足够辽阔
想怎么施展云不介意

脸带微笑的洁白

如水母一般忙活

加持蓝与白这一天空绝配

用表情也用旗语

浮在空中的岛屿

拒绝剪不断理还乱后

优哉游哉巴适

冷眼看落英如絮

被飞机带高的双眸

果然不同凡响

随便丢一个眼神

也是一种高屋建瓴

▪ **组　诗**

我的长相酷似平和

我的高高的额头

俨然就是大芹山的翻版

我胸前的两片肋骨

如同灵通山的等高线

我的心脏就是五江之源

它的下游是东溪、鹿溪

漳江、韩江，还有九龙江

我弹力十足的血管像极了

花山溪、九峰溪、西溪

如若把我的经络标示出来

也带有北纬 24°35′
东经 117°31′的影子
就连我的身高也与故乡
26 座千米以上高峰的平均
海拔有密切关联

我一开口说话
平和腔腔正字圆
我呵出的每一口气
都带有浓烈的蜜柚香味
我眉宇间飘逸而出的气质
如白芽奇兰高雅韵致
我的每一个举手投足啊
都可与京城人相媲美
因为我来自一座号称
中国柚都的都城

平和的山水是我的生母
平和的风度是我的父亲
我是父母的孩子
能不最大限度地继承
她和他的强大基因吗
用一句方言表达
我与平和出自同一个粿印

与柚为邻

一不小心我就被包围了
包围我的是果中王者叫柚
它们实行的是步步为营的
堡垒战术　构筑出水泄不通的态势

陷入这样的重围
是一件很没面子的事
所以我更愿意对人说
这四面八方的柚树是我请来的
我十分乐意与她们为邻

无论外出或回家
还没见到亲人就先见到柚树
她们总列队欢迎或者欢送我
做得非常到位又很温暖人心

春天里送花　夏天里送绿荫
秋天里送果　冬天里
送不因严寒而沮丧的精神
一年四季的送、送、送

送得我如今一天不见她们
就有如隔三秋之感
一日没嗅到她们散发的芸香
就食无味　夜不成寐

久而久之，与柚为邻
让我的身体
也长出柚树的枝丫
还生发出满血柚树精神

米箩簸箕的高光时刻

农家最为常见的器物
并非终身埋汰

有一个时辰少了它与它
现场就黯然失色

米箩四平八稳的性格
在那一刻得到认可
簸箕的宽敞胸怀
那一刻也大放异彩

省吃俭用了一年
才积攒下的佳肴
此刻都托付在
它与它的肩膀之上

孩子们的眼睛就是镁光灯
每一次眨巴双眼
都是在拍特写镜头
记录这一对最佳组合

谁说竹篾做的簸箕
与米箩难登大雅之堂
闽南农家的围炉之夜
全靠它们支撑起快乐

听说你喜欢海

听说你喜欢海之后
我便开始设计自己
要充当的角色
第一方案是当海鸥
但很快又被否定

海鸥虽然天天围着海转
但那只是为了向海索取

继而我想成为暗礁
当暗礁最好不过了
时时刻刻可与海朝夕相伴
还能任性地把头
埋在大海温馨的怀里
而我最终还是把这个设想
抛弃，因为暗礁一不小心
会连累了海的英名

那就成为海岛吧
海岛和海可以朝朝暮暮
相拥，想秀恩爱
随心所欲，还永不分离
不过且慢，这个海岛
似乎也太好出风头了
一年三百六十五天里
天天要高出大海一个头

我还是选择当浪花吧
浪花与海同体不说
还甘当海最具体的内容
海在我在，海涨潮了
我为海壮行色，绽放灿烂
海退潮时，我立马低调
暗蓄伟力，等待与海
呼啸着卷土重来

田野上最不起眼的稻茬

清一色紧贴在地面
但并非匍匐，宛若一列列
走向远方的队伍
斜看成行　纵看成队
这样齐整的方阵
只在阅兵场上见过

庄严的仪式感
俨然是一种礼仪
注释对土地的敬畏
汗水如何滋润大地
田园如何孕育丰收
都写在他们的正步里

虽然稻穗走了稻秆也走了
他们赖以彰显的高度也因此失去
但在农人的眼里
他们依然拥有另一种高度

田野上最不起眼的稻茬
以无言和低调
调教了我的人生

云

在汉语词汇里
你是上下开合的唇

撒起欢来唾沫星子如锤

在我的视界里

你是一种活力四射的植物

长空是你的乐园

绵延万里

走不出你的领土

你最潇洒的身影

当在一早一晚

无论东方西方

呈现的景致同样诡异

偌大的天空肥力一样

但并不都孕育丰收

丰歉只在你的一念之间

其实，你有些俗气，你知道吗

用阳光染红头发

用纯洁的水把自己染黑

这种吸睛法，像极了一种状态

颇让我不齿

风使起坏来没有边际

约好的结伴成了子行

云心急火燎先走了

让我始料不及

三马赫的速度够快了吧

飞机打开了加力

我却还一再催促机长

快快把油门一踩到底

真是计划赶不上变化啊

急火攻心是徒劳的叹息

风使起坏来没有边际

请把警讯的等级

设立为十万＋吧

追上前方的倩影

才是我的当务之急

与飞机赛跑的棉花

与飞机赛跑的棉花

还是散漫的棉花吗

全然不见了当年

被的确良冤枉的颓丧

蓝天成为你真正意义上的

舞台，你成为这个舞台上

可以纵情撒娇的宠儿，爱怎样

绽放自己，唯有初心可以驱使

我懂得你此刻的心情

被平反以后，天上地下

城里城外遇到

尽是雀跃的你

既为山就总要冒尖

当平地萎缩成山的歇脚处
长乐就到了
山如森林的长乐
古早时叫长富
这在县志上还清翠欲滴

叫长富时的长乐
因甘当"山贼"大本营
开罪了明朝武宗皇帝
不但没能因名而富
还差点被大明从版图上除名

那时节，富裕无门的长富
屡屡被一代大儒王阳明
写入《闽广捷音疏》
呈给朝廷邀功

之后，长富怎么变为长乐
今天已难以溯源
后人只知道更名之后
这里又酝酿出八闽第一枪
于是，山国长乐
再一次被郑重写进国家大史
而且浓墨重彩

既为山，就总要隆起
总要冒尖

乡愁的脉象

只要小别故乡
十天半个月
我就对任何地方
都水土不服

我的皮肤会出现红斑、皮疹
我会感觉胸闷、心慌、全身乏力
我会连山珍海味
也刺激不出大快朵颐的食欲

人在曹营心在汉
不过是我此刻最轻的症状
频频发威的失眠
总猛烈得让我苦不堪言

就是请来扁鹊
都号不准我此时的脉搏
把夜晚过成白天
就是华佗再世也无可奈何

我怀疑自己被那个
叫平和的故乡
在身上布施了巫术，我才会
一外出就有一种怪病发作

缠着故乡不放的灵魂

其实灵魂与肉体

有时是不合体的

譬如对故乡的态度

就常各走各的道

十年来我的肉体

早已抛故乡而去

游走天涯海角

似乎离故乡越远

才越有出息

反观灵魂

面对故乡成了两面人

一方面它随肉体远行

另一面却总在更深夜静时

悄悄溜回故乡与其卿卿我我

月光常是灵魂偷渡

回乡的船

水手则是唐代李白

还有宋朝的苏东坡

当摆渡艄公也很积极

发现灵魂总缠着故乡不放

肉体通常秉承随它去吧

不是有古语说过

人各有志，不可相勉吗

更何况肉体还懂得

自己也需要一个栖息地

说好了的白头偕老呢

从初恋那天起就悄然萌发

到热恋中无数次山盟海誓

再到婚礼上司仪与宾客

一次又一次见证与强调

从此，我以为白头偕老

已葳蕤于我们的血液中

何曾料到婚后才过了几年

你就对着镜子寻找白发

发现一根立即下手拔掉

绝不心软也毫不犹豫

日子在你见空就要寻找

白发中一天天过去

此时七年之痒尚未到来

而你已开始拒绝践行

当初的誓约

你厌恶白发到了必株连其

九族的境地，千丝万缕中

哪怕有一根发根开始变黄

你也宁可错杀三千不留一丝

你的变态激发了发们的斗志

它们相约把烽火燃起

面对铺天盖地的四处出击

你也开始变换战术

用化学制剂围剿华发

这让我只想弱弱地问一句
亲爱的，早说好的白头偕老呢

秋绪如歌

心莫名地雀跃
如窗外的云淡风轻
午后的温婉不请自来
款款莲步轻挪

远方有鹧鸪声声
唱着酷夏的挽歌
近处荷田的绿叶
开始翘蜻蜓尾巴

水底里的高天
仿佛离尘世更远了
唯有纯粹的蓝
依然和蔼可亲

夏与秋的边界
一经勘定
苹果落地的声音
便碎了一地遐思

午　后

这是我钟情的时辰
典型的场景渲染着

一种盼望已久
心因暌违后的重逢雀跃

南方的夏是个狠角色
总把秋蚕食得所剩无几
秋却因祸得福
显得更加弥足珍贵

其实我并非为了硕果
氤氲于我喜好空间的
是恰到好处的阳光
和自上而下的亲切

还有那一望无际的蔚蓝
纯粹并且亲和力满满
只需望其一眼
便愿一起海誓山盟

秋天的午后
高天的仪式感果然强烈
柔柔的仪仗
亮着丝丝缕缕的澄明

心的话睡眠有时假装不懂

梦乡的门在哪？心问
姿势用多种语言诠释
不但结结巴巴还词不达意

蒙古包的门倒有一扇

直通苍穹，可惜那只是天窗
关照不到此刻的急切

河汉如弓，流星似箭
却射不落一弯下弦月
唯有浓露从不爽约

心的话睡眠有时假装不懂
那不妨少安毋躁
与其共享草原深处的市声

一种娇羞

如薄薄的曙色
但绝不弥漫
乍露还收

嘴唇的轮廓线
自觉匹配到位
两头上翘

风从眸底飘出
有春的味道
温婉宜人

随风起舞的双颊
肢体语言含蓄
点到为止

眼角外泄的惑

若水面涟漪
似有还无

年的四个孩子

年有四个孩子
依出生次序分别为
春、夏、秋、冬
性别恰好是两男两女

老大与老三母性满满
不用辨别就知道是女孩
老二和老四性格刚烈
一看就晓得是嘎小伙

春与秋关系最好
就是走进历史也如影相随
如同贤淑总与端庄为伍

冬和夏的关系就尴尬了
仿佛水火永不相容
所以他俩不免遭人诟病

把日子过成诗与远方
这是春秋姊妹的绝技
年的国度属她们关注度高

身份只适于当当配角
抑或充当年的过渡地带
这便是冬与夏的结局

年的家庭是母系社会
话语权掌握在春秋
夏冬永远只能鹦鹉学舌

生命的精彩

花开的距离
与长短无关
即便若隐若现
也是一种宣言

花开的声音
无关声大声小
哪怕测不到分贝
亦为一种渲染

既然选择为植物
不开花便是逆天
那就来一个四季飘香吧
用姹紫嫣红注释一生灿烂

让生命绽放精彩
是我终身的夙愿
为了践诺
我用青春的热血与肝胆

海堆的雪人

具体点说该在鸿蒙初开之时
幼年的海好玩成性

成天拿浪花打雪仗

玩累了就出新花样

用波涛骇浪堆雪人

有大力气的孩子

堆出的雪人叫岛

力气小的孩子

堆出的雪人叫屿

岛屿岛屿成了兄弟

血统纯正

都有海床做根基

疾风吹不走

海的体味咸中带甜

岁月不能催老

外腥里香的海之魂

受海洋熊孩子启发

大陆也开始学习堆雪人

把平川堆成一座座山脉

却画虎不成反类犬

海　钱

波涛骇浪印刷的宝钞

由海泥与沙滩孕育

在水世界通用

五颜六色，斑斓耀眼

绚丽如同大海一般
可贵的更有币值稳定

海币的流通疆域
不按国界划分
那是陆地的规则

比如南极还有北极
比如内海还有外洋
那才是海域的分界

界桩标定的不同区域
海钱的形状与大小
固然不尽相同

但以波纹为主要符号
拒绝一切人像上版
成了海币发行的通则

陆上族群那种用教父
象征币值的做法
不为海文化所接受

在海的观念里
咸水相通就是同一世界
币种不必分彼此你我

谢绝三六九等
是海钞的发行原则
写在海的宪法里

一种物的诞生

是手劲没有全力以赴
还是刀刃临阵怯场
反正尴尬就这么铸成了

伸出去的剪刀原本为了剪彩
却因为一个阴差阳错
坐实了种瓜得豆

流水是个老江湖
见此情形不禁拍红了双手
还说这样的歪打正着多多益善

还是祖先的基因强大
只用一个懒腰作暗示
便化解了一次进退失据

对月的邯郸学步

肌体一天天磨损
骨骼演绎成气象台
这就是你给世人画的圈圈

也许你受启发于月缺月圆
认定人体也能自我修复
可你何尝注意刀的锋利

本来 365 天一个循环正好

该用来兑现岁月的折旧

而你却用过了就抛

年味如水体的活力

真的，腊八过后

我看到水下冒起的泡泡

一天比一天繁荣

一串连着一串，有如元宵节灯

怀有强烈的炸响欲望

儿时我破译不了这个密码

后来，鸬鹚和渔翁

给了我一册秘籍

说里面有我想要的东西

为一棵树举办成人礼

只要吃过三次冬至圆子

柚树就出落成大姑娘了

出落成大姑娘的柚树亭亭玉立

但不是玉树临风的那种

长成大姑娘的柚树很快要出嫁了

出嫁前父亲要为她举行成人礼

每年冬至前后十五天

是固定的为柚树举办成人礼的季节

据说这是为了契合节气
而我宁可相信那是黄道吉日

为女儿举行笄礼之时
父亲总要一膝触地

那可不是一种逆天的长幼礼仪颠倒哦
那是父亲在为女儿示范如何敬畏土地

行笄礼时一把刀是不可或缺的
那刀割在女儿的脚踝之上三寸

深不见骨但浅也不能不见血
分寸关系到女儿生儿育女的多寡

从这一天起女儿为当妈妈做好了准备
春风一吹便有一群娃娃攀在枝头戏闹

▪ 创作年谱

1981 年　10 月，在《前线报》副刊上发表短诗《子弹》。

1987 年　从部队转业回地方工作后开始业余写新闻。

1990 年　10 月，诗歌《唱给祖国》《果树（外一首）》《碑（外一首）》发表于《厦门日报》副刊"海燕"。

1991 年　12 月，诗歌《海与岛》发表于《厦门日报》副刊"海燕"。

1992 年　6 月，诗歌《厦门》发表于《厦门日报》副刊"海燕"。

1993 年　3 月，诗歌《灵通山月色》发表于《芝山》；3 月，散文《深山飘起红裙子》发表于《闽南日报》。

1994 年　3 月，创作散文《灵通山语言》；6 月，创作随笔《我为妻子拔白发》《美慕农民》；7月，创作随笔《与儿子对弈》《体会至爱》，创作杂文《家有杜梅福焉祸焉》；8月，创作随笔《大兵心中的家》《参与》《怕老婆是一种荣誉》；9月，创作随笔《挽留年轻》；10月，随笔《拒绝的艺术》《匀一些爱给老人》《新潮你好》《不可居无书》等发表于《闽南日报》；11月，创作随笔《幽默，家庭的"维他命"》，12月，随笔《永远的边缘》发表于《生活·创造》。

1995年　1月，散文《换一种方法过年》发表于《新民晚报》；杂文《莫攀比过好年》发表于《福建日报》；杂文《谢绝鞭炮》发表于《福建环境报》；散文《过年》发表于《福建工商报》；散文《轻松潇洒过春节》发表于《厦门特区工人报》；杂文《对鞭炮，何不挥泪斩马谡》，随笔《春节是一种氛围》发表于《税务青年报》；散文《节日风景线》，杂文《粿与年文化》《春节是一道试题》发表于《闽南日报》；散文《春节的主题》发表于《机电日报》；2月，杂文《权利的用与不用》发表于《生活·创造》；影视评论《成功的突围》《历史不垂青正统》发表于《漳州广播电视报》；杂文《陆逊的幸运》《宠幸，是福还是祸》发表于《闽南日报》；3月，杂文《坦然走下坡》发表于《闽南日报》；杂文《宠的随想》发表于《石狮日报》；4月，随笔《流连青年》发表于《漳州青年报》；杂文《乱打纸铳者戒》，散文《军校雅趣》《把玩误会》发表于《闽南日报》；随笔《周末去何方》发表于《福建工商时报》；杂文《难以骄傲》发表于《漳州青年报》；随笔《围剿"白色恐怖"》发表于《厦门晚报》；5月，杂文《夫妻的楚河汉界》、散文《耕山族》发表于《闽南日报》；杂文《关于狼的传说》发表于《人生与伴侣》；杂文《生在夹缝》发表于《石狮日报》；杂文《通缉机遇》发表于《漳州青年报》；6月，随笔《离不开电话》发表于《福建邮电报》；杂文《野心辩护词》发表于《漳州青年报》；7月，杂文《修改自己》发表于《生活·创造》；随笔《儿子升学考试那天》发表于《闽南日报》；杂文《男儿无可适从》发表于《石狮文艺》；8月，随笔《领悟鲜花》发表于《特区工人报》；9月，随笔《没有电话的日子》发表于《厦门晚报》；随笔《错开年龄》发表于《广东三建报》；10月，杂文《人生的定位》发表于《生活·创造》；随笔《试探水性》《与心谈心》发表于《闽南日报》；杂文《重用自己》《难恨永远》发表于《漳州青年报》；11月，杂文《君子之交》发表于《生活·创造》；散文《寻趣蜜柚园》发表于《闽南日报》；散文《复活战友》发表于《福建工商报》；12

月，随笔《双休日好去处》发表于《生活·创造》。

1997年　12月，随笔《生命的职责》发表于《生活·创造》。

1998年　2月，杂文《配套人生》发表于《生活·创造》；5月，创作散文《国防绿工商蓝》；9月，创作散文《数太阳》；10月，小小说《老兵》，散文《以月冲凉》发表于《中国工商报》；11月，散文《太阳树有幸》发表于《人民前线》。

2000年　3月，随笔《网岛揽胜》发表于《南方》；5月，随笔《剿蚊记趣》发表于《闽南日报》；随笔《网上散步》发表于《中国质量报》；6月，散文《延寿园》发表于《福建工商报》；随笔《误入网海》发表于《中华散文》；7月，散文《家乡的两个园子》发表于《南方》。

2001年　2月，创作随笔《上网围炉》；3月，创作随笔《我在家点燃新加坡的鞭炮》；6月，随笔《且把炒股当休闲》发表于《闽南日报》；9月，随笔《在互联网同居》发表于《南方》；11月，小小说《政绩》发表于《福建工商报》；12月，随笔《我家的水电部长》发表于《闽南日报》。

2002　兼任平和县作家协会主席，同期为漳州市作家协会常务理事。
——
2016年

2003年　1月，创作小小说《大门的朝向》《钨丝长在灯泡外》；2月，创作《"算计"老爸》；3月，《通风》发表于《南方都市报》副刊；《为老爸筹办情人节》；随笔《期待三羊开泰》发表于《羊城晚报》副刊"晚会"；杂文《政声人去后口碑闲谈中》发表于《闽南日报》；随笔《不是醋意是情意》发表于《厦门日报》。

2004年　11月，加入福建省作家协会；当年在国内外纸媒上发表散文、诗歌、时评、消息、通讯、新闻综述等体裁的文章623篇。

2005年　散文《股市像个动物园》发表于《中华散文》。

2010年　12月，《地理标志商标务实与探索》出版（海峡书局）。

2015年　散文集《经典生存》《牧鼠》，随笔集《语堂故里》《平和秘史》《平和秘
10月　籍》，报告文学集《九龙江与木垒河交响曲》，杂文集《重用自己》出版
——　（文汇出版社）。
2016年

1月

2016年　2月，随笔《语堂的冈仁波齐》发表于《闽南风》；9月，随笔《林语堂崇

山与坂仔民俗》发表于《闽南风》；《谱写太阳般耀眼的传奇》拍成电视专题片。

2018年　4月，随笔《侯山之谜》发表于《闽南风》；5月、6月，分别被中国政法大学地理标志研究中心和西南政法大学地理标志研究中心聘为客座和兼职研究员。

2019年　4月，《平和琯溪蜜柚·百亿地理标志产业打造秘籍》（中国工商出版社）；5月，加入中国作家协会。

2020年　5月，在《柚都周报》副刊"五江之源"上发了一个专版，包括《平和的高度》《平和三溪》《平和三寨》《土楼亦是万里长城》；8月，报告文学《利用本土知识资源驱逐贫困》（与孙庆忠合作）入选《本土知识促进减贫发展——来自中国乡村的实践》（中国社会科学出版社）；9月，诗歌《与飞机赛跑的棉花（四首）》发表于《闽南风》；10月，诗歌《会议柚（两首）》发表于《柚都周报》副刊"五江之源"；11月，诗歌《秋天的午后》发表于《厦门日报》副刊"海燕"。

2021年　3月，诗歌《短章里的年（三首）》发表于《芗城文艺》；4月，诗歌《清明诗章（二首）》发表于《柚都周报》副刊"五江之源"；5月，诗歌《夜宿诗山（外三首）》发表于《北方文化》；6月，诗歌《天空之语》发表于《厦门日报》副刊"海燕"；7月，诗歌《既为山就总要冒尖》发表于《福建文学》，入选《心中的歌》（中国言实出版社）；诗歌《集美效应》发表于《厦门日报》副刊"海燕"；8月，随笔《历史不会忘记——尤光被故居小记》入选《走进八闽旅游景区——罗源》（海峡文艺出版社）；9月，诗歌《听说你喜欢海》发表于《厦门日报》副刊"海燕"；诗歌《故乡三题（三首）》发表于《柚都周报》副刊"五江之源"；报告文学《地理标志，目光之外的农业遗产》入选《农业文化遗产与乡土中国》（中央编译出版社）；10月，随笔《霞浦地标》入选《走进八闽旅游景区——霞浦》（海峡文艺出版社）；诗歌《超短分行16首》发表于《文学世界》；诗歌《洗白自己（六首）》发表于《瀛台风雅》；11月，诗歌《故乡柚事（五首）》发表于《鸭绿江》下半月刊；12月，诗歌《时代楷模孙丽美（三首）》入选《留在村庄的名字》（海峡文艺出版社）；诗歌《平和蜜柚（组诗）》发表于《诗》总28卷；诗歌《在惠安一切都与石头有关（外二首）》发表于《奔流》。

2022年　2月，诗歌《平和蜜柚（十四首）》发表于《文学家》，并上了封面；诗歌《离天近了，境界果然不凡（六首）》发表于《当代文学》；3月，诗歌《重用自己（四首）》作为诗歌栏目头条发表于《浣花》；散文《赖柏英是虚构的吗》发表于《闽南风》；4月，诗歌《春光》发表于《厦门日报》副刊"海燕"；诗歌《清明下红雨已成一种习俗（外二首）》发表于《文学欣赏》；7月，诗歌《夏与蛙》发表于《厦门日报》副刊"海燕"；8月，随笔《不以私恩毁信念的吴淑》发表于《闽南风》；9月，随笔《寿宁云上花田走笔》入选《走进八闽旅游景区——寿宁》（海峡文艺出版社）；随笔《顺天应人的建瓯根雕》入选《走进八闽旅游景区——建瓯》（海峡文艺出版社）。

小 妮

　　"80后"，风景园林施工工程师，现居漳州。福建省作家协会会员。诗歌发表于《青年文学》《作品》《福建文学》《诗歌月刊》《诗林》《诗》等，入选多种选本。

▪ **代表作**

内　心

　　　　有时候，你
　　　　隐秘在内心的沟壑中
　　　　深过地底下的宝藏
　　　　也许漂浮，偶尔晃荡

　　　　看不懂飞鹰的苦恼
　　　　唯有心里想象它如此自由
　　　　摸不着一条游鱼的眼泪
　　　　自我揣测它的游动多么迅疾

　　　　尘世的谎言在内心的沃土
　　　　开出妖艳的花
　　　　人们纷纷伸手，采集
　　　　一朵比一朵冷
　　　　贪婪、猜忌、恐惧
　　　　构筑厚厚的墙
　　　　遮住昆虫们探察的触须

　　　　而我想把内心
　　　　放到天空巨大的手中

用阳光擦拭，用
雨水刷洗

▪ **短　诗**

悟

每天爬起与卧下
逃不出一粒沙的世界
冰冷的蛇攀在石柱上
感受着它的温暖
大地在旋转，但它不是陀螺

睡梦是一部空白的电影
大脑内的洞穴渐渐膨胀
无所适从的心
如同水里捞起的水草
湿哒哒

黑夜的黑，无限扩大
时间定格
人间的一条街道
停止向前延伸

那只大肚子的狸花猫

那只是成千上万狸花中的一只
流浪在上海静安雕塑公园的阴影里

它的出生是时间的一抹气息
一生是天空下最安静的一粒尘埃

有一天它的身躯挂上疾病的枷锁
污水在它的肚子里制造惊涛骇浪

死亡逼近身上的每一个细胞
这只大肚子的狸花猫，激荡了救助机构的呼吸

两万元的治疗费，一条猫的生命
在拔河

人们各抒己见，爱心与利益
针尖对麦芒

而我只看到挂满账单的救助人心里在淌血
还有陌生人捐出蚂蚁的粮食

一天过后，这只大肚子的狸花猫再次挂在微博的脖子上
吃饱喝足，走了。它并不想给任何人添麻烦

角　度

病痛在年龄的角度里膨胀
治疗老去的恐惧是养一只幼猫
忙碌的日子掩藏未知的牙床
邻居大妈八卦的风呼啸过来
又呼啸而去
我小小的心上一面小小的旗帜

每哗哗响一次，一个不同的角度

人间与天堂只是角度的左眼和右眼
人们怜悯影子的与众不同
瑟瑟发抖的、哭泣的、摇摆不定的
就这样被虚幻
挖掘出晦涩的词语

两个人搂着甜蜜的微笑
后背挤满血淋淋的翅膀
朋友圈的面子是发光的镜子
折射出比天使发丝还穹形的角度

别人嘴角的碎沫
却被当成最安全的棉花糖
细胞伸出感知的小手
掰不开面前一团看不清楚的黏糊
时间和空间就是角度的谎话
我小小的心往哪里塞入

宠物盲盒

风撕扯着岩石，那锐利
阳光刺瞎了眼睛，那疼痛
喉咙不是为了呐喊
它在逆行的路上吐出满口荆棘

潘多拉一直在盒子里
人们尽情把玩她的尾巴
以为是一切的主宰者

欲望的口水淹没金币的光芒
快看，看那一张张无所畏惧的脸

一个个盒子，装着未知
更多的是装着血淋淋的宠物尸体
恐慌的毒藤爬上盒子的尖顶
蜗牛一样的人们等待着
太阳敞开后耀眼的光芒

如果下一辈子会彼此交换灵魂的外衣
还能心安理得去触碰利益的倒钩刺吗
瞎了的眼还在盼着光明
脚早已自己走进了地狱

天　真

我偷偷关着一屋子天真
不让世间的尘埃发现它
尘埃也许会融化掉所有爱情的细胞
我的爱情
用天真滋养
和风筝一起升高

三秒的呼吸就能遇见未来的你
我把明亮的窗擦了又擦
它隔着爱情
满屋的天真雀跃着
穿越一颗心脏上密布的细纹

阳光慢慢爬上翅膀的尖顶

阳光在高处盛开
它开满天空的时候
爱情的花也开了

月亮的清梦

月亮画在秋水中
我把焦虑托付给梦里一只伸出的手
一阵风轻叩岁月的大门
我爷爷脸上的风霜掩藏在阴影中

五颜六色的药片治愈不了风的咳嗽
装药的瓶子似乎装满生命
呼吸机长出茁壮的根
角落里散落的疾病的碎片
像是花瓣被疼痛一刀刀剪碎

我多么想，在这一场清梦之后
风真的可以吹回原来的日子
我可以看见爷爷的年轻
宛如今天的月亮，和去年
一模一样明亮

午　夜

我在梦里练习一缕光的微笑
一幕空间的舞步
独有青苔的言语

碎碎的光划开宇宙

每一段睡着的时间

关上思考的门

尘世颠倒了根和叶

猫舔着午夜的脸

把夜泡在菜缸里

我抓住泡菜的味道

放进暗的抽屉

下个舞步会跳出家的雏形

猫叼起幸福的影子

看不透爱情的境况

我静静等待

夜画出新的剧情

指甲油

我沉溺在指甲油的分子里

美丽的分子

抓不住的安全感

一个个细胞是散场后的空座椅

那凝固的指甲油

那指甲油的手

似乎在嘲笑早衰的反光

商场的柜台上

指甲油曾经一瓶一瓶

装着我空洞洞的心

破损的心

像粉饰的虫子

一次又一次爬过伤口

一层一层遮盖疤痕

而稚嫩的孩童

戴着厚厚的面具

走过一场不流泪的电影

一只猫的畅想

猫穿上思维的耳洞

毛孔长满智慧

树上留下一串串空白的脚步

厚厚的夜曲晃动着空气

行踪和影子孤单单作伴

生命在时间的指尖上嘶吼

恐惧、空虚剥蚀着我的肉体

握不住玫瑰花的香气

谣言像筑起的城堡

裹住贪求的情绪

海水淹没桌上的空杯子

人们穿着关爱的外衣

猫的思想被抛弃在小巷子

言语在指手画脚间堆砌

一个人等待另一个灵魂

沮丧紧紧咬住时间

方向遗忘了梨树的爱意

用夜触碰，寒冷的呼吸

找不到与白云相遇的句点

畅想在枝头哼着歌

等待明日飞翔的翅膀

上帝给我一盒眼泪

上帝给我一盒眼泪

我捧出所有记忆的水

交换这份生日礼物

生活的意义吵吵嚷嚷

充斥在玫瑰的国度里

不眠不休

信念在花瓣的思想上空生长

猫一样的性格

伸手扯住夜晚的衣角

包裹四处闯荡的冲动

温顺的外表像昨日阳光下的向日葵

生命的年轮画了一圈又一圈

真爱却已经迷失方向

恐惧时常啃食我的胃

祈祷文刻印在掌上的细纹里

命运是一个虚构的词语

它能牵动所有气场

想象天空会下起幸福

——洗净天空之下的灰烬

钟声穿越眼泪的经文

落在上帝的眼中

原来这盒眼泪

就是我前世今生的所有流水

爷爷的茶

翻开冬至的衣角

三角梅的根就是长爪子的昼夜

一年的花影，层叠又一年的花影

土色的陶罐看着像承欢膝下的糖果

爷爷说：只有我能看见种子的光

爷爷的茶是南方冬天里的问号

如今我的爸爸每日泡着白芽奇兰

热气在供桌上氤氲

茶香化着朝向天空呼唤的妆容

爷爷说：来吧——来到时间的小村庄

它叫新社

新社的天空之上有天堂吗

爷爷还是泡茶

泡西北角那株三角梅绿油油的新叶

爷爷的茶还是爷爷的茶

味道美过花儿的最后一瓣

秋　蝉

这片树叶与其他的并无不同

蝉守候在这里

它制造临终的沙沙响声
给自己倾听

比起以往的歌唱
这瞬间的美妙实际上是
疲惫感在吞噬整片树林

它并不想休息
秋天镰刀形状的阴影笼罩过来
发抖不是因为寒冷
是它最后一次摩擦翅膀

一只秋蝉，一片落叶
干涸的小小躯体
风吹了一遍又一遍

谁的错

蜡烛窒息般哭泣
跳跃的影子揉进了忐忑
时间的关口
一只猫在沉默中徘徊

星星划过天际
你的第几颗心在许下愿望

发芽的种子膨胀着
第一颗心痛了，第二颗又痛
第三，第四
岁月淹没在海水的命脉里

不想再纠缠了

独自在记忆中建造一座牢房

风静，树止

困住错误

错误不再发生

大龄女青年

焦虑是长大的代言

大龄女青年吞下一杯苦涩

咖啡能磨碎别人的闲言碎语吗

那些挂在乌鸦嘴上的话

脆弱的心脏承受不住的重量

日子被撕扯

父母觉得孩子身边有人

就不怕生活的风雨

时间打碎了牙齿

往下咽

不相爱的两个人

才是狂风与暴雨

世界颠倒

大龄女青年咀嚼生命的底色板

握紧画笔的手落下

还是提起？风吹过来

吹不走犹疑

异　地

感情的碰撞折射空间与时间
两颗心单纯的快乐
喜欢偎依的一对水鸟
悄悄话靠话筒传递
更多时候是用彼此的想象力
传递异地但紧密交集的生活

我攥紧的风筝，你轻捧的玫瑰
风筝越放越高
而玫瑰会渐渐枯萎
站在高处
抑或居于手掌大的一小片处所
触碰不到的现实
宛如凹凸镜中的景象在无情扭曲

误解是有毒的碎片
它具有神奇的魔力，无限扩大
一根风筝的细线漫长迢遥
一瓣花香难以弥漫整个世界

无限扩大就是无形的虚无
这里，那里，从高往下，甚至向上仰望
哪里都没有一条哪怕是比喻出来的朗朗通途

异地的空间像星星一样停留了很多年
就连时间，也是一次又一次循环了沉默
结局像一出无须命名的老戏剧
修改不了他们一拍两散，甚至了然无痕

暖　昧

暧昧是爱情的雏形
有爱情的迷糊影子
没有爱情的清晰影像
甜甜蜜橘，酸涩青柠
味道好过太多的爱情

少女心上一株温暖的向日葵
温热的心血滋养
第一次开放就隐匿了哭泣

男人手中的扑克牌
瞬息万变
输与赢，都是他双手翻转中
配戏的木偶

童　年

长大了，就不要对着鱼缸发呆
因为烦恼可以毒死那群鱼儿

我的呼吸想逃离轨迹
沿着一棵大树高高的细枝末节
索回那些遥远的快乐时光

玻璃珠跳出七彩的梦幻

小纸片层层叠出沉甸甸的满足感
即使哭了，也哭得理直气壮
泪珠映射彩虹挂在
眼角上
樱桃之歌流淌于
漫山遍野中

童年不再是手中攥紧的虚词
风过留痕
那是悬挂在月亮上的歌谣
是隐藏在泥土中的清泉

刻上时间的樟神

佛昙镇生活在一群海田上
安安静静的日出与月落
静到只是一个名词
不曾引起惊涛骇浪

走进去
你才发现
处处是油画上耀眼的表情
屈原公屿
古樟群
……

一棵樟树活了七百多年
将会活得更长久
它日复一日
生活在一个小村落里

刻上时间，守着几寸土地
重复久了，成了一尊神

人们挣扎在欲望的布袋里
忘了最简单的坚持
在时间的画轴上
人还是人
樟树已经是樟神

乳　房

曾经的它
珠圆玉润
如同那美丽的玫瑰花
绽放着青春与活力

曾经的它
脂凝暗香
如同那初春的甘霖雨
谱写着母爱与奉献

吸吮你的
是童稚贪婪的嘴巴
索取着无穷无尽的疼爱
一天天地长大
长大的不只是身体
还有这索取

现在的你
萎缩变小

如同那干涸的河床
剩下了龟裂和暗淡

现在的你
干瘪下垂
就像那破旧的钱袋
回忆着充盈和饱满

支撑你的
是无怨无悔的母爱
付出着绵绵长长的心血
一世世的滋养
滋养的不只是心灵
还有未来

我
在轮回中
顶礼

▪长　诗

墙上的画

一
一扇摇曳的门
承载过数不清的叩问
不知名的虫在缝隙间不停奔跑
斑驳的墙张着嘴
是惊讶，还有呐喊

那只是一幅画

隐伏着不安

它记得一个没有风的夜

星空清晰如梳妆台前的铜镜

笔上的墨还混杂睡眠的气息

柔黄，孤灯，倩影

微弱的光揣测着窗棂

院落里的蝉鸣不再焦躁

猫四处踱慵懒的步

二

一场冬雨在夜里跳动

微冷的空气中

有着生命的燥热

一颗心和莫名的思绪重叠

相拥的目光抚摸着画

那幅画不知道自己的模样

它依偎在墙的臂弯

门不是摇曳的

墙不是斑驳的

檀香弥漫出覆盖高处的形状

记忆藤蔓一样挣扎

那幅画越来越蒙眬

它的自言自语爬上屋顶

三

风拂过湖面

那不是大明湖畔

静谧的天空散下雾一样的薄雨

本该应景的失落

被一把小伞弹开

满目都是风度翩翩
满目都是倩影佳人
相拥在一起的不只是皮囊
聒噪的蛙鸣勾勒出
梦的幻境
箬笠
蓑衣
壶觞
薄雾拥着远方的亭

四

指尖填满了柔情
定格的心犹如钟摆
远离的月飘过
院中的藤蔓兀自漫步

衣角的残墨
倾听着纸的贪婪
咕咚　咕咚
吞咽下整个黑夜

樱花狠狠地砸向窗棂
思念化成了雄狮
撕咬
泥泞的小路早已流淌成河

五

沟壑爬上了额头
身体被阳光冰冻
画笔如同头顶的毛发
可怜的哭泣

金色的发簪斜躺在盒子里
长衫裹着树枝上的皮
褶皱里藏满了过往

雨不再叩问屋顶
樱花树抓住了风的尾巴
昏暗的月
照亮了
握着镰刀的手

六

门还在摇曳
不知名的虫已不知所踪
画依然静静地思考
一幅画的想法
是被遗忘的想法
朝代更迭抹去了所有印记

风带着岁月从干涸的池塘上空
悄悄溜走
留下门外的院落在呜咽

舌尖上的茶香还在
犹如杂草中腐朽的发簪
梦中的画，仅仅是一个梦
或者一根玫瑰的尖刺

▪ 创作年谱

2011 年　《异地》《暧昧》发表于《青年文学》第 12 期。

2012 年　《异地》发表于《中国诗歌》第 12 期，同时发表于《诗歌月刊》第 9 期
　　　　"读诗"，附有多人解读短文；此后，诗歌多次在《诗歌月刊》的民间社团
　　　　专号发表；12 月，参加由漳州市作家协会、漳浦县文学艺术界联合会、天
　　　　读民居书院联合举办的迎新年茶话会暨诗歌朗诵会，并负责撰写相关新闻
　　　　报道，在《闽南日报》等媒体发表。

2013 年　6 月，参加第三届漳浦诗人节；《天真》《童年》发表于《海峡诗人》第 6
　　　　期；10 月，《小妮的诗（十首）》发表于《诗》总 20 卷。

2014 年　《午夜》《一只猫的畅想》发表于《福建文学》第 3 期；《上帝给我一盒眼
　　　　泪（外一首）》发表于《诗林》第 3 期；《午夜》《一只猫的畅想》发表
　　　　于《作品》第 5 期。

2018 年　11 月，《指甲油（外一首）》入选《圭臬 2018 卷》。

2019 年　《指甲油》入选《〈中国诗歌〉2019 年度网络诗选》（人民文学出版社）。

2021 年　《悟（二首）》发表于《零度诗刊》第 4 期；12 月，《墙上的画（组诗）》
　　　　发表于《诗》总 28 卷。

2022 年　7 月，《内心》入选《名·文学年选 2021 年》；《宠物盲盒（外一首）》发
　　　　表于《诗》总 29 卷。

阳　子

1974 年生，写诗，画画，居漳州。新死亡诗派主要成员，2011 年加入中国作家协会，先后获得高级教师、中级馆员职称，曾被闽南师范大学文学院聘为客座教授。诗歌发表于《文艺报》《诗刊》《十月》《青年文学》《福建文学》《作品》《作家》《上海文学》等刊物，入选多种选本。获福建省政府百花文艺奖、漳州市政府百花文艺奖一等奖、第十届滇池文学奖提名奖等。出版诗集《阳子诗选》《语言教育》等多部。

▪ 代表作

在深夜里

在深夜里，不想被发现
你就必须梦游

你也许遇见一只不会繁殖的鬼
月上三竿，它发不了芽
长不出有力的枝杈

你的脸微笑，温柔的
不带一丝阴影的那种
另外的人加进来
许许多多的人
一起移动
像一座座活的墓茔

谁也不知道，到底还要
有多少人梦游

这深夜才能到头

许多人动手偷走灵魂的钥匙
自己的，别人的
钥匙们变成鬼
无家可归，无可依傍
风吹过它们虚无的身躯
风也变成了鬼

▪ 短　诗

家庭账簿

在家庭账簿，你找到血液
往里面加入流淌的糖
你看着糖流出铁的泡沫
来自遗传的燃烧
最后变成飞翔

一艘帆船驶出你的身体
阳光落在桅杆顶
它越来越柔软
你把家搬到可以弹跳的地方
挨饿的时候你想起母亲的羊水袋
露水煮粥
你煮了一锅胃囊里沸腾的海洋

你随着流淌继续奔走
一扇家的窗口，继续弹跳

心脏需要慰藉的时候
它跳出涛声的鼓点

鼓声开花
花开在家庭账簿之上
闽南人的家旋转四季温暖的摇篮
丢失的，或者捡起的
都来自越来越持久的光芒

拆房子

把东门拆到西门
把零头
拆到灵魂能够飞出去的窗外
留下来的烟囱
让你看到食物的深渊

一块砖头朝着有人的地方跳
蟑螂们眼睛下垂，一路跟着跳
天黑了
断墙里的胚胎悄悄生长
可供幻想的容貌渗出血迹
它和光一起上演
一片一片掰开的皮影戏

面包也是一片一片掰开的
有食物的地方
就有房子咸咸的味道
人们拆房子，打碎屋子里的记忆
死者的身影从东跑到西

听不见的叫喊隐隐发亮

变质的食物开始拆蟑螂的胃
软时间爬过来
轻手轻脚拆一个梦
刹那之间，你感到
来自头发末梢剧烈的疼

下午的答谢词

你进入一个易守难攻的下午
你答谢它
给了你一枚隐藏身躯的果核
祖母和衣而卧
她眼睛里的航船在一条细细的裂缝游弋

窗台上一片叶子最柔软的部分
是寄往家乡的呢喃
一天换一副面孔的人穿着病号服来访
他带来一双好心人伸出的手
试图掏出下午的谜团
并且摆放到天空的蔚蓝之处

你同羊肠小径讲着谦恭的话
尘埃的光通往傍晚
缓慢就这样灼热起来
祖母翻了个身
一把安详的钥匙打开她晚年的喉咙
年代久远的血水无声地涌过来

早晨醒来

穿越火焰才懂得光芒
一朵花盛开在极少数人心里
花香撤退
一步一个坠落
一坠落一个窟窿

萤火虫拿窟窿当洗脚桶
它来讨黑暗甜蜜的债
汤勺大的夜，在胸脯上磨蹭
永不腐烂的长眠奢华流淌

早晨醒来，阳光的鳞片
是你闭着眼睛在闪烁
呼吸长出小水珠的嘴
鸟鸣一点点弯曲
屋外的人们抹一把明亮
说一句俗世繁杂的话

你张嘴咬一口阳光煮熟的味道
满是昨夜梦里的火焰
一年四季，虚幻的尘埃隔空问候
你欠身让出一天最宁静的部分

一条街道

送走死亡的人经过这里
一条街道

无数条一样的街道
一起点点头，一起疑惑
一起从阐述的这一边
越过不再说话的那一边

留下来的一小部分人继续安排生活
肩膀缩紧，祷告从皮肉里溢出来
飞蛾示范蝴蝶的蹁跹
在低保户的番薯地，光并不显眼
只是一个劲儿淌下乳汁

乳汁多了，就往街道上流
有人捂紧胸膛里的火
一碗红烧肉长跪不起
打更人的梆声敲着敲着溅起火星
火烧旺了，光开始与你讲交情

热情的激情的痴情的一起来囚禁
借幻影朝头颅上爬
飞翔褪去天空的衣裳
一条街道褪去它长长的袜子
赤足来求和
求一块雪花时时漏下会飞的洁白

把疼痛留在生活里

说话之前，你的心先疼痛
把疼痛留在生活里
一只萤火虫反复发光
它见过夜晚最黑暗的部分，就像

光芒对时间的道歉

苦难也来给生活道歉
你认认真真吃下一口食物
吃到满嘴的盐
打算说话的时候，先腌制舌头
尝到海鱼
足以令胃部安宁的味道

口述生活
语言拄着拐杖
询问生活
小动物在草丛里悄悄隐去
虚幻的舌头，悬在空中
让生活活着
幸福涨价，疾病涨价
梦想更是涨到天价

给呼吸挂上一块磐石

呼吸落在胸襟上
你闻到越来越硬的味道
远处一堆黄土插上旗帜就能够奔跑
嘴巴合拢不了的时候
歌声从天上来

时间接近另一拨人的未来
众多锁在喉骨内的声音
干涸又喧嚣
你怀着深渊

怀了一个时时想要逃亡的孕

给呼吸挂上一块磐石

喉咙里策动马匹的那条命

回到下半生

每练习一次死亡

得一次草本植物的绝症

写着诗歌的纸张掉落

它不需要呼吸，动作很轻飘

脸庞朝下

读到泥土给天空的誓言

文字的钟声是呼吸细小的钟声

▪ 长　诗

一块巨大的布

妈妈，一直有一块巨大的布

在那儿慢慢翻滚

翅膀缀满花朵

阴影下的一个神话

穿过阻碍重重的碎末

带我飞翔

一块巨大的布，从不生病

在我的身体外

它长时间精神抖擞

捕食

孤单

划分秩序的硬块和情感的汁液

唱着波涛的歌声

试图替换我的皮肤

覆盖我

帮助我，穿过暴风雨的那扇窄门

我常常前往海，脑中

积攒的一片光

无边无际腌制着山峦

人类，以及一切存在与虚无的

它们挂满真挚的轴轮

在苍茫中悄悄忙碌

收割时间的脚趾

用毒液款待爱情

每当嫩芽露出演练的绿色

一块巨大的布就在真理之前

来临

在夜晚，在无人的身后

它撕扯出冰冷的深渊

有人在我面前提灯搬集未来

有人借用别人的目光回望

几双眼睛落着葬礼的泪珠

钟声里流出血

直到我伸手

摁住脸部的燃烧

天空暗得令人同室操戈

呼吸即是幻影

一颗纽扣滚下

发出星星的回声

妈妈，我缴获不了脑中的空白
也无力抗争
神骑着白马在失重中失踪
那块巨布
在左，还是在右
皆未成形

它在我的头上种植宁静的果园
长出枪托的手和子弹的果实
越过沟壑的人越来越多
猎杀一些尘埃
给另一些尘埃晚餐
我就黏滞在这样的烟雾中
我是它们中最孱弱的一个

如果黎明也掩面翻滚
人们将欣喜若狂
纷纷出没在翅膀栖息的旮旯
阴霾来自一粒种子奢华的撤退
它甚至闪烁着小小的五脏俱全
告诉我什么是尖叫
什么是无人问津
我的脸贴紧另一张脸
在疏离
在流逝

我必须疾速奔走
闽南的小路是一截盲肠
幽暗之间我忘记给天空一声问候
灌木闪着滋润的光
妈妈，我从你的心里走
胃囊长着粮食的赝品

门牙闪耀水仙花香的痉挛

我用灰烬洗脸

那块守夜的布，迈着神迹的脚

甚至递给我一把通心的棍子

拧紧我呜咽作响的神经

火药箱就在没有喷油漆的墙上

与一道道裂缝一起

拿风，去喂食蟑螂

再往前走一步我愈发感觉

一块巨布的逼近

世界的嘈杂尚未冷静

它淌着黑色涎水

有猫逍遥自在地飘移

影子下散发微薄的腐臭

它死死盘踞

直到天堂一蠕动就疼痛

一根头发无声竖立

刺伤空气

荒芜中，一面荣耀或失败的旗帜

在假想

这是巨布的局部开垦我身体的

一半，踩踏另一半

用风和沙砾

咬希望一口

把仰望当作倒长的植物

我终于掉进它的深渊

白骨长锈，脚下青草轻轻呢喃

妈妈，你露出笑容

我开始怀念那些忧伤的亲戚

门庭前，沉默挤入我

我挤入摇篮

一只小兽抛出童话的口诀

它的快乐就是它的肆无忌惮

▪ 创作年谱

1993 年　认识道辉，开始诗歌写作，并参与《中国当代爱情诗鉴赏》一书的编选工作。

1995 年　1 月，参加福建省第一次青年先锋诗歌研讨会；《诗二首》发表于《厦门文学》1 第 2 期；诗六首发表于《星星诗刊》第 9 期 "95 年纪念首届世界妇女大会女诗人专号"。

1996 年　绘画作品与道辉的诗歌《存在》等 6 首，诗配画发表于《福建文学》第 1 期；《诗一首》发表于《诗歌报》第 1 期；组诗发表于《上海文学》第 4 期；《诗一首》发表于《作品》第 7 期；11 月，《诗一首》发表于《福州晚报》；绘画作品与道辉诗歌《面对》等 3 首，诗配画发表于《诗歌报月刊》第 11 期。

1997 年　加入福建省作家协会；《诗一首》发表于《诗神》第 1 期；长诗《无形（节选）》发表于《厦门文学》第 6 期；《诗二首》发表于《诗歌报》第 10 期；《诗二首》发表于《诗神》第 12；获《诗神》校园诗神杯奖。

1998 年　组诗发表于《作家》第 5 期；《诗一首》发表于《诗歌报》第 10 期；《诗一首》入选《1998 中国最佳诗歌》（辽宁人民出版社）。

2000 年　组诗发表于《福建文学》第 5 期；12 月，《诗二首》发表于《创世纪》。

2001 年　长诗《语言教育》发表于《福建文学》第 1 期；组诗发表于《创作》第 1 期；《诗三首》发表于《诗歌月刊》；《诗一首》发表于《都市》2001 年第 6 期；《诗一首》及评论发表于《福建文学》第 8 期。

2002 年　组诗发表于《诗选刊》；《诗四首》发表于《岁月》第 4 期；10 月，出版诗歌合集《赤裸神的昏觉》（与道辉合著，吉林人民出版社）。

2003 年　短诗《长廊》及评论文章发表于《新作文》第 3 期；《诗三首》发表于《芙蓉》第 4 期。

2004 年　《诗一首》发表于《扬子江诗刊》第 1 期；长诗《日常法则》发表于《十

月》第 4 期；《诗三首》发表于《诗歌月刊》第 10 期。

2006 年　《诗一首》发表于《上海文学》第 3 期。

2007 年　4 月，诗集《语言教育》出版（中国文联出版社）。

2008 年　3 月，《诗五首》发表于《大众阅读报》；《诗二首》发表于《诗歌月刊》第 4 期；《诗二首》发表于《文艺报》7 月 17 日；8 月，诗集《自言自语》出版（中国文联出版社）；组诗发表于《西部》第 10 期；12 月，《洁净（外三首）》获漳州市第三届百花文艺奖三等奖；《诗二首》发表于《诗选刊》第 12 期。

2009 年　组诗发表于《诗刊》第 1 期；《诗六首》发表于《诗歌月刊》第 3 期；《诗七首》发表于《诗歌月刊》第 4 期；5 月，《诗一首》发表于《大众阅读报》；组诗发表于《十月》第 7 期；9 月，《月光及影子（组诗）》入选《福建文艺创作 60 年选·诗歌》（海峡文艺出版社）；《诗二首》入选《21 世纪中国文学大系》（春风文艺出版社）。

2010 年　《诗一首》发表于《诗歌月刊》第 4 期；《诗二首》发表于《文学与人生》第 4 期；《白色（外三首）》发表于《福建文学》第 9 期；9 月，《诗一首》入选《献诗我的祖国——福建百名诗人心灵之歌》（海峡文艺出版社）；12 月，《深处（组诗）》获漳州市第五届百花文艺奖三等奖。

2011 年　6 月，加入中国作家协会；《水阅动黎明的书页（外六首）》发表于《福建文学》第 2 期；3 月，诗集《独幕剧》出版（中国文联出版社）；小说《孤岛》发表于《青年文学》第 12 期。

2012 年　12 月，《今天不在那里（外三首）》获漳州市第六届百花文艺奖三等奖；《是真的》发表于《诗刊》第 12 期 "2012 年诗歌年选"；《越来越多的人》入选《2012 中国最佳诗歌》（辽宁人民出版社）；参与《2011—2012 中国新诗年鉴》（江苏文艺出版社）的组稿工作。

2013 年　1 月，《一个词在流动》入选《中国年度优秀诗歌 2012 卷》（新华出版社）；《阳子的诗（五首）》入选《群岛·2013 诗年鉴》；《春天的穿行（组诗七首）》发表于《诗刊》3 月号上半月刊 "方阵"；《阳子的诗（十五首）》及访谈录发表于《滇池》第 3 期 "诗手册"；《诗二首》发表于《诗歌月刊》第 4 期；《植物园》《城池》《越来越多的人》发表于《海峡诗人》第 6 期；《阳子的诗（八首）》发表于《中国诗歌》第 8 期 "实力诗人"；《飞翔的语词（组诗）》及评论家推介文章发表于《诗歌月刊》第 8 期 "头条诗人"；短诗《穿行》及评论家推介文章发表于《诗歌月刊》第 9 期

"读诗"；9月《夜晚》《孩子们》入选《2011—2012中国新诗年鉴》（江苏凤凰文艺出版社）。

2014年　《夜晚（外一首）》发表于《诗林》第3期；5月，《春天的穿行（组诗）》获福建省第七届百花文艺奖三等奖；诗歌《是真的》、系列绘画作品发表于《中国诗歌》第5期；《越来越多的人》等，发表于《诗林》第8期；9月，获第十届滇池文学奖提名奖；11月，《春天的穿行（组诗）》获漳州市第七届百花文艺奖一等奖。

2015年　2月，《袭击所剩下的……》《夜晚，长肿瘤的方向》入选《中国当代民间诗歌地理》（东方出版社）；小说《吴教授的梦想人生》发表于《福建文学》第3期；3月，被闽南师范大学文学院聘请为客座教授，承担《写作》课程的教学，主讲诗歌写作。

2016年　10月，《从此以后（组诗）》获漳州市第八届百花文艺奖二等奖；11月，出版诗集《阳子诗选》（江苏凤凰文艺出版社）。

2017年　《诗二首》发表于《厦门文学》第3期；《一只鸟儿在空中洗澡》发表于《四川经济日报》4月11日；长诗《一块巨大的布》发表于《福建文学》第5期；《我曾经对着夜晚倾诉衷肠》发表于《中国艺术报》6月7日；6月，《暗算》发表于《中国诗歌》；执笔关于漳浦诗人节的综述文章《诗元素与闽南》，并发表于《福建文艺界》第7期；《阳子的诗》发表于《诗潮》第8期；《越来越多的人（组诗）》发表于《贵州民族报》10月13日；《阳子诗抄（六首）》入选反克秋季号《匪夷所思》；《爱我，带我回家》入选《2017天天诗历》（中国青年出版社）。

2018年　油画作品《镜像花园》刊登在《福建文学》第10期封面；11月，《这件事情（外一首）》入选《圭臬2018卷》；《在深夜里》入选《2019天天诗历》（中国青年出版社）；《收集孤独的人（二首）》入选《新诗路·2018年度诗人300家》；《盲人》入选《〈中国诗歌〉2018年度民刊诗选》（人民文学出版社）。

2019年　《太阳之下》《家庭账簿》入选《理想》第2卷；短评《通往诗歌世界的手戳》作为序言发表于《阳春》第3期；3月，《童话的窗口》入选《2017中国新诗年鉴》（长江文艺出版社）；《春天刮起了风》《花园》入选《闽派诗歌》（海峡文艺出版社）；4月，《在禁止的堤坝外（三首）》入选《独立》总33期；6月，《尖叫》《纪念一个人》《你即将成为死者》《你敲身体如敲一面鼓》入选《中国女诗人诗选2018年卷》（长江文艺出版社）；7

月，《一张脸》发表于《两岸诗》第 4 期 "隔壁引光"；《春天刮起了风》发表于《川江》10 月号；《昨日的审判词》入选《〈中国诗歌〉2019 年度网络诗选》（人民文学出版社）。

2020 年　1 月，《春天刮起了风》《植物园》《花园》入选《福建省优秀文学 70 年精选·诗歌卷》（海峡文艺出版社）；《春天刮起了风》入选《中国朦胧诗》（海峡文艺出版社）；短诗发表于《鸭绿江·华夏诗歌》第 3 期；长诗《一块巨大的布》入选《幸存者诗刊》第 3 期；3 月，《阳子的诗（五首）》入选《新诗路诗人年鉴·2019 年》；《迷幻之城（外二首）》发表于《江河文学》第 4 期；《离家的幻景（五首）》入选《中国乡村诗选 2019 卷》；《一个人的时候（四首）》入选《净峰诗歌》"2019—2020 福建年度精选专号"；《阳光比匕首锋利》《沉默》发表于《大湾》第 5 期；《一根稻草》入选《中国跨年诗选 2019—2020》（北方文艺出版社）。

2021 年　《作业——卢文悦（诗体）艺术评论 2018—2020》入选阳子《我的肖像》等油画作品及评介文章《"有梦伸出舌头舔你"》；《有些事，有些人（二首）》入选《零度诗刊》第 4 期；6 月，《把疼痛留在生活里》《拆房子》入选《中国女诗人诗选 2020 年卷》（长江文艺出版社）；《跨过风的胸膛》发表于《洛城诗刊》第 48 期；9 月，《你对祖国说》入选《心中的歌——福建百名诗人庆祝建党百年诗选》（中国言实出版社）；《你对祖国说》发表于《福建文学》第 12 期。

2022 年　《黎明时刻写下闪烁（组诗）》发表于《都江堰文艺》春夏卷；《收殓师》《有一天你也会死去》入选《名·文学年选 2021 年》；8 月，《阳光里的蔬菜花》《一个村庄》《稻草人》入选《中国地学诗歌双年选 2021—2022 年卷》（九州出版社）；访谈《从"诗写"到〈死亡传〉》发表于《合流》第 3 期；9 月，《阳子的诗》入选《诗参考》"诗歌展现馆"；诗歌作品由道辉题写为书法作品，参展北京朗园与《光年》合办的"诗人手稿展"。

刘小龙

1955 年生，东山人。中国作家协会会员，中国音乐文学学会会员，历任福建作家协会第 2—5 届（理事）全委会委员。1972 年开始从事业余诗歌创作，1973 年在省报发表诗歌作品，1987 年 12 月出席全国青年文学创作代表会议。至今在《诗刊》《词刊》《中国作家》《十月》《当代诗人》《星星诗刊》《福建文学》《羊城晚报》《福建日报》等海内外报刊和网络平台发表诗歌、歌词、散文、小说计 3000 多首（篇）。部分作品入选《中国二十世纪纯抒情诗精华》《世界华文诗选萃》《读者》《青年博览》《闽派诗歌百年百人作品选》《福建优秀文学 70 年精选》等 20 多种选本，先后 20 多次获全国性或省一级创作奖励。在海内外报刊、论坛发表学术论文和文稿百余篇。出版诗集《爱的宝石蓝》、《蔚蓝的情怀》、《蓝土地情歌》、《海魂吟草》（旧体），歌诗集《东方的龙》《中国的武圣，世界的关帝》，散文小说集《奇石之魂》，另出版文史专著 8 部。《中国青年报》《文艺报》《作家生活报》《福建文学》《世界日报》等海内外传媒对其创作事迹和作品做过专题介绍与评论。

▪ **代表作**

大海自白

我生命的颜色
是最集中的单纯，叫作蓝
有时蓝得黯淡
有时蓝得辉煌

想象若一口大钟
在潮汐轮回中悠悠鸣响
也曾低沉
也曾高昂

云吻过

船吻过

鸥鸟吻过

我举柔情千浪

如多梦的少女满怀春光

也曾振鬃咆哮作雄狮一怒

面对邪恶的狴猰

风砍

雷劈

我自啸傲穹苍

管他是一脉涓滴

凭你是长河大江

清或浊

红或黄

伟大或渺小

高贵或卑贱

……

我敞怀一纳更加浩浩泱泱

裸万爱之躯

成众心的磁场

有位歌者

拟将最后的头颅

搁在我的水平线上

做长吟不返的岛屿

浮也不喜

沉亦不伤

共我千秋万岁

一样肝肠

▪ 短　诗

当你到来，你就是大海的最爱

当你到来，你就会感受到大海的爱

快乐地扑进它春风荡漾的胸怀

在它阳光暖暖的臂弯，仰起你的脸

让它的吻在你脸上芬芳地撒落下来

你可以坐在岸边看星星和月亮沐浴

看太阳在东方的海平线如玫瑰盛开

让你体验这世界最美好的向往

看见自己像一尾任性的游鱼自由自在

当你到来，如果你有些许悲哀

它洁净的沙滩会把你的眼泪悄悄掩埋

当你到来，如果你有好多欢喜

它婀娜的浪花会让你的笑容长艳不衰

让水里绚烂的珊瑚展示你缤纷风采

不让你的灵魂在这里染上一点尘埃

只让你的心随着潮汐颤动不已

生命的尖叫如海鸥穿透天空的云彩

它给你一种海风撩动裙裾伴你起舞的温馨浪漫

它给你一种涛声荐枕叩问心扉如诗如歌的关怀

给你一种它掩藏自己苦痛不让你悲伤的深沉

给你一种它接受你就包容你所有一切的气概

给你一种面对风暴掀起万丈狂澜永不屈服的英勇

给你一种博大的胸襟热血不停汹涌柔情总是澎湃

给你一种后浪推着前浪滚滚而来永不言败的豪迈

给你一种无私奉献牺牲英雄为爱战死沙场的慷慨

当你到来，你就是大海的最爱

它给你的足印装饰蔚蓝描绣洁白

让你的梦美丽地飞去又美丽地飞来

虽然你不能带走它，但当你离开

你可以带走它透明的心带走她广阔的情

带走它高扬的灵魂和浩荡在你心中的爱

它在你生命里融进勿忘我花的颜色

天天望着你深情呼唤，永远将你期待

在天空与大海之间独钓万顷波澜

我坠落在这个苍茫的世界

在天空与大海之间，独钓万顷波澜

昨夜梦很长，我把自己磨成

一枚瘦小鱼钩，望着日月在头顶往来洄游

锈迹斑斑的我只剩一杆执着的守候

长长的丝，探入深深的岁月

挂在鱼钩上的心跳已被海水漂白

不知道这场痴迷的最后，有哪一尾

灿烂的鱼能与我在夕阳下

惊喜地邂逅　并且属于我

我常常告诉自己，若干年后

或许我还站在这里，那躲在水底的梦想

依然美丽，只是我的丝已断

找不回原来的钩，瘦瘦的魂魄也风干成

枯涸的海边一块苔痕斑驳的石头

在神话里煮海

一生最爱是大海
总相信海水永远湛蓝
可在风中一转身
海已改变了容颜

总怕坠落深渊
谁知潜入海底
才看见鱼儿自由翱翔
珊瑚七彩斑斓

原以为作为一艘船
劈风斩浪只为去远航
如今才懂所有远航
都只是为了回到港湾

一生犹似活在神话里煮海
如今才发现
煮海的自己
已被神话煮成一粒盐

海穴里的老石斑

再过若干年，或许我将如一尾石斑鱼
藏在湛蓝的深渊，做古模怪样的老宅男
守着洞穴，似梦非梦地活在每一天
管它渔人的网，从头顶拉过去拉过去

沉默的我总是神色怡然

那些金钩香饵也懂得我并不贪馋

长在脑门上的珊瑚角是我链接世界的天线

当每个波澜汹涌的日子明亮地向我走来

我展开静美的笑容向亲们道一声：安

纯净的蔚蓝世界只适宜游魂流浪

把八万里长空留给鸟儿们驰骋

让自己翅膀最小化，向蔚蓝的深处滑翔

太阳发送过来的目光晾在举开的鳍上

水中鳞衣闪耀，皮囊依然漂亮

一尾鱼就这样呼吸着浩荡呼吸着苍茫

用近乎无声的吟咏献给大海澎湃的诗章

把梦当作花开，绕着珊瑚林旋舞

任潮汐起落于静水流深的胸腔

让海螺住进自己丢下的锦色冠冕

纯净的蔚蓝世界只适宜游魂流浪

偶尔缺氧就跃出水面，望一眼天边

美丽的海平线，吻一下天空久违的脸庞

我与自己的对视十分残忍

我与自己的对视十分残忍

一个百孔千疮的我

面对一个光鲜酷炫的我

虽然不相信杀猪刀

但不得不相信猪，是哪头猪

将我拱得山河依旧而面目全非

新我找不回旧我

一张脸翻作另一张脸

黑头发埋进白头发

后半生撂倒了前半生

天堂就在海蓝天蓝的那一端

毕生向往，天堂已然不远

就在海蓝天蓝的那一端

只差一步或者半步

即可跨入它晶蓝纯净的光芒

海阔天空，卸尽一切念想

若白云信步徜徉

天堂博爱，不设围墙

夕阳下的波浪上有一种绝尘的辉煌

抹香鲸

自古以来这汪洋巨兽总被人们误称为鱼

最深广的水域是它最喜欢遨游的天地

于苍茫浩荡之中鼓浪游吟

从幽暗的底层升起明亮的声音

有时浮出水面成就一座傲世的孤岛

头举喷泉别样风光旖旎

面对黑潮恐怖包围，它可以站着睡眠

这样做梦的感觉更具特色更添神奇

一生是乌贼王的天敌

从不畏惧乌烟障海魔爪狂舞

战无不胜，但也不惜最后冲滩慷慨赴义

死并不代表失败，有时是种乐意

将生命的油脂交付人类点火

把一抹宝贵的龙涎香留与世界所需

▪ 长　诗

父　亲

——写在父亲忌辰

父亲，今天是你的忌辰，在新春的正月里

我们在你的灵龛前，摆上许多祭品供你

有你喜欢的肉和酒，有你捕过捞过的鱼和虾

这些鱼、虾、螺、蟹，都是你的平生最爱

此时成了我们对你的追念和报答

离开多少年了，你要是能够有一次

真的回来尝尝，跟我们一起吃顿饭

看看现在的家，那该是多么美满多么幸福啊

一炷清香袅袅，薄薄烟雾里却是另一个世界

望着父亲你的遗像，依旧的一脸慈祥、坚毅

我的眼睛长得很像你，鼻子很像你

嘴巴更像你，可是，年年今天

我望着你说了好多话，你却一句也没有回答

父亲，你是一个讨海人，一个桁仔船钩网的好手

在滔滔大海的渔场上，你手执长长的鱼钩

把一槽槽桁仔网从浪潮底下钩到船上捞取渔获

一钩就是四十几个春冬秋夏

因此，你的双手力量很大，你的担当也很大

一张完整的勇汉的脸，可左耳垂缺了一块肉
据说，是有个叫肥狗的听说你的手劲盖过全澳口
他想跟你比试，那次出海回来，他跟你约架
他先出手，你胳膊一抡，那厮手就坏了
没想他痛得哭爹喊娘叫了几声，突然从后面抱你
用他那一身两百多斤重的臭肉压住你
你打个马步蹲下，他便俯身用他的毒嘴
狠狠咬掉你耳朵的一块肉，血流了一地
他说他赢了，你顺势用脊背往后一挺
那厮就摔成一尾趴在岸边再也爬不动的烂狗鲨

在我们家的兄弟姐妹中，数我最小
母亲最疼我，而父亲却常常不见在家
只记得有一天半夜，父亲从船上顶着星光回来
从装烟的竹筒盒里，掏出他省吃的两只大红虾
他把我从睡梦中唤醒，分给母亲一只我一只
父亲看着我们吃得比做梦还要香甜，高兴地笑了
那是大饥荒的年代，父亲的肩膀扛着一个饥饿的家
隔早，父亲让我骑在他的肩上
去到海边澳角尾的桁仔铺渔寮边，几只大窑炉
正烧着染渔网的红柴水，父亲从炉膛的烈火中
扒出一只烧熟的大花蟹给我，好香好肥的大花蟹呀
它成了我记忆中感受最深的一份最香最暖的父爱

不久，父亲病了，躺倒在家中的小阁楼
因为我很受宠所以我很不乖，母亲轻轻拧了我一下
我就在楼下的楼梯旁使劲地哭
我小时候的哭，比后来写诗更有名，邻居们评论说
是"吃了死鸡肠"的哭法，总是啼不断
父亲被我哭得又烦又躁又伤心
"嘭"的一声，拿起他用的船木枕头砸了下来
父亲啊，原谅孩儿的不乖不懂事吧

不懂你病中的痛，不懂你心头的苦

幸好这枕头没把孩儿我砸中

要不今天，就没人来写纪念你的文字了

我发誓再也不哭了，可是没过几天又放声恸哭起来

父亲终于撒手不管我们了，他永远地走了

后来，母亲常常含着泪水带我去海边望海

我在梦中又看到父亲，他跟叔叔伯伯们又出海去了

好像去了很远很远的海东方，把一支支船桅

种成一片桃林，那里的桃树四季都会开花

所以以后的每天大早，我站在家门口就可以看到

东方的海面上，升起一朵一朵红亮红亮的彩霞

▪ 创作年谱

1973年　处女作《送粮》发表于《福建日报》副刊"武夷山下"11月18日。

1976年　首次参加《福建文艺》（后改名《福建文学》）编辑部在闽西举办的文学
创作培训班；诗歌《巍峨文昌阁》发表于《福建文艺》第6期。

1977年　民歌《四海春色一网拉（二首）》发表于《诗刊》2月号。

1980年　4月，加入福建省作家协会；5月，出席福建省第二次文代会、作代会，并
当选第二届福建省作家协会理事。

1982年　《海上渔歌（组诗）》发表于《福建文学》，并获1982年福建省优秀文学
作品三等奖。

1983年　6月，参加福建作家协会、江西作家协会联合组织的闽赣作家访问团，访
问红军长征路，进行历时2个月的采风创作活动；诗歌《橹叔》发表于
《诗刊》5月号。

1984年　诗歌《乘风千里帆（组诗）》发表于《福建通俗文艺》第4期；诗歌《海
的儿子》《小海贝与翡翠鸟》发表于《诗刊》10月号。

1986年　李海音撰写的小报告文学《海魂·诗魂——记青年渔民诗人刘小龙》发表
于《生活·创造》8月号，继之，《中国青年报》也做了报道；12月30日
起，赴京出席全国青年文学创作会议。

1987年　加入中国音乐文学学会；《岩子村》发表于《绿风》第3期；歌词《鼓浪屿》发表于《词刊》1月号，获中国音乐文学学会、《词刊》编辑部联办的首届全国青年歌词创作奖；施晓宇《海魂诗魂少年魂——访青年诗人刘小龙》发表于《闽南日报》2月20日；《闽南之恋（组诗）》发表于《世界日报》9月25日。

1989年　《情葬》获武汉作家协会与《武汉诗坛》编辑部举办的首届世界华文诗歌大奖赛优秀奖。

1990年　第一部诗集《爱的宝石蓝》出版（苏晨作序，鹭江出版社）。

1991年　9月24日，曾焕鹏撰写的诗评《以海的嗓子歌唱大海——读刘小龙的诗集》发表于《闽南日报》；《蓝土地情歌（组诗）》获首届施学慨诗歌奖优秀奖（第一名）。

1992年　5月，参加在湖南汨罗举行的中国首届诗人节；《浪花与礁石》获首届中国当代诗人节"屈原杯"诗歌大赛二等奖；诗歌《你从哪里来》发表于《海峡》第2期；诗歌《暮春的恋情》发表于《福建文学》第3期，其中两首入选《青年博览》第5期；《夜光螺》入选《中国当代诗坛新人群星谱》；8月，诗集《蔚蓝的情怀》出版（刘登翰作序，海峡文艺出版社）。

1994年　加入中国作家协会。

1995年　诗歌《大海自白》《渔村，有风浪的早上（二首）》发表于《诗刊》11月号。

1996年　歌诗集《东方的龙》出版（广西民族出版社）。

1998年　《扇贝》入选《中国二十世纪纯抒情诗精华》（作家出版社），并发表于《读者》第6期；诗集《蓝土地情歌》出版（何镇邦作序，作家出版社）。

1999年　歌词《春天的家》获福建省文化厅"中华人民共和国成立50周年全省歌曲征评"三等奖、"情系漳州"全国征歌优秀奖，发表于《儿童音乐》第4期；中篇小说《死船》发表于《十月》第6期。

2002年　《海韵涛声（组诗）》发表于《福建文学》第2期"诗歌特大号"，同时配发阿里的诗评《海韵独吟——读刘小龙近年诗作》。

2004年　中篇纪实散文《奇石之魂》发表于《十月》第6期。

2005年　散文诗《中国的观音》获浙江《普陀山文化》征文优秀奖；散文小说集《奇石之魂》出版（何镇邦作序，作家出版社）。

2006年　格律诗词集《海魂吟草》出版（李雪莹作序，作家出版社）。

2009年　中篇纪实散文《一座关帝祖庙的往事今事》发表于《十月》第5期；歌词

《闽南荔枝红》（方阿泉作曲）、闽南语歌词《海边的石头女》（蓝雪霏作曲）、歌词《我们的心，我们的情》（林水金作曲），入选《福建文艺创作60年·歌曲》（海峡文艺出版社）。

2010　此间诗歌创作沉寂，转入地方文史研究写作。

————

2014 年

2013 年　散文诗《鼓浪屿月夜》《远方，你的小渔村》《我仍会走来看你》入选《福建百年散文诗选》（海峡文艺出版社）。

2015 年　歌诗专著《中国的武圣，世界的关帝》（海风出版社）。

2016 年　重新进入诗歌创作，但除了特约，不再投稿；《大海自白》《渔村，有风浪的早上》《岩仔村》入选《闽派诗歌百年百人作品选》（海峡文艺出版社）。

2020 年　《大海自白》《大海与他的小白帆》入选《福建优秀文学 70 年精选·诗歌卷》（海峡文艺出版社）；《被遗忘的海边花（四首）》入选《闽浙诗人作品大展》（驿鲸文化有限公司）；《带着今生的笑颜来看往世的伤痕（五首）》入选《海内外华语诗人自选诗》（驿鲸文化有限公司）。

2021 年　《海岸边余响铮铮的龙骨（五首）》入选《石帆 18》（海峡文艺出版社）；《又见龙舌兰花（二首）》入选《海内外华语诗人自选诗》（驿鲸文化有限公司）。

刘秋娟

"70 后"，古雷人，漳州古雷港阳城大酒店总经理。漳州市诗歌学会理事，漳州古雷港经济开发区作家协会会员。诗作偶有发表。

▪ **代表作**

夏天的尾巴

拖一场雨，负重前行
步履时而沉重，时而踉跄

凹陷的部分藏满故事
比如，桃花化泥时的叹息
枫叶化蝶时的旖旎

一些细节需要我们捕捉
比如，流星划破夜空喧嚣的静寂
风草吹动时荡漾的涟漪
一只蜻蜓为何点水

树叶卸下伪装，露出
时间齿痕，由绿变黄
如蝉，一路高歌
悄然投入秋天的怀抱

▪组 诗

蒙眬花季

蒙眬花季
我喜欢站在屋檐下听雨
闭上眼睛
静静的
听见雨水滴落在犁铧上
滴答滴答
时缓时急
我听见铁犁划过湿润的泥土
划开一道道希望的田野
我能听见雨水滴落在父亲眼角的皱纹上
听见雨水在皱纹上舒展的声音
从父亲背影里都能闻到稻花儿的香气

蒙眬花季
我更喜欢倚在窗前听雨
听见雨丝在草叶上缠绵
草叶的梦在夜幕下格外的香
我听见雨珠在枝头上滴答
枝头上的花蕾一瓣一瓣地绽放
我更能听见自己的心在拔节
在那如歌的夜晚
在那希望的土地上

四月，你好

清晨

我在春的乐章舒展

那一抹淡绿摇曳如烟

闭上眼睛全是芬芳的味道

我在花香里流连

只想采一缕芬芳入墨

携一场春景入画

四月，你好

你把一身温暖

洒向人间

洒向大地

大地盎然生机

树儿绿了

花儿开了

鸟儿叫了

欢歌笑语尽在瞬间

风含着情左右摆动

水含着笑上下流动

鱼儿滴溜着灵眼自由游动

白云悠闲地与树上的小鸟

聊着天

太阳以大义名分的使命

调试着合适的频道

春风划过心空

不冷不热

我们在你阳光明媚的笑脸下

卸下厚重的大衣和棉裤

换上轻薄的外衣和单鞋

欢快地行走在你的视线里

四月，你好

我大声呼唤你的芳名

以爱的名义

张开双臂拥你入怀

倾听一朵花开的声音

让四月的人间繁花似锦

拥　抱

时光飞逝

岁月匆匆

镜中的容颜已渐渐老去

曾经的天真

曾经的灿烂

经过了风吹雨打

沧桑岁月的磨炼

诗和远方早已被时光带走

生活在拥挤的繁华

总有时间内外的纷争

躲在一个角落寂寞

拥抱自己

温暖一颗与雪有关的心

不再孤独

给自己一个微笑

有了面对生活的勇气

经历了多少岁月

生活的酸甜苦辣

磕磕绊绊的日子

变得少言寡语

寂静的夜晚

学会独处的喧嚣

将灵魂歇息港湾

拥抱自然

方知岁月静好

美由心生，永恒日子的靓丽底色

悟

谁懂牡丹

它富贵人间

花开一季

艳冠群芳

享尽春光

谁知

它花心愁欲断

春色怎知心

人生在世

缘起缘落

你是否早已看透

世间忧烦

你又是否将它抛之脑后

人情世故

有谁不懂内容真假

又有谁内敛其中

走过了风雨

经历了沧桑

也悟着

与人生一起平

追 梦

时光如流水飞驰而去

从不回头

岁月的花开了又落

让我憔悴却不后悔

站在新的角落举起眼光

过去的足迹

时而醒来

还凝望一下脚下的路

曾经的曾经

有岁月的印迹点亮了我心中的梦想

垫起了未来日子的希望

我再寻觅方向

而走过的路

对与错还在眼前焦灼

就让时光去定夺吧

前方的道路

梦想注定会指引方向

有人说

梦想会随风起舞

飘荡在天空中

任我追随

即使累了，倦了，迷茫了

心中毅然坚信

只有穿透那片乌云

飞向那湛蓝的天空

前途才会充满阳光

我相信

写在端午节

菖蒲行走，艾草聚思

龙舟赛起，粽子飘香

捧着记忆的话潮

走进诗歌的汨罗江

汨罗江

一条流淌着诗歌的光荣

与梦想的河流

被一片叶子，带进尘世的杯盏

不用哭，不用泪

只愿诗意如故

把苦涩泡淡，枯叶喊绿

曾经包裹的忧伤

经过千年洗礼

再去聆听，龙舟小调

画面早已填满了幸福的镜框

一个朝代的忧伤被另一个朝代温暖

一个伟大的诗人情怀是

永恒成世世代代人的骄傲

面对着面

面对着面
是两个相同手机的屏幕
是两个彼此相望的目光
是两个不同年代的心灵碰撞
月光偷偷地隐藏
只有风儿知道
流星什么时候划过天际

面对着面
彼此在寻找方向
海鸥在寻找方向
船舶在寻找方向
流水也在寻找方向
就像波浪从手臂划过
像从前许多日子
从彼此唇边，掠过

面对着面
像镜子隔着镜子
梦想在时空隧道边缘上发芽
像在彼此的缝隙间贮存宝藏
植物、土壤、阳光
彼此需要时空传递热量
寻找属于共同的那束光

我爱三角梅

每当我静静靠近她

极目欣赏她耀眼的霓彩

总有爱恋弥漫在心窝

默默遐想

心情无比舒畅

春夏秋冬

满眼都是她的绚烂

寒来暑往

处处追随着她的鲜亮

我敬佩三角梅

虽然

她是如此的平凡

只要有一撮泥土

一丝温暖

一缕阳光

一滴雨水

便能屈能伸

坚强地生长

飞速地蔓延

勇敢地面对大自然

她是如此的平凡

无论大江南北

平原洼谷

丘陵高原

还是繁华都市

随处可见

她平凡的身影

火一般的热情

她迎风悠扬的枝叶上

绽放五彩斑斓的花蕊

风吹过来

娉婷摇曳

好像少女在舞蹈

热情奔放

我赞叹

三角梅从不挑剔土地的肥沃与贫瘠

在大街小巷里

在阳台上

在阴暗的墙角

在狭窄的缝中

争奇斗艳

瑰丽绽放

我欣赏她

平凡而朴实

美丽而不娇气

像热情的少女

坚韧不拔

顽强奋进

冬天里的一把火

岁月无声无息

从指尖划过

不经意间

又到了冬季

昨天夜里

下起大雨

摇曳的枫叶

就像抹不去的梦话

在枝丫间

诉说着

一段屈辱的故事

大雨过后

你的笑容

在我眼里显得格外艳丽

你的眼神

特别坚定

让我情不自禁投入你的怀抱

在心里燃起一朵火花

就像冬天里的一把火

照亮了你

也照亮了我

照亮了我们前进的道路

冬天里的这把火

温暖了你

也温暖了我

让我们感受到

彼此身上都暖暖

你我的心都暖暖

让这无私大爱的心

传递人间

温暖世界

后花园的玉兰花

清晨打开窗户

一股淡淡幽雅的玉兰花香

扑鼻而来

经过雨水的洗礼

白玉兰花

优雅恬静地亮相

与玫瑰花一起

争宠

而我

只偏爱玉兰花

她洁白无瑕

会唤醒一些长不大的记忆

此时

鸟儿也被她的香吸引

叽喳——叽喳

雀跃歌唱

蚂蚁帅哥被她的素雅娴静

折腰

爬到枝头与她呢喃

岁月还在季节深处

延长

而她贵而不娇

雅而不酸

亭亭玉立

用一生的单纯

给予了

没有句号的心旷神怡

手 机

自从有了你

我的独处不再寂寞

微信、抖音、淘宝各显神通

聊天购物汇银随点即通

它们填补着

奢侈以上的时间缝隙

自从有了你

学校老师和家长

与你谈判

以最虔诚的心

寄托着沉重的厚望

让源于沉迷游戏的交响曲

尽快画上休止符

自从有了你

天涯海角

海阔天空

每一种灵犀

都演绎着新的流年

黑白与彩色的问候

总让梦微笑

一把雨伞

傍晚

天空突然下起大雨

让我不由想起你

想起我们曾经在异国他乡

一起撑起过的那把雨伞

一把是粉色

一把是黑色

一把是白色

伞伞叠加撑起一片天

伞下的天空

带有一丝丝冰凉

有一丝丝思念

有一丝丝独单

有一位孤独的行者

记忆的画面犹如在眼前

2019 年 3 月 23 日清晨

在异国他乡的小路旁

雨水滴答答地落在

伞上缓缓地自由落下

路边的樱花树

在狂风中不停地摇摆

那天的伞下

有一种幸福和心疼

幸福父母和你在伞下的同一片天空

幸福你终于长大

有自己的理想和目标

能独立给自己撑伞

心疼你要离开母亲的怀抱

独自面对自己的人生

心疼没人为你遮风挡雨撑伞

独闯天涯

雨停了

我醒了

遥望远方的天空

你在他乡还好吗

那里今天也下雨吗

是否有人为你撑伞挡雨

妈妈愿你

撑开伞花

雨中屹立

在雨中

净化升华

无　题

520 是个美好的日子

在这让人遐喃的日子里

世间万物

因有情而更加美好

天

因有阳光普照而更蔚蓝

地

因有春雨滋润而更翠绿

海

因有微风吹动而更宽阔

花

因有蜜蜂光顾而更迷人

山

因有水相伴而更有灵性

水

因有山相伴而更有韧性

阳城

因有你们而更放光彩

520

祝您工作生活甜如蜜

阳城饭店的爱（其二）

从二十二岁开始

我的内心世界就被你

慢慢占有

起初你对我温柔细语呢喃

让我心跳加快

脸红耳赤

一个电话

一个温暖

回味春夏秋冬

感恩永远

后来我就开始

对你念念不忘

你的一砖一瓦我都亲手抚摸

触碰出爱的火花

可能你也感受到我对你的在乎

也会对我忽冷忽热

让我胡思乱想

可能我的真心感动了你

包厢传来了动人的音乐

厨房飘来美味的佳肴

前台美女和小哥露出笑脸迎接

后花园的树葡萄露出黑珍珠

阳桃树上也挂满笑容

粉红色、紫色、黄色、大红色的玫瑰花

抛来

妩媚迷人身姿

让你神魂颠倒

蚂蚁帅哥也展开攻势

亲吻你皮肤

进入你的血液里

让你的灵魂放空

桃花、玉花、丽聪也送来温暖和拥抱

啊，我爱的人和物

永远在阳城

你让我慢慢成长

教我如何生活

学会珍惜感恩回馈

怎样微笑面对人生

阳城

你是我一生的挚爱

刘黄强

1971 年生于东山，笔名刘歌。中国作家协会会员，福建省作家协会会员，中国诗歌学会会员。作品发表于《诗选刊》《诗神》《诗歌报月刊》《星星诗刊》《绿风》《芒种》《福建文学》《厦门文学》《厦门日报》等，并入选多种选本，获奖若干。著有个人诗集《与你谈起那片海》《一个人的大悲咒》《月光洒在海面上》。

▪ **代表作**

东山的海

可不可以把你吐出的泡沫
当作花开，那些白茫茫的水之魅影
可不可以当作一次纯净的洗涤
然后落日被重新打捞，回到
内部的燃点

哦，落日突围海的困境
火辣辣的激情喷薄。天空拉开日子的
衣袋。海让出盐晶、水草和鱼类的睡眠

可不可以把海鸟的叫鸣
当作梦想的号角。我的女神怀抱珍珠
她吞噬光华，她在光华中受孕
海，安静下来
我看见半坡的星火一闪一闪
一闪一闪的还有苦难的双眼
它睁开一只：天地玄黄
闭上一只：宇宙洪荒

还有惊颤、死亡、诅咒、万劫不复
填海的石子一次次沉陷

海动起来
当涛声再次说出东山，说出铜陵
说出南门湾，说出岸上的心，一根网绳的故事
渔谣和爱轻轻托起幸福的预言

生活的鳞片闪烁海的波光
并简化为一粒盐的纯度
一声螺号或一阵腥香
都将激荡生命的内核

浪花就要盛开
可不可以把这些通通给我

▪组　诗

船缆栓柱

海笑了的时候　水波纹一圈一圈漾开
大船小船撒欢像淘气的孩子
岸在那边　船缆栓在岸上解缆或紧索
都有海腥香飘动

海哭了的时候　那么多撕裂的声响
进入一场湿漉漉的抗争　漫卷而来的浪
像暴动的叛逆
船缆栓柱承受一种韧性的牵扯

大船小船的庇护链

更多时候　我看见生活的盐斑布满船缆　栓柱
老态龙钟地在岸上瞭望船只的出航或归港
一个浪头　溅起打湿身躯

母亲走了的那天　父亲一下子老了很多
眼睛呆愣好久才回过神来
他说：岸上的船缆栓柱断了
船就靠不了岸

在澳岬尾

夜晚的涛声其实也是善解人意的
它比白昼少去几分喧嚣　宁静浮出水面
极目处风潜入渔火的微澜
海像一块巨大的黑色绸缎铺开
也许　这就是水的良辰美景不必附属神谕

渔人客栈的霓虹灯下道出谁的梦想
——咸鱼　而且是最咸的那条
多年之前或多年之后
你的远方幻化什么样的河之洲
此刻　涛声依旧是水的流年
一块礁石有浪打的裂痕

我承认将老未老的心境有盐的味道
在澳岬尾的音乐茶吧里
诗歌漏掉的是一杯茶和一瓶酒的距离

有人说出喜欢

有人起哄打趣

我笑而不语　看着夏夜升起一堆篝火

暗夜之影

挂在树丫的静谧接纳暗夜的烦躁

掀开一朵云的旧约书

时间嘀嗒嘀嗒　心跳还给一个隐喻的词

那些星点　多像出逃的萤火

漏掉的光在反向的路上

打开天窗　哦　不

应该是打开迟暮之门　很多亮话

被搁置　尘埃一地

尘埃一地呵　善意的典藏

我怀揣更多的月色和薄荷的香气

淡入日子的骨节　依然会被流言所伤

会被前进着的动机所伤

人到中年　尽管有着皮糙肉厚的抗击力

多出来的虚设自然而然成为影子

当我俯下或者稳住身形

接下来是尴尬的表情

滚一边去　明晃晃的棒喝

揪住你下一刻后退

看不见的温柔是我第二重影子

我只是把每天当作离别练习

想象落日从西边回升

擦肩而过的身影退回并肩的凝眸

一朵枯萎的花回到最初的枝头

哦　世界回到母亲的襁褓

青丝系住她的红晕

回到一团锅巴哥仁争食

回到酒盅温一杯相逢喜悦

愤世嫉俗或青春做伴　我们的遗址

斑驳的誓言一点一点褪去锈渍

回到一根点燃的香烟

它挽留不了落下的灰烬

黑夜还是替代了白天

但这肯定不是昨天的　明天的还在路上

回到母亲的病榻

回到一根生命氧管的设计　回到

心脏短暂的骤停　我不知道

下一刻会有什么新鲜的事物发生

我只是回到了一滴水的溢出

我只是把每天当作离别练习

听涛的人

有时　需要把海缩小一点

小到目光所及　小到一粒盐的纯度

然后把涛声放大　再放大点

覆盖过其他的噪音　这样就可听清涛声中

抑郁　悲鸣　清欢甚至怒吼

坐或者立　不用顾及水的深浅

……而常年与海打交道的老渔夫

告诫：听涛，要关乎水的力

但如今他已被涛声带走

在海边行走　有时会被浪溅到鞋裤

这湿掉的部分和闪后一步的干爽

区别于安全感　你在退

浪也在退

而夜里海像漆黑的墨　与谁对峙着

——听涛人要说出什么恐惧

一条鱼其实比我更干净

小时候见过有人在戏院前卖猴子

他用一个木枷夹住猴子的脖子

然后，将猴身固定在一个木箱子里

吆喝着：新鲜的猴脑，吃脑补脑

有胆大的，在谈好价钱后正襟危坐桌旁

等待。卖猴人把猴头顶上的毛剃光

这时我看到猴子的眼泪汪汪地流

嘴里不时吱吱叫

——这是我最早看到的法场

还有一次，邻居大妈杀鸡。鸡不死夺门而出

脖子上的血从它家里一直淌到我家门口

——这是我看到的第二个法场

今天在市场上买了条鱼，鱼贩子说是刚钓的

砧板上，那鱼鼓腮，张鳍，瞪目

尾巴拍打砧板，要翻身而起

鱼唇一张一合咕咕响着

仿佛多年前谋杀亲夫的犯妇

在行刑前撂下的狠话：今天我的下场

说不定哪天就轮到你的身上

我没能忍住刀落，开膛破肚一刀一刀凌迟

鱼不动了，我的手洗了多遍还是血腥味重

猫死了

一只猫死了　一根树枝弯下腰身

一只猫死了有人用绳子绑住猫的脖子

然后再塞点纸钱吊在树枝上

树枝弯下腰身　有人扬长而去

猫上树　猫被吊在树上

死猫被吊在树上

猫死了还必须再死上一回

台风夜

台风把夜吹得更为空旷

把一只母猫的叫春吹得无影无踪

窗门紧闭暴雨一路狂奔

有花盆掉落　那瓷质的破裂声

比一朵花的叹息还重

但比水泥地面的忍痛力弱

风向偏南　近中心风力十七级

这是早间的一组数据播报……

现在　台风已经登陆

而风速并没有减慢

哦　台风你要把冰冷的刀砍向哪里

会不会把门前那棵歪斜的树放倒

子夜里　多数的人都已熟睡

天空像黑色的毯子盖下

唯有闪电战栗的光接近黎明的颜色

▪ 创作年谱

1989年　开始诗歌创作；和东山岛的一群文学青年成立"诗蝶文学小组"。

1990年　创办《窗口》文学报，出版6期铅印四开小报。

1991年　《牧春小唱》获云南石林碑林杯诗书画征文诗歌组优秀奖。

1992年　诗歌开始发表于《芝山》《龙眼树》等；《海之灵》获"羲皇故里杯"全
国诗赛佳作奖。

1993年　《歌唱》《岁月的声音》《涅槃》发表于《诗歌报月刊》第12期；《今夜星
光灿烂》发表于《诗神》第12期。

1993　　诗歌作品多次发表于《厦门日报》副刊"海燕"。

————

1997年

1994年　《饥饿》发表于《诗神》第5期。

1995年　《歌唱另一种渔谣》发表于《星星诗刊》第3期；《蓝色交响（组诗）》
获第三届"诗神杯"全国诗歌大奖赛优秀奖，获奖作品发表于《诗神》第

11 期。

2011 年　重新回归诗歌写作，此后诗作相继在《绿风》《星星诗刊》《诗选刊》《福
建文学》《芒种》《台港文学选刊》《泉州文学》《厦门文学》《牡丹》《江
河文学》《闽南风》《闽南日报》等发表，入选《中国年度优秀诗歌 2017
卷》（新华出版社）等选本；其间与友人共同创办《水仙花》。

2014 年　诗集《与你谈起那片海》出版。

2016 年　纪念母亲专辑《一个人的大悲咒》出版。

2020 年　诗集《月光洒在海面上》出版（团结出版社）。

2022 年　诗集《东山颂》出版（鹭江出版社）。

刘 嵘

17 岁开始写诗，当时就读于云霄县第一中学。1984 年与友人共同主持"矛盾·多余"诗歌沙龙，编了 12 期《你我诗刊》，1986 年夏天把自己的诗歌油印结集。2002 年 6 月，出版诗集《刘嵘诗选一三六首》。

▪ 短 诗

温 情

低飞的鸟穿过雨水

空气极度的透明

一滴血成长得很快

于是被象征为玫瑰

想起你的温情

花的气味恍若晴天的月亮

几千年一直追逐爱情

得到的仍只是体会

呼 吸

气浪被收割

像金黄的麦子堆在田垄

麦粒正想着发芽

竖起耳朵听着太阳的诱惑

鼻子在明亮的晴空里

像一塑静物

有只绿色蜻蜓停在它的顶峰

气浪鼓动着羽翅

让它翩翩着美丽又吉祥

从轮廓我们寻找爱情或命运的特征

有只画框探过来把呼吸镶住

绝对的碰杯

两个歪斜地倚着餐桌的男人

是两种风情

他形式忧伤但透露着坚定或者颓废

他们干杯

干杯的姿势教唆了他们

他们舔干啤酒的麦香

他们看着气体欢乐成一朵玫瑰

在这有许多蛾的夜晚许多欲望的夜晚

灯光像杀人犯的手横过

彼此的手

男人与男人之间干净而肃穆的空城

期待眼泪一般地

期待啤酒再度张扬溢出酒盏

溢出寂寞的隐隐约约的脸孔

再道一声：干

无须为一切

不管冷笑或轻松

再说一句，让空气挤兑

喉结

他们绝对干杯

季节：冬日与秋日的草原

从冬日的窗户望出去

从秋日的恋情望过去

我们骑着马

我们并不清楚将到哪里去

那些白银和罂粟花的村庄

远我们而去

远炊烟而去

我们在河的源头

一场雨淅淅沥沥

从清醒着的几爿石头的折光中

落到我们的天庭

我们跟随着羊群的牧歌

日食后的天幕像草原上任何一位牧女

我们的温馨从温泉的渴望里

袅袅而起

季节

在季节与季节之间有风铃

毫无倦容地

我们不知到哪里去

黄昏冷饮店

黄昏这只麻雀

停住了那粗野的尖叫之后

我和我的朋友

互相搂着跨出门槛

朋友身份不明

也不太清楚他她的性别

我们携住手跨过横路上

栅栏样的钢筋

我们跨过忧忧郁郁地注视着的

斑马线

我们潇洒地跨过它们

跨过蟋蟀样此起彼伏歌唱的

几盏彩灯

我们天真地

迎着凉风和寒星企图到达那边的冷饮店

我和我的朋友

端坐火车座

面对面开始微笑

空调后的氧气让我感觉秋天将来了

将有四面八方的萧瑟

驻足于镜子般的窗玻璃外

我们不得不离开冷饮

离开啤酒

朋友也许感觉的只是我脸靥的惨淡

朋友他她笑笑

打开啤酒

美丽的麦香就轻松地

溢出绿色的囚笼

旧式皮箱里的即兴作品

那些爱过我的人将会死去

几年后我会回忆起一种

极其简单的境态

一只旧式的皮箱于是打开

一座南方城市和它宠护的孑然独身的鸟

一个梦游者

一条浑浊的河流和一声诡谲的情语

它们被宣布从无穷的痛苦与嘲讽中

解除囚禁

我与妻子

我爱妻子

妻子在跑

河流或者雨声

路过的她柔弱或者盈满温情

月亮伸出手

我的跑或她的跑

穿过这些细细的线

穿越一些田畴和阡陌

月亮的手

停在树枝

树枝是我风中

飘来飘去的手臂

我的五官与骨骼

寂静

我的妻子

寂静

车过盘陀

汽车爬高

盘陀岭氤氤氲氲

这是夏天的某个早晨

我的太阳光扯成一条条带子

蓝蓝郁郁的带子

缩成眼前的路

我正祈求片刻冲动

一个转弯

我像只鹤一样兀立

绿色乳房的远山

没有形状的许多情绪

由一只鸟别样地

俯冲到我的窗前

我们要越过山冈

我们将远离

涛声阵阵拍打着的松林和竹林

亲爱的

我就在盘陀岭九九八十一弯的

转弯中想到你

歌声就将朝一个方向

以一种温柔的动态

驶离盘陀
驶向你

▪ 长　诗

死　灭

之　一

题记：生活便是死亡

相爱的男女和着它们的影子
正要死去。死去
植物的血管，那条蛇
正从白色的草丛向它们逼近。逼近
一声叹息，一声断裂的秘密
包含的全部动机，液体
和旋转的时间。它们的细胞
依旧渴盼，依旧从流动的河水
沿途的车站、旋涡，自己的老年和青年
无垠的荒野
依旧低沉地哀鸣
从系满藤蔓的手指，从手掌里的月亮
依旧疲倦，疲倦成音乐
相爱的男女，死去和未曾死去的
黄金季节，它们企图实现生命的本质
那些冷酷的天空，奔跑着的夕阳、马匹
碾盘上的麦子。它们在发问
当爱语虚幻成它们身后的一段湿雾

它们在发问，问走过的路、爪上的绷带

或者眼泪

一种思想的姿容动感地让梦培育出

怪癖，一种百思不解，一种隐喻，一种风

风的秘密里它们领悟到死灭的水声

于是它们抚摸了水，它们被决定死去

相爱的男女便要各自死去

死成孤独，死成静谧，死成废墟

以及废墟上枯骨般的云块

于是怀念，于是祝福

于是从一些鱼化石

鱼化石的胴体惹起渔网的惆怅。波浪

去舔吻这些深埋陆地的木桩，木桩的

捆缚着的绳，蓝色眼光，渐渐弯曲成

荒凉的心

黑的诗，青铜的梦境

于是主宰森林的神灵

为相爱的男女挂出一个太阳

接着焚烧它们的随想

彩绘出的脉络再不回来，不回来

过路的人，芦苇闭上的它们的眼睛。此时

相爱的男女行将死去，行将涅槃

所有的回忆颤颤抖抖，有一盏灯

便能在白日的翅膀下闪亮

相爱的男女行将醒来。在另一次死亡

相爱的男女隐身在它们的火里。火里

海潮让火充满了潮湿

火的暖流使尸骨有了轻松的醉意

醉意：鸟依然叫着，满世界里扑腾

旺季的葡萄繁茂成星星。相爱的男女
一个个受伤后的痂口正在想象
它们翘首远望。相爱的出生地生长成旗帜
当种植的默契再度萌芽，当牵挂情绪
猫，四月或八月里的花，兴盛或者凋零
当根的慵懒，静止的回音。深谷
一缕残光象征联系
其余
便空无一物。相爱的男女又要死去
死去；空无一物，相爱的男女再度
钓到水声，妙不可言的潺潺。这种死亡
当相爱的男女行将永逝，空虚成
某种形状，光明或者寂静
它们就要离去。离去，死灭的水声
正逼使它们闭上火的眼睛

　　　闭上叹息

之　二

题记：那一个地方一定很美好
　　　要不，去的人怎一个都没回

它是你的早上，你随心所欲的
一件玩具：植物的根茎在它的表层
受孕，时间烘烤着茁壮的渴盼
并以旋涡的方式滑落
堕入像梦一般纵横缠绕的、深井似的
现实，它是你的黄昏
你倒塌着的和正要倒塌的夕阳、云
以平易近人的告别，让星的腿
枯坐成早上的根茎，一张报纸般的黑幕
假象，有形无形地尝试

把阳光那白色的丫枝感应成雨声

完成着臆想中的动作。它舞蹈着

秋天或春天的田野：鸟和一片叶子同时

永不停息地播撒热情和冷漠。它是你

可怜的孩子：喃喃低语

从自己的肋骨倾听隐匿着的颤抖。它是你

撒娇的爸爸：拖着欲辩不能的阴影

深入一些风景，并且惊愕

最后埋身大地发散着琴的铮琮。大地就要

死去

此时，你发现它正是你自己

你静谧的平庸的自己。它是你死亡的

元凶，是你自己。那些仙人掌的眼睛

面包、爱情，还有你从未想过的

你周身奔涌着的，笼罩着你的氛围

你和它静默无语，共存但互相拓扑

雪和你温暖的尸体、沉船、一种火焰

失败，你的等待，白日

你心中的艰难、充实的海洋、透明的

玻璃、湿漉漉的烟雾还有生你养你葬你的

城镇，桅杆以及你皮肤深处的麦香。天堂

敞开着的门淹没了这一切的真实

所以你便不是你，它不是它

你是你的纪念碑与铭文，它是它的

死亡

它是你无限的敏觉：迟迟来到的世界

安定已代替了号叫。你正在明白

它正在明白。你向前方出发，它是你的停顿

可就在这短暂的一瞬，太阳，它

像一件衣服似的盖覆了所有的灵感

你从它的纽扣中，从它们的安详中
嗅到了季节的更替；你泛舟而去的
跋涉到达了的焦点，开始
作为原因拒绝回眸；你的眼神是它的
泫泣，潦草的呼吸俗不可耐地飘浮，接着
微笑，每天或每天的微笑
带给你或它许多异香，这种预谋中的
孤独像绳索似的串联住你与它的胳膊
很多年的位置与原则，像风中折断的
芦苇，在你或它背后的情绪里
歪歪扭扭，企图安眠
因此，你将和它，它的大河大树，流动
你将和它无聊的合唱一起安眠
直至
死灭

你便长眠不醒，没有人
在你转身之际，往你的心灵深处
打一个长途。你无声可发无声可答
像一截启示，一只林子里的狐狸
或茶几上的静物，远处的疲倦
血一点一滴地从一支歌里，耗散
你便长眠不醒。它长眠不醒
这种绝望的静谧怪诞而又真实地，离开
健康的希望。成为寄托或者依赖，最终
焚烧了故事，故事
　　　　死去
死亡
　　　　死灭
死去

之 三

题记：我的想法阳光一般的诚实
　　　　我的想法是位被害者惨遭埋葬

我相信这不是预谋。正午的花

开过，一种异乡的愿望：地狱的鱼

它的粪便昏迷着，然后像柑橘一般浮出

水面，回忆的性征从它的耳朵掏出

孤独，一些困难日子的祝福以及模仿

让我尽情地流泪，望着正午的花

萎缩：这种复合接着分离，耗散着

肺叶里低语的水，远道而来的马的鬃毛

绿色玻璃中橄榄的热情。我望着自己

所居住的城市，那些风度翩翩的叶瓣

构组的防线。一种包围：慢节奏的序曲

是大街上散步的奶牛，一大早满载着

青草的乳香和对白天的愉悦，向片片纯净的

善良的海洋或者田野走进；可是

琴键上舞动的手，月亮闪烁不定的阴影，充分的

颧骨般突出的艰难。一群鸟，忧郁地注目着

寒冷在它们的腰际染沾出白色的邪恶

谁也无法确定它们的忧郁，是否正从

一棵树向另一棵树过渡。因而我无法

相信凡人的眼睛：流血的瞬间长成

红蜡烛，当失常的雨企图把它浇湿，把

飘忽无定的琴声毁灭。因而我无法克制

伤心，沉重的情景，令人停止赶路，陷入

落花的囹圄：麦粒的灾难成群结队为蚁群

虫，在身躯上描绘出厄运。我停止赶路

木偶，注目着日影下的巢穴。我不肯相信

这是预谋。我瘦小的身躯被消灭于风的
拐角，消灭于风摇曳着的美丽的驼铃声中

我说过，我的想法像阳光一般的
诚实：这一世界的木偶安安静静，每一个孩子
都在敲门的随想中脸色枯萎；敲门的声音结成
葡萄，悬挂于呼吸的台阶上空；歌，进化的机会里
被谁相信为面具。我第一次感到累了：像溺水者
对着催我入睡的岸，良久；鱼咬住了我的
长发，这些拥挤着的道路；当鱼蓝色的
眼神智慧地扩散，叠合着线条；所有正午的
重复，幻想，彩色的轮廓
已经到达我的门前。敲门，我确实感到累了
尽管我相信这不是预谋。正午的花
我可爱的匆匆即逝的折光，开始膨胀，最后
发育成山脉，风水像是站牌，齐声
鸣钟般地对着我发着催促的呐喊

这便是埋葬：好的天气在头上，灵魂
像位主子大模大样地打着呼哨，旧时的
脸颊比黄金更高贵，在随意的坦诚中
被误解为怪圈。怪圈，凯旋的灵感的
火焰，风尘仆仆，在许多年后，咳嗽的气浪
切割着陆地的回忆，围拢而来的，有限
无限的呓语。我发现这便是灾难
寂然撞击着我的肉体，这不是预谋，而是
宿命：我闭上眼睛，仿若让欲望冬眠
永久的死亡像位长翅膀的天使

我相信这不是预谋，正如我相信
正午的花，乳白色的喉腔，凌乱不堪的
手指：它指示什么地方留待我去居住。墓茔

风打在玫瑰庄严的葬礼，打在精神失常的
森林。我浪费着的幽静，牺牲着的安详
那些断裂的鱼的鳍骨，麦田上腾空而起的麦芒
我企图在灿烂的光色中化险为夷。我
晃动着胃呀呀地叫唤，迎接，远道而来的
死亡：一种温情正从厄运的边缘吉祥如
一面旗，从古老的时空中，穿越
低旋的安魂和希冀，一种温情
令我相信不是预谋。正午的花含蓄地在生日的
迷惘里死去。可朝她瞥一眼我便觉出幸福

许海钦

20世纪60年代出生在东山澳角渔村。福建省作家协会会员，东山县作家协会副主席，漳州市诗歌协会副会长，福建东山海源水产有限公司董事长。还没读完小学的全部课程，就一脚迈入生活的大学。那一年，11岁，从此向大海讨生活，放下渔具就捧起书本，偶有文字留在纸面。如今，写诗、签发公司文件，用的是同一支笔。主编《澳角的海》《东山诗人》。出版诗集《蓝色血液》《守望那片海》《让大海反哺每一条河流》，诗文集《心海涛声》。

▪ **代表作**

苇　船

谁谓河广，一苇杭之。

　　　　——《诗经》

一

登上这只苇船就起风了

一卷《诗经》　一腔豪情

几千年的墨滴

被大海裹挟着前进

风浪吞食了夕阳最后一抹余晖

痛楚的呻吟在礁石上翻滚

一挂残帆

包扎着航道渗血的伤口

除了鱼鹰的双爪

还有谁抓住下坠的命运

二

闭合双眼

让心堤蓄满的泪水溢出

缓缓地漂洗那段倒流的故事

此时　灵魂已经液化

汇入无处不在的大海

怀里的长篙触痛生命的航标

峭壁上那件古老的蓑衣

就是祖先悬挂的眼睛

春潮又一次泛滥

我不能在冬夜的海岸停留

三

渴望一群跳跃似的鱼儿

能够把我托起

在最近的距离倾听月亮的心跳

然后收集散落的星辰

修复我一身伤痕

深夜　我还得学会从容

跟随鱼儿起舞在波峰浪谷

喧闹的海浪会在黎明前沉默

▪ 短　诗

海的春天

这个冬季，空气中的盐分很重

每一滴海水都经过阳光的提纯

春天，以一个优雅的手势
完成拯救的指引

在一首深夜的诗里与妈妈相会
妈妈带我赶海拾海螺
她迎送潮水的目光
是最接近春天的本色

韶华流水，光阴流动
掠过海面的鸥鸟
嘴上挂着一片鱼鳞
我是否该回到海的深谷
种植一片红色的珊瑚林

海与我交换眼神
海的浪花，把波涛开成田野
另有一种蓝
时而张扬，时而安详
曾经在一次次风暴中
促使人们净化灵魂

我忍不住地问
风无形，海能给爱吗

小木屋

你们来得莫名其妙
走得猝不及防
仿佛只是来送一本诗集
让我再一次陷入孤单

树叶落在我的脸上

雨水打在我身上

今天的阳光下

也没能见到你们的身影

我想求主人把这条小路竖起来

立成一把梯子

能否，看到你们的背影

阿婆的梅树

谁在山坡上，扶起一棵棵梅树

一个老人，用自己的骨骼

为一朵朵梅花修筑一座座温房

在这里，每当诞生一颗青梅

都在诞生一个年代

我们站在这里

就是一个考古学家

翻新的山水

种上了几百年几千年的骨殖

冬尽春来，所有的哭声笑声

挂白了一棵棵梅树的枝头

阿婆是一个见过世面的人

她的肉身从不曾离开这道山沟

她的灵魂刚刚从远方云游回家

已近黄昏

她的人间就要一片漆黑了

可她不甘心
她摸到梅树的躯干
望着采花的蜜蜂
一双正在变浊的瞳孔
与一朵朵将要凋谢的梅花
相依为命

看海的人

到了大海
你已到了远方
山岚、桃树、映山红
都在这里相聚
潮水退去，溪流挟着麦浪扑了上来

朝圣者的祷告，唤醒了沉睡的海礁
于是，海开始献诗
潮汐涌动，迎合着你的灵感
海水的参数与你的思维密度
在这一刻，成为正比

说起亘古的爱
海突然没了呼吸
或许，你并不知道
大海的血液，终将
回流给每一个看海的人

戏水的孩子

海水长着行走的脚
走入蓝天之下的一片沙洲
向喜鹊学习筑巢
向白鹭学习飞翔
一只海鸥先于来到这里
以一部圣经的使者
衔来伊甸园的图纸

一众大嵘人
在太阳底下焦渴地挥汗
汗水和着海水
锻造大地一片晶莹的雪白
白色的麦田　打不出粮食
却产出人类不可或缺的味道

亲近水就是亲近母亲
亲近那片客鸟林　亲近
那颗透明而坚硬的晶体
把一则则祖训　粘贴在
这座村落的胎记里

龙舟竞逐的当天
震耳的呼声　储蓄一池风流
五月的血液　奔跑在
离骚与天问的渡口

一代代大嵘人
一个个戏水的孩子

小　岛

小岛在大海中漂荡

怀里揣着千年不息的爱情

阳光和浪花

给它一双行走的脚掌

它还是不肯上岸

它从出生的那天起

就不曾离开大海

鱼儿在它的血管穿梭

蔚蓝给它永远的希望

潮起潮落

轮回着沧海一粟的相思

小岛在夜里的时候

偶尔也会流泪

小岛不说

它不要大海伤心

2017 年的家书

今晚，总有写一封信的念头

投递到即将到来的明天

我们都知道

积攒了一整年的风雨晨昏

诸多的故事

构成了一圈华夏最绚丽的年轮

这是一封 2017 年的家书
与我的亲朋好友
交换舒心的贺词、稻谷、家谱
以及大海的蔚蓝

岁月如织，循环复往
轻抚沧桑来路
神州正在受孕
万物在爱的羊水里
丰腴、蓬勃

年复一年
冬花、春花、百花都很准时
像一个个美丽的信使
为我们排解烦恼、交换馨香的心事
也替那些翘首期盼的人
送来了好消息

最后，我要告诉亲们
昨天，北京传来声音
2018 年
城里的马路要修到村里的巷口
农村也要穿上漂亮的花衣裳

晨风吹过山坡上的一片荒草

晨风吹过山坡上的一片荒草
就像梳着你的白发

去年的今天
你还带着我们去给爷爷奶奶扫墓
今天，你却住进这一座陌生的山头

尽管你滴酒不沾
希望你能喝上一口
我们把酒洒在你的坟头
一层土湿了
我们的泪水流下来

烧给你的纸钱
旋起在空中又落下
你辛苦了一生
有了这么多钱
一定很开心吧

可我们很难过啊

妈妈
你在的时候
我们还是孩子
你走了以后
我们一下子就老了
成了一株草
在这个世上
活着

▪长 诗

春天的诗

2009：春天的心愿

我有一个心愿

面朝大海 春暖花开

从明天起 有耕牛带路

我们去看绿树发芽 稻谷飘香

做一个幸福的人

然后，把春天的愿望告诉人们

好好生活

好好爱

爱亲人，爱朋友，爱自己

2010：拔节的声响

春节，世界上最宽敞的单行道

十多亿人同一个时间就走过去了

与你同行，相伴又一次的人生起跑

或如睁开双眼的乳虎

有着对远方的憧憬

春暖花开，一起聆听岁月拔节的声响

品味一壶茶的缕缕清香

感受一个眼神与一个眼神的轻轻碰撞

还要承受风雨雷电

承受渐渐增多的白发与皱纹

很庆幸，在这个盛世华年
我们带着各自的梦想
一起飞翔，一起燃烧
彼此，温暖
彼此，照耀

2011：从春天开始
从春天开始
做幸福的人
我们一起仰头看飘飞的云朵

心的脚步
穿上飞翔的鞋
迎受阳光
也踏着风雨

但我们没有忽略
年轮纪实着生命的细节
那些磕绊的岁月
吸收了我们沉重的叹息
宽容了我们全部的索取

知道　每一个脚步注定要成为历史
真切的愿望生长着人间烟火
温暖你心中的一江春水
奔涌不息

2012：春的日子
祈愿千年
祝福明天

生生不息的人间烟火
生成了又一轮龙的图腾　我们听：丰硕的果实
敲响了新年的钟声

那旧时路，晨风暮雨、四季阳光，已被刷新
愿我祝福过的人
过得好一点，更好一点

此刻的你
就是我熟悉的星座
像光在摇曳
像霓虹亮起

为你写下幸福
是一阵和煦的春风
在你心河荡漾

还要写下"爱"
她是千年不变的信使
带给你花语鸟鸣、清澈水流

又到了春暖花开的日子
我们共同聆听、依托、前行

2013：摆渡春天
春风归来，万物应和
最微小的一棵草芽也将破土
人间处处，春情荡漾

心怀感念
把每一个我念及的人
想象成绿的动词

绿油油的一片，随风起舞
所有锄禾的人
都听到拔节的声响

没有春风抵达不到的地方
没有人不想打开春天的门帘
尘世的烟火、稻谷、温热雨滴
在希望的田野上，明滋暗长

不要错过这一个甜润的季节
好日子又细又长
这是你的河流啊

茫茫人海中
我用心网捕捉你的身影
让真实与感应
摆渡春天

2014：春天来了
春天来了
耳际传来马蹄奋疾的声响
万马奔腾　涛声鼎沸
借千年帆影
为又一个春天
升腾登高的阶梯

红尘滚滚
是血管流淌着温暖的阳光
流淌出：奔月的嫦娥　逐日的夸父
再现那：精卫填海　愚公移山

这不熄的薪火

就是灰烬也要代代相传

春夜写心
写天地间的花草、风物
写我眼前、远方的亲们
告诉你，并非岁月无情
只是延长了生命的长度
天地始宽
你我岁月静好

我们要让流光变得婉转
安抚踢蹄的马匹，前程似锦
我们让大海反哺每一条河流
丰饶大地，稻谷飘香

这个春天
我们还得做梦
荷马史诗
马背摇篮
期待，梦回唐朝

2015：回到春天
此刻　远行的马蹄声还在回响
飘荡在绿油油的麦田、道路、碧海蓝天

从明天起
看春花灿烂　重铸青铜诗章
让人之初的元素在孩子们的心田　扎根成长

今晚　我用4G、WIFI与亲们一起漫游
乘魏晋遗风　览华夏风情
不错过大好河山

身边的　远方的　异国他乡的

彼此感知美好祝愿

用温暖的语词

去爱一个新的春天

爱她身怀五谷　羞涩红颜

爱她染碧的一条条羊肠小道

我们会越来越像妈妈

扯太阳的纤维编织冬衣

给儿女们抵御风寒

暗夜里　把所有的苦辣酸甜

吞入干涩的喉管

习习清风　吹散乌霾

沃野千里已是一马平川

走失已久的羊群

回到春天

2016：羊儿啊！你就慢慢地走

羊儿啊！你就慢慢地走

这一年，民企缺血，股市熔断

雪花飘到珠江畔

上坡下坡更觉蜀道难

这一年，苍蝇立正，老虎入牢

南海吹宽了一座小岛

羊肠小道不会是穷途末路

高铁已经跨过断崖

十二年后

你就可以轻松上岗

大众创业　万众创新
渔网对接了互联网
海鲜成了抛物线
惊呆了一阵南飞的大雁

猴年马月就要在钟声里出现
深山老林的歌谣
与春天的故事同一个音调

低下头，像麦穗一样
集体向大地弯腰
知恩图报，才能枝繁叶茂
河晏海清，泥土深情
我们要让妈妈放心

今夜，心灯无眠
无眠的还有手中的笔尖
我让幸福随着春水
一路流淌，静静地
流入你的心坎

2017：春天的河岸
又一次来到春天的河岸
涛声依旧　旧船票写下的故事
让读诗的人
重温一段难舍的儿女情长

岁月私藏了我们儿时的真容
鸡鸣狗跳　追风少年
我们已学会了拐弯、转角、提起、放下
流不旧的血　鲜活依然

每个人都有自己的火苗
尽可能让它燃烧
亲人需要你的温暖
路人会感激你的光线

新年的钟声就要洗去疲惫与困顿
这是一年最后的时辰
一路走来　走在悲喜交织的路上

不要急于搁笔
那远去的帆船　手写的春联
爸爸枕旁的手电筒
妈妈舍不得用的雪花膏
都要记录在这张船票上

今夜，每一双眼睛都在为春天引航
春生万物　万物皆有新生之美
大地正在回暖
我们都是她襁褓中的婴儿

春潮荡漾
你也是一座绿岛
我已点燃一盏渔火
照亮你微笑的脸庞

2018：春回大地

春回大地
是一个动词，穿越
无数的名词、量词、形容词
在一部辞海的体内舒筋活络

西江月明　沁园春绿
十二生肖轮流坐庄的华夏大地

栖息着所有生灵的荣辱兴衰

有唐宋仕女漫长水袖涌出的西皮流水
有凌空而动的飞天们借力于反弹琵琶
游历江湖的墨客
以羊毫为桨，划动砚台
一幅山水流淌着一方水土的安宁与动向

祖国——祖先的国度
百里添一件风衣
十里吐一种方言
一米灶台蒸一锅烟火
代代的骨血亲情
贫富相守，病老相依

大地回春，禾苗是精灵
它把春天的体温带回人间
让人们长成稻谷的模样
饱满的天庭　　饱满的胸肩
一看就是天下粮仓

这个时辰
对屏点键送祝愿
隔山隔水到君旁
我们热爱城里的霓虹灯
热爱村落的狗叫声
热爱新朋老友旧亲戚
热爱妈妈缝织的冬衣
心里，有着暖暖的春意

2019：你一直在我的视线里

"过年"——世界上最宽畅的单行道
十多亿人一晃而过

一排排红灯笼挂在屋檐、店铺、老百姓的脸上
大江南北　冬眠的春天再次苏醒
所有人家的门框都是动漫画面

一口老井旁
白猪随着黑猪结伴卖萌
今天，这是最受祝福的一对情侣
从盘古开天地就被写入生肖族谱

陆路水路成群结队的返乡队伍
他们都是知恩感恩的芸芸众生
一顿年夜饭
就修复了曾被割疼的乡愁

远方　还有飞翔在天际的行行雁阵
他们是
祖国边境的解放军巡逻队
印度洋亚丁湾护航的海军编队
南极中山站的科学考察队
联合国派遣南苏丹的维和部队
"一带一路"国际建设项目的工程队
还有失足在铁窗内服刑的劳改队

除夕的星光　照着家园也照着离家的游子
当思念的潮汐在心头漫溯
他们双膝支地　朝着家乡的方向
向一朵白云索要家的味道
家里　妈妈的淘米水正和着泪水

春夜无眠　抬头仰望星空穹庐
鹊桥中继卫星传来讯息
着陆在月球背面的"嫦娥四号"探测器
经受了零下190度的酷寒　已经自动唤醒

这是复活的敦煌飞天助力一个国家的航天梦想

是中华民族为世界呈上的绝世佳作

让人类知道月宫的后院是怎样的风景

时间可不可以慢下来　　秒针滴答

这一声与那一声之间　　有着嗖嗖风声

时空流转　　大地乘风直上

我们能否抓住春天的翅膀

一圈年轮　　一圈涟漪

荡漾着人间万物

物我之间　　拾起串串脚印

举手加额　　你一直在我的视线里

2020：属于春天

枝头泛绿，是时候属于春天了

这是最美的时光，岁月刷新

新时代一只温暖的手掌

抚平一道道深不可测的沟壑

春暖花开，不负韶华

风在吹，海在动

重获新绿的大地与《诗经》：风　雅　颂一同醒来

我用诗歌与灵魂的温度

催生童年的美感重新萌发

"过年真好"

与你重逢，是的，尘世艰辛

要有足够爱的勇气

才能领受大地的圣水与蓬勃

爱的结晶体，属于春天

属于一粒粒归仓的谷粮

2020，又是一圈年轮
围成一个美丽的太阳
此时，她是进入你内心的灯盏
把我们之间一桩桩往事
擦亮出无比的新鲜

2021：海的春天
这个冬季，空气中的盐分很重
每一滴海水都经过阳光的提纯
春天，以一个优雅的手势
完成拯救的指引

在一首深夜的诗里与妈妈相会
妈妈带我赶海拾海螺
她迎送潮水的目光
是最接近春天的本色

韶华流水，光阴流动
掠过海面的鸥鸟
嘴上挂着一片鱼鳞
我是否该回到海的深谷
种植一片红色的珊瑚林

海与我交换眼神
海的浪花，把波涛开成田野
另有一种蓝
时而张扬，时而安详
曾经在一次次风暴中
促使人们净化灵魂

我忍不住地问
风无形，海能给爱吗

▪ 创作年谱

1975 年　开始诗歌、小故事写作。

1980　创作出一批以描述渔业生产为主题的诗歌作品。

——

1990 年

1990　在澳角村坚持诗歌写作，成立澳角诗社，带动年轻人加入写作队伍，使澳
——　角村成为远近闻名的诗歌村。

2000 年

2000　诗歌写作进入高潮期，主要作品有《苇船》《这个世界给我一次心跳》
——　《黄昏的海》等；每年春节创作一首"春天的诗"，每年中秋创作一首
2008 年　"中秋月圆诗"，作为节日祝福送给全国各地的亲朋好友，这些诗歌广为流
传，多年来从不间断。

2008 年　5 月，个人诗集《蓝色血液》出版（海峡文艺出版社），收录 20 世纪 80 年
代开始创作的诗歌作品。

2014 年　个人诗集《守望那片海》出版，主要收录 2009 年至 2014 年创作的诗歌
作品。

2015 年　策划出版《澳角诗集》，收录澳角村 18 位诗人的 200 多首诗歌作品。

2019 年　1 月，主编诗集《东山诗人》出版，收录东山县从 20 世纪 40 年代出生到 21
世纪出生的 40 位诗人的代表性作品（文化发展出版社）；5 月，主编诗文
集《澳角的海》，收录全国各地中华人民共和国成立以来到过澳角的诗人、
作家书写的澳角印象与感怀的诗歌、散文、游记，漳州市诗歌协会、东山
县作家协会、澳角村诗社近百名诗人、作家的作品，还有本人创作的 400
多行长诗《澳角的海》；9 月，诗文集《心海涛声》出版（现代文学出版
社），主要收录近年来的诗歌作品，和"春天的诗""中秋月圆诗"系列诗
歌作品，以及之前创作的散文、小说作品。

2020 年　1 月，创作《人间有情，神州无恙》《武汉，我的脚印也被感染》等诗歌作
品，并在国内广播电台、平台朗诵播出。

2021 年　带领东山县作家协会会员对县内 3 个传统村落大产村、梧龙村、港西村进
行文学采风活动，个人创作了诗歌、散文十几首（篇）。

2022 年　6 月，在家乡澳角小学成立"小海燕诗歌社"，并参与授课和作品编辑修改
工作；9 月，诗歌作品集《让大海反哺每一条河流》入选"东山县作家丛
书"并出版（鹭江出版社）。

安　琪

本名黄江嫔，1969 年生于漳州，现居北京，供职于作家网。中国作家协会会员。诗刊社"新世纪十佳青年女诗人"。诗作入选《中国当代文学专题教程》《中国新诗百年大典》《中国新诗百年志》等。获柔刚诗歌奖、《北京文学》重点优秀作品奖、中国诗歌网"年度十佳诗人"等。诗作被译成英语、德语、韩语、西班牙语、蒙古语、藏语等传播。独立或合作主编有《中间代诗全集》《北漂诗篇》《卧夫诗选》。出版有诗集《极地之境》《美学诊所》《万物奔腾》及随笔集《女性主义者笔记》《人间书话》等。

▪ **代表作**

极地之境

现在我在故乡已待一月
朋友们陆续而来
陆续而去。他们安逸
自足，从未有过
我当年的悲哀。那时我年轻
青春激荡，梦想在别处
生活也在别处
现在我还乡，怀揣
人所共知的财富
和辛酸。我对朋友们说
你看你看，一个
出走异乡的人到达过
极地，摸到过太阳也被
它的光芒刺痛

▪ 短 诗

像杜拉斯一样生活

可以满脸再皱纹些

牙齿再掉落些

步履再蹒跚些没关系我的杜拉斯

我的亲爱的

亲爱的杜拉斯

我要像你一样生活

像你一样满脸再皱纹些

牙齿再掉落些

步履再蹒跚些

脑再快些手再快些爱再快些性也再

快些

快些快些再快些快些我的杜拉斯亲爱的杜

拉斯亲爱的亲爱的亲爱的亲爱的亲爱的亲

爱的。呼——哧——我累了亲爱的杜拉斯我不能

像你一样生活

七月回福建的列车上

列车驶过时

窗外的山，山上的草，居然纹丝不动

寂寞啊

寂寞，寂寞离我不远
就在车窗外

我性格中的激烈部分

我性格中的激烈部分，带着破坏
和暴力，冲毁习见的堤坝
使诗歌一泻千里
滔滔不绝。我性格中的
激烈部分，一触即发
它砰的一声，首先炸到的
就是我

它架起双手，一脸冷酷
我一生都走不出这样的气场
它成就我生命中辉煌的部分
——诗歌！却拿走了
完整的躯体
我性格中激烈的部分
携带着我的命
一小段一小段
快速前行

我看着树枝黑色的筋骨感到很奇怪

它们枝干纵横却很干净，似乎想用集体的力量
挡住天空。它们确实做到了在西山的
局部我被这些黑色的筋骨
迷惑。不自量地想用此时

此地的幻念
埋葬你我

鸦群飞过九龙江

当我置身鸦群阵中
飞过，飞过九龙江。故乡，你一定认不出
黑面孔的我
凄厉叫声的我
我用这样的伪装亲临你分娩中的水
收拾孩尸的水
故乡的生死就这样在我身上演练一遍
带着复活过来的酸楚伫立圆山石上
我随江而逝的青春
爱情，与前生
那个临风而唱的少女已自成一种哀伤
她不是我
（并且拒绝成为我）

当我混迹鸦群飞过九龙江
我被故乡陌生的空气环抱
我已认不出这埋葬过我青春
爱情的
地方

美学诊所

美学没有诊所，患美学病的人怎么办

我写下这一句，两天想不出第二句
是否有诗歌诊所可以解决我的问题，我疑心我也病了

我看到患美学病的人开了诊所，诊所名美学
我是否也该开一个诊所，诊所名诗歌

我相信当我坐诊诗歌诊所，我的诗将源源不断
就像我相信，每一个医生都不生病，也不死去

汽车在空荡的京城疾驰，帮我找到了过年的感觉
八百万人回到他们的故乡，北京回到北京

我在空荡的北京街头寻找第二句
一个患美学病的人，把诗歌病也患上了

▪ 长　诗

爱无章法

一

有时我会在对你的想往中陷入深色的战栗
你是淡的、寡的、孤的、绝的
你是这一屋子的静
不动的时间
多么陈旧你
仿佛不再打开的灯盏挂着
我起身在黑暗中摸着心跳过河，一下子
扑倒在天光透亮的窗上
为什么是你而不是我决定了

水落石出的技巧

当我在每一个瞬刻摇头、叹息，一墙壁的

书数次带我进入往昔的幻景

已经发生的

即将发生的

都发生了，除了现在，除了你

审视的眼神轻轻一瞥

抬起左手，遮住额头，转过脸

听我的亲爱的我要走了

但不会忘记带上你的门

二

向 33 路致敬，向夜晚的公交车

致敬我说，我已上路，在固定的位置看街景

熟悉的站牌无须检验就能发现它们不含机关

多么好这些一晃而过的事物

它们呼应了你

一个人和另一个人的相遇正如一场雪

下在另一场雪身上

虽然表面看来并无变化却在蒙眬中

加深，加宽

加厚，加重

有如身体和身体的堆叠在无数个纠缠不清

的夜晚扭过脸去

呼吸变得困难我问

我第二次问，何时何地我为何人变得

无言，何时何地何人对我

依然沉默

三

这里有足够的养分供你汲取

有你喜爱的表情：忧郁、沉思，偶尔起身

到阳台上看身高七层楼的树

那些带来激情的树本身是安静的

从秋天到冬天一个人一棵树

无论何时我都能在镜子中看到

此刻的美好

一面两面三面镜子，博尔赫斯的镜子

多么交叉的迷幻场景在口语间流动

恰如你崇仰的思想

你用它们要求自己

无边的深邃在一进门的随手一关里

这是你的世界傲慢而愤怒

而最终归于沉默

我看见一天一天过去像什么都没发生

我看见什么在发生一天一天过去

它不会杳无痕迹

它终会有所彰显

平静的沙发

平静的蓝色一具起伏的躯体恰如一座

即将汹涌的火山

四

多么干净的睡眠没有铃声打扰你

没有梦冷不防进入

你是呼吸匀称的大孩子在漆黑的夜晚

走来走去哦亲爱的别在意

这只是我在另一个地方的想象

事实上你有规律地安排了生活从不在夜晚

走来走去像我一样焦虑、独白

你听从时钟的指示、天气预报的

指示却放弃了

内心的指示

内心是什么我问

当我伸手却摸不到你的心脏，我说

一个艾略特时代的空心人继续

活在当代这很好真的

所以你呼吸匀称像一个不懂爱的孩子

你从未爱过

所以你丧失了爱的能力

当我在某一个泪水闪烁的间隙幡然醒悟

我知道我开始学习把心掏出并且丢向遥远的

永不再来的

来世

五

在这样那样的小心中我变得不是我

我想按照你的轨道行走却发现你根本不提供

轨道，不提供按键的程序

多么漫长的你在永远的静止中相信时间的虚无

每一个开始都是结束这是你想要的

我夜不成眠地急速奔驰却不知

你以不变粉碎了我

你的冷真冷

你的淡真淡

你像一张写满文字的纸再也添不进任何一笔

你是这样一张写满文字的纸辨认不出笔迹

尽管我用尽全力

费尽心机尝试着在你的纸上添加一笔但在这样那样

的小心中我变得

不是我，我看见我添加进的一笔

那么哀伤

那么陌生那么不是我

六

这些方生方死的感情纯属于我我是绝望的

尽管绝望一词显得老旧

俗套但扣除绝望还有什么能够代表绝望

还有什么能够指示

一天一天的等待在每一个黎明

将至时宣告无效

宣告从此刻开始你的等待依然全新依然

无效！无效，无效，如果绝望是无效的我宣告

我爱绝望，爱无效的绝望

我说起了绕口令生活本身多么说不清楚

多么说不清楚的生活如果生活是清楚的谁还愿意

在说得清楚的生活中说不清楚

亲爱的别怪我每天陷入的等待

别怪我的等待带来的绝望

这绝望对你是无效的

因为你从不知晓什么叫绝望

你从不等待

从不在应该陷入的时刻陷入

七

我要在新年把你结束用十二首诗

生命的一个轮回作为你我曾经相识的依据

我继续写下去亲爱的

我继续叫下去就这一次很快

冰就要摇晃，摇晃的冰意味着破裂就在眼前

已在眼前

我抿住你的嘴唇在厨房我像一个

自己也不认识的

陌生人跟随着你挤来挤去

你有你烧菜煮饭的方式

关上世界的方式

已经三个月了我们并未互相看见，并未

在熟悉的姿势中彼此

熟悉对方的观点

因为你是对未来不抱希望的人所以你的投入

有所保留尽管我试图接受

这一切亲爱的

我多么想把这个词汇变成专用

变成一个毫不犹豫的肯定

而最终你让我相信这只是一个虚指它并不

适合于你

八

总要放一个人在心上这心才存在

一场雪过后，天下大白

而第二场则像是对第一场的阐述，如果有

第三场我就将改变身份

我动不了你只能动自己

这雪比我强大，它很快把万物冻在

大地上它甚至能够

把大地本身也冻住

如果我是雪我想做的第一件事就是

把你冻在我身上

把你的想冻在想我的那刻

如果我是雪我会把时间冻在 2004 年

10 月至 12 月亲爱的

我说过一生太过漫长

那是我被雪冻住的日子

今天由于阳光的出现，漫长一生

开始变得短暂

九

回忆总在央求我，过了头的餐券

没有洗手间的日本料理

上海老城隍

回忆行走在街上低着头像俄罗斯白银时代的

知识分子，回忆笑了

远远地走来在超市发门口回忆笑得那么

单纯、羞涩

回忆只要两根甘蔗就能保证下半生的甜

回忆混进八宝粥里成为最珍贵的第九个。回忆

寄居在视野所及的每一本书里

它们爱我

回忆缓缓流逝仿佛一部两部伊朗影碟

回忆是超现实的你是现实的回忆是电话放下又提起

回忆略微有些驼背有些结巴这世界没有

十全十美的事回忆知道你和我

知道有人走了

就有人来了

十

在晚霞满天的昆玉河我脱口而出爱无章法

然后就被没有章法的爱拖陷进去

不止一次我们说到分手

其理由并不成立，在夜晚叹息似的音乐中脚越来越

凉，寒透指骨

想到你是这样一个莫名其妙变态的人

想到我一开始下半生就遇到没

这世界到底在哪一环节出了差错，你跳舞

相亲，企图在偶然中遇到并不存在的某个人，因为

没有方向感

没有标准，你的企图注定落空

而事实上你并不想有最终的归宿，因为生命漫长

我曾经以为漫长的生命如今居住到你身上或者它们本来

就是你的

你传染给了我直到我血液中的力量苏醒过来

提示我与其相濡于沫

不如相忘于江湖

十一

亲爱的亲爱的亲爱的我这样叫过杜拉斯

亲爱的杜拉斯如果你爱我请你帮我

请你请你

把你的情人安排给我我需要

像你的情人一样的情人

我需要情人转变成爱人

我需要爱人爱人我需要爱需要有的

爱而非

没的爱

需要一个真正的想而非

要求的想

需要把余生安置在某个真实的躯体

而非你的躯体你是遥不可及的

杜拉斯我的杜拉斯如果你

不能给我像你的情人一样的

情人如果你给我的情人

变不成爱人

我宁愿不要这样的情人

我宁愿要你永远在你的孤寂里

你是永远的没

永远没有的

没

十二

我要走了我不会忘记

带上你的门听我的亲爱的

放下左手，别

遮住额头

转过脸，看着我

让我审视你，你是淡的

寡的、孤的、绝的

现在，就是现在，即将发生的

应该发生的

都发生了

一墙壁的书是往昔的幻景

在每一个瞬刻摇头，叹息

最终是我而不是你决定了

水落石出的技巧

我起身在黑暗中

静坐，摸到自己的心跳天光一样透亮

紧闭的窗子

不再打开的灯盏多么陈旧你

时间不动

一屋子的静不动

你是淡的

寡的、孤的、绝的

有时我会在曾经的向往中陷入深色的战栗

▪ 创作年谱

1983 年　高中时，作文经常被学识渊博的范文基老师当范文念；写的第一首诗似乎
　　　　题为《眼睛》，范老师也是第一读者。

1986 年　9 月，考进漳州师范专科学校（1987 年改为漳州师范学院，现改为闽南师
　　　　范大学）就读中文系（两年制），参与编辑班刊《星贝》和校刊《九龙
　　　　江》，写作诗歌和散文；散文处女作《家乡的小木船》发表于《芝山》，获
　　　　稿费 6 元；诗歌主要学习席慕蓉的所谓爱情诗。

1988 年　8 月，分配至漳州浦南中学当语文老师，其间和浦南镇杨惠民老师合作采
　　　　写了《中国民间文学三套集成·浦南镇卷》，这是漳州市芗城区唯一的
　　　　镇卷。

1992 年　2 月，应《南方》（原《芝山》）主编杨西北老师之邀参与《中国当代爱

情诗鉴赏》的编辑工作，认识该书主编道辉，诗歌之门就此打开，走上了现代诗写作的道路。

1993年　诗集《歌·水上红月》出版，书名来自道辉，诸多诗题亦来自道辉。

1994年　3月，以安琪为笔名的诗作刊登在《诗歌报》《诗神》，此后诗作开始陆续登陆各大刊物。

1995年　长诗《干蚂蚁》《未完成》《节律》（创作于1994年12月至1995年1月，是我的第一轮长诗写作）获第四届柔刚诗歌奖。颁奖仪式同时亦是福建省第一次青年先锋诗歌研讨会。

1998年　创作《不死：对一场实验的描述》《事故》，开始进入第二轮长诗写作；10月，参加盐城《诗歌报》第三届"金秋诗会"时创作引发争议。

1999年　在康城的"南山书社"书店购得庞德《比萨诗章》一书，读之，豁然开朗……一切能入诗的都可以让它们入诗，就此开始了接二连三的长诗写作，竟然写了几十首，其中《轮回碑》《任性》《九寨沟》《第三说》《纸空气》等等，被评论界视为我的长诗代表作。

2000年　4月，应邀赴广东肇庆参加诗刊社第十六届青春诗会，长诗《庞德，或诗的肋骨》《出场》（均有删节）发表于《诗刊》8月号；同年底，和康城创办《第三说》。

2001年　和广东诗人黄礼孩共同发起"中间代"诗歌运动，编辑出版《诗歌与人：中国大陆中间代诗人诗选》。

2002年　12月，北漂。

2004年　5月，和远村、黄礼孩联合主编《中间代诗全集》出版（海峡文艺出版社），收录82位中间代诗人诗作；中间代诗歌概念被北大洪子诚教授写进《中国当代新诗史》（增订版）及各种大学教材；此后，北漂人生、创作繁杂凌乱。

陈永兴

旧镇人，曾用笔名苦尽、苦桃。漳浦县作家协会会员。诗歌作品发表在《漳州广播电视报》和一些网络平台。

▪ 组　诗

父　亲

父亲，一生正直
侠肝义胆
常挂一句话
人无气则死，山无气则崩

是一座巍峨高山
宽厚雄浑支撑起
儿女一生的信念
父爱如山
山尖顶着温暖我们的太阳

今借清风捎去一首诗的问候
问候在天堂的父亲
微不足道的几行
几缕抹不去的思念

脚　印

人生似戏，如棋
一步一脚印

呱呱落地，嗷嗷待哺

七坐，八爬

九发牙

十直立

十年，二十年

酸甜苦辣

油盐米酱醋

坎坷时常来围追堵截

掏空自己也要奋力走着

也要掷地有声

钱财是身外之物

荣誉是过眼云烟

时间的河流中

一叶小舟劈浪前行

它也有它巨大的脚印

像一对对日渐强壮的翅膀

在日月之下飞翔

泰州之行

旧镇在中国版图的海岸线上

看惯大海

它孕育的人们

就有了包容万物的胸怀

今天，我跃出旧镇

以毫为桨左右同行

一路品味先人的踪迹

经漳浦
过漳州
乃至泰州

看祖国美好江河
书法天下共媲美

临潭轩

好久没有步入临潭轩
老宅邻居
藓苔斑驳，杂草丛生
藤蔓捆绑着古式家具
好像审判时的情景

少时纳凉的红毛灰床
还有那石条，已不见踪影
雨水侵蚀的"临潭轩"题匾凸凹不平
只有蜘蛛网在各个角落布控
庭前瞄水飘的潭面也被堆积的垃圾吞噬
就像嘴巴填满永远说不出真情

棍捅的土虱洞深埋岁月风霜
我欲抡起镰刀镇压草本和木本
可是，我不能长期守候
就把它留给鸟儿耕种吧

清　明

立于你面前
瓷炉面无血色
摆上祭品，焚香，烧纸
这时心中骤起风云
憋住天空的雨水
借清风捎去问候
天堂上，你或许与诞生一样的神圣

旧镇大蚝

生在礁石上
任凭风浪抽打，浑水瓢泼
从不开口叫疼，叫苦，叫累
潮起潮落洗净一生，褪尽伤痕

生在海拔以下
天生丑陋粗糙
从小泡水
磨炼出内涵温柔，洁净洁白的心

春　天

春天的脚步悄悄，蛰虫复苏
天气尚寒，心已向暖

酒言酝酿

一股活力与生机

欢笑伴随蓝天归雁的呼唤

燕子筑巢，小桥流水

春意盎然，呼吸芬芬

伸手触到繁华

风儿徜徉，在山川缱绻

回眸童年、少年、青年时

天真活泼稚嫩

——多么珍贵的记忆

如今鬓角点缀银丝

深度眼镜看清一切

牙齿虽已脱落但尝遍酸甜苦辣涩

腿脚经历过围追堵截

泥泞早就搁浅了，再也弹不起泥丸

生命唤醒生命

矢志不渝之情激发内在潜力

像角马迁徙，雄风阵阵

跟随上春天的奔驰

陈海容

福建省作家协会会员，漳州市作家协会理事。参加第十七届全国散文诗笔会。1998 年开始发表作品，作品发表于《散文诗》《星星·散文诗》《散文诗世界》《福建文学》《山东文学》《厦门文学》《泉州文学》等，入选《2001 中国年度最佳散文诗》《中国当代诗库 2007 年卷》《2017 年中国散文诗年选》《2018 年散文诗精选》《2019 年度作品散文诗》等。散文诗集《奔跑的岩石》入选第二届福建文学好书榜，出版《诗经千年温暖如昨》，部分作品入选中学作文指导题库。

▪ 代表作

津　渡

生而平等

津河延伸于我们的身体

我们相互依赖而存

浪花的力量汲取于我们的血脉

我血管里的河的名字也叫津河

津河，这一声的呼唤从

血管里喷薄而出

我们相互纠缠结构

用笔描绘着对方的形象

后来，我们已经难舍难分

泛滥和枯涸交织而至的

错落有致的伤

津渡津渡

这多么形而下的生活啊

▪ 短　诗

匆　匆

一整个夜晚他不停地从街头走到街尾

一天就这样从清晨到黑夜

一个人睁开浑浊的眼睛看着

一个女人站在饭店门口面无表情

一个一个的学生背着书包急促地迈出校门

一程一程的公交车站台挤满候车的人

一棵一棵树站在春天里静候夏日

一盏一盏的霓虹灯闪闪烁烁地迎送城市的过客

一天一天毫无意义地在他手中溜走

一茎一茎的白发从他的双鬓钻出

苦行僧

从早到晚沿着轨迹忙碌

我只做不说

在人流中默默注视自己

深夜了，我才回到家中

在门口

用力抖了抖自己的影子

住进时光的家里

有多么爱光阴，你就有多么恨光阴

这几十年啊，仿佛只是一眨眼的工夫就过去

时光擦不净往事的生字本，用的是课桌下找的橡皮擦

还比不上母亲用力地擦掉自己总擦不干净的鼻涕

很痛，你像是躲母亲的手一样躲着光阴

从小到大，你离开了无数次的家门

也搬过好几次家，从乡村搬到小县城

时光苍白了记忆，在睡梦里你仍然回到儿时的家

离家不管多久，亲人总在家等你归来

彼此已经习惯的等待和被等待，直到现在仍没改变

如果可以，你多想穿过时光之门回到儿时的旧厝

去拾回放在窗台上的旧蝉蜕，和一串搁在门口的脚印

▪ 长　诗

时光之门缓缓向仍然在尘世中挣扎的人们关拢

一

婆婆：今天天气突然变热了要少穿一两件衣服

妈妈：不能穿太少孩子抵抗力低着凉可麻烦了

二

天地终于是一个牢笼。我们如岩浆在地下运行

其实也不必说出口，我们只想生活过得好一些
可就是这么简单的期盼，却如股票套牢了自己
不肯出来透透气却妄想着把天捅开一个大窟窿

三

他坐在菩提树下，苦思冥想了好几天。他才说
所有的快乐的悲伤的忧愁的喜悦的都是暂时的
所有的一切也是暂时的，他是一个彻头彻尾的
无神论者，可悲的是多数人认为他是有神论者
不过，终究人们会相信他的话，也相信我的话

四

那个年老的园丁佝偻着腰扫着落叶，日复一日
据邻居说，他每天工资仅仅十五元。我猜测着
他肯定收入微薄，他拿扫把的右手在微微发抖
白发黄叶蔚为壮观。许多人从他身边走过……

五

凶残的杀人犯失去信仰，比发狂的野兽更可怖
打翻了生活的酱瓶，那人误以为世界突然变黑
没有知识真可怕，没有灯光的夜行者更是可怕
以至于根本不期待未来，在战栗中嗷叫并发抖

六

她总看不惯她的惺惺作态，她们之间战争不断
她们在一起，为了互相救赎，或是更深的沦陷
层出不穷的理由，足以让哲学家也弄不清是非
这个世界任何时候也不缺少演员，至于当观众
或者没有几个称职的，能够从头到尾看到谢幕

七

我的车票已经买好了，你知道的，在春运其间

买到车票，才能够回家过年，这不啻一场战争
据预测，2013 年春运旅客发送量 34.07 亿人次
辛苦买张回家的票，是一件多么值得称道的事
有时家很近有时家很遥远不过走再远都得回家

八
流浪汉背着破麻袋，沿着街边眼睛骨碌碌地转
随手翻乱一桶一桶的垃圾箱，有时会眼睛向天
装出一本正经的样子，他们幕天席地无所畏惧
没人理会他们，我想他们也不愿意让别人打扰

九
他的调色盘里装满了颜料，他开始挥动着巨笔
在大地山川上随意涂抹。故事，始于春暖花开
如何进行沟通和联系，他面对亚麻布面无表情

十
破庙门口坐着两个老人其中一个斜卧在长凳上
闭着眼睛不知在想什么另一个老人坐在石门槛
上看着来去匆匆的人流破庙对面是这个县城的
中学看着学生们背着书包忙忙碌碌他们却无所
事事地等待仿佛某个时刻就在不远处等着他们

十一
一颗一颗的大雨突然砸向街面，一个人边跑边
喊下雨了下雨了声音又戛然而止刹车后轮胎在
水泥地面磨出两道记忆的痕一个秃头的中年男
子大腹便便地穿街而过他耸着双肩脖子走一步
缩一下他或许是多年前在破旧茅屋前那几只落
汤鸡一边疾走一边缩着脖子偶尔短短地啼一声

十二
船夫说：各位，这一程已经快到尽头了，下一

程各走各的路了！天马上就要黑了别只顾看风
景忘记赶路，快快交上过河船费我还要去摆渡

十三

这是一个由物质极度匮乏突然跃迁为物质泛滥
的时代，它也是一个信仰泛滥的时代，它的民
众对物质争先恐后的追求直接导致对信仰的反
信仰，压抑到快干涸的欲望突然得到过度的满
足膨胀显现人性丑陋阴暗全然暴露无遗地展示

十四

许多事情来不及想已经发生，来得及想却来不
及说，来得及说却来不及做，来得及做却来不
及完成。黄昏降临，现在，所有倦鸟都要回巢

十五

五岁半的女儿拉着我说爸爸我要到公园里玩你
陪我去不然公园里没人也没有小朋友我会孤单
我非常诧异女儿是怎么学会孤单这个词的或许
从另一个侧面说明人类从来是害怕孤单的事实

十六

高速旋转的陀螺有时仿佛停止不动它给人错觉
它是静态的它的内心有一种力量支撑它的站立
它肯定想瞒住我们的眼睛动静和虚实相生它是
多么神奇的喻示啊要知道世界上所有的事物都
不能站立不动它必须要运动它向世人证明什么

十七

某个夏日午后他睡了短短一觉开始坠入深密厚
实的梦中起初梦见自己从儿时到长大然后慢慢
变老，仿佛他经历一个个漫长而又短暂的一生

醒来时面对白茫茫一片天花板他不知身在何处

十八

深夜中的一只小狗站在街道的中央刺目的街灯
四处扫荡只有几条孤零零的身影陪伴着它被夜
的街灯四分五裂它或许是无家可归或许它迷途
忘返它多么像我们中的一个人或者我们多么像
它啊就在此时我在看它它也用深沉的目光盯我

▪ 创作年谱

1998 年　《江南三月雨》发表于《福建日报》。

2001 年　《语言及其他（六章）》发表于《散文诗》第 8 期；《穿过远月（外一章）》入选《2001 年中国年度最佳散文诗》（漓江出版社）。

2006 年　《寻拾美的散章》发表于《散文诗》第 12 期。

2007 年　《写梅十帖》入选《中国当代诗库 2007 年卷》。

2008 年　《谷雨》发表于《福建文学》第 12 期。

2015 年　《暗的突围》发表于《散文诗》5 月号上半月刊；《一条流在天空的河》《回溯》发表于《厦门文学》第 8 期。

2016 年　《暗夜呓语（四章）》发表于《散文诗》3 月号上半月刊；《世界是打翻的调色盘（组诗）》发表于《泉州文学》第 4 期；《齐物论》发表于《福建文学》第 8 期；《时光在枯萎》《或者浮尘或者野马》《像牛一样反刍》发表于《山东文学》第 12 期。

2017 年　《在城市，我无法说出》《空舞台》发表于《散文诗世界》第 6 期；《在人间》发表于《散文诗》12 月号上半月刊"第十七届全国散文诗笔会专刊"；《破碎的时光（组章）》发表于《星星·散文诗》第 10 期。

2018 年　《风景之外品黄山》发表于《福建乡土》第 1 期；《遇见一颗孤独的内心》《指间沙》《沧浪之水》发表于《散文诗世界》第 1 期；《所有的风声终将跌落空中》《你所不知道的使命》发表于《散文诗世界》第 7 期；《万物生》《大雨砸落人间》《你所不知道的使命》发表于《文化客家》7 月号；《散文诗十三首》发表于《昆明文艺》秋季号；10 月，散文诗集《奔跑的岩石》出版（团结出版社）。

2019年　《我们是白云，也是羔羊》《万物生》发表于《散文诗世界》第3期；《天竺岩上说长泰》发表于《福建乡土》第2期；4月，《遇见一颗孤独的内心》入选《中国年度优秀散文诗2018卷》（新华出版社）；《谷雨谷雨，以茶为叙》获第二届"谷雨杯"全国散文诗大奖赛优秀奖；《在雨夜穿过街巷（组章）》发表于《散文诗》5月号上半月刊；《斑马河》《冷之花》《旧脸》发表于《厦门文学》第10期；《我要和书说话》《呓语》发表于《海峡诗人》第4期。

2020年　《诗经千年温暖如昨（节选）》发表于《福建乡土》第2期；《万物生》《一条流在天空中的河》《指间沙》发表于《漳州广播电视报》4月14日；《诗经千年温暖如昨（节选）》发表于《散文诗世界》第5期；《雨滴的重量》《我们是白云，也是羔羊》入选《2019年度作品·散文诗》（现代出版社）；《奔跑的岩石》发表于《散文诗》第5期；《流年》《呓语》《笠人》发表于《盐》第4期；散文诗《暗夜呓语》发表于《海峡诗人》第3期。

2021年　《诗经千年温暖如昨（节选）》发表于《散文诗》第5期；《诗经千年温暖如昨（节选）》发表于《塞上散文诗》第1期；《新世纪二十年中国散文诗精选（节选）》发表于《散文诗世界》第5期；《河广·用脚步丈量乡愁的游子》《木瓜·以物寓心唯有琼瑶》《黍离·一个人的托物言志》《扬之水·一步一回头的世界》入选《世界华文散文诗年选》。

2022年　《诗经千年温暖如昨（节选）》发表于《泉州文学》第1期；《寂鸣之音》发表于《福建乡土》第1期。

何 如

新死亡诗派主要成员，中国作家协会会员。诗歌发表于《文艺报》《十月》《作家》《青年文学》《上海文学》《作品》《福建文学》《星星诗刊》《诗歌月刊》等报刊，入选多种选本。出版诗集《生活》《忘川》。

▪ **代表作**

深夜上楼梯的人

深夜上楼梯的人
他用玻璃的脚步思维
易碎、易燃，且具有忧郁性质

振动空气的那种，迅速击中房间的猫
他认真地停下来，想想以前的半个女人
并把我从睡眠中翻了一遍

"夜晚成为一种练习。"他说
黑暗还有骨灰，干净的手势加上爱情
他和我保持侵略的姿态，用倾听

把整个人拉长。时间空了出来
按照白天发生的一些情节，微笑与转身
我一句话也没有说

▪ 短　诗

白木房子

这是一所孤独的白木房子
它飘出的孤独的气息显得旷阔辽远

人们住进去之后，天空暗了许多
越来越多的雨水充满着孤独的影子

白木房子堆积着飞鸟的叫喊
还有我，找不到自己空白的脸

终年不变的容颜落了下来
我被面具上的猫咪抽去了爱情

这所白木房子，它孤独地死去
人们住进去之后再也搬不出来

它埋下的风和我眼睛一样黑
它的歌唱埋进了泥土

事实上它只存活在心中
它使我的生命在夜里闪闪发光

墙

你从墙中过
墙是另一个人

模糊的背影

风已经死去
事物静止
墙是忧郁的眼泪

你开始叙述
一个人和一堵墙
内在和外在的差距

你并没有意识到
墙只是空虚的海
随时都会消失

你也不知道
你看墙的同时
墙是否也正在看你

甚至，它看你
比你看它更透彻
更若有若无

你并不想写下
关于墙的梦幻
是墙在背后推着你写

或许它更想了解你
你故作深刻的夜晚
和难以抗拒的欲望

墙像一个不谙世事的少女
无辜，而又固执

它穿透了你的悲伤

你无法埋葬它
更无法，将自己埋进去
你面对它无所适从

但事实却是
多年来，墙是你痛苦的方式
尽管它并不知道

纸　鱼

水泡般地将我充满
纸鱼若无其事的眼睛
渐渐把我逼入下午的深处

它五彩缤纷，动作带有不可避免的延续性
事物静止，众多月亮升上高空
它用沉默吸进我的灵魂

它把折叠的痕迹从我身上赶走
重复的话语和长度
我不出声就是衰老，或者死去

它是危险的，爆炸性的生命
而这个下午如同它的空心腹部
正从指缝间悄悄消失

乌 鸦

我说了三天，乌鸦长大了三天
尖锐的妥协：海藻顺着岩石开出了花

假如风在前面，乌鸦在后面
瓶子里沸腾的故乡在你的怀里

假如乌鸦在井中，隔离的爱
隔不断你长草的声音

假如你在我掌心，越过山坡
满目荆棘天地一色

假如你有无字天书，乌鸦喝水
喝醉的眼神下起了雪

牙痛记

过期的牙，在深夜
突然惊醒，从黑暗中
一层层剥开：去年的钉子
岩石，和冬天

尖锐的存在。水流撕扯
遥远的村庄。冻土下的声音
发芽，抽丝，回到过去

一列火车背着青春的骨头
一格一格，后退
人烟稀少，脚步沉重

雷

雷。我永世的情人
一出现就带来惊心动魄的爱情

再加上闪电就完美无缺了
一刹那的接触立刻遍体鳞伤

而我流动着的欲望，云层之上的花朵
怎样才能宣泄忧伤的海洋

雷。我永世的情人
带给我的不仅仅是花园和梦幻

还有极致的黑暗、瞬间的光
我一针见血疾病的过往

大风雨的前奏。雷，我永世的情人
你微微的喘息足够震撼我的一生

暴风雨

暴风雨是青春的小小尸体
从屋顶叫嚣死亡

灵魂的驱逐者：一根针

就足够疼

心密密麻麻起来

沿着背叛的轨迹

风在哭泣，没有了天涯

花落谁家

走亲戚

清明节，鬼也会走亲戚

互相拉呱：你的坟前供品更多

还是我的香火烧得更旺

今天是热闹的，地上地下一派欣欣向荣

今天离得最近，生前那点事不值一提

都死了，你的鞋子再也沾不上泥土

你的照片也一样，都没影了

写着写着，我忽然心生惊惧

为何我还未醒，为何我能听见他们说话

用一些字

用一些字，堆出一个梦

一个月亮、一个深渊

用一些字，把生活放慢

光阴提前，把偏僻的井水隔离

用一些字，画出人形

虚无缥缈，无天无地无风雨

像是我无思无虑
端坐于各种字体

梦

我写下来，才能试着忘记
一个梦，是一次死去的呼吸
在镜中奔跑多年，存活于黑暗
一转身就是一个预兆

我来了，我是一个梦
反面的生存方式，出入自由
且深陷于夜晚
像大海穿过房间来到额头
持续一种不变的声音

我把睡眠搬上屋顶
语言随风而逝
玻璃的火焰自体内升起
降落的鱼群制造暴动

一个梦，像钥匙晃动多年
我分辨出楼梯那些
死的或是活着的脚步
空无一人，空间不加任何修饰

我用思维打乱空气
像盲人触摸音律
耳朵变成石头
从小到大

我练习与梦对话，深入骨髓

一次呼吸就是一次生命

黄　昏

一本书的走动带来黄昏

那有着静静的、思忆颜色的

一次呼吸，把月亮从骨头中洗净

淘出；那有着遗忘面容的

深深想念——像是我经历过的

一场梨花的死亡

一种安慰，把人的影子拉长

爱恋涂上了芳香。哦！多么洁白的

一次相遇，多么忧伤的

梦幻的海洋，还有摇晃的

钟声停在了情人的背面

像是我昏暗中的成长得到了证实

我分辨出空中那些易碎的面具

还有一些不谙世事的、旖旎的气息

失修的空中花园把月亮搬上高处

灵魂停了下来，这黄昏

灯　盏

他走进灯盏的眼睛。叙述性的

身体穿越了冰冻的意志

火在哭，一生足够虚无
他漫长的骨头迷惑了爱情

多年前的安慰如今成了雪
挖掘灯的尸体，缤纷无数
他收敛了心灵，却抑制了青春
生活如同一枚过时的匕首

大路上的人们失去了齿轮
闪电围绕着多数人的忧伤
把灯虚弱化，或者冷藏
他从不曾犹豫

秋之海

海从秋天的身体走过来
穿过耳朵，来到客厅
海从帽子上分辨出秋天的两个人

两个死去一半的人，合成一个
海从弹簧床上拾捡到黑暗的鱼
滴水的梦也挤了进来
但它分不清体温从哪里开始

多么奢侈的海的葬礼
它把秋天的关怀当作点心
花草只用一生，它当作拥抱的牺牲
是什么阻止了对风暴的思考
还有风暴下海的小小尸体

春天的鞭子

梦落在春天的鞭子上
月亮的屋顶打开生长
犹如打开轻轻的迷醉

羊群的一生，被抽去了灵魂
歇息是最好的爱情
从冰冻的耳朵来到大海

而那穿透了原野的，春天
鞭子上的光阴和暗示
饱含血液的一个词
重新死去：在路上
催开了无数亡灵的花朵

"它渐渐会回到苹果的夜晚"
一个疯狂的胃，用来疯狂地消失
仿佛春天的肉体也是狼藉一片
"隔着春天你将回到罂粟的火焰"
但黑暗驱逐了所有失明的心灵

梦也重新拾捡过。但春天
春天的鞭子割开了另一个人
虚无的逃遁：这暗中的意志
鞭打中的美和情人
——埋入夏天的嘴唇

伪造者

像是一天也要被伪造，我被暗示疾病来临
同时也将天空刷洗了三遍
但虚假是用来堵住蚂蚁的洞穴
恍惚间人类的精神家园也无处可去
伪造者用硬币打理诗歌，埋葬之后
一周的顺序被颠倒，人们从黑色的星期五
直接跳入红色的星期三，时间杀手
涂抹上柠檬汁，像是歌唱埋入了大海

我被暗示游走。据说失语的人
离天堂最近，他们用沉默说话
用光吃掉火，把体内的垃圾清除
但这些已成为死亡的代名词。剩下的
我感觉到真实也正在成为变卖的东西
硬币漫天飞舞，伪造者的血液
也叮当作响，对于牺牲的事物
他们从不吝啬伪造的梦幻

一天积累下来的，喘息和魔鬼的劝告
把灵魂变成缺血的神经性癌症
只在夜晚恢复遗忘的面容，包括一只绞杀的胃
也向外展示它硕果的部分，疾病是用来
传递灰烬的暗号，相似于骨灰的"灰"
伪造者把一个词变成几种化学物质
接近于响尾蛇的"响"，一个词剥夺的光辉
就足够把我伪造得体无完肤

还有变卖者的眼泪，令人惊惧的海底生物

类似章鱼的黑，八足的绝望

从虚无中诞生，扮演天使的人

翅膀可以伪造成小丑的哭相，但同时

他将失去上帝的垂怜，红萝卜般的

世界级大师把奖品搬到了地狱

一页书是真实的，但丁也将作证

但是吃人的骨头始终逃不出荒谬的场景

现在是神在说话，一个燃烧的词

伪造了大部分的人，欺骗也无所适从

这声音是真的，黑暗披上了外衣

"你们需要挽救，你们需要

证明世界的安宁"假如世界倾倒

是否会有一些真诚的品质遗留下来

这声音带给我灰烬的意志

尽管深不可测，我依然保存至今

多年以后

多年以后，他望见自己的骨灰

和眼泪，被春天埋下

风吹开消逝的内涵

美捉摸不定，黑暗是干净的白手巾

把死亡重重蒙上

多年以后，他寻回黄昏的假牙

天气浓缩成潮湿的饼干

贴在墙上。他隐身于人们的耳朵

呼吸是最无聊的一种称谓

多年以后，他恢复生活的影子

和着一点啤酒泡沫

白天是健康，夜晚是爱

还有一些，是病和伤痛渐渐播撒

多年以后，他被一个女子扯出了梦

一点一滴青翠的话语

那脸如桃花，桃花不醉人自醉

青春不醉好还乡

多年以后，他走进妈妈假装的乌云

和漫山遍野的乳名

天很大，大得装不下他小小的身躯

天也很蓝，蓝得看不见死亡的手心

多年以后，他望不见自己

▪长　诗

生　活

一

他用拥抱的方式制止我的存在

但我说："没有头颅的人一样会说话"

并把两棵濒死的盆景搬上月亮的额头

我倒出鲜血，制造火和死亡

用黑的声音，在暗中发光

直到他转身，从内到外，进入毁灭的天堂

他把梦撕开，一天就像是一盒饼干

潮湿的，留点记忆的饥饿感觉

一个过路的人带来从前的影子

泪水，以及稍微苦涩的油漆味道

生活被扩大成一间房子，有着

迷人的爱恋和四处逃逸的弱小的灵魂

而他逐渐学会冷却，恢复镜中的爱情

直到我被一颗假牙慢慢变老

二

我被混淆得不成人形，失忆的梦幻

在空气中发出刺耳的尖叫。房间越扫越大

大到我无处藏身。他滴水的容颜被我轻轻抹去

一天又一天，我陷落在腐坏的时间

无法自拔。越来越把我逼入一种假设，比如说

"我失去了声音，以及砖木地板上的混合结构"

日子充满着一些潮湿的爱怜，他的冷静

加上我迟缓的脚步，几乎能够打发整整一生

夜里我总习惯起来巡视，看看

墙上那几幅活过来的画像

想象我是其中一个，白天死去而夜晚复活

三

午夜。我一个人拨弄死去的钟点，想象

我被一群吃火的人解剖，从灵魂到牙齿

无一不是生活的工具。他仍在制造失梦的头颅

一天下来，我积蓄了足够消失的食物

楼梯空掉半只，像是我吐出的

夜晚的小生灵。泪水纷纷逃离，有声音说

"这是写诗的乐园，这是让内心

失去鲜血的咒语。"动荡之后

我更加隐秘地逼近黎明，他在这一刻苏醒

四肢燃烧，面目模糊，使我无法辨认方向

一天就是另一个人暗中释放出的魂魄

柔软而略带刺激性的影子。午夜

他的飞翔让我轻易地忘却自己的姓氏

四

"一个无头的人走进房间。"我扩大了事实的真相

从远处看，它的确是我生活中

破碎的一面。一天积累下来就是

一个沾满灰尘的影子，沿着家具的背面

清扫喉咙。他照例把门关上，刷牙，漱口

甚至挤压空间，用带血的钟尖抽打过去

"回来。"我无力地说，垂下略带苍白的

从不修饰的梦幻指甲，就像以前接触过的

那些复活的尸体，我从不怀疑它们说的假话

失水的人逐渐丰满起来，接近了尾声

他继续用天气掩饰他的爱情，一个吻

相当于一个鸡蛋的重量，拥抱也是透明的

不发出任何声响，后来是在沙发上

一个花瓶燃烧后轰然倒塌

制造了疯狂和半克拉的美丽钻石

五

另外是从旧房子的边缘开始的：荒芜

或者其他，以及被透明稀释的夜晚

充斥着梦幻般的空气。我发现真实的想法

总是接近尾声，呼吸的距离剩下欲望

雷声过后，灵魂也被烧焦

他摇晃的姿势越来越让我眩晕

闪电和音乐，带走我身体中复活的部分

阴暗继续扩大，从夜晚望出去

一只带血的蚂蚁诉说着变化中的幸福

一天这样结束，仿佛无意中丢失的钟点

一刻相当于一只完整的水果，在水晶盘上粉碎

我想象的白昼和美，混合泪水的食物

正从变黑的指尖悄悄溜走

六

"这个失火的人是可怕的，他被金属包围

被重量渐渐缩小。"当我惊骇地说出

事实已经沉默，生活被亡灵搬运到窗前

死去的人是有福的，犹如变轻的一个梦幻

从眼镜片上滑落。我望见自己的形容

被钟点挤压的、薄薄的蝴蝶之翅

阴郁的美加上破碎的动作

就足以令他流泪。他的魂魄已经堕落

万灯之上，教堂被风吹干，死亡是唯一的衣裳

在运送鲜血的途中我丢失了马匹和家具

他们说："日子就是这样慢慢抹杀

像风暴和大海掠夺过的身体，一寸一寸

变灰，几乎不带任何破坏的痕迹"

七

我只是一种虚设。一种无形的

悬浮在鲜血上空的花瓣制造的假象

黄昏到来，我倾倒出身体的另一半

用幻觉点燃：这逃离的一天

是真实的美想象出的尸骨，七月未死

用去了我的三分之二。他隐藏在镜子背面

更深的咒语披散开来，风也变作画像

他暗中的语话释放出纸制的芳香

日子快要被吃空，十二种经文也无法辨认

生活只是一种失去的声音，被猫咪分解

而我是那个走来走去无法呼吸的影子

八

七月，我碰见疾病，一个盗贼的女儿

神祭起遥远的素歌。一个人

就是一堆灰烬，将要被风吹干

我写下：爱、音符或者精致的死亡

无一不是匆匆的过客。生命就像海水在枯萎

随意走走，就是花朵在空中粉碎

我的心燃烧起来！为了最终的消失

以及梦中嘴角的微笑。月圆之夜

我说出最后，一滴血的灵魂被覆盖

一只猫咪留下它唯一的晚宴

七月，我种下种子和酒，接受赞扬与腐朽

- **创作年谱**

1989　在校其间，参与创办校园诗歌刊物《浪舟》；痴迷古典文学，喜欢填词；
——　　开始写现代诗，抒情为主。

1992 年

1994 年　认识阳子和道辉，开始真正意义的诗写。

1997　《思想》等短诗发表于《厦门文学》，系首次正式发表作品；《永生永世
——　　（二首）》发表于《星星诗刊》第 11 期；《梦》入选《中国新诗年鉴》

1999 年　（花城出版社）；主要作品有《生死镜》《生活》《消逝》《死亡课程》《蚁
　　　　骨》等长诗，《昏场》《梦》《蝴蝶》《后退》《无水琴弦》等短诗，发表
　　　　于《诗选刊》《诗歌月刊》《诗文本》《诗》《创世纪》等。

2000 年　参加诗语言对话暨第四届新死亡诗派诗会，此后多次参加由新死亡诗派主
　　　　办的研讨会；《深夜上楼梯的人》发表于《作家》第 8 期。

2002年　《埋葬》发表于《十月》第2期。

2006年　《暴风雨》《猫爪》发表于《上海文学》第3期。

2008年　《冷静》《暴风雨》发表于《文艺报》7月17日；长诗《生死镜（节选）》发表于《诗选刊》第12期。

2009年　6月，长诗《生死镜》《空刃》《时代》，短诗16首，入选《新死亡诗派诗选》（作家出版社）。

2010年　4月，加入福建省作家协会。

2011年　5月，诗集《忘川》出版。

2013年　长诗《生活（节选）》发表于《海峡诗人》第6期；《何如的诗（十一首）》发表于《诗》总20卷。

2014年　《暂缓（外二首）》发表于《福建文学》第3期；《微光（三首）》发表于《诗林》第3期；长诗《时代》《失真》《原野》，组诗《浮沉》《忘记》发表于《诗》总21卷。

2015年　2月，《暴风雨》《猫爪》入选《中国当代民间诗歌地理》（东方出版社）；12月，长诗《生活》，附道辉评论《生活闲淡，抽象的意味仍在其中》发表于《诗》总22卷。

2016年　11月，诗集《生活》出版（江苏凤凰文艺出版社）。

2017年　7月，加入中国作家协会。"一个人三音阶"——何如诗歌作品线上研讨会在天读民居书院微信群成功举办，近百位诗人、评论家留下评论文字，研讨实录在天读民居书院公众号发布，并发表于《诗》总23/24合卷头条。

2018年　《看见（组诗）》发表于《福建文学》第10期；《悬疑（外一首）》入选《圭臬2018卷》；《深夜上楼梯的人》入选《2019天天诗历》（中国青年出版社）；《何如的诗（二十九首）》发表于《诗》总25卷；《音乐（外一首）》入选《〈中国诗歌〉2018年度民刊诗选》（人民文学出版社）。

2019年　3月，《纸鱼》入选《闽派诗歌》（海峡文艺出版社）；4月，《面壁人（三首）》入选《独立》总33期；《纸鱼》发表于《两岸诗》第4期"隔壁引光"；《蔷薇（外一首）》入选《〈中国诗歌〉2019年度网络诗选》（人民文学出版社）；《何如的诗（十四首）》发表于《诗》总26卷。

2020年　1月，《牙痛记》《下午》《叙述》入选《福建省优秀文学70年精选·诗歌卷》（海峡文艺出版社）；3月，《何如的诗（四首）》入选《新诗路诗人年鉴2019》；《生活的小山坡（五首）》入选《中国乡村诗选2019卷》；

《分离（四首）》入选《净峰诗歌》"2019—2020福建年度精选专号"；《何如诗选（十四首）》发表于《诗》总27卷。

2021年　《走亲戚（二首）》入选《零度诗刊》第4期；7月，《密码》发表于美国《洛城诗刊》第48期；12月，《世间法（组诗）》发表于大型诗丛《诗》总28卷。

2022年　《多年以后》入选《名·文学年选2021年卷》；《用一些字（组诗）》发表于《诗》总29卷；8月，诗集《生活》（江苏凤凰文艺出版社）获2022新死亡诗派年度奖暨第十届中国诗人诗集奖；11月，由天读民居书院和纸的时代书店联合在厦门举办何如诗集《生活》分享座谈会。

巫 昂

20 世纪 70 年代生于漳浦，先后在上海和北京读书。曾为周刊记者，2003 年起为自由职业者，一直写诗和小说。出版诗集《干脆，我来说》《生活不会限速》《通往阳光密布的所在》《我不想大张旗鼓地进入你的生命之中》。

▪ 组 诗

亲密的两侧

我们坐在桌子亲密的两侧

圣诞节的装饰

从商场的天花板垂下

接下来就是冬天

厚厚的羽绒服

悬空的街道

储物柜里的一切

我的身体被厚厚的纱布缠裹

你像是我体内渗出的一滴血

多完美啊，你

上帝让男人把肋骨

给予女人

女人提供

宽阔平坦的子宫

这个冬天在刀口上舔了舔

临别时我们照例亲吻了对方

绝　境

如果我真的身处绝境

我谁也不会告诉

甚至瞒着自己

让她走出小区

却不知道要去哪里

尾随着她

替她喊个滴滴

沿路的绿荫都在窃窃私语

这辆车被乘客连累

由草绿变成姜黄

这车内的空气、洪水、悲痛和婴儿锁

一定得锁好

如果你身处绝境

这是我的事，与你无关

我将连夜抄近道赶赴现场

比起你，我跟绝境更熟更热络

不信，我们见面后顷刻抱在一起

死也不肯分开

致命的东西它平均分配在每一天

阳光里有均量的浮尘

每一只扳手在用坏之前

都是坚硬无比的

水煮开了鸡蛋

也让自己改变了味道

在山里修了一条路

猛兽不得不去往新的地方

猛兽在建国门地铁下车

随行人员都有一张苍白的脸

噢，噢，噢

生活就是这样

生活还能怎样

猛兽不得不在深夜辗转于

所有人的梦中

带去热量和爱情

父与子

你身上有一种非你的

奇怪的东西，我不熟悉

它不是件衣服

可以穿，可以脱

我身上也有一种非我的东西

我也不知道它从哪里来的

"父亲，"你说，"你的父亲给你的"

那个上午我们坐在一起

谈论我们的父亲

我对你的爱多到足够稀释非你的东西

你是我的孩子

来自我的子宫

又想方设法进入她

我在逃避加倍黏稠的爱

奔跑、喘息、不曾休止

穿上耐克也没有用

风信子

我在那块地里种下过风信子

就像紫红色的鸡冠花一样

一只大狗在里面刨过一个巨大的坑

足以埋下三只小狗

它没有自杀或者谋杀其他狗

它也没能刨出风信子的球茎

夏天之后，所有的东西都悄无声息地

晒干了，风化了

一块地不是狗

也不懂人情世故

如何避免走入死胡同

在地图上，这里是通的

在另外一张地图上，这里杂草丛生

在梦中，这里没有任何值得惊奇的发现

这里是叛军开会的地方

地上还落了他们的水杯

在这里坐久了

屁股冰凉

如果你能像我妈妈一样

温和地对待我

我们可以在那里一直待到天亮

如果你不介意早饭总是吃油条和豆浆

我们共同的生活将持续到八点半

八点半红绿灯准时醒来
八点半好心的人们会告诉你
前进的方向

好时光

在海边，好时光无处不在
海的蓝，海除了蓝别无所有
海岸线她乐意存在
海里的每一滴水都没有怨言
这无边的寂静何以存在
这交割、容让、不知不觉
这融合、给予、请稍等片刻
再回拨
如果爱是刻不容缓就刻不容缓
可以稍等或永远等下去
会更像海

避　免

没有人见证了海
没有让自己热得发烫
这些年我视冰冷为美德
将逃离现场作为撒手锏
我避免的
是避免得了的
但避免不了你

杨金安

新死亡诗派主要成员。1958 年生于印度尼西亚东爪哇，1960 年随父母亲回国，被安置在龙海双第华侨农场。高中毕业后回场工作，当过工厂工人、电工，种过田，开垦荒山种植果树，有过外出打工经历。多次往返香港探亲，多次往返印度尼西亚探访本人出生地。

▪ **代表作**

农人的冬天

嶙峋的岩石看到臃肿的面孔

冬季里鼓满风力的草垛

形成农人的冬天

在有禾苗的路边

强暴的手段要比从前更糊涂

他们点燃火焰把冬天夷为平地

把生命赌光

看不见天使温暖的光环

不许悲哀

把种子撒在地里窒息死去

死亡的日子

要延续到农历十一月二十八日才获得新生

我就在他们身旁

就在农人里的冬天

看到高岸看到深渊

俯视充满怒气的暴君

所有的人没有抗拒就悲泣

还有我将眼皮抬得稍高

情愿忘掉才能赶走饥饿

▪ **短　诗**

死亡的另一面

死亡的另一面

直视我身背堆积如山的尘埃

使我的脸庞失去光泽

身心也会感到惊讶

成了不知情的祸根

在我耳边回旋

死亡的另一面

悄悄围绕到你身边

只等变幻莫测

虚假的世界在叫嚣

不留情面地开始拼死追逐

伸出凶恶的利爪

冲向已知被吓呆的村民

开始向我张望

而在不平等的操心中

你要我躲向哪里

从隐蔽处盲目地蹲在沙堆里

再滑向更深处

走向毁于人群中的胆怯

我不能控制住自己的举动

更以为自己最后快要死去

开始摆满离愁别绪

却失去继续逃命的念头

寂寞的小点

人在天涯

无休止地低下头模糊自己

去展开漂泊生活

才把自己浓缩成

一个寂寞的小点

被冷酷的世界网住

而飞出意外

使我不顾一切

把剩余的千万个生灵

依托在岩石上

把自己紧锁在要命的洞穴

沉默不语地期待另一条秘密通道

点燃醉人的幻想

一草一木

这场迟疑的死去公民身份关系

已经崩裂在无常的人生价值上

把我引向大地坍塌的南方天涯

在林间　内心凋零

敞开胸怀宽慰自己

使我暂时在寂寞的小点上

挑动我心烦的某处

来托起明月的风

迟疑的重量

流水　渡桥哼着冷风

泛起我心潮的旋涡

使我独步离群

陷入心灵不安的今夜

还是时间应有的好奇心

加深我融入

被一场场夜色黑网里遗忘掉

看不清　摸不着眼前

郁积我心头

灰沉沉挪动步伐

空气里只剩下

歪歪倒倒的风姿

蒙住我脸上

湿淋淋的夜草

触动一层层枉死呻吟的梦境

再也感受不到夜里

在我肩头轻轻的行云

一个迟疑的重量随我而来

把我的身躯一起埋葬在迷雾里

之前错过了什么

我怎么生活

之前错过了什么

侵入我体内

无限蔓延在冬日的

枯萎黄叶舞了起来

日子之外的村庄

是不顾内心荒凉的

在这座叠影般的空屋前

越过我睡眠的轴心

跳动的血液

闻起来

不断呈现出

以往劳作的辛酸

我把它们看成果实成熟的美景

去迎着它们领取食物

我已经很努力地回顾

把舞起的落叶

渗入我梦想如石的僵硬生活

这样下去我只会装成呆板的一桩木头

可怜地把它们燃起来

无限狂野

神秘的狂野

交织在一起的游戏中

使我不由自主地迷失

在陌生的河川中

常春藤、野蔷薇花树

伴随我潮湿的身影

贴近我心烦意乱

可悲的感知

很不轻巧

这样的生存概率有多少

却情愿接受天空中

突然发出悲鸣的小鸟的诱导

我不知所措地站立

在风景迷人的峡谷里

同时在无限狂野的驱使下

我只需要河川里的一杯清水

才能挣脱我对这个区域

所产生的种种遐想

在　此

在此　白忙　喧哗

把自己当成另一种

没有土地的农民的幻象

与人争吵

这一点不可避免地映衬着

我沉寂的面容

把光阴虚度

我们开始预见

在地面矗立的墙体上

莫名其妙地蒙住

我背井离乡的艰辛

从我的血液里一涌而出的

举步的力量

又把我迷倒

涌出热爱家园的欲望

从而却赶不上解脱自己

在道路上

把心情随意地留下来

尽管未能改变

低飞　简单的步伐

在秋日转动的目光下

一闪而过

尽管预感陌生的田野上

看不到万象之美的幻影

在田野上　我心无语地

感受到遭遇伤害时

轻信这片散尽碎片的大地发出的呻吟

投射我心中的一片前方

漫天飞舞的尘埃

紧张对立的矛盾

向四面八方延展

改变我们之间的距离

我不得不用睡眠之类的字眼

掠过脚下的大地

更多的是延续

我半个世纪的消沉

疲劳　损伤耗尽

我欲望的精神世界

尽管未能改变什么

压倒我生命家园中

最后一根稻草

盲目地独守在无可告人的

凝视着我们的共同的居所

回　落

嗅出我自己

在风云里回旋

舞起来没有着落

继续在死硬的尘埃中狂跳

不停地追赶行人走在路上的步伐

去固守不见天日的心弦

离散的鸟儿

在我窗前徘徊　祈求

接受飞向时光的尽头

却不容我去猜想

被撕碎的心肠

转向我在秘密

林间的另一侧

自愿腾出一条生命通道

强迫自己去承认

满足携手的权利

我不屑一顾地忘了自己

接受未来的光明前程

另一个虚空

在太阳运行的车轮上
装载着死亡的轮回
涂抹在发光的地平线上
破土而出的
另一个虚空的眼睛
闻到我开启复活的阀门
在群山之巅
记忆之虫里
爬到一处深渊之上
咬住光明隘口
开始与我的形象说话

复活的香味
飘散　我独步前往
郊外一处草场上欣赏美景
我无常地流着千年汗水
探出昏暗之口的冷风
证实了未来
化作无形的障碍阻止
我设立的一堵墙
流动的血液
嗅到我丈量泥土的步伐

日落的泪影

把家园那一片日落的山影
揉成最远的低矮世界

从我额头上滑过胸前

或者沉默不语的暮色

显示分隔我们的一座座群山

苍白无力的大地

互不关联制造一个假象

从我身边降临

开始变得不安的跌跌撞撞

逃到光天化日之下

探寻有益身心健康的时间

让我去抖动人类固有的

乡土的碎片

如春风在脚下翻腾

触摸我的身躯

不幸陷入荒园里的泥沼

陷入困境只管安慰自己

在这月光下

形成巨大的泪影

看上去像一座座小山峰

随意间询问

由一个风暴驱动的夜空

抖动苍白忧郁的语言

支撑着残年垂死的绸帐

嘈杂的洪流

像错在一件件坏事

从另一个开端聚集

这条未经人类涉足的不平道路

开始坏了我呼出的生命气息

同时落入无为的时间齿轮上

使我胆战心惊

口中吹奏起呜咽的快语

引来不寻常的风暴

这时我在随意问询问

经历繁忙的白天与黑夜

心中的归程

承受着铁的心肠

把特别的目光投向

几步之遥的另一个世纪

举步的力量

举步的力量

载着轻盈的步伐

眺望飘向远处的日落

我的血液　装满祥和

漾起心潮　追忆起

固守在无人理睬的沟壑

寻找岁月重生的乐园

在此夜色降临的时刻

让我去正视

融入不变的不毛之地

操持着简单的生活

忘了长年累月

挨着个无数苦命儿的日子

与此对照
已失去阳光普照的荒野
挂在嘴边
衰老成另一个状况

断了心弦

断了心弦
把我体内仅存的
一串串空洞的生息
摆成颤抖的衰老神态
竭尽所能喘下一口气
延迟到动荡不安
荒废不堪的境地
把自己隐藏在岩石下的田野
这种情绪
所吐露出弯弯曲曲的宁静
幻着死亡车轮的光环

这样低声絮语
纠结成团
所形成山崩地陷的模样
只许我悄无声息
睁着双眼化着天边沙土
醉卧在花岗岩上
胡乱地正视命运之书
悬挂在日落的夕阳下
为我设下一道顽固不化的生命归程

道　上

冷冷的　如我所指

踏上落叶飞舞的天空

漠不关心地走向

过往的道上

再次感到岁月丛生的冷风

挥舞着猛烈

大风并未顾及行动迟缓的无辜者

我穿过高悬于荒废的田野

或者感受远古遗物的灵魂

撕裂山谷

凿成碎片　铺石成路

在云彩之下的道上

吐露出银光闪闪的气味

使我不再回头地飘向远处

枯萎的记忆

在大部分盼望中

永不停歇

展开双翼伸向浮云

遥远的地域

让我不再沉默

试着看一眼

可怜的人儿

诉说南边故土

遮掩着枯萎的记忆

已被冷风吹起的

太平洋赤道上的云端

茫然不知自己的前程

我只能偷偷细听

梦幻的车轮

另有所指的

吹动心灵的那扇门

失落在风中的日子

见过出生地的小镇

狭长的路上

呼吸着道路两旁

热带森林里的气息

走过田野

沿着印度尼西亚东爪哇由东向西

这个远离世界中心的一处村落

如此张望

变得不一样的旅途

短暂的停留

更觉得悠闲安逸

在如此空旷的大千世界

求得半个世纪走失的一切

让我重新认识

出生地生活的小镇

我便可以认真打量

不变生活的日落间

歇下脚　见此正是
我陌生的一处独立房舍的位置
想象孤独与彷徨的乐园
这情形是我消逝在
这片土地的时光景象
一列慢慢行驶的
白色小火车停靠在站台边
惊扰了天上飞舞的金丝燕
过去遮掩着的平淡日子
迎来太平洋赤道上的暖风

▪长　诗

世纪签名

一
是不是肿胀的双眼
错看天上一朵朵云彩
形成一圈圈旋涡状落到地面
拦住我的去路
我喜欢的山坡投下的一草一木
这一次送来回声
放下问题观望人间自然温情
山路　岩石　挖掘机剧烈撞击
什么时候让我轻快地度过山中的寒暑

借着机器的轰鸣

开始谈论的话题中心

使自己旋转的干涩

唱歌般的嗓子

咬着牙齿的黄鼠狼无处藏身

一向飞奔的黄鼠狼行动诡异

直到山中的黄昏后吹袭的凉风

引来披着月光的蜘蛛

离开水面

登上岸边最高的集合点

树梢上蝙蝠的翅膀遮挡我的视野

搅乱了从天而降的点点星光

值得注视　这世纪花果园

二

尽管逃窜的黄鼠狼

早已四处凿洞

我在花果园苦熬着

始终没能像高山上的神鹰

逮住狡猾的黄鼠狼

从我身边逃命时

体内排出一股恶臭

弥漫在一直未变的世纪山路

黄鼠狼在这样的夜晚

不安地徘徊在这世纪山路

是不是疯狂的菠萝跳上岩石

设下一个陷阱

换回一头丑陋的

身上长刺的豪猪来助阵

情急之下　豪猪从身上

甩出一支尖刺吓阻我

黄鼠狼　豪猪　爬进凿洞里

躲过我的视线

轻易地把洞穴

连成一长串的地下网

花果园得到世纪签名

三

关注度假　休闲　娱乐各种行为

地下

隐隐地舒展着野生动物忙碌的情景

感受往日的不同变化

威力无穷的机器怪手

铁器声穿过大山深处

在花果园上空降落

引来了我坚守环保阵线的话题

留着血汗的土地

我喋喋不休

步步紧逼

日子的字眼

重视一件没有意义的事

在内容空白的签字表格

签名　花果园圣地

随手栽种一株世纪果树

孤身一人难以抵挡

侵扰

花果园里的荔枝树

龙眼树　地下

风雨飘摇中破败的赏雨茅屋

地下

正是当年全体新死亡诗派成员

签名　葬书之地

地下　值得世纪签名

▪ 创作年谱

1983年　开始诗歌创作，在报刊发表诗歌作品；诗集《平凡的乐章》《杨金安作品
　　　　集》出版。

1992年　10月，诗歌作品入选新死亡诗派刊物《新死亡诗体》创刊号，该刊1995年
　　　　改为《新死亡诗派》。

1997年　3月9日，与道辉等人在鱼嘴山下的果园里举行葬书仪式，葬下新死亡诗派
　　　　历年刊物。

2022年　8月，参加新死亡诗派成立30周年座谈会暨鱼嘴山采风活动。

林舜亮

生于东山岛。福建省作家协会会员，中国诗歌学会会员。诗作散见《星星诗刊》、《福建文学》、《天津诗人》、《海峡诗人》、作家网等。组诗《海魔及其他》于1995年获福建文学"为坤杯""初出茅庐"优秀作品奖。出版诗集《站在波峰的浪花》《读海》。

▪ **代表作**

观某个画展

在熙攘的蟹行的人流中

透过一个个半启的窗口

我阅读你心灵的折光

扭曲的破旧的小舟

被紧拴在

长满蘑菇的木桩上

弯月如拱桥

跨过它　我感受到月宫的凄寒

几棵大树合谋

垄断了一片天空

下面是枯萎的小花小草

冰冷粗壮的铁栏里

群狼眨着失神的眼睛

呵　画家

让你的调色板多点亮色吧

可知我的脊骨

因长时间观画而微弯

并且寒战

▪ 短　诗

我每天必须倒掉一些自己

貌似只隔着一堵
薄而易碎的透明
我却无法瞬间完成这样的穿越
从狭隘逼仄一步迈入浩瀚辽阔
从平淡透明一下融入咸腥湛蓝

鱼缸像一块劣质的磨刀石
钝化了我从海里获得的锋利
尾鳍和背鳍浑圆而黯淡
皮下堆满了臃肿懒散的脂肪

在重归大海之前
体内的细胞需要一次彻底的逆换水
每天必须拼命倒掉一些自己
才能为新我腾出一点点空间
这样的新陈代谢反复而漫长

身体和灵魂以微不可查的进度
向大海不断挪移
是的　从鱼缸回到大海
大量日常练习是必须的

往大海里撒点糖

我的大海啊
你的心中总是充满苦盐和泪水

多像住在贫民窟的人们

我知道这很可笑

但有时候

我忍不住想往大海里撒点糖

落叶，走下风的旋转楼梯

勉强留在枝头

过着如临深渊的日子

已经毫无意义

是时候回到故土了

摇摇晃晃走下风的旋转楼梯

仰躺在深秋的大地

心踏实了嘴角噙笑意

坦然等待一场冬雪

为生命举行的盛大的集体葬礼

也许某一天

我又会化作另一片叶子

爬过根爬过茎

穿越连接生死轮回的通道

重新回到曾经眷恋的这方天地

眠床若一叶孤舟

眠床若一叶孤舟

床底传出哗啦啦流水声

隐形之河托着孤舟飘往天尽头

恍惚中翻身手臂抱个空
想着你可能中途弃舟而去
宁静的河面
慌乱地荡漾起一圈圈涟漪

▪长　诗

软壳蟹的忏悔

一
这套将我包得密不透风的铠甲
是我们蟹族传统的制服
它只留下两个深深的眼窝
以便让我收藏这对眼睛
说真的　我并不喜欢它的款式
奈何深海丛林危机四伏
连做梦都不得不把它穿着

仗着攻防兼备的它
我曾将几尾使坏的滑溜鳗鱼
强行驱逐出境
给这方海域带来安宁与和平

二
善于崇拜的水族们
将我评为当年的大海之星
一夜成名的我周围

充斥着各种美丽的珊瑚

和热烈的掌声

软体类献媚的口水

迅速浇旺了心中的自大

我口吐白沫

向水族做了一次又一次

夸张的演讲

我张牙舞爪　人声吹嘘

当时情况如何如何危急

渐渐地水族们发现

我横行多于侧走

那天　一条少女鱼

弱弱地向我提出了心中的质疑

我马上用铁钳

掐断了她的话头

并反诬她妒忌

一条小虾向我

提出他良好的建议

我骂他逞能

并扯断他两条测量尺寸的虾须

总之虚荣和狂妄

让我目空一切

傲慢如同一根尖锐的鱼刺

深深扎入水族的心底

不知从何时起　小鱼小虾见我

总是绕道而行

朝夕相处的爱妻

忍无可忍带上一对可爱的孩子

悄悄打包行李离我远去

亲友的疏远和离弃

让我的情绪从波峰跌入谷底

它也迫使我将原因认真分析

自打我赶走了鳗鱼

这本来就是我该做的

水族们却给我太高的荣誉

让我越来越觉得自己非常了不起

盲目的崇拜和过分的赞扬

在空中架起一把云梯

飘飘然的我一步步踏了上去

渐渐迷失了自己

俨然以神祇自居

似乎唯有我是万能的

别人的智商都很低很低

下意识里

我把自己当成了龙王

亲友们成了我的奴隶

我的意志不容有半点违逆

这几乎让他们无法呼吸

逼迫得他们只好远离

当夜我做了个噩梦

梦里我被剥夺了外衣

柔若无骨的我虚弱无比

周遭环视着一群凶猛的鲈鱼

温和的乌龟及时挺身而出

我才免遭了一场危险的袭击

噩梦惊醒时我大汗淋漓

是啊

若论外壳的坚硬爪子的锐利

我比乌龟万分不及

愚昧的我总算认清了自己是什么东西

幡然醒悟时

一切都已来不及

三

从浑浊的浅层

沉入深海的澄澈

我的心越来越充满惭愧和自责

刻不容缓

必须抛弃这些虚誉

做回真正的自我

虽然另一个声音满怀不舍

皮肉被我从这可恨的硬壳中

艰难地一寸寸地剥离

尽管那撕心裂肺的疼痛

让我一阵阵昏眩

我咬紧牙关继续努力

终于将这僵硬的厚甲彻底摆脱

尽管筋疲力尽

内心却如释重负

是的此刻的我

像刚出生的婴儿

皮肉纯洁目光清澈

沐浴着醉人的春风

大口吸吮着奶水一般的月光

哦怎么忘了

这盛满脏水和贪婪的食囊

还有这套沾满污泥的腮瓣

扔掉扔掉统统不要

流吧流吧忏悔的泪水

希望你能涤荡心灵脏污

来吧来吧

曾经爱我和我爱的朋友与亲人

今夜我的耳朵已清洗干净

我会细细聆听你们控诉的心声

用你们的尾鳍大力甩打吧

用你们的胸鳍拼命捶打吧

如果这样能够消除

你们埋在心底的怨恨

是的　多少年了

我听多看少　眼睛

被我深深埋在眼窝

就算听也只爱听他们

为我准备好了的声音

这严重蒙蔽我的心灵

月很亮　风很轻

几颗扇贝打开门户

躲在岩缝偷偷细听软壳蟹真心悔过的声音

海此刻一片温馨宁静

▪ 创作年谱

1991 年　参加东山县文学创作培训班。

1992 年　《半梦半醒》《观某个画展》发表于《福建文学》。

1993年　《变形》《风动石》发表于《福建文学》。

1994年　组诗《海珍小集》《海魔及其他》《花的追求》等，发表于《福建文学》。

1995年　获《福建文学》"初出茅庐"诗歌优秀作品奖。

2014年　诗集《站在波峰的浪花》出版。

2015年　《刻舟求剑》发表于《星星诗刊》。

2016年　《加减法》发表于《新诗大观》。

2017年　《我每天必须倒掉一些自己》发表于《天津诗人》；《刻舟求剑》入选《中国年度优秀诗歌2016卷》（新华出版社）。

2018年　诗作入选《漳州作家作品选·诗歌卷》（海峡文艺出版社）；《海柳烟斗》等3首入选《中国百年诗人新诗精选》。

2020年　《浪花》等3首入选《闽浙诗人作品大展》（驿鲸文化有限公司）；《明白秋天并不代表就能看懂落叶》等7首发表于《诗》总27卷；《往大海里撒点糖》等2首发表于《诗天空》双语季刊。

2022年　9月，诗集《读海》出版（鹭江出版社）。

奕　如

本名陈燕菁，漳浦人，现居厦门。福建省作家协会会员，漳州市作家协会会员，厦门市湖里区作家协会监事长，中国云天文学社福建分社副主编。诗歌发表于《漳浦文学》《海峡诗人》《福建乡土》《福建文学》等报刊。

▪ **代表作**

秘密花园

在未来的某个时辰，我会出现
在你常发呆的花园里
逐一询问风信子的足迹，那些
藏起来的时间都将聚集在这里

没有口罩，我们的笑是灿烂的
空气变得甜蜜，你的身影也渐变亲切
一根烟灰的喜悦从舞动到消失殆尽
除了沉默依然是无怨的沉默

此时，阳光一定甚好
街道喧嚣，百姓忙碌
善良将永远守护着阴霾的昨日
而我们在秘密花园里种下新的祝福

▪ **组　诗**

白　露

清晨是白色的
撞到我身上的花也是白色的

你露出白色的骨头。秋风
在白色的寒凉里冷笑
像初次遇见，又像认识了多年

是啊，夏天还意犹未尽
时光就是这么匆匆，匆匆地
洗劫一座城池的光影

日　晕

太阳醉了，我也醉了
我看见它在收藏鲜花、云朵和海水
而我幻想自己是一滴海水

不知天上哪位神仙吹着泡泡洒落人间
总算在这迟来的春天里给个惊喜

第一次见到太阳如此柔美
像童话里的梦境、五彩的光圈
闪烁着光芒与春天心照不宣

穿过风的呢喃抵达

太阳抵达一日之终点

今夜，它将栖息在哪棵树上

一想起月亮就要爬上来，我的脸颊开始发烫

余晖笼罩的背影拉长又消失

圣贤的叩首也随之退下

而高山上的庙宇依然闪着佛光

趁夜色未被拉黑，炎夏尚有凉风眷顾

我带着暖暖的期待

穿过风的呢喃抵达你到来的路

流浪的雨

没有雷声，天空突然变得阴沉

大小不齐的雨点陆续飞落

时而轻盈，时而狂野

沉甸甸的，坠落又溅起

满城风雨的水花不留一处尘埃

似乎一切可以毁灭，也可以重生

我抬头望不见你的来处

那些欢快的枝芽偷偷地长出

一场雨的华丽，如同它们所见

不堪一击的，最终逃脱在炎炎夏日

▪ 创作年谱

2005 年　萌发新诗写作的念头。

2015 年　参加福建漳浦天读民居书院举办的中秋诗歌朗诵会，接触到诗人群体，再次开始新诗写作；《让爱冬眠》《听雨》发表于《漳浦文学》第 2 期；加入漳浦县作协。

2016 年　参加由福建省作家协会、《福建文学》杂志社、中共漳浦县委宣传部、漳州市作家协会、漳浦县文学艺术界联合会、天读民居书院等单位联合举办的第六届漳浦诗人节，朗诵自创诗作《雨夜》。

2017 年　参加第七届漳浦诗人节暨《蝴蝶与怀孕的子弹》诗电影座谈会，朗诵自创诗作《端午》。

2018 年　《感悟》《雨夜》《春》发表于《海峡诗人》春季号；《我想成为你喜欢的样子》《我想要一场畅快的人生》《春》入选《0596 诗篇》（华侨出版社）；《官浔之乡愁》《顿悟》《离》发表于民刊《朝天石》；加入漳州市作协。

2019 年　春节其间，《云水谣》入选漳州市电视台二频道新年新诗会朗诵并播出；10 月，参加中共漳州市委宣传部、漳州市文学艺术界联合会、闽南师范大学、漳州市作家协会、漳州人民广播电台等举办的"我和我的祖国"国庆朗诵诗会；参加厦门市鼓浪屿国际诗歌节。

2020 年　1 月，当选中国云天文学社福建分社副主编；《白露（三首）》发表于《福建乡土》第 1 期；《日晕》等 5 首发表于《福建乡土》第 3 期；《守望的玫瑰（组诗）》发表于《福建文学》第 7 期；5 月，《生存的较量》入选《"文艺战疫"作品集》；《秘密花园》发表于《漳州广播电视报》"战疫"特刊；《秘密花园》获中国"突围诗歌之夜"第二期《疫病时期的诗篇》前八名；《折叠的雨（三首）》入选《闽浙诗人作品大展》（驿鲸文化有限公司）；《青梅之约》发表于《丹诏乡讯》2 月号"红星乡"专版；《白露》发表于《新诗大观》第 111 期；《火焰花》发表于《圆桌诗刊》第 68 期；《那时，正好》发表于《流派诗刊》第 14 期；加入福建省作家协会；参加厦门市新年新诗会。

2021 年　获中国云天文学第三届"华语精品悦读"文学作品大赛实力作家奖；《总有一道光为你等候》《火焰花》入选《加拿大海外诗人诗选》；参加厦门市新年新诗会，朗诵自创诗作《鹭岛的中秋月》。

2022 年　《静谧时分》《在梦里》《一条蛇》发表于《海内外华语诗人自选诗》（驿鲸文化有限公司）；加入厦门市湖里区作家协会，任监事长。

晓 夕

本名杨文英，漳浦人。漳州市作家协会会员。作品发表在《福建文学》等省内外报刊及一些网络文学平台，入选多种选本。出版诗集《目击了自己》。

▪ **代表作**

奈何不是书中人

一

总有一些历史，像舀不尽的白色月光
从唐朝，照到今夜
保留亘古温度，洒向半掩原野

百草各有命数：安神、止痛，或枯萎

二

习惯以毒攻毒，把草命递给
尘世。明月和清风被骨笛声反复鞭打
虚度的光阴，因此长出裂痕

守旧的骨头破裂，呐喊声，撒向大地

三

于是，春天的灌木丛举出彩旗
水困不住火，但可滋润
背上的青山、田里的稻谷和迟归的旅人

玩火者取出更多火苗，掷向城门

四

打坐者入定。他只是栖在桃枝上的仙
在日间饮酒作乐
在风雨交加的夜晚，拾荒为生

贫富贵贱又如何，转身都是天涯

五

史官的笔，会让江山之弦箭不虚发
盛世之魂浸泡于其中
无法破开的结界，如郎心，如玄铁

而你我不过是，被点醒的梦中人

▪组　诗

遇　见

回到那个年代，家乡还不是故乡
行无车马
风只吹向田野，山花会诉说忧伤

每天，清晨收集露水
傍晚修篱种菊，等它日日透过轩窗
送来暗香

请外乡人喝一盏热茶
听他讲述

如何把沿途风景抵押给时光

他说
光阴越来越短了，俗世如微尘
不过都是一念起，一念灭

同风起

时间赶着马车，经过荒原和旷野
虫鸣声时断时续，像年久失修的留声机
依附于沿途草丛，生死由天

从倾斜的山谷，腾出足够空间，开始练习
倒叙式飞翔。回放中，江湖风雨依旧
让人退而不舍的，只是，迷路时初遇的笑颜

敛去身上的锋芒，伴你起飞，不问归期
失守的城墙彻夜未眠，低于尘埃之心
停在暗处的俗世里，越发陌生了

且让我，拂去从前的所有记忆
毕竟，十二月正好适合，下一阵大雪
生一场小病，细细养护迷人的暗伤

穿过不属于自己的黎明

还会像孩子一样时常迷路，绕不过
街巷和旷阔的月光

它们的世界在晃动，时而斑驳，时而清晰

反复从去年的诗句里经过自己
心弦，会被轻轻拨动
不舍得放手的温暖，变成致命暗器

就这么开始着迷，管不住
独自偷欢的影子
它总是徘徊，在查无此人的地址前

陷进夜雾里，时空寂静，如无人之境
期待的眼神变得暗淡
隐匿的星星已经带走最美之光

我愿是藏起怯懦的隐身人，离开原地
穿过此刻的黎明
躲开浮世繁华，躲开你

一朵玫瑰正马不停蹄地成为另一朵

宿醉的清晨，被花香拍醒

第一朵玫瑰正打开自己
笑意盈盈立于窗台
初醒的样子，多像水草在舞蹈啊

它挑出身体的刺
一次次敲打雪天深处的光泽

在枯萎的瞬间，收回指尖上短暂的疼

递出死而复生的暗语

装点完冬日苍白容颜
它和它们，赶往重生之门。继续走
就会遇见整个春天

日落大道上的日落

与往日挥别，习惯在一个人的丛林
独自游荡。失去灯光的指引
理想和远方，亦不过是世间万象的浮影

但其实，我厌倦了所有的寂静
每每念及无法还原更多
只能藏起冰凉的手，将过往时光反复对折

日落大道斑驳的光影中
你如花的笑靥，比太阳还热烈的温暖
抵消了世间辽阔的孤独

或如眼前日落的气息
充满希望之光，再悄悄落在两旁棕榈树
摊开的手掌上

金色庄园铺满盛放的太阳花海
让我们忘却回忆和泪水，举起杯盏敬未来
也敬那些，蹉跎中遗漏的小确幸

当黄昏重新得到我的温暖

初升的月光集结水边，有人徘徊，有人道别
隔岸浮桥左晃一下，右晃一下
它与流水说着交心话

渡口的油灯也在晃荡中
夜把风口放大，海棠花开到最美时分
独行之人提着火焰，隐入渐暗的黑

暮云移动，流水声不断击打月光的轻
黄昏，停在时间的沙盘上
把幕布掀开

当一切都生动起来，我在这里
试图打捞起掉进水里的影子，摊开来
在月光下晒啊晒

赶　海

海水有时会吹出泡泡，有时不会
巨浪此起彼伏
闲云，被三言两语打发走
蓝色倒影托着散的花瓣

有些时间用来寻求归隐，或唤醒旧事
来路不明的口令
让上空的音符现出原形

依次派生出旋涡、粉百合和奔跑的鹿

秋千荡到最高处，万马
奔腾而来
多好的日子啊，我们赶海
海鸥拍了拍蓝天白云，海浪拍了拍空气
我，拍了拍你

春风沉沦

被风声诱惑的人，从春天起身，试图把春天
再放回流水

山谷崎岖，带出沿途的葳蕤景致
我只想躲进风中
与春天的夜色对话，合谋，劫走桃花的颜色

做药引。等你爱上风声和过往
民国的旗袍女子，会缓缓走出青砖瓦屋
哒哒的马蹄声敲响千年古道

就变成某种错觉，一并流浪在四起风中
我是旁观者，或可在未知中顿悟
入尘，出尘，隐于尘世

向日葵之歌

当一首歌单曲循环
音符，蒙上了丝丝雨意

天空是灰色的

街上人潮依然汹涌
他们的背影，在四季辗转间
顺从于宿命安排

每天提着梦想飞奔
那些不为人知的寻觅和等待
依然只能原路返回

曾在那幅画前徘徊的人啊
已不知去向
每一道画笔都似忧伤的休止符

今晚，仍有守夜人
由吉他声引领
一次一次路过，把记忆收留

寻找时间的人

从去年旧景中取出草木的清香
往事鲜活，却无人认领
他们行色匆忙追赶自己，以为

那是风的旨意
长笛声喑哑多时
时间，被魔法师藏于不二门外

穿过古堡的通道
音乐和舞蹈，是寻梦人的武器

记住爱，记住成长的快乐与忧伤
离开永恒之地，回归故土

我亲爱的小孩，你将遇到一个陌生人
他会微笑着对你说，日安

江湖路远

从这个值得告白的春天抽身
暂别黑夜和牵绊
云游之人，开始与远方签下契约

去途经的每一条河流，听流动石子的
低吟浅唱。等一叶扁舟
来渡劫，也渡我

古道有西风，旷野有草场。家乡土墙上
长出的岁月藤蔓
在每一场雨水的灌溉中，长势茂盛

请允许我，从时间罅隙中取走一小粒
燎原的星火，它
会是某段迷途中温暖的陪伴

收拾好行装
站在原乡故里，不要纠结
还要走多久的路，才能去掉沧桑容颜

念及你的山河

与旧时光签下契约
某些欢喜，开始种进心田
落地，生根

随遇而安的纸人，离开
四野八荒，积攒越来越多的脚印
走向你的领地

路过山川河流，沟壑纵横
散落的长发再挽起，经过热闹人群
独行的人开始追光

若你回头，若遇见，请执手莫离
因为光，在重新认识光之前
会陷入另一种黑暗

反　面

抱着一池春水，度日
修行者停在坎外

不想再透支，初见时的光与温暖
像转瞬即逝的烟花

收起等待与张望

装不下的春天，就此打一个结吧

无法扭回时间的转盘，姑且
珍藏起过往片段

进入春天的反面，摇摆的影子
或可寻来一方净土

我会绕过花期，去春天对岸，种下
依然爱着的诗句，等它复燃

嗨，这是欣然的一天

春色透亮，翠鸟的视野比云朵还要高远
天光和云影落进湖心
水草荡漾，与岸边柳丝互诉衷肠

浮世有清欢，山涧，有百花繁茂
春色迟迟，等我摊开好天气
从花间取出一壶酒，与清风对饮

风吹过春天，时光深处的风铃叮当叮当
那些爱过的良辰美景
即使只是虚设，也值得珍藏啊

就此别过，往后余生做纯粹的人
天亮时仰看云朵，天黑了抱来漫天星辰
照亮你我必经的去路和归途

败光白天

秋天来敲门时，我刚好
有一小片独处的光阴，多么奢侈呀

窗外的日光柔和
适合煮水、沏茶、叠纸牌
或像猫那样竖起耳朵，四处张望

当然也适合
闭上眼帘在摇椅上假寐
做化羽成仙的白日梦
时光，美好得像舒展开的洋甘菊

浮生悠悠，不值得对抗
窗台褪色的风铃对着人喊："叮咚叮咚
停止赶路吧
你寻找的人还在原地"

我喜欢删繁就简的时光
放过牵绊
把自己隐藏于时间标签里
再去把浮名，都换了低吟浅唱

秋天在敲门，我刚好
看到白天在黄昏的光影中下坠

危楼以外

用从前旧庭院，装归隐的时间
一架秋千荡啊荡
角落里的小记忆，哪些被日光照拂着
哪些，被不经意忽略

老墙上爬满青藤黄藤枯藤，门前
有小径通幽
失色的小野花正低吟
"将我摘走吧在枯萎之前"

当然有一把空椅子
会有许多粉尘和更多不安的落叶
落座其中，借着光影
叠成静默音符

有张深藏不露的脸，远远张望
仿佛闯入某处禁地
他在找寻离家出走的黑猫

一只徘徊的猫，带着失眠表情
它飘忽的脚步
像穿梭在沉寂的多年以前

▪ 创作年谱

1990 年　此前中学阶段，写了许多诗歌、散文和随笔，部分发表于省内外中学生报
　　　　刊上。

1993 年　参与新死亡诗派创立；诗歌《家》获得全国"冰心杯"优秀作品奖。

1994　　部分作品入选各种诗歌选集。

————

1999 年

2000　　耽于凡尘俗事，除了少量诗歌发表，断断续续写的诗作和其他文体作品均

————　　收藏于博客和 QQ 空间。

2016 年

2017　　大量游记和诗歌发布在网络论坛和公众号。

————

2020 年

2021 年　诗歌发表于《福建文学》《漳州广播电视报》等期刊报纸上，多次入选
　　　　《诗歌报》会员佳作。

2022 年　诗歌《行止由心》入选中国诗歌网和诗刊社联合编组的"春天读诗"专
　　　　辑，多次入选世界诗歌网的《诗日历》作品集，入选河南、安徽等网络诗
　　　　歌平台选出的作品集。

高 羽

本名林锦州。福建省作家协会会员，中国诗歌学会会员，华安县作家协会副主席。诗文散见《诗刊》《中国诗歌》《诗潮》《绿风》《诗选刊》《诗歌月刊》《江苏乡土》《福建文学》《福建日报》等国内外报刊，入选《大陆爱情诗百家》《2010—2011 福建优秀诗歌选》《新世纪中国诗选》等多种选本。获武汉市作协主办的 2016 年度全国端午诗赛一等奖、福建省文联主办的"我为祖国写首诗"优秀作品奖。著有诗文集《纸上的舞蹈》，诗集《真情倾诉》《泥塑的菩萨》等 6 部。

▪ **代表作**

深夜·风声

十万匹马在窗外
深夜。安静。深夜
安静不下来

我想起，海
风蔚蓝的样子
我想起，啸
风灰色的嘶鸣

隔岸。太平洋
也有一群人。和我一样
此刻坐在风的旋涡里
听海。无法入眠

▪ 组　诗

冬至，写几个字给奶奶

我还活着，我很庆幸我还活着
奶奶。闽南冬至的习俗真好

年终了，我可以挨着你
避开疾病，避开仇恨，避开
1996 清明那场该死的雨

自说自话。我安慰你
像安慰，沉默的泥土
泥土，安慰凄凉的人世

烟　花

她收集了我一天一夜
浸泡在染缸里的
色彩、光泽、尖叫

人民广场上，有人小心地
压低自己的腰板
点火

多漂亮的烟火啊
我和一群人，站在暗处
热烈地赞叹着

看那些花，以最迅速的死
在空中，完成一场
悲壮的告别

一棵树是如何被做大的

斧子落下，减去的并不是枝叶
刨花卷起，你可以说
它是一朵浪或者一片白云

一个人在浑水里待久了
没摸着鱼总能嗅到鱼腥味

我很佩服，一些人把命
悬于一根钢丝的勇气和镇定

那些枝叶，后来被安插在
村庄背后裸露的山头上
那些刨花后来画出了许多条河

我自认愚钝，冥顽不化
不能隔空打牛，海市造楼
对于一树木屑的尖叫
耳朵疲软，只能干瞪眼空着急

消费苦难

时间还留在花枝上
颤抖。一只鸟

已经起身

这是子夜时分
你身体里
构成颤音的部分
正在一首歌里
用劲地和酒精勾兑

世界，口吐白沫
黎明。退潮的时候
你突然哭了

仿佛
用来消费的苦难
还远远未被领走

▪ 创作年谱

1992年　获《当代青年》主办的"凯特杯"海内外当代青年诗歌新人大赛优胜者称号。

1993年　在《闽南日报》副刊"九龙江"发表诗歌处女作《一位乡村教师》；爱情诗《共鸣（外一首）》入选《大陆爱情诗百家》；《佛机（外一首）》入选《中国第四代诗人诗选》。

1994年　散文诗《今夜》获"中国赤壁杯精短文学大赛"优秀奖；加入漳州市作家协会。

1995年　诗歌《作品》参加《人民文学》创作培训部"九十年代文学艺术新作大展"获优秀作品奖；《孩子的名字》参加"首届东方杯全国诗歌大奖赛"获铜奖。

2001年　个人第一部诗集《真情倾诉》出版（中国文联出版社）；诗歌《夜里乡村》发表于《南方》。

2003年　《合掌为十（外三首）》入选《中国诗歌十年1993—2002实力卷》（中国文

史出版社)。

2007年 《秋思》等3首发表于《秋》;《雨夜想起爱情》发表于《情诗季刊》冬之卷。

2008年 《儿子的单人床》入选《黄河诗报》"中国诗人博客百家";诗歌《朝着灾难的腹地,把希望延伸》入选新浪博客诗集;纪念诗人沈河诗作《在灵魂的殿堂》发表于《三明日报》副刊。

2009年 《那一年,闽北大雪(外一首)》入选《诗歌蓝本》"福建诗人作品展";《听雨(外一首)》入选《2008中国网络最佳诗歌》;诗歌《漂流沙》发表于《彩虹鹦》第20期;个人诗集《北溪,那弯清浅的生活》出版。

2010年 《花之艳(外一首)》发表于《诗潮》第1期;加入福建省作家协会;《温暖的尘世》等6首入选《2009中国网络优秀诗人66家》;《画皮》发表于《中国诗歌》第6期;诗文集《纸上的舞蹈》出版。

2011年 《母亲,结石》入选《2010—2011年度中国网络诗歌精选》(花山文艺出版社);诗歌《深夜,风声》发表于《重庆晚报》副刊3月22日;随笔《为自己的理想造间空房》和个人简介、诗集照片发表于《闽南日报》"悦读"2月15日;《性事(外一首)》发表于《台湾诗学季刊》"吹鼓吹论坛"13号;《端午畅想》获"天筑杯·香飘万粽·端阳传情"有奖征文诗歌类三等奖;《与一朵花擦肩而过》发表于《诗潮》第11期。

2012年 《一棵九月出生的桃树》发表于《天津诗人》春之卷;《长江诗歌》总101期专版推介《风如果一直往南吹》等29首;《母亲,结石》入选《2010—2011福建优秀诗歌选》(海峡文艺出版社);《这个春天》发表于《诗潮》第6期。

2013年 《天地之间》发表于《绿风》第2期;个人诗集《低处的阳光》出版;《工厂,生活的鸟》发表于《圆桌诗刊》总39期;《牧羊的星星》发表于《绿风》第3期;诗集《影子或回声》出版;《相对于现实,我更倾向于纸质的粗糙》等7首入选《诗选刊》"2013青年诗人网络大展专号";诗歌《总有一些东西挥之不去》发表于《养生文摘》第12期。

2014年 《叩别大地的稻禾》发表于《诗歌月刊》2月号下半月刊;《风尘少女(外一首)》发表于《新诗》第9期;《风景(外一首)》发表于《乡土》1月号;《月亮越来越逼近思念的悬崖》入选《安徽文学》"2013年度最佳爱情诗选";《花忆前身》入选《中国微诗体年鉴2013年卷》(山东画报出版社);《河流的终点》发表于《诗选刊》5月号上半月刊;《素描》等6首

入选《中国网络诗歌年鉴 2013 卷》；《蝉鸣》等 3 首发表于《海峡诗人》春之卷；诗歌《悲哀（外一首）》发表于《三明日报》6 月 24 日；自选诗集《60 首诗》入选北京汉语诗歌资料馆"第三辑"。

2015 年　《杀生》等 6 首入选《诗参考》2014/2015 双年选；《深夜·风声》入选《中国当代诗人代表作名录》（白山出版社）；诗歌《见一面就少一面》等 3 首发表于《新民晚报·新如皋》副刊"春泥"；《醒酒》入选《华语诗歌年鉴》。

2016 年　《夏日即景》发表于《诗刊》9 月号下半月刊；《北溪，北溪》等 6 首发表于《福建文学》第 9 期；《人民路上（外一首）》发表于《天津诗人》秋之卷；《冬至（外一首）》发表于《厦门文学》第 7 期；《云水谣》发表于《世界日报》副刊 6 月 21 日；《台风过后》等 7 首发表于《四川诗歌》第 8 期；《黄花槐》入选《中国当下诗歌现场》（现代出版社）；《一天》入选《新世纪中国诗选》；获凤凰诗社 2015 年度全国大赛"优秀诗人奖"；获《楚江金报》、武汉作家协会主办"2016 年度全国端午诗歌大赛"一等奖；个人诗集《泥塑的菩萨》出版。

2017 年　《夏日即景》等 8 首入选《漳州作家作品选·诗歌卷》（海峡文艺出版社）；《冬至，写几个字给奶奶》入选《关雎爱情诗》"纪念中国新诗百年专号"；《秋分》等 5 首入选《诗参考》2016/2017 双年选；《幸福旋转（外二首）》发表于《泉州文学》第 1 期。

2018 年　《真理或细节》等 5 首发"河埠头"《塘河文学》总 7 期；《在古代养马》等 5 首入选《0596 诗篇》（华侨出版社）；《与母书》入选宫白云评论集《归仓三卷》。

2019 年　《在北溪，我们描绘不断展开的蓝图》在福建省文联、福建省作家协会主办的"我为祖国写首诗"征文中被评为"优秀作品"；《慢时光》等 4 首发表于《闽南风》；《天使》等 5 首入选《中国青年作家年鉴 2017/2018 诗歌卷》。

2020 年　《清明·长富山》《元旦》入选《闽浙诗人作品大展》（驿鲸文化有限公司）。

2021 年　《诗四首》入选的《同安文艺优秀作品选·诗歌卷》出版（厦门大学出版社）。

2022 年　《诗一首》发表于《福建文学》第 5 期；《诗一首》入选《逐梦百年·筑梦辉煌》。

萧 敏

本名邱少敏，漳浦人。1991 年加入漳州市作家协会，中国散文诗研究会早期会员。写诗多年，散文诗《声音》《时序》入选《走出大沼泽·散文诗选萃 1990 年》。诗歌散见《诗》等。

▪组 诗

执 着

我终于明白
世间有一种思绪
无法用言语形容
粗犷而忧伤

回声的千结百绕
而守候的是
执着

一如月光下的高原
一抹淡淡痴痴的笑

笑那浮华落尽　月色如洗
笑那悄然而逝　飞花万盏

谁是那轻轻颤动的百合
在你的清辉下亘古不变
谁有那灼灼热烈的双眸
在你的颔首中攀缘而上

遥远的忧伤
穿越千山万水

纵使高原上的风
吹不散
执着的背影

纵使清晨前的霜
融不化
心头的温热

你静守在月下
悄悄地来
却不曾离开

空　空

盘踞于莲座
自此没有莲的心思
这一年风调雨顺
方方正正的砖
垒起两个字：空空

眼眶空空
双手空空
有冰融进去有雪握进去
石头记仍立在那边
没人再登紫雾之巅

你带来一片温柔　空空

你失去我很幸运　空空

无论唱歌无论跳舞

半空中只有莲的籽

静撒于空空之野

于是

有一支歌叫《空空》

风光之旅

一群人走在一起

　一群人各奔东西

　有眼无珠的岁月

　将我拥在末日

一群人走在一起

孤独已深的手另有打算

青春的旗不艳

远远向你挥别

永是一把火烧不掉的纯情

介入你温柔的心间

生命的墙倒向一边

一群人走在一起

享受共同的喧闹

幸福的一半是想念

湖光山色默默

夜夜雨声震动

梦泣

另有新址

城市的面孔
脚在纸背签着生疏的名
友人都藏在甜蜜的角落
天晴的时候
总有几只春蚕爬在阳光后

已略显原形了
别挂错号把彩蝶的标本
寄给一位莫名新人
熄灯后
请另写新址

精神没有贴花
摊开双手
等纹路指给方向
搬一次家
将头脑缝入城市的衬衣

猴

被别人耍惯了
我也学会耍人

主人叫我看形势
我只有我的把戏
我善于感觉

善于被拉着绳子跑

幸亏
情感早在千年以前
被祖先修炼成一身毛发
我就这么赤裸裸
游戏你身边

人
你包装得笔挺的身躯
却是我的化身

哦古镇，荔枝

今晚我的梦在那里
古镇古镇
闪着光的脸　红着眼的夜
你属于烈日下挥霍的温度与高度
妃子笑了　我也笑罢
那红尘里　千世万载的帝皇
扬鞭而起　款款深情
今夜属于你　属于帐篷里甜透的硬核故土

你那空空如也的纤手
可否顶起这来自八方的笃行
没有人能穿越　穿越在秀才的渊博古屋里
我们都是匆匆　匆匆的过客
在每个不眠之夜织着厚道的希望

古镇或许我太熟太熟

只有每一年　每一颗　每一道桥
都不左不右地坠满深情的籽
不敢发芽　不许仰望
如果能发光发热
只有静候佳音　来自七月的甜与蜜
来自多年旷古未有的韵和味
我从高原上炽烈的目光中
再次返回　返回
今天我们仅属于你
属于不肯笑归的妃子

黑 枣

本名林铁鹏，1969 年生。参加第十九届"青春诗会"，获第八届华文青年诗人奖，出版诗集《诗歌集》（合集）、《亲爱的情诗》、《小镇书》、《亲爱的角美》，散文随笔集《12·21》（与妻子合著）。

▪ **代表作**

草木记

我喜欢以草木
比喻自身
发如枯草
指如朽木
但其实，我也喜欢
"如花似玉"这个词

或者我可以喜欢
发如戟，指如钩
这个怒发冲冠的男人
摆弄一座江山
像一部威武的挖掘机
是的，男人们更倾向于
谈论头顶的冠冕
至于脚下的事物
座位和女人
他们习惯了鹰爪一击地
攫取。弃掷和捕获

然后，他们以胜利者的口吻

说

人非草木，孰能无情

来掩饰矫情和洋洋自得

为了提升自己

他们不惜把草木

再次踩在脚下

我领略过青草的爱情

那种卑微的缠绵

像大海般地湮没着世界

以及一段绝望的枯木

爱上春风的那种无助

从无助处引申出来的

一粒芽苞

说草木无情的人

是要遭报应的

但我宁愿它们蓬头垢面

被人群忽略

像我一样

隐居在闹市中

草长了，喂内心的野马

木头结实，拴路过的白云

■ 短　诗

一首诗的墓志铭

趁一切都还来得及

我想写下这样一首诗

作为遗言，或者墓志铭

不管这一生，成败与否

我是天生的诗人

除了写诗，我什么都不会

你可以批评我写得不好

也可以谴责我写得不够认真

就像生活一样

我确实倾注了全部的爱

但是，唯独爱这件事情

让我捉襟见肘，一再辜负

我万分惭愧，恨不能

找一条缝隙钻入地底去

只好写一首诗躲起来

只好写一首诗，自己跟自己说

这辈子，我生不进医院

死不设灵位

赤裸裸来，赤裸裸去

我要像一个字，回到诗里

我要像一首诗，回到纸上

灰飞烟灭，转瞬成空

恢　复

这是个不好的词。但又是一个

人们渴盼已久终于破镜重圆的词

一般使用于创伤之后，或者坏的局面

得到反转，也可以说：苦尽甘来

我这一生顺从自然。尽人事，安天命

早睡早起，臣服于一切秩序与悲喜

耗二十年大好时光售卖文具，明码标价
又耗三十载无知无畏的梦想写诗，自娱自乐

从前，往后。一条道走到黑
上山，下山。捡了玉米，丢了西瓜

突然用到"恢复"一词。好像我是
堕落凡间的大神，或者是失忆的高手

吃得苦中苦，方为人上人
病了那么久，我的身上日渐具备了药效

我日渐依赖上这一点点加大剂量的毒
在不堪的尘世中恢复身份，以及爱的本能

油菜花

一只小碗盛满香油，另一只装着
彩色的风……好多好多只金色的小碗啊

宴席开了。炮仗响了
最小的女儿要出嫁

我跟休假的神在云边喝茶
我捐出心脏，熬制了一盘七种口味的糕点

你说要有花，就有花
我只想吃菜，吃香油素炒的热菜

打卤面

碱面晾在透气的塑料盆里

五花肉一定要切成薄薄的一片一片

虾仁和甘头珠要下油锅热一热

新鲜的小鱿鱼焯水

泡过水的香菇剪成丝

韭菜要切段，不长不短

金针打结，豆芽洗开

四五个鸡蛋，拿筷子打到起泡

芫荽一根一根挑洗过了

切碎，装在一只白色的小碗里

不想吃面，可以吃米苔目

也可以盛一碗艾蒿炖老鸭汤

配两只肉粽，或者一条五香

有时索性一碗卤汤

吸溜吸溜地下肚

这个被烈日曝晒的五月节

就水灵灵地浑圆、滋润

龙舟顶着暴雨下水了

洒雄黄酒的人坐在最远的一朵云里

她看见人间仿佛一盆卤面

我们争先恐后地打捞光阴的味道

这一生，我们有多少个节日要过

有多少人被我们记起又忘掉

兴之所至，多撒点胡椒粉

打一个响亮的喷嚏

雷声滚过高耸的屋脊
像一只空碗掉进老家的天井里

▪长　诗

致东山村

一

1969年冬，我从母亲的子宫来到你的怀抱
哭声泄露了我的不安与不满
命中注定我将对你又爱又恨，欲罢不能
从此，风吹着吹着就变成一层薄薄的秋霜
蒙罩在我的脸庞
原谅我未老先衰，一根根焦躁的白发
多像龟山脚下染上风寒和相思症的枯草

二

无数个夜里，我辗转在不同的眠床
铁制的，木头的，或者席地而卧，或者靠墙而睡
我常常假扮成不同身份的儿童跟你撒娇
我一会儿叫"许坂"，一会儿叫"下尾"
一会儿叫"青洋"，一会儿叫"刘宅"
但是我始终抱拢着一颗四分五裂的心脏
星光点燃鸡母珠像点燃一万盏红色的小灯
明月在村旁的榕树上筑巢，我听见
它众多的金色羽毛轻抚着迷路的夜色
它将我一步一步领进另一个梦境

三

我学说话了，含糊不清地喊"妈妈"

像每一个东山村的孩子，拖着重重的鼻音

我学走路了，摔一次就用手拍打一次

东山村的土地，多么可笑，却蛮不讲理

我会干坏事了，从东山村的稻田里捋下

一把沉甸甸的谷粒，撒向黑乎乎的屋顶

时间把我从一个喜欢恶作剧的孩子

撺掇成这样一个心怀鬼胎与仇恨的恶人

明明爱，偏要不爱

倘若不爱，为什么又死死抓住不放

四

我爷爷姓王，名玉吒。祖籍同安

能声情并茂地讲古，说《隋唐传》和《三侠五义》

他是入赘到东山村我奶奶家的

我奶奶叫：林珠蜂。前年去世

她最大的本事就是八十多岁了

还能用抖得厉害的双手穿针引线，缝补衣服

我父亲有一个妹妹、三个弟弟

而我只有两个妹妹。我是独子

1987年高中毕业时，想去当兵没去成

这个世界上从此少了一个宣传干事

多了一个不事稼穑、好高骛远的三流诗人

五

东山村有万亩良田和大片山林

有一座香火缭绕的龟山殿

每年正月初九，玄天上帝诞辰

炮仗把一条条村路湮没成翻滚的红色河流

有九十九间、桥仔头和番仔楼几座百年大厝

祖宗的余荫至今笼罩着那些飞檐峭壁

有满山的相思树和一望无际的荷莲豆

有错落无序的蘑菇房和杂草丛生的菜地

有最早开发的工业园区和没落的菜市场
有一座书声朗朗的小学校
据说已经被定为危房，可是在这些危房的中间
又搭起了一排活动房，书照教，课照上
政府的规划图里藏着一座更美丽的东山村

六

2010 年，我把户口迁往厦门市思明区
从此我的心里空落落
每次回家，就像一片无根的树叶轻飘飘
又像一个被流放的叛徒偷渡回来
身上爬满唾沫状的浪花和忏悔的盐
人生如寄，东山村是一个永不更改的收件地址
寄信人是我，收信人也是我
不管是多么漫长曲折的邮路，也不管
这封信件会不会"查无此人"，却退不回去
人生如寄，人生如寄

七

其间我回去看过一场社戏
戏台上，一对浓妆艳抹的男女诉说衷情
灯光把锣鼓的响声擦洗得刀剑般锋芒毕露
戏台下，寥寥几个无精打采的老人
还有一群孩子，围住一个烧得通红的炉子
蛎仔饼的香气使东山村重现往日的温馨
我看见童年的我，为了一只热腾腾的蛎仔饼
在墙壁上刻下社戏上演的日子
并且悄悄地积攒起一枚又一枚硬币
如今我厌倦了一切节日和各种美食
因为我体内早已搭起一座简陋的戏台
还有一个烧得通红，烤蛎仔饼的火炉

八

我想去寻找一座坍塌的茅厕

我曾经在墙缝里埋过一包烟和三块钱

那种"凤凰"牌香烟燃起的芬芳

足够让我用来抵抗露天茅坑的恶臭

而三块钱，是我唯一一次从家里偷钱

剩余的赃款。哦，原谅我用到"偷"字

我还偷摘过荔枝，偷捕过鱼

偷过晒在生产队大埕里的稻谷

偷爬过一回墙，偷翘过好几次课

除此以外，我甚至想把东山村偷偷地

扔掉，扔在我刚刚装修好的新房外面

九

东山村，这座温和自足的村庄

养育了我的谦卑和一口深井般不竭的忧郁

我怀念一间十多片门板竖起又拆下的小店

每个星期六的早上我都去看看有没有我的信

怀念一间昏暗的理发室

一胖一瘦两个老师傅轮流替我理过头

还有一间打扫得干干净净的卫生所

那个笑眯眯的女赤脚医生抓着针筒哄我

不疼。一点不疼。可是我的屁股直到今天

还火辣辣地疼

我的邻居老了，我的邻居的邻居也老了

龙眼树老了，龙眼树下的鸡屎藤也老了

十

他们死后，葬上山

他们死后，烧成灰

他们死后，被供在祠堂

他们死后，被封入镜框

他们死后，有人被记着

他们死后，有人被遗忘

一个人，是一座小型的村庄

当我一次次仰望星空的版图

发现许多死不瞑目的眼睛俯视着

这个混乱的尘世，许多紧闭的空洞的眼睛

躲在谜一样的夜色里

十一

我要叫你父亲、母亲、兄长、姐姐

我要把你认作最小的妹妹、最调皮的弟弟

和嗷嗷待哺的婴儿

我要读你无声，写你无形，想你无边

借助诗歌，我可以将你送至远方，甚至时光的深处

但是，我始终无法留下你的一草一木、一砖一瓦

因为我用了你的土，我剜肉还你

因为我喝了你的水，我割血还你

因为我砍了你的树，我拆骨还你

因为我在无数个迷茫的夜里盖了你漫天的云朵

穷尽一生，我把我的魂魄还你

▪ **创作年谱**

1988 年　开始诗歌写作。

2003 年　11 月，赴深圳参加第十九届"青春诗会"；《黑枣的诗（组诗）》发表于
　　　　《诗刊》11 月号下半月刊"青春诗会专号"；《诗歌集》（合集）出版。

2006 年　《亲爱的燕子》发表于《诗刊》12 月号"诗刊创刊 50 周年纪念专号"；诗
　　　　集《亲爱的情诗》出版（海风出版社）。

2010 年　长诗《凌乱书》发表于《诗探索》第 2 期；获第八届华文青年诗人奖，获
　　　　奖作品发表于《诗探索》第 3 期。

2012 年　诗作 19 首及随笔《我对诗歌心怀愧疚》入选《三十位诗人的十年——华

文青年诗人奖和一个时代的抒情》（漓江出版社）；诗集《小镇书》出版（中国文联出版社）。

2013年　《黑枣自选新世纪以来短诗十首》发表于《诗刊》2月号上半月刊"凝视与聚焦——六刊一报新世纪诗歌作品联展"；获诗刊社首届刘伯温诗歌奖提名奖；获第三届红高粱诗歌奖。

2014年　与妻子合出散文随笔集《12. 21——献给结婚二十周年》（线装书局）。

2015年　诗集《亲爱的角美》出版（现代出版社）。

2017年　《我常常以为时间是凝固不动的（组诗）》获首届山东文学奖诗歌奖。

2019年　获第四届"诗探索·中国诗歌发现奖"。

道　辉

　　1965 生于漳浦旧镇，1983 年入伍，1986 年荣立三等功。1992 年创立新死亡诗派，2007 年加入中国作家协会，2010 年创办天读民居书院。福建省作家协会主席团委员，福建省文艺评论家协会理事，漳州市作家协会副主席，漳浦县作家协会名誉主席。曾任《厦门文学》诗歌编辑，曾被特聘为《青年文学》和《诗歌月刊》诗歌专栏编辑。作品发表在《人民文学》《中国作家》《诗刊》《文艺报》《中国艺术报》等。获第二届十月文学新锐人物奖，《诗选刊》第三届中国最佳诗歌编辑奖，《诗歌月刊》2012 年度诗人奖等奖项。策划主持首届八闽民间诗会、漳浦诗人节等诗歌会议多次。主编大型诗丛《诗》1—29 卷。创作执导 81 分钟诗电影《蝴蝶和怀孕的子弹》。已出版哲学随笔集《性情的个人与国家》《语词性质论》等多部。

▪ **代表作**

死后你仍在生活

　　那边无人，你一直站着
　　你是铲土人，土以大地站着

　　那边无人，你一直站着
　　你是烧炭人，燃烧以火焰站着

　　你听见一块壁石内的嘶喊拼杀像远古小镇传来生机

　　半空中却有人在收拾租来的黄昏小屋
　　掠鹰带着自己苍老的羽毛旗帜
　　这风和日丽的孤儿即将落入船巢深处

　　那边无人，你一直站着，没有人伴你站着

▪ **短　诗**

回到里面去

回到里面去，你看见自己手上的折光
烂草中金色的锈味
那自称持有橄榄枝血的人一只手全是手指
在黄昏来到的塘边街，小雨下得如此金黄

像美好一寸寸蒸发，你来自它
屋檐下仍有人起誓，心拱起穹形的容貌
打扫门埕的人手举扫帚示意你回到大理石的缝隙里

光焕发烧焦味，光明是光之墙
读咒变诵誉，蚊蝇都来诗句里产蜜
你睁亮眼睛，怎样看你，只是与一条绳子媲美的旅途

你像洗澡在深渊长出的骨瓮上
你的嘴唇含着果核内涌出的暴风雨的乳蒂
自己的家连着邻居的笼子
未来的欲望只是想造出一个让羽毛和大海混住的房间

你醒来等于回到鸟鸣里
凭空飘去
上面即里面，塞满永恒一寸寸的金黄的灰烬

日光恰似你目光的胜利

九点半钟后，天上来客，偌大的沉寂的人种
逆行道上蚂蚁如囚车，你怕踩死那灰烬流出的血还粘脚

你——这大地的爱人，呼救那贫弱站立的一束光！

噢，那些在光中打孔的人

我们无须再去光中打孔

说我们即可以看见了透明，是的，透明

即是——取之不尽的请愿

即是敬献的身躯都已一尘不染，我们的身躯

已不是匍匐在地挖窟的影子

更不是黏附在旗面比血迹坚硬的飞尘

哪怕是恩怨掠起一丝丝的寒意和晦暗

即是——这透明的请愿所要包容进去的

即是——我们的身躯完全地融入光中那样

即是——那些在光中打孔的人

即是——在我们的身躯上打孔那样

即是——要在身躯上打出一个个透明可见的住巢

他们忙碌着，即是，要从这些孔眼

伸进手来，一直伸到隐秘的内心深处

伸进手来，即是要把心灵重又摸索一遍

伸进手来，即是要把像粉蝶的光放了进去

他们忙碌着，互相哀号着："看啊看，这里没有贵重的东西

只有血、肉、骨

炽热的血、黏糊的肉、坚硬的骨啊"

"噢，唯有心灵之光在闪烁！"那，即是

我们现在所需要的吗

但请别在上面打孔——透明之光

便会在心灵上面漏掉，在请愿和包容之间

会把虚光的罅隙愈拉愈大，大到即可

把雾水和草袋塞了进来——也即可

把高音喇叭和油轮铁锚塞了进来——那，即是

再炽热的心灵之光也抵御不了强大的虚幻之光

那，即是——隐秘之光

永远上升不至心灵之光那样

那，即是——那些在光中打孔的人

相等于在阴暗的身躯上打孔那样

即是，打孔，会打出鸟只和珍珠

即是，打孔，会打出篷车和广场

即是，打孔，会打出喷泉和蔬菜

即是，打孔人，把孔眼打在眺望海洋的瞳孔上时

即是，打孔人，把孔洞打在通往花园墓园的岔径时

即是，打孔人，把睡眠打成家的窗台

即是，打孔人，把世界打成筛子的孔洞

那，即是——在光中打孔的人

头颅，终将被光串作孔洞那样

那，即是——在身躯上打孔的人

自己的身躯竟是一只巨大的筛漏子

噢，唯有自然之光掩盖了一切——即是

犹似透明之光给予名分那样——即是

那些在光中打孔的人

永不可获得血肉之光那样——那

举着锤梯之手已经疲惫无力——那

万众之手已垂落在石臼和星鹿奔逐处

幻影的喊叫

在五个人的喊叫合成一伙时，就成为风吹

但这暂未成朗诵之读的阵势

似与面前一隅未被云雾合围成图腾的原野无关

若是这五个人停止了喊叫

风吹的声息又回到宁静处

在稻草人已被鸟群读成聋哑时

在偌大的一束光已把一棵孤寂树牵成船坞时

在新店溪的上游人扔过来破铜锣闹社戏时

若是这五个人又开始喊叫

这劳作之声赶到风吹的声息前

在这五个人为着路上的一片沟坎铺垫着什么

犹似偌大的一把钥匙开启横亘地面的沉寂之窗

在这五个人未散伙之前

不知会被自己的喊叫叫喊过，被原野的风吹吹过

那　些

那些，是你的——"那些"是一个地方

你的手扬着尘土，也拿着海藻和蔗青

海黑压压一片，鸥鸟，圈作祭坛的地方

你走进去又走出来，浑身烧着热雾

这边的宁静有任性，遇见避邪的大清早

捡垃圾人的眉睫"那些草捆绑的花瓣"

你呲着门牙，说：那些渴望，随着风跑

一束回不去的光站立无人说话的嘴中

那些灰白的，未捋作明亮的，分出一半

悬挂自己的空中——"那些厄运带着吉祥的韵奏"

但你别带走它，你只能听，不能讲

那些，是你的——设防到胎教的地方

死亡，只是一个农场

你有意离开，或佯装躲起来，像膝盖别纽扣的腿
那位用手指当枪的孩子已经长大
你是靶

你对啼鸣的鸟儿说：还喂不饱？算了，黑暗
天空貌似统治，上面，飞船载满番薯的审判
对着再巨大的蔚蓝你已写不出字行
至今你仍在门前劳役，挑拣每一粒风沙，仍像自己活着

暂未用上讲不出的话通往它
时间早已摆上美好变苦难的契约
爱情吮在手指头里，终身在手指头耕耘它，像哀乐响遍城乡
你已捡不起迈不动岔路的腿
每一场暴风雨只是喘气的靶子。那里，爱即死亡
死亡，只是一个农场，进来的人只是一具用坏的农具藏着

对爱和死亡
你喂不饱它。比不过一杯清晨奶茶
鸟的啼鸣像奶茶，对着你倒，和着黑暗的汁液
黑暗，假装黏糊的，直到你搅不动它

讲，只讲到手

那扎草的网，你走在上面
脚不是刺坏了，而是像烛台，融化坏了

孩子，伤疤

你缝补纽扣，一起长大

你讲故事

讲不倒翁，竖直的绳子，讲穿破裤衩的流浪汉，上不了街

回不了，豆腐罩润湿的家

哽咽物，杂物间，细雨润物无声

稀缺物，南方之鹰

你讲故事，回到有洞穴的心

书，陪葬物，时间放不过它

无抽屉桌，永亮着灯，死神来吻过

这违禁物，明码标尺

转瞬，给阴暗和渴想，套上一个坐鞍

你还讲：十米之外有疆场，十米之内有棺材店

你提着猛兽皮，走了出来

从早晨走到夜晚，中间，提宠物笼的正午

之间，有人在修整獭遢鼻，和火龙果和白雾

粘了上去，你还讲

光明已换了暴风雨的十副脸孔

这帝王的赞颂物，也在网上走坏了

你还讲：跟着暴风雨走

走也走不到灰烬——光明的下身，比臭蛆虫臭

这灰烬，润湿的，变成了星之人

你讲故事，讲到花生不是开花，而是去做盒子

那死神的可爱之物

怎么装也装不完

翡翠玉的，坚硬的风，通往的

人人脸上不是戴防护罩，却铺着红杜鹃地毯

却没有一个人，走过

燃烧的钟情物，是水在石头上走过的，不是人

改用日光缝补人体的内膜

变形扭曲的手，燃烧的手

直到人人都会讲故事，讲：要赢，别用手走路

▪ 长　诗

鼓　髓

这边只有冥想曲，没有飘裙带

光从上向下漏，混合得比甘蔗汁多

孤立之网

只对海面抛撒和对簇拥窗棂的麻雀诗收拢

暗埋的金沙砾随握紧的拳风闪烁

直至你把亡灵当作一尾鲤鱼，你头颅内

密匝的孔洞开始跳跃

扛锯者不肯跟随光踏上银杏喧哗的台阶

如是砍伐不见流血，天使空洞的眼瞳

缓缓飘过

她诱骗生灵的名氏仍没人触摸过冷暖

她叫"蒂"和"帝"，挟持风尘和真知

你伸手挽住谁的臂膀的慰藉，你伸手不见五指

夜晚过后是白昼

沙蟹在石柱上攀爬，缆绳在家门前写字

光——亡灵的一尾鱼

如你的家住在缆绳内
滴水呢喃着石块之爱
你的家也是笼子内的闷鼓敲响吗

"此时祭典的墙在天上游动，谁的一捆柴禾点燃
烽火再度四起——就以此硝烟挑战挨饿的诸神
胜利者的手指尖举着偌大的苍茫之花
生活之身躯变为赞美词噙住的降雨云"

朗诵者被自己的闷鼓之声击痛
肋骨随二排车水车战栗
在挪移的海平面与台湾北部
破旧的舰艇和落水犬的粪便堆积

战栗的平生，但不住在没隔火墙的家中

你从爱人湿润的眼缝中归来，在近似
神迹的转瞳内丢三落四
死亡之嘴含住乳蒂缴械的
你那迷醉的塔影像伸出筷子夹住一只黑翅苍蝇
淫爱剖开肚皱皮制作成灵魂腐朽的版本

朗诵者，一只哀鸣的鹧鸪
打旋着水平面倒映着天光

听之响——你隐匿在栅棚内的耳朵
被血箭射中，血镞代替山脉和经卷
化作金黄的菠萝树的话语
在两支分流的敌向的无水的梦乡河道
在那里，水被屈辱洗尽，昏暗坠落

像芬芳的战果，你也听见获刑的高贵之水
爬进另一片困惑之海

黑诗藤爬出册页去卷噬长街之花
喷吐烟雾的迷蛊蝎刚爬出洞穴又爬回泪桶里
听呀，你听呀——无人认领的孩童的肌骨被遗嘱点亮

你被异族吁请，向往在避难所的肝脏内
你走不出美好的庄园，也征虐不了
一支野玫瑰只落下满身之窟
在安宁未醒时，只想教堂的钟声
把天空敲作牛奶，你只想伴石头兄弟布娃姐妹
踢跳划定的土灰圈舞

你听见家内众多无面人的居住
发出挤痛的磨蹭之声，无根据的公约之声
龙眼树和公鸡依傍拥卧在大海旁
庆典日仍还是处女童子身

……
你无主见的搬迁，重又回到勇气的自己的一只手上
那是另一个情感的王国，不再随着恐惧
在墓壁摸索干掉的死螺
你拔出箭头，把血迹擦干，对着太阳
露出石头的笑容
你笑给自己看——四周的暗地黑花丛惊悚绽开
像胡乱讲话讲给提着洗脚桶的病人听
"膝盖，飞吧！肚脐，闪亮吧！"你说话从后一字讲回来

窗尘的双卷舌音，忍受凌迟的曙色折磨
一遍遍甘蔗汁之网内挣扎的果狸之叫

屠宰长钳蟹如邪教

长廊的尽头守护人的停尸房

唾沫横飞的朗读者自裸埋在孤独的睡眠里

胸窟内

大海——这一面盲鼓击打吧

晨光荒糜一曲

赶绵羊人哼唱古歌逗留在山坡上

远眺的白裙裾下，一列高铁动车像树虫蠕动

树呼啸着倒栽在入村口隆起的土丘上

冥想曲交换不了安魂曲，在土坯房的咒语溢满

在雇佣的妇仆来料理病人的住房

病人一手倒着炉灰，一手在抠拉着直肠子的暗光

手僵硬地抠着像蟹钳嗷嗷叫

臭水沟以外是毒豚鱼占据的盲世界

大海你这一面盲鼓，不变其颂律击打吧

以亿万条面线和松尖击打吧

当大海变作战鼓，你由勇士变作盲人

这一天变回昨夜，在后埭村，一只布袋装满羽毛

屎壳郎的快乐鼓队闻着腥味蜂拥而至

直至最后一只，才把听书馆爆破，内面

暗藏一本上帝编选的诗集

云雀颂委身海面，一条彩虹的直肠子缭绕峰峦

诗集是圆的，纸页由云霓做成

即可以在炫光中自转

像轴心无边际自转；你伸手抹去一层积灰

页面现出一行字

说：屏住呼吸读它吧，你将成为第二位上帝

说声集合所有羽翅，世界，咔嚓一声

在昨夜和今日之间

一只密不透风的布袋向你未被爆破的头颅罩住

像是二排撕裂的纸火中的居住者

地土耸立笼网，你一步跨过去，脚

踩在蚯蚓练习漫步的空心菜的趾上

趾指，长出空心菜

而不是冒失鬼插上白一块红一块

黑一块的地产开发旗，那个隐晦的角落看上去

是一轮旧太阳和一箱鸽子屎的媾和

恶臭清理干净，直到乌云变作扁头鲨的避孕套

海用自己的子宫飞行——在波涛的嗥叫的宁静

直到你幻想的身躯溅湿

是已挖好三尺长一尺宽

长出棺木向汤圆膜拜

那爱的矮个子人用麦秸来敲门

闽南的多产妇肚脐眼开放的圆锥形

你踩上去挥挥手，乌鸦就从远方飞回

第二天你再踩上去一次大声呼喊

油轮向天坠落，如果石鼓和雷电还噎在咽喉内未出声

水城之上天蓝花绽放

你用力挥手致意但嘴巴仍堵塞

不让说话的白条布

是已讲过对人神劳役不恭敬的一句话

那从属地就充当超凡脱俗的姿势

像眉睫挑选能嘬住的雪花

以光为界，水城之下是蚶和蚌贝的屠城

在中间是天使训诫的禽兽呓语

你残弱之躯伴着抽屉内的树苗珍藏呼吸

举刀叉的集众被鱼灵驱赶
到窗门不开的家埕前
那旷古还在上演的荒诞戏和咒光
也来分一碗暗羹
爆满意志之骨的塔尖指向何处
有时你一束爱的目光竟是风尘的一顿野餐

"爱神兽获予水刑，水仙花竟在屈辱中伴舞"

在幻影的北部，在金字塔耸立的胸窟
对于面前的偌大，或许你已把手指磨作钢尖

时间，鞭打的时间，在灵魂的人肉内
塞入，又甩出，以和律试予伤痕的舔舐

在低洼地来回走动提绞肉机的蛮夷人

"我们"———一个我，如白昼垂直的光
我们是我的我们，全部的我
别以向日葵的摆动折磨人

围墙的散兵游勇，灵魂准备着镐榔头的号哭

呵
白昼之光垂直于死亡之爪
但淫乱的灵魂未结出贞操之膜

在为废墟庆典，没领头的乐队站立天大的光中
举着十指磨光的手，举着指挥棒埋葬着齐整
如是咆哮埋葬了武器

"朗诵者被无人之听埋葬，他朗诵的鼓声未那么真实亲切"

石膏的蟾蜍像喷吐着热泉

天蓝花倒开在稻草人身上

冥想曲还在旷野响起

带着涨尿醒起的雷声

行走在无视线的人群之中

栅架仍在街道中央阻拦着流通的花和灰

眼瞳内奔涌着河流，目光伸出凭吊的额骨

墙推倒了三遍变站立的土，而不是粗粮

善于忧郁的你，终得以

吃上失聪的恩情的话粒

每天挨饿闪烁的一道终极

回到一尾鳗鱼独眼的目标

你的舌根卷动如抽风柜

轰隆隆的鼓声自地下响起

空荡的屋顶和隔热板骤奏如是鼠患度节之声

"而故乡仍在传播胜利之光，罩在群山之巅

那刽子手已垂手弃掉骷髅的行军壶，啜饮热血和酒"

朗诵者似以假牙发出年少之声

尸骨之下更为寒冷和宁静

热流的方向是祖国

无与伦比之力，在那里的航向

如是凌厉把生命带走，你呼吸的鼻管

真想把倒尿桶和白鹭鸶磕碰的鹿河抽干

抽动淤泥，成诗句的神迹，喷溅得好高

"哦故乡，哦祖国！"你也一边喊叫一边遗忘

在那里的爱神已成为

死亡之使的行列

在占满蜂巢和甘蔗汁的行军路上。

你拥抱光中旋转的石柱，你挪近了二排车水车

你在最阴暗的肆虐处

也能辨认出缀着花簇的脸和笑容

那死亡的爱神是初生之主，背对着

你双手握紧发热发声的绳索

▪ 创作年谱

1978 年　首次阅读《三国演义》和《隋唐》。

1980 年　在后埭村小学代课教书，开始学写律诗，并到各地古迹风景点索拓诗联绝句。

1985 年　服兵役其间，《鹰》（仅两句）被当地文化馆主编的《文艺之窗》墙报栏毛笔手抄发表，获稿酬 2 元；油印第一本诗集《意象局》；与友人创立"矛盾·多余"诗歌沙龙，编辑油印刊物《你我诗刊》（共出 12 期）；与当地师范学校文学社合编油印诗集《一颗星、一颗星》。

1986 年　11 月，荣立三等功。

1987 年　处女作《你是一匹凌空的骏马》在《诗歌报》发表。

1989 年　与友人合编油印刊物《诗想》（共出 6 期）；《河》发表于《芝山》1889 第 4 期。

1990 年　《丰收》发表于《芝山》第 2 期；第一本铅印诗集《幸福没有地址》由陕西省"诗歌通讯社"编辑出版，入选诗作近百首；到北京参加《当代诗人》主编季白主持召开的首届中国诗人创作诗会。

1991 年　在北京一家杂志社参与诗歌编选；《草帽》发表于《芝山》第 1 期；第二部诗集《爱·水伤》出版；诗两首入选《中国新诗人诗选》（辽宁作家协会图书编辑部）。

1992 年　3 月，创立新死亡诗派；油印《新死亡诗派》三期；《话语没有说出》发表于《十月》第 2 期；孙汝春评论道辉诗歌的文章《失去一片红叶的歌唱》

《上帝聆听的绪语——评道辉诗集》发表于《诗坛星光》。

1993年　主编《中国当代爱情诗鉴赏》出版（中国妇女出版社）；《实习医生》发表于《诗歌报月刊》；《晨，南方神曲》发表于《厦门文学》第9期；《风（二首）》发表于《当代诗歌》。

1994年　加入福建省作家协会；出刊《新死亡诗派》2期，对开大报；《新死亡诗派1994》出版（北京师范大学出版社）；主持召开首届新死亡诗派研讨会；《天鹅（二首）》发表于《星星诗刊》第2期；《风说（二首）》发表于《诗歌报月刊》第2期；《形象》发表于《人民文学》第4期。

1995年　到《厦门文学》杂志社当诗歌编辑；《新死亡诗派1995》出版（山西高校联合出版社）；主持召开第二届新死亡诗派暨漳州市首届新诗研讨会；1月，参加福建省第一次青年先锋诗歌研讨会；《走在背后的人（二首）》发表于《厦门文学》第2期；《外面和上面》发表于《诗神》第3期；《寂静》发表于《诗神》第5期；《心》发表于《中国诗坛》第3、4期合刊；《亲和力（二首）》发表于《九州诗文》5、6月号合刊；《春天》（两首）发表于《福建文学》第7期；《简约》（长诗节选）发表于《厦门文学》第9期；《指向（三首）》发表于《诗神》第10期，并获《诗神》编剧部主办的1995诗神杯全国新诗大奖赛二等奖；《她就要走了》发表于《青年作家》第11期。

1996年　《蜻蜓》发表于《诗刊》第1期；《存在（六首）》和阳子绘画作品，诗配画发表于《福建文学》第1期；《我看见黎明就够了（二首）》发表于《诗神》第1期；《蝴蝶的花朵（三首）》发表于《作品》第3期；创办漳州市新诗学会，由漳州市文化局作为主管单位，在漳州市香港路一条狭窄小巷租用了幢4层单间小楼作为办公场所，历时3年之久；《与虚空对话（三首）》发表于《武夷号》第2期；《看见和想到（六首）》发表于《杏林文艺》第3期；3月，《声息》发表于《黄河诗报》；《月光就像宽广的压力（二首）》发表于《上海文学》第4期；长诗《根或变调》发表于《厦门文学》第5期；《变幻（四首）》发表于《作家报》7月6日；长诗《半只梯子》发表于《中国诗书画》第8期；《面对（三首）》和阳子绘画作品，诗配画发表于《诗歌报月刊》第11期；《美好的事物（二首）》发表于《诗神》10、11月号合刊；12月，短诗《一天的构成》获《青年月刊》杂志社主办的全国青年短诗大赛三等奖。

1997年　主编大型诗丛《诗》，第1卷、第2卷相继由三联书店和作家出版社出版，被誉为中国诗坛大事件；主持召开第三届新死亡诗派研讨会暨南方诗会；诗集《死亡，再见》出版（作家出版社）；《大绪》发表于《湖南文学》第1期；《诗三首》发表于《陕西日报》副刊2月15日；5首短诗、1首长诗发表于《作家》第3期；《诗行的工作（六首）》附杨远宏评论道辉诗歌的文章《风中的舞蹈》，发表于《福建文学》第4期；《痛苦突然就像爱情奔跑起来》（两首）发表于《诗刊》第5期；《诗三首》发表于《诗神》第6期；《诗四首》发表于《渝南文学》第6期；《抽屉里的纸》发表于《诗歌报月刊》第7期"十支铜号·青年诗人10家"；9月，《诗二首》获《诗神》编辑部主办的1997诗神杯全国新诗大奖赛探索诗奖；《这些手，这些相接的掌》发表于《科学诗刊》秋季号；《我说出，我用书上的悲愤说》发表于《诗歌报月刊》第10期；综述文章《新死亡诗派对话》发表于《诗歌报月刊》第12期；《现在多么有益（三首）》发表于《诗神》11、12月号合刊。

1998年　4月，诗集《矮于人和房子的语言》出版（作家出版社）；主编大型诗丛《诗》总3/4卷特大合卷出版（北京燕山出版社）；3月，评介文章《新死亡诗派·大型诗丛〈诗〉》发表于《作家报》；《诗二首》发表于《新创作》第5期；6月，《诗歌报月刊》发表评论道辉诗歌的文章《读〈我说出，我用书上的悲愤说〉》，引发了讨论交锋，之后《诗歌报月刊》于第11期发表记录这场争论的综述文章；评论《本意的错误》发表于《诗神》第8期；9月，《自然旁边的诗（五首）》发表于《作家报》；《在赶着的响声里遇见……》发表于《诗歌报月刊》第10期；新死亡诗派研讨会侧记、对话摘要发表于《诗歌报月刊》第12期；长诗《矮于人和房子的语言》发表于《中国诗人》冬之卷。

1999年　主编大型诗丛《诗》总5卷（作家出版社）；长诗《塑料椅子说》入选《中国最佳诗歌1998》（辽宁人民出版社）；评论《1998年阅读的诗与时间的挫伤》发表于《诗神》第1期；《用尽了意志一秒钟（四首）》发表于《一行》；长诗《诗说一周》发表于《长江文艺》第4期；《纯正声息的诗（三首）》发表于《花溪》第9期；《寂静（四首）》入选《90年代实力诗人诗选》（漓江出版社）；陈仲义评论《道辉的新死亡质构的畸变诗写》发表于《中国诗人》；《死亡或对抗（三首）》发表于《香港银河诗报》总23期"当代诗坛"。

2000年　主编大型诗丛《诗》总6/7特大合卷出版（人民文学出版社）；主持召开

诗语言对话暨第四届新死亡诗派诗会；《柠果深处（二首）》发表于《福建文学》第 1 期；长诗《死亡，再见（节选）》发表于《诗林》"20 世纪诗人档案"；长诗《塑料椅子说》发表于《作家》第 8 期；12 月，长诗《风墓祠》发表于《东北亚》；《宰猪场的黄昏（三首）》发表于《创世纪》第 12 期。

2001 年　主编大型诗丛《诗》2001 年卷；长诗《死亡，再见（节选）》发表于《创作》第 1 期；3 月 1 日，陈超评论《道辉和道辉的诗》发表于《文论报》；《诗的事》发表于《上海文学》第 4 期；《单相思的诗（三首）》发表于《福建文学》第 5 期；《诗三首》发表于《草地》第 5 期；评论《继续与对抗》发表于《都市》第 6 期；评论《语意的幻象》发表于《福建文学》第 8 期；《丧失以前（五首）》发表于《诗选刊》第 10 期。

2002 年　主编大型诗丛《诗》"新死亡诗派十周年卷"；创建漳州市作家协会、漳浦县文学艺术界联合会创作基地；《诗的事》入选《中国最佳诗歌 2001 年卷》出版（辽宁人民出版社）；长诗《死亡，再见（节选）》发表于《福建文学》第 2 期；长诗《死亡，再见（节选）》发表于《岁月》第 4 期；《新的（二首）》发表于《人民文学》第 9 期；10 月，诗歌合集《赤裸神的吞见》出版（与阳子合著，吉林人民出版社）；长诗《死亡，再见（节选）》发表于《诗选刊》第 11 期。

2003 年　主持召开第五届新死亡诗派座谈会暨福建、广东、新疆三省诗歌研讨会；创办"漳州市中小学艺术夏令营"，培训 10 期，参加人数 2000 多人次；《语言高度（五首）》发表于《十月》第 6 期。

2004 年　主持召开诗写会议暨新死亡诗派年会；到上海参加在撒娇诗院举办的由诗人默默主持的"道辉·阳子上海助跑诗歌朗诵会"；参加由《诗选刊》杂志社举办的首届民间诗刊座谈会；1 月，《新的》入选《中国新诗白皮书 1999—2002》（昆仑出版社）；《房间或诗的食品》发表于《星星诗刊》第 3 期"甲申风暴"；长诗《死亡，再见（节选）》发表于《十月》第 4 期；长诗《死亡，再见（节选）》、评论《无序诗写：非常诗性和新理念诗句的激发值》发表于《诗歌月刊》第 10 期；《用幻觉把光线安顿好（四首）》发表于《福建文学》第 12 期；《天鹅》入选《撒娇》复刊号。

2005 年　到河南参加"西峡诗会"；主编大型诗丛《诗》总 10 卷（时代文艺出版社）；长诗《死亡，再见（节选）》发表于《诗选刊》第 4 期；8 月，《现在》等 14 首诗歌发表于《大众阅读报》。

2006 年　哲学随笔集《语词的情绪》出版（中国文联出版社）；主编大型诗丛《诗》总 12 卷，该卷大 16 开本，厚达 800 页码，作者阵容之强大实属诗坛罕见，被《星星诗刊》理论专刊 10 月号评为每月雄榜第一名；1 月，《没有新词用的诗》入选《中国最佳诗歌 2005 年卷》（辽宁人民出版社）；《宁静想象再加一杯纯净水（四首）》发表于《福建文学》第 1 期；《微变》发表于《上海文学》第 3 期；5 月，《诗人峰》发表于《诗人林》创刊号；《想到的或隐藏的（四首）》发表于《山花》第 6 期；8 月，中秋节赴浙江杏安参加"浙江诗歌朗诵会"；长诗《死亡，再见（节选）》入选《明天 2006 年》。

2007 年　8 月，加入中国作家协会；创办流派奖项"新死亡诗派年度奖暨中国诗人免费诗集奖"，至 2022 年成功举办 10 届；主编《新死亡诗派丛书》第一辑，共 7 本；4 月，出版诗集《露水的首领》，中国文联出版社；1 月，长诗《死亡，再见（节选）》入选《中国诗选·2007 年》；长诗《尘犯日》入选《神性写作·2007 年》；8 月，《诗四首》、评论《微解：思想存在的新孤独》发表于《陆诗歌》；评论《生命简化词的启示》发表于《诗林》2007 年第 10 期；11 月 14 日，《鼓浪屿小调》发表于《厦门日报》副刊"海燕"。

2008 年　8 月，出版哲学随笔集《语词性质论》（中国文联出版社）；8 月，主编大型诗丛《诗》总 13 卷（中国文联出版社）。

2009 年　1 月，《组诗》入选《中国诗典 1978—2008》（时代文艺出版社）；9 月，获十月文学新锐人物奖；《想象无法用手拿到（外三首）》入选《福建文艺创作 60 年选·诗歌》（海峡文艺出版社）；10 月，主编大型诗丛《诗》总 14 卷；10 月 24 日—26 日，主持召开首届八闽民间诗会。

2010 年　创办天读民居书院，2011 年 4 月被中共漳州市委宣传部授予"漳州市优秀藏书单位"称号，2014 年 4 月被国家新闻出版广电总局授予首届全国"书香之家"称号；举办天读民居书院驻院诗人、艺术家颁证仪式；3 月，获《诗选刊》第三届中国最佳诗歌编辑奖；9 月，主持举办庚寅年中秋诗歌朗诵会，以"故乡是读书之源"为主题，成立旧镇镇后垵村读书学会，为学生及附近村民发放免费借书证；9 月，主编大型诗丛《诗》总 15 卷·诗事论年卷和大型诗丛《诗》总 16 卷·组诗年卷。

2011 年　3 月，哲学随笔集《论人性文化创造了不可能性》（三本）和长诗集《暗月法度》出版；《用沉默呼喊的墙（外八首）》发表于《青年文学》第 5

期；6月，策划并成功举办首届漳浦诗人节；9月，主编大型诗丛《诗》总17卷"历届新死亡诗派年度奖获奖作品选"；9月，主持举办辛卯年中秋咏月同题诗茶话会暨第二届天读民居书院驻院诗人颁证仪式；长诗集《太阳，九部诗》出版。

2012年　1月，主持举办漳浦本土作家新年茶话会暨丁临川新年诗歌朗诵会；诗句"我们无法把水珠从水中挑选出来"被引用在《中国教育报》第1期的文章中，后被引用在王金战主编的"高考提分"系列教辅书的序言首句，并被王开东所著的《教育为人生》（漓江出版社2016年出版）一书的序言引用；6月，主持举办第二届漳浦诗人节；主编大型诗丛《诗》总18卷"新死亡诗派20年纪念专号"；9月13日，访谈《混沌和美的游离——话语新死亡诗派20年》发表于《文学报》；评论《反思"焦虑的语义"与诗意的失效性》发表于《诗歌月刊》第9期；9月29日—10月2日，主持召开新死亡诗派20年暨中国先锋诗歌十大流派研讨会；10月，诗集《无简历篇》出版（北京燕山出版社）；组诗发表于《诗刊》11月号上半月刊；12月，获《诗歌月刊》年度诗人奖。

2013年　《上曦排比句》入选《中国年度优秀诗歌2012卷》（新华出版社）；2月，主编大型诗丛《诗》总19卷"新死亡诗派20年暨中国先锋诗歌十大流派研讨会典藏专号"；《还愿寒山寺》《女护林员》发表于《诗歌月刊》第4期；端午节，主持举办第三届漳浦诗人节；《痛苦是零（七首）》发表于《诗选刊》第6期；7月，诗集《无简历篇》学术研讨会在北京召开，主办单位为北京燕山出版社、北京师范大学中国新诗研究中心；诗歌《野草的、践踏之声》《闷热，闷热》被翻译成德文，并在北京歌德学院参加2013年中德双语诗歌朗诵会；《这一天，你的恩赐物》《石头体内的隐秘水声》发表于《海峡诗人》第6期；《写给哲学家的一首老诗（十一首）》发表于《中国诗歌》第7期；《这一天都是恩赐物（二首）》发表于《海峡诗人》夏季号；8月19日，《文艺报》发表北师大教授张柠评论道辉诗歌的文章《倒骑着滚烫的词汇奔跑》；中秋节，举办"梦立场·民间艺术大展"、"咏月同题诗"朗诵会、天读民居书院《诗歌月刊》创作基地揭牌仪式、第三届驻院诗人艺术家聘请典礼系列活动；主编《诗书画》，国际大16开，全彩印，共出7期；《道辉的诗（组诗）》入选《群岛·2013诗年鉴》；9月，《闷热，闷热》《你呼喊过一滴水吗》入选《2011—2012中国新诗年鉴》（江苏文艺出版社）；10月，主编大型诗丛《诗》总20卷；《幻影的叫喊》发表于《诗刊》第 12 期"诗刊 2013 年度作品精选专号"。

2014 年　《听蟹发声》《自然以景象向云雀求婚》《要说话，无门》发表于《泉州文学》第 1 期；3 月 28 日，李小雨评论道辉诗歌的文章《难度写作，延续阅读的时间——读道辉诗集〈无简历篇〉》发表于《文艺报》；《通往小草之门》《年号演讲稿》《噢，那些在光中打孔的人》和评介文章《再谈新死亡诗派的诗写》发表于《福建文学》第 3 期；《新摇篮曲》《流暮》等 4 首发表于《诗林》第 3 期；《马语》等 6 首发表于《龙泉驿创作》第 3 期；3 月，出版哲学随笔集《欲望流向的生命学阐释》；4 月，联合《福建文学》杂志社在天读民居书院共同举办"福建诗群巡展·漳州诗群研讨会"；《通往小草之门（四首）》发表于《诗林》第 3 期；5 月，主持举办第四届漳浦诗人节暨后壁山诗会；长诗《尘犯日》发表于《芙蓉锦江》"中国百年长诗纪念专号"；《石头歌》等多首诗歌及新死亡诗派资料集萃发表于《作品》第 5 期；《你和我》《双意象以上》发表于《诗歌月刊》第 6 期；《暗瞳》《哦是，朗读时》《悠远而语》《转瞬过后是早晨》《你，门》发表于《诗林》第 6 期；《噢，那些在光中打孔的人》被选载刊发于《诗选刊》第 7 期；9 月，主持举办 2014 年中秋节（甲午年）六地诗人诗歌朗诵会；《中国诗歌》2014 年转载《福建文学》3 月发表的霍俊明评论道辉诗歌的文章；《道辉诗选》入选《审视》"中国第四代诗歌专号"；11 月，主编大型诗丛《诗》总 21 卷。

2015 年　2 月，《新死亡诗派》简介、诗歌《微变》入选《中国当代民间诗歌地理》（东方出版社）；6 月，主持举办第五届漳浦诗人节；9 月，主持举办 2015 乙未年中秋节诗歌朗诵会；11 月，策划并成功举办由福建省作家协会、闽南师范大学文学院、漳州市作家协会主办，天读民居书院等单位承办的"经典福建，创意闽南——闽派诗会走进漳州"系列活动；12 月，主编大型诗丛《诗》总 22 卷；《小梦令》入选《2014—2015 中国年度诗人作品精选》（中山大学出版社）。

2016 年　世界读书日，主持举办"读书是美丽的"专题讲座（林丹娅主讲），同期举办天读民居书院"漳浦县作家协会创作基地"揭牌仪式；4 月，长诗《大呢喃颂》获天铎诗歌奖，并由蝠池书院再版精装本《大呢喃颂》；评论《记忆或察识，由第一本〈中国第四代诗人诗选〉所想到的》发表于《福建文学》第 4 期；6 月，策划并成功举办了由福建省作家协会、《福建文学》杂志社、漳州市作家协会和漳浦县文学艺术界联合会联合主办的第六届漳浦诗人节系列活动；主持举办撒娇诗派·新死亡诗派诗歌朗诵会；9月，主持举办金秋诗歌朗诵会暨诗电影《蝴蝶和怀孕的子弹》开机仪式；11月，诗集《亡杖》出版（江苏凤凰文艺出版社）。

2017年　1月，策划并成功举办了由福建省作家协会、江苏凤凰文艺出版社、《福建文学》杂志社、闽南师范大学文学院等单位联合主办的"新死亡诗派丛书"出版座谈会；《寂静之声（外一首）》发表于《厦门文学》第3期；世界读书日，策划并举办"抛书的弧线"活动；3月，评论《再谈新死亡诗派的诗写》和郭志杰评论道辉诗歌的文章《感受道辉》入选《闽派诗论》（海峡文艺出版社）；理论《划破天际的新诗初语言革命》发表于《福建文学》第5期；端午节，策划并成功举办了由福建省作家协会、《福建文学》杂志社、中共漳浦县委宣传部等单位联合主办的第七届漳浦诗人节系列活动；6月7日，《春，出征》发表于《中国艺术报》；评论《诗源自词素噬心的变数——兼论漳州诗群部分作品》发表于《福建文艺界》第7期；《唯目光永不可糜烂（组诗）》发表于《草堂》第7期；8月，主编大型诗丛《诗》总23/24合卷；《道辉的诗》发表于《诗歌月刊》第10期；《道辉诗抄（五首）》入选"反克"秋季号《匪夷所思》；12月1日，理论《重申人民的诗学》发表于《文艺报》；《天亮了，像一把未开眼的锄头》入选《天天诗历》（中国青年出版社）；12月，策划并成功举办了由中国作家协会诗歌委员会、福建省作家协会等单位联合主办的闽南百年新诗座谈会，同期举行了天读民居书院"中国作家协会诗歌委员会学术指导单位、福建省作家协会创作基地"揭牌仪式；12月30日，参加漳州市作家协会第七次会员代表大会，当选漳州市作家协会副主席。

2018年　《雪与脸（组诗）》发表于《诗刊》第2期；2月，《废弃的，美哉》入选《2007—2017中国诗歌版图》（成都时代出版社）；6月，策划并成功举办了由中国作家协会诗歌委员会作为学术指导单位，福建省作家协会、漳州市作家协会、漳浦县旧镇镇政府等单位共同主办的第八届漳浦诗人节系列活动；6月，哲学随笔集《性情的个人与国家》出版（江苏凤凰文艺出版社）；7月，参加中国作家协会庆祝改革开放40周年主题采访活动；9月，主持举办"故乡的美好诗篇——戊戌中秋旧镇诗歌朗诵会"；《诗选刊》第9期推介道辉诗集《亡杖》，并发表其14首诗歌；10月，参加福建省文艺评论家协会成立大会，当选为福建省文艺评论家协会理事；11月，诗集《芗城：爱的草稿》入选"漳州作家丛书"并出版（中国华侨出版社）；10

月，参加在江西干部学院举办的中国作家协会"到人民中去"实践活动；11月18日，厦门纸的时代书店举办了"爱的相似性与存在的可能性"——道辉哲学随笔集《性情的个人与国家》新书分享会；11月，道辉创作谈、《道辉诗选（组诗）》发表于《安徽诗人》创刊号"底线实验"；《拐杖是站立的火焰（外一首）》入选《圭臬2018卷》；《秋刀鱼之歌（外一首）》发表于《人民文学》第12期；《向食物致敬》发表于《诗刊》第12期"2018中国新诗年选专号"；《一个空想（二首）》入选《新诗路》"2018年度诗人300家"；12月，主编大型诗丛《诗》总25卷；《你在，世界就在》《只到达眼睛里的远方》入选《〈中国诗歌〉2018年度民刊诗选》（人民文学出版社）；12月，参加福建省作家协会第七届代表大会，当选为福建省作家协会主席团委员。

2019年　《火红年（组诗）》发表于《诗刊》4月号上半月刊"方阵"；3月，《拍打你身上的霜雪》入选《2017中国新诗年鉴》（长江文艺出版社）；《噢那些光中打孔的人》入选《闽派诗歌》（海峡文艺出版社）；《乳名》入选《〈中国诗歌〉2019年度网络诗选》（人民文学出版社）；《盲者，二个盲者（三首）》入选《独立》总33期；6月，《花是诗的脖颈》《遭遇橘子园》入选《新中国70年优秀文学作品文库·诗歌卷》（中国言实出版社）；端午节，策划并成功举办了由中国作家协会诗歌委员会作为学术指导单位，福建省作家协会、《作品》杂志社等单位共同主办的第九届漳浦诗人节系列活动；7月，《幽灵食物》发表于《两岸诗》第4期"隔壁引光"；评论《闽南的诗意多乡愁》发表于《福建文学》第11期"文艺探索"；12月，主编大型诗丛《诗》总26卷。

2020年　1月，《闽南的发光树》入选《2019年中国诗歌精选》（长江文艺出版社）；《老收音机》入选《中国当代诗人诗选》（浙江工商大学出版社）；《挥挥手》《种春光》《秋刀鱼之歌》《闽南的发光树》入选《福建省优秀文学70年精选·诗歌卷》（海峡文艺出版社）；《玉兰花开时》入选《中国朦胧诗》（海峡文艺出版社）；长诗《手推车和石厝——致父亲》发表于《漳州广播电视报》3月31日；长诗《所爱展开技艺，未来不再隐秘》发表于《幸存者诗刊》第3期；3月，《道辉的诗（五首）》入选《新诗路诗人年鉴·2019年》；《夜雾（五首）》入选《中国乡村诗选2019卷》；《房石》入选《诗歌月刊"头条诗人"精选集》（安徽文艺出版社）；《呵，暖流（五首）》入选《净峰诗歌·2019—2020福建年度精选》；8月，主编大型诗丛《诗》总27卷；评论《时间自行停止在社会化的固圈当中》入选《独立》总35期；《道辉诗选（三首）》入选《中国当代诗歌年鉴2019年卷》（阳光出版社）；《今年不比往年》入选《中国跨年诗选2019—2020》（北方文艺出版社）。

2021年　《祖厝宅》附评论发表于《诗潮》第4期；《回到里面去（组诗）》发表于《草堂》第5期"实力榜"；诗歌2首入选《零度诗刊》第4期；7月，《夏日的深邃》发表于《洛城诗刊》第48期；9月，《致国歌》入选《心中的歌——福建百名诗人庆祝建党百年诗选》（中国言实出版社）；《致国歌》发表于《福建文学》第11期；12月，主编大型诗丛《诗》总28卷；《回到里面去》入选《中国跨年诗选2020—2021》（吉林大学出版社）。

2022年　1月，举办道辉哲学随笔集《性情的个人与国家》解读分享会；4月8日，《帐篷与白花》《雨中颂》发表于《中国艺术报》；《帐篷与白花》入选由中共漳州市委宣传部、漳州市文学艺术界联合会等单位联合主编的《漳州市"文艺战疫"文学作品集》；5月，新死亡诗派、大型诗丛《诗》相关资料入选《〈作品〉文学大系·民刊卷——民间诗刊档案》（羊城晚报出版社）；6月15日，理论文章《诗歌写作：以想象书写现实》发表于《文艺报》"理论与争鸣"；7月，主编大型诗丛《诗》总29卷"中国民间诗刊联盟作品大展"；哲学随笔集《自由与未来之恶》出版；《雇佣者》《在橘子前后》《夏日的深邃》入选《名·文学年选2021年》；2018年，新死亡诗派入藏荷兰莱顿大学"中国民间诗刊特藏馆"，随后荷兰莱顿大学图书馆与复旦大学图书馆联合推进"中国民间诗刊数字化项目"，并于2022年6月实现上网，新死亡诗派拥有独立的推介网址；8月，主持举办第十届漳浦诗人节首场活动、史诗长卷《死亡传》发布会暨新死亡诗派成立30周年纪念座谈会；8月，《我们甚至》发表于《洛城诗刊》第61期；8月，《闽南的发光树（三首）》入选《中国地学诗歌双年选2021—2022年卷》（九州出版社）；9月，《道辉的诗》发表于《诗参考》2022—2023跨年度号"诗歌实力榜"；10月，《道辉的诗（九首）》入选《新诗会》第二卷。

潘建春

现供职于漳浦县杜浔镇人民政府。中国诗歌学会会员，福建省作家协会会员。作品发表在《青春诗刊》《闽南日报》《漳州广播电视报》《牡丹》《金浦报》等报刊，入选中国诗歌网"每日精选"。出版诗集《碰撞的火苗》《碰撞的颗粒》。

▪ **代表作**

他喊了一声北坂

他把她的名字含在嘴里

如巧克力般的香甜

肚子饿的时候就咽下去

犹如月光不能填满星空

他希望那微弱的光能照亮刺竹墩

他也想把村庄含在嘴里

这里有香甜可口的红薯

有红彤彤的萝卜和四季豆

还盛产鲍鱼和蛤蜊

他忙产业，规划乡村振兴

一会儿在海滩，一会儿在田地

晚上还有那灯火相伴

点缀美丽的画卷

直到那一天夜色拢上来

他们摆上一桌

感谢这样的全部给了我们

当他再次喊她的名字

要了一杯红酒

这次他真的醉了

喊了一声北坂

▪组　诗

再次站在北坂的土地上

来到这里

我就知道这里将进行又一次迁徙

每一次的征迁都是思想的斗争

拿起的笔，签下自己的名字都是在颤抖

这里有传说中的妈祖

刘庭惠平番保佑带回的平安符

历经两次劫难更加威仪显灵

那一天我和王教授在此随便一餐

暮色中他还回头望一眼

留念这夜色朦胧

留恋为这片土地奔波的人们

我也特别怀念九弯十八拐的木麻黄

七十年的风雨侵袭

依旧站成坚定的魂

每当看到须髯似戟

我也成了一排排的勇士

诉说当年的艰辛

感恩一方水土，一方人

如今站在蓬勃花生园

这里一片盎然

薯叶青翠招人喜欢

我的心情无比激动

听到海浪拍打的起伏声

听到天空大雁飞翔搏击声

刺竹墩，我的北坂村

我再喊你的乳名

喊你的名字

刺竹墩

我的北坂村

那是刘庭惠的故乡

黑身妈祖的祖族地

木麻黄遮住你的愁苦

你们活成木麻黄的样子

填海围田造盐池

砍麻挖沙种薯吃地瓜

九弯十八拐

一只迷路的蜻蜓

拉长你们的影子

多少日子踽踽而行

多少回的浪里来浪里去

寻找头顶上的那颗星

心里总是酸酸的

难忘刺竹墩的树叶

不会羁绊我前行的脚步

"无边光景一时新"

青翠的芦笋开始我的梦想

香甜的薯瓜圆了我的小车梦

可口的鲍鱼我有了小洋房

芳香的螃蟹成了家乡的味道

啊，难忘刺竹墩的名字

我总把它珍藏在心里

纬四路，纬五路

西林大道，连接太平洋的航线

桐昆，台达

海园变，东林变

托起古雷石化新格局

一盏盏玉灯璀璨夺目

新时代又将开始新的征程

每个心跳的日子

每个夜晚来临时

我还想牵你的手

踩着银色的沙滩

去看后江的海

啊，刺竹墩

我的北坂村

我再喊你的乳名

叫一声你的名字

我居住的村庄

是的，这个村庄

是燕尾脊，是耸立的高楼

从宋朝走来的时候

目光还是如此的清辉

我来的时候

太阳也已经来到北江的海面
这蓝色的清晨

我留恋你黄昏时的肃穆
犹如这山有多么的沉重

你是那么神奇
六百多年的渔火
还这般光芒

视妈祖为神啊
一片薯叶
一个贝壳
也知道它的功德

而我的动情
却是那不绝的浪涛
和那滚滚的春雷

北江的地瓜园

十一月有一股北风
来到这片地瓜园

薯叶是金黄
薯脉是黑色
风掠过的时候是绿色

喷头表演 360 度自由旋转
一群鸽子经常光顾

云彩也低下头凑热闹

阳光勾勒出父亲的容颜

薯叶为大地披上绿装

薯瓜日夜和沙土甜蜜亲吻

一股力量养精蓄锐

香甜的日子早已来到

在我们多变的生活中

还保留不变的本色

田畴是辽阔的

这里的晨曦有微笑

这里的黄昏有热泪

这里的人们爱唱歌

风把薯瓜从睡梦中惊醒

我醉倒在北风里

又让我想起了你

金龟子寻找天空

小蚂蚁望向山顶

闪亮的日子

我在月亮下

倚靠在窗前

听妈妈唱着儿子的童谣

我还要走很长的路才能回到家乡

时间会牵引我的梦想

才能到达一个叫北坂的村庄

木麻黄正值中年

沙滩中有难忘的紫薯

刺竹墩在寻找新的出口

我又跌进一轮的乡愁里

绿的原野在奔放

听蜗牛在歌唱

北江在编织美丽的风景

写给北坂的清晨

远处金刚山神秘着

飘逸的云纱将要揭开它的美

雨连同许久未来到的冷空气

裹挟着兴奋一起降临

一串串鸟鸣传来

两只鹌鹑并肩在电线杆

今天也不例外，寒风来了

依然相亲相爱

那条九弯十八拐的杜古线

依然在渴望我们的到来

七十年的木麻黄今天神采奕奕

眺望即将到来的又一个春天

一只白鹭突破迷茫的雾霾

从虾池上空迎风而行

我听到它唤醒黎明的呐喊

北坂又将种下许多的希冀

美好的东西总会破土而出

就像这淅沥的雨声来自天籁

这寒风摇醒雨水的季节

是一片充满绿色的热土

我的诗歌遗落在北坂的虾池

不是所有的道路都平铺直叙

我们去后江丈量虾池

经过蜿蜒曲折的小路

才到达刘两来的虾池

他说下雨天

路滑，更难走

一张简易的木板房

生活物品都堆积在一起

是仓库也是厨房

我注意到床底下那双解放鞋还沾满新鲜的泥土

为了生活注定要这样颠簸

下涵洞是为了锻炼腹肌

可以在羊肠小道健步如飞

吹口哨就可以召集虾和螃蟹来开会

他告诉我许多细节

我却不能安慰他的孤独

日子就这样简单重复着

每天欣赏斜曛坠落在金刚山的后面

看海上又升起一轮旭日

总是对生活充满谢意

这是一幅买不到的山水画

一头是梦想，一头是远方

思故乡

清越的流水
从上往下
是否经过我的故乡
昔日的游鱼是否已经长大
那潺潺的溪流
那訇然的声响
是否惊动妈妈的午眠

垂钱柳，天堂鸟
还守在我的身旁
那贴着柔波的燕
是否是屋檐下的那只

龙眼树已经开花
蜜蜂围绕在它的枝头
就像孩子们在母亲的呵护下成长
风玲花随风摇曳
仿佛是故乡的风筝在山坡飞
我跨过鹅卵石
走上雁齿小红桥
一痕新月出来了
什么时候能再回家乡

北坂的风

北坂的风热烈激情
要吹就要三天三夜

要吹就要惊动坚强的木麻黄
就要掀开海芙蓉的衣裙

六百年的历史
要再炫耀一次
九弯十八拐的故事
要再一次复习

我喜欢这样地抒发感情
这样表达爱恋
灵魂的迁徙需要这样碰撞
一次大的变革需要这样的呐喊

我突然明白
为什么白鹭喜欢逆风而行
为什么后江的涛声会这样訇然

是因为这样的风
直抵心府
是因为这样的风
不会为任何人停留

我看到它的英姿
北坂的美丽
和你的微笑

夕阳里有钟声

曾经被鬼针草伤害
为了一只蜻蜓的梦想

我追逐在故乡的山坡上

长大为了一朵玫瑰的秘密
刺破手指流出殷红的血
才知道一生中总有些未知的关头

狗尾巴草仍在童年里摇曳
浅笑的是金刚山的石头
而它是一座不坏之身

钟声隐约
龙迹亭仍然有梵音传出
遁世者能否解开心结

夕阳泛出一片红晕
很快会被月色沦陷
我又将在何方苦心跋涉

铁　塔

黑夜里不怕孤独
血管流淌着澎湃的激情
用心点亮美丽的村庄

像雄鹰飞越高山
像河流穿梭沟壑
坚定地仰望蓝天

如今我们相约在纬五路上
高耸的身姿如金刚山崛立

我又看到一股蓬勃的力量

沿着石化大道

映着我坚定的步伐

犹如青松站在高岗上

骄傲地迎接风雨

请别计算给我的温度

你的模样恰似父亲的背影

飞扬吧，北坂的姑娘

这是蝉鸣的地方

灯光与夜色拥抱

一群挥舞热情的佳人

飞扬的翠袖点燃妩媚

抛开锄头与泥土的心结

举起生活的高度

心找到放马奔腾的地方

一朵莲尽情地在舞池中绽放

这不是金钗画影

月也挤进来

迈开灵魂的脚步朝前走

跳起幸福的节拍

铺展的暮色处处有光的影子

在这里找到梦华的浪漫

醉了，宁静的刺竹墩

醉了，北坂的姑娘

在北坂看秋

这里，秋天使我吃惊
一阵雨也预谋许久
蟋蟀不再安慰夜晚
麻雀逃离芦苇的梦想

杜英高唱枝繁叶茂
从春一直到秋的课堂
我只记住和黎明的交谈

桐昆的速度把我迷眩
华能的耸立把我惊醒
大地上回荡不可亵渎的声音

紧追不舍的轰隆声
催促灵魂的蜕变
烟囱不再吞云吐雾
铁塔镇定自若
似金刚山下伟岸的人们
在秋日里昂首挺胸

甜蜜的二溪口
吉祥如意地笑着
到来的幸福不再提心吊胆

纬五路

不愿后退的金刚山

诞生脚下这条路

我常常在夜黑的时候

在这里望着富足的村庄

夕阳照在虾塘

木麻黄不再说她的年纪

鸥鹭因为这里水草和虾类

常常从这里起飞

一头连着盐的厚重

一头牵着石化的翅膀

坚硬的柏油路让我感动

高耸的铁塔穿梭时光

穿过慢慢靠近的脚步声

当时我不会想到你的存在

想不到你竟然这么倔强

这么让我魂牵梦绕

二溪口

一张渔网把二溪口截成两段

上游清醒沉沦

下游放任自流

被生活梦锢的深埋在心底

自由的如同我的影子紧跟木麻黄奔跑

我时常在风的下口处停留

只因想看你长大的样子

看你幸福地喁喁作语

虽然你想竭尽全力和我分享

但我的眼泪不会干涸

二溪口如今还在

但我不知道上游赤翅鱼什么时候收获

据说香嫩可口

我离开你的名字，北坂

当我缓步下楼梯的时候

阳光洒在高高的木麻黄

一串串鸟鸣停止不止不休的争论

我要离开纬五路和刺竹墩

一场春雨把二月打醒

一个月亮看清芒鞋的沙粒

一次经历让我享受生活的荆棘

浮头湾连着东山湾

心连着涌动的潮汐

礁石划破的伤口会被盐治愈

纬五路还留有梦的尾声

我依然爱着刺竹墩的月光

远去香甜的红薯

和可爱的螃蟹

远去我的相思树和那高耸的铁塔

我终于看清兀然崛立的金刚山

纬五路因我的倔强而展开

我只是暂时离开你的名字

当我从梦中醒来

我流泪了

走在纬五路上的我

云雾缭绕金刚山

金刚山愿这样挨着

就像我喜欢挨着纬五路

一条路就这样被记住

铁塔也被记住

刺竹墩被记住

穿过北坂的红薯

也穿过二溪口的游鱼

我需要这样的安详

木麻黄需要风的抚慰

春光将至，相思树吐出芬芳

夕阳吹角，新港城华灯初上

一条路有了清晰的足迹

许多人都看到破壳的梦中

烈火如歌

冬夜，北坂下起雨

雨，在无眠的夜里辗转

应该有这么一个传说

属于你，属于你的村庄

翕动的翅膀，向往更远的天空

曾经的九弯十八拐

曾经的刺竹墩

对峙着高楼大厦

无名的牵扯

被机器忙碌的轰鸣声代替

纬五路，海园变

流淌的管廊有我血液的痕迹

风深深地摇漾

雨来得匆忙

白鹭立在芦苇荡

找到归宿

烟芜平远

大雁带着向往

别着幸福的诗句

又一次远行

接受更多的雨水

故乡的山坡期待一场雨

那是妈妈对雏燕的思恋

父亲的田畴期待一场雨

那是老牛对大地的深情

我也期待更多的雨水

那是岁月的回响，一行行

风雨中。芒鞋，蓑衣

任平生守候

每一行都有大雁飞过的痕迹

那是天空洒下的热情

每个泥泞都有我留下的足迹

那是我对梦想不懈的追求

接受更多的雨水

那是秋天的呼唤

细数幸福的味道

是因为有更多的收获

木麻黄有风砍过的痕迹

一条九弯十八拐的公路

有谁知道七十年的木麻黄

依然生长在这片朴素的大地

依然虬髯、坚忍

我也是惊讶于它皲裂的树皮

才发现有风砍过的痕迹

深深的烙印忘记刀割般的疼痛

深刻的纹路似乎忘记风雨的侵蚀

这一天，我终于知道

为什么它们根连着根

为什么深爱着这片土地

不管贫瘠还是富裕

什么叫孤独

是那夜深里的灵魂倾听村庄的脉搏

什么叫不忘初心

是清晨里的布谷鸟唤醒黎明的足迹

我有时站在路口

有时也站在中间

抚慰那精神的创伤

幸福是内心的安定与平和

抬头又看你矍铄的面容

金刚山无恙又晴晖

阳光又在陡峭的山峰完成一次次飞跃

我的北坂

关于石头的坚硬

我看到金刚山兀然崛立

关于他们的朴实和善良

一群人走进他们的心里

一个村庄的迁徙和一座石化园的崛起不是对立的
关于快乐和孤独也不是对立
后江汹涌的波涛和刺竹墩宁静的夜也不是对立的

我诗里的游鱼很多
就像天上的星星缀满碧空
它曾经失忆，又被唤醒
就像这条九弯十八拐的路会忘了伤痛

海会惦记着岸
木麻黄会想念北坂
管道流淌着很长的幸福
白鹭的翅膀
拍打出更远的辽阔

■ **创作年谱**

2018 年　开始写诗。

2021 年　诗集《碰撞的颗粒》出版。

2022 年　诗集《碰撞的火苗》出版。

云端卷

天马诗社

天马诗社是新时代莆田首个现代诗社，由程沧海、公子剑、黄清水、郑智得四人共同发起成立。旗下"天马诗社"微信公众号，立足莆田，面向全国，每周发布一期诗歌作品，旨在促进诗歌交流，分享诗写经验，培养热爱诗歌的新人。

羽 若

本名宋瀛锋，1975 年生。莆田市城厢区作家协会副主席。1991 年开始至今，有文学作品在省内外报刊发表。

我的江河

当世界安静时
你是我的潮汐，牵动我的
江河动荡

人潮汹涌，不动声色
有些东西，注定是要珍藏
怀揣秘密，山高水深

花满枝丫，堪折不忍折
谁说落花有意，流水无情
繁华落尽，流年成殇

如果，无法陪你，柳绿花红
我愿捧出一生的江河，
陪你，逐梦，天涯海角

日日夜夜，我心中的江河奔腾
我不说
你也不必问

以后的以后

以后的以后，随机播放
总会有一些旋律
拨痛心弦；总会有一些声音
击中隐忍已久的，暗伤

以后的以后
那些彩虹般的日子
或许，只是海边的水母
泊在阳光下的沙滩，干渴着
海底湿漉漉的记忆

以后的以后，如何回溯
没有结绳记事
伸出去的手臂，怀抱
更广大的虚空

像回击岁月击出的，重重的一锤
山谷里，孤单地回响
以后的，以后

年微漾

1988 年生，仙游龙坂村人，现居闽浙两地。

在云冈石窟

千山凋敝，白雪茫茫，零星的鸽子

飞出夜晚。是湿漉漉的夜晚

和冰封的夜晚，如同身穿黑袍的

供养人，在漫长的无明中

将佛像擦洗。经历过许多年月

这里已是人迹罕至，鸽子在佛的臂弯

生儿育女，朔风吹动铃铛，那响声

取代宗教的契约。哦，所谓信仰

不过是为一种命运，营造了轮廓和背景

走在晋北的土地上，我和我的妻子

像早就料到会如此，一丛丛枯草

咽下我们的跫音，也吞吐过落日与朝阳

这人间，这尘世，被我们凌驾过的

微小事物，替我们保管着丢失的仪式

雪夜寻沧州铁狮子

大地无所事事，除了下雪

宽广的省道边，仅剩一家烧烤店

那里供应毛豆与啤酒

还有大蒜、鸡翅和香菜，米饭生硬

女店主声音好听。听说从此地

去看铁狮子，尚有十里来回

沿途路过发电厂，但空无一人

旧州镇的孤独，在高压线上哗哗作响

继续往前走，还是无人可邂逅

铁狮子，就站在它的轮廓里

铁锈几乎搬空了它的身体

我已经快忘记，自己为何坚持

要找它，只记住了每个脚步的提醒

我是在抬头间，突然意识到

我们互为真身与倒影。那天夜里

天地之间只有一人，与一狮

至少半吨的雪，落在了我的身上

但在今天回想起来就好像

北方星火四溅

巫小茶

莆田人，广东省作家协会会员。诗歌、散文作品散见《诗刊》《星星诗刊》《福建文学》等，获淬剑诗歌奖、张坚诗歌奖、云里风文学奖、滴撒诗歌奖等。著有诗集《我一直坐在我的身旁》。

植 物

此时，植物在我的眼睛里疯长

它们自彼此的体内出发，穿越国境

蔓延，却从未纠缠

做自己的王：谈笑即生灭

即人间烟火与天上星河

即一部用手摸起来空荡荡的宇宙史

它们知己知彼，花开有时

彼时

我潜入我的体内盗取梦境的火种

植物疯长，点燃它们自己

为我做两世的花火

一世墓床，一世摇篮

白色的梦

白色床单覆盖着我

那是我在人间学习的告别

你的成长

抹去了曾经：自然盛装我以白，以雪

款待我以它缀着冰晶的枝丫

将我的骨头温柔啃噬

温柔地

如同一位女子将她不被允许泄密的吻

悄无声息地滑落在那个男人

沉睡的唇上

那些在冰里焚烧着的

痛苦的名字

肺

被谁说出

白色纤维，落在沉默的叶子上

它早已忘了草木的爱意

生者之爱

可曾如此热烈

在那之后。阳光可以替我亲吻一切

它有自己的声浪

当你轻叩一片跳跃到你目光中的叶子

你将听见我的回响

不过那些在人世间学过的情话

只有我的爱人

能够听见

陈俊杰

1992 年生，仙游人，现居福州。浮草诗社成员。诗歌作品见于《诗刊》《福建文学》《海峡诗人》《莆田文学》《仙游文学》等。

蓝

再蓝一些，即可成为大海

鳕鱼在体内穿梭

鹰在头顶上飞

某些形似贝类的碎骨

被捡起串成链子

用于装饰，更多地用于求爱

落日以重金来贿，换取复升

渔夫掌舵，渔妇补网

他们随波飘摇数月，一无所获

失足坠水的女子化为女妖

夜夜啜泣，哭声凄凉

不可以再蓝了

再蓝，就真成了海

就该有一场弑人沉船的风暴

所有的云，都飘到南方

云，层层叠叠

以黄昏的彩色皇袍

熔融重铸的太阳金冠

拥我为王

我偏安南方

并将大赦诏书系于鸽脚分送天下

我择都榕城

这里气候温润，语言如树茂盛

且有古可溯

这里的天空蔚蓝如海

容得下，许多白

倪伟李

莆田人，"80后"，现为某报社副刊编辑。已出版作品集8部。

我可以是我

我可以是我，也可以是黑夜中的
任何一个影子

我可以是孤烟、星火、贝壳
我可以是你藏在心里的泪

我可以是彷徨、孤独、迷茫
我可以是地球上任何一个重生的代名词

我是矛盾，是偏执，是遥远长河上
永远压不下去的光芒

我可以不是我，可以是千年的火种
可以是盛世里的铜钟，我是光阴的肺活量

全宇宙里，都有我发出的光亮
全世界，只要还有善良与爱，我就能永生不灭

我想搬走那些忧伤

它们像一块块巨大的石头
它们是一个个庞然大物

它们堆叠着，也许会慢慢堆成一座大山

它们是一张张废弃的脸谱
它们在黑夜的镜子前，张大毛孔
有时，它们披头散发，自己吓退了自己

它们是一个个被命名了的零件
它们习惯在夜里，仰望星空。有时
它们会在精神的居室里起火，让人方寸大乱

它们有时会在我的面前，放声大哭
我多么想搬走它们，像天空搬走乌云
像大海搬走风暴，以获得更多的蔚蓝和安寂

如　果

如果有天我遁于尘土
只有风轻轻送去讣告
也许你还会记得
也许你早已遗忘

我的爱像鸿毛一样轻
它飘不到来世，也飞不到前生
它大如星空
小如微尘

天读民居书院

天读民居书院微信公众号依托首届全国书香之家天读民居书院而开设，首发时间 2016 年 5 月，以推荐好诗歌，分享先锋诗歌理论为主要内容，主打栏目有"高稿酬推荐""诗事论""从属地的支点""新死亡诗派研究院"等。首发至 2020 年 3 月，刊发作品均付给作者稿酬。目前订阅户过万。始终遵循线上与线下相结合的初衷，线上发布作品，线下编选精美诗集，举办诗人、作家个人作品朗诵会和研讨会，先后举办大型诗歌活动近 30 场，舒婷、吉狄马加、张炯、刘登翰、叶延滨、曾镇南、杨炼、陈仲义、欧阳江河、杨克、张清华等来自全国各地的近 2000 名诗人、作家、评论家参加过天读民居书院举办的诗歌活动。国内 21 位诗人艺术家受聘入驻书院。设立"新死亡诗派年度奖暨中国诗人免费诗集奖"，迄今已办 10 届。拥有新死亡诗派年刊大型诗丛《诗》，至 2022 年已出 29 卷。《诗歌月刊》创作基地、漳浦县图书馆分馆等单位先后在天读民居书院挂牌。2017 年 12 月，中国作家协会诗歌创作委员会学术指导单位、福建省作家协会创作基地在天读民居书院一同挂牌。

三米深

中国作家协会会员，鲁迅文学院第三十一届高研班学员。作品散见《人民文学》《诗刊》等百余种刊物。参加诗刊社第二十八届"青春诗会"。出版诗集《天桥上的乐队》《梦游的骑手》。

父亲的翅膀

父亲将翅膀亲手交给了我
这是我父亲的父亲
留给他的，父亲说这副翅膀
已经流传了上千年了
父亲说，我们的祖先可能会飞

这是一副制作精美的翅膀
翅膀上刻着家族的姓氏
却没有告诉我们飞翔的方法
从我懂事起，父亲
就一直在黑夜里偷偷尝试起飞

我们的祖先可能是一只鸟
拥有自由而广阔的天空
也可能只是囚禁在大地上的人
用尽一生的力量
挣脱脚下沉重的镣铐

他们背着翅膀，在人群中奔跑
不怕被人说成疯子
他们不惜从悬崖飞身而下
摔得粉身碎骨，他们的心中
都有一双折不断的翅膀

父亲说，我们的身后
或许也有一双翅膀，虽然我们
看不见也摸不着它
但总有一个声音提醒着我们
有生之年，不要忘记飞翔

子 珍

1995 年生于漳州，现工作于厦门。

我丢了我的电动车

住在城里的那个我
有一辆粉红色的电动车
没有挂牌没有刹车没有车灯
只要大街上没人
那个我就会骑它出门

喝上一口苍白的月光
夜风把头发吹乱
街上没有青石板没有古早的油灯
蜿蜒的阴影交织隐约的霓虹
一条幽暗小径
穿越钢筋水泥

风很大
把头发用力向后拉
油门一催
脱缰的不是野马
目标是心中的草原

小径的尽头
城市的城头
古老的箭垛
星辰的方向
在第一缕阳光照下来的时候

全部变成另一种端庄的模样

那一刻
我丢了我的电动车
粉红色的

标　签

一分熟荷包蛋
网络算法
木质便当盒
毫无道德水准的表现

从别人的残障里，同情自己
与生俱来的边缘
对和善这件事着迷

罪与罚其实是相对反义词
我是神一样的好孩子
毫无目的地履行一种现实主义的描述
乐天派的滑稽表演家
如蟾蜍一般耻辱
偶尔死亡
在一个凶险的白天醒来
大篇大篇的窒息感

王性初

现定居美国旧金山。中国作家协会会员。出版诗集《独木舟》、《月亮的青春期》、《王性初短诗选》（中英对照）、《孤之旅》、《心的版图》、《行星的自白》、《知秋一叶》、《诗影相随》、《一滴》、微诗集《瞬间》等。诗集《初心》获 2016 年世界华人中山文学奖。

生命的洞穴

历经将近一个世纪的蹉跎
生命的版图已经千疮百孔
料理后事被提上了日程

在黑沉沉的遗失里
寻觅皎洁的月亮以及
那一抹晶莹清澈的星光

骨骼牙床头颅和神经
在炫酷的台上化妆成鬼魂
六月是登台入室的节日

走过苍白云端后跌落地上
把所有的幸福与灾难
都埋藏在生命的洞穴

亿万年后的考古发现
钻探地球深处的古老东方
竟然隐现灵魂的头颅

死亡留影

心电图跑成一条直线
汽车的引擎窒息
铁鸟当空快速坠落
断电的城市一片漆黑
大海冰冻江河滞流
两支烟囱不再污染
放大的瞳孔失焦

面对一纸遗嘱
迎接生命归属

王　勇

1966 年生于江苏，祖籍晋江安海，1978 年定居菲律宾马尼拉，笔名蕉椰、望星海等。世界华文微型小说研究会副会长，世界华文作家交流协会副秘书长，菲律宾华文作家协会秘书长，马尼拉人文讲坛执行长。在东南亚积极倡导"闪小说""闪小诗"创作。经常获邀出席国际华文学术研讨会并宣读论文，多次担任文学奖评审。诗作多次获奖，2017 年 4 月以中文现代诗创作荣获菲律宾作家联盟"巴拉格塔斯文学奖"。出版现代诗集、专栏随笔集、评论集 12 部。

捕　诗

逮不住鸟，却逮住鸟声
捕不住云，却捕获了雨

静夜里，二胡的弦轻轻
便抖动遍地起舞的星月

树　说

鱼蹦跳扭动着喊痛痛痛
用泪水拥抱海水
用迸飞的血花书写遗书
汪洋辽阔收藏醒不来的梦

脚不能移我痛也无声
年轻或苍老的躯体结满无悔的伤疤
挺直腰杆我要一直长一直长
长到手攀天看到天俯首

让老叟蹲在我身旁品品茶下下棋
让孩童手拉手紧抱我的腰
我把狂发散成宇宙一把伞
我把脊梁竖成天地一道碑

石华鹏

《福建文学》杂志常务副主编，福建省文艺评论家协会副主席，中国作家协会会员。1998 年开始写作，在《文艺报》《文学自由谈》《文学报》《光明日报》《当代作家评论》等报刊发表评论、小说、散文 300 多万字，获第五届冰心散文奖、第六届冰心散文理论奖、首届"文学报·新批评"优秀评论新人奖、福建省优秀文学作品奖等。出版随笔集《鼓山寻秋》《每个人都是一个时代》《大师的心灵》，评论集《新世纪中国散文佳作选评》《故事背后的秘密》《文学的魅力》《批评之剑》。

头痛医脚

疼痛光临了

我的脚后跟

它像魏晋时期那位叫刘伶的名士

去拜访一个人

从来不打招呼

我不想去看医生

医生的缺德比疼痛

更难忍受

几天以后，我的喉咙上火了

依然疼痛

这一次我能知道它的来历

那些酒肉

除了诱惑，我什么都能抵挡

这一次，我无法拒绝医生

老婆用她切菜的刀架着我

我无法报警

我只有张大嘴，啊

那个游医，用手电筒照亮我的嘴

看到里头不一样的风景

说火太大，消消火

我像从菜市场一样满载而归

我一日三餐

让我意外的是，那些药吃好了我的脚后跟痛

却没有消灭我的火大

稿费单

今天，我收到了一张稿费单

一百六十元

那是读者对三千两百字的奖励

昨天，老婆去吉庇路

买了一条牛仔裤

原价三百零五

折后一百六十一

我不知道，这两件事是否关联

但有一点毋庸置疑

我的文字

欠了生活

一元钱

任 军

福建省作家协会会员，厦门市作家协会全委会委员。童诗获得冰心儿童文学新作奖、《儿童文学》"海上花田"征文比赛大奖，童话获得福建省启明儿童文学奖、"读友杯"全国儿童文学创作大赛优秀奖，小说获得"周庄杯"全国儿童文学短篇小说大赛二等奖、《东方少年》年度重点作品扶持项目二等奖等。童话集《午夜来访的狐狸》入选首届福建文学好书榜，童话集《小老鼠和面包树》获得叶圣陶教师文学奖，童诗集《给春天写一封信》入选厦门市作协青年作家文库。

我看见

我看见一只蚂蚁爬进一个小小的盆栽

它以为自己到达一片茂密的森林

我看见一条鱼儿游进海洋

它却还在寻找鱼族们说的宽广无垠

我看见春天从花瓣上慢慢褪去容颜

我看见冬天沿着屋檐以流泪的形式告别

我看见季节从枝头一片片掉落

我看见阳光每天沿着同样的轨迹走过草原

我看见从刚合上的诗集里

跃出一行任性的韵脚

我看见几个倔强的音符

敲打着落寞寂寥的琴弦

我看见蝴蝶变回了一只毛毛虫

我看见老人们越来越年轻

我看见树上挂满了蓝色的三角形苹果

我看见太阳出现在深邃的夜空

我看见了一个奇妙的世界
在我躺在阳光里打盹的那个下午
那个世界有没有一双眼睛
看见我窥视他们的眼神

自　村

宁德人，现居上海。中国高级美术师、策划师、设计师、文化构建创意人。诗歌作品散见国内各类报刊。

等待是一种危险的距离

一束光线，弯曲着穿过时间的骨髓
黑白相片上呈现岁月的凹陷
留在你面庞上的微笑和温度，可以一一辨识
几代人的青春都在附近，并不遥远

乡村巷口，有许多墙头草直挺挺伸向蓝天
并不软弱，没有看见传说中左右摇摆的景象
一米之间的距离，随处可见
那是窗台与树枝之间长久的疑惑

从前我就相信，等待是一种危险的距离
也是一首混沌的歌谣，欲言又止
这些都是我血红的悲伤
画着西湖风景的那把纸扇子，很少打开了

有光阴的故事折叠其间，这是确实的印记

许多青春怀着空心，顶着烈日和预感
奔跑在叠嶂山峦之间，探寻幽谷中神秘的声音
遇见雷雨或能看见青鸟，并不感到意外
我始终心怀广阔的森林和宁静的地平线
靠近一湖淡蓝，消融于等待如梦的黄昏中

许物王

龙海人，诗歌观察者，偶有评论文章。

悲怆是我的幸福

——再听贝多芬《作品 13 号》

悲怆就是春天的种子
收藏在自私的幻境之中
我总是期待她落地发芽
却害怕在腥气土壤里腐化
我开始怀疑过去的青春
是否真的能够特立独行
像妖魔一般狂妄自恋

然而在轻风细雨的季节
我已经想到最后的结果
"结果都是孤独的
悲怆是我的幸福"
于是步入中年之后

竟然祈愿身上的悲怆

再多一些壮观

也再多一些扩散

庄国宜

福建省作家协会会员。诗作发表在《福建文学》《闽南风》《闽南日报》等国内外报刊。在全国及省级征诗赛中多次获二等奖、三等奖、入围奖。

我忧郁地歌唱

那个夏天

我们走过了安和桥

走过了生命的迷茫与畅想

忧郁的情绪

沉淀在心房

一环，二环，三环，五环

环环相扣的世界

哪里寻心乡

你的痴情，我的梦想

用一首歌儿清唱

唱出了白云飘飘

长天蔚蓝

唱出了祖祖辈辈安居乐业的渴望

嘶哑的声腔

已改变我的唱调

极度的迷茫里

我就大声叫嚷

嚷出生命本色的疯狂

蓝天沃野

哪里有我思想栖息的厢房

我想借宿一晚

是否还要交上一叠的阳光

也许是宿命的安排

我只能站在露天下歌唱

唱出心中的愁绪

寻找明天的风标

寻找今生与来世连接的轨道

伍明春

1976 年生。福建师范大学协和学院教授、文化产业系主任、硕士生导师，中国文艺评论家协会会员，福建省文艺评论家协会副主席，福建省美学学会副会长，福建省作家协会青年作家委员会副主任。发表学术论文 80 多篇，出版《早期新诗的合法性研究》《沉潜与喧嚣——当代诗歌论》《现代汉诗沉思录》《现代汉诗及其周边》等专著。

猫

它佯装要加入我们的谈话

深夜时分舒张的利爪

足以精准而有力地捕捉

我们刻意遮掩的关键词

就像玩弄一只小老鼠那样

把它们轻轻抛向空中

可它不屑破译人类的秘密

它跨过桌上的咖啡杯

那一小汪浅薄的液体

又怎能反映猫科的傲慢

我们打量它的目光

纠结于长尾流动的花纹

当夜色如水逐渐加深

我们正一步一步沦为它的替身

山　中

如何导出这隐秘的欢愉

从松鼠尾部流动的诡计

还是从藤蔓纠结的眼神突围

那似曾相识的曲折路途

少年愁一步步复活，盘旋

渐渐溢出虚构的中年取景框

你在落叶的脉络中细心重构

记忆花园中奔跑的交叉小径

却陷于一个极简的迷宫

且让我埋藏这隐秘的欢愉

当流动不居的巨大云朵

刻意模拟群山的婀娜线条

你所举目搜寻的星辰

正发出光年之外的阵阵暗笑

何　也

本名何元杰，生于 20 世纪 60 年代。福建省文学院签约作家，中国作家协会会员，福建省作家协会主席团委员。在《人民文学》《福建文学》《雨花》《作品》《飞天》《江南》《都市小说》《时代文学》《广西文学》《长江文艺》《青春》《当代小说》《西湖》《诗歌月刊》等报刊发表小说、纪实文学、散文、诗歌 450 万字。多件作品被转载、入编各选本，多次获各级各类文学奖。出版长篇小说、作品集 9 部。

生　计

在芝山一座老屋的披间，门前黄叶零落
他因此感怀而知秋。在春天里
要么落英飘散；满场地的车辆五颜六色
从前脚底下的那一片绿已是柏油。刺眼的日光
自蔚蓝斜射而至；在逼仄的披间里
案头的文字顿时乱作一团。他只好叹息
或许多年后踏寻已无此处

后背浓阴蔽日，天冷脚底生寒
他闭目敛神，一时竟未知寄身之由来
唯愿闽南的老戏骨，唱腔就像
摇晃在老娘怀抱里的期盼。温婉的感觉
与一幢幢的老房子，与俗世红尘
一起浸染于临窗的风雨

潸然或者于斯
缄默着与时日相携

隐　居

狗匍匐在屋檐下
不远处草丛里扒食的芦花鸡
楼房外水波粼粼的池塘

在那幢楼旁
苍老的梧桐长出了新芽

在主人的眼里
白天总比夜晚要来得迟

或许是的
那人曾被自己的目光灼伤

主人的冥想
是隔着几座大山的守望

在海滨入夜

关上门窗，海潮退了

傍暮的霞彩俯身成了大地的呼吸
成了露水的低吟浅唱；成了
落日余晖时的青黄；成了
顶楼的蒲扇与逍遥椅上低垂的夜空

陈 卫

江西萍乡人。文学博士，福建师范大学文学院教授、硕士生导师。中国现代文学研究会、中国当代文学研究会、中国世界华文文学会、中国艾青研究会会员，中国闻一多研究会理事。

油菜花

你给我看油菜花照片
告诉我　春天的遇见
是不是也有一片油菜花
闯入我的眼中
在我行走的路上

它像一束金黄的火
点燃我肃静的春天
如滚滚雷电　惊醒
我沉睡的夜

请别笑　也别对一个
每日爬楼看风景的人说
每年的油菜花开出
一个模样　不对
去年看到的人　今年
他在哪里　是否还能闻到
那令人苏醒的新鲜

今天你看见这蓬勃的大片
是锦绣　是大地的心

三月过后　它不再见

当然　当你想起今年春天

或许惆怅　也许欢喜

再一次盛开于你的心田

在他乡看见了故乡

燕子把巢搭在了屋檐下

燕燕于飞

老母鸡领着小母鸡在屋檐下

咯咯而行

小黑狗转在屋檐下　不吠

它望着

北京　上海　天津　浙江

厦门　福州的诗人和诗评人

在屋檐下　大笑　握手　聊诗

漳浦的夜晚　浸泡在诗里

海鲜和啤酒的笑容里

像一件被细雨打湿的蓑衣

小　满

听到　总有几分惊喜

穿越　空旷的记忆

灌浆　小麦　节气

——小满　这不是我的

我的小满　是表姐

小满　别人都这样叫你
用萍乡话　在萍水河边

我总是叫你　小满姐姐
长辫子　亮眸子
穿花裙　走路像跳舞
说话　像叮当的下课铃
——呵，小满姐姐

素描　画笔　做幻灯电影
一个除夕深夜　飘着雪
一个小伙子　等在门外边
——哦，小满姐姐

我童年最美的一部分
长大后　走散在人群
我却不想找你
——唉，小满姐姐

听说你后来很有钱
多了眼泪和抱怨
我也不去问你的中年　老年
更愿意你还是那个少女
长辫子　亮眸子
我喊你一声　小满姐姐
你回眸一笑　——哎

陈元顺

漳浦旧镇人，现居福州。爱好文学，多次参加天读民居书院举办的诗会。

在漳浦参加"新死亡诗派"二十周年研讨会有感

在通往台湾海峡的古朴旧镇

一群武装思想武器的先锋战士

试图用舌尖品尝着石头殿堂的盛宴

于是鲁迅爬出了棺材

海子乘上了高铁

连凡·高都在荔枝树梢歌唱

只因在死亡的面前加了一个定语——"新"字

万物生死轮回

生生不息

不因你的争辩而改变

在第十八个黎明来临前

我在酒精麻醉后醒来

开始用手机梳理杂乱的思绪

于是昨夜的女友短信显示了

客户催货的订单输出了

连领导打错牌的斥责也开始耳鸣了

只因在死亡的面前加了一个定语——"新"字

人生喜怒哀乐

变化无常

不因你的呐喊而蜕变

陈庆妃

文学博士，华侨大学文学院教授、海外华人文学暨台港文学研究中心主任、"海外华人文学理论与批评"方向硕士生导师，中国世界华文文学研究会理事。研究涉及海外华文文学、中国现当代文学，主要领域为华侨华人文学、香港文学。近年文章发表于《文学评论》《中国现代文学研究丛刊》《文艺争鸣》《当代作家评论》《暨南学报》《湘潭大学学报》《东吴学术》《文艺报》《南方日报》《新京报》等。

修　辞

一朵是云的修辞　独立的轻盈
一刻是生命的修辞　真实的短暂
一世是爱情的修辞　冗长的空洞
你是我的修辞　共生的排斥

生活是修辞
修辞是话术
话术是言语
言语是声音
声音是放逐
无边的放逐

这也是修辞
鸟鸣幽涧
鱼戏深海
花开当令
相爱及时
修辞是天真
裸露的天真

非虚构

四月，是妩媚的死亡
新绿的天真滋长出哀伤的种子
撩人的残红像个怨妇失却浪子
或牵衣待话
似听风听雨
花事已尽就该辞行

野外的春酒可已摆好
孤独的土地需要一场薄醉
我们需要远足到一个必然

三月后面不是五月
四月，以一场骗局开始告别与新生
一个港星的飞天封锁了一个年代
一个共名的年代

一些人在深山寻访一座道观
失去法力的道士无力占卜
他们种桃、画符、养身
做道场谈玄学
居士不居
处士各处

四月，是乡野的盛世
幽暗的密道
未完成的季节

陈诗琳

漳浦人。现就读于泉州幼儿师范学校。爱好音乐、诗歌，有古筝特长。

风

你的到来
给世间万物多了份警醒与安慰

叶飘落
草摇动
那是秋的到来

雪下了
伴着你的呼唤
窗户被人们关得紧紧的

背　影

熙熙攘攘的站台
南来北往的行人
留下短暂的一瞬

母亲微胖的背影
出现的那一刻
我的眼泪就掉了下来
那是我

日日夜夜思念的背影呀

十九岁这一年
我第一次独自坐动车回家
安全抵达的那一刻
爸爸妈妈笑得合不拢嘴
是呀，我终于长大了

我可以独自打的
独自网购
我慢慢学着独立生活
然而
母亲微胖的背影
时常出现在我的梦里
无论走多远　长多大
我永远是您的小宝贝

夜空中的光

你是星星
你是月亮

你是星星
在黑夜中睁开眼睛
光芒穿过黑夜里的云雾
指引着迷失方向的人们

你是月亮，时不时地来回收缩自己
窄窄时
给远方的游子寄托对故乡的思念

圆圆时
为团聚的人们增添快乐，弥补遗憾

夜空中的光
是你，是你们
陪伴着人间悲欢

时　间

人们珍惜你，你是骄傲
人们渴望你，你是勤奋者的掌上明珠
人们喜爱你，你是闲暇者的伴侣

漫长岁月中，你见证青春
看人们的青丝变白发
记忆中留下那一个个绚烂的瞬间
甘醇而清冽

上班踩点的人需要你
赶着上课的学生需要你
国家建设者们需要你
每一天你都陪着人们度过

在地铁上，在动车中
去踏青，去秋游
你记录着人间的美好
还不忘与孤独的老人畅谈

张灿隆

龙岩人。喜诗多年，偶有发表。

同学聚会

教你一些快乐生活的秘诀
比如，有时突然感到郁闷
你就应该去约会
去和同一小城中久未谋面的
熟悉或不怎么熟悉的一群同学
约会

约会不是去看电影（那很耗神）
不是去逛超市逛街（那很耗钱）
更不是去旅游度假（那很耗时）
我说的约会简单得很
就是在莲花山的某个客家圆楼饭店
喝喝小酒，顺便说说人话

菜是无所谓的啦
带上你的好心情或者坏心情
再或者是不怎么好也不怎么坏的心情
几杯客家老酒下肚
人话真话就流淌了出来
清澈见底
首先说起高头村那个叫江仲琴的和他前不久生重病的老婆
每个在场的同学都感动于他们对生命的执着与坚持
感动于他们的爱情的朴素与忠贞

再喝几杯　话锋一转

就说了我们那一届高三毕业那年

我们的班长大人

为了追求班上那个林黛玉似的女同学

信誓旦旦撕心裂肺的样子

大家至今对班长仍肃然起敬

又突然间说到那一次东华山还是下洋汤子阁春游

抚市的一个女同学摘了一朵红红的杜鹃花

捎送给了下洋街上的那个胡姓男同学

让那么多人　羡慕嫉妒恨

还说起了中川村最靓丽最有才华的女生

收到了体育委员的男同学的辣麻的情书

最好玩的是那个搞旅游的胡双玲同学

说要组织我们那一届

对谁谁谁曾经有意思但又始终未得逞的那些男女同学

来一次说飞就像小燕子那样就飞的裸飞

省得今生一直留下遗憾感叹

唉唉，别逗了

说说各自的孩子吧

是啊是啊孩子是免不了要端上餐桌的一盘特色菜

有的孩子还在念大学

有的已经结婚生子

有的开始做生意赚钱养家了

每个人说起自家的孩子都津津乐道

甚至唾沫横飞

最后，大家还说到了那些在深圳、广州发财、当官的同学

大家策划一下抽空去刮他们几顿大餐

让他们为我们包吃包住包睡

让他们破财一次

几个小时很快过去了

多么轻松多么无拘无束多么快乐啊

最后关头回归到自己

各自都长了些白发

老年斑也有几粒，记忆力不如高中

有些说睡眠老是不好

手脚有一点点麻痹

肚子有点微凸

于是一致通过决议

下次聚餐时不许再点那么多鸡肉鸭肉牛肉丸

大家一定要多吃青菜多打羽毛球多去天马山做爬山运动

步入中年，同学们都感觉暮年气温扑入眼帘

且行且珍惜

见一次就是一次

见一次就多了一份爱

见一次就多了一份温暖

见一次就多了一份人生的淡定与从容

见一次就多了一份对人生未来的更多期许

与坚定

张　威

福建省作家协会会员，邵武市作家协会副主席，《邵武文艺》副主编，第十八届全国散文诗笔会代表。作品散见《星星·散文诗》《散文诗》《扬子江诗刊》《福建文学》《福建日报》等报刊，入选《中国散文诗一百年大系》《福建百年散文诗选》《闽派诗歌》等选本，获第三届屈原杯全国诗歌征文一等奖等奖项。出版散文诗集《素墨》。

六　月

六月栖栖，风住过的街道
坐在巷口怀旧
檐口，滴落鸟鸣，游离的旁白

流水汩汩，坡道旁的女贞树
笼着绿雾
也开着，勾魂的香

抖音里再现的一首老歌
还在模仿
曾经的青春少年

我的童年，在遥远的夏天
附着之美，无处不在
它们交出时间的陈词，在六月停留

这世间，活着
就得有点深情，才有趣味
林白说：六月青草盛开，处处芬芳
星空，如此干净

沈育汝

"90后"，漳州人，毕业于闽南师范大学文学院，笔名北风。

雨

十月的雨卸下灰色面具
剩出一半面容。它左右施舍
体温潮湿，慌张而羞涩
它以枯瘦的力量和速度
溅起一个个重复折叠的颤音

从午夜，缠缠绵绵不断
它打湿人类的睡眠
剥夺最后一道光。它深入黑暗
摸索大气中飘浮的神经
它主张袭击，擅长思考
它坠落，又飘起

它本想快速撤离，不料
却陷在黎明前的沼泽里

无名者

是一声古老的呼喊，暴露了
岩石背后漫长的伪装
旧事物睁着大眼，惊恐于

新生的靠近的无名者

尘土与风，无故走向腐烂
存在的形容突然被抹黑
一场雨却埋进土里，催生
又发霉。是无名者的骨骼
吐出灰白的诗句和鸟
剩下亏欠塞成一团

时间翻开他的魂灵
飘出一身铁锈。无名者的
孤独结了痂。他皱起眉头
像痛苦一样的庄严

卓十八

南靖人，小学教师。偶有诗作发表。

朝天椒

一定还有什么我所不知道的
磨难。在无数水深火热的岁月里
小心翼翼地隐藏自己的锋芒

不要用温柔的眼神
注视我，隐藏在绿叶间的疼痛
指尖传递的尖锐
让人间沸腾

内心热烈，外表柔软

即使，烈火焚身

我都得守住自己

火辣辣的秘密

英 子

漳浦人，医生。热爱诗歌，闲暇读诗、写诗。

牛

时间在她瘦长的路上奔跑

一个不速之客

悄悄潜入汉水，掀起风浪

紧急关头

一头拓荒牛，出手

亮出一道指南针

操场上

一匹匹驰骋的战马

风驰电掣

突显

英雄虎胆

一朵朵青春的花儿

风尘仆仆，逆行而上

来吧，看

一叶叶

黎明的通知，在线

曙光

很快就会来到

阳光之下

老黄牛挑着花盅之眼

举世瞩目

夜朦胧

万籁俱寂的夜搭起一间屋子

心把月亮

和灯光一起收编

在心灵的旷野上

所有的明亮盘踞

拇指和食指间，神走来走去

走出一片梦想的沙滩

奔跑的语句沙沙作响

金子般的字符

一个个灵魂的海洋

我在这宁静的小屋中

沉溺不醒

夜，继续朦胧

纸上空洞的文本

还没想明白的，继续不明白

考验是天使的导航

林水火

笔名绿帆，漳州古雷港人。正高级教师，福建省特级教师。漳州市作家协会会员，漳州古雷港经济开发区作家协会理事。《中国诗》《齐鲁文学》2020 年签约诗人。诗歌作品散见各种报刊及网络平台。

看不见的手

月牙留给大地神秘的想象
看不见的手
抚摸着三叶草的心跳
在夜色的掌心里
涂鸦着时间之外的五颜六色

刚落下的冬
照顾着秋被替换的感受
丝毫不想触碰老少的花花草草
看不见的手
策划着岁月赋予的加减乘除

此时，我以夏天的姿态和打扮
挑战中年余力
路过的桂花
贪婪地铺设一地金黄
路灯在眸光的门口频频点赞

只喜欢将永远留在呼吸的当下

冬天的风景依次拉开

俗物渐渐适应了季节的变换

以爱的颜色

接受全新的淬炼

落叶的背后

或将深藏着更猛烈的萌芽

三角梅火焰树鬼针草

成熟的绿色

披上自然界有仪式感的萧条

风换上一个新的名字

随处流浪

各种姿态已被习以为常

在季节里的徘徊

只喜欢将永远留在呼吸的当下

正常的眸光

风景似乎放慢脚步

却记不清多少的曾经疾驰而过

云的想象扎根大地

渴望在云端上

仰视低于眸光的大小事物

眺望自己喜欢的

包括最早假设

事实上，如此短浅的眸光

走出了圈内的距离

渺小里的微粒

大海中的高山

理想终归是美好的想象

将完整的脚交给了大地

熟悉且不迷失

顾虑被阳光带走

习惯就守住陀螺的重心

狭窄里的宽阔

朦胧夜色将想象的风景朦胧

太阳眼中的事物

接受黑色包装

守住的

模糊了彼此的棱角

我在夜色里与大地放慢平仄

遇见了光

光也遇见了我

彼此的喜欢

有了夜色里朦胧中想象的浪漫

夜色掩饰了不确定的喧嚣与拥挤

在光的世界里

我成了光的组成

狭窄里的宽阔

我看到最真实的路上的自己

林丹娅

文学博士，厦门大学中文系教授、博士生导师，厦门大学中国语言文学研究所所长，福建省作家协会副主席，厦门市作家协会主席，中国女性文学委员会副会长，中国当代文学研究会理事。主要研究方向为中国现当代文学、女性文学、性别与文学文化。发表《中国女性文化：从传统到现代化》等论文多篇，主编《女性文学教程》、"女缘丛书"等多种，出版《当代中国女性文学史论》《中国女性与中国散文》《用脚趾思想》等论著与文学作品集多部，主持"性别视野下的文学语言"等国家级、省部级社科基金课题多项。

六月，到漳浦

六月，总到漳浦
以诗歌之名
其实它早已沉沦
在很多年前
因为言语刀片
隐晦莫名，恣情呼啸
似乎触者无赦
遍体鳞伤

总是六月，到漳浦
赴阳子之约
其实它早已沉醉
在一道辉光里
诸如逐腥鱼类
勇跃浩淼，诗意汹涌
究竟是来舔伤
更似受虐

林艺辉

福建省作家协会会员，漳州市作家协会理事。著有《医患沟通奥秘》《智慧的奥秘》。

假装很幸福

远方，流浪的小浪花
正在邂逅一段没有预约的漂荡旅途
它不再流淌，只想停靠
在海边偏僻角落一个陈旧的木制酒杯中
盛着时光憔悴
版图中也有心醉花开的声音
潮汐漫过岩石在假装窃笑
悲欢离合早被它吞噬

厌倦，不仅是徘徊
梦想把一片安静的草原搬到海浪中层层裹住
寂寞的声音笼罩在树枝上歇息
晦涩的记忆已经被抛向遥远的天边
饥饿在空中弥漫着期待的味道
曾似错位的幸福被刻意隐藏

看，梦魇中呈现的迷人场景
童话世界还在，冰雹在雨中凄美地歌唱
它舞动着，那是洁白到没有边缘和线条的透明色调

伸出细长的双手，把晚霞中的美捧在手中
宛如打开通往世外桃源的栈道
瞬间，已是一辈子……

林进强

东山人，居漳州，福建大美纵横文化有限公司创办人。1994 年漳州二职学校毕业并留校任美术教师。2018 年 4 月在东山举办"个性声动"林进强素描精品个展。现从事绘画，及专业美术高考教育工作。

古城纵横画室

夜幕

在圣贤文庙相伴的华灯明下

都说，爱上这幢楼

是因为有着某种味道

其不然，爱上这一幢楼

或许是

为一段尘封的往事

为一份追梦的执着

也或许

仅仅为的只是热爱

就像爱上一个人

有时候不需要任何理由

没有前因，无关风月，只是爱了

沉浸，熏染

注一往情真

让画语

在柔美的季节里起风

古旧，依风

伴一晚老收音机

任由街道穿行的影音

在暖暖的画室里流淌

静许，凝望

沏一壶浓茶

放心灵

在静怡的夜色里徜徉

古城街的牌坊

"德配天地"

"道冠古今"

一路如古诗词巡去

大美或许晚了些

心中的花已悄然绽放开来

练暑生

闽江学院人文学院教授、副院长，闽江学院语言文字委员会办公室主任，闽江学院—福建省社会科学院"闽派批评"联合研究中心常务副主任，福州市作家协会副主席，福建省文学研究会常务理事，福建省文化产业学会理事。长期从事当代文论、当代文学研究与创作，2002 年至今发表各级各类学术论文 50 余篇，其中核心期刊论文 17 篇、权威刊物论文 3 篇，出版专著 3 部，三人合著《文学理论》（国家"十一五"规划教材）1 部，主持省部级课题 1 项。

20 年后路过林浦村买了一盆黄甲鱼

我对死亡感到的唯一痛苦是没有叹息

肉欲与灵欲如智能一般平静、迟缓却偶有跌宕

当时是被旧事扔下了汽车，徒步走到公交车站

林浦村被我横穿过去，没有一点点的呻吟

跟平时没有什么两样

一些考证过的石头模糊之中有一些印象

爬上去的时候，路面平整，配上远处的桥亭

一种古代的幻觉很快出现，这个地方确实还是一些景色

山阴道上的故事、森林里的骨骼

头戴瓜皮小帽，身穿旧时衣冠，将一些细微的表情

刻画出来，包括过去梦醒后无路可走的乡愁

放在客厅背后的书架上，想象词人的模样

吐出你我不可言传的理想

林浦村现在接入了南台大道

我提着一脸盆野生物种，头皮发痒

手指动作受了点影响

开始想象强硬、苛刻、粗鲁和暴力

表面上并不是一封情书

不同于《百年孤独》，窃窃私语，或长声哀叹

书中的神秘的行动，却有好多次

告知人们，会腹泻、吐黄水，常常昏厥

粗硬的头发闪着民族的光，让人生不如死

然而旧时江水潮湿得厉害，天空乌云密布

人们按照习惯，男女分座，统计雨后出来的蚂蚁

为一天的初战告捷在床上翻来覆去

为了亚麻衫在黑暗中沙沙作响一阵

沉溺于最后一张祖传的床上，浑身无力

态度相当人道，用锦葵叶和橘皮煮成其貌不扬的水

培育了良好的镇静效果

住在这个地方，我们苦修美好

相忘江湖，桀骜不驯

它叫作都市、城市或者是城里面

可以看到洁身自好的山，有着天恩的变化

在另一些地方，应叙述着同样的村落

年年遭遇冒雨横渡的淑女，带伞记下了闽江的贞洁

我扮演了一个优美的男子不分四季

顺着江流而下，饮酒过度，两岸一时明暗对照

歌声如思想，一鼓作气，李白夫妇郎才女貌唱起了南宋北宋

这些感觉多半令人不快，影响了机智的鱼

完全不开化，非常贪婪

佯装一对秘密情人，深沉、博大、淳朴

隐藏在金属的仪式后面，养成难以言表的温良

出现在青浦街上，不对，是林浦村口

压迫我，奴役我，让我记错了村子的名字

忘记了这里是一个王朝带来了末日

豪华的船只表达了

他们的焦虑，像马铃薯的皮一样的明确易见

秋　水

参加诗刊社第三十一届青春诗会，鲁迅文学院第三十一届作家高研班学员。著有诗集《有时只是瞬间》。

太　阳

远山淡去

日头正在下落

时间之神，高举一盏散发母性的神灯

光晕如涟漪，在空中绽放

亿万年了

这颗孤独的火种

用不渝的热情

照耀善良，也照耀罪恶

迎接生命，也目送消亡

永无休止般，升起，坠落

在虚构与真实的美之间，往复更迭

掺入命悬一线的希望

令浮华尘世的我

暗夜里卸下戒备与伪装

以短暂的赤裸和死

等待光芒万丈的复活

赵艺惠

全国第七届少代会代表，全国优秀少先队辅导员，漳州市少先队副总指导员。爱好诗歌及诗歌朗诵。

你是谁

七年来

你一直幽居在我的心口

我放下过山海

也放下过天地

却未曾想过放下你

你是谁？谁又是你

你是温暖是爱

是阳光与黑暗

前行还是退步

我在轮回的路上心惊胆寒

人群中我遇见了你

触手可及

却只能默默相对

而到紧要关头

月亮就弯弯　　思念就圆圆

我是谁？谁又是我

我是牢笼　亦是自由

如何能把尘世的路一次走完

桃花刚入尘埃里

我就知道死得过于荒唐

天地无常　回首一望

一颗心与一颗心要是契合

完整的人生

要靠多少爱支撑眼下

用诗情画意如何通透风情

人生啊

一念之差便落叶纷纷

天凉了

每一滴眼泪都温暖着你我

来尘世一趟肆意潇洒

管他谁是你我

"巷"往

街道上热闹又喧嚣

密密麻麻，令人向往

陈奕迅的《十年》
一遍一遍，单曲循环

车，拐进了巷子口
心，莫名其妙地跳
我知道
你在等我，与爱无关

中间发生了什么
平常到无须赘述

你，站在巷子的尽头
久久地，目送我消失
在拐角处

我，回眸瞬间
泪，悄然滑落

熟悉的街头，陌生的温柔
是巷子口的那个身影
吞没着我的每一天

劫　数

你是古印度人
用以计算时间单位的通称

你出现在《摩诃婆罗多》时
人类知道了时间
长可以长到无限长

短可以短到一刹那

是的，你与爱情无关
却让多情的人类
认识自己，迷恋对方
爱而不得，难舍难分

我是你的过眼烟云
你是我抹不掉的痛
终是梁祝化成了蝶
你是心动亦是劫数

可是我
已经好久没对人心动呀
你怎么
就变成了我过不去的劫

洪 玲

漳浦人，1993年生，银行职员。

心 霞

微风缓缓抽打着柳条
这力的微麻，来看春天的热闹
它趁着间隙打着哈欠伸展着腰

天边闪耀金子的云

悄然探身

粼粼波光中谁顾影自赏

朝霞

晚霞

一切是春天的刚刚开始

一切正在春天刚刚的结束

诗的小太阳

今天，我想写写太阳

它悉心地

把柔软的光

匀满目之所及

谁

有意或无意

踏入这片领域

它温柔的小刀子

如目光，如炬

如我眼前的一路霞衣

如七彩琉璃

种在每个人有意或无意的眼瞳

胡碧福

福建省作家协会会员，漳州市作家协会常务理事。高中开始文学创作。诗作发表于《诗刊》《诗神》《福建文学》《台港文学选刊》等刊物。与人合著《漳州七人诗选》。

壁 虎

呵，游荡，你终于找到一个恰当的词
用以描述我们深夜的相遇
你孤悬于峭壁向我俯瞰
我自囚于四壁向你仰望
你和我，从来都不曾落到实处

很多时候，我匍匐而行
也许，暗地里我们已置换过彼此
可是，每次相遇
你总是左顾右盼，迟疑多于惺惺相惜
一个虚无主义者，怕被我
拉作造梦的同伙吗

好吧，壁虎的你
你回你隐身的角隅潜伏
我回我酣睡的卧榻装死
白天，人前，两不相见
夜里，各自，抱手抱脚眠

想起一个人远去

不知道为什么，我常常
反复想起一个人远去
如此着迷于一个虚构的情景
是不是自我折磨的一种

是不是人生愈来愈少的一种
在人潮涌动的黄昏的街上
我也是一个随波逐流的人
我会突然想起一个人远去
像个木头人一样，茫然伫立

写作时，我会突然停下笔
想起一个人远去
一个虚构的场景
使我的一生更像是虚构的
使我深觉，这一生再怎么写
也是无用的

是否我平静的人生，需要一场痛彻心扉的别离
在清晨，在黄昏
在午夜梦回时
我伸出双手拥抱
身边只剩下冰冷的空气

想起一个人远去
远去的那个人，也许正是我自己

徐小泓

东山人，现居厦门。中国作家协会会员，鲁迅文学院第三十二届高研班学员，福建省青年作家委员会委员。主编出版全国师范院校教材《儿童文学》，主持过多场文化活动及多位文化名家访谈，获多项全国专业奖项。出版诗集《草梅之语》《后来》，随笔集《孩子，你是诗性的理想》，散文集《蜜食记》。

浮　木

有些日子
过着过着，就成了一块浮木
随波逐流

有风的时候
也许，能冲上岸
更多的时候
是死亡的另一种形态
它千疮百孔，布满细小的伤痕

浮木
游游荡荡，漂漂摇摇
没有人记得
曾经，它也属于深海

十月初二

这个秋天，我飞了
很远，走了很远，最后落地今天

农历十月初二
这个日子的现场，我在，一直都在
闻得到院子熟悉的花香
看得见屋里摇头摆尾的小白
还有你，你擦着湿湿的双手
解下围裙，说
"回来啦"

这些年，我打开味蕾
吃胖了无数道思念
记忆却越来越瘦
面目模糊。只有最后的味道
是你说想吃的那盘青菜
我都还没来得及尝上一口

还没来得及的
还有很多，多到挤满了每一年的
十月初二

十月初二，我在，一直都在
在这个日子里面
这是一个标准的时辰
但我不知道，该用什么样的标准
来过完这个日子

现在，我站在中原的土地上
据说我们的祖先
从这里，浩浩荡荡走到闽地
他们会不会知道
有一个子孙回到这里
面向黄河，心朝大海

就这样吧，魂兮归故里
在十月初二。正午
听见我轻轻说
"妈妈，忌辰快乐"

徐晓红

福建省作家协会会员。主要创作散文随笔、小小说、诗歌及摄影作品等，作品散见省、市报刊。

端午·屈原

山谷里烟雨迷蒙
河面上光晕迷离
把粽子轻轻放入水中
一个旋涡
只见鱼儿不见粽

你独立汨罗江边
多少无奈，多少伤感
"路漫漫其修远兮"
"举世皆浊我独清"
斗转星移　刀光剑影
长河中涌动着千古名言

每点雨滴
流淌成不回头的路
每一滴清水

皆与真理一样分明

这全因了

硬质的骨　柔软的心

素　白

居平潭，为某旅游杂志编辑。作品散见国内各报刊。

半打灵魂

只有那个卖眼镜的先生

带来了今年新摘的花生

我们多数人　总是两手空空

我们喝茶　聊天

看一朵云和另一朵云相遇

再聊天

看茶水沸腾时跳进每个人的眼底

有时　也说一些伤感的话题

比如一粒稗子　提心吊胆的春天

一朵花　羞于枯萎的部分

以及一些人

守着半打纯洁的灵魂　在午夜

醉酒般对着月亮的余温　掏心掏肺

郭志杰

中国作家协会会员，中国文艺评论家协会理事，《福建文学》杂志原执行主编、福建省文联文艺理论研究所原所长。主要创作诗歌、散文随笔、文艺评论等。

云

云上不着天，下不着地，在属于自身的轨道上或停留，或移动。但更多的时候，云总是匆匆漂泊，或许云葆有的就是一颗流浪的心。一旦将辽阔的天空作为自己的舞台，云就注定了一生的使命。在漫无边际的蔚蓝里，云是天空的波浪，云让天空有了自身的律动，尽管这一律动不事喧嚣，甚至静到了极致。但在云的表情里，我们看到了万物的轮廓、万物的形状。云在不断的移动中改变着位置，同时也改变着自身。如同将偌大的天空作为画板，云在画板上不断地创造着，表演着。它不在乎拥有多少观众，不断地行动着、表达着，无声无息地涂抹着天空这一虚无的背景，用人类所能想象的一切，或不曾想象的一切，构成自身独具的形态

因而，从某种意义上说：世上没有唯一的云、禁锢的云，云是想象的集大成者，云是变的行动者与贯彻者。云是一种共享，一种统一意志的共享。不论我们如何竭尽所能，都留不住一朵固定的云，不变的云就不是真正的云。就如同水写在流动的河道里，云写在被风逼迫、被风鼓动的行程中。云留不住自身，就如同风留不住自身一样。但在云的身上，我们发现了风的行踪，风通过云的移动、云的喜怒哀乐，充分表现着自己。因而，云的逍遥游，写在风的形态里；但云仍有自身的洞见、自身的行动方式。云并不是一味地趋同，风吹得到的地方，并不见得都飘着云的身姿。云坚持着属于自身的高度，这一高度是云的独享，或者说：唯有会飞的翅翼方可分享。谁也无法将云拆分，种植在土地上。云的根扎在空中，虚无的空中是云密布的基地。云就是在这广大无垠的领地上建立起属于自身的王国

在云的王国里没有边界

白　纸

面对一张白纸，我们可以有多种选择，因为这是一张白纸

一张白纸给我们提供了许多可能，这种可能来自种种的介入、种种的渗透

在一张白纸面前，一切都显得那么不确定，因为一张白纸是张不确定的媒介；它屏声静气，期待着一种变化。一张白纸的变化是最轻的变化，也是最重的变化

在不同的选择面前，一张白纸的变化是不同的，它的意义就在于这种差异。假如所有的选择都是一致的，一张白纸的存在就变得多余

我无法用声音来干涉这张白纸，一张白纸的坚守是默默的，它所传达的意思也是默默的，或许，它所抵达的目标也是默默的

面对一张白纸，或许我们有许多企图，所有的企图加在一起，让一张白纸都装载不下。但一张白纸代表所有的白纸，它隐含的意义应是所有白纸的意义

就因为是一张白纸，一张没有内容没有负担的白纸，就为选择提供了最好的空白，空白是一张白纸的全部价值。一张被涂抹的白纸，就不是一张白纸，而是让主观介入，意志渲染的白纸。它已属于某一个人。谁在一张白纸上留下痕迹，这张白纸就归属于谁

在我们的一生之中，或许要时常面对一张白纸；从幼儿的作业，到成年后的内心独白，一张白纸构成我们必须的材质。面对一张白纸，透过一张白纸，或许我们将看到一个更硕大的期待，它就隐含于一张白纸的背面

生命就如同一张白纸，必须用一生填写

夏 敏

1996—1997 年在北京师范大学做访问学者，现为集美大学教授、硕士生导师，福建省民间文艺家协会副主席，厦门市作家协会副主席，厦门市闽南文化研究会副会长。致力于民间文学与文化研究，主持国家社科基金、教育部社科基金等多个项目，学术著作获中国民间文艺山花奖、福建省优秀社科成果奖。

遗 书

亲爱的，我后悔写了"新死亡诗派"的评论

十年来我从未赶走死亡意象，直到现在
我明白有限的生在等无限的死
那逃无可逃的死才是血液在身体旅行的终点
才真正是我们的专利和我们致命的力量
在死亡的前提下，生活不过是
夜间追逐的一阵黑风，尽管勇敢或者疯狂

亲爱的，就在我写完那篇评论以后
我便逃出户外并恶狠狠地折断一节树枝
我明白人的生命就跟它一样
我终于把《般若波罗蜜多心经》扔进垃圾桶
从此以后不再购买太多的书不做太多的事
也拒绝跟智者谈论有关生命的终极理论
不再想继续按照别人的方向而生，死也不想

亲爱的，我们活着难道不是一而再地上当
只有想起死亡我们才会真正眩晕并感不祥
会想起一棵胖乎乎的大白菜在田里腐烂
因为怕死，不要学普拉斯眷恋死亡

不学叶赛宁、海明威、川端康成或者海子
更不学塞克斯顿写了死亡并成功自杀
而得了普利策文学奖
因为怕死，所以对"怕死"二字用不着隐瞒
这当然不会是鲁迅所说的"直面死亡"
也不写《遗书》之类的诗以至内心恐慌

亲爱的，的确写了那篇讨厌的评论以后
我开始格外小心煤气、电线、水果刀
害怕劳碌、艾滋病，对于疾驶的车辆忧心忡忡
从此我要么老把自己关在屋里
要么强迫自己进行户外运动试图将生命再做延长
从此我也确实写过许多文章，却害怕表达死亡
职称评委批评我写的不是深刻的文章

亲爱的，死亡正向我们召唤，没有标记也没有提示
因为想活，我便学会了各种谋生手段
亲爱的，坚守怕死的胆怯吧
为了偷生暂时避开死亡来袭
哪怕自己黑上一回，哪怕在精神的渊薮里流浪
不想坚守高雅是因为不愿深思死亡
我也不想流于日常是因为活着老套和麻木
死亡一次又一次地成为使得你我尖叫的刺芒
亲爱的，一旦患上死亡的病症
只能扯着嗓子为死亡悲鸣或者歌唱

高　翔

职业画家，现居厦门。

囚　室

房间里
找不到下脚之处
稍不留神
可能会
被室内的杂物
绊倒
甚至一转身
还会蹭一屁股
五颜六色的油彩
日光
从窗口慢慢渗透
自囚的味道
虔诚和平静
在微尘中弥漫

遍地狼藉
放眼一片垃圾
完不成的救赎

而我
还在这里

素 描

公交上
我划着手机
一个民工上车
他就坐在我对面
落满尘灰的安全帽
皮肤黝黑
一只手
紧握着泥刀
青筋在油腻的汗渍下
突突跳动
他的眼神直视
没有一丝表情

我挪了下坐姿
望着窗外
那些不起眼的街道
一闪而过

夜 已很深了

夜 已很深了
我能清楚地听见
窗外
橡胶轮胎在柏油马路上
发出的沙沙声
声音不是很大

但在夜里却很清晰

要是白天

阳光会把这沙沙声淹没

而我也只能看见

一辆辆汽车的驶过

谢华章

福建省作家协会会员。在《人民日报》《福建文学》《厦门文学》《诗林》《绿风》等报刊发表作品 800 多篇（首）。有作品入选《福建诗歌精选》等几十种重要选本。著有散文集《行走的记忆》等 3 部，论著《客家土楼营造技艺》1 部。

激情与旋涡

犹如美人鱼舔着舌尖

卷起的风，淹没一座村庄

一颗风动的石头

激情与旋涡让人异想天开

候鸟啄着鲜血淋漓的骨头

溺死南方，沙滩带着签证远去

所有湖泊都长着不同的水草

像我的情人，在水中央

最后的空间

只为婴儿的一次啼哭

道 德

漳浦人，画家，职业建筑设计师，"大美纵横文化发展"创办人之一。学诗，早期新死亡诗派成员。

成长记·前奏

从海房子走来
在楼厦中美与术读着前行
开始或是也已经是了
心与肉的距离是骨头的意义
还有枕边血是配制早安时
这缕清淡的晨风
回到村里时妈爸种地上的花
——那朵大略似歌的胸怀
人生的培育没有重来
用一生艰辛当成继续的
带动了已动起来的他与她

还有我的那张批
洋溢激情向往的字里心间
后来回到了求学中的"黑与妹"
呼呼嘿啊呼嘿呀
是的！诗能忘了生活里的模糊
那就写下吧
我想成长成——你们的那个样子
但求有那么一两次
"暧昧上头的那几秒真的就是爱情"
精彩的是前戏的过程

事业也是，友谊也是

"和你在一起"也是

到那点了——我们与我们对上眼了

……终于将就了不夜的现在

如果有人更让我驻足仰望

那也就是天上的人儿了

放进手里的那些 8 与 9 交集

如果又要摘抄对她歌颂的文字

来吧，尽量说成"喔咪道佛"

曾镇南

漳浦人，1970 年毕业于北京大学中文系，1982 年毕业于北京大学中文系文艺理论研究生班，获文学硕士学位。中国作家协会创研室原干部，中国社会科学院文学研究所《文学评论》原副主编，研究员。1981 年开始发表作品，1982 年加入中国作家协会，论文《论鲁迅与林语堂的幽默观》获首届鲁迅文学奖。著有评论集《泥土与蒺藜》《缤纷的文学世界》，专著《王蒙论》，文学论文集《生活的痕迹》等。

旧镇的那一座老厝

在旧镇的大路口

路边的陡坡上头

几棵苍茂的高树

环护着老厝沉思低首

这里有一对爱诗的诗侣

这里有一群嗜读的友俦

他们收拢了岁月、风雨

在一个诗派的发酵中辐凑

四壁环书的大厅里

不时有诵读声飞出户牖

在高过屋顶的板棚上

诗迷书痴们的歌呼吟唱，语劲声遒

这里的诗声

有的热情如春风

高朗如霁月

清远如刁斗

与你同声相应，同气相求

这里的诗韵

有的险仄若崖路

冷艳若冰花

幻变若浮沤

或与你异调相斥、殊途不侔

那又有什么关系

主人永远是敞怀笑纳，开轩揖友

等着你来，陌生的新朋

等着你来，熟稔的旧游

有道是异嗜同趋，有诗无类

这里可让你自由择取，任性弃留

哪怕这里成了梵音寂灭后的古寺

哪怕这里变成了鼓乐齐鸣的戏楼

别让我们诗派的名字吓走了你

死的断崖边，梦的残缺处

依然会有生命的喧唱方稠

当你走出老厝的门口举目回望
"天读民居"
四个大字从青苍的树影里倏然闪出
撞你心扉，豁你眼眸

"天听自我民听
天视自我民视"
这是远古哲人冷峻、闪击的一瞥
这是百代过客热辣、执着的探究
如追光，锁定了天人之际的秘密
像偈语，点开了脑洞，弥缝了金瓯

好呵，天读民居
好呵，民读天佑
天读自我民读
一部人类文化史从这儿起头
承接漳浦宋代藏书家吴与的余绪
延展梁山下"吴奉议书室"的格局
借力施琅将军的征帆
天读民居
续写着浦邑读书史的春秋
记录着当代新语境的民讴

它是闽南文化的一个胎记
它是书香漳浦的一座高丘
呵，天读民居
旧镇路口的那一座老厝
却原来是不羁之才驰骋的泽薮

关于它的传说，绵绵
关于它的记忆，悠悠

简清枝

"70后"，策展人。中国作家协会会员，中国文艺评论家协会会员。出版文艺评论集《大道至简》、大文化散文《漳州牌坊》、诗歌集《在朋友的琴行》、诗歌散文集《清心》等。

在旧镇

我是很晚到旧镇的
这个陌生的地方
因为住着一个朋友而温暖
夜的灯火暧昧而孤独
初冬就这样掩盖了整个西海岸
和布满尘土的房屋

灯打开了
还有几瓶冒着白沫的啤酒
我们各自谈着现在和将来
沉默时，彼此可以听到心底的叹息和等待

今夜　我是旧镇的过客
我会将一生中的一天交给了它
当我微醉时
我会枕着若有若无似远犹近的波涛睡去
而我的手边还会有一卷诗歌
一只眼镜
和几枚零零碎碎的梦呓

冬天的波罗蜜变成一只黑色的蚁巢

阳光透过龙眼树的小手掌

它们铺展在石凳上

成了这个季节暖色调的桌布

我就这样安静地享用阳光的早餐

光亮的额头

因此也洒满温润的安详

一杯清茶　　就是一杯幸福

一页诗章　　就是满怀烂漫

我在想

就这样度过一个上午　　一个下午　　一个冬天

我甚至计划着春天时再来一趟

看看这满院的花草凄然

看一只心存戒备的猫

无声地走过月季、桂子和一支嘀嘀哒哒的水龙头

然后与一棵旧年的树谈一谈

用手去拍拍它的肩膀

还用脸颊贴着它的躯体

听听紧紧包藏的心跳

和时光轻牵衣襟的呢喃

海就在身边

一条新开的高速公路

日夜奔流着工业化的欲望

一天只有二十四小时

没有第二十五小时的安静

我们只能依靠心灵

让一些思想泊在这片龙眼树下

一片荒芜的草坪上

这应该是我最后的庄园了

明年或者不久的将来

它就会变成我极度陌生的地方

但我现在定要百分之百地享用它

享用一整个上午　六十亩的阳光

一整个冬天　一年中全部的温暖

我是纷扰生活的弱势者

很多争吵还没开始我就已落荒而逃

只有在今天上午的旧镇

我写诗　满目忧伤

我认真地说出一些想法

心底的自信蔓延而来

像脚下的叫着的潮水

咸咸地一次次地

冲刷着一个人的倔强

蔡　润

福建省作家协会会员，莆田市朗诵协会副秘书长。作品散见各大刊物。

千年古樟

在一片荒芜之地中，默然生长

1700 多年时光

看遍日升月落

朝代更迭，春来秋往

历史长河中，一切灰飞烟灭

古樟一直都在

粗壮结实，绿荫如盖
但你可曾知道它的艰辛
曾被砍伐践踏
曾遭遇种种磨难
岁月留下的斑驳
斗转星移中诉说着苍凉

明媚春光照耀下
我看到你满树樟叶、火团锦簇
我看到你，经雷电洗礼
愈加苍翠挺拔
远处翠绿的青山
吹拂的和风，明媚的阳光
大自然的甘霖普降
不可思议的奇迹
造物主的神力
锻造了独一无二的你

穿越城市的繁华
看到了家乡的方向
找到了回家的路
归来的
都是少年时的模样

管富红

漳浦人，1994年生，中学教师。

雪

在外婆住着的东南小镇
一场雪下着奢望
它在北国讲过的故事
是诗人笔下白茫茫的一片
外婆丢掉手中的拐杖
笑着，张开双手
手中的光接住
几乎错过一生的一片雪花

它恰好荡在外婆的指尖
给弯曲的手指戴上大自然的戒指
或者落在粗糙的掌心
像捧着岁月遗落的宝石

外婆佝偻的背努力直起
颤巍的双脚在雪地踩出自己的脚印
犹如刻录一部部无声电影
还是遥远的梦
抑或是难以触及的回忆

再冷一点吧
把时间凝固
任过往的繁华擦肩离去

碎成一丝涓风、一朵红梅

落在外婆堆积的岁月雪人

母 亲

似乎又老一些了

母亲的白发愈发放肆

满怀野心试图吞噬残留的青丝

额纹不停繁衍

听得见平滑肌肤被拉扯变皱的声音

她不得已爱上深色衣物

爱上了失眠

也爱上了后知后觉

我也不再是少年

门前荡漾的秋千变得乏味

天真时不舍离手的风筝也已闲置多时

当年迷恋的名著蒙上了灰

那银子般的灰

一颗为旅行蠢蠢欲动的心

再也没有说走就走的砰动

而如今

似乎就想和母亲一起静静地翻着老照片

笑着说起每个泛黄的故事

留不住四季的花开花落

寻不回完整的黑白电影

就算你已老了

就算我不年轻

只知岁月还静好

万物还旖旎

有我

有你

足矣

燕 祯

1987 年生于漳州市芗城区，国企干部。

久 坐

一个人，久坐成冢
以致落花也停止飘动

一句心里话，一点一点碾碎
一点一点堆积旋转
堆成沦陷的稻草人

一片天空，一节一节地黑
守护我的神儿无影无踪

一颗蜡烛，一段一段地亮
代替你恍惚的温暖

无 眠

一夜。睁眼到天明
归功于中午的饱觉和下午的铁观音

细听像幻想在浅唱低吟
隔着无他身影的时空

对于美好食物的可望而不可即
挣扎于渴望与绝望的边缘。像是在渡槽边

要有多坚强，才敢与茶树仁立平行
要有多勇敢，才能离弃所有团聚

一个旁观者的身份
像个骨子里塞满难懂的胆小鬼

唯有这样黑暗厚重静谧安全的夜晚
才敢摊开手心，细数所有的幸福

西燕田野

这是思想的田野、情感集散地、文字小仓库，这里收纳一切有营养的"精神食粮"。

田野可"种植"一切食粮——水稻、麦子、高粱、甘薯，这里将"安放"牛羊、白云、花草、彩虹，这里随心切换四季，无拘南北西东。

田野上的"稻草人"守候朝露，也期待黄昏；渴望丰收，也包容秕谷；渴望不同的声响，也坚守自己内心的思索。

王秀萍

明溪人，笔名东篱下、醉明月。中国诗歌学会会员，三明市作家协会会员，三明诗群"滴水村落"秘书长。诗歌散见省内外报刊及网络平台，入选多种选本。

叶落如花

一曲离歌

浅唱在秋风里

带着夜的气息

一片一片拂过微闭的双眸

在清冷的冬雨中

退到尘埃的色泽

树影阑珊

翻飞起满地如絮的思绪

在世间深秋里轮回

站在季节的深处

安静地想你

任风吹落一地的柔软
世事纷飞

六点半

本名汪云芳，"70后"，湖北通山人，客居福建，永安诗徒，三明诗群成员。

与落日有关

落日倒出陈年晚霞
一日一枯荣啊

空中，一匹马和一头狼
风中立下唯一的誓言：相爱，随缘
落日下的人们
盯着十字路口的红绿灯
走神。一生
多忙于进出城

天地都动了声色
明月在蓝过的空荡寂静处
圆了缺，缺了圆。红尘桂树多零乱

失眠是件苦力活

失灵。不停翻身调整
一个容器

不会放过一秒一分

如何交出阴影里的自己？成年人

这黑暗走向黎明的过程

必须独立完成

可以揭竿而起，陷入透明或昏迷

你是孤军。你是苦力

云　舒

本名廖舒静，大田人。著有纪实文学集《不忘本来》等作品。

大隐茶社

修一座茶社，为自己

往后余生，在和煦暖阳下

沐浴花香，手捧闲书

或品茶，或冥想，或修禅

给自己的心灵一个休息的角落

不争，不抢

不怨，不哀

看日出日落，品四季轮回

年轻时总向往那个所谓的江湖

倦了，也想如幽兰一般

长在深山幽涧

开在悬崖之上

独享这一份世外的清幽

花开花落，不为人赞
云舒云卷，不为人留

在大隐茶社，开个很大的窗
每天都看见白云静静地飘过
望栅栏外，各色车辆疾驰而去
追寻红尘滚滚，而我
只是一个看客
坐在帘下喝着花茶
望着屋外苍翠葱茏
或是打个小盹儿

雨天也是我所喜爱的
听雨水打湿叶子的沙沙声
格外的清宁

卢小琴

1979 年生，祖籍沙县，现居三明，爱好琴棋书画，笔名问禅。

六道门

一
上了年纪的头发
是知道黑白的宣纸
棋子打马过河

不论西东

二

据说

翻过一座山

就有一座庙

把庙翻过去

就有一片心海

三

我所不知的是

我一出生就懂得哭

一哭就有奶吃

我现在懂了

却哭不出来

四

柠檬与开水邂逅

舌头有了酸爽

我们总是彼此认识

寻求各种味道

五

我看过一棵小草

看过一行蚂蚁

我还看过镜子里

另外一个我

六

笔尖饱蘸故事

一起一落

有蜻蜓飞落

在荷塘蹲坐成一朵莲

古 风

三明人，曾用笔名古风余韵。写诗，作品偶有发表。

这一条河

掠过叶尖
降落天际
阳光里，一条河幻化雨雾
七彩的虹，总在风雨之后
才被人群寻找，欢呼

从未脱离轮回，如若亲情
这一条河因为流淌
血脉得以千万年的传承

末 末

本名林珠妹，大田人，三明诗群成员。

所有疼痛的发生，都是猝不及防的

爆裂的尖叫
十指连心
所有疼痛的发生

都是猝不及防的

门缝已完全打开
断弦处
声音戛然而止

哦，亲爱的
你举着瘀青的手指
谁是有罪之人

华　林

"80 后"，宁化人。写诗，有少量作品见于报刊。

本就不该对春天想入非非

我习惯沿着光的方向奔跑
指引我的并不是光
而是我心中那条路
坎坷、曲折、迷踪、悲壮
有时忍俊不禁
有时啼笑皆非

在这尴尬的年纪
本就不该对春天想入非非
但生命给了我无限的空间
任我郁郁寡欢
任我杀伐果断

有那么点想法又有何妨

当所有的鸟飞尽
留下空落落的树枝摇曳
望着枝头好像快要掉落的零零星星几朵烂桃花
我不禁想起春天的忧伤
一阵风吹来
一滴很大的雨突然落在我的脸上
一阵冰凉
害我以为是一坨鸟屎

江郎子

沙县人，国企老干，诗界新人。

蚂蚁搬家

蚂蚁刚刚脱贫，又搬家了

比不上土豪，拎包就去入住
比不上财爷，请搬家公司代劳
只能依靠自己小小个头
把囤积一辈子的卑微
一点一点地搬尽

替蚂蚁乔迁高兴之时，我感觉
体内好像也有一群在爬动

一群闲不住的时光

在搬运我的所剩无几的人生

伍昌荣

清流人，三明诗群成员，现代禅诗协会会员。作品入选《中国诗人》《中国民间好诗》《中国网络诗歌精选》《中国当代网络诗歌年选》《现代禅诗探索》等选本。

火车曾经路过一个个村庄

火车跑了，远了

火车曾经路过一个个村庄

那里住着我的爹和娘

站台还在昨天，泪滴却定格在今天

奔走一生的火车，现在慢下来了

终于慢下来了，慢下来了

作为一个时代的产物

荒草为证，夜夜促膝畅谈

锈迹和停留是爱，回老家

今夜无月

今夜无月

月从心里面来

在故乡的山上

站着，我是近旁的一棵松树

躺下，我是远方连绵起伏的一座山峦

一只只野鸟，不断从身体飞入飞出

一条条银鱼，奋力越出纸的湖面

朱超源

笔名平原、老牛犊，福建省作家协会会员，漳州市作家协会理事，平和县作协副主席、秘书长。诗歌、散文发表于《福建日报》《厦门日报》《闽南日报》《闽南风》等报刊。

无　题

久，未写诗

因为，不是满意之作

陈年老脯

总会嚼出不一般的味道

沉淀了又如何

若是以年来计算它的成熟度

其实，还很嫩很嫩

缸底，是温床，足以心醉的磨炼场

把陈年的厚重

馈以三分的微醉

那是解酒的良方，无非就是朴实了点

其实，朴实了又何妨

那就，留存淡淡的幽香

在唇齿间，在舌尖

再细细回味这份老道、这份原始

你说，那是堆积如山的执着
凝练而成的味道
老了，才更有劲
或许
咬过了，才知道

张永侠

江苏响水黄海农场人，现居福建永安，笔名张永霞、白荷，中华诗词学会会员，三明诗词学会会员，永安市诗词楹联学会理事，永安作家协会会员，伊诺文化传媒执行主编。作品散见各报纸、杂志、网络平台。

未言书店，灵魂的栖息地

坐拥未言
翻阅一份美好

执一杯咖啡
品读一抹流光

窗外，青山锁雨
缘于一座书城的感动

心境在知识里打磨
如一朵顿悟的莲

浮生，我愿执一段心香
相守于未言

巫仕钰

清流人。诗歌、散文作品散见省内外报刊及多种文集。

认领一缕阳光

你想认领一缕阳光，让它爬入窗口
照亮屋内的旧家具，所有
居住过的面孔，缓缓地走动
细心寻找，能捡到一两枚读书声

你想认领一缕阳光，折进
信纸的皱褶里，盖上中年的邮戳
寄给年少的自己。满脸温暖的邮差
在日落之前，赶往你的家乡

你想认领一缕阳光，藏在酒坛里
待到年老时，打开
呷上一口

芦　忠

"70后"，现居永安。曾用笔名一心、拂云、剪梦，三明诗群成员，福建省作家协会会员。作品获三明市文艺百花奖。著有诗集《我门已开》和散文集《遥听天籁》。

以云封笺

我想用洁白的小云
给你写一首短诗
晶蓝的天空是信笺
清风做邮差，它来自虎形山

我要折好信封，寄出三千六百里
那与海结缘的城
诗的内容就两行，一行一朵
一朵是你
另一朵，也是你

春天是一把梳子

用光
我抱紧花束

春天是一把梳子
轻轻一过，绿就重生

时 烨

大田人，喜静山秀水，品诗书年华。

心 灯

不是所有的微光，都可以罩着希冀

有的在巷子息影，安静且遥远
有的在岸边结群
有的一跳入眼里便遇见了风雪

夜里，我把马灯散出的微黄当成一种温暖

讣 告

今早醒来，雨
越下越大
亲人隔着黑白离我远去

清晰的人间只为腾出一口呼吸
白纸上的黑字，在泣血

陈培泼

大田人，政工师、记者。中华诗词学会会员，中国移动书画协会会员，福建省作家协会会员，三明市政协文史研究员。散文、诗歌、书画作品发表在《中国青年报》《工人日报》《中国钢笔书法》《人民邮电报》《福建文学》等报刊。著有散文集《足迹》《沂水微澜》等。

柚子花开

一树的白　简单明了
不用猜想
所有心事
都挂在枝头

用花香作引
把清明提前打包
下了一副重药
让怀念
一点一滴
穿透岁月的脉络
深入骨髓

杨朝楼

大田人，笔名柳月亭，福建省作家协会会员。散文、随笔、杂文等 200 多万字发表于海内外 500 多家报刊，在多家报纸开设过专栏。出版散文集《遥望炊烟》《凭海听涛》。

农 具

铁的精华。纯粹的物质
在田野上大面积成熟
牛的四蹄堂堂正正

农具纷纷舞蹈
握住精神朴实的手势
深入四季每一个角落
土或者水。内容丰富
出击的农具势不可挡
温暖着妖冶的炊烟。炊烟里
一批农具羽化，又一批农具诞生

生生不息，农具布满山村
生殖力如此旺盛
一些饱满的颗粒，顺着农具
到达山村古铜色的额头和背脊

白天早已关门，农具独自喁语
丰硕的细节深入梦乡
夜半睁半闭间
一把优秀的农具开始叩门

阿　满

本名郑文胜，永春人，现在福州工作。

蝴　蝶

夏天最后一只蝴蝶
飞过我的窗前
翩翩双翼
在阳光中翻动找寻

那些从前的时光
此刻静成一片午后的树林

一只蝴蝶
孤独地享受着
自己的飞行

卓 子

本名卓先辉，"70后"，尤溪人。福建省作家协会会员，诗三明成员。作品散见《星星诗刊》《广西文学》《绿风》《海峡诗人》等报刊。

一杯水

从一杯水，看江湖
看暗潮涌动，看风云闪电
凝视中，水也在看我
看我岁月静好，看我
霜染白发

一杯水里，有恨怨
亦有柔情
它从天上来，也回天上去
如果抽刀断水，指尖
掠过冰凉的刀锋时，就有
血液凝结

武 斗

本名林急闽，明溪人。三明诗群成员，滴水村落成员。诗歌散见报刊和网络。

山 居

月光洒满山野

我像随遇而安的落叶，隐身于草木间

不动声色，倾听

虫豸们此起彼伏的合唱

山风不理红尘事，不问我从何来

星星挂在窗外

一缕香烟快活地行走在肺腑中

我喜欢

这山中的祥和

在山中读诗，读到：两个人在雾霾里

走着走着……就不见了

我和草木窃窃私语

谈论雾霾，庆幸我们都还能活着

谈到生死，只不过山中的一撮土

漂 流

猛然间。从峡谷跌落的喊声

已碰撞水底

迁回，颠簸。飞溅起的浪花
在狭窄的石缝中喘息，拼搏

以一杆竹篙的力度。撑起
一个夏天

罗美如

明溪人，笔名心香物语。三明市作家协会会员，三明诗群成员。在报刊发表诗歌、散文（随笔）200 多篇（首）。

二　月

二月的花骨朵是我的襁褓
阳光软软地照在她的脸上
我的内心安静成一片叶子

一声鸟鸣
打开一个季节的天窗
一些草籽在梦中相继苏醒

春天的河流追逐着远方
一阵惊雷滚动着一桩心事
放生的那尾鱼别来无恙

这个时节适合倾听
雨的节奏
梵音，轻轻解开经年的心结

等到秋天登高望远
收回二月的目光
你会知道满山的红枫想述说些什么

郑铁辉

1950 年生，仙游人。福建省作家协会会员。小说、散文、诗歌，兼而为之。出版小说、散文集《百味人生》《花开花落》等。

处　暑

处暑之处　谓曰终止　夏天即将离去
我的手中　还握着湿湿的汗迹
夏的顾盼　似乎流连在花枝
回眸的记忆　那一大片一大片的翠绿
已金黄成收获的消息
生锈的镰刀已经磨砺
只待那一阵秋雨　敲响竹篱
开镰的阳光　便会摇曳飒飒秋意
窗外　一树桂花　已爆满馨香的欣喜

俞道涵

1993 年生于永安。浮草诗社成员。作品散见《福建文学》《三明文艺》《永安文艺》等。

秋　兴

秋天来了，宿醉的人在风烟中失路
忧愁的人在江湖诵诗
他仍旧待在南方的潮湿里，弊衣箪食，抽一支
西部的烟

小区院落，草木之香已散了两回
寒暖难定的天气终于安分下来
雨水止于暮色，台阶的裂缝中
长出新的丛菊

每临窗前，他总是想起天地、石火与露水
欲寄此身而不能，那茫茫的黑暗下
似有人驱车策马，穿行而过
他只想慢一些，在混浊中慢慢转身
将耻辱的油星从生活里慢慢撇去

细雨骑驴入剑门，和每一个杜甫一样，他明白
此种寂寞，有多高贵
一颗孤傲似水的心，有多辽阔

柒零年代

"70 后"，清流人。偶有诗作发表。

渔

两位老者，占用岸边一丁点地盘
往河里投下鱼钩、诱饵。静静等待

时值仲秋，秋风薄凉，蝉鸣失去炙热
钓者嘴上叼纸烟，"像叼着一截

骨灰"。浮标一动不动。也许鱼儿
发现陷阱；也许它，还在另外一条河里

这让我想起早年，好心好意种下酸枣树
除草、施肥，却一颗果子也不长

夏　沫

客家人，曾长期生活、工作于三明地区，现居福州。诗作散见报刊、网络。

时间变得多么有趣

时间变得多么有趣
离开你的人

过一阵子又回到你身边
悲伤总是越来越轻

除却时间，久远的事
都可以在心里更改
那个不曾道别的人
也早已忘记

幸福慢慢中止她的甜蜜
花会看见自己的果实
每个人变老的过程
都清晰可见

黄奕丽

"70 后"，居三明，笔名天马行空、风中雨荷。福建省作家协会会员，三明诗群成员，客家诗群成员，滴水村落成员。作品散见省市级报刊。

夜漫长

夜是坚硬的
晨光轻轻一碰，就碎了

碎成云锦彩绣天空
碎成炊烟，随遇而安

烟幕里　更多的阴影
肆意游走

多想打坐松涛夕落　如莲
坐于尘土之上　寂于尘埃之下

秋霜结在眉梢
青丝竟然比夜长

湘　竹

又名南有湘竹，尤溪人，现居福州。福建省作家协会会员，省直机关文联理事、作家分会秘书长。作品散见《诗刊》《读者》等，入选《名师笔下的经典感悟》《班主任推荐的 100 篇智慧美文》和中小学教辅等。著有诗集《湘竹诗草》和《一生半生文集》（新华论坛网友文集）。

秋之写意

晨光，在一池清凉的水
徐徐生风
秋阳微黄　荡漾着

闲人填写着时光走道
黄莺不时剥落　点点
聚散的光阴

秋叶，在一本诗集题红
将一段线装的人生　缓缓
吃透

蓝　郁

生于福鼎，居于四海，读书写字，浪迹天涯。

我把岁月交给水草深处

岁月交给水草
触摸不到深处
身体交给温泉
任昼夜起起伏伏
朝霞，我的影子
眼睛，远方的冰雪

不仓皇的脸
水杉后面栖息
世间变故，海啸雷鸣
海风，我的帽子
帽檐拉下，继续行走

岁月，磨去锈迹
明晃晃的刀锋

慕　雷

尤溪人。三明诗群成员，中国诗歌学会会员，三明作家协会会员。作品散见报刊及网络平台。

凌晨小语

夜里，虫鸣叫醒脊梁里的梦
风从海面吹过，海湾里长长的灯火
伸向海的更深处
它们窥探着阴暗里的水声，把浪花一点一点推向沙滩

那个放弃梦的人，不喜欢夜，更不喜欢阴暗里的水声
他用脚趾将沙子摁进沙子里，摁进海里
再将自己摁进水声里

天亮了，再把自己摁进人群里

老地方

雾霾遮挡了蓝天白云
被压缩的大地，好像只能容下你和我

残荷把心事放在池塘深处
仿古的窗棂回到树林中

小桥在风中颤抖

流水孤单得如此纯净

离去后。一场雪冰封了我们的足迹

墨　丹

本名陈永红，永安人，职业画家。永安市作家协会会员，永安市美术家协会会员。喜欢诗歌、散文等，2007 年开始创作，有诗歌发表于多种刊物。

宣纸上的阳光

阳光透过窗
正在我落笔的宣纸上
像一座金山
刚好镶嵌在画面的云雾之间
我在想
就这样沿着阳光的轮廓
把它描绘下来
这是太阳送我的礼物
望着画面
小心地调墨，生怕一不小心
将阳光吓跑

落笔簌簌，像极了秋风中的落叶
望着阳光下的山水
我搁下笔
有些伤秋的情绪在蔓延
点燃一根烟

看着远山，听着刀郎

这一刻

心想着

远方，阳光下的故事

燕　处

本名张炜机，1978 年生，建瓯人，居福州。诗歌、散文散见《厦门日报》《三明日报》《诗潮》《福建诗歌精选》等。

添水的人

如果怀旧，应该有大雁成行

牵牛花爬满山坡

只有一个人在独唱

渡口：江水丰美，芦苇丛有白鹭飞过

不说捎去怀念

不说打开的信中有五月的味道

平凡得像一杯水

添水的那个人已经坐下了

杯里杯外，安静、清澈

藕的丝

"70后"，三明人，公安人员，一级警督。作品散见各类诗刊、网络平台。

交警的清明节

一大早

我们分赴各处

风水宝地

既不烧香

也不祈福

既不祭扫

也不献花

这一天

我们所有的付出

不为别的

只愿地下的人

不寂寞

人间的路

不拥堵

诗　客

诗客，顾名思义，就是做一个与诗歌同行的尊贵的客人，喻指所有内心存有诗意的人。只有心里有诗意，骨子里藏着诗，生活才能美得顾盼生辉。诗客平台于2015年成立于泉州，是由泉州诗客传媒运营主办、诗人陈客主持的一个面向全国诗人、诗歌爱好者服务的诗歌类生活美学微平台。现平台关注粉丝已突破万人。著名诗人余光中、孙绍振、徐敬亚、李少君、道辉、胡弦、霍俊明等先后为诗客（西海岸文学）平台题字。诗客平台主要原创栏目有"诗客微刊"（目前已编发推送700+期）、"诗客诵读"（目前已编发推送150+期）、"诗客地理"（目前已编发推送40+期）、"诗客策划"（目前已编发推送20+期），及诗歌分享类栏目"诗客观点""诗客评论""诗客随笔""诗客对话等"，同时还开辟有面向诗人、作家的图书出版代销的诗客书社项目（线上微店及线下公益图书角），和面向中小学生研学组织的诗行游学项目等。2017年，诗客平台联合生活在泉州浮桥本土的诗人们成立了浮桥诗团，出版五人诗歌合集《我们的好时光》，同时还与在榕诗人林宗龙、年微漾共同主持的"诗的城市计划"联合举办了2届福泉青年诗会，在诗歌界取得了些许影响。诗客平台从创立到现在，走过了7年风雨，一直以诗心守护生活。诗在，生活就在，一切都在。

马建荣

福建省作家协会会员，中国国家书画院理事，中国散文诗研究会常务理事，福建省开明画院副理事长兼秘书长。曾在闽南部队服役，复员后历任《石狮侨报》执行主编、副乡长、邵武市副市长、省直某机关处长。出版作品《爱情或颂歌》等，主编有"邵武三部曲"。

我想站在树上歌唱

这个夏天干净敞亮
清晨的松鼠和小鸟是幸福的

蝉鸣似一张巨大的薄纱

烘托出他们的快乐

在这个干净敞亮的夏日

我想站在树枝上歌唱

让松鼠和小鸟们分享我的快乐

就像我看见的他们的快乐一样

他们其实并没有理我

他们和每一片树叶和阳光捉迷藏

一棵大树就是一个天堂

我多么想站在树上歌唱

我们很忙，我们一直没空聆听一片绿叶的梦想

我看见了光

我看见了光

在寂静的夜里

心像一只野猫

在暗中发亮

如果是深秋

一片落叶就足够锋利

它划开一缕光亮

给风烙下忧伤

却让我感到了凉

我看见了光

一晃一晃

它在我的心中游荡

马信塅

宁化人。三明诗群成员。诗作散见《福建文学》《福建日报》《生活·创造》《环球客家》《三明日报》等报刊。

乐队离开了城市

我坐在屋里

耳朵却在大墙之外

弹吉他的女孩终于转身而去

高高低低的音符

蓬松地在风中流动

如果能这样一直流动

在阳光下，在细雨里，甚至

在一场悲伤的爱情里

那有多好呀？何必

把自己坎坎坷坷地铺在地上

沧桑成远方迷茫的鼓点

我爱这只乐队

还有那一双双修长神奇的手

在这个城市里

它们演奏过很多人的过去未来

然而，仿佛在一夜之间

就消失在群峰隐没的远方

万重山

本名甘忠国，毕业于厦门大学中文系。福建省作家协会会员。作品散见《萌芽》《诗刊》《诗歌报》《福建文学》《厦门文学》等。

雨　后

诗意已然坠落

芭蕉在日子的尽头喊痛

睡莲长高，矜持而安详

秀色小青蛙，暴露自己的身世

咕咕呱呱

像尘念

打动无休止符的梵音

玉坠儿　轻摆腰肢

弄响

湿漉漉的雨巷

垫脚石

高一点。优雅的鹤

展开幽暗的地平线

高一点。金色的小脚丫

寻觅阴暗的落脚点

高一点。天堂近了。什么是寥廓？什么是蔚蓝

高一点。这个世界开始下陷

我的图腾，很快会被磨光

所有的花、所有的枝叶，还有栖在上面的什么鸟
自然就会溃散
高一点。还是无言

少木森

本名林忠侯，龙海紫泥人，现居福州。中国作家协会会员。发表作品 300 万字。出版诗集《花木禅》《谁再来出禅入禅》《少木森禅意诗精选 99 首》《给自己找个理由微笑》《少木森禅意诗精选精读》《少木森小说今选》等。

白杨林初霰

一百年
老了许多人　死了许多人
而随意抛下的一些风景
沉浮　在季节的冷暖中
永久的回声　依然是风

荒原以淡漠的姿势　驱策
鸟翅、流霰以及一些情绪
鸪噪入林

流霰说，伟岸是诗潇洒为舞
鸟翅说，温暖我吧绮丽的树
树以滚雷的声音滚动缄默
情绪想，每支枝条
都有一个幸福的方向吧
譬如太阳

一百年！一百年吗
所有的风景遗忘时间

王永健

笔名咏剑。泉州市作家协会会员。出版诗集《铁韵茗香》。

手心向上

左手的手心向上
右手的手心向上
手臂平衡，手心张开五掌向上
树丫萌出了新芽
万物蓬勃生长

吊钩下的钢
在徐徐上升
天车工的汗在流淌
钢在徐徐向上
料罐里的钢水有千度的滚烫
金黄的钢流映红了
天车工的脸庞

王南斌

永春人。中国作家协会会员，泉州市作家协会常务理事，永春县作家协会主席。作品散见《诗刊》《星星诗刊》《诗歌月刊》《福建文学》等刊物，入选《福建文艺创作60年选》《中国当代诗库》等多种选集，多次获福建省优秀文学作品奖等奖项。出版诗集《多情如你》《南方以南》《风的南端》等多部。

隔着桌子看你

隔着桌子看你

如同隔着一条河流

一叠叠鱼语迷恋的浪花

在怀疑一缕风的挑衅

那些热闹的水草

深浅着暗礁的视野

难以看清

我的鱼翅

你的帆影

还记得那一支渔歌吗

你已将它融入小城的摇滚

沙滩上的脚印盛满的酒

是你遗弃的承诺

你的霞光告诉我

浪花绽放的方向

是故乡

拥有一条河流

就可以煮熟一个深秋

提线木偶

每一根线都连着一个动作
最是把眼睛张开的那一根
使小眼睛说了话

一台戏太精彩了
就忘了那些提线的人
那些人能说会道
就是没有见人

不是不想见人
是想让人见到更多的自己
即使千年的传说
也在他的手中活了起来

忘了自己
亮在别人的世界里
也是一种活法

王　鸿

1974 年生于莆田忠门。中国作家协会会员。作品散见《诗刊》《光明日报》《福建文学》等。著有诗集《一棵海边的树》《尘世的抚摸》，小说集《台北来信》等。

焰　火

从未见过如此盛大的焰火
色彩如此拥挤；美丽如此昂贵、喧哗

惊叹难以言表。初夏夜的江岸
有多少万双目光投向空中
就有多少万人集体回到童年
尖叫和狂呼，吵得流经都市边缘的河
都无法安息

无数硕大的蒲公英和波斯菊
在空中飞快地绽放、凋零
数不清的红绿蓝宝石，顷刻被撒入江中
这些美丽的精灵，不像爆竹那样狂躁粗野
不像常火只在地面燃烧，也不像
炮火沾满血腥。它们是火族中
短命而清高的诗人，幻想短短几秒
便可在天幕上，写下不朽的佳句

在船上、水面和岸边
那么多焰火急着挣脱躯壳
尾音长而嘶哑，宛若末日的歌啸
可有谁联想到：人真像焰火
为了飞天，不，或仅为离地高一些

便不计后果地往上冲

而把烧焦的躯壳留在地面

我们创造得如此复杂艰辛

却又挥霍得如此简单迅速。好比

彗星消逝于天宇，拥抱松弛于黑夜的尽头

好比焰火的一生。无论曾在空中

怎样升腾、闪耀，终将成灰、化烟

这便是人类的命运

我们永远也无法占领天空

我们，只在消逝中存在

焰火一次次照亮你我的脸

但它们永远无法照亮夜晚的内部

看呐，那么多焰火的看客

正像江中船只，渐渐驶入各自的黑暗

王清铭

仙游县作家协会副主席，仙游县政协委员。在《星星诗刊》《诗歌月刊》《绿风》《扬子江诗刊》《诗潮》等发表诗歌 300 多首。作品入选《大学语文》、香港语文课本和中小学语文教材，10 篇散文被编为全国各地市中考现代文阅读题。出版散文集《半瓶阳光与一扇心窗》等 3 部。

吐出月光的蟋蟀

土地里一定有看不见的地铁

运送一只蟋蟀　从《诗经》的唇角

到心头的哀鸣

高楼的脚后跟　无法封缄

落叶的凝望也不能掩埋

一只流落城里的蟋蟀

一定有钢翼铁腿

天黑时叫天亮时停

黑白颠倒　或者它的白天就是黑夜

它歌它哭　由着自己的性子

单调的声音抬高故乡

行吟诗人背过自己的影子

独坐千里外的月光

公刘文西

本名刘文西，1991 年生，现居福州。新闻派诗群成员。作品发表于《诗刊》《星星诗刊》《天涯》《作品》《福建文学》《台港文学选刊》《青年作家》等刊物，获第五届光华诗歌奖、第六届"包商银行杯"全国高校征文诗歌二等奖等奖项。入选 2016《中国诗歌》"新发现"夏令营。

今生往世

在你长满枯草的门前点灯

我目睹内心的黑暗比窗外的夜晚更为浓重

人呀，魂归何处？那人曾问起你的芳名

比满园的蔷薇还要温馨

"人们曾经爱过，为你的名字痛哭过"

你的名字带走了过往年代的夏天
使经历过微风的果实纷纷摇落

我热爱复述往事，青春献身于众多的爱情
玫瑰在群山中荡漾，为了曾经听见的人们走进微光

尹继雄

福建省作家协会会员。诗歌见于《星星诗刊》《福建文学》《泉州文学》《福建日报》《世界日报》等。出版诗集《我把大海折叠》。

时间玫瑰

流逝。不可逆转，围绕着某个枢
或纽，围绕脸庞、日历、花蕊
一刻不停。旋转，凋零
露珠滴答，新瓣萌生
仿佛某种重置，又带来新的意义
褶皱覆盖了褶皱，希望更替着希望
像时间随手
递过此生
脉络上鲜明的血色

在一枚中秋的光明里沦陷

无论多远
难逃一支利箭的追踪
床前，树梢，途中，海上
它无所不在。庞大
而决绝

它光明、圆满、透彻
一双大手将我们内心抚慰
一滴泪，挂在遥遥天际
当它落下来
就有一片平原遭遇大海

丘有滨

现居长汀。福建省作家协会会员。作品发表在《诗刊》《诗神》《诗歌报月刊》《作品》《西部》《散文选刊》《福建文学》等报刊。

秋风辞

就这么吹吧，带着萧瑟
带着三千里故国的寒意
吹过这一片群山，吹吧
再沿山坡的那一侧

吹过那些粗粝的石头

以及　那些惊惶的茅草

但你经过我村庄的时候

请你歇下脚来，让我的亲人

不要被你的问候惊醒

更不要，让村头树梢的

那轮明月，被你吹熄

甘建辉

1970 年生，福安人（籍贯屏南）。宁德市作家协会会员。作品散见《闽东日报》《福建信访》等刊物。

一棵草

一棵草

被无数的遗憾踏过

贸然前行的草色

从未停下脚步

我是一棵草

感谢你的稀罕

阳光下铺满我的率性

旷达的原野说

我要追随你

而我追随的

是我的影子

和你倾尽所有的稀罕

叶建穗

大田人。福建省作家协会会员。作品散见《星星诗刊》《诗潮》等。

我为你们侧身

灯火　穿梭于大街小巷
我隐身于灯火之外
去看一看　往年雪冻后的瓜架
一条花带和一片野草

灯火之外　我在等春天
担心春天也怕冷　怕有人吵她
小区　树叶落得厉害
小南门的树叶已落满一街
明年一定不会了
我相信春暖花开

万家灯火很美
乡村的灯火怎么样了
听说　祖祠的烛照例有人点燃
贡品依次摆着　等着列祖列宗品尝
不知道天堂或九泉
有没有灯火通明
有没有酒水暖身

我在万家灯火之外
我还等着春天
等着我该等的人　该等的植物
我为你们侧身

艾　草

"70后"，生于柘荣。创办《太阳岛》，博客专栏作家。作品散见《诗选刊》《诗歌月刊》《散文诗》《福建文学》《海峡诗人》等。作品被翻译成外文发表，入选多种选本，多次获奖。

我看，秋天就要来了

藤状枝条，择木而生
抗衰老，防心血管堵塞
穿过椭圆形的外表
褪去毛茸茸的表皮、青青衣裳
看到柔软的果胶和肉
猕猴桃在熟了的时候，最可口

如果你是读者，我就是知音
如果你是过客，我就是马匹
如果你是初尝者，我宁愿剁肉成泥
顾及你吸吮果浆的感受
为了让你体会羞涩
我把自己的身体举得高高的

直抵我的内心好了
不要折磨我血丝状的蓝细胞
不要觊觎我不朽的抗癌功效
请用心去感受我的来世今生
在果园里玩耍，唱菁菁民歌
你一举手投足，我的秋天就要来了

神性诗篇

口吐蚕丝，每天我都坐在这里

与你交流，与黑暗对峙

空灵的对白，心生魔幻，让自己成为神

与神对峙，心生不轨，变成一只野兽，在旷野闲游

不可能每一首诗都是经典

我特别迷恋一种叫甲骨文的生物

成化石了，我还一直研究它

别人不一定能懂，但又是那么平常

像早上起床刷牙洗脸，捡起失恋的文字

奇了怪了，我好像要把沉沦的太阳活生生地硬拽回来

兰象戎

现居泉州。商业评论家，影评家，乐评人，高级策划师，旅人，茶人，独立作家，一个爱写诗的其他人，厦门文创协会理事，自媒体公众号"隐者象戎"主理人。

墓志铭

很多诗人

活着的时候

爱给自己

写首墓志铭

我也想写首

墓志铭

却又不敢写

我离惠安如此近

沿着洛阳桥

通往石雕之乡

如果有首

自己的墓志铭

难免会思考

铭文

要请哪个大师雕

墓碑要选

大理石

还是花岗岩

江飞泉

生于建瓯，现居深圳龙岗。江西财经大学经济学学士，北京科技大学工商管理硕士。诗人，小说、传记作家，深圳市作家协会会员。作品散见《诗选刊》《羊城晚报》《打工文学》等，获深圳睦邻文学奖、红棉文学全国诗歌大赛一等奖、北京文艺网第三届国际华文诗歌奖提名等奖项。出版诗集《今夜万物安睡》。

台　风

走在铺满的落叶枯枝上

想象着昨日台风的烈性，像被点燃的

伏特加，像我那狮子座的父亲

我曾置身台风中心

我是那个被无情抛弃的

孤独灵魂——漫游在台风身后的旷野或海堤

我一无收获，如画家笔下的荒船

被搁浅，被塞入一个叫爱情的胸腔

被抛光，被咀嚼，被反复吞咽，掏空内脏

被制成木乃伊：不顾一切殉情的人呀

我终于睁开双眼：天地洞开

一场未决出胜负的战役，后遗症不可消除

台风过境如虎咆哮，咬碎玫瑰

又如爱情肆虐，只留下落叶残花

江琪琪

本名江巧华，生于 20 世纪 70 年代，自由职业，居建瓯。有诗歌发表在《诗刊》《延平文学》《闽北日报》等。

月亮·月亮

一

开始的时候

它像一道弯弯柳眉

接着柳眉磨成一把镰刀

镰刀收割走地面上

成熟和不成熟的稻子

变成半边明亮的镜子

后来为了成全自己
编造出的谎言
它爬上了十五的天空
将自己圆得滴水不漏

二
"天上一轮才捧出，人间万户仰头看"
当年贾雨村对着月亮
喊出自己的雄心壮志时
我想他只看见了
当时月亮的圆和亮

三
歌颂它的人太多了
我找不到一个
可以挤身进入的缝隙

赞美的话太多了
仿佛词典被打翻在地
我在圈外绕来绕去
始终捡不到一枚

夜色很美
夜色中草木皆兵

我在看不见月亮的地方
伏身案前
认真地纸上谈兵

江　漓

本名曾永龙，20 世纪 90 年代末生于泉州惠安。诗歌散见《青春》《鹿鸣》《泉州文学》《诗刊》等文学刊物。

十二月十七日不知所忆之人

一如有人在沉默中植草

友人皆拜伏荒山门下，黑夜或曾替你

入席而坐。俯于天色下饮风

哀愁到头便铺平了冬季。或数圈水纹

与年轮之重影。天渐渐暗下来

在闹市上我见过两个人

她们像你那样子。比欲念更难缠的

是月光。打碎后更多地浮现

而今夜，与我宿醉的仅是

一把空椅

十二月三十一日望着盛水的脸盆发呆

怒火点亮了头颅，我们

生养那些影子

把它们造得同孤独一般大小

而怪诞。无比巨大的轮廓

掉进乌云的腹部，江水绝不是偶然

发涨，流水击溃了指针

掉下天蓝色的表盘。湖泊因而

泡开了灰暗。云朵降世为宴上的潜鱼

杯子养大成粗碗，你也

趁机下水。黑夜此刻破土而出

避于一侧，失忆的野鸟

还在旁观影子的缺氧，并以

水藻果腹

字初一

本名黄明健，1987 年生，祖籍泉州，现居三明宁化。致力于诗歌、散文的写作。

古　瓷

这些年，你渐渐地留不住东西

比如一个人的年纪、小时候的念想、身边的人

它们一件一件地从你身上掉下来，并留下痕迹，或者力度

你甚至觉得：人活着，就是一个不断被掏空的过程

就像这只脱漆的古瓷，非常平凡，连竹叶的釉青都是

却也几经周转、沉沦，越过界限，以及忍耐

最终将流落在遥不可及的民间

只是，你坚信，风吹来的时候

那些华丽的光影，会随着窸窣的声响一点一点地回来

你坚信，就在石头与石头之间、竹叶与竹叶之间

许良才

福建省作家协会会员，中国诗歌学会会员。作品发表于《泉州文学》《青海湖》《作家天地》《鸭绿江》《散文诗世界》等报刊。

我们都是河流的一部分

山高有好水，那是一条线索
我们都是河流的一部分
一粒种子觉醒，默默开出
朵朵激流勇进的浪花

我要做一个十足的见证者
以清澈还原清澈，以生命哺育生命
河流与我们息息相关，汇成一脉

坐在一块石头上沉思
我不敢惊醒身边的一朵小花
张开双臂撑开天空辽阔的部分
唤出石头中最坚韧的部分

呐　喊

在云顶山举行一场
人与山的心灵交互仪式
我触摸到一座山城的脉搏
听见空旷之处的呐喊
每一声呐喊都有满满的正能量

那呐喊声，是春天的翅膀
一个，两个，三个，四个……
山谷回响，抵达每个人想要的远方

尘　述

顺昌县作家协会主席，南平市作家协会会员。1995 年开始发表诗作，2003 年创办并主编《感冒诗刊》。在全国各类文学期刊、报刊发表诗歌 200 多首。著有诗集《流浪是奢侈的》《朝更深更恍惚的方向》。

一条缝

身体裂开一条缝
吃了春药的蚂蚁不知疲倦
跑来跑去，跑去跑来
像奋不顾身的精神病患者

湖水裂开一条缝
云朵趁机潜进去，游来游去
游去游来
一尾跳水的鱼，通身乏力
重重地摔进天空

当冬天没有缝隙
我用左眼冷漠，用右眼微笑
用一条缝
看玻璃上密密麻麻的咬痕
口里呵出的白雾
像野生的稻谷，不怕收割

庄振加

泉州市作家协会会员，泉州丰泽作家协会理事，泉州市茶文化研究会理事，福建旅人文化平台签约作家。偶得佳作散见《世界日报》《人民日报》《散文选刊》《福建作家》《海峡诗人》《泉州晚报》等刊物和网络平台。

飞 翔

一双追求的翅膀
越过麦田守望
越过静谧村庄
随河流一起飞翔
幸福如花开般吟唱

漂泊的云，孤独的花
四十几年冷暖自知
努力飞翔
回头发现，仍是
飞不出故乡的倚门眺望
飞不出那盏
在夜里亮着的灯光

复 活

军队从石里复活
金戈铁马从石里复活
呐喊、嘶鸣、战火从石里复活

一场胜负难分的战争

从石里复活

兵戎相见

水火不相容

血流成河的功勋

争战关于荣誉

成败只在一石之间

梦如人生

刘维铨

"80 后"，永安人士。三明诗群成员。

无题，或者有关秋天 (节选)

一

谁有静养的秋伤

在转黄的茅草丛中

露出反季节的青涩与任性

你想好每片落叶的去处

你固执地守候霜风

那些星光不为人知

月色有她暗淡和冷漠的夜晚

她摇晃着柿子的往事

你没有往事

二

而枯草和落叶

会被樱花打动吗

那些人

那些鬼

那些罗刹

有时你真的也做到了

三

而我想知道那些让你执着的事

就像我的顽固，不可理喻

也许这次更接近秋天了

薄薄的霜风

劝石头入世

陈　上

1987 年生于仙游，毕业于厦门大学。作品散见《福建文学》《福建日报》等报刊。

偶逢秋天，他的落魄有一千种悲伤

他第一次怀疑秋天如此曲折

曲折得像一个失意而落魄的中年男人

他埋怨这难熬的节气，让他无法在故乡敞开酝酿已久的忧愁

这个男人的豪情，在晚风中瑟瑟发抖

家国天下，山川江湖，此刻骤然与他无关

就仿佛夕阳被抽出温度，也被剥夺光芒

我的兄弟，我甚至无法在暮色中与你完成一次相认

这下行的宇宙，被遗弃的星辰纷纷砸中你的伤口

年久失修的天堂，也忘记为你点上火把

而我们的母亲河，她面无表情，默默流淌，她体内的波涛载着多少风雨恩怨

这个秋天，一个落魄独行的中年男人

他还戴着破碎的桂冠，他的悲伤破碎得像皲裂的皮包，藏不下他满腹叹息

他还要不断向内打开

打开还未释放的血液、寸断的肝肠，以及不敢停息的心脏

他俯身，用尽力气想要写下什么

却在一阵似曾相识的秋风中愣住

最后无声无息地拍了拍

他自己，无依无靠的影子

陈小虾

1989 年生于福鼎白坑。福建省作家协会会员。作品散见《人民文学》《诗刊》《诗潮》《福建文学》《时代文学》等刊物。

一只蜜蜂住进了身体

这可怕的小东西

给我翅膀，携我在带刺的人间找蜜

水泥林地，让我不停地飞翔，拖着带血的翅膀

从一朵花开，到另一朵花的凋零

"什么是蜜"

我叩开一个又一个黑夜黎明

苦苦追寻

这无休止的循环

像是安插在我体内的针

滴滴答答，滴滴答答

陈　秀

福清市作家协会会员。作品发表在《海峡诗人》《中华文学》《文学月报》《浙江诗歌》《中国诗人》《参花》《福建文学》《福清侨乡报》等刊物。

橘　子

他认为橘子是世上最好的水果

在这温暖的橙色包裹的小世界里

甜蜜以如此圆满的方式集结

每一粒彼此依附

却又是独立的个体

幸福成了可数名词

可以历数、拆解、拼装

就像那些温暖的生活片段

剥开一个橘子

只要尝其中的一小瓣

就能知道整个橘子的味道

他也以这样的方式

感知着生活的一鼎之调

有时他只喜欢吃半个橘子

另一半递给她

如果她说很甜

幸福就有了存在的依据

她的甘甜如同

他的甘甜

就像他们同时抬头看天

看到了

同一个月亮

陈迎东

惠安人。泉州市作家协会会员。一个努力用真诚去写诗的男人。

记事本里的柠檬

我承认，一株柠檬树死了

游客们举起高清相机

却抱怨这个冬天拍不出丰盈的果实

没有人愿意安静下来

像一粒光子一样

像一个水分子一样

像针线那样细的风一样

寻找进入它身体内部的秘道

如果

它只活在我一个人的记事本里

那么

我是不是比它孤独

当太阳落山

游客们从同一个大门出去

各自找到回家的路径

围墙上再也没有找到另一个出口

"柠檬树的根须是唯一的方向

我只有任自己迷失"

寂黑的夜此刻刚好垂临

陈祥细

笔名阿细。泉州市作家协会会员。作品发表在《泉州晚报》《东南早报》等报刊，入选《中国最美爱情诗选》《新世纪新诗典》《中国优秀诗人诗歌精选》等选本。2019 年获诗刊社举办的"飞翔杯"秋季同题诗大赛一等奖。著有诗集《海是倒过来的天》。

回　家

思念就像炊烟袅袅

无言地诉说着希望和憧憬

节日里挂满

父母风干的心思

如果时间或距离遥远了

若炊烟成为母亲

灵魂摆渡的黑夜开始抱着归家的影子

随遐想高高地飘远

被蒸熟的乡愁端出来

倒进记忆的石臼里

公鸡站在篱笆墙叫唤

乡亲们用最原始敦厚的方式

火火热热使劲地一上一下

混成天然的年糕端上餐桌来

就是您的久违的味道

原来回家的路就是灵魂的归途

若夜雾灯塔照亮回家的路

就是您的味

一种吃年糕的感觉

会粘住你儿的冲动

张小明

　　顺昌人。20世纪90年代初开始写作。作品散见《中国校园诗》《散文诗》《短篇小说》《福建文学》《福建日报》《国土资源报》《文学艺术报》等。

鬼　说

白天我躺在土里睡觉

夜晚我睁开眼睛

在你看不见的地方

突然踹你一脚

请别为我的样子

吓一跳

我是你的亲朋

我是你的好友

或许我还是夭折的生命

曾经躺在你温暖的襁褓

我死了
厚土收起我四溅的灵魂
我仍拥有一颗并不坏的心
太阴一样悬在夜空
看另一个世界
芸芸众生

倘若你心中无鬼
为何要惧怕我呢
跟你开一个小小玩笑
就像生前我从背后突然
捂住你的眼睛

张加土

笔名张边阿土，漳州龙文人，中学教师。喜欢读诗，作品偶有发表。

钥　匙

思想虚无，却是竖立的
我在想如何打开你
像鸟鸣去打开一个清晨

抽刀断水
我想到一把水做的钥匙

十个阿拉伯数字
信手拿来皆可随用
这尘世或已欠它太多版权之争，无法厘清

而你也是一首虚无的诗
为你，我已经用去所有的
辞藻、语法和修辞

张　坚

1982 年生于莆田，2008 年起设立"张坚诗歌奖"。著有诗集《水土不服》《有风或者无风》。

我迷恋一种声音无可自拔

在树下细数雨水砸落，这些
软绵绵的银子逃离了天庭的荷包
是准备下凡兑换一天爱恋吗

和孤独打个小赌，卧轨水中
看流落凡间的水缓缓漫过胸
和心跳同时撞击肉身，看谁负隅

我如野马甘于沉溺
深入雨和水，期盼更多声响
为躲避闪电，毅然隐入茫茫腹地

一旦陷入虚设的花期，只能依靠

不被时间冷却的声音唤醒

在水底，野马永远疾劲

我迷恋水穿透肌肤的执着

且无可自拔

甚至愿意它随时在血液中栓塞

我迷恋水，水离开水的声音

有时就这样，被自己的耳朵绑架

有时坚硬的铁在水的身体里含羞醒来

水铁相吻唤作铁水，泛滥之时

我咬住水或者相反，都有铁花炸响

此后我们习惯不修边幅地问候对方

张惠妹

"80后"，惠安人。发表诗歌若干，散文若干，合集若干。

整个秋天

山是一把锁，谁的手掌

摊开着宽厚的温暖

手是一把锁，在那散了又来的朝夕里

留一个眼神迷茫

眼神是一把锁，层层叠叠的雾云涌

谁在最高处，轻抚琴弦

高山流水，可有人懂

当所有的人都散去
谁深一脚，浅一脚
蹒跚一颗爱你的心

小野菊插满山冈，在八月
将落的枝头纠缠美丽的哀伤
多少擦肩而过的人
谁在回眸处，拾一弯浅笑

那些青瓷，高一声，低一声
叮铃在整个秋天，整个秋天是一把锁
在陈炉山上，那些枯黄的草木，那些种子
有千万分的不安，等一双手安放

李龙年

湘籍闽人。中国作家协会会员。写作诗歌、散文，诗歌发表于《福建文学》《绿风》《四川文学》《诗刊》《北京文学》《星星诗刊》《芒种》《中国铁路文艺》《人民日报》等报刊。出版诗集《记忆的瓷瓶》等3部，出版散文集3部。

水果切面：火焰与梦幻的虚构

苹果切面，色泽属于凡·高
夸张了虚幻，青黄基色洇湿陨石
骑着马匹，月色已更换呓语
但西瓜切面却可能已呈现失败
日落时分，玫瑰已为妈妈收集

接着可能出现信笺、墨水和纸笔

只是邮差还在路上

他有着一生的邮途

……

无数水果渴盼以切面形象抵达地球

雪花不是水果，愿意也以切面角度

配合香蕉、草莓、龙眼

并不是所有的水果都有切面

譬如龙眼，它自知切面不可示人

也许它因此已经远离了悲剧

没有切面，或者说羞于切面

有一个孩子发出了哭声

哭声也没有切面，没有放大

泪珠浑圆，却同样与切面无缘

必须珍惜，切面，谁拥有

火焰与梦幻的品质

谁拥有切面，锋刃与寒光

它们的制造品，果实微笑

雪地乌鸦

雪地乌鸦于理论中存在

犹如　煤隐藏在地层深处喘息

乌鸦　白雪映照出你的孤独和黑

你的眼睛像煤

在夜的深处　比夜还要黑的地方

坚持　微小的沉静

春天　花草在乌鸦站立的地方

描画祖国的笑颜

而乌鸦的影子　深入至

煤的内心

——它渴望成为墨汁

留下字据：记录痛苦

或者　燃烧爱情

连玉基

资深媒体工作者。福建省作家协会会员，浮桥诗团成员。诗作发表于《青春》《中国校园文学》《辽河》《泉州文学》等报刊。

高处的瓷器

瓷器一生的努力，似乎就是为了

站在高处

在博古架上，在橱窗，在神龛

在目光向上的任何位置

高处的瓷器，总是让人心生敬畏

每次仰视它们，就像

朝圣天上的星辰

它们与神，并肩而立

高处的瓷器，也让人暗暗替它们

捏一把冷汗

每当靠近时总是小心翼翼

就像生怕惊动，叶面上的露水

那使瓷器站在高处的
也是瓷器的，悬崖峭壁

用瓷杯子喝茶

喝茶，我偏爱瓷杯子
尤其深口杯
像幽深的古井
茶水荡漾，井底泛起夏夜星光

茶水以为自己的清香与雅韵
驯服了喝茶人的心绪
喝茶人却在倾听，瓷杯子体内
再无动静的窑火

喝茶的人，是一个杯子
与另一个杯子，在交接茶水
按捺住，内心的火

阿　金

本名张金。福建省作家协会会员。写过散文、小说，2004 年开始创作诗歌，在《诗刊》《星星诗刊》《诗选刊》《文艺报》《散文百家》《福建文学》《北京文学》等报刊发表作品 300 多件。入选《福建文艺创作 60 年选》。出版诗集《抽象的花朵》。

有那么一条河流

永不停息，永远脉动
然而绝没有喧哗
周边尽是坚硬的
木头，化石，冷铁

河床上，有大片的红
在飘动，在纷飞，没有暂停
最终沾在白玉上
一条河流，它的湿度
维持着低躺的姿态
它的温度刚好沸腾

它灵动，而不甘寂寞
它始终充斥着
一种悲悯式的疼痛

它爬上我贴身的肉，切割肌肤
顺流而上，它始于大脑
终于心脏
它在孤独之中，继续守候

发电树

轰轰隆隆，听着很像发电机
这个中午，一方面空阔得吓人
另一方面能量严重缺乏
而我们热衷于看演出

树颤抖着身子
动作和声音，以一种方式重合
以另一种方式收藏
它让电流在身体内外反复缭绕

当一棵树发电的时候
它的作用远胜于发电机
就如我们看戏的时候
它的作用远胜于某种游戏

能量释放到某个回忆的角度
能量就变大了

杨金云

1993 年生于长乐，留学英国，笔名芬叶。作品散见《生活·创造》《海峡诗人》等刊物。

雪的静思

南方，离雪的日子
越来越远。远得连望远镜
也无法看见。心里面的阴霾总要一天天
数完。然后把孤独像废弃的垃圾一样
捡起来，捡成一个雪的黄昏

那棵老去的梅树
像我死去的外婆
用微笑的粮食疼我
是啊，我幸福
幸福得失眠

凌晨的酒吧依旧营业
那醉汉踢倒了我的诗
此刻，所有的黑夜都瞎了
唯有灵魂看得见你雪亮的眸

杨雪帆

"60后"，莆田南日岛人。南日岛诗群代表诗人，《莆田文学》主编。

灵 舟

灵舟靠岸之前我隐身在迷雾中
谛听着大海，我慢慢学习
去爱这些白色的岩石
让流水教给我自然的词语

灵舟靠岸之前我徘徊在
几万英里外的一座渡口
如果那儿靠近天国
我就是信使，扶着孤单的马头

灵舟靠岸之前光明弱于黑暗
光明必然要赶上黑暗
在太阳离席的围城上
突然显现，成为天空的河流

灵舟靠岸之前我的孤独
是奇异的花瓣，在别处生活
像绝望不知道自己是绝望
"我有多个伟大的灵魂陪伴"

灵舟靠岸之前，言说是为了
和你达到遗忘，世界啊
现在的一切都在闪光

我领悟到语言的黑暗

如果灵舟靠岸，岬门将敞开
我将学习伟大的搬运
谁这时走出作坊，放弃惰性
写作就是一场革命

以崇高的名义，我埋头著书
在自由的诗篇中收进
正午和黄昏的气象
停住了，黑暗！光明在继续

"我们所有的梦想是现在"
"我们所有的革命艰苦卓绝"
那不是采薇、弄箫
不是骑云养鹤、走马观花

当灵舟靠岸，玄秘的波涛啊
你要拍打我所有的诗行
我一定要让我说出"居住"
语言有自己的荫庇之处

灵舟靠岸，世界变得无限澄明
"谁寻找伤口，谁就接近艺术"
——我持杖在海岬上言说
向芬芳的永恒迈进一步

宋建伟

莆田城厢常太人。福建省作家协会会员。在省内外报刊发表 800 多篇作品。出版杂文集《头儿为什么喊爽》（合著）。

伞

撕开春天幕帘的冷雨

是彼此靠近的借口

成全灵魂的取暖

撑起一片天

裹着两颗驿动的心

能挑战再大的风雨

穿越未知前路漫漫

探抚你丝滑轻扬的发

分明饱含青春和激情

等待我

去唤醒　去点燃

柔弱的香肩

流转触电的暖

醉了整个江南的夜

迷离了雾里的街灯

希望　没有尽头

一直走下去

不错过同样的情怀

不错过草样年华

沈国徐

1977 年生。公安诗人，反克诗人。2014 年获柔刚诗歌新人奖，2014 年获公安部"梦想与共和国同行"征文一等奖，2015 年获首届中国公安诗歌奖。出版诗集《沈国徐诗选》。

电　梯

电梯彻底暴露了潜伏人类身体深处的
是一只刺猬
空间太小，让狭处相逢的人很尴尬
害怕那只刺猬跑出来
里面的广告，都是丰胸肥臀的美人
盯久了，让人误会
低下头，又怕错过楼层。于是那闪烁的数字
很像一只捋刺的大手
把所有人的目光都拽在一起
假装看不见彼此的刺痛
若孤男寡女，更不舒服。那女的
常常与体内的刺猬一起用目光警惕地向后退
仿佛你的刺猬是坏人
她不后退也不行
仿佛你没有和成吉思汗一样的刺猬
于是只能眼睛瞪鼻子，撅着
就像荷尔蒙随时就要爆炸

何若渔

居福州。作品发表于《诗刊》《诗选刊》《山花》《中国诗歌》等刊物。出版诗集《八月》。

挖　掘

要挖，就挖到深里去
从露在表层的石头开始，继续请出
潜伏的沙石
岁月并未使它们散失水分
继续吧！根除它们体内的湿，根除每一块石头
与它们的血脉相连
你终于可以看到底下的大坑，它们张着无辜
的大口，那里真的一无所有

收

她决定把声音都收回来
光线一样的，各种形体地
分布在家具中，空气中，漂浮的你
的脸孔中

把声音收回来
吃掉它。像一座撑得很饱的城堡

她是自己的吴哥窟
一棵黑色的树，对外界失去攀缘的欲望

何毅强

笔名河流、钟凌，1956 年生于泉州东街。华侨大学副研究员，中国散文诗学会会员，泉州市作家协会会员，泉州市鲤城区作家协会常务理事。

挫败自己是可以的

挫败自己是可以的
就是不敢面对
故乡凤凰花
连绵不绝的灼热情怀
豪迈地走向征程

挫败自己是可以的
就是不敢面对
汹涌澎湃的
生死无常的幻变
毅然地升帆远航

挫败自己是可以的
就是不敢面对
金风吹奏着的
苍茫与肃杀
已怯于森寒的淫威

挫败自己是可以的
就是不敢面对
春潮拱动着的
彩色的叛乱　擦亮
夜空中星星们的眼睛

肖海英

笔名萧潇、肖潇，莆田市作家协会会员，莆田市杂文学会会员，秀屿区作家协会秘书长，秀屿区诗联学会理事，秀屿区民俗文化研究会会员，《渔村文艺》编辑。2007 年开始写作，作品散见《北京文学》《散文世界》《福建文学》《莆田文学》等报刊，获第三届全球妈祖文化征文大赛二等奖、八闽文化映像文艺作品大赛一等奖等奖项。

城市的树

溪水，比脚步慢了三拍
一群树木，默默静立
假装着繁茂，拥挤着伤感
它们一直在回忆
多年前，它们如何离开故土
被强行移入陌生的地方
成了异乡的另一道风景

我们沿溪寻找
路边是静立的树路上是行走的树
一样的表情一样熟悉的面目
有个声音穿过叶的缝隙直达耳膜
叫我树，我们都是游子
都在寻找心中的故土

水晶杯的春天

白天匆忙的目光
习惯在夜里偷懒

我喜欢我，属于夜晚

自由在高处游荡

我可以，沉醉于

一场莫名的虚空

在凝神中，看见

看不见的我

以一个水晶杯的样子存在

杯里盛满澄澈的春天

苏振相

"80后"，大田人，笔名舒弘。诗作发表于《诗刊》《福建文学》《长江诗歌》等，入选《2001—2005福建省大学生诗选》。

送　葬

一片飘落的花瓣　伤痕新鲜

绕过第一个弯　哀乐便

逐渐进入角色

人群中　有人俯身　有人叩首

复制的影子

仍无法准确测量出

一只空酒瓶的厚度和容量

以及　所有哭腔的分贝

我分明听到　昨晚的梦中

有人大声喊出

起鼓　出山

我在等一只蓝鹊

时常在院子南边的梨树园里

看见那些蓝鹊

长长的尾巴　宝蓝色的羽毛

红樱桃般的长喙

我们深情对视

一会儿很近

一会儿很远

那时候

时常听奶奶哼着

"长尾山娘尾巴长又长

爱过家家没衣裳

嘎嘎穗——嘎嘎穗

……"

我在奶奶背上

童谣在泥土深处

正在等待下一个春天

苏 静

连江人。福建省作家协会会员，晋安区作家协会理事，连江县作家协会副主席，连江县旅游文化顾问，《金凤》副主编，《青芝文学》编委，《百洋新视界》主编。作品散见《福建日报》《福州晚报》《福州日报》《福建支部生活》《生活·创造》《散文诗》《政协天地》等省内外报刊。著有散文集《礁火轻袅》，报告文学《天下连江人》（第一卷），诗歌集《一朵自由的浪花》等。

秋叶，死亡之舞

倚窗聆听
风起，叶落
死亡之舞
等待，又一次相遇

如蝶，似雨
纷纷扬扬
草香里
阵阵凉意侵怀

旋转，坠落
风声是最后的挽歌
层层叠叠的真情告白里
躺着一个诗意的秋天

山野，水际
曼舞满地忧伤
落叶
秋色中最美的舞者

郑一健

1997 年生，莆田人。浮草诗社成员。

男二舍观雨

群山脱着雨幕裸奔，在广大的岩石上
田鸡迈开双腿，成为我心中的力学专家
轻轻的弹跳之中，存在比我更深刻的落寞
赞叹田鸡，就是赞叹带水的胸腔和后腿
那样沉着有力、不偏不倚，一翻身
就越过森严的坡地，直指我的内心
田鸡猛于虎，锋芒丛生的迷雾之中
迅捷好似菜刀，只是为了生活，弯腰
再跃起，为了爱，弯腰，再跃起
坚定不移的眼神使你的后背暗暗发汗
周而复始，奉献着持久的同心

郑平忠

惠安人。泉州市作家协会会员，洛江区作家协会副主席。作品发表于《福建文学》《泉州文学》等报刊。

虚胖的河流

被截取了的一段河流
顿时失去了方向

河水虚胖　暗流汹涌

一段言不及义的流程被掩藏

经常听到了别人的议论

说是某某赚得很好　有本事

置业　理财　盆满钵满

这就相当于　河流又要重新流动

我们回归到芸芸的位置

而这个人就在我们中间

也被提纯　成了最荣耀的那部分

路上的人

路上的人　以走为上

也有相反　停了下来

闲逛　或者跑动

匆匆而过　相向而行

往来翕忽　互不相干

有时看着身边的景物　有时

用恍惚的眼光　相互瞟上一眼

甩脱了黏稠的家园和观念

总以为面前的这一点空间　就是荒原

路上的人　走着心中的路径

来路不明　去向不定　男女老少

保留着某种隐秘的厌倦

和动物的散漫

郑丽霞

1987 年生，莆田人。泉州市作家协会会员，中国现代文学研究会会员，福建师范大学中国现当代文学博士，主要从事中国现代散文及海外华文文学研究，在《云南师范大学学报》等上发表学术论文数十篇。业余创作诗歌，作品散见《泉州文学》等刊物。

核　桃

白色麻袋里的核桃
散落在西北女人的吆喝中

刀切开黄土的荒凉
剥出粗糙老实
漆黑的胎记
是前世作孽留下的
一片深情

玉石俱焚的疼痛
化作轻微的
咯吱
像与前世深情拥吻

分心木
横亘在前世与今生
沟壑满布
却没有断肠的眼泪汹涌而至

别撕下薄薄的褐衣

别撕下薄薄的褐衣

别撕开最后的褐衣

别撕开最后的褐衣

你别轻易打开它深藏的雪白

你别轻易打开它深藏的雪白

不然

核桃就会碎得像深白的血

郑桂云

德化县作家协会会员。诗文散见多种刊物、网络平台等。

点灯人

车灯两只圆鼓鼓的眼睛

划破夜的寂静

点亮无边星河

天亮了，大地苏醒了

草木苏醒了

连那沉默公路也跟着苏醒了

此刻，世界万物迅速生长起来

每个人都是这一条条公路

这一道道水泥

甚至，这一盏盏车灯

时间一到，周而复始

穿梭于时空丛林

或惊心动魄，或跌宕起伏

你问我怎么不觉得疲惫
点灯人，反反复复岁月更迭
只因点亮心中爱与梦想

郑朝阳

1968 年生，1987 年开始文学创作。作品散见《诗刊》《星星诗刊》《青年诗人》《南国诗报》《莆田晚报》等。

仿　佛

这不是幻象，我还感到
日上竿头的温暖。那只立在水中的鹭鸶
像我忽略的呼吸，忘了飞翔
洁白如梦
安闲于时间的停滞

在两轮太阳、在蓝天与蓝天之间
她陶醉在另一个自己，如今生
遇见前世；怀旧如瞌睡，在流水中缓缓地来
又缓缓地去

是否？感受到了桥上
一个暗恋者的目光。澄明如幻
似乎多一米阳光
或一滴柔情，都是多余的

这不是幻象

她的梦只待风声

林巧容

1979 年生，福清人，现旅居南非开普敦。福建民间文艺家协会会员，福清作家协会会员，《采薇》编委。作品刊登在《福清文学》《福清时报》《星星诗刊》等报刊。

镜子里的花朵

我确定我的心上还开着一朵花

在凌晨五点的时候闪着光彩

有一些是昨夜的星光遗落

有一些是想象里的美丽依旧

我又确定这朵花已经生锈

在岁月如水的侵蚀下边角斑驳

像那面无人照顾的白色墙体

偶尔掉下彩色的碎膜

那是一面别人家失修的墙壁

照见一朵花的面容时它却是自我的镜子

镜子背面是时间的褪色

镜子正面是一个白天起始的忧愁

林华春

龙岩市作家协会常务理事,上杭县作家协会主席。作品在《诗潮》《诗歌月刊》《长江诗歌》《海峡诗人》《福建文学》《厦门文学》等刊物发表,入选《2010—2011 福建优秀诗歌选》《闽派诗论》等。出版诗文集《生命的河流》。

幸福线

一条幸福线
孙子在左　孙女在右

我梦想叱咤的风云　在左
我无限缠绵的柔情　在右

真心的好　世界的明媚
在这一刻照亮

未来　左手会有风　右手也会有雨
那还是会有一条很幸福的线　穿透风雨

我们挡挡吧　尽可能地遮风
我们挡挡吧　更尽可能地挡雨

生命　就是这样灿烂
延续　写成了一条河

幸福线
其实是一条人伦的线

我们彼此守住

林　英

福建省作家协会会员。作品发表于《福建文学》《青年文学家》《中国诗人》《西非统一商报》等刊物，入选《心中的歌——福建百名诗人庆祝建党百年诗选》《中国新媒体文学诗歌评鉴》等选本，在省市征文比赛中获奖。

溪畔独坐

静坐大樟溪畔，断流的水
好像断层的历史，徒留着
无从忆起的空白，不再吟唱

细碎水声，带着生与死的轮回
一颗打磨光滑的卵石，如何
溅起那刻在石碑上的往日荣光

消失的渡口，如同你曾经走过的年轻
千回百转舔着岸边横戈的枯木
只有在倒映星斗的夜，拾捡沧桑

继续枯坐，树荫沉淀成化不开的皱纹
跑过石板路的轻盈，漾起
这青碧如画的山水，怎能放下

林　娜

"70后"。福建省作家协会会员，晋江市蓝鲸诗社副社长兼秘书长。作品散见《世界日报》《福建日报》《福建文学》等报刊，获2012年度《泉州文学》优秀作品奖、2013年度《泉州晚报》征文奖、2014年"逢时杯"泉州文学奖、2015年度《福建日报》第九届新人新作"优秀新人奖"。合著诗歌集《两个人的时光》。

在上海，遭遇一场暴雨

印象中，南京路、外滩是孪生兄弟
马路笔直，台阶上的花香排列整齐
突如其来的暴雨，它要打湿与你的相遇
倾巢而至的水吹送几多凉意

这场雨多么适时。梧桐树静静伫立
黄浦江水该涨了几许
当外滩的灯光依次亮起
为我写诗的人，你一定看见江中的涟漪

我不想虚拟别的情节，只愿时空错位
十里洋场，我身着旗袍，缓缓走过从前

秋之曲

当暮色越来越深
怀中的青草急于奔向远方
我必须回到那最初的村庄

回到一棵苦楝树花开的时节

整个秋天，忧郁从四周的土地向我靠拢
梦中的稻田，那金黄的喘息
像一只只金黄的虫子
日夜啃食我为梦想而活的青春

落日踏着悲歌北去，白菊初绽
身体的凉意源自秋天的悲戚
我忘却自己
把一枚时光的稻香遗失在秋的深处

林维珠

"70后"，居山城永安，笔名唯一。有诗歌散见网络平台。

我的忧伤有月光泄露的痕迹

我可以捂住嘴
却无法捂住忧伤

无数个夜晚我握住星光
一次次按住内心的柔软

对于风
我总是无能为力

在院子

我们彼此沉默着

这样安静也好
至少我还可以听见月光

你不必惊讶
我也从不躲藏

林辉煌

笔名柳浪飞歌，南安市作家协会会员。作品散见《兵器知识》《福建日报》《福建广播电视报》《泉州晚报》等报刊、网络平台。三行诗《战壕》获 2020 年南安市征文比赛一等奖。

农科所的诗人

如果说他是一位诗人
一株株旺盛的果树就是他的椽笔
如果说他是一位诗人
一垄垄绿色的作物就是他的诗行
黑不溜秋，阳光赋予了他体健的肤色
闻鸡起舞，丰收赠予了他辛勤的回报

如果说他是一位诗人
金灿灿的水稻诗意般向他点头致意
如果说他是一位诗人
绿油油的果树肃立着向他列队行礼
披星戴月，一往情深亲吻丰腴的土地
诗兴大发，任劳任怨书写劳动的篇章

林登豪

仓山区作家协会主席，中国散文诗学会理事，中国诗歌学会会员，福州市作家协会理事，福建省艺术摄影学会副主席。著有诗集《通过地平线》、散文诗集《边缘空间浓似酒》、摄影诗歌集《拥抱瞬间》。

距　离

那时我很想与你说话
来不及多看一眼
就赶忙长大了
没有留住青梅竹马
展开联想的情节

如今我挥手叩响你的门
你的声音很遥远很遥远
站在门缝前
听雨声叙述许多往事
直到很困很困的时候

要走的路很长很长
我只是闲鹤般的旅人
无法点缀你的古典裙裾

天天摇着消息树
难得落下一只相思鸟
悄悄咽下李商隐的《无题》
我静静想了很久很久
情人不是女诗人那株木棉

在人生的倒影中

你是太阳，我是星星

只能在黄昏背后闪闪烁烁

雨 花

本名苏秀珠。中国青年诗歌学会会员，福建省诗歌朗诵协会理事，福建省作家协会会员，福州"诗歌快闪活动"主持和负责人之一。在《青春潮》《现代青年》《海峡姐妹》《生活·创造》等刊物发表作品。编著《网络真情诗选》，著有诗集《心情港湾》、《追梦心情》、《十家诗选》（十人合集）和中长篇小说《烛光有泪》《山恋，那个恋》《网恋的痛》等。

龙舌兰

一直想用一种花语

来表达今生遇见的美丽

那深入骨髓的战栗

雕刻着岁月

红也要红得彻底

没有遗憾

每次总是在旋涡里

挣扎着浑身的细胞

都开始上下翻滚

涅槃的传说

在现实中上演疼痛

每一分每一秒

都在呼喊着

请再紧紧地拥抱一次
久久我要用
一个世纪的轮回
期待重逢

青　黄

福建省作家协会会员。小说、散文、诗歌三者合一，有作品散见各大报刊。

模　仿

草们
练习一年一度的死亡

今年的草
不是去年的草　今年的死亡
不是去年的死亡　模仿

多么容易
镜里的人模仿你
你有双倍的忧伤

蚂小回

1985 年生于建宁。三明诗群成员。

我去镇上买花

走桥墩中央的人行道
路过的报刊亭是一位聋先生的
他不卖我看的报纸
还把脸笑成一块老海绵，像是跟人打招呼
我想，有天我要装傻
给他一枚大瓣菊花
别在胸前，也许他会送人
要是这时有鸟飞起来，我就停止往下想
他不和我打招呼
我就先去镇上买花

修 竹

本名刘军，1962 年生，浦城人。20 世纪 80 年代开始写诗，也写过小说和散文。
作品发表于《福建文学》《大家》等。

黄 葵

在云的下面口唱小曲的人
像一枝黄葵　站在秋天的日光下

孤独的　温和的
微笑　站在去年相遇的树下
一枝黄葵　站在自己的影子里
聆听马蹄的声音

田野一片宁静
没有收割的人

黄葵在夜幕的风中纷乱了花瓣
透过海水和白光
以往幸福的年代里
睡眠地升起一团幽蓝的火焰
朝北的路上
长满紫色的灯笼草
心中的女人　在乡下的土房子里
在柔和的烛光下走动
口唱小曲的人
望见自己的眼睛
在云的下面
饱含泪水

施勇猛

笔名施主。福建省作家协会会员，晋江蓝鲸诗社社长。作品散见《文艺报》《诗刊》《福建文学》等报刊，被《诗选刊》转载，多次获省级文学期刊奖项。

一个人的天堂一个人老 <small>（节选）</small>

一只虫经过我们这一生的一段树枝

不知一片叶子可不可以定生死

风吹来时吹落我们脸上变幻不定的笑容

在这个人人有罪的世上

我们是自己未来的刺客

我们听见了一只虫在哭

和人间无关

和生死无关

那一声哭是一粒种子

来世要记得种在心里

要尽情戏弄青春

多么美好

秋 容

本名陈秋荣，浦城人。在《丑小鸭》《青年诗人》《诗神》等发表诗作。

忧郁的火焰

我用一滴雨水熄灭夏天
用两滴雨水熄灭爱情
第三滴雨水我们一起来把它掩埋
就像把午后的雹子装进陶罐
待来年能够从其中倒出
忧郁的火焰

那一缕缕（幽蓝的）
从夜里，从菜园子里
从树枝上的鸟窝里流出来
（还扭动着裸体）的火焰

它像水蛇一样滑过地板
滑过空气，滑过我们早已比空气
还要更空了的脑袋和心灵
（它有幽蓝，幽蓝的裸体和忧郁）

笔 尖

本名李书烜，20 世纪 80 年代生于德化。《常青藤》诗刊编委，《散文诗天地》主编，美国文心社福建分社副社长，中国散文诗协会会员，福建省作家协会会员，三坊七巷文学社社长，福州市作家协会副秘书长，《闽江》副主编。作品入选《中国诗库 2007 卷》《中国诗库 2008 卷》《放歌 60 年——闽都作家诗文选》《中国抒情诗档案》《福建青年文艺理论评论家论集》《海峡两岸青年诗选》《福建优秀诗歌选》等数十种选本。著有《坐在城市的楼顶》《宽阔的风景》《之间》《追梦人生》等。

日 子

每一天，一辆电动车
在城市的道里走
轮子在飞滚的生活里
争论不休
一个轮子追着前方
一个轮子抛弃着过往
每一天携着渐行渐暗的余晖
一个轮子说：白昼燃尽了
一个轮子说：它刚开始

而我，总在这时，看到他们
一下子一下子碾过了
童年，青年，老年
一下子一下子碾过了一生
常偶有树叶飘落
常偶有花开放
而日子就是一辆电动车
——两个轮子

在一座城里常年奔跑

争论不休　不知不觉

高　捷

毕业于上海戏剧学院表演系，现供职于某省级媒体。诗歌发表于《福建文学》等。出版短篇小说集《那就不要说再见》。

炉　火

我的沉默从来不是死寂

它是一窝烧得炙热的炉火

我的慌乱从来不是无迹可寻

它是一只手舞足蹈的毽子

为了不让你看见

我把它们都丢进了炉火里

跳跃的火苗并不是灼人的武器

是我最后的回应

高　琼

1976 年生。福建省作家协会会员。出版诗集《让时间安静》。

茎　蔓

清晨醒来
我抱着要升向太阳的心愿
缠绕　升腾
日子就在我的脚边低矮地徘徊

我又长出一根新茎　一片新叶
你从来不会看到我的欣喜
我用我柔弱的身影
倔强地向上　向远

尽管这一生短暂
可我只想触摸
就在内心不远处的高度
在别人丰盈硕果的另一边

郭淑明

笔名黑媚儿。中国诗歌学会会员，福建省作家协会会员，福建省民间文学交流中心研究员，《青年文学家》理事，泉港区政府文化顾问团委员，泉港区首届社科人才，泉港区乡村振兴讲师团宣讲员，泉港区作家协会秘书长，《泉港文学》副主编。出版诗集《寸心蝶语》《此心安处》。

画　像

一轮落日被高楼淹没了，公交车
夹紧尾巴　回家
纵横交错的霓虹灯　纷纷上岗
披着夕阳的光晕
粗黑爆裂的大手垒高今天最后
一块砖
汗渍斑斑的脸膛　疲惫的神情
铁皮宿舍　工地，两点一线
没有女人的出租房，阳光
销声匿迹
无边的孤寂苍白了青灯

吧嗒，使劲地抽一口
皱了皱眉　咽下的是难言的苦楚
螺旋上升的是出窍的灵魂
更多的是希望

郭培明

泉州市作家协会副主席。《泉州晚报》副总编辑兼《泉州商报》总编辑。

一个人的太姥山

我早早醒来
偷窥到雨与大山之吻
天色还暗
幸好没人发觉

与春天有个约会
绕过门卫的鼾声
把一路崎岖
踏成两眶晨雾

那些巨人的身影
让我误认自己也是山的一座
他们的伟岸
映衬着我的巍峨

一枝杜鹃朝我笑笑
这个季节需要几番云雨
奇石裸露全部精气
坚挺或柔软一样坦然

我终于没有抵达白云寺
那里风大
我有患得患失的毛病

不敢面对吹醒的梦想

一个人走入一座山

一座山拥抱一个人

偷情竟敢如此放纵

偷听的海风都屏住呼吸

我原来可以轻轻走过的

两滴打盹的雨滑倒

刚好挂在眼帘

久违的感动直透心底

黄秀惠

现居泉州。福建省作家协会会员。泉州市五一劳动奖章获得者。著有诗文集《三生七年》《花开诗音》。

樟脚村的油菜花又开了吗

几座石头堆叠的房子，窗口对着

村道，猪牛狗娃烟尘漫天

一念花开，开到荼蘼

开满了樟脚村过冬的枝头

爱上那片花海

她在生生世世的山脚下风起云涌，奇异绯红

关于爱情与花，还有一个词

花痴

旅人不惧

寻遍西域苍山洱海的传奇

我在玉龙雪山的谷底，逢上了紫色情人花

紫色，神秘的咒语

那个春天，花朵绚烂

山上还有一汪深蓝的水库

樟脚村是诗人的追逐，穿越冬天的浓重

当眼泪被霞光蒸发

当心事被火烛染亮

一意孤行的岁月，尽情穿梭

我静静地沿着来时的路

攥紧了手中滚烫的芽

最微妙的晨光中

风抱紧裙裾，水倚靠寒露

感觉温暖的一朵花，在途经的路口开放

惺忪将梦境还原

呵，我的声音被斜掠的灰鸽篡改

告诉我，春天是什么颜色

她可曾如冬天，如冬天这般

等待一场花事花开

黄丽蓉

惠安人。惠安县文学艺术界联合会主席，福建省作家协会会员。

拐杖在雨中走路

一场冬雨，积蓄已久
抒发得淋漓尽致
就像我渴望呼吸的泪水

拐杖在雨中走路，一前一后
没有飘逸的长发，只有缠绵的雨丝
幽幽暗暗中有个身影倾斜前行着

雨水浇在枯草上，渴望生长
收起躲藏在地里躁动的心
让双拐的关系不再那么暧昧

看那路上，留下淡淡的泪痕
听那滴答滴答的声响
如拐杖和路面亲昵的清脆

我不知要经历怎样的风雨
才能把一颗颗雨露滴落心底

当步行成为一种奢侈

我低首默读，到了诗外
途中，柳树招手

拐杖站在路边与草木交谈

当步行成为一种奢侈
我选择顺势而上
拐杖立在路中央装饰树的模样

稳不住脚，差点被晚风掀翻
恰好夕阳揪住了我的长影
倒映在诗中

我尊重每一个擦肩而过的人
路并不陡峭
多少频率必是拐杖与路的配合

走不出这首诗
把旧事折叠就是最好的办法
我情愿把自己浓缩寄到远处

黄种酷

福建省作家协会会员。文章散见《福建文学》《安徽文学》《菲律宾商报》《南安文学》《泉州文学》《诗生活》等。著有诗集《心若菩提》。

一阵风和另一阵风的相遇

每一粒饱满的种子
都有风的影子
一阵风吹过

绿了庄稼黄了谷物

而这风

或许

就是躲藏在草垛里的那阵风

和躲藏在草垛里的那阵风相遇

便是场惊喜交集的相遇

一阵风和另一阵风相遇

有时候温柔恬静

有时候会有激烈地碰撞

但终归是甜蜜的

这便不辜负了

每一次相遇

黄家芳

1988 年生，霞浦人，主要从事中国书法的教学、创作和研究。中国书法家协会会员，福建省作家协会会员，莆田市书法家协会常务理事、学术委员会副主任。在《青年文学》《北京文学》《福建文学》《散文百家》《红豆》《西部》等刊发表文学作品 10 余万字。

列　车

我在世上

搭乘这一趟列车

在黑暗中隆隆疾驰

每到一处陌生的地方

它就停下

这时有疲惫不堪的旅客

不声不响地下车

没入茫茫黑夜

消失得无影无踪

有时候

车上出现熟悉的面孔

他们同样

陆陆续续下车

脚步从容，一声不吭

面目很快模糊了

而列车照常行驶

仿佛人们

从未在这车上待过

我就这样目送他们

一个一个沉默地

走下去　走下去

让狰狞的夜色吞噬自己

我知道将来一天

当我听到车窗外

急切的召唤

我也会站起身就走

加入他们的行列

草地上目睹一只小鸟的死亡

我多次路过同一片草地

目睹一只小鸟的死亡

它躺在青草丛中

用僵硬的躯体抗拒阳光

和雨水，苍蝇和蛆虫

直到它们联手

送给它一副白色骨架

直到那白色骨架

在风中消失　在大地上

消失

我默默地目睹这一切

按部就班地发生

如同目睹我自己

我面目阴沉

黄　晨

现居沙县，笔名简。有诗、散文、评论等散见《诗潮》《福建文学》《海峡诗人》《三明日报》等报刊。

深处不再忧伤

大暑日，我拣尽荫凉抵达闽江

黄昏斜望西山薄云

身体噙满汗珠，散发一个中年人的兴奋

试图想用半句诗，一个动作

辨认梦里梦外

时空泊岸，我请过境的风

坐下来共同聆听

词的深处不再忧伤

半半之声，生死辽阔

夜色缓缓折入，街道安静

离开时，我取一滴闽江水

抚慰一个人的良辰美景

斯　平

全名钱斯平，1960 年生。福建省作家协会会员。20 世纪 80 年代初期开始发表作品。著有诗集。

大楼里的鱼

他们往西拼命地游，扭动头颅

惦记着当晚的另一群鱼

屋子里，黑暗中，有些琴弦模样的光线

颤颤巍巍地在飘动

无情的舌头，追逼着领地

恐惧，比这时的爱情要高贵得多

他们哭了，很伤心地摆弄着海啸

鸟儿横穿喧啸的走廊

天空冷冷淡淡，越发黑暗

这群鱼静静地聆听着

涂了润滑油的群星不知藏入哪个角落

就是这个时候地球仍在不停地往东旋转

就是这个时候大楼里注满了圣战的喜悦

除了夜缝里那轻轻的风

大楼坐东朝西，它的旁边冷冷地栖息着一条

大道，通向哪里，哪里是太阳的祖先

我们以最纯朴的语言打磨着厚实的季节

那些被死寂的森林教诲得渐渐迟钝的松石

在生机勃勃的岸边，感受着

翡翠般的绿海

舞蹈的鱼群

新鲜的水流向潮湿的大楼里补充鱼群的生机

蔚然的灯火之外

那条线像是雾里未被密封的山峦

显示着天空被折叠后的宁静

我们打坐在大楼里的一侧

想着那群鱼以及那群鱼的世界

寺庙里的钟声很艰难地传入耳旁，像是木鱼的缠绵

他们继续往西拼命地游，转动身子

柔软的身子，往西勇敢地靠近

在最黑暗与最明亮的屋顶之下

并不清晰的那浅浅的波浪

仍然鼓动着鸟鸣，虽然大道外面

黎明已在饱满的大道前

虽然月亮已经遁去

谢世明

1991 年生于莆田，现居福州。从事电影编导。

和阿卡谈过去的事

十二月的冰雪暖胃

你却没有可以容纳春天的门庭

今晚，春天是个高尚的词汇

让你我无法再去痛饮温暖的泉水

山林里大火业已熄灭

——而你的心脏一尘未染

那起于头颅的大风啊

将你变成了荒芜之地

走兽已无

你是一切寒冷或高尚的起源地

今晚，面对东方，我们无话可说

你我不得不领养沉默作为子嗣

——不得不离开房屋

谢怀德

三明市作家协会会员，三明诗群成员。诗歌、散文作品散见《福建日报》《三明日报》《福建文学》《绿风》《诗林》等。

旧花盆

花园的篱笆旁
摆放着几个破旧的花盆
这些花盆，就像
几个乐观的老人，聚集在一块
盆里原先栽种的花草
已被主人移植到了花圃里
现在，这些花草
长势正旺

它们，静静地待在花园的一角
白天装着半小盆雨水
夜晚，养着星星和月亮

韩孝勇

笔名韩志天，1982 年生。福州市作家协会会员，福建省传统文化发展促进会秘
书长。

最初的模样

当我被生活烦扰的时候
我会想起你最初的模样
春红般的笑容轻轻怒放
不管经历多少雨雪风霜

十年的磨洗
你的脸庞冷酷似月亮
缓缓剥开命运的苍凉
我能感受到你内心的
另一种温暖

我曾经很在意
你是否能听见
我在夜最深处
如饿狼般呐喊
我如今只在乎
当我颠簸沧浪
你在遥远家乡
是否好梦绵长

你梦见的曲径
穿过一片麦田的金黄

你梦见的方向
是我永不幻灭的希望

当我被生活愚弄的时候
我会看见我们最初的模样
那是山青水绿的大自然
我们手牵着手

爱，源远流长

蒋明河

惠安崇武人。福建省作家协会会员，中国诗歌学会会员，泉州作家协会理事，惠安县作家协会副主席。作品散见《诗刊》《诗选刊》《扬子江诗刊》《福建文学》《星星诗刊》《北京文学》等刊物，获"新星杯"全国诗歌大奖赛一等奖，第四届、第七届泉州市人民政府刺桐文艺奖一等奖等奖项。著有诗集《蝴蝶筝》《远看一朵花的春天》。

蝴蝶筝

在风中　音乐的飞翔
音乐的翅膀
升起了芳香的蝶梦

蝴蝶筝　踩痛爱情的容颜
长弦的生命叫幸福
短弦的命运叫　忧伤

弹拨着激情的手

颤颤的音波飞出了梁祝之蝶

古老于民间

蝴蝶筝　扯不断的蝴蝶魂

误陷了音乐圈

停在睡梦中歌唱

听从明月清风的安排

在青草的怜悯之上

一袭古香排闼而来

蝴蝶筝　蝴蝶筝

在春天的眉目边

走着一根幽幽的弦

傅建卿

南安市文学艺术界联合会副秘书长，南安市作家协会副秘书长，南安市青年作家协会副会长，福建省作家协会会员。获《福建文学》"蔡丽双杯·我与图书"全国散文征文三等奖等奖项38次。主编《美丽乡村·文化桃源》，出版论文集《农耕偶集》，诗集《岁月河边》《亲吻蔷薇》，散文随笔集《一粒尘埃》。

蛙　声

在空旷的湿地里

轻唱，美妙的歌声

翻山越岭，落寞而辽远

回忆或倾诉

蛙声，直击山野抽打时光

把蛰伏的冬叫醒

春的甦醒，始于蛙鸣

生命的狂欢

此起彼伏，无法宁静

因为，善良的田野

有这跳跃的蛙声托起

风不会孤苦，雨不会凄凉

曾建梅

福建省作家协会会员。《闽都文化》编辑部主任。诗歌、散文作品发表于《福建文学》《海峡诗人》等杂志，获福建省五四新闻奖和福建省期刊优秀作品奖等。

那个有篝火的夜晚我们跳舞

七里畲寨的阳光

盖在门前的石凳上

所有人都挤了过来

鸭子和狗昼夜追逐

老人沉默着拾来松枝

为年轻的诗人们点燃篝火

那个夜晚我们牵手跳舞呵
想着年轻时的样子

地瓜烧在胃里不停灼烧
噼啪作响

多么容易快乐
也多么容易悲伤啊

只有那湖水深邃
像久泡的观音

曾佳赋

20世纪70年代生，惠安崇武人，客居厦门。福建省作家协会会员。爱好诗歌文学，也弹古琴、写书法，均为业余爱好。

货　郎

我在说书人的嘴里
搁下了担子
这回　蹚着水路而来
我一路吆喝春风
吆喝声很长　身后是
帆影桨声与尘土

我是挑担叫卖的货郎
卖些胭脂水粉　女红配挂

我瓮缸撂银子

光阴埋异乡

说书人端起茶嘴啜了一口

我也清一下吆喝的嗓

花开两朵　各表一枝

想是　村口那片油菜花黄了

该有蝴蝶结伴飞去

还有一路赤足追嬉的村童

想是　有人正推窗探头

喊着我的乳名

还有簌簌抖落一地的花粉

曾美旋

20 世纪 70 年代生。漳州市作家协会会员。2014 年开始发表作品，散文、散文诗发表于《闽南日报》《闽南风》《散文诗世界》等报刊。

午　后

午后

阳光懒洋洋地

略带倦意

淡然的野菊

依旧随风摆动

不要怪风把你的花瓣零落

它也只是偶尔乜斜着双眼

偷窥你并不娇艳的容颜

顺便带走些许清香

树荫下

蜜蜂与蝴蝶细语呢喃

不知道是你的翅膀点缀了我的世界

还是我的蜜香丰富了你的味觉

喜欢午后

有阳光的味道

詹龙坤

"80后"，泉州人，曾用笔名方向。早年写过小说、随笔，近年转写口语诗。

落日余晖

太阳挣扎着

把光照进了森林里

但也无法阻挡

鸟兽虫蚁的欢呼

黑夜即将到来

它们的盛世

即将到来

在这片土地上

年复一年

循环往复

大地无法苏醒

落日跟着轮回

蓝　光

福建省作家协会会员。诗文散见《福建日报》《海峡诗人》《诗词世界》《散文诗世界》《中国现代诗人》等百余种报刊。诗歌入选《2010—2011 年福建优秀诗歌选》等多个选本，入选中国海峡两岸大型诗歌朗诵音乐会，福建省文化厅、省新闻出版广电局、省文学艺术界联合会、省作家协会等多个省市级机构举办的主题文艺演出、诗歌音乐朗诵会等几十场次。获多种奖项。出版诗集《一瓣心香》。

换　灯

灯虽然亮着，我已察觉

它昏沉的无力感

拖了好一段日子

总不愿意放弃微弱的光

一份与我相伴的期许

和熟悉的亲近

许多事需要改变

有毅力，总有说服自己的理由

今天，我决意要换掉它

撤去它曾经的光明

它或许也累了

不用长亭送别的仪式

只需一个决定

我同情我的眼睛

同情与时间一起磨砺的书籍

我交出它

换回亮堂的光明

让书温暖，让我的

眼睛湿润

简华良

龙岩市作家协会会员、摄影家协会会员。在地市级以上媒体发表各类新闻稿件和文学稿件 3000 多篇，原创抒情诗歌 100 多首。

根

一条路，走很远

从北到南

一条路，走很久

从古至今

根，在辗转中延伸

长成连绵思念

如简氏血脉

带着虔诚和乡音

寻找春的气息

于是，夜里有了梦

梦里有了绿色

今天，我们随风归来

亲近一座南方古祠

虔诚地，与父老乡亲
阳光下膜拜，但求
散去沿途沧桑
那里有祖的笑、心的笑
从明天起，高亢地
就喊你的名字
用所有踏过的山川命名
用同一个旋律歌唱
与风相伴，与根相依

简　梅

作品散见《人民日报》《福建文学》《炎黄纵横》《生活创造》《海峡诗人》《绿风》等报刊，获 2013 年福州市政府"茉莉花"奖，第二十七、二十八届福建省优秀文学作品奖暨第九、十届"陈明玉文学奖"佳作奖，福建日报社第九届"新人新作奖"，"八闽名城名镇名村文化映像原创文艺作品"二等奖等。

父亲岗上的鸟

密密麻麻　黑白相间
斜拉的天空　叠叠重重
孤傲双剪　点点抖动
排队　集合
一只眼睛落在杆上
那里望不见乡愁

三三两两的雀
交头接耳　互倾互诉

飞舞的精灵摆弄燕尾服

唱响嘹亮的交响曲

独独一只

独独一只　背着手

与父亲的背影　一样

雷贵优

宁化人。作品发表于《诗选刊》《安徽文学》《厦门文学》等。

那雪　那轻

群峰默默阅读天空的来信

一夜之间全都白了头发

一如你的鬓角

不知不觉就爬上了白色的重量

雪里取火的那人

梦里尚有昨日的余温

一枚素笺穿过岁月

比飞舞的雪花更白　更轻

赖清淡

笔名枝子。三明市作家协会会员，三明诗群成员。作品散见报纸、杂志和微刊。

天　梯

八月的云端

斜挂着的那架梯子

曾经是父亲爬过的地方

梯子两旁合拢的小草

为绿苔连上衣袖

我被荆棘拉开一道口

伤口很细，但却很痛

那年，父亲独自上山

走着走着就再也没回来

光阴缓慢地研磨

疼痛的土地

有人熟睡在梦幻里

远远地望见

掩映村落的台阶就好像也望见父亲苍老的脸

从顶端走到地面

蔡长兴

晋江东石人。中国作家协会会员，中国诗歌学会会员，福建省作家协会会员，泉州市文艺评论家协会理事，晋江市蓝鲸诗社副秘书长。诗歌、散文发表于《福建文学》《泉州文学》等多种刊物，入选《汉语地域诗歌年鉴 2017 年卷》。出版诗集《星天的清响》。

落下的鸟巢

那只乌鸦，在我头顶上
低低地飞过，在这棵树与那棵树之间
来回折返，我从未看见它这样执着
从树下往上看，天空中慢慢
有了，一个神秘的黑影

后来几天，那只乌鸦不再靠近树间
我静静地看着它，越飞越远
它那哭腔的声音，再也没有出现

整整一棵树，也没能托住
这个轻盈的鸟巢，它落下来的模样
比在树上更加随意，它一定是得到某种启示
才毅然决然地，放弃
曾经来过的，这个世间

寻找词

半夜，找不到母语
词，低低地吼，火车在黑夜里奔跑
却不曾到达，我们在语言的轨道上
沿着过去行走，不确定的未来
扎脚的疼

月光与夜色交合、分离，而风
时间的动词，挑动
让它们从娴静的名词，嬗变成
两头生气的羊，一个词和另一个词
互相较劲，黑和白，昼与夜
也变动不居

当它从嘴里说出，会有轻盈的翅膀
草一样顽强的生命，如果是黑暗中飞来的
匕首——接不住的一道道伤口。而劳作
可以结成一个个厚重的茧，抵御丛生的刺
哪怕一次次，把自己划伤

蔡英明

1999 年生，泉州人，笔名明袂。作品散见报刊，入选若干诗集选本。

露　水

你在窗台写露水
写露水的侧影，倒影，全部

写我像颗露水，早晨
来到窗前。伸手触摸

消失了，羞涩
你永远看不见融化的模样

日出时满屋灿烂
后院投下长长的影子

可那阴影，那寂静
是全部

颜长江

生于 1960 年，现居晋江。中国作家协会会员，晋江市作家协会副主席。著有诗集《浪游》《飘逸的行吟》《走过长桥》等

荔香颂

东来的紫气
送我以一袭清香，素淡荔枝
鼓乐雅歌，欢声笑语
阳光彩色的花信风
盛开在天际

独留巧思，渴望
从御苑硕大的芭蕉叶上
恍现鸿鹄之志，终有夙愿与善举
凝聚成，镇海的威力

长虹卧波，功垂青史
蔡公祠前的丰碑，任我褒扬说戏
一架履险如夷的不朽飞梁
渡过人间苦旅

站立像东西塔，躺下似洛阳桥
泉南的民谣，毓秀乡音
传唱千秋的伟绩
品读翰墨文采，迷醉宋词的意趣

喜庆的气象，奏鸣迎风激浪的心曲

登高处，祝颂腾蛟起凤的华宇
我是春天的歌者，感赋新诗

颜良重

大田人。三明诗群成员。诗歌发表在《诗歌月刊》《福建文学》《满族文学》
《海峡诗人》。出版散文集《白发均溪》。

悬空寺

一盏灯，必须在高处
光明才能普照

一枚月圆，映衬在山谷
让你享受寂静的仰望

悬崖已经撒手
你去心中寻找支撑的柱子

合起双手，寺，一点不悬
扎实地挂起来

潘云贵

1990 年生于长乐。诗歌见于《诗刊》《星星诗刊》《福建文学》等，获第四届张坚诗歌奖年度新锐奖、《诗歌月刊》2013 年度优秀散文诗奖、《人民文学》第四届全国高校文学征文评奖活动诗歌组一等奖等奖项。出版《亲爱的，我们都将这样长大》《我们的青春长着风的模样》《天真皮肤的同类》等多部。

九月的遗忘

原谅我还不能交出九月的影子
那些敞开的袖口有很多荒凉的风
吹出山林，吹往城镇
一路只爱奔波，携带冰冷的体温
从不关心枝丫上摇摇欲坠的命运

那些树叶忧伤地飘落，忧伤地成为
世界上所有没有族谱的死者
那些遥远而凝重的颤抖
那些无人瞩目过的碎片
沉寂在九月的空气里，成为大地
局部的故事

多少人，用爱和恨同时压迫自己
向着草木柔软的意志靠拢
最后，在九月雨水渐少的器皿背后
他们看见残破而流亡的宗教
在风中，和最后一片树叶对话

瓔 洛

本名孟丰敏，福州女子。音乐人、杂志专栏作家、影视编剧。中国作家协会会员，福州市作家协会副秘书长，福建省音乐家协会会员。著有散文集《约你开花》《台湾音乐往事》《美禅》，童话集《奇幻之旅》，报告文学《汽车模型在中国》。

不要让我如此爱你

不要让我如此爱你
我知道分别的时刻
总要到来
秋天或者夏天

不要让我如此爱你
我知道我最爱自己
总是如此
过去或者未来

但是现在、此刻
我做好了准备
投入一场战斗中
直到你或者我死去
谁也别想先征服对方
我不允许自己如此爱你
可你如何也不能不爱我了
我保证这是最后一次
我再也不会这样
为了这场战斗甘心入墓
我有一句墓志铭
不要让我如此爱你

魏 冶

1989 年生，武夷山人。在《重庆文学》等发表过作品。

鱼 刺

206 根骨头内聚　抽搐
迎接第 207 根骨头来临
此时默诵
尖刺横在咽喉里荡秋千
敌人披坚执锐，轻巧闪避
在喉咙里拉开拉链

热水带着符号
给我一碗安心
"农业时代的咒语
制服不了工业时代的鱼
和他的尸骸"
我咽下清水明晰所在
将这不请自来的矛冲刷得更锐利
我手捏下颚挤压
气管拱起干咳
徒然增加刺痛和我耳根的联系
苦药水喷进嘴里，10 分钟吐出
舌头是磨石，咽喉是风谷
任由敲打
医生变成声乐老师
教我 "a" 音的读法
在将要呕吐之前

弯钳拖着它

完成了初级减法

戴泽阳

南安人。20 世纪 80 年代中期草创民间诗社，并出油印诗报、诗刊《柳畔》，曾用笔名蓝枫、伊走走。偶有诗、散文、小说、文学评论散见报刊。

诗歌的伤口

许多人知道你沉寂在

天空的嘴唇贴着一枚银币

想象肤色如它的质地

抚摸衣裳的透明　感觉是这么惬意

我梦见石头比我还迟缓地生活

风化和喧嚣　古老的石屋潜伏

潮汐的心　碧莹的水波

这是通往的路线呵如何持久

滔滔涌来　像阳光无法拒绝水

照耀着你的无言　诗歌的伤口

睡眠的手势保持我惊悚的距离

却守在白日的边缘选择着白日

浮草诗社

我们身处的世界是一个用语言书写的世界。

20 世纪哲学向语言学转向之后，语言不再是简单交流的工具，主体认识的世界是符号尤其是语言加工过滤的世界。我们通过语言去介入世界，通过语言去认识世界，通过语言去想象世界。

改变我们的语言，就是改变我们想象世界的方式。

浮草诗社主张：一个诗人在创作中必须追求的，就是用其语言的创造力，不断赋予词汇（意象、语言）以新的韵致、内涵、外延，让语言具有更加辽阔的远景。诗歌是语言的艺术，通过这种艺术去重塑语言，重新挖掘语言中被遮蔽的或是还未发掘出来的美感、精神和意识形态。

我们挥毫在纸面上书写语言，就是站在大地上关注生活。我们不愿意看到诗歌被所谓的传统、文化、知识或是其他的外在之物异化，我们钦慕的是它最纯粹的面孔。诗歌的创造力、生产力的解放程度正取决于它的自由程度。

我们重塑语言，语言重塑世界。因此，诗人在进行语言的拓展实验，这是一种想象世界和生活的尝试。全球化、人民、性、工业时代、消费主义，乃至第三世界都呈现出它们从未展现的面貌。

语言与纯粹，是我们诗歌创作中永恒不变的追求。

我们首要的工作——解放语言，所有这一切，让诗歌当之无愧。

王珏丁

1996 年生，现居福州，笔名曳诩。浮草诗社社员。读德文，写诗也译诗。作品刊载于《中国青年诗歌年鉴》《浮草》《楚河汉界》《福州大学报》《青年思潮》等。

无　题

三十米海风吹荡落日街头
该来的雨像疯了的树木

立在你额前　你的声音擦去天桥的弧度

鲜红的火焰吃掉这首十四行

吃掉我的身体和肩颈

我吃掉你的犹豫　细小的一口

绝望中等待　鲜红的樱桃放肆在秋的日暮

雨像瀑布落了下来　又雾一样消失

从远处靠近远处　孕育出你的陌生

我该停止写诗　在迷宫般的巷口

在你走上楼梯的最后一秒

有人推开那扇虚掩的门

我对这境况毫无可说

秘密却已开始构成

突　然

突然好像失掉了那种口吻

不成集的十四行散落一地

扭曲的夏　泛白的荷叶　远去的汽笛

我们活在哪个维度　时间怎样迂回往复

一步或者无数步　在千百万人的眼泪里

语言吞没了询问的意义

不要轻易把它说出口

阳光还没杀掉所有的阴郁　而你也还没

赐予我全部的痛苦

成　业

福建师范大学传播学院戏剧影视学研究生，自由撰稿人，曾任北京诗人论坛特邀评论员、诗评版主。作品散见《福建日报》《福建文学》等。著有长篇小说《骨灰》，获第二届海峡两岸文创大赛第三赛季小说组季军。

绍兴印象

我们在中午光临绍兴
一座雾霾中的千年古城
像一首长诗，跨越年轮
至今还有游客喜欢在这里歌唱爱情

破产的东京和逃亡的瑞典结了婚
一颗戒珠里隐藏的秘密谁也没能搞清
而又有谁可以教会我抒情。这一缕逃逸的幽情
在革命者手中永远是绞索

春愁不远，乌篷船漂浮在过度污染的水面
满城蜡梅盛放，绿柳瘦成枯枝
香炉峰下，和旧交新识一起探访大禹的足迹
黎明前洪水的记忆让人想起黑夜和尿布

流觞曲水，三个哑巴坐着听一段越剧
同时不断比画手语，眼睛一眨一眨
小饭馆里的日本游客频频摇头
有人抬起左手狠狠地砸向脑袋
还是那只手，同时在向你乞讨

推开一扇故居木制的门

我们被哀号声逗乐，不能自己

昨夜在宾馆，有人试图用微信托递锦书

有人在酝酿一场好梦，还有一个人

他盯着电视发呆，决心追随一位诗人的脚步

不再折磨语言，也不让语言折磨自己

在南京，一个中年男人

三十六岁了，他在异国的战场略感寂寞

想念秋刀鱼，想念油豆腐，想念虾盖饭

一个中产阶级，不打仗的时候就在油菜花旁睡午觉

这里的平原一望无际，他选择不去听遥远的枪炮声

战斗开始，是杀人的木偶

战斗结束，又变得像个人

部队用太阳旗包裹死者的头颅

夏季酷热，虫子从尸体的眼窝爬出来

他反反复复对着镜子观察自己的眼球

它们没有生蛆，却总在发痒

无人的街道暗处，钟声悠悠

他口念佛号，沐浴更衣

换上新的兜裆布

点上蜡烛，喝着咖啡给朋友写信

写夏草生长，云在天际涌动

写星空绚烂，睡前去洋槐树下小便

写断井颓垣，在他人的新房中看鸳鸯，做春梦

梅毒与霍乱席卷而来，他不敢走进慰安所

跟着朋友到玄武湖上找古老的妓女寻欢

上弦月下，画舫在莲花间移动

胡琴花鼓，暖风沉醉

美人歌声婉转，胸口散发白玉兰的香味

他徒爱水的黑

三十六岁即将过去，早晚腰疼，但精神还好

在南京，他步入中年，庆幸自己还活着

沈璐容

1990 年生于诏安，笔名璐小猫。漳州市作家协会会员，浮草诗社副社长。在《福建日报》《福建文学》《东南快报》《闽南风》《闽北日报》等报刊发表诗歌及散文，诗歌作品入选多部年选。

南方姑娘

姑娘

请允我一眼爱恋

冒昧的在你乡音里

摸索你住的南方小镇

那长窄的巷

可否容我与你并肩撑伞

在你家门口

可否拥你与细雨入怀

姑娘

你低头那一抹晕红

足以娇羞了整个春

我却想起刚飞起的燕

姑娘

这奔向远方的列车

多像不会回来的过客

在车厢里会心一笑的路人终是我们

树　洞

阳光透过树洞

照不到底端

有人往里面呐喊

嘿，你好呀

嘿，你好呀

树洞回复着

声音很忧伤

仿佛阳光从来没经过树洞一样

郑艺斌

1994 年生，漳州龙文人。浮草诗社社员。诗歌为乐，小说为趣，书画为友，教书为业。

异　度

你无法找寻
过往所布的足迹
你无法预定
时光的回程

二月终声响起
我坐在老旧的墙边
喝着无味的空气
翻着无谓的记忆

一种苍老
布满这灰瓦土墙下的人
脸上画了皱纹
心上多了裂痕

这个空间
没有完全隔绝世界
它留着一丝缝
让我窥视

外头的世界
跟着时间走

里头的世界
逆着时间流

活　着

我走了
在一阵不肯罢休的雨中
离开了不舍的人
心还能放在哪儿

风夹着雨沫吹进冬衣
我无力再如少年那般
煮一壶酒
向冬夜宣战

霓虹在街头巷尾闪烁
雾气蒙眬了双眼
我靠在墙上
想听清窗外的滴答

一堵高墙
隔绝了整个世界
一颗心碎成了两半
一半过去，一半未来

洪艺松

1990 年生，泉州人，现居福州。浮草诗社第一任社长。获第六届全国大学生文学作品大赛二等奖。

火　祭

黑夜靠拢，篝火燃起
一群人围成月亮
手和脚不断地颤抖
疯狂地舞蹈

从口中呼喊的声音
永远是人类的生和死
而唯一能替我们回答
却永远是我们自身
因此

谁一旦停止呼吸
谁就会突然死亡

彩　陶

河水抖落土地的秘密
彩陶暴露在浅滩上

被阳光抚摸着，陶片上的图腾

开始欢笑、跳跃

而身体则在一次次的献祭中

流血，扭曲，变形

它盛满的是水，还是血

篝火无限地生长

涌入黑暗潮湿的洞穴

最终燃烧出一张张熟悉的

影子

姜成禹

1994 年生，建瓯人。参加福建省首届高校文学创作研习班。有诗歌发表于各类杂志。

套　路

从前交谈不多

期待却不少

每每与你畅叙

无须切磋

只凭着自己热情迸发

各自心满意足

从前言语滋味足

一句咀嚼到晚

到天明

三餐都可以白

有你喜欢的味道

就多和谁细说

才亲近

这是从前

我也不会为某个人

而特地调配一种风味

更不会想到

现今每种口味

都难免被拆出食谱

每一味

我们争相效仿

这些气味本属自己

不过无意间丢弃

竟然也学不会

乡　愁

他们硬挤在了时间里

苦苦寻求梦一场

他们哭得透彻

也笑得不安定

别说我能懂

他们必将问询到底

宁可染上伤

难得避开张望

他们扯下新旗帜

就如他们赤露的原骨

他们就地悲怆

他们急于撕咬

却留给我们这些不思乡的人

随意轻漫地咀嚼

赵如添

1994 年生，居福州。获包商杯诗歌优秀奖等。作品散见各类报刊。

朋友家的猫

猫醒了，魂游不已的倦意

打在炭火上。万事皆空

除了太阳扫过的一抹碧蓝

犹如他微眇的眼睛　北爱尔兰深邃的古井

有光

甚是惋惜，他来自遥远的西方

惋惜他已活得太久

不能享受昔日帝国的山水　大人

以及河畔的一栋栋房屋

慵懒而无意

或是抖落一身碎片

与我痛饮

空谈山东士族结发为席

共赴江湖之远

在壶中意享梦中天长

传说猫有九条命

敢于消瘦

敢于抗拒风与词语

带来的重伤

于万州烤鱼回赠练师

每当有人说起这些故事

我总是感到一阵恍然

此行冬来　那冗长的大衣

时而挂在左墙　时而放在右边

"知识分子呀，就是没有骨头"

忘了是谁曾于我点烟　于我诉说那些空蒙

那些迷离　那些千帆入梦

似断井残垣　流水如戏

是啊　还有什么可悲怀的呢

暑生暑生　生于暑　旺于秋

在中年发迹

于一朝看尽长安垂柳

柳树低垂　花团锦簇

大观园　千般人物

机关在后　饮酒为先

盘中有鱼尝未尽　径须沽取对君酌

况且这火苗还烧得正旺

"你们这是把我在火上烤啊"

伟人的故事总是让人感到空阔

曾有闲人几般来于此巷

饮酒　作乐　闲谈女人三两

大风似这样紧么

你我裹紧衬衫　仍未忘

谈起这闽都旧事

晚来天欲雪　能饮一杯无

蒋荆轲

1996 年生，现居厦门。福建省青年作家研修班学员，龙岩市作家协会会员。写诗，写小说。作品散见《海峡诗人》《青春》《福建文学》等。

经历数次搬迁

每一只甲虫都撬开自己的躯壳

暴露出略带咸腥的内脏

搬运工将一整块壁画

从墙壁的皮肤上敲落

孩子用铅笔轻描摹的涂鸦

却撕扯不下

童年的记忆，被遗落

隔着玻璃就不会有，裂纹层层散射开

它指向透明的密室

划破失业者伤口脆弱神经

21 层租户是裹在时间夹缝的爬虫

被重重忙碌淹没

被路过的眼睛

一次次端详，揣测

我们搬运自己

从一个起点到另一个起点

蒋德烽

1994 年生，永泰人，国家高级茶艺师。漳州市作家协会会员。《福建日报》2014 年"文学新人"，2018 年福建省新文学群体暨青年作家研修班学员。作品散见《福建日报》《海峡诗人》《闽都文化》等报刊，入选《长安风诗选》《福州文学》等。

赋予梦游的生命

无声的语言诉说着疲惫的家具
没有艺术的装饰品是一种亵渎和侮辱
明亮和昏暗和谐生存，一切精心调制
"浅睡思绪被温热的情潮荡漾"
明天在太阳照在山头前到来
我赋予生命梦游的权利
适当灰度的空白也可随意创造
在骇人的眼睛前睁开黑夜
并不彻底的黑，瞌睡在暮色的慵懒中
一切都在游荡，一切都是生命
被敬畏　被信仰

流浪者

每天他都行走在街头，风雨无阻
塑料瓶或者是硬纸板都是他指挥交通的工具
日复一日，衣衫褴褛，流浪在这街头
他如此融入，却又格格不入
谁又曾天生流浪
颠沛流离一生，或许他乐此不疲

世人可怜他，他是否也可怜这些忙碌的人
夜深人静后他在遗忘中醒来
依旧流浪在熟悉而又陌生的街头
看一群可笑的人

蔡丽洁

1992年生，现居福州。鲁迅文学院福州研修班学员。

鱼

我的眼对上鱼的眼
目光穿过不同的介质
在神魂颠倒之中，在狂呼乱吠之中
你我失去说话的权利
鱼在水里张嘴，思想全变成泡泡
而眼泪便是那水里的咸
见过鱼嗔怒
极施尾劲，直面撞来
而后环游世界
此刻，我渴望与它交换生命

乡间暮景

谜团渐渐露出轮廓
在叠印的竹林中织出一个清晨
急流中的波澜是光年以前

星子的倒影

空气不知道自己居住过人们的胸腔

只有缄默的石头磨出了脚的形状

省城的才子在青青罗网中漫步

鸾峰桥的脉搏盈染了墨香

于和风中，百年的木头和村民的笑，统一了颜色

望他山

一山更有一山高，《望他山》的宗旨是步履不停，推介好诗，不分地域，不分群体，唯诗与质是第一提取要素。

云垛垛

本名王朝霞。福建省作家协会会员，《莆田文学》编辑。作品散见《诗刊》《星星诗刊》《散文诗》《台港文学选刊》《厦门文学》等。

浅水渠

唯一的白
——白鹭

在快干枯的浅水渠中
——漫步

那白色是伶俜的
就如同白鹭的"一"

两个不同的孤零的词碰撞
——拥抱于幽暗的黄昏

暮色暗下来
你也猜不准它的居所

好像生活中不期然的

遇见，比爱更孤单

我也曾在这样的黄昏
漫步，沉思

任凭沉下来的念头
遗落或深埋于

凝固的
蓝花楹的瘀痕里

外面的声音

让它轻点，划过去
唯独没有鸟鸣
有时它们集体消弭
各种敲打的声音
潮水一样起伏的
——窸窣声
大象呼吸的声音
（这世界真的有大象存在吗）
希望是走失的那匹
如果窗外有雨
我希望白茫茫一片
我们站在雨里
沉浸于静默的喜悦
忘记雨与自己

米 拉

出生于莆田，现居厦门。突围诗群成员。作品散见《星星诗刊》《诗潮》《福建文学》《莆田文学》等。

只是想象

天在远处，晨雾还未散去
它盘旋在山巅，混淆成一团乱麻
我立于云端，品茶听乐
羡慕世间丰腴之象

"恋人相拥，穷人不舍旧物"
可能存在幻想，旧事浮上心头

近几年以镜为鉴，爱憎有些许分明
想象自己步履轻盈，获得邀约与爱慕
目光所及之处，愿有笑脸相迎

仅仅只是想象。故土剥离
余晖滚入城市边缘，五月寄居在村庄
失眠的人与影子决裂
换马，漂泊西南

落雪之夜，他为我戴上荆冠

把这首诗写得温暖一些，让每个词
像篝火一般燃烧。如若可以

再请他为我戴上荆冠
"诗和我将成为今天最美好的礼物"

他是黑夜守门人、光的制造者
但总有夜色带来冰雪
（雪花在冬天的某一个时辰降落）
它惧怕光，惧怕热气腾腾的街区

只有他，燃起炽热的火焰
驱赶野兽和寒气，第一个走向我
"不再隐秘于拥挤的人间
总要站在身后发出光"

我坚定于迎接这场光之盛宴
火焰仰起头颅，深渊埋藏灰烬
落雪之夜
他为我戴上荆冠

强迫症患者

一定要把社会秩序顺过来
一定要把长河日月倾吐于某个交谈者
把每一行经文、每一寸饥荒
昭告天下

唇枪舌剑的预演
（口诛笔伐的人在城市中心咬牙切齿）
他，远古的美尼斯，在纳尔迈石板得到赦免
孟斐斯城的战火熄灭，人们涌入黑色房屋

铁链拴住树身，被遗弃的兵器和衣物

像敌人的骨头在阳光下腐朽
"用自己的世界和年轻人谈论战争法则
被质疑前，语言不及废墟本身"

麦 芒

本名郑丹凤，20 世纪 70 年代生，莆田秀屿平海人，现居莆田城厢。福建省作家协会会员。作品发表于《福建文学》《海峡诗人》《莆田文学》《湄洲日报》《莆田晚报》等。获莆田市"云里风"文学奖一等奖。

单身女人

一

曾误以为：一种怪癖
一个女人，独自
将身体交给无数只黑黢黢的
夜的手

二

难以容忍
将花卉种植在天花板
把种子撒入海底
她的母亲总泪眼婆娑

三

她不怕吗
那么多故事
总是将一个单身女人描绘成

阴魂不散的白衣女鬼

四

但是在楼梯口

见过一个单身女人

身轻如燕

笑着撇下我沉重的骨头

五

她单身多久了

所有器官都在复原

她不像我

在身上养多肉

在马路上领取失意的红尘

六

她的水电是自己布置的

灯盏是自己擦拭的

房间里养自己的裸体

多么骄傲，并不拘泥于风

或倒灌的雨水

七

一个男人约一个女人

一餐饭

一个女人约一个女人

一处风景

八

她深谙独处哲学

开一家洗衣店，管理四季

用一杯热咖啡，解决三餐

九

见过越来越多的女人

告别空屋

走向码头

这里，伟大的词语有两个

湛蓝与海鸥

十

想起唐朝女人裸露的胸口

壁画上的红唇与青春

她的领土不可侵犯

一个单身女人

一个独一无二的王朝

十一

读了点希姆博尔斯卡

读了点多丽丝·莱辛

我可以一直深爱你

保留寂静

我可以一直不爱你

保留清醒

李　群

莆田人，贵州省遵义市公安局民警。拥有"春天诗人"雅称。2019 年春节受到公安部党委亲切慰问，2020 年被贵州省公安厅政治部荣记个人二等功。曾应邀到全国各地举行了 25 场"励志人生分享会"，受到广泛欢迎。出版诗歌散文集 4 部。

暗夜里的一只红蜻蜓

暗夜里

一只漂浮的红蜻蜓

洞穿久违的隧道

终于发现远方星星

发出的微弱亮光

它竭尽全力屏住呼吸

宛如攀登悬崖峭壁执意飞行

飞向日夜发射磁场的心湖

我不是那夜的精灵

自然不知

那用亮光做路标的心湖

有何种能量

能左右它的赴汤蹈火

我只是在想

或许是一种命中注定的东西会让它抉择之后义无反顾

会让曾经烟消云散的故事风生水起

并在冥冥之中因因结果

虽然我无法触摸它的内心

但我能理解

它为何如此执着

为何会

如此的用心良苦

莆田大桥头

那些瘦瘦的粗石板

横跨起一座桥

一跨就梦续千年

我曾一度疏忽你的磨难和沧桑

却牢记我们相爱的旧时光

请不要问我这是为什么

因为我只要公开我的沧海桑田

就已经足够

我不是孤零零的情痴

我真的无法独自踩着月光明亮

我曾无数次澎湃在青春的约会里

把带血的"不见不散"篆进自己的骨头

我曾经差点与你生死相许

只因我的生命发生了情陷事件

所以在世事无常的今天

我经常在梦里呼喊你的名字

莆田大桥头

何 颖

龙岩市作家协会会员。散文、诗歌发表于省内外报刊。偶有征文获奖。

大雪关键词

我能忆起寒冷的大雪
老树蜷着身子瑟瑟发抖
晨雾任性地穿过风遮住天空的眼睛
村庄再也听不到鸟的回声

老屋忍不住打了个寒战
纸窗上的窟窿一会儿吹开一会儿合上
木门晃动着摇摇欲坠的身体勉强支撑着苍白的骨头
土墙的肌肤被划出一道裂口

老人的双手任风雪吹
也不藏起冬天
像雪花一样
从一个村庄到另一个村庄

大雪，是思凡的天使
飘飘落落地来到了人间
跌跌撞撞地冷艳了一生

不完整的月光

一朵挨着一朵
嫩黄连着金黄

像激情燃烧的火焰

春风吻过的清香
一次又一次地唤醒
被荆棘包裹的群山　丛林
以及更遥远的村庄

每一个黄艳艳的身体里
都住着一颗炽热的心

此刻
我悄悄地把自己藏进这片花海里
和它一起
给灵魂敷药
让曾经不完整的月光得到救治

林典铇

中国作家协会会员，福建省作家协会青年创作委员会委员。参加诗刊社第二十
九届青春诗会，鲁迅文学院第三十一届中青年作家高研班学员。获福建省委、省政
府第七届百花文艺奖。出版诗集《慢行》《在人间的春天排队》。

小兽的徘徊

石雕里的小兽
在犹豫：爬出来
接受世间的春风吹拂
还是继续在石头上

保持不老，但僵硬的姿势

寺钟传来，晚课开始了
为老去的生命，诵经
念咒

雪松发出新芽
鲜叶的香味，弥漫着

看多了，这世间的生和死
石雕里的小兽，在徘徊
它想走进人间烟火
但害怕爱了，又别离

老厝基

三十年前走失的人，回到后院
霍霍地磨刀
他还要以人形，上山砍古木
他尚且是丈夫、父亲、儿子
在老厝的废墟上重建家园
他偏执地认为，有一笔
横财，埋在厨房地下
他心中还有蝙蝠、梅兰竹菊
需要刻成窗花和斗拱
现在，他弓着腰，在磨刀
他要砍掉这一大片杂草

黄鹤权

1997 年生，现居福州。福建省作家协会会员，鲁迅文学院海峡青年作家高研班学员。作品散见《扬子江》《星星诗刊》《诗歌月刊》《草堂》《福建文学》等。入选第四届全国青年散文诗人笔会。偶有获奖。

母亲，当我们再次谈起月亮

这几年，我将你的性格
承接得天衣无缝
我泥骨、泥胎、泥面，对外人文质彬彬
好得一塌糊涂
我把体贴留给妻子
把微醺的红留给久未见面的朋友
把雀跃留给归来的父亲
哪怕他是大男子主义、赌徒、某次家暴实施者
我不动声色搂紧了身边人的满意
却唯独对你
是一种趾高气扬的恩典
那天。中秋夜
我没有动。晃动的是走廊上那件断了一袖的衬衫
你坐在床头
——大声地哭着。落成洪水
夜色正淹没我们头上的那轮月亮

我此生一直听雨

我此生一直听雨。活得久，就围桌而坐
谈坚硬的，谈柔软的，所有微小的事物
活得不久。就邀门外的月儿、风儿、树儿进来
请她笑，用大而重的颗粒

第一次，我对着门前的四月
轻启唇齿，把说出的话打了个结，攀附在一根钉子
第二次，因一场安静的雨。跑走，走得过于慌忙
来不及听雨，一粒初衷要落地的声音。作为
性情中人。这遗憾得伴我残年

可我庆幸，我两次经过她。在同一个地方
在冬天的雨中。我落在作坊的枝头，鸣叫不已
她呢，从来不过问我，只顾往南走
捡起细碎的疼痛，一支酒杯，两瓣云雾
默数一角屋檐下，扭了腰身来不及飞起的燕子

在她老去的时候，雨一直下。洗去灰烬
安静得像一丛小云，大多时候
她的模样让我舒坦

铜鱼诗刊

铜鱼诗刊公众号隶属于厦门市近年来民间最有影响的纯诗歌团体——铜鱼诗社。铜鱼诗社成立于2019年夏天，创始人禾青子相邀厦门本地具有一定影响，并热爱诗歌的林祁、海约、黄国清、胡翠兰、黄英灿、林间新地、陆十一等一批诗人加入。随后，诗社以团结厦门诗人，发展厦门诗歌，扶持诗歌新人为宗旨不断吸纳新成员、新面孔，其影响力也不断向外拓展，甚至一些有一定名望的外地诗人也相继加入。铜鱼诗刊公众号以纯诗歌为发展方向，不定期发表本诗社成员作品，有个人专辑，也有众社员一起参加的雅集或同题集结。铜鱼诗刊公众号自2019年7月1日推出第一期专辑以来至今已推出71期，从数量上看，并没有像有些公众号那样大量的推送，但每期推出的作品，却实属佳品。铜鱼诗刊公众号也经历了当下网络诗歌的混乱、虚脱、自言自语等体裁、风格、语言的冲击。诗社中不乏对当代诗坛感到迷茫、困惑者。但一直以来公众号选稿始终以地方文化为背景，挖掘本土语言为基础，同时结合各种风格，努力打造自己的特色。近3年来，通过铜鱼诗刊公众号平台走出一大批在当今诗歌界颇具影响的诗人，如创始人禾青子，以及叶燕兰、海约、陆十一、周钰琪、修竹子、黄英灿、郑智得等。他们的不断成长，成熟，见证了厦门铜鱼诗社的成长，同时也见证了铜鱼诗刊公众号的一段历史。

三 芊

本名吴婷婷，祖籍湖北，现居厦门。经营连锁民宿。

黄风铃花

需要第二次探入才能看见
我们一再确认山路是否正确
蜿蜒路途经过两道防疫关卡
写上姓名、出处

多年的行动轨迹停止在厦门
回想出生地
尽管行程码里没有出现它的地名
盘旋的山旅中，它垫起脚下的基石

泥土在延伸，道路分出两条岔路
选择向左的茶马古道并不意味无功而返
踏入宋代茶商走过的路，他们古铜的肤色在日头照晒中
流下的汗水我成为其中一员

回到岔口向右继续上山
两旁绿木不知边界，担忧走得越到安溪地界
汽车再次爬向坡顶
一群黄色风铃花面向我开放

病　中

当天空是一把琵琶
拨动琴弦，鸟、虫、青蛙
都有了去处
置身外的另一个本体
在木匣中尽量探出头
合鸣

子 进

李进，字子进，又字退之，号块斋、大块、大铁锥、揽月轩、揽月散人。好读书，作诗没有目的。

火 祭

这风情恰好的小园，这一杯陈年的微黄
阳光和月光都适合陪酒
春天还未正式到来，而我偏向前者

在这园里，我养了一盆叫火祭的肉，它有着火一样的魂
就在此时，它喝足了阳光，红着脸从一旁探出，而我

也喝足了酒，斜靠在石凳上，我俩长久地相互凝视
时间就这样一直，一直挂在杯壁上

黄 昏

世界变了，而有人
仍在固守阵地，直到天快暗下来
爱与死亡交叉感染又并行不悖
多么苦涩的正确

阳光漫过西山便不再回头
我开始收拾明天的行李
却被告知：继续隔离观察
我问醉绿园的躺椅，明日天气是好还是坏

咿咿呀呀，答案总是一成不变
黄昏就要失去地平线了

答案越来越清晰，人心却越来越模糊
藩篱林立，挂满各种情结，不愿臣服或融合
似乎都值得信赖和歌颂
口水化箭突然射中太阳，黄昏彻底沦陷
夜空升起一颗巨大的白色药丸

木隶南

"70后"，居南方。闲来捉笔。

远

合上书本后我开始相信
远是孤烟，是落日，是点亮篝火时那种迫切
我还相信远是骆驼刺生出橄榄
全部掉落到你手里
绿洲深处，几个阿拉伯人坐在树下
被宽大的棕榈叶遮住，轻声谈论天明将要从哪座湖泊经过

来 者

抹去眼泪后，那个怆然涕下的人
开始抽烟。他不记得
有这样的瘾，看幽州台原地打转，迎来送往

一批又一批过客

天时有晴雨，我时有清浊
自古贤士多寂寞
在他弹灭那颗星星时
我滑落的轨迹与他的忧愁一起重合到那眼看见里

走

落差始终存在。我愿意
在你的"无我"中停下
山的背面还是山，你的跋涉只为那眼看见
列车用一个长句穿过田野
比满篇华章动人。仰望止于抬头与垂首
追赶携带惯性。我们离开座位
相互问候。把分别
当作初识，落日不再关照那些走去黑暗的事物

王逸杰

南安人。爱好古典文学，热衷新诗创作。

一场暴雨过后

风，停止了摇摆的舞步
疲惫的大地，迅速换上新装

迎接晚霞

干涸的土壤，多了几颗水珠

频频吐露失去的芬芳

一切在焕发

一切都重新到来

万物增添了许多生机

迷惘的我们依然行走在

未知的旅途

叶　子

十月，时而萧瑟飘零，时而放荡不羁

既是如此，亦无法吹散盛夏的余晖

阳光似昨日

炽热强烈，映照世俗的尘埃

漫步在初秋的街道

就像洒落在马路两旁的叶子，些许孤单

迎着晚霞的彩光，沉入夜色

又随着北风，不停摇曳

不知道飘向何方

平　心

厦门人。教师。

路过你的静默

车子缓缓穿过铺满落叶的山路
我路过你
一棵树与另一棵树之间的静默

那些柔软瘦弱的身躯
收拢着多少无法言说的话语
仿佛黑暗中的火
可以一瞬间席卷整个山谷

但是，你选择了静默
以漫山遍野的落叶深深掩埋了
内心的风暴
你将继续徘徊于整片沉睡的山坡

正月初三

春意拉到了友邻家
院子里果蔬抹上了青绿
一株开花的仙人掌缓慢安稳

窗外远山静谧

我们喝酒，闲聊
一只纸糊的虎对着另一只绯红

炉子里的木炭晃了晃
这个春天的馈赠又加重了几分

叶玉环

高级经济师，曾任纸媒记者编辑。厦门市作家协会会员。发表文章超 20 万字，作品入选《厦门优秀文学作品选 2004—2013》。多次获国家、省、市征文、论文奖项。

杧果树换装

知了拼命叫嚣
千篇一律　　没有断句
果实被暴雨浇落　　浓荫被狂风收割
低头　　一地果实一地叹息
抬头　　粉红叶芽在闪光

一半新叶　　一片老叶
正欢快握手交接
感谢风雨赐我力量　　正想离枝去流浪

阿　愣

渺小得如一粒微尘
笨拙得像一个巨人

阿愣　你的呆你的痴

如钝刀割着我的心

岔路口真情值几钱

红尘滚滚谁当真

阿愣

花开花谢不重来

人生如箭莫等待

阿愣

庆幸你有一颗木头心

再痛也不疼

黑夜里的菜市场

橘灯两盏　黑水三摊

菜市场　白天拥挤晚上空寂

听得见流浪猫在轻轻呼吸

菜市场　最真实的修行场

红的白的黑的绿的

酸的甜的苦的辣的

百味拼盘　温暖凡尘

叶雪青

1998 年生，同安人。诗歌爱好者。

一个雾天

起雾了，水汽与温度合谋的蒙眬里
风还在吹它的海

走不出坚壳夹裹的黑暗并不可怕
沙粒慢慢变成珍珠
远方的远方就在那里

在这个雾天的深处
浪花的秘密已经不一样了吗

有比这浓淡不均的雾更浓淡不均的
孤独的灯塔知道
却一句话也不说

方　向

一个旅客问起船夫
"你在海面上行驶靠什么导航"

沉默。白浪画出的轨迹被白浪吞没
我们只知道

船摇晃着，在微茫的烟水里

"经常走自然知道方向在哪里了"
这是对沉默的回答

所以船夫与海有专属的交流方式
偌大的地图缩刻在心里
方向——早已牢牢攥在手中

江月影

"80 后"，云霄人，现工作于厦门翔安。高校教师。

小渔村的故事

一
玻璃框把天空划分
一格格湛蓝
种植着点点白云

二
一棵树种下宽阔的梦
不断索取阳光，和雨露
向苍穹缓慢攀爬

三
一排船紧挨着
等不来主人的认领

于是守护彼此的孤独

四

夕阳眷恋远航的梦想
月亮早早露出笑容。它们害怕
黑暗夺走世人向阳的心

五

吃了一天的阳光
也渴了
喝点露水解解暑

六

一心展翅翱翔蓝天
飞机无以回报
那就洒点棉花糖吧

七

月色照耀清风
凉亭把头伸向池塘
终于看清自己的模样

八

船鸣已远去
唤醒被烈日灼昏的星星
点亮一颗颗心愿

纪宏毅

"70 后"。中国金融作家协会会员，福建省作家协会会员，同安区作家协会主席。诗作散见《诗刊》《星星诗刊》《诗歌月刊》《福建文学》《散文诗世界》《厦门文学》等刊物。获首届海峡鼓浪诗歌奖。著有诗集《刹那花开》。

潮水来信

一滴水推搡着另一滴水
后浪拍打前浪

海神蛰伏其间，吹气吐纳
一次次测试肺活量

人间节节败退。海鼓胀着
不断释放蓝色多巴胺

直到泄气、破碎
像梦破碎一样的破碎

直到泥滩遗留一些无辜的海螺
和四仰八叉的鱼虾

终于等来了，旋涡静止的地方

听了一夜的雨

倒春的寒气将我逼醒

嘀嗒啪啦之声，不绝于耳

仿佛某种盛大而有重量的降临

起身望窗台外

雨水正驱散四周黑暗之兽

万物静穆肃立

恭听着垂坠的训示

路灯依然明亮

努力保持她的轮廓与颜色

如果不是一辆车划过

我误以为夜雨

只是下在心上

而不是这充斥了激情与奇幻的人间

春天的白马疾蹄赶来

银翼之鸟轰响着

如破冰者犁开云层

多日阴雨的隙缝得以透进点阳光来

冰雪的刀锋还在北方镂刻未竟之作

南方的苞蕾开始解衣，洗尘
流露暗香

我们聚首读诗，有春雷滚过
不经意间
窗台上水仙花仿佛全都炸开了

春天的白马正疾蹄赶来

陆十一

"80后"，客家人，现居厦门。毕业于济南陆军学院，面包书专栏作家，云天文学福建分社主编，偶有发表。

旋涡的层级

我能看见的旋涡很多

有时是星星跌倒，溅起几朵乌云
有时是半夜升腾的烟火驱逐
睡眠如不安的湖水泛起涟漪
甚至有次在酒后，我看见
天地玄黄围我旋转
那一刻，差点有为王的错觉

可唯独，我看不见肚脐
这肥胖中年的自我塌陷

不曾目睹

暮色将近，电线杆歇落几只鸟雀

和跪在坟前的影子一般

一个被蒙蔽了双眼

另一个交付出头颅

所有张着的口与被勒紧的喉

——并没有发出

夕阳像血一样流尽

黑色的喘息越张越大，夜晚乘虚而入

时空白马

饮下晚霞：鲜红的开胃酒

路人遗失了黑暗

的种子。汽车的翅膀因夜色黏稠

而散失飞翔能力

隧道的每次穿行，都是一场有效抵达

月光寒冷且收敛，街灯不敢明示

血色掏空的夜晚时针肉勺从未停止搅动

古老而洁净的鞍落在背上

大地磨盘被迫前行

唯独我，一眼认出了你

沧 浪

本名陈智方，"80后"。出版诗集《海与地之隙》，著有长篇诗剧《湿婆之舞》
《海之歌》《五叶银莲花》等，戏剧《彼岸花》等。

岛

礁石背着海水向四周扩张时
房子就如石头缝隙里长出的花
涂染着礁石的颜色，邀来海风与明月
完成一趟如灯塔般的游历

站在房子前，一条蜿蜒的小路仿如
岛的血管，将岛的生息连接
沿着这条小路，可以去往海边
去往墓园，还可以通向人间

船歌披着海浪来访时
将浅蓝色的棒球帽戴在伊人头上
触着海水中的音符
想象着，这就是伊甸园的模样

有时，敲打诗行的手被海风缠住
你平静的样子，在月亮的眼眸里
仿似一尊孤独的雕像
黎明来时，又重新拥有人间的生命

当黄昏降临，凝视着伊人的脸庞
皱纹里写满了玫瑰的芬芳

捧着一卷卷诗集，在土壤中
枕着月色与吻，开始编织人间在天国的模样

树间月

黎明伸出利剑前
你的模样宛如一位刚出生的婴儿
银白色的宫殿掠夺了天空所有的光芒
让你在黑夜里称王

顺着树枝攀爬
就像金乌攀爬扶桑树那般
从你的呼吸中撷取了一片，放置额头
宇宙正从我的双眸扩张

陈黑牛

曾任厦门市翔安区首届政府法律顾问团成员等职。闲暇写写诗歌。

男　人

睁着双眼
看不到你
甚至看不到玫瑰花已在眼前
男人的世界很大
大到纵横万里
容纳宇宙

男人的世界很小

小到眼中只有你

之外再无美人

或许玫瑰花已枯干

岁月消瘦

还有一个怅惘的男人

写给儿子的六一

朝阳喷薄而出

晨风拂过你的黑发

你矫健的身姿、朗朗唐诗声

稀释了我的童年

串树叶捡柴草，几多辛酸

堵田沟捉泥鳅鱼虾，多少欢笑

滚铁环抽陀螺打珠子

打走了多少挨饿时光

一个从未进过县城的童年

十二年，亲你抱你牵你陪你

蹒跚学步牙牙学语的你

几多童言欢声

三年幼儿园六年小学，光阴匆匆

十八张奖状的童年

黄果树桂林山水故宫长城

不一样的童年不一样的星空

纵有几片乌云游弋

遮挡不住朝阳的冉冉上升

山水之间，任你欣赏

风雨之中，给你洗尘
星空上下，由你遨游
都是你的天地，你做主飞翔

林建祝

厦门集美灌口铁山村人，1982 年入伍，退伍后在厦门集美保安公司工作。

牌　坊

矗立于村口的牌坊
龙腾虎跃
燕尾脊的闽南建筑
门口坐落一对石狮子
注视着每个匆匆而过的脚步
越来越近唤醒民族记忆
唤醒打铁行社族群的凝聚力
又像是母亲站在村口唤着我的乳名
漂泊归来的亲人们
每当从这送走一位亲人
落日余晖照在瑶山溪上
水面上有漂浮的芦花
白鹭有时衔着小鱼儿
有时衔着乡音贴在水面上滑行

空明桥

许多人来过又走了

余留下空明桥

透过一孔之见

可以看到尘埃落在你伫立过的地方

仿佛能触摸到温暖的气息

隔着尘世光阴

聆听，桥下潺潺流水

芦苇荡漾

一些迎着风流泪

一些低着头在水里交谈什么

月光环迎来新年第一批游客

一群青春少女跳着快乐桑巴

大风车日夜不停地转着

海面上驰骋而来一列地铁

在园博苑站点停靠

这是一列多么幸运的地铁

能在地下和海面上穿行

能听到大海波澜壮阔的声音

仿佛看到一群坐在地铁上的人

发出惊讶的感叹声

郑　洁

现居厦门。写诗多年。

拐

谁说我不会拐来拐去
从山下上山
拐来拐去
从山上下山
拐来拐去
一个诗人拐卖
另一个诗人
上军营村
军营村拐走了
人心的狂野与憧憬
淹没了农家的袅袅烟笼
下一个拐角
芦苇荡里奔跑

每一次拐角都是骨子里的伤痕
秋夜凉凉的风
将一枚枚树叶吹落
将一颗零乱的心吹静

柯月霞

笔名六月雨荷、宁岚。福建省作家协会会员。作品入选厦门女作家合集《遇见》。著有散文集《一个人的优雅》《一杯茶的幸福》《最美的时光在路上》。

在秋天，我想读一首诗

在秋天，我想读一首诗

我想用温暖的目光

读大雁写在天边的诗行

我想用深情的耳朵

读蟋蟀在清凉的夜里

唱给秋草听的歌

在秋天，我想坐在午后的湖边

静静地坐着，静静地

看落叶把自己的名字

写在水面上

我还想，把菊花和酒紧紧相拥抱的身影

装进杯中，然后一饮而尽

在秋天，在下着雨的夜晚

我想靠着你的胸膛

听窗外的雨　滴答，滴答

扑通，扑通

我把你的每次心跳

都读成了一首美丽的诗

在秋天，在下着雨的夜晚

小　镇

我想安居在一个小镇里

和你

晴天看云

雨天听雨

夏天的夜里漫步

秋天来了听虫子叫

要是下雪了　我想和你

牵手走在雪地里

走着　走着

两个人就都白了头

南　瓜

本名庄淑坤，厦门人，生于 1990 年。

七夕前夕

一

琴弦上尘封着我的思念

每动一次

就痛一下

二

过去太遥远

你眼瞎

而我耳聋

回去

我们再拿什么交流

用两颗空心吗

三

北上的火车启动了

我的青春

在那冰冷的铁轨上

碾出无数伤痕

体无完肤的

看，就我现在这副鬼模样

四

有时候我逼自己哭

哭不出来

有时候我忍住不哭

血，却无声流淌

五

偶尔一个人时

会假装悲伤

看着镜中滑稽的自己

忍不住笑出声

沉默还没来得及结束

又开始一个死循环

六

今夜，天空太黑

牛郎和织女约会

不点灯吗

七

冷与冷之间

碰出的火花，才够热烈

足以燃尽我们的爱情

八

当誓言被轻易说出

食言也就占用一次咽口水的时间

九

我跟你说哦

现在回家的路上我不怕黑了

路灯点到了我家门口

十

再见

到底是再见

还是不再见

涂　燃

本名涂绍程，"80后"。曾任纸刊网刊副主编，著名诗歌网站副站长、总版主、驻站诗人。在中国诗歌网、散文网等网络平台发布诗歌、散文等数百篇（首），在《福建文学》等发表作品若干。诗作入选《当代青年诗人代表诗选》《厦门青年诗人诗选》等。

鹿回头

丛林喜阴，所有故事都是一场宿命
只是有主或无主，不自觉湿漉漉

阳光在缝隙里招摇，但坚守丰满
林木掩映，山顶又踮了踮脚
开始回收落叶，花粉掉了一膀子

用力回头，心事和心思开始比着头寸
某些伸展不得不放肆，唯专宠可解
直到婚介所和情爱剧互赠转场
草尖之上，一张嘴比刚洒的水易碎

好事者留下遗言，并隐藏在我们中间
他们始终积极，让神话栩栩如生
泥土毫无违和感，游艇频频下海
看客蛰伏于点头，在荫凉中略显苍白
陷入寂静，不老松突然伸了伸腰，只是更弯了

年关辞

年关乍暖，有些叫喊把骨头和皮肤一起唤醒
扑面一道道红光，线上线下热腾腾的
我在众口一词中如梦初醒
相关和不相关的一度添堵，各种新年好

母亲重复着乡村旧例，拜天跪地念念有词
城市和蜗居的大门敞开着，从正午开始
各路神仙井然有序地穿堂而过
普世的祝福唾手可得，万事大吉
我依旧需要三言两语掩饰
香灰掉落带来的惊吓和不安
它们的热度和色度比眼眶更深邃
这情景和心跳失传已久
我把隐忧藏进酒杯，一饮而尽

这是城市过年。空气略带烟火味过小日子
左邻右舍关着门，缩着脖子竖着衣领
堂而皇之泛着白光，堆积出彻骨的清净
白色的疑团变幻莫测，有些呼吸发呆很久
一瓣一瓣冷空气裂开，一片一片后视镜僵硬

夏　天

同安人，教师。一位热衷于阅读的持久的女文学爱好者。

阴　鸷

一

台阶架得那么巧合

在夜与昼之间，在年与年之间

在生与死之间

"人生如戏，而你没救出自己"

事故鉴定

你在一场真相雪藏的童话里

意外死亡

现场会被草草掩盖

那偶然又必然的瞬间

跟所有故事一样会灰飞烟灭

而你却还未来得及为自己的悲剧

写下遗书

二

城，倾垣而来

踮起脚尖，在越发狭窄的山道奔跑

学会在水中逃跑，携着完整的自己

前方是未知之境

背后是黑暗的潮水在追赶

要绕开人群，或穿透

那失却自由的永偃的源地

"不得已时，你可把世界挂在一棵树上

或跟着雪羽化"
这样你的灵魂就会越升越高
再没有谁俘虏得了你
而你的亮光，就是世界的亮光

三

一颗子弹穿过黑色的树林
击碎了鸟鸣
微露的晨光出现
便听到了滴血的声音
还能拿什么用以掩藏迹象
你的大军已不战而败
如何拿疼痛去爱你啊春天
想起鸟刚张开眼看世界的样子
他的青春是否早就布下阴影
他怎么懂得卵与高墙的寓言
别告诉我那是丛林的自然法则
能否向文明迈进一步
而落后于一头狮子
容我颤抖吧依然澄静的天空
阳光是穿行的子弹。我
看见黑夜那熟悉又无辜的眼睛
而你奔跑的脚步下
有你兄弟姐妹受伤的身影

康永情

厦门人。铜鱼诗社社员，小学教师。一个自娱自乐的写诗人。

老　屋

当最后一片瓦，落了
石头被命名，新厝
满是希望的样子
一个孩子长成蒲公英
我记得，一个晴天
风远道而来，带走蒲公英

老屋，站立着
老者，独有的燕尾翘着
两撮胡须
只是就着午后的阳光，朝着
山的那头，不再说话

蜘蛛网

向来有绝妙的想法
在清晨时分
网住一颗颗露珠
照着阳光，慢慢观赏
——收藏

在傍晚的时候

想法更是大胆

想网住

着了火的夕阳

却不料　被烧了个大洞

连一点光亮都兜不住

谢阿贞

笔名真子、沙漠玫瑰，1975 年生，厦门翔安大嶝人。福建省青年作家高研班学员，厦门市作家协会会员，翔安区作家协会副秘书长。作品散见《世界日报》《中国诗歌网》《厦门日报》《厦门文艺》《同安文艺》《业翔民安》等。

卖小番茄的妇人

顾客蹲着身子挑选

妇人面露微笑，忙碌着称重

头戴红纱巾，身穿粗布衣裳

一缕阳光投射到她脸上

像我慈祥的外祖母

也许她不知道战争

不曾听见自我世界之外的枪声

她活得如此简单

一如小番茄的香甜

一只乌鸦擦亮夜晚

雨越下越大

雨点敲在屋瓦上

池塘里鱼群呼吸之间

荡起无数涟漪

橙色玫瑰伸向空中

姿势如此决然

我伫立风中，身子摇摆

远处树木更清晰

别墅群挺直了身子

万物在风雨中忍耐，等待

文字在寂静中跳跃

茶香仿佛飘向遥远的从前

窗前那女孩，撑开记忆的伞，似乎在等待

一只乌鸦擦亮，更黑的

夜晚

天边，撞出一抹云霞

那么火红、明亮

魏逢端

同安人。经营昌兴书城。铜鱼诗社秘书长。

初 夏

车子行驶在山间小道
偏离了原来的航道
是连续几天的雨，醉了涣散的心
还是早晨的清风，让思绪漫游

桂瑶村的茶，含着桂花蜜语
眼里异彩纷呈，鸟鸣合乐蜜蜂的嗡嗡
老屋在田头，新村犹如春笋
门头上"河南衍派"阿婆在招手

萝卜干

风，烈日，炙热在炭烤
燃烧膨胀的心灵
让自己不再那么虚荣

海水，让我停止呼吸吧
盐的纯净
僵硬的躯体多了一丝柔软

当再一次遇见

我已经是一个清脆爽口

人人喜爱的开胃小菜

一瓦老坛，是我不朽的安息地

落木无声

小路边松针光影

淹没了车子，枯枝落叶

能顶半边天的身姿

渐渐远去的色彩，仿佛

是 20 世纪 70 年代

石头屋与肩抗石条的惠安女

穿梭回荡在木麻黄林间

米黄色的海湾

沙滩上闪烁的贝壳

恰是水墨画的点缀

是浪花的杰作

飞奔的小潮蟹还有那小海燕

追逐父与子的欢笑

帆船迎风启航

时空连续了纯真年华

飞越木麻黄林上空

厦门诗人

"厦门诗人"微信公众号，是由颜非、海中央、叶来、海约共同发起的，并于 2020 年 7 月 23 日首发，主要向大众推介优秀的诗歌及与诗歌相关的作品。设有 "厦门诗人""后视镜""嘉禾集""厦门诗歌地理""他山""群山""锐角""论剑" 等栏目，固定于每周四晚上 19：55 推介一篇或多篇作品。崇尚本土、包容、先锋和锐气。立足于厦门本土，做好诗歌展示的平台，推介厦门优秀的诗人及作品，让更多的人了解厦门的诗人和诗歌。挖掘有潜力和锐气的新人，鼓励新人勇于实验，创作出有朝气和深度的诗歌文本，并向大众推介八闽及全国优秀的诗歌文本，为诗歌的发展，努力做好一块砖。

小 河

本名王晓豪，"70 后"，永定客家人。偶有作品发表。

词中隐居

我想做个强盗
只去抢劫时间暴君
去掠夺被时间暴君所抢走的一切
然后找个词隐居起来

生与死

母亲的身体躺在水晶棺里
透过玻璃

看见母亲神情很安详

我的内心很安静

这一刻

我感到

生死是一体的

很安静

像高悬的明月

照耀着悠悠的天地

小　柯

翔安区作家协会会员。在多家网络平台发过 300 多首（篇）诗歌、诗评、散文、小说。

在烈日下

在烈日下，我不退缩

踩着泥土的温暖

抚摸墨绿色的稻叶

闻一下泥土的芳香

趁这蓝天白云的时候

多采纳一些光和热

悄悄收藏入心河

慢慢地酿成稻香

大地渐渐成了蒸笼

阳光分明是催化剂

心甘当成了油漆工

不知累的，彩上金黄

晒谷场

成熟饱满的稻谷

很优美地躺卧着

在村部广场

清晨灿烂的太阳

激情满满

升温了世界

像知了人性

蒸走多余的成分

镀亮了谷子，一身金黄

美美满满，留住稻香

将会在千家万户的家桌上

飘香着家乡十足的味道

上官灿亮

1981 年出生于清流，现居厦门。写有诗歌、随笔若干。

你不能等过上好日子了再写诗吗

我何尝不想

盐在哪里，味精就会出现在哪里

这不生活，但这很命运

我写诗，不就是为了

得到你的讽刺

要不，我不赞美生活

这样的小日子

你也不会轻易剔出来

我安慰你倒像在安慰自己

我承认有时候我不靠谱

即便生活如意了你

也不大可能堆积着我

方智群

1989 年生，现居厦门。作品散见《2006—2016 年厦门诗人诗选》《永安文艺》等。

选择题

你不能用

狡诈成年人的方式

让孩子做一些没理由的

假设，选择题

应声虫，海洋馆里为吃食

而摇尾弄姿的海豚

爸爸、妈妈

两者不可兼得的爱谁

我呼吁成年人

必须拥有亟待二次发育的脑筋

向露出八颗乳牙的笑容

会心莞尔

过气繁华

矮巷，呆软一世

过气繁华

短炮鞭耳

长炮呢喃不衰

打开天窗说亮话

说不好就

说瞎两句

眼看着旧日忧愁

被新瓶子装走

装不下两盅

而心扰

似抽刀断水不去

似人过棘丛

粘惹了一袖鬼针草

皂角浣新衣

野地黄花攀枝绽放

恁黄

在这春剥寒的季节里

有点耍流氓

十三月

那些盖日椋鸟

远徙至不冬岛屿的

胡曷不归

白　木

1983 年生于湖南，现居厦门。1996 年开始写诗。出版诗集《天上大雨》。"须
弥山驻寺写作计划"发起人之一。

若有若无的呼吸落进香灰

一些老竹
在念经
雨水，会不会是海的源头

哑色的水中，我们似乎能瞥见自己发光

树下有暮鼓

蓝色云朵升起
绿色河流

一二三四五
树下有暮鼓

智慧的人从不会痛苦

宁 芙

1997 年生于福鼎，现居福州。译诗、写诗，专注于女性主义诗歌。

野

> 阳光之外，亲吻之外，
> 原野的香气之外，
> 一切对我们来说都微不足道。
>
> ——加 缪

她朝向太阳走去，浑身
奏响布鲁斯音乐
萨福赐予她
香气，蜂群起舞
原野之外，野性
唤起一群狼
青春献祭于
暗黑的月，血月
破裂，海水虚掩着梦

尼采，手枪
吉他，吟游诗人
她走向海

田荔琴

"60后"，莆田人，祖籍山东，现居福州。作品散见各报刊。

去向——写给儿子

我隔着吧台望向你，你站成一个小我
不惊，无忧，从前不知去向

看你，拉一朵卡布的花
又拉了一杯拿铁的叶
还有一只天鹅的翼翅
在奶泡搭建的舞台上表演湖水波澜
一杯痴绝，盛满冬日暖阳。

看你，转身而出
只留下一粒方糖，甜到忧伤
我不敢开口问去向，连背影都写着阳光
这是你最好的年华，却仿佛与我无染

玉壶春花插

再也不盛酒了，案几
便是家室
供养了数不尽的春夏秋冬
梅兰竹菊，都继承着宋瓷的姓氏

观众散落在屋角和圈椅上

像风中时隐时现的流萤

登门造访，文采斐然

阳光也踮起脚尖，在斜插的花枝上歌唱

他们赞颂你盛放于野的清纯

以及嫁入画卷上的气韵

唯有默许的经验，才能让人臣服

唯有你在瓶底，在低矮的水里

强压住一声

登堂入室的叹息。此生此世

石瞒芋

本名郑一举，1984 年生于莆田。莆田文学院特约作家。著有诗集《四朵白花》。

晋朝在水上

晋朝在水上，我荡着小船穿过芦苇深处，找到洞穴。

所有的人都弃官回家了

在乡下，种田，种茶，种菊花

有人弹琴，或者下棋，过着小资的日子

每家都有地窖，自己酿制米酒

日子就挂在平秤上，不轻不重

他们说，要么我是个骗子，要么是个隐士

我手掌朝上，告诉他们，天空的屁股是白色的

而空气，总是在下雨的时候略显黏稠
我说，应该来一场盛宴

手拍鼓的节奏还应该快些，火，正旺
脚镯的声音很妙，有影子，在火堆中愈烧愈红
有水酒，我随手把一些写诗的欲望丢弃风中

在晋朝，我过着一个人的生活
没有父母，也无妻妾，还打算，生一群长不大的孩子

松　鼠

清晨与一只小松鼠相遇，我们彼此赞美对方
倾情于一场风花雪月的旧事
我们一起穿过夏日的阔叶林，在茂密的树枝上筑巢、相爱
寻觅花生、板栗，以及过冬的坚果
在树洞里储存一些甜蜜的话语，以落叶掩盖，不让谁发觉

宝坑的黄昏总是姗姗来迟，夕阳弥留的一些余光让人迷恋
偶尔我向你谈起一个名叫莆田的城市
一个迷途的孩子，一些嘲笑和无关紧要的喧嚣
你只是笑。有一天我们人老珠黄
你说，我们都应该感谢镜子里的人，她吐出的每个词语包含荆棘

庄永庆

同安人。福建省作家协会会员。作品散见各类刊物。著有诗集《回首已千年》。

秋　空

海水越过头顶
越过树梢和楼房
越过人间所有的欲望
直至填满整个天空
此刻，海面波平如镜

秋天又一次放空自己
城市一夜无梦
万物笼罩于秋水之下
飞鸟掠过，不见礁石
几片白云如帆影飘过
在风平浪静的大海上

太行山上

太行山上
有人在悬崖边种植村庄
种植道路、甘泉与梦想
种植一茬茬苦涩而坚韧的人生

群山不语

默默交出季节

交出清风和流云

交出雨水和闪电

交出果实、繁花与落叶

交出阳光、冰雪

岩层深处的炽热和忧伤

直至交出钢铁的肋骨

阮陈金

诗人，艺术家。毕业于集美大学。作品获集美·双栖青年影展"实验精神奖"、北京国际短片联展华语评审团特别奖等奖项。举办个展《百万河流》。参展意大利威尼斯的七国艺术家联展等。

百万河流

我的母亲是江边一个平凡的女人

年轻时候眼睛泪腺堵塞肿胀着双眼

此刻她坐在我的对面

我的心是沸腾的江水

百万河流汇聚成母亲的眼睛

还是从母亲的眼睛流出百万河流

山永远不变吗

河流奔腾

你的沧海桑田敌不过我的瞬息万变

一个石头砸去澜沧江

溅起的水花是你一个世纪的泪水

可我怎么也看不见

母亲

路过的树都成了我的梯子

我一根一根地向上爬

我是融化的冰川

奔向远方

天　空

你是天空掉落的

一抹蓝色　落在凡尘里

十分不合时宜　大红大绿

的日子里　你显得遥

远了　蜷缩的身体如云

一般溃败　手里的钱

在风中像旗帜

人们窥探你那一抹蓝色

只是偶尔内心的饥渴

你需要永恒的孤独

喂养那些时常失落的灵魂

西　流

现居厦门。出版小说集《陌生人来到马巷》《紫杉棺木》，书话集《听雨夜读》《读书滋味长》。

一个孩子翻过了生活的一页

一个头脑发热的人应该想起
过去的一切
想起梦境
想起从未出现的色彩
想起那些死亡的声音
一个头脑发热的人应该想起
一切都很相似

一个孩子贪婪地阅读一本书
一本连环画
天色已黄昏
孩子吐口唾沫
快速翻过一页
翻过了，便灰暗
真真的和梦一样
只有黑的线条和黯淡的眼神

草房子

我想象一个园子
野草在里面疯长

淹没了路径

孩子躲进去

像置身于一片焦黄焦黄的海

在金叶草下面是另一个世界

野兔、蚂蚱，甚至狐狸

而成群结队的蚂蚁

指引着我通往草房子的方向

连　山

"70后"，大田人。作品散见《诗刊》《星星诗刊》《草堂》《诗潮》《诗选刊》《诗歌月刊》《福建文学》等报刊。

立夏书

梅子发育得正好

很多事物已经藏不住自己

走进原野

就像走进一间闹哄哄的大教室

你瞧

那位身材薄弱的女教师，就要控制不住

一大群阳气渐长，锋芒已露的青年麦子们了

午后的雷阵雨，急促地

助长了她的不安

老家的一条小河

我曾经在这里抓鱼，摸虾，光着童年的屁股
游泳

后来。我跟随小河
或者说，小河引领我满怀信心地
去远方。整洁的河面
逐渐被世上，各种变了味的事物
搅浑。河床也变小了
仿佛一场不可抗拒的流失

这些年
因为和老家一样老去的亲人
生病或故去，我回家的次数越来越多
这条小河，似乎
越活越顺利了。长满草丛
和蛙鸣的河堤，已经被思想高度统一的石头
代替

我从岸上走过
看见了自己，失落的倒影

陈小三

即巫嘎，1972 年生于谢地村，现居拉萨。三明诗群成员。获水沫诗歌奖、后天诗歌奖。著有诗集《交谊舞》。

喜马拉雅往事

傍晚从帕邦喀天葬台走下来

就像从天上走下来

一辆汽车从身边经过

我看见一个人

被绑在驾驶室里

戴着口罩

望着我

就他一个人

我有点吃惊而车已走远

对面山顶早春的雪从未来吹过来

喜马拉雅星空

从天窗爬上房东的屋顶

合同里并未提及的

豪华观景房——喜马拉雅星空

——那城里的灯火

把它驱赶到山坡上

村庄、寺庙、石头

和人造卫星砌筑的星空

与地上的基站

我手机里运行我

在黑暗中，牦牛在手机之外

在我头顶反刍

陈彦舟

1969 年生于大田，本名陈建忠，现居厦门。职业书画者，偶尔写诗。

辛丑小雪·厦门

辛丑小雪

一早就下起了小雨

远处白茫茫

不是雪的白，而是

有点雾的温柔的白

车疾驶而过的刷刷声

树叶不时点头滴下水珠

屋檐更是加快了

滴滴哒哒的脚步声

感觉湿漉漉十面包围

向我，缓慢包围过来

像，情人那湿润的舌尖

哦，抱歉

我还是喜欢

阳光普照的样子

金尚小区广场所见

每天早晨都会有露水

我知道

草叶，噙着明珠

或纤纤手指举着

那易逝的

或挥发的

天天如此

不觉

或惊悚

张广福

1970 年生，祖籍上杭，目前在三明工作。

蜗　居

前日他们带我去拍 CT

把我的骨头从肉里剔了出来

在黑白分明的胶片上

我看清了自己的胸骨和锁骨

在我的心所在的部位

我的肋骨为它营造的窝

令我尴尬：它确实不如我预想的宽敞

有　人

有人把钟表拆了

把患者的肾脏移植了

有人站上钟楼

把跳崖者的命运终结了

用墨水和一支笔

有人把杀戮完成了

本该由生命书写的篇章

有人用转基因的手

让它跑题了

以现代或后现代的手法

张建耀

1991 年生，籍贯仙游，现居厦门。偶有写作，诗歌作品发表若干。

下　雨

窗外正在下雨

不知道雨长什么样

我们在它里面

像处在一颗石榴的内部

一座哥特式教堂

在河边高耸着

雨是想象的
从来没有人见过
在树叶的眼中
它可能有长颈鹿的脖子
爱吃闪电的苹果

当雨落向地面
过去的情感自我纠缠
等到我们老了
可以就着雨声下饭

雨越变越小
故事里有人唱到高潮
用一声缠绵的拖腔
从历史中退场

失　眠

鸽子的脑袋很小，像天台上
一个简短的梦
城市醒于青山的偏头痛
山下建筑
如潮水退去后裸露出的礁石

卧室依然恬静，像安宁中
吐出一截软舌的牡蛎
闹钟固定于桌面，不断有水银
在它的内部坍塌
醒来的人，需要把前世记忆
再巩固一遍

礼拜天，生活已把自己腾空

阳台的玻璃被推开

从无数喧嚣中，惊喜地

辨认出清脆的鸟鸣

仿佛在无边际的海水，漂浮出

一粒白色的安眠药片

张勇敢

本名张浩，1994 年生于宁化，客家人，厦门大学硕士研究生。获全国大学生樱花诗赛特等奖、东荡子诗歌奖·高校奖。著有诗集《森木》。

乡村草木观察员日记

那些你未曾对他人说起的热烈情绪

独享你的偏爱，过了立夏

也随草木的生长，趋向某种盛大

出门看夏，选择哪一个下午并不重要

清风正当年，随便邀上哪一阵风都是好风

从家里往后山走，你会依次遇见

枯木蘑菇、南瓜苗、益母草（它们还来不及

招蜂引蝶），你会看见前几年砍倒的

李子树又抽出新芽，一只未孕的母鸭

在这里当起保姆

你将在一片竹林中成年

你将在另一片竹林中回忆童年

但返程途中，你必须把它们一一脱下

傍晚，阵雨先于暮色袭来，雨后的田野

满片蛙声拉远了城市与乡村的距离

便满怀期待，备好心情，与一株水草在梦中相遇

晚安吧，在夏天悲伤的人，他们在悲伤什么

命运指引你吃掉一颗土豆

椒盐里脊，或者地三鲜

在成为你的盘中餐之前

它们各自拥有一颗完整的土豆

一间环绕式集休宿舍和勤于挖掘的大伯

在公寓二食堂，我把一小块土豆送进嘴里

享受它周身轻度的麻，在口腔内扩散

此时，在爱尔兰，谢默斯·希尼的祖父

正手把手教导他的儿子，有关于挖掘的艺术

在闽西北的农村，我的祖父从没种过土豆

我的父亲也从没种过土豆

这对一世的仇人不多的交集

只在水稻田和烟叶地里短暂地存在过

后来水稻染上稻瘟病，粮食歉收

大片绿油油的烟叶送进烤烟房，成了一堆焦炭

祖父在一次家庭争吵中服药去世

父亲背上行囊，去了晋江

一颗土豆的一生也是

一棵水稻、一片烟叶的一生

在我们匆忙的脚步中，只有少许人停下来
细细品尝过这人间的滋味

张　淳

1970 年生于厦门。作品发表于《厦门航空报》《厦门航空》《厦门文学》等，
入选《南方诗人作品选》《中国当代青年抒情短诗精粹》《厦门青年诗选》《百年厦
门新诗选》。出版个人中英文诗集《又见春天》。

厦门人的手表

许多的手表
时间有时不一致
机械的或石英的
自己购买的价值
在第一眼有缘的喜爱之情
多年之后都不曾改变
不舍得丢弃不舍得荒废
物尽其用便是最大的不浪费
美不美在人的审美
好不好在人的判断
收藏多年的物品
不会无缘无故地消失
坚信的真理在昼夜里闪现
凝结的水汽可以毫不费劲
升腾而散
还是那个可以滴答滴答走着
亘古不变的计时之器

厦门大雪

大雪的日子热火朝天

东南方的城市在海风

的吹拂下湿润

风不吼了

天放晴

夜晚的茶

解千愁

点心在橱窗里

已经变质

多少人因此受难

没有人知道

厦门的贫穷与富有

没有谁知道

鸟不分昼夜

啾啾说着无人能懂的

千古谜题

苏少隆

南安人。慈善活动家，现为福田公益国际联盟主席、南安市爱心公益协会会长、云南泸西观音山景区主任。泉州市青年作家协会顾问，浮桥诗团成员。有诗文散见各大报刊。

风的孩子

我是风的孩子

从时光的怀里出发

穿行在海瀚河流

在楼宇殿厦

在人群的角缝

抑或是荒野孤独的一棵草

我都没有驻足

我是一位跋沙的行者

我披着云彩一路浪迹

和每一束明媚的阳光相恋

把温暖的誓言写满山川大地

略带野性的手抚摸娇羞的空气

在遇见的每一滴雨水里

种下充满善念的梦想

我向天空吹拂

让星星睁开了双眼

时间走来

依然没有打动我匍匐的姿势

在季节的流转里

唤醒沉睡的心灵

我扬起了帆要像风一样奔驰

一样的十方飘逸

我是一首风写的诗

吴　季

1972 年生，现居厦门。写诗之外，也从事诗歌评论与翻译。

玛利亚是一出悲剧

玛利亚是一出悲剧，当她爱的时候

"爱，常常要很久以后

你才能找出它高贵的动机，它就是

早晨的面包、牛奶

盥洗室发烫的镜子

和你出门时候不小心

下错的一场雨"

玛利亚，欢乐的代名词，就像

她一直梦想的那

当她把城市的花花草草安排妥当

是她呀，把救护车开过老式的天堂

是她，让早熟炽热的太阳在

水泥天空荡漾

"那做梦的感觉多么遥远

想起来又多么像公园，当我徒步

奔向无人的海边，在废弃的
沙滩上挖我的童年
它白色的头，呵难忘的初恋
它的脖子纤细，以及
一挂乌黑的项链
那干瘪的小腹呵，掏空了，被无休止的生育
它翘起的嘴唇像一句格言
它的睫毛修过了，在一朵
百合花的最里面

"年复一年，我在保险公司大楼
地铁站，和廉价快餐店的围堵下
从容不迫。我张开双臂，试着游到对岸
在突如其来的拥抱和意想不到的吻
在高个子情人和花格子衬衫情人之间
我戴上耳机，倾听内心深处的海螺
特洛伊战争和玫瑰战争
一只脚踩着忧郁的十四行，另一只
向左踢一踢，再向右踢一踢
直到一切都变得完美
我在贝壳宫殿和海藻花园里住了这么久
从没想过有一天
我要在空荡荡的电话那头落泪
在黑皮沙发上独自睡着，像每天晚上
用一个半钟头或两个钟头反复地
给我忠告的《美满家庭》所演的那样"

当春天拐进了去年的杂货铺
玛利亚，我要说
玛利亚的眼睛多么雪亮
当她不爱，谁都不爱
什么都不爱，什么都不想爱

吴临安

1990 年生，现居厦门，行医谋生。

记事集：海边记事

"但是你必须预测下一波浪潮"
黄厝，塔头，新鲜面孔的未来
大地从未带走你
如，天空从未陪你来

水的深蓝，多么危险的符号
白骨，灰船，鱼群孕育生死
鱼群从未变成你
如，猿猴从未和你一样

暗淡背后，经历折返，结束疲倦
三角梅，大王椰，轮回是开合的
海风从未吹动你
阳光从未停止你

"你的心有多少台阶"

记事集：饮茶记事

用一整个下午临摹，喝茶之姿，谈及禁忌
避讳，仪式——无端的造神

生涩的普洱在变硬，我们在寺庙檐下爬行
怕错过每一段助念的僧侣

不该这样子，不该存伦理之外的飞机
不该在硬化的岩台上刻画自己
不该随意起舞
溪水不成湖泊，湖泊不会看守自己

仿佛又来客人，窗外神（神祇）初生
今夜大抵有个好觉吧
否定再否定，我想妈妈水边敲衣的日子
那样——我还在，我们都在
那样——风有声，水可起

呵，收拾收拾，回到庆祝的花蕾中去
可争生死之境可
——设计悲愤情节，譬如烈日
再造愈发明亮的物状

李建明

1976 年生于建瓯，曾游历中国各地，现居泉州。笔名且歌且骚，创办并主持《平民诗社》，突围诗群发起人之一。

黑匣子

每个人的体内
都藏着一个黑匣子

用以记录他的

一言一行

所思所想

到了盖棺定论的时候

后人会凭着黑匣子

里面记录的内容

给他的一生做总结

并把这个总结

刻在他的墓碑上

折纸艺术

儿子最近

喜欢上折纸

折纸飞机

折纸船

折纸青蛙

和纸的恐龙

折什么像什么

我问他：你可以

折一个人吗

人很难折的

非常难哦

儿子说

李智强

莆田人，现居深圳。福建省作家协会会员。已出版诗集 2 本。

把白云出卖给黄昏

阴天来得恰逢其时

白云刚长出宗教的光芒

就有乌云在耕种下一个雨季

偶尔出现的蓝是频繁失守的阵地

我用东南亚的热水

解开福建茶叶里冷藏的秘密

跟兴化平原上的乌白旗械斗取得了联系

端坐阳台，扮演一个摆地摊的神

把白云出卖给黄昏

让微风免费带走轻尘又

把飞机送入云团的虎口

趁星辰尚未觉醒，急速眨眼

赐予万物最合身的暗影

模仿儿童比喻一场雨

新加坡即将解封

但有些事物持续斗争

比如杨厝港街上无人

石狮依然把守着铁门

比如飞机冲击云层

刚好一团乌云被风撕裂

天空就有了不可名状的疼

心情忧郁就必定有雨

南洋的植物天生未卜先知

落叶屈从风的旨意

倦鸟赶在雨前返枝

今日，模仿儿童比喻这场雨

每一片云流落大地

都像一个童年走向失忆

李新旺

清流人。三明诗群成员，福建省作家协会会员。作品散见《诗潮》《诗歌月刊》《福建文学》等报刊。著有散文集《客家情韵》，主编《清流现代诗选》。

故 园

在夏日午后，走进阳光的背影

一小片天空炽热着

青砖嵌在墙上，墙维持最后的体面

我认识的这些蕨草，四下里兜风

收留空寂，也收留离殇

绕过大街小巷，一整段渠水活了下来

月亮和星星捉着迷藏，半是迷糊，半是清晰

隔壁的老青叔走了，没有人再喊他癫

阿妹婆纺织的麻线结成了蛛网

被故事磨得锃亮的黄蜡石，做了谁的新宠

错　觉

半夜两点，一个人在值班

想着更深的夜

以及比夜更深的寂静

灯悄悄地亮起来

眼前，从大雁塔到阿里山

许多在春天开出的陌生的地名

都变成了他们的故乡

一本书。我走过的沿途

少年的山脉、中年的风雪

大把倾入河流的月光

都埋进了旋涡。多美的昙花

融化我深爱的一切

身后是清福寺，熟睡中的木鼓

我拥有的寂静并不完整

还有人从未告别

我们仍将安排各自的命运

即使在同一片天空下

阿 点

1978 年生，厦门人。著有诗集《抗拒融化》。

五月，击鼓

五月
我不整以击鼓，一痛漂亮
旁若无人，雄爽
甩洒衣袖，盗神的音节
绝无愧色
泰然处之之飘逸

高朗舒率，天地的宴会
谁是可人儿？自视野兽蛮心
睥睨一切
带角虎的蔷薇花园千江水月

丘谷胸壑，志向于此
阐释至极静，鉴照雷电惊奇
我生活在顶上人家
激烈的假想藏于草木山房

宴坐，短腿的大师
与响亮的和尚
一只小鸟飞啊飞
角虎收翼细嗅蔷薇

波澜惊，人间寿

春天的咸味

在无能的体面中惶恐
贪得残喘，我们都在干涸

在食物充盈的时候
在温润的南方
变成一只踌躇满志的飞鸟

三生过分的情感
拧干水分，花样的哀绝
便可以是征途上的
绝非寻常，永不得忘的
笑颜

我不可说你，而生就你
那位主人啊，过往多么美妙
多好看，都成了蒙纱的记忆
像某一种春天的咸味

何隆昌

笔名石获，"80后"，惠安人。福建省作家协会会员。

再登鲤鱼岛

舢板是昨日遗落的微笑

螃蟹忙碌地搬运滩涂的垃圾

白鹭的干尸像搁浅的落日

挖掘机挖空记忆中的景象

把陌生挡在眼前的推土机还在咆哮

潮汐推不平的土地，平坦了

尘土骑上海风与车轮赛跑

留给环堤路的创伤与底盘的磕碰

运送走了那群候鸟

寺庙的香火熏黑了海岛

晨钟里的金碧辉煌

坠落暮鼓上的声声鸟鸣

一条咸鱼，静待翻身时刻

废弃荒野的轮胎

这是勋章失去光辉，所剩的黑

不在风中飘着，也不在水里化了

曾经，云朵般飘过大江南北

而今，是蜷缩的僵硬，荒野的沙漏

承载不了的，托付大地的胸口

掏空的体腔，有倾吐不出的苦水

月色爱抚中入睡

面对如此的酣睡，阳光也束手无策

没有谁会在意这样的存在

——浑身伤疤的征服者

此刻，倒在泥泞中

像戴在秃顶上的橄榄枝桂冠

尘土飞扬中，祈福的念珠

但　影

1980 年生，宁化人，现居福州。

大　风

大风吹起，风在风中

群山变得苍凉

在风中你认不清自己驶往的方向

群山苍莽，依旧在天边泛着淡灰的青

大风卷过，村庄空落

像随风而起的尘埃，那些人群被刮向山外的远方

木屋遗落，在暗处的灰尘中落定

而此刻，群山在大风中斜着插入天空的姿势更加庄重

天际的天空依旧在天际勾勒着惯常的

蓝　灰　青　白　黑的穹穹弧线

天边的青山

微风轻轻吹来
他静静地坐着
一动不动

远方的青山
坐在
远方的天边
一动不动

微风轻轻吹去
吹过他
吹向
远方的天边
吹向
天边的青山
吹向
天外——另一个世界的清凉

夜 子

惠安人，曾在厦门经营书店10多年，现居漳州，经营和收藏各类古旧物。

往返于漳泉之间

不停变换身份
来来回回
把清晨移动事物一推再推
默认一只鸟远比投掷一把鸟鸣
来得深刻，一根线打两个死结
小时候母亲经常打着毛线
一个死结往往代表着在此处
有无声曲折婉转
一根针悬接风声说过的话
奔波的盐粒投我以河流之躯
行囊和白云混为一谈
疲倦的树叶落下，来势汹汹
多么日常生活经验，落日无边
宽阔有余，往返途中我们
不是谈论生死
便会被生死谈论
一如那轮悬而未决的月光
时常被误认为天上递给人间
最大漏洞

我所爱的部分

我所爱的部分

早已去寻找一截上吊的绳子

经验告诉他

双脚不能着地

遇见一个像我的人

也不能喊出声来

这一切都是秘密

都是富有营养的成分

有助于他提升到白云的高度

青　中

"80后"，籍闽中，居鹭岛。福建省作家协会会员，中国诗歌学会会员。作品散见《诗刊》《福建文学》《安徽文学》《诗歌月刊》《散文》《海峡诗人》等。著有诗集《沸腾的蔚蓝》。

求你赞美一棵树

你在窗前抽烟，烟雾试图笼罩

一场持续过长的雨

一棵树站在窗外，举着光秃秃的枝丫

求你赞美。电话那端有叶落地上的回响

但请务必原谅，尽管这枝丫清冷
她的心却燃烧着一团火焰

哦，这站在旷野的落叶之树
等月亮出来的时候，竟有着一身新树叶

低头的向日葵

我印象中的那棵向日葵
在路旁，它低垂着头

人们都说，它该抬起头向阳生长
而我觉得是阳光的照耀
还不够。来不及验证

这是否有悖常理
这棵向日葵，忽然在风中掉下
大把饱满的葵籽

佳　佳

厦门人，诗歌爱好者。

四　里

例如杧果将熟
木棉籽流放

沿街终于开满

最后的紫薇

谁在抵抗

倔强地挂起

两面红旗

门窗如钉子般很快

被强臂拔除

瞬间涌泄

千家的回忆

被铲倒

刮平　像经过

龙卷风的走廊

片甲不留

人和路

小时候经过这里

喜欢把妈妈喜欢的衣服

反复套在自己身上

我们亲昵的互相的影像

浮显于浅层记忆

有多少儿时的惊慌

街上漆黑的凌晨

如何剥除

时间表层，极其困难

这里离海水很近

离虹霓很近

一身裙装

不再是扛着塑料枪

性别自由的七岁

地上摆满了臭铜烂铁
哥哥说，如果降服不了
可以买一把偃月刀
横行在夜晚

周　鱼

1986 年生，现居福州。著有《两种生活》。

世纪的口琴

一曲口琴，我将它循环播放了
一个下午。太多存在分散
我的注意力，当我将手垂落向
一种不知名的形同火焰之物
当我摸索到床底钻出的一片漂流木
或是星星和星星之间掉落下来的尘埃
但事实上，这些并未将我拽出过
它的中心，我一直待在这首曲子里
跟着最后一个音符，跟着它去
和第一个音符再次接头。在某个
拖长的节拍里抓住点什么，像将
一个亲人的名字唤了出来
它没有停止过流淌。我手腕上
戴着一块表，但我询问照片里
我上个世纪的爷爷："现在几点了"

暴雨掌控的时刻

越是暴雨掌控的时刻
这间屋子越是安宁
越往风雪里行走，我的心门
越是紧闭，窗户严实，里面有我的孩子们
火炉与音乐不间断地陪伴着他们
他们睡着，均匀地呼吸，像是我的上帝

周钰淇

1995 年生，毕业于英国格拉斯哥大学。有随笔故事集《愿你日后想起会被自己感动》。

此刻我面对空旷的荒野

此刻我面对空旷的荒野
再往前一步，可能会掉进云层
我听见浓雾背后楼宇的呼吸

和你一样，我也喜欢看海
第一次，我四岁
穿泳衣，背着救生圈
螃蟹跳进你挖的沙洞
把自己埋起来，很快又浮现出它的脑袋

"跨越过悬崖边的海藻

连另一端的海都能拥有"

你常常像孩子一样，兴奋地形容潮汐

我不是海藻

我心如薄翼，双脚纤细

装不下悬崖边稀薄的落日

我不知道，雾什么时候会散开

那年我四岁，第一次看海

林宗龙

1988 年生于福清，现居福州。写诗拍照。出版诗集《夜行动物》。

更大的力量

被某种力量支配着，湖水变得浑浊

但牧师依旧相信，一种更大的力量

会让它逐渐清澈起来，某一天清晨

你因为众神废除了一道法令，经过那里

七彩的鹅卵石，在湖的底部

像星辰闪动，你看到你的脸

在微小的旋涡里，被重新重视起来

那宏大的秩序，在集体回应

暴雨终于离开，没有什么可以担心

一只白鹤，在松木的后面

训练人类的发音——咦，呜，咦，呜

夏夜田径场

田径场中央，孩子把发光的飞箭

射到漆黑的夜空

那个带来乐趣的玩具

慢慢地降落，被接住

或掉到草坪里

这时候，母亲可能会说："它回家了"

或者"它要开始新的旅程"

坐在最高的台阶上

我时常想着，我们的源头在哪

一只萤火虫因接纳了这里头的爱而出现

郑泽鸿

惠安人，现供职于福建省文联。福建省作家协会会员。作品散见《诗刊》《星星诗刊》《青年文摘》《福建文学》《飞天》《台港文学选刊》《福建日报》等海内外报刊，入选《青年诗歌年鉴》《北岳中国文学年选·2019 年诗歌选粹》等选本。著有诗集《源自苍茫》。

鱼

四千米高空的云海

恍若北极涌动的冰川

偶然的一抹深蓝

正如冰层碎裂的窟窿

或有北极熊从云层中跃起

叼一只刚从雪水中捕获的狗鱼

下坠，不停地下坠

苍茫的云海

引我目极

高空中雪白的山峦和平原

远远的，金黄暗涌的

是空中湖泊吗

可有仙人乘舟游憩

越过杳杳冰原

火山口湖出现了

到处是深蓝，到处是传说

水底里有一片片村庄田野房屋

葱郁的高原

有蜿蜒的公路、沉默的河流

有游走的人类汽车轮船

这让我错愕

自己究竟置身于人间抑或是天堂

仰面只见，苍穹尽头温暖的浅蓝

让我不停失重，失重

坠入天窟冰面下

美丽的海底

成为一只纵横三万英尺的鱼

郑　重

1963 年生于仙游，笔名正中，原仙游兰溪诗社发起人。作品散见《福建文学》《绿风》《西部》等报刊。

窗　棂

我想它

是不是应该再含蓄一些

譬如面向青涩

坐北朝南，指向更具体的虚空

窗台可以再低些

让我的张望能更远一点

深入一些

尽管岁月的藤蔓

牵不住渐行渐远的背影

我还在窗口摆放乳名

你可以随时喊出

你也可以借助星夜

再次偷窥

我要说的是，动作可以轻些

像竹林里的竹子一样

谦虚一点

除此之外

晚风从屋顶经过

我会打开窗，期待与月光撞个满怀

一片云到底要飘向何处

我一走神
一片云就从头顶经过
在坡上行走，我一不小心就凸出云层

天的蓝是彻底的
比三月干净
我好像是风中飘浮的雨滴

一片云到底要飘向何处
像我的乡愁
风不说，人在旅途不说

非 莪

居厦门，曾用覃渡、一海、南溟、中泱、苇杭之等若干笔名，每一个名字，都
是写作旅程中某次短暂的驻足。厦门诗群成员。

躺平札记

有时，厌倦了盲目的直立行走
躺倒成雕塑，让小白鹭们
尽情挥洒雪白的粪便
或是路障，让疾行的人停下来

揖手说出艰难的告别：珍重

我绝非路标，更不是指南针

只是偶尔学学古人扶醉如泥：卧游山水

天地衣裳

眼前的筼筜湖

才是我真心效颦的模样

一水横亘，波光潋滟，与

一堤之隔的大海暗通款曲

尽揽清风明月，扁舟递来美人

再来杯茅台酒就更妙了

千古事都在波澜不惊中

孤　翎

1980 年生人，厦门人。2002 年开始写诗。

乌　鸦

乌鸦都是黑色

在夜色来临时

悄悄入住

你的房屋

你眼皮开始瞌睡

它们抓乱你的被褥

你把它们赶走

心里乱着几千根羽毛

阿　殊

阿殊是棵墙头草

吃残羹剩饭

一个人在菜园里玩

把一只肥大的蜘蛛翻身

天就白了

有时她和我玩牌

两人的战争

我总是输

但她相信是我在让她

那个热夏的午后

风开始刮得紧

蜘蛛再没人给它们

逐个翻身

舢　人

本名郭志珊，早年笔名蔓野。诗人、画家。福建省大学生诗歌学会创始人之一，《南十字星》主编。诗作散见《当代大学生诗选》《朦胧诗三百首》《中国》《世界日报》等。

黄土坬写生

今天上午，一棵枣树的旁边
是另一棵枣树下面的我

我的手上面是风干的枣和天空
羊在我右手边
公羊在一群母羊中间
后来，我在一片玉米地中间
左边有村妇和一笼野鸡

今天下午，一垛高粱秆背风处是
我和一支不常用的长锋嘉华堂笔
笔底左边是几棵砍头柳
右边是老汉推车
后来，夕阳在前面
一张画在车的后头

雾与碑

所有的几何面都整洁着
湿湿的落叶刚刚扫过
我猜想此刻不会有人把记忆敲碎于褐青的大理石之下

过去的泥泞如烙刻的名字都锁在雾中
背剑者曾唤起沉睡如浮雕的骚动
城和河边英勇的亚热带丛林焰火般地燃起星夜的旗
你记得么

人们终于把他当作风景
看不见的纸花彩蝶，像清明节

茗 兰

周宁人。中华诗词学会会员，中国诗歌学会会员，福建省作家协会会员。荀社社员，卿社社员。著有诗集《梦里天涯》《漆天下玫瑰》《在银城》。

人间烟火

这是烟火的时刻，披星戴月

每天穿梭于大街小巷

你要喜欢这样的生活，来一趟人间

不容易

把自己拽入风眼中

那是久违的炊烟

呛出山林的眼泪、溪水的咳嗽

那是祖辈的锅灰贴在故乡的额前

每回望一次，治疗痼疾

那是数万匹马在奔腾

在呻吟，在俗世中

修行

最终和天空融成一体

而你，必须一日三餐

为最美的日子诠释微笑

精神绝症

这条路治不了她的绝症

于是她狂奔到另一条路上

她害怕摔倒又不得不加速，仿佛亡命天涯

白昼与黑夜

这些睁眼说瞎话或盲眼不语的医生

无能为力。她恐慌、迷茫

试图从一朵花开中获得温暖

犹如抱紧暖春

在季节的更替中从容坠落

这绝症耗到山穷水尽，一个转身

她的笑冷如匕首，刺不到

生死欢娱

闽北阿秀

本名陈声平，建瓯人。福建省作家协会会员。作品散见《诗刊》《诗歌月刊》《诗选刊》《福建文学》《绿风》《星河》《山东文学》等期刊。

对　望

依然是阴天，堆积着暗淡的云

我独自坐在窗前，朝外望

因雨水而暴涨的河

浑浊地流着

那两棵挺立的大树

反而更绿

更显眼。感谢没有大风的日子

和雨后微明的天空

我可以随意地打开窗户

才得以清楚地看到眼前的一些

它们气定神闲

无论流动的，还是静止的

平息了我内心的一丝丝不安

或许它们也看到了

窗前的我，也许在猜测

也许深深地，懂得我此时的心情

它们不善表达，或者觉得不必对我言说

石　头

在凌乱的荒草地里

我看到一块石头

它非常普通

外表粗糙，颜色灰暗，椭圆形

跟河滩上许多石头一样

毫不起眼

如果外表细腻

颜色瓷白，或嫩黄，或黝黑

形状怪异，比如像元宝，像乌龟

像菩萨，像猿猴

就会摆上案头，在显目位置

或许真的石来运转

我也是路过，无意中看到

不知它来自何方，被谁随手抛弃

它躺在荒草中安逸的模样

甚至让我觉得

它喜欢这样的环境

跟毫不招摇的野草一起

喜欢这样的生活，不被打扰地

跟泥土，跟草根，谦卑地安度时光

胡红平

文学作品涉及诗歌、散文、影评等，发表近百件，散见《北京文学》《厦门文学》《厦门日报》等报刊。

树

枝丫之上，隐藏着的
立春的剪影，被喳闹蛇燕
透露的信息搅成多云天气

蹿与跳多用以描述松鼠，可今晨
它们不在这里捣乱。垂柳一般划水的
枝条万不能成为谄上娇下的理由

行走到一定的点上，就能
成为主打的构图，笔墨多得论捆
论把。主干的抽芽代表非凡的句式

从它的角度看，我们拥有通畅的意义
喝彩那些高飞的，加持那些揽腰示爱的
最终学习筑巢，在山居图中脱颖而出

观景台

草色青青的锅子崇，曾经盛产锄头
春意盎然的金交椅，而今高擎明珠

至于那些细流，它们涓涓而下。忽而
跳出画面……成为我的千手。又如
一幅长卷
伸向海洋
通往辽阔

费　思

本名吴钰琳，2002 年生。记录、思考、实验、拥抱自己。

门洞的影子

门洞的影子
在接收一个人的呼吸
作为孤单的实体

我发现了天空
由鸟雀呼晴
在他的影子里

你的影子好长好长
却　未能比及走廊
达到我　（怪那无法消磨的距离）

在影子与窗帘的脚旁
寻找寄存梦的角落
那里　灰与白　白与黑　黑与灰
相互融合

无法替代的互相替代的笔

躺在一起

还有我的特意

离　开

本名黎俊，1974 年生，宁化人。《客家诗人》主编，福建省作家协会会员。作品散见《诗刊》《星星诗刊》等，获诗探索·中国诗歌发现奖提名奖、中国红高粱诗歌奖提名奖。著有诗集《缠绕》《苹果已洗净放在桌上》。

暮　晚

上班必经之地，被开垦成了蔬菜园

绿爬上一层层山坡地

走近，松垮的土

再下一场大雨，就要坍塌下来

水从小山顶流下

流入农人砌筑起的小池里

他要用春水来灌溉他种下的果蔬

你看见墓地，就在菜地的角落处

一块青砖立起的碑，看不清主人的名字

杂草丛生，像是许久没人来过

清明已过，杜鹃花的红也慢慢淡去

大树一直站在半山腰

清晨有鸟飞出去

黄昏有鸟飞回来

那块孤单的墓地显得不那么清冷

秋天的鸡冠花，那么红艳

我站在你面前，那么久

黄昏慢下来，光和影的交融

鸡冠花，安静躲在一隅

你怎么就羞红了脸

那么红艳，我派哪个词语

去叩响你庭院的门

而母亲种下的黄辣椒也熟透了

树姿优美的紫薇也开花了

在这个秋天，花和果齐相聚

她们一起喊住黄昏

别啊，别急着拉下黑色的帷幕

继　辉

全名张继辉。中国自然资源作家协会会员，厦门市作家协会会员，翔安本土诗群"鲁藜诗社"副社长。散文、诗歌作品散见《中国自然资源报》《厦门日报》《同安文艺》等报刊，多次获奖。

妈　妈

对着镜子

我数着头上的白发

想着妈妈的白发

早已爬满鬓角

妈妈也可能正对着镜子

染黑满头白发

想着只要她的头发是黑的

我就永远不会长大

回南天

雨后的池塘

成了公园里最浑浊的地方

一群鲤鱼在水面

张开嘴巴，冲向岸边

四处逃逸的蝌蚪

岸上，一群人也张着嘴

等待一根棉签的裁决

人们在谈论，美丽的黄色风铃花

还有潮湿发霉的地下室

那里，没有盛开的花

所有堆放的旧物件

都哑然失声

任由雾霾霸占整座城市

还好，春雨是坦荡的

在傍晚落下之前

不忘向匆忙赶路的行人

发出阵阵预警的惊雷

晓寒深处

本名范丽娇，福建省作家协会会员。作品发表于《诗刊》《星星诗刊》《福建文学》《诗选刊》《厦门文学》《泉州文学》等报刊，入选《2010—2011 福建优秀诗歌选》《福建文艺创作 60 年选·诗歌卷》《福建散文诗一百年》等选本。

傍晚的小花园

傍晚六点的时候
阳光的热度低了一些
她在小花园里走动
金黄色的光线紧紧追着她
仿佛她是这方小舞台上的王
手中的洒水枪是点石成金的魔杖
那些簇拥着她的，散落在四周的草木
闪耀着金灿灿的光

有时候，有风吹过来
湿漉漉的热气里
弥漫着一些久远的记忆

有时候，她在角落里的那把竹椅上坐下
全神贯注地欣赏
水珠在花瓣上、叶片上滚来滚去
滚来滚去

浦 溪

本名宋永贤。中国戏剧家协会会员，中国曲艺家协会会员，中国音乐文学学会会员，厦门市文学艺术界文学艺术委员会委员。著有个人作品集近 10 部。

立 夏

立夏，云薄，阳光大
农民都到城里打工
叫山尾的村庄空荡荡的
一头没有主人的牛
吃掉了水塘里绿色的云
割猪草的小姑娘，赤着脚
刚刚梳洗过的头发沾满了草屑
野风顺着山坡蹒跚
偶尔吹了几下小姑娘的衣角
小姑娘急急忙忙跑下山坡
被风愈吹愈高的红衣服
停留在早春的季节

在山尾村，丽娜是个大姑娘
丽娜是后来改的名字
听说丽娜几年没有回过村
丽娜不想嫁给立夏

村 口

故乡已远去
最早离开的是小小的蜻蜓

尖尖草已经戳不疼爱笑的下巴

太阳照下来，没有鹅黄色的花相伴

（在村口，小妖回过头，刘海被风吹歪

这是八十年代的情景）

村口，过往的陌生人已不陌生

九爷吸烟的动作有点附庸风雅

没有牛索挡路

常走溪边也不怕湿鞋

绕过溪岸，溪岸磕磕碰碰

哪怕有一片树叶也会铺满金黄

亚叔镇上回来时摔了一跤

其实天气很好

亚叔怪村口这条路

挖了填，填了挖

一夜之间，那棵老相思树不见了

高　漳

20 世纪 60 年代生，福州人。福建省作家协会会员。出版诗集《自言自语》。

码　头

码头有多少绝望和镜子

即使人们在最虚弱时候崩溃

黑暗有时不陌生，尽如疾病羊群

置身山水之外，有永恒的回光

你抛撒一生的积蓄，我什么都没有
但我会亮着秃顶，和森林水泊一起抖动

隔三岔五

黑芝麻大的虫子，孤独而弱小
总在凌晨出现，填补你的胸腔

而我喜欢无穷尽的小巷，如褐色裂痕
为了体面风光，总在暗处吹口哨

有时尘埃在头顶，茫然却有光晕
走着走着会笑起来，或者被虫子撕咬的激动

山坡书

我摁不住那些荒草，它们会移向人群
乌云也会移向人群，犹如庞大的树荫

我胸口也有一片，从不越界也不荒凉
另有一片在眼眶，偶尔推些新土堆

我无法拥有整个山坡，在黑夜像一道阴影
缓缓向城市移动，有些潮湿也有些柔软

黄丽嘉

惠安人。泉州市作家协会会员。作品散见《东南早报》《泉州文学》《散文诗世界》等刊物。

雪地里的故事

冬日，被那场路过的雪冻伤
我们在雪地上，堆两个雪人
背靠背取暖，又面对面泪别

欲语还休的风
把隔夜的幸福和疼痛羁押
他们的爱情，正在我的诗句中
结束囚禁的一生

彼此的微笑
如同分娩的伤口
一寸一寸——咧开

不见踪影的两个雪人
过完这个冬季
不知何时，他们才会互相记起

黄明泉

曾用笔名黄白水，出生于惠安，现居厦门。福建省作家协会会员。

后蔡村·安禄公之五·私塾

私塾　木的芬芳飘扬
安禄公在桌上点燃一根沉香
清烟漫开
翻开的书就开始有味了
用闽南话吟咏的《诗经》确实重口味
咿咿呀呀的童声中
安禄公渐渐有了许多笑容

许多平常的日子
因为书香而显得丰满
更多寂寞岁月
被墨汁与私塾的静谧浸染
但它们变得明亮与光鲜

孩子长大　眼光放远
有许多时刻　安禄公目送孩子离开
伴着他们身上的诗文　挥手与欢笑

万物生长　无意春秋更迭
当私塾的每一片瓦楞
都是安禄公的气息与声响时
那一刻　他总是想
我会是一个后蔡人了吧
其实　我已经是一个后蔡人了吧

黄国清

笔名猎人，1973 年生于同安。中国作家协会会员，中国诗歌学会会员，厦门市曲艺家协会会员。发表各类文学体裁作品 1000 多篇，多次获省级以上文学竞赛奖。作品入选《中学美文读本》《福建百年散文诗选》。出版《环形闪电》《具象》等 8 部诗文集。

在礁石上

陆地只露出一个头，呼吸急促
海水还在涌来，像乌云
这里天阴湿滑
湿滑。在离开人群的地方

泥土在溶解，被海水冲走
时光也一样，她贪恋我的肉体
留下骨头。像礁石沉淀下来
寂静，寂静是最小的孤岛

水花四溅、蹦跳
来路已被打湿、淹没
秩序散乱，拼不出暗淡的影子
四面都是蓝黑色
往哪个方向望去，风景都一样

风如果不嘲笑
海水也一定会咆哮
我就是大声疾呼，也没人听见

在 D6222 动车上

后背在承受推力　心在挤压
瞬间反弹　时速 200 千米
在固定的轨道　下车　必须到福州
就像某些人生片段　只好将错就错
直达错误的尽头

行人　车辆　树木　一切的一切
呼啸而过　来不及定影　辨别
就像往事太多　无从记起
只有穿越隧道　一点黑暗　在眼前
正如苦涩灰暗的童年

车上的人形形色色　各自揣着心事
在视线内　却彼此不说话
因为我们都有各自的位置　不能站立
更无法和想要的人走在一起
D6222 社会的规则　全程 250 公里

黄静芬

居厦门，10 年心理学、教育学从业经验，25 年新闻工作从业经历，主任编辑。
出版诗集《午夜的昙》《穿越我身体的花香》，散文集《厦门日子》《以自己喜欢的
方式拥抱你》《青山看不厌》，非虚构纪实文学《新男女关系》。

穿越我身体的花香

今夏一天
我相遇一池
荷叶田田如盖
荷花小小
摇曳初生姿态

今夏又一天
我又相遇一池
接天碧色似海
荷花妖妖
卷舒开合让人喜爱

今夏再一天
我再相遇一池
荷叶黄黄倦怠
荷花老老
不肯遵时序凋败

今夏最后一天
我最后相遇一池
无翠浓红艳无翠减红衰

我临水照影
照不见我的触景伤怀

我仅仅照见
我穿越我身体的花香
穿越荷季的去去来来
一次又一次试图抵达
每一朵荷花出淤泥而不染的白

你是我三餐稀薄的毒

一盏光亮下
我又老一天

这一天
老去的速度不慌不忙
与延绵不绝的暴雨混沌一起
时间不是时间

这一天
最凉不过我的绝望
最乱不过我的希望
最空不过我的回望

最惊不过我的
尘世繁盛变尘埃空荡
不动声色里
我如春水一样没有形状

而你
而你是我三餐稀薄的毒

用以饱腹

用以迷幻

乾 坤

本名卫乾坤，另有笔名楚人，现居厦门。

装修记

无论如何

都安装一枚容纳阳光的心

让冬天的温暖可以存在

要有草色流淌

在窗边，留下一个眺望的坐椅

为了晚归的星星。还要

还要给跋涉远航的所有时间

留一面斑斓的墙

给快乐保留一个玻璃罐子

装风，装雨，装透明的日子

当然也可以试试

为陌生人的到来保留一个房间

他带着神奇和异地的传说

还有别人不知道的幸福

所以，在这四墙林立的空间里

要有一扇自由的门

每一次风声响起

都可以看见遥远的大海

和不断离去的自己

高处的风

生活把玻璃揉碎

沉默的树为自己戴上红花

喜欢晨光，在林间树叶上跳跃的瞬息

闪烁着海面辽阔的意象

清晨醒来

天空蓝得像块绸缎

一夜的明月终于洗净心事

只是高处的风声仿佛一种执念

不肯落下来

谢木森

1991 年生，安溪人。福建省作家协会会员。作品散见《诗歌月刊》《诗选刊》《诗林》《山东文学》《福建文学》《泉州文学》等报刊，获首届福建高校文学作品大赛诗歌组二等奖。著有个人诗集。

关于脸的隐喻

春天之后　水一再以暴力的形式

引诱着我　盗出粮食体内

那一根根未曾出轨过的肋骨

是的，前朝的冬雪尚未消融

而我鸽子体内的黑　却长满了黑洞

午后，走过人民广场
不安的赘肉　一再挤压着空气中
那躁动的温柔　如同昨夜
那一场图谋不轨的春雨　毫无征兆地
下在敬老院后庭的深处

在耗尽体内那最后一抹清风　之后
我想起了老练　一张
比夏天还要清瘦的中年男人的脸

回　家

当再一场暴雨来临
洗净的是我

如尘埃般的躯体里
久住的虚空

声音低过空气
广场中央
萤火虫成群

到处都是黑影
人哪去了

沉默的石头
开始说谎

我只低头
把砍柴的手烧得更旺

舒　城

永安人，现居厦门。在全国各地报刊发表数百篇诗歌、散文作品，入选多种选本。2014 年参加福建省鲁迅文学院作家班。

结　局

终于老了，终于退出江湖
隐居在桃花岛上
做一只不再叫唤的白头翁
这样多好

有雾的天气里，旧伤发作
他独自坐在门前发呆
想一个人
一壶陈年的青酒
加深了他的悔意
那些曾经的杀戮
那些柔软的挂碍
记忆像雾一样升起
又随风飘散
"慕容"，有人在花瓣上喊

想起多年以前
在临安城外，在黄昏

你黯然离去

雨水冲淡容颜

桃花日日入药

一缕白发纠缠往昔，听

桃花在身后绝望地开

一路开到心碎

他是一个有罪的人

因为你的哭泣

他才活到现在

现在，欧阳锋这个老贼

终于千里迢迢

找上门来　他

不抬头，也不接招

轻轻端起酒碗

桌上有酒，脚下有剑

请吧

然　墨

　　1986 年生于龙海，后迁居厦门，少年诗酒四方，2004 年从军沈阳，退役后学习平面设计，2011 年至今生活工作于佛山杜马禅园。

用身体注视身体

用身体　注视身体

在合适的地方　升起火焰

用一座山　开一朵花

旷野之中　　我骑着粉红色的马匹

马流着汗　　朝阳吮吸着　　竹芒上的晨露

小心地　　牡鹿啃食地衣

踏着松针　　森林的经络闪闪发光

找到光出发之地

先是小路　　然后有通途　　尽头是峭壁

请一跃而下　　像一阵雨

像一片水　　望向另一片水

奔流而去

要使全世界的溪流燃烧起来

水才会回到水

我才会回到　　我入睡的地方

野猫先生

野猫先生从窗口走过

我悄悄挪动　　在窗边看它

野猫先生走过一丛又一丛竹子

忽然它停下来　　直起身

打了一下正在剥落的竹衣

就像我们走着走着　　跳起来拍打树叶

野猫先生孤独又优雅

我在窗口笑得像个傻子

稻 菽

1985 年生，现居厦门，自由职业。

鸽 子

我在一幅画里
找寻你躺在羽毛里的肉体
你的黑色眼泪
固定在眼角
我们曾经在某个地点
是静止的
那些刻意放掉的鸽子
都飞回了心里

在厨房

在厨房
我不知道如何腌制一只烤鸡
以至于
有人打电话来问起
只会支支吾吾
我在处理一些尸体
湿 气
黏腻腻的庄园
我们因为谈论一些
关于酒 群架 日记本 陌生人

而彻夜未眠

不能再重复的瓶子
水已倒空
跟着你的湿气一起放生的
都潜伏在我们附近

我注定要为一次战争
牺牲稻草

楠竹诗词文艺

福建楠竹诗社自 2018 年春成立，在 4 年多的时间里汇集各地作者近 200 人。诗社公众号"楠竹诗词文艺"于 2018 年 4 月 18 号开始运行，目前已经推送 400 期，发布诗歌作品 14000 多首。楠竹诗词文艺公众号分现代诗和旧体诗两大阵营交叉推出，并把优秀的作品推荐给有关报刊发表，已在《诗刊》《作家周刊》《福建文学》《福建日报》《闽北日报》等报刊发表近 800 篇。

双　鱼

楠竹诗社副社长，福建省诗词学会会员，南平市作家协会会员，政和县诗词学会副会长。

透过风鸣的银杏

就这么依偎着你
一个季节长出一段传奇
黄叶在风中的姿势
是你从故事中走来的步履

有山的惊叹　有雨的哭泣
有云的欢歌　有月的静谧
还有你一路和着牛背上的短笛

我从你痴情的臂弯穿过
头顶是归雁的呼唤
脚下是相伴的朝夕

故　事

阳光从阴雨走来

树枝上的雨滴凝成一个个故事

窗外久违的几声鸟鸣

是故事里的整个寒春

这个寒春

相知很近　相惜很远

眼前是无边的荒原

灯光如血　昨日如割

阳台一角枯萎的蔷薇

在午夜的钟声定格

这个寒春

返程很近　路很陌生

无数个车轮的轨迹

碾过万千条牵挂

透过阴霾的车窗

你无助的身影

蜷缩成一粒萧瑟的尘微

当故事已接近尾声

阳光从你倔强的臂弯穿行而来

那遗落在窗外的鸟鸣

试着叫醒这座安静的小城

东　城

楠竹诗社副社长，福建省作家协会会员。陈峭旅游开发有限公司总经理。

熊山红叶

闽北人自古好客
把热情都写在大山的脸上
一片片红叶，做一张张请柬
以欢乐的姿态到处派发
请天下英杰共一醉

火红的嘉年华，为寒天暖场
雪花之炫舞，梅花之香道
都排在风琴的即兴演奏之后

有客自远方来
漫山的彩锦也早已铺好
天幕拉开最大的尺幅
白云入席作陪
在此豪阔的全景宴上
畅叙两百多个日夜的思念

佛子大隐隐于红艳的世界
法相庄严与慈航普度间
把菩提树下的留恋
点化成片片透红的誓言
总是在冷血的季节
唤起人间的温情

山那边

泉眼叮咚
嘱咐溪水曲长的柔指
去山那边抚摸
轻触众鸟合唱的按钮

一定有老树沧桑的影
漏下许多好时光
一定有半坡的草
侧耳倾听谁许下的愿

这时起雾了
山神的醉态为谁搭眼帘
眺望古老的云海
长成了寓言

李观助

楠竹诗社会员。历任村委、村主任、村支书 30 多年。

秋月伴我回山村

在月光铺就的回乡路上
路灯是山村的守护者

夜鹰就是暗藏的哨兵

山顶那棵松树像面旗

把乡愁写在月饼里高高悬挂

远在他乡的童年伙伴

对乡愁格外珍惜

一箱一箱往家邮寄思念

月光把山分成两半

一半洗涤得洁白如玉

一半辉映得墨绿如镜

好似儿时奶奶分月饼

一瓣一瓣分给兄弟姐妹

然后唱《月光曲》

奶奶走了　妹妹嫁了

月光依然如初照亮家园

雾锁青山

每当看到你眉头紧锁时

就会想起浓雾迷蒙的家乡

白浮状的雾把青山锁着了

于是我就会撒开腿

爬到高高的山顶

有时依然看不到远方

于是我在山顶结了一个庐

当太阳穿透了晨光时

我看到了家乡看到了城市

牛耕狗欢

父亲小小身影蛰伏在泥土里

绿绿禾苗比他高比他好看

但我还是喜欢父亲的样子
皮肤晒成古铜色
偶尔能闻到稻花香
脸上的皱纹大多是舒展开的
有时也会如浓雾紧锁
年成不好　我不听话

城市在雾里是看不到的
好在今天看到了

弧　度

本名朱汝舜。楠竹诗社会员。

冠豸山

不敢低头，恐迷失自己
尘缘太重
面壁中，仍有未知的风景不断向我扑来

还没在
一线天的拥抱中回神
跫音又被天梯认领
不敢踩空
怕落入竹安寨旧时的风月

魔崖上的草木
像茫然中递来的扶手
脚下，石门湖九曲回肠

遥望她的姐妹

紫云荡漾着
被天空，反穿了衣裳
面对生命之门
灵魂，也需要侧身

神兽已远遁
石冠成佛，草堂寂静
木鱼听懂了人语
每一声，都是菩萨埋入人间的眼线

畲寨听风

原始的风声
掠过山冈，穿透万物虚空的影子
击穿，远处一块
露宿红尘
受了惊扰的活化石

踩着隔世的兽迹
顶着天空灭绝的鸟鸣
越往深处，我的灵魂就越渺小

山头盘坐几株老松
如修禅的僧人
守住一方静谧
念经，入定

山涧飘来画外音
——莫论世道，莫问轮回

美 夏

楠竹诗社会员，福建省诗词学会会员，南平市作家协会会员，政和县诗词学会副会长。

春 风

粉与白　红或紫
满坡的颜色蓬勃而至

幼芽学习吐纳
枝条向春天借笔
几笔勾画绣出锦绣万里

花是春天的标点
蝶影　清溪　鸟鸣
这些都需要仔细阅读
你还需调匀呼吸
因为　只要你一喧哗
浅草就没入马蹄

雨

它惬意地游走在世间
浏览着山川草木
有时它会贪恋一朵花的香
滑落自己的惆怅
有时也会汇聚成滂沱冲洗污浊的世间

有时它会默默渗入大地

有时也会蛮横不理智地咆哮

再归于平静

它是不喜欢约束的

由着自己的性子沿江河湖海四处流浪

融入辽阔

它爱自己也恨自己

尽情奉献也尽情挥发

也破坏也享受

后来，它还是经不起云朵的一句阿谀

轻飘飘地追着它们飘起

而后

又从三千尺落下来

徐明友

楠竹诗社社员，中国诗歌学会会员，南平市作家协会会员。

惊蛰的天空

还是有些吃力。好些天了

浮在九曲溪上的雨

还是一副

欲下不下的样子

不下就不下吧

为什么连村口老榕树上，他乞求到的
那几串雷声
这些天，都被天空收走了

七十六岁还在茶山劳作的老姜叔
每锄一行茶苗
天空都要向他，躬一躬身子

像植物一样活着

将半生的虚伪，竖起来
当成墓碑
囚禁于违心的皮囊之下
一片祥和的云朵，坐在影子里
让你看不清本质

像极了深宫怨妇，把山一样重的宿命
投身于井，直至灭顶

曾也有一副好牙口，断金嚼铁，八面生风
但它的锋利，却常常伤到自己
胸腔里的火苗，已成灰烬
我有更辽阔的冷，平静时，只托付给一些植物
嫁接或是逃离

摆在尘埃中的楚河汉界，不得不
折腰于五斗米。每时每刻都在图穷匕见
其实，做一株植物多好
让心简单活着，也绝不背井离乡

徐炳书

楠竹诗社副社长，福建省诗词学会会员，南平市作家协会会员，政和县诗词学会副会长。

一缕茶香，流经了骨髓

千年
冷月挑着荒凉
一叠岁月吹褶记忆
到嘴边　跌宕成云梯
从山脚一路悲愁到山顶
扯下云朵拭去忧伤

如女儿头上青丝几缕
凉　筛簁箩水墨似的柔乡　成堆成章
把云码成书册　雾卷成银针
指间沟壑缱绻　缠绵旧愁新欢
佛子岩氤氤氲氲　一滴泪水
足以水漫鹫峰山脉　悠长悠长

沧海
一笑变桑田
古道与斜阳渐行渐远
一边枕在秦砖汉瓦叫关隶镇
一头傍水是七星溪叫茶的城
红的花的白的雨在盏中起伏
一寸茶香　一寸成诗
野于江湖　则胸承远方

竹叶像燕子一样

满山翠竹，争先恐后似的
涌入胸头，淹没眼眶

竹叶像燕子一样，飞翔
来自春天、乡村、旷野
在布谷鸟来临之际
春雷碾过田园，推着
内心的波澜，汇入魏溪

张开绿色翅膀，低回在溪畔
落日坐于枝头，听流水有多长

徐家强

楠竹诗社顾问，浦城县诗词楹联协会会长。

油菜花与紫云英

春天需要她们的热情
需要她们，从画框中
跳出来的勇气
需要这束黄紫色的火苗
在大地的深处蔓延，汹涌

像一个群情激昂的乐队
哪怕是低吟浅唱、如泣如诉
这金黄的高贵和紫红的忧郁
也总有蜂鸟，为之嗡嗡嘤嘤

春天，需要一群疯女子
深入讨论她们的青春

我的诗歌睡着了

那个宁静的秋天
我的诗歌睡着了
布谷远一声近一声在催眠
青草和稻穗锦缎般覆盖
小溪发出微澜
像低声的诵念

水莲香巨大的阴影里
我的诗拥有深远的梦境
蓝天白云转动着时序
大地正变换颜色的魔方

民刊卷

《大浪潮》

中国现代诗何处去？背负着这个使命，我们走着自己的路。

1. 走出狭隘的现实圈，着力人生观念大时空的拓展。

我们认为中国现代诗之所以难以伟岸于世界现代诗之林，首先是因诗人们心甘情愿为狭隘的现实圈所围困。因此，我们突围，走向民族意识的深层，走向人类存在的一派无边的时空之混沌，走进笼罩心灵茫茫的困惑。因此，我们摒弃享乐主义者画地为牢自得其乐的梦幻，从永恒的死亡出发，让死神打动我们的哲学神经，严峻地正视现实和历史，正视异化、失落、寻根等一系列命题，以超我的冷静姿态，走向现实和历史的界限、生命和死亡的界限、瞬间和永恒的界限……总之，一切界限。从而，自我得以更高层次的实现，把我人生短暂的存在，把握困惑，破译困惑，在大困惑中呈现人的塑像和价值。

2. 创作思维领地的拓展，以呈现虚静之世为大心境。

迷狂创作的年代已经过去，横向模拟的岁月已经完结，在俯瞰世界现代诗的前提下，中国传统的顿悟、虚静心态应该挟着现代观念复归。我们延伸感觉半径，求得虚静，追求抚古今为一瞬，现四海为须臾，并以虚幻混沌的氛围施以罩照，来构造成大情态"空筐"。

3. 超越刻意性技巧，追求大技巧。

陈子昂"前不见古人/后不见来者/念天地之悠悠……"是千古绝唱，刻意性的语言组合和无边无际的意象繁衍实属拙举。大时空、大心境的自然呈现是大技巧的返璞归真，是大技巧的唯一真谛。语言"大智若愚"的无为运用，是返璞归真的必须手段。

知觉触及世界，无所谓写实与变形之别。对于知觉，任何变形都是写实，任何超实的梦幻都是人类本愿望的达成。

技巧的返璞归真，在诗的表面上罩上张力网络，给你意悟弹性，给你心知跨度，给你观感打击，给你新的创造。(1986 年 6 月 28 日)

成员：范方、叶卫平、莱笙、肖春雷、崔晟、鲁萌、李仕淦、李晋田、林美茂、黄静芬。

作品集结：油印诗集《大浪潮》1-8 期，《大浪潮诗专号》（铅印）3 辑于《三明报》。

范　方

柳宗元 （《古意》选一）

日和夜
是一片没有河岸的　雪湖
在白茫茫的天地之间
你的眼神
亮丽成一根竹竿
独钓着　千年　鸟声

萧春雷

旗　帜

当我们被称为一面旗的时候
必须熟练穿行于一堵堵墙
用人群强调的那种孤寂
许多英雄来了复走了
天未黑就仓促着投奔历史

墨绿窗帘千疮百孔时分
我们会不自觉离开自己
去收拾你昨天的敲门声
积满烽烟的走廊掠起一丛夜路
许多行动并没有失去血色

你付出的世纪死亡般常新
可以悄悄聚拢为古老的力度
可以仅仅因为漂泊而缄默
在星光下只有一种注视是信仰
一种谈话是沉思
那时　我们被城市青春地覆盖
梳理正在起风的手指

《反　克》

反克诗社（原反克诗群）成立于 2009 年 3 月，是以闽籍先锋诗人为主体的民间写作同人群体，现有成员 22 名。他们是一群低调写作的人，似乎更重视作品的质量与品味，而对于出名、推广，或说在文化江湖争夺什么"话语权"，则显得兴趣不大。"反克"诗人自喻为这个年代的"没有立场的其他人"，突显其边缘性、先锋性和试验性，其真实立场恰恰是"兼容并蓄"与"百花齐放"，完全从"存在"出发，以批判性的审视展现"反向思维"，以"水之凝、火之势、金之硬、木之纯、土之容"的诗歌文本来展示新现实时空的人文状态与生命体验，追求不拘一格地"回到自己，回到内心"，在多元化文本里安放他们躁动的灵魂并试图借此重构其独立于世的精神家园。反克诗社每年出版丛刊《反克 26°》，至今已出版 13 辑，另有反克诗学专论 1 部、反克诗人十年诗选 1 部、反克诗群十年画册 1 部。

万　德

出生于 20 世纪 60 年代，祖籍据考证西夏，现居福州。业余写诗。

惊扰或消失

五楼，天窗开着
夜幕缓缓垂下
不时有人
低头坐在某个角落
有人诡秘无语
把自己喝成瞌睡虫

我们在一起
踩着落叶

穿过小巷深处

夜已深，又进入人行地道

正如你说的

人行地道里弥漫着

众所周知的禁忌

使我们消失于其中

我看见

我学会如何张扬，试图赞美

春天的模样

春天的树林是绣球色的

夜色是拥挤的

一群擅自走进来的人

看似浩浩荡荡地

他们喘息，起伏不定，担忧着

在山坡上的花园

春天擅自翻出新绿

花开处，蝶舞，或不可自拔

或沾沾自喜

我还看见了

春风中露出的臂膀

我哼起古早的小调

也不打招呼了，去喝一杯

远　处

夜宿古村，另一群人
也在古村夜宿。天气寒冷

村民早睡了
冬季的荷花潜入塘底
这里有沟壑、磐石、引水渠
以及窄小的道路，以及微弱的灯光

我们饮酒，取暖于斯
天地寥廓，谛听着，也附庸风雅
相知相惜，嘶鸣，嬗变
是在一月不是六月
即使相惜、喧嚣、骚动、炸裂
去何处聆听一片蛙鸣

朱必圣

永泰同安人，1963 年生。诗文偶在《文艺评论》《当代作家评论》《福建文学》《厦门文学》《作品》《世界日报》《新大陆》等发表，入选《朦胧诗 300 首》等不同选集。

你和羚羊都远离我

请你不要使劲摇晃，我晕
我浑身词语如树叶一般沙沙作响

它们各说各话，互相撕咬

都要对方吃药，吃苦味，变得温顺

咳嗽没声音，吐字没痕迹

为生活伐草，留下草根

一只羚羊跑进夜色，它踩到的词语是断针和铁锈

没被伐倒的草是断肠草

我们害怕它，它抑郁成疾的叶片垂落地面

羚羊有角，也不好斗，还是得把它唤回来

没有墙围绕，没有门闩加锁的地方不安全

铁锈飞舞你看不见

我头上长的都是断发，你一摇晃，断发必然横飞

我全身变苦，你一触碰，我手心就有药渣渗出

你和羚羊都远离我

重　物

树干伸向天空，从不为举起任何事物

地上的一切重物，在哪只肩上它就一直坐在哪只肩上

鸟在哪只篓里叼谷物，饿了它还是飞往哪只篓

你已经习惯了那些词那些话，那样的声调那样的停顿

它们以你为家，住你，喝你，在你身上睡觉、拥挤

只要出门，你必然拖带重物

从这只肩膀换那只肩膀，它们也不会脱离你

带它们出去见面，遇到生词就哆嗦

遇到红色油漆就发不出声音

什么能够代替你？驮重物不觉得它重，生孩子都是歌舞双全

你不停询问驿站，询问衣裙肮脏的女人
他们一开窗，重物必然加重力量重压你
橄榄树下，他们歇息，你要继续上前询问
一边安抚身上的重物，一边选择柔情似水的语言
向他们打听另外一件重物的方向

每次你咬牙，此生就疼痛

把那一切装入瓶中，一切的一切，毫无遗漏地
装进瓶里。透明的，密封的，安全的，瓶塞是硬木的
放它在书桌上，可以与你对视
不能与你对话，你可以看见里面一切说话的姿势
好吧，你熟悉一切它的姿势
没有嘴，只有弹簧，它一样言语丰富、表达充分

住在瓶里，和你住在屋里一样
它掌管吉凶，掌管你的容貌
你的用词、笔调、口吻，一直来源于这只瓶子
它幽暗，你才入睡。否则你彻夜难眠
宛如千骑从侧过。你坐旗杆上，不能往下看
你看不到那些织物起初多么美丽，尔后怎么变霉长绿

这一切都归于一只瓶子
寂静的、光滑的、精致的，有很多女人喜欢
她们往里装满水，她们从来不喝，渴了也不喝
这些女人握着瓶子，一直看着瓶里的水
你不看的时候，它暗自发芽，是你所不知道的
在它四周，你记下时间。每次你咬牙，此生就疼痛

刘　波

旅欧诗人，畅销书作家，欧洲华文笔会会员。著有《网络英雄传》三部曲《艾尔斯巨岩之约》《引力场》《光未盛》，以及《黑客诀》《火车浜 7 号·疯狂处女座》。屡获"中国政府出版奖""中国好书""中国数字阅读十佳"和"年度十佳网络小说"等奖项。万派文化联合创始人、董事长，从事文化、科技、旅游、地产、电竞等领域，为其财经小说带来丰富的实战体验。

水果摊

从今天起，要做车厘子的表哥、牛油果的堂弟
西红柿的街坊和鸭梨的远房亲戚
不做健忘的木头和红心花皮的傻大西瓜
像我这样意志薄弱的人，一只庞大微胖的水果虫
很容易沉迷在这花花绿绿里
陷入这个水果摊的小小世界而迈不动脚步

广场鸽与鹦鹉

一群广场鸽，白色的，灰色的，黑色的
在广场中央捡吃投食
秋雨降落前，一只鹦鹉混入其中
它羽毛鲜艳，练达的表情
像一个暴发户装扮成邻居的突然来访
想活得像鸽子，却一副鹦鹉模样
秋天里还怀念着春天的结满花骨朵的枝

老房东

她的家即画廊

有海上日出

有柠檬树

有油画

有摆件

有一见如故的流浪猫

《荷马史诗》记载过

与特洛依战争的王后同名

满头银发，披着格子大围巾

房东老太太叫 Helen

爱琴海抒情

我热爱烈日下的爱琴海

把身体托付给清凉洁净的海水

多么自在与畅快

我喜欢看人们在沙滩上的躺平

落日一点一点，掉进大海

天空瞬间因点燃而绚烂

不在社交媒体沉迷

无所谓知音难觅

真实的世界多么简单

一把遮阳伞，一块格子桌布

一些面包和水

人们在海滩诗意地栖息

我喜欢看他们热火朝天、拖家带口

眼中有爱的情侣

手中有书的独处者

在海水里冒出头的孩子们

多么简单、质朴、快乐

谁管病毒大流行有完没完

吴友财

"80后"，福清人，现居福州。中学教师。反克诗群成员。

海边小店

梦中。在海边

我救下了一个溺水者

背靠大海，正好有一排商铺

它们以这片古老的大海为生

以我这样为海而来的人为盘剥的对象

我把溺水者抱进第一家门店的时候

便带着这样的想法

店主是一个朴实且爱笑的中年妇女

清瘦的她似乎见惯了这样的急救场面

不急不慢地备好一碗类似参汤的药水

递给我。顷刻奏效

我想起那些贵重的药材

便要付钱，等着她开出个天价

她却说只要三元

我给了她二十

她竟大喜过望，笑得更加灿烂

并与周遭几位店家，她的姐妹们

分享喜悦。原来她们从无欺客

客人给小费也是前所未有之事

从店里出来后不久

我梦醒，并久久无法再次入睡

那些看管着无边黑暗的局促的小店

那些掌握了起死回生密码

却只收取三元报酬的人

——让我辗转反侧

教父亲写诗

父亲知道我会写诗

还写出一点名堂

很高兴

他一定在夜里读过我的诗

戴着老花镜

读的时候还会忍不住发出声音

像体内有一个比现在的他

年轻许多的他

在为他朗读

那个年轻的父亲意气风发

有 20 世纪 70 年代的初中学历

酷爱古诗词

民间俗语

谚语

王侯将相的传说

才子佳人的韵事

当年老的父亲因病住院之时

年轻的父亲借他粗糙的手

写下了三首现代诗

被我无意瞧见

无非是一些直白浅显的人生感怀

有点矫情

滥情跟

我当年学写诗的时候一样

可我不忍心说这些

多么惭愧

这个年轻人教会了我说话与行走

我竟舍不得教他写两句好看的诗

张文质

生于 1960 年，教育研究者。反克诗派发起人之一。著有诗集《引向黑暗之门》《写给身体的戒备书》，另有教育作品 20 多部。

谷雨日下午大雨

雨下得如此猛烈，出自谁的需要

上帝的心——一种空无而

坦然，最终不会有人记得

直到又一次——如梦初醒

我走过广场，那里无人

街道上所有树木备受注目

旗杆变得很狼狈

我一直忘记这一幕

不像我们的人群中
任何兄弟

明亮时才想到幽暗
像是要藏身于天使身体
只有对它，渴念不能停止
越是微小，越是放纵

白光毕竟改变了时辰
旧城放大自己身躯
庆典还没出现，我在想
什么才算是？这不能着急
正像艾基说的，每一个人都会
等到

有时我觉得自己正隐隐发光

有时我觉得自己正隐隐发光
像黑夜里不愿睡觉的鬼
我苦涩之舌不近情理
寒冷驱使我变得只剩下一些腔调

多老的荒腔走板吃过什么
长生之药，半明半瞎间卸下
日日所思。我喜欢看到有人
在身上掏井、洗涤、发奋图强
她说，我要节省自己的呼吸

去靠近一个人，看他额头的
暗字，他为自己的后天所做的一切

看到的变化既持续又无迹可循

我们周围的病人脱离了保护
不停地喝水，解释各种寿材的动机
在我们的木床上，我们一样的
想问题，一样丢失了曾经信赖的灵感

就像一个梦消失了，意味着什么都已发生过
请把罐中的水倒进耳朵
每天说的到此为止

拉住门闩，烧坏的脑壳

拉住门闩，烧坏的脑壳
用起来像大号的门把
探身望见林间雾气淋漓
一天的生计主要源自偏执

如果握着恐惧就像一把断箭
不要说你闻到腐烂的气息
无时无刻，通体透明发出红色光亮
命运之路让人久久迟疑

痉挛，没有什么不好
吃吃的笑声没什么奇怪
进进出出，你先为自己消去声音
夜里，你吞下远方送来的煤灰

你坐在我对面，"我要用一次的
语言写尽耻辱"

"唯有死"，不过死已与耻辱无关
死只睡在自己的身体上

林小飞

居福州。反克诗派成员。

老枞水仙

上弦月。他搜集光置于书架上
叶子体香弥漫，烘焙的温度恰好

从他们开始。影子被拉长
每一个路过的人都获得了恩泽

他们品尝肉体里的汁液
他们融为一体，他们走得匆忙

"感谢上帝遗落月光"
现在，他们站着仰望
并不与人较高低

拐　角

"还要再圆润一些，把圭角切除"
"嗯""再用砂纸仔细打磨"
他手里的器物正柔化着他的手

散落在地面的盐粒，悄无声息
却在发光
角落里毫无规则的石块，听惯了
倾诉，它们已学会保持沉默

最好下一场雨，他说
必须足够大，必须饱满
再加点味道，可以像咖啡一样
也可以辛辣的，能够让人泪流满面

他站在黄昏的边缘，习惯性地看着
城市的街头亮起灯火

林耀琼

现居福州，厚春茶楼庄主，习墨书画工作室斋主。玩诗书画，写艺术评论，反克诗派成员。

银兽在暗处

拆开琴键，银兽在暗处
河床上的栈道突然响起琴声
散步的流水紧闭双唇
牙齿咬到游动的鱼
缰绳套着石头鞍子
白马河，裸泳的女人在午后
从泉眼间鱼贯而出

另外一个世界

到另外一个世界
用菩提叶搭起楼宇
用莲花座铺就睡床
贝叶经缝成的被子
就足够了，困了
夜便合上你的双眼

要是心痛的时候
十指拧粹身躯，看哪
阳光穿透筋脉
骨灰在经轮中旋转
组合后的魂魄是一枚
发光的舍利子

每条鱼都是煮熟的
在胃里停留片刻
从体尾处游出
它捡起自己的骸骨
轻松地穿上肉衣

另一个世界
时钟同沉船一起淹没
记忆刻在陶瓷上
窑顶冒着青烟
可以遥想故乡的墓茔
插着一朵枯黄的菊花

郭　林

现居榕城。2014 年加入反克。作品散见《反克》《诗歌榕城》《净峰诗歌》《坡
度》及各网络平台。

把简单的春天弄复杂

无所谓清晨，无所谓黄昏
遍寻每一个衣柜子以及抽屉
对了，还有床底下的层架
唯独不敢动动手指打开窗户
仿佛那里藏着一只小兽
自西西伯利亚远道而来
似乎徒劳无功　脚趾发出哀号
幸好手指头在领地里探头探脑
打劫似的抢下床头高地
那仅有的一小支伏特加
这春日的上空一脸坏笑
挤出怀里的那一点点阳光

阴　霾

生存已经没有生存的意义
重生之门的开关在魔鬼手中慢慢戏弄
死亡已经没有长度，只剩高度
冥界之神，手里轻轻握着但丁的书
暗黑的夜向太阳吹起沉沦的号角

十亿只军团蚂蚁倾巢出动

只为踏平那最后的堡垒

宿命之血，悠悠地品尝蝙蝠仅剩的一丝残骸

忆及最后的炮火

却为找寻可怜的那一点点导索

无心的无心照顾奄奄一息的良善

地狱之犬依旧在咆哮

耳畔的盛宴

眼前却满是破碎的灵魂

无心之心，无痛之痛，无伤之伤

已是无冕之王，冕下无头颅

生存已没有活过

雷　米

现居福州。养花种草写诗。

蝴　蝶

从鸟鸣中醒来

"昨晚喝酒了吗"，是的

睡梦中黄金气泡发出怎样的声音

去年的雪地上留下过痕迹，她无法辨识

热浪继续翻滚

风无去向雨无来处，她知道

台风不来蚊虫就不会离开这个园子

她看到蓝雪花染透了窗子，又匆匆凋零

谁在那儿起舞

热烈而缄默相隔三米，竹林前

她疑惑长久以来自己藏匿翅膀的模样

亲吻时有更多的光在逃避，在摆脱生命

闭眼承受秋的明亮

她从藏身之处飞起投入黑暗

黑暗总能减缓时光，除非惊慌袭来

他们还有很多时间慢慢消失，快乐并哭泣

唯一的

唯一的野棉花递到手中带着露水

刺茄的火焰向亮处闪动一下

她捡起石头对着天空观赏

留下纹理的过往

挂在枝头一整年的橘子也有疑惑

比如在触不到梦中那只手时

出走的恋人变成透明果核

她庆幸依然爱着

在下雨的清晨绣球花绯红的脸庞

白头鹎在榕树间一唱一和

练习从声音里张开翅膀

闪耀回应后的惊喜

如果她说想一定是无法屏住呼吸

尽管真相一直在呼吸里活着

仿佛不可见的一个事物

面对燥热与饥渴

短发的法则

越剪越短已是不容置疑的现实
短发与传说中的独行
或隐于弦音的梦想无关

剪刀在谁的手里
谁就是最强大的秘密武器

哪怕发际已经抵达清凉的晚秋
哪怕无数次烦琐的修剪
已经无法满足黝黑的亢奋

我还是要无数次地甩出手中的剪刀
在月圆前夜插入寓言的胸口

《风 暴》

在本土本乡诸多人士眼里，写诗的人翩然如"野公子"，或豪气冲天，谈天说地；或多愁善感，讲"有"讲"无"；或愤世嫉俗，胡说八道……不一而足。其实，从外表看起来，他们多数朴实、安静、忧郁、孤寂。他们大多出生在20世纪70年代，个别出生于50、60、80年代，他们来自南日岛、湄洲湾、荔枝林、木兰溪、乌瓦灰墙逐年消失的莆田小城。他们有公务员、教师、自由职业者，职业大多跟文字有关。他们没有迷失于"无"，他们铭记："诗歌即是个体，诗歌的能量来源于个体精神的痛苦，虚无的幸福仅仅是诗歌的同路人。犹如肉体仅仅是精神的同路人，它们可以同路同行，但它们之间永远存在着古老的敌意。"2006年春天，这些大多生活在莆田沿海地带的"野公子"们，不甘于"野公子"身份的甜腻感，跃跃欲试，另辟疆域。他们要呼唤内心不安分的风暴，要展现精神个体所受到的无穷尽的痛苦，就如夏季太平洋上巨大的洋流折磨着辽阔、孤独的气体，热带风暴的气旋从而产生。他们认为，诗歌即是现实生活巨大的洋流折磨着一颗颗敏感、孤独的心灵的产物。由此，"风暴"网络诗歌论坛应时而生，论坛的眉图安静、奇特，乌云与朝霞并肩，海洋共长天一色。纸质油印半年刊《风暴》的题记即是他们加盟的心声和宗旨：2005年刊题记——"收获的多少并不在我们手上，/而在于我们的心/到底有多宽广。"2006年上半年刊题记——"诗人只来自这里：/这个世界上无处不至的/空气、土壤、水、阳光/和历史……/人类心灵中无时不在的/痛苦、哀伤、迷茫/和希望……"2006年下半年刊题记——"风暴/来自安详的朝霞/来自这个世界上无处不在的鸟儿/群鸟即便飞往夕照/心中也怀有/掠过空气、土壤、水和阳光的风暴/……"

《诗歌月刊》2010年第2期"诗版图"栏目大篇幅推出"福建莆田诗群作品展示"，其中有着《风暴》成员：陈北、陈言、楚鹰、黄披星、李智强、林养、林落木、麦冬、南夫、南木、南日海之源、巫小茶、张旗、张紫宸、中间小谢又清发（慕胱）。还有写过惊为天人之作《纯歌》、来自南日岛的杨雪帆，和来自木兰溪畔的麦冬，他们是《风暴》的艺术、理论的导师。

他们饮酒，赋诗，朗诵，偶尔投稿。他们没有虚度年华，留下了各自难忘的诗歌文本，如陈北的《乡下教堂》、陈言的《哑剧》、楚鹰的《顿悟》、黄披星的《不下雪的城市》、李智强的《墨莲》、林养的《鱼美人的爱》、林落木《木兰溪的水》、麦冬《半生》、南夫的《纪念母亲·2006年》、南木的《收稼之后》、南日海之源的《光》、巫小茶的《涂鸦》、张旗的《乌鸦的N种生存方式》、张紫宸《鱼化石》、中间小谢又清发的《深夜逛街的人》，散见《诗歌报》《诗歌月刊》《福建文学》《厦门文学》等；《莆田文学》等本土报刊选登过《风暴》系列诗歌和诗评；出版诗集

《居住在南方》（陈言）、《张紫宸诗选》（张紫宸）、《不下雪的城市》（黄披星）、《致水边的村庄》（林落木）及诗歌评论《异乡的风景》（陈言）。

2008 年 8 月 26 日，诗才早熟、诗评尖锐的张紫宸，"一个如此热爱生活，如此热爱诗歌的人转瞬走完了年轻、孤独而又激烈的一生。多么令人难以置信"（张旗《诗歌的一生》）。从此，《风暴》成员仿佛受到天启一样，不约而同地安静了下来，仿佛来到了风暴眼。纸质半年刊《风暴》暂告一段落，而那些流散民间的《风暴》，仿佛鱼化石一样，孤独，奇崛，潜藏着石破天惊的能量。可能，也许……

麦 冬

本名王朝明，"70 后"，出生于仙游。福建省作家协会会员，福建省文艺评论家协会会员，莆田市作家协会副主席。创作以小说为主。

半 生（节选）

一

微小，私密
写一首诗犒劳自己
在林间挖一条秘密小道

二

衰老是我唯一的魔术
时光也没有我高明
每根白发都是一行新诗

三

"今年我 40"
我用三年写下它

修改它，又花去了 635 天

四

时光教会了我理解时光

现在，我要造个小小的蜂巢

贮藏记忆的蜜

五

我曾经是什么

曾经在哪里

我低语，而世界静默

六

小溪分割村庄

我分割自己。一半给童年

另一半，给了死亡

七

没有别的办法

总要先好好考虑死

再考虑生

八

朋友们爱我，也恨我

我回报爱，理解恨

并把它悄悄递给阳光中的微风

九

我在心灵中的心灵

吮吸爱情

我拥抱阳光中的阳光

十

我有时问阳光几个小问题

有时向月光挥手

我试着与世界交朋友

十一

谈谈人性，这是我不擅长的

不如谈谈星星、白云

再把目光投向，西边的山峦

十二

我跟影子交谈

它总不吭声

我知道它比我更沉静

陈　北

"70 后"，出生于莆田南日岛。

回到南日岛

——写给张紫宸

你去世一年后

时间使躁动的海面稍稍趋于平静

进出岛屿的船只似乎不再

动荡不安，颠沛流离

无法通知到你

我们带着朋友们回到岛上采风

来到生物实验室、沙洋中学

空阔的平台和十里盐场

如今这里阒静无声

只有细脚白鹭在浅滩上嬉戏飞翔

我们登上巨岩张望

浩瀚的海洋依然将

我们的岛屿团团围困

一堵围墙改变了你进出的道路

金黄的铁门斜靠在围墙边上

在你的家里，小张翔

站在门槛上睡眼惺忪

他认不出我们

这么多陌生的面孔

没有一张是你的

庭院中有你种下的蔷薇

和兰花，两株无花果

每年都开花结果

白色的花，青色的果子

午后你总是走到后山

夹着书本和小石子

站在高处临风远眺落日下的海

看不见灯塔和对岸

你孤独地吼叫

航道上渡船痉挛般摇荡

你曾经在这里生活

然后转身离去

漫长的海岸，曲折的岬角

木帆船和渔火搁浅在

你的诗中

大峤山、状元帽、东沙、西罗盘

犹如星辰布满夜空

你看不到朋友们来访
养虾场的小石屋里觥筹交错
屋外是夏日宁静的黑夜

陈　言

1980 年出生，莆田忠门人。诗歌发表在《诗选刊》《诗歌月刊》《中西诗歌》等，入选《福建文艺创作 60 年选·诗歌卷》《2006 年中国最佳诗歌》《2008 年中国诗歌年选》，小说发表在《上海文学》《福建文学》。著有诗集《居住在南方》、小说集《蚂蚁是什么时候来的》。

早安，笏石

蒙蒙亮，声音低垂
哦，那些安静的杧果树
延伸出去的秋冬之色
绯红、白色、橘黄色
蓝色、浅绿色、冷紫色

信仰。落入我中断阅读的地方
水流汇聚。我要从中结束日暮途穷
我要从中维护少有的激动、少有的孤独

搬　家

起初，他搬的是家具
电器，他搬的是床

书，他搬的是住址

现在看来，他还搬过脚步

目光、心情、角度、习惯、光线

空气、声音、生活，看起来他搬过梦

如今是真实的吗？他搬过一棵树的方向

一段路拉开了，一段路来回折叠着

他搬进一些花草、一些字画、一些旧闻

一些欢乐和一些烦恼，在培植

在修剪，在留住季节里的色彩

红、黄、蓝、绿、白

另一些色彩若有若无

"门可罗雀"或"门庭如市"

他试图搬进哪个成语

回想一下，他搬过名词、动词

还有形容词、副词

始终，他没能搬来大海

码头和船在一首久远的诗里

像真正的雨只落在郊外

书　架

书架上的书有些单一

像他的性格。有时想想

一个多少有点无趣的人，立在书架前

他不像是准备拿一本书，倒像在确认某种免疫力

我进入他单调、固执的生活

笨手笨脚的举止，幽微隐蔽的情感

进入他的盲区，怒气冲冲的一天

我试着读懂他，不流畅的表达、不合常理的关联

不得其所的思想，一分为三：你、我、他

有时你就是我，有时我就是他

这不时分开，又不时集合的存在

不像为了进入日常的角色，倒像是在装饰他单一的书架

南　夫

1958 年生于莆田秀屿汀塘村，现居莆田东峤"草上居"。曾客居陕南 20 多年，系陕西省作家协会会员，曾任陕西省安康市作家协会副主席。诗作散见《诗刊》《星星诗刊》《绿风》《诗神》《诗歌报》《福建文学》等报刊，获第二十四届云里风·森昌文学奖诗歌一等奖。出版诗集《也到枫桥》《南夫诗选》《出汀塘村记》。

莆田叙事之一架破脚车传奇

一九七四年，大地上所有事物都在老化

这年读初二，我也有一辆破烂不堪的

满身骨架都响只有铃声不响的"凤凰"自行车

那是我叔叔用七元钱从一个新加坡番仔家买的

我就从福清江阴岛骑行了一天

才骑回汀塘村家里，整个村庄为之轰动

村长竖起大拇指称赞"厉害厉害"，村里第二架

九皮修车店用于出租的破"永久"是头一架

我就身穿叔叔为我买的旧的化纤番仔衫

在高低不平的砂石路上骑来骑去，很得意

有时还会骑去十一中炫耀一下，让同学们羡慕

有时跟在运送食盐去后海码头的马车后面

去看一看木帆船

又从后海码头调头去看看一望无边的莆田盐场

马，不亢不卑拉着马车，我就趾高气扬踩踏

当踏过一座石板桥

不小心车头一拐，掉进了盐水沟里

哆哆嗦嗦扛起破车爬上路面，飞骑回家

这辆体无完肤的破自行车我从初中骑到高中

有一天班长叫我一起去上塘渡槽下面的草茂家

学习赌博，初次赌博没经验

身上五角多柴火费输得精光，又欠赌资十七元

在那个年代这是一笔巨款

就用这辆陪伴我两年时光的破"凤凰"抵债

心疼得一夜无眠，就心里打起算盘算了算账

除去七元本钱，白骑了两年还倒赚了十元

暗自得意，老子以后一定要做个发大财的生意人

不觉到了年关，叔叔从福清回家过年

我就躲在舅舅家不敢回家和叔叔见面

叔叔就问奶奶我在哪里

我母亲说我把自行车赌博输了害怕挨训躲起来了

我叔叔就气急败坏跳脚嚷嚷

"番仔攀这败家子，实实牛逼"

莆田叙事之立春，蓝天不接受一丝白云

今天是庚子鼠年腊月廿二，节气立春，啊啊

春来了，小草出土

青石板也挡不住热情的春色

所有的光芒向下，树荫有无数转动的斑点

如夜总会的霓虹灯闪烁

蚂蚁们扭着细小的腰，随鸟声翩翩起舞

天空湛蓝如洗，不接受一丝白云

我在凤凰山公园写下以上这几行漂亮的句子
暗暗得意自己还有如此细腻的心境
我是一个粗糙的人，还能敏感于春色的引诱
春心荡漾，色心不老，东张西望
看见有俩美女踏歌而行，裙摆如灯笼花开放
听口音是陕南方言，很是亲切
我曾经在那里打工谋生，内心感到阵阵惆怅
啊，春天来了
还有什么能挡住我这颗活蹦乱跳未泯的童心
和我的抒情，请你和我一起揣上春天的祝福
买一张门票，坐在公园的飞行器里上下起伏
上下起伏

南　木

本名杨繁华，1975 年生于莆田南日岛浮叶村。写诗及散文，偶有发表。

在后角

一、声音

声音源于村庄的无奈
南风遒劲的臂膀
意图扭转时局
或者只是几缕亮光
有人用歌声麻痹夜色
犹如邻家的小黑狗
朝着恐惧和未知狂吠
潜意识萎缩

儿子同我聊起头顶的星辰

涉水远去的脚步

带来某种迹象

以图走出古老的交谈

赌性肆意挥霍

蚊子消亡在牌桌上

哭泣是盘出锅的咸鱼

务必遵从熄火的意旨

村庄无从休养生息

二、老者

他们像光一样填充

整座石屋　直至生命破败

我路过他们的交谈

话语时断时续

被风吹散的时光

他们认出我认不出我

并不是很重要

事物总会从他们身边抽离

四色长牌要分出胜负

将相兵卒车马终会消亡

我总是用苍白的微笑

同他们点头招呼

更像是同自己招呼

他们以神明的名义谕示

村庄的走向及衰老

阳光晒在他们身上

容许片刻的静默

海面正孕育着风暴

三、深夜渔火

把最后一盏渔火关掉

以免泄漏行踪

木船融合黑暗之中

船头压抑住无尽悲愤

刀一般划破海面

微弱的粼光如活下的光亮

他们有过窃取的念头

稚嫩的脸庞转瞬即逝

赌局不能化解禁锢的文字

言语被封口

网索慢慢放入大海

保持古老神圣的姿态

船身摇摆

喧闹从水中跃起

一场残酷的突围

暗灯之下变得静默

渐渐动摇的坚守

似乎一文不值

黄披星

1973 年生，莆田人，从事艺术研究。著有诗集《不下雪的城市》、小说集《飞天的脚印》等。

睡在母亲的床上

睡在母亲的床上

没有什么熟悉的味道

母亲老了，老到几乎留不下什么味道

我留在这世界的味道
也并不干净；要雨淋过、雪掩埋过
那些走过的路如今大多长满了荒草，或植上了树

母亲咳嗽着，声音空洞而古老
像一个墓穴，我用一个中午时间去聚拢一些温度
更多时候，我只是静静呼吸——这泥土的味道

叔叔的遗骨

很久没有走上这条山路
路的尽头仍旧是海洋
每个亲人都找到庄严的时刻
堂弟的在麻衣中
达到一生仪式的高峰
姊姊平和，脸上只有
平静的波涛
这些哭泣只是唤醒
另一些沉睡的东西
比如草茎、灌木丛和许多
尚未鸣唱的虫豸
叔叔遗留的部分
只有骨骼白净，在夜色里发微光
他摒弃了一切伤悲
正如这块土地
只是轻轻地，在发芽的每一片
叶子上，挂上露
和霜

楚 鹰

本名张玉泉，出生于莆田南日岛，莆田市文学院院长，莆田市作家协会执行副主席。在《诗刊》《诗歌月刊》《福建文学》《西部》《中国新诗年鉴》等报刊上发表诗歌、散文、评论，著有诗集《人间道》。

被盗走黑夜的人

此时，我该赞颂谁
那些来自更远的卫士深夜就已抵达风暴中心
核检，转移，施救
他们奋力按住一个人的下滑
高举着灯火，照亮向下的阴影

他们久困于汗水，一身汪洋
倾泻的水镜映出漫天的霞光和一张
天使的面孔

此时，我该赞颂谁
陀螺在飞转，被盗走黑夜的人
星空如白昼
虚脱的形象，晕倒的定格
瞬间的奔涌比一万次的演讲
更让人相信，相信
有一种伟大，叫作渺小

天使着白衣，志愿者一身火红
举灯逆行的人，一直在悬崖边
与狼共舞

此时，我该赞颂谁

忘记，是生命中最负面的动词

有时，我会忘记回家的路
比如在某个重大的社会事件之后
一路焦虑、着急，打捞有限的尊严

有时，我会突然想不起自己是谁
只隔一个背影、一个转身
就忘了来处

更多的时候，我会忘记白天还是夜晚
当我仰望天空时，那个发出森冷光芒的
看起来像太阳，又好像是月亮

回到人群中间

新年一到，我的朋友们
纷纷从树上下来
他们拔掉身上的羽毛
回到人群中间

他们忙碌地收拾废弃多年的房子
四周栽满花木，把几只
从森林里带回的鸽子
养在阁楼上备用

明天，他们就要加入觅食的队伍

涌上浩浩荡荡的大街。只有我

还在枝头上忧心，没有了羽毛的他们

能否抵挡得住西伯利亚的寒流

慕　朓

本名谢顺航，1977 年出生于莆田荔城澄渚。莆田市作家协会常务理事。作品散见《福建文学》《诗歌月刊》等报刊。

感受零度

一

最难的时候

我们一起忍耐静等

百花在地下准备

二

而我们要向你学习

对万物的感情

恰到好处

不增一丝热情

不加一点冷漠

三

还需要归零反思

当一切渐行渐远

尘封明镜的时候

四

确需外部的一次全面打击

让秩序恢复本真

于是冬天成为冬天

冰雪重现锋芒

傲立在水的枝头

《陆》

　　《陆》诗刊于 2007 年创刊，缘于 2005 年创办的"陆诗歌"论坛，以及厦门诗群发展的需要。初始定位：立足厦门诗群本土诗歌，适时呈现福建诗歌概貌，遴选全国优秀诗歌文本。崇尚深沉与厚重、内敛与安静、隐忍与坚韧、宽容与自由；提倡诗不论先锋和传统、风格和流派，唯好诗是用。2007 年创刊号以"福建诗歌版图"出现；2008 年第 2 期着重呈现福建诗歌文本与相关评论，以及厦门诗群与外地诗人交流的作品；2009 年第 3 期展示台湾新生代、中生代诗人和厦门诗人作品；2010 年第 4 期刊国内长诗专号；2012 年第 5 期推出福建诗歌民刊记忆专辑；2015 年第 6 期刊发厦门"80 后"作品展及"90 后"小辑；2016 年第 7 期刊厦门诗人诗选（2006—2016）。历届编委有子梵梅、叶来、江浩、老茂、海中央、陈功、南方（狐）、威格、高盖、颜非、海约、张漫青、落地、吴银兰、周丽等。

子梵梅

　　诗人、作家，现居厦门。著有诗集《缺席》《黑喜鹊》等 4 本，诗文图集《一个人的草木诗经》，随笔集《秘密的瓶子开着花》《看见与被看见》等。

在清晨睡去

　　一栋大楼在暗夜里醒着眼睛
　　它们竖着彩色的条纹
　　它们互相的阅读刚刚开始
　　而天已经大亮
　　众人已经醒了

　　睡吧，睡吧
　　我听见摇篮曲刚刚响起

就让他们去捉迷藏吧

睡吧，睡吧

群山和海洋是那般的静

旅途上

我们互相抚摸，直至胖起来

虚无起来

我们把两只手摊开平放在行驶的车厢里

看窗外滚过一团一团浓荫的柳树

现在你终身外出

我终身孤寡

我放开你那只手，用自己这只手，对着胸口抹一下

再抹一下，天基本就黑了

旅途基本就黑了

在剑麻和青椅之间

在剑麻和青椅之间

我们的小拘谨仅仅持续了几秒钟

没有谁识破我们的大缱绻

大海翻卷而来，又担心太过吵扰

于瞬间撤回它的喧响

松柏上的松果和树顶的喜鹊互相嬉戏

我们在草地上静静卧着

模仿晚年，把一个下午过得绵长又感伤

把你的声音吃干净

把你的声音从手机上剥落下来

一片一片就着艳阳吃得慢而细致

不掉下任何碎屑

你半闭着眼，没有分辨

给不了人，给出些声音还不容易吗

你使我百感交集

终身隐含致命的悲伤和感激

冰　儿

本名戴乐阳，湖南籍，现居厦门。诗人，作家，教育工作者，写作教育随笔10多万字，出版诗歌随笔集4部。

吹气球的孩子

每个空瘪的气球

都会被一个调皮的孩子含在嘴里

对着它的口子吹气

直到气球膨胀，皮肤越来越薄

像一只充血的动物

每注入一口新鲜的氧气，都让它感到更渴，更饥饿

渴望像猎豹一样去山冈丛林捕食

后来身体果然猎豹一样轻盈起来

仿佛被安上一对翅膀，从低凹的山谷飞向天空

伸手就能摸到白云，摸到棉絮一样柔软的东西

里面还夹着细小的火焰

没有人发觉

它被人施魔法送上了天空

同时也将施法的人带到了天上

哎，这孩子。她用尽全身的力气让一枚气球

变得像汁液饱满的果实。又引爆了它

此刻，带着一身气球碎屑回到地面

她显得很疲倦、很孤独

只有身体里的针，在黑暗中持续发光

领一场演奏回家

领一场演奏回家的最好方式

是让自己在这双演奏的手下

迷失一次

黑暗中，追着光束一样摇摆的弦音

翻上山坡，跃入溪涧

听流水唤醒鸟鸣。时高，时低

波浪一样向平原渗透时

不着痕迹地路过一个水蛇般的腰肢

蛇的出没之地

正好位于高低音转换的区域中间

那里，琴弦正滑向低音

泉水呜咽。汩汩向上

当水与石混为一弹

手只能隐入草丛深处

但指甲，还是在潮湿的岸边
刻下了波浪线

此时曲已无声
像一场秘密的地壳运动结束
只剩下大地的断裂面
独自琴弦般微微颤抖

吴银兰

1984 年生于惠安，现居厦门。2005 年开始文字创作，作品发表于国内各报刊。

爱

雨都停了
门外渐显荒凉之意
远方的远方有远方

你知道，相爱像烽火硝烟
短兵相见
相爱太难，有视死如归的悲凉

唧唧复唧唧

被清晨赶醒的人
又将开始人模人样

的狗人生
这新鲜的光洗不净黑

墓碑缓解了墓地
骨头并未苏醒
没水的井持续没水

终有人会懂得
什么是故土里犯乡愁

通通还一样
我是个有用的废人
如果不能给我一场
痛快的绝症
请赐我叛变的力量

旅　途

车子接走旅人
野草绿在路边
村庄逐步撤退
世事未被消隐

我来了终将要走
我会走的
交代一世凶险

离　开

比夜更长的，是醒着
比孤独更深的是什么
你热衷于把自己往绝路逼赶
而这落叶无常的春天
叶子的离开，是和树最好的相爱

张漫青

诗人，小说家，现居厦门。出版诗集《失眠犯》，小说集《壁虎大街》，长篇小说《此处死去几页》《走米》。

蚊香是一个又黑又瘦的圈套

一个螺旋公式
在黑黑的夜里等天白
"我讨厌蟑螂"
人们努力生活，努力骂天
努力甘于贫贱

一条黑瘦的蛇
从尾巴开始吃自己
吃到最后
吃到自己的一抹骨灰

天黑前

逃避月亮的也逃避灯泡
弄人事的也弄弄人世
有刀斧，牛羊啼哭
血色如蜜的礼仪，弄翻记忆

我流过的血奔向大海
天黑之前
推我
万丈深渊就含住我

祝　俊

湖北桐柏人，现居厦门。

相见如初

多年以后
尽管冬天姗姗来迟
甚至消失不见
你的墓地旁
仍会如期下起一场雪
万物静默
除了我的脚印

雪地里一切安好

就像我们当初遇见的样子

还没有经历过人世间的万壑千山

静　土

夕阳透过高高的杉树斜斜地映射下来

在山中

一方小土堆

干净、明亮

仿佛从来未曾有人来过

可是你来过

又走了

只是不知道

我多想把自己埋在那里

时光之针

时光之针从未曾停止

光明与黑暗，垂死与新生

人间与悬崖

我爱这热气腾腾的人间

也爱那寒冰百丈的悬崖

天地圆满

悲欣交集

威　格

1958 年生，厦门人。诗人。

今天都有谁写了诗

Ta's 每天都在写诗
就像
每天都要吃饭一样
每天都要吃饭是因为
每天都会饿
而每天写诗
绝大多数
都是因为
吃得太饱
其实，偶尔
饿一两天
也不至于
饿死；（吧）

其实，我；（呀）
并不反对写诗
我只是
反对
不写反对的诗

空空如也

天空
是蓝色的
蓝色的天。空
即是色
即是空
空山不见人
但见人间五颜六色

请保持一米距离

喇叭声循环
又循环
一整天
把警语朗诵
间隔　节奏　分行　"啊"
"〇""〇""〇"
白色的阳光下
雾气腾腾
一片
片
白色的
■ ■ ■

读诗时间

有时候，我看了看星星

没有看到星光

有时候，我看到了星星

也看到了星光

有时候，我先看到了星光

才看到了星星

而更多的时候，我只是看着天空

天空有时候像一大块的□，有时候

像无边无际的○

色香味触法

在黑夜里开放出的

白色

人们称之为

白天开放在黑色里

胡翠南

笔名南方、南方狐。作品散见《人民文学》《诗刊》《诗歌月刊》《星星诗刊》等。出版个人诗集《重蹈覆辙》、诗歌合集《客家五人诗选》。

地　铁

进入地铁
有时候往东边
有时候去往西边

就像雨下了一夜
你站在地球上
每一个方向都是雨的方向

每一次前行都可能倒退
我们在原地沉思
没有人想要高声说话

地铁在旷野中无辜地奔跑
它是痛哭的通灵者
仿佛婴孩刚刚降生

当浓雾弥漫整个山谷

浓雾弥漫着整个山谷
依稀可判断出前方路径

汽车正在缓行

如果从更高处俯瞰
没有山谷
没有汽车

这是天地间的一小块阴影
自然允诺于人的残存诗意
一只船桨深入其中

海中央

居厦门。诗人、作家、文化学者，长期从事战略咨询、教育产品架构开发、文化遗产及其衍生品开发研究。福建省作家协会会员，厦门市作家协会全委会委员，厦门思明区作家协会主席。

翅　膀

我把翅膀藏在身后
十六岁的我有些腼腆
有些孤僻和骄傲
你突然出现
你说，老师叫你去锄坡下的草
你的脸潮红
也许因为小跑
你的眼神慢慢透过我的骨骼
那是高二时的劳动课
坡下的草长过腰

坡下的草绿油油

怎么也锄不尽

我一直做锄草的梦

做了三十几年

最后会飞的其实是你

在许多年后的一场场月光里

我偷偷望着你的翅膀

银白

略带光晕

傍晚驱车回家

大海蔚蓝的扇面，扑摇

过来。这条环海路一起，一伏

车似乎向深渊滑将过去

落日，凝固了时间

凝眸也有了瞬间的恍惚

远之人蚁，近之树移

陡然的悲戚，你怀疑

人世的真实。"嗯

我在"，一只旁侧的手安静了风景

颜 非

本名颜三友，1972年生于永春，居厦门。厦门诗群成员。作品发表于《诗刊》《诗歌月刊》《诗选刊》《星星诗刊》等，入选《厦门诗人十二家》《中国诗歌精选》《中国年度诗歌》《百年新诗·百种解读》等选本。和友人编选《厦门青年诗人诗选》《厦门诗人诗选2006—2016》《陆诗歌》等。获中国红高粱诗歌奖优秀奖、厦门文学艺术奖、福建省百花文艺奖等。著有诗集《鱼，玄机》。

来火车站接我的人

——给我的母亲

三十年过去了，我从河东走到河西

从河西折回中原。沿流水栖居，颠沛流离

像只野兽在那里出没。我嗑开无数个

酒瓶盖子，每次让自己醉回故里

抱着妖娆的女人，让她感受 个异乡人

的胸怀和温暖。为盘踞山头而打架

梦想着和兄弟们分享林子里的麋鹿、野马

但我还来不及让她坐上我的王位

细品我的荣耀，来不及带着遍体鳞伤的

身子，在她面前跪倒，请求原谅我

所有的罪愆。在火车站，她是唯一来接我的人

她从白天等到黑夜，或者说她

等我三十年了，我是她等待的世界

我见到她了，低矮、瘦小，脚步迟疑

我没叫出她，她却抖瑟着手攥紧我

担心我像那个贪玩而随时跑开的孩子

她牵着我，怕自己被人潮挤散，让我领着

穿过偌大的广场，三十年过去了

我没想牵谁的手，没想会被她的手
烙伤，没想到一个汉子会把泪滴在胡髭上
你看她，多像我那个迅速衰老的女儿

大雾泼向我

大雾泼向我，乳白的汁液黏附我一身
天空是一只巨大的奶牛，在它的腹部下行走
潮湿，微甜。脚下的草那么鲜嫩
这是春天，我有必要提醒自己警惕
因为我想在草地上翻滚，撒野
然后把那只埋头啃草的奶牛牵回家
此时，大雾仍像个守口如瓶的人
拒绝透露着什么。我则隐藏着羞赧
试图在这清晨，撬开酒瓶浇灭在体内绽放的
花骨朵。其实我只是想想而已
在打消这念头后。大雾也逐渐散去
但它还像那个猥琐的窃犯
若隐若现地尾随我穿过几个街道和巷口
企图偷去一些有利告发我的罪状

《诗》

《诗》是新死亡诗派的年刊，主编道辉。

新死亡诗派于1992年初创立，创始人道辉，地点在福建省漳州市漳浦县旧镇镇道辉的老家。那是一幢面临台湾海峡的宽敞石头房屋，现为天读民居书院。诗派前后拥有成员近百人，目前比较固定的成员有二十几人。诗派创立同年创设《新死亡诗体》，为大开报纸，于1997年改版国际大16开本，确定刊名《诗》。

《诗》以年选的形式编刊，每年出刊1—2卷，入选的诗人每人刊发几百行至上千行作品，至2022年共出29卷。团结的主要作者有道辉、阳子、何如、芦建伦、伊甸、小妮、林间新地、回晖、何刚、许海钦、陈仲义、南野、沈健、大解、李龙炳、陈卫等。2007年卷为"天卷""地卷"特大合卷，厚达800页码，创中国民刊最为厚重大书，被《星星诗刊》下半月号理论版每月排行榜评为民刊第一名。多年以来，《诗》以其大版面、大冲撞的汉诗雄姿，被诗人们称为"大型诗丛《诗》"；坚持一贯的办刊理念，集中当下中国诗坛有影响力的诗人的长短卷，大篇幅展现中国具有创造性的最新诗歌版本诗人创作的背景资料，及先锋评论。

新死亡诗派极具先锋气质，醉心于语言的历险与探索，认同语言新兴的生命学运动，在语言自动调整的状态下呈现语言的再生秩序。这种对语言的极致体验使诗歌呈现一片"绿林"式的语言狂欢与暴动，莽撞却生机勃勃。正如创始人道辉所说："是诗在写你，而并不是你在写诗。"道辉由此提出"诗写"。"诗写"是针对新死亡诗派的语言运作而言。一个个体的诗歌创作有时并不是失语而是"无言"，即是：个人发出的声息极其弱小有限，时常处于被另种群体吞噬的可能性。"诗写"的提出是站在这个根基上说出来的，一个纯粹的诗人在创作中，一是应站在"诗"的基础上去写，二是从"诗"的那边写回来。诗写到最后，进入的那种状态就语言本身而言，是诗在写你，而不是你在写诗。诗写到最后，语言会自我调整，达到一种名词状态，进入一种忘我。诗歌和死亡在这里相提并论，这是生命写作的气质释放和灵魂的疑问，抑或是对于自我存在忧虑的思索与意识前提的确立：混沌和美的游离——这是新死亡诗派提出的一种新文本批判。对于世界，新死亡诗派的诗人们甚至发出了这样的声音："把和谐曲解，把韵律隐匿，把思想提到头脑外面的空间部位。"新死亡诗派的"想象"作用，是新死亡诗派诗人们的直接感受经验和现实生命超前的创作欲望。死亡、直接、绝对、残酷，历史以来给予人类的心理恐惧——延续而削弱了作为人生存的信心和价值，人为了成为人却逐渐地逼近死亡。存在到死亡，是这个世界存在的产物。存在到死亡这个过程一开始就使他们疑虑、惶惑、变幻莫测——即是"死亡"这个词对于他们生存思索的困扰。这是新死亡诗派的诗歌在这个意识批评的前提下进行写作的独特性、实在性和探索性。

2007 年创立新死亡诗派年度诗人奖，并为获奖诗人出版个人诗集，至今成功举办 10 届。何如、伊甸、严力、杨克、大解、李亚伟、孟浪等一批诗人获得该奖项并出版诗集。

拥有固定的活动交流场所"首届全国书香之家"天读民居书院，藏书 16 万余册。每年举办全国范围的诗歌交流活动 1—3 次，其中比较大型且产生影响的活动近 10 场，受到广泛关注。叶延滨、舒婷、吉狄马加、邱华栋、冯秋子、张炯等人都参加过天读民居书院的活动，《文艺报》《文学报》《中国艺术报》《作家通讯》《福建作家》《福建文艺界》《福建日报》《闽南日报》等报刊，福建电视台、漳州电视台、漳浦电视台，及各大网站均有相关报道。多次邀请《诗》作者参加漳浦诗人节，并举办诗歌作品研讨会。设立编辑部，常年编印诗集、理论集等，目前已出的书籍有近百种之多。2016 年 11 月，《新死亡诗派丛书》由江苏凤凰文艺出版社正式出版并发行。

主要发表及推介：《作家》2000 年第 8 期、《创世纪》2000 年第 12 期，特辑推出"新死亡诗派作品"及陈仲义评论文章《语词的欢宴》。《诗选刊》2001 年第 10 期，发表道辉文章《托着半只梯子的诗写者》，论述新死亡诗派的写作特点。《岁月》2002 年第 4 期，特辑推出"新死亡诗派作品"。《诗选刊》2003 年第 10 期，发表古力评论文章《三个主义零个吵嘴——下半身、新死亡诗派、知识分子》，评价新死亡诗派"对诗歌全局具备中和统计学意义/策动、定位和内处的鼓劲"。《十月》2004 年第 4 期，特辑推出"新死亡诗派作品"。《诗歌月刊》2004 年第 10 期，"现场""诗版图"两个栏目同期推出"新死亡诗派作品及会议概况"，和道辉诗论文章《无序诗写：非常时性和新理念诗句的激发值》。《上海文学》2006 年第 3 期，推出新死亡诗派特辑，和张清华评论文章《向着死亡思考存在》。《文艺报》2008 年 7 月 17 日，发表新死亡诗派 6 位主要诗人的作品，和陈超评论文章，及道辉的专论《思想存在的意义》。《文学报》2009 年 12 月 17 日，发表《"新死亡诗"的命名》。《诗歌月刊》2012 年第 9 期，发表道辉论述新死亡诗派"诗写"的文章《反思"焦虑语义"与诗意的失效性》。《文学报》2012 年 9 月 13 日，发表道辉关于新死亡诗派的访谈文章《混沌和美的游离》。《文学报》2012 年 10 月 23 日，发表金莹推介新死亡诗派的文章《一个民间诗派的兴起：语词盛宴中"向死而生"》。2012 年，新死亡诗派作品入选发星主编的《独立》第 18 期"21 世纪中国先锋诗歌十大流派"专号。《中国当代汉诗年鉴 2012 年卷》"诗歌群落"特辑推出新死亡诗派作品集。《福建文学》2013 年第 2 期，发表陈仲义评论新死亡诗派文章《新死亡诗派 20 年论略》。《滇池》2013 年第 8 期，发表关于新死亡诗的派访谈文章《忘记，就是为了更深的记忆》。《福建文学》2014 年第 3 期，发表《新死亡诗派五人谈》（刘登翰、霍俊明、周伦佑、曾镇南、道辉）。《作品》2014 年第 5 期，"民刊档案"专栏推介新死亡诗派。2014 年，新死亡诗派获得由中国诗歌流派网、国际汉语诗歌协会发起，《星星诗刊》《诗潮》《诗林》《文学报》《语文报》《楚天都市报》《西海都市报》《贵州民族报》联合举办的"21 世纪中国现代诗群流派评选暨作品大展"（简称"三刊五报"大展）的"21 世纪中国十二家新活力现代诗群流派"称号。《中国当代诗歌地理》，张清华主编，2015 年 2 月东方出版社出版，收入新死亡诗派作品及评介文章。《诗歌月刊》2015 年第 10 期，"隧道"栏目刊发张炯、欧阳江河、曾镇南、霍俊明、石华鹏、道辉等人在新死亡诗派研讨会的发言记录。《福建文艺界》2017 年第 7 期，"文艺现场"栏目刊发第七届漳浦诗人节现场研讨会对话摘要，及道辉评论文章《诗源自词素噬心的变数——兼论漳州诗群部分作品》。《闽派诗论》，刘登翰、伍明春编选，2018 年海峡文艺出版社出版，收入道辉诗论《再谈新死亡诗派的诗写》和郭志杰诗论《感受道辉》。《世界日报》2019 年 2 月 1 日，发表王勇文章《诗写写诗》，讨论新死亡诗派的"诗写"。《两岸诗》第 4 期，"隔壁引光"栏目推出"新死亡专辑"。《鸭绿江·华夏诗歌》2020 年第 3 期，"天下民刊"栏目发表《大型民刊〈诗〉丛刊和新死亡诗派"两轮驱动""向死亡思考存在"》。吴思敬、陈超、张柠、李小雨、欧阳江河在《文艺报》上发表的文章，均出现关于新死亡诗派的评介以及对主要成员作品的评论。《诗选刊》下半月刊、《西部文学》、《诗林》、《大众阅读报》、《厦门文学》、《都市》、《山花》、《故乡》、《新大陆》、《佛山文艺》、《海峡诗人》、《诗歌月刊》历年民刊专号、《中国诗歌》历年民刊专号、2018 年网络诗选、2019 年网络诗选等都特辑发表新死亡诗派主要成员作品及推介新死亡诗派和《诗》的概况的文字。2022 年 5 月，杨克主编的《〈作品〉文学大系·民刊卷——民间诗刊档案》由羊城晚报出版社出版，8 个页码载录新死亡诗派的相关资料。2018 年，《新死亡诗体》入藏著名汉学家、诗评家、诗研究者柯雷主持的荷兰莱顿大学"中国民间诗刊特藏馆"。随后，荷兰莱顿大学图书馆与复旦大学图书馆联合推进"中国民间诗刊数字化项目"，《新死亡诗体》列入该项目的馆藏清单，并于 2022 年 6 月实现上网。《新死亡诗体》拥有独立的推介网址，该项目对中国民间诗刊的诗歌价值、学术价值传播与世界研究做了基础而有效的第一步工作。

丁临川

本名丁仕达，江西临川人，1948年生，退休前任福建省政协常委，福建投资企业集团总经理党组书记。高级经济师，中国社会科学院研究生院农经系管理学博士。中国作家协会会员，中国建材书画协会副会长，福建省诗歌朗诵协会名誉会长，中国书法家协会会员，龙岩市书画艺术研究会会长，龙岩市书法家协会顾问，书法作品参加历届中国建材书画展、《八小时之外书画作品》等省级展事并获奖，在中国香港、美国、加拿大等地举办过书画联展。出版过个人书法专集《临川翰墨》（一、二、三），出版个人诗文集多部。

武夷九章 （选三）

一、九曲浣水

清溪泛舟

放飞了

一溜子棹影

远离去

喧闹的岸

那水

立马就贴近了心

秋岸

落下了一片片黄叶

深谷下的潺潺细水

把它们洗尽

与那浮尘一同湮灭

远望山峦

用它那宽厚的臂膀

把这泓水夹紧

那水便泛起了纯净

浪花是那样委婉

它深深地回眸

宣泄着对大山的恋情

相聚的时光一晃而过

十八滩再长

也是短暂的

只有这撒在水中那一种浪漫

永远不会消停

二、天游萦梦

天游登峰

拾级而上

四处的高山

渐渐地矮去

离白云更近了

这情趣

是对疲惫的身心

一种莫名的安慰

山泉静静流淌着

慢条斯理地宣怀

像是在与峭岩对话

问候这艰难攀岩的人

这声音是那样细小

只有息心的人

才能体验到这话语的真谛

它是那样甘甜

枕在这东方巨石上

便到了梦的边缘

这个中有林涛的呼唤

这章节有落花的唱吟
擦干汗背吧
踏实地迈步前行
把心中的浮尘杂念
都埋入身后的脚印

三、黄岗拾翠

黄岗的春天
最能让人心动
彩带般的山路
飘飘欲仙地把你托起
微风里间隙地伴着鸟语
竹喧中不时地传来泉声
以贵客的礼遇
欢迎着朝拜大山的过客
然而令人陶醉的却是
这黄岗满山的翠
泼墨的松青
滴油的竹绿

林间路旁的小草
与春松翠竹呼应
这翠绿不时沁入心扉
这翠绿越发让人亲近
驱车上了高地
参天大树没能爬上来
满地那一大片草绿
就是那样一张巨毯
置身黄岗
进入翠绿世界
这翠绿洗尽尘世烦恼
这翠绿让人流连忘返

老 皮

福建省作家协会全委会委员。在《诗刊》《人民文学》《作家》《诗歌月刊》《诗选刊》《福建文学》等数百家报刊发表作品 3000 多件，出版诗集、散文集 16 部。

高 地

太阳偏西　保持智者的容颜
高地上轻轻滑过一波细浪

水质的陷阱　空气的脂肪
我幽蓝的花瓶和骨头
被去年优秀的大雨霍然划亮

一路收获的水　葱茏的回声
沙漠中最大的海
在沉默中飞扬起一种旗帜和背叛

落马的英雄　簇拥着杰出的父亲
像风暴突然折回　我交出所有的泪
回到开始的汪洋

像服毒的新娘　一去不返
满怀的童贞趋于无限
望不穿思想中的思想

我只持有其中的瞬间
黄昏的余晖扩散　高地上流逝的河床

愤怒洗净了一粒粒坚硬的雷霆和闪电

我低头抱住自己的双肩

绝　唱

秋夜　提着美酒散步
病树狰狞　凋残

北风中能有多少沧桑呵
北风中激情浩荡

一种赤裸的颓废　让我幸福得
如同进入了天堂的天堂

伤风的水仙

花瓶里碎瓷漂浮在水上　手被烫伤
水仙的睡眠渗透欲望
伤风的水仙

这碎瓷的遗言　煽动火焰
像飞蛾投奔死亡的模样　大义凛然
像月的慧眼
最高大的器官　万物都踮起了足尖

伤风的水仙也在劫难逃我的
暗恋

像碎瓷僵卧

像最高大的器官保持最健康的容颜

微风吹动

我独自承受人类这硕大的幸福和灾难

我独自承受人类这硕大的幸福和灾难

伤风的水仙　伤风的水仙也在劫难逃我的

暗恋

我手握碎瓷

映照出肢体内失明的思想

病　牙

呼啸的体温

贯穿全身发布一颗臼齿回归的消息

痛感来临

口腔里热情饱满的炎症

仿佛春天里一枚精致的鸟语

而我此时的歌吟

生命中最坚强的部分

在污浊的瘀血中泛起锈迹

像尘世的影子一层层环绕

一次次逼近我的呼吸

病中的根　从内部瓦解我

精神碎落满地

如同我意志薄弱的诗句

生命的另一侧

唯有那一声喘息
轻轻覆盖与生俱来的宿疾

草　原

愈来愈薄的鸟声
剥落在我毕生的草原

这是十月　我到达马背上的家乡

风声里隐藏尖刀　迎面而来的秋天
像一块弹片来自另一块弹片

前仆后继　马蹄敲击着琴弦
沉睡百年的木头发出金属的回音
手持风暴的少年　天天歌唱

谁能击败我胸中的绿色　和雄鹰周旋
谁能步入这绝无仅有的妄想

奔马、音乐、信念，和不落的太阳

刘登翰

北京大学中文系毕业，曾任福建社会科学院文学研究所所长、研究员，福建师范大学文学院博士生导师，兼任中国世界华文文学学会副会长、福建省作协副主席、福建省台港澳暨海外华文文学研究会会长、福建省茶产业研究会会长等多种社会职务。现为厦门大学两岸和平发展协同创新中心专家委员、福建师范大学两岸文化发展协同创新中心研究员，主要从事中国当代新诗、台港澳暨海外华文文学和闽台区域文化研究，兼及艺术评论。主编《台湾文学史》《香港文学史》《澳门文学概观》《20 世纪美华文学史论》等，著有《中国当代新诗史》《台湾文学隔海观》《华文文学的大同世界》《中华文化与闽台社会》《海峡文化论集》《色焰的盛宴》《跨域与越界》《过番歌文献资料辑注》等，以及诗、散文、纪实文学集等 30 多部。晚近钟情书法，在福州、厦门、泉州、金门、台北和马尼拉举办书法展。出版《登翰墨象》《墨语——刘登翰书法集》。

罗星塔传奇

罗星塔在福州马尾。相传为宋柳七娘思念远行的丈夫所建。一日其夫驾舟归来，见塔生异，误以为错走航线，遂掉帆而去。塔高三十三米，控扼海口，为闽江门户标志，世称"中国塔"。

我在这里望着你
我的灵魂，在海天游弋
我的生命，化作这高高的石塔
我就站在这里，望着你

望着那茫茫的江海
有没有一支南来的帆樯
望着那渺渺的云天

有没有一只孤雁回归

我是一双妻子的眼睛
一双母亲泪水泡红的眼睛
望着你，一个生死不渝的等待
等待过番的亲人团聚

遥远的海平线上，当你经过
啊，不要，不要匆匆掉转帆桅
那是我呀，难道你认不得
我是你的妻子，日日夜夜在江边等你

等过春风，等过秋雨
等过潮涨，等过潮汐
灵魂化石了，我还等你
石塔剥落了，我还等你

啊，过往的船只，匆匆的羁旅
不要，不要把我当作一段传奇
这是一个妻子和亲人离异的悲剧
化作有生命的石塔，在浪间咽泣

望一望吧，望一望
你就知道亲人的思念有多绵密
在海图上，我是这样的标志
妻子和母亲的标志，召唤远行的归旅

按照我指引的航向走吧
回到，回到故乡的怀里
妻子和母亲的怀里多么甜蜜
多么甜蜜，给你温存，给你慰藉

中　秋

这一轮月亮很古典
从陶渊明的那片天空
（东篱菊开成一幅水墨）
向我们瞻望
　　　悠悠南山

迪斯科把夜撕成好几瓣
每瓣都在脚下
旋成一朵七彩莲花
那年李白也是这样舞的吗
举杯邀月，对影成仨
　　　淡淡河汉

月亮跳进水里
洗一个很现代的海水浴
怎么也洗不去岁月岁月的牙黄
水里嫦娥的舞袖
一定比广寒宫多情
　　　关关雎鸠

阳台很宽
好像专为承接今晚的月光
谁说露天舞会只属于
穿牛仔裤的青年人
下一支舞曲是伦巴
婵娟，我请你
　　　疯狂的"恰恰"

重　阳

此日

所有的鞋子都走进一句唐诗

山都被踏矮了　两只

相视的鸟默认飞去

渐升渐高的风筝

对云说了些什么

眼睛走不到的地方

心能走到

兄弟　你在哪里兄弟

落雪在两鬓酝酿一场变局

每临登高都会有些些悲慨

突然爱听晚潮爱读秋菊

爱做一点拼搭平仄的游戏

爱咀嚼往事下酒

然后怦然心跳听一声秋啼

生命从此多思从此不仅绚丽

两颗太阳也扛不动一句唐诗

　　兄弟

我思恋一片草地

我思恋一片草地

有花灿然、有蝶翔然的草地

云和云互相发现

风和风絮絮低语

当心灵长出太多皱褶

我思恋一片舒展的草地

　　让我轻轻、轻轻靠着你

生命需要许多支点

最难能的是默契

信守心和心的联盟

眼睛和眼睛的相许

当语言失去意义，唯此

能使太阳焚烧，大潮平息

　　让我轻轻、轻轻靠着你

人生的色彩太过复杂

其中一种最难辨析

爱是沉默，沉默也是不爱

如沉船后的海静静回味

维纳斯的星空是理性的星空

灵魂在这里最后归依

　　让我轻轻、轻轻靠着你

张小云

1965 年生于厦门，祖籍东山岛，现居北京。北京大学景观设计学硕士。第三代实力诗人，荒诞派著名主要实验代表，创设、倡行类型主义写作。作品入选《中国现代主义诗群大观 1986—1988》《世纪诗典》《中间代诗全集》等。主要结集诗集包括《我去过冬天》《够不着》《够不着 II》《现代汉语读本》《北京类型》《买菜哪 My China》《神人与病人》《新闻连播》《数字化生存》等。

夜立着

夜是一本书
夜一只手伸进脑垂体

夜悄无声息走在我的前面
夜停下来

夜另一只手重重地将自己展开
夜温暖着脚心

将屋子照亮。你是一盏灯
灯油里沉淀着许多杂质

你燃烧着闪烁着
闪烁着摇晃着

闪烁摇晃来自窗缝的风
时明时暗的灯火全因油渍

油渍锁住了灯芯

挑亮灯芯。夜宽大无边

夜立着
夜拢着灯芯细语

他说
我是你坚实的夜

父亲的算盘

父亲为我添置过的大型设备
就是算盘

算回去 26 圈年轮
那还是个饥荒岁月
算盘的意义就像今天的 PC

父亲历来吝啬
给我 1 分钱总要听足 100 个理由
那个中午我提着胆量
向父亲申请马上就要运行的虚荣

他不慌不忙进了供销社的门
看中了那台木制的计算机

和同桌同班同校的小 PC 比一比
我的机器简直就是
一台今天的 IBM
我的算盘全班最大
可以运算 n 个 n 次方

在那一刻
父亲把算盘斜斜地举到我的胸前
我平时的内存不够用
无法另存父亲的 n 种笑容

正　午

有人退却了
如今日的潮水
只留杂芜的砺石
曝在阳光底下

我这一杯酒
在岸边翻腾
徒有一泓月亮，正似
镜子的冥冥反射
在另一面

鸦叫
如跌落的飞机
残骸零散于沙滩
水已退尽

有人伸出一只毛毛的手
想抓住什么
那是正午的酷日

忙碌的猫

我
被锁在空房之中
这里根本没有耗子
白白浪费了我的豪情

我嗅着
放在大厅中央的一只空碗
怕饿死
总是一舔再舔

直到把碗舔成盘子
忙碌的我
累成了一摊水
只剩两只发绿的眼睛
滴溜打转

你从门缝里偷看我
看到的是一只
将死的耗子

李太黑

"70 后"，宁化人。毕业于厦门大学艺术学院中国画专业。在各级报刊发表过诗歌、散文、随笔、艺术评论及中国画，2013 年作品入选"中国最佳年度诗歌"，入选《靠近》"70 后诗人作品联展"。

忧　郁

在人群里

她有着睡眠般安静的脚步

在他人悲哀的脸上

陌生的泪水是她闺中密友

但她没有给内心的血液

涂上光亮的颜色

她把爱留给生活中徒劳的调色盘

在莫迪利阿尼的油彩里我似曾见过她们

她的细长无依的身影常闪现在

荒野、教堂和坟墓周围

有时是一场大雨或者是一场车祸

指认出她的背影

有时也只是粘满油渍的家庭生活

使她们习惯于弯着腰走路

现在

她穿过人群

刚从我身边走过

一线光透过她的衣裙

瞬息间

她在空气中消失

小卡门

噢，我的小卡门，玉体横斜在我的藏书里

在梦中的山冈，一块水草地

她大声咯咯笑和我捉迷藏

婚前十年，我已移情别恋于她

旧日，她是一件我不了解结构的碎花裙

她的肌肤是多蜜的花粉，弥漫着鲜花和枪支的气味

迷离了我狂野的春天，啊，往事

恍惚的春夜，稚拙之诗，一场大雨影响了延缓的岁月

我喜欢她在求吻中佯逃的身影

又像闪电突现于鼎沸的人群

她那适合和眼睛低语的身材

荡漾着流浪艺人和匪徒的理想

她忘记了波希米亚舞蹈和种族的占卜之术

她用眼神和信札照亮我绝望的道路

她说"文章憎命达，魑魅喜人过"

啊，那也是往事

昨天，我打了个电话给她

"我准备去深圳闯荡，你来看我吗"

"我会的，只要你没有忘记当初的梦想"

我在电话中想象她牛屎般安宁的双乳

沉默于忧伤？啊……梦想

她呼吸急促，像误入人世的小兽

像低度酒，惊醒劳累者打盹的上下眼睑

又像死亡，慰藉了苦于应付一生的穷人

我的卡门，是世上最好的门

旧日轻轻敞开的门

卡门，卡门……那时她刚贴上成人的标签

阿　里

本名李来有，1964 年生，漳州人。福建省作家协会会员，漳州市作家协会理
事。出版个人诗集《一声叹息》，2009 年 10 月 30 日举行个人诗歌朗诵专场《转弯
的春天》。参与并策划多场诗歌朗诵会，主编或副主编或编辑诗集、文集多部。有
诗歌、评论、随笔、散文等发表，入选国内外多家报刊。

披散的双面（长诗节选）

一

一株梦幻的植物被阴影散开

使视野生出蜂王迷茫的深远

吞噬饥寒的纸页弥漫新气息

像欲望的内心无数飞起的风声

一阵语词正在吞食我的肉体

打制昏暗　接受天籁的指使

肉丝摇曳狙击混沌颜色的深度

瞳孔里饱满以后　滋生悲喜

弯曲深处　是谁唤醒掉牙的符号

闪烁的争斗　多少青春黯然失色

席卷抑或起伏的平面

玫瑰造访　无法抗拒的暗示

如同香阵里孵出的牢房

想起十二万个语词组合的时空
想起女人的生动以及堆积的肌肉
存在的物质与虚无精神的对峙
搏斗风车的勇气始终保持下来
随稀光挽回一支阵亡的曲子

相同的事情总在不同的地方发生
钟点的靴子偷偷改换门庭
我对抗的诗神只是一具骷髅的发言
"她的血肉来自我虚构的情感
面对幻影，七情六欲尽情展演
自然与真实还有七步之遥"
我的烦躁不安与波浪有关
宁静提走颠簸的图形
折叠幻影　折叠死亡的模具

我深入原始　呼吸自然气息
美女蛇和花豹的名字只剩躯壳
清明似的躯壳原来是原野的呜咽
群鸟的啼鸣随着稀光渐渐侵略
和儿童的思维玩具残缺的部分

抗拒诱惑　拒绝灿烂遗留的痕迹
一片欢畅引入光的背面
一片沉寂　想起马灯照耀下的葬场
失去的清香依稀飘进耳语
我的诗歌只有骨架以及萦绕的魂灵
黑暗的血肉来源于对抗诗神的语词

二
更多的梦幻　使星光变作泪珠
使轻盈飘移的距离扩散开来

表达像是扩散的雾气

在融化中渗透意识

纸的屏障　双面的对峙僵持着

泡沫堆上的欢愉

被风吸收的遗迹

在黑暗里造出光的翅膀

嘘寒问暖显得苍白

寒天如一只蟋蟀生育的歌声

起伏多少春秋的掠夺

想起雨中的酒旗异化过来

抹去理想背后的空洞

和废墟上构筑的精神

"孤独在互相吞食孤独的爱恨

并且用付出的心灵

守护黎明前光子的诞生"

噢，是语词疗治着三重病体

风车依然静止高处

面对它使出十二倍的勇气

一只乌鸦注视着我躺下的瞬间

其实过程已不重要

沉默时刻互相交换的欲望

纸飞机也变幻的姿势

带动一个空心的年代

我幻想的网络里足以争斗的一生

足以证实与前面仅有一步之遥的圆圈

玩赏一具骷髅的想象一样

再投进一缕魂灵

衔接混沌初开的景象

"演绎的真实使虚幻获得证实"

给我进化的过程其实只是简单的覆辙

一半是另一半的折叠
倾听抑或仰望都已经萎缩
让一页图腾的沉浮
无数纷飞的背叛
化作橄榄枝和鸽语的工作日

——沉默更能透视一切
玻璃的反面映衬生机的花影
让我的痴妄留下几分清醒
在高屋建瓴的年代
美丽无须加以修饰
沉浸宁静的风中
飘动的呓语愈显轻灵
一张脆薄的纸　拆散我
我虚空的身体已无力穿透它的藩篱
12 月 9 日的尾声
精血的滋养延续着

陈旺泉

漳浦人，中学教师。福建省作家协会会员。

读　书

整个严冬
我带着火焰读书

以一种前所未有的激情

撕裂天空

一个个沉重的汉字

漂泊在风景之外

全部腐烂

其实谁都没掩饰谁的羞涩

我心灵的伤口处

被一只野狗所咬

伤口没有流出鲜血

我把双手伸进严冬

火焰就穿透了整个季节

或许我读书的姿态是一种艺术品

但真正能感动我的著书者

始终没有出现

我在品尝别人的同时

更多的却是在品尝自己的灾难

一个抑郁症的内心深处

堆积着许多

苍白的言语

我不胜惊讶地觉得

这场严冬雪下得多么遥远

黄昏之书

夕阳在黄昏之书中散步

像风缓缓地翻动书页

又像弃乳的婴儿拼命地

吸吮脚丫

读史人茫然的思绪

像夜鸟归巢

渐渐变黑的双翼浸透了寂静

这黄昏之书中抖落下的词语

骨屑或惊惧

一声鸟啼一种现实

读者变成了黄昏

蝙蝠变成文字

在空寂中烧焦

成为真理的灰烬

游目的战栗

已让暮霞布满了心灵

只剩下一个人

在夕阳中久久阅读苍凉和惆怅

往　事

被发现的"事物"

在诗人眼中盛传

像一只无法搬动的蚂蚁

被铸入蓝天之下的监狱

我在囚室里深情地观察

传诵

一个生根在农村的我

不断地在杏坛溶解

你们为我擦干眼角

为我去了教堂

我却被掩埋了

被彻底遗忘了
多好啊
诗人手中攥着一把天上的泥土

陈艳亭

"80 后"，现居漳州。

千　里

一
——"我送你离开
千里之外"

秋的语词　沉默而有力
跌落一地无形的蝶影
像是谁曾经的转身
干脆，而利落
席卷了
风的追赶
马蹄的呐喊

雁去，那是谁曾经的言语
曾经缓慢而安详的诉说
像没有人听见的微笑
更像一道浅浅的淡淡的伤痕
代替眼睛，目送你离开
直到眼泪落在了千里之外

二

—— "千里之行

始于足下"

奔驰，奔驰，像一团烈火

你的血液穿越亘古的涧泉

踏响空谷的音籁

荆棘的刺透唤醒疼痛

雷闪的鞭策坚韧了神经

你粗犷的脸庞刻满坚毅的沟壑

直到，你听见

风涛拍响了岩壁

直到，你看见

海浪铺平了千里

山与海，天与地

承兑了一个志向的骄傲

亦是，一段遗忘的距离

三

—— "千里的距离

有谁愿意把它剪缩"

嬉闹的小精灵恋上了秋的树叶

追逐那凋零的书签　封存的永恒

执意地穿梭，梦境却如此顽皮

宛如那个黄昏的约定　恣意　贪婪

沉默的铁轨定格一声长长的鸣笛

跳跃的流云环抱一缕瘦瘦的清风

告诉我思想的涌动，你一直在

原来你也听说，关于
一段千里的守候

无言的九月，唯有
满满的、满满的
祝福

吴常青

　　平和人，现居漳州，曾用笔名鸿雁大使。中国作家协会会员，福建省作家协会会员，福建省文艺评论家协会会员，中国诗歌学会会员，中国邮政作家协会会员，作品散见《福建文学》《诗刊》《诗探索》等几十家报刊，入选多种文学选本。获2019第四届"诗探索·中国诗歌发现奖"。出版诗集《蓝调口琴》，主理《水仙花诗刊》。

你在给我的来信中，说到了黑夜

你在给我的来信中，说到了黑夜
一阵阵微风拨动，哔剥作响
小零食，夹杂野外的快乐

回忆的荒火温暖照亮你的脸庞
陈旧的废话，被随手丢弃
风吹散，眼神与眼神四处捉迷藏

你在给我的来信中，说到了黑夜
整整齐齐的草尖，摇晃青春的手臂

容易眩昏的青草味，容易沉醉的月色

我很久很久不曾仰望澄澈的夜空
你不知道我已经是沉默寡言的小老头
长时间看望，镜头模糊了

黑夜慢慢濡湿了轻薄的光阴
用你的信纸，卷一支粗枝大叶的烟草
古老漆黑的夜晚，有微微闪烁的火光

秋天的火车

火车的呼啸充满整个夜晚
秋天来了

在站台，汽笛随风拉响
火车，一节一节远远被拖过来了

下车的人潮中
没有你

秋天的火车，老式的唱片
哐当、哐当的哀伤穿透树叶间

后　背

我一直在猜测
后背后面的形容是哪般模样

并不需要你转身

转身我也不会相信原来如此

但是我承认自己

其实老盯住后背想看透你

后背的颜色隐藏着更深的底色

我是幼稚的人，只能猜测

如此，我总是充满痛苦

每个人的后背看久了就是脸皮

表情平淡，内心波澜起伏

后背，是海，也是巨大的礁石

岸　子

本名刘正智，出生于莆田南日岛。画画，写书画评。偶尔写诗，散发在省内外不同的报刊。

大海是一贴处方

大海是一贴处方，走近她

使我在那座居住多年噪音的拥挤的城市

不再烦躁不安

云天的楼宇，我内心不断地学会把楼价折旧下去

你看，海鸥上下俯冲像一条条花色三角裤

我不再对一个穿着时尚的女孩过于观望

飞翔，让我爱上一段段诗行

乘风的帆似我无数的化蝶，无限暖流

压下一段往事或一部车内的香味

大海那头吹来的风医治忧郁

呼吸让我心纳百川

天福山庄

我们从这座城市出发

到天福山庄

需要一段高速或一段公路

我们选择了高速，极限的飞驰

终于又口中慢下来

慢到寻找有一段路通向山顶

我们口含苦味，心有甘甜

因为这边的绿在飞

车内司机在动，脚有油门

看你山多高径多悬

手有云雾爽身

旧　镇

漳浦的旧镇该有多旧

让我在天福山庄中一夜难眠

我打心眼寻找这镇的亮点

偏偏在黑夜中抵达

有关你的说法

我已在几百米的高速上

那些路灯丢得比魂还快

我们一坡三折又停顿中寻找

终于在一盘一盘的菜肴中全捞出醒味

有海风经过身体

不寒冷

夜依然夜

这里的灯在这里晃了晃

让自己神秘起来

像置身久违老家岛屿上

我已知道这夜

无人找到旧镇的亮点

有人在这里把诗拉到新死亡诗的路上

林仕荣

笔名左刀，漳州芗城人。漳州市龙文区崇本地方志编纂工作室法人代表。福建省作家协会会员。部分书评见于《石狮日报》，诗歌散见报刊。著有诗集 5 部，诗歌评论集 1 部。

打开的透明（长诗节选）

一
沉重的皮肤和一滴泪水的

耳语

细数于风的窗下

当百行的诗章在一个花园里

被轻轻诵读

被轻轻合上

我曾梦见的小女子
将一柄银针轻轻擦拭
轻轻让一只瓶子盛满泪水

那小女子说
风从南面而来
轻轻

二

高涨的时辰里
可以用一张白纸　用手的颤动
去打开一抹银色的光亮

另一种宁静　无声无息照耀着
当摇篮不再晃动
谁会在半夜醒来

谁会在一只乌鸦熟睡的时候
把颂歌唱到天亮　把街道打扫
把病菌装进一只避孕的袋子

一个时辰就已成废墟
新的时光来临　当她赤裸地被照亮
被手势引导于温暖的双乳间

一面镜子
疲倦　幸福
以及二十毫升的满足

一只瓶子
一只药箱子
使生命成为永恒

三

幸福的声音

开满鲜花的嘴唇

一种芬芳为深夜带来黑暗

她不再叹息

躺在风中

面朝窗外

从音乐的间隙里

那些蝴蝶飞出　　被药味吸引

用翅膀撩拨爱情

当它们停栖　　重新把一柄银针

植入我的内心　　我因此看见了灯

以及从窗外走过的影子

那时颂歌已经寂静

街道安详　　时光鳌黑

谁能看见一只乌鸦眼里的寂寞

四

仿佛是白色的天空

落在教堂的阶前

你额头的泪水在把窗棂擦亮

微凉的发下十根指头

独奏着

喜悦

仿佛是粗糙的瓷器

摆在朝圣的案头

你额头的琴弦在把烛光诉说

滚烫的丰臀

一根火柴

拨弄着

喜悦

仿佛是透明的药箱

打开喜悦的器具

你额头的河流在把爱情淹没

幸福的内心

一柄银针颤抖着

喜悦

林茶居

1969 年生于东山岛。现为华东师范大学出版社《教师月刊》主编。中国作家协会会员。已发表大量诗歌、诗论、散文、文学随笔、教育随笔。多次入选《中国新诗年鉴》及"年度中国最佳诗歌"等选本，获《诗神》《散文天地》《散文诗月刊》等报刊的作品奖。出版诗集《大海的两个侧面》、教育人文随笔集《大地总有孩子跑过》等。

公正之书

一本书翻到雨后，接着是水的篇章

预先感知到潮湿的黄昏，像情欲的词被隐喻起来

时间无疑是其中的核心材料，团结了全部的美德
使这个意志的广场得到新的武装

谁也从中得到斗志？抑或是一场广阔的磨难
谁最先迎接到浪漫主义的花朵
当世界平静下来，谁能够代表万物言谈
说是神的意见，表达也需要更改

偶尔还有灵魂洁净的身体献出唯美的伤口
培养着怜悯、善良、爱和烛光
这些朴实的工作，有着一本书那么重要
自由和想象也将与历史做最后的较量

自由自黎明展开，想象是攀登的部分
仿佛是身体深处的神性，前仆后继
消灭那些缺氧的文字，举起那些高扬的头颅
也一起开放到书页上去吧

当风吹动，风也消失。风是参与了欢乐的变化
——平安那么好。"春"那么干净，孤独那么有益
我掌握着这些时日的祭品和寓意。我站得比树还高
我是应该说：公正之书，是知识的主人

需要用一场试验开启黎明

现在，我所要恢复的是对痛苦和贞洁的经历
现在，必须在黄昏练习牺牲，锻炼意志的开放
现在，需要用一场试验开启黎明
用一天空的星月象征上升的精神之光

哪怕是意外出现的灯，也需要投到光辉里去
哪怕是一次朗读、一次交谈、一次激情的分裂
一次徒劳无益的工作，也是好的
使整个时代在潮湿的黑暗中也获得健康与诗句

事实被归到焦虑的表达中去，而言说却无法平静下来
我伸出手是欲想在这两种浮泛的骚动之间
整理出安详的内心和广阔的建筑
我是在我的身体上前仆后继，我无疑是我自己的桥梁

可以在光中挖掘黄金，可以在空中种植众鸟
抑或是服毒、吃纸，把自己喂养给另一个世界
这些畅想着的词，也含着星光遭遇到天使
我得到幻想的安慰，我几乎是扬眉吐气

而神也需要这种欢乐所传递过来的鲜血
是鲜血给她指路，是劳动使她举高了天空
使时日展开，花草也能够承受住春天的压力
当黑暗坚定下来，孤独与忧郁也是高贵的

纸上的空间

纸上那些微小的寂静充满了斗志
光是她巨阔的建筑。当黑暗一层一层软弱下来
死亡收回了她安置在人群中的柴禾与药品
那些炉灶与疾病，也随着死亡去了远方

现在是我从内心提炼出来欢乐的元素
再参与到这场钟声与时日的战斗中去。寂静激奋起来
大地上那些幼兽在长成中忙碌，像有着成年人的自尊

她们奔跑、练习，口含黎明搬运森林

这些动词仿佛是训练有素
柔韧、饱满，形同优秀的贵族
贵为诗篇的天才，那是风在轻轻经过
风所命名的空间，摆满灵魂的杯子

光也是她强大的材料
而风所确证的居所，花朵保持了她全部的开放
而大地收藏了整个秋天
我仿佛是看见：内心可以隐喻到明月里去

明月也翻阅到幻想所影响的低语
一个新的世界诞生出来。死亡还在时日之外劳动
现在是我在畅想着意志与鲜血递变过来的灯群
而天空又仰起了她幸福的头颅

谁安排了葵花的开放

光还需要挖掘，需要挖出光中的忧郁
像有着整座图书馆的不朽，谁在其中谈到世界
灵魂也需要团结进来，记录到颂歌里去
一次开放就是一个死亡的诗句啊
我们因此而前仆后继，我们把自己献给了语言

历史也在其中得到宽容。而字里行间，谁在抒情
"江山如画……"又是谁取消了这种质朴的感性
幸好春天一次次到来，开辟着新的道路与黎明
幸好时日学会了遗忘，黑暗加深了自由
我们所收获的，可能是光荣，也可能是耻辱

在睡眠和阴影之间，是徒劳的隐喻

午后倾斜，像一棵树的仁慈

一片叶子就是一个神啊，神在树上武装了我们的表达

胜利也不得而知。只有成长，攀登，幻想大海

顺着意志的路线种草养花、放羊牧马

这无疑是我们普遍的事业，广阔而又贫穷

在南方是书匠，在北方是骑兵

这些简单的名字，恰恰符合这些激情的身体

这些属于鲜血的工作，有她自己的丰收和口号

仿佛是说：谁安排了葵花的开放，谁就是二十一世纪的战士

洪武子

1977 年生，龙海人。毕业于中央党校。

午后阳光

午后的阳光

人类诞生的一场背景

远方小同学喧闹的声响亲切可爱

连城市也在午睡中呼吸均匀

早春的树木抖动着残余的凉意

目光里彩色的楼房不再孤独

几叶纯粹的诗句

正如我枯萎的灵魂获得重生

我在午后的阳光下
轻言人类的隐秘

那一天的补充回答

也许总有那么一天
生命被投放到真空中挣扎
没有氧气　更没有活力

无边的混凝土包裹的地狱
罗列出一层层牢狱的诱惑和痛苦
鬼脸轮流在枯萎的生命面前上演
顽固的不可取代的残酷和冷漠
铺天盖地地压碎一切支撑架
理性的思辨终究因简单的线条而被解体
一种奇异的平静
从城市的幽处无意间流出

只有这时才相信没有人能够
用脚步量出生活　唯一能够的
便是安心地回家吃顿晚餐
明天在田野上
用手指做点补充回答

白鸟的翅膀

那是一个有山有水的国度
没有哭泣　没有嬉笑

草地收集白天和夜晚

一只白鸟冷静的泥塑

除偶尔清脆的叫声

像庄生的大鹏

述说着平生大志

一切安详

风和光，水和翅膀之外

山和草以及树

都在以坐禅的方式生长

为了参透绿色的谜底

白鸟的翅膀一次次叩问

蓝天　白云

哪怕简单的回答

和时光一样不可捉摸

移动着的是不移动的装饰

思考着的是不思考的奴隶

博大的土地

把真理像血管一样深藏体内

没有哭泣　没有嬉笑

只有冷静和思考和休止

白鸟的翅膀作为一种语言

作为一种幻想的界面

在某种意义上

已涉及一种中间的状态

在一个大盒子里的小盒子里

小小盒子中存在

鬼叔中

本名甯元乖，1967 年生于宁化。诗人，独立导演，《电影作者》编委。

入暮时分

如果我的灵魂

已经剥落得足够轻足够薄

能够搭上飞行器

能够顺利地滑翔

掠过一大片青葱起伏的大地之后

飘升起来

升到万仞之上

升到棉絮般的云朵之上

升到无边无际之上

那里祥光万里

那里也可能举目无亲宁静无边

至于那垢积太多的躯壳

就弃之于尘世吧

顶多不过沉寂海底的

结满贝蛎的一具破陶器

布　袋

天空积云正当午

我不愿抬头

蝉嘶鸣得不成调儿

树桩下雏禽脆嫩地叫
像不断汇合的水波
路边的孩子十分繁忙

时间是一片海面
在诸种声音的背景里
我爬进细茎陶罐
此时壁上并不黑暗
我没有承认我在做梦
正如白天我不必申明
陷于生活现实

午睡过后
我继续回到屋外
白天和梦其实有如一只布袋
翻过来又翻过去
装着我们
都一样

俞昌雄

1972 年生，霞浦人，现居福州。作品散见《诗刊》《十月》《新华文摘》《人民文学》等 200 多种报刊，入选《70 后诗选》《中国年度诗歌》《中国新诗白皮书》《文学中国》等百余种选集。参加诗刊社第二十六届青春诗会。有作品被翻译成英文、瑞典文、阿拉伯文等介绍到国外，获 2003 新诗歌年度奖、井秋峰短诗奖、延安文学奖、中国红高粱诗歌奖、徐志摩微诗奖等多种奖项。

正午的大海

柠檬色的海水逐层加深，依然起伏
隆起的微光一波波推向岩壁
我们漂浮在正午，穿过银莲鱼的梦幻
把晃荡中的漳浦扶了起来

麦田苔是清醒的，它收藏过涛声
而正午的光线多像深渊里敞开的细小的呼吸
风车由此转动，它的投影完整无缺

我们同时爱上这样的时辰
大海贴于身体之外，保持善变的模样
它有巨大的空隙，在正午
风声经过那儿才开始滴了下来

漳浦由此更显滋润，偶尔闪烁
并非齿缝间还留有细沙，仅仅是因为
大海近在咫尺，生死同涯

隐没在诗歌中的旧镇

这在词语中站立起来的小镇

远离了世界的钟表，它的时间允许被分行

前来相聚的诗人只在黑夜里留下标记

领头的那位不忍放下忧伤

他有细小的阴谋，要把大片的阴影

带离一座古老的城镇

道路在分叉，黎明和黄昏同样狭小

不说话的人自愿留在石头屋子里

山坡上雏菊躁动，形同死亡中复活的心脏

它跳了一下，诗人们就飞高一尺

领头的那位轻轻松松推开门扉

看呐，半夜里并没有人四处走动

这是旧镇，一座正在被书写的家园

它那潜伏的呼吸是可以删改的

用海水或砾石，甚至是餐桌底下一枚鱼骨

它们重复着梦幻中的述说

像一首孤立的诗，拆开继而分解

透着黑色但并不代表憎恨

星光下的后埭村

酒是轻的。夜色偏沉。一小片星光

迎向后埭村，它是旧的

在没有棱角的时代

很多人惧于出场，生怕露出瑕疵

这不像一件被丢弃的长袍

补丁上留有体温，但由此可以摸到夭折的翅膀

天空是它们的，即便夜黑无眠

后埭村小得不能再小，每家每户

都藏有后院，那里通向星光

夜鸟睁着眼而凡人不愿离开半步

石雕园的某个清晨

雾气从半山腰升起，峰峦要远些

长尾巴的松鼠跳过两根枝丫

它俯下身来，藏起那枚准备过冬的坚果

晨练的少妇留着长长的头发

她爱过的那座城池散于云端之下

曦晖红而鲜艳，她的身体噼啪作响

一眼山泉悄悄流淌，多半时间

仅有野菊相伴，野菊从未进入梦乡

它爱自己的黑夜，以此孤芳自赏

胖　荣

本名陈玉荣，1982 年生，宁化人。三明诗群研创基地签约诗人。获第三届"诗探索·中国诗歌发现奖"、第十七届华文青年诗人奖入围奖等奖项。著有诗集《请左手原谅右手》《微凉集》。

列车驶过

暮色合围
斜鸟牵引灯火
城市看不见炊烟
别人建造的铁轨
列车在上面奔跑

列车呜咽
割破城市的沉默
我什么也看不见
车窗流动的光线蛰入暮色
城市看不见伤痕

列车在远方靠站
我穿越山川河流抵达城市
没有驿站

清晨，在公交车上想到的

车上静悄悄的
像奔赴刑场的囚车
挤满人群的公交车静悄悄的
让人嗅到了死亡
反过来
开往刑场的囚车
人们一路谈笑风生
他们必将重生

远方永远是个骗局

火车把我从遥远的城市搬到这座城市
那个城市的一切被阻隔在无边的夜色之中
想逃避的人总在夜色中进行
夜色茫茫　异乡凄凉

我的远行与你无关
青春的躁动激励着我
远行，远行；远方，远方
因远方而躁动　躁动在远方平息

因为黑夜所以想象
因为未知所以激情
因为远方所以想象更远的远方

聂书专

1966 年生于永安。福建省作家协会会员，三明诗群成员。诗歌发表在《诗选刊》《佛山文艺》《蓝凤》《作家林》《诗潮》《新大陆》等。著有诗集《侧身》。

夜赴漳浦

越赶越黑　月亮不在时
星星挤在一起
高速公路上的灯舌舔着内心的隧道
爱情在夜里更加深刻
诗人对远方的呼唤更像呼唤
漳浦　漳浦
新死亡诗派的朗诵还没有结束

我所知道的黑夜是蝙蝠和萤火的绞杀
诗人和酒鬼换穿西装
一把锁要许多人争吵才能打开
旧镇是个多疑的地方

秋　伤

早晨雾重　夜晚渐凉
我收叠着夏天的翅膀
骨骼的内伤只有中秋才能体谅

回望山冈　再打开粮仓
我不知道中年的胃需要哪些营养

爱人的目光更加渴望

我却不敢前去给她一个拥抱的力量

坐在生命的山冈　我孤独地张望

野草被风吹弯　只听见野狼的号叫

不见得他的地方

徐南鹏

德化人，现居北京。参加诗刊社第二十届青春诗会。著有诗集《城市桃花》《大地明亮》《星无界》《大悲咒》《我看见》《大鱼》等。

动　静

一朵花开了，到底要弄出多大的动静

天没亮。最早传布消息的

是一丝秋风。我以为它是严厉的

从草丛的缝隙，探出头，望见花的娇蕊

它转身告诉不远处的小枫树

枫树上有一鸟巢，两只喜鹊还没出门

兴奋得叫了起来。枫树金黄的叶子也跟着

晃动，像一群小手，鼓着掌

有几片叶子，跟着风的节奏，从树上跳下来

急着去看迟到的花开

风往林子里跑，但赶不上树的脚步

楸木，月桂，白松，接骨木，更高大的杨树

急切地问，是真的吗？是真的哟

碎嘴的麻雀找到了过节的理由

那颗老榆木，拧着身子，风湿折腾了它一晚上

一边咳嗽，一边伸出枝条

拉了一下风的衣袖——风停了

林子热闹的时候，蝴蝶出场

一只，或者两只，忽高忽低

和那朵花，若即若离

——它深知，美，产生于距离

流浪一晚上的猫，只有它是清醒的

似乎不相信眼前一切是真的，伸出前爪

一把一把洗它的花脸

我的心那么大，也不可思议，当面对

一朵小花，竟然被它的香气溢满

小　镇

夕阳西下

炉火正旺。小街弥漫着烤面包的香味

三两只狗低着头，不吠，在街道上追逐

新伐的木头垒在院子里

如此安静、整齐，像主人的心事

我看见，俄罗斯族老大妈正在

一块一块上门板

时光如此迟缓，它给足我们拥抱的时间

我坐在木板桥上

望着流水，清凌凌滑过鹅卵石

远处传来木材加工厂机器的鸣响

一头小马驹在河边饮水

霞光把它染得通红

风轻轻地吹扬它神气的尾巴

秤砣：公平

古厝倒塌，重修。空地上
我意外找到两个秤砣
被弃在泥土里
一大一小，两块石头

小时候的记忆重被钩起
大的估计是百斤大秤
称木材，出栏的猪和谷物
小的是 6 斤

称油和米，称鸡鸭和肉
当年 1 斤 16 两
这个必备的物什和计量
早已没有人会用

我把秤砣在泉水里洗净
秤砣自知是石的质地
过去多年
只多了些许包浆

借着灯光，我细细观察
一大一小两块石头
一致的冷静
但有不变的特殊器形

即便被弃置
甚至也会被风化
最终变成一把尘土

然而，多年前它们压住秤尾

默默守护的两个字
还会以另外方式
在人间
继续传布

遇见邮车

路上遇着一辆邮车
绿色的车皮
没有其他车用这种颜色

我已经
很久没有写信
当周围安静下来
在案上铺开信笺
把烛火挑亮
拿起小楷笔
一笔一画
把心思讲给远方的人听
那种方式叫生活
那种感受是幸福

那是久远以前的事
我已经很久没有写信了
我已经不知道该给谁写信了

绿色邮车
踩着油门，超了我的车

海　顿

20 世纪 60 年代生于漳浦。诗歌发表在《十月》等报刊。

意象的散落

我们听见的声音　随我们衰老的模样

散落在树枝的窗口

透过受伤的花园。浸入瞳孔

它们在高处交换炊烟

数落着黎明。声音在树枝搜索水的意志

每天都在离开、离开

接过飞蛾递来赎罪的灰烬

整夜整夜　一些澄明的水影

时间已掷出的浮云，而水却散落

秋天抚摸的欢乐散落地上

星光留下的睡眠　围绕风中摇曳的

头颅。在一些梦中　我

被烟火的呼唤惊醒　另一些梦中

我是灯。习惯被倾诉

早晨　清凉的慰藉带动起伏　像企鹅漫步

我起身，再一次照见自己

风照见了我　那凝固动作的眼睛

我想我是归还给天堂的灯盏。华丽

中照见真实的黑暗；一丝丝与我的心灵

对抗。经验的身体

坚持分裂这两部分

血液布满身体是短暂的亲昵　像羽翼
精神的兴奋却最终不肯留下半点痕迹
部分的幻象被沉默压下　如同音乐中绝望
的停顿。艰难着挤不出滴水的声息
树根模仿着掩屁的交媾　心灵已追上天堂

当风走失　时代的书信
推敲着枝丫上的灵魂
黑暗和伤感在舞蹈中许诺
那淹没的孤独。火煽的渡口　坚强的途径
自成一体，分担我们的风雨和血液的重量
震颤的骨头　暴露的风景。揭发
无边的爱意。绝密占据起死回生的道路
一个隐归在风中的抽穿
它要贯穿你的生命　在时光中流回你的脉搏

声音滴落　一个营养的信念
暖暖打开门窗的思想，白雪圆润的
脸恋着灯，它持久的寻觅在思想上
像月亮翻阅身边的花瓣
我合上眼睛，试着选择方向
这梦幻的来临　像花朵就要叫出你的名字
一条入怀的路伸向黎明　灵魂引路
从一个神秘的飞翔替代一个星球的简洁

庄园像一段灵魂出走的情节　站在命运的一端
而另一端身体与什么同在？一棵树
奉献的手掌，它透明的内部还是透明
一切事物按照它的安排返青
音乐和光在意志的上方结合
你留在这里，又为了什么？在散落之前
行动寻找一种静止，如同记忆

寻找遗忘。事物细碎的音箱飘扬起来
安置在仰望的两端

落叶重复落叶　在声音的背面安憩
炊烟对炊烟的招手　停止在
语言的天空，像一次明确的交谈
黑暗流动的方向消失
道路漫长　一只眼睛倦于成为它自己的
另一只眼睛的空缺，只能领会
时间沉默的影子
声音困惑地追上了云彩的脚步
看一看记忆下面的轮廓：各种睡眠以及
你我之间永不遗忘的满月

那被拯救和恢复的那不是散落的声息
但是声音
向后分开的翅膀，留在自由的
胸膛之上。杯盏的黎明量过粮食和操作
我们在里外上下之间等待
在挽救中死亡。直到别人的诉说
先于自己　而剩下的声音更深
它靠近我们脸上的阴影　归来
一个缺少的你夹在我和真正的你之间
巨大的营救扑向自己的倒影　比真实的你更受支持

那穿着黑衣的夜晚　固执地偎依天空
指缝中的星光抖落下的尘埃　与静止的灵魂对照
声音紧跟领词的时间。一次
断裂不足以表述空车的月光
我在降温的声音中守望而声音分离
如同短暂的黎明打开你一生的欢乐
一个声音的远离将世界推出水面

我们被收留着：回归。身体扇动着

在危险中落入自由的陷阱

那不能脱身的负重在心中颠簸

梁石庆

福建省作家协会会员。作品散见《十月》《诗林》《绿风》《福建文学》等。

村　落

风雨中

你是我的家乡　村落

张开温暖的土地

包容谷物和拖鞋

包容孩子失落的风筝

风雨中

你是我的爱人　村落

看花开花落

看归来离去

你用明净的天穹

告诉我你的旷阔

语词中

你是我的兄弟　村落

当向日葵花开遍山坡

你用新鲜的阳光

抚摸我们共同的心跳

语词中

你是我的姐妹　村落

当清风吹动发梢

当细雨吻落泪珠

是你的曲折的路径

引我进入黎明　进入无欲

摸索中

你是我的亲人　村落

十指划动　奔马归来

是你的深邃

让我没有停止悲伤　幸福

摸索中

你是我生活的全部　村落

我抬起头颅

是你轻轻抚摸中

长出秋天的一切果实

风中的孩子

怀孕的女人

像我的妻子

行走在风中

孩子你行走在风中

像顽石里的珍珠

像最遥远的星星

吸引我最关注的守望

屋顶张开

暗夜

不眠的瞳仁飞出

穿过虚无　空气　下降的高度

抵达屋顶

屋顶张开

像屋顶祷词得到佑护

我看见了那个死去多年的神

游　刃

诗人，编辑，现居福州。发表有诗歌、散文及评论，诗作入选多部诗歌选集，获柔刚诗歌奖等。著有随笔集《一间无尽的舞厅》、诗集《一直生活在一个地方》。

冬天闲暇的时光

冬天闲暇的时光

祖父的手放在膝上，回忆着劳作与变迁

温暖的炉火，涌进祖父的脸庞

笼罩着祖父的疲倦

是什么贯穿着人世的沧桑

祖父温酒的姿势

被寒意渲染。当年魁伟的身子

使每段往事寂灭，化为疼痛

炉火静静烧
苍老从身体的顶部伤害了祖父
弯腰时，没有人懂得
把盏的手，就像深更无声的哭泣

炉火继续照耀小屋
祖父听不到夜晚村庄有些忧伤的哼唱
冬天闲暇的时光
正从踯躅过家雀的瓦檐间流逝

火　焰

把火焰置于最低处，而我却仰望
太阳。是在不断吹动的光中加入歌唱
冬天也有雷霆，扯碎我的全身
通向阳台的玻璃门被水汽蒙住
我往哪里飘散

善良的人说出了残忍的话自己却
不知道。天空渐渐暗了下来，就像有谁
口含清水，要把它喷向火焰
我记得在街市的邂逅，那善良的人
明显消瘦，形单影只地穿过我的注视

他不知道身后的火焰，不知道我们
置身于太长的冬天会无法适应将至的春天
如果在夜晚，我还能从桌面
抠掉烛泪，添加到火焰的根部，像一个

园丁，摘掉帽子，为玫瑰培土

当有人把钟上的指针拨向中午
也就摇撼了火焰。在它金色的
树冠下我被幸福的嘀嗒声催入沉睡
梦里我看到冬天与火焰生于同样的根
所有善良的人都是园丁，都会听到雷霆轻轻

野　菊

一山中的一朵野菊，让我在这样
静美的秋天遗忘你
被收拾干净的旷野，是你冷冷的馨香
最先翻过我家的院墙，让谁为你低头不语

如风的黄色，流完的泪水
仿佛茫然的眼睛里萦绕着九月的梦境
一片落叶一样遇到音乐
我看出这寂然的走动碰在玻璃
那忧伤的痕迹，留在空气中

现在，心事已经消灭，花园的背面重复着
含笑的歌吟，你多年的花瓣，分割了若有若无的
秋风，我不知如何才能爱你

在这样的挽留中
你的明媚和寂寞还能烧疼我的手
我知道我该添些御寒的冬衣
通过酒，复述你从我的身体中走远
然后又回眸的瞬间

山中的一朵野菊，已经美得如此之重
一张白纸太过脆薄
我如何才能从自己的诗篇中赎回那些温柔的黄昏

游　离

1976 年生，平和人。诗人，画家。著有诗集《非个人史》。

对一个柜子的叙述

在未打开之前，柜子是一个
秘密，一个还未苏醒的少女

猜测是粉红色的，而且必须
有一只鸽子不小心跌落水面

挣扎，灰尘成为事件的中心
它从天窗的玻璃，进入旧屋

和花朵，像蜜蜂站在花蕊上
刷腿，荡秋千，或与老情人

喃喃耳语，从柜子的深处
传来虫子啃噬木头的声音

少女睡在窄窄的绿豆荚里
梦见花岗岩在黑暗中炸开

河流、光、呼吸、初醒的血

柜子里蹿出一只慌张的蟑螂

晃　动

我在阳台晃动

把身体里的液体摇匀

无所事事的时光

激情带来了疲倦

我晃动着体内的液体

让自己沉静了下来

然后的整个下午

茶水　渲染着阳光的发丝

一缕一缕拉长的思绪

我用文字箍住它

像一个箍桶匠熟练地

摆弄着手中的铁线

脸上终于露出满意的笑容

一整个下午

我用右手托住下巴

揣摩着一束光斑

在对面的墙壁上晃动

对面的墙壁

有时候有一扇窗子打开

有时候

一点缝隙也没有

好像那是一面完整的墙壁

低　头

低下头来，再低下头来
你会闻到腐朽的气息
已经从你的下体开始往上冒

我时常这么告诫自己：低下头来
生命像一头驴子，在那儿转圈
磨盘下渗出的是模糊的浆水

四十年就是把张开的手指又弯回来
给自己一个暗示：揣紧
杂草掩埋的出口泛着蓝幽幽的光

低头，我看到去处多么的安静
尘埃飞舞的厅堂，宽敞，阳光明亮
一口棺材已经渐渐地染上了紫色

曾　弗

本名曾辐物，云霄人，现居厦门。诗人、画家、书法家。在厦门、山东、北京、里约热内卢等地举办个展、联展。在《北京文学》《绿洲》《福建文学》等发表诗歌、小说、文学评论。著有诗集《镜中人影》。

河　道

这些玻璃碎片，映照着阴天的河堤

潮湿的泥土和枯萎的白草，斑鸠和白头翁

布谷鸟在整个季节不懈地呼叫

如果沿着斜坡，翻过时间的背面

则有满坡的勿忘我，开着满坡米色的苦笑

星光下，车灯打个呼哨，穿越怯生生的夜色

又教唆情感，跨越未来的旅程

华安的山头上，听得见江畔火车的轰鸣

不远处的潭边，有人创造了奇妙的文字

他绝非仙人

定是爱着的人

为水里娓娓传情的月光

我已经习惯流淌

追逐时枯时荣的水草

绵羊披着破袄，斜倚下午的阳光

山头在道旁，倾听老人谈古论今

小孩在桥下的麦地里

被他们的父母细心孵育

我一路静候汛期，却又为它的到来

心怀忐忑，我看到翻卷的绿叶、葵花盘儿，看到河道

白云边上的飞翔，看到水泡裹着的欢娱

白云端，降落到庙堂的前面。我决定请匠人

用红榉木框，将它镶起

这是经受过考验的直肠，始于无，终于失

流淌着时光，消化着历史，接纳

幸福的日子也接纳

战争、大饥荒、瘟疫以及变革

爱情和细雨中的悲欢离合

昨天接纳我的思考，今天接纳我的

歌唱。满臂膊米色勿忘我的姑娘

黑发披肩，白裙婆娑

消融在黄昏的堤坡

我会带着记忆离开，也会带着记忆回来

麦子泛黄的时候，走向河道深处，我听见低沉的号子

和手足无措的注视：镜中人影

蹙着眉，睡在过去的床榻

根据季节更换被褥

冬天是厚厚的雪，夏天是积雨

并被一丝光亮吵闹着好梦

断断续续，每三分钟掠过一次

啊所有伟大的生命，都要在夜里忍受煎熬

窗外，风自个儿在唱

男人是风，女人是痛

有人在哂笑

眼睛像什么

皮肤像什么

头发像什么

手指像什么

眼睛像早晨的星星

皮肤像春天的雪原

头发像夜里行走的河流

手指像伸直，再伸直，伸长，再伸长

手指的末梢之外，也在伸直，伸长

手指就像它

楚 午

本名吴超，1980 年生于湖北随州。主要创作诗歌、散文，作品散见《中国诗歌》《中国校园文学》《扬子江》《福建文学》《草原》《当代小说》《厦门文学》《泉州文学》等，入选《福建优秀诗歌选 2010—2011》等选本。

把春天全部叫来

仅仅有鸟儿是不够的

要有青山、绿水供它们叫唤

还要有勤快的风

必须准备足够多的草籽

和露水，可以任性开到天涯

要和去年一样

不能让任何一朵花在田野走丢

还要告诉养蜂人早点醒来

我担心蜜蜂不够用

你不能嫌春风太沉、白云太轻

也不要说花儿过于烂漫

等我把春天全部叫来

爱人，我希望你觉得一切刚好

就像我们的爱情，正在发生
不沉重，也不轻薄
约等于我们穿过人世间的重量

你是我的植物

我替你移来阳光，写出你
流转的眸子。写出你明亮的身体
写出你醒来的每一个清晨
写出你体内的河流，甚至它的走向
写出你的水性和妖娆
写出你秘密喧响的爱恨情仇
写出你芬芳的脾气
你为我让出了整座春天和来世
还有什么好求的呢
我欠你的，是今生每天一次的浇灌
是眼睛开合之间的念想
亲爱的，我允许你更妖娆一些
也允许你更朴素一些
只要你做我的植物

《净峰诗歌》

　　《净峰诗歌》是福建较早的民间刊物之一，承载着一代又一代净峰诗人的语言梦想。20 世纪 80 年代，蔡其矫、舒婷、陈仲义到净峰采风以及《诗刊》刊授净峰改稿会，为净峰诗歌发展注入新鲜活力。1984 年 5 月，本土诗人陈作二借助家乡小镇文化站平台创建新诗阵地，陈作二、黄坚、李清其、杨丽民、林永青、肖培鸿、肖培芸、陈功、陈文聪等一代年轻的净峰诗人搭上通往诗和远方的列车。但由于各种因素，90 年代的净峰诗歌一度处于低迷状态：黄坚着力于国画，杨丽青、肖培鸿专注于从事教书育人，肖培芸远走福州在诗歌地域上无声无息，陈文聪从政离开故土家乡，李清其、陈功于建筑行业四处奔波，唯有陈作二坚守在净峰。直至 2003 年首届福建青年诗人交流会后，陈作二、陈功回归诗歌，再次将净峰诗歌视为己任，重新结集李鸿辉、杨少辉、王建强、柯秀贤、三可、黄伟超、陆虎、蓝朵、陈晓安，以及更为年轻的"90 后"张晓坤、邹剑峰。至此，《净峰诗歌》结构更加完善，坚持每年出版 1—2 期刊物，并与省内外诗人保持良好的交流。2015 年诗人陈作二去世后，由陈功接棒《净峰诗歌》，并全面改版，邀请专业设计师精心设计封面及版式，重新定位，除了刊发本土新秀的作品，面向省内外优秀诗人，更开设具有深度阅读的栏目，向名家、教授约稿补足净峰诗人理论建设的短板，同时不定期邀请汤养宗、刘川、卢辉、游刃、伍明春、慕白等著名诗人、教授到净峰做义工，开展诗歌普及讲座，传授诗歌创作经验。2015 年，《净峰诗歌》成功举办全国首届玉平诗歌奖，并分别于 2017 年、2018 年、2022 年在泉州东海湾和德化，开展"泉州读诗会"活动。38 年来，《净峰诗歌》经历过民刊所存在的不易，无畏的坚守离不开净峰乡贤鼎力扶持。闽南海岬生生不息的木麻黄、相思树，日夜守候着一片深邃而又辽阔的蔚蓝，是这一精神的缘起。

三　可

"70 后"，现居福州。触碰诗歌是一项纯粹而又真诚的爱好。

有一天，故乡会来找你

有一天，故乡会来找你
不一定能带上刚刚过去的闰四月
这个时间，地瓜藤刚蔓上田间地头
收成要等到七、八月份

这两年，防护林后的那片海
被叫上一个名字：惠女湾
恰到好处地对这片海的温婉和深情
进行了描述和形容
她和穿越村里的紫色薯花、黄色斗笠
组成了较为完整的赤土尾

出远门、下远洋归来的人们
和他们的牵手，是更为重要的部分
每年总会有人在这里
和牵手，长眠成故乡的土壤

有一天故乡会带着年轻的父亲
和美丽的母亲来找你
说不定，今天就来
明天也来

对　岸

一直走，都很难走到对岸
海风、盐田、林场固定出现
薯花长期坚持的乡土气息
恰好与木麻黄在春天的质地一致
与母亲的翠花头巾、黄斗笠一起
归集后，最先抵达某处心软

已经抵达的部分
和永远不能抵达的母亲
在七里湖，遥遥不相识的石头房
藏不住多余的话
绕开秋天的落叶，逼近对岸

其实，这是一个将来未来的问题
入冬后的乡愁，比对岸多了些宽广
在对岸，归程是人心的一部分
新长出的水面是归程的一部分

风吹过来的方向比较明确

九月了
九月的风开始少了
剩下的风吹过来
绝不是为了停留在
某处高度

有一些风从家乡过来

它们的路径

和方向

与眼前的波澜不一定有关

九月，比九月更远的地方

开了些花朵

多了些轻盈

陆　虎

"70后"。泉州市作家协会会员。

螺阳小镇

我的小镇是口小井

镇里的居民就像田螺

两横两纵挺起笔直的腰杆

井里的时光不慌不忙

东门的车站西门的神庙

远远对峙着两个世界

中山南路望着中山北路

南岭桥的塌陷已有些时光

人民和惠光两所医院

惠兴街的头尾公私泾渭

第一中学和县人武部

建设路的两端舞文弄枪

多数的田螺安分守己
胆大的唯有那位田螺姑娘
元宵夜在中新花园
她和明月大醉了一场

冬至吃汤圆

冬至，是一种毒。在老家
离乡的人，只能跪在坟头
用纸钱和香火
才能够解

父亲病了。回不了乡
他身上的毒像他的皱纹一样
愈发深了。吃一粒汤圆
就是吃一颗解毒丸

冬至是一颗挂在天边
的汤圆，触手可及的故乡
这一夜
是一年最漫长的夜

从今尔后
夜渐短，昼渐长

陈晓安

1988 年生，笔名梦白。福建省作家协会会员。儿童文学作品发表于《儿童文学》《少年文艺》《中国少年儿童》《童话王国》等报刊，入选多个全国儿童文学选本。

比喻课

阴天这个作文老师
在黑板画闪电
问孩子们
闪电像什么

闪电像只大门牙
坏脾气的雷公公
暴怒一吼
吓坏雨宝宝
哇哇哭出来

闪电像个闪光灯
巨人黑色照相机
咔嚓一下
抓拍银河系
累得汗直流

闪电像把大斧子
劈开春天的睡梦
轰隆一声
雨人纷纷跑

撒遍全世界

……

布谷鸟啾啾啾，下课啦

白云这块黑板擦

擦掉闪电，画上了

彩虹、蓝天和喜悦

玫瑰人

当地球还很荒凉

玫瑰的花骨朵冒出来

她细心装扮这个家

但总觉得缺点什么

来点歌声就好了

她梦想了一百万年

直到有一天

夜莺从花的身体跳出来

夜莺能唱歌不会说话

能飞翔不会跳舞

夜莺们渴望更多幸福

他们学习说话，跳舞

努力了一百万年

一个人，从鸟的身体蹦出来

又过了一百万年

人想变成更美的人
变回一朵玫瑰的样子

张晓坤

1992 年出生。惠安人。

大竹岛

爬在某一高处
或许可以看见 5 海里外杜厝村的烟火
被拴住的木船，自大竹岛通往人间
年近七十的老林，一个人自己当王
0.62 平方千米的土地，有他的臣民
渴时，叫余甘、龙眼、李树结果
饿了，让番薯、花生成为粮食
北山养羊，南海捞鱼
趴在门槛的两条狗
朝天狂吠了几声
喊来了岛外走来的老林
那年 1988，岛上无挂历

钱　山

逼近百米的高度，净峰之巅
举目四望

三面环海，长鱼

还有一面是村子和农田

虔诚的香客长年供奉

寺庙的神灵，香火旺盛

佛祖听烦了村民数百年的唠叨

手一挥

人间的嗔怒、怨言

一粒粒，喂饱了木鱼

木鱼生出羽翼

飞往大海，化为鱼

湖　街

没有湖，临海

藏在净峰的心脏

街道，臃肿、老旧

摩的、大巴、三轮车

与路旁的超市、杂货店、水果摊擦肩

身着惠女服饰的妇女

挑着刚捕捞的鱼、虾、蟹

蹲坐路旁，和过往的行人讨价还价

讨海，讨日子

与男人斤斤计较着琐碎

鱼腥味挤满了大街小巷

海水隐去，露出坚硬的骨头

柯秀贤

"60后"，泉州丰泽人。福建省作家协会会员。文学作品散见《诗刊》《星星诗刊》《绿风》《诗潮》《诗选刊》《福建文学》《中国诗歌》等，入选《中国年度诗歌》等。著有诗集《透过玻璃窗》。

下午之境

下午的镜窗蓄满湖水
风从对岸的山坳吹来
没有时间转场
也不考究存在的意义
湖面却被我逐一读出涟漪
甚至一尾鱼，裸露它的背鳍
在立体的视线里跳跃
扑腾着很小的水花
波光浩荡，如果不够耐心
你无法感知得到
当然，这细微的动静
无关紧要，只不过我进一步推测
它很可能是对它所承载的
一切倒影的一种消解
特别对于浮云

壁虎是不是虎

这个问题困惑老虎有些时辰了
据说那也是一样有四肢有尾巴的

它真的也有虎性
某日下午
爱读墙报的母亲摘下老花镜
数落我像数落她的晒谷场
——看看，写诗就应该这样写
母亲一席话使我顿惊
多少年的坚持，从此以后
墙壁上果真有可供我长啸的山林

偶发性思考

早晨，与一只老鼠
在厨房狭路相逢
贼心虚，要溜，恨不得丢下皮囊
我如此镇定是因为知道它
已中了食物的招数
我接水，淘米，准备粮饷
老鼠继续在黏鼠板上挣扎
我忙我的，它死它的
忙和死，看起来各自为政
合乎异质世界同时生发的规律
但为什么我感觉到空气中
有个抒情者在发问
怎样使老鼠免于陷阱
而它一直这样禁不住诱惑

蓝　朵

惠安人。福建省作家协会会员。文学作品散见《福建文学》《散文诗》《泉州文学》《国际日报》《教师月刊》《诗潮》等报刊和年度选本。

秋日山行

山坡刚好照得见阳光
树与树之间有很多空白
山风独自摇曳
叶子黄了就落地
绿着仍旧呼吸
陪一座大山安静
孤独会先一步抵达山顶

会有这样的时刻

总会有这样的时刻
代替羊群在旷野奔跑
代替狼群把猎物撕咬
代替大山沉默，苍翠，连绵起伏成心跳
代替大河咆哮，冲毁堤岸，灌溉良田万亩

代替春天把花朵变白，也变红
代替哑巴说完一生的话
代替疼痛寻找彼此相爱的人
代替死亡活着，活出芬芳的样子

夏日偶见

每一种生命都疲于生计

比如蚁群和亮出尖锐的玫瑰

每一种生命都终于使命

比如草叶和午后的台风

灰雀扑扑翅膀再轻声歌唱

溪水一路狂奔偶尔也打出美丽的旋涡

这个世界常常

因为我，忙得不可开交

因为雪，有了脚印

《星期五》

我们把星期五这个大家都清闲的日子命名于诗。从某种意义上讲，这个名称跟我们写诗的动机有一定关系，即带有一种愉快的倾向。这也是我们尽量以平凡而简洁的态度让诗歌与生活处于正常的关系中。我们没有自称什么流派，近乎是为了能更自然地窥视出诗属于每个人自己的那部分。（吕德安）

创立时间：1982 年。

主要成员：吕德安、金海曙、曾宏、林如心、鲁亢、卓美辉。

作品集结：《黑色星期五》（打印）及其他。

林如心

夜曲之三

命中注定我漂泊的双脚
多少次踏进你黑夜的小屋
总要消失于暗中的楼梯口
而每次我依旧随意地来临
让灯光倾听我流浪的生涯
你的脸在阴影里闪烁不定

尽管我一伸手就可以得到这个世界
命中注定我还会从这里走远
在风雨相隔的彼岸
注视你的背影沉重地暗下来
心中的叹息化为一个祝福

某个黎明我路过你的窗口
女人的声音如晨鸟歌唱着阳光

我还会离去还会再来

在宁静的时刻

分享你的幸福如迟桂花飘香

金海曙

高高的堤坝

一片花白的小芦苇

在堤坝上

正随风起伏

芦花被风吹起

那一棵棵

蓬松的千层树

肃穆地站着

正面看去

田野

像平静的江水

在两座山峰之间

和我自由的心

一道向往着自由

高高的堤坝上

我衔着一根芦苇

那天的天空

和风一样无拘无束

风就如同

孩子们的手

弄乱了我的头发
来为我的热情引路

我久久等着你
每一天，我都怀着预感
你就像一阵风
旁若无人地吹来。我到
我所能达到的高度去眺望
每一次我都失望而归
我心中的门已多年没锁
为的是早一分钟和你相见
我多次
坐在你将熟睡的地方
那里空荡荡的
始终只有
一颗想象中的月亮
破门而入

现在，我将离去
我将走出我万分珍惜的屋子
生命短促
门外清凉的
夜晚和原野
就要把我吞没
当你回来时
那片破败荒凉的景色
因无人照管而显得冷漠
那满地破损的白纸
曾是一本
优秀的诗歌
你，会为它流泪

《超越派》

超越，就是以新的高度综合现实各层次要素，构成有限可能性空间。因此，艺术超越的起点是新鲜的感觉，艺术超越的过程是合乎理想的幻觉过程。

艺术并非由于忠实反映现实成为美。相反，现实作为已经实现了的一种组合态，恰恰只有被表现为合乎理想的可能性空间的一块特殊区域，重新获得可能性品格，让读者感到丰富的可能，它才成为美和艺术。在广阔的艺术的可能性空间里，现实与非现实几乎是等价的。

超越派诗歌坚持下列原则：

1.诗人的感觉必须投射到存在的完整的圆上去，而当代的都市与乡村的新鲜的意象必须成为优美（狭义）的圆心。

2.一首诗的时空过程必须尽可能实现整个艺术史的过程及其延伸，即让感觉的对象在不同层次上高度有序地组构起来。隐秘的欲望、生理的冲动必须与宏大的视野、高度的理性交织起来。

3.幻觉是诗人美化现实的重要途径，但幻觉只能是诗的展开过程。

4.所谓风格就是感觉方式、表现方式、观察方式、思维方式和行动方式五层次构成的模式。诗人必须不断超越旧风格，一个人可以而且必须实现多样风格。

5.利用诗歌震荡圈的力量，改造汉语符号的旧机体。

6.诗人应当理论化，应当知道自己在创造什么。

7.诗歌应当恢复李白、拜伦时代的力量，有助于掀起崭新的时代风尚。

8.尊重乐于更新感觉能力、变换观察角度、超越现实框架的新读者。

9.坚持拒绝小说化倾向，捍卫诗歌作为文学最高样式的地位，继续以高度的抽象与音乐并驾齐驱。

10.粉碎"大众化""民族化""横的移植""回归"等等保守口号，创造迄今为止中西方诗坛都同样陌生的美，以全新的姿态走向世界。（野烟学社 1985 年 9 月）

成员：田默、大荒、沙舟、江城、苍名言、潮汐等 16 名。

作品集结：油印诗集《野烟》、铅印诗集《东南猎梦者》。

大　荒

压低的声音

青山过后是你
　　　　　请握住宁静的瓷瓶
　　　　　兽足鼎立
　　　　　　花纹
　　　　　　　人

这是残缺的年代
这个人已经坐在属于你的椅子和桌子以及
床上险象环生
这无法甩掉的汩汩声响单调又平凡如烟
青山隔不住远遁山林的双眼而形体
靠着我
那个安慰过你的
是喝你的茶抽你的烟坐你的板凳的人
你还记得第一次同床的人吗
所有人都在热恋
所有人都倒霉
如今　　她还在所有人的床上
我无处皈依　　所以安慰你
　　　　　　　陪你
岁月总带着捉弄人的神情一会儿笑着一会儿哭着
乌有乌有
让阳光进来　　渴望但不敢正视
我们在阴影里生活　　夏天感到凉爽
　　　　　　　冬天很孤独
请安慰我　　用比瓷瓶还要宁静的声音
　　　　　　用你的悲哀

江　城

背　景

忍不住窗帘的诱惑
跃上窗台而终于被凝固在
窗的框形所规定的图画中
一盆仙人掌，那多刺的手
也毫不犹豫从四面伸向
晨光中屋檐倾斜的深度

苍白的街道人的喧哗已经逝去
偶尔有几声车铃的余音
尖锐而耀眼危险地闪过
街边那扇紧锁的玻璃但很快
因为第一缕阳光的调和，那只猫
棕色的眼睛困倦而迷惘

白昼比黑夜更静，那只猫觉得
由于仙人掌的深入，它周身的
每一根毛发都温馨而柔和
睡意很快蔓延，在空荡的街市
那卖菜的老妇眼神无光打量着
那扇窗冷漠空洞
没有晾出布片的温暖

但是，瞬间的阳光使老妇昏眩
一片幻影变换了猫与仙人掌的角度
在一只巨大的无形的手的背后
微风叮叮的玻璃的折光

以及渐渐缩小的猫的剪影
在老妇的惊讶中，一幅画
有着深远的背景

《新大陆》

新大陆文社关注并参与现代诗在中国的建设工作。成员有柔刚等 10 名。作品集结在《新大陆》诗刊，并出版作品集。

柔 刚

不和谐的瞬间

我常感到自己结婚后
离婚这我没办法她要走是不

家　顺着墙角的
雨
分分　开　好

我知道你今天要上班所以我不来
晚上呢行不不行
晚上许多事要做
那你你
就这样
女学生在敲门
不响
纸条从门缝里
拍进
"我爱你跟别人结婚吧"

春意盎然多了点雨水我也不出门
你结婚后愿意怎样就怎样

"行吗"夜
细雨中推出长镜头
胶片
异样模糊
我是本地人
她出差很远回来了没有应该回来了
他说凡事都得顺其自然

昨晚　她在床头
探出
我是一块版图
问！她摊开我
"你究竟是什么人"
我是我是我啊

性别、籍贯、出生年月、家庭成员
结/离婚否

你没有男子气魄
鬼知道气魄是什么不鬼什么也不知道

午夜　两点
女学生与外地人
进城　复又出走
梦煮糊了
下班后
我在她背后　喊我

女学生那个洗得发白的书包
带往家中
又装我不是已经告假了吗

史 卷

杨　骚（1900—1957）

名古锡，字维铨，祖籍华安丰山，出生在漳州南市（现香港路）。中国左翼作家联盟成员，中国诗歌会发起人之一，一生留下 22 本著译及大量散见报刊的各类文章。1918 年东渡日本求学，后考入东京高等师范，写出第一部作品诗剧《心曲》。1924 年到新加坡教书，课余写作诗歌。1927 年回上海，留居 10 年，创作大量作品，包括代表作长篇叙事诗《乡曲》和抒情诗《福建三唱》，其间出版诗集《受难者的短曲》《春的感伤》，诗剧集《记忆之都》，评论集《急就篇》，翻译的苏联长篇小说《铁流》和《十月》等，均为我国第一个译本。全面抗战其间在福州组织文化界救亡协会，在重庆参加"作家战地访问团"，赴前线半年，出版诗集《半年》。1941 年出国，应陈嘉庚之聘，在新加坡编《民潮》杂志。抗战结束后，曾任雅加达《生活报》总编辑。1952 年回国，任广州作家协会（含广东、广西、港澳和驻军）副主席，中国作家协会广东分会常务理事。病逝后的公祭大会上被称为"忠诚的爱国主义战士"，葬于广州银河公墓。

把梦拂开

把梦拂开
把象征的袈裟脱下
把神像永埋
赤着膊
挺着胸
光着腿登上望台

但拆毁望台
挥着空拳扑上罢
那儿我们的兄弟在
我们的兄弟在，在
在呐喊击杀
在流血成海

泅过这血腥的大海

把彼岸的炮垒毁坏

造我们高入天心的灯台

唉，唉，血流成的海

将涌起狂喜的波头

瞻望我们发射的光彩

泪水让后生替我们流

悲叹让先生悲叹了来

如今血路须我们自家开

莫睬，一切莫睬

我们现在，我们生现在

当负这苦痛充满的地球重载

莫睬，一切莫睬

坐我们的飞艇追以太

投我们的爆弹毁古塞

唉，唉，扑上来，扑上来

时与空与我们将换个新的世界

时与空与我们将换个美的世界

断琴哀星

飞在缥缈的天上她之灵

投入猥杂的人间我之心

绮丽的彩虹望我书情热

我对乖巧的小姑弄弦琴

琴，你爱之牺牲

急调弹绝钢弦短

狂歌唱破儿女心

还叮咛，叮咛，咛

风声雨声枭啼声

天地惊动我惊醒

撩乱淫霾的黑雾飞看

我瞧到高空一颗星

星在我的头上照临

我跪在地面祷星星

"你闪耀的夜明珠哟

落下，落下压碎我身"

忧郁的寒云劫她飞躲

闪光从我眼前走过

啊，星星，美丽的星星

何时许我重见清影

这样我是个诗人

对哦，这样我是个诗人

美妙的幻想只骗得我于忘欲一时

明媚的风光只能毒杀我的小情人

脂粉与肉块、醉虾、酒精

这才活得我困备了的神经

对哦，这样我是个诗人

但天下如有永远爱我可爱的人

说呀，愿挖出这个诗人心
做一团绣球她抛掷

如有永远可醉醉我的酒
说呀，愿挖出这个诗人心
放下酒糟中一任酵母消尽

对哦，这样我是个诗人
初恋是最后的接吻
初会面是决绝的象征

百合与玫瑰，红桃瓣，素兰心
这尽管滥用我的小花瓶
对哦，这样我是个诗人

但听啦，可爱的美鸣禽
你笑我罹着颓废病？
像你躲在绿荫中做梦我也曾

也曾像你歌颂着永昼，叶密，花深
但听啦，可爱的美鸣禽
豆蔻花欲落，你还闭着眼睛

然后，冷露会使你惊醒
哦！垂黄的麦穗摇曳着贪欲的秋声
猎犬蹲着望穿收获的农人

怕见人的处女也忙出中庭
然后，小鸟哟，谁还赞你美鸣禽
飞去罢，在山谷中有伴你的鸣泉呜咽声

对哦，这样我是个诗人

小鸟哟，美鸣禽

还是让我吻下你那喜看绿叶的眼睛

夜半低吟

什么病啊，什么病

我，常在夜半从噩梦中惊醒

梦见小鬼在我肚里踢球

梦见疯子扼我可爱的红婴

什么病啊，什么病

我，常在夜半从噩梦中惊醒

梦见寂寞去世的母亲

梦见毒蛇绕我的腰身

什么病啊，什么病

我，久不梦见笑脸温情

久不梦见山绿水青

好久啊，更不梦见苍苍的大海

让我飞鱼般跳跃，游泳

更不梦见骑彩虹，生白云

什么病啊，什么病

尽是噩梦纠缠不清

我，在梦中，时而无限悲愤

时而大吃一惊

时而呜咽不成声

时而又热泪淋淋

什么病啊，什么病

在梦中，我挣扎，呻吟
我挥拳打，用头拼
总扑个空，或碰着钉

这样，就这样吓醒
醒后呢，黑夜还是沉沉，幽幽静静
但闹钟敲一声，两声
或鸡唱一声，两声

郑　敏 (1920—2022)

闻侯人。著名诗人，诗歌理论家，"九叶派"主要成员。1949 年 4 月由上海文化生活出版社出版第一本诗集《诗集·一九四二——一九四七》，由此确立了其在中国新诗史上的重要地位。1948 年，赴美国布朗大学就读，获英国文学硕士学位。1955 年返回祖国，任职于中国社会科学院文学研究所，从事英国文学研究。1960 年任教于北京师范大学外语系。学术著作有《英美诗歌戏剧研究》《结构—解构视角：语言·文化·评论》《诗歌与哲学是近邻——结构—解构诗论》《思维·文化·诗学》等。2006 年，获得中央电视台新年诗歌会授予的"年度诗人奖"，2017 年获第六届中坤国际诗歌奖诗歌创作奖。出版诗集《寻觅集》《心象》《早晨，我在雨里采花》《郑敏诗集（1979—1999）》等，翻译出版《美国当代诗选》，2012 年出版六卷本《郑敏文集》。

小漆匠

他从围绕的灰暗里浮现
好像灰色天空的一片亮光
头微微向手倾斜，手
那宁静而勤谨的涂下；辉煌
的色彩，为了幸福的人们

他的注意深深流向内心
像静寂的海，当没有潮汐
他不抛给自己的以外一瞥
阳光也不曾温暖过他的世界

这使我记起一只永恒的手
它没有遗落，没有间歇地
绘着人物，原野

森林、阳光和风雪

我怀疑它有没有让欢喜

也在这个画幅上微微染下一笔

一天他回答我的问题

将那天真的眼睛睁起

那里没有欢喜，也没有忧虑

只像一片无知的淡漠的绿

野，点缀了稀疏的几颗希望的露珠

它的纯洁的光更增加了我的痛楚

秘　密

天空好像一条解冻的冰河

当灰云崩裂奔飞

灰云好像暴风的海上的帆，

风里鸟群自滚着云堆的天上跌没

在这扇窗前猛地却献出一角蓝天

仿佛从凿破的冰穴第一次窥见

那长久已静静等在那儿的流水

镜子似的天空上有春天的影子

一棵不落叶的高树，在它的尖顶上

冗长的冬天的忧郁如一只正举起翅膀的鸟

一切，从混沌的合声里终于伸长出一句乐句

有一个青年人推开窗门

像是在梦里看见发光的白塔

他举起他的整个灵魂

但是他不和我们在一块儿

他在听：远远的海上，山上，和土地的深处

金黄的稻束

金黄的稻束站在

割过的秋天的田里

我想起无数个疲倦的母亲

黄昏路上我看见那皱了的美丽的脸

收获日的满月在

高耸的树巅上

暮色里，远山

围着我们的心边

没有一个雕像能比这更静默

肩荷着那伟大的疲倦，你们

在这伸向远远的一片

秋天的田里低首沉思

静默。静默。历史也不过是

脚下一条流去的小河

而你们，站在那儿

将成为人类的一个思想

村落的早春

我谛视着它

蜷伏在城市的脚边

用千百张暗褐的庐顶

无数片飞舞的碎布

向宇宙描绘着自己

正如住在那里的人们

说着，画着，呼喊着生命

却用他们粗糙的肌肤

知恩的舌尖从成熟的果实里

体味出：树木在经过

寒冬的坚忍，春天的迷惘

夏季的风雨后

所留下的一口生命的甘美

同情的心透过

这阳光里微笑着的村落

重看见每一个久雨阴湿的黑夜

当茅顶颤抖着，墙摇晃着

保护着一群人

贫穷在他们的后面

化成树丛里的恶犬

但是，现在，瞧它如何骄傲地打开胸怀

像炎夏里的一口井，把同情的水掏给路人

它将柔和的景色展开为了

有些无端被认为愚笨的人

他们的泥泞的赤足，疲倦的肩

憔悴的面容和被漠视的寂寞的心

现在，女人在洗衣裳，孩童游戏

犬在跑，轻烟跳上天空

更像解冻的河流的那久久闭锁着的欢欣

开始缓缓地流了，当他们看见

树梢上，每一个夜晚添多几面

绿色的希望的旗帜

鲁 黎 (1914—1999)

本名许图地，笔名许流浪、许徒弟、鲁加等，厦门翔安内厝许厝村人。"七月派"诗人之一。曾任中国作家协会第四届理事、天津分会主席，《诗刊》编委。1932 年开始发表作品，一生发表了近 200 万字的文学作品，诗作被译成英、日、僧伽罗文字在国外发行，出版《醒来的时候》《锻炼》《时间的歌》《星的歌》《鲁藜诗选》等 12 部诗集、3 部散文和小说集。

一个深夜的记忆

月光流进门槛
我以为是阳光
开门，还是深夜

不久，有风从北边来
仿佛吹动了月亮的弓弦
于是我听见了黎明的音响

河岸被山影压着
有星流过旷野去
我感觉到，万物还在沉睡
只有我是最初醒来的人

砚边记

你的心腹之敌
常常是来自你的座上客

可怕的不是真魔鬼
而是假天使

空谈可以口若悬河天花乱坠
真实只三言两语而惊天动地

随时随地能化愁云为微笑
才能漫游人生

深沉的痛苦促使灵魂飞跃
放纵的欢乐促使生命堕落

我不靠命运
我靠舍命的苦干

有人拥有巨富而怀忧
有人拥有无求而无忧

勿去向明哲保身者谈奉献
他是金枝玉叶没有灵魂

勿去向市侩倾诉衷曲
正义和他无缘

可喜的是您有了宠物
可悲的是您成了宠物的宠物

天才被当作傻瓜的年月
也是傻瓜被当作天才的时代

不怕发白如轻云
但愿骨头重如铁

疯子的天平没有砝码
一个国家等于一个玩具

瞬间的焰火是人生之虚名
永恒的美是血与泪的结晶

不把人当人
他自己必是野兽

音乐是人类伟大之保姆
它让宇宙成为我们永恒温柔的摇篮

有时诗的灵感偶然一瞥
却于瞬间流逝的时间里铸就青铜

艺术技巧多么高超
也难以堆起作品内容的平庸

在人生的奋斗中
最难的是征服自己

虚名如同天上彩虹
不如清晨林间那一缕绿风

泥　土

老是把自己当作珍珠
就时时怕被埋没的痛苦

把自己当作泥土吧

让众人把你踩成一条道路

扬弃篇

在母胎中我凭一条脐带呼吸

八十年来我跨越了不少千钧一发的命运

我常常在痛苦里

发掘人生智慧的宝矿

圣者头戴着荆冠

犹大手捧着金币

有思想才有痛苦

无丝毫痛感就成为永远微笑的植物人

真正博学者虚怀若谷

以空卖空者口若悬河

海越大越洋溢

生命越宽容越丰满

我是一棵树，片片叶子是我的音符

大风震撼心弦，我就将大地淹没在我的歌曲里

当年你从地上爬起来满脸泪痕

今日回首如同春河流水化为微笑

愿我的灵魂是秋天

史 卷
2205

飘落的诗句是金叶

诗让灵魂升华
正如阳光让生命开花

我爱读的书是《人生》
有血有泪有绯霞的繁星

常常是深受人间苦
才那么爱予人以欢乐

忠言最朴素
谎言最华丽

还虚伪以骷髅的狰狞
赋真实以晶莹的生命

当你从灯红酒绿中梦醒
才能欣赏雪花般的目光与微笑般的星光

彭燕郊（1920—2008）

本名陈德矩，出生于莆田黄石。"七月派"代表诗人。曾任《广西日报》编辑，《光明日报》副刊编辑，湖南大学中文系副教授，湘潭大学中文系副教授、教授。著有《混沌初开》《漂瓶》等，主编《诗苑译林》《现代散文诗名著译丛》等。千行长诗《生生：五位一体》被誉为"构筑起20世纪汉语的精神史诗"。

瀑　布

没有高就没有低，没有低就没有高

有高有低，不是这样构成的

水是

要有自己的路的

高的路，低的路

不管高和低，一直向前流去

高和低之间，有悬崖峭壁，怎么办

避开它，免得

跌坏了，跌得粉身碎骨

转个弯就好了，干吗不转弯

曲曲折折地流，慢慢地往回流，照样是流

但是这里不行

这里不存在转弯，不存在回头

于是，奔腾而下了，呼啸而下了

因为收不住这个势头

因为只有一股劲地

向前跨出这一步，闯出这一步

那确实是

非常之自然，非常之自如，非常之合乎情理

非常之称心如意地倾泻飞溅，散落

成为粉末了吗

成为碎片了吗

不，是展示。展示

这灿烂的洁白、洁白的灿烂

高高地飞扬起来，张挂起来，展示

生命的神奇的张力

壮丽的，一束束银丝般的神经和血管的

多么强韧的延伸，颤动，颤动中的延伸

能多长就多长，能有多宽就多宽

可以在平坦处流，也可以垂直地流

映出红霓的七彩的白波白浪直泻而下地流

这样痛快的跌落呵

这样痛快的跳跃呵

向深处跌下

向危险跃去

不能不跌落的跌落，不能不跳跃的跳跃

不跌落就是枯竭

不跳跃就是停滞

"跌落可悲

跳跃危险"

用不着议论了，议论就是害怕

害怕就会去寻找求平静

奔流的路上，存在平静吗

当然

把瀑布当作画屏那样好看的摆设来欣赏

也是可以的

那么

你就站开些吧，站远点吧

用你的方式去"欣赏"吧

殡　仪

在冬天的郊外我遇到一队出殡的行列
凄凉地，悲哀地向着空漠的荒野移行

四个土夫抬着一部单薄的棺材
麻木地，冷淡地吆喝无感触的吆喝
好像抬的不是一个刚才消没的生命
而是一块石头，或是一段木料

跟随在那后面，一个女人絮絮地啼泣着
独自哭诉死者的苦难的生前和身后的萧条
一个披麻戴孝的孩子，恐怖地，慌乱地
用干黄的小手牵住了母亲的衣角

在那里等待死者的是冰冷的墓穴
在那里他将无主意地任别人摆布
那些土夫将在他的棺材下垫四块砖头
让他的脸朝向生前的住宅
而他的亲人像两只悲哀的毛虫
匍匐着，那女人嘶哑的喉咙已顾不上号哭
将要忙乱地教教孩子跟着她一起
撒一把沙土在那黑色的永恒的床上

他将成为此地的生客，人世的过来人
残忍地撇下孱弱的母子俩
私自休息去了
到不可知的土地上流浪
他已完成了一场噩梦

和一场无结果的挣扎

今天晚上，他将化为一阵阴风
回到乍别了熟识的故居
像往日从田野里耕罢归来一样
他将用他那紫色的手
抚摸那还没有编好的篱笆
他将用那鱼肚白的眼珠审视
那菜畦里的菜是不是被夜霜打了蔫了菜心
他将用那寂灭了的耳朵谛听
畜棚里那条病了的老牛是否睡得安稳
那些老鼠是不是又在搜索瓮底的余粮
他将用他那比雨滴还要冰冷的嘴唇
去亲吻那蒙着被睡觉的孤儿
和在梦里呼唤他的小名的
那脸上被悲哀添刻了皱纹的妻子

他将向写着自己的名字的灵牌打恭
他将向灵堂上素白的莲花灯礼拜
他将感谢那对纸扎得很好看的金童玉女
代替我，你们来热闹我的贫寒的家了

草叶之下的地阴里，我可爱的妻子和孩子呵
什么事都不像你们此刻安排的这样如意呢
但是，因为我是死了
我已经知道了许多你们无法知道的事情
他将托梦给他的无法维生的家属
用神秘的、黑色的、哑哑声音说话
那边，在屋后的山坡上
古松树下，几十年前，曾经有一处行商
埋了一瓮银子在那里

你们必须按照我的嘱咐行事

不要有半点迟疑

八月十五夜，子时

当月亮稍偏向西的时候

你从倒地的树影的梢头，挖下三尺深

你就可以得到那一瓮银子

此后的生活

就不用愁了

小　船

——赠一个饱经忧患的朋友

急箭般的台风里它跌撞过

狂热的九级浪里被抛掷过

可怜的小船，如今，唯一可以告慰的是

没有摔碎，裂缝不深，破处还未洞穿

若是被丢弃在沙滩上，那还好些

却被丢弃于暴风雨后凌乱的街头

满载着蹭蹬岁月的辛酸遭遇

和悠长又悠长的困顿生涯的印记

像一个不祥的展览品，这小船

向人们分发缤纷的痛苦

和一度使人眼花缭乱的灾难的回忆

已经过去的，但愿能像梦影般消失

你呵，一只船，没有帆，没有桨，在陆地上

偏偏是这些风波迭起的日子

现在，连顽皮的孩子也不想理睬你了

没有兴致来摇动你曾经是轻盈的躯体

麻木了吗？小船，在大灾大难中

这一切真是不值一提了

旋风时起时落地吹刮，振振有词地叫啸
还在想使折磨无穷无尽，而且刁钻古怪
有时候，在你不及防备时，邪恶
居然那样声势浩大，真正要席卷一切
谁还记得这只小船呢
似乎，它将在混乱中渐渐隐没
陈列的地方是太不适合了
显得多么不顺眼，多么不讨人喜欢，叫人皱眉
在那停滞的时间里，已经耗尽了
人们的惋惜和遗憾，幸灾乐祸或鄙夷
作为冷酷事实的见证
大自然丧失理性和爆发野蛮冲动的
专横、任性造成的触目惊心的恶果
这标本，长久陈列着，已经失去了吸引力

不，人间悲剧的苦涩产品
习惯于灾难的人们，已不屑理会了吗
太多的牺牲者，太多的厄运的祭品
在人们的习惯里，不会成为
自己卑微的求生意志的辛辣嘲弄
在淡薄下去的冷漠和忘却之前
逐渐熄灭了的重返大海的愿望已逐渐复燃
谁能把新的责任、新的航程的预感压抑到零
谁能把扬帆启碇的再生日子推迟到无限遥远
谁能在这个糊里糊涂地重新蠕动起来的旋风前
退却
在嚣张一时中，相形之下

不幸者似乎显得寂寞而且有些局促不安
嘲弄我吧，伺机再起的旋风
你们有你们再度冒险一试的理由
但不管怎样，请记着：这不是我的过错
只有绝望才是我唯一的过错

蔡其矫 （1918—2007）

晋江紫帽园坂村人，著名诗人，散文家，中国作家协会会员。幼年侨居印尼泗水，1936 年在上海参加学生爱国运动，1938 年投奔延安，1940 年至 1942 年任华北联合大学文学系教员，1952 年至 1957 年任中国作家协会文学讲习所教员、教研室主任，1959 年任福建作家协会专业作家、副主席、名誉主席、顾问。早年诗作结集为《回声集》《回声续集》《涛声集》，中期有《蔡其矫诗选》，后有《蔡其矫诗回廊》。

南　曲

洞箫的清音是风在竹叶间悲鸣

琵琶断续的弹奏

是孤雁的哀啼，在流水上

引起阵阵的战栗

而歌唱者悠长缓慢的歌声

正诉说着无穷的相思和怨恨

我仿佛听见了古代闽越谪罪人的疾苦

和蛮荒土地上垦殖者的艰辛

看见了到处是接云的高山

峻险的道路

孤舟在风浪中覆没

妇女在深夜中独坐

生者长别，死者无消息

一次又一次的战争，一次又一次的流血

故乡呀，你把过去的痛苦遗留在歌中

让生活在光明中的我们永不忘记

竹林里

泼水在空中凝固

翠绿快滴下露珠

看那光芒颤动在末梢

又像喷泉又像雾

飘落无形的雨

灌注心灵的湖

希望就在这一刻复活

自那失望的坟墓

风中玫瑰

一上，一下，一来，一往

飞舞的焰火

跃动的霞光

一道道的浪痕

一条条的虹影

在狂欢的流泻中闪射

看不真切的轮廓

无法辨认的眼波

从中散发捉摸不到的笑声

一高，一低，一起，一落

波　浪

永无止息地运动
应是大自然有形的呼吸
一切都因你而生动
波浪啊

没有你，天空和大海多么单调
没有你，海上的道路就可怕的寂寞
你是航海者最亲密的伙伴
波浪啊

你抚爱船只，照耀白帆
飞溅的水花是你露出雪白的牙齿
微笑着，伴随船上的水手
走遍天涯海角

今天，我以欢乐的心回忆
当你镜子般发着柔光
让天空的彩霞舞衣飘动
那时你的呼吸比玫瑰还要温柔迷人

可是，为什么，当风暴来到
你的心是多么不平静
你掀起严峻的山峰
却比暴风还要凶猛

是因为你厌恶灾难吗
是因为你憎恨强权吗

我英勇的、自由的心啊
谁敢在你上面建立他的统治

我也不能忍受强暴的呼喝
更不能服从邪道的压制
我多么羡慕你的性子
波浪啊

对水藻是细语
对巨风是抗争
生活正应像你这样爱憎分明
波——浪——啊

诗事卷

三明诗群诗歌研讨会

时间：2010 年 1 月

地点：三明

《诗三明》（2007—2008 合刊）日前顺利出炉，并于 1 月 5 日在五月咖啡馆（市青少年宫旁书画院一楼）举办刊发式，同期举行 2010 三明诗群诗歌研讨会。

这是一次诗人的聚会，这是一次思想的碰撞。1 月 5 日下午，三明诗群的 30 多位代表在三明市作家会所——五月咖啡馆举行 2010 年三明诗群诗歌研讨会。他们就"三明诗群的诗歌美学往哪去"展开辩论，相互砥砺，热烈交流。

三明诗群发端于 20 世纪 70 年代，薪火相传，成为福建持续时间最长的一个地缘诗歌美学部落。它的规模从开初的 45 人，发展到现在的 200 多人，并有着继续扩大的态势。三明诗群早期的美学追求是"建设强健繁富的汉诗"，追求大时空、大心境、大技巧。但是，20 多年过去了，面对当下诗坛纷呈的艺术主张及实验，三明诗群的美学追求应如何扬弃？一种观点是三明诗群的诗艺观念还没过时，相反，还极具先锋性，当下的一些所谓的探索，三明诗人或多或少尝试过，包括禅悟、叙述、口语、摇滚、图像、魔幻、性、新古典、后现代，等等，都有作品可以见证。另一种观点认为，三明诗群在横的移植（吸收西方及台湾现代诗经验）和纵的继承（接受古典诗词营养）双修上，取得了成果。但是，现代诗来源于西方，在三明诗群的实践中并没有脱胎换骨，展示出现代的特质，有的甚至类似宋词的翻版。这很不利于诗群的发展。

前者观点的支持者说，与时俱进是对的，关键是融合，将先进的艺术观念吸收为我所用，重视文本实验，表达真情实感，更具策略地反映现代精神。

后者的观点持反对意见，认为应以更开放的眼光看待艺术创作，以全新的姿态介入，促使诗群得以传播。比如，可以与各艺术门类作者合作，通过制造话题，组织传媒报道，甚至炒作个人的轰动效应引起外界对诗群作品的关注。出名就是硬道理。

这让一些诗人惊讶。他们说，重要的还是创作，写出佳作来，好作品总会得到承认的。

反对者认为这是三明诗群的诗及观念上的缺点：过于温柔敦厚。

通过激烈的辩论，最后达成基本共识：诗在工夫外，诗人不能只在诗里学诗，而应"杂食"；也不能只限于诗群圈内谈诗，诗歌应当重视外界评论。三明诗群要少些温柔敦厚，多些批判意识；必须重新出发，保持前卫姿态。

从 2002 年秋起，三明诗群适应网络时代的传播特点，整体转移到"诗三明"诗歌论坛，通过创作、交流，与全国各地诗人联系广泛，还每年编辑 1 部诗歌年刊，收录当年优秀诗作，记录当年诗界动态，至今已编印了 5 部。

附到会者名单（38 名）

厦门：萧春雷

三明：黄莱笙、昌政、林荣发、高珍华、林秀美、王艳蓉、杨朝楼、张传海、斯平、卢辉、张广福、小阁暖风吹、雷贵优、阿德、阿满、上官灿亮、温陵子、马信煅、暮千雪

永安：赖微、高漳、聂书专、关子、辛也、芦忠、翰墨、永安蝴蝶、余尔望、黄兴烽、朱光确

宁化：鬼叔中、离开、李太黑、李祖平、鸿琳

沙县：馨儿、马兆印

以反克之名

时间：2014—2022 年
地点：福州等

  2014 年 6 月 21 日晚上，反克诗群在福州悠艺文化中心举办纪念反克诗群诞生五周年（2009—2014）诗会。晚 8 时诗会开始，在悠艺文化中心"悠艺时光"咖啡厅，反克诗人、著名教育学者张文质主持诗会。张文质代表反克诗群做"反克五周年"主题发言，反克诗人顾北、鲁亢、刘波、程剑平、张小云等和嘉宾徐杰、郭志杰、柔刚、陈希我、徐德金、茅丹、郭连娜、曾宏、迪夫、威格、子梵梅、王珂、伤水、老皮等先后做"与反克结缘"简短感言；参加诗会的全体成员在庆祝活动的幕景墙前合影留念。当晚 9 点半开始，"以反克之名"诗歌朗诵会在浓厚的诗歌氛围中火热进行。近午夜，诗会结束后，意犹未尽的诗人们仍沉浸在自由交流的咖啡时光里。

  2014 年 10 月 21 日至 27 日，"夏雨—反克时光"诗歌周活动在福州成功举办。该诗歌周由福建九歌万派集团刘波先生发起，上海华东师范大学夏雨诗社与反克诗群联合主办，在七天时间里举办了两场诗歌朗诵会："井底"——七星井诗歌朗诵会、"观天"——桂湖草地诗会，两场"诗酒会"：新大陆壹号诗酒会、融汇温泉城诗酒会，三场诗意风景悠游行：马尾罗星塔与鼓山悠游、鼓岭悠游、贵安温泉行，一场人文历史茶话会：三坊七巷—黄巷 23 号，和一场诗歌理论散谈会：闽江"东方公主号"游轮。来自境内外的作家与诗人宋琳（法国）、马僮（北京）、陈东东（深圳）、梁小曼（深圳）、郑单衣（中国香港）、李青美（云南）、胡一霞（美国）、王晓丹（美国）、师涛（宁夏）、叶开（上海）、蝴蝶（广州）、吴偷环（广东）、周熙（上海）、田健东（上海）、赖建东（广西）等，反克诗群诗人张文质、鲁亢、刘波、大荒、顾北、程剑平、朱必圣、巴客、王柏霜、郭林、水为刀、陈文芳、刘芯扬等，福州作家、学者与艺术家宋瑜、曾宏、涂映雪、张善文、汪天亮、李长青、林芝、赖国宾、钟文伟、陈骋、李静敏等，以及 10 多位文学与诗歌爱好者，参与了诗歌周活动。诗人宋琳说，诗有见证历史的功能，在这个风起云涌的时代，诗歌不可或缺；而其实每个人身上都带有诗性文化基因，重要的是尽早去发现它。著名学者雷帧孝认为，这样的诗歌活动是"诗人们的诗歌流水席"。在这个什么艺术都不缺，独缺"在场的诗歌"的时代，诗人就像"鱼翔浅底"那般珍贵，只要有诗人在场，诗歌与人、诗歌与酒、诗歌与天地（合），皆会成为人们永恒的浪漫与尖锐的记忆。反克诗群诗人顾北表示，福州历来有"诗歌榕城"之美誉，此次反克诗群与华师大夏雨诗社的诗歌周活动，将榕城厚重的历史文化与沉静微澜的诗人生存体验无缝对接在一起，在诗歌创作与诗人交往中留下了浓墨重彩的一页。

2014 年 12 月 31 日晚 9 时至 2015 年元旦 1 时，反克诗群在福州江滨路"摩西咖啡生活"举办"梦想家跨年诗会"，以他们内心的诗歌迎接 2015 年的到来。反克诗人张文质、刘波主持诗会。诗会对反克诗群过去的一年进行了简要的回顾、对未来的趋势进行了展望，多数来宾在辞旧迎新之际发表了诗生活感言。近 50 人参加诗会，来自美国的诗人吕德安，来自北京的诗人安琪、林茶居，来自云南的诗人雷平阳，来自厦门的诗人子梵梅、威格、高盖、岸子、舒城，来自澳大利亚的诗人、画家亚历山大·林肯，来自福州的诗人曾宏、茅丹、郭连娜、宋醉发及部分诗歌爱好者，与反克诗人朱必圣、顾北、王柏霜、巴客、程剑平、雷米、崖虎、水为刀、郭林、林耀琼等一起，共度跨年时光。

2015 年 1 月 16 日，举办张文质、巴客新书发布会［《写给身体的戒备书》（张）、《世界比想象的要突然一些》（巴）］。6 月 21 日，由反克诗群协助举办的第一届福清诗歌节暨第二届海子诗歌奖颁奖典礼在福清举办，顾北、巴客、朱必圣、王柏霜、崖虎、雷米、程剑平等参加了诗会；8 月 14 日夜，顾北在江洋山庄举办第四届"澎湖山诗会"；12 月 31 日，由福厦漳三城诗人联合主办的"2016 跨年诗会"在厦门黄厝三千客栈举办，陈仲义、任毅、邱景华三位教授，以及三城诗人代表 40 多人参加了下午"当下诗人诗写与生存状况调查"和晚上的"三城诗歌民刊命运"讨论，诗会同期进行了诗歌朗诵，诗人们在零点共同举杯庆祝 2016 新年的到来。

2016 年 1 月 16 日，"反克山海经"雷米专场在福州泰禾广场芳登珠宝公司举行；2 月 27 日，"反克山海经"朱必圣专场在福州东三环圣泉寺举行；3 月 26 日，"反克山海经"刘波专场在福州五四路九歌万派集团举行；4 月 23 日，"反克山海经"顾北专场在福州泰禾广场芳登珠宝公司举行；5 月 11 日，在福州泰禾广场芳登珠宝公司举行"福州的声音——姚月之夜"诗会；6 月 25 日，"反克山海经"巴客专场暨"锋速诗想"巴客诗主题书画展在福州泰禾广场芳登珠宝公司举行；9 月 25 日，"反克山海经"张文质专场在闽侯县厚美村举行；10 月 29 日，"反克山海经"林育辉专场在福州文儒坊 51 号举行；11 月 12 日，"反克山海经"王柏霜专场在福州湖东路熹茗会举行；12 月 4 日，举办"反克山海经"户外采风活动（福清海口、大姆山草原）。

2016 年 12 月 31 日中午至 2017 年 1 月 1 日中午，反克诗派在福清天生园度假村举办"梦想家 24 小时"新年诗会。诗会由反克诗派与天生园度假村共同主办，福清市作家协会协办。出席诗会的反克诗派成员有顾北、巴客、雷米、张文质、念琪、王柏霜、沈国、郭林、林耀琼、刘之蔚等，著名诗人汤养宗、张作梗、杨北城、陈功等应邀参加，诗人曾丹青、林小飞、蔡文强、锜炜、江少英以及近 30 名诗歌爱好者也参加了诗会活动。反克诗人顾北、张文质、巴客、念琪先后主持了诗会各个时段活动。"梦想家 24 小时"是反克诗派引以为傲的一个大型诗歌活动品牌，其最大特色就是持续 24 小时不间断进行各种生动活泼的诗歌活动。2010 年 12 月 31 日至 2011 年 1 月 1 日，反克"梦想家 24 小时"跨年诗会在福州芍园一号举行，之后数年，先后在厦门鼓浪屿、江苏常熟、黑龙江哈尔滨等地成功举办多场。今次回归本埠，内容更为充实，主要活动时段有 31 日下午的海水温泉浴读诗节、31 日晚的新年酒会与跨年诗会、元旦上午的"反克诗歌的走向"座谈会等。在 31 日晚举行的新年诗会上，反克诗派于 2016 年新设立的"反克诗歌奖"揭晓——江苏扬州诗人张作梗摘获首届"反克诗歌奖"桂冠，同时，诗人念琪获"反克锋锐奖"，诗人顾北获"反克贡献奖"。

2017 年 6 月 23 日晚，反克诗派在福州稻田小镇举办了一场名为"星空诗会"的夏至诗歌朗诵会。这场诗会在雅致的润麟星空茶社举行，全程三个小时，采用茶话会方式，气氛轻松活泼。诗会由反克诗人张文质、顾北主持，反克诗人巴客、王柏霜、程剑平、雷米、林小飞、郭林，星空茶社主人彭艳梅、池庭艳，诗人、福建师范大学中文系教授陈卫，诗人、《福建文学》编辑林芝，企业家谭良杰伉俪，古琴师倪美飞，香港城市大学博士生余文翰，诗人杨晨、林珊、海霞、冰梦、咏樱、蔡文强、多多等，参加了诗会。诗歌朗诵会是反克诗派最常用的诗歌活动形式，反克诗派成立 9 年多以来，先后在各地举办或参与各种生动活泼的诗歌活动，其中大小诗歌朗诵会举办 30 次以上。

2018 年 12 月 31 日晚 8 时半至 2019 年 1 月 1 日凌晨，由反克诗群主办、三盛教育协办的"梦想家·跨年诗会"在福州三盛国际中心举行。诗人、艺术工作者和社会各界人士以原创诗歌诵读和演唱、乐器演奏等多种生动活泼的形式迎接新年的到来。跨年诗会的总主持为反克诗人、教育学者张文质。跨年诗会分为"欢乐颂""回忆是危险的""生活不是一意孤行""永安街的咖啡馆""我是我的救世主""尚未完成的终曲"6 个时段，由林瑛陶、顾北、曾宏、巴客、林小飞、王柏霜等先后主持。参加跨年诗会的有省作家协会副主席林秀美，作家徐杰，反克诗人顾北、巴客、张文质、念琪、王柏霜、鲁亢、朱必圣、程剑平、林小飞、林耀琼、林育辉、郭林，诗人冰梦、崔虎、曾丹青、吴友财、陈文芳、曾宏、红拂夜奔、蔡文强、何刚、荷香满屋、雨花、杨虹，以及文学爱好者和各界人士 80 多人。跨年诗会先后朗诵了诸多反克诗人及国内外诗人的诗歌作品，并欣赏了精彩的小提琴、古筝、琵琶和声乐等音乐节目，还穿插了趣味十足的抽奖活动。

2022 年 1 月 26 日，反克诗社在福州川捷高尔夫俱乐部举办迎新春诗会。省作家协会副主席、秘书长林秀美，中新社福建分社社长徐德金，《福建文学》编辑部主任林芝，反克诗社诗人以及福州部分作家、诗人和诗歌爱好者齐聚一堂，在这个传统小年夜，通过吟诵、祝辞、书写春联、送"虎"送"福"等形式，抒发辞旧迎新、向往春天、共同进步之情。诗会由张文质主持。林秀美、徐德金分别致辞，对诗人们表示祝福，并与诗人们一起朗诵了谭杰的《橘子红了》《阔别三十年的老宿舍》《这是美好的一天》和顾北的《在人间》《小白》等诗篇。诗会上，反克诗人和嘉宾纷纷发表了热情洋溢的新春感言，并朗诵诗作。反克诗人顾北、鲁亢、易楄（巴客）、张文质、念琪、朱必圣、王柏霜、雷米、林耀琼、郭林、程剑平、林小飞、吴友财、谭杰及部分家属，福州作家曾建梅、笔尖、曾不少、杨晨、水为刀、一娴等参加了诗会。

反克诗社（前身为反克诗群）成立于 2009 年，是一个致力于耕耘当代实验性诗歌，探索当下现实与文学相生共伴，通过文学艺术呈现力量的诗歌群落。近年来，反克诗社佳作迭出，在国内多次获奖，并通过文本影响力，与省内外诗人群落形成有效交流，逐步扩大写作视野，同时也带动了更多年轻人加入诗歌创作队伍。

天读民居书院诗事

时间：1994 年—2022 年

地点：漳浦等

  "新死亡诗派"常年举办诗歌交流活动，除诗歌朗诵、文学研讨等主题内容外，涵括书画展、影视、民俗表演、本土景点采风等元素，产生了良好的影响，受到媒体的高度重视，《文艺报》《中国艺术报》《文学报》《作家通讯》《福建作家》《福建文艺界》《福建日报》《闽南日报》等报刊都做过跟踪报道及推介，福建电视台、漳州电视台、漳浦电视台及各大门户网站均有相关报道。2010 年，道辉创立天读民居书院，自此诗派有了比较固定的活动场所。天读民居书院位于漳浦旧镇后埭村，可用建筑面积约 1500 平方米，设有阅览室、会议室等，拥有上架图书约 16 万册，自创办以来热心为乡村学生、附近村民提供阅读服务，先后发出免费借书证 5000 多张，2011 年 4 月，被中共漳州市委宣传部授予"漳州市优秀藏书单位"；2014 年 4 月，被国家新闻出版广电总局评为首届"全国书香之家"；2017 年 12 月，"中国作家协会诗歌委员会学术指导单位"和"福建省作家协会创作基地"同时揭牌成立；《诗歌月刊》创作基地、漳浦县图书馆分馆等单位也先后在天读民居书院挂牌。天读民居书院自创办以来，与中国作家协会诗歌委员会、福建省作家协会、《福建文学》杂志社、《作品》杂志社、福建省文学院、闽南师范大学文学院、漳州市作家协会、中共漳浦县委宣传部、漳浦县文联、漳浦县文广体局、漳浦县作家协会、旧镇镇政府等单位联合主办或承办了 30 多场的文学、文化活动，广受好评的有每年端午节其间举办的"漳浦诗人节"（已成功举办 10 届）和每年中秋节的诗歌朗诵会等。

  1994 年，首届"新死亡诗派"研讨会，地点：东山岛，与会人员有严力、道辉、吕叶、孙文、刘小龙、阳子、石曲、海顿等近 40 名。

  1995 年，第二届"新死亡诗派"研讨会暨首届漳州市新诗会，地点：漳州，与会人员有陈仲义、曲有源、道辉、马乐群、周凤鸣、阳子等近 80 名。

  1997 年，南方诗会暨第三届"新死亡诗派"研讨会，地点：漳州，与会人员有舒婷、陈仲义、默默、乔延凤、吕德安、道辉、余怒、代薇、雨田、周凤鸣、林子清、长岛、黑丫、凡斯、沈丹雨、阳子等近 60 名。

  2000 年，诗语言对话暨第四届"新死亡诗派"诗会，地点：漳州，与会人员有宗仁发、曲有源、南野、杨克、道辉、余怒、曾蒙、何如、周凤鸣、阳子等近

40 名。

2003 年，福建、广东、新疆三省暨第五届"新死亡诗派"诗会，地点：漳浦，与会人员有陈仲义、宋瑜、道辉、伍明春、陈扶助（新西兰）、云鹤（菲律宾）、马莉、朱子庆、程剑平、王锋、凡斯、邱耀斌、邱少敏、大草、张灿隆、林维佳、海顿、阳子等近 80 名。

2004 年，诗写会议暨"新死亡诗派"年会，地点：漳浦，与会人员有陈仲义、默默、王明韵、曲有源、道辉、何如、郁郁、张小云、王锋、程剑平、洪武子、然墨、海顿、阳子等近 50 名。

2004 年 4 月，《撒娇》复刊号发布会及"新死亡诗派"主要成员道辉、阳子"上海助跑——诗歌朗诵会"，地点：上海撒娇诗院，到会的上海诗人有默默、严力、郁郁、十品、刘漫流、徐慢、王晟、袁杰等 30 几位。

2008 年，道辉哲学随笔集《语词性质论》首发式，地点：漳浦，漳州市作家协会、漳浦县文联、漳浦县旧镇镇政府、漳浦县六鳌镇政府联合举办。该书由中国文联出版社出版，30 万字，系道辉以其源于闽南方言基础再造的语词哲思，阐发了对"新死亡诗派"创建过程中的种种语言探索取向，展示了语词侵浸与创作互为关联的、多向度的美学和谐意旨。与会人员有陈启生、杨西北、青禾、洪振垣、陈水城、吴佐、何如、洪武子、阿里、阳子等近 50 名。

2009 年 10 月 24 日—26 日，首届八闽民间诗会［全称：八闽民间诗会（首届）·盛典——2009 福建诗歌漳州论坛］，地点：漳浦天福石雕园风景区丹岩山庄。诗会由曾宏、汤养宗、夏敏、道辉四人分时段主持，参会的诗人包括福州地区的曾宏、伊路、程剑平、巴客、俞昌雄、大荒、陈让、张志平，宁德地区的汤养宗、游刃、石城、后井，莆田地区的林落木、陈言、黄披星，厦门地区的夏敏、子梵梅、高盖、颜非、皇阳、陈功、岸子、威格、叶来、海中央，三明地区的鬼叔中、马兆印、辛也、李太黑、胖荣、聂书专、上官灿亮，南平地区的赖丹萍、晓寒，泉州地区的叶逢平、浪行天下、吴谨程、吴素明、张鞍荭、楚午、李岸礁，漳州地区的道辉、阳子、任毅、洪武子、许了了、陈富荣、林朝明等，及龙岩地区的代表，特邀嘉宾杨西北、阿翔等人近 80 多名。诗会三个议题：1. 各地区代表即兴演说及中外名诗朗诵；2. "福建诗歌何处去"专题座谈；3. "新死亡诗派"专题研讨。诗人们激情发言，话锋锐利。会后，道辉主编《首届八闽民间诗会典藏》一书，结集本次诗会成果，记录福建最长卷的诗人批评对话。

2010 年，天读民居书院成立，举办驻院诗人、艺术家颁证仪式及诗歌作品朗诵会，现有驻院诗人、艺术家臧棣、梁晓明、雨田、余怒、周莉、高翔、杨克、张小云、夏敏、唐朝晖、曾镇南、高盖、岸子、黄文佑等。9 月，由漳浦县文联、文体局、天读民居书院联合举办庚寅年中秋诗歌朗诵会，以"故乡是读书之源"为主题，成立旧镇镇后埕村读书学会，发放免费借书证，为学生及附近村民提供学习交流、图书借阅服务。

2011 年 6 月，首届漳浦诗人节，由漳浦县文联、漳浦县文体局、天读民居书院联合举办，旧镇八一小学师生与诗人们共同朗诵了脍炙人口的诗篇。9 月，举办辛卯年中秋咏月同题诗茶话会暨第二届驻院诗人颁证仪式。

2012 年 1 月，漳浦本土作家新年茶话会暨丁临川新年诗歌朗诵会。丁临川先生系福建省诗歌朗诵协会名誉会长，漳州市芗城区委书记黄庆辉出席活动。

2012 年 6 月 22—24 日，第二届漳浦诗人节，由漳浦县文联、漳浦县发展和改革局、漳浦县旧镇镇政府、天读民居书院联合主办，中共漳浦县委宣传部部长陈勇谋到会看望嘉宾并致辞，来自福州、广州、厦门、泉州、龙岩、漳州等地的诗人、评论家刘登翰、陈仲义、杨克、道辉、何如、哈雷、吕纯晖、夏敏、杨西北、洪振垣、周莉、浪行天下、叶逢平、高翔、王任艺、邱耀斌、岸子、秋水、小妮、艳亭、燕祯、阳子等，以及漳浦本地文学爱好者近百人参加了活动。活动中以"中国新诗与古诗的交融"为主题展开热烈辩论，还对"新死亡诗派"20 年来的一系列建设活动进行了有意义的探讨，同期安排了诗歌朗诵会，世界最小袖珍土楼、海边红树林采风活动。

2012 年 9 月 29 日—10 月 2 日，举办"新死亡诗派"20 年暨中国先锋诗歌十大流派研讨会，与会人员有沈奇、陈仲义、杨克、道辉、霍俊明、周伦佑、梁晓明、张嘉谚、梁雪波、发星、海上、晏榕、董辑、孙文、孙守红、子梵梅、高盖、岸子、卢辉、叶逢平、连占斗、张灿隆、典裘沽酒、徐慢、杨于军、阿角、税剑、王晟、张守刚、孟原、剑心、麦吉作体、南北、蓝蝴蝶、小妮、燕祯、阳子等近百人，堪称一次诗人和诗歌研究学者的大规模"集结"。研讨会的几个时段分别由道辉、霍俊明、周伦佑、陈仲义、沈奇主持，从"新死亡诗派"的语言实验谈起，热议了中国先锋诗歌流派的现象、文本创作、探索意义等问题，从学术和批评两方面对中国先锋诗歌流派进行了初步的梳理、归纳和研究。活动主办者道辉表示："诗歌是嵌入灵魂的运动。20 年前，'新死亡诗派'就是在这栋石屋里诞生的。今天，十大诗歌流派的诗人代表聚集在这里，是中国诗歌史上近 30 年所没有的，意义非凡。"会上，周伦佑、杨克、霍俊明、董辑、孙谦获颁"2012'新死亡诗派'年度奖暨第六届中国诗人免费诗集奖"奖杯。周伦佑感言："民间诗歌奖在国外是很有声誉的。在中国，民间诗歌奖也是非常有价值、有意义的，我们要真正地认同它、支持它、维护它。今天道辉先生颁给我这个奖，我是非常珍惜的。我要把这个奖杯拿回去放在书桌上，天天面对着它，希望我的写作能够像这个透明的奖杯一样纯粹，再纯粹。"活动时间正值中秋、国庆双节，诗歌朗诵会、诗人博饼联欢、现场书法创作、旅游采风等一系列活动为本次诗会增添了愉悦的节日气氛。该场研讨会被多家网络媒体评为"2012年中国十大诗歌事件"之一。

2012年12月30日，道辉诗集《无简历篇》首发式暨漳浦本土作家迎新年茶话会举办。《无简历篇》由北京燕山出版社出版发行，收录道辉近年的短诗、长诗精选及部分评论家的评论文章。出席活动的诗人、作家近40名，围绕道辉的诗写特征，并结合自己的创作经验展开座谈。

2013年6月10日—12日，第三届漳浦诗人节暨鸿江诗会，地点：漳浦佛昙镇，漳浦县委宣传部、县文联、佛昙镇政府主办，天读民居书院承办，旧镇镇政府协办，来自美国、北京、福州、广州、厦门、泉州、龙岩、漳州等地的诗人、评论家孙绍振、叶延滨、道辉、哈雷、夏敏、徐杰、杨西北、施雨、王性初、丁临川、洪振垣、阿翔、周丽、何如、高翔、高盖、岸子、江浩、皇阳、叶逢平、年微漾、阳光、笔尖、黄文佑、秋水、张驰、陈元顺、小妮、陈富荣、艳亭、燕祯、黄志坚、唐淑婷、阳子等，以及漳浦本土文学爱好者百余人与会。漳浦县县长苏孝道和中共漳浦县委宣传部部长陈勇谋到会致辞，佛昙镇党委书记陈福强发表讲话表示欢迎。同期安排了诗歌朗诵会、研讨会、诗人现场书法、旅游采风等丰富多彩的系列活动。

2013年7月10日，道辉诗集《无简历篇》学术研讨会，地点：北京，由北京燕山出版社、北京师范大学中国当代新诗研究中心联合主办，与会的诗人、诗评家有叶延滨、曾镇南、何振邦、刘宪平、许立华、张清华、李小雨、冯秋子、王占君、张柠、杨志学、霍俊明、叶匡政、周瑟瑟、周凤鸣、张成德、李满意、王然、毛秀璞、郭爱婷、王威、蝼冢、黄尚恩、刘筱、北方、小妮、马淑琴、王梦楠、徐洁、阳子、道辉及《文艺报》、央视记者等40多人。研讨会其间，施战军、唐晓渡、陈超、刘福春、敬文东、郁葱、大解、李亚伟等发来贺词。与会者围绕道辉的诗写特征进行了积极的讨论。

2013年中秋节，"梦立场·民间艺术大展"系列活动，由福建省文学院、漳州市作家协会、天读民居书院联合举办，展出60多幅来自北京、陕西、广西、江西、福州、厦门、泉州、龙岩、漳州等地诗人、艺术家的书画精品，同期举行"《诗歌月刊》杂志社创作基地"揭牌仪式、第三届天读民居书院驻院诗人艺术家聘请典礼、"梦立场·民间艺术大展"《诗书画》作品集首发式、"诗与书画在新形势下的犄角作用"专题研讨、中秋节同题诗歌朗诵会，及艺术家现场书画、博饼联欢等。

作品展出时间由 9 月 18 日起持续到 9 月 25 日。来自省内外的诗人、评论家、艺术家曾镇南、石华鹏、徐鼎一、青禾、杨西北、洪振垣、道辉、郑章钦、周丽、高盖、高翔、黄文佐、黄文佑、叶逢平、岸子、皇阳、陈元顺、赵艺惠、阳子等 70 多名参加了活动。

2014 年 4 月，"福建诗群巡展·漳州诗群研讨会"举办。《福建文学》2014 年举措"福建省诗群巡展"，漳州诗群作品首先于 3 月号隆重推出。在此契机下，4 月 11 日，由《福建文学》杂志社和漳州市作家协会联手主办的"福建诗群巡展·漳州诗群研讨会"在漳浦县旧镇镇天读民居书院举行。《福建文学》杂志社社长曾章团，主编郭志杰，副主编刘志峰，主编助理石华鹏，编辑林芝、杨静南、林东涵，漳州市文学艺术界联合会副主席青禾，漳州市作协主席杨西北，著名诗评家陈仲义，漳州诗人代表道辉、阳子、简清枝、吴常青、高羽、唐淑婷等，以及福建省其他地区诗人代表高盖、卢辉、叶逢平、公刘文西等近 40 人到会。研讨会上，与会诗人、诗评家就漳州诗群，尤其是"新死亡诗派"的写作特征及现状展开热烈讨论。

2014 年 5 月 31 日—6 月 3 日，第四届漳浦诗人节暨后壁山诗会，由中共漳浦县委宣传部、县文联主办，漳浦县旧镇镇政府、天读民居书院承办。来自澳大利亚、北京、石家庄、青岛、上海、武汉、杭州、贵州、广州、厦门、泉州、三明、龙岩、漳州等地的诗人、评论家舒婷、叶延滨、邱华栋、陈仲义、冯秋子、道辉、大解、梁晓明、夏敏、毛翰、伍明春、陈卫、杨西北、孙琴安、荣光启、赵卫峰、世宾、卢桢、伊甸、周丽、卢辉、高翔、连占斗、浪行天下、赖彧煌、欧阳昱、黄尚恩、李凌俊、毛秀璞、黄文佐、阳子等近百人参加活动。中共漳浦县委宣传部部长、漳浦县教工委书记陈勇谋出席开幕式并致辞。舒婷在发言中肯定诗人节已经成为漳浦县的重要文化活动，是漳浦的一张文化名片，对第四届漳浦诗人节的成功举办表示祝贺，对天读民居书院多次举办全国性的大型诗歌交流活动表示高度赞赏，同时祝愿漳浦诗人节办得一次比一次有深度和高度。叶延滨对活动也给予了高度评价，表示近年来，漳浦县民间诗歌特别是"新死亡诗派"聚合了一批优秀的写作者，在国内诗坛崭露头角，产生影响，让全国更多的人了解漳浦、关注漳浦。民间诗歌发展成为漳浦县文化建设的一个文化代码，这对漳浦文化建设无疑是一笔不可多得的财富。与会的 20 多位诗评家就"诗歌审美接受与接受'品级'"和"新死亡诗派"主要成员阳子的作品分别进行了两场专题研讨。道辉表示诗歌不是商品可以评斤论价，订立所谓的标准就是扼杀诗人的创造性，可以评判一首诗歌"是诗""不是诗"，或"是好诗""不是好诗"，但没有必要给诗歌定下非常细化的"品级"，这对诗人的创作是没有帮助的。

2014 年 9 月，中秋节六地诗人诗歌朗诵会，由漳州市作家协会和天读民居书院联合举办，来自漳州、深圳、三明、厦门、泉州、龙岩的杨西北、青禾、洪振垣、道辉、樊子、朱巧玲、阿翔、叶逢平、浪行天下、岸子、曾弗、江浩、海约、张鞍荭、李太黑、祝俊、冰儿、舢人、吴素明、杨沐子、憩园、但影、小羊、娇娇、曲燕、华林、冷杉、艳亭、阳子近 50 名诗人，以"诗人的食物：性情与胆识的关联"为主题展开研讨。朗诵会于次日举行，在"同题诗"朗诵环节，诗人们分别用普通话和方言对同一首诗歌进行朗诵，这些方言有河南、四川、湖南、客家、莆田、闽南等，展示了汉语言表达的生动丰富，诗人们的艺术表现力也可见一斑。中秋当晚，诗人们在如水的月光下把酒论诗，天读民居书院地处漳浦县沿海，颇有"海上生明月，天涯共此时"的情景，其间穿插博饼联欢、现场书法等，掀起了阵阵欢笑。

2015 年 6 月 19 日—21 日，第五届漳浦诗人节，由福建省作家协会、中共漳浦县委宣传部、漳浦县文联、漳浦县旧镇镇政府主办，天读民居书院、漳浦县作家协会承办。张炯、陈毅达、刘登翰、曾镇南、欧阳江河、林秀美、杨西北、石华鹏、道辉、霍俊明、伍明春、谭五昌、金涛、周丽、高翔、邱耀斌、简清枝、梁石庆、吴常青、林仕荣、子珍、管富红、阳子等来自全国各地的 80 多位诗人、诗评家、媒体记者，同本土文学爱好者汇聚一堂。系列活动有"行进的节奏——在漳浦大地上"大型诗歌朗诵会、"新死亡诗派"主要作品及漳州部分诗人作品研讨会、现场书法、采风等。漳浦县委领导和有关部门领导出席了开幕式。

2015 年 9 月 26 日—27 日，中秋节诗歌朗诵会，由福建省文学院、闽南师范大学文学院、漳州市作家协会、漳浦县文联、天读民居书院联合主办。漳州市城市职业学院党委书记杨明元，闽南师范大学文学院院长黄金明、党委书记施榆生，漳州市作家协会主席杨西北，中共漳浦县宣传部常务副部长苏英纶出席了开幕式。道辉、郑章钦、青禾、何如、缪罗建、邱耀斌、张东风、王朝华、林典铂、林宗龙、林枫、公刘文西、郑泽鸿、任毅、吴常青、高羽、阿不、陆少云、子珍、刘雪、吴敏超、楚楚、阳子等省内各地诗人和本土作家诗人近 80 名朗诵了自创咏月诗作，特邀农民诗歌爱好者用闽南话朗诵杨骚、舒婷等名家的名篇。朗诵会具有浓郁的沙龙和乡俗色彩，现场古筝配乐更是独具韵味，为诗人们的诵读增添了悠远与古朴。当晚，皓月之下，诗人们在天读民居书院宽敞的院子里，把酒论诗，现场书法，按闽南传统博饼联欢。

2015 年 11 月 21 日—23 日，"经典福建，创意闽南——闽派诗会走进漳州"系列活动，地点：漳州佰翔酒店，文学艺术界联合会福建省作家协会、闽南师范大学文学院、漳州市作家协会主办，天读民居书院等单位承办。福建省文学艺术界联合会党组成员、副主席陈毅达主持启动仪式。中国作家协会党组成员、副主席、鲁迅文学院院长吉狄马加，福建省政协副主席、省文学艺术界联合会主席张帆，闽南师范大学党委书记林晓峰，漳州市城市职业学院党委书记杨明元，漳州市副市长兰万安，中共福建省委宣传部文艺处处长邱守杰，漳州市文学艺术界联合会主席汪莉莉，闽南师范大学文学院院长黄金明，漳州市作家协会主席杨西北，朦胧诗派代表诗人、国际笔会理事杨炼，以及国内诗人、诗评家、专家学者陈仲义、张清华、霍俊明、罗振亚、林秀美、何强、道辉、刘志峰、石华鹏、郭志杰、伍明春、夏敏、陈卫、施晓宇、贾秀莉、谢克强、朱零、蓝野、丁临川、洪振垣、萧乾父、顾北、周丽、阿翔、叶逢平、林轩鹤、任毅、黄尚恩、金涛、何如、阳子等及漳州诗群代表近300人出席活动。市委书记陈家东、市长檀云坤看望了参加诗会的嘉宾。活动为期3天，包括"闽派诗歌"朗诵会、漳州木偶戏表演、漳州诗群作品研讨会、写作资源采风等。

2016年1月3日，漳浦作家迎新年暨道辉获天铎奖茶话会，由漳浦县文学艺术界联合会、漳浦县作家协会、天读民居书院联合主办。漳浦县委常委吴新斌，漳浦县文学艺术界联合会主席洪振垣等领导，及本土诗人代表近40人参加。

2016年世界读书日，"读书是美丽的"专题讲座，由著名作家、厦门市作家协会主席、厦门大学博士生导师林丹娅教授受邀主讲，漳州市作家协会、漳浦县文学艺术界联合会、漳浦县作家协会、天读民居书院联合主办，吸引了来自上海、厦门、漳州、漳浦各地的作家文友60多人齐聚一堂，聆听讲座，共度世界读书日。同期举行漳浦县作家协会创作基地揭牌仪式。

2016年6月3日—5日，第六届漳浦诗人节，地点：漳浦金浦教育园区，由福建省作家协会、《福建文学》杂志社、漳州市作家协会、漳浦县文学艺术界联合会、漳浦县旧镇镇政府联合主办，天读民居书院、福建（海峡）文艺网等单位承办。开幕式由中共漳浦县委宣传部常务副部长苏英纶主持，中国作家协会诗歌创作委员会主任叶延滨，福建省文学艺术界联合会党组成员、书记处书记、副主席陈毅达，漳州市城市职业学院党委书记杨明元，中共漳浦县委常委吴新斌，著名评论家、原中国社会科学院《文学评论》副主编曾镇南，著名诗评家陈仲义，福建省作家协会秘书长林秀美，《福建文学》杂志社社长曾章团，漳州市作家协会主席杨西北，漳浦县文学艺术界联合会主席洪振垣出席开幕式。杨黎、唐成茂、郭志杰、石华鹏、道辉、哈雷、练建安、伍明春、夏敏、贾秀莉、陈卫、马永波、郑小琼、樊子、刘小奇、周丽、阿翔、朱巧玲、何如、安安、潘黎明、蔡长兴、吴谨程、卢辉、叶逢平、陈客、胡碧福、林舜亮、刘歌、章治萍、自村、邱耀斌、赵俊、吴世泽、林娜、陈燕、唐朝白云、苏素、林典铇、林宗龙、本少爷、高翔、施沛琳、金涛、程德太、吴常青、梁石庆、陈海容、沈国、庄国宜、林艺辉、许秀卿、龚舒涵、阳子等来自全国各地的诗人、作家、评论家近百人出席活动。中共漳浦县委常委、宣传部部长陈勇谋到会慰问与会嘉宾。同期举办"行进的节奏·在漳浦大地上"大型诗歌朗诵会和"自媒体视域下的诗歌"研讨会、文学采风等活动。

2016年6月23日，"撒娇诗派·新死亡诗派"诗歌朗诵会举办，地点：漳州华侨饭店，默默、郁郁、道辉、阳子、何如、青禾、杨西北、林茶居、施沛琳、程德太、简清枝、方丽君、吴常青、高羽、杨冰、许建鸿、梁石庆、陈海容、庄国宜、何淑惠、奕如、蒙蒙、林燕玉、郑茂居、黄素香、林朝明等作家、诗人30多人参加活动。

2016年9月24日，金秋诗歌朗诵会暨诗电影《蝴蝶和怀孕的子弹》开机仪式，由漳州市作家协会、漳浦县文学艺术界联合会、天读民居书院联合举办。来自湖南、湖北、安徽、贵州和省内各地的诗人、作家、影视制片人杨西北、道辉、池亦刚、阿翔、芦建伦、周丽、回眸、高翔、赵琳、伊夫、白木、曾弗、程德太、吴常青、林舜亮、吴顺天、梁石庆、陈海英、奕如、许物王、舒涵、谢伟吉、蔡青文、黄晓东、许秀卿、沈育汝、詹佳妮、郑达鸿、管富红、管建军、郑茂居、黄素香、乔丹、陈辉煌、陈大海、林语星、洪心怡、阳子等近50名参加活动。活动现场，唱诗、闽南话朗读、即兴表演等丰富多彩的形式令人耳目一新。次日，组织外地诗人作家到漳州古城采风，领略漳州地域文化风采。

2017年1月21日，"新死亡诗派丛书"出版座谈会，地点：漳州华侨饭店，由福建省作家协会、江苏凤凰文艺出版社、《福建文学》杂志社、闽南师范大学文学院主办，漳州市作家协会、漳浦县文学艺术界联合会、天读民居书院承办。"新死亡诗派丛书"由江苏凤凰文艺出版社出版发行，收录了道辉的《亡杖》、阳子的《阳子诗选》、何如的《生活》、伊甸的《战栗和祈祷》、徐慢的《徐慢诗选》5本诗集。座谈会由福建省作家协会秘书长林秀美主持，中共漳州市委宣传部副部长、漳州市文学艺术界联合会主席汪莉莉，漳州市作家协会主席杨西北，闽南师范大学文学院院长黄金明，《福建文学》杂志社社长曾章团，漳浦县文学艺术界联合会主席洪振垣分别致辞，道辉、刘登翰、陈仲义、郭志杰、青禾、陈子铭、伍明春、伊甸、黄尚恩等人发言，福建省文学艺术界联合会党组成员、书记处书记、副主席陈毅达做了总结。活动同期发布了道辉执导的81分钟诗电影《蝴蝶和怀孕的子弹》预告片。何如、周丽、叶逢平、高翔、张玉芬、黄文卿、楚雨、刘小奇、林枫、林艺辉、梁石庆、许物王、蔡乔丹、郑茂居、黄素香、许秀卿、沈育汝、阳子等50多名诗人、作家与会。

2017 年世界读书日，"抛书的弧线"活动，由漳州市作家协会、天读民居书院共同主办，漳州本土诗人、作家和附近中小学师生代表齐聚。活动旨在抛砖引玉，通过"抛书"这样的形式，叩醒众人的阅读欲望，倡导大家好读书、读好书，同时激励漳州本土作者写出更多更好的作品。湖北、广东、福建、河北、北京、四川中国香港等地，及马来西亚的诗人、作家也寄来作品集参与此次活动。

2017 年 5 月 28 日—30 日，第七届漳浦诗人节，地点：漳浦天福石雕园风景区丹岩山庄，由福建省作家协会、《福建文学》杂志社、中共漳浦县委宣传部、漳浦县旧镇镇政府主办，漳州市作家协会、漳浦县文学艺术界联合会、湖西乡政府、天读民居书院承办。中国电影文学学会副会长、中国作家协会影视委员会副主任、《诗刊》编委、中国作家协会原副主席黄亚洲，中国作家协会诗歌委员会主任叶延滨，福建省文联党组成员、书记处书记、副主席陈毅达，福建省作协副主席王炳根，著名评论家曾镇南，漳浦县人民政府副县长陈美慧，《福建文学》副主编石华鹏，漳州市作家协会主席杨西北，中共漳浦县委宣传部副部长苏英纶等人出席了开幕式。周伦佑、郭志杰、陈卫、道辉、李云、樊子、李秀珊、伊甸、沈健、王蕊、金涛、黄文佐、周丽、回眸、张明、叶逢平、何如、林舜亮、胡碧福、崔虎、高翔、江浩、皇阳、本少爷、朱巧玲、安安、自村、赵琳、赵俊、上官南华、剑心、吴常青、许物王、咏樱、庄国宜、涂映雪、曾建和、啦啦、管富红、刘雪、秦朝、蔡惠芸、胡晨颖、赖晓婷、阳子等诗人、评论家，以及诗电影《蝴蝶和怀孕的子弹》剧组成员蔡乔丹、林艺辉、郑茂居、许秀卿、黄素香、陈永兴、管建军等近百人与会。活动同期举办黄亚洲新诗集《如期而至》作品研讨会，杨骚诗歌创作座谈会，"行进的节奏——在漳浦大地上"大型诗歌朗诵会。第九届"新死亡诗派"年度奖颁奖仪式由陈毅达和周伦佑为获奖诗人伊甸颁发了奖杯。与会人员还观看了由诗人道辉执导的诗电影《蝴蝶和怀孕的子弹》，并到漳浦素有"五里三城"之称的文物保护单位赵家堡、诒安堡等地采风。

2017 年 12 月 28 日—30 日，闽南百年新诗座谈会，由中国作家协会诗歌委员会、福建省作家协会、漳州市作家协会、天读民居书院等单位联合举办。中国作家协会诗歌委员会主任叶延滨，福建省文学艺术界联合会党组成员、书记处书记、副主席陈毅达，著名评论家刘登翰、陈仲义、何言宏，福建省作协秘书长林秀美，《福建文学》副主编石华鹏，漳州市作家协会主席杨西北等人出席了活动。同期举办了"中国作家协会诗歌委员会学术指导单位""福建省作家协会创作基地"揭牌仪式。在揭牌仪式上，叶延滨表示，这么多年以来，不经意中成为这座闽南石头房子的诗歌、文学运动轨迹的见证人。众多名家来到天读民居书院，这里的诗歌活动成为一个很重要的平台。它架起了民间和官方沟通的桥梁，是一个名副其实的诗歌创作基地。郭志杰、伍明春、陈卫、道辉、金石开、黄尚恩、施施然、鲁亢、顾北、周丽、何如、回眸、禾青子、叶逢平、浪行天下、林传凯、刘歌、林舜亮、邱耀斌、本少爷、林育辉、曾丽琴、鞍荪、马锦绣、赵琳、高翔、曾弗、吴顺天、陈永兴、阳子等60多位诗人、评论家与会，大家聆听了闽南各地区诗人代表介绍的诗歌创作概况后，展开了热烈讨论。

2018年6月16日—18日，第八届漳浦诗人节，地点：漳浦天福石雕园风景区丹岩山庄，由中国作家协会诗歌委员会作为学术指导单位，福建省作家协会、漳州市作家协会、漳浦县旧镇镇政府主办，福建省作家协会创作基地、天读民居书院承办。《文艺报》副总编辑徐可，中国作家协会诗歌委员会副主任、广东省作家协会副主席、《作品》杂志社社长杨克，福建省文联党组成员、书记处书记、副主席陈毅达，福建省作家协会顾问、海外华文文学研究会会长刘登翰，著名评论家曾镇南，福建省作家协会副主席林丹娅，福建省作家协会秘书长林秀美，漳州市作家协会主席陈子铭，中共漳浦旧镇镇党委书记张晓龙等人出席了开幕式。活动同期举办《性情的个人与国家》首发式、道辉诗集《亡杖》座谈会、大型诗歌朗诵会及采风活动等。《扬子江诗刊》主编胡弦，《诗刊》编辑部主任谢建平，《福建文学》副主编石华鹏，《诗选刊》主编助理高彦军，《福建文学》原执行主编、福建省文联文艺理论研究室原主任郭志杰，漳州市作家协会名誉主席杨西北，漳州市作家协会常务副主席、《闽南风》杂志主编何也，省内外诗人、评论家代表道辉、伊甸、沈健、伍明春、陈卫、林祁、毛翰、晏榕、何如、何刚、董辑、周丽、回眸、芦建伦、程剑平、叶逢平、浪行天下、禾青子、崔虎、胡碧福、高翔、潘黎明、张玉芬、本少爷、秋水、自村、孙樱、张鞍荪、邹晏、储慧、颜珊珍、水子、冰梦、马忠杰、雁和鸣、许物王、张平、安禾、何琼、沈育汝、于冰心、吴美冰、阳子等，以及本土作家、嘉宾代表何志达、郑瑞安、蔡合明、朱桂英、李丽卿、徐晓红、道德、林进强、管建军、陈添富、王富华、郑茂居、黄素香、蔡明基、曾秋容、蔡乔丹、郑晚来、王金荣、谢建新、廖水土、王哲义、王火明、陈美纯、王美清、陈爱花、黄秀梅、潘秀丽、陈素丽、钱俊华等人与会。《文艺报》记者、编辑黄尚恩，《中国艺术报》记者、编辑何瑞涓，《文学报》记者、编辑何晶，漳浦电视台记者朱志坚，海峡文艺网记者吴舒婷赶到现场做跟踪报道。在道辉哲学随笔集《性情的个人与国家》首发式上，陈毅达、徐可、杨克、刘登翰共同为这本新书揭幕，该书近40万字，由江苏凤凰文艺出版社出版发行。"主编谈诗"是本届诗人节的亮点，主编、编辑展开

"诗意紧挨着心灵"的对话与碰撞，借座谈道辉诗集《亡杖》的机会，和与会诗人、评论家展开热烈交流。

2018年9月23日，"故乡的美好诗篇"中秋旧镇诗歌朗诵会，举办近50名旧镇籍诗歌爱好者携带自创诗作，欢聚一堂，以原声之韵，读出生活之美。浓郁的乡愁乡思，无尽的诗意情怀洋溢纷呈。同期还举办博饼联欢、现场书法、绘画作品展览等活动。

2018年11月18日，"爱的相似性与存在的可能性"道辉哲学随笔集《性情的个人与国家》分享会举办，地点：厦门纸的时代书店。分享座谈会由徐小泓主持，特邀陈仲义、夏敏与道辉对谈，厦门和漳州两地诗友热情参与，济济一堂，侃侃而谈，气氛热烈。道辉戏称与陈仲义、夏敏两位教授的对谈，是"海面、坛子、陷阱"的对谈。

2019年6月29日—30日，第九届漳浦诗人节，地点：漳浦天福石雕园风景区丹岩山庄，由中国作家协会诗歌委员会作为学术指导单位，福建省作家协会、《作品》杂志社、漳浦县旧镇镇政府主办，天读民居书院承办。福建省文学艺术界联合会党组成员、书记处书记、副主席、福建省作家协会主席陈毅达，中国作家协会诗歌委员会副主任、中国诗歌学会副会长、《作品》杂志社会社长、北京大学诗歌研究院研究员杨克，福建省作家协会副主席、秘书长林秀美，福建省作家协会副主席林丹娅，中共漳浦旧镇镇党委书记张晓龙，著名评论家陈仲义、沈奇等人出席启动仪式。《福建文学》杂志副主编、副编审石华鹏，省内外诗人、评论家萧萧、白灵、夏汉、罗文玲、张嘉谚、林祁、夏敏、道辉、陈卫、王性初、哈雷、罗文玲、练暑生、陈庆妃、高云、蔡飞跃、夏炜、高翔、周丽、关子、回眸、林轩鹤、金小刀、叶逢平、高盖、念琪、皇阳、徐晓红、桉予、徐静、三米深、任军、叶来、海约、张威、张平、胖荣、蔡润、马锦绣、英子、李丽卿、林艺辉、阳子等人与会。本届诗人节研讨会的主题是"诗歌文本新思路——《现代诗：元素化合论》"，由沈奇主持。现场高校教授众多，有来自台湾的萧萧、白灵、罗文玲，来自贵州的张嘉谚，来自河南的夏汉，以及福建的石华鹏、夏敏、陈卫、林祁、练暑生、陈庆妃等，他们与在场诗人们展开关于现代诗写作的对话与碰撞，交流热烈。

2022年1月2日，道辉哲学随笔集《性情的个人与国家》解读分享会举办。活动邀请到著名评论家、首届鲁迅文学奖获得者、中国社会科学院文学研究所研究员、《文学评论》原副主编曾镇南。同期举办了迎新年诗歌朗诵会，本土作家与来自莆田、泉州、厦门的诗友欢聚一堂，道辉、洪振垣、邱耀斌、回眸、林传凯、禾青子、黄英灿、林梓瀚、刘君、陈美兰、林艺辉、英子、李丽卿、晓夕、管建军、陈贵龙、朱志坚、潘婷、陈凌燕、黄瑶、陈大海、陈辉煌、阳子等 30 多人与会。

2022 年 8 月 28 日，第十届漳浦诗人节首场活动举办，地点：龙海双第农场—鱼嘴山。活动内容包括史诗长卷《死亡传》付梓发布会、诗歌朗诵会、"新死亡诗派"成立 30 周年纪念座谈会、采风等。来自福州、莆田、厦门、漳州等地的诗人、评论家陈仲义、夏敏、鲁亢、程剑平、周丽、林间新地、回眸、高翔、杨金安、老皮、林茶居、海顿、阿里、林仕荣、秋菊、剑林、半夏、墨雪、阳子、道辉等人，及"海洋学同行者"厦漳泉汕澳的印雪、芬雷、施佳杰、赵翔风、谢宇帆与会。在"新死亡诗派"成立 30 周年纪念座谈会上，陈仲义表示非常感慨，说："这么一眨眼 30 年就过去了，想想一个人有多少个 30 年，这很了不得，也非常不容易。在中国新诗史一百年的时段中，能够存活 30 年的社团、流派，或者是诗人，尤其是社团和流派更是屈指可数、非常珍贵。'新死亡诗派'的最大优势就是历史悠久，目前时间上应该是排中国老二，参与的人数还不少，波及大，以漳州地区为发射点，射到全中国，所以这 30 年非常有总结的必要。"夏敏说："所有的人都要面对一切，面对死亡，诗歌也要面对一切。'新死亡诗派'直接挑头面对死亡，把诗歌和哲学扯在一起。这个选题非常好，道辉从年轻一直到现在，非常好地把这些和诗歌结合起来，所以说，'新死亡'是中国诗歌流派里面把诗歌和哲学结合走得最彻底的一拨人。"

2022 年 11 月 12 日，何如诗集《生活》分享座谈会，地点：厦门纸的时代书店。分享座谈会由道辉主持，著名评论家刘登翰，集美大学教授、厦门市作家协会副主席夏敏，集美大学文法学院院长郑亮教授，厦门市作家协会副主席夏炜，电影导演、文化评论家江小鱼，集美区作家协会副主席、诗人丽丽周展开热烈对谈，张小云、威格、皇阳、林间新地、禾青子、回眸、江浩、高翔、黄英灿、张勇敢、岸子、海中央、海约、曾弗、魏逢端、灵动的水波、清来、阳子等近 40 位与会诗人围绕何如诗歌的思想艺术特点纷纷发表看法，现场气氛活跃。本次分享座谈会，是第十届漳浦诗人节系列活动的第二场，同期还举办了 2022 "新死亡诗派"年度奖暨第十届中国诗人诗集奖颁奖仪式，及何如诗歌朗诵会。

永定·诗刊社第三十一届青春诗会

时间：2015 年 9 月
地点：永定

作为诗刊社的品牌活动，"青春诗会" 30 多年来始终关注年轻人的诗歌创作，为他们提供了良好的学习机会和发表平台。由此，一大批青年诗人逐渐自信起来，成长起来。9 月 14 日至 18 日，第三十一届青春诗会在永定举行。此次诗会由诗刊社、福建省作家协会、中共龙岩市委宣传部、中共龙岩市永定区委联合主办。中国作家协会党组成员、副主席、书记处书记吉狄马加，中共福建省委常委、宣传部部长李书磊，中国作家协会原党组成员、书记处书记张胜友，《诗刊》常务副主编商震、副主编李少君，中共龙岩市委书记梁建勇，福建省文学艺术界联合会副主席陈毅达，以及谢冕、舒婷、陈仲义、陈黎、古月等诗人、评论家参加活动。

参加此次诗会的 15 位青年诗人是白月、江汀、李其文、黎启天、林宗龙、钱利娜、秋水、宋尚纬、天岚、武强华、杨庆祥、袁绍珊、赵亚东、张二棍、茱萸。其中，袁绍珊来自中国澳门，宋尚纬来自中国台湾，这是青春诗会第一次吸纳港澳台地区的诗人参加。

在诗会开幕式上，吉狄马加对青年诗人们提出了殷切的期望。他说，参加青春诗会，采风创作、修改稿件固然是非常重要的工作，但大家还应该以诗会友，一起就诗歌创作中存在的问题进行深入交流。在当下，我们的诗人有很好的写作技巧，但写作出来的作品大都是"碎片化的"，缺少强大的精神背景作为支撑。如果写个人的内心世界，要力求将个体的生存困境深刻呈现出来，抵达生命的本质；如果想以诗歌来见证时代的进程，要具备宏大的文化眼光，寻找到这个时代的精神脉动。另外，我们要根据当下的语境，对古典诗歌传统进行继承和创新，写出真正有个性和生命力的作品。

在商震看来，这届青春诗会在有着深厚文化积淀的永定举办，必将激发青年诗人们的创作激情。而且，从第一届的舒婷、第六届的吉狄马加，到第十一届的叶玉琳、第十四届的娜夜，再到第二十六届的慕白、第二十九届的刘年，以及最新的这一届学员……大家聚在一起讨论诗歌时，我们会倾听到青春诗会一路走来的脚步声。

诗刊社邀请霍俊明、刘立云、娜夜、潘虹莉担任本届诗会的辅导老师。参会诗人分为 4 组，每组由 1 位辅导老师和 1 位诗刊社编辑带队，对学员提交的诗歌稿件进行详细讨论。

在小组讨论中，霍俊明让杨庆祥、袁绍珊、茱萸、宋尚纬分别阐述自己的创作理念，并对彼此的诗作进行点评。杨庆祥的诗有对生死、政治的思考，在抒情上注意点到为止；袁绍珊的诗题材广泛，不像是一个女性诗人的路数，她仿佛有诸多的"化身"；茱萸的诗在借鉴中西经典文本的基础上注入个人的鲜活经验；宋尚纬的诗主情，还需要更多的意象、细节、场景来支撑。霍俊明提出，诗人必须有社会担当，因为自古使然，但是这种担当在诗歌的层面而言首先是美学上的担当与语言上的创造性。

刘立云和张二棍、白月、黎启天、李其文一组，主要讨论了诗歌写作如何走出"小我"，以深刻表达这个时代变迁的话题。通过阅读作品，刘立云发现，张二棍、黎启天、李其文的作品中有很多鲜活的经验表达，但大都过于注重个人的情感，还无法与这个时代的精神内核结合起来。而白月的诗试图表达一些很好的观念，但缺乏丰富的细节，使得作品没有足够的质感。如何处理诗歌写作中的"大"与"小"之关系，需要不断思索。

娜夜逐字逐句地为学员江汀、钱利娜、赵亚东、林宗龙修改诗稿，有的还大刀阔斧地加以删改。娜夜删改的原则很简单：这个句子有意义吗？这个词语是否具有新意？她说，这个时代的读者很没有耐心，一首诗的头三句读完，如果读不出新鲜的东西，这首诗就可能被略过去了。她希望青年诗人们一定要做真诚的人，写真诚的诗，并积极从大自然中汲取智慧与诗意，再返回去思考人与人、人与社会之间的复杂关系。

在武强华、天岚、秋水的诗歌中，潘虹莉读到了当下青年诗人作品的共性：鲜活，有生命力，但偏于轻、浅……她认为，武强华的作品有一种苍凉之感，在艺术上注重叙事性，但这种类型的作品不好写，既要做到作品的完整性，又要保持艺术上的高品质，否则很容易写成"流水账"。天岚、秋水的诗歌也有很好的，但有些过于理性，有些写得太平。她希望学员们严肃对待诗歌写作，注重作品思想的深刻性和艺术的独创性。

诗会其间，青年诗人们到永定土楼进行采风，一路上互相分享对诗歌写作的看法。他们提出了自己对青春、诗歌的独特理解，正如杨庆祥所说的："诗歌，特别是青年诗人的作品，必须独立、自由、富有个性。青春并不是简单的年龄的限定，而是颠覆成规，对一切禁锢心灵的东西进行不屈不挠的抵抗。"

与往年一样，诗刊社推出了"第三十一届青春诗会诗丛"，为每一位参会诗人出版了一本诗集。在他们的作品中，我们能够看到"70后""80后"诗人们身上所负的重轭——生活上的重轭，诗歌美学上的重轭……他们试图保持"特立独行"

"义无反顾"，但往往不得不"回头一看""左顾右盼"，或许这种挣扎、纠结是促使他们写诗的缘由，但也在某种程度上束缚了他们扑上远方的脚步。

参加青春诗会，对青年诗人们意味着什么？一次集中发稿的机会？一个认识老师和诗友的平台？或者，一次露脸，让诗坛的人更多认识你？或许都是，或许都不是。或许，它更像是一次"成人礼"，过了这个门槛，你更应该注意自己"诗人"的身份了，你要更加严格地对待自己的创作。一切归零，重新出发，而在青春诗会上结下的友谊将伴随一路。

诗的城市计划·首届石竹风诗会

时间：2022 年 9 月
地点：福清

　　2022 年 9 月 17 日—18 日，"诗的城市计划·首届石竹风诗会"在福清举行。活动由中共福清市委宣传部、福建省文艺评论家协会、福州市文学院、福清市文学艺术界联合会主办，福清市作家协会、福清市阅读协会承办。余退、北鱼、谢健健、叶燕兰、陈伟泉、杨金中、林登豪、何刚等 20 多名闽浙两地诗人齐聚一堂，读诗、品诗，围绕诗歌创作进行交流和讨论，共话福清诗人诗歌发展大计。福州市文学艺术界联合会党组成员、四级调研员林朝晖出席活动。活动分为"对话""圆桌""主题采风活动"三个单元。

　　9 月 17 日下午，"对话""圆桌"单元在福清文艺家之家举行。在"对话"环节，浙江诗人余退、福建诗人叶燕兰带来各自的新诗集《夜晚潜泳者》和《爱与愧疚》与文学爱好者们分享，并就"新时代诗歌创作"主题分别做公益讲座，分享自身成长经历、文学实践和创作体会，为与会者呈现了来自同一片大海不同角落的别样风景。

　　《夜晚潜泳者》是余退的第二本个人诗集，收集 2017 年至 2021 年上半年作品约 140 首。余退在偏远海岛长大，大海的奇趣瑰丽赋予了他宽广的想象力，他善于从日常的生活中挖掘、重构出魔幻的意象，诗歌风格富有神秘性和粗粝感。北鱼表示，余退的诗歌在追求碎片化、日常化的当下，显得格外跳脱，展现出他坚定的创作方向，这个坚持难能可贵。余退坦言，作为基层创作者，坚持创作并不是一件易事，但文学的魅力就在于，即使是"边缘写作"也能发现同路者，为创作之路增添温暖。"今天在福清看到这么多同行者，我感到特别亲切，也特别惊喜。"余退说，诗歌是一枚火柴，当一枚火柴点亮时，他发现了更多火柴。

　　同为海边长大的叶燕兰，在诗歌创作上呈现出和余退截然不同的气质。叶燕兰，1987 年出生于泉州德化，浮桥诗团成员，参加诗刊社第三十七届青春诗会。《爱与愧疚》，收录了她近 5 年创作的诗歌 100 多首。叶燕兰说，在诗歌里，她可以诚实地表达生活和情感以此对抗庸常，实现和自己的和解。"诗歌让我知道，我除了是母亲之外也可以是我自己。""真实写作，是诗人难得的品质。"诗人杨金中说，由于家庭、工作等各方面原因，女性诗人往往需要面对比男性诗人更复杂艰难的处境，叶燕兰将自己的生活体验投射到诗歌创作中，写出了个体生命成长过程中的复杂经验。

在"石竹风诗群"圆桌研讨会上，与会诗人畅叙诗歌往事，展望诗歌未来，就"石竹风诗群"如何进一步提升影响力，纷纷畅所欲言。"石竹风诗群"发轫于20世纪90年代一批福清诗人创办的《石竹风》诗报。30年来，从福清走出的优秀诗人不绝如缕，大批作者在《诗刊》《人民文学》《十月》《扬子江》等重要刊物亮相，《星星诗刊》《诗歌月刊》《诗潮》等刊物也曾大篇幅推介过诗群合辑。目前诗群成员67人，以福清市作家协会的中青年会员为主，其中省作协会员近30人，"石竹风诗群"已成为福州的一个文学现象。林朝晖表示，"石竹风诗群"延续30年，代代有传承，让他看到福清文学人才在写作上的坚守，如今在地方党委、政府、文学艺术界联合会的大力支持下，福清的文学发展势头良好，希望能看到更多优秀的文学人才涌现，创作出更多优秀的文学作品。浙江诗人谢健健说，温州洞头的"海岸线诗歌"和"石竹风诗群"处境相似，都是在小地方有一群热爱诗歌、坚持诗歌创作的诗人。从"石竹风诗群"创作的作品可以看出诗人们对诗歌葆有很高的热情，"但在热情如何转化成笔力、技巧上，还存在不足"。谢健健认为，诗人可以在诗学观念上做进一步提升，关注当下社会的重大变化，"不拘泥于心情、乡愁这些传统的意象，可以向外延展"。泉州诗人陈伟泉表示，诗歌创作要呈现百花齐放，要倚仗诗人的"特立独行""风格各异"，这需要诗群共同探讨，不断扩宽诗歌创作的边界。北鱼建议，"石竹风诗群"增强小范围的内部交流，通过诗人"结对"的方式，帮助个人提升诗歌创作水平，从而带动整个团队的提升。"这次研讨会是一次很好的'引进来'的尝试，还可以大胆地走出去，让诗人看到更多外界的好的东西，带回来再给大家分享。"余退说，"石竹风诗群"传承了很多古典的东西，希望看到"更有力道的风"，"希望接下来有机会，福清的作家、诗人们能够来到我的家乡温州洞头做文学交流，一起江海合作，推进我们文学事业的发展。"

研讨会持续近2个小时，大家中肯、坦诚的交流让与会的福清诗人感受到同行的拳拳赤诚之心。福清诗人林宗龙表示："这次诗会，加强了'石竹风诗群'跟全国优秀青年诗人的联动，相互交流相互学习，帮助诗群提升创作水平。"

"观点有碰撞，视野很超前，为福清的诗歌创作提供了很多很好的思路和建议。"中共福清市委宣传部部务会议成员、市文学艺术界联合会主席高迎霞在致辞中表示，福清一直致力于打造文学艺术这张文化名片，多年来，坚持通过邀请名家来融采风、挖掘培育本土文学人才、搭建交流平台等多种方式，不断推动福清文学艺术的发展，本次活动对提升福清的文学创作水平特别是诗歌创作水平，鼓浓文化氛围，将产生深远影响。

9 月 18 日，在本次活动的第三单元主题采风活动中，诗人们深入海口镇、渔溪镇，开展主题创作采风，近距离感受福清古厝的壮丽古朴，感受乡村振兴带来的时代新貌，领略"福"文化、闽都文化的独特魅力。

突围"湄洲岛之春"诗会

时间：2022 年 2 月
地点：湄洲岛

2022 年 2 月 19 日至 20 日，"妈祖大爱·莆阳有福"第六届突围诗会暨"湄洲岛之春"云端诗会在中国湄洲岛圆满召开。该活动由莆田市文学院和莆田市作家协会共同指导，突围诗社主办，同人文艺承办，湄洲岛"我的艺术馆"、蚌埠中材建筑材料有限公司、小荷私塾文学体验馆协办，来自闽、浙两省的近 50 位诗人到会参加。

在 19 日晚的诗歌朗诵会上，参会诗人先后登台，朗诵各自关于莆田题材的诗歌作品，寄托着他们与这片土地的独特情缘和对莆田人民的深情厚谊。

第六届突围诗会暨"湄洲岛之春朗诵会"云端诗会同步开启，来自全国各地未能到达现场的突围诗群成员通过在线视频参与活动。

20 日上午，参会诗人们先后来到湄洲妈祖祖庙、天妃故里、海峡论坛永久会址、湖石淉等"福"文化实践点参观，充分感受妈祖的大爱情怀和莆阳"福"文化的深厚内涵，纷纷表示要带着这份善念和福气，投入到今后的创作中。

莆田市文学院院长、市作家协会执行副主席张玉泉表示，此次活动，对向周边省份及地市宣传莆田、推广莆田，不断增进莆田城市美誉度和文化影响力，有着非凡的意义，同时也进一步团结了文艺"两新"。

附第六届突围诗会"湄洲岛之春"参会诗人嘉宾名单：

楚鹰、泥人、藏马、吴谨程、鲁亢、卢辉、万德、叶来、叶逢平、岸子、南夫、周莉、巫小茶、高翔、高盖、海中央、海约、李建明、文青、辛也、白芸、陈客、杨金中、张志忠、林丽榕、沈国、文本无心、林落木、麦芒、郑朝阳、刘永辉、石瞒芋、肖海英、米拉、林寞、李智强、莫诺、年微漾、潘黎明、李天保、本少爷

厦门首届"高山红"乡村诗歌艺术节

时间：2022 年 10 月

地点：同安

2022 年 10 月 22 日至 23 日，由中共厦门市委宣传部宣传文化中心、中共同安区委宣传部指导，同安区文学艺术界联合会、同安区莲花镇人民政府联合主办，同安区作家协会承办的厦门首届"高山红"乡村诗歌艺术节在同安区莲花镇军营村举办，数十名福建省知名诗人、作家和诗歌爱好者受邀参加了诗歌节。22 日举办的启动仪式上，军营村联合创作基地、军营村"高山红"诗歌书屋、厦门青少年高山红诗歌研学营地相继挂牌。莲花镇本土诗人禾青子担任军营村首届驻村诗人。

研讨会上，陈仲义、邱景华、夏敏等省的评论界大家以及道辉、阳子、谢春池等福建省著名诗人纷纷对同安诗群的诗歌写作文本进行各具特色的评价和鼓励，在场的同安诗群诗人备受鼓舞。参与研讨会的还有来自厦门各个区的作家协会主席和众多的诗人代表，以及省内颇具诗歌活力的莆田天马诗社和泉州浮桥诗团的诗人代表，使得首届高山红诗歌节具备了跨地域交流的广度。参会代表们发言踊跃，诗情高涨。

22 日晚，由诗人们自行策划及演出的诗歌朗诵会将诗歌节带进了活动高潮。现场还吸引不少到军营村度假的游客。诗人们一致表示，新时代诗歌的发展，同样需要立足于基层，扎根于广大群众的肥沃土壤之中。可以说，这次的诗歌节活动充分展示了厦门诗歌的新气象。

23 日，主办方还举办了跨岛发展主题文学交流会并组织诗人家访活动。诗人们在了解了军营村如何发展绿色经济，将曾经"老少边穷"的山区村变成"百姓富、生态美"的现代化农村的喜人景象后，纷纷表示今后要多投入乡村题材的诗歌创作，讲好新农村的动人故事，为乡村振兴鼓与呼。

本次诗歌节获得圆满成功，同安区文学艺术界联合会主席吴剑锋表示："军营村是'望得见山，看得见水，记得住乡愁'的新农村建设典范之一，今后活动将以军营村为中心，一届一届拓展至周边其他乡村。本次诗歌艺术节是文学艺术和乡村振兴相互融合、彼此赋能的生动实践，将力争打造中国最大的乡村诗歌艺术节品牌和文旅融合典范。"同安区作家协会主席纪宏毅也表示："厦门高山红乡村诗歌艺术节将与鼓浪屿诗歌节、集美诗歌节遥相呼应，合力打造厦门文化品牌。"

集美（端午）诗歌节

时间：2022 年 6 月
地点：集美

　　集美（端午）诗歌节作为海峡两岸（集美）龙舟文化节的活动项目之一，已连续举办 16 届，已成为一项厦门乃至福建的文学品牌活动。活动包括原创诗歌征集、诗歌研讨会、诗人诵读会、本土作家新书分享、集美"诗歌墙"、诗歌诵读云展播、参观采风等内容，历年来吸引全省各地约 1300 人次诗人参加，形成 2200 多首各地诗人创作的优秀诗作。省作家协会副主席、市作家协会主席林丹娅高度评价集美诗歌节"应端午诗歌之约，传屈子爱国情怀，集天下文心之美，成四海文化品牌"。

　　2022 年 6 月 2 日—3 日，作为"龙腾虎跃"2022 海峡两岸赛龙舟活动重要配套活动之一的第十七届集美（端午）诗歌节在厦门集美举办。本届诗歌节由福建省作家协会、中共集美区委宣传部、作家协会、厦门市集美区文学艺术界联合会主办，集美区作家协会、集美区融媒体中心承办，《集美风》杂志社、集美大学海律诗社、华侨大学初醒文学社支持。活动围绕"两岸同舟，诗遇集美"主题，于线上线下同步进行。

　　2 日下午，在厦门嘉庚书房，"诗从海上来"厦门海洋诗作创作及诵读沙龙、《数字时代的厦门诗写》主题展征集活动启动仪式、本土作家新书展示及现场赠书仪式等线下活动轮番亮相。据主办方介绍，本次诗歌节共收到来自全国 27 个省（自治区、直辖市）及中国台湾地区合计 288 首诗作（其中现代诗 152 首、旧体诗词 136 首），这些作品有的聚焦闽台端午习俗，有的展现集美人文风貌，风格多样，立意高深。主办方从中挑选出 60 首优秀诗作，制作成诗歌节传统项目——诗歌墙，在活动现场展示，吸引大家驻足拍照。

　　活动现场，几位厦门本土作家展示了他们新出版的作品：陈满意的《远去的老集美》、汪贤俊《闽画故实——八闽绘画里的中国故事》、杨秀晖《闽南的味道》、许志军《烛华映枝红》等，其中有多部是集美区文艺发展专项资金扶持项目。作家们将书籍赠送给嘉庚书房，书房负责人欣然接收并回馈证书。"本土作家专栏"不断充实内涵。

　　"端午，我们在集美翻阅一部经典；端午，我们在集美吟唱一首壮怀激烈的诗歌。"随着线下活动的举办，云展播也于当天同步亮相，活动邀请本地知名朗读者，以龙舟池、鳌园景区、陈嘉庚纪念馆、归来园、十里长堤、集美新城市民广场、厦门嘉庚剧院、集美湖月光环、后溪城隍庙等人文胜地为背景，诵读一首首优秀的原创诗歌，加之闽南童谣《五月五，扒龙船》及余光中先生的《乡愁》，并制成视频发布。

福泉青年诗会

时间：2019 年 12 月
地点：泉州鲤城

2019 年 12 月 28 日晚上—29 日上午，第二届福泉青年诗会在泉州鲤城举行。本次诗会由泉州市青年作家协会、鲤城区作家协会、"诗的城市计划"与浮桥诗团主办，泉州市作家协会诗歌创作委员会、泉州市作家协会散文诗创作委员会、泉州市作家协会青年创作委员会、海岸线传媒协办，小城故事会、南山书院承办。来自福州、三明、泉州三地诗友以诗歌的名义会聚古城：从经验的融合，到语言的觉醒；从事物之间的隐喻，到逻辑的桥接……探讨诗歌语言的质感与独特性，溯源彼此的精神脉络。

与第一届福泉诗会不同的是，本次诗会还融入了诗文朗诵环节。28 日晚上，一场以"古城新韵"为主题的诗文朗诵会在毗邻古城西街的"小城故事会"举行。朗诵会特别朗诵了部分与会诗友专门为古城泉州创作的诗歌作品。古街、古巷、红砖古厝，与会诗人幕天席地，诗酒唱酬，其乐融融。诗文朗诵会由赵红星和李少平主持。

29 日上午，《我们的好时光·浮桥诗团五人诗选》诗集分享会、年微漾《扫雪记》新书分享会、何金兴《对着辽阔，喊出雪崩》新书分享会在南山书院举行。福州青年诗人何金兴、年微漾和浮桥诗团 5 位成员分别对自己的诗集做了精彩的创作分享，围绕"语言的觉醒"主题，探讨诗歌语言的特性，回顾创作动机，多维度解构诗歌存在的各种可能。分享会由诗人蔡芳本、林宗龙共同主持。

福州市文学艺术界联合会党组成员、副调研员林朝晖，福建省文学艺术界联合会郑泽鸿，三明诗人胖荣、苏振相，泉州市青年作家协会主席唐文魁，鲤城区作家协会主席吴晓川，晋江蓝鲸诗社社长施勇猛等与会诗人、作家分别对 3 本诗集、7 位写作者的诗歌做了精彩点评。

会议其间，诗人们漫步古城，从文庙到中山路、西街，一路穿街走巷，感受泉州多元文化交织的浓厚氛围。

出席诗集研讨分享会以及诗文朗诵会的诗人作家有福州诗人林朝晖、年微漾、林宗龙、何金兴、郑泽鸿，三明青年诗人胖荣、苏振相，泉州诗人作家蔡芳本、林轩鹤、吴晓川、张明、林世铨、王忠智、陈志传、刘惠霞、吴素明、孙哲、唐文魁、胡建志、蔡晓川、陈国水、陈谋安、陈建强、施勇猛、蔡长兴、蔡永怀、张志忠、飞雪、林传凯、陈伟泉、叶燕兰、连玉基、杨金中等。

深情一杯酒，留待来年约。29 日下午，与会诗友依依不舍，各自话别。

鼓浪屿诗歌节

时间：2006 年—2022 年
地点：鼓浪屿

2006 年 5 月 30 日—6 月 2 日，主题：诗与音乐，该届诗歌节邀请人数 60 名，共 10 个国家与地区的诗人，以东南亚为主，阵容壮观，有较强的东南亚特色。主要活动有"诗与音乐"研讨会、《厦门百年新诗选》与《厦门青年诗人诗歌集》首发式、钢琴诗人肖邦专场演出、恢复菽庄诗社、厦门百年新诗朗诵会等。诗歌节结束后，参会诗人纷纷以文字记录鼓浪屿的美好时光。

2007 年 10 月 19 日至 10 月 21 日，主题：诗与女性，该届诗歌节邀请了台湾著名散文家、诗人张晓风为代表的多位海内外名家，其中尤以晓音、向卫国，刘亚丽、李震，马莉、朱子庆，黄芳、刘春，阳子、道辉，李之平、蔡俊这 6 对诗人伉俪为诗歌节最大亮点。主要活动有福建诗歌版图座谈会、"诗·女性"专场音乐会、"诗与女性"诗歌研讨会、古今中外女诗人经典作品朗诵音乐会、校园诗歌讲座、"菽庄之夜"诗会等。《诗歌月刊》11 月号下半月刊刊发"2007 鼓浪屿诗歌节"专号，对此次诗歌节做了归纳与总结。

2008 年 10 月 10 日—10 月 12 日，主题：诗与时代，该届诗歌节特邀省外著名朦胧诗代表人物食指等 8 人，福建诗评家孙绍振等 6 人，福建青年诗人曾宏、杨雪帆、叶逢平、老皮、马兆印、李龙年、汤养宗等 35 人，厦门地区青年诗人子梵梅等 30 人。主要活动有"凝霜的秋天"朦胧诗朗诵音乐会、新时期诗歌三十周年研讨会、"中国诗歌的脸"展览、《鼓浪屿诗影像集》首发式等。朦胧诗朗诵音乐会，聚集了 9 位朦胧诗人"元老"，除海外北岛、杨炼外，芒克、多多、食指、林莽、梁小斌、严力、王小妮等悉数到场，是 30 年来朦胧诗人人数最齐最多的一次聚会。

2009 年 11 月 13 日至 11 月 15 日，主题：诗与音乐，该届诗歌节邀请台湾嘉宾詹澈、颜艾琳、紫鹃、林德俊、陈静玮、李长青，大陆嘉宾颂今、瞿琮、王健等。主要活动有诗与歌研讨会、"蔚蓝的畅想"诗歌吟唱会、海峡两岸中生代及新生代诗歌研讨会、厦门诗人冰儿诗歌研讨会等。华侨大学教授毛翰先生还针对当下词坛存在的问题做了精彩的发言。

2015 年 7 月 1 日至 7 月 5 日，主题：诗与诵读，该届诗歌节邀请了台湾明道大学教授、诗人萧萧为首的 8 位批评家，以中国社会科学院文学研究所研究员杨匡汉，北京大学教授、著名诗人臧棣领衔的 12 位批评家，来自海峡两岸的 50 多位诗人共襄盛举。主要活动有第二十三届柔刚诗歌奖颁奖典礼、"鼓浪如诗"朗诵会、游客即兴诗大赛、"诗歌审美接受研究"研讨会、诗人本色朗诵音乐沙龙等。

2016年10月21日至10月25日"凤凰·鼓浪屿国际诗歌节",主题:诗与花·诗与禅·诗与远方,该届诗歌节邀请北岛、舒婷、郑愁予、维雅·库普里扬诺夫、玛尔莲娜·加布利扬、李道、田原、金泰城、金㪉廷、金经株、墨普德、胡安·卡洛斯·梅斯特雷、洛尔娜·克罗齐、廖伟棠、颜艾琳、树才、赵野、余秀华、张定浩、李少君、汪剑钊、北塔等。主要活动有"个人化写作与外来文化影响""一首诗的诞生""诗与歌的写作时代""厦门'80后'诗歌图景"等论坛讲座,以及"百年鼓浪屿精英颂""诗歌本色朗诵""诗与歌的和鸣"跨界音乐会等。借助鼓浪屿诗歌节,舒婷与北岛,完成时隔37年后"诗意"的重逢,为当代诗坛留下一段佳话。诗歌节其间,诗人们还在鼓浪屿、海沧、曾厝垵、同安朱子学院、大溪山等地进行采风考察,并将所看所思所感凝结成诗,成为鼓浪屿永恒的诗意符号。

2019年10月18日至10月21日"凤凰·鼓浪屿国际诗歌节",主题:新诗与古典的交响。该届诗歌节为庆祝鼓浪屿历史国际社区申遗成功两周年,也为延续鼓浪屿的诗歌与艺术血脉、传承诗歌节的文化传统,历时3天,包括开幕晚会、诗歌论坛、诗人沙龙、海上音乐诗会、诗歌广场演出、读者见面会、作品研讨会、闭幕式暨颁奖晚会、手稿展、画展等诸多精彩活动。在"鼓舞·鼓浪"2019鼓浪屿诗歌节开幕晚会上,《一座美丽岛屿的中国故事》以音乐演诵剧的形式讲述那些诞生在这座美丽岛屿的中国故事,林尔嘉在这里筑园,聚集文人雅士开办"菽庄吟社",林巧稚在这里造就热爱祖国、献身医学的高远志向,胡友义在这里建造梦想中的钢琴博物馆,献出一生所爱……优秀儿女如璀璨繁星照亮小岛,亲爱的小岛也用温暖的诗句赠予他们。20日举行的闭幕晚会以"诗之岛,梦之屿"组歌向中华人民共和国七十华诞献礼,第二十七届柔刚诗歌奖同时揭晓。

2022年1月7日至1月9日,第八届鼓浪屿诗歌节,由中国作家协会、厦门市人民政府指导,厦门市鼓浪屿管委会、中国诗歌学会、厦门市文学艺术界联合会主办,厦门市鼓浪屿文旅中心、凤凰卫视领客文化承办。活动开创性地将线上"云端诗歌节"和在地诗歌文化活动相结合,上百位知名诗人、诗歌评论家和万千"爱诗人"参与其中,形成一派清新生动的文化景象。诗歌节"实时在线",线上持续时间长达3个月,不仅举办原创诗乐诵演晚会、诗歌学术研讨会以及挖掘本地文化的"厦门诗歌地理",还联动多所高等学府和全球网友,同期开展云端诗歌节,包含"云中笺"青少年诗歌征集、"云中对话"、"名家谈诗"、"名家读诗"、"网友读诗"等五大板块。软萌的人工智能精灵"小布灵",也加入诗歌节发挥"超能力",在30万首中华古诗中,使大众与古代诗人产生"超时空"共情体验。依托多元的活动内容,本届诗歌节延展到诗歌创作、阅读、欣赏等丰富维度。开幕晚会的鼓浪屿音乐厅舞台上,一台钢琴和一架中国鼓形成犄角,以强有力的冲击,拉开原创诗乐诵演帷幕，舒婷、庞培、林秀美、陈东东等全国各地诗人和岛民们共度诗意之夜。晚会还举行了中国民间最有影响力的诗歌奖项之一的柔刚诗歌奖的颁奖典礼。1月8日，《现代诗元素化合研究》研讨会呈现最新学术成果；数十位厦门诗人共同原创的"厦门诗歌地理"环节，展示了诗与地理文脉的内在联系。1月9日举办的"诗歌厦门，文化厦门"新年诗会，融合诗歌朗诵、表演、主题音乐和才艺等环节。

霞浦海洋诗会暨新时代海洋诗歌论坛

时间：2022 年 11 月

地点：霞浦

　　2022 年 11 月 23 日上午，首届中国·霞浦海洋诗会暨新时代海洋诗歌论坛在霞浦开幕。全国著名诗歌评论家、诗人、学者、闽东诗群代表诗人等，相聚在"诗歌海岸，蓝色霞浦"，共同续写新时代海洋诗歌繁荣发展的新篇章。中国作家协会副主席阎晶明，中共福建省委常委、宣传部部长张彦，宁德市委书记梁伟新，《诗刊》主编李少君，中共福建省委宣传部副部长刘伟泽，福建省文学艺术界联合会党组书记王秋梅，福建省广播影视集团董事长曾祥辉，中国诗歌学会会长杨克，诗人、《文汇报》副总编辑缪克构，福建省文学艺术界联合会副主席、省作家协会主席陈毅达，福建省广播影视集团副董事长洪雷，宁德市领导杨方、吴允明、李彦、刘正宇、钟梅允，霞浦县领导郭文胜、罗义春、陈健、林妃等领导和嘉宾出席开幕式。著名文学评论家、北京大学教授谢冕，全国人大常委会委员、中国作家协会诗歌委员会主任、著名诗人吉狄马加等诗歌界代表也发来诚挚的云祝福。

　　此次活动由中国作家协会、中共福建省委宣传部、中共宁德市委共同指导，诗刊社、中国诗歌网、福建省文学艺术界联合会、中共宁德市委宣传部、霞浦县委县政府联合主办，福建省作家协会、宁德市、中共霞浦县委宣传部承办，福建省广播影视集团协办，邀请全国著名诗歌评论家、诗人、学者来到霞浦，围绕"海洋诗歌"，特别是"闽派诗歌""闽东诗群"海洋诗歌创作特点及时代意义展开研讨交流，全面深入研究挖掘和传承弘扬优秀海洋文化，赋能海洋经济高质量发展，推动新时代海洋诗歌建设，助力海洋强国，为中国式现代化做出诗歌的贡献。

　　千年传承的海洋文化滋养下，霞浦诗歌因海而兴、因海成名。开幕式上，曾在《三国演义》《阿甘正传》等多部中外影视作品中用声音演绎经典角色的朗诵名家、著名配音演员徐涛，先后朗诵了"闽东诗群"代表诗人汤养宗、谢宜兴、刘伟雄、叶玉琳的代表诗作《伟大的蓝色》《海神后花园》《海滩》《福船》。随后，海洋诗会主题曲《蓝的时间》正式发布。本次开幕式，主办方还为诗人杨克、汤养宗、缪克构颁发了"首届中国·霞浦海洋诗歌成就奖"。在全场的见证下，蔚蓝色的海水被注入"中国霞浦海洋诗会"的容器中，宣告首届中国·霞浦海洋诗会暨新时代海洋诗歌论坛正式开幕。

　　大海澎湃诗情，在落满霞光的滨海之地，以诗歌的名义相聚，吟诵闽东之光的璀璨，海洋诗歌必将就此翻开新的发展篇章。

活动其间,诗歌界大家们走进"东海1号"风景观光道、下尾岛、大京景区、长沙村、花竹村、三沙光影栈道、东壁村等地开展采风活动,领略诗歌海岸风情;开展海洋诗歌论坛,交流研讨诗歌艺术,总结"海洋诗歌"特别是"闽派诗歌"、"闽东诗群"海洋诗歌创作经验;举办海洋诗歌文化沙龙,分享采风感受,碰撞诗意火花,推动海洋诗歌创作。

编 后 记

　　本书的编选工作从 2021 年初开始，稿件主要来自编委和八闽各地知名诗人荐稿。持续近 3 年的编选过程很艰辛，但很充实，感谢各位编委及天读民居书院编辑室编辑团队的努力与付出，一切源于对诗歌的热爱。

　　本书选入近 600 位诗人的作品，把艺术水准作为衡量作品入选与否的重要标准，兼顾鼓励新人。入选作者主要为工作、生活在福建地区的闽籍和非闽籍诗人，以及目前虽已不在福建地区但诗歌写作起步于福建的诗人。全书按八闽各地区代表诗人、云端作品、主要民刊、诗史名家、重要诗事等，分 14 卷。代表诗人，按诗人简介、代表作、短诗、长诗、创作年谱的体例编选，力求比较翔实地反映一个诗人的创作风貌。

　　诗人的创作年谱，我们在编辑过程中，用心核对，查阅资料，与作者保持联系和沟通，最后采用相对统一的版式。代表诗人们，除了诗歌作品所表现的艺术特征、美学观念以外，创作年谱应是其作为诗人个体提供给读者了解与研究的档案，这是书中最能突显个人创作轨迹的内容。

　　诗人是诗写的个体单位，而有规模、有组织的诗歌活动则是极其不易的事情，需花费相当的人力和财力。诗歌活动彰显的是在场感，能激发诗人的写作热情，让地域性的诗人集体发声，融合个体与群体的关系。在颇具历史渊源的八闽地区，诗歌活动是一个不可或缺的生态值。本书特意编辑了诗事卷，重点选择了在福建省内举办的比较有影响的、具有代表性的诗歌活动，或报道，或侧记，意在管中窥豹，反映福建诗歌活动的大致情况。

　　闽籍诗人的诗写，在现代汉诗 100 多年的进程中一直占有重要的地位。20 世纪七八十年代的朦胧诗派代表诗人舒婷，其诗歌风格及成就仍在持续和影响。创立于 90 年代初的"新死亡诗派"，历经 30 多年，保持一贯的独特姿态及先锋性。早期的"大浪潮"诗群、《星期天》，还有当下的宁德诗群、三明诗群、福州诗群、厦门诗群等，都呈现出多姿多彩的写作风貌。尽管本书入选的人数、入选的篇幅，可能远超很多选本，但难免有遗珠之憾。各地区荐稿人在荐稿过程中本着认真负责的态度，在尽量做到展现本地区诗人创作特色的同时，也暂时去掉个别写作还不太成熟的诗人的作品。也有几位极具代表性的诗人，或在约稿后迟迟未提供其稿件，或是创作年谱一时难以整理，只能忍痛割爱。因此，我们将把《八闽现代诗大展》的编选工作持续下去，继续发现好诗歌，展现八闽诗人的风采。

最后，一并在此感谢各界人士对本书顺利出版给予的支持。

本书编委会

2023 年 12 月

图书在版编目(CIP)数据

八闽现代诗大展/道辉主编. —福州:海峡文艺出版社,2024.1
ISBN 978-7-5550-3512-1

Ⅰ.①八… Ⅱ.①道… Ⅲ.①诗集－中国－当代 Ⅳ.①
I227

中国国家版本馆 CIP 数据核字(2023)第 202348 号

八闽现代诗大展

道辉 主编

出 版 人 林 滨
责任编辑 朱墨山
出版发行 海峡文艺出版社
经 销 福建新华发行(集团)有限责任公司
社 址 福州市东水路 76 号 14 层
发 行 部 0591－87536797
印 刷 福建东南彩色印刷有限公司
厂 址 福州市金山浦上工业区冠浦路 144 号
开 本 889 毫米×1194 毫米 1/16
字 数 2755 千字
印 张 144.5
版 次 2024 年 1 月第 1 版
印 次 2024 年 1 月第 1 次印刷
书 号 ISBN 978-7-5550-3512-1
定 价 986.00 元(全三册)

如发现印装质量问题,请寄承印厂调换